明代詩學思想史

郑利华 著

上海古籍出版社

图书在版编目(CIP)数据

明代诗学思想史 / 郑利华著. —上海：上海古籍
出版社，2022.11
ISBN 978-7-5732-0477-6

Ⅰ.①明… Ⅱ.①郑… Ⅲ.①诗歌史－文学思想史－
中国－明代 Ⅳ.①I207.209

中国版本图书馆 CIP 数据核字(2022)第 188322 号

明代诗学思想史

郑利华 著

上海古籍出版社出版发行

(上海市闵行区号景路 159 弄 1-5 号 A 座 5F 邮政编码 201101)

(1) 网址：www.guji.com.cn

(2) E-mail：guji1@guji.com.cn

(3) 易文网网址：www.ewen.co

江阴市机关印刷服务有限公司印刷

开本 710×1000 1/16 印张 48 插页 7 字数 860,000

2022 年 11 月第 1 版 2022 年 11 月第 1 次印刷

印数：1—2,300

ISBN 978-7-5732-0477-6

I·3661 定价：198.00 元

如有质量问题,请与承印公司联系

本书系教育部人文社会科学重点研究基地重大项目

"明代诗学思想史"（2009JJD750007）最终成果

作者简介

　　郑利华，浙江宁波人。本科毕业于复旦大学中国语言文学系，先后在复旦大学古籍整理研究所攻读硕、博士学位，师从章培恒教授。毕业后留校任教，曾赴日本早稻田大学任交换研究员。现为复旦大学古籍所教授、博士生导师，主要从事元明清文学研究、明代文献整理与研究。兼任教育部人文社科重点研究基地复旦大学中国古代文学研究中心副主任、复旦大学古籍所副所长、中国明代文学学会（筹）副会长兼副秘书长、上海市作家协会委员。主持和承担教育部人文社科重点研究基地重大项目"明代诗学思想史"、国家社科基金重大项目"《王世贞全集》整理与研究"等。著有《前后七子研究》、《明代中期文学演进与城市形态》、《王世贞年谱》、《王世贞研究》等；主编《明人别集丛编》（合作）、《王世贞全集》（合作）。

目　　录

导　论

　　作为文学思想的一大组成部分,诗学思想无疑是研究文学思想发展历史的一项极为重要的内容。在中国诗学史上,有明一代以其诗学活动异常活跃的发展态势,成为格外值得关注的历史时段之一。这主要体现在,明代各类诗人群体或派别众多,在诗坛相继崛起,诗家层出不穷,这些诗人群体或派别以及诗家个体,或在中心诗坛担当主导诗学风尚的引领角色,或在不同的地域发挥着活跃诗学活动气氛的重要作用。与此同时,有关诗歌的批评与理论著述,包括各类诗话、诗歌评点,散见于别集、总集、选集中的各种序跋论说等相关文献大量涌现;诗歌创作也进入了一个新的繁盛时期,胡应麟《诗薮》在概述"自《三百篇》以迄于今"的古典诗歌盛衰变化历史时即指出,"诗歌之道,无虑三变:一盛于汉,再盛于唐,又再盛于明","明风启而制作大备"[①],其中诗家和诗歌数量之众多,乃是前代所无法比拟的。

　　有关明代诗学思想史的考察,从总体的研究现状来看,既已有一定的积累,同时又存在较大的需要进一步加以拓展的研究空间,主要反映在以下几个方面:

　　第一,已有的若干种通代诗学思想史和通代及断代文学思想史、文学批评史著述,较有代表性的如(日) 铃木虎雄《中国诗论史》(许总译,广西人民出版社1989年版),袁行霈等《中国诗学通论》(安徽教育出版社1994年版),萧华荣《中国诗学思想史》(华东师范大学出版社1996年版),陈良运《中国诗学批评史》(江西人民出版社1995年版),郭绍虞《中国文学批评史》(百花洲文艺出版社1999年版),王运熙、顾易生主编《中国文学批评通史·明代卷》(上海古籍出版社1996年版),罗宗强《明代文学思想史》(中华书局2013年版),袁震宇、刘明今

----

　　① 《诗薮·续编》卷一《国朝上·洪永、成弘》,第341页,上海古籍出版社1979年版。

《明代文学批评史》(上海古籍出版社 1991 年版)等,在探讨通代诗学思想和通代或断代文学批评发展历史之际,均从不同的角度和在不同程度上涉及明代诗学思想的若干问题,但由于受制于这些论著的体例,其中有关明代诗学思想的内容相对有限,主要着眼于若干具有代表性的诗家、诗派及其诗学观念。如萧华荣《中国诗学思想史》涉及明代诗学思想部分共一章,以"拟议变化"为论述主线,重点阐释的是前后七子、七子后学,公安、竟陵派以及许学夷《诗源辩体》、陆时雍《诗镜总论》的相关主张。陈良运《中国诗学批评史》明代诗学部分,分列"以'格调'为核心的明代'复古'诗论"、"以'性灵'为核心的文学解放思潮"及"晚明三家诗论"等章,主述以李东阳为代表的茶陵派、前后七子包括后七子文学阵营成员胡应麟、公安与竟陵派,以及许学夷、陆时雍、陈子龙三家之诗论。

第二,随着明代文学和文学批评研究渐趋深入,迄今为止,除小说与戏曲之外,在诗文的研究领域也形成具有一定规模的学术成果,其中无论是有关文学思潮演变、诗文流派、文人群体、诗家或论家个案的研究,还是围绕这一时期哲学、历史与文学思想关系的探讨,特定时段和地域文学思想特征的阐析,诗学接受脉络的梳理等,也多在不同的层面涉及明代诗学思想的讨论。其主要论著,如廖可斌《明代文学复古运动研究》(上海古籍出版社 1994 年版)、陈书录《明代诗文演变》(江苏教育出版社 1996 年版)、陈斌《明代中古诗歌接受与批评研究》(上海三联书店 2009 年版)、林家骊《谢铎与茶陵诗派》(中华书局 2008 年版)、郑利华《前后七子研究》(上海古籍出版社 2015 年版)、陈书录《明代前后七子研究》(江西人民出版社 1994 年版)、易闻晓《公安派的文化阐释》(齐鲁书社 2003 年版)、陈广宏《竟陵派研究》(复旦大学出版社 2006 年版)、邬国平《竟陵派与明代文学批评》(上海古籍出版社 2004 年版)、曾肖《复社与文学研究》(人民文学出版社 2018 年版)、姚蓉《明末云间三子研究》(广东高等教育出版社 2004 年版)、蔡瑜《高棅诗学研究》(台湾大学硕士学位论文,1985 年)、简锦松《李何诗论研究》(台湾大学硕士学位论文,1980 年)、雷磊《杨慎诗学研究》(中国社会科学出版社 2006 年版)、许建昆《李攀龙文学研究》(台湾文史哲出版社 1987 年版)、郑利华《王世贞研究》(学林出版社 2002 年版)、孙学堂《崇古理念的淡退——王世贞与十六世纪文学思想》(天津古籍出版社 2004 年版)、李庆立《谢榛研究》(齐鲁书社 1993 年版)、陈国球《胡应麟诗论研究》(华风书局有限公司 1986 年版)、王明辉《胡应麟诗学研究》(学苑出版社 2006 年版)、吴新苗《屠隆研究》(文化艺术出版社 2008 年版)、任访秋《袁中郎研究》(上海古籍出版社 1983 年版)、左东岭《李贽与晚明文学思想》(天津人民出版社 1997 年版)、李玉宝《谢肇淛研究》(凤凰出版社 2021 年版)等,主要关涉有明一代重要文学思潮、若干重要流派与文人群体及诗家研究,其中对其所体现的诗学观念分别作了相对深入的探察。而如左东岭的《明代心学与诗学》(学苑出版社 2002 年版),为其有关明代心学与文学思想研究部分论文之结集,特别是书中多篇文章从阳明心学影响的角度,阐述了它与诸家文学思想或诗学思想之间的关系,不乏自得之见。再如简锦松《明代文学批评研究——成化、嘉靖中期篇》(台湾学生书局 1989 年版),黄卓越《明永乐至嘉靖初诗文观研究》(北京师范大学出版社 2001 年版)、《明中后期文学思想研究》(北京大学出版社 2005 年版),余来明《嘉靖前期诗坛研究》(武汉大学出版社 2009 年版),杨遇青《明嘉靖时期诗文思想研究》(三秦出版社 2011 年版),饶龙隼《明代隆庆、万历间文学思想转变研究》(西南师范大学出版社 1995 年版),周海涛《元明之际吴中文人文学思想研究》(社会科学文献出版社 2016 年版),汤志波《明永乐至成化间台阁诗学思想研究》(上海古籍出版社 2016 年版)等,主要就明代不同时段或特定地域及文人群体所呈现的文学思想或诗学思想特征展开探讨(如《明代文学批评研究》与《明中后期文学思想研究》二书,即分别将成化至嘉靖间苏州地区文人群体的文学思想作为重点考察对象之一),其中尤于诗学思想形态多有揭示。又如陈国球《明代复古派唐诗论研究》(北京大学出版社 2007 年版)、查清华《明代唐诗接受史》(上海古籍出版社 2006 年版)、孙青春《明代唐诗学》(上海古籍出版社 2006 年版)、孙学堂《明代诗学与唐诗》(齐鲁书社 2012 年版),则着重从接受的层面,考察以复古派为主要代表的明代宗唐诗学的发展历程,描述各个不同阶段唐诗学的宗尚特征以及变化趋势。由于上述这些论著选取的研究对象和角度各有侧重,这也决定了其涉及明代诗学的考察,更多是围绕特定对象与特定层面而进行的局部或个案性的讨论。但无论如何,它们分别从不同的侧面为明代诗学研究的深入开展,奠定了一定的基础。

第三,迄今已有的较为集中和系统研究明代诗学的著述,主要为朱易安的《中国诗学史·明代卷》(陈伯海、蒋哲伦主编,鹭江出版社 2002 年版),陈文新的《明代诗学》(系陆耀东主编《中国诗学丛书》之一,湖南人民出版社 2000 年版)、《明代诗学的逻辑进程与主要理论问题》(武汉大学出版社 2007 年版)。朱著的特点是将明代诗学划分为元明之交,正统、成化时期,弘治、正德时期,嘉靖、隆庆时期,万历时期及明末六个阶段进行探讨,主要选择各个阶段若干代表作家或论家,包括如《古今诗删》、《诗归》、《诗薮》、《诗源辩体》、《诗镜》等几部重要诗歌选集和论诗著作,阐发其主要诗学观念,对各个时期诗学特点作了大致的勾勒,并在全书末章重点对多种明代诗学文献作了清理和简述,结构布局比较明晰,为研究者提供了某种便利。但限于丛书的篇幅,全书对各家诗学观念的分析相对简略,又书中各个章节基本按人分述,虽顾及了叙述上的便利,然在一定程度上也影响到论述理路的整体性和连贯性,以及对明代诗学思想发展演变脉络的有机梳理。陈著《明代诗学》与《明代诗学的逻辑进程与主要理论问题》大体可以合二为一,后者乃在前者的基础上扩充部分内容而成(全书分"明代诗学的逻辑进程"和"明代诗学的主要理论问题"上下两编,下编即为《明代诗学》一书内容)。该书的特点是力图从历时(逻辑进程)与共时(主要理论问题)的两个维度来探察明代诗学的特征,其中上编将明代的诗学发展进程分成"明代前期的哲学流变与诗学建构"、"同质异构的阳明心学与七子古学"及"启蒙学术思潮中的诗学变异"三部分加以论述,以时代精神的变迁作为切入点,较为清晰地阐析了明代诗学建构与演变的阶段性特点。但其中主要以台阁体和山林诗、茶陵派、前后七子、李贽及公安派等的诗学倾向或观念作为考察的对象,讨论的覆盖面相对有限;下编则重点从"诗'贵情思而轻事实'"、"诗体之辨:从体裁到风格"、"信心与信古"、"'清物'论的生成及其在明代的展开"、"从格调到神韵"等五个层面,剖析了明代诗学中的若干重要论题,也间杂作者独到之见,只是其所简括的五个层面,多为明代诗学中一些显在的论题,尚不足以反映其所涉及的理论问题的全面性。总之,朱、陈二人的论著对初步梳理明代诗学发展演变的脉络诚有裨助,也因此体现了较为重要的学术价值。但同时也存在有待于对明代诗学展开更为系统、深入研究的较大空间。

　　诗学思想按照分类,大致体现在两大层面,一是关于诗歌史的观照,二是指涉诗歌批评。后者若借用刘若愚先生《中国文学理论》对于文学研究区分的思路,包括"理论批评"和"实际批评"。"理论批评"一是属于"本体论",探讨诗歌的基本性质与功用,二是属于"现象论"或"方法论",探讨形式、类别、风格和技巧;"实际批评"则涉及对于诗歌作品的诠释和评价。① 当然,就诗学思想实际呈

---

① 参见(美)刘若愚著、杜国清译《中国文学理论》,第1页至2页,江苏教育出版社2006年版。

现的形态来看,无论是关于诗歌史的观照,还是指涉诗歌的"理论批评"和"实际批评",时常并非各自分割独立,而是相互交错混同。并且,各诗家或论家个人性的阅读体验和批评立场,更增加了诗学思想呈现的复杂性。英国学者阿拉斯泰尔·福勒将文学或文类批评划分为"构建、阐释、评价"三个逻辑阶段,因为"批评材料绝非客观存在之物的集合,而是主观中邂逅的文学",所以"与文学的邂逅总是富于个人色彩,一定程度上说,无论是文学的构建、阐释,还是价值评判,皆因人而异"。如果说,作为"批评行为的第一个阶段"的构建,主要在于"确定原作作者创作意图下作品体现出的特征","要在各个层次上还原出原作的特征",那么,特别是作为"批评的核心环节"的阐释,"要突破构建阶段所确定的边界",也因此可以说"阐释是收缩之后的扩张",这是由于"即便批评家坐上时间机器,或者有通灵的能力,可以自动完成作品的构建,依旧要根据自己的喜好对作品加以阐释",与构建环节不同,"阐释环节主要体现出批评家或读者的兴趣",也就是"阐释必须直接应对批评家或读者的状况,而不是困守于原作之中,不敢越雷池半步"。这意味着阐释环节具有的某种不确定性和开放性。[①] 阿拉斯泰尔·福勒划分文学或文类批评三个逻辑阶段而提出的批评原则,应该说比较符合文学批评的实践。就中国古典诗歌而言,文类体制的限定和以蕴藉传达为尚的文本表现艺术,增加了批评家或读者在"构建"、"评价"尤其是"阐释"等诸环节的批评空间,由此,自然也增加了文本批评"因人而异"的复杂情形,而这同样反映在明代的诗学思想系统之中。

鉴于各类诗歌批评与理论著述成为诗学思想的主要载体,因此,本书面向有明一代诗学思想发展历史所进行的考察,乃以各类明人诗话、诗歌评点以及各种序跋论说等相关的诗学文献作为重点的研究资源。从明人的整个诗学话语系统来看,可谓是众说标立,异态纷呈,表现出复杂而多元的显著特点。然而观察这一领域的研究状况,尽管相关的一些成果已从不同角度和在不同程度上涉及之,但总体而言,或主要着眼于对某一流派、某一地域诗人群体,若干代表性诗家或论家的探析,或仅在考察通代诗学流变的过程中简略述及之,或重点从接受史的角度,梳理诸如唐诗这类经典诗歌传统的接受历程。这一切,不仅

---

① 参见(英)阿拉斯泰尔·福勒著、杨建国译《文学的类别:文类和模态理论导论》,第 1 页、283 页至 305 页,南京大学出版社 2018 年版。

在客观上为学人提供了强化明代诗学思想研究更多的探讨空间,并且赋予了致力于诗学资源异常丰富、思想脉络相对复杂之明代诗学的全面研究以重要的学术意义。本书的研究任务和基本目标,在于系统考察有明一代二百七十馀年间诗学思想的发展历程,立足于历史与逻辑的角度,勉力廓清横亘在这一重要历史时期的诗学思想演化的总体态势,在此基础上,揭橥其在中国诗学思想发展史上的作用和意义。具体来说,集中体现在两大方面:一是力图从整体而有机的层面出发,在系统开掘和解析有明一代丰富诗学资源的基础上,全面梳理这一历史时期诗学思想的多重脉络,深入辨识它的总体演化趋向,结合对其具体发展历史进程的探讨,展示它在各个不同阶段的形态特征和精神内蕴,并进而审观明代诗学在整个诗学思想发展史上的特殊位置;二是通过对明代诗学思想史的系统考察,深化对于整个明代文学思想、乃至于中国文学思想发展史的系统认知,促进包括诗学思想在内的文学思想这一研究领域朝着更为全面而深入的方向拓展,推动明代文学史、乃至于中国文学史等相关领域研究的纵深开展。

　　站在一种历史过程的观照角度,文学和文学思想的发展变化均具有其自身的进行特征,而对不同的特征描述,则应以从历史过程中抽绎出来的价值系统为参照。勒内·韦勒克《文学理论》一书论及文学史的分期问题,指出:"即使我们有了一套简洁地把人类文化史,包括政治、哲学及其他艺术等的历史再加细分的分期,文学史也仍然不应该满足于接受从具有不同目的的许多材料里得来的某一种系统。不应该把文学视为仅仅是人类政治、社会或甚至是理智发展史的消极反映或摹本。因此,文学分期应该纯粹按照文学的标准来制定。"又指出:"我们的出发点必须是作为文学的文学发展史。这样,分期就只是文学一般发展中的细分的小段而已。它的历史只能参照一个不断变化的价值系统而写成,而这一个价值系统必须从历史本身中抽象出来。因此,一个时期就是一个由文学的规范、标准和惯例的体系所支配的时间的横断面,这些规范、标准和惯例的被采用、传播、变化、综合以及消失是能够加以探索的。"韦勒克强调这种"文学的规范、标准和惯例的体系","必须从历史本身中抽取这一体系","必须从实际存在的事物中发现它"。如果从这一意义上去认识文学的"时期",那么,"这样的一个关于'时期'术语的概念和通常使用的那种扩展到心理类型中并与它的历史的前后关系相脱离的关于时期的概念是不同的","这样一种文学类型学和我们正在讨论的问题是根本不一样的,在狭义上说,它不属于文学史"。韦勒克认为,由此来看,"一个时期不是一个类型或种类,而是一个以埋藏于历史过程中并且不能从这过程中移出的规范体系所界定的一个时间上的横断面",也就是说,"一个特定的时期不是一个理想类型或一个抽象模式或一个种类概念的系列,而是一个时间上的横断面,这一横断面被一个整体的规范体系所支配","文学上某一个时期的历史就在于探索从一个规范体系到另一个规范体系的变化"①。韦勒克以上关于文学史研究涉及的文学史分期问题的论述,不无启示意义,从方法论的角度来说,它同样适用于诗学思想史研究的开展。这也是本书有意借助的一种观照方式,即从"历史过程"而非理想化或抽象化的"类型或种类"出发,考察明代诗学思想发展变化的历史样态,检视这一诗学思想系统为与"历史过程"相缔结的"规范体系"所"支配"或"界定"的不同的"时间的横断面"。为显明相关研究之眉目,在此有必要对明代诗学思想的发展历程及特征作一简略的勾画。

元明之际是我们探察明代诗学思想史的时间起点,总观此际的诗学领域,各家关注的问题面向相对开阔,涉及诸如诗歌的基本性质与创作要素、诗歌与学古的关系、诗歌的价值功能等多个方面的议题,其观照的角度和表达的诉求或因人而异,形成一种多元的格局。但与此同时,这种多元格局面临传统思想意识的深刻侵染,特别是朱明王朝建立之初,加强意识形态的全面调控,确立"崇儒重道"的基本方略,在文学领域强化尚教化、重实用的政治干预。与之相对应,诗学领域也不乏响应传统诗教、规范抒情导向以及突出诗歌经世实用功能之论调的泛起。元末明初以来,对有明一代诗学主流的形成发挥奠基作用并具有时代标志性意义的,则集中体现在宗唐诗学体系的构建。从元末杨士弘所编《唐音》到明初高棅所编《唐诗品汇》《唐诗正声》,宗唐诗学体系经历了一次显著完善化的过程,其中《品汇》之"博"或"备",《正声》之"纯"或"精",构成选录功能上的互补,成为更具整体性的一个唐诗范本。这些唐诗选本的编定及其确立的选诗宗旨,在很大程度上推动了唐诗在明代的经典化进程,特别是《唐音》注重对诗歌音律体制的鉴别,《品汇》以"声律"、"兴象"、"文词"、"理致"等多项审美指标为铨衡唐诗之则,且分别以盛唐诗歌为中心,指示它们相对侧重艺术

---

① 刘象愚、邢培明、陈圣生、李哲明译《文学理论》,第317页至319页,江苏教育出版社2005年版。

品鉴的审美路线,上承宋人严羽《沧浪诗话》以唐为尚、尤重"盛唐诸人"①的师法途径,下启明人复古诗学的宗唐思路。

　　在明代前期尤其自明成祖永乐年间以来,台阁文学势力趋于活跃,成为主导文坛风尚的一股重要力量。受制于"崇儒重道"的政治策略及意识形态的调控,旨在维护正统、尊尚教化的实用主义在馆阁文士中间有着广泛的认同度,如台阁体集中"表达了儒家思想在文化上的优越性,并褒扬了治道所带来的民族复兴"②。在某种意义上,馆阁文士中带有群体性的这一认同特点,体现了如德国著名学者扬·阿斯曼《文化记忆:早期高级文化中的文字、回忆和政治身份》一书所说的作为社会归属性意识的一种"集体的认同",这是"建立在成员分有共同的知识系统和共同记忆的基础之上",并且是"通过使用同一种语言来实现的",或者说循环其中的,"是一种经过共同的语言、共同的知识和共同的回忆编码形成的'文化意义'(Kultureller Sinn),即共同的价值、经验、期望和理解形成了一种积累(Vorrat),继而制造出一个社会的'象征意义体系'和'世界观'"③。检视台阁诗学思想体系,不同程度表现出的对于唐诗的尊崇,成为馆阁诸士古典诗歌接受的一种倾向性立场。推察起来,它从历史与现实两方面反映着台阁诗学的重要取向,其中既受到宋代以来唐诗经典化趋势的深刻影响,又和馆阁诸士国家意识主导下的实用主义立场相联系,表达了要求符合明帝国文学书写之需求的理性关切。宗唐实和他们对于唐诗价值意义的特定解读不可分割,一方面,馆阁诸士用心揭橥唐诗"追古作者"的意义所源,将其纳入抒写"性情之正"④的诗歌传承的正宗系谱,包括利用杜甫诗歌的经典效应,极力放大包孕在杜诗中的政治或道德意蕴,反映了他们重塑诗歌价值体系、建构理想抒情范式的某种诉求。另一方面,唐诗本身作为成熟的文学典范,特别是其表现体制的完备性以及美学特色,同时进入馆阁文士的审美视野,也令他们注意对唐诗在美学层面的价值抉发。这种接受取向上的两重性,既因宗尚对象而异,也因接受个体而异。台阁诗学有着深重的官方背景,浸润和引导当时和继后诗学领域

---

　　① 郭绍虞《沧浪诗话校释·诗辨》,第 26 页,人民文学出版社 1961 年版。

　　② (美)孙康宜、宇文所安主编,刘倩等译《剑桥中国文学史》,下卷,第 36 页,生活·读书·新知三联书店 2013 年版。

　　③ (德)扬·阿斯曼著,金寿福、黄晓晨译《文化记忆:早期高级文化中的文字、回忆和政治身份》,第 144 页至 146 页,北京大学出版社 2015 年版。

　　④ 金幼孜《吟室记》,《金文靖集》卷八,《景印文渊阁四库全书》,第 1240 册,台湾商务印书馆 1986 年版。

显在或潜在的作用不可低估,其宗唐的倾向性立场,包括针对唐诗展开的价值诠释,成为推助唐诗在明代经典化进程一股不可忽略的驱动力。

探讨明代诗学思想史的进程,成化、弘治之际,身为馆阁重臣和文坛主将的李东阳是一位格外值得注意的风向标人物。相对于明代前期台阁诗学系统,他在有关问题上提出了一系列独特的主张,这些主张从一个侧面反映了成、弘之际诗学领域的异动迹象。如他有感于在"崇儒重道"背景下强化和激发起来的以经术为尚的造士制度以及相应的学术风气,质疑"专尚经术,悉罢词赋"①政策的合理性,表达对诗道沦落的深切关注;一再强调诗文异体,辨正诗歌的体式规制,显示注重诗歌品格的理论自觉。其诗文异体论的意义指向,主要体现在三个方面:一是面对专注经术而轻视诗道的时风,突出诗歌自身体式规制的特殊性,强调《诗》与诸经同名而体异"②,"《诗》在六经中,别是一教"③,在源头上将诗从与诸经的同一类属中分离出来,赋予其以有别于诸经的自主性,亦为深受经术影响以至沉沦的诗道重新获得生存和发展空间提供理论依据。二是明初以来为官方规范的科举时文,成为热衷于功名仕途文人士子重点摹习的对象,这一特殊文体在展现其影响时人文章书写风格的强势性的同时,也对古文与诗歌的生存和发展造成不同程度的冲击,即如李东阳慨叹"夫士之为古文歌诗者,每夺于举业,或终身不相及"④,其中乃有感于科举之业包括应试文体对"歌诗"所造成的侵蚀。三是处在当时文以负载更多政治功能的文强诗弱的总体格局,诗文异体论的提出,意在抬高诗歌的创作地位,赋予其以相对独立的审美空间。具体到李东阳对诗"体"的阐释,其中最值得注意的是他从"兼比兴"、"协音律"⑤的角度,探讨诗歌的文体性质及其艺术属性,包括诗歌基本的修辞艺术以及诗合于乐的原初特性,分辨诗之为诗的文体的独特性。这些都在不同程度上展示了他较有个性的诗学立场以及台阁诗学趋于分化的某种迹象。若从考察成、弘之际台阁诗学的整体格局出发,我们还可注意其他馆阁文士所持的诗学立场。总体而言,此际的台阁诗学作为有着官方背景的文学系统,其维护正统、尊尚教化的实用意识仍凸显在馆阁诸士的诗学观念中,成为台阁诗学主导话语的一种

---

① 李东阳《书读卷承恩诗后》,周寅宾点校《李东阳集》,第三卷,第193页,岳麓书社1985年版。
② 《镜川先生诗集序》,《李东阳集》,第二卷,第115页,岳麓书社1985年版。
③ 《怀麓堂诗话》,《李东阳集》,第二卷,第529页。
④ 《括囊稿序》,钱振民辑校《李东阳续集·文续稿》卷四,第182页,岳麓书社1997年版。
⑤ 《镜川先生诗集序》,《李东阳集》,第二卷,第115页。

延续,体现了它强势的影响力。但同时,不同程度淡化诗歌的实用色彩,重以艺术审美相鉴察,亦从一些馆阁文士的论诗主张中传递出来。如吴宽、王鏊等分别强调诗家自我心志的塑造,倾向诗歌艺术韵趣的营构,注重诗心与诗趣的独特表现,自和实用色彩浓厚的台阁诗学的主导话语不可等而观之,在维系传统的同时又融合了某些变化。

假如从包括诗学思想在内的明代文学思想整体发展格局观之,或认为"整个明代文学批评的方向受到前后七子的重大影响"①。此说并不过分。明孝宗弘治年间,以李梦阳、何景明为代表的前七子倡兴诗文复古,成为明代中期文学格局发生显著变化的突出表征,而前七子所构建的复古诗学,也成为明代诗学思想史极为重要的一环。观李、何诸子复古诗学的基本宗旨和审美取向,如一言以蔽之,则可说是"反古俗而变流靡"②。总体上,诸子对于古典诗歌系统的辨察,大多表现出追溯本源的倾向性,他们将《诗经》、汉魏古诗、唐代尤其是盛唐近体诗列为重点宗尚目标,旨在追溯古诗和近体诗系统的本源。这还不只是时间上纵向上溯的一个概念,更主要的是,诸子将古诗、近体诗的形成和完熟的源头,与它们各自原始的审美特征联系起来加以审视,赋予这种原始的审美特征以足供取法的典范意义,以返至他们所认为的真正意义上的"古俗",并且认为,自此出发,才能切实把握古典诗歌系统之正脉,维护诗道延续发展的纯正性。鉴乎此,他们更用心去体认、推尚古诗和近体诗的原始的审美特征,注意分辨古典诗歌历史进程中的近"古"与远"古"的承传及变异之现象,突出了古典诗歌系统审美之原始性与典范性之间的对应关系。

特别是针对诗歌体制展开多重释说,成为李、何诸子复古诗学的中心议题。通观李梦阳、何景明对于诗歌的定义,其反复述说主情为诗之所本这个看似简单而又重要的传统命题。无论是李梦阳提出"夫诗比兴错杂,假物以神变者也。难言不测之妙,感触突发,流动情思",批评"宋人主理作理语",以为"诗何尝无理,若专作理语,何不作文而诗为邪"③? 从诗主情而非主理的定性,引出诗文的

_____

① (美)蔡宗齐著、刘青海译《比较诗学结构——中西文论研究的三种视角》,第59页,北京大学出版社2012年版。

② 康海《渼陂先生集序》,《对山集》卷十,明嘉靖刻本。

③ 《缶音序》,《空同先生集》卷五十一,《明代论著丛刊》影印明嘉靖刻本,台湾伟文图书出版社有限公司1976年版。

分界问题,还是何景明有言"夫诗之道,尚情而有爱;文之道,尚事而有理"①,以"尚情"与"尚事"区分诗文不同的撰作取向,都成为诗本主情命题的逻辑基础。比照"诗言志"、"诗缘情"这些诗学的传统命题,李、何申述诗以主情为本,虽不能算作革新性的倡论,但因其主要基于对诗歌史的检察,基于诗歌实践和诗学传统命题形成的冲突,仍体现了富含警戒和纠止意味的特别价值。在他们看来,特别是"宋人主理作理语"诗风的兴起,对诗歌的抒情体制造成前所未有的冲击,淡化了诗歌作为抒情文体的纯粹性,甚至模糊了诗文各自既定的界限,扮演了反诗歌抒情传统的角色。如此,他们反复明确关乎诗歌本质的抒情体制,排斥宋人的"主理"诗风,诚然含有审视诗歌发展历史、为诗歌抒情传统进行正本清源的自觉意识。不仅如此,关于诗歌体制的问题,李、何等人又分别提出过"格调"说。尽管此说不能代表李、何等人论诗主张的全部,他们也未曾以格调来总括自己的诗学立场,但说李、何等人论诗重视格调又确是事实。李、何论格调,对其意义的辨识多具特定的指向。如"格",重点指向的是不同作品共通与本质的品性,这种共通与本质的品性又蕴含在作品之"体"中。因此"格"、"体"之间关系紧密,判别作品是否合"格",主要以古作特定的体格或体式为衡量基准,这也是"格古"或"高古"之"格"铸成的必由途径。如"调",既被注入了诗人情感性气的质素,不能完全外于诗人"性情"而求之;又其基本意义和判别标准,被定格在诗歌的音响声调上。李、何主张的格调,虽各自的意义界限或有交叠,未能完全分立,但仍具有相对明确的限定,从某种意义上说,这应该源自他们对于诗歌体制认知的细化和深化。

前七子复古诗学表现出的最为显著的特征,乃指向李、何诸子注重法度的一种技术理念。刘若愚先生《中国文学理论》论及李梦阳《驳何氏论文书》诸如"规矩者,法也。仆之尺尺而寸寸之者,固法也","若以我之情,述今之事,尺寸古法,罔袭其辞,犹班圆倕之圆,倕方班之方,而倕之木非班之木也"②之类的辩驳,提出李梦阳此说意在申辩他所摹仿的不是古人的文字或观念,而是具现于古人作品中的文学技艺的规则或方法,显示了一种"技巧概念"。根据这一概念,文学的创作被视为精心构成而非自然表现的过程,它注重的是"技艺",从而

①《内篇》,《大复集》卷三十一,《景印文渊阁四库全书》,第 1267 册。
②《空同先生集》卷六十一。

导致李梦阳相信拟古主义以及遵循规则或方法。^① 此论诚为的见。其实不仅是李梦阳，重视古典文本技艺性规则或方法的意识，在前七子其他成员中也不同程度存在，虽然各人认知的角度间有侧重或差异，李、何二人为此曾经发生的彼此论争，就是最典型不过的例证，但大多又将习法视为学古的一条必要途径，二者构成紧密的逻辑关联。从这个意义上说，返归"古俗"的实践方式，就在于体认古作相应的法度规则，熟习古作的体格或体式。从明代前期诗学领域的大势观之，经世实用意识占据上位，在台阁文学势力呈现活跃态势的情形下，实用主义获得馆阁文士的普遍认同，成为带有官方背景的一种强势的诗学话语。相比较，前七子构建的复古诗学，基于某种技术理念，加强学古与习法的联系，重视诗歌体制层面的建设，以回归诗歌本体艺术为导向，更多将注意力聚焦于诗歌的审美功能，相对于凸显在明代前期诗学领域的经世实用意识，事实上形成一种反逆的态势。尽管李、何诸子在强调学古习法之际，面临自我创造性缺失的潜在风险，但这种趋于上升的法度意识以及对于诗歌审美功能的关注态度，则提示其超离实用主义而转向技术主义的价值取向。

如进一步拓开考察的范围，前七子在结盟过程中不断扩大的文学交游圈，特别是其中的同盟者，自然又为我们整体和横向探究前七子诗学思想形态提供了针对性的目标。这些同盟者既与李、何诸子保持不同程度的同调，也基于各自的经验、识力、趣味以及地域等方面的差异，在具体的诗学取向上，较之诸子又有所不同。加强对于这些异同点的透视，可以帮助我们更加全面而立体地认识前七子的文学影响，以及流派内部诗学观念的交流与碰撞。这当中身为前七子文学阵营成员的李濂、黄省曾、顾璘、陆深等人，他们的诗学观点本身和李、何等人有着不少的共识，同时又存在某些异别。如李濂提出"正轨以慎其途，旁求以参其变"，"气格雄浑为之主盟，词彩葱蒨为之佐辅"。前者涉及诗体的取法，其于五言古诗即以汉魏之作为"正轨"，与李、何诸子确立的古诗宗尚目标接近，而作为与"正轨"相对应的"旁求"，则于歌行、近体除"必则李、杜"之外，"更以初、盛唐诸公参之"，为的是强调"体无常师"^②，其秉持的取法立场更具兼容性，

---

① 《中国文学理论》，第133页、137页至139页。
② 以上见《答友人论诗书》，《嵩渚文集》卷九十，《四库全书存目丛书》影印明嘉靖刻本，集部第71册，齐鲁书社1997年版。

与李、何等人则有所差异。后者涉及诗歌的表现风格,比照李、何诸子大多倾重"雄浑朴略"①的诗风,李濂强调"气格"主于"雄浑",显与之合调,但他同时要求佐以"葱蒨"之"词彩",则又和诸子"贵情不贵繁"、"贵质不贵靡"②的风格取向不尽一致。再如顾璘提出,以"骚赋期楚,文期汉,诗期汉魏,其为近体也期盛唐"为"词教之正宗、文流之永式"③,其于诗歌所依循的,不外乎为李、何诸子所推崇的古近体分别重汉魏、盛唐诗的宗尚路线。不过,这并不代表他的诗学主张全然和诸子合拍,特别是如他指出,"诗之为道,贵于文质得中,过质则野,过文则靡"④,突出的是兼顾文质、调合二者的折衷思路,这自和诸子大多"贵质不贵靡"的以质为尚的观念已有差异。

　　站在考察前七子文学影响乃至明代中期诗学思想发展趋势的角度,我们还需将视线再移向自弘治中期至嘉靖中期,在前七子及其同盟倡导复古的同时和稍后,活动于当时文坛而笃志复古的文士群体,他们的诗学立场同样值得关注。这一群体当中特别如陈沂、袁袠、胡缵宗、王维桢、孙陞、朱曰藩等人,在文人圈颇受瞩目,他们虽未直接加盟前七子的文学阵营,但大多和诸子阵营发生直接或间接的联系。审察他们的诗学思想,其中有的深受李、何等人复古理念的影响,步武诸子之迹,为之鼓吹呐喊;有的在诗文主张上,原本和李、何诸子较为契合,复古的趣味相近。这些方面,又相对集中在诗歌宗尚目标的选择、诗歌体制的建设、学古习法的方式等有关问题上。综理其绪,他们围绕这些问题所展开的讨论,既和李、何诸子具有吻合之处,又间或有所演绎和补充,客观上对于延续和传播前七子复古诗学发挥了重要的作用。同时在另一个方面,特别从嘉靖之初以来,前七子构建的复古诗学也进入一个被调整和变移的时间段,观其变化情势,主要体现在如下几个方面:

　　第一,与李、何诸子宗尚倾向有所不同而推尚六朝诗歌,从溯源的角度,重新梳理六朝与唐代诗歌之间的关系,揭橥六朝诗歌影响唐代诗歌的历史意义。察其原因,除了受到地域文学意识的驱使,还出自调整李、何诸子复古理路的考量。应当说,推尚六朝诗歌者之所为,造成和前七子在诗歌宗尚目标选择上的

①　康海《樊子少南诗集序》,《对山集》卷十三。
②　李梦阳《与徐氏论文书》,《空同先生集》卷六十一。
③　《严太宰钤山堂集序》,《息园存稿》文卷一,《景印文渊阁四库全书》,第1263册。
④　《与陈鹤论诗》,《息园存稿》文卷九。

某些差异确是事实,但这种差异并未上升至如有研究者所认为的一种宗尚的对峙。实际的情形是,那些以六朝诗歌相尚者,或置六朝和唐代诗歌于并行不悖之轨,重新为六朝诗歌定位,旨在追索唐代诗歌的历史渊源,将六朝诗歌纳入宗唐的整体系统,如其时皇甫汸、沈恺、徐献忠等人推尚六朝诗歌的立场,即当作如是观。因此可以说,他们主要是在宗唐意识的主导下审视六朝诗歌的价值,这和李、何诸子的宗唐路线并未形成根本性或原则性的冲突。总的来看,他们或从追溯本源的角度,以相对独立于有唐一代诗歌系统之外的六朝诗歌为标格,昭彰它们和唐代诗歌构成的有机联系,以归于"唐人格律"①。这在根本上集中指向他们处于上位的宗唐诗学观念,也显示他们对李、何诸子复古理路所作出的适度修正,并未以全面否定后者的诗学立场尤其是宗唐的取向为前提。

第二,在维持以唐为尚总体取向的同时,将宗唐的范围从盛唐不同程度地拓展至初唐、中唐甚至晚唐,唐诗价值的阶段分际相对趋于淡化。如"论诗一以初唐为宗"②而曾从何景明受业的樊鹏,在嘉靖年间编成《初唐诗》,"专取贞观至开元间诗","而古诗不与焉",自称"诚以律诗当于初唐求之,古诗当于汉魏求之"③。以李、何诸子复古诗学的特点而言,其针对唐代诗歌,在建构以盛唐为中心的宗尚系统之际,特别对初唐诗歌有所旁及。如李梦阳所作就有"效唐初体"、"用唐初体"。④ 何景明自述习诗,"学歌行、近体有取于(李、杜)二家,旁及唐初、盛唐诸人"⑤。康海则提出初唐诗"其词虽缛,而其气雄浑朴略,有《国风》之遗响",故曾"独悦"⑥之。如此说来,嘉靖之初对初唐诗歌的趋习,与李、何诸子诚有交集,实非完全相扞格。但像樊鹏这样极力推崇初唐诗歌,其关注和实践的强度则为前者所不及。比较之下,此际重视中唐甚至晚唐诗歌的动向,情况则有所不同,如嘉靖间"昆山三俊"之一的周复俊,于诗重唐音,其以晚唐为"元神其渐销薄"的唐代诗风衰薄的转折点,将初唐至中唐诗歌分别标为"胚胎浑沦"、"风格温厚"、"气韵宏逸"⑦,各有所取。再如曾师事李梦阳的张含,则倾

---

① 徐献忠《琏川诗集序》,《长谷集》卷五,《四库全书存目丛书》影印明嘉靖刻本,集部第86册。
② 钱谦益《列朝诗集小传》丙集《樊金事鹏》,上册,第326页,上海古籍出版社1983年版。
③ 《编初唐诗叙》,黄宗羲编《明文海》卷二百二十,第3册,第2219页,影印清钞本,中华书局1987年版。
④ 如《空同先生集》卷十五有"效唐初体"十七首,卷二十有"用唐初体"五首。
⑤ 《海叟集序》,《大复集》卷三十二,明嘉靖刻本。
⑥ 《樊子少南诗集序》,《对山集》卷十三。
⑦ 《评点唐音序》,《泾林文集》卷四,《四库全书存目丛书》影印明万历二十年(1592)周玄暐刻本,集部第98册。

向于"四唐",分别标示初、盛、中、晚唐诗之"工"、"精"、"畅"、"蔚"①的特点。又如何良俊于中、晚唐诗亦皆有所取,以晚唐为例,其题王安石多选录晚唐诗的《唐百家诗选》云,"虽是晚唐,然中必有主,正所谓六艺无阙者也"②,接纳之态度即可见一斑。这些比较李、何诸子"大历以后弗论"③严饬的唐诗价值阶段分际,取舍的态度相对宽容,或可以说是对有唐不同阶段诗歌价值的重新确认。

第三,与李、何诸子总体偏重雄浑豪放一路诗风的趣味相比,展现了诗歌审美取向上的某种丰富性。李、何诸子对雄浑豪放诗风的偏向,除了受到地域因素的影响和个人审美嗜好的制约,还出于强烈的"反古俗而变流靡"的变革诗坛现状的特定动机。但尤其自嘉靖之初以来,当这种反制的目标变得相对模糊,反制的动力有所削弱,加之地域的区隔和主观审美的差异,偏重雄浑豪放一路诗风的审美趣味在文人圈中的感召力或渗透力势必为之下降,甚至出现了质疑的声音。如李开先既认可李、何等人"回积衰,脱俗套"④的复古业绩,以为"遵尚李、杜,辞雄调古,有功于诗不小",然又指摘其"俊逸粗豪,无沉着冲淡意味"⑤,并因此得出"弘治以后,及北人豪放之失"⑥的结论。何良俊检讨李、何诸子诗风,其中评李梦阳诗曰,"空同关中人,气稍过劲,未免失之怒张"⑦,多有责难之意,于是特意标示"婉畅"为诗歌理想的美学风格,所谓"婉畅二字,亦是诗家切要语,盖畅而不婉,则近于粗,婉而不畅,则入于晦"⑧。而至于徐献忠,虽也肯定李梦阳等人振兴诗道之功,声称"献吉之出,力持格气,济以葩艳,可谓雅道中兴矣",但又说"惜其和平之气未舒,悲凉之情太胜",更青睐"发调娴雅"⑨之作。合观数家之论,其中也多少透出超越李、何诸子审美偏嗜的重要信息。

第四,"嘉靖八才子"中彼此立场相近的王慎中、唐顺之二子崛起于文坛,他

---

① 张含《读鹤田草堂集》,蔡云程《鹤田草堂集》卷首,《四库全书存目丛书》影印清钞本,集部第91册。
② 《四友斋丛说》卷二十四《诗一》,第216页,中华书局1959年版。有关《唐百家诗选》的编者历来存有争议,今人或以为此集当系宋敏求、王安石合作编纂而成,参见查屏球《名家选本的初始化效应——王安石〈唐百家诗选〉在宋代的流传与接受》,《安徽大学学报》2012年第1期。
③ 王廷相《刘梅国诗集序》,《王氏家藏集》卷二十二,《明代论著丛刊》影印明嘉靖刻本。
④ 《李崆峒传》,《李中麓闲居集》卷十,《续修四库全书》影印明刻本,第1341册,上海古籍出版社2002年版。
⑤ 《咏雪诗序》,《李中麓闲居集》卷六,《续修四库全书》,第1341册。
⑥ 《海岱诗集序》,《李中麓闲居集》卷五,《续修四库全书》,第1340册。
⑦ 《四友斋丛说》卷二十六《诗三》,第234页。
⑧ 《四友斋丛说》卷二十四《诗一》,第214页。
⑨ 《跋彭孔嘉诗》,《长谷集》卷九。

们浸染程朱理学和接受阳明心学的学术取资,深刻影响了其包括诗学在内的文学思想。二人自早年慕效李、何诸子至后来"尽弃前之所学"①,显示他们在学术思想注塑下文学立场的重大变更,也传递出反逆李、何诸子复古取向的强硬信号。比较起来,虽然王、唐在诗歌宗尚问题上的看法不尽相同,如王慎中"诗亦以盛唐为宗"②,认为"盛唐之诗,则人人有眼目,篇篇有风骨"③,而唐顺之则特别推尊宋人邵雍之诗,有言"三代以下之诗,未有如康节者","盖以为诗思精妙,语奇格高,诚未见有如康节者"④,但彼此之间的共同点又是显而易见的,这就是,他们都在意根基于创作主体心性涵养的诗歌精神品格的开掘。如王慎中强调诗要有"独至"之"意"⑤,这和他主张的为文之道相通,而诗人之定"意",要求以道德伦理相规范,以趋于"体高而意正"。这一切,则需通过主体"气厚而神完"⑥的心性涵养过程加以实现,其看重的乃是个人主观内在体验和精神生活自得的呈现,也表明其有意从充实和开掘诗歌的精神内蕴着力,指向颠覆李、何诸子复古路线的实际目标。而如唐顺之所以重邵雍之诗,实质上还是偏嗜邵诗所本的"洗涤心源,得诸静养"⑦的内在修持工夫及其在诗中的表现,这和他本人重"本色"之"高"而主张"洗涤心源"⑧的基本诉求相联系。而如此已和李、何诸子排击宋诗的立场大相径庭,也表明其脱出诸子复古诗学影响之彻底。

尽管随着前七子在弘治年间倡兴诗文复古,明代中叶诗坛的派别和门户意识愈益显突,但实际的情形又不可一概而论。主要活动在嘉靖年间而在明代诗学领域较有影响力的杨慎,就因为其所持立场多无所傍依,被清人沈德潜称作"拔戟自成一队"⑨,成为一个典型的例证。他的诗学思想即表现出对诗坛流派或门户意识的相对超越,具有一定的涵容性和独立性,也为其时诗学领域增添了一种独特的声音,显示嘉靖诗坛某种多元的走向。其中诗史意识与知识观

---

① 王慎中《再上顾未斋》,《遵岩先生文集》卷十五,清康熙刻本。
② 李开先《康王王唐四子补传》,《李中麓闲居集》卷十,《续修四库全书》,第1341册。
③ 《寄道原弟书十五》,《遵岩先生文集》卷二十。
④ 《与王遵岩参政》,《重刊荆川先生文集》卷七,《四部丛刊》影印明万历刻本。
⑤ 《张文僖公咏史诗序》,《遵岩先生文集》卷二十三。
⑥ 《双溪杭公诗集序》,《遵岩先生文集》卷二十一。
⑦ 王畿《击壤集序》,《龙谿王先生全集》卷十三,《四库全书存目丛书》影印明万历十五年(1587)萧良榦刻本,集部第98册。
⑧ 《答茅鹿门知县二》,《重刊荆川先生文集》卷七。
⑨ 《说诗晬语》卷下,潘务正、李言编辑点校《沈德潜诗文集》,第4册,第1958页,人民文学出版社2011年版。

念,成为最能体现杨慎诗学思想个性的重要标志。以前者而言,杨慎除了注意分别诗歌历史演变的时代性和阶段性落差,尤其是区分唐宋两个不同时代和有唐一代不同阶段诗歌的价值差异,以至在总体上作出"宋诗信不及唐"①和置初、盛唐诗于上位的价值判断,又在审视自唐至宋诗歌演变历史进程之际,摒弃简单而主观的价值定性,特别是对总体上"信不及唐"的宋诗,试图去还原其历史存在的具体而真实的面貌。他虽认为"宋诗信不及唐",但绝不接受"宋无诗"的推断,而质疑此说的自信和依据,则本自他对宋诗的重新审察,相对理性地识别其中特点之所在,包括品味宋诗蕴含的唐诗遗韵,尤其是以唐诗的审美风格去评鉴宋诗的创作特点,揭示唐宋诗歌之间内在的历史联系。而他对唐代诗歌演变历史的分辨,又注意识别唐诗不同时期作家和作品历史存在的复杂性、多元性及个别性,梳理各阶段诗歌之间的历史联系,由此表现出某种独立的评判立场,他对中、晚唐诗中别具特色之作的品鉴,最能说明这一点。另外,研究者习惯上多将杨慎归入六朝派,在我看来,这一单纯的派别归类,尚不足以准确认识他的诗学立场。事实上,杨慎并不反对推尊唐诗,而恰恰是唐诗热切的宗尚者,他的质疑所向,主要是只知宗唐而轻视唐诗源本的"顾或尊唐而卑六代"者,认为唐人对待六朝诗歌"效法于斯,取材于斯",这是不容无视的诗歌相承的历史事实,要对此客观面对,就必须厘清六朝与唐代诗歌"干"和"枝"、"渊"和"潘"②的连结脉络。从这一考察逻辑出发,辨析源本是认知对象的必要前提,追溯"六代"是"尊唐"的特定途径,其注视的是六朝与唐代诗歌承续和演进的关系。从后者来看,杨慎将必要的知识涵养作为规范诗歌创作的有效途径,主张"胸中有万卷书,则笔下自无一点尘"③,甚至将诗歌当作表现或释放诗人知识涵养的特殊载体,重视诗歌知识化的形塑过程。他论诗的一个显著特点,即或析解疑难用语,或分辨字词讹误,或追究诗中用典,涉及的问题纷杂。而旁征博引、细辨深究的主要意图,在于尽可能地还原不同诗歌文本的原始形态,尤其是通过对用语和用典等细微环节的辨析,解读诗歌特定的意义指向,剖析原始文本所包蕴的积蓄作者个人学养的知识含量及其价值所在。同时,作为这一观念的延伸,在杨慎看来,诗歌作品艺术化程度的提升,又是和知识化的形塑过程密切相

---

① 《升庵诗话》卷四"宋人绝句",丁福保辑《历代诗话续编》,中册,第717页,中华书局1983年版。
② 以上见杨慎《选诗拾遗序》,《升庵集》卷二,《景印文渊阁四库全书》,第1270册。
③ 《升庵诗话》卷十四"读书万卷",《历代诗话续编》,中册,第932页。

关,甚至连为一体,后者为前者充实了内涵,奠定了基础。

自嘉靖中期以来,以李攀龙、王世贞为代表的后七子突入文坛,并由此在文人圈产生广泛的影响。与前七子相比,后七子的复古立场于前者或有承袭,表现出若干与之相近甚至相同的特征,这也是学人大多将二者合为复古流派而联系起来加以研究的主要原因。但历史不会是简单的循环,后七子也绝非是对前七子包括诗学思想在内的观念主张单纯的复述与趋和,其中表现在二者复古诗学系统的差异性,折射出明代中叶以来诗文复古的变化动向。

如果说李、何诸子那里,他们基于复古和重视诗歌体制的思路,将学古和辨体联系在一起,那么至李、王诸子,关于诗歌辨体在他们讨论的话题中更为显突。尽管在后七子内部,对于如何辨体以明确宗尚目标的问题,诸子的看法不尽一致,特别是谢榛和李、王等人的观点就存在分歧,但对诗歌辨体的高度关注还是占据主流意见。相较于李攀龙等人,尤其是王世贞针对各种诗体的分辨和别类显得更为系统,也更为严苛。归根结底,这种专注于辨体的意识,还出自早在李、何诸子复古诗学中已呈现的注重法度的一种技术理念。不过由此推衍开去,比较二者,差别又是明显的。在学古问题上,李、何诸子虽然申诉拟学古作和依循法度之间的紧密联系,标示体认古典文本以不离法度的重要意义,但为了在"拟议"与"变化"之间维持紧张的制衡关系,又强调自我经验的充分介入,用以防范对于法度的过分依赖,以他们之见,"拟议"的意义在于恪守古典文本的"规矩",而寻求在此基础上的"变化"则是学古更高的境界。与之不同,李、王诸子中特别是王世贞,围绕诗歌如何学古习法的问题拈出"模拟之妙"①说。这一命题的实际意义,蕴含工于摹仿、巧于拟学的正面涵义,突出超越机械和拙劣仿袭的摹拟之道应有的合理性,它指涉的是一个双重性的概念,即"模拟"主于法度,以特定古典文本为范式,同时只有消泯循法拟学的痕迹也即"无迹",方可臻于层级更高的艺术之"妙"境。这取决于对法度极度精熟以至自然运用,或被王世贞称之为"不法而法"②。"法"属于目的性的根本要求,"不法"则体现技艺性的超凡造诣;"法"从"不法"中得以显现,"不法"则为"法"的至上之境。此说实可置于"至法无法"这一古典文学艺术理论的观念系统中去加以认知。"至法

---

① 《艺苑卮言四》,《弇州山人四部稿》卷一百四十七,明万历刻本。
② 《复戚都督书》,《弇州山人四部稿》卷一百二十五。

无法"作为艺术观念是在诗学体系基本形成的宋元之后凸显的,从本体论的角度观之,可以追溯至大道无形的传统道家思想,涉及法与道、法与言的哲学问题,即强调法进于道的神化境地和至法的不可言说性。① 王世贞的"不法而法"说作为蕴含传统至法理论基因的文学观念,多少折射出传统道家体认形上之道的本体论的影子。但不同的一点是,它突出了为体认法之至高境界而投入的技艺性的锤炼工夫,注重的是可以感知的创作主体的艺术认知和组织能力,以及将这种认知和能力融贯具体文本之中而呈现的高度技巧化的语言秩序,着眼于实现超离执着形迹的于法之低级认知的终极目标。② 这亦即如王世贞所说的,"琢磨之极,妙也自然"③。不同于"琢磨"之工有碍于"自然"表现的习惯认知,表现的效果被认定在很大程度上取决于工夫的施行,"自然"的意义并不单纯在于排除人为的介入,也指向"琢磨"至于极致所产生的"无迹"效果,"无迹"的"自然"表现正是通过循法锤炼的途径得以形成。由是,"琢磨"之工与"自然"表现之间发生正面的关联,其偏向的是基于精湛琢磨工夫而形于诗歌文本之中极为工致、不露痕迹的法度自然运用的艺术之境。这一点,既表明复古意识在王世贞身上的扩张,又彰显了趋向强化的一种文学技术思维。

在后七子那里,技术理念的强化,同时伴随的是诸子法度意识的进一步提升。如谢榛,特别是关于诗歌的声律,成为他论诗的一个重点方向,显示他对这一关乎诗歌体制基本问题的高度重视。其中不仅反复论及诗歌的用韵,强调"作诗宜择韵审议,勿以为末节而不详考",视用韵为不可苟然为之的原则性问题;并且提出"平仄以成句,抑扬以合调",主张"先声律而后义意",不能"专于义意而忽于声律"④,其中涉及声调节奏的美感、声律与意义的关系等问题。所有这些,凸显了其严于诗歌声律之法的立场。又如王世贞宣称"语法而文,声法而诗"⑤,明确诗文创作必须恪守的基本原则。较之李、何诸子,他不只是在一般意义上主张"法"对于规范诗文创作的必要性,而且突出它们作为特定规则的针对性和不可替代性。尤其是他在追踪李、何诸子重视法度理念的基础上,将对诗歌法度涵义的诠释抬升至更为周密和细致的层次,专注于诗法严饬化的倾向更

---

① 参见蒋寅《古典诗学的现代诠释》,第 122 页至 138 页,中华书局 2003 年版。
② 参见拙著《前后七子研究》,第 548 页至 551 页,上海古籍出版社 2015 年版。
③ 《艺苑卮言一》,《弇州山人四部稿》卷一百四十四。
④ 以上见《诗家直说七十五条》,《四溟山人全集》卷二十三,《明代论著丛刊》影印明万历刻本。
⑤ 《张肖甫集序》,《弇州山人四部稿》卷六十八。

为明显。如他指出:"诗有起有结,有唤有应,有过有接,有虚实,有轻重;偶对欲称,压韵欲稳,使事欲切,使字欲当。此数端者,一之未至,未可以言诗也。"①据此,诗歌关涉的法度成为一个周至而严整的概念,其中"起"与"结"、"唤"与"应"、"过"与"接"、"虚"与"实"、"轻"与"重",以及"偶对"、"压韵"、"使事"、"使字"等,构成相对完密的作法系统,大到篇章结构,小到句字布置,包括相关的构结要素,每个环节皆被作为诗法系统的有机组成。这些规则要求,也正体现了王世贞一再主张的"篇法"、"句法"、"字法"等诸作法诉求,凝集着他旨在规范诗歌法度的一种技术理念。

较之前七子,后七子复古诗学同时呈露以"精"、"雅"为尚的显著特征。有关"精"的问题,特别是王世贞论之尤详,如"精思"即为他一再所主张,"精思"的目的在于"御易"②,提倡激发精纯深细的艺术运思,反对趋向畏难就易的便捷径路,以免落入苟就粗陋的创作之窘境,它体现的是要求精心塑造诗歌的艺术体制以严格合乎相应法度规范的一种高度自觉。这本身和王世贞等人法度意识的提升、技术理念的强化密不可分。至于"雅"的问题,后七子之中不仅王世贞多予重视,其视"雅"为诗歌理想品格的构成要素,而且李攀龙、谢榛等人也都曾分别加以申明。如李批评"今之作者"作诗用韵"苟而之俚"、"掉而之险",致使"雅道遂病",推崇古者"必谐声韵,无弗雅者"③;谢则声言作诗之"正宗",在于"变俗为雅,易浅为深"④。诸子论诗以"雅"为尚的立场,可以追溯到传统诗学重视雅俗之辨的基本取向。然对比起来,关于"雅"的涵义,王世贞与李攀龙、谢榛二人的理解又同中有异,一方面,王世贞以"雅"和俚俗相对,这成为他和李、谢之间的某种共识;另一方面,他又将"雅"引向道德理义的层面去加以认知,要求对诗歌的情感表现作出合乎理性的适度调节,以归于"发情止性"⑤、"和平尔雅"⑥,旨在标举一种合于雅饬而理性化的抒情范式,这又构成他和李、谢之间的认知差异。后者显示其向诗教传统蕴含的理性精神的某种回归,也体现了他对李、何诸子复古诗学所作的调整和改造。

---

① 《于觉先》,《弇州山人续稿》卷一百八十三,明刻本。
② 《邹彦吉屦提斋稿序》,《弇州山人续稿》卷五十四。
③ 《三韵类押序》,《沧溟先生集》卷十五,明隆庆刻本。
④ 《诗家直说八十五条》,《四溟山人全集》卷二十四。
⑤ 《徐天目先生集序》,《弇州山人续稿》卷四十五。
⑥ 《梁伯龙古乐府序》,《弇州山人续稿》卷四十二。

再从文学影响和传播的层面来看，较之前七子，后七子的力度则有过之而无不及。这其中特别是和身为后七子复古盟社的缔造者和领导者之一的王世贞的个人作为分不开，尤其自隆庆四年(1570)李攀龙辞世后，王世贞独主盟社，操持文柄，四方之士"望走如玉帛职贡之会，惟恐后时"[①]，其时即吸纳了一批文人学士，他们当中有的成为后七子的新生代成员，有的成为志趣投合的同道，于是形成一个以王世贞为中心的后七子羽翼群体。在诗学思想方面，大体观之，这些羽翼之士不啻是站在七子派的立场，传递应和李、何及李、王诸子的声音，而且更值得注意的，则是他们以自身的经验和趣识，在各自关注的层面作出相对独立的个性化判断，较之李、王等人，其观念意识更具包容性与开放性，体现了后七子后期诗学思想的一种变化态势。以后者言之，归纳起来，至少有这样几个动向值得注意：

一是关涉诗歌时代性价值的辨认，重点指向宋元诗歌的定位问题。诗学史的演变进程证明，唐诗的经典化压缩了宋诗乃至元诗的接受空间，七子派在明代诗坛的崛起，以其对唐诗尤其是盛唐诗歌经典化建设的全力投入，加剧了宋元诗歌尤其是宋诗的边缘化。在后七子后期阶段，如何看待宋诗乃至元诗的价值，或成为一些羽翼之士讨论的话题。如"后五子"之一的汪道昆，虽于古近体重视汉魏和盛唐之作，但又提出"降及挽近二代，不可谓虚无人"[②]，将两代诗作纳入择取之列，不无重新评估宋元诗歌价值的意味，这也因此被胡应麟解释为"其旨不废宋元"[③]。而如"末五子"之一的李维桢，乃将《诗经》以降古典诗歌的演变历史简括为"以诗为诗，《三百》而后，最近者汉魏，其次唐，其次明"[④]，其中除了鼓吹明诗之盛，同样亮出推崇汉魏和唐代诗歌的基本态度，成为靠近七子派诗学立场的某种表征。然他又声明，"宋诗有宋风焉，元诗有元风焉"，"故行宋元诗者，亦孔子录十五国风之指也"，指示宋元诗歌承续《国风》传统的独特意义，并作出"不以宋元诗寓目，久之悟其非也"[⑤]的自我反思。在宋元诗歌尤其是

---

① 钱谦益《题归太仆文集》，钱仲联标校《牧斋初学集》卷八十三，下册，第 1760 页，上海古籍出版社 1985 年版。

② 《诗纪序》，《太函集》卷二十四，明万历刻本。

③ 《与顾叔时论宋元二代诗十六通》八，《少室山房集》卷一百十八，《景印文渊阁四库全书》，第 1290 册。

④ 《诗经文简草序》，《大泌山房集》卷二十六，《四库全书存目丛书》影印明万历三十九年(1611)刻本，集部第 151 册。

⑤ 《宋元诗序》，《大泌山房集》卷九，《四库全书存目丛书》，集部第 150 册。

宋诗问题上，尽管如王世贞晚年也曾有"代不能废人，人不能废篇，篇不能废句"的表态，抑宋的态度似乎有所缓和，但他又坚持认为何景明"宋人似苍老而实疏卤，元人似秀俊而实浅俗"的评语为宋元诗歌之"定裁"，实际并未在根本上改变"惜格"而抑宋的初衷，且其主张于宋不废"人"、"篇"、"句"，原本即以"此语于格之外者"①。比较而言，如汪道昆、李维桢对待宋诗乃至元诗，则并不限于局部性的"人"、"篇"、"句"的认同，而主要放眼于诗歌史的背景而通观时代，为宋元诗歌重新进行价值定位，其辨识价值的角度诚不相同。

二是致力于"师古"与"师心"关系的解析。如汪道昆曾将诗友俞安期之作总括为"语师古则无成心，语师心则有成法"②，实则表达了他对"师古"与"师心"二者关系的看法。顾名思义，前者指外向法他，后者指内向法己，在汪道昆的表述中，二者并列兼顾，意味着互相理应构成相合不悖的关系。可以看出，汪氏强调师古法他之际不失师心法己，蕴含摹拟之中又求创新变化的期望，这多少接近七子派大多认同的"拟议以成其变化"③的学古原则。不过比较起来，其中的差别又不可谓不明显。特别是汪道昆对于"师心"的定义，尽管含有"恒自内于绳墨"④的平衡前提，以古人法度相制约，但同时凸显了以"心"为上的注重主体内在体验之特性，或谓之"文由心生，心以神用。以文役心则神梏，以心役文则神行"⑤，或谓之"言志为诗，言心声也。吾道卓尔，惟潜心者得之"⑥。类似的说法也见于"末五子"之一的屠隆之所述，即他主张既要"禀法于古"，又须"铸格于心"⑦。合观其论，所谓"禀法于古"，指认的是一条学古习法的诗歌创作径路，也表明他基本认同七子派诸子重视从古典文本中体认法度的学古策略。尽管如此，屠隆并不赞成诸子过度执守古作体格或体式而加强"体""法"关系的体认方式，因此又以"铸格于心"相照应，突出"心""法"之间的关联性，旨在超越对于古作体格或体式的单纯摹拟，消释为七子派诸子强化的"体""法"的紧密关系。循其思路，他所强调的，乃是"心"对"法"的消化与布置，在"心"统摄

---

① 《宋诗选序》，《弇州山人续稿》卷四十一。
② 《寥寥集序》，《太函集》卷二十五。
③ 何景明《与李空同论诗书》，《大复集》卷三十。
④ 《新都考卷序》，《太函集》卷二十三。
⑤ 《姜太史文集序》，《太函集》卷二十四。
⑥ 《少室山房续稿序》，《太函集》卷二十四。
⑦ 《汪识环先生集叙》，《栖真馆集》卷十，《续修四库全书》影印明万历十八年(1590)吕氏栖真馆刻本，第1360册。

下的"法"的运作。这意味着对法度的体认,在相当程度上取决于主体心内的基础和工夫。汪、屠所论的相似之处在于,不仅主张维系"师古"与"师心"的平衡或制约关系,并且在此基础上凸显"师心"的特殊意义,强调主体在体认法度过程中的主观能动作用,相对消解了倾向高度规范和严谨的循法思路,在一定意义上,这又是对从李、何诸子到李、王诸子愈益趋于强化的技术理念的自觉修正。

三是表现在诗歌审美取向上的自我调整。就此,登于"末五子"之列的胡应麟的有关论述,已显出一端。胡氏生平和王世贞交往密切,颇受后者器重,且其论诗也深受世贞的影响,因此多被视为直承世贞之衣钵,以至于集中体现其诗学思想的《诗薮》一书,被清人钱谦益当作"耳食目论,沿袭师承"的典型案例,斥之为"大抵奉元美《卮言》为律令,而敷衍其说"①。但实际情况又并非如此,特别如胡应麟涉及诗歌审美问题的论述,相较于包括王世贞在内的七子派诸子,可谓其中既有同又有异。观察他的诗学话语,"骨力"与"风神"为其一再相对举的两个概念。以"骨力"言之,它所对应的是一种雄浑厚重、豪健苍劲的力度,又被胡应麟称之为"筋骨",视作诗歌臻于"美善"的必备条件,这和七子派诸子偏重雄浑朴略一路诗风的审美取向比较接近。但他又认为,仅有"骨力"或"筋骨"不足以表现诗歌之"美善",尚需以"肌肉"和"色泽神韵"②相协配,他批评李梦阳等人学习杜诗而间涉"粗豪"③,即不无指摘其偏重"骨力"之意。所谓"风神",正是为纠正"骨力"之偏而与之相对举。与"骨力"的力度指向不同,它所对应的是词采洋溢、深婉隽永的韵度,体现与诗歌"筋骨"相协配的"肌肉"和"色泽神韵"。作为标志性的审美特征,它既关乎诗歌词采的营构,又关乎诗歌蕴藉的传达艺术,前者视"词藻瑰丽"④为鉴衡诗歌审美品位不可或缺的重要因素,后者标示"兴象玲珑,句意深婉,无工可见,无迹可寻"⑤的创作风韵。这些主张包括所运用的概念,虽然不能说完全出于胡应麟的自创,间或也融合了前人的见识,但至少蕴含着他在相关问题上某些个人的思索。尤其是相较于七子派诸子倾重雄浑朴略一路诗风而不无偏狭的审美取向,胡应麟对于"骨力"和"风神"的兼重并

---

① 《列朝诗集小传》丁集上《胡举人应麟》,下册,第447页。
② 以上见《诗薮·外编》卷五《宋》,第206页。
③ 《诗薮·内编》卷五《近体中·七言》,第103页。
④ 《诗薮·外编》卷六《元》,第234页。
⑤ 《诗薮·内编》卷六《近体下·绝句》,第114页。

举,展示了与之不同的圆融而匀和的审美思维,要说它因此多少起着纠正诸子审美偏嗜的作用,实在并不过分。

无论如何,晚明文坛异军突起的公安派和竟陵派是我们考察明代诗学思想史必须面对的两个重点目标。总体而言,处在后复古时代的公安派诸士以创变求异闻名于世,尤其是为争取文坛的话语权,他们面向流行的复古思潮而激发强烈的反省意识与变革企图,为推行包括诗学在内的文学领域革命性的变更极力呐喊。在诗学思想层面,其中有两大方面最值得关注:

首先,体现在他们对诗歌史的动态观照。注意区分不同历史时期作品时代性的价值差异,成为七子派倡导复古的理论基础,他们在选择古典资源之际,同时编排了古典诗文优劣有别的价值序列,这一序列不仅参照古典诗文变化演进的历史事实,而且根基于他们自身的审美嗜好。与之针锋相对,如袁宏道于古典诗文提出为人熟知的"唯夫代有升降,而法不相沿,各极其变,各穷其趣,所以可贵,原不可以优劣论也"①之说,其中牵涉如何看待时代污隆兴衰与诗文发展演变的关系问题。他虽承认"代有升降"的时代政治兴替的历史事实,然并不认为诗文盛衰与之必然相应,这和以文学表现的盛衰对应时代政治兴替的传统说法不尽合拍,消释二者关联性的意图不言自明,其前提在于尊重不同时代"各极其变,各穷其趣"的自主变化与审美习尚。就袁宏道对诗歌史的观照而言,他曾表示:"唐自有诗也,不必《选》体也;初、盛、中、晚自有诗也,不必初、盛也。李、杜、王、岑、钱、刘,下迨元、白、卢、郑,各自有诗也,不必李、杜也。赵宋亦然。陈、欧、苏、黄诸人,有一字袭唐者乎?又有一字相袭者乎?至其不能为唐,殆是气运使然,犹唐之不能为《选》,《选》之不能为汉、魏耳。"又指出:"今之君子,乃欲概天下而唐之,又且以不唐病宋。夫既以不唐病宋矣,何不以不《选》病唐,不汉、魏病《选》,不《三百篇》病汉,不结绳鸟迹病《三百篇》耶?"②据此推论,虽然时代政治的兴替难免影响到诗歌的变化,所谓宋代诸家"不能为唐",即是"气运使然",但这并不等于诗歌创作的盛衰完全取决于时代政治的兴替,二者之间并非构成代之升而诗为之高、代之降而诗为之卑的必然对应关系。由此出发,他强烈质疑七子派指引的"概天下而唐之"和"以不唐病宋"的宗唐路线。后者乃站

---

① 《叙小修诗》,钱伯城《袁宏道集笺校》卷四,上册,第188页,上海古籍出版社1981年版。
② 《丘长孺》,《袁宏道集笺校》卷六,上册,第284页。

在尊尚唐诗的立场贬抑宋诗,并注意区分初、盛唐诗和中、晚唐诗的价值差异。
这种尊唐抑宋的鲜明立场与分别唐诗不同阶段品级高下的鉴衡态度,与其对可
供参照的诗歌理想文本的标立相关联,也即宋诗以唐诗为参照,中、晚唐诗以
初、盛唐诗为参照,就此确认它们在价值序列中的不同位置。这样的比较基本
属于一种静态的观照方式,突出的是诗歌史上理想文本绝对的价值优势和示范
意义。相对而言,袁宏道采取的则是一种动态的观照方式,其认可的是唐宋和
有唐不同阶段诗歌各自的变化个性与审美价值,淡化了彼此之间的价值差异。
当然,在这个问题上公安派诸士的看法亦非完全一致,如袁中道有言"文章关乎
气运",似乎尚未完全脱出以文学表现的盛衰对应时代政治的兴替之习惯思路。
不过,他并未将受制于"气运"的诗歌时代性价值差异绝对化,如认为比较唐诗,
宋元诗虽"不能无让",但处"穷"而思"变",是以"各出手眼,各为机局"①,这和袁
宏道"各极其变,各穷其趣"说法相对接近。据他描述,诗歌之道"有作始,自宜
有末流;有末流,自宜有鼎革"②,其运动的轨迹并非简单的循环,而是呈现不断
纠正与更新的动态性的演进趋势。如此,他既关注"气运"影响形成的不同时期
或阶段诗歌盛衰各异的基本格局,又在意诗歌更新变革的内在机制与自我动
力,在他的诗歌史叙述中,这两方面同时存在。

　　其次,体现在他们对"真诗"意涵和宗旨的诠释。讨论公安派的诗学思想,
人们习惯上往往将其和袁宏道所主张的"性灵"说联系起来。事实上,"真"而非
"性灵"才是该派思想与文学围绕的核心所在,它也是"性灵"的最终旨归。③ 袁
宏道、中道以及羽翼之士江盈科,都曾反复申述"真"的问题。这一核心观念被
推行至诗学层面,理想诗歌创作形态的"真诗"成为他们的一种理论诉求,特别
是身为公安派核心人物的袁宏道,其"真诗"的主张和他对于"真"之人格的追求
联系在一起,这也充实了"真诗"的理论内涵。袁宏道提出"性之所安,殆不可
强,率性而行,是谓真人"④,"真人"之"率性而行"推至诗歌的表现层面,则是"任
性而发"而成为"真声"或"真诗"⑤,个中体现了其对李贽所强调的"童心"之自然

---

① 《宋元诗序》,钱伯城点校《珂雪斋集》卷十一,中册,第497页,上海古籍出版社1989年版。
② 《阮集之诗序》,《珂雪斋集》卷十,上册,第462页。
③ 参见都轶伦《重审公安派之思想与文学——"真"及其导向阐论》,《文学评论》2019年第2期。
④ 《识张幼于箴铭后》,《袁宏道集笺校》卷四,上册,第193页。
⑤ 《叙小修诗》,《袁宏道集笺校》卷四,上册,第188页。

之性涵义的直接承袭。不论是他夸言"生可无愧,死可不朽"的"真乐"①,抑或侈谈"唯会心者知之"的"自然"之"趣"②,几乎都是对人之各种本然情感欲念的极力渲染,突出的是它们的自然属性,此即为"真"的本质之所在。至于他推崇"无闻无识真人所作"而"尚能通于人之喜怒哀乐嗜好情欲"的"真声"或"真诗",实际上又是将"真"的人格追求复制到诗学的理论表述之中,将排除一切社会理性因素干预而直通"人之喜怒哀乐嗜好情欲"的自然之性贯穿于诗歌作品,以强化作为本然情感欲念的"真"的纯粹性和统摄性,"真诗"的理想形态则体现在这种自然之性无所隐蔽或无所修饰的畅达表现。袁宏道等人推崇"真诗"的宗旨,在狭隘的层次上,主要针对的是以七子派为代表的"近代文人",意在彻底清算其"粉饰蹈袭"的复古之"气习"③。他们基于对诗歌史的动态观照,认为各代诗歌"变"的创作个性消弭了时代性的价值差异,"变"使得各代相异的基础则源自"真",七子派及其追从者在静态的层面强调诗歌史上理想文本绝对价值优势和示范意义,容易导致拟古失"真"的后果。在宽广的层次上,特别是袁宏道对"真诗"的主张,传达的是"真人"的理想人格和实践这种人格的人生哲学,而并非孤立的一种理论表述。"真人"既是精神世界中的自主者,又是物质世界的纵情者,其淡却的是社会的道德伦理,自我的真实存在和本然的生命意愿被当作人生实践的明确方向和不二准则。因此,"真诗"说又是为配合理想人格及人生哲学的全面演绎而提出的,成为袁宏道在理论层面进行的一种宣示策略。

与公安派相似,以钟惺、谭元春为代表的竟陵派在晚明文坛的崛兴,同样令人瞩目。钟、谭合作编选《诗归》,"稍有评注,发覆指迷"④,并在诗学问题上颇多论见,显示他们力图指引诗歌创作路径的高度的自觉意识。他们俨然以"引古人之精神以接后人之心目"的诗界变革者自命,根本的目标在于重新确立一条为七子派所偏离、为公安派所轻视的学古路线,这条路线的核心观念就是寻求与"古人精神"相冥契,而所谓"古人精神"则从"古人真诗"中呈露出来。不论是钟惺将"古人精神"或"古人真诗"定位在"察其幽情单绪,孤行静寄于喧杂之

---

①《龚惟长先生》,《袁宏道集笺校》卷五,上册,第 205 页至 206 页。

②《叙陈正甫会心集》,《袁宏道集笺校》卷十,上册,第 463 页。

③ 以上见《叙小修诗》,《袁宏道集笺校》卷四,上册,第 187 页至 188 页。

④ 钟惺《与蔡敬夫》,李先耕、崔重庆标校《隐秀轩集》卷二十八,第 468 页,上海古籍出版社 1992 年版。

中"、"以其虚怀定力,独往冥游于寥廓之外"①,还是谭元春宣称"夫人有孤怀,有孤诣,其名必孤,行于古今之间,不肯遍满寥廓",均在极力发掘和表彰一种孤迥不群、超离流俗的精神品质和从中激发出来的独立非凡的创造能力。他们认为,这样的一种精神品质并非与生俱来的本然存在,而是得益于主体的修习炼养工夫,唯有如此,才能不使"心目中别有夙物"②,才能蓄聚"幽情单绪"、"虚怀定力"。尽管钟、谭将这种精神品质理解为"古人精神"核心之所在,或者"古人真诗"特质之所系,但若和公安派袁宏道关于"真诗"意涵的诠释比较起来,还是迥然有异,前者倾向于从"平气精心,虚怀独往"③或"冥心放怀"④的心性涵养着力,以使"性情渊夷,神明恬寂"⑤,呈露在诗中的是最终归向心性粹然空明、清虚淡寂的精神境界,后者则放眼于承载"人之喜怒哀乐嗜好情欲"而带有人之普遍而本然情感欲念的自然之性。如此来看,二者对于"真诗"概念或意涵的理解有着明显的差异。并且,钟、谭解释旨在冥契"古人精神"的主体修习炼养的具体方式,格外注意"学"与"思"两个重要的环节,特别赞赏"好学"、"深思"之类的自我修持之法,突出了知识积累和心智完善的必要性,这又与袁宏道推尚"真人""无闻无识"的反知主义立场完全不同。

考察钟、谭的诗学思想,同时无法忽略他们反复主张的"清"与"厚"这两个重要的审美概念。以"清"而言,钟、谭所论如放置在晚明的文学境域,并非是一种完全孤立的诉求,这是因为,对比七子派偏重雄深浑厚或博大高华诗风的审美取向,晚明的诗家或论家中间已浮现以"清"相尚的论调,显示对这一古典诗学传统概念的倾重。在此意义上,钟、谭论诗强调"清"的审美概念,多少折射出一种时代性的观念导向,它不但连接古典诗学传统,也显露当下诗界尤其是有异于七子派主导的复古时代的审美异动。特别是钟惺定义诗为"清物",立足于"心""迹"⑥合一的主体自我修持的角度,认识"清"于诗歌的本质性和审美性意义,支撑其间的则是一种高度理性化的精神孤高与超越,这和他极力所发掘和

---

① 钟惺《诗归序》,《隐秀轩集》卷十六,第235页至236页。
② 以上见谭元春《诗归序》,陈杏珍标校《谭元春集》卷二十二,下册,第594页,上海古籍出版社1998年版。
③ 钟惺《隐秀轩集自序》,《隐秀轩集》卷十七,第259页。
④ 谭元春《诗归序》,《谭元春集》卷二十二,下册,第593页。
⑤ 钟惺《简远堂近诗序》,《隐秀轩集》卷十七,第250页。
⑥ 《简远堂近诗序》,《隐秀轩集》卷十七,第249页。

表彰的孤迥不群、超离流俗的精神品质和由此激发的独立非凡的创造能力,形成意义上的互通,也标志着他对源于"幽情单绪"、"虚怀定力"的"孤行静寄"、"独往冥游"所谓"古人精神"的开掘和宣示。不但如此,钟、谭同时在诗歌的评赏实践中,贯彻了以诗为"清物"、突出"清"的品格的论诗基调,《诗归》中二人的评点,即不乏以"清"相标示者,其品鉴的立场由此可见。"清"的内涵构成关联明澈秀逸、鲜新脱俗等义项,钟、谭移植和演绎传统"清"的审美概念,既融入了晚明诗界的观念转向,尤其是有意以蕴含明澈秀逸之义的"清"一路的风格,补充或变改七子派青睐雄深浑厚或博大高华诗风的相对偏狭的取向,又提示他们企图借助推尚同时含有鲜新脱俗之义的"清"一路的风格,另辟一条求新异俗的途径。

相对于"清","厚"这一审美概念则主要为钟、谭所申述,成为竟陵派一大标志性的诗学话语。据其所论,"厚"具有终极的审美意义,所谓"诗至于厚无馀事矣",也成为他们开掘"古人精神"的一个重点。要达到"厚"的境界,主体的修习养炼至为重要,用钟惺的话来说,即需"读书养气"[1],只有通过这种精神自修,方能臻于深醇厚重的涵养之境。正因为"厚"得自"读书养气"的修习养炼,所以真正意义上表现在诗歌之中的"厚",就不是依靠简单、外在的文字修饰所能获取,而是主体通过内向的自我修持而凝聚起来的深淳厚重精神气度的流露。在钟、谭的认知中,"厚"的概念具有某种开放性和多义性,除了联系诗教传统而以"柔厚"[2]为教来表述诗歌"厚"的品位和意义,又指向诗歌作品丰富充盈、耐人品味的意义含量,以及不落言筌、无迹可求的艺术之境。至于说钟、谭提倡"厚"的动机,以往学人多将其定位在力纠公安派俚俗、纤巧之弊,不过这只是问题的一个方面,从另一角度观之,重"厚"还出于平衡"清"的考量。有研究者指出,作为古典诗学的传统概念,"清"在审美内涵上除了正面价值之外,同时尚有负面价值,即其容易流于单薄。[3] 从此意义上说,"厚"正可弥补"清"之不足。这也是钟、谭以"清"、"厚"并举的重要原因之一。

从晚明以来直至明末诗坛的演变趋势来看,伴随公安派与竟陵派的起落,一种多维化的发展格局也在逐渐形成,纯粹由一派甚至一家主导诗坛的局面被

---

① 钟惺《与高孩之观察》,《隐秀轩集》卷二十八,第 474 页。
② 钟惺《陪郎草序》,《隐秀轩集》卷十七,第 276 页。
③ 参见蒋寅《古典诗学中"清"的概念》,《中国社会科学》2000 年第 1 期。

逐渐打破。考察众家的诗学立场及其思想资源可以发现,他们大多并不是采取单纯随俗附和的姿态,并不满足于对前人和同时代人观念主张的机械袭用,面对既有的思想资源和派别意识,在更大程度上以检省、选择、调合的方式代替了直接的容纳和因袭,与此同时,他们也从各自的立场出发,强化自我的发声,有所补充,有所发见,以超越前人和时人的见识为归旨,形成诗学领域新的思想资源。

这种情形即使在一些诗学立场相对接近特定流派者那里,也不同程度地呈现出来,像许学夷就是较为典型的一个例子。许氏生平倾力编撰《诗源辩体》一书,他自述该书撰著之缘起,认为历观各朝"说诗"之学:"晚唐、宋、元诸公,穿凿支离,芜陋卑鄙,于道为不及;我明二三先辈,宗古奥之辞,贵苍莽之格,于道为过;近世说者乃欲背古师心,诡诞相尚,于道为离。予《辩体》之作也,始惩于宋、元,中惩于我明,而终惩于近世。"①这已显出其纠驳前人"说诗"之见强烈的自觉意识。尤其是他对"近世"公安、竟陵二派"背古师心"的取向深为不满,斥之不遗馀力:"独袁氏、钟氏之说倡,而趋异厌常者不能无惑。"②有鉴于此,《诗源辩体》的基本宗旨是要重新确立诗歌复古的方向。总观该书,它的论述思路间或承续了七子派的复古诉求,其中对王世贞、谢榛、胡应麟等人的诗学观点尤多绍介和汲取,以此作为引导复古的某种借鉴。但作者在借鉴之馀,又对诸子的观点不乏检省,审辨其中得失,作出独立判断。例如,"诗先体制"是《诗源辩体》反复申述的主要观点之一,凸显了许学夷重视诗歌体制的原则立场,贯穿其中的是其强烈的辨体意识。尽管七子派中特别如李攀龙、王世贞、胡应麟等人,也都在不同层面和不同程度上关注辨体的问题,但其并未得到许学夷的完全认同。如他声称"诗虽尚气格而以体制为先,此余与元美诸公论有不同也"③,示意王世贞等人以"气格"相尚,对"体制"重视相对不足。又如关于汉魏五言古诗,他并不赞同胡应麟"见其异而不见其同"④,以他对汉魏五古的体制分辨,认为胡应麟仅仅注意二者之异未免绝对,魏诗如曹氏兄弟之作也有差异,曹丕篇句或显"构结"痕迹,而曹植篇句或可比肩《古诗十九首》,"本乎天成,而无作用之迹"⑤,不

---

① 杜维沫校点《诗源辩体》附录《自序》,第 442 页,人民文学出版社 1987 年版。
② 《诗源辩体》卷首《自序》,第 1 页。
③ 《诗源辩体》卷十四《初唐》,第 153 页。
④ 《诗源辩体》卷四《汉魏辩·魏》,第 71 页。
⑤ 《诗源辩体》卷三《汉魏总论·汉》,第 47 页。

可一概而论。其中分歧，不言自明。整体比较来看，如果说七子派中尤其是王世贞、胡应麟等人论诗已相对体系化，那么《诗源辩体》表现出更加详密、中正、严饬的思想结构，可以说是在检省七子派的基础上对复古诗学作了重新整合。

相对而言，那些跨越特定流派者诗学主张的各自申述，其思想的个性色彩显得更为浓厚，成为这一时期诗学领域趋于多维化的显著表征。以谢肇淛为例，他生平虽和后七子阵营中的王世贞之弟王世懋，公安派中的袁氏兄弟、江盈科，竟陵派中的钟惺等人皆有交往，但从他的诗学立场来看，其并未特别拘执于门户，所以也就很难将他的主张和某一派别完全对应起来。确切一点说，他面对相继盛兴文坛的七子、公安、竟陵诸派的言论，更多的是穿梭辨识其间，既有所汲取借用，又有所汰除补葺，用以建树一家之说，也因此，他的诗学主张折衷诸派之说的特征相对突出。如他定义诗歌"其发于情而出诸口也，不知其所以然而然"①的抒情本质，视其为"发舒性灵而摸写天真"②之载体。这些说法要是置之于晚明的文学境域中去加以审视，容易使人将其和公安、竟陵派分别标榜"真诗"，强调"性情"或"性灵"发抒之类的中心话语联系在一起。但他又以为，"古人诗虽任天真，不废追琢"，故不赞成"反古师心，径情矢口"③，讥訾"今之为诗者，率喜率易而惮精深，任靡薄而寡锤炼"，甚至"古人法度亦卤莽灭裂，以至于尽"④。这些说法，又似乎将矛头特别指向了倡言"任性而发"⑤、"信心而出，信口而谈"⑥的袁宏道。这同样使人容易将他和公安派之间划分界限。再者，谢肇淛论诗特意标示为宋人严羽所强调的"悟"，用以调和诸派之说，认为"严仪卿以悟言诗，此诚格言"⑦，"悟之一字诚诗家三昧"。以他的理解，"悟"须通过"学"与"思"的环节得以实现，"若不思不学而坐以待悟，终无悟日矣"，又批评"今人藉口于悟，动举古人法度而屑越之"⑧，说明从"学""思"而入以得"悟"，也是对"古

---

① 《小草斋诗话》卷一《内篇》，周维德集校《全明诗话》，第 4 册，第 3500 页，齐鲁书社 2005 年版。
② 《方司理闽中草序》，《小草斋文集》卷五，《四库全书存目丛书》影印明天启刻本，集部第 175 册。
③ 《小草斋诗话》卷一《内篇》，《全明诗话》，第 4 册，第 3502 页。
④ 《王澹翁墙东集序》，《小草斋文集》卷五，《四库全书存目丛书》，集部第 175 册。
⑤ 《叙小修诗》，《袁宏道集笺校》卷四，上册，第 188 页。
⑥ 《张幼于》，《袁宏道集笺校》卷十一，上册，第 501 页。
⑦ 《重与李本宁论诗书》，《小草斋文集》卷二十一，《四库全书存目丛书》，集部第 176 册。
⑧ 以上见《小草斋诗话》卷一《内篇》，《全明诗话》，第 4 册，第 3502 页至 3503 页。

人法度"的恪守。同时,"悟"作为创作主体的自觉活动,"存乎其人,法之所不载也"①,又需借助诗人独特的审美感悟能力,而无法单纯从刚性的法度中获得。凡此,或多或少逗露了谢肇淛勉力折衷平衡诸派之说的意图。又以陆时雍为例,观其论诗,其中并不缺乏自我研琢的心得,最为突出的,莫过于他围绕"情"与"韵"关系而展开的辨说,二者系其论诗极为重要的两个维度,如他所言,"情欲其真,而韵欲其长","二言足以尽诗道矣"②。它们在陆氏的诗论系统中成为有着内在关联或共通性质的两个概念,构成一体化的一种诗学话语,被认为在诗歌的审美构造中形成某种共生的关系,相互依托,彼此取益。推究这一观念所本,其主要根基于陆时雍对诗歌本质和审美问题的认知,并集中见之于他对诗歌发生论和方法论的诠释。从它的基本内涵和问题面向来看,一方面,其投注于诗歌的抒情本质,认定本于"情真"的诗歌经营之正轨,所谓"诗之所云真者,一率性,一当情,一称物,彼有过刻而求真者,虽真亦伪矣"③。这一点,显和晚明以来诗学领域提倡性情或性灵发抒的主流话语相绾结,体现了后者诗学精神的强力延续。另一方面,其强化诗歌抒情的美学原则,标誉古人"转意象于虚圆之中"以至"味之长而言之美"的"善于言情"的情感表现方式,因此并不认可流于直率浅露的"认真",以为"诗贵真,诗之真趣,又在意似之间,认真则又死矣",就如柳宗元诗"过于真,所以多直而寡委也"④。这一点,又相对凸显了区别于当时主流话语所作出的个人思索和自我改造,将诗歌"言情"和"善于言情"的本质和审美问题放在兼顾并重的位置。

综观明代诗学思想发展变化的历程,简括起来,其既接受传统诗学的深刻浸染,与之有着千丝万缕的联系,成为承传诗学历史的重要一环;又处于有明特定的文化语境,面临当下各种思想意识的冲击,反映改造乃至超越传统诗学的时代诉求。如果要对明代诗学思想的总体特征作出基本的概括,那么如下几个方面应该值得我们注意:

一是交互性特征。尽管有明一代文学流派或诗人群体林立,诗家或论家层出不穷,各种派别意识和阶层意识的相互隔阂甚至对立在所难免,诗学立场的

---

① 《余仪古诗序》,《小草斋文集》卷五,《四库全书存目丛书》,集部第175册。
② 《诗镜总论》,《景印文渊阁四库全书》,第1411册。
③ 《唐诗镜》卷四十八,《景印文渊阁四库全书》,第1411册。
④ 《诗镜总论》。

歧异导致彼此观念的冲撞屡见不鲜,但同时可以发现,不同派别或群体之间,诸诗家或论家之间,其诗学思想的交叉与混成的情形又相对突出,以至于对此我们有时很难进行非此即彼的简单而明晰的归类。究其原因,除了各自的阅读经验和审美趣味趋近或相同之外,还应该特别和以下因素有关,如有明一代知识诠释力度的增强,知识生产、传播途径的开拓,包括文学资源经典化的程度进一步提升,并且产生广泛性的影响;文人群体接受知识的欲望更趋强烈,阅读的视界更趋开阔等。从诗学思想交互性的具体情况来看,比如,明代前期馆阁文士群体和前七子就是颇能说明问题的例子之一。二者不论是身份构成还是文学立场,固然有着明显的差异,更何况前七子突进文坛倡导复古,其重要动机之一,即指向反逆趋于扩张的台阁文风,打破当时馆阁文士主导文坛的垄断地位,其对立的情势不言而喻。然而这并不代表二者观念主张绝然相隔,事实上,如面向古典诗歌系统而尊崇唐诗尤其是盛唐诗歌,成为馆阁诸士古典诗歌接受中的一种倾向性态度,而李、何诸子同样大力推重唐诗,认肯"近诗以盛唐为尚"①,这提示二者以唐为宗的立场较为接近。以馆阁诸士而言,尊崇唐诗而多将其纳入抒写"性情之正"的诗歌传承的正宗系谱,实和他们基于自觉国家意识的实用主义立场有着密切关联,传递了他们重塑诗歌价值体系、建构理想抒情范式的特定诉求。但在同时,唐诗本身表现体制的完备性及美学特色,也不同程度进入他们的审美视野,这成为馆阁诸士对唐诗价值解读的另一个方面,客观上,后者与李、何诸子所秉持的倾向具现于包括唐诗在内的古人作品规则或方法以合乎相应审美要求的技术理念,多少存在隐性的交汇点,显现特别在唐诗经典化背景下二者在宗唐立场上的某种交互特征。再比如,尝诋以七子派为代表的"近代文人"的公安派领袖袁宏道,也曾经一再论及唐诗的问题,只是看起来不乏排击之辞,如曰"奴于唐谓之诗,不诗矣"②,"世人喜唐,仆则曰唐无诗"③,似乎大有反七子派之道而行之的对抗意味,并且有意要向世人宣示自己"论诗多异时轨"④的异端态度。不过,这些表态尚不足以确切反映他的实际立场,因为同样袁宏道又曾表达对唐诗的赞赏,如谓"唐人妙处,正在无法耳","此李唐所以

---

① 何景明《与李空同论诗书》,《大复集》卷三十。
② 《诸大家时文序》,《袁宏道集笺校》卷四,上册,第 184 页。
③ 《张幼于》,《袁宏道集笺校》卷十一,上册,第 501 页。
④ 《叙梅子马王程稿》,《袁宏道集笺校》卷十八,中册,第 699 页。

度越千古也",指摘"近时学士大夫""不肯细玩唐、宋人诗,强为大声壮语,千篇一律"①。而其弟袁中道也曾透露宏道诗作"其实得唐人之神,非另创也"②的学唐信息。这种依违两可的态度,正透露了袁宏道对于唐诗价值解读的某种复杂性,或者说体现在他身上的一种面向古典资源的"历史主义"③立场,这就是,并不彻底否认作为经典文本的唐诗的历史价值以及复古之学的特殊意义。这方面也见之于袁中道对待唐诗的态度,虽然中道认定七子派"剿袭格套,遂成弊端"④,声称自己"束发即知学诗,即不喜近代七子诗",但这并未减弱他推尊唐诗的意向,提出"诗以三唐为的,舍唐人而别学诗,皆外道也",告诫后辈"当熟读汉魏及三唐人诗,然后下笔"⑤,指斥"今之作者,不法唐人,而别求新奇,原属野狐"⑥。上述说明,尽管袁氏兄弟不满倡言复古的七子派,有意要和其划清界限,但他们心目当中唐诗的经典地位并未因此而撼动,唐诗的习学价值未被完全忽略,客观上,这与七子派的宗唐理路形成某种交叉。

二是系统性特征。从明代诗学思想总体的演变格局观之,其在逐渐改变零散性、个别性的考察方式,而倾向于从诗歌史的角度观照古典诗歌发展演变历程,"文学史"或"诗史"的意识趋于增强。⑦ 诸家更愿意站在一种历史考察的制高点来审观诗歌的发展演变进程。这种诗史观照视角的建立,在很大程度上又同明人阅读经验的增强、知识面向的开拓、知识接受的系统化、理性化思维的提升等相关联。由此,他们常常并非孤立地凝视于某个层次、时段、诗家、诗品等,更是将诗歌历史置于承上启下、接续变化这一有机的、运动的、完整的过程来加以审视。如高棅编选《唐诗品汇》,其体例突出的一点是按照诗体分类编次,分别为五七古诗(各附长篇或歌行)、五言绝句(附六言)、七言绝句、五言律诗、五言排律、七言律诗(附排律),古、律、排、绝诸体齐全,所谓"其众体兼

① 《答张东阿》,《袁宏道集笺校》卷二十一,中册,第753页至754页。
② 《吴表海先生诗序》,《珂雪斋集》卷十,上册,第465页。
③ (美)孙康宜、宇文所安主编,刘倩等译《剑桥中国文学史》,下卷,第106页。
④ 《解脱集序》,《珂雪斋集》卷九,上册,第452页。
⑤ 《蔡不瑕诗序》,《珂雪斋集》卷十,上册,第458页。
⑥ 《答夏濮山》,《珂雪斋集》卷二十五,下册,第1097页。
⑦ 陈国球先生较早注意到这个问题,如他《明代复古诗论的文学史意识》一文,集中总结了明代复古诗论中文学史(诗史)意识萌芽以至发展经历的几个阶段,即"因提倡学古而留意诗歌传统"、"对古代诗歌传统作深广的探究"、"整理分析古代诗歌的发展历程"、"认识以文学史眼光看诗歌传统的意义",并认为"其中第三个阶段可说是文学史编写的实际行动,最后一个阶段更是对诗歌历时研究(diachronicstudy)的方法及其意义的省察了",《文艺理论研究》1989年第2期。

备,始终该博"①,按体分类呈现系统化、整一化的特征,究其编次的意图,盖在于最大限度地显示唐诗各种诗体的历史发展面貌。与此同时,结合"以五七言古今体分别类从",又"因时先后而次第之",提出唐诗初、盛、中、晚"四变"之阶段论,根据"有唐世次"和"文章高下"②,分列正始、正宗、大家、名家、羽翼、接武、正变、馀响、傍流诸品目。如此针对有唐一代诗歌不同变化段落的划分,多少出于编者一种诗史立场。③ 这主要体现在,他将唐诗的各个变化单元有机地联系起来,分辨贯穿诸品目之间因承流变的脉络,循其编次思路,除了从时序上分别唐诗的阶段变化特点,同时厘清不同阶段之间"始""来"、"源""委"的联结关系,从而逻辑而清晰地勾画出唐诗完整的、历史的演进轨迹。再以胡应麟《诗薮》为例。应该说,此书的一大特色乃在于用心建构古典诗歌谱系,作者审视诗歌演变历史,作出"一盛于汉,再盛于唐,又再盛于明"④的基本判断,而在确立汉、唐、明体现诗道昌盛而具标志性意义地位的同时,他严格且精细区分不同时代、不同诗人作品的等级差别。如其对"八代"诗歌变化面貌和品第差异的描述:"汉、魏、晋、宋、齐、梁、陈、隋,八代之阶级森如也。枚、李、曹、刘、阮、陆、陶、谢、鲍、江、何、沈、徐、庾、薛、卢,诸公之品第秩如也。其文日变而盛,而古意日衰也;其格日变而新,而前规日远也。"⑤在胡应麟看来,这种时代和诗人之间构成的"阶级"或"品第"的差别,实为诗歌史基于"变"的运动状态所决定的,各自之间有着明显的分界,不可彼此混淆。包括他对汉魏诗歌、宋元诗歌的级别的细微区分等,都体现了这一思路。如他批评严羽论诗"六代以下甚分明,至汉、魏便鹘突"⑥,"往往汉、魏并称,非笃论也"⑦,即是注意诗歌史上"阶级"或"品第"差别的典型表现。总体来看,《诗薮》对于古典诗歌资源的清理和分析,反映出前人所不及的高度的系统化和精密化,呈现重视诗歌演变的诗史观念和以诗歌史为框架的基本体例。⑧

---

① 马得华《唐诗品汇叙》,《唐诗品汇》卷首,上册,第 2 页,影印明汪宗尼校订本,上海古籍出版社 1982 年版。

② 《凡例》,《唐诗品汇》卷首,上册,第 14 页。

③ 参见陈国球《明代复古派唐诗论研究》,第 197 页至 198 页,北京大学出版社 2007 年版。

④ 《诗薮·续编》卷一《国朝上·洪永、成弘》,第 341 页。

⑤ 《诗薮·外编》卷二《六朝》,第 143 页至 144 页。

⑥ 《诗薮·内编》卷二《古体中·五言》,第 28 页。

⑦ 《诗薮·内编》卷二《古体中·五言》,第 32 页。

⑧ 参见陈国球《胡应麟诗论研究》,第 19 页至 77 页,华风书局有限公司 1986 年版;王明辉《试论〈诗薮〉体例对文学史写作的意义》,《阴山学刊》2004 年第 6 期。

作者显然并不满足于对古典诗歌历史脉络进行基本的梳理和粗略的勾勒,而是潜入其盛衰正变进程加以深度和系统的分辨。这既反映在其对理论层面的思考,又表现在其对实践路径的指点,在维持时代、诗人、诗歌三位一体的基础上,进行分类别体的缕析,其中特别是作者格外注意对不同时代、不同诗人作品"阶级"或"品第"的划分,充分显示其对古典诗歌历史所作清理和剖析愈益精细和缜密。可以认为,《诗数》一书正是通过对诗歌史"变"的运动态势及其错综关系的深入考察,建构起涵盖广阔、梳理精密而可供实践参照的古典诗歌变化发展谱系。

　　三是批判性特征。检察明代诗学思想系统,往往能够体味出寓含诸家著论当中强烈的批判意识,从某种意义上说,这一现象本身反映了明代知识群体相对活跃的思维方式。合而观之,其中的一个重要方面即涉及对前代诗歌的评判问题。可以看到,宋元诗歌尤其是宋诗是明代众多诗家或论家批评的重点的"负面"目标,如果说特别是宋人严羽《沧浪诗话》对比"盛唐诸人惟在兴趣",指摘"近代诸公乃作奇特解会"[①],在真正意义上开启了对宋诗展开深切检讨的先声,那么时至明代,对宋诗的排击更趋普遍而激烈也是不争的事实,在这其中,特别是七子派及其追从者执持的反宋诗倾向,不能不说起到了主导性的作用。虽然针对宋诗具体到有明诸家的看法,他们的态度会有很大的差别,但宋诗在明代总体的处境是趋向边缘化,质疑之声大于称誉之声。这一方面,唐诗经典化的加剧固然是主要原因,另一方面,则和明人批判意识的增强有着紧密的关联,在他们更为敏感而严苛目光的审视下,宋诗的负面特征与影响被极度放大。如陆深有言"宋人宗义理而略性情,其于声律尤为末义,故一代之作每每不尽同于唐人"[②]。这无异于比照唐诗而贬抑宋人一代之作。至于李梦阳提出"宋人主理作理语","又作诗话教人",致使"人不复知诗矣"[③],并与何景明分别喊出"宋无诗"的口号,继后的胡缵宗又宣称"唐有诗,宋元无诗","宋元非无诗,有诗不及唐耳"[④],则更直接而彻底否定了宋诗的价值,同时因其缺乏对宋诗加以理性的鉴别,难免流于近乎情绪化的偏激。不过,这恰恰表明,他们正是出于高度敏感和绝对严苛的审视立场,断然作出对宋诗展开彻底清算的自我选择。与上述

---

① 《沧浪诗话校释·诗辨》,第 26 页。
② 《重刻唐音序》,《俨山集》卷三十八,《景印文渊阁四库全书》,第 1268 册。
③ 《缶音序》,《空同先生集》卷五十一。
④ 《杜诗批注后序》,《鸟鼠山人小集》卷十一,《四库全书存目丛书》影印明嘉靖刻本,集部第 62 册。

诸士相比,体现在"吴中四才子"之一祝允明身上的反宋诗倾向,则又可谓是有过之而无不及,并成为其诗学立场的特异之处。祝氏审视宋诗得出的一个惊世骇俗结论是诗至宋而"死":"盖诗自唐后,大厄于宋,始变终坏,回视赧颜,虽前所论文变于宋,而亦不若诗之甚也。可谓《三百》之后,千年诗道,至此而灭亡矣,故以为死。"他之所以极度厌薄宋诗,不啻是因为"宋特以议论为高"而违离了"诗忌议论"①的表现艺术,更主要的是根本于他对宋代学术思想的强烈质疑或抵触。在他看来,"凡学术尽变于宋,变辄坏之",宋代学风专独而强势,不仅于汉唐学术传统"都掩废之",使得后世学者"尽弃祖宗,随其步趋"②,助长了思维惰性,而且极大地侵蚀了诗歌领地,遂有"牙驵评较"、"嚚讼哗讦"、"眩耀怒骂"种种之态"于诗而并具之"③。所以,反宋诗实被祝允明纳入其整个反宋学体系,包含其中的批判意识也更为强烈。不独如此,在涉及对前代诗歌的评判问题上,明代诸家将批评的锋芒除了对准"负面"的目标,也指向"正面"的目标,这从另一角度展示了他们更具批判性的姿态。如杜甫诗歌一直是七子派诸子在宗唐总体目标主导下重点尊尚的对象,但与此相伴随的,则往往又是他们对杜诗严苛的挑剔。像何景明自称学歌行、近体"有取于(李、杜)二家"④,属意杜诗颇多,然同时又质疑杜甫七言歌行"词固沉着,而调失流转","博涉世故,出于夫妇者常少"⑤,人已熟知;而如王世贞也自述早年学古所取,"近体则知有沈、宋、李、杜、王江宁四五家"⑥,纳杜诗近体于少数重点取法对象之列,足见他对于杜诗的重视程度。但这并不表明进入他阅读和取法视域的杜诗在其心目中已臻于完美,耐人寻味的是,杜诗包括近体在内的不同体式,又恰好成为他指摘瑕疵的目标之一,⑦这在某种意义上,又未尝不是与他包含自觉批判意识的求全责备

---

① 《祝子罪知录》卷九,《续修四库全书》影印明刻本,第1122册。
② 《学坏于宋论》,《祝氏集略》卷十,明嘉靖刻本。
③ 《祝子罪知录》卷九。
④ 《海叟集序》,《大复集》卷三十二。
⑤ 《明月篇》序,《大复集》卷十四。
⑥ 《张助甫》,《弇州山人四部稿》卷一百二十一。
⑦ 如《艺苑卮言》论及杜诗各体,即间杂责数之辞,五言排律:"少陵强力宏蓄,开阖排荡,然不无利钝。"七言排律:"七言排律创自老杜,亦亦不得佳。盖七字为句,束以声偶,气力已尽矣,又欲衍之使长,调高则难续而伤篇,调卑则易冗而伤句,合璧可矣,贯珠益艰。"《选》体:"太白多露语、率语,子美多稚语、累语,置之陶、谢间,便觉伧父面目,乃欲使之夺曹氏父子位耶?"就连杜甫最擅长的七言律诗,也被认为间有不足,诸篇或"结亦微弱",或"首尾匀称,而斤两不足",或"秾丽沉切,惜多平调,金石之声微乖耳"(以上见《艺苑卮言四》,《弇州山人四部稿》卷一百四十七)。

的审察态度联系在一起。

　　另外一个重要方面则涉及对本朝诗歌的评判问题。在这方面,特别如胡应麟《诗薮》、许学夷《诗源辩体》都较系统评及"国朝"诸家之诗。《诗薮》揭示诗歌史的盛衰变化轨迹,提出"一盛于汉,再盛于唐,又再盛于明"①,可见其对本朝诗歌的倾重。汪道昆序《诗薮》,谓其"凡诸耄倪妍丑,无不镜诸灵台","瑕瑜不掩"②,大致不失为中肯之言。确实,胡应麟对本朝诸家之诗除了指出其"妍"、"瑜",也并不掩饰其"瑕"、"丑",这包括他对同属复古阵营的七子派诸子诗歌疵病的指摘。如评前七子及其羽翼之作:"派流甚正,声调未舒,歌行绝句,时得佳篇;古风律体,殊少合作。与嘉、隆诸羽翼,大概互有短长也。"③评后七子之作:"于鳞七言律绝,高华杰起,一代宗风。明卿五七言律,整密沉雄,足可方驾。然于鳞则用字多同,明卿则用句多同,故十篇而外,不耐多读,皆大有所短也。子相爽朗以才高,子与森严以法胜,公实缜丽,茂秦融和,第所长俱近体耳。"④可谓"长""短"并见。《诗源辩体》提出论评"国朝"诸家的原则和目的,"此编以开导后学为主,不直则道不见",因此不同于"先辈论诗,多称其所长,讳其所短",而是"长短尽见",既"录其所长",又"论其所短"。从"短"处看,与唐诗相比较,"国朝"诸家"五言古、律,五七言绝,断不能及唐人","五言古,李、杜之所向如意,韦、柳之萧散冲淡,各极其至,国朝人既不能学,即韩、白、东野变体,亦未有能学之者。五言律、五七言绝,入录者诚足配唐,而全集则甚相远"⑤。说到底,如胡应麟、许学夷这样尤其是针对本朝诗歌自觉揭"短",并无忌避,还出于潜含在他们各自文学思维中的批判意识。

　　四是地域性特征。从地域性的角度来说,它的地理意义包含了积淀与空间的内容,前一项指向地方既有的传统,后一项指向自然空间和社会空间,特定地域的文化性情和品格正是由二者构筑起来的。⑥ 有研究者围绕清代诗学的考察,指出其中显豁的地域性特征,认为地域诗派的强大实力,改变了传统以思潮和时尚为主导的诗坛格局,出现了以地域性为主的诗坛格局,并呈现多元诗歌

---

① 《诗薮·续编》卷一《国朝上·洪永、成弘》,第 341 页。
② 《诗薮序》,《太函集》卷二十五。
③ 《诗薮·续编》卷一《国朝上·洪永、成弘》,第 345 页至 346 页。
④ 《诗薮·续编》卷二《国朝下·正德、嘉靖》,第 352 页。
⑤ 《诗源辩体·后集纂要》卷二,第 395 页至 396 页。
⑥ 参见黄卓越《明中后期文学思想研究》,第 89 页,北京大学出版社 2005 年版。

观念共存并兴的局面,地域意识已渗透至诗论家思想深处一个不可忽略的变量因素,潜在地影响着论者的见解与倾向性。① 如果对比明代诗坛的发展格局,以及诗学思想的变化态势,这种情形虽说未必与之完全吻合,但也有一定的适用性。时至明代,特别是区域文人势力的成长,地方文人结社的活跃及相关活动的兴盛,增强了人们的地域身份认同与地域文学观念。同时,区域经济和文化的发展,交通便捷化程度的提高,知识传播途径的扩展,文人学士的交往和获取信息的空间为之拓宽,区域与区域文坛之间、地方与中心文坛之间的联系和交流趋于加强,这反过来又直接或间接影响着文人学士对地域文学的重新建构。胡应麟《诗薮》如下的这段陈述,研究者并不陌生:"国初吴诗派昉高季迪,越诗派昉刘伯温,闽诗派昉林子羽,岭南诗派昉于孙蒉仲衍,江右诗派昉于刘崧子高。五家才力,咸足雄据一方,先驱当代。"②胡氏述说明初吴、越、闽、粤、江右五大诗派的崛起,显然是按不同的地域分类的,变相突出了这些诗派的地域性特征。正如有研究者所言,鉴于这些诗派作者成长生活在不同的地域,相对于明初诗人共处的大文化背景,地方的文化传统、风土人情以及诗学承受等各有差异而以地域分野为基础的小文化背景,对各诗派独特性的形成产生更为直接的影响。③ 这种以地域分野为基础的所谓小文化背景,实际上也即牵涉在地理意义上指向积淀与空间的特定构成。从有明一代诗学领域观之,尽管一些突入中心文坛的文学流派及诗人群体成为执掌话语权力的强势力量,对引导诗学观念及诗歌创作发挥了重要的作用,但尤其是地域传统对各派及各家产生的影响仍然不可低估。

不妨以闽、吴两地为例。明初闽人高棅曾对他编选唐诗专集《唐诗品汇》的缘起作过交代,该编《凡例》所载他和"闽中十子"之冠林鸿"论诗"的经历人所熟知,其曰:"先辈博陵林鸿尝与余论诗,上自苏、李,下迄六代。汉魏骨气虽雄,而菁华不足,晋祖玄虚,宋尚条畅,齐梁以下,但务春华,殊欠秋实,唯李唐作者可谓大成。然贞观尚习故陋,神龙渐变常调,开元、天宝间,神秀声律,粲然大备,故学者当以是楷式。予以为确论。后又采集古今诸贤之说,及观沧浪严先生之

① 参见蒋寅《清代诗学与地域文学传统的建构》,《中国社会科学》2003 年第 5 期。
② 《诗薮·续编》卷一《国朝上·洪永、成弘》,第 342 页。
③ 参见王学泰《以地域分野的明初诗歌派别论》,《文学遗产》1989 年第 5 期。

辩,益以林之言可征。故是集专以唐为编也。"①这段记载显示,高棅认同林鸿取法盛唐之见及编选《唐诗品汇》,当直接受到以林鸿为首的闽中宗唐势力的感染,同时追踪并接受同为闽人严羽的诗学思想,表明他对本地特别自南宋以来形成的宗唐诗学传统的高度认可,地域意识俨然凸显其中。而至晚明闽派诗人代表谢肇淛,其论诗虽已主要穿梭于七子、公安、竟陵诸派之间,有意折衷而调和之,然闽中诗学传统对他的影响并未完全消泯。如他从严羽那里吸取了"悟"这一用以调和诸派之说的重要观点,以为"诗之难言也","要之,仪卿之所谓悟者近是"②。这仍不失为其接受地域诗学传统的一个标志。③ 相较于闽中以宗唐为主的地域传统,吴中的诗学更像是一种混合类型,或宗唐或主宋,或唐宋并举,包容性较强。以活跃于明前中期吴中文坛诸士为例,都穆《南濠诗话》曾说:"昔人谓'诗盛于唐,坏于宋',近亦有谓元诗过宋诗者,陋哉见也。刘后村云:'宋诗岂惟不愧于唐,盖过之矣。'予观欧、梅、苏、黄、二陈至石湖、放翁诸公,其诗视唐未可便谓之过,然真无愧色者也。元诗称大家,必曰虞、杨、范、揭。以四子而视宋,特太山之卷石耳。"④所言大有为宋诗辩护之意,也印证了曾跟随都穆习诗的文徵明对都氏"雅意于宋"⑤的评价。但这并不足以证明都穆仅仅专注于宋诗,如他对李梦阳诗"取材汉魏,而音节法乎盛唐"的作法就颇多称赞,以为"命意遣词,高妙绝俗,识者以为非今之诗也"⑥。这也间接说明他对唐诗的重视,特别是对诗宗盛唐的认可。再追踪都穆的习诗经历,他少时学诗于沈周,⑦而沈氏于诗兼法唐宋,"初学唐人,雅意白傅,既而师眉山为长句,已又为放翁近律"⑧,所以人称其"不专仿一家,中、晚唐,南、北宋靡所不学"⑨。对从学者的都穆而言,沈周的取法态度多少会影响到他的学诗经历。这也可以用来解释他既

---

① 《唐诗品汇》卷首,上册,第 14 页。
② 《小草斋诗话》卷一《内篇》,《全明诗话》,第 4 册,第 3503 页。
③ 关于谢肇淛诗论与地域传统的关系,可参见孙文秀《谢肇淛诗论与地域关系浅析》,《闽江学院学报》2010 年第 1 期。
④ 《历代诗话续编》,下册,第 1344 页。
⑤ 文徵明《南濠居士诗话序》,《历代诗话续编》,下册,第 1341 页。
⑥ 都穆《南濠居士文跋》卷二"李户部诗",《续修四库全书》影印明刻本,第 922 册。
⑦ 《南濠诗话》:"沈先生启南,以诗豪名海内,而其咏物尤妙。予少尝学诗先生,记其数联……皆清新雄健,不拘拘题目,而亦不离乎题目,兹其所以为妙也。"(《历代诗话续编》,下册,第 1361 页至 1362 页。)
⑧ 文徵明《沈先生行状》,周道振辑校《文徵明集》(增订本)卷二十五,中册,第 583 页,上海古籍出版社2014 年版。
⑨ 朱彝尊著、黄君坦校点《静志居诗话》卷九,上册,第 232 页,人民文学出版社 1990 年版。

抬举宋诗又不废唐音的其中一个原因。相似的情况也发生在文徵明身上,他自称少时学诗即从陆游入门,①接触的是宋诗,又质疑俗尚"言诗皆曰盛唐"②。尽管如此,他又接受唐诗,"诗兼法唐、宋,而以温厚和平为主"③,"出入柳柳州、白香山、苏端明诸公"④。故而,说文徵明于唐宋诗兼而取之,或许更符合他的诗学立场。相较于以上诸人,祝允明的态度迥然不同,他的总体倾向是宗唐,指出"诗之美善,尽于昔人,止乎唐矣","洋洋唐声,独立宇宙,无能间然,诗道之能事毕矣"⑤,可见其对唐诗的倾心。这和他激烈的反宋诗立场形成鲜明的对比。吴中诗学的这种混合特征,实际上也体现了士人诗学观念的驳杂,⑥这应当与该地区相对深厚而开放的人文环境有关。以上对于明代诗学思想总体特征的考察,只是择其要而言之,若进一步细究,应当还能够梳理出若干的线索,限于篇幅,在此不再铺展。

　　鉴于有明一代历史跨度较大,文学流派或诗人群体众多,诗家或论家层出,诗学文献丰厚,诗学思想系统因此显得非常庞杂,需要探讨的问题很多。本书在针对这一领域开展系统和深细研究方面,还只是做了若干尝试性的工作,对于笔者而言,这不过意味着此项研究暂时告一段落,未来尚有涉及明代诗学思想领域的其他研究工作需要去开展,因此确切地说,已完成的相关研究还只是阶段性的成果,而并不代表工作的终结。与此同时,也期冀通过这一课题的研究,能够廓清明代诗学思想发展历史的基本线索,尤其是在一系列重要问题的点和面上拓展和深化有关的考察,用以更加全面、深入、清晰地揭橥明代诗学思想的演进轨迹。

---

　　① 《四友斋丛说》卷二十六《诗三》:"衡山尝对余言:'我少年学诗,从陆放翁入门,故格调卑弱,不若诸君皆唐声也。'此衡山自谦耳,每见先生题咏,妥贴稳顺,作诗者孰能及之?"(第237页)
　　② 文徵明《淮海朱先生墓志铭》:"(朱)尝曰:'今之论文者皆曰秦、汉,然左氏不愈于班、马矣乎?上之六经,左氏又非其俪已。言诗皆曰盛唐,然楚骚、魏、晋,不愈于唐人矣乎?上之《三百篇》,楚骚、魏、晋又非其俪已。盖愈古而愈约,愈约而愈难。不反其约,而求为古,只见其难耳。'其言如此,盖卓乎其有所识矣。"(《文徵明集》(增订本)续辑卷下,下册,第1693页。)即视墓主宝应朱应辰质疑"今之论文者皆曰秦、汉"、"言诗皆曰盛唐"为有识之见。
　　③ 文嘉《先君行略》,《文徵明集》(增订本)附录二,下册,第1726页。
　　④ 王世贞《文先生传》,《弇州山人四部稿》卷八十三。
　　⑤ 《祝子罪知录》卷九。
　　⑥ 参见黄卓越《明中后期文学思想研究》,第142页。

第一章　多重话语共存与诠释途径

　　鉴于一些入明的诗家或论家生活和活跃在元明之际,所以,这一时段自然而然地成为我们探察明代诗学思想发展史的时间起点。历史和经验提示,一种曾经显露的历史现象,它的客观存在的样态往往会超出人们一般的主观想象,而元明之际的诗学领域,大概可以用这样的情形来加以形容。推究起来,此际诸诗家或论家涉及的诗学议题不仅相当宽泛,而且各有侧重的面向,也因此,这些议题看上去甚至难免显得有些繁杂。如果在对待有关的问题上采取简单的统合和绅绎,其方法固然相对便捷,效果也相对明晰,但导致的后果则很有可能人为遮蔽问题的复杂性,如此,当然也就难以得出合乎历史事实的研究结论。假如要对这一时段诗学领域的实际存在样貌作一简要的概括,那么以多重话语共存、诠释途径不一来描述或许相对贴切。可以发现,诸家针对诗学的一些基本议题,诸如诗歌的基本性质、诗歌创作的要素构成、诗歌与学古的关系、诗歌的价值功能等,大多将其纳入讨论的范围,只不过探讨问题的角度和表达的相应诉求又间或因人而异,呈现某种多元的特征。这无异于提醒研究者,更需要投之以客观理性的目光加以仔细分辨,审慎对待。但与此同时,也不应忽略这样一个存在的历史事实,尤其是在各自所聚焦的若干特定的诗学议题上,如指涉诗歌基本性质的诗与性情的关系,以及诗歌价值功能的定位等,诸家所论也显现具有一定倾向性的思想脉络,这又为我们集中辨察相关问题提供了某些思路。归纳起来,它们的重点表现在,或将诗人性情的发抒纳入雅正和厚之道,勉力规范诗歌的抒情导向,或将诗歌与时世政治的盛衰相关联,突出诗歌经世实用之功能。促使这些倾向性思想脉络形成的原因是多方面的,其中不但源自诸家对根深蒂固传统诗教精神的深切眷顾,而且又和此际一些文士,特别像胡翰、王袆、刘基、宋濂、方孝孺等多位浙东籍之士相近或相同的学术背景有关。当然,明太祖朱元璋自登位以来,基于强化中央集权统治的根本目的,大力实施"崇儒重道"①的治政方略,在文学领域加强尚教化、重实用的政治干预,这同样是一个必须面对而不可忽视的重要因素。

第一节　"诗本人情":传统诗学命题的解析

美国现当代著名文学理论家 M.H.艾布拉姆斯撰著的《镜与灯:浪漫主义文论及批评传统》,在探讨西方浪漫主义文学理论和文学批评之际,总结了西方文艺理论在不同历史时期的发展情况,其中之一即阐析了诗歌"表现说",认为"表现说"的主要倾向可以概括为"一件艺术品本质上是内心世界的外化,是激情支配下的创造,是诗人的感受、思想、情感的共同体现","一首诗的本原和主题,是诗人心灵的属性和活动;如果以外部世界的某些方面作为诗的本质和主题,也必须先经诗人心灵的情感和心理活动由事实而变为诗"②。德国艺术史家格罗塞在《艺术的起源》中则这样定义以审美为目的的"主观的诗"和"客观的诗","诗歌是为达到一种审美目的,而用有效的审美形式,来表示内心或外界现象的语言的表现。这个定义包括主观的诗,就是表现内心现象——主观的感情和观念——的抒情诗;和客观的诗,就是用叙事或戏曲的形式表示外界现象——客观的事实和事件——的诗。在两种情形里,表现的旨趣,都是为了审美目的;诗人所希望唤起的不是行动,而是感情,并且除了感情以外,毫无别的希冀"。"一切诗歌都从感情出发也诉之于感情,其创造与感应的神秘,也就在于此"③。如果站在中国古典诗学的角度,艾布拉姆斯和格罗塞论诗歌的这种"表现说",比较接近传统"诗言志"、"诗缘情"之类的话题,它们的相似之处,都在于密切诗与诗人思想情感的关系,将诗视为"诗人心灵的属性和活动"、"从感情出发也诉之于感情"的表现诗人心志的重要载体。事实上,在中国古典诗学

---

① 丘濬《会试策问》第四首:"我朝崇儒重道,太祖高皇帝大明儒学,教人取士一惟经术是用。太宗文皇帝又集圣经贤传订正归一,使天下学者诵说而持守之,不惑于异端驳杂之说,道德可谓一矣。"(《重编琼台稿》卷八,《景印文渊阁四库全书》,第 1248 册,台湾商务印书馆 1986 年版。)

② 郦稚牛、张照进、童庆生译,王宁校《镜与灯:浪漫主义文论及批评传统》,第 20 页,北京大学出版社 2015 年版。

③ 蔡慕晖译《艺术的起源》,第 175 页,商务印书馆 1987 年版。

的基本面向中,诗与诗人思想情感的关系,乃是涉及诗歌基本性质的一个重要命题,历来一直为众多诗家或论家所谈议,这也成为诗学思想史研究无法绕开的一个问题。从元末明初诗学领域的情形来看,至于诸家围绕诗与性情关系所展开的论辩,同样自不同的层面涉及之,从中也反映了此际诗坛对于这一诗学基本问题较为普遍的关注程度。

闽人林弼在《跋丰城航溪朱光孚诗集后》中即指出:"诗本人情,情真则语真,故虽不假雕琢,而自得温柔敦厚之意。"①在《华川王先生诗序》中他对比古人与后世之诗又说:"古人之诗本乎情而以理胜,故惟温厚平易而自有馀味;后世之诗局于法而以辞胜,故虽艰险奇诡而意则浅矣。夫《三百篇》者,诗人情性之正而形于温厚平易之言也。后世能言之士有极力追仿不能及者,则固非无法也,非无辞也,其法非后世之所谓法也,其辞非后世之所谓辞也。盖情之所发者,正理之所存者,顺则形于言也,自有其法,自有其辞,有不待于强为者也。"②观察林弼以上所论,其重点显然是在申述缘于诗人性情的诗之为诗的基本性质,他举《诗》三百为例,则主要是为了昭示古人之诗"情"与"理"的一体性,也就是所谓"情之所发者,正理之所存者"。以他之见,诗"理"的寄寓,正是通过诗"情"的发抒体现出来,不惟如此,惟本于"情"而形于言,则"自有其法,自有其辞"。可以看出,这些论议集中要强调的是"诗本人情"的重要意义,突出了诗人性情在诗歌营构过程中所起的统摄或主导的作用。不得不说,林弼强调的"诗本人情"的主张,在很大程度上可以和"诗言志"和"诗缘情"这样的传统诗学命题联系在一起,自非标立特异的新颖之论。不过,这一点并不是问题的关键所在,从他以上涉及诗歌本质特性而未超离老生常谈的论说中,我们至少能够体察出他有意廓清诗学基本理路的用心,以及出于诗歌归根返本意识的一种认知态度。

在面向诗与性情关系的问题上,同为闽人的张以宁的相关阐说,同样值得留意。他曾在《李子明举诗集序》中表示:"诗者,性情之发也。性情古,则诗古矣;性情不古,欲诗之古焉,否也"。看得出来,作者对待诗与性情之间的关系,主要是站在"诗之古"的立场发论的。这一阐说的立场,也从他的如下表述中反映出来:"古之君子,仁义忠信焉耳矣。学焉者,淑乎一己以古于身,仕焉者,行

---

① 《林登州集》卷二十三,《景印文渊阁四库全书》,第 1227 册。
② 《林登州集》卷十三。

乎一世以古于人者,纯其心焉耳矣。其心纯,则其性情正;其性情正,则其发于诗也,不质以俚,不靡以华,渊乎其厚以醇。"据此,性情正向的本质又和为"古之君子"所秉持的"仁义忠信"结合在一起,被注入了伦理的内涵,"诗之古"和"性情正"构成彼此紧密的关联。不但如此,在《草堂诗集序》中,张以宁还对诗歌作过这样的定性:"声由人心生,协于音而最精者为诗。"因而认为,"缙绅于台阁而诗者,其神腴,其气绎;布韦于草泽而诗者,其神槁,其气凉"。正鉴于此,"故昔之善觇人之荣悴丰约者,类于是乎见,盖得于天者则然,岂人之所能强者哉"[①]?此处诗出"人心"之论,可谓是张以宁诗为"性情之发"论说的另一种表述。按照此说,所谓台阁与布韦诗歌的"神"、"气"差异,以及凸显其间的人之"荣悴丰约"的不同,无不是诗人各自"人心"或"性情"呈露的结果。由是可见,张以宁从主张"诗之古"的立场出发,标榜"古之君子"之"仁义忠信",不仅强调了诗与性情之间的关联,以此为诗歌的基本性质定义,并且在这基础上,进而突出"人心"之"纯"或"性情"之"正"的典范意义,以此为发之于诗的性情内涵定义。

透过林弼和张以宁的以上论述,不难发现,在对待诗与性情这一传统诗学的重要命题上,他们不啻申明了二者构成的紧密联系,将性情视作诗歌吟写之根本,凸显抒情这一诗歌的本质特性,而且又对性情的归向作了较为明确的界定,无论是林弼推尚《诗》三百"诗人情性之正而形于温厚平易之言也",还是张以宁以"古之君子"相标举,以"仁义忠信"为根基,声称"其性情正,则其发于诗也,不质以俚,不靡以华,渊乎其厚以醇",其共同的特点是,都勉力将性情纳入雅正和厚之道,其基本的着眼点,大要从根源上厘正创作主体的内在修习,用以检束其性情的发抒导向,规范诗歌吟写的价值向度。再观察这一时段诸家在诗学问题上的各自表态,如林弼、张以宁这样既重诗歌性情表现,又主张以雅正和厚的准则检束性情归向,也并非偶见,从其他一些诗家或论家的述论当中,我们又时或能发现他们所执持的相似主张,这反映出浮现在此际诗界多少具有倾向性特征的一种观念形态。如被胡应麟标为明初江右诗派开创人物、[②]又被清人钱谦益称作"以雅正标宗"[③]的刘崧,在他的《自序诗集》中指出:

① 以上见《翠屏集》卷三,《景印文渊阁四库全书》,第1226册。
② 《诗薮·续编》卷一《国朝上·洪永、成弘》:"国初吴诗派昉高季迪,越诗派昉刘伯温,闽诗派昉林子羽,岭南诗派昉于孙黄仲衍,江右诗派昉于刘崧子高。"(第342页,上海古籍出版社1979年版。)
③ 《列朝诗集小传》甲集《刘司业崧》,上册,第89页,上海古籍出版社1983年版。

> 诗本诸人情，咏于物理，凡欢欣哀怨之节之发乎其中也，形气盛衰之变之接乎其外也，吾于是而得诗之本焉。知衰诞之不如雅正也，艰僻之不如和平也，委靡碟裂之不如雄浑而深厚也，于是而得诗之体焉。

刘崧论诗，注重诗歌与诗人性气修习、平生遭际的关联，由是强调诗以观人，如其《刘以震诗序》云："余尝求汉唐以来迄今作者之诗，因以观其人。凡其人之美恶、邪正、穷达、修短，若是乎不齐也，而其诗亦往往因之以见，而莫之遁焉。"①在他看来，诗之所以能达到一种雅正和厚的理想境界，究其根本，无不与本于诗人自身所谓"正而有则"、"温而不戾"的性习趣向有关，如刘崧在《王斯和遗稿序》中提出："刘子读赣王斯和诗，慨然而叹曰：异哉，诗之能感人也！其词雅，其为人正而有则者钦？其音和，其为人温而不戾者钦？其趣高，其思远，其为今之逸士而有古之遗风者钦？"②以此观之，其《自序诗集》声称"诗本诸人情"的意义所向，应当指涉发自诗人诸如"正而有则"和"温而不戾"之性习趣向这样一种特定的情感抒写。明乎此，自然就不难理解刘崧在《陶德嘉诗序》中所作的如下陈述：

> 诗本人情而成于声，情不能以自见，必因声以达。故曰，言者，心之声也。声达而情见矣。夫喜怒哀乐情也，而各有其节焉；清浊高下声也，而各有其文焉。情而无所节也，声而无所文也，则不得以为言矣，而况于诗乎？③

既然格外注意从诗人的性习趣向去规范诗歌的抒写品格，尤其是从诗人为人之"正"之"温"的角度诠释"诗本诸人情"的要旨，那么诗人喜怒哀乐的情感抒写自然要求"各有其节"，而不能是无节制的倾泻。因此刘崧认为，诗歌作为因"声"达"情"的一种抒情文体，除了"声"之"各有其文"不可或缺，"情"之"各有其节"又是必须循守的，否则势必游离于诗之为诗的既定规范。

较之刘崧的相关陈述，在强调情以发之而又有所节制这一诗歌情感抒写规

---

① 以上见《槎翁文集》卷十，《四库全书存目丛书》影印明嘉靖元年(1522)徐冠刻本，集部第24册，齐鲁书社1997年版。
② 《槎翁文集》卷八。
③ 《槎翁文集》卷九。

范的问题上,王彝的态度似乎更加明晰。彝生平曾撰《文妖》一文,力诋杨维祯,其学"出天台孟梦恂,梦恂之学出婺州金履祥,本真德秀《文章正宗》之脉",具有理学之渊源,四库馆臣称其"故持论过严,或激而至于已甚"①。他在序高启诗集时指出:

> 嗟夫! 人之有喜怒爱恶哀惧之发者,情也。言而成章,以宣其喜怒爱恶哀惧之情者,诗也。故情与诗一也。何也? 情者,诗之欲言而未言;而诗者,能言之情也。然皆必有其节。盖喜而无节则淫,怒而无节则愤,哀而无节则伤,惧而无节则怛,爱而无节则溺,恶而无节则乱。古之圣贤君子知之,其于喜怒爱恶哀惧之节,所以求之其本初者至矣。故不言则已,言而出焉。喜也而明良之歌作,哀也而三子之歌作,爱也而《甘棠》作,怒也而《巷伯》作,惧也而《鸱鸮》作,《皇矣》之赫然又因其怒也而作。盖方是时,天下有闻而鼓舞之者,或瞿焉以俱喜,或勃焉以俱怒,或悚焉以俱惧,或恻焉以俱哀,或慊焉以同其所爱恶,若有使之然者。此无他已,与人同其情,亦同其节。则所以为之诗者,非诗也,天下之情之有节者为之也。夫以其有节者之情以为之诗,而诗之节如此其至也,匪圣贤君子,其谁能与于斯哉? 故言诗而至于虞、周之间,君子以为后来者之无诗也,然而甚矣。孟子曰诗亡,非诗亡也,人之情不亡,诗其可以亡乎? 盖诗云亡者,情与诗无节,则犹无情犹无诗也。于是有得诗之情而复有其节者。世虽汉魏也,而犹有古作者之遗意焉。世日远而情日漓,诗亦日以趋下,则断自汉魏而后,谓之古作者可也。夫断自汉魏而可谓之古作者,则晋宋及唐苟有得夫汉魏之情者焉,谓之汉魏亦可也。而世之作者,乃欲即其无节之情以为之诗,至并与其情而遗之,而曰诗固如是。然而汉、魏、晋、唐之作者不尔也。②

由王彝此序来看,其至少说明这样几个问题:第一,人有喜怒爱恶哀惧之情,由诗宣而达之;"欲言而未言"的隐秘之情,通过"言而成章"的诗歌形式得以呈示。如此而言,这无异于在为诗的基本性质定义,也即意味着诗之根本在于言情,以

---

① 永瑢等《四库全书总目》卷一百六十九集部《王常宗集》、《补遗》、《续补遗》提要,下册,第 1469 页,中华书局 1965 年版。

② 《高季迪诗集序》,《王常宗集》卷二,《景印文渊阁四库全书》,第 1229 册。

故"情与诗一也"的断论由此成立。第二,虽然诗为人之喜怒爱恶哀惧之情的宣露,但是情之发抒又"必有其节"而后可,否则势必陷入"淫"、"惵"、"伤"、"怛"、"溺"、"乱"的各类情感无所节制的宣泄状态,势必违越诗歌情感抒写的基本规范,诗之为诗的本质特性终将丧失,因此看来,"情与诗无节","犹无情犹无诗也"。第三,对比当世诗人以"其无节之情以为之诗"的作诗之道,表彰汉、魏、晋、唐以上诗歌在本于言情而"必有其节"上的示范意义,并自此究求"以其有节者之情以为之诗"的终极依据。综合王彝上序所论,作者所要表达的核心意旨,指向了诗与性情的关系问题,如果说,认为诗为人之喜怒爱恶哀惧之情的宣露,意在明确诗歌作为一种抒情文体的基本性质,那么,主张诗在以言情为本的同时又"必有其节",甚至推尚"古之圣贤君子"所作,则从道德人伦的角度突出了规范诗歌情感发抒的重要意义,用以明白无误指示一条趋向抒情理性化的实践路径。

　　概而言之,探察元末明初的诗学领域,诸家在涉及诗与性情关系问题上的表述,大多延续了古典诗学中诗歌与诗人思想情感关系的传统话题,旨在确认诗歌作为抒情文体的本质特性,至于其中对性情的表露重以雅正和厚的准则相检束,根本上乃出自注重创作者内在修习、端正其性习趣向的诗学规范意识,也因此,在很大程度上表现出向根深蒂固的传统诗教精神的自觉靠拢。当然,究其原因,则有一重时代的因素不可忽略,特别是朱明王朝建立之初,出于"崇儒重道"用以积极兴复儒家文化精神的治政方略,太祖朱元璋以"大明儒学"①为要务,尤其是大力推尊作为新儒家思想结晶的程朱理学,纳之于主导思想体系,即"尊朱子以定一宗,典礼治法,亦多本之朱子",对于意识形态领域的调控不遗馀力,乃至"纲纪聿修,风教懋著,家无异学,人鲜岐趋"②。修明儒学、屏除异说、端正风习的根本目的,还在便于以道德规范人心,主导天下士人的思想归向,规约众说而定于一尊。从某种意义上来说,此际诗学领域围绕诗与性情关系问题而体现出的以雅正和厚相尚的规范意识,也正是在如此的时代思想文化氛围之下,传递着与之相应合的一种精神特质,折射出士人观念形态的一个重要面向。

① 丘濬《会试策问》第四首,《重编琼台稿》卷八。
② 蔡清《蔡文庄公集》卷首雷铉序,《四库全书存目丛书》影印清乾隆七年(1742)逊敏斋刻本,集部第42册。

第二节　关于诗道要素的辨识

对于元末明初诗学领域的探察,除了可以注意到诸诗家或论家针对诗歌基本性质所作出的界说,同时能够发现他们围绕诗歌创作的多个要素或不同条件而展开的辨识,这理所当然又成为我们从多层次的角度探究此际诗学思想形态的重点之一。如果说,在审视诗与性情关系而涉及诗歌本质特性的问题上,一些诗家或论家基于诗学的规范意识,表现出他们严饬不苟的立场,倾向性的态度相对明显,那么,诸家对于诗歌创作其他要素或条件提出的诉求,则有着各自的侧重点,多重化的特征相对突出,既有对前人诗学主张的沿袭,又融合了对相关问题的个人之思悟,在一定意义上,这同时增添了此际诗学思想形态的复杂性。

先来看刘崧在《芳上人诗序》中所言:“抑闻之,诗本情性而发于天才,成于学问。其蟠空拔地,出无入有,不可穷测者,此天才也。至于循律度范,驱驰从容,优柔以造于成家之域,又岂不有在于问学之助乎?”①这里,除了定义本于“情性”这一诗歌的基本性质之外,序者显然还特别强调了诗人的才性与学问在诗歌创作中的重要作用。才缘于先天禀赋,学则得自后天涵养,在古典诗学发展史上,这二者作为创作主体的主观条件,以其关涉诗歌具体的经营活动而始终成为人们论议的话题。或申述才性在诗歌经营过程中所起的特殊作用。如钟嵘《诗品序》曰:“词既失高,则宜加事义。虽谢天才,且表学问,亦一理乎!”②钟氏所批评的,就是一种“天才”不足而姑且以“学问”相充填的作诗倾向,他以此用来表明才性对于诗歌创作而言的重要性。宋人陈师道在其《颜长道诗序》中指出:“万物者,才之助。有助而无才。虽久且近,不能得其情状,使才者遇之,则幽奇伟丽无不为用者。才而无助,则不能尽其才。然则待万物而后才者,犹常才也;若其自得于心,不借美于外,无视听之助而尽万物之变者,其天下之奇才乎?”③据此,从诗歌创作的层面而言,诗人的才性显得尤为重要,只有才者方可使万物之“幽奇伟丽”尽为我所用。同时,陈师道又区分“常才”与“奇才”,则

---

① 《槎翁文集》卷八。
② 曹旭《诗品笺注·诗品中》,第 101 页,人民文学出版社 2009 年版。
③ 《后山集》卷十一,《景印文渊阁四库全书》,第 1114 册。

更可见他对诗人超出凡常的特异创作之才的格外看重。或主张学问积养于诗歌同样不可缺少。如姜夔《白石道人诗说》云："思有窒碍,涵养未至也,当益以学。"①又如严羽,其虽指斥"近代诸公""以文字为诗,以才学为诗,以议论为诗",然同时表示"夫诗有别材,非关书也;诗有别趣,非关理也。然非多读书,多穷理,则不能极其至",以为"多读书"和"多穷理"的问学之道,又是诗歌臻于"不涉理路,不落言筌"②的必由途径。刘崧上序将"天才"与"学问"并置为诗歌经营必要的基础,自然拈出了一个已受前人关注的诗学话题,只是在诗人才性与学问关系问题上,他似乎更在意二者之间不可偏废的均衡性。

　　再来看张以宁的相关说法,他在《钓鱼轩诗集序》中指出："诗于唐赢五百家,独李、杜氏崒然为之冠。近代诸名人类宗杜氏而学焉,学李者何其甚鲜也。尝窃论杜鬷学而至,精义入神,故赋多于比兴,以追二《雅》;李鬷才而入,妙悟天出,故比兴多于赋,以继《国风》。闯其藩篱者,只见其不同,而窥其阃奥,则谓其气格浑完,骨肉匀称,浩浩乎若元气块扎充两间、周万汇而厚且重者,适两相埒也。学杜者固诚未易及,而间学李者率喜于飘逸,弊于轻浮,盖知李之杰于材,高于趣,而于学之卓者,犹未悉之识也。"张以宁的上述表态,足以看出其论诗于唐尤尊李、杜的倾向。类似的说法也见于他在《黄子肃诗集序》中所言:"后乎《三百篇》,莫高于陶,莫盛于李、杜。大抵二《雅》赋多而比兴少,而杜以真情真境精义入神者继之;《国风》比兴多而赋少,而李以真才真趣浑然天成者继之。"张以宁以李、杜并为唐代诗人之冠,基本的理由是李、杜二家各有所长,概括起来,就是"李鬷才而入","杜鬷学而至",一长于"才",一长于"学"。此处,他虽主要在于指示李、杜诗歌各自特长,但同时也表达了对于诗人之才性与学问兼而重之的态度。在张以宁看来,比较二者,相对而言,如何处理学问在诗中的运用更有难度,也更为关键,他在《蒲仲昭诗序》中就提出:

　　　　诗必问学乎? 诗非训诂文词也。诗不必问学乎? 诗莫善乎读书万卷之杜甫氏也。去古逾远,诗不复列于工歌矣。漓而淳之,浮而沉之,返古之风,完古之气,以追其眇。然既坠之遗音,舍问学何求矣。然而论议之蔓,

---

① 何文焕辑《历代诗话》,下册,第682页,中华书局1981年版。
② 郭绍虞《沧浪诗话校释·诗辨》,第26页,人民文学出版社1961年版。

　　援引之繁,堆积于胸,寖不能化,若兵移屯,乱藁盈地,文且不可为,况精华
而为诗者乎? 故问学者,贵乎融者也。譬如大冶聚金,销而水之,百尔器
备,惟所欲为。又如投盐于水,掬而饮之,止见其味,无有盐迹。此杜甫氏
之诗方之众作,超然骊黄之外,而投之无不如意者也。

　　这是说,诗既不可舍学问而作,尤其是为了"返古之风"和"完古之气"更需如此,
善于读书汲取的杜甫在这方面即具有典型意义。张以宁在《马易之金台集序》
中也说到:"唐之大家首推杜陵氏,善学杜者,必本之于二《南》、《风》、《雅》,干之
于汉魏乐府古诗,而枝叶之以晋、宋、齐、梁众作,而后杜可几也。"①显然,这在推
崇杜诗和指点学杜路径的同时,实际上也解析了杜诗集合上至《诗经》、下至南
朝众家之长的特点,为其认定杜诗"繇学而至"的立论依据。故谓善学杜者,须
博为习学而方可。不过,这还只是问题的一个方面,张以宁同时认为,诗又不能
溺于逞学,以至"论议之蔓,援引之繁,堆积于胸,寖不能化",而贵在由"学"至
"融",犹如投盐于水,有味无迹,即如杜甫"方之众作",则能"超然骊黄之外"。
值得指出的是,在强调由"学"至"融"这一点上,张以宁多少承沿了严羽主张既
要"多读书"和"多穷理"、又要"不涉理路,不落言筌"的诗学观念。他是这样评
判严羽诗论的:"邵武严氏,痛矫于论议援据烂熳支离之馀,亦以禅而谕诗,不堕
言筌,不涉理路,一主于悟矣。"②并认为:"夫为诗者,非摸拟摽掠以为似也,非璆
雕剞劂以为工也,非切摩声病组织纤巧以为密且丽也。必也涣然而悟,浑然而
来,趣得于心手之间,而神溢于札翰之外。"③可以看出,对于严羽为矫革"论议援
据"的逞学之弊而提出的主"悟"之说,他的基本态度是予以认肯,在其眼里,这
不失为一条由"学"至"融"的提高学问层次的升级之途。
　　关于诗歌创作的相关要素或条件,宋濂在《刘兵部诗集序》中也阐述了他个
人的一番见解:

　　　诗缘情而托物者也,其亦易易乎? 然非易也。非天赋超逸之才,不能
有以称其器;才称矣,非加稽古之功,审诸家之音节体制,不能有以究其施;

────────

① 以上见《翠屏集》卷三。
② 《黄子肃诗集序》,《翠屏集》卷三。
③ 《山林小景诗序》,《翠屏集》卷三。

功加矣,非良师友示之以轨度,约之以范围,不能有以择其精;师友良矣,非雕肝琢肾,宵咏朝吟,不能有以验其所至之浅深;吟咏侈矣,非得夫江山之助,则尘土之思胶扰蔽固,不能有以发挥其性灵。五美云备,然后可以言诗矣。盖不得助于清晖者,其情沉而郁;业之不专者,其辞芜以庞;无所授受者,其制涩而乖;师心自高者,其识卑以陋;受质蹇钝者,其发滞而拘。古之人所以擅一世之名,虽其格律有不同,声调有弗齐,未尝有出于五者之外也。①

宋濂上序提出的五个方面的问题,即所谓超逸之才、稽古之功、师友之教、吟咏之工、江山之助,可称得上是他个人对影响诗歌经营过程的主要因素或条件的总括,其中有内在的,也有外在的,有主观的,也有客观的。在他看来,这五个方面涵盖了诗歌经营的必需条件,从理想的审美意义上来说,五者缺一不可,故曰"五美云备,然后可以言诗矣"。不过细究宋濂以上所论,他以为这一切还须和诗人之"气"的涵养密切联系起来,在为永嘉人林温所撰的《林伯恭诗集序》一文中,宋濂作了如下阐释:

> 诗,心之声也。声因于气,皆随其人而著形焉。是故凝重之人,其诗典以则;俊逸之人,其诗藻而丽;躁易之人,其诗浮以靡;苛刻之人,其诗峭厉而不平;严庄温雅之人,其诗自然从容而超乎事物之表。如斯者,盖不能尽数之也。呜呼!风霆流形而神化运行于上,河岳融峙而物变滋殖于下,千态万状,沉冥发舒,皆一气贯通使然。必有颖悟绝特之资,而济以该博宏伟之学,察乎古今天人之变,而通其洪纤动植之情,然后足以凭籍是气之灵。彼局乎一才,滞乎一艺,虽欲捷骋横骛以追于古人,前之而愈却,培之而愈低,几何不堕于鄙陋之归?……世之学诗者众矣,不知气充言雄之旨,往往局于虫鱼草木之微,求工于一联只字间,真若苍蝇之声,出于蚯蚓之窍而已,诗云乎哉?②

按此说法,"气"的涵养对于诗人而言是根本性的基础,丧失这一基础,诗歌理想

---

① 《宋学士文集》卷十三,《四部丛刊》影印明正德刻本。
② 《宋学士文集》卷三十三。

的经营无从谈起,沦为"鄙陋",势在必然。有关"养气"的问题,宋濂在他那篇为人熟知的《文原》中也曾说,"为文必在养气,气与天地同,苟能充之,则可配序三灵,管摄万汇","气得其养,无所不周,无所不极也;揽而为文,无所不参,无所不包也"①。观宋濂所论,其强调"诗文本出于一原"②,既然以为诗文一原,则其诗论与文论相通。③ 体味其《文原》所言,显与前论相互融通,均在强调"气"的涵养在诗或文撰作过程中的特殊意义。再来回顾上引《林伯恭诗集序》,文中又称林温"所养之充,是气浩然,弗挠弗屈,故其发于诗也,沉郁顿挫,浑厚超越"。这是称许林氏善于"养气",而其"气""浩然",他的诗风之所以显得"沉郁顿挫,浑厚超越",最关键的原因,即源自诗人对"浩然"之"气"的养蓄而发之于诗。推究起来,自然宋濂的这一解释更多得之于孟子的养气说,孟子意在主张从养之以义的自我修持做起,用以培养至大至刚而滋蔓充塞于天地之间的"浩然之气"④,正因为强调这一股"浩然之气"由个体内在修养而得,从而使其与主体的精神联系更为密切。进一步观之,在宋濂那里,作为创作主体精神质性之重要标记的"气"的意义指向,更明显地和作者个人的道德修持关联在一起,他的《文说赠王生黼》一文在比较圣贤之文与今人之文差异之际指出:"圣贤与我无异也,圣贤之文若彼,而我之文若是,岂我心之不若乎?气之不若乎?否也,特心与气失其养耳。圣贤之心,浸灌乎道德,涵泳乎仁义,道德仁义积而气因以充。气充欲其文之不昌,不可遏也。今之人不能然,而欲其文之类乎圣贤,亦不可得也。"⑤在《送李生序》中,他也谈及"君子贵乎有养"而重在"养气"的话题,以为"善观璞者,不观其形而观其色;善观人者,不于其材而于其气","古之育才者,不求其多才,而惟养其气,培之以道德而使之纯,厉之以行义而使之高,节之以礼而使之不乱,薰之以乐而使之成化。及其气充而才达,惟其所用而无不能"⑥。对于这些说法稍加综合,即不难看出,宋濂以超逸之才、稽古之功、师友之教、吟咏之工、江山之助为诗道之"五美",固然从五个方面涵括了诗歌经营过程的必需条

---

① 《宋学士文集》卷五十五。
② 《题许先生古诗后》,《宋学士先生文集》卷十三,明天顺刻本。
③ 参见郭绍虞《中国文学批评史》,下卷,第143页,百花文艺出版社1999年版。
④ 《孟子注疏》卷三上《公孙丑章句上》,阮元校刻《十三经注疏》,下册,第2685页,中华书局影印本,1980年版。
⑤ 《宋学士文集》卷六十六。
⑥ 《宋学士文集》卷七十四。

件,但根据他的解释,要使此五者各自发生相应的作用,尚须以诗人自身"养气"也即所谓"浸灌乎道德,涵泳乎仁义"之类的特定修习为必要基础,这对于创作主体而言显然是一种本质性的要求,也是融合和激活"五美"的肯綮之所在。

考察这一时期诸家之论,特别是在涉及诗歌创作要素的问题上,不能不注意被四库馆臣称为"实据明一代诗人之上"、"为一代巨擘"①的高启的相关说法,他在《独庵集序》中即提出常被人所征引的如下之见:

> 诗之要,有曰格、曰意、曰趣而已。格以辩其体,意以达其情,趣以臻其妙也。体不辩则入于邪陋,而师古之义乖;情不达则堕于浮虚,而感人之实浅;妙不臻则流于凡近,而超俗之风微。三者既得,而后典雅、冲淡、豪俊、秾缛、幽婉、奇险之辞变化不一,随所宜而赋焉。如万物之生,洪纤各具乎天,四序之行,荣惨各适其职。又能声不违节,言必止义,如是而诗之道备矣。夫自汉、魏、晋、唐而降,杜甫氏之外,诸作者各以所长名家,而不能相兼也。学者誉此诋彼,各师所嗜,譬犹行者埋轮一乡,而欲观九州之大,必无至矣。盖尝论之,渊明之善旷而不可以颂朝廷之光,长吉之工奇而不足以咏丘园之致,皆未得为全也。故必兼师众长,随事摹拟,待其时至心融,浑然自成,始可以名大方而免夫偏执之弊矣。②

见于高启生平著述的诗学论说并不多,但这并不代表可以忽略他的相关识见,上引序文针对"诗之要"所作的诠释,无论是对于了解高启本人的诗学立场,还是对于考察元明之际诗学领域的问题面向,都是值得注意的,故或为学人所关注。很显然,序文强调的"格"、"意"、"趣",被高启视为诗歌创作的三大审美之要素,作者的主旨盖要为诗歌的经营标表相应的原则。在他看来,"格"、"意"、"趣"三者既备,诗歌各类的表现风格由是生成,所以毫无疑问,此三者具有基础性或根本性的意义,它们对于诗歌经营的重要性由此凸显。展开来说,"格"体现在对诗歌之"体"的鉴裁,即要求注重辨体。古典诗歌在长期的演化发展过程中形成了各类体格或体式,作为文本形制和表现风格的历史积淀,不同的体格

---

① 《四库全书总目》卷一百六十九集部《大全集》、《凫藻集》提要,下册,第 1471 页至 1472 页。

② 金檀辑注,徐澄宇、沈北宗校点《高青丘集·凫藻集》卷二,下册,第 885 页,上海古籍出版社 1985 年版。

或体式或被人们认作引导诗歌艺术表现的基本规范。高启强调对于诗歌之
"体"的辨识和尊尚,其实际上即要求得各类诗体之正,合乎在诗歌发展史上确
立起来的体格或体式之规范,这就需要追溯古典,师法古人,故其主张不与"师
古之义"相悖,以不至于沦为"邪陋"。"意"体现在对诗歌之"情"的充实,即要求
诗人内心含蕴真切实在的情愫,故不可陷入"浮虚",以至于无法产生"感人"的
效果。这既是在明确诗歌主于抒情的基本性质,又是在申述构成诗歌创作之灵
魂的真情实感元素的特别意义。"趣"体现对诗歌之"妙"的建构,即要求作品具
有超凡脱俗的独特品格。相对于"格"、"意"二者而言,"趣"这一要素则指向了
更能够表现诗人艺术个性的自我审美感悟和创造能力,指向了诗歌在更高层次
上所达到的异于凡俗的艺术境界。据是可以得出这样的结论,高启提出的
"格"、"意"、"趣"诗歌三大要素,看似简略却不失周至,它们涵盖了诗歌从外在
形制结构到内在情感韵趣的不同层面的基本要求,这些原则性的纲要包含了较
为丰富的审美意向,特别对于诗歌的艺术经营而言,具有一定的普适意义。同
时还需注意,高启所推崇的是"兼"而能"全"的审美识力和经营功底,倾向于消
除"偏执之弊"。他认为,历代众诗人除杜甫之外,大多各以所长自成一家,而并
不具备"兼"而能"全"的识力与功底,譬如陶渊明之"善旷"、李贺之"工奇",虽各
有专长,独自名家,然终究难免偏嗜之失;习学者亦多厚此薄彼,各取所好,拘限
局部,又如行者"埋轮一乡",无法观览"九州之大",实已陷入"偏执之弊"。从这
一意义上来说,高启所主张的作为诗歌三大要素的"格"、"意"、"趣",重在相互
兼顾而完整协配,实际上构成周全而非偏至、均衡而非拘狭的一组审美概念。
尽管以此来要求诗歌具体的经营实践,以及作为评鉴历史上众家诗歌品格的准
则,不免是出自求全责备的理想化的审美眼光,即连高启本人在同一篇序中也
自言"将力学以求至,然犹未敢自信其说之不缪也"。但从另一个角度看,这也
正表明其勉力追求完粹、不甘凡庸的一种诗学立场。

第三节　诗与学古之关系

在诗学史乃至于文学史上,对于学古的主张本属不为鲜见的一种文学行
为,其重在强调对既往文学资源的关注和汲取。从某种意义上可以说,诗歌文
本的经典化进程与古典诗歌的发展演变历史相伴随,而重视习学古作、推尚经

典文本,则是历代不少文人学士所采取的臻于理想文学目标的一种策略或方式,尽管在学古的具体问题上他们有着各自不同的取向。总观元末明初诗学领域,学古也是诸诗家或论家分别谈议的一个重要话题,这一现象,自然成为我们将其纳入考察范围的主要理由。而基于各自的文学审美立场,诸家也从不同的角度去解释习学古作或宗尚经典文本的取径和意义。无论如何,突出诗与学古关系的主张,体现了这一时段的诗坛注重古典诗歌资源为当下所用的一种策略思想,而更为重要的一点,这又让我们从中得以窥探诸家针对诗歌经营建树起来的理想目标。

林弼《熊太古诗集序》有如下的一段陈述,值得留意:

> 夫四言肇于唐、虞,而盛于周;五言昉于周之《行露》等篇,而盛于汉、魏、晋、宋;七言权舆于张衡之《四愁》、魏文之《燕歌》,而大盛于李唐之世。然汉魏以来,五言、七言皆古体也,至唐则流于声律而为近体矣。然则五言本《三百篇》,而汉去古未远,作者固当以是为准也。余尝谓诗为文之一,而与文并立,虽体制不同,而同归乎古。文无古人之气骨,则不臻于雄浑奥雅之妙;诗无古人之音节,则徒为秾纤靡丽而无温厚平易之懿矣。诗体与世变相乘,必光岳气完,然后可以复古。周、汉之世,气之完也。气完则音完,然后可为治世之音。①

在此,林弼实际上提出了一个以古人作品作为铨衡诗文的基本准则的问题。所以他认为,虽诗文二者之间体制不同,但它们应该同以古为归向,相对于文需古作之"气骨",诗则要古作之"音节"。而从学古的取径来看,作者流露出来的追本溯源意识是显而易见的,如就五言古体而言,即主张准于汉而祖于最为原初之经典文本的《诗经》,将此认作犹如严羽所说的"工夫须从上做下,不可从下做上"②一种直溯源头的学古方式,大概再确切不过。

需要指出的是,在学古的问题上,虽然林弼也提出"惟能有得于古人之法之辞,则后之作者皆可以与之方驾并驱而无愧矣",似乎凸显了习学古人之作

---

① 《林登州集》卷十三。
② 《沧浪诗话校释·诗辨》,第1页。

"法""辞"的重要性,然推究起来,他的真正动机并不是单纯源自对古人作品法度形式的着意,而是在很大程度上,出于推崇古人之诗传"情"达"理"表现倾向的考量。前面曾述及,林弼认为"古人之诗本乎情而以理胜",不同于"后世之诗局于法而以辞胜",作为诗歌之源的《诗经》在这方面已树立了典范,"盖情之所发者,正理之所存者,顺则形于言也,自有其法,自有其辞,有不待于强为者也"。这一表述的内在逻辑在于,只要依循"本乎情而以理胜"的创作原则,那么自然能够掌握古人之"法"之"辞",无需勉强为之。因此,本于诗人之"情",发之所存之"理",这是学古重心所在,又是掌握古人之"法"之"辞"的诀窍所在。正如林弼评人诗作,以为"情真而法严,理臻而辞工"①。

以上林弼将"本乎情而以理胜"的古人之诗和"局于法而以辞胜"的后世之诗区别开来而推崇前者,其实正是在解释一个更具合理意义而更易为人们所接受的浅显道理,这也就是,学古的重心应当放在习学古人作品的精神意度上,不能仅仅留滞于古人作品的法度形式。关于这一点,高启论评"古人"与"后世"诗风的相关说法或庶几近之,他在《缶鸣集序》中指出:"古人之于诗,不专意而为之也。《国风》之作,发于性情之不能已,岂以为务哉? 后世始有名家者,一事于此而不他,疲殚心神,蒐刮物象,以求工于言语之间,有所得意,则歌吟蹈舞,举世之可乐者不足以易之,深嗜笃好,虽以之取祸,身罹困逐而不忍废,谓之惑非欤?"②高启于诗同样注重学古,如他在《独庵集序》中无论认为"体不辩则入于邪陋,而师古之义乖",还是提出要"兼师众长,随事摹拟"③,已明确表达了这一立场。结合起来看,他推尚《诗经》之《国风》重于性情发抒,批评后世名家者一味追求言辞之工,一褒一贬的强烈对比,传递出基本而清晰的态度,这就是,学古而把握古人精神意度、注重性情发抒是需勉力对待之上策,学古而流于言辞机械摹拟则是不足为取之下策。

然而,如何通过学古来体现古人作品的精神意度,事实上又是一个仁者见仁、智者见智的问题。如在此际的贝琼看来,诗歌创作为了从中表现"古作者意",就应理所当然地包括追求精巧工致的审美效果。他在《郑本初诗集序》中以弓人之为弓和羿之善射作喻,表示"此发之巧者,功不及弓人,则其器弗良,巧

---

① 以上见《华川王先生诗序》,《林登州集》卷十三。
② 《高青丘集·凫藻集》卷三,下册,第906页。
③ 《高青丘集·凫藻集》卷二,下册,第885页。

不及羿，则其射弗神"，以为"诗人之于诗亦若是焉"，并由此指出：

> 天下之善诗者非一，而诗之工者甚寡。务速者不暇工，惰而不进者不能工，必思之精，如弓人之弓，发之不苟，如羿之射，然后可言其工，余独得之郑君本初焉。本初之诗，有曹、刘之气而不肆也，有阴、何之趣而不迫也；写物之妙，浓秀千态，可谓工已，非其功倍于人、巧逾于人而能之乎？自国朝混一以来八十馀年，宗工钜匠以诗名世者不少，本初恒病其无古作者意，故起而力扫一时之陋，未尝妄作而轻出之。或积思累月而后成，终岁所得者无几，片言只字不合矩度，则屡易不辍；或诮其无倚马之敏而有闭门之苦。夫弓人以九年之勤不失为良弓，羿惩一发之废，遂至于善射，则本初之诗不以迟为病，在于迟而工；不以屡易为难，在于易之而后进也。①

相比于如林弼、高启在重视性情发抒的前提下反对殚心竭神的刻意求工的作诗之法，贝琼表达的意见则多少与之相异，后者的核心理念在于，主张由乎"思之精"以臻于"诗之工"。虽然贝氏也大力推尚原始经典《诗经》，提出"三经三纬之体已备于《三百篇》中"，其"自朝廷公卿大夫以及间巷匹夫匹妇，因时之治乱、政之得失蓄于中而泄于外。如天风之振，不能不为之声，而不知声之所出；海涛之涌，不能不为之文，而不知文之所成。于是叶而歌之，用于闺门、乡党、邦国，而兴起人心，使有劝惩矣"，与之对比而认为，"汉魏以降，变而为五言七言，又变而为律，则有声律体制之拘，作者祈强合于古人，虽一辞一句壮丽奇绝，既不本于自然，而性情之正亦莫得而见之也"②，并不赞同忽略自然性情而"强合"古人的学古之法，但与此同时，他显然又反对无视"矩度"的率意所为。这篇《郑本初诗集序》藉由郑氏苦思求工以追索"古作者意"的作诗经验，说明刻苦理性的艺术经营不仅合理而且是十分必要的，思味其中的意思，对于"古作者意"的汲取，以及精巧工致审美效果的获求，不能不考虑合于"矩度"的问题。这又意味着，将表现"古作者意"和循守"矩度"之合而更多落实在法度形式层面的经营之法密切联系在一起。按照贝琼的思路，诗歌的艺术经营本身需要历经创作者精思积

① 《清江贝先生文集》卷七，《四部丛刊》影印明洪武刻本。
② 《陇上白云诗稿序》，《清江贝先生文集》卷二十九。

虑的自我体验的过程,诗歌精巧工致的审美效果并非一蹴而就,而是通过精思积虑得以实现,只有做到"思之精",才能体现"诗之工","务速者"和"惰而不进者"之所为,正是悖离了这样的经营理念,故实不足取。从这个角度来看,他倾向将表现"古作者意"和循守"矩度"之合关联起来,显然是出于其本人所怀持的自觉的艺术经营意识,他的这番主张也可以说成为元末明初诗坛的一家之论。

应该说,在诗学史乃至于文学史上,主张学古者往往将聚焦的目光投向既往的文学资源,而他们的根本动机或出于对现实的文学境况的不满,通过历史与现实的鉴察反思,在古典资源中寻求可供借鉴的理想目标,寄寓变革现实境况的用心。这一点,在宋濂身上表现得尤为明显,[①]如他在《樗散杂言序》中提出:

> 夫《诗》一变而为楚骚,虽其为体有不同,至于缘情托物,以忧恋恳恻之意,而寓尊君亲上之情,犹夫《诗》也。再变而为汉魏之什,其古固不逮夫骚,而能辨而不华,质而不俚,亦有古之遗美焉。三变而为晋宋诸诗,则去古渐远,有得有失,而非言辞所能尽也。呜呼,三变之后,天下宁复有诗乎?非无诗也,诗之合于古者鲜也。何以言之? 大风扬沙,天地昼晦,雨雹交下,万汇失色,不知孔子所删之者,其有若斯否乎? 组织事实,矜悦葩藻,僻涩难知,强谓玄秘,不知孔子所删之者,又有若斯否乎? 牛鬼蛇神,骋奸眩技,庞杂诞幻,不可致诘,不知孔子所删之者,又有若斯否乎? 如是者殆不可胜数。……唐宋诸名家,其近古者固不可绝,谓无之而不及乎尔者,抑何其多也。今世之以诗鸣者,蜂起而泉涌,其视唐宋又似有所未逮,姑置之勿论。间有倡为江南体者,轻儇浅躁,殆类闾阎小人,骤习雅谈而杂以亵语,每一见之,辄闭目弗之视。诗而至于使人弗之视,则其世道之甚下也为何如哉!

看得出来,宋濂审视古典诗歌的历史变迁,得出的基本结论是随时变迁,古意渐失,以至诗道日下,今不及古。与众多好古之士一样,他主要以原始经典《诗经》为重要标尺,铨衡不同历史时期诗歌的变化态势和价值层级。而《诗经》被立为

---

① 郭绍虞先生《中国文学批评史》论明初"学者之诗论",已注意到宋濂论诗重"师古"的立场,但仅将其简括为:"是则他所谓师古,可有两种看法。说浅一点,则是'审诸家之音节体制',此犹与诗人之见解为近;说得深一点,则全是儒家传统的理论了。由宋濂之诗论言之,毕竟偏重在后者而不重在前者。"未能展开具体辨析。参见该书下卷,第143页至145页。

标尺的主要理由是，"诗至于《三百篇》而止尔，然其为体，有三经焉，有三纬焉。所谓三经者，《风》《雅》《颂》也，声乐部分，由是而建。所谓三纬者，赋、比、兴也。制作法裁，由是而定"①。根据这一立场，宋濂的基本判断是，古典诗歌的历史变迁不仅呈现古意逐渐失却的趋势，而且导致价值的不断沦丧。类似的结论，也见于他在《药房樵唱序》中涉及诗歌历史演变走向的概述，认为"夫诗在堪舆间，无纤弗囿，无钜弗涵"，"上自王公卿士，下逮小夫编氓，率藻畅于襟灵，一导扬于隐伏"，同时指出："商周之隆，斯义为盛。汉魏以来，古意渐削。下沿唐宋之间，而得之者盖鲜矣。于是吴趋楚艳，而哇淫之咏汩焉；牛鬼蛇神，而诞幻之事彰焉；霆飞霰掷，而粗厉之文布焉；胡呗梵吟，而忽荒之趣见焉；伧言粤语，而俚鄙之裒形焉；莺支蝶卉，而留连之思滞焉。诗道亦几乎熄矣。"②其中心论点可与前序相互参证。据上，令宋濂发出诗道日下之深切感慨的，除了自汉魏以后"去古渐远"或"古意渐削"的前代诗歌的变化格局，还有"今世"诗家不及古人和浮现其间的所谓"轻儇浅躁"的弊病。这无异于指示，想要超脱古意失却、诗道沦落的既定格局，尤其是要改变当下诗坛的不良境况，学古是一项必要的选择。理解了这一点也就不难明白，宋濂为何在《答章秀才论诗书》中会面对"近来学者"一味师心而不师古的作为提出激烈批评："近来学者，类多自高，操觚未能成章，辄阔视前古为无物，且扬言曰：'曹、刘、李、杜、苏、黄诸作，虽佳不必师。吾即师，师吾心耳。'故其所作，往往猖狂无伦，以扬沙走石为豪，而不复知有纯和冲粹之音。"再联系前面宋濂对古典诗歌历史变迁过程中呈现的"诗之合于古者鲜也"趋势的担忧，可以想见，在他的心目当中，诗道不振的重要原因，正是在于作者信心自出，无视古人，率意以师心取代师古。与此同时，宋濂在同一篇书函中还指出：

　　诗之格力崇卑，固若随世而变迁，然谓其皆不相师，可乎？第所相师者，或有异焉。其上焉者师其意，辞固不似，而气象无不同。其下焉者师其辞，辞则似矣，求其精神之所寓，固未尝近也。然唯深于比兴者，乃能察知之尔。虽然，为诗当自名家，然后可传于不朽。若体规画圆，准方作矩，终

----

① 《宋学士文集》卷九，明嘉靖刻本。
② 《潜溪集》卷二，明嘉靖刻本。

为人之臣仆,尚乌得谓之诗哉!是何者?诗乃吟咏性情之具,而所谓《风》、《雅》《颂》者,皆出于吾之一心,特因事感触而成,非智力之所能增损也。古之人其初虽有所沿袭,末复自成一家言,又岂规规然必于相师者哉?呜呼,此未易为初学者道也!

在此,师法古人是被明确作为一个合理的命题提出的。在该篇书函的一开始,宋濂针对章氏"拟历代诗人皆不相师"而"自以为确乎弗拔之论"的态度,提出了强烈质疑,直言"不敢从也",并列举汉代至宋代众多诗人的创作例证,说明尽管诗风随世变迁,高下不一,但历代诸家多相师法却是不争的事实。特别是他胪列诗歌史上那些自觉效仿前人而多有获益的诗人,譬如陈子昂面向"陈、隋之弊","专师汉魏而友景纯、渊明","复古之功,于是为大",杜甫"上薄《风》、《雅》,下该沈、宋,才夺苏、李,气吞曹、刘,掩颜、谢之孤高,杂徐、庾之流丽,真所谓集大成者",李白"宗《风》、《骚》及建安七子,其格极高,其变化若神龙之不可羁",大历之际,"钱、郎远师沈、宋,而苗、崔、卢、耿、吉、李诸家,亦皆本伯玉而宗黄初,诗道于是为最盛",又如韩愈、柳宗元,"韩初效建安,晚自成家,势若掀雷抉电,撑决于天地之垠。柳斟酌陶、谢之中,而措辞幼眇清妍,应物而下,亦一人而已"①,等等,盖意在提供证明师法古人之必要的正面例子。这就同时引出了一个如何学古的问题,宋濂认为,学古本身有上下之别,上者师意,辞虽不似而能得古人之气象,下者师辞,辞虽近似而失古人之精神。作出如此的区分,与其说是在揭示如何习学古人的奥秘,倒不如说是在阐发一个近乎常识的基本原理。但无论如何,这一看法毕竟明确表达了宋濂本人对待学古方式的基本立场。不啻如此,主张学古而不可拘泥于古,这是宋濂对于如何学古而同样不能不说是类似常识的问题所作的又一解释,他就此认为,假如于古亦步亦趋,"体规画圆,准方作矩",虽说是忠实地仿拟古人,但结果只能成为古人的"臣仆"。从这个角度来说,学古并不是终极目标,而只是一种借助手段或实践策略,其终极目标则是所谓"为诗当在名家",也就是能如古人那样,从起初对前人"有所沿袭"到最终超脱前人而自成"一家言"。而宋濂觉得,"为诗当在名家"的合理意义,归根结底取决于诗歌作为"吟咏性情之具"的抒情性质。这是因为"吟咏性情"乃为

---

① 《潜溪集》卷三。

诗人"因事感触"而发,并不是"智力"刻意增损的游戏,所以仅仅于前人"有所沿袭",终究无法表现诗人各自的性情。

总的来说,宋濂试图确立诗歌与学古的紧密关系,这不但基于他认为自《诗经》以来,尤其自汉魏之后古意渐失而诗道日下的对古典诗歌变迁历史的基本判断,而且出自他对当下诗坛"阔视前古为无物"以至于率意师心为之的境况的强烈不满。有鉴于此,他进一步明确学古的合理意义,强调由古而入而不拘于古的学古方式以及自成"一家言"的终极目标。尽管这些看起来比较合乎情理甚至接近常识的说法,还不过是一种理论上的期望,但也未尝不可以说,它多少反映了宋濂在诗歌学古问题上所采取的相对理性和明智的态度。

第四节　经世实用意识的凸显

元末明初诗学领域呈现的另一个特征,体现在经世实用意识的凸显。艾布拉姆斯曾将那种"以欣赏者为中心"的诗歌实用主义批评的理论特征,归纳为"把艺术品主要视为达到某种目的的手段,从事某件事情的工具,并常常根据能否达到既定目的来判断其价值",认为实用主义批评家的主要倾向,"都把诗歌看作是以引发读者的必要反应为目的的人工产品;根据作者为了达到这种目的所必备的能力和必须经受的训练来考察作者;在很大程度上根据各种诗歌或其组成部分最适于获取的特殊效果来对诗歌进行分类和剖析;并根据诗歌欣赏者的需要和合理要求来决定诗的艺术规范和批评准则"[1]。在某种意义上也可以说,这是中西诗学中实用主义理论表现出的基本特征。

凸显于元明之际诗学领域的经世实用意识,既有来自传统诗教精神的深刻影响,也受到明初以来在"崇儒重道"政治境域中逐渐抬升的尚教化、重实用思想倾向不同程度的浸染。以后者而言,明太祖朱元璋自登位以来即加强了对文学领域的政治干预,比如重视翰林文风的整治就是典型的例子。洪武二年(1369),朱元璋曾向翰林侍读学士詹同表示,"近世文士不究道德之本,不达当世之务,立辞虽艰深,而意实浅近,即使过于相如、杨雄,何裨实用"? 以为对比"古人为文章,或以明道德,或以通当世之务"已迥然有异,于是郑重要求,"自今

---

① 《镜与灯:浪漫主义文论及批评传统》,第13页。

翰林为文,但取通道理、明世务者,无事浮藻"①。朱元璋积极干预翰林文风,主要的意图在于以此示范天下,从而自上而下提升文章的政治实用功能,以利于开展对于意识形态的整饬,强化"大明儒学"思想文化体系的建设。以上案例虽主要是就翰林文风的要求来说的,然从中也可窥见明王朝建立之初经世实用意识的强化趋势及其影响文学领域之一斑。展开对此际诗学领域的考察,同样令人不同程度地感觉到显露在诸家诗学思想之中的这样一种观念意识。

危素在《武伯威诗集叙》中有言:

> 诗之作,夫焉有格律之可言,发乎情,止乎礼义而已。王泽久熄,世教日卑,于是代变新声,益趋于浮靡,何能有以兴起人之善心,惩创人之佚志也哉!故共城邵子曰:删《诗》之后,世不复有诗矣。予读邵子自序其《击壤集》,深有感于斯言也。盖尝欲效其体而为之,又退而思邵子之为邵子,其始学也,冬不炉,夏不扇,夜不就席者数年,将以去已之滓,久而玩心于高明,知天地之运化、阴阳之消长,至于安且成必造乎此,而后邵子可几也。区区摸拟其文字语言之末,则岂希圣希贤之道乎?②

据宋濂所撰墓碑铭,素为人"凡事有关于名教、可以励风俗者,必为之乃已"③。这方面似乎也多少显之于他的诗学主张。是序自述有感于邵雍《击壤集自序》所涉孔子删《诗》之论,邵序声言"仲尼删《诗》,十去其九。诸侯千有馀国,《风》取十五;西周十有二王,《雅》取其六。盖垂训之道,善恶明著者存焉耳",并进而以为"近世诗人,穷戚则职于怨憝,荣达则专于淫泆。身之休戚,发于喜怒;时之否泰,出于爱恶。殊不以天下大义而为言者,故其诗大率溺于情好也"。邵雍标榜孔子删《诗》着意"垂训之道",指摘"近世诗人"所作大多"溺于情好",要在提示,"情之溺人甚于水",诗家之发抒不可陷入一己喜怒爱恶之情,而是要上升至以表现"天下大义"为重之境地,也即如他自称所为之诗"非唯自乐,又能乐时与万物之自得也"。具体来说,则落实在"不限声律,不沿爱恶,不立固必,不希名

---

① 《明太祖实录》卷四十,第2册,第810页至811页,台湾"中研院"历史语言研究所校印本。
② 《危学士全集》卷四,清乾隆刻本。
③ 《故翰林侍讲学士中顺大夫知制诰同修国史危公新墓碑铭》,《宋学士文集》卷五十九。

誉,如鉴之应形,如钟之应声",同时,"其或经道之馀,因闲观时,因静照物,因时起志,因物寓言,因志发咏,因言成诗,因咏成声,因诗成音"①,即应超越一己之"怨憝"、"淫泆",以自得相怡乐,以闲静为归旨。对此,王畿序邵雍《击壤集》进一步为之解说,认为"夫诗家言志,而志本于学。康节之学,洗涤心源,得诸静养,穷天地始终之变,究古今治乱之原,以经世为志,观于物有以自得也,于是本诸性情,而发之于诗"②。在邵雍看来,诗歌的功能及价值"虽曰吟咏情性",但又不能"累于性情"③,应当建立在注重个人心性修养的基础之上,以达乎所谓"天下大义"。危素在以上序文中特地标举邵雍《击壤集自序》涉及孔子删《诗》之论,以及他"去己之淬"、"玩心于高明"的静养工夫,主要还是藉以支持其个人的诗学立场,归结起来说,在秉持"发乎情,止乎礼义"的情感表现原则的同时,要求诗歌充分发挥"兴起人之善心,惩创人之佚志"的兴善惩恶的教益功能,此为诗之根本所系,故不可专意于"文字语言之末"。

相比于危素重视诗歌的教益功能,王彝则将鸣盛视作诗歌的重要职志。他在为蒲圻人魏观诗集《蒲山牧唱》所作序中指出:

> 嗟夫,世之为诗者众矣,而足以鸣国家之盛者,岂徒然哉!公(案,指魏观)之诗,则所以鸣国家之盛者也。然而有其故,盖公之为人,所以成其学者,方正而渊懿;所以达其材者,廓大而宏伟;所以存其心者,轩辟而洞达;所以养其气者,雄深而淳庞。故其发而为诗也,有含涵蓄积之量,有蜿蜒旁礴之态,有从龙上下泽润万物之化,若蒲首山中之出云者然。④

魏观元季隐居,读书蒲山。洪武初就征授平江州学正,后进翰林侍读学士,侍皇太子及秦、晋、楚诸王授经,迁国子祭酒。入明以后的这一段仕宦经历,使他的诗作不乏应制一类的作品,彭时《蒲山牧唱集序》论评观诗,除谓其"用事工,体物切,意思深婉,而格调高古,足以俪盛唐而追《风》、《雅》"之外,又以为"至于应

① 《击壤集自序》,《击壤集》卷首,《景印文渊阁四库全书》,第1101册。
② 《击壤集序》,《龙黉王先生全集》卷十三,《四库全书存目丛书》影印明万历十五年(1587)萧良榦刻本,集部第98册。
③ 邵雍《击壤集自序》,《击壤集》卷首。
④ 《蒲山牧唱序》,《王常宗集》卷二。

制诸作,壮丽和平,尤足以鸣国家之盛"①。王彝上序表彰魏观诗歌鸣盛的抒写倾向,或亦因为特别注意到他的那些应制诸作。不管如何,专意彰显魏观之诗的这一特征,也表明王彝将诗歌与"鸣国家之盛"的职能担当密切联系起来。古典诗学传统的一个显著特点,即重视诗歌与时世政治盛衰的关联,早的可以追溯至《毛诗序》,其曰:"情发于声,声成文谓之音。治世之音安以乐,其政和;乱世之音怨以怒,其政乖;亡国之音哀以思,其民困。"②这意味着时世政治的盛衰情形能够从诗歌当中折射出来,同时也意味着赋予诗歌面向不同时代政教之善恶得失的表现职能。说到底,王彝如上表彰魏观诗歌鸣盛的抒写倾向,不过是基于强调诗歌与时世政治相联系的诗学传统立场,表达对于诗之实用功能的关切和推重。前已述及,王彝为学远有端绪,尝师事天台孟梦恂,梦恂之学出宋经学家王伯弟子婺州金履祥,当时会稽杨维祯以文雄于东南,吴越之士从游者甚众,彝则目之为文妖,訾诋其"以淫辞怪语裂仁义,反名实,浊乱先圣之道,顾乃柔曼倾衍,黛绿朱白,而狡狯幻化,奄焉以自媚"③。这种正统的学脉以及相对保守的立场,与他根植于传统诗教而推尚诗重实用的意识之间,不能说毫无关联。

需要指出的是,在元末明初诗学领域大力主张经世实用者当中,令人值得注意的还有如胡翰、王袆、刘基、宋濂、方孝孺等多位较有影响的浙东籍文人。浙东地区学术渊源深厚,尤其自宋元以来,理学传统在该地区积累了坚固而厚实的基础。早在南宋时期,婺州的吕祖谦开浙东理学之风气,其与当时的朱熹、张栻合称"东南三贤",此后,以理学为代表的学术之脉延绵不断。④ 尤其以理学为盛的这样一种学术传统,在体现其稳固性和优越性的同时,也凸显了其一定的保守性。与此同时,在浙东籍的文人群体当中,彼此之间形成的相对密切的

---

① 程敏政辑《皇明文衡》卷四十四,《四部丛刊》影印明嘉靖卢焕刻本。
② 《毛诗》卷一,《四部丛刊》影印宋刻本。
③ 《文妖》,《王常宗集》卷三。
④ 以婺州而言,王袆《宋景濂文集序》云:"宋南渡后,东莱吕氏绍濂、洛之统,以斯道自任,其学粹然一出于正;说斋唐氏则务为经世之术,以明帝王为治之要;龙川陈氏又修皇帝王霸之学,而以事功为可为。其学术不同,其见于文章亦各自成其家。而香溪范氏、所性时氏先后又间出,皆博极乎经史,为文温润缜密,复自成一家之言。入国朝以来,则浦阳柳公、乌伤黄公并时而作。柳公之学博而有要,其为文也,闳肆而渊厚;黄公之学精而能畅,其于文也,典实而周密。遂皆羽翼圣学,黼黻乎帝猷。踵二公而作者,为吴正传氏、张子长氏、吴立夫氏。吴氏深于经,张氏长于史,而立夫之学尤超卓,其文皆可谓善于驰骋者焉。然当吕氏、唐氏、陈氏之并起也,新安朱子方集圣贤之大成,为道学之宗师,于三氏之学极有异同。其门人曰勉斋黄氏,实以其道传之北山何氏,而鲁斋王氏、仁山金氏、白云许氏以次相传。自何氏而下,皆婺人。论者以为朱氏之世适,故近时言理学者婺为最盛。"(《王忠文集》卷五,《景印文渊阁四库全书》,第1226册。)

师承关系同样不可忽视，如胡翰除了曾师事兰溪吴师道、金华许谦之外，又和宋濂同从学于浦江吴莱；王祎、宋濂曾游于浦江柳贯、义乌黄溍之门；方孝孺则师事宋濂。① 这种特殊的联系，也容易促发他们在学术与文学问题上保持连贯或近似的立场。还有一点，浙东籍文人尤其像王祎、刘基、宋濂等又多受朱元璋政权的眷顾，或佐定天下，或参与明初的政治与文化建置。早在至正二十年（1360），攻下金华的朱元璋即征刘基、宋濂等人至金陵，为筑礼贤馆以处之，"宠礼甚至"②，其时"基佐军中谋议，濂亦首用文学受知，恒侍左右，备顾问"③。朱元璋即位后，又多任用之，礼遇有加。洪武二年（1369），诏修《元史》，命宋濂、王祎充总裁官。而濂又"屡推为开国文臣之首"，"一代礼乐制作，濂所裁定者居多"④。基则多敷陈时政，洪武三年（1370）封诚意伯。这种特定的身份和境遇，也容易使他们向官方的政治与文化立场靠近，其经世实用意识由此得以增强。

来看胡翰在《古乐府诗类编序》中所言：

　　盖诗之为用，犹史也。史言一代之事，直而无隐；诗系一代之政，婉而微章。辞义不同，由世而异。中古之盛，政善民安，化成俗美，人情舒而不迫，风气淳而不散，其言庄以简，和以平，用而不匮，广而不宣，直而有曲，体顺成而和动，是谓德音。及其衰也，列国之言各殊，俭者多音，强者多悍，淫乱者忘反，忧深者思噫。其或好乐而无主，困敝而思治，亦随其俗之所尚，政之所本，人情风气之所感。故古诗之体，有美有刺，有正有变，圣人并存而不废。唯所以用之郊庙朝廷，非《清庙》、《我将》之颂，不得奏于升歌宗祀，非《鹿鸣》、《四牡》、《大明》、《文王》之雅，不得陈于会朝燕享。内之为闺门，外之为乡党，非《关雎》、《麟趾》，则《鹊巢》、《驺虞》之风，情深而文明，气盛而化神。故可以感鬼神，和上下，美教化，移风俗。

---

① 分别见吴沉《衢州府学教授胡公翰墓志铭》，焦竑编《国朝献征录》卷八十五，第 3 册，第 3636 页，影印明万历刻本，上海书店 1987 年版。郑济《翰林待制华川王公祎行状》，《国朝献征录》卷二十，第 1 册，第 841 页；王祎《跋宋景濂所藏师友帖》，《王忠文集》卷十七。郑楷《翰林学士承旨嘉议大夫知制诰兼修国史兼太子赞善大夫致仕潜溪先生宋公濂行状》，《国朝献征录》卷二十，第 1 册，第 800 页。郑晓《文学博士方公孝孺传》，《国朝献征录》卷二十，第 1 册，第 826 页。
② 张廷玉等《明史》卷一百二十八《刘基传》，第 12 册，第 3778 页，中华书局 1974 年版。
③《明史》卷一百二十八《宋濂传》，第 12 册，第 3784 页。
④《明史》卷一百二十八《宋濂传》，第 12 册，第 3787 页至 3788 页。

胡翰曾于宋人郭茂倩所编《乐府诗集》，"采其可传者"纂成《古乐府诗类编》，复为撰序论之，以寓"去取之意"①，从中传递出来的态度立场值得体味。据序可知，作者将诗和史相比拟，以阐明它的功用，作为与"史言一代之事"相对应的一个问题，其主要从"诗系一代之政"的核心观点切入。进一步来说，这一观点的基本涵义就是"辞义不同，由世而异"，不同时代政治之盛衰，决定了诗歌表现风格之差异，故曰"有美有刺，有正有变"。不难看出，胡翰所作的陈述并非一己新异之见，追究起来，其大体上本于《毛诗序》"治世之音安以乐"、"乱世之音怨以怒"、"亡国之音哀以思"的说法加以诠释，强调的显是诗歌与时世政治盛衰的紧密关联。作者接着列举《诗经》的《风》、《雅》、《颂》诸篇，则无不是为了说明它们各有其用。由此，同样是沿袭《毛诗序》的说法而突出为诗以致用的"感鬼神，和上下，美教化，移风俗"的推断，便成了既合乎逻辑又能印证前人诗说的一个结论。

说到诗歌与时世政治盛衰之关联，以及它的经世实用之功能，历来一些诗家或论家都会不约而同地指向诗歌史上的原始经典《诗经》，表彰其在这方面可以溯源的示范意义。就此，身为浙东籍文人的王袆同样也不例外。他在《六经论》中指出，"六经，圣人之用也。圣人之为道，不徒有诸己而已也，固将推而见诸用，以辅相乎天地之宜，财成乎民物之性，而弥纶维持乎世故，所谓为天地立极、为生民立命、为万世开太平者也"；"六经者，圣人致治之要术，经世之大法，措诸实用，为国家天下者，所不可一日以或废也"。简括其意，主要申明六经措置于"致治"、"经世"之用而关乎天地生民、世代风俗的实际价值。具体到《诗经》，"《诗》者，圣人采王朝列国《风》、《雅》之正变，本其性情之所发，以为讽刺之具，其用在乎使人惩恶而劝善"②。又王袆在《河朔访古记序》中也说，"古之言诗者，有《雅》、《颂》，复有《风》。《雅》、《颂》以道政事，美盛德，而《风》则以验风俗政治之得失"③。他要强调的是，作为儒家重要经典之一的《诗经》，其《风》、《雅》、《颂》三部分各具指涉政教之善恶得失的实用功能，这也可说是他对此部经典文本最为关切之处。王袆之所以突出《诗经》关系政教善恶得失的实用功能，应该是和他对于诗歌价值功能的基本认知联系在一起的。他曾经提出："状物写景

---

① 《胡仲子集》卷四，《景印文渊阁四库全书》，第 1229 册。
② 《王忠文集》卷四。
③ 《王忠文集》卷五。

之工,固诗家之极致,而系于风化、补于世治者,尤作者之至言。"①又他评刘基、石抹宜孙等人唱和诸诗,以为"若其微意奥旨之所存,有以系人心,关政理,明王化,而为世道劝者,忧深思远,有古风人之义,则固非夫人之所知,而君子必能审之矣"②。这些表态透露出的一个基本事实是,他将对诗歌的价值评判与其实用功能紧密挂钩起来。

从王祎的发言姿态,则还可以联系到同为浙东籍文人的刘基。其《书绍兴府达鲁花赤九十子阳德政诗后》云:"予闻《国风》、《雅》、《颂》,诗之体也,而美刺风戒,则为作诗者之意。故怨而为《硕鼠》、《北风》,思而为《黍苗》、《甘棠》,美而为《淇澳》、《缁衣》,油油然感生于中而形为言,其谤也不可禁,其歌也不待劝。故嘤嘤之音生于春,而恻恻之音生于秋,政之感人,犹气之感物也。是故先王陈列国之诗,以验风俗,察治忽,公卿大夫之耳可聸,而匹夫匹妇之口不可杜,天下之公论于是乎在。"③姑且不论将《风》、《雅》、《颂》诸作者的创作意图解释为"美刺风戒"的说法是否完全合乎《诗经》的原意,至少可以看出一点,刘基对于原始经典《诗经》的着力标举,主要还是从其"美刺风戒"而有利于"验风俗,察治忽"的实际作用考量的。说起来,刘基并没有忽略诗人有感而发、自然成声的合理性和重要性,除了以上揭橥《诗经》诸篇"油油然感生于中而形为言"的抒情特征之外,如他在《项伯高诗序》中也表示:"言生于心而发为声,诗则其声之成章者也。故世有治乱,而声有哀乐,相随以变,皆出乎自然,非有能强之者。是故春禽之音悦以豫,秋虫之音凄以切,物之无情者然也,而况于人哉?"这说明诗人"哀乐"之情乃是相应于时世"治乱"之势的自然发抒,并以自己的亲身体验为例阐明之:"予少时读杜少陵诗,颇怪其多忧愁怨抑之气,而说者谓其遭时之乱,而以其怨恨悲愁发为言辞,乌得而和且乐也。然而闻见异情,犹未能尽喻焉。比五六年来,兵戈迭起,民物凋耗,伤心满目,每一形言,则不自觉其凄怆愤惋,虽欲止之而不可,然后知少陵之发于性情,真不得已,而予所怪者,不异夏虫之凝冰矣。"元明易代之际,时局动荡,兵燹纷起,刘基遭逢其乱,不啻感受深切,也倍觉形之于诗不禁"凄怆愤惋",欲止不可,也终于悟出了杜诗抒写"怨恨悲愁",实

① 《书马易之颖州歌后》,《王忠文集》卷十七。
② 《少微倡和集序》,《王忠文集》卷七。
③ 《太师诚意伯刘文成公集》卷七,《四部丛刊》影印明刻本。

乃"发于性情，真不得已"的原委之所在。不过从根本说来，他对诗歌自然发于性情的合理性和重要性的声明，并没有超离重视诗歌"美刺风戒"实用功能这一总体的价值取向。他在《照玄上人诗集序》中也指出："夫诗何为而作哉？情发于中而形于言。《国风》、二《雅》列于六经，美刺风戒，莫不有裨于世教。是故先王以之验风俗，察治忽，以达穷而在下者之情，词章云乎哉？"这仍然在于认肯《诗经》尤其是《风》、《雅》之篇自然发于性情的抒情特征，但是其价值的重心则显然落实在了有补于世教的"美刺风戒"上。同时刘基认为，个中特别是风刺的作用更加重要，因为激切的排击容易沦为诽谤，而一味的颂美则难免流于溢美。是以在同一篇序中，比照《诗经》，他又有感于后世乃至当下诗坛风雅之道的沦落："后世太师职废，于是夸毗戚施之徒悉以诗将其谀，故溢美多而风刺少。流而至于宋，于是诽谤之狱兴焉，然后风雅之道扫地而无遗矣。今天下不闻有禁言之律，而目见耳闻之习未变，故为诗者，莫不以哦风月、弄花鸟为能事，取则于达官贵人而不师古，定轻重于众人而不辨其为玉为石，惛惛恢恢，此倡彼和，更相朋附，转相诋訾，而诗之道无有能知者矣。"在他看来，无论是以诗为谀、以诗相诋，还是以吟咏风月花鸟为能事，其实已经忽略或者偏离了"美刺风戒"的实用轨道，特别是削弱了为诗之要务的风刺的实际作用。他在《王原章诗集序》中亦论及：

> 予在杭时，闻会稽王原章善为诗……予辟地之会稽，始得尽观原章所为诗，盖直而不绞，质而不俚，豪而不诞，奇而不怪，博而不滥，有忠君爱民之情，去恶拔邪之志，恳恳悃悃，见于词意之表，非徒作也，因大敬焉。或语予曰：诗贵自适，而好为论刺，无乃不可乎？予应之曰：诗何为而作邪？《虞书》曰："诗言志。"卜子夏曰："诗者，志之所之也。上以风化下，下以风刺上，主文而谲谏，言之者无罪，闻之者足以戒。"诗果何为而作耶？周天子五年一巡守，命太师陈诗以观国风。使为诗者，俱为清虚浮靡以吟莺花咏月露，而无关于世事，王者当何所取以观之哉？曰：圣人恶居下而讪上者。今王子在下位，而挟其诗以弄是非之权，不几于讪乎？曰：吁，是何言哉！《诗》三百篇惟《颂》为宗庙乐章，故有美而无刺，二《雅》为公卿大夫之言，而《国风》多出于草茅闾巷贱夫怨女之口，咸采录而不遗也。变风、变雅大抵多于论刺，至有直指其事、斥其人而明言之者。《节南山》、《十月之交》之类

是也。使其有讪上之嫌,仲尼不当存之以为训。后世之论去取,乃不以圣人为轨范,而自私以为好恶,难可与言诗矣。曰:《书》曰:"惟口起羞。"昔苏公以谤诗速狱,播斥海外,不可以不戒也。曰:孔子曰:"邦有道,危言危行;邦无道,危行言孙。"故尧有诽谤之木,而秦有偶语之僇,乱世之计,治世之所与也。得言而不言,是土瓦木石之徒也。

在这篇序文中,刘基由王氏诗作的抒写特点着重引出以诗为刺的话题。他举《诗经》中的《国风》、二《雅》尤其是变风、变雅之作为例,主要为了说明这一经典文本在"论刺"方面的示范意义,以及孔子保存此类诗作的理由,同时也是为了进一步说明诗歌当为何者而作这一根本性或原则性的问题。刘基的基本观点是,诗若无关世事,徒吟咏花鸟月露以自适,既不符合孔子于《诗》取舍之旨,也失去了它的应有价值。关于诗歌美与刺的问题,尽管刘基认为二者皆为诗人之职志,是以在强调《风》、《雅》之作"论刺"的同时,也特地标出"有美而无刺"的《颂》诗,以明颂美不可或缺之意,但以诗为刺或难免讪谤之嫌,容易令诗作者为之戒忌,因此在诗之美与刺二者之间,刘基更为看重的是刺的功能,这不但是他推许王氏诗作的一个缘由,而且是他审度诗歌价值功能的一个重要基准。在这个问题上,又一如他在《送张山长序》中所言:"余观诗人之有作也,大抵主于风谕,盖欲使闻者有所感动,而以兴其懿德,非徒为诵美也。故崇奖之言冀其有所劝而加勉,示事之告愿其有所儆而加详也。然后言非空言,而言之者为直为谅,为辅仁为交相助而有益,而闻誉达于天下,而言与人相为不朽,不亦伟哉?"①据此可以理出的主旨是,诗如仅为"诵美"尚不足以体现作者职责之所在,而是更需要力主"风谕"以完善其价值功能。

比较起来,虽同样注重诗歌的经世实用功能,但宋濂似乎更多从有关诗之精神内蕴的充积和冶炼的角度切入而加以强调。先来看他在《清啸后稿序》中的论述:"诗之为学,自古难言,必有忠信近道之质、蕴优柔不迫之思、形主文谲谏之言,将以洗濯其襟灵,发挥其文藻,扬厉其体裁,低昂其音节,使读者鼓舞而有得,闻者感发而知劝。"②显然,诗歌的价值功能被宋濂明确定位在对于接受的

---

① 以上见《太师诚意伯刘文成公集》卷五。
② 《宋学士文集》卷七。

对象能够产生劝诫教益的作用上。顺着这一思路,进而需要回答的问题是,如何才能使诗激发出如此的作用? 按照宋濂的说法,这不仅要形于"主文谲谏之言",还要包蕴"忠信近道之质"与"优柔不迫之思"。如果说前者重在指向诗的表现形式,那么后者则主要涵括了诗的内质意蕴,而在宋濂心目中,后者乃是诗之根本所系,他为揭阳林仕猷所作的《林氏诗序》有言:

> 君子之言,贵乎有本,非特诗之谓也。本乎仁义者,斯足贵也。周之盛时,凡远国遐壤穷间陋巷之民,皆能为诗,其诗皆由祖仁义,可以为世法,岂若后世学者资于口授指画之浅哉? 先王道德之泽、礼乐之教,渐于心志而见于四体,发于言语而形于文章,不自知其臻于盛美耳。王泽既衰,天下睹古昔作者之盛,始意其文皆由学而后成,于是穷日夜之力而窃拟之,言愈工而理愈失,力愈劳而意愈违,体调杂出而古诗亡矣。非才之不若古人也,化之者不若而无其本也。惟夫笃志之士不系于世之污隆、俗之衰盛,独能学古之道,使仁义礼乐备于躬,形诸文辞,能近于古,则君子多之,然亦鲜矣。……林君居潮之揭阳,学《诗》三百篇以求先王政教之善、治功之隆,贤人君子性情之正、道德之美。以治其身,其身醇如也;以淑诸徒,其徒蔚如也;以形乎诗,其词粹如也。①

这是说,君子之言贵在有本,贵在以仁义为本,诗也同样如此。由是观之,宋濂实际上是将仁义之旨视作诗歌的精神内蕴构成,视作诗歌的根本之道。向前追溯,先民之诗作为本乎仁义的标志,则能浸渍先王道德礼乐的教泽,成为有异于后世那些无本而求工言辞之作的典范。所以说,要使得诗有所本,诗作者学于古人以强化自身道德礼乐的磨砺,就显得十分必要,这是充实诗歌精神内蕴以表现仁义之旨的重要途径。宋濂称赏林氏学诗习古之道,也正是基于这一立场发言的。

　　而关于作为诗之根本的仁义之旨,换成宋濂的另一种表述,乃是所谓"物则民彝"。如其《霞川集序》感叹"诗道之不古久矣",指斥"世之号善吟者,往往流连光景,使人驰骛于玄虚荒忽之场",以为"诗者本乎性情,而不外于物则民彝者

也。舍此而言诗,诗之道丧矣"。这一论断的立足点,还在于"盖诗者,发乎情止乎礼义者也"①。又其《刘母贤行诗集序》也论曰:"诗者,发乎情而止乎礼义也。感事触物,必形之于言,有不能自已也。昔者卫共伯早死,其妻共姜赋《柏舟》以自誓,一则曰'之死矢靡他',二则曰'之死矢靡慝',至今读者为之感激奋励,岂非有系彝伦之重者乎?"鉴于重视诗歌"物则民彝"或"彝伦"的蕴蓄以及对接受者的劝励,宋濂同时认为:"虽然,诗人之吟咏夥矣,类多烟霞月露之章,草木虫鱼之句,作之无所益,不作不为欠也。"②究其根本,当然还是出于实用的立场,贬抑无关"物则民彝"或"彝伦"的无益之作。联系起来,尚可以注意宋濂为汪广洋所作的《汪右丞诗集序》的相关论说,这篇序文首先论及山林与台阁诗文之异:"山林之文,其气枯以槁;台阁之文,其气丽以雄。岂惟天之降才尔殊也,亦以所居之地不同,故其发于言辞之或异耳。濂尝以此而求诸家之诗,其见于山林者,无非风云月露之形、花木虫鱼之玩、山川原隰之胜而已。然其情也曲以畅,故其音也眇以幽。若夫处台阁则不然,览乎城观宫阙之壮、典章文物之懿、甲兵卒乘之雄、华夷会同之盛,所以恢廓其心胸、踔厉其志气者,无不厚也,无不硕也。故不发则已,发则其音淳庞而雍容,铿锽而镗鞳。"味其所言,对于山林之诗,作者虽未全然否定之,谓其有"曲以畅"之情及"眇以幽"之音,但又以为其无非流于"风云月露"、"花木虫鱼"、"山川原隰"之咏,对照以上《刘母贤行诗集序》之论,实际上依照宋濂的判别,这些或成为缺乏实用功能的无益之作。相比较,台阁之诗的情形迥然不同,作者身处台阁特定的境域,耳濡目染,"恢廓其心胸","踔厉其志气",因投注于壮美雄盛的表现目标而以雍容厚重的格调胜出。由此,宋濂进而论评汪广洋诗:

　　公以绝人之资,博极群书,素善属文,而尤喜攻诗。当皇上龙飞之时,杖剑相从,东征西伐,多以戎行,故其诗震荡超越,如铁骑驰突,而旗纛翩翩,与之后先。及其治定功成,海宇敉宁,公则出持节越,镇安藩方,入坐庙堂,弼宣政化。故其诗典雅尊严,类乔岳雄峙,而群峰左右,如揖如趋。此无他,气与时值,化随心移,亦其势之所宜也。然而兴王之运,至音斯完,有

① 《宋学士先生文集》卷五。
② 《宋学士文集》卷四十一。

如公者,受丞弼之寄,竭弥纶之道,赞化育之任,吟咏所及,无非可以美教化
而移风俗。此有关物则民彝甚大,非止昔人所谓台阁雄丽之作。而山林之
下诵公诗者,且将被其沾溉之泽,化枯槁而为丰腴矣。

从对汪氏诗风的评述来看,宋濂显然主要将其归属于台阁一路,所以他在此序
中论及《风》《雅》《颂》三体,指出"《雅》《颂》之制,则施之于朝会,施之于燕飨,
非公卿大夫或不足以为,其亦近于台阁矣乎"?"他日与《鹿鸣》《清庙》诸什并
传者,非公之诗而谁哉"①? 即将汪诗和近于台阁诗风的《雅》《颂》之作相并置。
不过他又认为,汪诗的特别之处在于,不只是具有一般台阁之诗"雄丽"的风格
特征,而且关涉"物则民彝",所以更能发挥"美教化而移风俗"的实用效应。
　　正因为秉持注重诗歌经世实用的价值取向,强调诗歌精神内蕴的充积和冶
炼,宋濂出于儒家仁义道德的基本立场,将"儒者"与"诗人"视为一体,将诗与文
视为同源,他在《题许先生古诗后》中就有感于人"病夫世之论诗有儒者、诗人之
分"之论,于是提出:

　　　　诗文本出于一原,诗则领在乐官,故必定之以五声,若其辞则未始有异
　　也。如《易》《书》之协韵者,非文之诗乎?《诗》之《周颂》多无韵者,非诗之
　　文乎? 何尝岐而二之。沿及后世,其道愈降,至有儒者、诗人之分。自此说
　　一行,仁义道德之辞,遂为诗家大禁,而风花烟鸟之章,留连于海内矣,不亦
　　悲夫!②

宋濂论文力主文道一元的原则,并强调教化的实用功能,主张"明道之谓文,立
教之谓文,可以辅俗化民之谓文","圣贤之道充乎中,著乎外,形乎言",同时以
为,"圣贤之心,浸灌乎道德,涵泳乎仁义"③。出于这样的对文之性质和功能的
基本认知,以他的理解,文在纯文学意义上并不具备独立存在的价值,其所定义
的文的概念趋于泛化,即如他指出,"余之所谓文者,乃尧、舜、文王、孔子之文,
非流俗之文也","非专指乎辞翰之文也",而是广涉"天衷民彝之叙、礼乐刑政之

---

① 《宋学士文集》卷七。
② 《宋学士先生文集》卷十三。
③ 《文说赠王生黼》,《宋学士文集》卷六十六。

施、师旅征伐之法、井牧州里之辨、华夷内外之别","故凡有关民用及一切弥纶
范围之具,悉囿乎文,非文之外别有其他也"①。由此看来,宋濂提出诗文"出于
一原",就不啻是为了说明原初文有"协韵"、诗有"无韵"者的诗与文表现在体制
上的某种共通性,并且为了提示诗与文在浸涵儒家仁义道德的基础上所应当呈
现的精神内蕴的同一性以及因此构成的实用性。有鉴于此,他反对诗歌单纯留
意"风花烟鸟",无关乎"仁义道德",反对"儒者"与"诗人"的身份差异。

　　再来考察宋濂弟子方孝孺的相关之论,方氏论诗尤其在重视诗歌精神内蕴
的充积和冶炼以利于体现经世实用之功能这一点上,多与其师之见相合,只不
过比较起来,他的诗学观念中的儒学传统特别是理学色彩显得相对浓厚。其
《答张廷璧》即曰:"盖古人之道,虽不专主乎为诗,而其发之于言,未尝不当乎
道。是以《雅》、《颂》之辞,烜赫若日月,雄厉若雷霆,变化若鬼神,涵蓄同覆载。
诵其诗也,不见其辞,而惟见其理,不知其言之可喜,而惟觉其味之无穷。此其
为奇也,不亦大乎?而作之者,初非求为如是之奇也,本之乎礼义之充,养之乎
情性之正,风足以昌其言,言足以致其志,如斯而已耳。"②方孝孺发言持论,人称
"一本于至理,合乎天道,自程、朱以来,未始见也"③,平生"以讲明道学为己任,
以振作纲常为己责,以继往绪、开来学为己事,以辅君德、起民瘼为己业"④,素重
修德养性、正学致用。如他声言"古人言学,修其在己。己无所得,犹不学尔",
"是以贤哲,务德是修。行以终身,恒以为忧"⑤;"古学务实,体立用随。始诸身
心,验于设施","王者之学,以古为师。穷理正心,固守勇为"⑥。这样一种强烈
的观念意识,在方孝孺的论诗之见中得到不同程度的体现,上引《答张廷璧》书
当即作如是观。据他的解释,诗歌"辞"与"理"所构成的是本与末的一种关系,
前者为末,后者为本,鉴于此,他不仅表彰《诗经》中《雅》、《颂》之篇"不见其辞,
而惟见其理"的表现特征,同时又指摘后世作者"较奇丽之辞于毫末,自谓超乎
形器之表矣,而浅陋浮薄,非果能为奇也",并且声明"不本之务,而求工于末,是

---

① 《文原》,《宋学士文集》卷五十五。
② 《逊志斋集》卷十一,《四部丛刊》影印明嘉靖四十年(1561)王可大台州刻本。
③ 林右《逊志斋集序》,《逊志斋集》卷首。
④ 王可大《重刻正学方先生文集叙》,《逊志斋集》卷首。
⑤ 《四忧箴·修德》,《逊志斋集》卷一。
⑥ 《九箴·正学》,《逊志斋集》卷一。

犹弃木之根而蟠其枝以为美，欲其华泽茂遂，弗可得矣"①。至于实现务于本、明乎理的根本目标，在他看来，其中最为重要的，则需"礼义之充"、"情性之正"的培植和炼养，这是诗歌超越言辞工夫、充实精神内蕴以归于根本的关键所在。就此问题，方孝孺在《刘氏诗序》中还指出：

> 道之不明，学经者皆失古人之意，而诗为尤甚。古之诗，其为用虽不同，然本于伦理之正，发于性情之真，而归乎礼义之极，《三百篇》鲜有违乎此者。故其化能使人改德厉行，其效至于格神祇，和邦国，岂特辞语之工、音节之比而已哉？近世之诗大异于古，工兴趣者，超乎形器之外，其弊至于华而不实。务奇巧者，窘乎声律之中，其弊至于拘而无味。或以简淡为高，或以繁艳为美，要之皆非也。人不能无思也，而复有言，言之而中理也，则谓之文，文而成音也，则谓之诗。苟出乎道，有益于教，而不失其法，则可以为诗矣。于世教无补焉，兴趣极乎幽闲，声律极乎精协，简而止乎数十言，繁而至于数千言，皆苟而已，何足以为诗哉！

据上，诸如"伦理之正"、"性情之真"、"礼义之极"这些关乎诗歌精神内蕴的义项，显然是被方孝孺作为经营的重点环节来加以强调的，相较而言，那些指向形式技巧的因素以及虚华不实的风格则为他所轻忽和贬抑，他比较以原始经典《诗经》为代表的古人之诗和与古相异的近世之诗，正是从这个角度出发的。究其所以，本质上则和方孝孺于诗重经世实用的价值取向密切相关联，无论是他对以《诗经》为代表的古人之诗的"化"、"效"作用的正面评鉴，抑或是对诗歌有益于世教价值功能的总体认知，都清晰地表达了这一立场。与此相关，方孝孺在《时习斋诗集序》中对于诗歌的基本概念、体法及意义指向作过概括性的解释："诗者，文之成音者也，所以道情志而施诸上下也。《三百篇》，诗之本也。《风》、《雅》、《颂》，诗之体也。赋、比、兴，诗之法也。喜怒哀乐动乎中，而形为褒贬讽刺者，诗之义也。大而明天地之理，辩性命之故，小而具事物之凡，汇纲常之正者，诗之所以为道也。"②其间可以看出，特别是对诗歌精神导向的定位，以

---

① 《答张廷璧》，《逊志斋集》卷十一。
② 以上见《逊志斋集》卷十二。

及与此相连的诗歌"褒贬讽刺"作用的声张,显得再明确不过。具体到相关的个案,则还可以留意方孝孺读朱熹《斋居感兴》诗而收获的心得,其曰:

> 《三百篇》后无诗矣。非无诗也,有之而不得诗之道,虽谓之无,亦可也。夫《诗》所以列于五经者,岂章句之云哉? 盖有增乎纲常之重、关乎治乱之教者存也。非知道者,孰能识之? 非知道者,孰能为之? 人孰不为诗也,而不知道,岂吾所谓诗哉? 呜呼,若朱子《感兴》二十篇之作,斯可谓诗也已! 其于性命之理昭矣,其于天地之道著矣,其于世教民彝有功者大矣。系之于《三百篇》,吾知其功无愧,虽谓《三百篇》之后未尝无诗,亦可也。①

朱熹作《斋居感兴》二十首,谈理论道成分居多,重在宣示他的理学思想。该组诗诗序自谓曾读陈子昂《感遇》诗,"欲效其体","然亦恨其不精于理,而自托于仙佛之间以为高也",因作此诗,所言"皆切于日用之实","既以自警,且以诒诸同志云"②。元人胡炳文《感兴诗通序》曰,"夫子读周公、尹吉甫之诗,皆赞之曰:为此诗者,其知道乎? 以其诗有关于天理民彝,有关于世变也。子朱子《感兴》诗兼之矣,明道统,斥异端,正人心,黜末学","凡天地万物之理、圣贤万古之心、古今万事之变关焉"③,即直接揭橥了朱熹该组诗的意义和作用指向。毫无疑问,方孝孺对朱诗的推崇,从一个方面显出他接受宋儒理学的倾向性态度,而他将朱诗甚至视为《诗经》之后的接续之作,则足以说明其对此诗异常重视。很显然,方孝孺是以他所理解的《诗经》的经典意义来铨衡朱熹《斋居感兴》组诗,他认为,《诗经》这一经典意义就在于超离了文本"章句"纯粹的艺术层次,体现着"增乎纲常之重"、"关乎治乱之教"的实用功能,真正称得上得诗之道,至于说朱诗可以归入《诗经》的意义类型的理由,关键在于它非徒然为诗,而是能昭明"性命之理"、"天地之道",并有益于"世教民彝",自然而然,这也成为其洞悉诗道的重要标志。

　　总之,在某种意义上,浙东地区以理学为代表的学术传统和构成的紧密的师承关系,以及或参与朱明政治和文化建制的特殊经历,培植了这些浙东籍文

---

① 《读朱子感兴诗》,《逊志斋集》卷四。
② 《晦庵集》卷四,《景印文渊阁四库全书》,第1143册。
③ 《云峰集》卷三,《景印文渊阁四库全书》,第1199册。

人强烈的经世实用意识,增强了他们各自坚守正宗和传统之学的自觉性。明人刘鳞长《浙学宗传序》云:"国初刘文成见道渊微,卓然儒者,世乃以功揜学;宋潜溪身修而言立矣,世又以文揜道;希直先生行既著于天下,学悉本于圣谛,号称正学,知言哉!"刘氏为福建晋江人,《浙学宗传》编于其任浙江提学副使之时,缘于周汝登所辑《圣学宗传》"颇详古哲,略于今儒"①,"遂采自宋讫明两浙诸儒,录其言行,排纂成帙"②。以刘氏之见,浙学和以朱子学为代表的闽学"同属家亲",承续圣学之正脉,所谓"今夫尧、舜、文、周、孔子、孟氏,万世知觉之先,大宗之祖,闽与越共之"③。他之所以将明初刘基、宋濂、方孝孺等浙东籍文人当中的代表人物录入浙学宗传之列,乃有意表彰诸人学业传接圣学之脉的正统性,这在一定程度上正概括出他们学术传承之鲜明特点。应该说,这些浙东籍文人重视诗歌经世实用的价值取向,从根本上来说,乃和他们勉力维护儒学传统的自觉意识是分不开的。

---

① 刘鳞长《浙学宗传》卷首,《四库全书存目丛书》影印明崇祯十一年(1638)自刻本,史部第 111 册。
②《四库全书总目》卷六十二史部《浙学宗传》提要,上册,第 561 页。
③《浙学宗传序》,《浙学宗传》卷首。

第二章 宗唐观念的呈示：时代诗学趋向的奠基

　　梳理元明之际诗学思想的脉络，宗唐无疑是赫然映入人们眼目的一条重要线索，可以毫不夸张地说，元末明初以来宗唐诗学体系的构建，为有明一代诗歌宗尚主导方向的确立，奠定了重要的基础。点检起来，元末问世的杨士弘所编《唐音》，具有覆盖唐代诗歌的涵括性和比较完备的诗体选录，其对宗唐诗学体系的建设作用不应漠视。这部唐诗选本虽编纂于元季，但对明人宗尚观念的影响显而易见。明初高棅编定《唐诗品汇》和《唐诗正声》，则进一步完善了这一诗学体系，尤其是《唐诗品汇》，更以一种特别的诗史眼识来分别有唐一代诗歌的变化段落，历时、有机、完整地展示唐诗的演变过程。从《唐音》的编选主旨观之，其固然蕴含以"盛唐、中唐、晚唐别之"[①]，包括以盛唐为"正"的世变意识，然同时又凸显了编纂者注重诗歌音律体制品鉴的审美立场。这一立场在《唐诗品汇》、《唐诗正声》那里得到了延续与强化，特别是《唐诗品汇》以"声律"、"兴象"、"文词"、"理致"等多项审美指标作为铨衡唐诗的准则，显出它所确立的价值评判标准的一种系统化特征。作为相继编定的两部唐诗选本，《品汇》和《正声》各具特点，互不相掩，一为"博"或"备"，一为"纯"或"精"，二者选录功能的差异，使它们成为相辅相成而更具整体性的一个唐诗范本。全面透视元末明初诗学领域凸显的宗唐观念，同样不能忽略的是支撑在这一观念背后的不同的价值取向，分辨起来，其或侧重从艺术审美的角度观照唐诗的典范意义，或侧重从政治情势的层面鉴别唐诗的价值作用，相对复杂的价值取向，也让我们充分领略各家在宗唐意识主导下解读唐代诗歌不同的诗学面向。

---

　　① 苏伯衡《古诗选唐序》，《苏平仲文集》卷四，《四部丛刊》影印明正统七年(1442)刻本。

第一节 《唐音》与元明之际的唐诗观念

　　《唐音》为元人杨士弘所编。杨氏字伯谦,襄城(今属河南)人。[①] 生平好学,善属文,尤长于诗。据他自述,是集凡十五卷,收诗共一千三百四十一首,始编于元惠宗至元元年(1335),成于至正四年(1344)。[②] 四库馆臣称"其书积十年之力而成,去取颇为不苟"[③]。此书自至正四年(1344)刊刻以来,多次被重刻翻印,又或为之辑注和批点,[④]其影响之大,亦可见一斑。尽管此书系元人编纂的一部唐人诗歌总集,但它对明代诗学领域曾产生不可忽略的影响,甚至有研究者认为,在明代中叶以前,《唐音》的影响远超高棅的《唐诗品汇》。[⑤] 自元代末期至明代前期,《唐音》就已引发不少文人学士的关注,其中不乏对它多加推重者。如宋讷于至正十四年(1354)为丹阳颜润卿《唐音缉释》所作序文云:"唐三百年,诗之音几变矣,文章与时高下,信哉! 襄城杨伯谦,诗好唐,集若干卷以备诸体,仍分盛、中、晚为三。世道升降,声文之成,安得不随之而变也? 总名曰《唐音》。既镂梓,天下学诗而嗜唐者,争售而读之,可谓选唐之冠乎?"[⑥]三杨之一的杨荣在《题张御史和唐诗后》中指出:"夫诗自《三百篇》以来,而声律之作始盛于唐开元、天宝之际,伯谦所选,盖以其有得于《风》、《雅》之馀,骚些之变。"[⑦]杨士奇则一再推许这部唐诗选本,表示"余读《唐音》,间取须溪所评王、孟、韦诸家之说附之,此编所选可谓精矣",并以为"苟有志学唐者,能专意于此,足以资益,又何必多也"[⑧]。其《录杨伯谦乐府》又谓杨氏所编《唐音》,"前此选唐者皆不及也"[⑨]。《书张御史和唐诗后》也云:"诗自《三百篇》后,历汉、晋而下有近体,盖以盛唐为至,杨伯谦所选《唐音》粹矣。"[⑩]这更足以说明他对该书的特别关注。不独如此,

---

①　柯劭忞《新元史》卷二百三十八《杨士弘传》谓杨氏为襄阳人,系误述,参见王兴亚《〈新元史·杨士弘传〉勘误》,《史学月刊》1989 年第 1 期。
②　见杨士弘《唐音姓氏并序》,《唐音》卷首,《湖北先正遗书》影印明嘉靖刻本。
③　《四库全书总目》卷一百八十八集部《唐音》提要,下册,第 1710 页。
④　参见陶文鹏、魏祖钦《〈唐音〉考论》,《中国文化研究》2006 年第 1 期。
⑤　参见陈国球《明代复古派唐诗论研究》,第 169 页至 173 页,北京大学出版社 2007 年版。
⑥　《唐音缉释序》,《西隐集》卷六,《景印文渊阁四库全书》,第 1225 册。
⑦　《文敏集》卷十五,《景印文渊阁四库全书》,第 1240 册。
⑧　《唐音》,《东里续集》卷十九,《景印文渊阁四库全书》,第 1238 册。
⑨　《东里续集》卷十九。
⑩　《东里续集》卷五十九,《景印文渊阁四库全书》,第 1239 册。

甚至又有好《唐音》取而和之者,如中永乐二十二年(1424)进士、累官南京右金都御史的慈溪人张楷,在登第之前,"乃取襄城杨伯谦所选唐人诗曰《正音》者,和其五言律及近体之韵,通几百首"①,其唱和之举,被人称为"殆究夫伯谦所选之意与唐人所作之旨矣"②。又如成化八年(1472)登进士第、累官工部郎中的馀姚人杨荣,"少即好学,肆力翰墨","尝试礼闱而南,舟次旬月间,取《唐音》和成一帙"③,并付梓行焉。而在有明前期,最明显受到《唐音》一书影响者,莫过于高棅所编《唐诗品汇》,"即因其例而稍变之"④,高棅在《唐诗品汇总叙》中评及《唐音》,就以为其"颇能别体制之始终,审音律之正变,可谓得唐人之三尺矣"⑤。这应当是他有意识接受《唐音》的一个重要原因。

关于《唐音》编纂的缘起,杨士弘在作于至正四年(1344)的序文中有如下交代:

> 余自幼喜读唐诗,每慨叹不得诸君子之全诗。及观诸家选本载盛唐诗者,独《河岳英灵集》,然详于五言,略于七言,至于律、绝仅存一二。《极玄》姚合所选,止五言律百篇,除王维、祖咏,亦皆中唐人诗。至如《中兴间气》、《又玄》、《才调》等集,虽皆唐人所选,然亦多主于晚唐矣。王介甫《百家选唐》,除高、岑、王、孟数家之外,亦皆晚唐人诗。《鼓吹》以世次为编,于名家颇无遗漏,其所录之诗,则又驳杂简略。他如洪容斋、曾苍山、赵紫芝、周伯弜、陈德新诸选,非惟所择不精,大抵多略于盛唐而详于晚唐也。后客章贡,得刘爱山家诸唐初、盛唐诗,手自抄录,日夕涵泳。于是审其音律之正变,而择其精粹,分为《始音》、《正音》、《遗响》,总名曰《唐音》。⑥

按杨士弘此序所述,可以见出其编纂《唐音》一书的基本意图,归纳起来,至少说明了以下几个问题:第一,杨氏自少时起即倾重有唐诗歌,是以编次如《唐音》这

---

① 陈循《张御史和唐诗引》,《芳洲文集续编》卷五,《续修四库全书》影印明万历四十六年(1618)陈以跃刻本,第1328册,上海古籍出版社2002年版。

② 杨荣《题张御史和唐诗后》,《文敏集》卷十五。

③ 吕柟《明工部郎中东丘杨公配安人潘氏墓志铭》,《泾野先生文集》卷二十七,《四库全书存目丛书》影印明嘉靖三十四年(1555)于德昌刻本,集部第61册。

④《四库全书总目》卷一百八十八集部《唐音》提要,下册,第1710页。

⑤《唐诗品汇》卷首,上册,第10页,影印明汪宗尼校订本,上海古籍出版社1982年版。

⑥《唐音姓氏并序》,《唐音》卷首。

样一部唐诗总集,这清晰传达出其面向古典诗歌系统而尊尚唐诗的基本立场。第二,有唐以来诸家唐诗选本,或主于中、晚唐而略于盛唐之作,而如殷璠所编《河岳英灵集》虽选载盛唐人诗,然于诗体不免有所偏重,所选未能全面反映盛唐诗歌各体之面貌。第三,在杨氏看来,如元好问所编《唐诗鼓吹》及洪迈等数家所选诸本,又"驳杂简略"或"所择不精",粗陋之处颇多。这意味着他纂次《唐音》之编,严审"音律之正变",择选唐人"精粹"之作,有意弥补诸家选本在这方面的不足。

尽管杨士弘自认为《唐音》于有唐一代诗歌"审其音律之正变,而择其精粹",可以弥补诸家唐诗选本之不足,但也有一些人士不以为然,质疑是集的编选原则。如苏伯衡的意见就有一定的代表性,他在为平阳林与直《古诗选唐》所作的序中提出:"夫惟诗之音系乎世变也,是以大、小《雅》,十三《国风》出于文、武、成、康之时者,则谓之正雅、正风;出于夷王以下者,则谓之变雅、变风。《风》《雅》变而为骚些,骚些变而为乐府,为《选》,为律,愈变而愈下。不论其世而论其体裁,可乎? 李唐有天下三百馀年,其世盖屡变矣,有盛唐焉,有中唐焉,有晚唐焉。晚唐之诗,其体裁非不犹中唐之诗也;中唐之诗,其体裁非不犹盛唐之诗也。然盛唐之诗,其音岂中唐之诗可同日语哉? 中唐之诗,其音岂晚唐之诗可同日语哉?"有鉴于此,他在评述《唐音》时指出,杨士弘是编虽以"盛唐、中唐、晚唐别之","然而盛时之诗不谓之正音,而谓之始音;衰世之诗不谓之变音,而谓之正音。又以盛唐、中唐、晚唐并谓之遗响。是以体裁论而不以世变论也,其亦异乎大、小《雅》,十三《国风》之所以为正为变者矣。诗与乐固一道也,不审音不足以知乐,不审音则何以知诗? 伯谦之于音如此,则其于诗也可见矣"[1]。毫无疑问,说杨士弘不能"审音",乃至于对待唐诗"以体裁论而不以世变论",完全出于苏伯衡本人注重"世变"论诗及认定"诗之音系乎世变"的立场。但倘若客观地比照杨士弘编选《唐音》的取舍原则,苏氏的这番评述并不完全确切。事实上,杨士弘又表示:"诗之为道,非惟吟咏情性、流通精神而已,其所以奏之郊庙,歌之燕射,求之音律,知其世道,岂偶然也哉?"[2]说明由诗歌探知"世道"同样也为他所要求,并未避而不论。不啻如此,《唐音凡例》定位《正音》之编"以五七言古、律、绝各分类者,以见世次不同、音律高下"[3],《正音》序目也说:"是编以其

---

[1]《古诗选唐序》,《苏平仲文集》卷四。
[2]《唐音姓氏并序》,《唐音》卷首。
[3]《唐音》卷首。

世次之先后，篇章之长短，音律之和协，词语之精粹，类分为卷，专取乎盛唐者，欲以见音律之纯，系乎世道之盛。"①这些陈述表明，对于以诗见"世次不同"或系于"世道之盛"的"世变"裁取原则，杨士弘并未完全忽略。关于这个问题，元人虞集为《唐音》所撰之序也多少注意到了，如他指出，杨士弘"好唐人诗，五言七言古诗、律诗、绝句以盛唐、中唐、晚唐别之，凡几卷，谓之《唐音》。音也者，声之成文者也，可以观世矣。其用意之精深，岂一日之积哉"。虞氏所见，很大程度上应当基于他重以世变论诗的基本立场，即其所谓"先王之德盛而乐作，迹熄而诗亡，系于世道之升降也；风俗颓靡，愈趋愈下，则其声文之成，不得不随之而然"②，但同时，也和《唐音》确立的编选之原则有着一定的关系。

不过，从另一方面来看，如上苏伯衡认为《唐音》一书选诗"以体裁论而不以世变论"的断言，又绝非无的放矢，杨士弘虽也声称欲以诗见"世次不同"或系于"世道之盛"，但实际上并非更多采取了以"世变"相鉴别的选诗标准，这显然让苏伯衡看出了《唐音》在诗歌取舍上存在的某种倾向性。

观该书的编纂体例，其共分为《始音》、《正音》、《遗响》三编。《始音》不分体，收录杨炯、王勃、卢照邻、骆宾王初唐四杰诗作，编者认为，"自六朝来，正声流靡，四君子一变而开盛唐之端，卓然成家"③。《正音》分为五七言古诗、律诗、绝句，其中五七言律诗后分别附五七言排律，五言绝句后附六言绝句。是编以诗体划分，然各体之中间或反映出编者的分期主张，如五言古诗类，其谓"盛唐初变六朝，作者极多，然音律参差，各成其家"，"中唐来作者多无可取，独韦、柳远追陶、谢"；七言古诗类，又谓"唐初作者亦少，独王、岑、崔、李较多，然其音律沉浑、皆足为法者十人"，"中唐来作者虽多，独刘长卿、韦、柳近似前诸家"；五言律诗类，其言"唐初作者虽多，选其精纯者十四人"，"中唐来作五言律诗亦多，选其音律近盛唐者一十九人"；七言律诗类，又言"唐初作七言律者极少"，"然其音律纯厚可法者九人"，"中唐来作者渐盛，然音律亦渐微"，"晚唐来作者愈盛，而音律愈降，独许浑、李商隐对偶精密，有可法者"；五言绝句类，其云"盛唐初变六朝《子夜》、《杨柳》之类，往往音调高古，皆可为法"，"中唐来作五言绝句者亦多，

---

①《唐诗正音目录并序》，杨士弘编选，张震辑注，顾璘评点，陶文鹏、魏祖钦点校《唐音评注》，上册，第74页，河北大学出版社2006年版。
②《唐音序》，《唐音》卷首。
③《唐诗始音目录并序》，《唐音评注》，上册，第1页。

取其音律近盛唐者十九人"；七言绝句类，又云"唐初作者尚少，独王少伯、贺知章、王维而下，音律高古"，"中唐来作者渐盛，今取近盛唐者二十六人"，"晚唐来作者愈多，音律愈下，独牧之、商隐其精思温丽，有可法者"①。《遗响》不分体，杨士弘对于是编的编选意图是这样解释的："唐之为诗，上自人君公卿大夫，下至闾里女子，莫不以之相尚。故开元、大历之间，温柔敦厚之教发为音声，沨沨乎有《雅》《颂》之遗，皆足以昭著千载，何其盛欤！后虽多有不及，然皆研精覃思，以成其言，亦不可少也。余既编《唐诗正音》，今又采其馀者，名曰《遗响》，以见唐风之盛与夫音律之正变。学诗者先求于正音，得其性情之正，然后旁采乎此，亦足以益其藻思。"②这样的分法，尽管将唐诗分为盛唐、中唐、晚唐三期，但因《始音》只收杨、王、卢、骆四杰之作，实际上已将初唐独立出来。不仅如此，盛唐、中唐、晚唐之分，包括独立出来的初唐，显然被赋予了时代次序的概念，而《始音》《正音》《遗响》之分，则用来表示价值高下，其中《正音》之编涵盖初、盛、中、晚唐诗歌，这也显出杨士弘有意调和时代次序与价值高下的矛盾之用心。③ 由此又固然可以说，所谓以"盛唐、中唐、晚唐别之"的世变意识，还是不同程度渗入该书具体的编次之中，特别以盛唐诗歌为"正"音的取向，更是不可谓不明显。这当中，包括或将唐初之作视为"开盛唐之端"，或取中、晚唐之"近盛唐者"，一如杨士弘声称"唐初稍变六朝之音，至开元、天宝间始浑然大备，遂成一代之风"，而《正音》之编"专取乎盛唐者，欲以见音律之纯，系乎世道之盛"，而"附之以中唐、晚唐者，所以弃其遗风之变而仅存世也"。然与此同时，鉴于杨士弘将编选原则又着重落实在了诗歌音律体制的鉴裁上，相应淡化了"世次"或"世道"的色彩；尽管编者试图在有唐诗歌的音律体制与时代变迁之间理出某种对应的脉络，以达到诗歌审美与政治鉴别的某种平衡，但出于"因其声音，审其制作"④的学诗要求和鉴别眼识，有关诗歌的音律体制俨然被他置于优先之位，由是盖过了对"世次"或"世道"的考量。这方面，不但反映在杨士弘对有唐诗歌各体的兼采并选，不满如《河岳英灵集》较之诸家选本虽独载盛唐诗，却"详于五言，略于七言，至于律、绝仅存一二"，又如《极玄集》"止五言律百篇"⑤，而尤其是

① 《唐诗正音目录并序》，《唐音评注》，上册，第72页至74页。
② 《唐音遗响目录并序》，《唐音评注》，下册，第629页。
③ 参见王宏林《论"四唐分期"的演进及其双重内涵》，《文学遗产》2013年第2期。
④ 《唐诗正音目录并序》，《唐诗评注》，上册，第74页。
⑤ 《唐音姓氏并序》，《唐音》卷首。

《唐音》的《正音》一编，古、律、绝诸体分类备载，体现出追求各诗体之全的编选意图，凸显了对于唐诗展开系统化整理的诗史意识①，而且反映在编者"审其音律之正变，而择其精粹"的严格遴选的态度上。特别以后者来说，这同时涉及诗歌具体审辨的标准问题，杨士弘在《正音》序目中指出：

> 故自大历以降，虽有卓然成家，或沦于怪，或迫于险，或近于庸俗，或穷于寒苦，或流于靡丽，或过于刻削，皆不及录，是以皇甫茂政而下止得三十三人，以及晚唐三家，体制音律之相近者附焉。②

《遗响》序目也述及：

> 中唐以来虽皆卓然成家，然不能不堕于一偏之失，如李之险怪，卢之泛溢，孟之寒苦，元、白之近俚，故不录于《正音》，而择其粹者附于此云。
> （贾岛等人诗）皆晚唐以来名家之作也，惜其音律流靡，若贾之清刻、温之丽缛，尚不合乎《正音》，况其下者乎？是以就其所长而采之，附于此云。③

所述说明，在杨士弘看来，凡流于靡丽、险怪、俚俗、寒苦、刻削之类的诗风，皆不属于理想的选录对象，皆不合乎音律体制"精粹"的要求，这当然也昭示了《唐音》在具体编选上的取舍准则。如果从以更多蕴涵艺术审美标准的音律体制相衡量的角度而言，杨士弘所采取的择选"精粹"的编纂原则，自然会被人认作是严饬的，如陆深《重刻唐音序》即认为，杨氏"审于声律，其选唐诸诗，体裁辩而义例严"，所谓"求方员于规矩，概丈石以权衡"④。但同时带来的后果，正是基于音律体制的鉴裁标准，致使《唐音》的编例或受到后人的訾议，除了前述苏伯衡责以"以体裁论而不以世变论"，再如明人李濂《书唐音后》虽认为是书"亦有可观"，然又感觉其流于"草率"，提出："夫《始音》专录四子似矣，《正音》所收李义山、许用晦之作颇多，恐非音之正也。见诸《遗响》者如王无功、沈云卿、刘眘虚、

---

① 参见陈国球《明代复古派唐诗论研究》，第 174 页至 175 页。
② 《唐诗正音目录并序》，《唐诗评注》，上册，第 74 页。
③ 《唐诗遗响目录并序》，《唐诗评注》，下册，第 630 页。
④ 《俨山集》卷三十八，《景印文渊阁四库全书》，第 1268 册。

章怀太子、张巡、陶翰诸篇,泷泷乎唐之正音,何以入于《遗响》耶?苏平仲尝病其以盛唐、中唐、晚唐并谓《遗响》,盖先得我心之同然耳。李长吉、温飞卿二子,体格非盛唐比,乃各收二十馀首,又何恕也?"①清人王士禛亦谓:"宋元论唐诗,不甚分初、盛、中、晚,故《三体》《鼓吹》等集,率详中、晚而略初、盛,揽之愦愦。杨仲弘《唐音》始稍区别,有正音,有馀响,然犹未畅其说,间有舛谬。"②在质疑者眼中,《唐音》一书这些编次上的淆乱,从根本上来说,还是由编者在唐诗音律体制和时代变迁之间难以建置一种平衡的对应关系所导致的,严于"音律"的审辨,不免造成弛于"世次"的析分。

以《正音》一编而言,其主要选取"体制声响相类"③者,不仅"专取乎盛唐",且间取中唐以来之作,即使在编者看来如作者趋盛而音律趋下的晚唐七言律诗、绝句,许浑、杜牧、李商隐等人诗中的"对偶精密"或"精思温丽"④之作,亦得以入选。而《遗响》一编,以诸家诗作"篇章长短参差,音律不能谐合,故就其所长而采之"⑤,选录的情况相对复杂。一类是不得其全,而从诸书中采其"精粹"者录之,如章怀太子以下二十七人,"惜其全集不得见焉,间于诸书得其一二,故不入诗之《正音》,严其精粹者,冠于《遗响》";柳淡以下十人,"不得其全以考之,故不入《正音》,而诸书中采其律调精粹者,附于此云"。一类是合乎规度者已入《正音》,而再采其尚有可法可观者录之,如沈佺期以下八人,"其合作者已录《正音》,其句律参差不齐而皆可为法者,重列于此云";郎士元以下八人,"其合作者已录《正音》,其句律虽未甚纯美,而其意调工致,有不可弃者,再列于此云";杜牧以下三人,"取其音律近合盛唐者,已附《正音》,再择其可录者,附于此云"。一类是如前述及的"堕于一偏之失"的李贺等人之作,以及"音律流靡"的贾岛等人之作,未入《正音》,"择其粹者"或"就其所长"而录之。一类是姚合以下五十一人包括方外、闺秀及无名氏之作,姚氏等人"音律渐微,虽当时相竞为五七言律,皆寒陋无足为法,故不及去,今采取近于乐府唐音者,列于《遗响》之末云"⑥。

---

① 《嵩渚文集》卷七十一,《四库全书存目丛书》影印明嘉靖刻本,集部第71册。
② 湛之点校《香祖笔记》卷六,第121页,上海古籍出版社1982年版。
③ 《唐音凡例》,《唐音》卷首。
④ 《唐诗正音目录并序》,《唐音评注》,上册,第73页至74页。
⑤ 《唐音凡例》,《唐音》卷首。
⑥ 《唐音遗响目录并序》,《唐音评注》,下册,第629页至631页。

《遗响》之编广收唐初至晚唐诸家之作,正所谓"唐一代之诗咸在焉"①,如此,"世次"的划分自然变得不甚明显。看得出来,编者的用意主要在于选取《正音》之外诸家诗中那些音律体制尚有长处之作,这既是为了搜遗补漏,求得选诗的周备,也是出自"审于声律"的严饬态度,特别是其中将句律"参差不齐"或"未甚纯美"然尚有可取之处的诸家诗篇录入《遗响》,以示与多收"音律之纯"之作的《正音》相区别,更能见出杨士弘对于有唐一代诗歌注意审辨音律体制的良苦用心。

综上,作为有意超越前人之编而对明人产生重要影响的唐诗的一种选本,《唐音》所秉持的编选原则和呈现的相应体例值得注意,这主要表现在,其一方面寓含以"盛唐、中唐、晚唐别之",包括以盛唐诗歌为"正"音的世变意识;另一方面则展现了严于诗歌音律体制鉴裁的审美立场。而事实上,在编者以审辨"音律之正变"为优先选项的情形下,其又相对弱化了诗于"世次"或"世道"的比附,故而二者之间难以达成平衡协调的编次体例,引发人们褒贬不一的接受效应。不管如何,有一点是格外需要注意的,这就是,《唐音》的问世,以其覆盖唐代不同时期的时代涵括性和相对周备的诗体选录,在某种程度上强化了有唐一代诗歌的典范价值,并对明初以来宗唐诗学趋向的形成起到了一定的催化作用,推助了唐诗在明代的经典化进程,特别是它在以"盛唐、中唐、晚唐别之"的基础上"始揭盛唐为主"②和同时重以音律体制相衡量的选录取向,不同层面及不同程度凸显在入明以来的唐诗宗尚观念系统之中,有关这一问题,后面的相关章节将展开分析。自此而言,《唐音》一书虽成于元代,然对明代宗唐诗学的构建,实形成不可忽视的直接或间接的联系。

第二节　宗唐意识及其不同的诗学面向

假如从主导性的角度来辨识元末明初诗学领域的发展情形,那么无疑可以说,对于唐诗的尊崇成为这一时段诗学宗尚的一种整体趋势。但是从具体的层面来看,则不能无视作为复杂而客观存在的体现在不同对象身上宗尚态度的差异性。

---

① 陆深《重刻唐音序》,《俨山集》卷三十八。
② 胡震亨《唐音癸签》卷三十一《集录二》,《景印文渊阁四库全书》,第 1482 册。

　　明初瞿佑在《归田诗话》中述及,他曾仿效元好问所编《唐诗鼓吹》之制,"取宋、金、元三朝名人所作,得一千二百首,分为十二卷,号《鼓吹续音》"。至于编选是书的意图,他在题诗中云:"吟窗玩味韦编绝,举世宗唐恐未公。"又说"世人但知宗唐,于宋则弃不取。众口一辞,至有诗盛于唐坏于宋之说。私独不谓然,故于序文备举前后二朝诸家所长,不减于唐者"①。尽管如此,这并不代表瞿佑对唐诗的排斥,因为事实上,他也说过"唐诗前以李、杜,后以韩、柳为最"②一类认肯有唐诸诗家的话,确切地说,其之所以选取宋、金、元名家之作以接续《唐诗鼓吹》,应当是针对世人一味以唐为尊的诗学风尚而采取的一项调整策略。但从他的编纂意图中,我们至少可以了解其时"举世宗唐"的宗尚信息。另一方面,透过元末明初其他诸家的相关表态,我们又大略可以窥见此际宗唐风尚之一斑。如苏伯衡曾序平阳林与直所编《古诗选唐》,是编所选皆为唐五七言古诗,鉴于杨士弘《唐音》"李、杜、韩诗世多全集,故不及录"③,林氏自述有意要改变这一编次体例的选录愿望,表示"唐之诗近古,而尤浑噩莫若李太白、杜子美,至于韩退之虽材高,欲自成家,然其吐辞暗与古合者,可胜道哉? 而《唐音》乃皆不之录,今则不敢不录焉",苏伯衡之序则将此编与《唐音》作比较,以为其"胜出《唐音》远甚",而于林氏"伟其论之确,识之复,而选之精也"④。由序者对此编鉴识和选诗之长的称赏,其倾重唐诗的取向显而易见。而如人称"东南五才子"之一无锡人王达,其序东吴郑玄龄《锦峰诗集》云:"夫古今所以有诗者,感于中而形于言也,岂索夫夭淫刻饰以为工哉?《三百篇》后无诗可也,而有汉魏;自汉魏之后无诗可也,而有李、杜诗;至于李、杜诗亦盛矣,李、杜后无诗亦可也,而有诸家者出。"又称郑氏之诗"悠远清逸,不拘于用意,而气格高古,较彼夭淫刻饰之言也何有? 其诗非汉魏,非李、杜也,要之,和而不怨,淡而不华,韦应物、王摩诘、孟浩然、刘长卿之戛戛乎而善鸣者也"⑤。其对古典诗歌系统的检视,以及对郑氏所作的评述,俨然突出了以李、杜等人为代表的有唐诸家诗歌的价值地位。而在《顾允迪诗集序》中,王达也谈到了除李、杜之外杜牧、韦应物、王维、孟浩然

① 《归田诗话》卷上"鼓吹续音",丁福保辑《历代诗话续编》,下册,第 1249 页,中华书局 1983 年版。
② 《归田诗话》卷上《唐三体诗序》,《历代诗话续编》,下册,第 1236 页。
③ 杨士弘《唐音凡例》,《唐音》卷首。
④ 《古诗选唐序》,《苏平仲文集》卷四。
⑤ 《锦峰诗集序》,《翰林学士耐轩王先生天游杂稿》卷五,《四库全书存目丛书》影印明正统胡滨刻本,集部第 27 册。

等诸家之长和习学价值的问题："予观唐人之诗,自李、杜外,合鄙志者有四人焉,牧之之疏放,应物之闲澹,摩诘之和粹,浩然之清淑。人能合四君子之长而学之,斯谓善学诗矣。"①则可与前序所述相互参证,表明序者尊崇唐人诗歌之一端。再如素有"闽中十子"之"巨擘"之称的林鸿,生平诗名卓著,"其后闽人言诗者,皆本鸿"②。林诗被刘崧称为"始窥陈拾遗之闽奥,而骎骎乎开元之盛风"③,其论诗亦以唐音尤其是盛唐之作为宗,高棅《唐诗品汇·凡例》即载人所熟知的林鸿与棅的一段论诗之言："先辈博陵林鸿尝与余论诗:上自苏、李,下迄六代,汉魏骨气虽雄,而菁华不足。晋祖玄虚,宋尚条畅,齐梁以下但务春华,殊欠秋实。唯李唐作者可谓大成。然贞观尚习故陋,神龙渐变常调,开元、天宝间,神秀声律,粲然大备,故学者当以是楷式。"这段被高棅认定为"确论"④的论议虽然简略,但林鸿本人诗学宗唐的基本立场已显其中。

　　观察元末明初占据主导之位的宗唐诗学倾向,不难发现,为了标举唐诗在古典诗歌系统中的价值地位和典范意义,诸家或以宋元诗歌尤其是宋诗作为轩轾比较的参照对象,唐诗与宋诗乃至元诗之间的价值对比,成为他们观照诗歌史的一个重要话题。刘崧序林鸿《鸣盛集》曰:

　　　　诗家者流,肇于康衢之《击壤》、虞廷之赓歌。继是者,沨沨乎《三百篇》之音,流而为《离骚》,派而为汉魏正音,洋洋乎盈耳矣。六代以还,尚绮藻之习,失淳和之气。唐兴,陈子昂氏作,障厥狂澜,杜审言、宋之问、沈佺期、李峤又从而叹之。至开元、天宝间,有若李白、杜甫、常建、储光羲、孟浩然、王维、李颀、岑参、高适、薛据、崔颢诸君子,各鸣其所长,于是气韵声律粲然大备。及列而为大历,降而为晚唐,愈变而愈下。迫夫宋而不足征矣。元有范、虞、杨、揭、赵数家,颇踵唐人之辙,至于兴象则不逮焉。噫! 文与时迁,气随运复,不有作者,孰能与之?⑤

这段论说可以视为序者对诗歌演变历史作出的大致梳理,再比照刘崧《自序诗

---

①《翰林学士耐轩王先生天游杂稿》卷五。
②　袁表《闽中十子传》,《闽中十子诗》卷首,清光绪刻本。
③《鸣盛集序》,林鸿《鸣盛集》卷首,《景印文渊阁四库全书》,第1231册。
④　唐诗品汇》卷首,上册,第14页。
⑤《鸣盛集序》,林鸿《鸣盛集》卷首。

集》对自己习诗体验的陈述,谓其曾"敛蓄性真,湔涤故习","益求汉魏而下、盛
唐诗以来号为大家者,得数百家,遍览而熟复之。因以究其意之所在,然后知体
制之工与夫求声之妙,莫不隐然天成,悠然川注,初不在屑乎一句一字之间而已
也"①,结合二者可以认定,刘崧观照诗歌史而确认唐诗尤其是盛唐诗歌为其中
重要范本之一。同南宋严羽以来的诸宗唐者一样,他于唐诗主要还以大历为
界,认为自大历以降,诗风逐渐趋下,至于宋代诗歌则更不足观,而元代虽有习
唐数家,但不及唐人之作。基于这种宋人乃至元人诗歌和唐人诗歌尤其是盛唐
之音形成的审美价值时代性差异的鲜明对比,盛唐诗歌"气韵声律粲然大备"的
盛况及其优势得以凸显。再来看贝琼,他明申"诗盛于唐,尚矣。盛唐之诗称李
太白、杜少陵而止",认为李、杜诗歌,"潇湘、洞庭不足喻其广,龙门、剑阁不足喻
其峻,西施、南威不足喻其态,千兵万马不足喻其气"②,推崇唐音特别是以李、杜
等盛唐之作为尚的意向同样清晰可辨。故贝琼论评他人诗篇,亦以唐人尤其是
李、杜等人所作为准格,如评扶风马琬诗"婉而不迫,奇而不僻,盖有唐人之风裁
矣"③;评天台李廷铉诗"其五言七言近体必拟杜甫,其歌谣乐府必拟李白,呜呼,
志亦勤矣"④! 而另一端,他在标榜李、杜等盛唐之作之际,又极力排击宋人诗
歌。如《乾坤清气序》推许李、杜二子诗"其凡则约乎情而反之正,表里《国风》而
薄乎《雅》《颂》",审辨之下,以为"代之作者,咸嗜其味矣,不过醯一于酢,醁一
于咸,而忘其醇且和者"。又他指出,"长庆以降已不复论,宋诗推苏、黄,去李、
杜为近。逮宋季而无诗矣。非无诗也,于二子之诗嗜而不知其味,故曰无诗"⑤。
这大略是说,较之李、杜二子等盛唐诗歌,自唐穆宗长庆以来诗风已非昔比,至
晚宋则愈益衰微,无复二子韵味,故谓之"无诗"。又贝琼在《陇上白云诗稿序》
中谈论有元诸家诗歌特点,指出:"盖元初文治方兴,而吴兴赵公子昂、浦城杨公
仲弘、清江范公德机,务铲宋之陈腐以复于唐。其相继起于朝者,有蜀虞公伯
生、西域马公伯庸、江右揭公曼硕、莆田陈公众仲。在外则永嘉李公五峰、会稽
杨公铁崖、钱唐张公句曲,而河东张公仲举亦留三吴,以乐府唱酬。金春玉应,

---

① 《槎翁文集》卷十。
② 《乾坤清气序》,《清江贝先生文集》卷一。
③ 《灌园集序》,《清江贝先生文集》卷七。
④ 《琼台集序》,《清江贝先生文集》卷二十八。
⑤ 《清江贝先生文集》卷一。

骎骎然有李、杜之气骨，而熙宁、元丰诸家为不足法矣。"①以他的审辨，上述有元诸家尚有作为，其主要体现在复唐黜宋的取舍态度，这一取向和他本人对待唐宋诗歌的立场相对吻合，因此为他所认可。

从诗学史的角度观之，比较唐宋诗歌的价值差异当然并非始于有明，早如宋代张戒，其《岁寒堂诗话》本乎"言志乃诗人之本意，咏物特诗人之馀事"的评判原则，推尚唐李、杜于言志及咏物"兼而有之"②，而尤重杜诗，称赞"子美之诗，颜鲁公之书，雄姿杰出，千古独步，可仰而不可及耳"③。亦因执持言志为本的原则，张戒认为，诗歌"用事押韵，何足道哉"，在他看来，宋苏、黄之诗却是背离言志之本而专注于"用事押韵"，由此断言："苏、黄用事押韵之工，至矣尽矣，然究其实，乃诗人中一害，使后生只知用事押韵之为诗，而不知咏物之为工，言志之为本也，风雅自此扫地矣。"④并且，其扩展至诗歌演变史的角度，视苏、黄为使诗风趋劣的始作俑者："《国风》、《离骚》固不论，自汉魏以来，诗妙于子建，成于李、杜，而坏于苏、黄。"⑤张戒所强调的言志，本质上又和他所注重的"思无邪"相连，以为诗"其正少，其邪多"，"孔子删《诗》，取其思无邪者而已"，因是而言，所以"余尝观古今诗人，然后知斯言良有以也"⑥。难怪四库馆臣评其诗话，谓之"始明言志之义，而终之以无邪之旨"⑦。如果说，张戒尊李、杜而抑苏、黄，多少已在分辨唐宋诸家诗歌价值之轩轾，而这样的分辨主要乃衡之以一种道德的基准，那么，继后的严羽在《沧浪诗话》中鉴别"盛唐诸人"与"近代诸公"诗的差异，则更多立足于审美的层面，与前者已有很大的不同。严氏认定"盛唐诸人惟在兴趣"、"近代诸公乃作奇特解会"⑧，并且判断"唐人与本朝人诗，未论工拙，直是气象不同"⑨，实际上明确指示唐宋诗歌表现在审美价值上的一种时代性反差。而他从"诗有别材，非关书也；诗有别趣，非关理也"这样更集中反映诗歌本质意义的角度，声张唐代尤其是盛唐诗歌的价值优势，以及展开对宋诗负面特征的清

---

① 《清江贝先生文集》卷二十九。
② 《岁寒堂诗话》卷上，《历代诗话续编》，上册，第 450。
③ 《岁寒堂诗话》卷上，《历代诗话续编》，上册，第 451 页。
④ 《岁寒堂诗话》卷上，《历代诗话续编》，上册，第 452 页。
⑤ 《岁寒堂诗话》卷上，《历代诗话续编》，上册，第 455 页。
⑥ 《岁寒堂诗话》卷上，《历代诗话续编》，上册，第 465 页。
⑦ 《四库全书总目》卷一百九十五集部《岁寒堂诗话》提要，下册，第 1784 页。
⑧ 《沧浪诗话校释·诗辨》，第 26 页。
⑨ 《沧浪诗话校释·诗评》，第 144 页。

算,在强度上无疑体现了前所未有的彻底性。当然,这方面本身紧密关联严羽有意确立为诗宗旨、辨识所谓"盛唐诸公大乘正法眼"及奠定盛唐诗歌作为重点取法目标之典范地位的根本动机。犹如他本人声言,"不自量度,辄定诗之宗旨,且借禅以为喻,推原汉魏以来,而截然谓当以盛唐为法"①。元明之际宗唐意识中间或呈现的反宋诗倾向,追究起来,显然有着割不断的历史渊源,它的基本思路,乃将宋诗作为负面的参比系统,观照唐宋诗歌之间构成的时代性的价值差异,标表唐诗尤其是盛唐之音在诗歌史上突出的示范意义,用来加强以唐为宗的合理性。这一倾向显示,唐诗的经典化以及相伴随的宋诗的边缘化在元明之际得以延续与强化,它既承继了特别是以严羽等人为代表的鉴别唐宋诗歌时代性价值差异的基本立场,又在某种意义上,成为开启有明一代尊唐抑宋主导方向的先声。

进一步来看,对呈现在元末明初诗学领域宗唐意识的分辨,同时不可不注意其中指示的不同的面向,它透出的一个基本事实是,绝不可以简单划一的归类,取代此际诸家在唐诗接受问题上形成的多重性或复杂性。

先看"北郭十友"之一的王行在其《唐律诗选序》中所云:

　　《三百篇》之诗,非有一定之律也。汉魏以来,始渐为之制度,其体已趋下矣。降及李唐,所谓律诗者出,诗之体遂大变。谓之律诗者,以一定之律律夫诗也。以一定之律律之,自然盖几希矣。自然鲜而律既严,则不能不计其工拙也。计其工拙,又乌能不为之取舍哉?故曰不得不然也。虽不得不然,其间固有法焉。盖拙而浑朴同乎工,工而刻画同乎拙,终不遗夫自然也,此取舍之大要也。其次乃论其言之工、语之工、联属之工、篇章之工。工多而拙少者取之,拙多而工少者不取也。均之律诗,其变又有四焉,曰初唐,曰盛唐,曰中唐,曰晚唐。有盛唐人而语偶近乎晚唐者,晚唐人而语有似乎盛唐者,晚唐似盛唐取之,盛唐似晚唐不取,盖亦贵夫自然也。此又是编之例也。例则然矣,而复有说焉。世之为学者,未有不由规矩准绳而能至乎自然者也,欲造乎自然之地,而不事乎规矩准绳,则将何所用其力哉?惟诗学也亦然。夫诗其浩博渊深如烟海也,其变化运行如元气也,未易摹

---

① 《沧浪诗话校释·诗辨》,第26页至27页。

拟窥测也。今之学者，能先于其有律者求之进，进不已，则所谓如渊海如元气者，可以渐而入，至与之俱化，则自然之地绰乎其有馀裕矣。温柔敦厚之教岂外是哉？

按照序中所言，王行既对具有"一定之律"的律诗提出审美标准，指点习学路径，而且由此表彰作为诗体"大变"之重要标志的唐代律诗尤其是盛唐之作的示范意义。他对此强调的审美标准即取"自然"舍"刻画"，如序中所谓："盖工非诗之所必取，而拙非诗之所必弃。工而矜庄，是未免夫刻画；拙而浑朴，是不失其自然也。"①假如说这是原则性的"取舍之大要"，那么从律诗具体的经营规度而言，还要考虑"言之工、语之工、联属之工、篇章之工"。他同时又指出，欲臻于"自然"的境地，须由"规矩准绳"进入。此说表示"自然"并非无所着力，而是建立在对相应规度揣摩熟习的基础之上。这又意味着序者以唐代律诗尤其是盛唐之作为标格，很重要的一点，在于揭橥它们作为律诗"自然"表现的范本可供习学者"计其工拙"而有"规矩准绳"依循的特别价值。根据王行的解释，由"规矩准绳"入乎"自然"之境，正体现了所谓"温柔敦厚之教"的旨意。可以这样说，尽管序者以初、盛、中、晚唐区分唐律的发展演变进程，诚怀有某种世变意识，但其从由"规矩准绳"着力而臻于"自然"的要求出发，实际上突出了唐律尤其是盛唐之作呈现在诸如"言之工、语之工、联属之工、篇章之工"的一种表现体制上的规范性，重视以艺术审美的标准相铨衡，包括甚至将此和"温柔敦厚之教"的旨意联系在一起。

　　探察诸家所论，这种侧重从艺术审美的角度观照唐诗表现体制的示范意义的诗学立场，又间或体现在对有唐一代特定诗人及诗作的推尚。宋讷序永福张惟薰《纪行程诗》云："昔人论杜少陵以诗为文，韩昌黎以文为诗者，盖诗贵有布置也。有布置则有得其正，造其妙矣。故学诗当学杜，则所学法度森严，规矩端正，得其师焉。"这是对杜诗习学价值的充分肯定，他据此称许张氏"能以杜为师"，因诗发其志，"或发于事，或发于景，或发于人，随其所发而变；不虚不华，不戏不狂，靡不载理，有布置含蓄，无晚唐小巧，绝沈约所谓八病者"②。在宋讷眼

①《半轩集》卷六，《景印文渊阁四库全书》，第1231册。
②《纪行程诗序》，《西隐集》卷六。

中,上述诸端成为张氏学杜而善于"布置"并得其"法度"、"规矩"的具体表征,这也说明,杜甫诗歌特别在表现体制上的独特个性更为他所看重。宋讷于诗本宗唐音,他在《唐音缉释序》中即提出:"唐、虞赓歌,《三百篇》之权舆,其来远矣。汉魏而下,诗载《文选》,《选》之后,莫盛于唐。"①视有唐一代为汉魏之后诗歌发展的一个鼎盛时段,其主张"学诗当学杜",注重杜诗的"法度"、"规矩",显与其推尚唐音的宗尚取向密不可分。相比于宋讷,张以宁则并重李、杜,认为"诗于唐赢五百家,独李、杜氏崒然为之冠"。关于李、杜诗歌的各自特点,张以宁将其归纳为"杜繇学而至,精义入神,故赋多于比兴","李繇才而入,妙悟天出,故比兴多于赋"②。如前章论及,以杜诗而言,张以宁出于诗既不可遏学又不能舍学的理念,推崇杜甫"读书万卷",又能"超然骊黄之外",这就是他所主张的如盐投水"止见其味,无有盐迹"那种由"学"至"融"③的在诗中善于运用学问的要求。至于李诗,张以宁给予的评价同样不可谓不高,指出"诗至于李,几于圣而不可知者,岂若有意雕饰、涉于笔墨蹊径者之为哉?观其诗,所谓'清水出芙蓉'者可想见也已"④。其标榜李诗长于"妙悟",则应该多承沿了严羽"大抵禅道惟在妙悟,诗道亦在妙悟"、"惟悟乃为当行,乃为本色"⑤的审美要义。故张以宁为闽人黄清老作《黄子肃诗集序》而评黄氏之诗云:"盖先生之于诗,天禀卓而涵之于静,师授高而益之以超,由李氏而入,变为一家,其论具答王著作书及哀严氏诗法。其自得之髓,则必欲蜕出垢氛,融去查滓,玲珑莹彻,缥缈飞动,如水之月、镜之花,如羚羊之挂角,不可以成象见,不可以定迹求,非是莫取也。噫,何其悟之至于是哉!"⑥认为黄清老诗由习学李白诗风而独成一家,达到了为严羽所倾重的"透彻玲珑"或"羚羊挂角,无迹可求"⑦的"悟"的妙境。不得不说,无论是推崇杜诗能由"学"至"融",抑或标举李诗所具"妙悟"之长,张以宁对作为有唐大家的李、杜二人诗歌特色的定位,主要还是从其虽彼此相异却均超拔于众人的表现艺术着眼的。

---

① 《西隐集》卷六。
② 《钓鱼轩诗集序》,《翠屏集》卷三。
③ 《蒲仲昭诗序》,《翠屏集》卷三。
④ 《钓鱼轩诗集序》,《翠屏集》卷三。
⑤ 《沧浪诗话校释·诗辨》,第12页。
⑥ 《翠屏集》卷三。
⑦ 《沧浪诗话校释·诗辨》,第26页。

从另一方面来看，注意政治层面的鉴别以观照唐诗价值的审视立场，同时显现在这一时期诸家的相关论述中。前述苏伯衡序平阳林与直《古诗选唐》，主张"诗之音系乎世变"，指摘杨士弘《唐音》虽以"盛唐、中唐、晚唐别之"，然"以体裁论而不以世变论"，即当作如是观。至于他评价林氏之选"胜于《唐音》远甚"，以为"非有风雅骚些之遗韵者，不取也"，"随其世次"而成编，正是从审音辨世的要求来衡量的。关于这一点，又可以联系苏伯衡在《张潞国诗集序》中所言："夫文辞之盛衰，固囿于世运，而世运之盛衰，亦于文辞焉见之。然则诵其诗而欲知其人，可不尚论其世乎？"[1]他主要想说明的，无非是诗歌表现和政治情势之间构成的紧密对应关系，可以视为其"诗之音系乎世变"的另一番表述。再看宋讷的相关论述。尽管如上所言，宋氏论诗推尚唐音，特别注重杜甫诗歌的"法度"、"规矩"，强调其表现体制的独特性，但不能据此就认为他只是留意于是。因为宋讷在《唐音缉释序》中又提出，"诗之体有赋有比有兴，观体可得而见；诗之音清浊、高下、疾徐、疏数之节，与夫世之治乱、国之存亡，审音可得而考"，又表示，"唐三百年，诗之音几变矣。文章与时高下，信哉"，并由此论评杨士弘《唐音》，"仍分盛、中、晚为三"，以为"世道升降，声文之成，安得不随之而变也"[2]。这样的说法，察看起来和苏伯衡"诗之音系乎世变"的论调颇为相似，如果说还有什么不同，只是在宋讷看来，《唐音》区分盛、中、晚诗歌，相对合乎诗随"世道"盛衰而变的鉴别原则，而并非如苏伯衡所说的仅"以体裁论而不以世变论"。不过，如此对于《唐音》评鉴的差异并不重要，而重要的是宋讷关联诗歌表现与"世之治乱"、"国之存亡"的主张。这多少表明，他在着眼于诗歌审美鉴别的同时，又并未忽略政治鉴别的必要性，比较其所论，后者在他心目中占据的分量似乎更重。相较于苏伯衡和宋讷，泰和人陈谟论唐诗则强调"音"和"辞气"之辨，其《答或人》云：

　　曰：或命唐诗为音，可乎？曰：可。曰：谓中唐无盛唐之音，晚唐复无中唐之音，然乎？曰：非然也。朱子论《风》、《雅》、《颂》部分，盖曰辞气不同，音节亦异。论《风》、《雅》、《颂》正变，盖曰其变也，事未必同，而各以其

---

① 《苏平仲文集》卷五。
② 《西隐集》卷六。

声附之。盖变《风》,《风》之声,故附正《风》;变《雅》,《雅》之声,故附正《雅》。时异事异,故辞气亦异。然而以声相附者,声犹后世所云调若腔也。盛唐、中唐、晚唐律同则音同,谓其辞气不同可,谓其音不同不可。况盛唐亦有辞气类晚唐者,晚唐复有类盛唐者乎?①

揣摩陈谟以上之论,他所要阐证的重点是关于盛唐、中唐、晚唐诗歌阶段性区分的问题。因三者"律同则音同",故不可谓"中唐无盛唐之音,晚唐复无中唐之音"。在这一逻辑之下,"音"不是辨别有唐一代诗歌阶段性差异的主要因素。比较起来,三者的"辞气"由乎"时异事异",或显不同,成为识别相互之间差异的重要标志。虽然陈谟所作的解说淡化了唐代不同阶段诗歌之"音"的区分,这和苏伯衡、宋讷的说法已有所不同,但同时由于突出了"辞气"的差别,且将这种差别归结为"时"、"事"之相异,实际上并没有越出诗歌表现和政治情势之间构成对应关系的认知范围,就此而言,它和苏、宋等人在基本理念上可谓相差无几。至于陈谟在《答或人》中同时指出,"尝欲取盛唐诸家和平正大、高明俊伟者,不分古体、律绝,类为盛唐诗,其辞气颇类晚唐者,类为晚唐之祖,合为一卷;中唐、晚唐,各为一卷,其辞气颇类盛唐者,则类为各卷之首",则自是在"辞气"关乎"时"、"事"理念的主导下,重以盛唐诗歌为标格。

在这一时段注意唐诗在政治层面的价值的鉴别者当中,还应该特别提到的是浙东籍文人王祎。观祎所论,诗重唐音尤其是盛唐之作系其基本的诗学立场,他在《盛修龄诗集序》中即提出:"诗至于唐盛矣,然其能自名家者,其为辞各不同。盖发于情以为诗,情之所发,人人不同,则见于诗,固亦不得而苟同也。是故王维之幽雅,杜牧之俊迈,张籍之古淡,孟郊之悲苦,贾岛之清邃,温庭筠之富艳,李长吉之奇诡,元、白之平易典则,韦、柳之温丽靖深,盖其所以为辞者,即其情之寓也。"其《浦阳戴先生诗序》又曰:"《三百篇》而下,莫古于汉魏,莫盛于盛唐,齐、梁、晚唐,有弗论矣。"②与此同时,在唐诗演变的阶段划分及其价值判别上,王祎则更多加入了政治性的因素,如他在《张仲简诗序》中有言:

---

① 《海桑集》卷十,《景印文渊阁四库全书》,第 1232 册。
② 以上见《王忠文集》卷七。

　　文章与时高下，代有是言也。《三百篇》尚矣，秦汉以下，诗莫盛于唐，而唐之诗始终盖凡三变焉。其始也，承陈、隋之馀风，尚浮靡而寡理致。开元以后，久于治平，其言始一于雅正，唐之诗于斯为盛。及其末也，世治既衰，日趋于卑弱，以至西昆之体作，而变极矣。由是观之，谓文章与时高下，而唐之诗始终凡三变，岂非然哉？然唐之盛也，李、杜、元、白诸家，制作各异，而韦、柳之诗，又特以温丽靖深，自成其家。盖由其才性有不同，故其为诗亦不同。而当时治化之盛，则未尝不因是可见焉。国家致治，比隆三代，其诗之盛，实无愧于有唐。

其《练伯上诗序》又由"古今诗道之变非一也，气运有升降，而文章与之为盛衰，盖其来久矣"发议，在"历道古今诗道之变"时理及唐诗的演变脉络：

　　唐初，袭陈、隋之弊，多宗徐、庾，张子寿、苏廷硕、张道济、刘希夷、王昌龄、沈云卿、宋少连，皆溺于久习，颓靡不振。王、杨、卢、骆，始若开唐、晋之端，而陈伯玉又力于复古。此又一变也。开元、大历，杜子美出，乃上薄《风》《雅》，下掩汉魏，所谓集大成者。而李太白又宗《风》《骚》而友建安，与杜相颉颃。复有王摩诘、韦应物、岑参、高达夫、刘长卿、孟浩然、元次山之属，咸以兴寄相高，以及钱、郎、苗、崔诸家，比比而作。既而韩退之、柳宗元起于元和，实方驾李、杜。而元微之、白乐天、杜牧之、刘梦得，咸彬彬附和焉。唐世诗道之盛，于是为至。此又一变也。然自大历、元和以降，王建、张籍、贾浪仙、孟东野、李长吉、温飞卿、卢仝、刘义、李商隐、段成式，虽各自成家，而或沦于怪，或迫于险，或窘于寒苦，或流于靡曼，视开元遂不逮。至其季年，朱庆馀、项子迁、郑守愚、杜彦夫、吴子华辈，悉纤弱鄙陋，而无足观矣。此又一变也。①

总观以上议论，作者试图尽力从"世治"之盛衰、"气运"之升降的角度，去辨察唐代诗歌在不同阶段的变化特征，并且据此去解释各家诗风的成因。按照这一认知的理路，唐代"诗道之盛"的呈现，自然是"治化之盛"的折射；作者推崇有唐盛

---

① 以上见《王忠文集》卷五。

世诸家诗风,主要则鉴于它们展现了当时的政治盛世景象,这也寓含他标表有唐"治化之盛"的特别意图。前章论及,与深受理学传统浸润的多位浙东籍文人一样,王祎本人的诗学观念中经世实用意识强烈,如他提出"状物写景之工,固诗家之极致,而系于风化、补于世治者,尤作者之至言"①,其言外之意,诗歌的价值功能不能仅仅滞留在工于"状物写景",更需要在和政治风教的紧密联系中得以展现。这也等于明确了关于诗歌价值鉴别的基本原则。而他对唐诗演变的阶段划分以及价值辨识,正是根基于这样的一种经世实用意识,如上《张仲简诗序》还指出:"或曰:诗者,情性之发也。夫发于情性,则非有待于外也,奈何一吟咏唱酬之际,而直以为有系于治化乎?噫,唐、虞之世,樵夫牧竖击辕中韶,感于心也,而况于作者之诗哉!昔人盖有以草木文章发帝杼机,花竹和气验人安乐者矣,则诗之所见,夫岂徒然而已哉?"由此看来,所谓的诗"系于治化"非徒然而作之说,又可视为作者对于上述问题作出的自我解答。

第三节　《唐诗品汇》、《唐诗正声》与
宗唐诗学体系的完善

从元明之际唐诗选本的编纂意义上看,如果说元末杨士弘《唐音》的问世,以其覆盖有唐一代的时代涵括性与相对完整的诗体选录,对宗唐诗学体系的构建发挥了重要作用,那么明初高棅《唐诗品汇》、《唐诗正声》的编定,则显然在既有的基础上完善了这一诗学体系。

高棅,字彦恢,仕名廷礼,号漫士,长乐人。永乐初,自布衣召入翰林,为待诏,后迁典籍。闽人林誌志其墓云:"盖诗始汉魏作者,至唐号为极盛,宋失之理趣,元滞于学识,而不知由悟以入。自襄城杨士弘始编《唐音》《正》、《始》、《遗响》,然知之者尚鲜。闽三山林膳部鸿独倡鸣唐诗,其徒黄玄、周玄继之以闻,先生与皆山王恭起长乐,颉颃齐名,至今闽中推诗人五人,而残膏剩馥,沾溉者多。"②据高棅自述,《唐诗品汇》始编于洪武十七年(1384),至洪武二十六年(1393)才脱稿,历时十载。共为九十卷,凡得唐诗家六百二十人,诗五千七百六

①《书马易之颍州歌后》,《王忠文集》卷十七。
②《漫士高先生棅墓志》,《国朝献征录》卷二十二,第1册,第939页。

十九首。又其"切虑见知之所不及，选择之所忽怠，犹有以没古人之善者，于是再取诸书，深加攟括，或旧未闻而新得，或前见置而后录，掇其漏，搜其逸"，复增诗家六十一人，诗九百五十四首，为十卷，题曰《唐诗拾遗》，编定于洪武三十一年（1398），"附于《品汇》之后，足为百卷"①。所以确切说来，这部继后编选的《唐诗拾遗》，实际上是对《唐诗品汇》所作的补充，成为《品汇》的有机组成。

　　有研究者已注意到，以《唐诗品汇》编选的思想资源而言，它们来自多个方面，②不过追踪这些思想资源，其中闽中本地诗学传统对《品汇》的影响应该是最为直接的。针对本人编选唐诗专集和推尚唐音的问题，高棅在《唐诗品汇·凡例》所载其和林鸿"论诗"的经历中已明确论及之："先辈博陵林鸿尝与余论诗，上自苏、李，下迄六代。汉魏骨气虽雄，而菁华不足，晋祖玄虚，宋尚条畅，齐梁以下，但务春华，殊欠秋实，唯李唐作者可谓大成。然贞观尚习故陋，神龙渐变常调，开元、天宝间，神秀声律，粲然大备，故学者当以是楷式。予以为确论。后又采集古今诸贤之说，及观沧浪严先生之辩，益以林之言可征。故是集专以唐为编也。"③身为明初"闽中十子"之冠的林鸿，于诗"师法盛唐"④，对闽中诗学深具影响力。上述这条材料表明，高棅认同林鸿之论以及编选《唐诗品汇》，当在很大程度上受到来自以林鸿为首的闽中地域宗唐风气的深刻浸染。关于《品汇》具体的编选缘起，高棅在《唐诗品汇总叙》中又作了交代，他指出，在此之前唐诗选本虽然众多，但各有局限，或如"《英华》以类见拘，《乐府》为题所界"，"皆略于盛唐而详于晚唐"；或如"《朝英》、《国秀》、《箧中》、《丹阳》、《英灵》、《间气》、《极玄》、《又玄》、《诗府》、《诗统》、《三体》、《众妙》等集，立意造论，各该一端"；比较之下，杨士弘所编《唐音》"颇能别体制之始终，审音律之正变，可谓得唐人之三尺矣"，然而善中也有不足："李、杜大家不录，岑、刘古调微存，张籍、王建、许浑、李商隐律诗载诸《正音》，渤海高适、江宁王昌龄五言稍见《遗响》"⑤。尽管关于《唐音》不录李、杜诗的原因，杨士弘已解释为"世多全集，故不及录"⑥，这看起

----

　　①《唐诗拾遗序》，《唐诗拾遗》卷首，《唐诗品汇》，下册，第768页。
　　② 参见饶龙隼《论〈唐诗品汇〉一书编纂的思想资源及创新点》，《南开学报》2004年第4期。该文将《唐诗品汇》编选的思想资源概括为南宋以来宗唐抑宋的文学风尚、闽中本地的诗歌创作批评传统、对早前唐诗诸选本的借鉴创作三个方面。
　　③《唐诗品汇》卷首，上册，第14页。
　　④ 徐泰《诗谈》，曹溶辑《学海类编》《集馀三·文词》，涵芬楼影印清道光木活字排印本。
　　⑤《唐诗品汇》卷首，上册，第9页至10页。
　　⑥《唐音凡例》，《唐音》卷首。

来也并非完全不合理,但在高棅眼里,作为一部唐诗的选本,《唐音》这样的编例还属于一种选录不全的缺陷。至于上面列出的此编其他方面的问题,则主要指其对具体选录标准的把握不尽妥当。总之,基于鲜明的宗唐立场,同时鉴于前人唐诗选本存在的这样或那样的局限,高棅认为,实有必要重新编辑一部能超越众家的唐诗选本,"以为学唐诗者之门径"。

从《品汇》的编选体例来看,其突出的一点是按照诗体分类编次,即如编者所言,"校其体裁,分体从类"①。当然,这种以体分类法在杨士弘《唐音》中也间采用,如其中的《正音》"以五七言古、律、绝各分类者,以见世次不同、音律高下",《品汇》"分体从类"或受其影响。但《唐音》并未将此法贯穿全编,除《正音》之外,《始音》和《遗响》均不分体,原因是《始音》仅录杨炯、王勃、卢照邻、骆宾王四家之作,而四家"初变六朝,虽有五七之殊,然其音声则一致",《遗响》"以其诸家之诗篇章长短参差,音律不能谐合"②,如此,从编例的统一性上说,多少是一种缺陷。相比较,《品汇》以体分类则趋向系统化、整一化,它依次为五七古诗(各附长篇或歌行)、五言绝句(附六言)、七言绝句、五言律诗、五言排律、七言律诗(附排律),③古、律、排、绝诸体齐全,所谓"其众体兼备,始终该博"④。诗歌演变至唐代,进入了一个成熟和完善时期,以诗体而言,"则三、四、五言,六、七杂言,乐府、歌行、近体、绝句,靡弗备矣"⑤。应该说,《品汇》兼选众体的编纂体例,比较符合有唐一代诗体发展变化的实际情况,编者的意图,盖在于尽可能完整呈现唐诗各种诗体的发展样态,以供习学者取资。所以即使是创作数量较少、选择空间较小的诗体也不予遗漏。如五言长篇,"自古乐府《焦仲卿》而下,继者绝少,唐初亦不多见。逮李、杜二公始盛"⑥,共选录五首,其中李白二首、杜甫二首、韩愈一首。七言歌行长篇,"唐初独骆宾王有《帝京篇》《畴昔篇》","至盛唐绝少","迨元和后,元稹、白居易始相尚此制",共选录三首,骆宾王、元稹、白居易各一首,"以备一体"⑦。六言绝句,至唐"开元、大历间,王维、刘长卿诸人相与

---

① 以上见《唐诗品汇总叙》,《唐诗品汇》卷首,上册,第9页至10页。
② 以上见《唐音凡例》,《唐音》卷首。
③ 作为《唐诗品汇》的补遗,《唐诗拾遗》未录六言绝句、七言排律。
④ 马得华《唐诗品汇叙》,《唐诗品汇》卷首,上册,第2页。
⑤ 《诗数·外编》卷三《唐上》,第163页。
⑥ 《五言古诗叙目》,《唐诗品汇》,上册,第53页。
⑦ 《七言古诗叙目》,《唐诗品汇》,上册,第271页。

继述,而篇什稍屡见,然亦不过诗人赋咏之馀矣",共选录李景伯等十二人二十四首,"以备一体"①。七言排律,"唐人不多见,如太白《别山僧》、高适《宿田家》等作,虽联对精密,而律调未纯,终是古诗体段",共选录四首,崔融、僧清江、王建、温庭筠各一首,"以备一体"②。对比起来,这些诗篇虽然在全书中占据的选录比例很有限,但从体现有唐一代诗体完整构成的角度来说,它们在书中担当的备于一体的作用又是显而易见的,这也可以见出是编所选"该博"之一端。明人屠隆曾批评《唐诗品汇》"其所取博则博矣,精未也"③,"备矣而太滥"④,指摘该编所存在的最大问题是"博"有馀而"精"不足。不过,在高棅看来,"有唐三百年,诗众体备矣,故有往体,近体,长短篇,五七言律句、绝句等制"⑤,是以不可不广博汇次之,这是为唐诗各体盛兴兼备的格局所决定的。他在《凡例》中就明确交代了这一编选的意图,"是编不言选者,以其唐风之盛,采取之广,故不立格,不分门,但以五七言古今体分别类从","或多而百十篇,或少而一二首,凡不可阙者,悉录之,此品汇之本意也"⑥。

假如说"分体从类"是《唐诗品汇》诗歌分类编纂的基础,那么因"时"次第则是它对"体"源委脉络的历时展示与品位高下的系统鉴定,也就是既"以五七言古今体分别类从",又"因时先后而次第之"⑦,其目的是"观诗以求其人,因人以知其时,因时以辩其文章之高下、词气之盛衰"⑧。关于由"时"分别辨察唐代诗歌演变轨迹的问题,高棅在《五言古诗叙目》中作了如下说明:"唐诗之变渐矣,隋氏以还,一变而为初唐,贞观、垂拱之诗是也;再变而为盛唐,开元、天宝之诗是也;三变而为中唐,大历、贞元之诗是也;四变而为晚唐,元和以后之诗是也。"⑨描述出有唐一代诗歌历时变化的大致轮廓。这一唐诗"四变"说,在《唐诗品汇总叙》中又被高棅举例加以具体阐述:

---

　　①《五言绝句叙目》,《唐诗品汇》,上册,第391页。

　　② 七言排律题下注,《唐诗品汇》卷九十,下册,第766页。

　　③《唐诗品汇选释断序》,《由拳集》卷十二,《明代论著丛刊》影印明万历刻本,台湾伟文图书出版社有限公司1977年版。

　　④《高以达少参选唐诗序》,《白榆集》卷三,《明代论著丛刊》影印明万历刻本,台湾伟文图书出版社有限公司1977年版。

　　⑤《唐诗品汇总叙》,《唐诗品汇》卷首,上册,第8页。

　　⑥《唐诗品汇》卷首,上册,第14页。

　　⑦《凡例》,《唐诗品汇》卷首,上册,第14页。

　　⑧《唐诗品汇总叙》,《唐诗品汇》卷首,上册,第10页。

　　⑨《唐诗品汇》,上册,第47页。

略而言之,则有初唐、盛唐、中唐、晚唐之不同。详而分之,贞观、永徽之时,虞、魏诸公稍离旧习,王、杨、卢、骆因加美丽,刘希夷有闺帷之作,上官仪有婉媚之体,此初唐之始制也。神龙以还,洎开元初,陈子昂古风雅正,李巨山文章宿老,沈、宋之新声,苏、张之大手笔,此初唐之渐盛也。开元、天宝间,则有李翰林之飘逸,杜工部之沉郁,孟襄阳之清雅,王右丞之精致,储光羲之真率,王昌龄之声俊,高适、岑参之悲壮,李颀、常建之超凡,此盛唐之盛者也。大历、贞元中,则有韦苏州之雅澹,刘随州之闲旷,钱郎之清赡,皇甫之冲秀,秦公绪之山林,李从一之台阁,此中唐之再盛也。下暨元和之际,则有柳愚谿之超然复古,韩昌黎之博大其词,张、王乐府得其故实,元、白序事务在分明,与夫李贺、卢仝之鬼怪,孟郊、贾岛之饥寒,此晚唐之变也。降而开成以后,则有杜牧之之豪纵,温飞卿之绮靡,李义山之隐僻,许用晦之偶对,他若刘沧、马戴、李频、李群玉辈,尚能黾勉气格,将迈时流,此晚唐变态之极,而遗风馀韵犹有存者焉。①

有关唐代诗歌"时"的区分问题,较早如严羽《沧浪诗话》已论及之,其中对于诗体的辨析,"以时而论"即为具体方法之一,在唐诗的范围内,就有"唐初体"、"盛唐体"、"大历体"、"元和体"、"晚唐体"之分。② 又以习学的层级别之,"汉、魏、晋与盛唐之诗,则第一义也。大历以还之诗,则小乘禅也,已落第二义矣。晚唐之诗,则声闻辟支果也"③。也如其所谓"大历以前,分明别是一副言语;晚唐,分明别是一副言语"④。如果考虑到严羽尤重"盛唐诸人惟在兴趣",且拈出"体制"、"格力"、"气象"、"兴趣"、"音节"为诗之五法,⑤那么其区分唐诗的阶段性差异,主要还从诗歌的审美层面加以鉴衡。另一方面,在对唐诗历时演变过程的分辨中,来自政治层面的考量也不同程度得以渗入。像杨士弘《唐音》划分唐诗变化阶段,乃以"自武德至天宝末"为"唐初盛唐诗","自天宝至元和间"为"中唐诗","自元和至唐末"为"晚唐诗"。如前所述,尽管杨士弘宣称其编选之法"审其音

---

① 《唐诗品汇》卷首,上册,第8页至9页。
② 见《沧浪诗话校释·诗体》,第52页至53页。
③ 《沧浪诗话校释·诗辨》,第11页至12页。
④ 《沧浪诗话校释·诗评》,第139页。
⑤ 见《沧浪诗话校释·诗辨》,第7页。

律之正变,而择其精粹",但同时主张"诗之为道"又要"奏之郊庙,歌之燕射,求之音律,知其世道"①,实未全然摒弃以"世变"相裁取的原则。高棅以上对有唐一代诗歌兴盛与变异趋势具体而清晰的分辨,反映了他对唐诗演变进程的基本看法,其为此作出的初唐、盛唐、中唐、晚唐的阶段区分,自与受前人的影响分不开,虽然如比较《唐音》对唐诗的分段法,《唐诗品汇》在具体时间的分界上作了局部调整,不过看得出来,大体还是与之相仿佛。② 而且,与《唐音》比较相似的是,《品汇》又力图调和唐诗四期之变所体现的时代次序与价值标准。③ 总观这一唐诗"四变"说,它也不免刻上对应时世政治情势的某些印痕,即如高棅声称"观时运之废兴,审文体之变易"④,"时有废兴,道有隆替,文章与时高下,与代终始"⑤,故需"因时以辩其文章之高下、词气之盛衰"。不过确切地说,这样的取向并不占据《品汇》主导的位置,此从后面的相关分析当中可以见出。

单纯对唐代诗歌进行"时"的分别,还不是高棅这一明晰的唐诗阶段论特别意义之所在,真正值得我们注意的,应该是他基于一种诗史的立场来区分唐诗不同的变化段落。⑥ 这主要表现在,编者视唐代不同阶段的诗歌变化形态并非为相互割裂、独自凝滞的各个单元,而是将它们当作接续与流动的有机过程而加以历时展示。不难注意到,《唐诗品汇》主要根据"有唐世次"和"文章高下",分别列出了正始、正宗、大家、名家、羽翼、接武、正变、馀响、傍流诸品目,⑦这是以杨士弘《唐音》有《始音》、《正音》、《遗响》之分,"遂因其目,又详分之"⑧,其中以"盛唐为正宗、大家、名家、羽翼",相对于以"初唐为正始","中唐为接武","晚唐为正变、馀响",突出了盛唐诗歌的中心地位。虽然各个品目之间,或所在时世不同,或层级有别,但又并非被用作彼此绝然区隔的标识,而是间或贯穿着因承流变的线索。如五言古诗正始下,"自沈云卿而下,以尽乎开元初之诸贤,通

① 以上见《唐音姓氏并序》,《唐音》卷首。
② 如根据书中《诗人爵里详节》对唐代诗家的时段分类,其以"自武德至开元"为初唐,"自开元至大历初"为盛唐,"自大历至元和末"为中唐,"自开成至五季"为晚唐,见《唐诗品汇》卷首,上册,第19页至41页。
③ 参见王宏林《论"四唐分期"的演进及其双重内涵》,《文学遗产》2013年第2期。
④ 《唐诗正声凡例》,《唐诗正声》卷首,明嘉靖刻本。
⑤ 《五言古诗叙目》,《唐诗品汇》,上册,第52页。
⑥ 参见陈国球《明代复古派唐诗论研究》,第197页至198页。
⑦ 《凡例》:"诸体集内定立正始、正宗、大家、名家、羽翼、接武、正变、馀响、傍流诸品目者,不过因有唐世次、文章高下而分别诸卷,使学者知所趋向,庶不惑乱也。""大略以初唐为正始,盛唐为正宗、大家、名家、羽翼,中唐为接武,晚唐为正变、馀响,方外、异人等诗为傍流。"(《唐诗品汇》卷首,上册,第14页。)
⑧ 《唐音癸签》卷三十一《集录二》。

得二十五人,共诗七十五首",意在"使学者本始知来,溯真源而游汗漫矣",指示沈佺期等人对于唐代五言古诗所发生的启导作用。其中又以为"如薛少保之《郊陕篇》、张曲江公《感遇》等作,雅正冲澹,体合《风》《骚》,骎骎乎盛唐矣"。从品目与世次的对应来看,正始被编者划入初唐,上面说如薛稷《秋日还京陕西十里作》、张九龄《感遇》等诗"骎骎乎盛唐",显然是指薛、张之作已现盛唐诗歌的兆相,成为初唐与盛唐诗之间的某种联结。再如五言古诗正宗一所列为陈子昂,认为陈诗"能掩王、卢之靡韵,抑沈、宋之新声,继往开来,中流砥柱",于是将它们定位在"上遏贞观之微波,下决开元之正派",赋予其以诗风变转和开启之角色的用意不可谓不明确。又如五言古诗接武,指出天宝以后,"时若郎士元、皇甫冉、李端、卢纶、顾况、戎昱、窦参、武元衡之属,以及乎权德舆、刘禹锡诸人,相与接迹而兴起,翱翔乎大历、贞元之间",并以为"继述前列,提挈《风》《骚》,尚有望于斯人之徒欤"? 而且"题曰接武,以绍天宝诸贤之后,俾学者知有源委矣"[1],则实际上是将郎士元等人当作承续天宝诸家诗风的群体来看待,展示始终源委的目的同样昭然若揭。既然按照这样的一种历史观照的逻辑,将有唐一代诗歌的发展看作是一个有机的演变过程,因此,《品汇》对于不同诗家的阶段区分又是非绝对的,"间有一二成家特立与时异者,则不以世次拘之。如陈子昂与太白列在正宗,刘长卿、钱起、韦、柳与高、岑诸人同在名家者是也"[2]。出于如此的编次思路,编者的任务就不啻是从时序上分别唐诗不同的发展阶段,而且更需理出不同阶段之间存在的"始"与"来"、"源"与"委"的联结关系,用以逻辑与清晰地展现有唐一代诗歌一条完整的、历史的演进轨迹。

　　说起来,作品的选录作为一项具有选择性或倾向性的编辑工作,自然寄寓了编者个人品别的价值准则,作品的取舍在很大程度上取决于编者的主观意趣,《唐诗品汇》同样也不例外。桑悦《跋唐诗品汇》云:"唐人好吟咏,凡三百馀家,真有盛、中、晚之殊,唐业随之可考也。杨仲弘等所选,俱得其柔熟之一体,唐人诗技要不止此。国朝闽人高廷礼有《唐诗品汇》五千馀首,虽分编定目,有正始、正宗、大家、名家、羽翼、接武、正变、馀响、旁流之殊,要其见亦仲弘之见。"[3]桑氏意在批评《品汇》因循《唐音》选诗径路而专注于"一体",难以反映唐

---

① 以上见《五言古诗叙目》,《唐诗品汇》,上册,第46页至47页、50页至51页。
② 《凡例》,《唐诗品汇》卷首,上册,第14页。
③ 黄宗羲编《明文海》卷二百十二,第2册,第2127页,影印清钞本,中华书局1987年版。

人诗歌的全貌,这个问题本身和编者选诗的价值取向有着很大的关系。高棅自称对于唐诗"远览穷搜,审详取舍",且欲辨察"文章之高下,词气之盛衰",此言道出了其本人遴选鉴评的慎重态度和良苦用心,这当然主要缘于此书"以为学唐诗者之门径"的编选宗旨和文本性质。在高棅看来,有唐一代各个阶段"名家擅场,驰骋当世",其中"或称才子,或推诗豪;或谓五言长城,或为律诗龟鉴;或号诗人冠冕,或尊海内文宗。靡不有精粗、邪正、长短、高下之不同",如此说来,"观者苟非穷精阐微、超神入化、玲珑透彻之悟,则莫能得其门而臻其壶奥矣"。对于习学者而言,只有具备分辨不同诗家和诗风的识力,方能成为作手:"今试以数十百篇之诗,隐其姓名以示学者,须要识得何者为初唐,何者为盛唐,何者为中唐,为晚唐,又何者为王、杨、卢、骆,又何者为沈、宋,又何者为陈拾遗,又何为李、杜,又何为孟为储,为二王,为高、岑,为常、刘、韦、柳,为韩、李、张、王、元、白、郊、岛之制。辩尽诸家,剖析毫芒,方是作者。"这还是为了强调,《品汇》作为一部"专以唐为编"、指点习学唐诗门径的范本,应该体现出唐人诗歌品级审辨的独特意义。也因此,其中又牵涉诗歌价值评判的标准问题。高棅自认为,和诸家唐诗选本比较起来,杨士弘《唐音》"颇能别体制之始终,审音律之正变"①,这也说明他对《唐音》评判尺度的某种认可,而且《品汇》对相关诗人的态度及其选诗的标准,也确有深受《唐音》影响的一面。② 不过,作为编者遴选作品的一种审美关注和价值鉴评的一项重要指标,所谓"音律"之辨在《唐音》中还是一个多少显得单一和笼统的概念,相较之下,《品汇》的情况有所不同。高棅认为,有唐"诗众体备矣","莫不兴于始,成于中,流于变,而陊之于终",其中"声律、兴象、文词、理致,各有品格高下之不同"③。这不但是在区分唐诗发展演化的阶段性差异,而且是在确立评判诗歌品级的价值准则。而这些富含审美因素的诸如"声律"、"兴象"、"文词"、"理致"等多项铨衡指标的列示,表明编者所秉持的价值评判标准的相对系统化,也表明其对唐诗的辨察在审美层面作了某些拓展。尽管高棅分别唐诗经历的"四变"的过程,不无"文章与时高下,与代终始"的对应有唐不同时期政治情势的用意,但在实际的鉴评当中,这些审美指标又或被

---

① 以上见《唐诗品汇总叙》,《唐诗品汇》卷首,上册,第9页至10页。

② 参见尚永亮《明初选家之唐诗观及其渊源论略——以高棅〈唐诗品汇〉对元和诗人之选评为中心》,《陕西师范大学学报》2010年第2期。

③《唐诗品汇总叙》,《唐诗品汇》卷首,上册,第8页。

当作主要的评判标准来加以落实。比如：

（五言古诗）正宗四："诗至开元、天宝间，神秀声律，粲然大备。"馀响下："爰自王仲初而下，以尽乎元和诸贤，通得一十六人，择其声之颇纯者，凡五十八首，为上卷。又自马与陈而下，以尽乎唐末诸人，通得一十七人，共诗六十九首，为下卷。合而题曰馀响，以见唐音之盛，沨沨不绝。"①

（七言古诗）正始："又如郭代公《宝剑篇》、张燕公《邺都引》，调颇凌俗，然而文体声律，抑扬顿挫，犹未尽善。"名家下："盛唐工七言古调者多，李、杜而下，论者推高、岑、王、李、崔颢数家为胜。……若夫张皇气势，陟顿始终，综核乎古今，博大其文辞，则李、杜尚矣。至于沉郁顿挫，抑扬悲壮，法度森严，神情俱诣，一味妙悟，而佳句辄来，远出常情之外，之数子者，诚与李、杜并驱而争先矣。"②

（五言绝句）接武下："中唐虽声律稍变，而作者接迹之盛，尤过于天宝诸贤。"③

（七言绝句）羽翼："又如储光羲、常建、高适之流，虽不多见，其兴象、声律一致也。杜少陵所作虽多，理趣甚异。"接武下之二："逮至元和末，而声律不失，足以继开元、天宝之盛。"正变："开成以来，作者互出，而体制始分。若李义山、杜牧之、许用晦、赵承祐、温飞卿五人，虽兴象不同，而声律之变一也。"馀响："晚唐绝句之盛，不下数千篇，虽兴象不同，而声律亦未远。如韦庄后出，其赠别诸篇尚有盛时之馀韵，则其他从可知矣。"傍流："自唐初至唐末，凡无姓氏、有姓氏弗可考者，并乐府《水调》、《凉州》等歌，声律之可采者，与乎方外、闺秀，通得五十二人，共诗八十八首，为旁流。"④

（五言律诗）正始下之三："神龙以后，陈、杜、沈、宋、苏颋、李峤、二张说、九龄之流，相与继述，而此体始盛……由是海内词场翕然相习，故其声调格律易于同似，其得兴象高远者亦寡矣。"羽翼："（王湾等）三十人，虽篇什不多见，其神秀声律，与前数公实相羽翼，皆善鸣者也。"接武下："中唐作

---

① 以上见《五言古诗叙目》，《唐诗品汇》，上册，第47页、52页。
② 以上见《七言古诗叙目》，《唐诗品汇》，上册，第267页至268页。
③ 《五言绝句叙目》，《唐诗品汇》，上册，第390页。
④ 《七言绝句叙目》，《唐诗品汇》，上册，第428页至431页。

者尤多，气亦少下。若刘、钱、韦、郎数公，颇绍前诸家；次则皇甫、司空、卢、李、耿、韩，以尽乎大历诸贤，声律犹近。"馀响："开成后，作者愈多，而声律愈微。"①

（五言排律）正始下："永徽以下，王、杨、卢、骆倡之于前，陈、杜、沈、宋极之于后，苏颋、二张又从而申之，其文辞之美，篇什之盛，盖由四海晏安、万机多暇、君臣游豫赓歌而得之者。故其文体精丽，风容色泽，以词气相高而止矣。"接武下："贞元后，杨巨源有《圣寿词》等作，声律亦相绍。"②

（七言律诗）正宗："盛唐作者虽不多，而声调最远，品格最高。若崔颢律非雅纯，太白首推其《黄鹤》之作，后至《凤凰》而仿佛焉。"③

不厌其烦地胪列这些评述，主要为了说明《品汇》在鉴评诗歌的价值标准上给出了多项的审美指标，较之对《品汇》多有影响的《唐音》，它们看起来已相对细化，显示编者系统审辨唐诗的一种自觉意识，而且相比于以诗歌对应唐代政治情势的辨识理路，其在审美层面的考量占据更多的比重。后者则成为一些诗家或论家指摘《品汇》选录不当的理由，如杨慎提出："唐诗至许浑，浅陋极矣，而俗喜传之，至今不废。高棅编《唐诗品汇》，取至百馀首。甚矣，棅之无目也。"④从应合时世废兴变化的思路而言，晚唐许浑的诗作自不当进入重点选录之列，杨慎的质疑不能说毫无理由，但高棅之所以取许浑多首诗作入选，应当主要是从合乎其审美要求出发的。如五言古诗类，许浑与王建等人被列入馀响上卷，"择其声之颇纯者"⑤入选；五言律诗类，许浑与贾岛等人被列入正变，以其"意义格律犹有取焉"，其中许浑和李商隐之作被认定"对偶精密"⑥。也因为如此，难怪晚明董应举在《唐诗风雅序》中有感于"后世之诗，去《三百》远矣，而选者又多艳其辞而遗其义，拘于时而失其旨，专取声调而不本于情实"，訾议高棅选诗"但以声调为主，无局外之观"，"随声测响，未合大通，安足窥于兴观群怨、无邪之旨哉"⑦！

①《五言律诗叙目》，《唐诗品汇》，下册，第506页至509页。
②《五言排律叙目》，《唐诗品汇》，下册，第618页至620页。
③《七言律诗叙目》，《唐诗品汇》，下册，第706页。
④《升庵诗话》卷九"许浑"，《历代诗话续编》，中册，第821页。
⑤《五言古诗叙目》，《唐诗品汇》，上册，第52页。
⑥《五言律诗叙目》，《唐诗品汇》，下册，第508页。
⑦《崇相集》卷五，明崇祯刻本。

董氏此言显然是以道德功用的标准去苛责《唐诗品汇》的选录取向,反过来,这无疑也证明《品汇》相对凸显了重视诗歌审美的编选原则。

在《唐诗品汇》的基础上,高棅又编成《唐诗正声》,①共二十二卷,收诗九百馀首。关于既有《品汇》之选为何又编《正声》的问题,高棅本人的解释是,考虑到前者"博而寡要,杂而不纯","乃拔其尤,汇为此编"②。黄镐作于成化十七年(1481)的《唐诗正声序》在说明该书的编选意图和原则时,指出因《品汇》"编目浩繁,得其门者或寡,复穷精阐微,超神入化,采取唐人所作,得声律纯正者凡九百二十九首,分为二十二卷,名曰《唐诗正声》"③。由于《正声》是在《品汇》的基础上"拔其尤",故后人或给予"精"、"严"的评价。如胡缵宗指出,"伯谦所选亦精矣,而廷礼所选加严焉","杨未选李、杜,高李、杜亦入选;杨于晚唐犹有取焉,高于晚唐才数人数首而止,其严哉"④! 胡应麟以为,唐诗选本"盖至明高廷礼《品汇》而始备,《正声》而始精,习唐诗者必熟二书,始无他歧之惑"⑤。

可以这么说,作为高棅编选唐诗的两大标志性成果,《品汇》与《正声》是编者为完善唐诗宗尚体系而开展的系统性作业,前者出自编者"远览穷搜,审详取舍"⑥,"其用心亦勤矣"⑦,在时间和心力的投入上是巨大的,因此完全可以认定,其编选的态度是相当理性或谨慎的。《正声》的编订并不代表编者对《品汇》原先的选录工作的不满,以至对于包括《拾遗》在内的这部花费十馀载时间的选本要加以改造。按照高棅的编选意图,这两部唐诗选本只是选录的功能有所不

---

　　① 彭曜作于正统七年(1442)的《唐诗正声后序》云:"予幼时尝闻先祖有言,新宁高先生,工于诗者也。洪武甲子,尝取唐李、杜诸公诗,求其声律之正者,为《唐诗正声》,集成二十二卷,共诗九百二十九首,以惠后学,惜无能传。予服膺斯言,每以未获抠衣为快。先是予大父授燕山右护卫镇抚,没于北平,叔袭其官。洪武己卯,先君命往省之。比至,适皇上奉天靖难,偕叔从事,叔没而子袭。既而升处金吾,侍卫左右,通籍金门,遂得与先生遇,乃从之游。始获睹其所编,亟请录之,朝夕吟诵,诚一唱三叹而有馀音者矣。"《唐诗正声》卷末)据此,《唐诗正声》似始编于洪武十七年(1384),与《唐诗品汇》编选同时。然高棅《唐诗正声凡例》谓鉴于《唐诗品汇》"博而寡要,杂而不纯,乃拔其尤,汇为此编",则《正声》当编于《品汇》之后。再者,高棅一面编辑《唐诗品汇》,"以其唐风之盛,采取之广",故"不言选者"(《凡例》,《唐诗品汇》卷首,上册,第14页),广为搜录,且"切虑见知之所不及,选择之所忽怠"(《唐诗拾遗序》,《唐诗拾遗》卷首,《唐诗品汇》,下册,第768页),又增补十卷为《唐诗拾遗》,一面从"博"而"杂"之中精选"要"而"纯"者,二者同时进行,似与常理不合。何况彭氏后序所记《正声》编选时间,得自幼时传闻,其准确性值得怀疑。

　　②《唐诗正声凡例》,《唐诗正声》卷首。

　　③《唐诗正声》卷首。

　　④《刻唐诗正声序》,《鸟鼠山人小集》卷十二,《四库全书存目丛书》影印明嘉靖刻本,集部第62册。

　　⑤《诗薮·外编》卷四《唐下》,第191页。

　　⑥《唐诗品汇总叙》,《唐诗品汇》卷首,上册,第10页。

　　⑦《唐诗拾遗序》,《唐诗拾遗》卷首,《唐诗品汇》,下册,第768页。

同，而在遴选的价值取向上并未有根本性的差别，假如说，《品汇》旨在完整、有机地展示有唐一代诗歌的存在样态和演变历史，是以分立各家"或多而百十篇，或少而一二首，凡不可阙者，悉录之"①，重点突出的是"博"或"备"，乃至于人称"无弃璧遗珠之恨"②，那么，《正声》则意在从唐人繁夥的诗歌文本中提炼更具典范意义的杰作，以便提供一个高度纯化和精要的习学范本，主要体现的是"纯"或"精"。应该说，二者在功能上恰好构成互补的关系，而并非要以《正声》取代《品汇》的位置。如研究者所注意到的，《正声》在选诗比例上盛唐诗明显高过初、中、晚唐诗，③这也符合编者所声明的是编"详乎盛唐"④的选录原则。推重盛唐诗歌是高棅向来秉持的立场，王偁《唐诗品汇叙》载录其所闻高棅论诗之言："诗自《三百篇》以降，汉魏质过于文，六朝华浮于实，得二者之中，备风人之体，惟唐诗为然。然以世次不同，故其所作亦异，初唐声律未纯，晚唐气习卑下，卓卓乎其可尚者，又惟盛唐为然。"⑤这已可的然窥见高棅格外重视盛唐诗歌之一端。而《品汇》之选将正宗、大家、名家、羽翼诸品目归为盛唐，又强调学者"审诸体而辩所来，庶乎不作开元、天宝以下人物，与夫野狐外道"，则十分明确地传达了"夫诗莫盛于唐，莫备于盛唐"⑥这一以盛唐诗歌为中心的编选理念。《正声》之选"详于盛唐"，正是《品汇》秉持格外重视盛唐诗歌的价值取向的忠实延续。要说二者有所不同，《正声》为了突出纯正精粹之作，与《品汇》相比，在诸诗体选录上改变或拉大了盛唐与其他世次之间取舍的比例或差距。比如，在《品汇》中，初唐五言排律，中唐五七言律诗、五六七言绝句，晚唐七言律诗，超过盛唐所收数量；而在《正声》中，除中唐五七言绝句多于盛唐之外，其他均少于盛唐所收数量。⑦并且，以初、盛、中、晚唐诗占据各类诗体的比例而言，对照《品汇》，《正声》中五七言古诗类，盛唐高过初、中、晚唐的比例增大；五言律诗、五七言绝句类，盛唐高过初、晚唐的比例增大；五言排律类，盛唐高过晚唐的比例增大；七言

---

① 《凡例》，《唐诗品汇》卷首，上册，第14页。
② 王偁《唐诗品汇叙》，《唐诗品汇》卷首，上册，第4页。
③ 参见陈国球《明代复古派唐诗论研究》，第205页至207页。
④ 《唐诗正声凡例》，《唐诗正声》卷首。
⑤ 《唐诗品汇》卷首，上册，第4页。
⑥ 《五言古诗叙目》，《唐诗品汇》，上册，第48页、50页。
⑦ 参见陈国球《明代复古派唐诗论研究》中所列"《唐诗品汇》选录唐诗的情况"、"《唐诗正声》选录唐诗的情况"二表，第204页至205页。

律诗类,盛唐高过初唐的比例增大。① 与此同时,《正声》和《品汇》相比,尤其是晚唐五七言律诗选录的比例大为降低。② 高棅认为,从五七言律诗的发展变化趋势来看,其至盛唐达到了高点,如五律"李翰林气象雄逸,孟襄阳兴致清远,王右丞词意雅秀,岑嘉州造语奇峻,高常侍骨格浑厚,皆开元、天宝以来名家",而大家杜甫"律法变化尤高"③;七律"盛唐作者虽不多,而声调最远,品格最高",作为大家的杜甫"七言律法独异诸家,而篇什亦盛"④。至晚唐,五律"元和以还,律体多变",特别是"开成后,作者愈多,而声律愈微"⑤;七律"唐末作者虽众,而格力无足取焉"⑥。以高棅的辨察,晚唐五七言律诗尽管尚有若干可观者,或"意义格律犹有取焉"⑦,或"其间有卓然成家者","虽不足以鸣乎大雅之音,亦变风之得其正者矣"⑧,但在总体上形成衰落之势则是历史事实。这代表尤其和处在顶峰时期的盛唐之作相比,高下差别格外分明。因此,《正声》中、晚唐五七言律诗

---

　　① 《唐诗品汇》、《唐诗正声》中初、盛、中、晚唐诗占据各类诗体比例,《品汇》五言古诗类:初唐:13.00%,盛唐:47.94%,中唐:29.38%,晚唐:5.03%,其中盛唐高过初、中、晚唐的比例分别为:34.94%、18.56%、42.91%;《正声》五言古诗类:初唐:5.80%,盛唐:73.44%,中唐:20.75%,晚唐:0,其中盛唐高过初、中、晚唐的比例分别为:67.64%、52.69%、73.44%。《品汇》七言古诗类:初唐:7.60%,盛唐:44.46%,中唐:39.17%,晚唐:1.82%,其中盛唐高过初、中、晚唐的比例分别为:36.86%、5.29%、42.64%;《正声》七言古诗类:初唐:0,盛唐:64.22%,中唐:35.78%,晚唐:0,其中盛唐高过初、中、晚唐的比例分别为:64.22%、28.44%、64.22%。《品汇》五言律诗类:初唐:19.78%,盛唐:28.56%,中唐:29.88%,晚唐:14.16%,其中盛唐高过初、晚唐的比例分别为:8.78%、14.40%;《正声》五言律诗类:初唐:22.58%,盛唐:46.77%,中唐:28.23%,晚唐:1.61%,其中盛唐高过初、晚唐的比例分别为:24.19%、45.16%。《品汇》五言排律类:初唐:32.77%,盛唐:20.71%,中唐:33.79%,晚唐:3.40%,其中盛唐高过晚唐的比例为:17.31%;《正声》五言排律类:初唐:28.17%,盛唐:42.25%,中唐:28.17%,晚唐:1.40%,其中盛唐高过晚唐的比例为:40.85%。《品汇》七言律诗类:初唐:10.63%,盛唐:15.37%,中唐:32.45%,晚唐:33.78%,其中盛唐高过初唐的比例为:4.74%;《正声》七言律诗类:初唐:8.60%,盛唐:45.16%,中唐:36.56%,晚唐:7.53%,其中盛唐高过初唐的比例:36.56%。《品汇》五言绝句类:初唐:12.57%,盛唐:25.75%,中唐:44.91%,晚唐:9.98%,其中盛唐高过初、晚唐的比例分别为:13.18%、15.77%;《正声》五言绝句类:初唐:12.98%,盛唐:33.59%,中唐:38.93%,晚唐:12.21%,其中盛唐高过初、晚唐的比例分别为:20.61%、21.38%。《品汇》七言绝句类:初唐:5.02%,盛唐:21.53%,中唐:43.06%,晚唐:19.86%,其中盛唐高过初、晚唐的比例分别为:16.51%、1.67%;《正声》七言绝句类:初唐:1.23%,盛唐:30.67%,中唐:48.47%,晚唐:16.56%,其中盛唐高过初、晚唐的比例分别为:29.44%、14.11%。以上数据根据陈国球《明代复古派唐诗论研究》中所列"《唐诗品汇》选录唐诗的情况"、"《唐诗正声》选录唐诗的情况"二表计算而得。

　　② 由上注列出的数据来看,《品汇》、《正声》中晚唐五七言律诗在同类诗体中占据的比例分别为:14.16%、33.78%和1.61%、7.53%,后者比前者分别下降了12.55%、26.25%。

　　③《五言律诗叙目》,《唐诗品汇》,下册,第506页至507页。

　　④《七言律诗叙目》,《唐诗品汇》,下册,第706页。

　　⑤《五言律诗叙目》,《唐诗品汇》,下册,第508页至509页。

　　⑥《七言律诗叙目》,《唐诗品汇》,下册,第708页。

　　⑦《五言律诗叙目》,《唐诗品汇》,下册,第508页。

　　⑧《七言律诗叙目》,《唐诗品汇》,下册,第707页。

选录比例的大幅萎缩，其重要的原因，还是为了保证所选之作纯正精粹的品位。高棅在《唐诗正声凡例》中声称，"题曰《正声》者，取其声律纯完而得性情之正者矣"①，比照他在《唐诗品汇总叙》中推许杨士弘《唐音》"颇能别体制之始终，审音律之正变"，又提出《品汇》之选，"诚使吟咏性情之士，观诗以求其人，因人以知其时，因时以辩其文章之高下、词气之盛衰，本乎始以达其终，审其变而归于正"②，不难看出，《正声》较之《品汇》在编选的标准和目标上具有某种连贯性。而它对于"声律纯完"和"性情之正"选录原则的主张，不能不说寓含某种来自政治或道德的诉求，也犹如《品汇》多少体现了"因时以辩其文章之高下、词气之盛衰"这一以诗歌表现对应政治情势的审鉴立场。但是无论如何，编者于唐诗重以审美相取舍品别的意识，在《正声》当中还是占据了上位，这不仅"以《正声》采取者，详乎盛唐"，多取艺术上相对完善的盛唐之作，而且即使是"元和以还，间得一二声律近似者，亦随类收录"，正所谓"若曰以声韵取诗，非以时代高下而弃之，此选之本意也"③。

概言之，《品汇》和《正声》分别从"博"或"备"、"纯"或"精"的不同层面，提供了习学唐诗的两个范本，二者表现在选录功能上的差异，则使它们构成一个相辅相成的整体，客观上对于宗唐诗学体系的完善，起着非常重要的推助作用。同时，从《品汇》到《正声》，作为编者的高棅在延续选录价值取向的基础上，也特别表现出对于唐诗所展开的审美鉴别的一种跃升。

---

① 《唐诗正声》卷首。
② 《唐诗品汇》卷首，上册，第10页。
③ 《唐诗正声凡例》，《唐诗正声》卷首。

第三章　台阁诗学与主导话语的形成

在明代前期尤其自明成祖永乐年间以来,台阁文学势力趋于活跃,[①]成为主导文坛风尚一股不可忽视的力量,而特别是台阁文风所呈现的扩张情形,则成为其中显著的表征。明人李东阳曾经论及明初以来馆阁诸士的作为及"馆阁之文"的变化趋向,认为"自高皇时,宋学士景濂诸公首任制作,而犹未得位。文皇更化,杨文贞诸公亟起而振之。天下之休养涵育,以暨英庙之初,富庶之效,可谓极盛矣,而刘文安诸公出焉。逮于宪庙,其用犹未已也,时则有若文僖公,相与先后扬厉,其名大著。其在景泰间,应制赋诗,中官常立俟以进。自馀碑板金石之文,云涌川溢,沛不可御"[②]。清人沈德潜在描述有明一代诗歌"升降盛衰之大略"时,指出"永乐以还,体崇台阁,骫骳不振"[③],于时"诸大老倡之,众人靡然和之,相习成风"[④]。可以说,台阁文风所呈现的这一扩张情形,指示着某种有异于前的时代性的文学进行态势,反映了明初以来文坛具有一定覆盖面的变化动

---

① 关于台阁之概念,台湾学者简锦松《明代文学批评研究》在辨别台阁体时曾论及之,认为所谓台阁体乃谓馆阁文人诗文之体,而于"馆阁"一词的涵义,其引述明人罗玘《馆阁寿诗序》中所言解释之:"今言馆,合翰林、詹事、二春坊、司经局皆馆也,非必谓史馆;今言阁,东阁也,凡馆之官,晨必会于斯,故亦曰阁也,非必谓内阁也。然内阁之官亦必由馆阁入,故人亦蒙冒概目之曰馆阁云。"(《圭峰集》卷一,《景印文渊阁四库全书》,第1259册。)见该书第20页,台湾学生书局1989年版。罗氏所言"馆阁",盖指涉翰林院、詹事府、内阁,以及隶属詹事府的左右春坊、司经局等。台阁与馆阁概念时或互用,如郭正域《叶进卿文集序》:"国初馆阁体,大半模拟宋人,期乎明白条畅而已。世之拟古者,遂不胜其凌厉谇语,大略用汉人、唐人以胜宋人,合诸缙绅暨诸草泽以胜词林。……比年以来,馆阁英贤跨轶前辈,一时文章酝酿历代,声貌色泽、神髓气骨大变其初,海内操觚之士扬挖风雅,又靡然左辞词林矣。……往者王司寇遗余书:文章之权往在台阁,后稍旁落。余深愧其言。……近代鸿儒伟士,麟集凤翔,所为朝堂典要,雄文大篇,式于宇内,而向者叫噪儇佻之士,几改步而革心,视往时台阁体如何也?"(《合并黄离草》卷十八,《四库禁毁书丛刊》影印明万历四十年(1612)史记事刻本,集部第14册,北京出版社1997年版。)

② 《倪文僖公集序》,周寅宾点校《李东阳集》,第二卷,第129页,岳麓书社1985年版。

③ 《明诗别裁集序》,沈德潜、周准编《明诗别裁集》卷首,第1页,上海古籍出版社1979年版。

④ 《明诗别裁集》卷三,第59页。

向。在文学观念形态的层面上,以台阁诗学而言,其以更多带有官方背景的影响力,对于明代前期乃至以后诗学领域发生显在或潜在的浸润和引导作用,这是我们梳理有明诗学思想发展演变脉络必须面向的重要问题之一。与此同时,作为有明诗学思想系统的有机构成,它所表现出来的基本诉求和精神特质,也自然成为我们探察相关问题的一个重点目标。

第一节　实用意识的强化及其背景

朱明王朝建立以来,为配合中央集权的政治需要,大力振扬儒家文化精神,积极以"崇儒重道"作为治理天下、端正人心的基本方略。如果说,早在洪武年间明太祖朱元璋"大明儒学",已注重以儒学道德规范整肃世风,强调"礼仪风俗不可不正"[1],那么,特别自永乐以来,明成祖朱棣不断强化明初实施的政治文化方略,在意识形态领域加强调控,这主要表现在进一步提倡"崇儒重道"尤其是尊程朱等宋儒之学。如永乐七年(1409)二月,朱棣以自编"采圣贤之言"、"切于修身齐家治国平天下者"一书示翰林学士胡广等人,欲以此供教导皇太子之用,以为"古人治天下,皆有其道,虽生知之圣,亦资学问。由唐、汉至宋,其间圣贤明训,具著经传,然简帙浩繁,未易遽领其要,帝王之学,但得其要,笃信而力行之,足以为治。皇太子天下之本,于今正当进学之时,朕欲使知其要,庶几将来太平之望"。胡广等览后奏曰:"帝王道德之要备载此书,宜与典谟训诰并传万世,请刊印以赐。"[2]朱棣遂名之曰《圣学心法》,命司礼监刊印。这部"训谕式"之书,将传统儒学尤其是宋儒学说"定为帝王权力和文官政府的正统的基础"[3]。又如朱棣登位后,大力构建推尊儒学包括宋儒学说的思想文化工程。永乐十三年(1415)九月,胡广等奉命编成《五经四书大全》及《性理大全》,前者"集诸家传注而为大全,凡有发明经义者取之,悖于经旨者去之",后者"辑先儒成书及其议论格言,辅翼五经四书、有裨于斯道者"。朱棣览而嘉之,为赐名并亲制序文,其序阐说编纂两书之宗旨,以为"六经者,圣人为治之迹也。六经之道明,则天地

---

① 《明史》卷二《本纪第二》,第 1 册,第 27 页。
② 《明太宗实录》卷八十八,第 7 册,第 1161 页至 1162 页,台湾"中研院"历史语言研究所校印本。
③ (美)牟复礼、(英)崔瑞德编,张书生等译《剑桥中国明代史》,第 242 页,中国社会科学出版社 1992 年版。

圣人之心可见,而至治之功可成;六经之道不明,则人之心术不正,而邪说暴行,侵寻蠹害,欲求善治,乌可得乎"? 遂命工锓梓,颁布天下,欲使天下之人"获睹经书之全,探见圣贤之蕴,由是穷理以明道,立诚以达本;修之于身,行之于家,用之于国,而达之天下"①。永乐十五年(1417)三月,又颁《五经四书大全》与《性理大全》于六部,并与两京国子监及天下郡县学,朱棣谓礼部之臣云,"此书学者之根本,而圣贤精义悉具矣",要求其"以朕意晓谕天下学者,令尽心讲明,毋徒视为具文也"②。这一极力推行二书的举措,意味着"正式承认它们是熟悉儒家学说的法定的捷径"③,从而赋予其以高度合法性及权威性,旨在为天下之人确立思想和行为的基本准则。

反映在文学领域,与这种"崇儒重道"政治方略及意识形态调控相应的,则是旨在维护正统、尊尚教化的实用主义的显著突起。实用理论说到底,"是基于文学是达到政治、社会、道德,或教育目的的手段这种概念",中国文学中的实用理论,"由于得到儒家的赞许,它在中国传统批评中是最有影响力的",而与此同时,这种为儒家所主导的实用理论,以其传统的延续而缺乏革新精神。④ 尤其自永乐以来,台阁文风强势泛起,馆阁文士在宣导这股文风中扮演了极为重要的角色,无论是作为上层文臣的特定身份,还是接受朝廷"礼接优渥"的殊遇,都容易使得那些身处权力中心的馆阁文士与官方意识形态发生亲和作用,乃至于成为其中的积极代言者或传播者。可以发现一个难以否认的基本事实,随着台阁文风逐渐占据文坛的主导地位,实用主义尤其在馆阁文士中间有着更为广泛的认同度。这种带有群体性的认同特点,如借用德国著名学者扬·阿斯曼之论来描述,即体现了可称作为包含社会归属性意识的"集体的认同",具体来说,"它建立在成员分有共同的知识系统和共同记忆的基础之上,而这一点是通过使用同一种语言来实现的,或者概括地说:是通过使用共同的象征系统而被促成的"。扬·阿斯曼就此进一步指出,"我们可以将这种由象征意义促成的综合体称为'文化'或者更准确地说是'文化形态'","它跟生理意义上的免疫系统存在类似之处:我们可以使用'循环'(Zirkulation)这个概念恰如其分地描述文化免

---

① 《明太宗实录》卷一百六十八,第 8 册,第 1873 页至 1874 页。
② 《明太宗实录》卷一百八十六,第 8 册,第 1990 页至 1991 页。
③ 《剑桥中国明代史》,第 243 页。
④ (美)刘若愚著、杜国清译《中国文学理论》,第 160 页、173 页至 175 页,江苏教育出版社 2006 年版。

疫系统的作用机制",而"循环"在关联互动中"是一种经过共同的语言、共同的知识和共同的回忆编码形成的'文化意义'(Kultureller Sinn),即共同的价值、经验、期望和理解形成了一种积累(Vorrat),继而制造出了一个社会的'象征意义体系'和'世界观'",也因乎此,"共同拥有的文化意义的循环促生了一种'共识'(Gemeinsinn),即在集体的每个成员心目中都形成了一种整体高于一切的认知"①。以其时那些馆阁文士的"集体的认同"或者基本的"共识"来看,特别是在关乎负载更多政治功能的文章体制的规范上,强调明道宗经之旨以追求经世实用,成为他们中间较普遍执持的一种为文观念。如"三杨"之一的杨士奇,永乐十七年(1419)序胡俨《颐庵文选》,在综论历代文章传演趋势时指出:

> 汉兴文辞,如司马子长、相如,班孟坚之徒,虽其雄材竑议,驰骋变化,往往不当于经。当是时,独董仲舒治经术,其言庶几发明圣人之道。至唐韩退之,宋欧阳永叔、曾子固,力于文词,能反求诸经,概得圣人之旨,遂为学者所宗。周子、二程子以及朱子,笃志圣人之道,沉潜六经,超然有得于千载之上,故见诸其文,精粹醇深,皆有以羽翼夫经,而文莫盛于斯矣。元之时,以其经学发为文词、源本深厚、论议高明者,盖有虞伯生焉。

并且他为此不由感慨:"繇汉以来,文之传于今者多矣,而求其不盭于经旨、不畔于圣人之道、卓然能树立以名家者,不数人而已,文不尤难矣哉!"很显然,杨士奇对历代之文演进脉络的梳理以及价值判断,充分建立在要求文以明道宗经的原则立场之上,一如序文起首所言:"文非深于道不行,道非深于经不明。古之圣人,以道为体,故出言为经,而经者,载道以植教也。"②对比起来,正统四年(1439)中进士,拜翰林编修,天顺初累迁学士的倪谦,其对为文之道的主张多与杨士奇以上之论相近,他在《艮庵文集序》中即云:

> 文,言之成章者也;道,理之无形者也。道非托于言,其理不能自明;言非载夫道,其文不能行远。……六经之文,唐、虞、三代帝王之道所载,孔子

---

① (德)扬·阿斯曼著,金寿福、黄晓晨译《文化记忆:早期高级文化中的文字、回忆和政治身份》,第144页至146页,北京大学出版社2015年版。

② 《颐庵文选序》,胡俨《颐庵文选》卷首,《景印文渊阁四库全书》,第1237册。

之圣所删定,万世祖之,不可尚矣。战国、秦汉而下,学士大夫蹑尘嗣响者代有闻人,然求其言不畔道、文不悖经者,汉则董子,唐则韩子,宋则欧、曾及濂、洛诸子,元则虞邵庵焉。上下数千载间,文章大家不过十数人,斯亦难矣。①

这里尽管是对文章演化历史进程的约略总结,但传递的信息则十分清晰,不仅标榜六经之文为承载"唐、虞、三代帝王之文"的万世文章楷模,置其于至上之位,而且将"言不畔道"、"文不悖经"视为文章撰述所应遵循的基本准则,显扬明道宗经为文宗旨的意味甚为明确。当然,无论是对于六经的崇尚,还是对于明道的强调,其根本的旨意还要求文章撰作能做到犹如杨士奇曾主张的"发明至理","启迪人心,扶植世教","盖譬诸布帛菽粟之有资乎民生之实用也"②。

这种注重实用的意识同时向诗学领域深入渗透。从其时一些馆阁之士对于诗歌价值意义的基本认知来看,视诗为"末事"或忌为"无益之词",乃为他们执持的一个根深蒂固的观念。宣德八年(1433)进士登第,历官文选郎中、翰林学士、华盖殿大学士的李贤,其自序行使蜀川所经而成之诗稿即曰:"诗为儒者末事,先儒尝有是言矣。然非诗无以吟咏性情,发挥兴趣,诗于儒者似又不可无也。而学之者用功甚难,必专心致志于数十年之后,庶几有成。其成也亦不过对偶亲切、声律稳熟而已。若夫辞意俱到,句法浑成,造夫平易自然之地,则又系乎人之才焉。"③这除了说明学诗不易、儒者不可无诗之外,同时表达了对诗为儒者之"末事"的一种价值定位。比较而言,杨士奇《圣谕录》关于永乐七年(1409)他向时为皇太子的明仁宗朱高炽解释诗之价值优劣的一段记述,更为人所熟悉。针对是年因春坊赞善王汝玉以诗法进说,朱高炽询问"古人主为诗者,其高下优劣如何"的问题,杨士奇答以"诗以言志,明良喜起之歌,南薰之诗,唐、虞之君之志,最为尚矣。后来如汉高《大风歌》、唐太宗'雪耻酬百王,除凶报千古'之作,则所尚者霸力,皆非王道。汉武帝《秋风辞》,气志已衰。如隋炀帝、陈后主所为,则万世之鉴戒也"。同时劝朱高炽,"如殿下于明道玩经之馀,欲娱意于文事,则两汉诏令亦可观,非独文词高简近古,其间亦有可裨益治道。如诗人

---

① 《倪文僖集》卷十六,《景印文渊阁四库全书》,第1245册。
② 《蠖闇集序》,《东里文集续编》卷十四,明天顺刻本。
③ 《行稿序》,《古穰集》卷七,《景印文渊阁四库全书》,第1244册。

无益之词,不足为也"。又当朱高炽问及"世之儒者亦作诗否"的问题时,杨士奇表示,"儒者鲜不作诗,然儒之品有高下,高者道德之儒,若记诵词章,前辈君子谓之俗儒,为人主尤当致辨于此"①。不管是说明古代君主为诗大有轩轾之别,还是申述虽"儒者鲜不作诗",近乎李贤所谓"诗于儒者似又不可无也",然认为儒者之品不一,意味着诗则有高下之分,其要在强调"诗人无益之词"不足为的修习文事的基本原则。这里,杨士奇无意排斥一切诗歌创作实践,尽管他比照两汉诏令这样有益于"治道"之文,不无轻忽诗歌之意,但强烈的实用意识和来自道德层面的警戒,使得他在诗歌的价值取向上秉持格外严正的态度。这种意识和警戒表现在另一位具有馆阁背景之士丘濬身上,同样十分明显。濬中景泰五年(1454)进士,选为庶吉士,既擢翰林学士,累官文渊阁大学士。他的《送钟太守诗序》一文论及《诗经》之后诗道的发展变化趋势,指出:"自《三百篇》后,诗之不足以厚人伦,美教化,通政治也,非一日矣,风云月露、花鸟虫鱼作者日多,徒工无益,是以大雅君子不取焉。"②从这番近乎激切的言辞当中,我们能够品出的不仅是牢骚,还有含藏其中的作者自认为后世诗歌"无益"之作泛滥、诗道沦丧的忧虑之心。

　　如此对于诗歌沦为"无益之词"的戒慎,除了来自传统儒学根植深厚的重道轻艺观念的深刻浸润,还不可不注意到促发其滋生的当下影响因素,特别是明初以来为兴复儒家文化精神而大力施行的"崇儒重道"的基本政策,以及由此调控趋于强化的重经世实用的意识形态,自然不能忽略。正是鉴于这样的戒慎,要求增强诗歌的实用功能则不同程度地为馆阁诸士所主张。宣德八年(1433)中进士、授翰林编修、仕至华盖殿大学士的徐有贞,在他的《贞寿堂诗序》中就指出:"吾闻古之为诗者,其有所咏美,必有以寓劝戒,裨世教焉,不徒作也。"③这表明,徐氏站在古之为诗者的立场,强调诗歌必具教戒作用而不徒为"无益之词"。正统十年(1445)进士第一,除修撰,既进侍读,累官吏部尚书、谨身殿大学士的商辂,其序翰林侍讲刘球遗集曰:"予惟诗者,志之所之也。在心为志,发言为诗;以忠厚恻怛之心,形而为陈善闭邪之意。此成周之诗所以悉出于正而非后世所能及者,有由然也。"并以为刘球"若此编者,特应酬之作也。然忠君爱国之

①《圣谕录中》,《东里别集》卷二,《景印文渊阁四库全书》,第1239册。
②《重编琼台稿》卷十二。
③《武功集》卷三,《景印文渊阁四库全书》,第1245册。

诚,悯世悼俗之念,往往于言意间发之,岂非笃于忠义者乎"? 故因此判别刘诗"岂徒格律之工而已哉"①。又如永乐以迄宣德"皆掌文翰机密,与杨士奇诸人相亚"②的馆阁权臣金幼孜,其为长乐陈伯康《南雅集》题语曰:"予观天下文章莫难于诗。诗发乎情,止乎礼义,其辞气雍容而意趣深长者,必太平治世之音。"且指出"诗于政治之得失所关甚大",称道陈氏诗作"辞气之间,雍容不迫,而悠然有深远之趣,其太平治世之音与"? 以为陈氏尝为宜阳、韩城二县丞,复知江山,"皆有善政以及于人,察其音之平和,则其施于政者,可得而知矣"③。观金幼孜的上述言论,给人最深刻的印象,其无论是对于诗歌价值意义的判断还是有关陈诗的评价,皆主要从诗歌发抒性情之规范和关涉政治之得失着眼,这从一个侧面展现了他的诗学基本立场。

在这一方面,还应当留意杨士奇的相关说法。他在《沧海遗珠序》中声称:"诗本性情,关世道,《三百篇》无以尚矣。自汉以下,历代皆有作者,然代不数人,人不数篇,故诗不易作也。"④其在《玉雪斋诗集序》中又指出:"诗以理性情而约诸正,而推之可以考见王政之得失、治道之盛衰。三百十一篇,自公卿大夫下至匹夫匹妇,皆有作。小而《兔罝》、《羔羊》之咏,大而《行苇》、《既醉》之赋,皆足以见王道之极盛。至于《葛藟》、《硕鼠》之兴,则有可为世道慨者矣。"⑤即以《诗经》为可以上溯本源的至为重要的典范文本,视抒写性情之正和裨益世道为诗歌基本的价值面向。关于这一点,又可以联系杨士奇在《题东里诗集序》一文中所云:

> 古之善诗者,粹然一出于正,故用之乡间邦国,皆有裨于世道。夫诗志之所发也,三代公卿大夫,下至闺门女子,皆有作,以言其志,而其言皆有可传。三百十一篇,吾夫子所录是已。⑥

据是序,杨士奇因"族孙挺来京师,录余新旧诗为三卷,且求引诸首",故为题语,

---

　　①《两谿先生诗集序》,《商文毅公集》卷四,《四库全书存目丛书》影印明万历三十年(1602)刘体元刻本,集部第35册。

　　②《四库全书总目》卷一百七十集部《金文靖集》提要,下册,第1484页。

　　③《书南雅集后》,《金文靖集》卷十,《景印文渊阁四库全书》,第1240册。

　　④《东里文集续编》卷十四。

　　⑤《东里文集》卷五,明嘉靖刻本。

　　⑥《东里文集续编》卷十五。

事实上即自序其诗集。可以说,上面所述以《诗经》这样的经典文本作参照,不仅在为诗歌的价值取向作出基本的定位,而且具有对自己诗歌阅读经验和实践目标作出总结的意味。与此相关联,杨士奇论评他人诗作,即间以类似的准则相品鉴。如《胡延平诗序》评骘胡氏之诗,"诗虽先生馀事,而明白正大之言,宽裕和平之气,忠厚恻怛之心,蹈乎仁义而辅乎世教,皆其所存所由者之发也。昔朱子论诗,必本于性情言行,以极乎修齐治平之道,诗道其大矣哉"①!究其所论,又不外乎本于抒写性情之正和裨益世道的价值基准,为胡氏所作定评。

在这个问题上,相比起来,永乐二年(1404)中进士,授修撰,历官少詹事兼侍读学士、吏部尚书的王直,其论诗则一再强调"诗可以观",着重从此角度阐论诗歌的实用功能。如曰:

> 予谓诗者,感于物而形于言者也。周诗《三百篇》,美刺俱见,作于千载之上,而形是非于千载之下,至今读其诗,则知当时人事之得失、王化之盛衰,而是非之公不可泯,后有作者亦如是矣。故曰诗可以观。(《荣恩堂诗序》)②
>
> 夫言者心之声,而诗则声之成文者也。心所感有邪正,则言之发者有是非,非涵养之正、学问之充、才识之超卓,有未易能也。是以观其言,则可以知其人,故曰诗可以观。(《萧宗鲁和三体诗序》)③
>
> 予谓《诗》三百篇不必皆出于士大夫,而当时之事赖以不朽。诗之所咏,本于父子、夫妇、兄弟者多矣,述伦谊之重、性情之真,百世之下,有以见夫王道之盛衰、风俗之厚薄,故曰诗可以观。(《和集堂诗序》)④
>
> 孔子删《诗》而录之,百世之下,有以知政化之盛衰、人事之得失,故曰诗可以观。(《寿胥经历母诗序》)⑤

诗之所以可以"观",除了观诗人之言而知其人,了解创作主体的心志和品格,同时还在于从中能够探察"人事之得失"、"王化之盛衰",后者也即如何晏《论语集

---

① 《东里文集》卷四。
② 《抑庵文后集》卷十三,《景印文渊阁四库全书》,第 1241 册。
③ 《抑庵文后集》卷十六。
④ 《抑庵文后集》卷十九。
⑤ 《抑庵文后集》卷二十一。

解》引郑玄注解释孔子诗"可以观"之意为"观风俗之盛衰"①,朱熹《论语集注》又谓之"考见得失"②。由此观之,当然也有理由认为,王直在上面诸序中的陈述谈不上有多少精警之见,不过是更多拈掇传统的诗学话语来代替自我的发言。但有一点可以肯定,从序者反复主张中不难看出,他对发挥诗歌这一"观"的实际效用显然是相当重视的。而归根结底,在王直看来,诗歌作为"感于物而形于言"这样一种抒写性情的特定载体,须关乎风俗教化而不可徒然作之,犹如他在《友于轩诗序》中申言:"夫诗之作,必本乎性情而有关于风化,然后可以传当时,垂后世。"③

追本溯源,对于诗歌实用功能的强调,自然是和为儒家所提倡的传统诗教精神有着无法分割的内在联系,这一诉求充分揭橥了诗歌在政教层面的特殊意义。需要看到的事实是,在有明之初即大力推行"崇儒重道"政策的特定背景下,传统相关的诗学话语被进一步激活,获得更为适宜和自如的运用空间,而永乐以来对于明初政治文化策略的强化,则为这种诗学实用意识的不断增强,进一步提供了合适的土壤。从馆阁诸士的处境来看,上层文臣的特定身份以及相应的职能担当,有助于激发他们为官方意识形态传播和代言的自觉意识,并且强力规范他们的价值判断。有研究者注意到一个耐人寻味的现象,这就是明代前期馆阁诸士将诗歌原始经典《诗经》从高阁之上的"远传统"变易为切近现实的"近传统",表现出极端化的尊奉姿态,而台阁诗学与《诗经》之间的这种默契,乃基于馆阁诸士对担当《诗经》作者阶层之一的公卿大夫身份的认同感,如王直将诸士"遭文明之世,处清华之地,当闲暇之日,而成会合之娱"的文会,比拟为"春秋时诸侯大夫相见,率赋诗以言志"④。而这些馆阁之士对于公卿大夫这一具有特定政治权责而早已成为历史的社会阶层的身份认同,则透露了他们身居要职、亲近君主的自豪感与荣誉感以及附从的心态。⑤ 可以说,这种历史身份的比拟,不只是出于对《诗经》这部原始经典特别的尊奉意识,并且更是为了密切对应现实境遇下馆阁的身份层级与职能担当,究其实质,则是他们自觉融入官

① 《论语注疏》卷十七,《十三经注疏》,下册,第 2525 页。
② 《论语集注》卷九,《景印文渊阁四库全书》,第 197 册。
③ 《抑庵文后集》卷十六。
④ 《跋文会录后》,《抑庵文集》卷十三,《景印文渊阁四库全书》,第 1241 册。
⑤ 参见马昕《明前期台阁诗学与〈诗经〉传统》,《清华大学学报》2021 年第 4 期。

方意识形态心理的一种强烈折射。无疑,这也会在相当程度上影响到这些馆阁之士对于诗学话语所作的选择,乃至于强调更和"崇儒重道"政策相协调、更和其身份及职能担当相切合的诗学实用主张。

第二节　推崇雅正温和的诗风

特别是接受根植深厚的传统诗教精神的灌注,受制于"崇儒重道"方略主导下的政治文化语境,以及基于由此激发起来的维护正统、尊尚教化的实用意识,从总体的倾向来看,馆阁诸士在诗歌的审美取向上,更多表现出对于典雅淳正、温厚和平一路诗风的推崇。

景泰二年(1451)进士登第而既官翰林的王偁,在《增注胡曾诗序》中提出:"诗格尚雅而厌凡俗,不贵该洽而贵精严。"其《梅月轩诗集序》又说:"诗不贵绮靡,而贵沉着,贵典则,此前辈定论而亦鸡林贾人定价也。"同时述其姻亲朱氏之学诗经历:"梅月之始学诗于庭也,竹泉翁戒以学杜,曰:恃华者质反,好丽者壮违。惟杜少陵一裁以正尔,曷慎所习? 比得杜集于东里先生所,既梓行之,复举以授梅月,俾朝夕讽咏,以深求其忠君爱国之心。然则梅月之诗之知本于德,是诚无忝于家教哉!"并评论朱氏之诗"深有造诣,摆脱浮靡,以归平实,洗濯鲜秾,以复雅淡"①。从以上尽管较为简约却十分明晰的陈述中可以看出,作者所倾重的,显然是一种与凡俗和绮丽相对的典则、雅质、淳正的诗风。不啻如此,王偁在《林霏集序》中评述明初以来诗坛之创作景况云:"夫诗自汉魏以来,代有作者,然莫盛于唐。继唐而称盛者曰宋曰元,而尤盛于我朝,盖三光五岳之气既完,而太音斯振。故当是时,非独庙堂之上,公卿大夫之乐盛际者,作为歌诗和平温厚,沨沨乎治世之音,虽闾里之间,布衣韦带之士,亦各以其所得,啸歌讴吟于山巅水涯者,亦皆丰融宣畅,而无抑塞感叹亡聊之声。是固气运使然,亦未必不系乎其人之贤之有所感发而兴起。"②大意是认为,时至有明,承继唐代诗歌鼎盛的情势,比起宋元有过之而无不及,朝野之士一同振起雅音,诗坛温厚和平的风气浓郁,极力表彰本朝诗风之意,自在其中。

---

① 以上见《思轩文集》卷五,《续修四库全书》影印明弘治刻本,第 1329 册。
② 《思轩文集》卷七。

　　类似王偁这样对雅正温和诗风的倾重态度,在馆阁文士中间不在少数,如杨士奇正统元年(1436)序沐昂所编《沧海遗珠》,认为编者将所得名人之作"择其粹者,通古近体三百馀篇,皆前选所不及",所选之诗"大抵清楚雅则、和平婉丽,极其趣韵,莹然夜光明月之珍,可爱、可玩而可传也"①。《刘氏倡和诗序》则品定友人刘彝所作七言近体,"其写情体物,和平微婉,盖有得于诗人止乎礼义之意"②。《杜律虞注序》又以为,"律诗非古也,而盛于后世。古诗《三百篇》皆出乎情,而和平微婉,可歌可咏,以感发人心,何有所谓法律哉"?"律诗始盛于开元、天宝之际","若雄深浑厚,有行云流水之势、冠冕佩玉之风,流出胸次,从容自然,而皆由夫性情之正,不局于法律,亦不越乎法律之外,所谓从心所欲不逾矩,为诗之圣者,其杜少陵乎? 厥后作者代出,雕镂锻炼,力愈勤而格愈卑,志愈笃而气愈弱,盖局于法律之累也,不然则叫呼叱咤以为豪,皆无复性情之正矣"③。景泰二年(1451)进士第一、授翰林修撰、仕至少詹事兼翰林学士的柯潜,在为天顺四年(1460)翰林官员考士之际的倡和之诗所作《春闱倡和诗序》中指出:"然诗者,心之声也。必其心无愧怍,则形于诗皆敦厚和平、悠扬广大之音,而传之于后,足以见君子群居有从容道谊之乐,为可慕也。否则为委靡,为哀怨,甚而流于肆以哇,皆适为讥笑之资,虽传无益,而况未必传耶!"④永乐元年(1403)召修《太祖实录》,擢翰林修撰,历右春坊右赞善、翰林侍读的梁潜,其《九日宴集诗序》为永乐七年(1409)重九之日他和侍讲曾棨等人分韵赋诗"以纪一时之乐"而作,认为"镈俎之间,闲倡迭和,雄嘲而雅谑,又皆蔼然情投志合,视昔之人感时悲怨、索莫无聊赖者,大不侔矣",所为诗作"益宏大演迤,得盛时和平之音"。《春闱倡和诗序》则为永乐七年(1409)翰林官员试士棘闱"相与倡和为诗"而作,称述其诗"冲乎和平温厚之气,动于典则仪度之中"⑤。综合举引的这些馆阁之士所论,其评骘的对象各不相同,议论的角度也不尽一致,但有一点较为相近,这就是他们所秉持的衡量诗歌的基本准则,乃多属意于雅正温和一路的风格特征,贯穿其中的一种倾向性的审美取向是显而易见的。

　　从馆阁诸士的立场来看,他们对于这种雅正温和诗风的铸冶,并不认为只

────────────────────

①《沧海遗珠》卷首,《景印文渊阁四库全书》,第 1372 册。
②《东里文集》卷七。
③《东里文集续编》卷十四。
④《竹岩集》卷六,《续修四库全书》影印清雍正十一年(1733)柯潮刻本,第 1329 册。
⑤ 以上见《泊庵集》卷七,《景印文渊阁四库全书》,第 1237 册。

是表现形式上的缀饰,而多将此和创作主体的性情涵养联系在一起,多看重的是本于作者内在修持的自然发抒,说到底,这还是着眼于诗人经营基础或根本的植养。如强调"诗以理性情而约诸正"①也即所谓"性情之正"的杨士奇,在《赠萧照磨序》中议及"涵养之功",提出"君子之刚,以直乎内,盖本于道义之正,所谓浩然之气是也;而发于外者,固雍容不迫,无所乖戾,而适乎大中,所谓性情之正也"②。很显然,杨士奇所说的"涵养之功",主要围绕孟子关于培养"至大至刚"和"配义与道"的"浩然之气"③的论说借题发挥,将"浩然之气"的养炼与"性情之正"的发抒紧密联系起来。这要在说明,"性情之正"的抒写根本上来源于诗人内在的涵养,实为"本于道义之正"的所谓"君子之刚"的一种外者表现,相互构成的,乃是由"内"及"外"的表里关系。又如永乐间除翰林典籍、历官左春坊左司直的金实,在为钱塘周氏所作的《兰圃遗稿叙》中云:"诗之绮丽易工,而平淡难到;纤巧不足贵,而浑厚典雅可喜。此古人论诗之至言也。然诗为心声,心得其所养,则发而成声者,出乎性情之正,所谓有德者必有言也。"并称周氏之诗"因其声以识其性情,而求其趋向,庶几有德者之言也"④。这又表示,诗为心之"声"的定义,诚然体现了诗人内在之"养",惟有注重自我性情的养炼,才能使诗成为"有德者之言",成为"性情之正"的发抒。关于这一问题,还可以注意永乐九年(1411)时任翰林院修撰的林环序王恭《白云樵唱集》所述:

> 余家居时,闻吾闽之长乐有王先生恭者以诗鸣。先生时遁于樵,自号为皆山樵者,不欲与世接……退直之暇,因得先生合集观之,有所谓《白云樵唱》《草泽狂歌》《凤台清啸》,凡若干卷。其谈道理致,则天地造化、道德性命,无不臻其妙;其模写物概,则山川风月、虫鱼草木,无不极其形容;其叙人事,则兴废得丧、咸愉悲乐,无不委曲尽其情。高而不浮,深而不僻,清新而不巧,古雅冲澹而有馀味,信能合诸家之长而泛溢旁出者也。……予谓诗以道性情也,近世学者多不先以理性情为本,而徒区区于笔蹊墨径之间,至或窃古人之陈言成说,而掇拾补缀以为工,是作者愈多而声愈下

① 《玉雪斋诗集序》,《东里文集》卷五。
② 《东里文集》卷四。
③ 《孟子注疏》卷三上《公孙丑章句上》,《十三经注疏》,下册,第 2685 页。
④ 《觉非斋文集》卷十四,《续修四库全书》影印明年成化元年(1465)唐瑜刻本,第 1327 册。

也。若先生始自放山水之间，不以势利撄其心，其志趣冲澹，襟度赡豁，固
已默契道妙，而又得肆力于学，以充平日之所养，故流坎随遇，不碍于物，盖
由先生道明而涵养性情者得其正故也。是以形之诗，一皆浑涵忠厚之发，
不加绳削而自合，是岂寻常雕章镂句者所能仿佛哉？①

这段论述虽属针对王恭诗作的品评，但从中实可见出序者本人在诗歌审美问题
上的基本取向，归纳而言，诸如"古雅冲澹"、"浑涵忠厚"一路的诗风特别为他所
倾重。在林环看来，王恭诗作的这一风格特征，究其本质，实为作者"志趣冲澹，
襟度赡豁"的性情表露，而绝非流连于"笔蹊墨径"甚或"掇拾补缀"者所能达到，
说明诗人致力于自我性情涵养而得其正之作法的重要意义，这一作法被序者看
成铸就为他所欣赏的"古雅冲澹"、"浑涵忠厚"诗风的必要基础和根本条件，他
批评"近世学者"所作大多"不先以理性情为本"，导致"作者愈多而声愈下"，则
主要由此有感而发。

　　对于雅正温和一路诗风的推崇，不仅与馆阁文士上层文臣的身份相谐配，
且和他们维护正统、尊尚教化的立场相吻合。正因为基于如此的身份和立场，
当他们在确认一种诗歌审美规范时，自然容易会从更富于传统性和正统性的文
化资源中去寻求一定的准则和对应的目标，亦鉴于此，特别是有着广泛和持续
影响力的传统诗教的基本精神，当然是这些馆阁文士不能不为之注视的，而这
本身牵涉他们对待《诗经》的态度。作为儒家经典之一，《诗经》在历代文人士大
夫的心目中拥有难以比拟的至高地位，其接受的程度是极为普遍和深入的，在
明初以来大力实施"崇儒重道"方略的背景下，《诗经》在诗学领域受到格外的重
视和尊奉，当馆阁诸士检视各类经典文本时，他们更会特别留意这部体现政治
和思想价值的原始经典，如杨士奇对于《诗经》所作的"诗本性情，关世道，《三百
篇》无以尚矣"②直白的价值概括，极具代表性。完全可以这么说，雅正温和的审
美诉求，在很大程度上关联馆阁诸士对《诗经》之特定价值的确认，得自传统诗
教的深刻浸润。胡广曾为国子司业董氏之父《高闲云集》题语，所言已让我们明
显感受到了这一点，他品评董父之诗，深感其"犹得古诗之遗意"，认为"观其言，

① 《白云樵唱集》卷首，《景印文渊阁四库全书》，第 1231 册。
② 《沧海遗珠序》，《东里文集续编》卷十四。

温厚和平,无险刻峭砺之语,真君子之言哉"!并由此申论:"予尝读《三百篇》诗,要皆温柔敦厚,故曰可以兴,可以观,可以群,可以怨,诗之所以为教者,如是而已。故先王采之,以为《风》,以为《雅》,以为《颂》,用之于乡间,用之于邦国,播于朝廷而奏于郊庙,岂徒争妍竞丽、类俳以悦人哉?"①这里,所谓"温厚和平"的意义来源以其重点指向"温柔敦厚"诗教的基本精神,故并无多少新鲜的蕴意,但反过来,也正说明二者之间在意义联结上的某种紧密性。杨荣序黄淮《省愆集》,其中诠说关于诗歌抒写的基本要求,指出:"君子之于诗,贵适性情之正而已。盖人生穹壤间,喜愉忧郁、安佚困穷,其事非一也,凡有感于其中,往往于诗焉发之,苟非出于性情之正,其得谓之善于诗者哉?"又因此评骘黄淮《省愆集》之作,以为"其殆所谓吟咏性情而得其正者欤"②? 永乐十二年(1414),黄淮中汉王高煦之谮,身系诏狱十年,《省愆集》为其系狱时所作,四库馆臣评述此集,称其"当患难幽忧之日,而和平温厚,无所怨尤,可谓不失风人之旨"③。而这一层的意思,杨荣在序文中已大略道出,他在解释《省愆集》之作所表现的"性情之正"特征时即表示:"此盖特其一时幽寓之作,而爱亲忠君之念、咎己自悼之怀,蔼然溢于言表,真和而平,温而厚,怨而不伤,而得夫性情之正者也。"④毋容置疑,给予如此评价主要依据的,还是哀而不伤、怨而不怒的这种温厚和平的诗教之基本精神。

从另一方面来说,支撑在这种雅正温和审美取向背后的,还有主张应合明王朝"雍熙文明之化"盛世气象的诗歌抒写之诉求,这又成为令人不得不为之端详的一种审美动机。杨荣《重游东郭草亭诗序》云:

　　正统纪元三月望日,余与诸君子游集于鸿胪卿杨君思敬东郭之草亭,其宴乐之盛,皆形诸词章。思敬亦甚以为难得,愿相与为嗣岁之期,少傅庐陵杨公著其语于序矣。去年以公务弗果行,乃以今年兹日寻旧约,其景物暄妍,园林幽胜,俯仰如昨,而酬唱款洽,咏歌雍熙文明之化有加而无替。……洪惟圣天子在上,治道日隆,辅弼侍从之臣,仰峻德,承宏休,得以

---

① 《书高闲云集后》,《胡文穆公集》卷十七,清乾隆刻本。
② 《省愆集序》,《文敏集》卷十一。
③ 《四库全书总目》卷一百七十集部《省愆集》提要,下册,第1484页。
④ 《省愆集序》,《文敏集》卷十一。

优游暇豫,登临玩赏,而岁复岁,诚可谓幸矣。意之所适,言之不足而咏歌之,皆发乎性情之正,足以使后之人识盛世之气象者,顾不在是欤?①

在杨荣的叙述当中,发乎"性情之正"之音正是朝廷"盛世之气象"的显著表征,相互之间被理解为形成一种紧密的对应关系,或者说,为更好地呈现当朝政治的盛隆气象,需要配合与之相贴切而在根本上出自"性情之正"的抒写立场,这应该说是表现目标对于表现立场的要求。对此,金实在《恩荣倡和集序》中也有他的解释,其认为:"治世之音,和平而不怨,愉乐而不流,浑厚而无能巧。盖光岳气完之日,朝廷清明,士得其所养,志之所至而发于言者,得夫性情之正,是固不可与庞乱钩裂之世湮郁流靡之音一概论也。"②充分说明"治世之音"自与"湮郁流靡之音"不同,究其要害,则根植于"性情之正"而不失"和平"、"愉乐"、"浑厚"的表现意趣,这同样是针对诗歌如何贴合盛世气象而提出的抒写要求。

第三节　宗唐取向及其动因

检视明代前期台阁诗学思想体系,尽管馆阁文士中间各自的境遇、学养及文学趣味的差异客观存在,是以他们秉持的宗尚目标以及相应诉求又或因人而异,然从基本的层面来说,其面向古典诗歌系统也表现出对特定目标的共同关注和重视。在浓郁的"崇儒重道"的氛围中,虽然作为儒家经典之一的《诗经》受到他们极度尊奉,但客观上,这部具有源头性质的原始经典毕竟属于相当遥远的历史文本,难免存在时间上的隔阂感,于是,他们同时将凝视的目光对准了时间上相对较近的唐诗,可以说,不同程度表现出的对于唐诗的推重,成为馆阁诸士在古典诗歌接受中凸显的一种倾向性态度。杨士奇《题东里诗集序》即提出:

夫诗,志之所发也。三代公卿大夫,下至闺门女子,皆有作,以言其志,而其言皆有可传。三百十一篇,吾夫子所录是已。余蚤不闻道,既溺于俗

---

① 《文敏集》卷十一。
② 《觉非斋文集》卷十八。

好，又往往不得已而应人之求，即其志之所存者，无几也。观水者必于溟渤，观山者必于泰华，央渎附娄奚取哉？《国风》、《雅》、《颂》，诗之源也。下此为楚辞，为汉、魏、晋，为盛唐，如李、杜及高、岑、孟、韦诸家，皆诗正派，可以溯流而探源焉，亦余有志而未能者也。①

观杨序所述不难发现，作者在用心辨察诗歌资源之际，除了确认《诗经》作为经典文本的源头地位，还进而从梳理源流的角度，明确盛唐李、杜诸家以及楚辞和汉、魏、晋诗同《诗经》之间构成的渊源关系，标表它们为直接《诗经》经典之源的"正派"。不独如此，在题宋杨齐贤集注、元萧士赟删补的《李太白诗集分类补注》而述及学诗路径时，杨士奇也指出："学诗者，必求诸李、杜，譬观山必于嵩华，观水必于河海焉。"②相与比照，这显和以上《题东里诗集序》所谓观山水必于"泰华"、"溟渤"而不取"央渎附娄"，为诗必于如盛唐李、杜诸家"正派"的主张大意相近。

像杨士奇这样基于对古典诗歌系统的分辨而尤属意李、杜等盛唐诸家的立场，在有明前期馆阁文士中绝非个案，而是有着相当的代表性。永乐十一年（1413），时任翰林编修闽人林誌序同邑赵迪《鸣秋集》，其曰："诗自《三百篇》而下，语古体则汉魏、六朝而已，备诸体则唐而已。"声言："《三百篇》如《燕燕》、《谷风》之诗，乃妇人所作，古者间巷草次之言，后人有竭力而不能摹此之者，而况于立言者哉？"其由此鉴评历代所作："三代以降，秦汉犹为近古，东京渐失之，至建安已萎苶不振矣。开皇痛刮其习，而习而气稍变。贞观振以文治，而气又变。于是诗至李、杜而备，文至韩、柳而备，后世虽有作者，蔑以加矣。"林氏对《诗经》以降而"备诸体"的唐诗历史地位显然相当看重，所评其中将诗歌发展的巅峰定格在了唐代特别是盛唐李、杜这样的大家。又他论及当代林鸿、赵迪等闽籍诗人以诗倡和之举，表示"故膳部林夫子羽始倡为古诗于闽，于时和之为最有声者仅二三人，今鸣秋先生赵景哲其一也。自是学者知读汉、魏、唐诗矣"，称赏赵迪《鸣秋集》中所录诗作，"古诗要不下魏晋，而诸作则醇乎唐矣"③。这主要是从诗歌习学的层面，表彰林鸿、赵迪等人致力于唐诗等古典诗歌摹习的楷模作用。

① 《东里文集续编》卷十五。
② 《李诗》，《东里文集续编》卷十九。
③ 《鸣秋集序》，《鸣秋集》卷首，《四库全书存目丛书》影印清乾隆三年（1738）陈作楫钞本，集部第36册。

身为闽人的林誌在此推挹林、赵等人的诗歌作风,固然含有某种乡邦的情结,但不只如此,如果参照他特别是对李、杜盛唐诗家的定位,则又当和他执持的鲜明的宗唐立场不可分割。又永乐二年(1404)中进士,选为庶吉士,历官翰林侍读、南京国子监祭酒的陈敬宗,正统三年(1438)在为元袁士元所作的《书林外集叙》中云:"夫自孔子删《诗》之后,有足羽翼乎《三百篇》者,汉魏苏、李、曹、刘诸君子而已,沈、谢而下,不足论也。逮至李唐,变古为律,而擅名当时者,若高适、岑参之流,不可胜数,而千载之下,独称李、杜焉。读其诗,粲然星汉之昭回,而蔚然烟云之出没;巍乎嵩华之屹立,而浩乎江海之沛然。盖由其天资高迈,学问充实,故其所发不自知造乎其极也。"①其梳理《诗经》而下诗歌演变之脉,除古体推许汉魏诸家,律体则独标有唐尤其是李、杜等盛唐诗家。又陈敬宗曾序高棅《唐诗正声》,评棅是编之选,指出"自贞观迄于龙纪三百馀年,得作者陈子昂以下若干人,五七言古、律、排、绝若干首。其声之春容,有黄钟大吕之音;体之高古,有商敦周彝之制;而其淡泊也,则又有太羹玄酒之味焉。正韩子所谓'铿锵发金石,幽妙感鬼神'者是也"。透过对《唐诗正声》所选的论评,其实也可以窥视陈氏涉及有唐诗歌的基本看法,他本人对唐诗的倾重之意,自在其中,并且他在比较元人杨士弘《唐音》于李、杜诗未选"皆缺"而高棅所编"兼而选之"的选诗体例差异时,又对李、杜二子的诗风重点作了标示:"李之诗雄丽奇伟,驱驰屈、宋,横被六合,力敌造化;杜之作浑涵汪洋,千汇万状,兼古今而有之。夫观泰山者,不可以寻丈计其崇卑;临沧海者,不可以限量窥其浅深。读李、杜者,又岂敢以精粗柄其去取哉?"虽说如此标示,意在突出高棅选诗过人的眼识,即所谓"其才识可谓超出者矣"②,但另一面则说明其重以李、杜这样的盛唐大家为标格。对此,陈敬宗在《筼籁集序》中又提出,"唐兴,再变而诸体悉备,当时以诗名家,若陈子昂、高适、岑参之辈,彬彬济济,而千载之下,独称李、杜焉","李白天资高迈,奇才纵逸,如生蛇活龙,惊雷掣电,望之不可执捕","杜子美之作,如长江巨浸,浑涵汪洋,不可窥其涯涘"③。其对有唐诸家尤其是李、杜诗歌的评价,与前述可以互为印证。

　　明代前期馆阁文士在唐诗接受上表现出来的倾向性态度,也反映在他们对

---

① 袁士元《书林外集》卷首,《续修四库全书》影印明正统刻本,第1324册。
② 《唐诗正声序》,《澹然先生文集》卷四,《四库全书存目丛书》影印清钞本,集部第29册。
③ 《澹然先生文集》卷五。

唐诗选本的特别关注。始纂于元惠宗至元元年(1335)、成书于至正四年(1344)的杨士弘《唐音》，^①虽系元人所编的一部唐人诗歌选本，但它对明代诗学曾产生不小的影响。而在有明前期关注唐诗选本尤其是《唐音》者当中，也不乏馆阁之士。如杨荣曾为监察御史四明张楷和《唐音》七律之作题识，其谓："夫诗自《三百篇》以来，而声律之作始盛于唐开元、天宝之际。伯谦所选，盖以其有得于风雅之馀、骚些之变。"^②对《唐音》之选多加褒扬，以为其得承《诗经》和楚辞之传统。景泰二年(1451)进士登第而既官翰林的王㒜，因大学士万安之子万翼取《唐音》及周弻《三体唐诗》和之，得律绝诗九百馀首，遂为作序，声称"唐诗行于世者，其编选固多，然惟杨伯谦之《唐音》，号为精粹。下此则周伯弻之《三体》而已。二诗合百馀家，为诗千有馀篇，深醇浩博，读之者率未易悉其词，通其旨"^③。比较唐诗诸家选本，乃以《唐音》和《三体唐诗》为翘楚，而又格外看重前者，标为"精粹"之冠。当然，限于选诗者的主观立场以及品评者的各自趣味，对于选本的接受难免因人而异，《唐音》一书也不例外。梁潜《跋唐诗后》即云："唐诸家之诗，自襄城杨伯谦所选外，几废不见于世。虽予亦以为伯谦择之精矣，其馀虽不见无伤也，然而学诗者于名家之作固当观其全也，况夫珠璧之产汰弃瑕疵之馀，精英奇绝之未泯，尚有足爱而不忍弃者，读者要知所择可也。"^④这是说，《唐音》之选虽然做到了"精"，但因此而没有做到"全"。成化、弘治间相继入翰林内阁而为台阁重臣的李东阳，曾就"选诗诚难，必识足以兼诸家者乃能选诸家，识足以兼一代者乃能选一代"的话题发议，认为"选唐诗者，惟杨士弘《唐音》为庶几。次则周伯弻《三体》，但其分体过于细碎。而二书皆有不必选者"^⑤。应该说，尽管如梁潜、李东阳这样特别是对《唐音》选诗的标准多加挑剔，间有微词，但在总体上显然仍予以认可。这些馆阁文士就《唐音》编选所表达的推重之意居多的论评，同时传递出一个信息，那就是他们对此部唐诗选本的熟稔，这一点，或与他们研习《唐音》的阅读经验有关。如杨士奇就是一个例子，他对这部唐诗总集格外青睐，曾一再称许之，其《沧海遗珠序》指出："近代选古惟刘履，选唐惟杨士

---

① 见杨士弘《唐音姓氏并序》，《唐音》卷首。
② 《题张御史和唐诗后》，《文敏集》卷十五。
③ 《和唐诗序》，《思轩文集》卷八。
④ 《泊庵集》卷十六。
⑤ 《怀麓堂诗话》，《李东阳集》，第二卷，第 536 页至 537 页。

弘,几无遗憾,则其识有过人者矣。"①《录杨伯谦乐府》乃谓《唐音》之选,"前此选唐者皆不及也"②;题监察御史张楷和《唐音》七律之作的《书张御史和唐诗后》,又云:"诗自《三百篇》后,历汉、晋而下有近体,盖以盛唐为至,杨伯谦所选《唐音》粹矣。比年用力于此者鲜,御史张楷取《唐音》中七言律悉和其韵,可谓有志。"③这给人的印象是,在杨士奇心目中,《唐音》以它超出之前唐诗诸家选本的编选优势,完全具备成为诗歌习学范本的资质,而他"比年用力于此者鲜"的感慨,更从反面提示了熟习此本的特别意义。杨士奇题《唐音》又言:"余读《唐音》,间取须溪所评王、孟、韦诸家之说附之。此编所选,可谓精矣。近闻仲熙行俭在北京录唐诗甚富,用之读之快意,而颇致憾此编,以为太略。其所录余未及见,然余意苟有志学唐者,能专意于此,足以资益,又何必多也。"④这表明,杨氏本人当曾用心习读《唐音》,故有感觉是编所选颇为精粹乃至于学唐者足以取资的深切体会。毫无疑问,杨士奇个人的阅读经验,为《唐音》在明代前期受到包括台阁之士在内的文人圈的积极关注,提供了一个典型的例证。宋讷在作于至正十四年(1354)的《唐音缉释序》中指出,《唐音》"镂梓"以来,时"天下学诗而嗜唐者,争售而读之"⑤。馆阁诸士如此青睐和熟稔这部唐诗选本,或与是集早在元末已广为流传的深入影响有关,然相比较,他们宗尚唐诗的诗学取向,当是一个更为重要的因素。

从接受的面向而言,明代前期显现在馆阁文士中间针对唐代尤其是盛唐诗歌的宗尚倾向,推察起来,在历史与现实两个层面反映着台阁诗学的重要取向。一方面,不能不归结到他们在唐诗自宋代以来的经典化趋势背景下激发的诗学经典意识。诗歌史的演进轨迹显示,诗至唐代进入了一个前所未有的成熟和繁盛期,胡应麟在《诗薮》中即指出,"诗至于唐而格备,至于绝而体穷"⑥,"其体,则三、四、五言,六、七杂言,乐府、歌行、近体、绝句,靡弗备矣。其格,则高卑、远近、浓淡、浅深、巨细、精粗、巧拙、强弱,靡弗具矣。其调,则飘逸、浑雄、沉深、博

---

① 《东里文集续编》卷十四。
② 《东里文集续编》卷十九。
③ 《东里续集》卷五十九。
④ 《东里文集续编》卷十九。
⑤ 《西隐集》卷六。
⑥ 《诗薮·内编》卷一《古体上·杂言》,第1页。

大、绮丽、幽闲、新奇、猥琐,靡弗诣矣"①。唐诗这种史无前例的成熟和繁盛格
局,自然构成其经典化的必备条件和根本基础。

前已述及,明初瞿佑鉴于"世人但知宗唐,于宋则弃不取。众口一词,至有
诗盛于唐坏于宋之说",仿元好问《唐诗鼓吹》之制,编成《鼓吹续音》,对抗世人
"宗唐"倾向的意图十分明显,而他在题诗中称"举世宗唐"②或许难免有些夸张,
不过,个中至少也透露了时至明初宗唐已成某种风气的信息。而这种宗唐意识
的崛拔,则可以直溯至宋人或伴随对本朝诸诗家的质疑而表现出的对唐代诗歌
尤其是盛唐诸家之作的尊崇立场,不但如张戒在《岁寒堂诗话》中比较"建安陶、
阮以前诗,专以言志;潘、陆以后诗,专以咏物",提出言志与咏物"兼而有之者,
李、杜也",并声称"自汉魏以来,诗妙于子建,成于李、杜,而坏于苏、黄"③,其尊
李、杜而抑苏、黄的表态,可见他已在辨别唐宋诸家诗歌的高下;而且如严羽在
《沧浪诗话》中明析"盛唐诸人"和"近代诸公"之作的差异,即所谓"盛唐诸人惟
在兴趣","近代诸公乃作奇特解会"④,"唐人与本朝人诗,未论工拙,直是气象不
同"⑤,更从审美价值的层面,区分唐宋诗歌的时代性差异,也就是对比"近代诸
公""以文字为诗,以才学为诗,以议论为诗","且其作多务使事,不问兴致,用字
必有来历,押韵必有出处",以至"其末流甚者,叫噪怒张,殊乖忠厚之风,殆以骂
詈为诗",标表盛唐诸人所作"如空中之音,相中之色,水中之月,镜中之象,言有
尽而意无穷",突出盛唐诗歌在审美价值上的独特性和优越性,宣示"推原汉魏
以来,而截然谓当以盛唐为法"⑥的宗尚意图。就明代前期的馆阁文士来说,宋
代以来形成的唐诗经典化的趋势,包括唐诗自身具备的美学特色和流延在文人
圈的历史接受惯性,自然将不可避免地成为影响他们鉴别古典诗歌系统、选择
具体取资范本的一个无法忽略的因素。事实上,前述馆阁诸士中如特别注重以
李、杜等盛唐大家的诗歌为标格,极力表彰它们在古典诗歌系统中的非凡价值
和超特地位,已俨然折射着早在如张戒、严羽等这些宗唐前辈身上散发出来的
经典意识。

---

① 《诗薮·外编》卷三《唐上》,第163页。
② 《归田诗话》卷上"鼓吹续音",《历代诗话续编》,下册,第1249页。
③ 《岁寒堂诗话》卷上,《历代诗话续编》,上册,第450页、455页。
④ 《沧浪诗话校释·诗辨》,第26页。
⑤ 《沧浪诗话校释·诗评》,第144页。
⑥ 《沧浪诗话校释·诗辨》,第26页至27页。

　　另一方面,与之相比,促发那些馆阁文士将凝视的目光投向唐代诗歌尤其是盛唐之音的另一个更为重要的因素,则是萦怀其内心的察见"王政"、"治道"以及颂圣鸣盛的自觉的国家意识,体现了要求契合大明帝国文学书写之特别需求的理性关切。馆阁之士作为上层文臣的特定身份,尤其是大多所具有的"以供奉文字为职"的翰林背景,[①]以及朝廷日常"礼接优渥"的特殊待遇,无疑易使他们认同自己的职能担当,随从当朝的政治话语,自觉向官方的意识形态紧密靠拢,也易使他们萌生遭逢盛世礼遇和回馈朝廷宠荣的独特心理。[②] 完全有理由认为,这样的一种意识和心理,同时成为他们勉力从往昔的文化资源中去寻求与当下文学实践更相对应的取资和依据目标的驱动力。而在诗学领域,正是建立在这种基础之上,唐代诗歌尤其是盛唐之音的经典意义得以放大,它们相对合乎明帝国文学书写之特别需求的资源性价值得以强化。杨士奇撰于宣德元年(1426)的《玉雪斋诗集序》,其中所述颇能说明一些问题,如曰:

　　　　诗以理性情而约诸正,而推之可以考见王政之得失、治道之盛衰。三百十一篇,自公卿大夫下至匹夫匹妇,皆有作,小而《兔罝》、《羔羊》之咏,大而《行苇》、《既醉》之赋,皆足以见王道之极盛。至于《葛藟》、《硕鼠》之兴,则有可为世道慨者矣。汉以来代各有诗,嗟叹咏歌之间,而安乐哀思之音各因其时,盖古今无异焉。若天下无事,生民乂安,以其和平易直之心,发

---

　　① 前面注文引述的明人罗玘《馆阁寿诗序》指涉的翰林院、詹事府、内阁,以及隶属詹事府的左右春坊、司经局等机构,多涉及翰林院系统,其中的詹事府和内阁,或出于翰林,或在行政上与之相联系,参见黄卓越《明永乐至嘉靖初诗文观研究》,第 5 页,北京师范大学出版社 2001 年版。《明史·职官志二》:"詹事掌统府、坊、局之政事,以辅导太子。……凡府僚暨坊、局官与翰林院职互相兼,试士、修书皆与焉。"(卷七十三,第 6 册,第 1783 页至 1784 页。)《明史·选举志二》:"成祖初年,内阁七人,非翰林者居其半。翰林纂修,亦诸色参用。自天顺二年,李贤奏定纂修专选进士。由是,非进士不入翰林,非翰林不入内阁,南、北礼部尚书、侍郎及吏部右侍郎,非翰林不任。而庶吉士始进之时,已群目为储相。通计明一代宰辅一百七十余人,由翰林者十九。"(卷七十,第 6 册,第 1701 页至 1702 页。)所记也说明了詹事府、内阁与翰林院之间构成的密切关系。
　　② 如王直《立春日分韵诗序》曰:"永乐十二年,车驾在北京。是年十二月二十三日,为明年之春,应天尹于潜诣行在,进春如故事。宴毕,翰林侍讲曾君子棨等七人退坐秘阁,相与嘉叹,以谓国家当太平无事之时,而修典礼弥文之盛,岂特为一时美观哉? ……而直与诸公幸以此时列官禁近,从容两京之中,瞻道德之光华,被恩泽之优厚,盖千载之良遇也。昔宋之时,翰林以是日进春帖于禁中,写时景而美德意。今虽不行,因时纪事,以歌咏盛美,而垂之后世者,本儒臣职也。"(《抑庵文集》卷四《景印文渊阁四库全书》,第 1241 册。)其《赐游西苑诗引》又曰:"西苑之游,上赐也。同游者凡十五人,赋者七人而已,所以颂上之德而鸣国家之盛也。……夫君子之仕莫难于逢时,尤莫难于得君。诸公备文武之才,而当太平盛际,明良相得,治具毕张,蒙恩礼之厚,锡燕游之乐,宜也。臣直何人,亦忝与焉,信所谓非常之幸矣。"(同上书卷十二。)从中亦可见出台阁文士的职能意识及感遇心理之一斑。

而为治世之音,则未有加于唐贞观、开元之际也。杜少陵浑涵博厚,追踪
《风》《雅》,卓乎不可尚矣。一时高材逸韵,如李太白之天纵,与杜齐驱,
王、孟、高、岑、韦应物诸君子,清粹典则,天趣自然,读其诗者,有以见唐之
治盛于此,而后之言诗道者,亦曰莫盛于此也。①

杨士奇在此申明的,不外乎是诗歌表现和政治情势之间无法摆脱的紧密对应关
系,也就是"王政"、"治道"的得失盛衰,可以通过诗歌这一特定的表现样式得以
相应呈示。当然,这种以诗观政之论并不能算是杨士奇本人的发见,追究起来,
诚属早如《毛诗序》所言"治世之音安以乐,其政和;乱世之音怨以怒,其政乖;亡
国之音哀以思,其民困"②的强调诗与时世政治关系理念的某种翻版。这是如刘
若愚先生所指出的,认为"文学是当代政治和社会现况不自觉与不可避免的反
映或显示"的一种"决定论"的概念。③ 循着杨士奇《玉雪斋诗集序》陈述的理路,
如果说其中还多少令人值得注意的,则是他努力表彰被其视作"治世之音"而大
多为盛唐诗家之作的理由。显而易见的一点是,在以诗观政理念的主导下,这
些盛唐诗家作品反映有唐一代治政盛世的政治蕴涵被加以强化,诗道之"盛"的
本质意义,更集中地被诠释为对于时世治政之"盛"的观照。同样值得留意的
是,天顺元年(1457)举进士第一,历官翰林院修撰、詹事府少詹事兼侍读等职的
黎淳,其为莆田林英之父所撰《静斋诗集序》一文,出于"君子观诗道之隆替,可
以验世道之盛衰"的基本理念,指出"古诗《三百篇》卓已,圣人删之,非徒尚其
文,亦将以为世道计耳。下此一变而为骚,再变而为《选》,三变而为歌行词调,
则去古已远,圣人删《诗》之意殆泯泯焉",又说"后世论诗者,率有取于盛唐,非
以三百年崇文之治,气还浑雅,时则有若李、杜、韩、柳诸人,诗道至此而始昌
耶"④? 他要重点解说的是,盛唐诸家之作多承"圣人删《诗》"之意",体现了"世
道"之验。比较以上杨士奇所论,其对盛唐诗歌之昌盛标志的认定,又是何等的
相似。透过明确诗与"王政"、"治道"之间的关联或者"诗道之隆替"与"世道之
盛衰"相对应的以诗观政说,以及由此对盛唐诗歌给予的特别表彰,不难理解这

① 《东里文集》卷五。
② 《毛诗》卷一。
③ 《中国文学理论》,第93页至98页。
④ 《黎文僖公集》卷十,《续修四库全书》影印明嘉靖三十五年(1556)陈甘雨刻本,第1330册。

些言论潜含的意图,那就是,盛唐之世"天下无事、生民乂安"的政治气象,更多被用来比附明帝国的盛世景观,而被标示为"治世之音"的盛唐诗歌,则被当作藉以表现明帝国政治盛世一种相对谐配的文学样板。

需要指出的是,如此在强调以诗观政的基础上展示的标举盛唐诗歌的意向,实际上亦涉及分别唐代诗歌不同发展变化阶段的依据问题。以唐诗的分期而言,此前已指出,较早的如严羽《沧浪诗话》区分"唐初体"、"盛唐体"、"大历体"、"元和体"、"晚唐体"的做法,[①]其实已涉及之,又严氏论诗强调以"体制"、"格力"、"气象"、"兴趣"、"音节"作为五法,[②]这可以看出,他主要还是立足于诗歌审美层面,划分出唐诗不同的发展变化阶段。另一方面,在对唐诗发展变化过程的分别中,又不同程度渗入来自政治层面的考量。如前述元人杨士弘《唐音》,分《始音》、《正音》、《遗响》三编,主要则以"盛唐、中唐、晚唐别之"[③]。虽然杨氏自称其编选之法"审其音律之正变,而择其精粹"[④],以音律体制作为选诗的重要标准,这也使得明初的苏伯衡基于"诗之音系乎世变"的立场,指责其"以体裁论而不以世变论"[⑤],然与此同时,杨士弘也提出:"诗之为道,非惟吟咏情性、流通精神而已,其所以奏之郊庙,歌之燕射,求之音律,知其世道,岂偶然也哉?"[⑥]并未放弃以诗察知"世道"的要求。相比较,明初的王祎在其《张仲简诗序》中解释唐诗"三变"说:"其始也,承陈、隋之馀风,尚浮靡而寡理。至开元以后,久于治平,其言始一于雅正,唐之诗于斯为盛。及其末也,世治既衰,日趋于卑弱,以至西昆之体作而变极矣。"由此得出结论,认为"谓文章与时高下,而唐之诗始终凡三变,岂非然哉"[⑦],其以"世治"盛衰相衡的意图则更加明显。诚然,在分别唐诗发展变化阶段性差异的议题上,明代前期一些馆阁文士依据的标准不可一概而论,比如洪熙初召入翰林官修撰的张洪,其正统二年(1437)为张楷所作的《和唐诗正音序》,就杨士弘《唐音》"以初唐为始音,盛唐为正音,晚唐为遗响"的分法,提出:"然初唐尚有六朝气习,体制未纯;盛唐则辞气混厚,不求奇

---

① 见《沧浪诗话校释·诗评》,第53页。
② 见《沧浪诗话校释·诗辨》,第7页。
③ 苏伯衡《古诗选唐序》,《苏平仲文集》卷四。
④ 《唐音姓氏并序》,《唐音》卷首。
⑤ 《古诗选唐序》,《苏平仲文集》卷四。
⑥ 《唐音姓氏并序》,《唐音》卷首。
⑦ 《王忠文集》卷五。

巧,自然难及;晚唐则有意于奇,语虽艰深,意实短浅。"并称楷之和诗"辞气浑厚,不求奇巧,自然难及","上无六朝气习,下无晚唐流丽,得正音之体制者也"①。其区分唐诗之变和标举盛唐之作,多从审美的层面着眼,这自和如上杨士奇、黎淳的相关说法有所不同。但同时,受制于某种自觉的国家意识,围绕唐诗发展变化阶段的划分和盛唐诗歌的宗尚问题,具有显著政治意味的以诗观政说,在当时的馆阁文士中间显然有着一定的市场,他们也更愿意和更直接从唐代政治情势的变化中去寻求诗道盛衰的充分依据。如前文述及的林誌为赵迪所撰《鸣秋集序》中,即重以"气运"为辨诗之则,强调所谓"知声文之高下,关乎气运之盛衰"。围绕这一核心观点,他将"诗至李、杜而备","后世虽有作者,蔑以加矣"的唐诗昌盛局面的出现,归结为贞观以来"振以文治,而气又变"。当然,他同时没有忘记力图以此证明本朝"治世之音"的流行根本上缘于"气运"的兴盛:"今皇上嗣位,制作大兴,士竞以学古为高,数年来文日趋厚,渢渢乎治世之音,讵非气运之还,曷克以臻兹盛哉?"②又如金实在《螺城集序》一文中论及唐代律诗的演变趋势,其曰:

> 初唐变五言,虽未能尽去梁、陈之绮丽,而思致幽远,有不可及者。至开元、大历,五七言则浑厚和平,无间然矣。中唐以后,作者刻苦以求痛快,无复前人之沉浑,而正音渐以流靡矣。是盖有关于国家气运,先儒所谓与时高下者是也。③

按照这样的解释理路,初唐、盛唐及中唐以后的有唐一代律诗兴盛衰落之变,追究终极原因,实由时世不同所致,与唐帝国的"气运"密切相绾结。这意味着,如备受推尚的开元、大历之间作为律诗创作极盛标志的"浑厚和平"诗风的形成,不能不从盛唐政治情势的发展格局中去加以究察。说到底,这样的理路还根植于一种诗歌表现与政治情势紧密相对应的以"诗道"观照"世道"的思维模式。

---

① 魏中平点校《水东日记》卷二十六"录诸子论诗序文",第254页至255页,中华书局1980年版。
② 《鸣秋集》卷首。
③ 《觉非斋文集》卷十六。

第四节　唐诗价值阐绎的两重性

从另一角度来看,明代前期馆阁文士在接受唐代诗歌过程中不同程度表现出来的宗尚取向,又是和他们对唐诗价值意义的特定解读联系在一起,这也是考察其唐诗宗尚具体指向的一个重要切入点。

梁潜在为翰林故交三山陈思孝之父所作《雅南集序》中指出:

> 诗以道性情,而得夫性情之正者尝少也。《三百篇》风雅之盛,足以见王者之泽。及其变也,王泽微矣,然其忧悲欢娱哀怨之发,咏歌之际,尤能使人动荡感激,岂非其泽入人之深者久犹未泯耶? 自汉魏以降,其体屡变,其音节去古益远。至唐作者益盛,然皆有得乎此,而后能深于诗也。

梁氏以上对诗歌发展变化绪次的历时梳理表明,唐诗的价值意义之所以受到特别标示,不啻是因为"作者益盛",更为主要的,还在于它们被视作上能承接《诗经》风雅之精神,真正成为汉魏以来为数不多的抒写"性情之正"的重要典范。这样的价值意义,则一如作者对于陈父"诚得于古作者之意"之诗的释读,所谓"温厚和平之音,褒美讽刺之际,抑扬感慨,反复曲折,而皆不过乎节"①,它的核心精神,无非落实在主于道德教戒又不失温厚之旨的传统诗教。类似的阐说立场,在"遭际之隆,几与三杨相埒"②的显要之臣黄淮的《读杜诗愚得后序》一文中,则有更为清晰的表述。淮中洪武三十年(1397)进士,成祖即位后入直文渊阁,改翰林院编修,进侍读,迁右春坊大学士,洪熙初授武英殿大学士。《后序》作于宣德九年(1434),其中曰:"诗以温柔敦厚为教,其发也本乎性情,而被之弦歌,以格神祇,和上下,淑人心,与天地功用相为流通,观于《三百篇》可见矣。汉魏以降,屡变屡下,至唐稍惩末弊而振起之,而律绝之体兴焉。"③本于性情抒写而重以温柔敦厚为教导宗旨之诗,甚至被视作可与"天地功用"相通的重要资

---

① 《泊庵集》卷五。
② 《四库全书总目》卷一百七十集部《省愆集》提要,下册,第1484页。
③ 单复《读杜诗愚得》卷末,《四库全书存目丛书》影印明天顺元年(1457)朱熊梅月轩刻弘治十四年(1501)重修本,集部第4册。

源,这显然进一步突出了其道德淑化的特殊作用,唐诗定格在汉魏以来惩弊振衰的位置,则说明其以承沿《诗经》的传统理所当然地被纳入诗歌历史演化的正宗系谱。相较而言,金幼孜为友人饶俊民所撰的《吟室记》,虽同样主张诗歌以抒写性情为本,且注意揭橥唐代诗歌"追古作者"的意义所源,然看起来更着重从诗人道德自觉的主观角度,阐释诗歌发抒性情之正的必要性。他说:"大抵诗发乎情,止乎礼义。古之人于吟咏必皆本于性情之正,沛然出乎肺腑,故其哀乐悲愤之形于辞者,不求其工,而自然天真呈露,意趣深到,虽千载而下,犹能使人感发而兴起,何其至哉!"再比较"后世之为诗者,皆率雕镂藻绘以求其华,洗磨漱涤以求其清,粉饰涂抹以求其艳,激昂奋发以求其雄",或者"世之流连光景、徒事于风花雪月、为藻绘涂抹者",其表彰古人吟咏的用意显而易见。这就是说,古之人于诗能一发乎情而又止乎礼义,在性情的自然呈露中,已寓含不失其正的道德规度,具有历时久远的感召力。与此同时,金氏在是记中还指出:"夫诗自《三百篇》以降,变而为汉魏,为六朝,各自成家,而其体亦随以变,其后极盛于唐,汎汎乎追古作者。故至于今,言诗者以为古作不可及,而唐人之音调尚有可以模仿,下此固未足论矣。"①则大力彰显唐诗在经历前朝诗歌演变之馀尚能追踪古作的独特风范。这又显明,唐诗之所以受到作者格外的关注和标举,乃至于成为具有示范意义的历史文本,正是被认定为其和古人吟咏在抒写"性情之正"的层面上构成意义联结。

　　毋庸说,如此标表唐诗"追古作者"特别是承继经典文本《诗经》的风雅精神,刻意剥露它们得于"性情之正"的抒写内质,融贯其中强烈的实用意识以及相应的道德诉求,自然不言而喻。它同时引出另一个问题,当这种在很大程度上带有主观设计的诠解方式施之于具体对象,其任意性和单一性不可避免地被强化。换言之,在试图将唐诗价值意义简化为更多含有政治或道德用意的诸如风雅精神的传续及"性情之正"的呈露之同时,这些诗歌文本自身精神内蕴及表现特征的独特性和丰富性或被减损,其价值意义或遭曲解,抒情规范化、理想化的解读期待,在一定意义上代替了对唐诗固有价值的客观还原。然而,它从另一层面正表明了支撑在这种诠解方式背后一种重塑诗歌价值体系的深刻意图,一种藉此建构理想抒情范式的中心目标。

---

① 《金文靖集》卷八。

　　自此来看,可以注意到一个重要现象,这就是馆阁诸士对杜甫诗歌的特别推崇,从他们各自的诗歌阅读经验和宗尚目标观之,杜诗是进入他们视阈的一个极为重要而特殊的文本。如胡俨《阅杜诗漫述》谓杜:"丹山翔凤凰,赤汗骋骐骥。气排嵩华高,力救风雅坠。""斯人已云亡,遗编独传世。寥寥宇宙间,诗史孰能继?"①对于杜诗的标誉不可谓不高,尤其是以"诗史"相称论,不仅承前人"诗史"说为杜诗的叙写特色定品,而且置其于后无继者的独尊之位。梁潜《送许鸣时诗序》述云:"昔之人以谓不读书万卷,不行地万里,不可不求之杜少陵之作。岂以其学问之富,周览涉历,穷极夫人情物理变化之由,有以奋发其志意,其言之工,自足以垂不朽。"②认肯杜诗"学问之富"及"言之工",其中的尊崇之意,同样不可谓不明确。李贤曾自赓杜律之韵,且序之曰:"吾非诗人也,特怜子美之才不为世用而坎坷终身,郁郁不遂之怀,往往发泄于诗,盖苦其心志、行拂乱其所为者。"③则联系杜甫的生平遭际,来透视他的诗歌创作特点。而如杨士奇,面向被他视为诗歌"正派"之一的盛唐诸家之作,对杜诗更是推崇有加,如以为"若天下无事,生民乂安,以其和平易直之心,发而为治世之音,则未有加于唐贞观、开元之际",其中"杜少陵浑涵博厚,追踪《风》《雅》,卓乎不可尚矣"④。

　　作为处在盛唐向中唐转变之际的一位诗人,杜甫将叙写的注意力更多投向唐帝国转折时期的政治命运与文化情态,表现诗人的独特关怀,他的诗篇以"善陈时事,律切精深,至千言不少衰",被赋予了"诗史"⑤的称号。毫无疑问,尤其是杜诗"善陈时事"的这一叙写特点,决定了它们与时代政治文化之间构成的紧密关联,也同时给读者展张了关乎"时政"的解读空间。可以看到,此际一些馆阁文士对于杜诗的解读,相当程度上突出了它们的这一叙写特点,陈敬宗在《筼籁集序》中即指出:

　　　杜子美之作如长江巨浸,浑涵汪洋,不可窥其涯涘,然其言皆时政所关,有忧国爱民之心,君子学之,无非防范于规矩尺度,而流连光景、淫哇靡

---

① 《颐庵文选》卷下。
② 《泊庵集》卷五。
③ 《赓咏杜律序》,《古穰集》卷七。
④ 《玉雪斋诗集序》,《东里文集》卷五。
⑤ 欧阳修、宋祁《新唐书》卷二百一《杜审言传》附,第18册,第5738页,中华书局1975年版。

丽之言,不得杂吾心胸之中,虽不能造其精微,然亦不失其为正也。①

据此,杜诗的独特之处,不啻是"浑涵汪洋",还体现在所言皆攸关"时政",这是它们区别"流连光景、淫哇靡丽之言"的显著标志,也是作为诗歌习学重要范本的资质所在。在同一篇序文中作者又表示:"夫诗本性情,有邪有正,商周《雅》、《颂》之音,荐于郊庙朝廷,得其性情之正也。"示意杜诗关乎"时政"又寓含"忧国爱民"意识,符合见于《雅》、《颂》的"性情之正"之特点,为后来者提供了一种创作规范,要在证明习学杜诗可得创作之正路。这种注重杜诗关乎"时政"的叙写特点,以及在此基础上以《诗经》为原始标杆而昭揭杜诗步武"性情之正"抒情路线的观点,在王直、黄淮、杨士奇等馆阁之士的论说中可以看得更加清楚。

元明时期的杜诗注本系统中,旧有《杜工部七言律诗》二卷,题元虞集注,②又有单复所撰《读杜诗愚得》十八卷。对于这两部杜诗注本,王、黄、杨等人曾分别作文序之,此举可以见出他们重视杜诗之一端。王直《虞邵庵注杜工部律诗序》云:"开元、天宝以来,作者日盛,其中有奥博之学、雄杰之才、忠君爱国之诚、闵时恤物之志者,莫如杜公子美,其出处劳佚、忧悲愉乐、感愤激烈,皆于诗见之,粹然出于性情之正,而足以继《风》、《雅》之什。"③以为突出表现在杜诗中诸如"忠君爱国"、"闵时恤物"之心志,究其根本,乃源自诗人上承《风》、《雅》精神的"性情之正"。黄淮《读杜诗愚得后序》不仅认为"诗以温柔敦厚为教","观于《三百篇》可见矣",且谓杜诗:"其铺叙时政,发人之所难言,使当时风俗世故了然如指诸掌,忠君爱国之意,常拳拳于声嗟气叹之中,而所以得乎性情之正者,盖有合乎《三百篇》之遗意也。"④则明确站在重视诗教的立场,将杜诗当作承继《诗经》意旨的典范,标誉它们在延续诗教传统上所发挥的特殊作用,同时将杜

---

① 《澹然先生文集》卷五。

② 或云《杜工部七言律诗》注者为元进士临川张性(伯成)。明曹安《谰言长语》曰:"杜子美律诗自成一家言,元进士临川张伯成注《杜诗演义》,曾昂夫作传有此作,又有刊版告语,惜其少传。往时见《杜律虞注》,以为虞伯生,古今人冒前人之作为己作者居多。"(《景印文渊阁四库全书》,第 867 册。)李东阳《怀麓堂诗话》亦曰:"徐竹轩以道尝谓予曰:《杜律》非虞伯生注。杨文贞公序刻于正统某年,宣德初,已有刻本,乃张姓某人注,渠所亲见。"(《李东阳集》,第二卷,第 544 页。)四库馆臣合二家之说,以为"此注实出张伯成手,特后人假集之名以行耳"。(《四库全书总目》卷一百七十四集部《杜律注》提要,下册,第 1532 页。)王士禛《池北偶谈》卷十四"张伯成注杜"云:"《怀麓堂诗话》云:'《杜律》乃张注,非虞注,宣德初有刊本。'按张性字伯成,江西金谿人,元进士,尝著《尚书补传》。"(下册,第 326 页,中华书局 1982 年版。)

③ 《抑庵文后集》卷十一。

④ 单复《读杜诗愚得》卷末。

诗关乎"时政"、发抒"忠君爱国"之意的叙写特点,也归究为诗人"性情之正"的本质呈露。比较起来,杨士奇在认肯杜诗传承《诗经》正宗意义的同时,则更加强调它们一以"性情之正"出之的卓绝地位。如他的《读杜愚得序》,谓"少陵卓然上继三百十一篇之后,盖其所存者,唐、虞、三代大臣君子之心。而爱君忧国、伤时闵物之意,往往出于变风、变雅者,所遭之时然也。其学博而识高,才大而思远,雄深闳伟,浑涵精诣,天机妙用,而一由于性情之正。所谓诗人以来,少陵一人而已"①。又杨士奇在《杜律虞注序》中指出:

> 律诗始盛于开元、天宝之际,当时如王、孟、岑、韦诸作者,犹皆雍容萧散,有馀味,可讽咏也。若雄深浑厚,有行云流水之势、冠冕佩玉之风,流出胸次,从容自然,而皆由夫性情之正,不局于法律,亦不越乎法律之外,所谓从心所欲不逾矩,为诗之圣者,其杜少陵乎?厥后作者代出,雕锼锻炼,力愈勤而格愈卑,志愈笃而气愈弱,盖局于法律之累也,不然则叫呼叱咤以为豪,皆无复性情之正矣。

律诗尤其是七律为杜甫所长,在他的诗歌创作中占据突出的位置,历来受到众多诗家或论家的关注,题虞集注《杜工部七言律诗》专取杜甫七律而释之,就是其中一例。据上序,杨士奇独标杜甫为"诗之圣者",即为他比较有唐及后诸家律诗而得出的明确结论。根据他的阅读体会,那些"雕锼锻炼"的"厥后作者",固然无法望杜诗项背,而即使是开元、天宝之际其诗"犹皆雍容萧散,有馀味,可讽咏也"的"王、孟、岑、韦诸作者",显然也和杜诗不在同一层次上。说杜律能超乎众家为"圣",在杨士奇看来关键是由乎诗人"性情之正"。假如参照杨氏以上《杜律虞注序》关于旧题虞注的述评,或许能进一步了解他对杜诗的解读立场,序中特别提到注者对杜甫七律《题桃树》一诗所作的解释:"观其《题桃树》一篇,自前辈以谓不可解,而伯生(虞集字)发明其旨,了然仁民爱物,以及夫感叹之意,非深得于杜乎?"②原诗曰:"小径升堂旧不斜,五株桃树亦从遮。高秋总馈贫人实,来岁还舒满眼花。帘户每宜通乳燕,儿童莫信打慈鸦。寡妻群盗非今日,

---

① 《读杜诗愚得》卷首。
② 《东里文集续编》卷十四。

天下车书正一家。"旧题虞注曰,"此诗疑是公再归草堂,感物伤时,因桃树而发,故题之也"。其解颔、颈二联云,"因言旧时桃实秋来皆听贫人取以充饥,来春之花仍是满眼。又言旧时垂帘当户,每通乳燕,心甚宜之,而儿童之戏,有慈鸦来止,亦莫肯任其打逐也。中四句见公仁民爱物之实";又其解尾联云,"末联感今怀旧,言昔时非如今日,家家有寡妻,处处有群盗,回思天宝之盛,天下正属一家,文轨混同,岂谓兵乱乃至此极乎? 其可叹者非止桃树而已"①。不论如此的解释是否完全符合作者的本意,重要的是,联系杨士奇尤其对杜诗"性情之正"的认肯,再来看他对旧题虞注深究杜甫《题桃树》一诗"仁民爱物"之旨以及盛衰慨叹之意释法所产生的兴趣,似乎也就不难理解他在这一具体释法上所持的倾向性,这里深受褒扬的"性情之正",显然是被作为富含政治和道德意蕴的一种诗歌抒情境界来看待的。

在宋代以来唐诗趋向经典化的语境中,杜甫诗歌的地位也随之显突,文学影响深远,乃至尊杜成为诗歌史上一个相当普遍的现象。如上馆阁诸士之于杜诗的推崇,除了带有诗歌接受的历史惯性,又有他们特定的尊尚意向,后者则集中归至他们在杜诗价值意义认知上究竟以何者为尊的核心问题。从主观上说,杜诗言关"时政",尤和诗人身历有唐由盛趋衰的时代体验及强烈的经世意识有关,通过系乎"时政"的诗语,藉以表现诗人在时代变迁中的政治关切。当然,杜诗的这一特点,也为后人解读杜诗含藏的政治或道德意蕴留存了相当的空间。从这些大力尊杜的馆阁之士来说,他们显然准确而充分利用了杜诗的经典效应,反复强调其发夫"性情之正"的表率作用,重以"爱君忧国"、"闵时恤物"的诗心相标识,包孕在杜诗中的政治或道德意蕴因此被极度放大,亦一如王偁《增注胡曾诗序》论及杜诗时所指出:"诗格尚雅而厌凡俗,不贵该洽而贵精严。故自《三百篇》以来,独杜子美凌跨百代,以其述纲常,系风教,而又善陈时事,世号诗史。"②其加强开掘杜诗关乎人伦纲纪、风俗教化的价值意义的用意,分明流露在字里行间。概括来说,杜甫诗歌在明代前期台阁诗学中的地位较为特殊,这既涉及杜诗的经典影响,又和馆阁诸士的解读立场有关,作为唐诗接受中重点被关注和释读的对象,它在重塑诗歌价值体系、建构理想抒情范式的诉求下,充当

---

① 《杜工部七言律诗》下卷,《四库全书存目丛书》影印明刻本,集部第 3 册。

② 《思轩文集》卷五。

了与之更相协调、贴切的一个经典性的目标。

在另一方面,尽管围绕唐诗价值意义的阐绎,明代前期馆阁诸士基于强烈实用意识及其道德诉求,大多强调它们"追古作者"的意义所源,偏重于对它们"性情之正"内质的剥露,而这在很大程度上取决于他们上层文臣的特定身份、职能担当及深受官方意识形态浸润的背景,但倘若据此认为这一阐释立场就可以涵括他们唐诗价值观之全部,则又未免失之不察。正如有研究者指出,站在诠释学的角度,中国古代诠释学的兴起伴随解释国家认肯的经典教义的需要,由于大部分的经典属于儒家经典,所以重视政治道德教化的儒家诠释传统成为主流。从中国古代诠释思想和实践观之,尽管以孔子道德主义和孟子"以意逆志"的意图主义为代表的诠释系统占据主流传统,但同时也存在与这种政治—道德的诠释主流相对并构成互动关系的玄学—美学暗流的次要传统,相较于前者的封闭特征,后者显示了一种开放性的诠释特征,其不仅丰富了中国古代的诠释学,并且改变了诠释实践的方向。[①] 这一主次诠释传统的互动关系,可以说同样体现在明代前期馆阁诸士对于唐诗价值意义的解读。当他们在究讨唐诗"追古作者"及"性情之正"的意义和内质之际,事实上,唐诗作为诗歌史上趋于成熟的文学典范,它们在表现体制方面所展示的完备性及其美学特色,又使得馆阁文士不能完全忽略无视。这种接受取向上的两重性,不仅因宗尚对象而异,并且因接受个体而异。自此察之,在馆阁文士中间,有关唐诗价值意义的认知,实际上也表现出并非我们想象中的简单划一的面向。

林誌于永乐十三年(1415)为四明王莹所作《律诗类编序》云:

> 近代言诗者,率喜唐律五七言,而唐律之名家者,毋虑数十人。以予观之,大都有四变:其始也,以稍变古体而就声病,宜立于辞焉尔;其次也,则风气渐完,而音响亦以之盛,其于辞焉弗论也固宜;又其次也,作者踵继之,音响寖微,然犹以其出之兴致者,成之寄寓也,虽不皆如向之所谓盛者,而犹不专于其辞也;又其次也,则辞日趋工,而音响日益以下也又宜。……然则善言诗者,必于其辞其音而观之焉,而古今之变,不其可论也欤?

---

① 参见(美)顾明栋著,陈永国、顾明栋译《诠释学与开放诗学》,第16页至19页、23页,商务印书馆2021年版。

王莹《律诗类编》"自唐初以及今人之作,皆博蒐而深味之"①,故林序论及唐律,并以"四变"划分唐律演变的不同阶段,"四变"的主要依据是"辞"与"音"或"音响"的递变。体味序中关于二者的比照,相对于"辞","音"或"音响"似乎更为作者所重。联系林誌序赵迪《鸣秋集》而提出的"知声文之高下,关乎气运之盛衰"②之论来看,以上诸如"风气渐完,而音响亦以之盛"的说法,显含所谓"诗之音系乎世变"③这种审音辨世、以诗观政之义。虽说如此,较之"音"或"音响","辞"在这里作为一个更多被赋予了技术涵义的审美因素,并未因为前者的重要性而被完全忽略,序中同时称"善言诗者,必于其辞其音而观之焉",又称王莹是编之选,"而于其辞其音,殆必有取乎尔也,是岂不足以传焉",表明衡量包括唐律在内的律诗品位之高下,"音"固然重要,而"辞"亦不可废弃。由是看来,此处"辞"与"音"作为辨诗的基本要素,与其说被视作有此无彼的一种对立关系,不如说调和兼取的意味更为强烈。

就此而言,还可以注意到黄淮的一些说法。如他的七言排律《与节庵论唐人诗法因赋长律三十五韵》,较集中阐述唐人的诗法特点,可谓是黄淮本人论诗的一篇重要文献,为便于说明相关问题,引诗如下:

逸气棱棱隘九州,充之以气。神交思苦入冥搜。济之以才。洗教凡骨尘俱净,去陈腐。挽起词源水倒流。涤渣滓。随物赋形均造化,陶情遣兴贱包羞。遣兴咏怀,各极其理。莲开华岳仙人掌,洁而不污。雾锁元龙百尺楼。高而不露。近日云霞成五色,文采。澄空月露映三秋。清新。阴精翕翕奔魑魅,险怪。武库森森插剑矛。森严。万顷晴涛翻蜃海,波澜。千寻飞瀑下龙湫。奔放。孤撑怪石擎天柱,超卓。秀挺奇松驾螯虬。苍老。霜冷铁衣屯紫塞,整肃。云随仙袂下丹丘。飘逸。连城白璧非徒琢,温润。照乘明珠岂暗投。光华。器重樽彝兼大鼎,古雅。乐陈琴瑟间鸣球。节奏。半机蜀锦天葩灿,富丽。一缕春丝茧绪抽。连续。铁锁下蟠江水黑,沉着。鲸鱼奋击昆仑浮。佚荡。冯驩作客愁弹铗,凄凉。考叔争车怒挟辀。雄壮。红药当

---

① 以上见《水东日记》卷二十六"录诸子论诗序文",第 254 页。
② 《鸣迪集序》,《鸣秋集》卷首。
③ 苏伯衡《古诗选唐序》,《苏平仲文集》卷四。

阶迎步障,可喜可玩。沧波喷峡上孤舟。可惊可愕。水晶沉井形难拟,实处还虚。海市凭虚影却留。无中生有。阿阁呈祥看鹭鸶,飞腾。康衢纵步骋骅骝。驰骤。正奇合度应须察,体制殊伦总见收。体虽不同,各有攸当。共说五车夸业盛,谁云七步擅才优?贵学不贵捷。天然标格元无饰,合自然。自是声音不外求。中律吕。粤自盛唐推浑厚,迄于季代谩雕镂。杨王联轨方前迈,卢骆长驱亦并游。李白词锋曾陷敌,少陵诗句善贻谋。岑参高适相追逐,贾至王维迭唱酬。格老趣高储与孟,律严义正耿兼刘。郊寒岛瘦难殊论,柳淡韦醇岂易俦。炼句义山工丽密,摘辞用晦尚清修。子昂近古居然别,馀辈争先未暇周。一代文章垂汗简,三千礼乐著嘉猷。骊黄能识同还异,轩轾从知是与否。此言初唐、盛唐以及晚唐。何事颓风趋萎苶,渐看姿媚逞娇羞。蜂腰鹤膝徒争诮,斗靡夸多总赘疣。此言晚唐以后。要使从容归大雅,须教敦厚更温柔。阳春一曲虽难和,也落诗家第二流。诗本性情,终归于正。[1]

黄淮论诗注重实用,道德意味浓厚,如他在《遁世遗音序》中指出:"诗关乎世教,其来尚矣。孔子删定《三百篇》,以及太师所采,上自宗庙朝廷之雅颂,下至里巷之歌谣,所以扶植纲常,淑正人心,裨益理道,其致一也。"并因是慨叹"去古既远,风俗日漓,诗之为教愈趋愈下,甚至以之为谈笑谐谑、流连光景之具"[2]。仅从此番表态,已大略可见他对待诗歌价值意义的基本取向。上引这首论唐人诗法的七言排律,也终以"要使从容归大雅,须教敦厚更温柔"作结,一如诗末小注所言:"诗本性情,终归于正。"未脱以诗教为本之大端。不过,这并未完全掩盖该诗议论唐人诗法而涉及对于唐诗价值意义的审美认知。为了更清晰说明自己的观点,诗句下附有小注,即如诗题下注所曰:"附注愚意于下者,便于求正也。"这也便于我们更明确了解作者的态度。根据诗间小注,作者鉴评唐人诗歌,既有关乎创作径路和总体特征的评断,如谓之"充之以气"、"济之以才","遣兴咏怀,各极其理"、"洁而不污"、"高而不露"、"实处还虚"、"无中生有"、"体虽不同,各有攸当"、"去陈腐"、"涤渣滓"、"合自然"、"中律吕";又有涉及具体风格类

---

① 《省愆集》卷下,《景印文渊阁四库全书》,第 1240 册。

② 《黄文简公介庵集》卷十一,《四库全书存目丛书》影印民国二十七年(1938)永嘉黄氏排印敬乡楼丛书本,集部第 27 册。

型的点示,如罗列出的"文采"、"清新"、"险怪"、"森严"、"波澜"、"奔放"、"超卓"、"苍老"、"整肃"、"飘逸"、"温润"、"光华"、"古雅"、"节奏"、"富丽"、"连续"、"沉着"、"佚荡"、"凄凉"、"雄壮"、"飞腾"、"驰骤"等,分门别类,包络众相。大凡着眼唐人作诗要则,归纳作为一代诗歌的创作特色。从这些尽管比较含混而多少包蕴审美品鉴的见解,或可看出作者关注唐诗的另一端取向。值得指出的是,这种在诗歌功用与审美之间多以调和代替对立的立场,也见于黄淮对极力为之推崇的杜诗的评骘。如他的《读杜诗愚得后序》,除了留意杜诗"铺叙时政",表彰流露其间的"性情之正",又同时不忘提示:"盖其体制悉备,譬若工师之创巨室,其跂立翚飞之势,巍峨壮丽,干云霄,焜日月,而墙高数仞,不得其门而入。析而观之,轩庑堂寝,各中程度;又析而观之,大而栋梁,小而节棁榱桷,皆梗柟杞梓,黝垩丹漆也。"①又他的《杜律虞注后序》,则形容杜诗"开阖变化,不滞于一隅","如孙吴用兵,因敌制胜,奇正迭出,行列整然而不乱"②。显然,杜诗体现在法度制式上的优越性或独特性,成了被称为"诚一代之杰作"的一个特定标志,也成了其备受作者推崇的一个重要依据。

假如说黄淮以上论唐人诗法虽具一定的眉目,然终究流于简略或笼统,其中的一个原因,当然是由于受到诗歌表达上的限制;那么相比起来,周叙所编《诗学梯航》在这方面开展的作业则细致得多,也更具典型意义,不失为一个代表性案例。叙举永乐十六年(1418)进士,选庶吉士,授编修。历官侍读,直经筵,迁南京翰林院侍读学士。除《诗学梯航》外,他还编有《唐诗类编》一书,"以己意精选有唐诸名家诗,益以李、杜二集,自乐府五七言古选律绝,以类分之"。这从中也透露了他对唐诗抱有的某种偏好。至于《诗学梯航》,虽属"其先大夫职方先生集其叔祖子霖及东吴王汝器先生二家之作,合而一之者也"③,然据周叙正统十三年(1448)所作书序,其自谓"曩岁,叙丁艰家居,阅故籍,得先君所校录者读之,已多残缺,遂再用编定,间以己意补之",则此书显然由周叙重新加以编订,且掺入了他个人的看法。又序曰:"登山以求玉,必赖乎梯;涉海以探珠,必资乎航。否焉至所聚终无蹊以得之。若夫闯著作之林,探风雅之趣,欲泛览

---

① 《读杜诗愚得》卷末。
② 《黄文简公介庵集》卷十一。
③ 彭光《诗学梯航》后序,《诗学梯航》卷末,周维德集校《全明诗话》,第1册,第108页,齐鲁书社2005年版。

载籍,以追配乎古人,苟不先究是编为入室之阶,俾关键熟于至论,意象妙于言表,亦岂是造精微之蕴哉!观者当必有取焉。"①则其视此为习诗入门之要籍,欲刊布以供学者汲取。故从实际的情形来说,此书也代表着周叙本人的诗学主张。通观全书,分为《叙诗》、《辨格》、《命题》、《述作》、《品藻》、《通论》,其中《述作》由"总论诸体"、"专论五言古诗"、"专论唐律"三部分构成。周叙在序首即概括该书性质为"论作诗法序源流",可说是一言揭出书中述论的要义。综观全书所论,其以唐代尤其是盛唐诗歌为宗的意向十分明显。如以为"有唐之业,后世始有不可及者,以故诗家至今莫不宗之",其"方之前古,虽变制不同,揆於风、雅,概得诗人之趣焉,其成一代之声鸣";分唐诗之体为初、盛、中、晚唐四个不同的阶段,指出"初唐之诗,去六朝未久,馀风旧习,犹或似之","中唐之诗,历唐家文治日久,感习既深,发于言者,意思容缓","晚唐之诗,丁唐祚衰歇之际,王风颓圮之时,诗人染其馀气,沦于委靡萧索矣",比较起来,"盛唐之诗,当唐运之盛隆,气象雄浑"。究味这些观点,不得不说,其中诚然糅合了诸如"诗系国体"、"大抵诗之盛衰与世升降"②的以世变论诗的理念,但与此同时,鉴于该书的讨论主旨定位在诗歌的"法序源流",故而书中多有特别针对唐诗法度制式及其特色的析解与标扬。如以命题论,它提出"作诗命题,大为要事","视其题语之纯驳,则知所作之高下,而可以窥其识见之浅深也",要在说明,命题关乎诗歌品格之优劣,诚为经营过程重要之环节。认为从题语的演变来看,"渐流至唐,愈加精密矣",唐代诗歌在这个环节的构造上趋于成熟,更为精切和周密,特异显见,唐人之作"一诗之意具见题中,更无罅隙。其所长者,虽文采不加而意思曲折,叙事甚备而措辞不繁",相比较,不仅宋人"命题虽曰明白,而其造语陈腐,读之殊无气味",终究"有非唐人之比",而且元朝诸家"承宋旧染,互相传袭,自非确然有识论"③,亦逊于唐人。以五古论,它提出较之唐初,"景云以后,风气稍变,至开元、大历之间,自成一体",以为"观其词语充赡,理气通畅,虽不及魏、晋之稳微,而其据事直书,展转开阖,各尽一长,律以风雅,得六义之赋焉,有不必求之汉、魏也"④,又要在示意,唐人五言古诗尤其是盛唐之作自有其长,别具特点,甚

---

① 《诗学梯航序》,《诗学梯航》卷首,《全明诗话》,第1册,第87页。
② 《诗学梯航·叙诗》,《全明诗话》,第1册,第88页至89页。
③ 《诗学梯航·命题》,《全明诗话》,第1册,第94页至95页。
④ 《诗学梯航·述作中》,《全明诗话》,第1册,第100页。

至不必参照汉魏古诗定其高下。鉴于律诗在唐代的成熟,书中又专门论述唐律之法。其谓"律诗,必截然祖于唐人",已明确为取法唐律定论,这是因为宋人之作"求其韵度,始觉与戾矣",元人之作"方唐之音,直是气象不类"。根据作者的述论,揣度唐律,律诗的总体法式"大略先以起、承、转、合为一诗之主,既起端于首联,颔联便须接其意,颈联又须宛转斡旋,至末联将一诗之意复合而为一矣"①,落实到五七言律,其本于各自的体制又有具体的法式,而唐人五七言律,不乏作手,其法度精切,颇为可观,则堪为楷式。②

　　综上,作为凸显在古典诗歌接受中的一种倾向性态度,宗唐体现了馆阁文士带有的群体性的诗学立场,实和诸士对于唐诗价值意义的特别解读联系在一起。如果说,他们着重揭橥唐诗"追古作者"的意义所源,将其纳入抒写"性情之正"的诗歌传承的正宗系谱,尤其是利用杜甫诗歌的经典效应,极力放大包孕在

---

① 《诗学梯航·述作下》,《全明诗话》,第 1 册,第 100 页至 101 页、103 页。
② 如论五言律:"唐人律诗,尤重五言,如岑参、王维、武元衡声口典重,法度持正,甚可师法。他若钱起之清新,张籍之俊逸,许浑之苍翠,皆足起兴。唯刘长卿兴趣优游,理意充足,指事切实,命意周圆,最当枕藉,以为终南之捷径,极是得力。起句先欲拆破题意,令观者即知此篇为何而作,中间一联证实,一联妆点,互相答应;结语贵有出场,贵有深意,看到尽处,使人不忍读竟。……假如刘长卿作《巡去岳阳却归鄂州使院留别郑洵侍御侍御先曾谪居此州》起云:'何事长沙谪,相逢楚水秋。'只此二句,已尽包括题意。颔联'暮帆归夏口,寒雨对巴丘',此二句特承上句之景以实此。颈联云:'帝子椒浆奠,骚人木叶愁。'此二句就鄂州事物上变换出,以模写题意,妆点此诗。结云:'谁怜万里外,离别洞庭头。'只就本题中拈出此二句,收合一诗之意,以为出场。又如《见秦系离婚后出山居作》云:'岂知惜老病,垂老绝良姻。郤氏诚难负,朱家自愧贫。绽衣留欲故,织锦罢经春。何况藜芜绿,空山不见人。'一起便见题意。颔联只于题意内引两事,以证实之。颈联就此题模写目前之事,以为妆点。一结尤清新俊逸,而深意寓其中。凄惋之情,恻然见于词气之表,将秦系心中所蕴写尽。"(《诗学梯航·述作下》,《全明诗话》,第 1 册,第 101 页。)论七言律:"七言律诗最至难作,在唐人中亦历历可数。杜工部最为浑成,中间却有太平易处,当择其精好。如《秋兴》《诸将》《明妃村》《蜀相》之类学之。杜牧之冠冕佩玉,尽可学,亦有一二不合者,须择而去之也。如岑参、王维等皆有唐之风,若刘长卿温和而酝藉,钱起清新而葩藻,李商隐情惊而瑰迈,许浑哀思而词华,皆不失唐人风致,及刘禹锡、罗隐辈皆可取。要当立二杜、岑、王及盛唐名家为标准,以诸子为衡卫可也。其法要一句接一句,脉络须贯通,不可歇断,才歇断,意便不接;中间有说景处,虽似歇断,而言外之意,其脉络自然贯通连属,题咏犹贵乎相著,又不可一向粘皮带骨。欲令脱洒,不可浅近,浅近则语俗;不可纤巧,纤巧则气弱;不可气馁,即是晚唐;不可气盛,便类宋、元。须教浑成,浑成中却欲词华典雅。气象深沉,全藉韵度,全藉性情,从容涵泳,感叹无穷。假如杜子美《蜀相》诗首云:'丞相祠堂何处寻',便接以'锦官城外柏森森',而承之以'映阶碧草自春色,隔叶黄鹂空好音'。可见武侯于蜀有许多大功,而今皆忘之,唯有碧草自能春色,黄鹂空发好音而已。因而思其往事,乃云:'三顾频繁天下计,两朝开济老臣心。'转此一意,已断武侯之出处,言因当日先主三顾之勤,故武侯所以报施之效,非图身后之事。而千载之下,蜀人之思不思,焉足系武侯之重轻耶! 若此则先主之顾,乃为天下之计;武侯之报,实同事两朝,老臣之心又可见;当时君臣皆公天下之心,非私心也。结云:'出师未捷身先死,长使英雄泪满襟。'以收合上文句意。谓当时君臣际遇如此之笃,似可中兴汉室,而汉之兴与否,只在武侯一人,惜其出师未捷而先死矣,所以千载之下英雄为沾襟也。多少笔力,多少意思,杜诗谓之史者,非以此乎? 又如杜牧之《长安杂题》云:'觚棱金碧照山高,万国珪璋捧赭袍。舐笔和铅欺贾马,赞公论道鄙萧曹。东南楼日珠帘卷,西北天宛玉勒豪。四海一家无事日,将军携镜泣鬓毛。'一起直是气概。非此领联,何由承接得住? 更无颈联,亦儵贴不起。一结尤高妙,虽只眼前事,他人决不能写。句句光彩,字字精神。"(同上书,第 102 页。)

杜诗中的政治或道德意蕴,从根本上说,反映了他们重塑诗歌价值体系、建构理想抒情范式的明确诉求,那么,唐诗作为成熟的文学典范,特别是其表现体制的完备性以及美学特色,同时促使一些馆阁文士就此从正面加以审视,注意对于唐诗在审美层面的价值抉发,体现了他们唐诗接受的多重面向。这意味着假如单纯执持一端,难免导致对其唐诗价值观的理解发生偏差,无助于就相关问题作出客观而完整的判断。需要指出一点的是,明代前期台阁诗学基于深重的官方背景,浸润和引导当时及继后诗学领域显在或潜在的作用不可低估,其宗尚唐代尤其是盛唐诗歌的诗学取向,包括针对唐诗所展开的价值阐绎,事实上成为推助唐诗在明代经典化进程一股不应忽略的驱动力。

第四章　李东阳与台阁诗学的变异

　　梳理明代台阁诗学的变化脉络,生平主要活动在成化、弘治年间的李东阳是位无论如何也绕不过去的重要人物,这是由其在此际诗学领域的独特作为以及呈现的时代意义所决定的。东阳字宾之,号西涯,茶陵(今属湖南)人。天顺八年(1464)举进士。成化二年(1466)授翰林编修,累迁侍讲学士,充东宫讲官。弘治二年(1489)升左春坊左庶子,四年(1491)《宪宗实录》成,以纂修之功进太常寺少卿,八年(1495)由礼部左侍郎兼侍读学士入内阁参预机务。正德七年(1512)以少师兼太子太师、吏部尚书、华盖殿大学士致仕。在成化、弘治文坛,李东阳之所以成为深受关注的一位人物,不仅是因为他曾为馆阁重臣并主持坛坫的重要身份和地位,所谓"自明兴以来,宰臣以文章领袖缙绅者,杨士奇后,东阳而已"[1],而且更在于他因操持文柄而对当时文学圈所发生的深远影响力,"盖操文柄四十馀年,出其门者,号有家法,虽在疏远,亦窃效其词规字体,以竞风韵之末而鸣一时"[2],"一时学者翕然宗之"[3]。细数其业绩,特别是李东阳在成、弘之际诗学领域的作为和影响,尤其引人瞩目。有研究者已注意到李东阳与崛起于弘治中叶的复古流派前七子在诗学观念上的某些联系,认为后者的确受到前者的启发,不少观点直承前者而来,前者由此成为后者的滥觞。[4] 而笔者认为,除开李东阳对前七子诗学观念所发生的某些启迪,更加值得关注的一个现象在于,特别是相对于明代前期台阁诗学的诉求而言,身为馆阁权要的他,在有关的

---

　　① 《明史》卷一百八十一《李东阳传》,第 16 册,第 4824 页至 4825 页。
　　② 靳贵《怀麓堂文集后序》,《戒庵文集》卷六,《四库全书存目丛书》影印明嘉靖十九年(1540)靳懋仁刻本,集部第 45 册。
　　③ 谢铎《读怀麓堂稿》,《桃溪净稿》卷三十,《四库全书存目丛书》影印明正德十六(1521)台州知府顾璘刻本,集部第 38 册。
　　④ 参见廖可斌《明代文学复古运动研究》,第 53 页,上海古籍出版社 1994 年版。

诗歌问题上提出了多少显得特异的一系列观念主张,而这些观念主张不只是代表了李东阳本人的立场,并且从一个侧面反映了成、弘之际诗学领域的异动迹象,后者更闪现出具有一定反思性和超越性的时代意义。

第一节　维护诗道自觉意识的展露

探察李东阳的诗学思想系统,首先触及一个显而易见的问题,这就是他和当时专尚经术的士人学风迥然不同,表现出对于诗歌的高度关注和投入的态度,充分展露了其对重以经术造士之策的反思和维护诗道的一种自觉意识。

明王朝早在建立之初,基于"崇儒重道"的治政方略,将科举取士制度视为重点改造的目标之一,着力推行以经术造士的政策。洪武三年(1370)五月,诏设科取士,其曰:"汉、唐及宋,科举取士各有定制,然但贵词章之学,而不求德艺之全。前元依古设科,待士甚优,而权豪势要之官,每纳奔竞之人,贪缘阿附,辄窃仕禄","其怀材抱道之贤,耻与并进,甘隐山林而不起"。是以要求科举所取之士,"务在经明行修,博通古今,文质得中,名实相称"①。姚镆《广西乡试录序》云:"惟科举法虽沿于前代,然出我太祖高皇帝之所裁定,渊谋睿画,实有非往昔之所能及者。以故罢诗赋不用,纯以经术造士,尊正学也。"②在此情形下,科目取士未免偏向一途,或将其概括为"黜词赋而进经义,略他途而重儒术"③。由此产生的直接后果是,不仅确立了科举取士的基本准则,而且促使期望功名仕进的广大文人士子对于经书研治的加倍投入,专注经术的风气为之盛行,所谓"国朝悬科彀士,纯用经术,诸不在六经之限者,悉从禁绝。以故百馀年来,士无异习,谈经讲道,洋洋满天下"④。丘濬作于成化十一年(1475)的《会试录序》,又形容当时专尚经术的盛况为"横经之师遍于郡县,执经之徒溢于里巷,明经之士布列中外",令其颇为诧异,甚至产生"自有经术以来所未有也"⑤的感触。从另一方面来看,盛行在文人士子中间的重经学风,则直接影响到他们尤其关涉作为

---

① 《明太祖实录》卷五十二,第2册,第1019页至1020页。
② 《东泉文集》卷一,《四库全书存目丛书》影印明嘉靖刻清修本,集部第46册。
③ 马中锡《赠陈司训序》,《东田集》卷二,《四库全书存目丛书》影印清康熙四十六年(1707)甘陵贾棠辑刻马东田孙沙溪两公遗集合编本,集部第41册。
④ 姚镆《送李生廷臣归河南序》,《东泉文集》卷一。
⑤ 《重编琼台稿》卷九。

传统文学样式的诗歌的创作热情和艺术技能,如用此消而彼长的描述来形容,似乎一点也不过分。张弼《梦庵集序》曾感慨"古之为诗也易,今之为诗也难",他以为,"商周、汉魏弗论已,声律之学,至唐极盛,上以此而取士,士以此而造用,父兄以此教诏,师友以此讲肄,三百年间以此鼓舞震荡于一世,士皆安于濡染,习于程督","沿及宋元,犹以赋取士,声律固在也。我太祖高皇帝立极,治复淳古,一以经行取士,声律之学,为世长物,父兄师友摇手相戒,不惟不以此程督也,为之者不亦难乎"?指出"声律之学"之所以被人视为"长物",实与以"经行"作为取士标准的做法关联密切。在他看来,问题的严重性在于,对于诗歌"进取之士非兼人之资、博洽之学,虽或好之而鲜克为,纵为之而鲜克工;惟山林之士或以此身为少援寡助,而后为之,然求其克自成家、可传不朽者,千百而不十一也"。在《九峰倡和诗序》中他又议及:"窃念我朝取士专以经术,略于辞华,故每科赐进士第者,多或三四百人,深于诗者百不三四人。"①这进一步说明,重以经术造士的政策已在明显改变士人尤其是科考之士的知识所向,其至造成他们诗艺的退化。

如果对比受到重经术轻词赋政策感召而在士人中间形成的专意"谈经讲道"的学风,那么身为当时馆阁权要的李东阳,他在对待诗歌问题上的相关态度多少显得有异于时俗。谢榛《诗家直说一百二十七条》即记云:"李西涯阁老善诗,门下多词客。刘梅轩阁老忌之,闻人学诗,则叱之曰:'就作到李、杜,只是酒徒!'"②又《明史·刘健传》亦曰:"东阳以诗文引后进,海内士皆抵掌谈文学,健若不闻,独教人治经穷理。"③这里提到的刘健(梅轩),在明孝宗即位之初即入内阁参预机务,虽和李东阳同为阁臣又同辅政,政治态度上也有契合之处,④然在倾向"诗文"还是专注"治经穷理"问题上,双方明显相为扞格。刘健为人"素以理学自负",陆深《停骖录》载其言论:"人学问有三事,第一是寻绎义理,以消融

---

① 以上见《东海张先生文集》卷一,《四库全书存目丛书》影印明正德十三年(1518)周文仪福建刻本,集部第 39 册。

② 《四溟山人全集》卷二十二,《明代论著丛刊》影印明万历刻本,台湾伟文图书出版社有限公司 1976 年版。

③ 《明史》卷一百八十一,第 16 册,第 4817 页。

④ 如明武宗正德之初,宦官刘瑾并马永成、高凤、罗祥、魏彬、丘聚、谷大用、张永等以擅政用事,人称"八党",刘健等人遂谋除去之,因"连章请诛之","言官亦交论群阉罪状,健及迁、东阳持其章甚力"。尽管在对待"诛瑾"问题上,刘健等人持议"词甚厉",态度坚决,东阳则"少缓",略显迟疑,但其不满刘瑾等人擅权并谋图清除的立场是一致的。见《明史》卷一百八十一《刘健传》,第 16 册,第 4816 页;同上卷《李东阳传》,第 16 册,第 4822 页。

胸次;第二是考求典故,以经纶天下;第三却是文章。好笑后生辈才得科第,却去学做诗。做诗何用? 好是李、杜,李、杜也只是两个醉汉。撇下许多好人不学,却去学醉汉。"①刘健的上述表态和他注重"治经穷理"的理念自相关联,在他看来,与正宗学问相比,作诗实属无用,难以上档入流,所以作得再好也是枉然。应该说,刘健重经轻诗的取向,除开他本人在"学问"上的偏嗜,自有明初以来趋于显突的以经术为尚的制度和学术背景,在那些热衷于"谈经讲道"者当中具有一定的代表性。就刘健来说,引起他对李东阳戒惕和不满的,不只是东阳倾心于诗文尤其是诗歌的个人行为,还有因此在士人圈激发起来的"抵掌谈文学"的强烈效应,后者作为一种群体性的行为,更是他所深为之戒忌的。鉴于李东阳身居政界要职而拥有相应的政治资源,这种行为和效应,则更有助于提升他的文学知名度,强化文学号召力。值得注意的一点是,李东阳倾心于诗歌,罗致门下士,并"以诗文引后进",感召培植文学之士,无形之中表现出了不受专尚经术时风拘限的一种超拔姿态。事实上,李东阳对重以经术造士政策主导下出现的诗文价值地位下降的现状,已敏锐觉察到了,且因此深有感触,从他的相关陈述观之,其内心难释疑虑之念,反思的意识油然而生。他在《春雨堂稿序》中就指出:

> 近代之诗,李、杜为极,而用之于文,或有未备。韩、欧之文,亦可谓至矣,而诗之用,议者犹有憾焉,况其下者哉! 后之作者,连篇累牍,汗牛充栋,盈天地间皆是物也,而转盼旋踵,卒归于澌尽泯灭之地。自卓然可传者,不过千万之十一而已,岂不难哉! 且今之科举,纯用经术,无事乎所谓古文歌诗,非有高识馀力,不能专攻而独诣,而况于兼之者哉!②

上序谈论的关键问题是,诗与文本难兼通,即使如李、杜、韩、欧等达到极致境地的诗文大家亦犹如此,下者更不必言说,故如后世作品虽数量可观,但能成为传世之作则少之又少。顺此再联系到当今科举政策影响士人诗文技能的现状,在"纯用经术"取士而无事于"古文歌诗"的背景下,要产出诗与文的卓越之作已是

---

① 《俨山外集》卷十四,《景印文渊阁四库全书》,第 885 册。
② 周寅宾点校《李东阳集》,第三卷,第 37 页至 38 页,岳麓书社 1985 年版。

很难,而要做到二者兼通则更难。此序的字里行间已透露,李东阳对"古文歌诗"价值地位在以经术为尚格局中遭受黜抑的现状颇为关注,亦颇为疑惑。结合观察李东阳的其他有关表态,则更能进一步了解他所持的立场。其在《送乔生宇归乐平》一诗中比较了从游之士乔宇和"科举徒"迥然相异的文习艺趣:"谈诗辨格律,论字穷点画。微言析毫芒,独诣超畛域。纷纷科举徒,未暇论典册。古文时所弃,似子宁易得。"①说的是乔宇对于"古文歌诗"的投入,为一般潜心举业之士所不及,褒贬之意,显在其中。除此,李东阳在其《书读卷承恩诗后》中还针对时人重经术而轻词赋的主张,更直接表达了自我的判别:

> 或者以为国家试士之法,专尚经术,悉罢词赋,正前代所不及,矧兹科制策,方探化原求,治道又新,天子明示,意向之始,而纪事之作,以诗焉何居? 夫诗赋之所以罢,谓其务枝叶弃本根,非有司求上致理之意。苟华而不害其实,世亦不能无取焉。故九叙之歌,用之邦国,二雅之诗,施之庙朝,古之纪盛事而咏成功者,皆是物也。夫使其徘偶声韵,不病于科场,而典章制度,赍敷于庙廊,是不徒不相悖而顾,岂不相为用哉!②

在重以经术造士的制度设计中,人们难免会突出经术与词赋之间的价值落差,甚至视二者为一种价值对立的关系,而将后者当作相对于"本根"的"枝叶",归根到底,这还出于"诗赋小道"那样一种传统的视阈。与此不同,作为针锋相对的申论策略,李东阳在上面这段论说中特别强调了诗歌"用之邦国"、"施之庙朝"的实用价值,用以阐述维护诗歌生存与发展空间的合理性及重要性,弱化或调和经术与词赋价值落差或对立的用意十分明显。

李东阳生平倾力于诗,作诗可说是他最大的爱好,其自称:"吾诗亦何解,似独有深喜。"③又表示:"爱画耽诗是我私,旁人休笑虎头痴。"④甚至疴疾缠身,也难以戒止。成化十三年(1477)春,他在病中赋诗,自谓:"平生抱诗癖,虽

---

① 周寅宾点校《李东阳集》,第一卷,第 162 页,岳麓书社 1984 年版。
② 《李东阳集》,第三卷,第 193 页至 194 页。
③ 《入春绝不作诗,清明后三日,与鸣治、师召游大德观,为二公所督甚苦,得联句四首。已而悔之,因用止诗韵以自咎。先是诸同年皆有和章,为说不一。鸣治独持两可之说,至是竟为所沮云》,《李东阳集》,第一卷,第 138 页。
④ 《寄顾天锡二首,用致仕后所寄韵》二,《李东阳集》,第一卷,第 529 页。

病不能止。"①其时因病在告,"百念具废,而顾独好诗","既乃闭户危坐,不能为怀,因戏集古句成篇,略代讽咏"②。他的《作诗乐》一诗,谓"挥毫满纸云烟落,陶情写性除烦浊,如痒得爬热得濯。人言此癖不可药,我自乐之惟一噱"③,更写出了其所怀此好。出于对诗歌创作的爱好和专注,同时出于因诗歌价值地位在重经时风中的跌落而激发起来的危机和救赎意识,李东阳在诗歌创作圈内表现活跃。尤其值得注意的是,作为活跃姿态的某种标志,他生平和同道在不同场合多有联句倡和的活动,这可以说是其"耽诗"的具体表现之一,足以证明他对诗歌创作的投入,而且,这一举动对唱和风气的形成产生重要的影响。早自成化初年官翰林始,李东阳就已与"同年进士及同游士大夫"④联句唱和,后由他编成《联句录》一帙,"起自成化纪元乙酉,讫于己亥,凡十馀年,诗共二百五十八首"⑤。而与挚友之间的联句唱和更为频繁,如他和好友谢铎在成、弘之际官翰林时尤多此类活动,二人所作汇成卷帙,分别名曰《同声集》和《后同声集》。有时这样的联句唱和还不限于聚会,甚至在"弗能出门户"的情况下,"乃创新例,各出起句,以书邮相递续"⑥。

联句唱和作为文人士大夫一种传统的文学消费方式由来已久,但受明初以来"崇儒重道"文化氛围的浸染,对待这样的活动,文人圈的态度也发生了一些微妙的变化。特别是对于身为上层文臣而在相当程度上扮演着官方意识形态的传播及代言者角色的那些馆阁文士来说,特殊的身份和职能担当,更加使得他们趋从某种保守性,尤其是受制于实用意识,相对于明道治经,诗则甚或被视为"无益之词",作诗也变成了一种无关根本的"馀事"⑦,以至对于联句唱和这类

---

①《予病中颇爱作诗,舜咨以诗来戒者再,未应也。偶诵陶渊明〈止酒〉诗,自笑与此癖相近。因追和其韵,断自今日为始》,《李东阳集》,第一卷,第138页。

②《集句录引》,《李东阳集》,第一卷,第693页。

③ 钱振民辑校《李东阳续集・诗续稿》卷五,第77页,岳麓书社1997年版。

④《四库全书总目》卷一百九十一集部《联句集》提要,下册,第1741页。

⑤ 周正《书联句录后》,李东阳编《联句录》卷末,《四库全书存目丛书》影印明成化二十三年(1487)周正刻本,集部第292册。案:《联句录》成编后即得以流传,周正、王溥等人曾为之刊刻,李东阳《与顾天赐书》:"《联句录》本私籍,不意为萧履庵所传。前年周子建(正)分伯在云南,书告欲刻,已亟止之。去年王丹徒公济(溥)不告而刻,缘此本未经选阅,又多讹误,而其传已广,不可中废。因重校一本,俾加修治,与初刻者不同,必如此乃略可观览,然非吾意也,强从之耳。近始闻子建已刻成,而吾兄亦若有此意者,不意高明乃复率尔。"(《李东阳集》,第二卷,第200页至201页。)

⑥ 李东阳《会别联句诗引》,《李东阳续集・文续稿》卷三,第178页。

⑦ 杨士奇《圣谕录中》:"一日,殿下顾臣士奇曰:'古人主为诗者,其高下优劣如何?'对曰:'……如殿下于明道玩经之馀,欲娱意于文事,则两汉诏令亦可观……如诗人无益之词,不足为也。'殿下曰:'太祖高皇帝有诗集甚多,何谓诗不足为?'对曰:'帝王之学所重者不在作诗。太祖高皇帝圣学之大者,在《尚书注》诸书,作诗特其馀事。于今殿下之学,当致力于重且大者,其馀事可姑缓。'"(《东里别集》卷二)

活动,他们也时或有所忌讳。明人毛纪曾在嘉靖年间将其自弘治、正德以来先后官"翰林"、"部佐"、"内阁"时与诸士"会晤游赏"或"因事感怀"的联句之作编成《联句私抄》,他在是书卷首引言中说:"阁中前辈多以诗为禁,倡和绝少,而联句则昉于今日也。……近时西涯、方石联句有录。二公之道义相与名重于时,其所论著亦盛矣哉!"①值得注意的是,毛氏所言除了指出"阁中前辈"有忌于诗而彼此酬唱活动甚少,也同时反映了一个迥异于前的信息,那就是他感觉联句"昉于今日"的说法,这表明他所处之时联句风气开始趋于兴盛。毛纪在这里特别提及"近时"李东阳(西涯)、谢铎(方石)联句唱和之举,可见联句"昉于今日"的迹象与李东阳等人的活动不无关联,而联系洋溢在引言之中对于李、谢难以掩饰的企仰之意,作者先后热衷于同诸士联句唱和,其极有可能受到前者此举的影响。事实上,李东阳主倡的联句唱和之举,牵涉的人员众杂,声势颇盛,成为成、弘之际文人酬唱活跃的某种表征。四库馆臣就此评曰:"诗不尽工,又焦芳、李士实之流亦厕其间,交游未免稍滥,然其时馆阁儒臣过从唱和,以文章交相切劘,说者谓明之风会,称成、弘为极盛,即此亦可以想见也。"②说"诗不尽工"兴许是事实,李东阳在《联句录序》中也坦言所为联句,"未尝校多寡,论工与拙,凡以代晤语,通情愫,标纪岁月,存离合之念,申箴规之义而已,然时出豪险亦不之禁",而"要其兴之所至不能皆同,亦不必皆同"③。不过,也说明它重在表达诗人的兴味,甚至因此不计工拙,反映了唱和者的热切之情。说"交游未免稍滥",表明其响应之众,影响之大。

　　总之,诗道在专尚经术风气中的相对沦落,显然令李东阳敏锐地觉察到了这一变化格局的严峻性,疑虑之心终究难以泯却。作为一位对诗歌倾注了极大热情的执着的创作爱好者,这种情势使得他无法漠然对待之,不能不唤起他强烈的诗道维护意识,无论是罗致门客并以"诗文引后进",抑或是结集同志参与联句唱和,除了个人的平素所好,还有力破时忌、引导风气的自觉,显示其不徇流俗的特异姿态。更为重要的是,李东阳的这种态度也影响到了当时的诗坛,它在文人圈内所产生的难以取而代之的感召力,同样不应忽视。

---

① 《联句私抄引》,《联句私抄》卷首,《四库全书存目丛书》影印明嘉靖刻本,集部第 292 册。
② 《四库全书总目》卷一百九十一集部《联句集》提要,下册,第 1741 页。
③ 《联句录》卷首。

第二节　对诗文体式规制的分辨

如果说,质疑"专尚经术,悉罢词赋"带来的后果,表达了李东阳对于诗道沦落的深切反思,而他奖掖文学后进及与诸多同志联句唱和,又体现出其勉力振兴诗道的某种热情,那么,进而对诗歌体式规制展开的辨正,则应该看作是他重视诗歌品格的一种理论上的自觉。

正如有研究者所指出的,综观李东阳的论诗主张,强调诗文之别成为其中重要之论点。① 他一再提出诗与文须于"体"上加以区分,认为"诗与文不同体"②,"诗之体与文异"③,其《匏翁家藏集序》即曰:

言之成章者为文,文之成声者则为诗。诗与文同谓之言,亦各有体,而不相乱。若典、谟、诵、诰、誓、命、爻、象之谓文,风、雅、颂、赋、比、兴之为诗。变于后世,则凡序、记、书、疏、箴、铭、赞、颂之属皆文也,辞、赋、歌、行、吟、谣之属皆诗也。是其去古虽远,而为体固存。④

又他在《春雨堂稿序》中云:

夫文者,言之成章,而诗又其成声者也。章之为用,贵乎纪述铺叙,发挥而藻饰;操纵开阖,惟所欲为,而必有一定之准。若歌吟咏叹,流通动荡之用,则存乎声,而高下长短之节,亦截乎不可乱。虽律之与度,未始不通,而其规制,则判而不合。及乎考得失,施劝戒,用于天下,则各有所宜而不可偏废。古之六经,《易》、《书》、《春秋》、《礼》、《乐》皆文也,惟风、雅、颂则谓之诗,今其为体固在也。⑤

---

① 参见黄卓越《明永乐至嘉靖初诗文观研究》,第 134 页至 139 页;廖可斌《明代文学复古运动研究》,第 40 页至 41 页。
②《怀麓堂诗话》,《李东阳集》,第二卷,第 532 页。
③《沧洲诗集序》,《李东阳集》,第二卷,第 72 页。
④《李东阳集》,第三卷,第 58 页至 59 页。
⑤《李东阳集》,第三卷,第 37 页。

尽管随着时代的推移，诗与文各自所属的体裁在相应地扩展，但二者"言之成章"与"文之成声"的体式规制上的差别，决定了彼此之间不可混淆。李东阳对此引例说明之，以为"近见名家大手以文章自命者，至其为诗，则毫厘千里，终其身而不悟"①。"顾惟其异于文也，故虽以文章名者，或有憾焉。兼之者盖间世而始一见。韩昌黎之诗，或讥其为文；苏东坡之诗，或亦有不逮古人之叹"。作文的名家大手，却不见得能作出好诗，包括韩愈采取以文为诗的手法，终使诗烙上文的痕迹。这里面根本性的原因在于诗文之体不同，所以作法自然也就不同。

追究李东阳主张的诗文异体说，其立论的根本的出发点，乃建立在将诗与诸经从体式规制的层面加以明确区分的重要基础之上。如他提出："《诗》与诸经同名而体异。盖兼比兴，协音律，言志厉俗，乃其所尚。后之文皆出诸经。而所谓诗者，其名固未改也，但限以声韵，例以格式，名虽同而体尚亦各异。"②他还认为："《诗》在六经中，别是一教，盖六艺中之乐也。乐始于诗，终于律。人声和则乐声和，又取其声之和者，以陶写情性，感发志意，动荡血脉，流通精神，有至于手舞足蹈而不自觉者。"③作为诗歌原初时期的文本《诗经》，因被列入六经之列，故谓之与诸经"同名"，然而尤其是与音乐相融通的特性，所谓"六艺中之乐也"，又使得它在六经之中别成一体，故谓之与诸经"体异"。从这一意义上来说，诗歌在"体"的渊源上和其他经典自相区别，二者之间绝不能混为一谈。应该看到，对于诗之所本的经典意义，特别为那些崇尚经典者所主张，其根本的目的，乃在于突出诗歌创作统绪上的典范作用和传承价值，支撑这一理念的，正是他们倾向于发扬儒学经典在价值序列中他者难以企及的优越性。如正统年间杨溥在为杨士奇所撰的《东里诗集序》中即明确指出，"诗之所本，肇于经，尚矣"，"《三百篇》繇圣人删定于经，下迨汉、唐，若李、杜名家，世有定论"④。假如说《诗》三百篇为圣人所删定的经典性，奠定了它在传统文人心目当中难以撼动的至高地位，那么强调以诗之所本"肇于经"为尚，显然在于彰扬诗歌皈依经典的重要性。当然，李东阳提出《诗经》与诸经异体，并不意味着要全然消解它在价值序列中的经典地位，但需要注意的是，他的这一说法，多少从源头上淡化了诗歌与其

---

① 《怀麓堂诗话》，《李东阳集》，第二卷，第533页。
② 以上见《镜川先生诗集序》，《李东阳集》，第二卷，第115页。
③ 《怀麓堂诗话》，《李东阳集》，第二卷，第529页。
④ 杨士奇《东里诗集》卷首，明刻本。

他经典的同一性,突出了诗歌在体式规制上有异于他者的特殊性。在李东阳看来,"古之六经,《易》、《书》、《春秋》、《礼》、《乐》皆文也,惟风、雅、颂则谓之诗"①。这是《诗经》有别于诸经之"皆文"之特征所在。而且,相对于"后之文皆出诸经",承续着除《诗经》以外其他经典的"文"的特点,诗则"限以声韵,例以格式",在体式规制上具有自身独特的规定性,所以诗与文不同体自是必然的趋势。

那么,需要进一步追究的问题是,李东阳针对诗文体式规制的一再分辨,特别是置之于当时的文学境域中究竟体现了什么样的用心和意义。明王朝建立以来,在"崇儒重道"治政方略施行中激扬起来的专尚经术的学风,促使文人士子趣味所向和知识结构发生相应变化,同时深刻影响着整个社会的文化价值取向,尤其是经术相对于诗文的实用意义被充分凸显出来。杨士奇在《新编范经正鹄序》中指出:"国家取士以经术为上,士之尚志者务以经术进。经者,圣人心法之所寓,而出治之本也。士不通经,不适于用。故三代而下用世之士,于事君治民功业伟然可纪者,必出于经术。"②杨氏的说法在重经者中具有代表性,其意在表扬作为寄寓圣人心法的经典的特别价值,掌握这些经典的学问,被视作是士人进身于世、"事君治民"的必备资质,也是衡量其能否进用的重要标准。在相应的问题上,一方面,诗特别在那些专尚经术者眼里因被视为缺乏经世实用价值的"无益之词"而遭冷遇,在重经风气的包裹下缩减了生存和发展的空间,甚至被当作"多出于文字之绪馀"③的无关紧要的另类文体。另一方面,文与诗相比在某种意义上却成了强势性的文体,它的生存和发展空间被加以拓张。首先,洪武年间明太祖朱元璋和文士刘基订定试士之法和八股试文体式,"专取四子书及《易》、《书》、《诗》、《春秋》、《礼记》五经命题试士","其文略仿宋经义,然代古人语气为之,体用排偶"④,科举时文因而借助官方的行政势力得到强制推行,其主导性得以充分膨胀。这也不可避免地造成对于包括古文和诗歌的古文词地位的侵夺,影响到一般科考之士在古文词上的兴趣和修养。⑤其次,特别是基

---

① 《春雨堂稿序》,《李东阳集》,第三卷,第37页。
② 《东里文集续编》卷十四。
③ 丘濬《刘草窗诗集序》,《重编琼台稿》卷九。
④ 《明史》卷七十《选举二》,第6册,第1693页。
⑤ 如吴宽《容庵集序》云:"乡校间士人以举子业为事,或为古文词,众辄非笑之,曰:是妨其业矣。"(《匏翁家藏集》卷四十三,《四部丛刊》影印明正德刻本。)简锦松《明代文学批评研究》则分析焦竑《国朝献征录》所录由成化至嘉靖二十年间成进士者数百人之墓文,指出其中被誉为能古文词者不过数十人,多数墓主无长于古文词的记载,参见该书第138页。

于明初以来"崇儒重道"的思想文化背景,文以负载更多的政治功能而被高度显扬了它的实用价值,同时,受到以官方为主轴的对其实用价值的表彰,文被相应抬升了自身地位。如之前所述,洪武二年(1369),明太祖朱元璋比照"或以明道德,或以通当世之务"的古人为文之道,指令当时翰林为文"但取通道理、明世务者,无事浮藻"①,强力提倡文章明道德通世务的实用性,就是自上及下十分典型的一个案例。而且特别自永乐年间以来,由馆阁文士主导而浸淫文坛的台阁文风,为配合官方"崇儒重道"的治政方略,对于文章的价值意义也提出十分严格的要求,尤其是极力主张明道宗经以求经世实用。所谓"文非深于道不行,道非深于经不明"②,"道非托于言,其理不能自明;言非载夫道,其文不能行远",无不是在强调"言不畔道"、"文不悖经"③这样一种文章书写必须遵循的重要原则。

不得不说,就对文章价值意义的认知来看,李东阳并未能完全脱出馆阁诸士普遍秉持的基本理念,即着重从经世实用的角度来看待文章的功能和作用。尽管他曾经分别不同的文类,将所谓"记载之文"、"讲读之文"、"敷奏之文"和"著述赋咏之文"作了区隔,认为前数者"皆用于朝廷、台阁、部署、馆局之间,裨政益令,以及于天下",惟"著述赋咏之文","则通乎隐显",有所不同,但仍可看出他对于文章必须遵循经世实用书写原则之理念的一种自我坚守。故其以为"盖人情物理、风俗名教,无处无之。虽非其所得为,而亦所得言","苟不得其所而徒以为文,则不过枝辞蔓说,虽施之天下,亦无实用"④。李东阳同时还提出,"夫所重乎立言者,必能明天下之理,载天下之事。理明事尽,则其言可以久而不废"。他所说的"理明事尽",根本上还指向"翼圣道,裨世治"。他称唐人韩愈虽"不免为词章之文,而所谓翼道裨治,则有不可掩也",又称宋人曾巩"其所自立非独为词章之雄也",为文"于治有裨,而于道不为无益"⑤,说的就是这层意思。

虽然李东阳关于文章功能和作用的阐述,带有明显经世实用的色彩,这方面和馆阁诸士持守的普遍立场差异不大,但并不代表他对待诗与文在文体价值取向上偏执于文的一端。相反,文强诗弱这样一种诗文在明初以来特定思想文化境域中各自不同的生存格局,使得李东阳无法回避这一现实问题,驱使他面

<hr>

① 《明太祖实录》卷四十,第2册,第810页至811页。
② 杨士奇《颐庵文选序》,胡俨《颐庵文选》卷首。
③ 倪谦《艮庵文集序》,《倪文僖集》卷十六。
④ 《倪文毅公集序》,《李东阳续集·文续稿》卷四,第187页至188页。
⑤ 《曾文定公祠堂记》,《李东阳集》,第二卷,第169页。

向于此而不能不作出自己的反应,他一再强调诗文异体,分别二者各自的体式规制,其良苦用心实已流露此间,从某种角度上看,有理由说他为之反复阐释的这一论调,具有面向当时诗文生存格局的针对性意味。分析其用心和意义所向,一是针对专尚经术而轻视诗道的时下学风,凸显诗歌本身在体式规制上的特殊性,并从源头上将它从与诸经在经典的同一类属中分离出来,揭橥诗有别于诸经的自主性和特异性,这也为深受"谈经讲道"士习影响而趋于沉沦的诗道重新获得生存和发展空间,同时提供理论上的充分依据。二是明初以来被赋予严格书写规则而趋于高度程式化的科举时文,成为众多追逐功名仕进的文人士子重点摹习的对象,在他们所习学业中占据极其重要的比重,这一为官方严格规范而强制推行的特殊文体,展示了其影响文人士子文章书写风格的强势性,对于古文与诗歌的生存和发展造成的冲击是十分强烈的。李东阳在《括囊稿序》中就曾经慨叹"士之为古文歌诗者,每夺于举业,或终身不相及"①,科举之业包括应试文体侵蚀"歌诗"空间的现状,显然引发了他的高度警觉和忧虑。三是当文章被强化政治功能而更集中赋予经世实用价值并占据文体上位之际,诗文异体论抬升诗歌地位的用意显而易见,这包括在区分诗与文的体式规制差别的基础上,划出各自价值所向的分界线,以及指认诗歌对于完善文人士子的知识结构与艺术技能具有的特定意义。尽管李东阳如追溯"九叙之歌"、"二雅之诗",并未排除诗歌"用之邦国"、"施之庙朝"的实用价值,但从他对诗歌价值的完整认知来看,又更多聚焦于其价值的审美层面,这一点下面将会进一步展开讨论。他反复强调诗有别于文的体制特征,这一主张指示的内在逻辑在于,诗歌因其体式规制的特殊性,可以不受文章价值向度的主导,拥有自身相对独立的审美空间。又不妨说,特别是在理论的层面,它提出了加强诗歌审美性文体建设的必要性与重要性,实属高出时人之见识,而为一般馆阁文士之论所不及。

第三节　诗"体"之论的阐发及其意义指向

从前面引论中已能见出,李东阳解释诗为"文之成声者",以区别"言之成章者"的文的特点,分辨二者体式规制的意图相当明显,故有研究者以为,这实际

---

① 《李东阳续集·文续稿》卷四,第 182 页。

上即将诗歌视为一种声律之学。①　当然，就诗之"体"而言，按照李东阳的说法，所谓"文之成声者"的特点又是体现在多个层面，他的《镜川先生诗集序》在解析《诗经》与诸经"同名而体异"的特征时，就指出前者"盖兼比兴，协音律，言志厉俗，乃其所尚"。这可以看作是李东阳对于诗歌体式规制的概括性说明。如果说"兼比兴"和"协音律"论侧重于申明诗歌的表现艺术，那么"言志厉俗"论则旨在主张诗歌的表现功能。

以比兴而言，众所周知，这一诗歌的基本修辞方式，在《诗经》这样原初时期的诗歌作品中已被广泛运用，其也因此受到历代诸诗家或论家的关注。对此早如汉儒已加以阐发，像郑玄释之曰："比，见今之失，不敢斥言，取比类以言之；兴，见今之美，嫌于媚谀，取善事以喻劝之。"②主要还是从美刺"政教善恶"的角度，阐释比兴艺术的运用。而如南朝刘勰《文心雕龙》，专列《比兴》篇，则对比兴之法作了更为具体的解说，承沿汉儒的阐论为多，如释比："盖写物以附意，飏言以切事者也。故金锡以喻明德，珪璋以譬秀民，螟蛉以类教诲，蜩螗以写号呼，浣衣以拟心忧，席卷以方志固，凡斯切象，皆比义也。至如麻衣如雪，两骖如舞，若斯之类，皆比类者也。"再如释兴："婉而成章，称名也小，取类也大。关雎有别，故后妃方德；尸鸠贞一，故夫人象义。义取其贞，无从于夷禽；德贵其别，不嫌于鸷鸟；明而未融，故发注而后见也。"又以为"楚襄信谗，而三闾忠烈，依《诗》制《骚》，讽兼比兴"。其着重以《诗经》、《楚辞》为范例，说明比兴诸如"畜愤以斥言"、"环譬以记讽"手法中蕴含的政教讽喻意味。而他訾议"炎汉虽盛，而辞人夸毗，诗刺道丧，故兴义销亡"③，也主要是比照前二者而提出来的。尽管以汉儒为代表的解说《诗经》比兴之法的诠释系统过多比附于"政教善恶"，未必符合原诗的创作用意，但其同时触及了诗歌"比方于物"、"托事于物"④的表现艺术，对后世探讨诗艺者产生不同程度的影响。李东阳在《怀麓堂诗话》中指出：

　　诗有三义，赋止居一，而比兴居其二。所谓比与兴者，皆托物寓情而为之者也。盖正言直述，则易于穷尽，而难于感发。惟有所寓托，形容摹写，

---

① 参见黄卓越《明永乐至嘉靖初诗文观研究》，第 136 页。
② 《周礼注疏》卷二十三《春官·大师》，《十三经注疏》，上册，第 796 页。
③ 范文澜《文心雕龙注》卷八，下册，第 601 页至 602 页，人民文学出版社 1958 年版。
④ 《周礼注疏》卷二十三《春官·大师》，《十三经注疏》，上册，第 796 页。

反复讽咏,以俟人之自得。言有尽而意无穷,则神爽飞动,手舞足蹈而不自
觉。此诗之所以贵情思而轻事实也。①

以上所论,于诗之赋、比、兴"三义"中显然更重后二者。而关于如何合理运用
赋、比、兴的问题,钟嵘在《诗品序》中已述及之,他解释此"三义",以为"文已尽
而意有馀,兴也;因物喻志,比也;直书其事,寓言写物,赋也"。在他看来,要"弘
斯三义",须"酌而用之",也即"干之以风力,润之以丹彩,使咏之者无极,闻之者
动心,是诗之至也"。反之,"若专用比兴,则患在意深,意深则词踬。若但用赋
体,则患在意浮,意浮则文散"②。钟嵘提倡于赋、比、兴之法"酌而用之"的主张,
其意当然还在于戒忌专注一端会带来的"意深"及"词踬"、"意浮"及"文散"的弊
病,要求诗歌在表现艺术上趋向一种谐协匀和的理想境地。从理论上来说,钟
嵘的主张无所偏倚,兼顾诗歌不同的艺术环节而力加谐和,但是相对于赋而言,
比兴则成为后世诗家或论家更集中强调的议题。众家当中或主要从"风雅"、
"美刺"的角度,谈论比兴对于诗以言志明道的作用,如白居易在《与元九书》中
指出,"唐兴二百年,其间诗人不可胜数","索其风雅比兴,十无一焉",并自言其
诗"各以类分",而关于"讽喻诗"一类的特征,以为"自拾遗来,凡所适所感,关于
美刺比兴者,又自武德讫元和,因事立题,题为《新乐府》者,共一百五十首,谓之
'讽喻诗'","仆志在兼济,行在独善。奉而始终之则为道,言而发明之则为诗。
谓之'讽喻诗',兼济之志也"。③ 或着重基于诗歌艺术的审美诉求,申述比兴的
意义,如皎然《诗式》提出"诗有五格","不用事第一",又释比兴,谓"取象曰比,
取义曰兴","义即象下之意",并以陆机和谢灵运诗例,说明前者"是用事非比
也",后者"是比非用事也"④,以示比兴与用事之间的区别。这在另一方面,提示
了诗中比兴运用的合理意义。上引李东阳关于比兴的阐说,其显然更着意于诗
歌艺术本身,强调作为"托物寓情"的手法,比兴对于维系诗歌"言有尽而意无
穷"之蕴藉传达而非"正言直述"的表现艺术的重要性,在他看来,这在根本上则
取决于诗歌"贵情思而轻事实"的文体性质。正是鉴于强调运用比兴以营造"言

---

① 《李东阳集》,第二卷,第 534 页至 535 页。
② 《诗品笺注》,第 25 页。
③ 参见朱自清《诗言志辨》,《朱自清古典文学论文集》,上册,第 281 页至 283 页,上海古籍出版社 2009
年版。
④ 《历代诗话》,上册,第 28 页至 30 页。

有尽而意无穷"的艺术效果,李东阳同时提出意贵"远"、"淡"而忌"近"、"浓":

> 诗贵意,意贵远不贵近,贵淡不贵浓。浓而近者易识,淡而远者难知。如杜子美"钩帘宿鹭起,丸药流莺啭","不通姓字粗豪甚,指点银瓶索酒尝","衔泥点涴琴书内,更接飞虫打著人";李太白"桃花流水杳然去,别有天地非人间";王摩诘"返景入深林,复照莓苔上"。皆淡而愈浓,近而愈远,可与知者道,难与俗人言。①

如果说"近"、"浓"和浅俗、切直、繁靡等义项相关,那么与之相对的"远"、"淡"则当指深远、委曲、冲淡之意。亦以后者相尚,故而李东阳声称唐诗李、杜之外,孟浩然、王维"足称大家",比较二者,"孟却专心古澹,而悠远深厚,自无寒俭枯瘠之病。由此言之,则孟为尤胜";至如储光羲、岑参,储"有孟之古,而深远不及",岑"有王之缛,而又以华靡掩之"②。又其论苏轼诗,以为"伤于快直,少委曲沉着之意,以此有不逮古人之诮"③。凡此,对于"远"、"淡"之意的声张,显然和李东阳强调比兴的立场彼此相通,皆在于主张诗歌蕴涵深厚、委曲含蓄的表现艺术,维护诗歌有别于他者的文体规定性。应当指出的是,比兴作为一种在诗歌早期阶段已得到广泛运用的修辞方式,它明晰地指示诗歌这一特定文体基本而原始的艺术属性。正因如此,李东阳基于关注诗"体"的立场声明比兴艺术的重要性,在某种意义上也可以说,表达了他旨在追究诗歌的文体性质及其艺术属性以从本原上力加辨察和塑造之的企图。

同样性质的一个问题,也体现在李东阳关于诗歌音律的辩说。根据他的阐释,这重点涉及诗与乐之间构成的密切关系,如他在《孔氏四子字说》中对于诗作出的界定:"诗者,言之成声,而未播之乐者也。"④而在《怀麓堂诗话》中他又议及诗与乐的关系,以为"观《乐记》论乐声处,便识得诗法"⑤,还同时指出:

> 诗在六经中,别是一教,盖六艺中之乐也。乐始于诗,终于律。人声和

---

① 《李东阳集》,第二卷,第529页。
② 《怀麓堂诗话》,《李东阳集》,第二卷,第532页。
③ 《怀麓堂诗话》,《李东阳集》,第二卷,第551页。
④ 《李东阳集》,第三卷,第174页。
⑤ 《李东阳集》,第二卷,第532页。

则乐声和,又取其声之和者,以陶写情性,感发志意,动荡血脉,流通精神,有至于手舞足蹈而不自觉者。后世诗与乐判而为二,虽有格律,而无音韵,是不过为排偶之文而已。使徒以文而已也,则古之教,何必以诗律为哉![1]

合观李东阳以上所论,归纳起来,其主要说明了如下问题:第一,认为诗乃"未播之乐者也""六艺中之乐也",提示诗与乐关系密切,表明他对诗乐合一渊源追踪的高度重视。第二,指出后世诗与乐分而为二,诗合于乐的艺术特性由此受到损害,以至"虽有格律,而无音韵",如此,意味着"格律"与"音韵"的协调也就无从谈起。第三,有"格律"而无"音韵",其结果只能沦为排偶之文,说明诗若忽视"音韵",等于丧失了有别于文的"言之成声"文体之基本特征。

李东阳所言的"格律",当指近体诗在字数、平仄、对偶等方面的格式规定,[2]犹如李东阳论诗之"律",以为"所谓律者,非独字数之同,而凡声之平仄亦无不同也","律者,规矩之谓"[3]。而他声称的"音韵",则被视作在真正意义上融通于乐的一种音声表现。《礼记·乐记》云:"凡音之起,由人心生也。人心之动,物使之然也。感于物而动,故形于声。声相应,故生变。变成方,谓之音;比音而乐之,及干戚羽旄,谓之乐。"又曰:"乐者,音之所由生也,其本在人心之感于物也。"[4]这表示说,乐之所生乃是人心和外物交感的结果。李东阳提出"取其声之和者",用以"陶写情性,感发志意",盖大意从此导引而出,实则将主体"情性"或"志意"的感发和乐声的形成联系在一起。这便说明一个问题,即诗之"音韵"的构成或者说作为诗乐合一的表征,体现在诗人"情性"或"志意"的发抒与乐声之间的融合。李东阳认为,成功的"音韵"营构应当是一种朗畅而谐和的音声表现,如他评论温庭筠《商山早行》诗中"鸡声茅店月,人迹板桥霜"两句,表示:"人但知其能道羁愁野况于言意之表,不知二句中不用一二闲字,止提掇出紧关物色字样,而音韵铿锵,意象具足,始为难得。若强排硬叠,不论其字面之清浊,音韵之谐舛,而云我能写景用事,岂可哉?"[5]说明温庭筠的上述诗句善于借助"铿锵"又谐调的音声表现,抒写诗人的"羁愁野况",不失为诗与乐之间相为融通的

---

① 《李东阳集》,第二卷,第 529 页。
② 参见李庆立《怀麓堂诗话校释》,第 4 页,人民文学出版社 2009 年版。
③ 《怀麓堂诗话》,《李东阳集》,第二卷,第 539 页。
④ 《礼记正义》卷三十七,《十三经注疏》,下册,第 1527 页。
⑤ 《怀麓堂诗话》,《李东阳集》,第二卷,第 532 页。

一个范例。

尽管李东阳訾议后世诗乐分离，诗有"格律"而无"音韵"，但并不代表他就此排斥"格律"，从"协音律"的角度而言，关键是要处理好诗之"格律"与"音响"或"音韵"之间的谐协问题。他在《怀麓堂诗话》中谈到："长篇中须有节奏，有操有纵，有正有变，若平铺稳布，虽多无益。唐诗类有委曲可喜之处，惟杜子美顿挫起伏，变化不测，可骇可愕，盖其音响与格律正相称。回视诸作，皆在下风。"①这里所说的"操"、"纵"、"正"、"变"的音声节奏起伏变化，正体现了"音响"与"格律"的协调相称，以为杜甫诗歌"顿挫起伏"，主要也是就此来说的。按照李东阳的主张，与"言之成章"之文不同，诗作为"文之成声"者，更需要体现相应的音声节奏，就是所谓要"比之以声韵，和之以节奏"②，亦如他所说："若歌吟咏叹，流通动荡之用，则存乎声，而高下长短之节，亦截乎不可乱。"③以杜诗来看，尤其是一些异于声律常规的平仄运用者，在李东阳眼里，显示了在看似违拗声律节奏的字句结构中却能做到"起伏顿挫"及"自相谐协"的不俗功力，自属长于音声节奏而体现"协音律"的诗中翘楚。④

与此同时，作为"协音律"要求的一种具体展开，李东阳又十分注意对诗歌的别调辨体。他曾经说过："汉、魏、六朝、唐、宋、元诗，各自为体。譬之方言，秦、晋、吴、越、闽、楚之类，分疆画地，音殊调别，彼此不相入。此可见天地间气机所动，发为音声，随时与地，无俟区别，而不相侵夺。然则人囿于气化之中，而欲超乎时代土壤之外，不亦难乎？"⑤这里以不同地区的方言音声，譬喻历朝各代诗的不同的体征，说明特别从"音殊调别"的角度去分辨诗体是十分必要的。有关这一点，又如他所指出的，诗除了"具眼"之外，亦必"具耳"，"耳主声"，"闻琴断知为第几弦，此具耳也"⑥。就是说，需根据诗的音调声韵来加以判别辨析。

---

① 《李东阳集》，第二卷，第533页。
② 《镜川先生诗集序》，《李东阳集》，第二卷，第115页。
③ 《春雨堂稿序》，《李东阳集》，第三卷，第37页。
④ 李东阳《怀麓堂诗话》一再论及杜诗善于"协音律"的特点，如曰："诗有纯用平侧字而自相谐协者。如'轻裾随风还'，五字皆平。'桃花梨花参差开'，七字皆平。'月出断岸口'一章，五字皆侧。惟杜子美好用侧字，如'有客有客字子美'，七字皆侧；'中夜起坐万感集'，六字侧者尤多。'壁色立积铁'，'业白出石壁'，至五字皆入，而不觉其滞。此等虽难学，亦不可不知也。"（《李东阳集》，第二卷，第544页。）又如："五七言古诗仄韵者，上句末字类用平声。惟杜子美多用仄，如《玉华宫》、《哀江头》诸作，概亦可见。其音调起伏顿挫，独为遒健，似别出一格。回视纯用平字者，便觉萎弱无生气。"（同上卷，第547页。）
⑤ 《怀麓堂诗话》，《李东阳集》，第二卷，第544页至545页。
⑥ 《怀麓堂诗话》，《李东阳集》，第二卷，第530页。

别调辨体的目的在于检验诗的音声节奏,包括鉴察"格律"与"音响"或"音韵"谐协的程度,用以衡量诗作是否合乎乐声,进而判断其品位的优劣高下。《怀麓堂诗话》曾指出:"古诗歌之声调节奏,不传久矣。比尝听人歌《关雎》、《鹿鸣》诸诗,不过以四字平引为长声,无甚高下缓急之节。意古之人,不徒尔也。"①这显在提示,听今人歌吟《诗经》中《关雎》、《鹿鸣》诸篇,推测它们不像古作的声调节奏,其中"以四字平引为长声"和"高下缓急之节"成了一种具体参比判别的依据。《怀麓堂诗话》又曰:"诗用实字易,用虚字难。盛唐人善用虚,其开合呼唤,悠扬委曲,皆在于此。用之不善,则柔弱缓散,不复可振,亦当深戒,此予所独得者。"②诗歌如果运用虚字不善,容易产生负面的效果,所以说,用虚字比用实字要难。这同时又借此要证明盛唐诗人善于运用虚字的高明。而此处对于字法运用的讲究,实际上指涉诗歌产生的音声效果,说盛唐诗人善于用虚,主要还是指他们能结构出"开合呼唤,悠扬委曲"的音声抑扬调谐之美感,成为营构这样一种音声美感的理想实践者。李东阳在《拟古乐府引》中也说:"予尝观汉魏间乐府歌辞,爱其质而不俚,腴而不艳,有古诗言志依永之遗意,播之乡国,各有攸宜。"认为汉魏乐府歌辞得古诗之遗意,不仅体现在"言志",而且还呈示于"依永",后者显然就其音调声韵的特点而言,是说汉魏乐府歌辞能如古诗那样与乐声相合,呈现抑扬变化。值得一提的是,此引又论及元代文人杨维桢的乐府诗创作,杨氏生平有大量乐府之作,李东阳以为,杨维桢乐府诗虽"力去陈俗,而纵其辩博",然而"于声与调或不暇恤"③,成为明显的一个不足,这意味着它未能像汉魏乐府歌辞那般得古诗"依永"之遗意。

不仅如此,别调辨体也同时用来检验自我的诗歌经营之效果。《怀麓堂诗话》即述及作者自己请人验诗的特别经历:"今之诗,惟吴、越有歌。吴歌清而婉,越歌长而激,然士大夫亦不皆能。予所闻者,吴则张亨父,越则王古直仁辅,可称名家。亨父不为人歌,每自歌所为诗,真有手舞足蹈意。仁辅性亦僻,不时得其歌。予值有得意诗,或令歌之。因以验予所作,虽不必能自为歌,往往合律,不待强致,而亦有不容强者也。"④这种歌吟的方式之被当作检验自家作品行

①《李东阳集》,第二卷,第537页。
②《李东阳集》,第二卷,第536页。
③《李东阳集》,第一卷,第1页。
④《李东阳集》,第二卷,第537页。

之有效的方法,充分说明李东阳已注意将别调辨体的方法具体运用到自我创作过程之中。这方面,又可以结合观察他本人对于自拟古乐府的态度,其《拟古乐府引》即概括自己的撰作要求:"长短丰约,惟其所止;徐疾高下,随所会而为之。内取达意,外求合律。"①如果说"长短丰约"主要是指字句及篇章结构,那么"徐疾高下"则可说是针对音调声韵的要求而提出来的,所谓"随所会而为之",不但要"达意",而且要"合律",后者显然特别在意诗作的音声节奏如何合乎乐府古调。

李东阳基于诗"体"的"协音律"的要求,主张诗与乐的一体化,尤其是追溯至诗歌原始文本《诗经》而引为典范,认为"《诗》在六经中,别是一教,盖六艺中之乐也",用以对比"后世诗与乐判而为二",表达对"虽有格律,而无音韵"的诗歌本质属性沦丧的不满。这一多少显得偏执的主张,甚至使后人不禁产生"李西涯以诗为六艺之乐,是专于声韵求诗,而使诗与乐混者也"②的疑问。不过,说起来这和他强调比兴艺术的主张有着一个共同点,也就是同样具有从本原的角度追究诗歌的文体性质及其艺术属性的意味。文学史常识告诉我们,在以《诗经》为代表的古典诗歌的早期阶段,诗与乐的联系非常紧密,二者之间的融合由此成为早期诗"体"的一种重要标识。从这个角度来看,李东阳关于诗歌音律的辩说,注重诗合于乐的原初特性,申明作为"文之成声"者的诗歌在"音韵"上的不可缺失,以体现相应的音声节奏,其主要还是立足于诗"体"基本而原始的艺术属性来要求的,这又使人体察出他在诗歌体式规制上一种追本溯源的意图。

再来看李东阳强调的"言志厉俗"论。揣度其说,无论是运用比兴抑或协调音律,根本的目的自然还在于如何充分而艺术地表现诗人的情感志意,李东阳提出"所谓比与兴者,皆托物寓情而为之者也"③,又以为诗"有异于文者,以其有声律风韵,能使人反复讽咏,以畅达情思,感发志气"④,其意亦即在于此。不过,对于"言志厉俗"论的具体内蕴,我们尚需稍加辨析。

首先应当指出的是,"言志厉俗"论并未褪去经世实用色彩,在某种意义上,这多少和李东阳的台阁背景相联系。有关于此,李东阳在《赤城诗集序》中声

---

① 《李东阳集》,第一卷,第1页。
② 潘德舆《养一斋诗话》卷四,郭绍虞编选、富寿荪校点《清诗话续编》,第4册,第1952页,上海古籍出版社2016年版。
③ 《怀麓堂诗话》,《李东阳集》,第二卷,第534页至535页。
④ 《沧洲诗集序》,《李东阳集》,第二卷,第72页。

称，"诗之为物也，大则关气运，小则因土俗，而实本乎人之心"，"夫自乐官不以诗为教，使者不以采诗为职，是物也，若未始为天下之重轻，而所关者固在也"①。他在《王城山人诗集序》中又云："夫诗者，人之志兴存焉。故观俗之美与人之贤者，必于诗。"②指出诗之为教"本人情，该物理，足以考政治，验风俗"③，并以古为例证："古者国有美政，乡有善俗，必播诸诗歌以风励天下。"④不过，同样需要指出的一点，"言志厉俗"论除了指示诗于"政治"、"风俗"的实用价值之外，同时还包涵诗人情志抒写的多样性。李东阳说过，"诗之作也，七情具焉"⑤，主张诗之所作重在发抒诗人各种情感志意。人之"七情"皆可形之于诗，意味着复杂的诗人情感志意，不只是局限于考政验俗的公共领域，也指涉不同的私人领域的内容。前面所引李东阳《作诗乐》诗，其中咏及"弄月吟风恣嘲谑"，"陶情写性除烦浊"。这也说明，抒写诗人的情感志意，并不排斥诸如"弄风吟月"的私人情怀，相反，其被当作"陶情写性"的一个重要面向。不啻如此，又李东阳曾于弘治十八年（1505）二月编定《集句后录》，自述所录源于"幽情郁思，欲托之吟讽而未能者，略寻往年故事，集古句以自况"，他将此标示为"一时情兴所至，无关大政"，"感时触物之意，亦存乎其间"⑥。这一点又恰好说明，在李东阳眼里，即使是感触而生的那些"无关大政"的"情兴"，也未尝不可形之于诗篇。实际的情形是，这一诗学立场在他的日常诗歌抒写中也有所反映。如成化八年（1472）二月，时任翰林编修的李东阳奉父南归故乡茶陵省墓，沿途所经，赋诗以咏，得百二十馀首，汇入《南行稿》。他总结是稿所录，认为"其间流峙之殊形，飞跃开落之异情，耳目所接，兴况所寄，左触右激，发乎言而成声，虽欲止之，亦有不可得而止矣"，其中不乏属于"览形胜，玩境物，输写情况，振发其抑郁而宣其和平"⑦之作。成化十六年（1480）七月，李东阳任应天乡试考试官，校文南都，事毕还舟北上。对于此次北上之旅，他声称"于是尽得两京之形胜，神爽飞越，心胸开荡。烟云风雨之聚散，禽鱼草木之下上开落，衣冠人物风土俗尚之殊异，前朝旧迹之兴废不

---

① 《李东阳集》，第二卷，第 57 页。

② 《李东阳集》，第二卷，第 23 页。

③ 《孔氏四子字说》，《李东阳集》，第三卷，第 174 页。

④ 《邵孝子诗序》，《李东阳集》，第二卷，第 43 页。

⑤ 《怀麓堂诗话》，《李东阳集》，第二卷，第 545 页。

⑥ 《集句后录小引》，《李东阳集》，第一卷，第 704 页。

⑦ 《南行稿序》，《李东阳集》，第一卷，第 617 页。

常者,不能不形诸言"①,其中得诗百有二首,汇入《北行录》。如此说来,作者旅途所咏,多系触感而发,兴之所至,当中有感于各类"形胜""境物"之"聚散"、"殊异"、"下上开落"、"兴废不常"等,也可谓是"七情"所寄,不拘一端,他将行旅之中"耳目所接"全然形之于诗,主要还是为了尽情抒发诗人感于山水风雨、禽鱼草木、自然风土自我之体悟,寄寓自己览胜赏景的种种即时即地之"兴况",对此,当然无法一概以考政验俗的经世实用标准去加以鉴衡。

综观李东阳的诗学立场,如果说,倾力于诗道的振兴,投入诗歌的自我经营,且积极"以诗文引后进",奖掖更多文学之士,利用他自身的政治资源和文学影响去感召文坛,显示李东阳对于专尚经术时风的某种自觉的反动,以至于引起重视经术者的强烈戒惕和不满,那么,他用心辨别诗文体式规制的相互差异,企图防范和阻止文这一强势文体对于诗的领地的侵蚀,尤其是从"兼比兴"、"协音律"的角度,探讨诗歌的文体性质及其艺术属性,包括主张诗歌基本的修辞艺术,强调诗合于乐的原初特性,则可以看出他对诗歌更多给予了审美层面的关注,察识诗之为诗的文体的自主性和独特性,以保留诗歌本身的审美空间,在一定意义上凸显了其诗学取向的一种技术思路。而且,他面向诗人情感志意抒写的多样性,在注重诗歌于考政验俗的实用价值的同时,也认同将更多属于私人领域的诗人"情兴"或"兴况"寄寓诗中,多少表明他在诗歌表现功能解读上持有的包容态度。这些表态和举措,对于有着台阁背景的李东阳来说,自具不一般的意义,可以这么说,其又在不同程度上展示了超离有明前期重在维护正统、尊尚教化的台阁诗学体系的独特个性。同时作为成化、弘治之际一位政坛的显要和文坛的巨擘,李东阳的诗学立场不能不说具有一种风向标的意义,从一个侧面体现了此际台阁诗学内部的变化动向,也成为文坛取向的一个时代转捩点。

---

① 《北上录序》,《李东阳集》,第一卷,第651页。

第五章　正变之间：台阁诗学的遗响与别调

从探讨李东阳所处时代台阁诗学整体格局的需要出发，除了他本人之外，我们还应该注意到其他主要活动在成化、弘治年间馆阁诸士所秉持的诗学立场。审观此际台阁诗学的发展变化情形，其整体上呈现出一定的错杂性，一方面，作为具有官方背景的一个文学系统，它的价值取向无可避免地受到其被赋予的公共性特质的制约，最明显的一点在于，维护正统、尊尚教化的实用意识仍凸显在馆阁诸士的诗学立场之中，传递着台阁诗学基本而重要的精神诉求，体现了它的某种强势的影响力和延续性；另一方面，不同程度淡化实用色彩、重视诗歌艺术审美品格的立场，亦间或从一些馆阁文士的论诗主张中反映出来。而这种情形在一定意义上扩展了台阁诗学的问题面向，相应丰富了它的精神旨意，使人透过那些问题的面向，可以体察出这一文学系统在维系传统的同时又融合了某些变化。

第一节　诗歌风教传统的演述

前已述及，鉴于馆阁文士处于权力中心机构的身份及职能担当，这一特定的背景容易促使他们自觉向官方意识形态靠拢，是以维护正统和尊尚教化的实用主义在尤其自永乐以来的馆阁文士群体中具有更为广泛的认同度，并影响着他们对于诗学话语的选择。这一倾向，在李东阳所处的成、弘之际的馆阁诸士中间同样明显存在，也可以说是台阁诗学主导话语的一种延续，其中指向诗歌风教传统的阐释，成为凸显在他们诗学思想系统中的一个重要主张。

谢铎在《书赤城诗集后》中指出：

昔者先王之世，列国各以其诗隶之乐官，以备观省，以风化天下，而因以为教。后世之诗体既屡变，用亦不同，独其所谓考俗尚知政治者，盖可得而推。①

谢氏中天顺八年(1464)进士，改庶吉士，授编修。成化十一年(1475)进侍讲，值经筵。弘治三年(1490)擢南京国子祭酒。成化年间，谢氏辑《赤城诗集》六卷，皆为台州"先正诸君子所作也"，起自宋宣和至明洪武、永乐间，得数十人之作。谢铎以上的这一段话，不仅追溯至上古之世陈诗以"风化天下"、"因以为教"的传统，而且指示后世之诗能够考知"俗尚"、"政治"的承传脉络，他主要为了说明诗歌风教的渊源所自和流传情势，并以此为他陈述《赤城诗集》这部地方诗歌总集的编辑主旨和选录标准作必要的铺垫。这也即如他以下所言，认为是集所录"如久劳而息，如久病而苏，如穷阴沍寒而继以阳春，如惊风骇浪而跻于平陆；治不忘乱，乐不胜忧。故作者往往愤激悲壮，多闵时病俗之意，而其要率皆归之伦纪名教，读之可使人感发而兴起也。然则吾台一郡之俗尚兴，其所系以为政治者，亦岂不略可见哉！"②这一告白既是对辑录之作概括性的评述，也是对编辑意图总体性的交代，而有关寓含诸家诗作中的"伦纪名教"的意义发掘，重点还是为了揭橥它们和"俗尚"、"政治"之间构成的特殊联系。弘治十年(1497)，谢铎致仕家居，在《赤城诗集》旧集的基础上，"乃更加采录，以为新集"，凡十三卷，"起唐会昌以迄于今"。越六载，谢氏以新旧二集"参错无序，且版刻大小不伦"，因请于李东阳"点窜删定"，合为一集，"凡为卷一十有八，为诗九百八十有五，作者凡百五十三人"③。他在《书重刊赤城诗集后》中说：

诗者，人心之感物而形于言之馀也。心之所感有邪正，则其言之所形不能无是非。今之为诗，虽不得皆如古者列国之风悉陈于上，以考其政治俗尚，以行其劝惩黜陟之典，然学者即是以观，善者师之，而恶者改焉，则亦岂非劝惩之一助也哉！况言不以人废，而菁菲并采，使后之人得以因言而考行，则所谓监戒者，盖亦存乎其中矣。方今圣明在上，重熙累洽，礼乐百

---

① 《桃溪净稿》卷二十九。
② 《书赤城诗集后》，《桃溪净稿》卷二十九。
③ 《书重刊赤城诗集后》，《桃溪净稿》卷三十二。

年而后兴,固其时也,又宁知观风之使不以此为职,乐官之隶不再见于今,而大行其劝惩黜陟之典也哉!①

将前引《书赤城诗集后》结合起来加以考察,不难发现,谢铎前后辑诗的宗旨一以贯之。这里,他显然仍以古代陈诗而用来考政验俗、劝惩善恶的传统作为参照的范例,同时由古及今,说明当下太平盛世,礼乐大兴,具备施行风教传统的必要基础,并且因此将汇辑台州历代诸家诗作的意义指向,定位在诸如"劝惩"与"监戒"的基本目标上。尽管以上谢铎的解说主要针对编辑台州一方诗歌文献而言,但令人从中可以窥见他在诗学问题上的某种取向。值得提及的是,谢氏生平重穷理经世之学,他曾在《科举私说》中表示,"今之科举,罢诗赋而先之经义,以观其穷理之学,则其本立矣。次制诏论判,而终之以策,以观其经世之学,则其用见矣。穷理以立其本,经世以见诸用,是虽科举之学,苟于此而尽心焉,则古之所谓德行、道艺之教,盖亦不出诸此,而其所以成人材、厚风俗、济世务而兴太平也,亦岂有不及于古之叹哉"②!其主要从科举取士的角度,说明穷理以立本、经世以致用的重要意义。扩而言之,这种重视实用主义的意识同时浮现于谢铎有关为文之道的论述,如其《愚得先生文集序》云:"昔人有言,文之用二,明道、纪事而已矣。六经之文,若《易》若《礼》,明道之文也,而未尝不著于事;若《书》若《春秋》,纪事之文也,而未尝不本于道。后世若濂、洛、关、闽,则明道之文,原道复性,盖庶几乎是者也;司马迁、班固,则纪事之文,唐、隋、五代史,盖因袭乎是者也。舍是而之焉,非文之弊,则文之赘也。"并认为"虽不主于明道而于道不可离,虽不专于纪事而于事不可缓",是以"上而郊庙朝廷,下而乡党邦国,近之一家,远之天下,皆未有一日舍是而为用者也"。自此出发,他提出"君子所贵乎文者,体道不遗,言顾其行,有益于实用而不可缺焉耳",推崇本于"道德伦理之懿,言之自身,而不为无用之文以取誉于天下"③。联系起来看,上述说法和谢铎于诗重风教传统而着意其中"伦纪名教"的理念诚有相通之处,因此,或可视作从中辨识他诗学取向的一条辅佐性途径。

站在阐扬诗歌风教的合理性和必要性的立场,更加专注于对历史传统的寻

---

① 《桃溪净稿》卷三十二。
② 《桃溪净稿》卷二十八。
③ 《桃溪净稿》卷三。

讨和标榜,这不仅是一些馆阁文士所采取的诠释策略,也是他们所期望的正统归向。成化二年(1466)进士、改庶吉士、授编修的章懋,撰有《诗论》之篇,其中主要谈议《诗经》二《南》的歌咏旨意和表现特点,他在该篇开端即提出:"《诗》之二《南》,盖所以咏歌文王之化也。圣人采民谣被管弦,而用乡人邦国,以化天下,以教后世,铿锵炳耀,馨馥汗简,固宜其诵圣德而美政治者,无所不至也。"看得出,这一说法在为二《南》的大旨定调,并且指明圣人采诗"以化天下,以教后世"的根本意图。同时章懋认为,二《南》的表现有异于直接"诵圣德而美政治"的歌咏特点,从表面上来看未咏及周文王的德化:"今考其诗,大率多述闺门之事,与夫村谣野诵之声,其词曾无少及于文王者,是岂文王之德无足称耶?"但追究起来,"此文王之所以为至德,所谓其民暤暤而莫知为之者也"。也就是说,"举一世之人,咸囿于文王大造之仁,鼓之舞之,而莫测其用。譬犹乾元默运,太虚无为,而花木飞走群生之物,发育长养于春风和气之中,不知所以然而然也"。因此,从诗歌的具体表现而言,"其形诸咏歌,亦不过如春鸟秋蛩,感时令而自鸣其乐耳,彼何有于文王之德而咏歌之哉",更何况"高厚不可绘,而动植易以画;溟渤不可探,而沼沚易以测。仁厚之公子可以麟趾比,仁心之诸侯可以驺虞言,而文王之仁非特驺虞麟趾也,彼虽欲歌颂之,亦安所措其舌哉"? 然亦因为如此,其中恰恰透出文王之德至深至远而潜移默化的特殊感化效应。章懋对此进一步解释说,"众流涓涓,皆大海之水;隙光荧荧,皆日月之明。彼后妃夫人与其诸侯大夫之贤,何莫非文王之化哉! 诗人知辞虽未尝及于文王,而实以深见文王之德转移动化之妙,始作于家邦,终于四海,无以复加者矣"[①]。其大旨在于说明,二《南》虽辞未及文王,但实际上则透过"闺门之事"和"村谣野诵之声",传达出文王之德涵煦天下之盛之美。章懋的这篇《诗论》,尽管议论的是《诗经》中二《南》"咏歌文王之化"的诗旨和表现特点,但应该说,从另一面反映出他在上溯诗歌历史过程中对于风教传统的追寻和标誉。与这个话题相关,他在《新刊杨铁崖咏史古乐府序》中所作的陈述,又值得注意,序中指出:"自王迹熄而《诗》亡,一变而《骚》,再变而《选》,而乐府,而歌行诸作,至三变而为律。作者徒知从事声偶之间,而不能驰骋以极夫人情物理之妙,其去古也远矣。"这显然是说,通观《诗经》以降诗歌演变的历史,后世那些只是留意"声偶"之作,已经背离了古

---

① 《枫山集》卷三,《景印文渊阁四库全书》,第 1254 册。

代诗歌的传统。而他又借此对比杨维桢咏史古乐府,认为:"独先生之作逸于思而豪于才,抑扬开阖,有美有刺,陈议论事,婉而微章,上下二千年间,理乱兴亡之故,若指诸掌,而其命辞皆即史传故实,钃括而成,叶诸金石,若出自然,昌黎所谓'横空盘硬语,妥贴力排奡'者。"①他对杨维桢咏史古乐府的评价不乏褒扬,这一评述的核心意思,主要是认定杨氏的那些古乐府之作尤其能美刺善恶,指涉历史上的理乱兴亡,不失古诗的传统,多得其风教之旨。

在这个问题上,还可以注意另一位馆阁文士程敏政的相关论见。程氏于成化二年(1466)进士及第,授编修,历左谕德,直讲东宫。孝宗嗣位,进詹事府少詹事兼翰林院侍讲学士,直经筵,仕终礼部右侍郎。为人学问该博,"于书无所不读",又"作为文章为时辈所推"②,在成、弘之际文坛有一定的影响力。他曾在《咏史绝句序》中指出,"《诗》美刺与《春秋》褒贬,同一扶世立教之意"③;《毅斋熊公夫妇挽诗序》又论及,"述德以诏后者莫如志,风德以感人者莫如诗",由此推重"未为无补于风教"④之作。这样的释说,相当于是他针对诗歌功能与价值所作出的一个基本判断。除此之外,程敏政又曾谈到"先王陈诗之制"的问题,他在《西巡纪行诗序》中表示:"诗有六义,而风居其首焉。故先王五年一巡守,命太师陈诗以观民风,因其声之正变,以求俗之浇淳,而国之治忽从可知已。"当然,程敏政之所以在意古代陈诗的传统,很重要的一点,还是缘于他关注诗歌和政治风俗之间的联系,重视诗歌本身美刺感化的风教作用,主张不为徒咏"光景"、"风月"之类的无益之作,他在这篇《西巡纪行序》中,即又指摘"彼世之言诗者,率不过流连光景,嘲咏风月,其弊至于蛊善人而坏雅俗,则先王陈诗之制,如之何其可废哉"⑤!个中意旨,一目了然。如要进一步认识程敏政关于这个问题的论见,不能不特别提到他的《诗考》之篇,其中探讨了古代陈诗以及孔子删《诗》的问题:

　　古者胄子之教、过庭之训,皆于诗乎得之,所谓养其良知良能者也。而今之诗,乃取夫狎邪淫荡之词,杂乎《清庙》、《生民》之列,言之污齿颊,书之

---

①《枫山集》卷四。
②无名氏《礼部右侍郎兼翰林院学士程敏政传》,《国朝献征录》卷三十五,第2册,第1439页。
③《篁墩程先生文集》卷二十三,明正德刻本。
④《篁墩程先生文集》卷二十九。
⑤《篁墩程先生文集》卷二十二。

秽简牍，师何以授之于徒，父何以诏之于子。而况圣经贤传之旨，本以为治性养心之具，曰非礼勿言，非礼勿听也，曰口不道恶言，耳不听淫声也，其严如此。诗也者，心之声而发乎性情者也。孔子删而定之，放其郑声，以为万世之常经，顾乃有取于斯。则其所删者为何诗，而其所放者又何声哉！或曰古者太师陈诗以观民风，故美恶不嫌于兼取也。是大不然。陈诗观风，不过曰某地之诗其可传者若干，如二《南》之类，则其风之美可知也；某地之诗其可以示戒者若干，如刺淫之类，则其风之杂可知也。至于某地之诗无可采者，则其风之恶亦不言而喻矣，岂必以其狎邪淫荡之词而尽陈之哉！……刺淫之诗，乃孔子之所必存者也；淫者自作之诗，则孔子之所必删者也。古今人情不大相远，而理之在人心者，无古今也。如有以狎邪淫荡之辞与《伊川击壤》之集、朱子《感兴》之诗俱收而并录之，日与学者讲肄而诵习之，曰此将以示劝也，彼将以示微也，其不以为侮圣言者几希。又曰以之敷陈演说于讲帏经幄之前，曰此将以示劝也，彼将以示微也，则下流于不敬而蹈诲淫之辙，上以为故常而启效尤之心，其贼经而害教，有不可胜言者矣！……诗之为教，盖无出温柔敦厚、思无邪之两言，苟去淫者自作之辞，而存刺淫之作，则其说可通也。①

程敏政认为，就古代陈诗以观民风的举措来说，采陈什么样的诗是有所选择的，主要看诗是否具备美刺的意义，并非"美恶不嫌于兼取"，而如"狎邪淫荡之词"则不在采陈之列，表明陈诗观风自有其一定的取舍标准。同时他又认为，像孔子删《诗》而放郑声，更能代表选取诗歌的一种严正态度，特别是对于"刺淫"和"淫者自作"之诗，自能采取存去的原则，传达"圣经贤传之旨"。而从古今之间的联通性来说，二者"人情"相去不远，言下之意，"今"参比于"古"，自应于诗严格取舍，但实际的情形则是，今人"取夫狎邪淫荡之词，杂乎《清庙》、《生民》之列"，如此一概不加区分的做法，只能导致"言之污齿颊，书之秽简牍"的负面结果，这已违离了古人的取舍标准，与古时陈诗的传统迥然相异，也是令人不可接受的。客观地说，程敏政在这篇《诗考》中所作的考释，并没有为我们提供更多的新意，探察上说的中心意向，不论是有关古代陈诗的推断，还是针对孔子删

① 《篁墩程先生文集》卷十一。

《诗》的解说,它们的重点无不是以一种追本溯源的方式,标举先王圣师倡扶诗歌风教的典范意义,且通过这种追溯的方式,寻找更具权威性和信服力的历史依据,以为"贼经而害教"之戒鉴,而他对于"诗之为教"的理解,最终并没有摆脱"温柔敦厚"、"思无邪"这一类传统的释说话语。但也正因如此,我们可以看到具有台阁背景的程敏政,多少受制于身份和职志,在诗学取向上自觉回归正统的立场。

第二节　正大和平审美范式的张扬

检视成、弘之际馆阁文士的诗学思想系统,不仅能够发现诸士对于诗歌风教传统不同角度的指涉,而且还可以注意到他们在诗歌审美取向上的有关表述。从一些馆阁之士的言论中可以明显看出,诸如"正大"、"和平"一类涉及诗歌审美的规范性要求,为他们多所述及。究察起来,那些论述大体上不离之前在馆阁文士群体中比较流行的重视典雅淳正、温厚和平一路诗风的基调,在某种意义上显示台阁诗学话语有着较强稳定性或持续性的一个方面。

馆阁之士黄仲昭在为泰和曾翚所作的《省轩存稿序》中指出:

> 欧阳文忠公有言,文章足以润身,政事足以及物。盖文章所以立言,政事所以立功,二者虽若不同,而皆根本于吾心;心存乎道,则其发于文者为德言,施于民者为德政,岂判然为二哉? 古之君子道得于心,非有意于立言,而人以其言为法;非有意于立功,而其泽恒被于世。后世工于文辞者,或不根于理;敏于政事者,或无益于民。凡此皆不足以语道也。求之近世,若致仕少司寇泰和曾公,其几于古之君子乎! ……以廉慎持身,以仁爱临民,在朝廷则有公忠直亮之风,在方岳则效承流宣化之职。虽未究其所蕴,然随其所至,而民之被其泽者亦侈矣。此其道之著于政事者也。其文辞驰骋而不放,严整而不滞,其诗歌质实而不俚,雕刻而不凿。大抵言论迪乎德义,兴致本乎风雅,正大和平,读之足以使人革其浮靡纤丽之习。此其道之著于文章者也。[①]

---

① 《未轩文集》卷二,《景印文渊阁四库全书》,第 1254 册。

黄仲昭于成化二年(1466)进士及第,选入翰林为庶吉士,授编修。既与章懋、庄㫤同以直谏被杖,谪湘潭知县。弘治初,除江西提学佥事。从这篇序文的陈述来看,作者议及曾棨的诗文创作和理政特点,对于前者,他则以"正大和平"相评断。所作的这一论评,既是对曾氏诗文风格特征的概括,同时也表达了作者本人对于诗文经营的某种审美诉求。假如联系此前馆阁诸士所论,即可以发现,其时在馆阁文士群体中就不乏推崇诸如"温厚疏畅而不雕刻,平易正大而不险怪"的"和平雅正"①的诗风者,那些馆阁之士属意于此,不仅为了以"明白正大之言,宽裕和平之气,忠厚恻怛之心",连接"蹈乎仁义而辅乎世教"②的本乎道义和指向教化的诗歌表现之正脉,而且倾向将"和平雅正"那样一种典雅淳正、温厚和平的诗风与所谓"盛世之音"③关联在一起,说到底,这表明他们立足于重视抒写性情之正和裨益世道的价值基准,根本于主张诗歌表现和政治情势紧密关联的以诗观政的基本立场,更看重旨在充分展示明帝国政治盛景的诗歌表现之效能。而另一方面,也鉴于这一诗歌审美范式更多被赋予了政治和道义的特定内涵,毫无疑问,它在审美意义上的纯粹性和个别性是要大打折扣的。应当说,黄仲昭在这里所标示的"正大和平"的风致,也显然注入了具有某种政治和道义指向的规范涵义,用他评价曾棨诗文特点的话来说,这就是所谓"言论迪乎德义,兴致本乎风雅"。结合上序开头所言,他把这一抒写目标的实现,归根于"心存乎道",而比较"道得于心,非有意于立言"之"古之君子"和"后世工于文辞者"所为及不同的结果,正是为了阐说这个重要的原理。质言之,所谓"心存乎道"的说法,实际指涉作为创作基础或根本的作家个体内在的修养,强调得"道"言"德"要从养"心"做起,而不能仅拘限于文辞的工夫。相关的问题,黄仲昭在为友人莆田魏时敏所作的《竹溪诗集序》中亦有所论及:

> 子朱子释孟子之知言,谓其心明乎正理而无蔽,然后其言平正通达而无病。予窃以为,此非独可以知言,其于观人之诗亦不外此也。盖言者,心之声,而诗又言之精者。诗有纯疵邪正,有不本诸心乎?予观近世之诗,学豪壮者,多流于狂诞而鲜和平之气;学缛丽者,多流于纤靡而乏正大之体;

---

① 彭时《杨文定公诗集序》,杨溥《杨文定公诗集》卷首,《续修四库全书》影印明抄本,第1326册。
② 杨士奇《胡延平诗序》,《东里文集》卷四。
③ 彭时《杨文定公诗集序》,《杨文定公诗集》卷首。

学冲淡者,多流于浅俚而无隽永之味。是岂独诗之罪哉?盖其心不明乎正理而各有所蔽焉耳。……(魏诗)其气和平,其体正大,其味隽永,蔼然有盛唐风致。盖其平日笃于学以养其心之体,平其政以达其心之用,故见于诗者,兼全众美若是也。①

品味上序所议,作者针对魏氏诗歌的论评,分别从"气"、"体"、"味"三个方面加以辨析,这当中就包括了为他格外注重的"正大"、"和平"的审美评判。在黄仲昭看来,这些方面正是魏氏诗歌不同于他作的表现特点,也是近世一些有意于摹习而学"豪壮"、"缛丽"、"冲淡"的诗家所难以达到的,彼此之间的差别,完全取决于养"心"之与否,这是最为根本的原因之所在;惟有"心明乎正理而无蔽",才能创作出"纯"而非"疵"、"正"而非"邪"的诗歌,才能体现"正大"、"和平"一类的审美效果。故曰诗为"心之声","诗有纯疵邪正",全然"本诸心"。如此的评断,则无异于将这种诗歌审美的规范性要求与诗人的内在修养密切关联起来。比较而言,这样的说法又很容易令人联系到之前一些馆阁文士的论诗意见,无论如杨士奇主张君子所养要"本于道义之正"②,认定"诗以理性情而约诸正"③,还是如金实声言"诗为心声,心得其所养,则发而成声者,出乎性情之正,所谓有德者必有言也"④,黄仲昭上述所论,都显然与之相仿佛,无不是在强调诗歌表现和诗人内在修养的密切关联,明确"正大"、"和平"之诗是以诗人"心"之所养之"正"作为本质基础。

再回到前面提出的问题,从"正大"、"和平"指示的特定要求来说,很显然,它基本没有脱出前已议及的多为馆阁文士所倾重而具有某种规范性和纯正性的典雅淳正、温厚和平的审美畛域,这自然也可以理解,为何如上黄仲昭会将其与"浮靡纤丽"或"狂诞"、"纤靡"、"浅俚"相对而立。而且不得不指出,对于这一审美范式的声张,又有着不容忽视的时代政治语境,从根本上说,它即承载着尽力展示明帝国政治盛景那么一种文学抒写的特定诉求。关于这一点,不妨再来看张昇在为太仓人太常少卿马绍荣所撰《纪盛稿序》中对于"和平之音"的推许。

----

① 《未轩文集》卷二。
② 《赠萧照磨序》,《东里文集》卷四。
③ 《玉雪斋诗集序》,《东里文集》卷五。
④ 《兰圃遗稿叙》,《觉非斋文集》卷十四。

昇中成化五年(1469)进士,授修撰,陞右春坊右谕德。弘治初,进左庶子兼翰林侍读,历南京工部员外郎、詹事府少詹事,仕至礼部尚书。他在这篇序文中提出:

> 《周礼》若正大雅朝会之乐、受釐陈戒之辞于咏歌洋溢之中,而凛然有严重齐庄之意,后世诵之者,心气平和,不觉欢欣鼓舞,可以想见成周太平之气象,盖诗人妙于形容而然也。太常少卿马先生,自少肄此经而有得焉,故其发于制作,往往多和平之音也。如所谓《纪盛稿》者,于祀郊庙、社稷、斋宿、庆成、经筵、节序,凡涉朝廷之典者,俱赋诗以发扬之,纪当时之盛,纾畅悦之情也。……人之怨乐,必形于言,政之善恶,必有美刺,皆自然之情,不可诬也。如宋玉之《九辨》、枚叔之《七发》、梁鸿之《五噫》、张衡之《四愁》、李之《夜郎》、杜之《成都》之作,缘不得志,故其词如彼,而世道可知。先生躬际明时,海宇宁谧,人文宣昭,以儒生领天顺壬午乡荐,成化丙戌预修英庙实录成,寻授中书舍人,成化乙未入内阁预制诰事,累官至今秩。亲睹隆平熙洽之气象,身与时泰,志与物春;所居者近地,所履者坦途,所事者文墨,所司者王言。焉往而不乐,岂怨夫逐客、沉冥烟郁、悲时忧国者可同日语哉! 故此集上阐圣化之弘敷,下庆己身之际遇,昭礼乐之盛明,叙燕飨之和洽,发讲帷之密勿,侈馆阁之清华。噫,斯世岂易逢哉! 抑非先生之诗不能形容也。……后世得而读之,其必悚然以思,跃然以喜,而慕当代之盛隆为不可及,不犹今之人而仰成周之休哉! 愚窃以为诗于世不为无补。[1]

值得补充的是,张昇曾经在《萃英集序》中评述“诸君子”遗赠都察院右都御史当涂李蕙诸作,以为“宏深雅健,温厚和平,偕金石,协律吕者,其可传也已”[2],又《游西山诗序》系他弘治九年(1496)偕诸士游西山因有酬和诗篇而作,序中阐说吟咏之旨要,以为“际文明之代”,“振大雅之音,发雄深之思,鸣治世之隆”[3],所论也明显流露了他推崇“和平”之作与重视鸣世之盛的自觉意识。至于这篇《纪盛稿序》,则由对马氏诗歌的品评出发,更加明确地将发抒“和平之音”与表现

---

① 《张文僖公文集》卷一,《四库全书存目丛书》影印明嘉靖元年(1522)刻本,集部第 39 册。
② 《张文僖公文集》卷三。
③ 《张文僖公文集》卷五。

"隆平熙洽"的盛世气象联系起来。它蕴含了如下两重意思：一是诗人"躬际明时"，遭逢其盛，当世政治的昌明熙洽，为他"纪当时之盛，纾畅悦之情"创造了必要的抒写空间，故而认为那些处于衰落时代或困窘境遇的"怨夫逐客、沉冥烟郁、悲时忧国者"不可与之同日而语；二是"和平之音"的制作，更能与"当代之隆盛"的时代景象相谐配，更贴合明帝国礼乐"盛明"、君臣"和洽"的政治气氛，使人不能不为之产生感慕之心，故而又可说是对于当世"不为无补"。

　　总体而言，虽然身为馆阁之士的黄仲昭、张昇讨论"正大"、"和平"审美范式的视角有所不同，或偏重创作主体养之于"心"的内在修持，或渲染"隆平熙洽"的盛世气象的时代景况，但彼此之间有一点是相近的，这就是他们并非单纯从技术或艺能的要求出发去加以阐释，而是十分注重其根植传统道义、应合时世政治的基本精神内涵的模塑。从这个角度来看，在审美层面上，其规范化的要求胜过了个性化的要求。

第三节　诗心与诗趣的阐说

　　如果再拓展开去，这一时期，馆阁文士群体中也有一些人物在诗学问题上的表态引人注意，比如吴宽和王鏊。吴于成化八年（1472）会试、廷试皆第一，授修撰，历太子右谕德。弘治初，任春坊左庶子，预修《宪宗实录》成，进詹事府少詹事兼侍讲学士，擢吏部侍郎兼翰林院学士，仕至礼部尚书。王于成化十一年（1475）进士及第，授编修。弘治初，迁侍讲学士，充讲官，转少詹事，擢吏部右侍郎。正德时，累迁户部尚书、文渊阁大学士。吴、王二人尽管有着长时间的馆阁仕宦经历，并且在文学趣味上或多或少怀有馆阁文士的习气，如王鏊论文，声称"明兴作者代起，独杨文贞公为第一，为其醇且则也"[1]，对于馆阁前辈杨士奇的文风十分推崇，接受馆阁文习的浸染，大略可见一端，但与此同时，他们又并不是完全按照台阁以维护正统和尊尚教化为核心的文学话语系统来发言，而是在相关问题上，各自的表态不同程度地展示了个人的文学立场。

　　就对诗学问题的阐说而言，先来看吴宽在《中园四兴诗集序》中的一席陈述：

---

[1] 《匏庵家藏集序》，《震泽集》卷十三，《景印文渊阁四库全书》，第 1256 册。

古诗人之作，凡以写其志之所之者耳，或有所感遇，或有所触发，或有所怀思，或有所忧喜，或有所美刺，类此始作之。故《诗大序》曰："诗者，志之所之。在心为志，发言为诗。"后世固有拟古作者，然往往以应人之求而已。嗟夫，诗可以求而作哉？吾志未尝有所之也，何有于言？吾言未尝有所发也，何有于诗？于是其诗之出，一如医家所谓狂惑谵语，莫知其所之所发者也。

吴宽在上序中谈到的，其实是历来很多诗家或论家都会涉及的一个体现根本性的老话题，这也就是，诗歌究竟需要表现什么，如何在真正意义上反映诗家之心。《毛诗序》提出"诗者，志之所之也。在心为志，发言为诗"，代表着对"诗言志"这一传统诗学核心命题一种完整的归纳和表述，①这里吴宽引此，其主要的意图，应该是为了明确表达要求诗歌"写其志之所之"、呈现真切之诗心的中心观点。仅就此而言，这一提法不见得具有多少创辟性，它更像是在重复诗学一个带有共识性或常识性的话题。但要是考虑到吴宽提出问题的话语背景，那么它的意义指向并不止于此，这是因为，在继上述此段话之后，作者又表示："予自官于京师，承乏太史氏，四方之人以京师为士林，而又以馆阁为词林，争有所求，然率不过庆贺哀挽之作而已。幸其或为贞孝节义事，正吾所当咏歌者，又无从核其事之有无，漫出数语应之。至于中之所欲言者，反为所妨，而未暇于作，常欲峻绝求者，以力追古人，而未能也。"②对于身处馆阁这一"词林"中心的吴宽来说，鉴于日常大量文字酬应，言不由衷和事不切实的不得已之作在所难免，以至妨碍个人内心"所欲言者"的表达，这种经验显然令他感到颇为无奈。在吴宽看来，那些漫然为之的应求之作，更多不过是出于一时的敷衍，也如同后世困于酬应的拟古作者，难以真正企及"古诗人之作"，这和或有所"感遇"、"触发"、"怀思"、"忧喜"、"美刺"的"写其志之所之"的古人之诗心，已迥然相异，二者完全不在同一发抒的层面。从吴宽的以上陈述观之，他在检讨本人日常创作行为的同时，其实也披露了馆阁文士的文字负担和创作环境的局限，尽管他所要努力阐发的，不过是"在心为志，发言为诗"这么一个延绵久远、众所周知的传统诗学原

---

① 参见陈伯海《中国诗学之现代观》，第 45 页，上海古籍出版社 2006 年版。
② 《匏翁家藏集》卷四十。

理,未必在其蕴意上有所发掘,但是因他出于身处馆阁的切身感受,故而所议论的问题更有着某种针对性的意义。事实上,吴宽通过不同的篇翰一再强调如前序所主张的诗以言志、发为心声的重要性,足以说明这个问题为他念之不忘。如《公馀韵语序》指出:"夫诗以言志,志之所至,必形于言,古人于此未有弃之者。故虽衰周之人从役于外,而诗犹可诵,况生于今之盛世者乎?"又如《容溪诗集序》评他人诗作,以为"既得诗人之体,且其词气严厉,而愤世感事之意,时复发见,若利剑出匣,锋铓差差,见之凛然,不敢狎视,正如其为人。故曰在心为志,发言为诗。谓诗非心声也哉"①? 这一为吴宽反复声称的主张传递了一个重要信息,也就是他对于明确诗歌抒写的基本目标的高度重视,而这样的一种重视态度,又和他的馆阁阅历、创作经验以及反省意识不无联系。

不仅如此,关联基于传统诗学原理的诗以言志、发为心声这一抒写的基本目标,吴宽同时又极力推崇诗歌表现"萧散简远"或"萧散冲澹"的诗人之胸襟。他的《题重刻缶鸣集后》评高启诗云:"若季迪生值元季,非不知有子美者,独其胸中萧散简远,得山林江湖之趣,发之于言,虽雄不敢当乎子美,高不敢望乎魏晋,然能变其格调,以仿佛乎韦、柳、王、岑于数百载之上,以成皇明一代之音,亦诗人之豪者哉!"②《跋子昂临羲之十七帖》所论则由书及诗:"书家有羲、献,犹诗家之有韦、柳也。朱子云,作诗不从韦、柳门中来,终无以发萧散冲澹之趣。则书不从羲、献,可乎?"③在吴宽眼中,特别是像唐代诗人韦应物、柳宗元等人诗作中多所表现出来的这种"萧散简远"或"萧散冲澹"的胸襟,则是所谓"高趣"的呈露,他在《完庵诗集序》中就指出:

> 夫诗自魏晋以下,莫盛于唐。唐之诗如李、杜二家,不可及已,其馀诵其词,亦莫不清婉和畅,萧然有出尘之意。其体裁不越乎当时,而世似相隔;其情景皆在乎目前,而人不能道。是以家传其集,论诗者必曰唐人唐人云。抑唐人何以能此? 由其蓄于胸中者有高趣,故写之笔下,往往出于自然,无雕琢之病。如韦、柳又其首称也。世传应物所至焚香扫地,而子厚虽

---

① 以上见《匏翁家藏集》卷四十二。
② 《匏翁家藏集》卷四十九。
③ 《匏翁家藏集》卷五十。

在迁谪中,能穷山水之乐,其高趣如此,诗其有不妙者乎?[1]

根据吴宽的阅读心得,唐人诗人中间除了有李、杜这样难以企及的杰出人物,又有众多诗家所作"莫不清婉和畅,萧然有出尘之意",其源自他们胸中蓄有"高趣",这是唐人诗歌的优势所在,而韦应物、柳宗元又是富有"高趣"之翘楚。吴宽所声称的这种"萧散简远"或"萧散冲澹"的"高趣",主要是指寄心江湖、放情山水、越出世俗尘障的高远超拔的志趣,从本质上说,这种"高趣"显然融合了传统文士隐沦放逸的精神追求。所以,吴宽序沈周《石田稿》乃提出了诗"穷而工"不如"隐而工"的问题:"诗以穷而工,欧阳子之言世以为至矣。予则以为,穷者其身阨,必其言悲,则所谓工者,特工于悲耳。故尝窃以为,穷而工者,不若隐而工者之为工也。盖隐者,忘情于朝市之上,甘心于山林之下,日以耕钓为生,琴书为务,陶然以醉,翛然以游,不知冠冕为何制,钟鼎为何物,且有浮云富贵之意,又何穷云。是以发于吟咏,不清婉而和平,则高亢而超绝。"[2]需要指出的是,吴宽从标誉"忘情于朝市之上,甘心于山林之下"的隐逸境界出发,以诗"隐而工"相尚,这似乎和他处在庙堂之上的馆阁文士的身份并不相符。换言之,虽然他作出这样的解说,却并不能将此简单看成是其对于隐者身份表达企羡。更确切一点地说,他的根本意图则在于通过进入隐者深层的精神世界,去开掘和发扬一种洒落闲淡、清超高绝的创作襟怀,看重的是隐者脱出流俗、享受自我的精神自得。以吴宽的理解,这既是诗人应当怀持的胸襟,又是形成诗歌"清婉"或"高亢"的自然而独特风格的基础;既是对诗人自我心志的塑造,又是对诗歌艺术韵趣的营构。就此,还可以注意吴宽的其他相关表述,他在《樵乐存稿序》中也指出,"市廛之尘埃,孰比乎烟霞之胜;闾巷之人迹,不若乎泉石之佳。发乎兴致,荡乎胸怀,景美而意自奇,迹爽而趣自妙,不期乎诗而诗随之"[3]。又他《石田稿序》评鉴沈周诗作,描画其风格特点,"落笔成篇,随物赋形,缘情叙事,古今诸体,各臻其妙。溪风渚月,谷霭岫云,形迹若空,姿态倏变,玩之而愈佳,揽之而无尽。所谓清婉和平、高亢超绝者兼有之"[4]。合

---

① 《匏翁家藏集》卷四十四。

② 《石田稿序》,《匏翁家藏集》卷四十三。

③ 《匏翁家藏集》卷四十二。

④ 《匏翁家藏集》卷四十三。

观其论,作者无外乎要阐明这样一个核心的问题,体认山水自然、超越世俗尘障而追求一己之自得,除了能够陶冶诗人"萧散简远"或"萧散冲澹"的胸襟,同时为诗歌生发诸如"景美而意自奇,迹爽而趣自妙"、"玩之而愈佳,揽之而无尽"那种未经雕琢而韵致无穷的趣味奠定必要的基础。概言之,作为一位馆阁之士,吴宽大力标榜山林心志及其形之于诗歌表现的艺术韵趣,这一态度较之以往具有浓重庙堂色彩的台阁诗学立场,的然有所不同,表达了他个人在诗学问题上的某些独立见识。

与吴宽"生同乡,仕同朝,相知最深且久"①的王鏊,在诗学问题上同样多有阐论,而从这些论述当中可以看出他本人的兴趣所在。鏊生平好古文词,自述"志甚锐,务追古作者为徒"②,重视取法古人之作,亦一如他在《容春堂文集序》中评述邵宝诗文,以为"其志直欲追古人而并之,不为近世之词而已也,是足以传矣"③。体察王鏊于诗主张学古的基本动机,推尚"博学"和"精思"是其中的重点所在。对此,他认为唐人诗歌在这方面堪称典范,如言:"世谓诗有别才,是固然矣,然亦须博学,亦须精思。唐人用一生心于五字,故能巧夺天工。今人学力未至,举笔便欲题诗,如何得到古人佳处?"④这意味着,取法古人尤其是唐人诗歌,重点是要习学能体现古作者"学力"的"博学"和"精思"的工夫。又他序友人吴宽文集,指出吴氏为文"摆脱尖新,力追古作,丰之千言,不见其有馀,约之数语,不见其不足",为诗"兴寄闲远,不为浮艳之语,用事精切,不见斧凿之痕",因此认为,"信其学力之至,自得者深乎? 其所养可知已"⑤。其大旨在于说明,吴宽诗文方面的造诣和他生平学古及蓄养不能分开,扩而言之,亦由吴宽的个案,强调了"学力"对于诗歌乃至文章经营的关键作用。有一点可以肯定,王鏊提出重视指向包含古人之作尤其是唐人诗歌"博学"和"精思"工夫的"学力"的主张,凸显了他在诗学问题上秉持的一种技术思路,同时也传递了关联于此的针对诗歌艺术韵趣的一种倾重态度。这些从他论评李白、杜甫、孟浩然、王维等唐人之诗的意见中便可见出一二,如其以为:

---

① 王鏊《资善大夫礼部尚书兼翰林院学士赠太子太保谥文定吴公神道碑》,《震泽集》卷二十二。
② 王鏊《瓜泾集序》,《震泽集》卷十三。
③ 《震泽集》卷十四。
④ 《震泽长语》卷下《文章》,《景印文渊阁四库全书》,第 867 册。
⑤ 《匏庵家藏集序》,《震泽集》卷十三。

杜诗前人赞之多矣，予特喜其诸体悉备。言其大，则有若"吴楚东南坼，乾坤日夜浮"，"日月笼中鸟，乾坤水上萍"，"地平江动蜀，天远树浮秦"，"五更鼓角声悲壮，三峡星河影动摇"之类。言其小，则有若"暗飞萤自照，水宿鸟相呼"，"仰蜂粘落絮，倒蚁上枯篱"，"修竹不受暑，轻燕受风斜"之类。而尤可喜者，如"水流心不竞，云在意俱迟"，人与物偕，有"吾与点也"之趣；"片云天共远，永夜月同孤"，又若与物俱化。谓此翁不知道，殆未可也。

子美之作有绮丽秾郁者，有平澹酝藉者，有高壮浑涵者，有感慨沉郁者，有顿挫抑扬者，后世有作不可及矣。若夫兴寄物外，神解妙悟，绝去笔墨畦径，所谓文不按古，匠心独妙，吾于孟浩然、王摩诘有取焉。

摩诘以淳古淡泊之音，写山林闲适之趣，如《辋川》诸诗，真一片水墨，不着色画。及其铺张国家之盛，如"九天阊阖开宫殿，万国衣冠拜冕旒"，"云里帝城双凤阙，雨中春树万人家"，又何其伟丽也。

唐人虽为律诗，犹以韵胜，不以钉饾为工。如崔颢《黄鹤楼》诗，"鹦鹉洲"对"汉阳树"，李太白"白鹭洲"对"青天外"，杜子美"江汉思归客"对"乾坤一腐儒"，气格超然，不为律所缚，固自有馀味也。后世取青媲白，区区以对偶为工，"鹦鹉洲"必对"鸬鹚堰"，"白鹭洲"必对"黄牛峡"，字虽切，而意味索然矣。

王鏊以上评述有唐诸家诗歌，无论是赞许如杜甫之作"诸体悉备"，风格多样，以至后世作者"不可及"，欣赏如孟浩然、王维之作"兴寄物外，神解妙悟"，或"淡泊"与"伟丽"并存，而非专注于一格，还是称扬如李白、杜甫等人虽为律诗，然不拘泥律法，"犹以韵胜"，意味深长，都能从中体察出王鏊对于唐人诗歌着重从审美趣味的层面所展开的自我品鉴，而以此来解释他何以尊尚唐诗的原因，则是再自然不过的事情。依照王鏊解读唐诗的思路，从诗歌表现艺术的角度而言，唐人之作或得言外之意，又是最值得推重的，正如他指出："余读诗至《绿衣》、《燕燕》《硕人》《黍离》等篇，有言外无穷之感。后世唯唐人诗尚或有此意，如'薛王沉醉寿王醒'，不涉讥刺而讥刺之意溢于言外；'君向潇湘我向秦'，不言怅别而怅别之意溢于言外；'凝碧池头奏管弦'，不言亡国而亡国之痛溢于言外；'溪水悠悠春自来'，不言怀友而怀友之意溢于言外；'潮打空城寂寞回'，不言兴亡而兴亡之感溢于言外。得风人之旨矣。"①王鏊举引唐人以上诸诗为例,主要为了揭示唐诗与原始经典《诗经》在表现艺术上的共通之处,说明唐诗尤其是对于《诗经》"言外无穷之感"之艺术风格的独自接续以及由此形成的表现优势。若加追究,他极力为之推重的唐诗言外之意,实际上关联传统诗学所强调的"韵外之致"和"味外之旨",指向诗歌呈现在语言之外的情致或情味,或者说是需超越诗歌形象的表层而深入象外之境中去加以求索和玩绎的意味。② 这一核心的意旨,又近乎宋人严羽《沧浪诗话》指出"盛唐诸人"所作"惟在兴趣"的鉴评,即几乎成为盛唐诗歌表现艺术经典之评的所谓"如空中之音,相中之色,水中之月,镜中之象,言有尽而意无穷"③,大力推尊盛唐之诗超越语言层面的制约而以蕴藉传达相尚的表现特点。因此,从某种意义上来看,王鏊对于唐人诗歌所展开的有关品论,着重在于申诉为传统诗学所揭橥的倾重诗歌情致或情味的表现原则,也着重在于复述如严羽等宗唐者评判唐人诗歌之见解。尽管如此,这并不掩蔽他重以诗歌艺术为本位、在此基础上宣示相关审美诉求的一种取向和识力。

---

① 以上见《震泽长语》卷下《文章》。
② 参见陈伯海《中国诗学之现代观》,第 225 页至 227 页。
③ 《沧浪诗话校释·诗辨》,第 26 页。

第六章　祝允明等吴中诸士的诗学旨趣

在明代成化、弘治之间,如特别从地域的角度来加以探察,活跃在吴中文坛的祝允明、文徵明、杨循吉、都穆、唐寅等人,彼此间颇多交往,文酒酬酢,成为引人注目的一个文人群体。祝氏字希哲,号枝山。弘治五年(1492)中乡试,仕至应天府通判。为人佚宕,玩世自放。文氏名璧,字徵明,后以字行,更字徵仲,号衡山居士。以诸生岁贡入京,授翰林院待诏,谢病归。工诗文书画。杨氏字君谦,号南峰。成化二十年(1484)举进士,除礼部主事。生平好读书,又居家喜蓄书,闻有异本,必购求缮写。都氏字玄敬,弘治十二年(1499)举进士,除工部主事,历礼部郎中,加太仆少卿致仕。唐氏字伯虎,一字子畏,号六如。弘治十一年(1498)中乡试第一,次年会试,为科场案所牵累。后筑室桃花坞,与客日般饮其中,颓然自放。工诗文书画。弘治初,祝、文、都、唐诸士"倡为古文辞","争悬金购书,探奇摘异,穷日力不休"①,于时他们"年少气锐,偶然皆以古人自期"②,肆力于艺文,以倡兴古文词为主要目标。在这当中,他们也从不同的角度表现出对于诗歌领域的投注。吴中地区自昔即为文人渊薮,地域优势相对突出,"以文学擅天下"③,在有明之初,"吴下多诗人",其时高启、杨基、张羽、徐贲人称四杰,"以配唐王、杨、卢、骆"④,同时活动其间的还有包括高启等人在内的"北郭十友"⑤。而成、弘之间祝允明等诸士的作为,或可以说是吴中"以文学擅天下"的显著表征之一,其不同程度承续着吴中的文学传统,折射出该区域文坛

---

① 文徵明《大川遗稿序》,周道振辑校《文徵明集》(增订本)补辑卷十九,下册,第1219页,上海古籍出版社2014年版。

② 文徵明《题希哲手稿》,《文徵明集》(增订本)卷二十三,中册,第555页。

③ 陆粲《仙华集后序》,《陆子馀集》卷一,《景印文渊阁四库全书》,第1274册。

④ 《明史》卷二百八十五《高启传》,第24册,第7328页。

⑤ "北郭十友"成员称说不尽相同,参见刘廷乾《"北郭十友"考辨》,《中国文学研究》2009年第4期。

的发展态势,同时,又不失为我们透视这一时期诗学思想演变形态的一扇重要窗口。

第一节　崇尚经术背景下对诗道的伸张

前曾述及,朱明王朝建立之初,即以"崇儒重道"作为治政的基本方略,由此出发,太祖朱元璋将科举取士制度纳入重点改造之列,作为演绎儒家文化精神的一条重要途径,经术的地位得以凸显,士子的教育与科试惟以此为重。靳贵在《会试录后序》中即指出:"我太祖高皇帝之有天下,首表章六经,使圣贤修齐治平之道,一旦大明于世,学校非此不以教,科目非此不以取,凡词赋一切不根之说,悉屏不用。"①洪武三年(1370)五月,下设科取士之诏,以为:"汉、唐及宋科举取士,各有定制,然但贵词章之学而不求德艺之全。前元依古设科,待士甚优,而权豪势要之官,每纳奔竞之人,夤缘阿附,辄窃仕禄,所得资品或居贡士之上,其怀材抱道之贤,耻与并进,甘隐山林而不起,风俗之弊,一至于此。"说明改革科举制度势在必然,以故朱元璋提出取士的基本准则,乃"务在经明行修,博通古今,文质得中,名实相称"②。强调对于科举取士制度的改造,特别是重以经术造士,其根本的目的,则在于加强对士人道德修养的要求,以整肃社会意识形态。在"黜词赋而进经义,略他途而重儒术"③的科举改革举措下,经术在文学士子学业中占据了相当的比重,并以其无可替代的博取功名利益的实用性,直接对包括诗歌在内的"词章之学"造成正面冲击。

处在经术盛行的氛围之中,诗歌生存与发展的空间受到严重挤压,这一严峻的情势也令此际吴中文士感受深切。杨循吉在《遥溪吟稿序》中议及:"古者太师掌乐,按诗而弦歌之,故诗用之邦国神人而实谱乎八音者也。自圣笔辍删,风雅道歇,一变而骚,再变而赋,又变而五七言,若篆籀之为真草,愈趋简便。而后世诗之极矣,若然宜其易为。而近时工者益少,何哉? 经术兴,诗赋革,利不在焉故也。"④他敏锐地感觉到,诗赋在"近时"的衰落,不符合其自古以来不断演

---

① 《戒庵文集》卷九。
② 《明太祖实录》卷五十二,第 2 册,第 1020 页。
③ 马中锡《赠陈司训序》,《东田集》卷二。
④ 《松筹堂集》卷四,《四库全书存目丛书》影印清金氏文瑞楼钞本,集部第 43 册。

进的发展逻辑,而经术的兴盛是造成这一现象的重要原因,一"兴"一"革"的背后,潜伏着利益的考量,相较于经术,诗赋因在制度设计中完全处于下位,缺乏帮助士人科举仕进的实用价值,不为时人所重,乃势在必然。在这一问题上,文徵明的观察也是正中要害,其论议同样锐利,他在《凤峰子诗序》中就指出:

> 我国家以明经取士。士之有志饬名者,莫不刺经括帖,剽猎旧闻,求有以合有司之尺度;而诗非所急也。既仕有官,则米盐法比,各有攸司,簿领勾稽,每多困塞。自非闲曹散秩,在道山清峻之地,鲜复言诗,而实亦有不暇言者。而近时适道之士,游心高远,标示玄朴。谓文章小技,足为道病,绝口不复言诗。高视诞言,持其所谓性命之说,号诸人人。谓:"道有至要,守是足矣;而奚以诗为?"夫文所以载道,诗固文之精也,皆所以学也。学道者既谓不足为,而守官者又有所不暇为,诗之道日以不竞,良以是夫![1]

在文徵明看来,除了"守官者"多为宦务所困,鲜少言诗,那些"学道者"和为博取功名而专注经术的士子,则认定诗不足为,或视之为不急之务,这是造成诗道日趋沦落的主要根源。应该说,文徵明在此对于诗道日衰原因的检讨是多方面的,而特别是其中反思科举取士带来的制度性冲击,身为吴中文士的文氏显然有更深一层的体会。明代科举制度对于士人文化行为与成就的影响广泛而深刻,其时指责科试之弊、时文之陋者在在有之,而吴中地区科举甚盛,同时士人对于科试时文的批评尤为激烈。[2] 如祝允明屡次参加会试不第,决意放弃,其友施儒为之劝试,祝则作书婉拒并解释弃试的理由,声称:"缘夫道以时迁,事以势异,审而从违,乃可称智。天下之务,求在得之,得在行之,必然者也。如使求之而无方,得之而不易行,则竟亦空耳,何以徒劳为哉? 求甲科之方,所业是也。今仆于是诚不能矣。漫读程文,味若咀蜡,拈笔试为,手若操棘,则安能与诸英角逐乎? 挟良货而往者,纷纭之场,恒十失九,况枵囊钝手,本无所持,乌有得理,斯亦不伺智者而后定也。又况年往气瘁,支体易疲,寒辰促暑,安能任此剧

---

[1] 《文徵明集》(增订本)续辑卷下,下册,第 1611 页至 1612 页。
[2] 参见简锦松《明代文学批评研究》,第 132 页至 137 页。

劳哉？窗几摹制，尤恐弗协时格，矧于苟且求毕，宁能起观？劳而罔功，何必强勉？此所谓求之之无方也。故求而弗得，弗若弗求，借使以幸得之，尤患行之不易。"①祝允明之所以最终放弃科举考试，固然和他屡次参加会试不第、心念彻底灰冷有关，但对科试时文的排斥也是其中的一个重要原因。如他以为，科举之业"从隋唐以至乎抄宋，则极靡矣"，科举之文至晚宋已是"至为猥浇"，然相比起来，"近时"时文则"愈益空歉"，"至于蕉萃萎槁，如不衣之男，不饰之女，甚若纸花土兽而更素之，无复气彩骨毛"②。再以文徵明来说，他在早年即"尤好为古文词"，当时杨循吉、祝允明"俱以古文鸣"，文氏遂"与之上下其议论"③。他在后来致王鏊的《上守谿先生书》中，则谈及自己起初为博取功名不得不练习时文的经历，倾吐了鄙薄科试"程式之文"和喜好古文词的心向："而某亦以亲命选隶学官，于是有文法之拘，日惟章句是循，程式之文是习，而中心窃鄙焉。稍稍以其间隙，讽读《左氏》、《史记》、两《汉书》及古今人文集，若有所得，亦时时窃为古文词。"不过，在以经术和举业为重的文人圈中，文徵明偏爱古文词的取向未免不合时宜，自然难以获得世俗的认同，以至于"一时曹耦莫不非笑之，以为狂；其不以为狂者，则以为矫、为迂"。但这一切并未能够改变他的心向，所以当有人劝说"以子之才，为程文无难者，盍精于是？俟他日得隽，为古文非晚"时，他却执着提出："盖程试之文有工拙，而人之性有能有不能。苟必求精诣，则鲁钝之资，无复是望。就而观之，今之得隽者，不皆然也，是殆有命焉。苟为无命，终身不第，则亦将终身不得为古文，岂不负哉？"于是"排众议，为之不顾"④。自此观之，文徵明对包括了古文诗歌的古文词的喜好，以及对"程试之文"的鄙夷，使他面向"明经取士"制度下导致的士人"刺经括帖，剿猎旧闻"而轻忽诗道的情势，不可避免地产生强烈的疑惑和焦虑。

必须指出的是，崇尚经术的背后，归根结底受制于"先道德而后文辞"⑤这样一种重道德实用而轻文辞技艺的基本理念，体现了如明太祖朱元璋所要求的

---

① 《答人劝试甲科书》，《祝氏集略》卷十二，明嘉靖刻本。
② 《答张天赋秀才书》，《祝氏集略》卷十二。
③ 文嘉《先君行略》，《文徵明集》(增订本)附录二，下册，第1723页。
④ 《文徵明集》(增订本)卷二十五，中册，第571页至572页。
⑤ 彭时《刘忠愍公文集序》，《彭文宪公集》卷三，《四库全书存目丛书》影印清康熙五年(1666)彭志桢刻本，集部第35册。

"尊正学"、"抑浮诡"①的根本目的。如果说，文徵明如上对于专注经术而轻忽诗道时风的质疑多少还包含某些深刻性的话，那么，这种深刻性表现在它并不是单纯出于自身阅读及创作的趣味去辨别古文词和时文的优劣，而是同时指涉不以"道德"忽略"文辞"、意在维护后者之合理地位的问题。文徵明又在为南昌涂相所作的《东潭集叙》中指出：

> 惟我国家以经学取士，士苟有志用世，方追章琢句，规然图合有司之尺度，而一不敢言诗。既仕有官，则米盐法比，各有攸司，簿领章程，日以困塞。非在道山清峻之地，鲜复言诗；而实亦有不暇言者。近时学者日益高明，方以明道为事，以体用知行为要，切谓摛词发藻，足为道病，苟事乎此，凡持身出政，悉皆错冗猥俚，而吾道日以不竞。此岂独不暇言，盖有不足言者。呜呼！先王之教，所为一道德，同风俗，果如是哉？……君不卑冗散，所至职办，而不废吟讽。既多懋树，又不失令名，若是则诗之为用，适足以为吏政之饰，而繁词害道，支言离德，有不足言矣。今之为是言者，良由其卫道之深，而不知语言文字，固道之所在，有不可偏废者。是故文章之华，足以润身；政事之良，可以及物。古之文人学士，以吏最称者不少；而名世大儒，亦未尝不留意于声音风雅之间也。②

上文前半部分的措辞，和前引作者在《凤峰子诗序》中所述非常相近，重点检省诗道不振而源自科考之士鲜少言诗、为官者和学道者不暇或不足为的主要原因；后半部分则进一步引申开去，阐释"道德"与"文辞"之间的关系，前者又以"道"代称之，后者指向包括诗歌在内的"语言文字"。因此说到底，作者所要展开论辩的核心观点，实际上涉及"文"与"道"或"艺"与"道"这一重要议题。儒家传统主张的文道关系说，究其要义，大多在强调文道一元的基础上，突出"道"在其中所占据的统摄地位，以及"文"或"艺"敷扬"道"的附属作用。明初宋濂在《文原》中即声称，"大抵为文者，欲其辞达而道明耳，吾道既明，何问其馀哉"？申论他的所谓"文"的概念，"非专指乎辞翰之文也"。是以其指出，"予复悲世之

---

① 姚镆《广西乡试录序》，《东泉文集》卷一。
② 《文徵明集》（增订本）补辑卷十九，下册，第1228页至1229页。

为文者,不知其故,颇能操觚遣辞,毅然以文章家自居,所以益摧落而不自振也"①,鄙薄那些致力于"辞翰之文"的"文章家"。而他在《文说赠王生黼》中强调,"圣贤之道充乎中,著乎外,形乎言,不求其成文而文生焉者也"②,更是明确了"文"以明"道"的职责及其内涵。彭时《刘忠愍公文集序》则提出:"盖文辞艺也,道德实也,笃其实而艺者附之,必有以辅世明教,然后为文之至。实不足而工于言,言虽工,非至文也。彼无其实而强言者,窃窃然以靡丽为能,以艰涩怪僻为古,务悦人之耳目,而无一言几乎道,是不惟无补于世,且有害焉,奚足以为文哉!"③对"艺"与"道"之间关系的定位,也解释得非常清晰,意在阐明作为"文辞"之"艺"从属于"道"的依附关系,申戒徒工于"艺"而无助于"道"。相较之下,文徵明以上述论的主旨则迥然不同,虽然他提出的"语言文字""固道之所在"的说法,似乎还在结构一种文道一元之论,但其分析的重心则有所偏移,也即主要针对"繁词害道,支言离德"的"卫道"之见,强调"语言文字"之"不可偏废","文辞"不因"道德"而自我沦失,包括诗歌的自身价值及其存在的合理空间。这一立场,同样清晰地见之于文徵明在《晦庵诗话序》中的一番表述:

> 子朱子之学,以明理为事,诗非其所好也。而其所为论诗,则固诗人之言也。……夫自朱氏之学行世,学者动以根本之论,劫持士习。谓六经之外,非复有益,一涉词章,便为道病。言之者自以为是,而听之者不敢以为非。虽当时名世之士,亦自疑其所学非出于正,而有"悔却从前业小诗"之语。沿讹踵敝,至于今,渐不可革。呜呼,其亦甚矣!说者往往归咎朱氏,而不知朱氏未始不言诗也。④

从文徵明的解释来看,即使是以"明理为事"的朱熹,也"未始不言诗",而有"诗人之言"。在他眼中,这显然是"名世大儒"同样"未尝不留意于声音风雅之间"的一个具有相当代表性的典型例证。作者的主要意图,盖在于驳正在朱氏之学浸染下以崇经明道自负的"学者"贬抑"词章"之论,释说"词章"无害于"道"的基

---

① 《宋学士文集》卷五十五。
② 《宋学士文集》卷六十六。
③ 《彭文宪公集》卷三。
④ 《文徵明集》(增订本)卷十七,上册,第467页至468页。

本原理。因为以他的观察,这样一个基本的是非观念,由于特别受到那些"学者"之论的误导,加之人们不敢为之驳正,已深入波及诗坛,"沿讹踵敝"以至于"渐不可革",所以应当引起足够的警戒。

概言之,对于文徵明来说,投入举业的经历和嗜好古文词的取向,使他更加敏感地意识到,尤其在崇尚经术的氛围中业诗者面临的沉重压力,以及诗道日趋逼仄的窘境,这样的感受,也从侧面体现了处于科举繁盛地区的吴中文士对于明初以来重以经术造士科试体制的某种反思。在另一层面,透过文徵明伸张诗道的个人诉求,同时可以看出贯穿在其中的对于"道德"与"文辞"关系的独到理解,特别是他批评学道之士视"词章"或"语言文字"足为"道病",更明确表达了这一立场,不能不说,其本身正反映出他在维护诗道问题上所作的更深一层的思考,也似乎有意要破除"听之者不敢以为非"的噤默。

第二节　"散维"与"章句":诗文相异的析别

在成化、弘治之间的吴中文人群体中,如果说,文徵明等人对"诗之道日以不竞"的疑虑,表达了尤其是面向重经术轻诗赋格局而自觉伸张诗道的诉求,那么,像祝允明对诗文相异的问题所展开的辨析,则从另一个角度展示了关注诗道的立场。

祝氏在他的《祝子罪知录》一书中,集中谈及诗文相异这个体制性的问题,其曰:

> 说曰:棼然谈诗,驰虚置实,高翔莽荡之域,卑寻句字之始,上辄四始六义,下乃溺宋漂元。不知即物平求,则难易自形,胜劣斯见,师友爱在,从违弗迷也。且夫展性情,叙事为,发理道,敷政教,彰风俗,体物象,帅存乎言。言者,或散维而称文,或章句而谓诗。文也者,丰约逐宜,延趣随赋;平转不定音,尾绝无必韵;舥翰信发,篇章自从。诗也者,彼定门堂,我循阶屏;用永以和声,求声而和律;义博者束之,情纡者申之;微者著之,露者沉之;口迩而襟退,发此而存彼;或条遂以畅旨,或潜伏以含味;其趣无穷,其词有度。大抵须用局语以苞泛怀,务令匀意以就成格。斯则诗之难于文,岂非决定者乎? 不然,则丑劣校然,其病百出。故文之为体,有百其门;诗

虽数形,率一等尔。①

作为不同的文体,诗与文在表现体制上自是有着很大的差异,这也构成分辨它们各自体制特征的一个判别基础。在明人的范围内,曾明确强调诗与文"同谓之言,亦各有体,而不相乱"②的李东阳,在辨别诗文不同体式规制时即表示:"夫文者,言之成章,而诗又其成声者也。章之为用,贵乎纪述铺叙,发挥而藻饰;操纵开阖,惟所欲为,而必有一定之准。若歌吟咏叹,流通动荡之用,则存乎声,而高下长短之节,亦截乎不可乱。虽律之与度,未始不通,而其规制,则判而不合。"③李东阳要传达的一个基本看法是,诗文之"用"不同,一在于"纪述铺叙",一在于"歌吟咏叹",而这本身取决于二者迥然有别的表现体制,较之文基于铺张的叙写格局,"操纵开阖,惟所欲为",赋予作者相对自由的挥发空间,诗则具有"高下长短之节",体制上的限约比较严格,相互之间不可混同。参比李东阳的上述说明,祝允明辨析"散维"之文和"章句"之诗的意识则显得更为强烈,对于二者界限的区分也更为详明。按照他的解析,概括地说,诗者"其趣无穷,其词有度",文者"丰约逐宜,延趣随赋",前者和后者相比,因为体式规制的限定相对严饬,再加上要求传达特定的"旨""味",也就是以"有度"之"词",表现"无穷"之"趣",所以归结起来,"诗之难于文,岂非决定者乎"? 顺着这一理路,祝允明进一步提出:"暨乎劣陋蹇滞之患,诗文固均;至若精微神妙之境,二者亦共,而诗特最焉。"为此,他着重比较了诗与文在体现"精微神妙之境"上的同中之异,如曰:

　　盖文之所谓妙者,潜操杼轴,忽树城隍。或众繁而我乃约,憋百语于片言,令望压万夫;或皆直而吾更迂,铺浅说于弘观,使烂盈众目。虽绳尺之不逾,终边幅之不限,亦终易耳。诗则寓词逾缩,写心逾辽,假以成章之一篇,将罄欲言之诸意。则必文包百之,诗千之;文包洫之,诗海之;文包云之,诗天之。务须陶汰煎融,乃得砂穷宝露,金之铣也,玉之瑜也。鬼既骇人,越鬼而神,神且妙万,超神而帝。口死而心活,辞往而意留,讽阅而襟

---

① 《祝子罪知录》卷九,《续修四库全书》影印明刻本,第1122册。
② 《匏翁家藏集序》,《李东阳集》,第三卷,第58页。
③ 《春雨堂稿序》,《李东阳集》,第三卷,第37页。

冥,气作而机敏。至哉诗道,本自乃尔,则匪凭虚之谓也。①

合而观之,其大要仍不离诗文相异的基本理念,极力解析诗之相较于文,体式规制的有限性和意蕴表现的丰富性,大大增加了它的经营难度,但同时,正是这种体制之有限与意蕴之丰富之间形成的张力,使诗更能展示其特定的艺术魅力,在趋向"精微神妙之境"上蕴含更大的优势。若稍加辨察,祝允明这一席关于诗文相异问题的论析,也实非完全属于发前人所未发之独见,最能明显联系起来的,莫过于严羽《沧浪诗话》的相关说法,严氏推崇"盛唐诸人惟在兴趣","言有尽而意无穷"②云云,乃是他表彰盛唐诗歌表现艺术而传递美学意向最清晰不过的话语,倾向诗歌藉"有尽"之"言"表现"无穷"之"意"以凸显"兴趣",指涉诗歌由有限体制与丰富意蕴之间营造出来的韵味。回过来,再看祝允明定义诗歌"其趣无穷,其词有度"以及"寓词逾缩,写心逾辽,假以成章之一篇,将罄欲言之诸意"云云,即使不是直接从严羽之论中化出,也可以说和严氏阐述的旨意有几分神似。虽如此,这同样代表着祝允明对于诗歌表现体制和审美特性的一种自我认知,也成为他高度重视诗道的一种鲜明标识。

进一步观之,祝允明同时认为,诗歌特定的体式规制也决定了它和文相比具有更大的自主性。以文而言,其"矩矱坟丘,规抚礼乐,倚拟繇彖,肖貌《春秋》,莫不经师睎圣,信而述之",因而"或有作焉,开门创目,颇建显标,厥亦寻踪履景,少异步趋云尔",由是"文制百涂,文流千辈,乌有外数圣、绝数经而旷世他立者与"③? 这是说,文纵有各样的体制和历时的变化,终究不脱述圣传经的基本书写格局。在这方面,祝允明还特别指出六经对于文的统辖作用,如他以为,"夫子之世,群言胶轕,旧典混淆,子乃芟刈条绪,以成六籍。凡古今之文,键枢治教者,毕集于兹,而为文之体要貌态,亦斯咸备","六经而后,百氏递兴,虽其理有粹庞,而辞无别致,总厥大归,无越乎宣父之六编者矣"④,指示文与六经之间关系密切,无论是"键枢治教"还是"体要貌态",都可以从六经中寻索其源。比较之下,诗则"虽权舆乎四始,忽改玉于诸英",与文的体制和演化情形大为不

---

① 《祝子罪知录》卷九。
② 《沧浪诗话校释·诗辨》,第26页。
③ 《祝子罪知录》卷九。
④ 《祝子罪知录》卷八。

同,对此,祝允明则提出:

> 今之五言也,乐府也,五七言长短歌行也,律之五言也、七言也,五六七言之绝句也,居然异也。义祖《三百》而体实别也;非差列之别,大都别也。然且五言不侵于歌行,乐府无犯乎律绝,别复别也,通之终无假乎《三百》,咸自始也。非句言之别,模范声音、韵尾度态、情致调局,种殊件各,不可溷也。故其为五言也,若昔无《三百》也;为乐府也,如无五言也。递而下之,皆然也。渐出于时,各立人壤,智作巧述,杰然为家。噫嘻士乎,谁非根圣源经? 然而文能小出,诗乃大更,风行物表,诗达经外,猗与士乎![1]

关于诗文与儒学经典之间构成的联系,我们在前面已论及,如李东阳曾经从体式规制的角度,对各自形成的不同关联略有分析,他在《镜川先生诗集序》一文中所作的辨别,即颇具代表性:"《诗》与诸经同名而体异。盖兼比兴,协音律,言志厉俗,乃其所尚。后之文皆出诸经。而所谓诗者,其名固未改也,但限以声韵,例以格式,名虽同而体尚亦各异。"[2]这大致是说,后世之文以其"皆出诸经",同经典之间的联系自然密切,然而作为六经之一的《诗经》,与诸经虽为"同名"却"体异",较之其他经典在体式规制上已有了差别。李东阳的上述解说,意味着其直接追溯至诗歌史上原始经典文本《诗经》,将诗歌和其他经典从渊源上作了体制的区分。相比较而言,祝允明主张诗相较于文而自立于经外的立场更为明确,他进一步从分别各式诗体迥然相异的特点入手,指出五古、乐府、歌行、律诗、绝句等不同的诗体在体制上互不混淆,各自独立,即使是"义祖"原始经典《诗经》,其"体"则彼此有别。有鉴于此,祝允明提出诗相较于文"虽权舆乎四始,忽改玉于诸英"的命题,其显然并不是单纯致力于梳理各式诗体"种殊件各"的相互差异,而是同时为了着重声明"诗达经外"的诗歌在体制层面上呈示的独立意义,在他看来,这也是诗文异别的重要特征。

　　客观说来,祝允明本人就诗文之相异所作的辨析,看上去更近于一种诗文体制常识的解释,并未蕴含十分玄奥的理数,过度的演绎甚至臆测,或许反而会

---

[1]《祝子罪知录》卷九。
[2]《李东阳集》,第二卷,第115页。

超离论者的原旨。不过无论如何,有一点是相当明确的,这就是,其重点在于说明诗歌在自身体制上的独特规定性,以及优于文而表现"精微神妙之境"的审美原则。孤立地去看待祝允明的这一类解释,则未必能完全领略其中的意义所在,但如果考虑到当时"经术兴,诗赋革"的诗歌生存和发展空间受到经术强力挤压的学术语境和知识背景,以及文章自明初以来已被太祖朱元璋寄予"通道理、明世务"①的实用价值而成为承担更多政治功能的强势文体,那么祝允明分别诗文的体制特征,强调诗歌本身在表现艺术上具有的优越性和自主性,还是多少体现了一己之识力,从一定意义上来说,自在为维护和拓张诗道发声。

第三节　法于古人,主于一己

在弘治之初,祝允明、文徵明、都穆、唐寅等人,因彼此志趣投合,一同"倡为古文辞"②,交酬之际"相与赋诗缀文","僴然欲追古人及之"③。这一举措特别是在"经术兴,诗赋革"的背景下,多少属于一种反逆时俗的行为,自然凸显了祝氏等吴中诸士崇尚古典诗文的文学立场。对于历史上很多崇古者来说,接受古典文化资源,不只是出于倾心古雅传统的嗜好,同时又往往因为不满足于当下文坛的发展景况,在古今比照之际转向对于古典资源的接引,寻求改变现状,故或可说是因古以变今。祝允明等吴中诸士同样亦不例外,这一方面,也体现在他们对于古今诗歌领域的比较。

祝允明序友人朱存理《野航诗稿》指出:

> 古人为诗,趣适既卓而涵量又充,其命题发思,类有所主,虽微篇短句,未尝无片语新特。今人之诗,自数家外,能者甚众,佳篇亦未尝乏,而求其合作者则殊鲜焉。余尝究之,盖其率有二等,而其病之所在则有四。其率也,守分者多疲辞腐韵,无天然之态,如东邻乞一裾,北舍觅一领,错杂装缀,识者可指而目之曰,此东邻裾也,此北户领也,是可谓之陋;绚质者多儇唇利口,无敦厚之气,如丹青涂花,伶人装女,苟悦俗目,不胜研核,是可谓

---

① 《明太祖实录》卷四十,第2册,第811页。
② 文徵明《大川遗稿序》,《文徵明集》(增订本)补辑卷十九,下册,第1219页。
③ 文徵明《上守谿先生书》,《文徵明集》(增订本)卷二十五,中册,第571页。

之浮。陋也浮也,皆非诗道,与古背驰,无惑乎其不合作也。至其所谓四病,则趣识凡近,蹇步苟止,望不出檐外,行不越户限。篇句之就,如货券公牒,颙颙焉不敢超复常状之一二,抑又柢蕴寒薄,一取便竭,言梅必著和羹,道鹤不脱九皋。至其命题发思,往往苟欲娱人,不由己主,且多为俚题恶目之所萦绕。号别纵横,居扁龌龊,庆生挽死,妄颂缪哀。大抵生纽性情,趁人道路,况其摹仿师法,泄迤忘远,只知绳武云仍,不肯想象宗祖。呜呼,以二率为之岐途,而四病根乎其衷,则何怪乎古诗之不复见哉!①

根据祝允明以上所述,作者比较古人和今人之诗,指摘后者存在"二率"、"四病",与古诗精神相背离,这不仅道出他对诗坛现状的不满和忧虑,而且标举古人之诗在"命题发思"以及"趋适"、"涵量"等方面往往表现"新特"的楷范意义。至于作者批评今人之诗的缺亏,无论薄其"陋也浮也"之下丧失"天然之态"与"敦厚之气",抑或斥其"趣识凡近"、"柢蕴寒薄",以及"苟欲娱人,不由己主","生纽性情,趁人道路",归拢起来,主要是指它们一己之性情、识力、蕴积之沦丧,以及相应导致的鄙俗装缀、平庸浅薄之缺陷。同时,从祝允明的申述中也可看出,作者的关注点实际等于落在了这样的一个问题上,那就是法于古人和主于一己如何做到并行兼顾,互不相悖。按照他的看法,今人之诗所缺少的,恰恰是古人之诗所具备的,这是古诗优于今诗的原因之所在;今人之诗"二率"、"四病"的滋长,终究使得古人之诗不得"复见"。体味其言,倾重诗人一己精神之发抒,构成祝允明推尚古人之诗的一个基本理由和重要目标。扩而言之,特别是关于如何主于一己的问题,祝允明针对的不啻是诗歌,其于文章也提出过类似的要求。如他在《答张天赋秀才书》中即表示,"大都欲务为文者,先勿以耳目奴心。守人餂语,偎人脚汗,不能自得,得而不能透者,心奴于耳目者也"。就此,他还为人指点文章学古取法的等第绪次:"观宋人文,无若观唐文;观唐,无若观六朝晋魏。大致每如斯以上之,以极乎六籍。"并且认为,"审能尔,是心奴耳目,非耳目奴心,为文弗高者,未之有也"②。这又拈出了一个关键性的问题,也就是,为文"自得"或"心奴耳目"至关紧要,而要达到这一境地,确立适当的取法目

---

① 《野航诗稿序》,朱存理《野航诗稿》卷首,《景印文渊阁四库全书》,第1251册。
② 《祝氏集略》卷十二。

标同样十分重要。由此返观祝允明以上比较古今诗歌之论,多少可以体察出他在诗文之间包括学古取法上执持的一种相互兼容的基本理念。

　　再来看杨循吉的有关论说。杨氏虽未直接参与弘治之初祝允明等人倡起的古文词活动,但并不代表他无意于复古之学,实际的情形则是,他完全算得上是一位真正意义上的好古之士。史鉴《读杨君谦古乐府》一诗,慨叹“去古日已远,雅乐久沉沦”,而谓杨循吉,“杨君媚学子,高志故不群。一闻世俗音,谓非吾所湛。冥心太古初,识乐得其真”①。单从史鉴所称也可见其生平趣尚之一端。杨循吉还曾经在《苏氏滇游吟集序》中指出:

　　　　作诗用古人法,说自己意,命所见事,如此而后诗道备矣。然是三能无先后次第,得则皆得之,如华严楼阁,一启扃钥,斯重重悉见也。此在学者着力读书,聚材积料,如恒人务衣食,日日不忘,而又能不以揠助成功,听其自化,则其至境界不难矣。至则纵横变化,皆得三昧,无一事非诗,所谓我欲诗斯诗立矣。于是乎或自成一家,或幻为诸家,出口触笔,岂欲不随我者哉?

概括杨循吉的这段论述,其主要谈议的是诗歌经营的路径和原则,着重说明了如下两个问题:一是须取资于古人之法,也可以说,所谓“用古人法”的主张,充分彰显了杨循吉重视取法古人的强烈的学古意识。二是须表现诗人自我之经验,也即要落实在“说自己意”、“命所见事”,其与前者合在一起,构成“诗道”之“备”的必要环节。正鉴于此,诗人不仅需要用心习学积累,而且需要自然加以融会。值得指出的是,在这其中,尽管杨循吉大力主张学古取法,然而在另一方面,他又特别对执泥于古人的作法倍加戒备,其曾为吴人朱应辰选编诗集,并为该集撰有《朱先生诗集序》,他在序文中乃指出:“予观诗不以格律体裁为论,惟求能直吐胸怀,实淑景象,读之可以谕妇人小子,皆晓所谓者,斯定为好诗。其它饾饤攒簇,拘拘拾古人涕唾,以欺新学生者,虽千篇万卷,粉饰备至,亦木偶之假线索以举动者耳,吾无取焉。大抵景物不穷,人事随变,位置迁易,在在成状,古人岂能道尽,不可置语,清篇秀句,目中竞列,特患吟哦不到耳。”解读杨氏所

_____

① 《西村集》卷二,《景印文渊阁四库全书》,第1259册。

论,这应该是对"用古人法"的一种制衡,意味着主张学古但又不可受制于古,也意味着在法于古人和主于一己二者之间,后者处于相对优先的位置,"直吐胸怀,实淑景象"乃被当作判别"好诗"的重要标准。在杨循吉看来,与古典资源的历史性和有限性相比,"人事随变""位置迁易",景物人事随时间和空间的推移更易必然发生变化,处在不断变化之中的当下境域,诗人则拥有相对丰富的潜在资源,这也因此赋予了自我经验以充分的开掘空间。他所要表达的一个基本观点是十分清晰的,那就是不能仅仅依赖于"用古人法"而忽略其他,因为从"诗道"之"备"的角度而言,"用古人法"和"说自己意""命所见事"合而成为一个不能分割的经营整体,三个环节缺一不可,故曰不分"先后次第",形成"得则皆得之"的一种创作逻辑。除此,杨循吉在《游虎丘寺诗序》中又指出:"盖天下之事所以假焉以久者,文字而已矣,虽古豪杰之士,其所就功业,奇伟惊世,未有不借焉者也。盖有之,则所谓奇且伟者不忘矣。而山林之间相与游从以为乐者,其意真,其言肆,无献谀避讳之咎,而有输写倾倒之乐。故其言尤为易传,而游者不敢不图也。"序中所言,主要从"游"的角度,说明"惟骚人墨士所至,则必有语言之留,而其游也,得与其文字久近之势相为不朽",是以其"与众人之游者异矣"。又其同时在于说明,那些游乐于山林之间的骚人墨士,他们所为游诗显得格外"意真""言肆",追求的是基于诗人自我经验之一己真切性情的充分抒写,这些诗作因此也更易于流传。不仅如此,杨循吉在《感楼集序》一文中又谈及作诗"触"以臻于"妙"的问题,其曰:

> 诗在精不在多,在专不在备,诚以其道之难尽故也。有唐氏之世,诗莫盛焉,然自数大家外,其馀诸公之集编,或局于一体,简有止于数篇,此岂其力之不能乎?亦知诗之难为,不必多与备也。故其时诗人量力尽智,各能自成一家言,竟以取名于千载之下者以此。大抵诗在天地间,实艺之至精者,其工可为,其妙不可为也。妙在触则情感,故其句美,虽善诗者莫能自知之。是以求好诗,必有所俟,俟于事之触,境之触,无故之触也。不触则不可以举笔就题而浪为。然则虽欲其多且备,又乌能多且备也。[1]

据序者之所论,作为体现诗歌"艺之至精"特性的重要标志,其不在于"工"而在于"妙",如果说"工"属于人为的介入,那么"妙"则无法借助人为来实现。"妙"的意义构成,在于诗人"触"而兴"感",它既指向诗歌的发生原理,也指向诗歌的审美价值,概而言之,还是和诗人自我经验的自然呈现联系在一起,由"触"而"感","感"而成"句",随机兴发,自然成趣,故能终达美妙之境地,是为"好诗"。关联起来,这诚属杨循吉所强调的"说自己意,命所见事"、"直吐胸怀,实淑景象"意思的另一番表述。

合上所论,一方面,对于古典资源的汲取,被祝允明等人视为摆脱诗坛俗态、改变古人之诗不得"复见"格局的一条有效途径,这从以上特别如祝氏比较古今诗歌领域的陈述中已可见出,因此,学古取法为其所明确主张。另一方面,在取资古人之际,如何藉以表现诗人自我经验而不至于沦没,安顿一己精神之发抒的合理位置,又成为他们勉力申述的一个重点。这既反映了其以此与学古取法之间维持某种制衡关系的特别用意,也宣示了其将诗歌表现的重心落实在基于自我经验的一己所持之"意"和所见之"事"的原则立场。

第四节　宗尚主张的多维取向

如前所述,祝允明等吴中诸士在对待古典资源问题上,总体上秉持的是一种积极接受的态度,从诗学思想的层面观之,不论如祝允明推崇"古人为诗"之道,还是如杨循吉强调作诗"用古人法",无不在阐明学古取法的必要性。这同时引出了与此相关的一个问题,也即面对古典诗歌系统,需要确认究竟应该选择什么样的对象作为取法的目标。然而,探察祝允明等吴中诸士的诗学立场,可以发现这样一个基本的事实,那就是很难将他们各自的宗尚主张完全统属在一起。换句话说,诸士在取法目标上的倾向性态度,因为更多取决于他们各自学古趣味而表现出不同的取向,这种历史存在的复杂性,并非我们通过简单的归类所能得到有效的呈现。

都穆在《南濠诗话》中曾经比较唐、宋、元诗的一段话,人们也许并不陌生:

> 昔人谓"诗盛于唐,坏于宋",近亦有谓元诗过宋诗者,陋哉见也。刘后

村云:"宋诗岂惟不愧于唐,盖过之矣。"予观欧、梅、苏、黄、二陈,至石湖、放翁诸公,其诗视唐未可便谓之过,然真无愧色者也。元诗称大家,必曰虞、杨、范、揭。以四子而视宋,特太山之卷石耳。方正学诗云:"前宋文章配两周,盛时诗律亦无俦。今人未识昆仑派,却笑黄河是浊流。"又云:"天历诸公制作新,力排旧习祖唐人。粗豪未脱风沙气,难诋熙丰作后尘。"非具正法眼者,乌能道此。①

都穆在唐、宋、元诗之间所作的这番比较,或可以看作是他于诗宗宋的重要依据,的确可以发现,作者明白无误地对诗盛于唐而坏于宋以及宋诗不及元诗的说法,提出强烈质疑。关于这一点,也可联系文徵明的有关述评,他为《南濠诗话》所作序文,谈及其本人从都氏习诗的经历:"余十六七时喜为诗,余友都君元敬实授之法。于时君有心戒,不事哦讽,而谈评不废。余每一篇成,辄就君是正,而君未尝不为余尽也。"并且评价都氏于诗识力及其取向:"君于诗别具一识,世之谈者,或元人为宗,而君雅意于宋;谓必音韵清胜,而君惟性情之真。"②文徵明这段交代其本人年轻时习诗经历的自述,至少表明一点,他对都穆的诗学立场相对熟稔,也因此,他判断都氏具有"雅意于宋"的倾向,披露了其重视宋诗的基本态度。尽管如此,推究起来,这还不足以证明都穆专注宋诗的宗尚立场。《南濠居士文跋》载有都氏点评李梦阳诗的识语,其曰:"向予官工部时,与献吉友善,政事之暇,数相过从,觞咏留连,日夕忘去,意甚乐也。别来数载,缅怀昔日之乐,邈不可得,得览斯卷,为之跃然。盖献吉之诗取材汉魏,而音节法乎盛唐,若宋元以下则藐视之,其所作虽不免时为今体,而命意遣词,高妙绝俗,识者以为非今之诗也。"③这条材料之所以格外值得注意,在于它除了提到作者曾经与前七子领袖人物李梦阳密切交往的经历,还有对李诗取法汉魏、盛唐倾向所作的评断。可以肯定的一点,特别是李梦阳诗宗盛唐的取向,实际上也得到都穆的高度认可,而许以"命意遣词,高妙绝俗",决非漫然虚誉之语。从都穆个人的习诗经历来看,其自述少时曾学诗于沈周。④ 文徵明为沈氏所撰《沈先生

---

① 《历代诗话续编》,下册,第1344页至1345页。
② 《南濠居士诗话序》,《历代诗话续编》,下册,第1341页。
③ 《南濠居士文跋》卷二"李户部诗",《续修四库全书》影印明刻本,第922册。
④ 《南濠诗话》:"沈先生启南,以诗豪名海内,而其咏物尤妙。予少尝学诗先生,记其数联……皆清新雄健,不拘拘题目,而亦不离乎题目,兹其所以为妙也。"(《历代诗话续编》,下册,第1361页至1362页。)

行状》,谓沈"其诗初学唐人,雅意白傅,既而师眉山为长句,已又为放翁近律,所拟莫不合作"①。朱彝尊《静志居诗话》评沈诗,以为"石田诗不专仿一家,中、晚唐,南、北宋靡所不学"②。这些评说都注意到了沈周于诗兼法唐宋的取向。而沈氏的态度,或多或少会影响到都穆的学诗经历,这也可以用来解释他既重视宋诗又不废唐音的其中一个原因。要之,都穆抬举宋诗的地位,与其说是极力宗宋,不如说是有意反拨诗坛专注唐诗乃至元诗的风向,但这并不等于他因此贬抑唐诗,确切说来,在唐宋之间维持学古取法上的某种平衡,才是他的本意之所在。

　　再来看文徵明。如前述及,文氏自早年始即"尤好为古文词"③,并大力为诗道声张,显示他对诗歌领域的高度关切。据何良俊《四友斋丛说》所载,文氏曾自述少时学诗所取:"衡山尝对余言:'我少年学诗,从陆放翁入门,故格调卑弱,不若诸君皆唐声也。'此衡山自谦耳,每见先生题咏,妥贴稳顺,作诗者孰能及之?"④这或许正表明,文徵明早年习诗不随宗唐的时俗,独从宋人陆游而入。他所撰写的《淮海朱先生墓志铭》,述及墓主宝应朱应辰对时下论文言诗者立场的看法:"(朱)尝曰:'今之论文者皆曰秦、汉,然左氏不愈于班、马矣乎? 上之六经,左氏又非其俪已。言诗皆曰盛唐,然楚骚、魏、晋,不愈于唐人矣乎? 上之《三百篇》,楚骚、魏、晋又非其俪已。盖愈古而愈约,愈约而愈难。不反其约,而求为古,只见其难耳。'其言如此,盖卓乎其有所识矣。"⑤朱于"言诗皆曰盛唐"不以为然,文徵明认为这一看法颇有识力,这也说明他并不赞成一味以盛唐为宗。然而同样,这并不代表他对唐诗的排斥,文嘉《先君行略》言及文徵明为诗风格,指出"诗兼法唐、宋,而以温厚和平为主。或有以格律气骨为论者,公不为动"⑥。王世贞为文氏所撰《文先生传》也提到:"先生好为诗,傅情而发,娟秀妍雅,出入柳柳州、白香山、苏端明诸公。"⑦据此看来,在诗歌宗尚问题上,说文徵明有意不与时俗合流,不主张专宗唐音,而于唐宋兼而取之,也许更符合他的诗学立场。

①《文徵明集》(增订本)卷二十五,中册,第583页。
② 黄君坦校点《静志居诗话》卷九,上册,第232页,人民文学出版社1990年版。
③ 文嘉《先君行略》,《文徵明集》(增订本)附录二,下册,第1723页。
④《四友斋丛说》卷二十六《诗三》,第237页,中华书局1959年版。
⑤《文徵明集》(增订本)续辑卷下,下册,第1693页。
⑥《文徵明集》(增订本)附录二,下册,第1726页。
⑦《弇州山人四部稿》卷八十三,明万历刻本。

　　虽说在弘治之初曾经一同"倡为古文辞",但和都穆、文徵明相比,祝允明关于诗歌宗尚的主张则有着显著的不同。他在《祝子罪知录》的论诗部分即开宗明义:

　　　　举曰:诗各有所至,四言、五言、乐府,由陈、隋溯洄而止乎汉,歌行、近体,由汉溯游而止乎唐。

这是基于对各诗体在不同时代发展情形的分别,指引学古取法的总体方向,不但是祝允明对古典诗歌演进脉络的大略梳理,又是他对诗歌宗尚目标的基本定位。尽管此处祝氏提出"诗各有所至",似乎是要强调不同时代的作品各有所长,正如他论议五言古体,指出"汉家肯构,接武□之,是西京一格也;东都少辨,犹当弟昆,亦一格也;曹一格也;马、刘一格也;二萧一格也;陈、杨少靡,当萧附庸;陶信自挺,要冠其代。虽则高卑稍殊,要之各有至处,亦不必如后世所谓陈、隋绮靡,悬绝汉魏之风骨,过为抑扬,而不依乎中庸也"。认为汉至陈、隋之作各具特点,因此不必过分厚此薄彼。但这并不等于他忽略对不同朝代及不同阶段诗歌之间差异的分辨,实际的情形是,在提出"诗各有所至"的同时,祝允明也非常注意区分各体诗歌在宗尚意义上的高下之别。如他评判乐府、歌行的演变特点:"乐府本自汉声,继虽拟引迁流,故当愈上愈嘉尔。歌行长句,滥觞汉府,转复铺张,而为之亦鲜。中间若曹、王亮切,鲍郎俊逸,颇复雄响轶群,文姬愤拍,乃存汉韵。其他虽袭篇名,大帅五言本体。"为此,他主张"歌行长调,宜衡览前后,益用精遴。乐府只应法汉,止乎唐前"。即使是对于不同时期"各有至处"的五言古体,祝允明也在分辨轩轾,确认可以引为楷范的宗尚目标,指示"五言独为汉魏最高,爰及六代,亦可择尤而从,随宜以就,唐则姑欲置之"。值得注意的是,在全面辨察古典诗歌系统之际,唐代诗歌显然是祝允明重点关注的一个目标,其云:

　　　　逮及唐家,遂成专业。然而虽接条枚,终焉是别一解,观其情辞已极尽已致,格力乃稍谢前修。中间五言、四言、歌行、乐府大率改作,亦自驰驱深浅,而概少杀于昔人。歌行犹近,乐府亚之,五言远矣。然而莫不成章,斐然昭映。惟其近体五七律绝,厥惟跨昔越来,尽美尽善,凌霄揭日,压岳吞溟。《三百》之内，肤毛骨肉，颜色声音，姿态容度，性情心气，理义滋味，语默动静，精华风趣，髓脑百体。至于极妙之妙、绝玄之玄、莫神之神，不可以舌者，总在深得而时或过之。洋洋唐声，独立宇宙，无能间然，诗道之能事毕矣。圣人有作，其亦不易之矣。

作者认为，大略而言，有唐一代成为诗歌发展变化的一个相对成熟或完善的历史时期，所谓"诗道之能事毕矣"的判断，明确传达了他对唐代诗歌的一种历史定位；以各体而言，唐诗则又呈现不同的发展变化特点，其中的五七言律绝，最能体现有唐一代诗歌的典范价值，堪称美善之作，其他体式中歌行一体相对接近前代的风韵。这种对唐代诗歌的各体定位，其实也是祝允明"歌行、近体，由汉溯游而止乎唐"的提法的展开说明。需要指出的是，在突出唐代诗歌总体地位尤其是近体及歌行取法意义的前提下，祝允明并没有忘记进一步对于唐诗的位置及价值加以阶段性的划分，此即如他所说的，"其时其人，中复少辩"，以为"谈者多主为优劣，时以初、盛、中、晚别，人以类如四杰、李、杜之属别，而要谓晚不及中，中不及盛，盛不及始，人时皆然，亦确论也"[1]。这里涉及的有关唐代诗歌的分期，尽管未进而显示各个对应的具体时段，但其因"时"因"人"的基本划分，没有越出如明初高棅《唐诗品汇》所提出的"一变而为初唐"、"再变而为盛唐"、"三变而为中唐"、"四变而为晚唐"[2]的唐诗"四变"说。很显然，祝允明作出的以上陈述，表明其在唐诗宗尚包括分期问题上，主要融入了明初以来流行在诗坛的宗唐导向。如果说，他本人的诗学立场还有什么真正的特异之处，那么，表现其身上同这一宗唐态度相对的强烈的反宋诗倾向，无疑是最具标志性的。他在《祝子罪知录》中即作出了"诗死于宋"的激切评断，并为之申述曰：

　　说曰：诗之美善，尽于昔人，止乎唐矣。初宋数子，仍是唐馀，自嵬坡、鬼谷，姿负崖峻，乃不从善，强别作态，自擅为家。后进靡然从之，迄其代而不返，虽有一二自振，河决千里，支流澪注，安能回之？其失大抵气置温柔敦厚之懿，而过务抑扬；辞谢和平丽则之典，而颛为诘激。梗隔生硬，矜持

---

① 以上见《祝子罪知录》卷九。

② 《五言古诗叙目》，《唐诗品汇》，上册，第51页。

跋扈,回驾王涂,并驱霸域,正与诗法背戾,而彼且自任宗门。斯实人间诗
道之一变也。有如《诗》、《书》二经,皆元圣作述,而其体自殊。《三百篇》
者,不著忠孝清贞等语,而所蓄甚至,所劝惩者转深,与百篇诰谟本体不同
乃尔。故曰诗忌议论。而宋特以议论为高,大率以牙龃评较为儒,嚚讼哗
讦为典,眩耀怒骂为咏歌。此宋人态也,故于诗而并具之。

盖诗自唐后,大厄于宋,始变终坏,回视赧颜,虽前所论文变于宋,而亦
不若诗之甚也。可谓《三百》之后,千年诗道,至此而灭亡矣,故以为死。

又曰:宋人有一种言语,所谓诗话者,恶而且繁,就中名公数端,如涑水、
公父一二之外,诗张为幻,为叙说评骘及佞杜者,总可收拾千编,付之一炬。

又曰:论者又或以宋可并唐,至有谓过唐者,如刘因、方回、元好问辈
不一,及后来暗陋吠声附和之徒,皆村学婴童,肆姿狂语,无足深究。[①]

完全可以说,祝允明对于宋诗连同宋人诗话的贬斥已到了不遗馀力的地步,甚
至以偏激的訾诋代替了理性的判断,或许因此而缺乏某种客观的历史主义态
度,但在另一层面上,这正亮出了他对于宋诗极度厌弃的立场。在祝允明看来,
尤其是在唐诗的参照之下,宋诗的陋劣无容分辩,已经到了极点,也由此将诗道
引向了灭亡的境地。所以,论家认为宋诗可与唐诗并置甚至超越后者的说法,
皆属"肆姿狂语",其浅陋之见,根本经不起推敲。他在为沈周所作的《刻沈石田
诗序》中也指出,"唐人以诗为学为仕,风声大同,情性略近。其间李、杜数子杰
出,然而格有高下,音非辽绝,犹十五国各为一风,可按辞而知地,唐亦然尔,斯
其美也","宋劣于唐居然已","或以宋可与唐同科,至有谓过之者,吾不知其何
谓也,犹不能服区区之一得,何以服天下后世哉"[②]? 从祝允明的述论中同时可
以看出,他贬斥宋诗的一个逻辑起点,重点涉及诗歌表现艺术的问题,特别是
"诗忌议论"之说,概括了他针对诗歌一体之表现的基本原则。他以为,追溯同
为儒学经典的《诗经》和《尚书》,已是"其体自殊",前者在表现上"所蓄甚至",注
重的是一种蕴藉深厚的传达,自和后者作为诰谟的《尚书》不同,而宋诗"以议论
为高"却是犯了诗之为诗致命的忌讳,悖离了诗歌一体特定的表现原则。同样

①《祝子罪知录》卷九。
②《祝氏集略》卷二十四。

可以看出,祝允明如此诟病宋诗的缺失,也更多在伸张严羽《沧浪诗话》批评"近代诸公""以文字为诗,以才学为诗,以议论为诗","其末流甚者,叫噪怒张,殊乖忠厚之风,殆以骂詈为诗"①的论调,难怪他又表示,比较"诸家评骘,枉戾百端",而"严羽之谈,微为可取"②,显然对严羽论诗另眼相看,只不过比较严氏于"近代之诗"尚声称"吾取其合于古人者而已"③的审视立场,祝允明作出的"千年诗道,至此而灭亡矣"的关于宋诗的历史定位,其态度无疑更为绝端。

推究起来不难发现,体现在祝允明身上这种强烈的反宋诗倾向,实和他决绝的反宋学立场紧密结合在一起。其在《学坏于宋论》中对宋代学术作如是说:"凡学术尽变于宋,变辄坏之。经业自汉儒讫于唐,或师弟子授受,或朋友讲习,或闭户穷讨,敷布演绎,难疑订讹,益久益著。宋人都掩废之,或用为己说,或稍援它人,皆当时党类,吾不如果无先人一义一理乎?亦可谓厚诬之甚矣。其谋深而力悍,能令学者尽弃祖宗,随其步趋,迄数百年,不寤不疑而愈固。"④这主要是就经业的变化趋势来说的,以作者之见,时至宋代,学风为之大变,趋于专断、悍横与强势,不但侵蚀了汉唐的学术传统,而且给后世学者带来极大的负面影响,使之沉溺不悟,贻患经业。也鉴于此,他在《贡举私议》中又针对当时科试程文不重古注疏而渐重宋儒注疏的倾向,提出忧虑和质疑:"诸经笺解传释,今古浩穰。然自昔注疏一定,似有要归,本朝惠制大全书,俾学者遵守,亦未尝禁使勿观古注疏诸家也。今习之既久,至或有不知人间有所谓注疏者,愚恐愈久而古昔传经家之旨益至泯灭,故以为宜令学者兼习注疏,而宋儒之后为说附和者,不必专主为便。"并且提出,程文"论题宜简于性理道学,而多论政术人才等事为便"。祝允明以为,宋人的学术特别是其从事的"道统性理之学"⑤,其最严重的缺陷在于违离了古昔"祖宗"的传统,专横独断的习气,制造了更多负面的效应,以至阻碍了文人学者的自主思考,助长了他们"随其步趋"的思维惰性。不啻如此,宋人的这种学风也影响到诗歌领域,"于诗而并具之",故有"牙龃评较"、"嚚讼哗讦"、"眩耀怒骂"种种鄙陋之态的显露。概括而言,祝允明如此极力排击宋诗,一方面,表明他特别注重诗歌一体的表现艺术,因而从艺术审美的角度指摘

---

① 《沧浪诗话校释·诗辨》,第26页。
② 《祝子罪知录》卷九。
③ 《沧浪诗话校释·诗辨》,第26页。
④ 《祝氏集略》卷十。
⑤ 《祝氏集略》卷十一。

宋诗"特以议论为高"的严重缺失;另一方面,也是更深层次的,在于他从学术思想的层面,追究宋诗陋劣的主要根源,视宋诗为受到宋学侵蚀的一块不净的领地,决然将反宋诗纳入他整个反宋学的体系之中。

前面说到,唐代诗歌是祝允明重点关注的目标之一,被他定位在"诗道之能事毕矣"的历史格局中。不过,其中作为唐诗大家的杜甫因受到祝氏的严厉批评而成为例外。话题是从李白与杜甫究竟以何者为冠开始的,祝允明在《祝子罪知录》中声言,"称诗不可以杜甫为冠","李白应为唐诗之首",后者"才调清举","于唐固当独步,非谓更无及者",然而"他士不能体体皆善,不能篇篇悉美,不能句句字字尽嘉,而公(指李白)能之","故不谓都无一人比肩,要总归于万夫之首矣"。尽管努力在于强调李胜于杜的理由,但这样的分辨,似乎已经超出传统意义上的李杜诗歌的比较,其目的主要是为了全面否定杜甫在唐代乃至整个诗歌史上的地位,而以李白作参比则不过被当作批评杜诗的一种策略,因为观祝氏所论,反驳"讽杜者"、"极推者"成为其评述杜诗的一项主要任务:

> 凡讽杜者,不啻千喙,姑按其说而察辨之,岂不得其情乎? 以其为苍古也,非苍古也,村野之苍古也;以为典雅也,非典雅也,椎鲁之典雅也;以为豪雄也,非豪雄,粗犷悍憨之豪雄也。又以为百态咸备,尽掩昔贤,何其狂言之斯与? 昔贤多有具体而微者,然且冲退坚守,每以其最长者为定形,而姿态横生,时自出之,乌有若甫之偏堕自用,可为万羽之凤兮者乎哉? 殊涂百虑,森森众妙,试谛诠之,甫也果何有哉? 其极推者,以为忠义积发,度越诸子。是则未议辞体,别以理义论也。然而忠则信有之矣,忠蕴于胸臆,声形于颊舌,固当若是嚣呼诟怼,若捐家委命、强驱赴敌之悍卒然耶? 风雅之中,人伦万变,至忠至孝,至义至烈,百意千情,无不有之,而夷视其辞,大帅渊雅,所谓温柔敦厚,诗之教也。甫也诗才独步千载,何独不能知诗教本旨如是? 抑知而不能从耶? 诗当温而甫厉,尚柔而甫猛,宜教而甫讦,务厚而甫露,乃是最不善诗、戾诗之教者,何以反推而倒置之与?

不得不说,以上针对杜诗所展开的批评是相当严厉的,其不但从诗歌艺术审美的角度,贬抑杜诗"村野"、"椎鲁"、"粗犷悍憨"及"偏堕自用"之失,而且上升至诗教的层面,指摘杜诗违离了温柔敦厚的传统精神及其教示意义,后者与其说是为了阐扬传统诗教的本旨,不如说是意在加大批评杜甫"最不善诗"的力度。
自宋代以来,杜诗地位跃升,其典范意义愈益显突,尊杜逐渐成为诗坛普遍存在
的现象。从本质上来说,祝允明如此激烈批评杜甫,固然和他不满杜诗的表现
风格有关,但更主要的,恐怕是他出于针对宋人多以杜甫相标榜的尊杜行为而
产生的一种强烈的逆反心理,以至有意颠覆在诗歌领域尤其是为宋人所尊奉的
典范目标。可以发现,祝允明在批评杜甫之际又多连带引出宋人佞杜的问题。
如他表示,自韩愈、元稹或将杜"与李并立",或"遗李独推",到了宋人那里佞杜
之风愈趋盛行,对后人侵染转深:"迨至宋人,昧眼揉思,曲词强诣,转入鄙陋。
若侏儒从齐景以弄鲁侯,荆人僭王呼以登五伯,征实定名,畴其予之? 奈何来者
之不竞,而随人共拜贾竖之尘乎? 以李媲度婢,双跱为一室之栋,犹恐白隆而甫
挠,矧欲并置长庚,孤植饭颗。"又指出:"由变故以来,凡其自谓独尊杜而痛法之
者,正是其失,执而不回,且亦未尝果皆甫也。 向令舍杜而他从,如太白等辈,虽
不能及,犹唐遗韵也,学杜而劣,因成斯状,诸丑遂呈,不可观已。"①据此,祝允明
批评杜诗的口吻中不时透出攻讦宋人的话语,这在某种意义上可以说,正是决
绝的反宋诗乃至反宋学的立场,使得他转而向多为宋人推尊的杜甫诗歌发出强
烈的质疑。故而,对于诸如杜甫"最不善诗、戾诗之教者"的极端判词,与他"诗
死于宋"、"学坏于宋"的非理性的偏激评断,应置于同一层面来加以看待。

　　由上所论,不难看出祝允明等吴中诸士涉及诗歌宗尚问题的主张各有差
异,呈现彼此相对独立的一种情状,无法将它们统合到一个简单、固定的范围。
导致诗歌宗尚取向多维化的主要原因在于,一方面,诸士之间虽有交酬往还,甚
至共同致力于古文词的研习,但还只是属于同一地域一种松散的文人聚集,并
未提出标立宗派的明确主张,故也难免造成在诗学观念上的驳杂。② 另一方面,
总体而言,吴中诸士尤其在自身知识系统的建构上表现出相对自由、活跃的特
征,这一现象和该地区自昔以来"不独名卿材士大夫之述作煊赫流著,而布衣韦
带之徒笃学修词者亦累世未尝乏绝"③的相对深厚而开放的人文环境不无一定
的关联。祝允明等人于弘治之初"倡为古文辞",包括他们对于受到当时经术盛
兴风气冲击的诗道的张扬,本身也带有冲破时俗、独立发声的意味,表明他们在

①《祝子罪知录》卷九。
② 参见黄卓越《明中后期文学思想研究》,第 142 页,北京大学出版社 2005 年版。
③《仙华集后序》,《陆子馀集》卷一。

更多情形下根据自身的识见与趣味,来选择一己修习的途径。例如,文徵明自述当初好为古文词,"一时曹耦莫不非笑之,以为狂;其不以为狂者,则以为矫、为迂",而文氏则"不以为然","用是排众议,为之不顾"①。同样,他们在诗歌宗尚问题上各自申诉,不求共趋一途,也显示诸士秉持自我趣识、不愿随众追俗的独立心向,犹如祝允明在批评盲目尊杜者时所言,"人不肯以平心观,以天性概,以定志审,以实学验之焉。譬诸蠢夫,或过公府,见其门堂高大,便谓极贵,不知其中何主者也"②。其不拘于时俗所尚的诗学立场,由此可见一端。它无疑从一个侧面,反映了此际吴中文士在知识接受层面呈示的某种自主而开放的倾向。

---

① 《上守谿先生书》,《文徵明集》(增订本)卷二十五,中册,第 571 页至 572 页。
② 《祝子罪知录》卷九。

第七章　前七子与复古诗学的建构

　　明孝宗弘治年间，以李梦阳、何景明为代表的前七子在京师结盟，这一新兴文人势力在文坛的崛起，由此激发了进入明代中叶以来影响深广的复古风气。作为相较于有明前期文学格局而发生显著变化的起始，李、何诸子倡兴诗文复古的举措，受到世人高度瞩目，他们引示的所谓"反古俗而变流靡"①的指向，昭显了当时文坛要求变革俗尚、进行自我更新的强烈愿望，李梦阳则欣然将其描述为"盖其时古学渐兴，士彬彬乎盛矣，此一运会也"②。这一文坛变化的势态表明，复古成为具有某种时代标记的文学活动，其在文人圈中逐渐得以扩展，反映了士人群体知识接受和文学趣味发生重要调整甚至改变的明显趋势。从李、何诸子来说，他们大多出身郎署而异军突起，在相当程度上则打破了早先台阁势力操持文柄的格局，所谓"空同出而异军特起，台阁坛坫，移于郎署"③，对于复古的倡导，将诸子推向文坛的最前沿，扮演了开时代风气之先的引领角色。他们生平著论对于诗学领域多有涉及，而关于复古问题的一系列阐述，也着重投射在他们的诗学思想层面，透过于此，可以更清晰而充分地辨识他们怀持的文学诉求。与此同时，综观前七子所建构的复古诗学，其在明代诗学思想发展进程中构成极为重要的一环，对当时和后世诗坛发生极为深远的影响，这也是我们考察明代诗学思想史无法绕开的重点领域之一。

---

　　① 康海《渼陂先生集序》，《对山集》卷十，明嘉靖刻本。
　　②《朝正倡和诗跋》，《空同先生集》卷五十八，《明代论著丛刊》影印明嘉靖刻本，台湾伟文图书出版社有限公司 1976 年版。
　　③ 陈田《明诗纪事》丁签卷一《李梦阳》，清光绪至宣统刻本。

第一节　复古诗学生成的文学基础与背景

前七子在弘治年间倡兴诗文复古,并不是一时兴发的偶然之举,已有研究者特别从弘治时期社会政治、士人心态、思想潮流等方面,检讨这场文学复古发生的历史条件,指出当时政治领域的开明、士大夫阶层地位的提高和自信心的增强,以及思想观念较之正统意识的异动,与文学复古的提倡密切联系在一起。① 这也主要昭揭了弘治一朝复古在文学领域兴起的社会意识土壤。不仅如此,假如着重从文学的层面来加以辨察,前七子诗学思想的生成,乃至于他们对整个诗文复古系统的构筑,又有其特定的基础与背景。

前面章节论及,朱明王朝建立以来,受"崇儒重道"的治政方略以及与之密切相配合的科举取士"纯用经术"变革措施的引导,文人士子尚经术而轻词赋的风气为之激扬,这种风气深刻影响到他们的知识结构和文学兴趣,其所产生的直接后果,则是对"古文歌诗"的生存空间和价值地位造成严重的制约或冲击。李梦阳为其友人宝应朱应登所作《凌谿先生墓志铭》的相关记叙值得注意,其曰:

> (朱)生而苹奇,童时即解声律,谙词章,十五尽通经史百家言……于是饫醇探窈,程猷经用,喷英摘华,树声艺林矣。年二十举进士,时顾华玉璘、刘元瑞麟、徐昌穀祯卿号江东三才,凌谿乃与并奋竞骋吴、楚之间,歘为俊国,一时笃古之士争慕响臻,乐与之交。而执政者顾不之喜,恶抑之。北人朴,耻乏黼黻,以经学自文,曰:"后生不务实,即诗到李、杜,亦酒徒耳!"而柄文者承弊袭常,方工雕浮靡丽之词,取媚时眼,见凌谿等古文词,愈恶抑之,曰:"是卖平天冠者。"于是凡号称文学士,率不获列于清衔。②

从李梦阳这篇墓志中,我们至少可以读出以下两方面的重要信息:第一,墓主朱应登生平好为古文词,并因此称声于艺苑,影响"笃古之士",然而不为"执政

---

① 参见廖可斌《明代文学复古运动研究》,第55页至66页。
② 《空同先生集》卷四十五。

者"、"柄文者"所重,特别是后者之中"以经学自文"的学术取向,从一个侧面反映了其时专尚经术的风气浸润已深,且对作为文人士子在古文诗歌方面基本修养的古文词形成压制。第二,作者除了推许墓主倾力于古文词的修习行为,实不认可"以经学自文"的学术取向,并对主政柄文者因重视经术而排斥古文词的立场表达不满和忧虑。这里所说的"以经学自文"者,指的是位至内阁大学士的刘健。其于成化末年升礼部右侍郎兼翰林院学士,入内阁参预机务,弘治时进礼部尚书兼文渊阁大学士。年少时即"嗜学尤笃,为文务思至理,以发圣贤之蕴,不事词藻"①,后值李东阳"以诗文引后进,海内士皆抵掌谈文学",而"健若不闻,独教人治经穷理"②。李梦阳《外篇·论学》即指出:"'小子何莫学夫诗',孔子非不贵诗,'言之不文,行而弗远',孔子非不贵文,乃后世谓文诗为末技,何欤? 岂今之文非古之文、今之诗非古之诗欤? 阁老刘闻人学此,则大骂曰:'就作到李、杜,只是个酒徒!'李、杜果酒徒欤? 抑李、杜之上更无诗欤? 谚曰:因噎废食。刘之谓哉!"③其中指斥刘健鄙薄诗文的用意更为明显,口气更为激烈,也可见李梦阳将当下古文词生存空间的压缩和价值地位的沦落,与重视经术的时风联系在了一起。④ 受制于明初以来经术盛行的学术氛围,又鉴于根深蒂固的"诗赋小道"的传统认知,以及在科举取士体制中的非实用性,诗歌领域经受的冲击是相当强烈的。⑤ 何景明序明初诗人袁凯《海叟集》曾经检讨"诗不传"的原因,认为"其原有二:称学为理者,比之曲艺小道而不屑为,遂亡其辞;其为之者,率牵于时好而莫知上达,遂亡其意。辞意并亡,而斯道废矣。故学之者苟非好古而笃信,弗有成也。譬之琴者,古操人所不乐闻,又难学;新声繁艳易学,人又喜之。非果有自信,孰不就所易学,以媚人所喜者也? 若是,将使古道复至于无

---

① 贾咏《特进光禄大夫左柱国少师兼太子太师吏部尚书华盖殿大学士赠太师谥文靖刘公健墓志铭》,《国朝献征录》卷十四,第1册,第463页。
② 《明史》卷一百八十一《刘健传》,第16册,第4817页。
③ 《外篇·论学下篇第六》,《空同集》卷六十六,《景印文渊阁四库全书》,第1262册。
④ 参见拙著《前后七子研究》,第9页,上海古籍出版社2015年版。
⑤ 如张弼《梦庵集序》在比较古今为诗之"易"与"难"时即指出:"古之为诗也易,今之为诗也难。何哉? 商周、汉魏弗论已,声律之学,至唐极盛,上以此而取士,士以此而造用,父兄以此教诏,师友以此讲肄,三百年间以此鼓舞震荡于一世,士皆安于濡染,习于程督,稍自好者,率能为之。为之者,不亦易乎? 沿及宋元,犹以赋取士,声律固在也。我太祖高皇帝立极,治复淳古,一以经行取士,声律之学,为世长物,父兄师友摇手相戒,不惟不以此程督也,为之者,不亦难乎? 是故进取之士非兼人之资、博洽之学,虽或好之而鲜克为,纵为之而鲜克工。"(《东海张先生文集》卷一)

闻焉而已矣"①。令何景明为之强烈不满的,不只是由于为诗者深受时好的牵制,无心学古,导致诗之"古道"趋于沦丧,而且学道为理者视诗为"小道",不屑为之,而后者所为,不可不谓又和当时文坛"经术兴,诗赋革"②的变化格局有关。可以说,李、何诸子对于诗歌领域乃至整个古文词生存现状所作的反思,使人不难感觉到蕴含其中的一股强烈的危机意识。

需要指出的是,在涉及弘治年间前七子发起诗文复古的背景问题上,呈现强势扩张情形而影响当时文坛的台阁文风,又多被研究者看作是李、何诸子有意识加以矫革的一个针对性目标。的确,如前七子之一的王九思述其盟友康海生前事迹的以下这席话,人们并不陌生:"公(指康海)又尝为之言曰:'本朝诗文自成化以来,在馆阁者倡为浮靡流丽之作,海内翕然宗之,文气大坏,不知其不可也。夫文必先秦、两汉,诗必汉魏、盛唐,庶几其复古耳。自公为此说,文章为之一变。"③王九思也曾自述本人前后习学诗文的经历:"予始为翰林时,诗学靡丽,文体萎弱。其后德涵、献吉导予易其习焉,献吉改正予诗者,稿今尚在也,而文由德涵改正者尤多。然亦非独予也,惟仲默诸君子,亦二先生有以发之。"④康、王二人曾分别任翰林院修撰和翰林院检讨,具有馆阁生活的经历,对台阁诗文之习气自然有着更为深切的体验,他们各自的陈述,因此更多包含深切检省台阁文风的意味,当然,从中也传递着前七子作为倡导诗文复古动机之一的反台阁文风的明确讯号。那么需要追究的问题是,李、何诸子为何会将台阁文风当作重点反拨的一个目标?说起来,自觉"浮靡流丽"风气由"在馆阁者"所倡扬而导致士林翕然响应,固然是其中的重要原因之一,对此,李开先为王九思所作《渼陂王检讨传》亦云,"是时西涯当国,倡为清新流丽之诗、软靡腐烂之文,士林罔不习学其体","及李崆峒、康对山相继上京,厌一时诗文之弊,相与讲订考正,文非秦汉不以入于目,诗非汉魏不以出诸口,而唐诗间亦仿效之,唐文以下无取焉"。而他为康海所作《对山康修撰传》又曰:"国初诗文,犹质直浑厚,至成化、弘治间,而衰靡极矣。自李西涯为相,诗文取絮烂者,人材取软滑者,不惟诗文趋下,而人材亦随之矣。对山崛起而横制之,天下始知有秦汉之古作,而不屑于

---

① 《海叟集序》,《大复集》卷三十二,明嘉靖刻本。
② 杨循吉《遥溪吟稿序》,《松筹堂集》卷四。
③ 《明翰林院修撰儒林郎康公神道之碑》,《渼陂续集》卷中,明嘉靖刻本。
④ 《渼陂集序》,《渼陂集》卷首,明嘉靖刻本。

后世之恒言。"①李开先的上述记述,主要指向的是李、何诸子在诗文审美趣味上和台阁所倡风气之间形成的无法调和的隔阂,以及他们以复古相激荡的一种清算和救赎意识。但笔者认为,这还只是问题的一个方面,在另一层面,也是更为重要的,李、何诸子极力为复古呐喊,则有意要打破当时主导文坛风尚的馆阁文士在诗文领域的垄断地位,致力于文坛既定格局的重新调整,试图展现多为中下层文士的他们文学身份的担当,以及寻求与之相应的一席地位,支撑在其深层次心理的,不能不说是一种强烈的阶层意识和独立门户以争取文坛话语权的主导意识。何良俊在《四友斋丛说》中即指出:"李空同作朱凌溪墓志中,其言是卖平天冠者,与作诗到李、杜,亦一酒徒耳。此刘晦庵语也。晦庵敦朴质实,不喜文士,故有此语。同时唯李西涯长于诗文,力以主张斯道为己任,后进有文者,如江石潭、邵二泉、钱鹤滩、顾东江、储柴墟、何燕泉辈,皆出其门,独李空同、康浒西、何大复、徐昌毂自立门户,不为其所牢笼,而诸人在仕路亦遂偃蹇不达。"②梁清标《重刻石熊峰先生集序》亦有言,"时西涯当国,执文章之柄,弘奖风流,推挽后进,学士大夫翕然宗之。于是西涯之学衣被天下,而北地、信阳起而与之争长坛坫"③。自从成化年间以来进入馆阁高层的李东阳,同时成为执掌其时文柄的一位文坛风向标人物,在士林中间产生相当的影响力,"弱冠入翰林,已负文学重名,金梓所刻,卷帙所录,几遍海内,大夫士得其片言以为至宝。后进之士,凡及门径指授,辄有时名"④。李、何诸子俨然以复古自命,结盟而突进当时的文坛,与以李东阳为代表的馆阁文士"争长坛坫"的意图可谓不言自明。但是更确切一点地说,他们所针对的并不仅仅是李东阳个人,而是当时尚在扮演着文坛强势而专断角色的馆阁阶层,他们所期望的是如何通过改变馆阁操持文柄的格局,有效传达自身阶层意识、体现独立话语权的文学声音。

从另一方面来看,众所周知,前七子对于诗文复古系统的构筑,其中所反映的一个基本事实,即在诗学领域表现出极为鲜明的宗唐倾向。何景明致李梦阳的《与李空同论诗书》就提出"近诗以盛唐为尚,宋人似苍老而实疏卤,元人似秀

① 以上见李开先《李中麓闲居集》卷十,《续修四库全书》影印明刻本,第1341册。
② 《四友斋丛说》卷十五《史十一》,第126页至127页。
③ 石珤《熊峰先生集》卷首,清康熙刻本。
④ 杨一清《怀麓堂稿序》,《李东阳集》,第三卷,第447页。

峻而实浅俗"①的著名论断,而为明初袁凯所作的《海叟集序》又自述"学歌行、近体,有取于(李、杜)二家,旁及唐初、盛唐诸人"②,即将唐诗特别是盛唐诗歌与宋元诗歌作了基本的价值区隔,在批评宋元诗歌或"疏卤"或"浅俗"的同时,突出了唐诗特别是盛唐诗歌的价值地位和习学意义。康海为友人张治道撰写的《太微山人张孟独诗集序》,则慨叹"明兴百七十年,诗人之生亦已多矣",然而"承沿元宋,精典每艰;忽易汉唐,超悟终鲜"③,实际上也明晰分别了汉唐与宋元诗歌的价值差异,个中蕴含的宗唐意识同样显而易见。何、康二子的这些主张在诸子当中有着相当的代表性,昭示了诸子在诗学领域的一大宗尚方向。循察有明一代诗学承传发展的路线,体现在前七子身上鲜明的宗唐倾向,则和唐诗自有明以来经典化趋势的加剧联系在一起。前已述及,诗学史上宗唐意识的崛拔,可以追溯至宋人或伴随对本朝诗家的质疑而表现出的对于唐代诗歌尤其是盛唐诸家之作的尊崇,较为典型者,无论如张戒《岁寒堂诗话》声言诗"成于李、杜,而坏于苏、黄"④,其尊李、杜而抑苏、黄的立场,已透露区分唐宋诗歌优劣的用心,还是如严羽《沧浪诗话》比照"近代诸公乃作奇特解会",以为"盛唐诸人惟在兴趣",以故提出"推原汉魏以来,而截然谓当以盛唐为法"⑤,强调盛唐诗歌的品格优势和取法依据,都在自觉分辨唐宋诗歌价值差异的同时,大力表彰唐诗特别是盛唐诗歌的经典意义。带着尤其自有宋以来历史接受的惯性,从总体上而言,唐诗在明代加剧了它的经典化进程,占据了主导性的宗尚行列。一个显著的征象是,在李、何诸子结盟而突进文坛之前的明代前期,宗唐已渐成气候,其中特别值得注意的,则是前面讨论到的呈现在馆阁文士群体当中不同程度推重唐诗的一种倾向性态度。尽管较之李、何诸子,馆阁文士群体对于唐诗的尊尚,无论是其文学背景还是文学诉求,都有很大的不同,关于这一问题,前面在分析台阁诗学与主导话语时已有所涉及,而在后面探讨李、何诸子复古诗学过程中还将论及,但必须指出的是,台阁诗学凭借特定的官方背景及其相对充足的政治资源,在士林中间产生的影响力不容小觑,其在总体上表现出的推重唐诗的

① 《大复集》卷三十。
② 《大复集》卷三十二。
③ 《对山集》卷十四。
④ 《岁寒堂诗话》卷上,《历代诗话续编》,上册,第455页。
⑤ 《沧浪诗话校释·诗辨》,第26页至27页。

倾向,承续着始自宋代、尤自元末明初以来逐渐成为诗坛主流的宗唐趋势,并且在某种意义上,从国家政治的层面赋予唐诗以典范地位和宗尚价值。这也有助于唐诗作为经典文本在文人圈中发生传导与根植效应,得到他们的普遍接受。无论如何,明代前期在馆阁文士群体中呈现的宗唐倾向,特别是其结合特定政治资源而形成的强势性,自上而下,影响士林的诗学取向,对于推动唐诗在有明时代的经典化进程,起着无法忽略的作用,而这在客观上,为继后前七子宗唐诗学的弘扬,奠定了坚实的基础。

第二节　复古诗学的基本宗旨与审美取向

前七子大力倡导复古,包括在诗学层面积极主张汲取相应的古典诗歌资源,如果置之于明初以来尚经术而轻词赋的背景下来加以审视,其中的一个重要指向,就是为了抬升受到专尚经术风气挤压的古文词的地位。这同时需要进一步探察的重点是,站在重视古文词的立场,前七子面向古典诗歌系统而选择具体的宗尚目标,其中究竟蕴含了什么样的基本宗旨,又反映了什么样的审美取向?

从复古的角度而言,首先面临的一个重要问题是要确立可供取法的特定对象。总体上,前七子在辨察古典诗歌系统的过程当中,大多表现出一种强烈的追溯本源的意愿,对于古诗和近体诗系统分别返至各自的源头,标誊它们的典范意义。作为儒学经典和首部诗歌总集的《诗经》,在诗歌史上的地位特殊,历来受到人们的尊奉,成为不易比拟的重要范本。在前七子确立起来的古典诗歌宗尚目标中,《诗经》的地位同样非同一般,备受关注。如王廷相《刘梅国诗集序》云:"神情才慧,赋分允别,综括群灵,圣亦难事。吾闻其语,未见其人,求诸《三百》之旨,径域乃真耳。"强调习诗追求《诗》三百之旨的重要性,并从"辩体"的角度提出:"诗贵辩体,效《风》、《雅》类《风》、《雅》,效《离骚》、《十九首》类《离骚》、《十九首》,效诸子类诸子,无爽也,始可与言诗已矣。"①意在说明摹效《诗经》等诗歌范本,乃是步入习诗之正轨的基础环节。为此,王廷相曾经在《与王孔昭》的书札中劝导友人王氏,要求"试以《三百篇》为骨格,取材于《离骚》,汉、

---

① 《王氏家藏集》卷二十二,《明代论著丛刊》影印明嘉靖刻本,台湾伟文图书出版社有限公司1976年版。

魏、晋、宋四代,当自有得也"①。此以《诗经》作为习诗的"骨格",还是为了明确这部诗歌原始经典对摹效者增强自我经验、提升创作层次所具有的根本性作用。又如徐祯卿《谈艺录》论及作诗如何"深探研之力,宏识诵之功",以为"古诗三百,可以博其源;遗篇十九,可以约其趣;乐府雄高,可以厉其气;《离骚》深永,可以裨其思",其中《诗经》以开博诗源的取法价值,被置于宗尚序列之首。与此同时,《风》、《雅》中的诸多篇章,又被赋予了"曲尽情思,婉娈气词"的示范意义:

> 《鹿鸣》、《頍弁》之宴好,《黍离》、《有蕡》之哀伤,《氓》蚩、《晨风》之悔叹,《蟋蟀》、《山枢》之感慨,《柏舟》、《终风》之愤懑,《杕杜》、《葛藟》之悯恤,《葛屦》、《祈父》之讥讪,《黄鸟》、《二子》之痛悼,《小弁》、《何人斯》之怨诽,《小宛》、《鸡鸣》之戒惕,《大东》、《何草不黄》之困疲,《巷伯》、《鹑奔》之恶恶,《绸缪》、《车辇》之欢庆,《木瓜》、《采葛》之情念,《雄雉》、《伯兮》之思怀,《北山》、《陟岵》之行役,《伐檀》、《七月》之勤敏,《常棣》、《蓼莪》之大义,皆曲尽情思,婉娈气词。哲匠纵横,毕由斯阃也。②

如此标立《诗经》独一无二开启诗道的宗尚地位,诚然和对于传统诗教意义根深蒂固的认知不无关系,犹如王廷相《刘梅国诗集序》评刘诗"本乎性情之真,发乎伦义之正",具有所谓"《风》、《雅》之遗教"③,徐祯卿《谈艺录》论汉代之前以《诗经》为代表的"古诗之大约",认为"所以宣玄郁之思,光神妙之化者也","盖以之可以格天地,感鬼神,畅风教,通庶情"④。但在另一层面,诸子则有意通过对《诗经》的极力标举,企图追索古诗系统形成的源头,还原诗歌的原始形态及其本初而朴拙的审美表现。康海《林泉清漱集序》称赞其友王麒"诗若词应口而出,无俟点窜,俏意俊句,层见迭出","至于填腔诗韵,得谐即已,初不深求东钟、江阳之细,其间或至以庚青协东钟、以寒山协监咸者。曰歌之不离,是即大协我道",并藉王麒之口,宣称"《三百篇》亦古之乐歌也,被之筦弦,荐之郊庙,神人以和,

---

① 《王氏家藏集》卷二十七。
② 《迪功集》附,《景印文渊阁四库全书》,第1268册。
③ 《王氏家藏集》卷二十二。
④ 《迪功集》附。

顾岂拘拘于韵者。天地间所闻皆韵，视作者何如耳，夫岂有不协哉"①？这不仅上溯《诗》三百，为"应口而出"、"得谐即已"的吟咏风格寻求历史根据，而且将《三百篇》视为无拘于韵、自然谐声以至"神人以和"的古老乐歌，其着力标榜的，显然是它原始古朴的表现特征。有关这一点，还应该特别注意李梦阳《潜虬山人记》中的一席话，这篇记文为歙商佘育而作，文中通过佘氏的口吻陈述作者自己的看法："《三百篇》色商彝周敦乎，苔渍古润矣；汉魏珮玉冠冕乎；六朝落花丰草乎；初唐色如朱薷而绣闶，盛者苍然野眺乎，中微阳古松乎，晚幽岩积雪乎。"②作者以不同的景状物象为喻，描述自《诗经》直至晚唐诗歌的不同风貌。李梦阳以为，相比于汉魏、六朝和四唐诗风，《诗经》的特色犹如"商彝周敦"，堪称"苔渍古润"。这一形容性很强的描述话语，传递的应是作者对《诗经》所呈现的古朴风格的向往，对处于上古时期诗歌原始形态以及审美特征的追索。

在古诗系统中，前七子推崇的另一个重点目标是汉魏诗歌。康海《渼陂先生集序》声言，"明文章之盛，莫极于弘治时，所以反古俗而变流靡者"，"于是后之君子言文与诗者，先秦、两汉、汉魏、盛唐彬彬然盈乎域中矣"③。显然，其中的汉魏诗歌也被当作"古俗"的标杆之一。基于这样的认知逻辑，王廷相曾对吴人黄省曾序谢灵运诗集称许谢诗"色彩敷发殆尽，灵机天化，无馀蕴矣，千年以来，未有其匹也"④，大不以为然，质疑"康乐诗序称许颇过，若然，则苏、李、《十九首》、汉乐府、阮嗣宗皆当何如耶？余尝谓诗至三谢，当为诗变之极，可佳亦可恨也"⑤。以他个人的判断，无论如何，谢灵运在诗歌史上的地位处在苏、李等汉魏诗人之下，对照汉魏诗歌，谢诗的优势不应被任意夸大。何景明的《汉魏诗集序》，因侍御刘氏"辑汉魏之作"成编而作，比较集中地谈及他对汉魏诗歌的看法：

　　夫周末文盛，王迹息而《诗》亡，孔子、孟轲氏盖尝慨叹之。汉兴，不尚文，而诗有古风，岂非风气规模犹有朴略宏远者哉？继汉作者，于魏为盛，

---

　　①《对山集》卷十四。
　　②《空同先生集》卷四十七。
　　③《对山集》卷十。
　　④《晋康乐公谢灵运诗集序》，《五岳山人集》卷二十五，《四库全书存目丛书》影印明嘉靖刻本，集部第94册。
　　⑤《答黄省曾秀才》，《王氏家藏集》卷二十七。

> 然其风斯衰矣。晋逮六朝,作者益盛,而风益衰。其志流,其政倾,其俗放,
> 靡靡乎不可止也。唐诗工词,宋诗谈理,虽代有作者,而汉魏之风蔑如也。

何景明认为,自汉代以后,随着"风气规模"的不断变化,诗歌的"古风"逐渐趋衰,进入一个历时渐变的过程,尤其是晋朝之后变化更为明显,这也使"汉魏之风"的优越性得以彰显。同时,所谓的"古风"本身属于一个追溯性的概念,主要是就上承《诗经》的风范来说的。是以何景明在《王右丞诗集序》中即声称:"盖自汉魏后,而《风》、《雅》浑厚之气罕有存者"①。这等于以汉魏时代作为一条是否承继《诗经》传统、得其"浑厚之气"的分界线,将汉魏诗歌视为《风》、《雅》遗韵的直接传递者。对比康、何二人,徐祯卿重视汉魏诗歌的态度同样是鲜明的,提出"魏诗,门户也;汉诗,堂奥也。入户升堂,固其机也"。要说特别是比照何景明以上陈述而略有不同的话,徐祯卿则在分辨《诗经》传统承继的问题上,更加突出了汉诗的传承作用:

> 汉祚鸿朗,文章作新。《安世》楚声,温纯厚雅。孝武乐府,壮丽宏奇,缙绅先生,咸从附作。虽规迹古风,各怀剞劂。美哉歌咏,汉德雍扬,可为《雅》、《颂》之嗣也。及夫兴怀触感,民各有情。贤人逸士,呻吟于下里;弃妻思妇,叹咏于中闺。鼓吹奏乎军曲,童谣发于闾巷,亦十五《国风》之次也。东京继轨,大演五言,而歌诗之声微矣。至于含气布词,质而不采,七情杂遣,并自悠圆。或间有微疵,终难毁玉。两京诗法,譬之伯仲埙篪,所以相成其音调也。

相形之下,"魏氏文学,独专其盛。然国运风移,古朴易解。曹、王数子,才气慷慨,不诡风人,而持立之功,卒亦未至。故时与之闇化矣"。这在提示,较之汉诗,魏诗在《诗经》传统的接续上已有所不及,二者并不完全在同一层面上,究其根柢,还当归因于"世代推移,理有必尔"②。以是说来,这当然也决定了汉诗为"堂奥"、魏诗为"门户"的层级性差异。合而观之,站在前七子的诗学立场,汉魏

---

① 以上见《大复集》卷三十二。
② 《谈艺录》,《迪功集》附。

诗歌尤其是汉诗更直接嗣承《诗经》风范的吟写品格,成为诸子将其列入宗尚目标的理由之一,而从这一理由,也可以窥视他们意在透过汉魏诗歌留存的"古风"去体验古诗本源的企图。另一方面,汉魏又是新的诗型尤其是五言古诗兴起和隆盛的一个时代,胡应麟即谓:"五言盛于汉,畅于魏,衰于晋、宋,亡于齐、梁。汉,品之神也;魏,品之妙也;晋、宋,品之能也;齐、梁、陈、隋,品之杂也。"①因此,如以五言古诗的溯源来说,汉魏成为诸子追索的一个时代势在必然,李梦阳《刻陆谢诗序》就论及这个问题,其云:

> 李子乃顾谓徐生曰:子亦知谢康乐之诗乎? 是六朝之冠也。然其始本于陆平原;陆、谢二子,则又并祖曹子建。故钟嵘曰:"曹、刘殆文章之圣,陆、谢为体贰之才。"夫五言者,不祖汉则祖魏,固也。乃其下者,即当效陆、谢矣。所谓画鹄不成,尚类鹜者也。②

李梦阳的本意主要是为了揭示晋宋诗人陆机和谢灵运的传承关系,以及他们在诗歌史上所处的位置,由此引出了有关五言古诗的取法话题。他指出的陆、谢二人祖法曹植的看法,究其所本,也就是如钟嵘《诗品》所谓陆、谢诗"其源出于陈思"③,后者意在说明二人诗风之所源。在总体上,李梦阳则借用钟嵘的评断,将二人定位在处于"文章之圣"的魏诗人曹植、刘桢之下的"体贰之才"。曹、刘、陆、谢诸人,都被钟嵘推为五言古诗之作手,如其指出,"陈思为建安之杰,公幹、仲宣为辅;陆机为太康之英,安仁、景阳为辅;谢客为元嘉之雄,颜延年为辅。斯皆五言之冠冕,文辞之命世"④。不过"文章之圣"和"体贰之才"的等次,已经分出他们之间的轩轾。⑤ 李梦阳在此议论陆、谢诗,包括引述钟嵘《诗品》的相关论评,其实也表达了他本人特别是关于五言古诗取法序次的主张,陆、谢既然上法曹植,且被归属于"体贰之才",从探本溯源和择优取法的角度言之,自是等而

---

① 《诗薮·内编》卷二《古体中·五言》,第 22 页。
② 《空同先生集》卷四十九。
③ 《诗品笺注·诗品上》,第 75 页、91 页。
④ 《诗品笺注·诗品序》,第 18 页至 19 页。
⑤ 所谓体贰,当即体二。贰之本义为副,假借为二。钟嵘以"体二"与"圣"相对举,含有陆、谢稍次于曹、刘之意。体二之才,指近于圣人但略次于圣人之大才。参见杨明《说"体二"》,《汉唐文学辨思录》,第 166 页至 175 页,上海古籍出版社 2005 年版。

下之,而断言"不祖汉则祖魏",则明确标出了五言古诗以汉魏为尚的宗尚原则。

在前七子的古典诗歌宗尚序列中,唐诗尤其是盛唐诗歌又是一个格外显著的目标,主要是被作为近体诗的本源性的范本来加以标举的。前述康海为盟友王九思撰作的《渼陂先生集序》,表彰自弘治倡兴"反古俗而变流靡"以来,"后之君子言文与诗者,先秦、两汉、汉魏、盛唐彬彬然盈乎域中矣",称赏王氏所作"出入乎《风》、《雅》、《骚》、《选》之间,而振迅于天宝、开元之右,可谓当世之大雅,斯文之巨臂矣"[①],其中可见汉魏和盛唐诗歌同受标榜,它们的典范意义也同被揭橥。又何景明曾序明初诗人袁凯《海叟集》,推重袁诗"歌行、近体法杜甫",序中自述"学诗"经历,强调"盖诗虽盛称于唐,其好古者自陈子昂后,莫若李、杜二家",尤其是李、杜"歌行、近体诚有可法",所以自己"学歌行、近体有取于二家,旁及唐初、盛唐诸人"[②],则更能从中识别出他的诗歌取法立场。王廷相《刘梅国诗集序》概括"古人之作"历时变化的进程,在述及唐诗演变的趋势时指出:"又变而为陈子昂,为沈、宋,为李、杜,为盛唐诸名家,大历以后弗论也。据其辞调风旨,人殊家异,各竞所长以相凌跨,若不可括而齐之矣。"[③]显而易见的是他析别大历前后诗歌的分界线,重在推尚此前盛唐乃至初唐之诗风。在致友人孟洋的《寄孟望之》一书札中,王廷相还特别谈到了律诗的问题,他指出,"律句,唐体也。天宝、大历以还,等而上之,晚唐不复言。苏、黄有高才远意,格调风韵则失之。元人铺叙藻丽耳,古雅含蓄,恶能相续"[④]? 察其所言,这不仅在说明律诗为"唐体"的重要表征,分别它在有唐不同时期的等次,而且示意作为"唐体"的律诗,在"格调风韵"、"古雅含蓄"上具有超越宋元诗歌的优长。

特别是近体诗表现体制在初、盛唐的成熟和完备,被人视为"诗盛于唐"[⑤]的一个重要标志。以五、七言律诗而言,胡应麟《诗薮》云:"五言律体,兆自梁、陈。唐初四子,靡缛相矜,时或拗涩,未堪正始。神龙以还,卓然成调。沈、宋、苏、李,合轨于先;王、孟、高、岑,并驰于后。新制迭出,古体攸分。"[⑥]又曰:"唐七言律自杜审言、沈佺期首创工密,至崔颢、李白时出古意,一变也。高、岑、王、李,

---

①《对山集》卷十。
②《海叟集序》,《大复集》卷三十二。
③《王氏家藏集》卷二十二。
④《王氏家藏集》卷二十七。
⑤ 袁桷《书番阳生诗》,《清容居士集》卷四十九,《景印文渊阁四库全书》,第1203册。
⑥《诗薮·内编》卷四《近体上·五言》,第58页。

风格大备,又一变也。杜陵雄深浩荡,超忽纵横,又一变也。"①并指出,"近体盛唐至矣,充实辉光,种种备美",至杜甫诸作,更是臻于"正中有变,大而能化者"②。正是这样的成熟和完备,开启了诗歌发展史上一个新的时代。应该说,前七子大力推尚唐诗尤其是盛唐诗歌,归根结底,实与他们刻意追溯近体诗定型和完熟的本源时代的深层动机联系在一起。为了确立有唐尤其是盛唐近体诗无可撼动的本源性的价值地位,维护宗唐的纯正性或完粹性,李梦阳、何景明等人采取了为人瞩目的全面排击宋诗乃至元诗的极端举措。何景明在《与李空同论诗书》中声称"宋人似苍老而实疏卤,元人似秀峻而实浅俗",以近于直截而强硬的评断为宋元诗定调,并检讨自己诗作"不免元习",指斥李梦阳"近作间入于宋",其主要还是要为"近诗以盛唐为尚"③的合理性提供有力的依据。康海《太微山人张孟独诗集序》则有言,"明兴百七十年,诗人之生亦已多矣,顾承沿元宋,精典每艰;忽易汉唐,超悟终鲜",以为"惟李、何、王、边泊徐迪功五六君子,蹶起于弘治之间,而诗道始有定向"④。说自从明兴以来众诗家"承沿元宋"而"忽易汉唐",未必符合历史事实,概览明代前期诗坛演变的总体格局,宗唐显然成为主流,这从前面章节的相关论述中已可见出。康海所以这么说,不无标表诸子倡导复古、纠正诗道之功的意味,但也显出他排斥宋元以维护汉唐的诗学宗旨。

尤其关于唐宋诗优劣之辨,自宋代以来便是诗家或论家的一大议题,或谓之"谈艺者之常言"⑤。早如严羽谓"盛唐诸人惟在兴趣","近代诸公乃作奇特解会",已在辨别唐宋诗的高下,并以此申明他"推原汉魏以来,而截然谓当以盛唐为法"的宗尚要旨。不过,严羽在批评宋诗的同时,也对此作了一定的辨析和保留,并未一概否定之,如曰:"然则近代之诗无取乎?曰,有之,吾取其合于古人者而已。国初之诗尚沿袭唐人:王黄州学白乐天,杨文公、刘中山学李商隐,盛文肃学韦苏州,欧阳公学韩退之古诗,梅圣俞学唐人平澹处。至东坡、山谷始自出己意以为诗,唐人之风变矣"⑥。认为宋初以来至欧阳修、梅尧臣等人以学唐

---

① 《诗薮·内编》卷五《近体中·七言》,第84页。
② 《诗薮·内编》卷五《近体中·七言》,第90页。
③ 《大复集》卷三十。
④ 《对山集》卷十四。
⑤ 参见钱锺书《谈艺录》,第1页至第5页,中华书局1984年版。
⑥ 《沧浪诗话校释·诗辨》,第26页至27页。

而"合于古人",尚有可取之处,自苏轼、黄庭坚开始则以己意为诗,与唐人诗风不合,这是他深为之不满的。明初以来,有关唐宋诗的比较分辨,仍为诗坛的一个重要话题,尊唐抑宋的倾向性明显,无论朝野,均有近似的陈述。① 前七子对宋诗的排击,不但上接严羽等宋人有关唐宋诗优劣之辩论,且和明初以来宗唐背景下贬抑宋诗的倾向相合拍。但较之如严羽那样批评宋诗然也注意察析其不同阶段表现特点的相对理性的辩论则有所不同,李、何等人对待宋诗秉持的是完全否定的立场。何景明《杂言十首》之五即云:"经亡而骚作,骚亡而赋作,赋亡而诗作。秦无经,汉无骚,唐无赋,宋无诗。"② 李梦阳《潜虬山人记》述歙商佘育"商宋、梁时,犹学宋人诗,会李子客梁,谓之曰:宋无诗。山人于是遂弃宋而学唐",并解释断定"宋无诗"的理由:"夫诗有七难:格古、调逸、气舒、句浑、音圆、思冲、情以发之。七者备而后诗昌也。然非色弗神,宋人遗兹矣,故曰无诗。"③ 李梦阳在此提出诗"非色弗神",以为宋诗无"色"是其致命的弱点,足以表明,在他看来"色"对于诗歌而言具有非同一般的重要性。"色"指色彩,李梦阳《驳何氏论文书》云:"柔澹者思,含蓄者意也,典厚者义也。高古者格,宛亮者调,沉着雄丽,清峻闲雅者,才之类也,而发于辞。辞之畅者,其气也;中和者,气之最也。夫然,又华之以色,永之以味,溢之以香。"④,在他眼中,"色"透射着诗的风韵神态。所以在《潜虬山人记》中,李梦阳藉佘氏之口指出,"《三百篇》色商彝周敦乎,苔渍古润矣;汉魏珮玉冠冕乎;六朝落花丰草乎;初唐色如朱甍而绣闳,盛者苍然野眺乎,中微阳古松乎,晚幽岩积雪乎",其对《诗经》、汉魏、六朝以及初、盛、晚唐诗的描述,无不是就此来说的。这又表明,"色"并不是完全外于"格古"、"调逸"、"气舒"、"句浑"、"音圆"、"思冲"、"情以发之"七者的一个概念,而是以上多个方面的一种综合呈现。对此,李梦阳《缶音序》中的如下这段多为人引述的言论,格外耐人寻味:

　　诗至唐,古调亡矣,然自有唐调可歌咏,高者犹足被管弦。宋人主理不主调,于是唐调亦亡。黄、陈师法杜甫,号大家,今其词艰涩,不香色流动,

① 参见陈国球《明代复古派唐诗论研究》,第22页至23页。其中分别引述了明人刘绩《霏雪录》、叶子奇《草木子》中的有关唐宋诗之辨,以及叶盛《水东日记》引黄容《江雨轩诗序》所载刘崧排斥宋诗之论以说明之。
② 《大复集》卷三十七。
③ 《空同先生集》卷四十七。
④ 《空同先生集》卷六十一。

如入神庙,坐土木骸,即冠服与人等,谓之人可乎? 夫诗比兴错杂,假物以神变者也。难言不测之妙,感触突发,流动情思,故其气柔厚,其声悠扬,其言切而不迫,故歌之心畅而闻之者动也。宋人主理作理语,于是薄风云月露,一切铲去不为,又作诗话教人,人不复知诗矣。①

序中指斥宋人黄庭坚、陈师道虽"师法杜甫",然"其词艰涩,不香色流动",实际上说的正是其诗无"色"的表现。在李梦阳看来,如此完全有悖于诗歌的本质特性和审美要求,根本谈不上诸如"错杂"之"比兴"、"流动"之"情思"、"柔厚"之"气"、"悠扬"之"声"、"切而不迫"之"言",而这归根于"宋人主理不主调"。凡此,也提示"色"牵涉诗歌不同的表现要素,实是各种表现要素的有机呈现。从这个意义上来说,李梦阳认为宋诗无"色",等于彻底否定了宋诗的审美价值以及在诗歌史上的地位,故而会以"宋无诗"来为有宋一代诗歌定性。毫无疑问,李、何等人截然作出宋诗一无可取的结论,具有明显的诗歌价值判断的偏向性,专执的偏断盖过了理性的判别,无论如何,这一结论并不符合宋诗创作的历史事实。但它表明了一点,全面否定宋诗与极力推尚唐诗,形成薄彼以厚此的紧密联系;其之所以不惜对有宋一代诗歌展开如此偏激的全盘清算,根本的目的还是为了维护唐诗作为重点宗尚目标的正统地位,彻底断绝宋诗对诗歌领域的影响路径。

上已指出,前七子对于古诗和近体诗系统宗尚目标的确立,具有追溯各自本源的意图。而在放眼于向上溯沿的时间维度的同时,李、何诸子将古诗、近体诗的形成和完熟的源头,与它们各自原始的审美特征联系起来加以审视,并赋予这种原始的审美特征以最具价值、足供取法的典范意义。

如汉魏古诗,此前引述的何景明《汉魏诗集序》,对汉魏以来的诗风作了简略而明晰的梳理,声称汉兴以来,"诗有古风,岂非风气规模犹有朴略宏远哉?继汉作者,于魏为盛,然其风斯衰矣",参照何氏《王右丞诗集序》所谓"盖自汉魏后,而《风》、《雅》浑厚之气罕有存者"②,这应当是说,汉诗体现了显盛的"古风",也即"朴略宏远"之风或"《风》、《雅》浑厚之气",至魏始有趋衰的迹象,但尚未明

① 《空同先生集》卷五十一。
② 以上见《大复集》卷三十二。

显衰微。故他称自己"古作必从汉魏求之"①,以自汉至魏古诗为学诗取法的特定目标。又何景明表示,"晋逮六朝,作者益盛,而风益衰","唐诗工词,宋诗谈理,虽代有作者,而汉魏之风蔑如也"②。这又显然认为,自晋以来,尽管作者层出,但古诗"朴略宏远"之风或"《风》、《雅》浑厚之气"愈益衰落,已经远离了它的原始的审美特征,因而也丧失了古诗的示范价值。这一方面,还可以联系李梦阳的相关主张,他致徐祯卿的《与徐氏论文书》乃提出,"夫诗宣志而道和者也,故贵宛不贵崄,贵质不贵靡,贵情不贵繁,贵融洽不贵工巧。故曰闻其乐而知其德。故音也者,愚智之大防,庄诐、简侈、浮孚之界分也","三代而下,汉魏最近古,乡使繁巧崄靡之习诚贵于情质宛洽,而庄诐、简侈、浮孚意义殊无大高下,汉魏诸子不先为之邪"③? 李梦阳主张诗贵"情质宛洽",不贵"繁巧崄靡",这是他在品读汉魏诗歌实践中得出的深刻的审美经验。在他看来,汉魏诗歌"最近古"的重要标志,正在于"情质宛洽",而非"繁巧崄靡",前者集中体现了"最近古"的一种原始的审美特征,后者则构成对这种原始审美特征的销蚀。

再如唐代诗歌,尽管在李、何诸子眼里,古诗特别是五言体,至唐已无"古调"可言,只剩下"唐调",所以李梦阳提出"诗至唐,古调亡矣,然自有唐调可歌咏,高者犹足被管弦"④,何景明宣称唐"好古者自陈子昂后,莫若李、杜二家",而二家"古作尚有离去者,犹未尽可法之也"⑤,但就近体诗而言,有唐可以说即成为该诗体类型向上溯源的古始时代了。那么,如何来看待引为典范的唐诗特别是近体诗的审美特征? 李梦阳《外篇·论学》曰:"古诗妙在形容之耳,所谓水月镜花,所谓人外之人、言外之言。宋以后则直陈之矣,于是求工于字句,所谓心劳日拙者也。形容之妙,心了了而口不能解,卓如跃如,有而无,无而有。"⑥以此再比照严羽《沧浪诗话》评盛唐诗歌:"盛唐诸人惟在兴趣,羚羊挂角,无迹可求。

---

　　①《海叟集序》,《大复集》卷三十二。
　　②《汉魏诗集序》,《大复集》卷三十二。
　　③《空同先生集》卷六十一。
　　④《缶音序》,《空同先生集》卷五十一。铃木虎雄认为,李梦阳提出"诗至唐,古调亡矣",主要是就五言古诗来说的,后来李攀龙《选唐诗序》谓"唐无五言古诗",在古诗前添加五言,亦即此意。"梦阳之论主旨在于,唐代的五言古诗虽然尚可以唐调歌咏,但作为其理想的五言古诗之调已不复存在"。参见氏著、许总译《中国诗史》,第131页,广西人民出版社1989年版。
　　⑤《海叟集序》,《大复集》卷三十二。
　　⑥《外篇·论学下篇第六》,《空同集》卷六十六。

故其妙处透彻玲珑,不可凑泊,如空中之音,相中之色,水中之月,镜中之象,言有尽而意无穷。"①看得出,李梦阳上论的要旨多本自严氏所言,也应该说,主要是针对与宋人"直陈"诗风迥然相异的唐诗尤其是盛唐近体诗作出的表彰。而李梦阳在《潜虬山人记》中提出的诗有"七难"说,同样值得留意,他的这番表述,实际上主要是在分辨唐宋诗优劣的语境中展开的,据此记所述,李梦阳向歙商佘育表达"宋无诗"的自我判断,于是佘氏"弃宋而学唐"。因此,所谓"格古"、"调逸"、"气舒"、"句浑"、"音圆"、"思冲"、"情以发之"之"七难",加上"非色弗神"②,就不仅是一般意义上对诗歌审美特征作出的系统概括,并且是作者在贬斥宋诗之弊的基础上,揭橥唐诗所包蕴的相对符合上述审美特征的优越性。统合李梦阳之论,所谓"格"、"调"、"气"、"句"、"音"、"思"、"情"、"色",包括了情思、声律、词采等各类表现要素,其围绕的核心问题,就是诗须"情以发之"也即以情感发抒为本,以及体现"妙在形容"而并非"直陈"的蕴藉隽永的传达效果;或者说,通过形象、色彩、韵律等视觉和声觉的艺术表现手段,更加恰切而有效地传达诗人的内在情感,以彰显诗歌独特的艺术韵致。这又正如王廷相所声言的,作为"唐体"的律诗须具"格调风韵",表现"古雅含蓄"③。按照李梦阳的论述思路,至唐代尤其是盛唐时代,特别是近体诗趋于成熟,体现了抒情性与艺术性的高度结合,或者说由二者高度结合而臻于一种完熟圆融的创作之境。④ 而这种境界,尤其体现了近体诗具有本源性质的原始审美特征。至宋人诗歌"主理不主调",甚至流于"直陈",则较之唐诗,显然消解了诗歌抒情性与艺术性之间的高度结合,也因此违离了近体诗的原始的审美特征。

概而言之,前七子将《诗经》、汉魏古诗、唐代尤其是盛唐近体诗纳入重点取法之列,旨在追溯古诗和近体诗系统的本源,用以构筑经典化的古近体诗的宗尚体系,为复古奠基铺路,以返至他们所认为的真正意义上的"古俗"之品格。在诸子看来,惟有如此,才能切实把握古典诗歌系统之正脉,维护诗道延续发展的纯正性。由此出发,他们更加积极而用心地去体认、推尚古诗和近体诗的原始的审美特征,格外注意分辨古典诗歌呈现在其历史进程中的近"古"与远"古"

---

① 《沧浪诗话校释·诗辨》,第26页。
② 《空同先生集》卷四十七。
③ 《寄孟望之》,《王氏家藏集》卷二十七。
④ 参见拙著《前后七子研究》,第167页至168页。

的承传及变异之现象,如此,也突出了古典诗歌系统审美之原始性与典范性之间的对应关系。循乎这一考察的思路,或许可以帮助我们更确切和深入认识李、何诸子建构复古诗学的基本宗旨以及他们所秉持的审美取向。

第三节　徐祯卿《谈艺录》对古诗系统的完整论辩

　　徐祯卿,字昌穀,一字昌国,常熟人,徙居吴县。弘治十八年(1505)举进士,授大理左寺副。坐失囚,降国子博士。少与祝允明、唐寅、文徵明齐名,号吴中四才子。登第后入七子盟社,"与李梦阳、何景明数子友,相与砥砺于辞章"①。徐祯卿《于武昌怀献吉五十韵》:"乃遘同心彦,陪游古艺场。夜间堪秉烛,日旰尚含香。莫逆谈恒剧,从容寝不遑。"②又其《答献吉书》回忆当时在京师与李梦阳"联蝉裾玉,周旋朝寺。良时出游,则并檝而趋,清宵燕寝,则共衾而寐"③。可见他和李梦阳游集谈艺甚密,关系尤为亲善。

　　《谈艺录》系徐祯卿生平重要论诗著作,自问世以来,褒贬不一。褒之者如何良俊尝谓:"古今之论文者,有魏文帝《典论》、陆机《文赋》、挚虞《文章流别论》、任昉《文章缘起》、刘勰《文心雕龙》、柳子厚《与崔立之论文书》,近代则有徐昌穀《谈艺录》诸篇,作文之法,盖无不备矣。苟有志于文章者,能于此求之,欲使体备质文,辞兼丽则,则去古人不远矣。"④贬之者如许学夷认为:"徐昌穀《谈艺录》,总论诗之大体与作诗大意,中间略涉《三百篇》、汉、魏而已,六朝以下弗论也。然矫枉太过,鲜有得中之论。又其书作于少年,正其诗宗晚季之时,故其言浮而不切,泛而寡要,非实证实悟者;且词胜而意常窒,所谓隔靴搔痒耳。"⑤撇开褒贬不论,该著在文人圈中受到相当的关注应是事实。关于《谈艺录》的撰写时间存在不同的看法,一种意见认为撰就于徐氏在吴中时期,另一种意见则倾向作成于其中进士而始与李、何诸子交游之后。笔者以为,综合相关记载和研

---

① 王守仁《徐昌国墓志》,吴光、钱明、董平、姚延福编校《王阳明全集》,中册,第1026页,上海古籍出版社2011年版。
② 《迪功集》卷三。
③ 《迪功集》卷六。
④ 《四友斋丛说》卷二十三《文》,第202页。
⑤ 杜维沫校点《诗源辩体》卷三十五《总论》,第343页至344页,人民文学出版社1987年版。

究者考述来看,该著成于徐氏吴中时期当属无疑。①

《谈艺录》重点论议的对象是汉魏以上的古诗系统,多寓作者"平生论诗宗旨"②。其讨论古诗之所以主要限于汉魏以上范围,显然与我们前面论及的一种追溯诗歌本源的审美意识分不开。正是出于这种溯源意识,一方面,徐祯卿大力推尊汉代之前的"古诗"尤其是《诗经》,认为"古诗三百,可以博其源",上溯古诗源头的意向十分明确,并且指出,"先王协之于宫徵,被之于簧弦,奏之于郊社,颂之于宗庙,歌之于燕会,讽之于房中。盖以之可以格天地,感鬼神,畅风教,通庶情",宣示"古诗"在"先王"时代不同场合普遍运用的事实及其具有的特定价值,表彰它们作为诗歌之源的典范性;另一方面,尽管徐氏表示,"魏诗,门户也;汉诗,堂奥也。入户升堂,固其机也",将汉魏诗歌一同视作合适的宗尚目标,强调它们在古诗系统中的示范意义,并以晋朝作为古诗趋向衰弊的分界线,认为"绳汉之武,其流也犹至于魏;宗晋之体,其敝也不可以悉矣",但与此同时,他更鲜明地突出了汉诗和魏诗之间的品级差异。如他指出,相比于汉诗或"规迹古风,各怀剀剭",或"含气布词,质而不采;七情杂遣,并自悠圆",魏诗因为"国运风移,古朴易解",致使"曹王数子,才气慷慨,不诡风人,而持立之功,卒亦未至"。将古朴风气的散解,归因于世代的变迁、时运的交移,而这被认为是造成汉诗和魏诗差异的主要根源。有关于此,《谈艺录》还特别谈到了在"衰世叔运"大背景下建安诸子诗歌各自存在的不足:

> 汉魏之交,文人特茂,然衰世叔运,终鲜粹才。孔融懿名,高列诸子,视《临终》诗,大类铭箴语耳。应场巧思逶迤,失之靡靡。休琏《百一》,微能自振,然伤媚焉。仲宣流客,慷慨有怀,"西京"之馀,鲜可诵者。陈琳意气铿铿,非风人度也。阮生优缓有馀,刘桢锥角重隑,割曳缀悬,并可称也。曹

---

① 徐缙《迪功集跋》云:"初昌毂甫弱冠,游郡庠,即工古文辞,知所向往。《谈艺录》,其一也。既举进士,与献吉诸君子游而艺益工。"(范志新《徐祯卿全集编年校注》附录四,第846页,人民文学出版社2009年版)据王守仁《徐昌国墓志》,徐祯卿生于成化十五年(1479),至弘治十一年(1498)年值"弱冠"。李梦阳作于弘治十八年(1505)九月《徐迪功稿叙》云:"《徐氏别稿》五卷,吴郡徐昌毂所著。皆未第时语也。予见昌毂《谈艺录》及古赋歌颂,谓其有自得之妙,及览斯稿,顾殊不类。"(同上书附录四,第846页。)知梦阳时已览及《谈艺录》。合此观之,《谈艺录》当成于徐氏未第之时。参见陈建华《中国江浙地区十四至十七世纪社会意识与文学》,第229页,学林出版社1992年版;《徐祯卿全集编年校注》附录八《徐祯卿年谱简编》,第963页。

② 《四库全书总目》卷一百七十一集部《迪功集》提要,下册,第1500页。

丕资近美媛,远不逮植,然植之才,不堪整栗,亦有憾焉。①

徐祯卿如此区分汉诗和魏诗的差异,乃至于注意揭示魏诗的种种瑕疵,主要还是出于向上溯源的意图,因为相较于魏诗,汉诗更加近"古"。在致李梦阳的《与李献吉论文书》中,他就说得非常清楚:"仆少喜声诗,粗通于六艺之学。观时人近世之辞,悉诡于是。唯汉氏不远逾古,遗风流韵犹未艾,而郊庙间巷之歌,多可诵者。仆以为如是犹可不叛于古。"②从追溯本源的角度察之,汉诗以其"不远逾古",比起魏诗当然更多了一些学古示范的优势;在确认汉魏诗歌"入户升堂"的总体品格的同时,拈出魏诗的相对不足,则抬升了汉诗的审美价值。倾心于汉魏诗歌尤其是汉诗的这种古诗溯源意识,本质上体现了徐祯卿早年已怀有的属意"古学"、图复"古道"的"好古之心",他曾在《与刘子书》中慨叹时风:"於戏!古道沉废已久,时士率喜以举业相夸谈,声利相倾夺。闻人习古学,辄群聚而笑之,目刺而腹忌。"又不忘倾吐不合流俗的一己之心志,声称"昌国少时不解人好憎,往往学吟咏,拟古人赋,谬为先辈所推奖,而忤于时流,排于俗吏。羝羊逆性,率不能与时低佪。方欲包核圣经,周览子传,准《史记》、《子虚》之文,以坐偿宿心,未易一一道者",形容自己"植质顽钝既如此,而不合于时世又如彼,好古之心,犹矻矻不休"③。而在致文徵明之父文林的《复文温州书》中,徐祯卿也自述志之所在:"但喜洁窗几,抄读古书,间作词赋论议,以达性情,撼胸臆之说,期成一家言,以垂不朽。"且毫不掩饰对于科举文字的厌怠:"至于时文讲说,或积数月不经目前,以是益大戾于时,屡辱排诋。"④徐祯卿以上所说的"古道沉废",大体包含两层意思,一是"古学"遭遇危机,受到时人的排斥,这与"举业"的盛行有关。明初以来,特别是伴随"纯用经术"的科举取士制度的变革,文人士子的知识结构和研习兴趣发生不同程度的改易,无助于"举业"的古文词的生存和发展空间为之缩减,"古学"地位的沦落势在必然。二是追逐"声利"的现象泛起,人心未免不古,亦如他在《崇化论》中批评"俗尚贪利而恶贫苦,喜趋竞而恶守

---

① 以上见《谈艺录》,《迪功集》附。
② 《迪功集》卷六。
③ 《徐祯卿全集编年校注》卷五,第663页至664页。
④ 《徐祯卿全集编年校注》卷五,第665页。

玄"①,其指向的是时风俗习中道德的蜕化,而这多少被认作是有违于"古道"的体现。

《谈艺录》之所以将汉魏以上的古诗系统作为讨论的重点,那是因为在徐祯卿看来,这一古诗系统担当了无可替代的示范角色;或者说,以他阅读那些古诗的经验,觉悟到诗歌创作应当遵循的一些基本原则。如果简括徐氏对汉魏以上古诗系统示范意义的总体评价,那就是所谓的"古朴"。他在议及"魏氏文学"时,特地指出"国运风移,古朴易解"②,这既在说明魏诗中的"古朴"有所消损,又在提示其作为一种主导品格存在于汉魏以上古诗系统之中。进一步来看,对诗歌"古朴"品格的推尚,不能说与徐祯卿有感于当下社会道德的蜕化以至"古道沉废"毫无关联,反映了他对古诗体现风教传统的风俗化写作的关注。③《谈艺录》论及汉代之前"古诗之大约"时,已在声明以之可以"格天地,感鬼神,畅风教,通庶情",看上去,这更像是对传统指示的诗教精神的一种复述。而它在评议汉魏诸诗时又云:

> 夫词士轻偷,诗人忠厚。下访汉魏,古意犹存也。苏子之戒爱景光,少卿之厉崇明德,规善之辞也。魏武之悲东山,王粲之感鸣鹳,子恤之辞也。甄后致颂于延年,刘妻取譬于唾井,缱绻之辞也。子建言恩,何必衾枕,文君怨嫁,愿得白头,劝讽之辞也。究其微旨,何殊经术? 作者蹈古辙之嘉粹,刊佻靡之非经,岂直精诗,亦可以养德也。

从上述汉魏各诗中,徐祯卿体会到了诸如"规善"、"子恤"、"缱绻"、"劝讽"的吟写旨意,因而许之以"蹈古辙之嘉粹,刊佻靡之非经"。其显然表明,引起他对这些诗篇兴趣的,还是它们刊除"佻靡"而具有的"古朴"品格。除此之外,对这些诗篇"古朴"品格的认定,又显然是和徐祯卿对古诗系统持以"养德"的某种道德层面的解读立场有关,即如他在《谈艺录》篇末所概述的:"广教化之源,崇文雅之致,削浮华之风,敦古朴之习,诚可尚已。"尽管如此,这并不代表《谈艺录》论

---

① 《迪功集》卷六。
② 《迪功集》附。
③ 参见黄卓越《明永乐至嘉靖初诗文观研究》,第 204 页至 206 页;崔秀霞《徐祯卿诗学思想研究》,第 110 页,中国社会科学出版社 2010 年版。

议的主导思路,细味起来,其实徐祯卿推尚"古朴"的主张,除了蕴含持守诗教精神、完善人之德性的道德诉求,更多则贯注了对诗歌审美层面的品鉴以及确认的相应原则,后者更能反映他个人诗学思想中的一些特点。

究讨徐祯卿所重"古朴"的涵义,基本上可以分为两层:一是讲究以质为本。《谈艺录》云:

> 又曰"诗缘情而绮靡",则陆生之所知,固魏诗之查秒耳。嗟夫!文胜质衰,本同末异。此圣哲所以感叹,翟、朱所以兴哀者也。夫欲拯质,必务削文;欲反本,必资去末。是固曰然,然非通论也。玉韫于石,岂曰无文;渊珠露采,亦匪无质。由质开文,古诗所以擅巧;由文求质,晋格所以为衰;若乃文质杂兴,本末并用,此魏之失也。

虽然徐祯卿认为,文与质的关系中文不可缺位,故曰"削文"以"拯质",或"去末"以"反本",诚非通达之论,然以质为本、文为末的主次关系不能混杂颠倒。他之所以不认可晋人陆机《文赋》"诗缘情而绮靡"之论,其因则在于"绮靡"与以质为本的原则不合。与此同时,他也正是将这一原则,当作衡量"古诗"和魏晋诗歌得失的标尺。又徐祯卿评东汉"继轨",以为"含气布词,质而不采;七情杂遣,并自悠圆",论"郊庙"、"戎兵"、"朝会"、"公宴"之作,指出"崇功盛德,易夸而乏雅;华疏彩会,易淫而去质;干戈车革,易勇而亡警;灵节韶光,易采而成靡",乃至于具体到对"古诗"之"句格"的品议,谓"古诗句格自质,然大入工。《唐风·山有枢》云'何不日鼓瑟',《铙歌辞》曰'临高台以轩',可以当之。又'江有香草目以兰,黄鹄高飞离哉翻',绝工美,可为七言宗也",也都含有重质朴而轻靡缛的基本要求,其主张以质为本的立场同样明确。二是强调抒情真实。《谈艺录》又云:"情无定位,触感而兴。既动于中,必形于声。故喜则为笑哑,忧则为吁欷,怒则为叱咤。"其要阐明的基本问题是,情感表现的真实,本质上源自情感体验的真实。而唯有本于真实体验的情感,才能产生感动接受者的效果,反之则必不如此,正所谓"荆轲变徵,壮士瞋目;延年婉歌,汉武慕叹","若乃欷歔无涕,行路必不为之兴哀;诉难不肤,闻者必不为之变色"①。这样的说法,看起来尽管未

---

① 以上见《谈艺录》,《迪功集》附。

必含有深奥玄秘的寓意,更像是在阐释浅显而具普遍意义的道理,但从中也确实可以体会出作者倾重于此的基本取向。

　　说到《谈艺录》的讨论要旨,研究者或已注意到这部诗学著作对诗歌情感表现的重视,以及由此建构起来的以"情"为核心的诗歌理论体系。[①] 这自是体现了该著作一个重要的论述指向,凸显了作者对诗主抒情的本质特征的高度关注。不过,同时更应该充分注意到的一个问题,则是徐祯卿在申述诗主抒情之命题的基础上,对诗歌整个表现机制所作的论述,如其曰:

> 　　情者,心之精也。情无定位,触感而兴,既动于中,必形于声。……然引而成音,气实为佐;引音成词,文实与功。盖因情以发气,因气以成声,因声而绘词,因词而定韵,此诗之源也。然情实眇渺,必因思以穷其奥;气有粗弱,必因力以夺其偏。词难妥帖,必因才以致其极;才易飘扬,必因质以御其侈。此诗之流也。繇是而观,则知诗者乃精神之浮英,造化之秘思也。

徐祯卿所谈论的"诗之源"和"诗之流"的问题,主要还是从汉魏以上古诗系统的审美体验中总结出来的,面向的是诗歌吟写从发生到作成的有机过程。如果说"情"为诗歌本质性的源泉与基础,那么如何使这一本质的主体得以艺术、妥善地呈示,则成为"精神之浮英"、"造化之秘思"诗歌的基本规定。从这个意义上来看,"情"之发动固然重要,而不同环节的有机调谐,则更是提升表现效果的根本所系。根据徐祯卿所论,一方面,"情"、"气"、"声"、"词"、"韵"等各个环节,构成由此及彼、不可分割的的链结序列;另一方面,"思"、"力"、"才"、"质"等不同的要素,又分别对前述诸环节起着拓张与协调的作用,以避免陷入窘促和偏至。据此理路,诗歌作品的生成被释解为一个综合冶炼的过程,建设合理周至的表现机制,对于完善诗歌艺术来说是至关重要的。所以,之后徐祯卿又表示:"朦胧萌拆,情之来也;汪洋漫衍,情之沛也;连翩络属,情之一也。驰轶步骤,气之达也;简练揣摩,思之约也;颉颃累贯,韵之齐也;混纯贞粹,质之检也;明隽清圆,词之藻也。高才闲拟,濡笔求工,发旨立意,虽旁出多门,未有不由斯户者

---

　　① 参见廖可斌《明代文学复古运动研究》,第91页至92页;陈建华《中国江浙地区十四至十七世纪社会意识与文学》,第219页。

也。"其讨论的重点,集中于合理结构"情"、"气"、"思"、"韵"、"质"、"词"等创作诸
环节和要素的必要性,与以上引述互相呼应,而这被徐祯卿认作是通向诗歌理
想之境的一条必由途径。从《谈艺录》着重围绕诗歌表现机制的这些陈述,我们
已能解读出如下信息,虽然诗歌要在发抒诗人"触感而兴"的情感,但并不代表
可以轻率为之,倾注心力的艺术经营必不可少。在这一点上,徐祯卿还指出:
"至于《垓下》之歌,出自流离;'煮豆'之诗,成于草卒。命辞慷慨,并自奇工。此
则深情素气,激而成言,诗之权例也。传曰:'疾行无善迹。'乃艺家之恒论也。"
这就是说,在通常情况下,不能以那些"成于草卒"或"激而成言"的"权例",作为
诗歌通行的创作原则和忽略艺术经营的理由,道理很清楚,"诗赋粗精,譬之缔
绤,而不深探研之力,宏识诵之功,何能益也"? 这当中又重点牵涉创作主体的
取资和涵养的问题,为此徐祯卿主张:"古诗三百,可以博其源;遗篇十九,可以
约其趣;乐府雄高,可以厉其气;《离骚》深永,可以裨其思。然后法经而植旨,绳
古以崇辞。"即要求通过摹习《诗经》等特定的古诗范本,陶冶自我以完善表现,
这应该是诗歌去"粗"趋"精"的必要条件。

　　不啻如此,从建设诗歌表现机制的理念出发,徐祯卿又同时提出:

　　　　诗家名号,区别种种,原其大义,固自同归。歌声杂而无方,行体疏而
　　不滞,吟以呻其郁,曲以导其微,引以抽其臆,诗以言其情,故名因昭象。合
　　是而观,则情之体备矣。夫情既异其形,故辞当因其势。譬如写物绘色,倩
　　盼各以其状;随规逐矩,圆方巧获其则。此乃因情立格,持守围环之大略
　　也。若夫神工哲匠,颠倒经枢,思若连丝,应之杼轴,文如铸冶,逐手而迁,
　　从衡参互,恒度自若。此心之伏机,不可强能也。[1]

笔者认为,徐祯卿在此主张的人所熟知的"因情立格"说,不仅仅是在重申诗主
抒情的本质特性,并且也是为了特别强调如何抒情这一指涉诗歌表现机制的基
本原则。其说导源于刘勰《文心雕龙·定势》:"夫情致异区,文变殊术,莫不因
情立体,即体成势也。"[2]刘勰所谓的"因情立体",大意指根据不同的情感类型,

---

　① 以上见《谈艺录》,《迪功集》附。
　②《文心雕龙注》卷六,下册,第 529 页。

确定不同的表现体式。与此相近的是,徐祯卿的"因情立格"说同样涉及诗歌体式的建置,"歌"、"行"、"吟"、"曲"、"引"等各种"名号",即代表着不同的诗歌体式,它们分别担当表现诗人不同情感的功能。这意味着合理而艺术运用不同的诗歌体式,对于完善诗人的情感表现来说是十分必要的。不过,二者对比也有所不同,这主要在于,徐祯卿以"立格"代替刘勰的"立体"说,扩大了其意义指向,"格"不仅涵括"体",而且指涉作品的风格特征。有鉴于此,除了要求善于运用不同的诗歌体式,乃至于表彰"神工哲匠"在这方面"不可强能"之所为,徐祯卿又提出:"夫任用无方,故情文异尚。譬如钱体为圆,钩形为曲;箸则尚直,屏则成方。大匠之家,器饰杂出,要其格度,不过总心机之妙,应假刀铦以成功耳。"究其诉求,盖为的是明确诗歌"情文异尚"的意义所在,揭橥"大匠之家"善于经营的特长。具体到不同类型的作品,所谓"郊庙之词庄以严,戎兵之词壮以肃,朝会之词大以雍,公宴之词乐而则";而那些"诗家之错变,而规格之纵横"之作,则"款款赠言,尽平生之笃好;执手送远,慰此恋恋之情。勖励规箴,婉而不直;临丧挽死,痛旨深长。杂怀因感以咏言,览古随方而结论。行旅超遥,苦辛各异;遨游晤赏,哀乐难常。孤孽怨思,达人齐物;忠臣幽愤,贫士郁伊"[1]。合观这些述论,看上去更像是对先人创作经验所展开的系统体认和总结,概括起来,各类诗作"情""异其形","辞""因其势",必然导致风格各异,"立格"以展现诗歌不同风格特征的合理性,亦正在于此。说到底,这还是一个涉及诗歌表现机制建设的原则性的问题。

《谈艺录》虽撰成于徐祯卿早年在吴中时期,但已集中了他对古诗系统较为完整的看法,可谓凝聚了作者的深思熟虑,说它多寓含徐氏"平生论诗宗旨",并不为过。尤其是这部诗学著作着力标举汉魏以上古诗系统的示范意义,与李梦阳、何景明等人的诗学取向有着更多的共同点,这也使得徐祯卿充分具备加入诸子盟社而为李、何等人乐于接纳的文学思想基础。如此,李梦阳曾评《谈艺录》与徐氏"古赋歌颂",许之有"自得之妙"[2],就没有理由认为那只是虚套之言,而是如《谈艺录》这样的论诗著述,其中的主张诚有为李梦阳所认同者。从这个角度来看,徐祯卿进士中第后加入李、何等人盟社,游心复

①《谈艺录》,《迪功集》附。
②《徐迪功别稿叙》,《徐祯卿全集编年校注》附录四,第846页。

古之学,则是他早年文学理想的一种延续,《谈艺录》也在一定意义上代表了李、何诸子的诗学立场。

第四节　李梦阳、何景明对诗歌体制的多层解说

李梦阳与何景明同为前七子中两位核心人物。李于弘治六年(1493)中进士,之后"承乏郎署",除户部山东司主事,始与诸子"倡和"①,构建京师复古盟社。何景明自弘治十五年(1502)后,得以与李梦阳交往,共同倡扬复古大业,人并以李、何称之。② 尽管二人在正德十年(1515)或稍后发生过一场广为人知的文学争论,书函往来,互相辩驳,③但这并不能掩盖他们彼此在某些问题上形成的共识和近似主张。其中关于诗歌体制的问题,李、何二人都曾为之展开解说,这成为他们共同的一个关注点,也成为前七子复古诗学中的一个中心议题。

先来看李梦阳《缶音序》中一席指涉诗歌体制的表述,"夫诗比兴错杂,假物以神变者也。难言不测之妙,感触突发,流动情思","宋人主理作理语,于是薄风云月露,一切铲去不为,有作诗话教人,人不复知诗矣。诗何尝无理,若专作理语,何不作文而诗为邪"④? 这里,从诗歌主情而非主理的定性,引出诗与文的分界问题。严羽《沧浪诗话·诗评》云:"诗有词理意兴。南朝人尚词而病于理;本朝人尚理而病于意兴;唐人尚意兴而理在其中;汉魏之诗,词理意兴,无迹可求。"⑤李梦阳以为诗歌"何尝无理",然反对"专作理语",当承严羽上说而来。⑥他的表述示意,诗歌假如"专作理语",就会混同于文章的作法,诗也因此丧失了作为抒情文体的本质特性;诗与文的界限截然分明,不可混同淆乱。有关诗文体制上的相互差异,何景明在《内篇》中说得更加明白:

　　夫诗之道,尚情而有爱;文之道,尚事而有理。是故召和感情者,诗之

---

　　① 李梦阳《朝正倡和诗跋》,《空同先生集》卷五十八。
　　② 王廷相《大复集序》:"(何)及登第,与北郡李献吉为文社交,稽述往古,式昭远模,摒弃积俗,肇开贤蕴,一时修辞之士翕然宗之,称曰李、何云。"(《大复集》卷首)
　　③ 关于李、何之争发生的时间,参见拙著《前后七子研究》,第85页注1。
　　④《空同先生集》卷五十一。
　　⑤《沧浪诗话校释》,第148页。
　　⑥ 参见陈国球《明代复古派唐诗论研究》,第30页至31页。

道也,慈惠出焉;经德纬事者,文之道也,礼义出焉。①

依照何景明的阐说,"尚情"与"尚事"是诗文不同的营构取向,各自基于体制的区别,所担当的表现功能迥然相异,也即一重在"召和感情",一主于"经德纬事",因此,分辨诗文之道的相互差异是必需的。此前已讨论,稍早于李、何诸子的李东阳,也曾经一再强调"诗与文不同体"②,自觉区分诗文不同体式规制的意识十分强烈,从他主张的指向来看,其重心则在于明确诗歌"限于声韵,例以格式"③的体制上的特殊性,以保持其独立的审美空间。如果说,李、何涉及诗文体制异别之论与李东阳的相关主张存在某种共通性的话,那么,这种共通性即体现在二人主要站在自觉维护诗道的立场,去分析诗与文的体制差异之所在,辨明这个看似再简单不过的经营原理。那是因为,从以下所要展开讨论的李、何有关诗歌体制的多层解说来看,人们可以体味出他们对于这一问题异常重视的态度。

如何来为诗歌定义,这是李、何需要直面的一个重点问题。通观二人所论,他们都在不断重述主情为诗之所本这个同样看似简单的传统命题。④ 何景明《明月篇》序即曰:"夫诗本性情之发者也,其切而易见者,莫如夫妇之间。是以《三百篇》首乎雎鸠,六义首乎风。而汉魏作者,义关君臣、朋友,辞必托诸夫妇,以宣郁而达情焉,其旨远矣。"⑤这一辨说诗歌本质的定义,可以看作是何氏以"尚情"界定"诗之道"的论调的进一步展述,其中特别被他标出的《诗经》和汉魏诗歌,则成了支持诗以"尚情"为本这一定性结论的文本证据。李梦阳《刻戴大理诗序》亦云,"诗也者,固言之章也","且物不能无声也,于是乎吟出焉。声生于窍,窍激而吟,视形为巨,纤人之吟,则视所集为多寡巧拙,然均之情也"。这是由"夫吟者,万物之共情也"⑥的自我理解,突出以言布章的诗歌因情而吟的本质特性。说起来,如比照"诗言志"、"诗缘情"这些有关诗歌的传统定义,李、何申述的诗以主情为本的主张,并不能算作是一种革新性的倡论。确切地说,他

---

① 《大复集》卷三十一,《景印文渊阁四库全书》,第 1267 册。
② 《怀麓堂诗话》,《李东阳集》,第二卷,第 532 页。
③ 《镜川先生诗集序》,《李东阳集》,第二卷,第 115 页。
④ 参见简锦松《李何诗论研究》,第 181 页至 190 页,台湾大学中文研究所 1980 年硕士论文。
⑤ 《大复集》卷十四。
⑥ 《空同先生集》卷五十一。

们针对诗歌本质问题所作的如此解释,其目的和意义不在于分辩这一主张在观念形态上的是与非,而主要是基于对诗歌史的检察,基于诗歌实践与诗学传统命题的冲突,作出多少带有警戒性和纠正性的判断。从他们秉持的相关立场来看,特别如"宋人主理作理语"诗风的兴起,对于诗歌的抒情体制造成前所未有的冲击,淡化了诗歌作为抒情文体的正宗性和纯粹性,甚至模糊了诗与文的既定界限,在很大程度上扮演了反诗歌抒情传统的负面角色。因此,如李、何这样反复确认诗歌抒情体制乃至排击宋人"主理"诗风,不能不说含有审视诗歌发展历史、为诗歌抒情传统进行正本清源的自觉意识。

比较诸子而言,在维护诗歌抒情体制这一原则性的问题上,李梦阳就此展开的相关论说最值得注意,尤其是他针对诗歌抒情的真实性问题,表现出高度的关切,如他一再说明情因感"遇"而动:

> 情者,动乎遇者也。幽岩寂滨,深野旷林,百卉既痱,乃有缟焉之英。媚枯缀疏,横斜嵚崎清浅之区,则何遇之不动矣。是故雪益之色动,色则雪;风阐之香动,香则风;日助之颜动,颜则日;云增之韵动,韵则云;月与之神动,神则月。故遇者物也,动者情也。情动则会,心会则契,神契则音,所谓随寓而发者也。……故天下无不根之萌,君子无不根之情。忧乐潜之中,而后感触应之外。故遇者因乎情,诗者形乎遇。(《梅月先生诗序》)

> 天下有窍则声,有情则吟,窍而情,人与物同也。……夫天地不能逆寒暑以成岁,万物不能逃消息以就情。故圣以时动,物以情征。窍遇则声,情遇则吟;吟以和宣,宣以乱畅,畅而永之,而诗生焉。故诗者,吟之章而情之自鸣者也,有使之而无使之者也。遇之则发之耳,犹鸟之春也。(《鸣春集序》)①

李梦阳以上阐说的重点,涉及诗歌的发生原理和本质基础。循沿这样的思路,情之发动对于诗之生成是一个根本性的条件,即所谓"情动则言形,比之音而诗生矣"②。而情之所以发动,则缘于外物之"遇",即又所谓"遇者物也,动者情

---

① 以上见《空同先生集》卷五十。
② 李梦阳《题东庄钱诗后》,《空同先生集》卷五十八。

也”。这一过程,实际指向的是诗歌情感表现赖以发生的基础也就是诗人自我的情感体验。追究起来,李梦阳此论大体从传统的"因物兴感"说中化出,刘勰《文心雕龙·明诗》即曰:"人禀七情,应物斯感,感物吟志,莫非自然。"①旧题贾岛撰《二南秘旨》又说:"兴者,情也,谓外感于物,内动于情,情不可遏,故曰兴。"②这些解释大要在说明,主体受作为客体的外在物象的触动,情感油然兴发。李梦阳化用传统"因物兴感"说,为的是特别强调情感之真实性的本质规定。如他所言,"君子无不根之情",情因感"遇"而动,其本身已具有得于主体独自体验的性质,无疑,这也赋予了它以关联真实的特别意涵,一如他所指出的:"情者,性之发也。然训为实,何也? 天下未有不实之情也,故虚假为不情。"③自此说来,诗歌作为"吟之章而情之自鸣者",其抒情之真实性则理所当然地成为自身所必须具备的基本质素。在这个问题上,李梦阳那篇为人熟知的《诗集自序》作了更为明确的阐释,序文以山东曹县人王崇文的口吻提出,"夫诗者,天地自然之音也。今途咢而巷讴,劳呻而康吟,一唱而群和者,其真也,斯之谓风也。孔子曰:'礼失而求之野。'今真诗乃在民间。而文人学子顾往往为韵言,谓之诗"。"真者,音之发而情之原也,非雅俗之辩也"。"诗有六义,比兴要焉。夫文人学子比兴寡而直率多。何也? 出于情寡而工于词多也。夫途巷蠢蠢之夫,固无文也。乃其讴也,咢也,呻也,吟也,行呫而坐歌,食咄而寤嗟,此唱而彼和,无不有比焉兴焉,无非其情焉,斯足以观义矣"④。李梦阳此序不过是拟王氏之口,间接传达自己的观点,这也是古人当中十分常见的一种表述策略。⑤ 观序中所述,作者之所以将民间之"真诗"与文人学子之"韵言"区别开来,一个重要的意图,就是为了辨明作为抒情文体的诗歌在情感真实性层面的质的规定性。以故李梦阳用"天地自然之音"来定义诗歌的性质,用"音之发而情之原"来定义"真"的意涵指向,旨在充分明确诗歌吟写根植于诗人真情实感的本质构成。在李梦

---

① 《文心雕龙注》卷二,上册,第 65 页。
② 《二南密旨》"论六义",张伯伟《全唐五代诗格汇考》,第 372 页,凤凰出版社 2005 年版。
③ 《外篇·论学上篇第五》,《空同集》卷六十六。
④ 《空同先生集》卷五十。
⑤ 李濂《题河风后》云:"古者列国有风。风者,民俗歌谣之诗也。诸侯采之以贡于天子,天子受之而列于学宫,以考其俗之美恶,而知其政之得失。是故先王之世特以此为重。后世不复讲此矣,犹幸途歌而巷谣不绝于野夫田妇之口,往往有天下之真诗,特在上者弗之采耳。曩数会空同子于夷门,尝谓余曰:'诗者,天地自然之音也。文人学子之诗比兴寡而直率多,又过其情,不得谓之诗。涂巷蠢蠢之人,乃其歌也,讴也,比兴兼焉,无非其情焉,故曰其真也。'"《嵩渚文集》卷七十三)以上载录的李梦阳之言与《诗集自序》中王崇文所述几无二致。

阳的心目中,诗歌这一质的规定性必须优先得到确认,甚至因此可以超越"雅俗"的界限。至于他鄙薄文人学子所作,以为往往沦为"韵言"而却强谓之诗,并不符合真正意义上的诗的标准,其根本原因,乃嫌它们丧失了诗歌以真实抒情为本位的这一质的规定性,所谓"出于情寡而工于词多"的判断,正是就此来说的。

围绕诗歌体制的问题,李、何等人又分别提出过"格调"说。虽然此说不能代表李、何等人论诗主张的全部,他们也未曾以格调来总括自己的诗学立场,但要说李、何等人论诗重视格调的确也是事实。如何景明《古乐府叙例》:"《诗》三百皆弦歌,后世乐府或立篇题,词多托讽,义兼比兴,其随事直陈,悉曰古诗,格变异矣。予故取其有篇题者入《古乐府》,若《古诗十九首》及他选诗,别为编列。"①这是辨别乐府与《诗》三百古诗系统在格上的差异。其《明月篇》序议及,"而四子者虽工富丽,去古远甚,至其音节,往往可歌。乃知子美辞固沉着,而调失流转,虽成一家语,实则诗歌之变体也","子美之诗博涉世故,出于夫妇者常少;致兼雅、颂,而风人之义或缺。此其调反在四子之下与"②?这是比较杜甫与唐初四子的七言古体,说明杜诗之调已不及四子所作。较之何景明,李梦阳谈及格调相对多一些,其致杨一清的《奉邃庵先生书十首》之七评杨氏之作:"虽唐宋调杂,今古格混,瑜瑕靡掩,轨布罔一,然所谓千虑一失者也。"③称道之馀,则指出其不免格调混杂的缺失。又《潜虬山人记》论诗之"七难","格古"、"调逸"即为其中之二。《驳何氏论文书》乃指出,"辞断而意属者,其体也,文之势也;联而比之者,事也。柔澹者思,含蓄者意也,典厚者义也。高古者格,宛亮者调。沉着雄丽、清俊闲雅者,才之类也,而发于辞"④。同样地,格调倍受倾重,被当作两大要素而提出。

格调主要作为一种诗歌的批评理论,自唐代以来,逐渐被诗家或论家所运用。旧题唐王昌龄撰《诗格》就提出"诗有五趣向",分别为"高格"、"古雅"、"闲逸"、"幽深"、"神仙"⑤。又旧题王昌龄撰《诗中密旨》以为"诗有二格","诗意高

---

① 《大复集》卷三十二。
② 《大复集》卷十四。
③ 《空同先生集》卷六十二。
④ 《空同先生集》卷六十一。
⑤ 《诗格》卷下"诗有五趣向",张伯伟《全唐五代诗格汇考》,第182页。

谓之格高,意下谓之格下"①。唐殷璠《河岳英灵集》品论储光羲诗,指出其"格高调逸,趣远情深,削尽常言"②。当然,如此所描述的格调的涵义还显得比较宽泛和模糊,主要指涉诗歌作品总体所呈现的一种品格意度。不过,从格调意涵演变的另一路来看,则其被各自赋予了特定的意义,大体来说,格关乎诗歌的体制格局,为作品质貌或气象的呈现;调关乎诗歌的音声律度,为作品韵调或风致的呈现。以故有研究者指出,气象即格,声响即调。③ 被人称为"格调"说之先声的李东阳,④即对格与调的涵义有所区分。其《怀麓堂诗话》载,人尝问作诗,东阳答曰:"试取所未见诗,即能识其时代格调,十不失一,乃为有得。"这是为了进一步阐明"诗必有具眼,亦必有具耳"、"眼主格,耳主声"⑤的识别诗歌格调的道理。所谓"眼主格",实即赋予格以更多视觉性的意涵;"耳主声",则重点提示调与"声"的关联,赋予调以更多听觉性的意涵。关于后者,李东阳又进一步展开说明:"今之歌诗者,其声调有轻重、清浊、长短、高下、缓急之异,听之者不问,而知其为吴为越也。汉以上古诗弗论。所谓律者,非独字数之同,而凡声之平仄亦无不同也。然其调之为唐、为宋、为元者,亦较然明甚。"在李东阳看来,"调"的概念并不简单等同于格律平仄,故其指出:"律者,规矩之谓,而其为调,则有巧存焉。苟非心领神会,自有所得,虽日提耳而教之,无益也。"⑥"调"有异于"律"的特点在于,需要习之者"心领神会",以李东阳的理解,"调"指涉歌吟的效果,即诗歌蕴含的意涵,通过吟咏者歌吟而变化其声所形成的基调。⑦ 虽然如此,但调的基本构成,因为需要体现诗歌"比之以声韵,和之以节奏"⑧的体制特征,则无法于"声"外言之。如李东阳谈长篇之作:"长篇中须

① 张伯伟《全唐五代诗格汇考》,第194页。
② 《河岳英灵集》卷中《储光羲》,《唐人选唐诗(十种)》,第95页,上海古籍出版社1978年版。
③ 参见简锦松《李何诗论研究》,第112页。
④ 参见郭绍虞《中国诗的神韵格调及性灵研究》,第28页,台湾华正书局2005年版。
⑤ 《李东阳集》,第二卷,第530页至531页。
⑥ 《怀麓堂诗话》,《李东阳集》,第二卷,第539页。
⑦ 参见简锦松《明代文学批评研究》,第261页。李东阳本人即有"歌"诗而检验"声调节奏"的经历,《怀麓堂诗话》云:"古诗歌之声调节奏,不传久矣。比尝听人歌《关雎》、《鹿鸣》诸诗,不过以四字平引为长声,无甚高下缓急之节。意古之人,不徒尔也。今之诗,惟吴、越有歌。吴歌清而婉,越歌长而激,然士大夫亦不皆能。予所闻者,吴则张享父,越则王古直仁辅,可称名家。……仁辅性亦僻,不时得其歌。予值有得意诗,或令歌之。因以验予所作,虽不必能自为歌,往往合律,不待强致,而亦有不容强者也。"(《李东阳集》,第二卷,第537页。)
⑧ 《镜川先生诗集序》,《李东阳集》,第二卷,第115页。

有节奏,有操有纵,有正有变,若平铺稳布,虽多无益。唐诗类有委曲可喜之处,惟杜子美顿挫起伏,变化不测,可骇可愕,盖其音响与格律正相称。回视诸作,皆在下风。然学者不先得唐调,未可遽为杜学也。"①这显然是说,唐诗长篇多有体现"有操有纵,有正有变"节奏的可观之作,成为"唐调"的一种标志,而这得益于"音响"与"格律"的谐配性,相比较,杜诗在这方面更胜一筹,实为唐诗长篇之翘楚。

李、何论格调,对其意义的辨识,则显具特定的指向。如论格,李梦阳在致吾谨的《答吴谨书》中云:"夫文自有格,不祖其格,终不足以知文。今人有左氏、迁乎?而足下以左氏、迁律人邪?欧、虞、颜、柳字不同,而同一笔,其不同特肥、瘦、长、扁、整、流、疏、密、劲、温耳。此十者,字之象也,非笔之精也,乃其精则固无不同者。夫文亦犹是耳。足下谓迁不同左氏,左氏不同古经,亦其象耳,仆不敢谓然。"②吾谨《与李空同论文书》提出:"肥、瘦、长、扁、流、整、疏、密、劲、温十者,书之象也。古之善书者,精无不同,而十者之象则异。惟精无不同也,故同谓之善书;惟象无不异也,故各谓之名家。精苟同矣,而象亦无不同,是亦臣仆于人而已矣,奚其善?夫文亦何异于是?"吾谨以书法比喻作文,意在阐明"古之善文者,理道旨趣无不同,而辞致体格则异。惟理道旨趣无不同也,故同谓之善文;惟辞致体格无不异也,故亦谓之名家","今概论其本之同而不察其末之异,是犹论天地万物之理同,而不论其形气之异也"③。与吾谨上论以为作文"精"同"象"异或"本之同"、"末之异"同样必要的主张有所不同,李梦阳则主要为了申说文之"精"同的重要性,在他看来,这正是"文自有格"的体现。所以,这里"格"的涵义,重点指向的是不同作品之间共通与本质的品性。扩而言之,这种共通与本质的品性又蕴含在作品之"体"中,因此在另一方面,李梦阳指示"格"与"体"之间的密切联系。他为徐祯卿所撰的《徐迪功集序》提出:"夫追古者,未有不先其体者也。然守而未化,故蹊径存焉。"这应该是说,徐祯卿注重作品"体"的锻造,符合"追古"的要求,只是还存在"未化"的不足。另外,他品评徐祯卿之作,其中的一条,乃称赏其"议拟以一其格"④,实际上又说明了徐氏之作"格"的

---

① 《怀麓堂诗话》,《李东阳集》第二卷,第 533 页。
② 《空同先生集》卷六十一。
③ 《明文海》卷一百五十六,第 2 册,第 1566 页。
④ 《空同先生集》卷五十一。

特点同时体现在"体"的锻造上。对此,李梦阳为友人郑作所撰《方山子集序》也指出,郑作之为诗虽"才敏兴速","然率易弗精也",是以"每抑之",谓"不精不取",郑氏遂"兀坐沉思,炼句证体,亦往往入格"①,所述又涉及"格"与"体"之间的关联。可以看出,与前《答吴谨书》以书之"精"喻文之"格"相比,此处由"体"及"格",相对地"格"的涵义具有某种特定的指向,落实在了作品的体格或体式上,而从"追古"的角度来说,又具体指向用于取资的古作之体格或体式。正如将"定格"作为作诗"四务"②之一的王廷相,强调"古人之作,莫不有体",习学者应当"效《风》、《雅》类《风》、《雅》,效《离骚》、《十九首》类《离骚》、《十九首》,效诸子类诸子,无爽也,始可与言诗已矣"③。这意味着"格"的内涵有了具体的取向,判别作品是否合"格",主要须以古作特定的体格或体式为衡量基准。这也是"格古"或"高古"之"格"铸成的必由途径。

再如论调,首先,还需注意李梦阳在《缶音序》中的相关论述,其谓"诗至唐,古调亡矣,然自有唐调可歌咏,高者犹足被管弦。宋人主理不主调,于是唐调亦亡","夫诗比兴错杂,假物以神变者也。难言不测之妙,感触突发,流动情思,故其气柔厚,其声悠扬,其言切而不迫,故歌之心畅而闻之者动也"④。据是,"主调"与"主理"形成迥然相异的审美取向,也构成唐宋诗歌时代性的价值差异,前者相对符合诗歌"比兴错杂"、"流动情思"的本质特性。寻绎起来,一方面,"调"的基本意义和判别标准,主要体现在诗歌的音响声调上。李梦阳《缶音序》即已指出,诗至唐代虽古调已亡,但唐调自可歌咏,"高者犹足被管弦",又谓作为诗歌理想的艺术呈现,"其气柔厚,其声悠扬,其言切而不迫",致使"歌之心畅而闻之者动也"。这一说法表明,音响声调对于注塑诗歌之"调"具有非同寻常的重要意义。而李梦阳所说的"调逸"和"调"之"宛亮",究其词意,即源自音声之义,⑤这本身又表明"调"与音声之间构成紧密的关联。何景明《明月篇》序比较

----

① 《空同先生集》卷五十。

② 《与郭价夫学士论诗书》,《王氏家藏集》卷二十八。

③ 《刘梅国诗集序》,《王氏家藏集》卷二十二。

④ 《空同先生集》卷五十一。

⑤ 如宋陈旸《乐书》卷一百十九《乐图论·十二弦琴》:"然古人造曲之意,感物以形于声,因一声而动于物,伯牙流水之奏,土野清徵之音,夫心往形留,声和意适,德幽而调逸,神契而感通,则古人之意明矣。"(《景印文渊阁四库全书》,第211册。)刘昫等《旧唐书·崔信明传》:"崔信明,青州益都人也,后魏七兵尚书光伯曾孙也。祖绍,北海郡守。信明以五月五日日正中时生,有异雀数头,身形甚小,五色毕备,集于庭树,鼓翼齐鸣,声清宛亮。"(《旧唐书》卷一百九十上《文苑上》,第15册,第4991页,中华书局1975年版。)以上参见拙著《前后七子研究》,第150页注3。

杜甫与初唐四子七言长篇之"调"的差异,给他的感觉是,四子之作"虽工富丽,
去古远甚,至其音节,往往可歌",而杜甫之作"辞固沉着,而调失流转"①。所谓
"音节"、"流转",无不主要是就诗歌的音响声调来说的。可以看出,李、何上述
之论,如对照李东阳提出的"耳主声"及强调"比之以声韵,和之以节奏"②这一注
重诗歌音声效果的主张,实不无近似之处。从另一方面来说,诗歌的音声并
不体现为一种单纯或孤立的概念,其和意义的表达又紧密相联系,构成一个
有机的表现整体。正如勒内·韦勒克《文学理论》所言,"每一件文学作品首
先是一个声音的系列,从这个声音的系列再生出意义",其针对主张"应该完
全脱离意义去分析声音"的"错误的假说",指出"从我们关于任何艺术品都是
一个整体的观点看,这种将声音与意义相分离的假说无疑是错误的;从纯的
声音不会有或几乎不会有什么审美效果这样一个道理看,这种假说也是站不
住的",因为"没有一首具有'音乐性'的诗歌不具有意义或至少是感情色调的
某种一般概念"③。李、何涉及"调"的论述,可以说,也充分意识到了"声音"和
"意义"之间不可分割的联系。李梦阳《缶音序》议论"古调"、"唐调"之际,对
诗歌"比兴错杂"、"流动情思"的本质特性的界定,实际已在"调"的涵义中注
入了具有"意义"性质的诗人情感性气的质素。所以,李梦阳《林公诗序》在宣
示"夫诗者,人之鉴者也"的论断的同时,提出"谛情探调,研思察气,以是观
心,无庾人矣",认为"情迷调失,思伤气离,违心而言,声异律乖,而诗亡矣"④。
"调"与"情"、"思"、"气"这些主观性很强的诗人情性质素相并置,无异于表
示,"调"和诸个质素之间有着难以割裂的内在关联。何景明《明月篇》序涉及
"调"的论述,同样不应忽视,其比较杜甫与初唐四子之七言长篇,指出杜诗之
"调"不及四子之作:"子美之诗博涉世故,出于夫妇者常少,致兼雅、颂,而风
人之义或缺。此其调反在四子之下与?"这一经比较而得出的结论,则建立在
他对诗歌本质特性认知的基础之上:"夫诗本性情之发者也,其切而易见者,
莫如夫妇之间。"⑤可见,何景明关于"调"的涵义的理解,如果说和李梦阳之间
有着一定的共识,那么这种共识着重体现在,"调"不能完全外于诗人"性情"

---

① 《大复集》卷十四。
② 《镜川先生诗集序》,《李东阳集》,第二卷,第 115 页。
③ 刘象愚、邢培明、陈圣生、李哲明译《文学理论》,第 175 页至 176 页,江苏教育出版社 2005 年版。
④ 《空同先生集》卷五十。
⑤ 《大复集》卷十四。

而求之,其同样被注入了情感性气的质素。

　　李、何尽管对于格调意义的辨识有所侧重,但仍然无法完全将二者离析开来。如李梦阳指示"格"与"体"之间的密切联系,而"体"的涵义所向,其覆盖的范围就相对宽泛,同时牵涉体现音响声调基本意义的"调"的概念。以此而言,从"体"的层面来为"格"定义,格调各自的意义界限诚有交叠之处,彼此未能全然分立。不过,仔细体味李、何各自的表述,他们所主张的格调,还是意有所属,义有所归,可以说是对诗歌体制建设的多面展开和具体落实。尤其是在强烈的复古意识的主导下,他们树立的格调准则,主要还以古作的体制作为参照目标,对其意义的边界作了相对的限定。在很大程度上,这也是由对诗歌体制认知的细化和深化所导致的。

第八章　前七子复古诗学的技术理念

要说前七子所从事的复古作业最值得注意的特异之处,应当是他们在用心构筑诗文复古系统过程中,鲜明地展示了重视法度的一种技术理念。刘若愚先生《中国文学理论》一书,其中关于"技巧理论"的讨论,议及李梦阳在回复何景明的《驳何氏论文书》中所陈述的诸如"规矩者,法也。仆之尺尺而寸寸之者,固法也","若以我之情,述今之事,尺寸古法,罔袭其辞,犹班圆倕之圆,倕方班之方,而倕之木非班之木也,此奚不可也"①之类的辩驳,指出李梦阳的上述论辩,意在表明他所摹仿的不是古人的文字或观念,而是具现于古人作品中的文学技艺的规则或方法,从而显示了他的一种"技巧概念"。这一概念的意义指向,则将创作视为精心构成而非自然表现的过程,注重的是"技艺",其导致李梦阳相信拟古主义以及遵循规则或方法。② 实际的情形是,在诗学思想层面上,不仅仅是李梦阳重视古典作品技艺性的规则或方法,这一技术理念,在前七子其他成员当中也不同程度存在。尽管诸子各自认知的角度不尽一致,面向也各有侧重,但彼此形成的基本共识是,将习法视为学古的必要途径,这也体现了前七子复古诗学的一个重要特征,凸显了诸子超越实用主义立场的一种理论个性。

第一节　法度意识的提升及其文学意义

胡应麟《诗薮》曾云:"汉、唐以后谈诗者,吾于宋严羽卿得一悟字,于明李献吉得一法字,皆千古词场大关键。"③胡氏对严羽和李梦阳论诗旨意的点示,或许

---

① 《空同先生集》卷六十一。
② 《中国文学理论》,第133页、137页至139页。
③ 《诗薮·内编》卷五《近体中·七言》,第100页。

过于概括,不足以全面涵盖二人诗学思想的要义,尽管如此,至少就李梦阳而言,认为其所论于"法"相对集中的说法,多少揭出了李氏诗学思想中的一个中心观点。只不过在前七子当中,并非李梦阳一人如此,其他成员论诗也多持注重法度的立场。徐祯卿在《谈艺录》中就说:

> 诗贵先合度,而后工拙,纵横格轨,各具风雅。繁钦《定情》,本之郑卫;"生年不满百",出自《唐风》;王粲《从军》,得之二《雅》;张衡《同声》,亦合《关雎》。诸诗固自有工丑,然而并驱者,托之轨度也。

在徐祯卿看来,诗歌"合度"比起"工拙"更需优先考量,故他认为,如繁钦等人诸诗虽然工拙不等,但之所以得以"并驱"者,关键在于各有"轨度"可寻。这一表态说明,对于诗歌而言,遵循一定的法度不仅必要,而且应当重点予以对待。又他提出:"夫情既异其形,故辞当因其势。譬如写物绘色,倩盼各以其状;随规逐矩,圆方巧获其则。"并将之概括为"因情立格,持守围环之大略"①。所言固然能证明其对诗歌情感表现的高度重视,然他同时也强调,要使"圆方巧获其则","随规逐矩"不可忽略。显然,徐祯卿的这一席陈述,带出了一个涉及法度之重要性的话题。在此问题上,同样可以注意王廷相的态度,如他在致郭维藩的《与郭价夫学士论诗书》中提出"措手施斤,以法而入者有四务"。所谓"四务",指的是"运意"、"定格"、"结篇"、"炼句",具体来说:

> 意者,诗之神气,贵圆润而忌闇滞;格者,诗之志向,贵高古而忌芜乱;篇者,诗之体质,贵贯通而忌支离;句者,诗之肢骸,贵委曲而忌直率。是故超诣变化、随模肖形与造化同工者,精于意者也;构情古始、侵《风》匹《雅》、不涉凡近者,精于格者也;比类摄故、辞断意属、如贯珠累累者,精于篇者也;机理混含、辞鲜意多、不犯轻佻者,精于句者也。夫是四务者,艺匠之节度也,一有不精,则不足以轩翥翰涂,驰迹古苑,终随代汩没尔。②

----

① 以上见《迪功集》附。
② 《王氏家藏集》卷二十八。

究析起来,王廷相主张的"以法而入"之"四务",实际上涵括了诗歌"意"、"格"、"篇"、"句"等各个构造环节臻于理想境地的实施规则,可以看出,他是从比较周详的角度,为精于诗歌经营指示必须循守的"节度"。那些"节度"落实到诗歌构造的不同环节,严密不苟,富于特别的对应性或规定性,这样的主张不能不说是由他严于立法的意识所导致的。

在李梦阳等诸子构建的诗文复古系统当中,学古与习法被其视作具有紧密的逻辑关联,依据他们的解释,作为取之以衡的经营准绳,法度并不是由自己人为制定出来的,而是存现于古典文本之中的合理规则。从这一意义上说,习学古作以"反古俗",具体而有效的操作方式不在其他,就在于对古典文本所呈现的相应法度的体认和掌握,而古典文本示范后世作者的价值正蕴含在相应的法度之中。李梦阳致山阴周祚的《答周子书》即表示:"仆少壮时,振翮云路,尝周旋鹓鸾之末,谓学不的古,苦心无益。又谓文必有法式,然后中谐音度,如方圆之于规矩,古人用之,非自作之,实天生之也。今人法式古人,非法式古人也,实物之自则也。"①李梦阳向对方陈述的旨意是相当明确的,即不但主张学古之极为必要,并且将学古与习法联系在一起,其声称古人之法"非自作之,实天生之也",看上去多少具有一种先验性的意味,而无非是为了突出它们自然成法的示范意义,为"今人法式古人"制造充分的理由。

关于这一问题,王廷相《与郭价夫学士论诗书》又特别指出,"工师之巧,不离规矩,画手迈伦,必先拟摹。《风》、《骚》、乐府,各具体裁,苏、李、曹、刘,辞分界域。欲擅文囿之撰,须参极古之遗,调其步武,约其尺度,以为我则"②。在他看来,创作之法好比"工师"依循之"规矩",不可擅自违离,而法度具现于古典文本,所以学古极为关键的一步,就必须以最具原初意义的"极古之遗"作为参照,把握显现其中的规则,为我所用,其赋予古典文本特别是"极古之遗"以足供后人借鉴取则的示范意义,正体现于此。又在王廷相看来,学古习法的终极目标,就要熟习以至贴合代表古典文本体格或体式的所谓"体"。是以他在《刘梅国诗集序》中提出:"古人之作,莫不有体,《风》、《雅》、《颂》逊矣,变而为《离骚》,为《十九首》,为邺中七子,为阮嗣宗,为三谢,质尽而文极矣。又变而为陈子昂,为沈、

---

① 《空同先生集》卷六十一。
② 《王氏家藏集》卷二十八。

宋,为李、杜,为盛唐诸名家,大历以后弗论也。据其辞调风旨,人殊家异,各竞
所长,以相凌跨,若不可括而齐之矣。"这是从"变"的动态角度描述出诗歌的历
史轨迹,正因为"人殊家异,各竞所长",处于历时演变进程中的各家之作则事实
上呈现不同之"体"。所以对于习学者来说,就格外需要"辩体",分辨乃至熟悉
古典文本不同的体格或体式,以达到所作合乎古作各自之"体"的理想目标,正
如王廷相所说,"诗贵辩体,效《风》、《雅》类《风》、《雅》,效《离骚》、《十九首》类《离
骚》、《十九首》,效诸子类诸子,无爽也,始可与言诗已矣"①。说明"效"以"类"
之,取决于"辩体",这是为诗之道的重要基础,也其实是参照古典文本而"调其
步武,约其尺度"的具体措施。

　　比较李梦阳、徐祯卿、王廷相所论,何景明在学古习法问题上则秉持相对谨
慎的态度,最为典型的例子,莫过于他在《与李空同论诗书》中指责李梦阳"刻意
古范,铸形宿镆,而独守尺寸",而自许"欲富于材积,领会神情,临景构结,不仿
形迹"。其俨然将李梦阳归入刻板的拟古泥法者,并与之区分各自立场,訾咎之
意,形于辞表。然而,这并不表示何景明对于法度本身的排斥,他在同一篇书札
中声称:"仆尝谓诗文有不可易之法者,辞断而意属,联类而比物也。上考古圣
立言,中征秦汉绪论,下采魏晋声诗,莫之有易也。"②示意上自古圣下至魏晋,言
论诗文蕴含"不可易之法",即颇能代表他在法度问题上的基本立场。除此,他
在《刘子诗序》中还指出:

　　　　嗟乎,诗也者,难言者也!体物而肆采,撰志而约情,慎宪而明则。是
　　故比方属类,变异陈矣;揆虑绪思,幽微章矣;彻远以代蔽,律古以格俗,标
　　准见矣。故单辞寡伦,无以究赜;指众不一,无以合方;利近遗法,无以纯
　　体。是故博而聚之,存乎学;审而出之,存乎心;明而辨之,存乎识。

序中讨论的是诗歌经营过程应当恪守的若干原则,除了"比方属类"、"揆虑绪
思"以分别体现"体物而肆采"和"撰志而约情"之外,还有重要的一项,就是"彻
远以代蔽,律古以格俗",其所对应的也即"慎宪而明则"的原则,而提出这样的

　　①《王氏家藏集》卷二十二。
　　②《大复集》卷三十。

要求，为的是能够克服"利近遗法，无以纯体"。可见，"法"在何景明的诗学话语中也占据着非常重要的位置，他指点的路径是和"利近"截然相反的由习"法"而纯"体"，最终实现对古人作品体格或体式的完熟把握。这一基本理念，同样见于何景明《海叟集序》述说个人"自为举子历宦，于今十年"的"学诗"心得之自白。以他的切身体会，"盖诗虽盛称于唐，其好古者，自陈子昂后，莫若李、杜二家。然二家歌行、近体诚有可法，而古作尚有离去者，犹未尽可法之也"。有鉴于此，自己"学歌行、近体，有取于二家，旁及唐初、盛唐诸人，而古作必从汉魏求之。虽迄今一未有得，而执以自信，弗敢有夺"①。何景明的这番自白，既是在交代自己"学诗"的经验，也是在申述自己以可法者为法、执此以往的坚持心向，给人强烈的印象是，他个人习学"歌行"、"近体"、"古作"各体，乃富于选择性地在古典诗歌系统中分别拈出在其看来最适合的取法目标，以严格对应各诗体的规摹。推断如此选择的意图，无非是为了不至于"遗法"，当然，最终还是为了臻于"纯体"。

李、何诸子之间，虽然对于法度内涵的理解不尽相同，有关这一点，通过后面的相关论述将可以看得比较清楚，但察识诸子上述的各自主张，可以肯定的是，他们大多怀有强烈的重视法度的自觉意识，倾向深入古典文本以体认具体的创作规则，熟习作为习学目标的古典文本的体格或体式，学古与习法被置于同一的逻辑层面加以对待。正因如此，诸子所建构的复古诗学中的技术理念得以凸显出来，而这通过前后时段诗学格局建设的比照可以看得更加清楚。如前面章节所述，综观明代前期诗学领域发展变化的大体趋势，伴随明初以来"崇儒重道"政策的实施，尚教化、重实用的思想意识在不同层面逐渐抬升。这一变化的迹象也同时显现在诗学领域，最显著的特征是，诗歌的经世实用功能被不同程度放大。如胡翰声言"盖诗之为用，犹史也。史言一代之事，直而无隐；诗系一代之政，婉而微章"②，王袆认为"状物写景之工，固诗家之极致，而系于风化、补于世治者，尤作者之至言"③，宋濂提出"诗者本乎性情，而不外于物则民彝者也。舍此而言诗，诗之道丧矣"④，为此极力鄙薄那些"烟霞月露之章，草木虫鱼

---

① 以上见《大复集》卷三十二。
② 《古乐府诗类编序》，《胡仲子集》卷四。
③ 《书马易之颖州歌后》，《王忠文集》卷十七。
④ 《霞川集序》，《宋学士先生文集》卷五。

之句",执着认定"作之无所益,不作不为欠也"①,就是十分典型的例子。另外,在明代前期尤其自永乐年间以来,台阁势力在文坛强势突起,台阁文风呈现扩张态势,处在明初以来"崇儒重道"政策的实施和意识形态加强调控的背景下,实用主义在馆阁文士群体中获得更高的认同感。表现在诗学领域,对诗歌经世实用功能的伸张明显趋于强化。如杨士奇申言"诗以理性情而约诸正,而推之可以考见王政之得失、治道之盛衰"②,推崇"古之善诗者,粹然一出于正,故用之乡闾邦国,皆有裨于世道"③,就此排斥"诗人无益之词",指摘专注词章的"俗儒"所作,断言"儒者鲜不作诗,然儒之品有高下,高者道德之儒,若记诵词章,前辈君子谓之俗儒"④。其归旨所在,主要基于抒写性情之正和裨益世道的价值取向,以此来界说诗歌的本质及其功能,判别诗歌的品调之高下。这样的识见,在其时的馆阁文士群体中具有一定的代表性,也形成带有官方背景的一种强势的诗学话语。比较起来,李、何诸子自筑文学营垒,建构复古诗学系统,运用"反古俗"的策略,试图跳脱台阁的强势话语以保持自主独立,他们反其道而行之的针对性主张,则是基于某种技术理念,将学古与习法紧密联系在一起,倾向从熟习古典文本的体格或体式入手,相对重视诗歌形制层面的系统建设。从这一角度来看,他们的然以回归诗歌本体艺术为取向,将注意力更多聚焦于诗歌的审美功能,对照凸显在明代前期诗学领域强化诗歌实用功能的价值导向,这已在客观上形成与之相对的反逆态势。虽然李、何诸子主张"文必有法式,然后中谐音度",参照古典文本以"调其步武,约其尺度"云云,在勉力提倡"反古俗"而落实至学古习法之际,同时面临自我创造性和当下性缺失的潜在风险,但无论如何,从另一方面来说,这种趋于上升的法度意识以及相应的关注诗歌审美功能的积极态度,则折射出诸子多少超离实用主义而转向技术主义的思维方式。

第二节　李梦阳"规矩"之"法"的意涵指向

考察前七子的相关述论,李梦阳无疑是诸子当中辩论诗文法度最为集中的

---

① 《刘母贤行诗集序》,《宋学士文集》卷四十一。
② 《玉雪斋诗集序》,《东里文集》卷五。
③ 《题东里诗集序》,《东里文集续编》卷十五。
④ 《圣谕录中》,《东里别集》卷二。

一位,而他对于法度的定义,最引人注目的则是其一再强调的所谓"规矩"之"法"。前引他致周祚的《答周子书》即称,"文必有法式,然后中谐音度,如方圆之于规矩,古人用之,非自作之,实天生之也。今人法式古人,非法式古人也,实物之自则也"。而其又致何景明《驳何氏论文书》,则因为何氏指摘其文:"子高处是古人影子耳,其下者已落近代之口,又曰:未见子自筑一堂奥,突开一户牖,而以何急于不朽?"以及"短仆者必曰:李某岂善文者,但能守古而尺尺寸寸之耳",他对此不能认同,又不甘示弱,故致书对方以辩驳之,书中又特别申明他主张的"规矩"之"法",如下的这段文字多为人所关注:

> 古之工,如倕如班,堂非不殊,户非同也,至其为方也、圆也,弗能舍规矩。何也? 规矩者,法也。仆之尺尺而寸寸之者,固法也。假令仆窃古之意,盗古形,剪截古辞以为文,谓之影子诚可。若以我之情,述今之事,尺寸古法,罔袭其辞,犹班圆倕之圆,倕方班之方,而倕之木非班之木,此奚不可也? ……规矩者,方圆之自也,即欲舍之,乌乎舍? 子试筑一堂,开一户,措规矩而能之乎? 措规矩而能之,必并方圆而遗之可矣,何有于法? 何有于规矩?[①]

规矩作法,自古有之。墨子曰:"天下从事者,不可以无法仪,无法仪而其事能成者,无有也。虽至士之为将相者,皆有法;虽至百工从事者,亦皆有法。百工为方以矩,为圆以规,直以绳,正以县。"[②]孟子曰:"梓匠轮舆,能与人规矩,不能使人巧。"汉赵岐注云:"梓匠轮舆之功,能以规矩与人,人之巧在心,拙者虽得规矩之法,亦不能成器也。"[③]李梦阳以上袭用规矩作法的传统之说,主要是为了强调他所拈出的诗文之"法",乃是不可舍弃和无法逾越的创作和品鉴的准则及底线。按照李梦阳的主张,讲究法度的必要性毋容置疑,若非如此,必将沦为"野狐外道",不足为训。即如他批评何景明诗之"近作""乖于先法",认为"读之若抟沙弄泥,散而不莹,又粗者弗雅也。如月蚀诗'妖遮赤道行'是耳。然阔大者鲜把持,又无针线"。不但如此,他还认为,假如揆之以法,何景明不同体裁的诗作存在诸多不合"先法"之处,如质疑其五言律:"'神女赋'、'帝妃篇'、'南游

---

① 以上见《空同先生集》卷六十一。
② 孙诒让《墨子间诂》卷一《法仪第四》,《诸子集成》,第4册,第11页,上海书店出版社影印本,1986年版。
③ 《孟子注疏》卷十四上《尽心章句下》,《十三经注疏》,下册,第2773页。

日'、'北上年'四句接用,古有此法乎? '水亭菡萏'、'风殿薜萝',意不一乎?"又
指责其"结语太咄易,七言律与绝句等,更不成篇,亦寡音节,'百年'、'万里'何
其层见而叠出也,七言若剪得上二字言,何必七也",因此断定何诗"徒知神情会
处下笔成章为高,而不知高而不法,其势如搏巨蛇,驾风螭,步骤即奇,不足训
也"①。而且他又感到,何景明对待法式古人的问题,也同时存在认知上的误区,
直斥何氏"谓文章家必自开一户牖,自筑一堂室;谓法古者为蹈袭,式往者为影
子,信口落笔者为泯其比拟之迹",以至于影响所及,"而后进之士悦其易从,惮
其难趋,乃即附唱答响,风成俗变,莫可止遏,而古之学废矣"②。李梦阳之所以
如此挑剔何景明诗中那些"乖于先法"者,以及指责何氏对"法古"、"式往"的错
误认知,并不能简单归因于只是出自个人的意气和辩驳的策略,细究起来,主要
还是基于他对"规矩"之"法"的理解和执着,这使他觉得,对此原则性的问题,无
法加以遮蔽,也无法作出妥协,必须明辨是非,坚守一己之立场,即使是面对何
景明这样一位关系密切的盟友。按照李梦阳作出的解释,"规矩"之"法"的本质
特征在于"同",为此,他在《驳何氏论文书》中辨析说:

> 《诗》云:"人知其一,莫知其他。"予之同,法也。尧、舜之道,不以仁政,不
> 能平治天下者也。子以我之尺寸者,言也。览子之作,于法焉蔑矣,宜其惑之
> 靡解也。阿房之巨,灵光之峭,临春、结绮之侈丽,杨亭、葛庐之幽之寂,未必
> 皆倕与班为之也,乃其为之也,大小鲜不中方圆也,何也? 有必同者也。③

根据这一解释,"法"被视作"规矩"而得以运用的依据在于,它本属具有普遍适
用性而必须恪守的共同准则,不只是在个别性之"其一",而又在有着普遍性之
"其他"。好比尧、舜平治天下,同施仁政;阿房等不同建筑,同中方圆。故谓之
"同"。④ 循沿这样的比喻思路,"规矩"之"法"之被赋予"同"的本质特征,意味着
其势必超越不同对象之间形成的个别性差异,而注视的是各对象呈现的一般共
性。对此,李梦阳即以"作文如作字"⑤相形容,其《答吴谨书》指出,"夫文自有

---

① 《再与何氏书》,《空同先生集》卷六十一。
② 《答周子书》,《空同先生集》卷六十一。
③ 《空同先生集》卷六十一。
④ 参见拙著《前后七子研究》,第179页。
⑤ 《驳何氏论文书》,《空同先生集》卷六十一。

格，不祖其格，终不足以知文"，"欧、虞、颜、柳字不同，而同一笔；其不同特肥、瘦、长、扁、整、流、疏、密、劲、温耳。此十者，字之象也，非笔之精也。乃其精则固无不同者。夫文亦犹是耳"。他想说明的要点是，如欧、虞、颜、柳诸书家，各自所书，固然相异，然异中有同，异在于"象"，同在于"精"，至于文之有"格"，犹如笔之有"精"。其《驳何氏论文书》也表示："欧、虞、颜、柳，字不同而同笔，笔不同，非字矣。不同者何也？肥也，瘦也，长也，短也，疏也，密也。故六者势也，字之体也，非笔之精也。精者何也？应诸心而本诸法者也。不窥其精，不足以为字，而矧文之能为？"①归纳这一说法的要义，李梦阳将其主张的"规矩"之"法"，实定位在了贯穿于不同对象之间的一种内在、本质的共性，这种共性的实质表现，乃在于对犹如字之"象"或"体"的不同诗文作品外在形制之"辞"或"言"的超离。② 因此，他振振有词地向何景明作出自我辩解，宣称"仆之尺尺而寸寸之者，固法也"，"若以我之情，述今之事，尺寸古法，罔袭其辞，犹班圆倕之圆，倕方班之方"，并指摘何氏，"子以我之尺寸者，言也。览子之作，于法焉蔑矣"。李梦阳将"规矩"之"法"解释为不同对象所具有的一种内在、本质的共性，这显然出于赋予法度以有别于浅表规则的深层属性的考虑，与此同时，也是为了加强法度实施的说服力，以免陷入"窃古之意，盗古形，剪截古辞以为文"③的误解。尽管李梦阳努力解释他所认定的"规矩"之"法"，具有"犹班圆倕之圆，倕方班之方"的普遍适用性，体现了不同对象之间内在、本质的共性，而并不是呈现在表象层面的"辞"或"言"，但是由于以上所作的解释相对抽象和模糊，若仅限此，还是令人难以分辨其作为一种施行规则的操作性特点。事实上，李梦阳除了于"规矩"之"法"作出如上笼统说明之外，又曾经对这样一种具有普遍适用性而必须依循的法度的具体规范作了诠解，比如他在《答周子书》中，不仅强调"文必有法式，然后中诸音度，如方圆之于规矩，古人用之，非自作之，实天生之也"，并且批评何景明及其响应者，"今其流传之辞，如抟沙弄螭，涣无纪律，古之所云开阖照应、倒插顿挫者，一切废之矣"。又他在致何景明的《再与何氏书》中提出："古人之作，其法虽多端，大抵前疏者后必密，半阔者半必细，一实者必一虚，叠景者意必二。此予之所谓圆规而方矩者也。沈约亦云：'若前有浮声，则后须切响，一

---

① 以上见《空同先生集》卷六十一。
② 参见拙著《前后七子研究》，第 179 页。
③ 以上见《驳何氏论文书》，《空同先生集》卷六十一。

简之内,音韵尽殊,两句之中,轻重悉异.'即如人身,以魄载魂,生有此体,即有此法也。"①合观其言,无论是所谓"开阖照应、倒插顿挫",还是"前疏者后必密,半阔者半必细"云云,都是被李梦阳当作自然生成而呈现在古典文本中的"规矩"之"法"予以主张的。据此,他口口声声称之为"犹班圆倕之圆,倕方班之方"的具有普遍适用性的法度,最终却落实在多少掺杂了个人审美偏嗜性而显得相对细微和狭仄的若干规则上,这也暴露了李梦阳有关法度的界说将普遍性和个别性混为一谈而难以自圆其说的矛盾。需要注意的是,细究李梦阳涉及这些"规矩"之"法"具体规范的诠解,虽然其不能涵盖全部的问题,但在很大程度上,乃和他特别注重杜诗技法的取向有着密切的关系。胡应麟曾经指出:

> 李梦阳云:"叠景者意必二,阔大者半必细。"此最律诗三昧。如杜"诏从三殿去,碑到百蛮开。野馆浓花发,春帆细雨来",前半阔大,后半工细也;"浮云连海岱,平野入青徐。孤嶂秦碑在,荒城鲁殿馀",前景寓目,后景感怀也。唐法律甚严惟杜,变化莫测亦惟杜。②

他多少注意到了,李梦阳所宣称的"半阔者半必细"、"叠景者意必二"等古作之法,尤其在和杜律篇章之法的相互对比中显现的一种应合关系。再如王维桢,生平特别尊尚李梦阳,人称其"终身服膺效法者,梦阳也"③。他曾说过:"本朝作者,空同老翁圣矣,即大复犹却数舍。盖空同有神变无方之用,有精纯不杂之体,读一篇诗见一事。首终虽纵横奇正,弗一其裁,而粹美同也;珩琚璜琤,弗一其形,而温栗同也。至若倒插顿挫之法,自少陵善用之者,空同一人而已。"④王维桢对李梦阳诗作评价之高,可谓无以复加,这一评语在力推李梦阳诗艺之"圣"的同时,也指出为杜甫善用之倒插顿挫之法在梦阳诗作中的切当运用。王维桢如此关注和推重李梦阳学杜诗之法,自和他本人宗尚杜诗的立场有关,有人即称其"诗法汉魏,其近体法盛唐,尤宗杜氏少陵"⑤,他在《答督学乔三石书》

---

① 以上见《空同先生集》卷六十一。
② 《诗薮·内编》卷四《近体上·五言》,第 64 页。
③ 《明史》卷二百八十六《王维桢传》,第 24 册,第 7349 页。
④ 《后答张太谷书》,《王氏存笥稿》卷十四,《四库全书存目丛书》影印明嘉靖三十六年(1557)刻本,集部第 103 册。
⑤ 孙陞《王氏存笥稿序》,《王氏存笥稿》卷首。

中评论友人乔世宁所示诸诗,言及其律诗,认为"律体总轨于杜,有冲远深厚之致焉"①,则以杜律相铨衡而揭橥其学杜之得。有鉴于此,他对杜诗的技法似乎有更进一层的理解,王世贞《艺苑卮言》即有王维桢"释杜诗法"的一段记载:

> 王允宁生平所推伏者,独杜少陵。其所好谈说,以为独解者,七言律耳。大要贵有照应,有开阖,有关键,有顿挫,其意主兴主比,其法有正插,有倒插。要之杜诗亦一二有之耳,不必尽然。予谓允宁释杜诗法,如朱子注《中庸》一经,支离圣贤之言,束缚小乘律,都无禅解。②

尽管王世贞对于王维桢"释杜诗法"表示不屑,多加訾议,以为未必全然符合杜诗之经营特点,但也不得不承认,其所理解的那些诗法"杜诗亦一二有之",特别是王维桢释及的杜甫七言律"倒插"之法,王世贞在论七言律句法时就指出:"句法有直下者,有倒插者;倒插最难,非老杜不能也。"③认为此法甚难,独为杜甫所掌握,能够恰当运用之。要之,李梦阳统属在"规矩"之"法"名下的,不论是"开阖照应、倒插顿挫"还是"半阔者半必细"、"叠景者意必二"等等这些细则,归究起来,还多出于对杜诗篇句结构规则的辨识和推尚,或者说,将杜诗创作技法的个别性特征,赋予其以某种普遍性意义。

从李、何诸子来看,杜诗作为古典诗歌的重要范本,无所争议进入了他们的复古视阈,俨然成为他们在设计宗唐总体目标中重点尊崇的一个对象,所谓"及乎弘治,文教大起,学士辈出,力振古风,尽削凡调,一变而为杜,时则有李、何为之倡"④。胡应麟在比较李、何拟学杜诗现象时指出:"今人因献吉祖袭杜诗,辄假仲默舍筏之说,动以牛后鸡口为辞。此未睹何集者。就仲默言,古诗全法汉、魏;歌行短篇法杜,长篇王、杨四子;五七言律法杜之宏丽,而兼取王、岑、高、李之神秀,卒于自成一家,冠冕当代。所谓门户堂奥,不过如此。古今影子之说,以献吉多用杜成语,故有此规,自是药石,非欲其尽弃根源,别安面目也。"⑤这是

---

　　①《王氏存筥稿》卷十四。

　　②《艺苑卮言七》,《弇州山人四部稿》卷一百五十。

　　③《艺苑卮言一》,《弇州山人四部稿》卷一百四十四。

　　④ 陈束《苏门集序》,《陈后冈文集·楚集》,《四库全书存目丛书》影印明万历十九年(1591)林可成刻本,集部第90册。

　　⑤《诗薮·续编》卷一《国朝上·洪永、成弘》,第349页。

说,不仅李梦阳"祖袭杜诗"确为事实,且连曾指责梦阳仿袭"古人影子"[①]、声称"自创一堂室,开一户牖"[②]的何景明,其实也以古作为法,不欲"尽弃根源,别安面目",并非如他本人所说的专意于自我别创,其中歌行短篇和五七言律诗就不乏效法杜诗之篇。以李梦阳而言,正德之初,他曾和何景明、陆深一起校选明初袁凯之诗,删定袁氏《海叟集》,[③]其在《海叟集序》中说:"叟师法子美,虽时有出入,而气格韵致不在杨(指杨维桢)下。"[④]即称许袁凯对杜诗的效法,间接传达了自己尊杜的立场。其《张生诗序》又表示"唐之诗最李、杜",《诗集自序》也言及自己"为李、杜歌行"[⑤],则可以更直接见出他对杜诗格外青睐的意向。由此说来,李梦阳口口声声标榜的超越对象个别差异而具有普遍适用性的"规矩"之"法",最终却重点落实在为他注意分辨并极力推尚的杜诗之篇句结构规则,也就不足为奇了。

第三节　李、何之争的共识与分歧

众所周知,作为前七子两位核心人物的李梦阳与何景明之间曾经发生一场互不妥协的论争,这场论争成为明代文坛影响深远的一桩公案。李、何之争发生的时间当在正德十年(1515)或稍后,[⑥]起因是李梦阳"屡览"何景明诗作,"颇

---

① 李梦阳《驳何氏论文书》,《空同先生集》卷六十一。

② 何景明《与李空同论诗书》,《大复集》卷三十。

③ 陆深《诗话》:"袁御史海叟能诗,国朝以来未见其比,有《海叟集》。予为编修时,尝与李献吉梦阳、何仲默景明校选其集。"(《俨山集》卷二十五)李梦阳《海叟集序》:"叟名行既晦,集亦罕存。子渊(陆深字)购得刻本于京师士人家,楮墨焦烂蠹涅者殆半,乃删定为全集。仍旧名者,著叟志也。……正德元年秋八月八日北地李梦阳序。"(《海叟集》卷首,《四库全书存目丛书》影印明正德元年(1506)刻本,集部第 25 册。)

④ 《海叟集》卷首。

⑤ 《空同先生集》卷五十。

⑥ 有关李、何之争发生的时间,参见拙著《前后七子研究》,第 85 页注 1。其中认为,简锦松《从李梦阳诗集检验其复古思想之真实义》一文,将论争时间定在正德十年七月中旬以后至正德十一年之间,其主要依据为,李梦阳《再与何氏书》提及何景明月蚀诗"妖遮赤道行"句(见《大复集》卷二十二《六月望月食》),诗为何氏在京时作,遍查其在京的各个年份,仅有一次月食时间恰在六月望日,又查 Canon of Solar and Lunar Eclipses, by Oppolzer(奥泊尔子《日食月食表》),知此次月食时间在西历 1515 年七月二十五日,农历正德十年(1515)六月十五日,时李、何二人一在大梁,一在京师,若以诗篇传播时间计算,则李梦阳见到此诗并作评论的时间不会早于七月中旬。见王瑷玲主编《明清文学与思想中之主体意识与社会·文学篇(上)》,第 97 页至 99 页,台湾"中研院"中国文哲研究所 2004 年版。简文推断大致可信,惟李梦阳《再与何氏书》作于其《驳何氏论文书》和何景明《与李空同论诗书》后,如是李、何之争或在正德十年七月之前已发生,但距离梦阳作《再与何氏书》时间当不远,是以定在正德十年或稍后似更为恰切。

疑有乖于先法",于是致书对方,劝其"改玉趋",但何氏并未被说服,双方因此书札往来,各持己见,互相辩驳,以至形成前七子内部发生激烈交锋的一起文学事件。

综观李、何之争的核心问题,实质还是聚焦在如何对待法度的环节上,而这本身涉及诸子在从事复古作业过程中所面临的一个无法回避的问题。当初李梦阳之所以劝导何景明"改玉趋",乃是因为他难以接受何氏所作有违于"先法"。这足以表明,在强调"规矩"之"法"的李梦阳的心目当中,讲究法度不容置疑,违背法度无法妥协,甚至于不惜放下盟友之间的情面,径直向何景明提出了疑问,以维护"规矩"之"法"不可违离的权威性。作为回应,何景明则毫不示弱向对方表达质疑以答复之,这一姿态被李梦阳看作其不仅"不改玉趋",又"摘仆文之乖者以复我",所论"其言辩以肆,其气傲以豪,其旨轩翕而崝嵘"①。何景明向李梦阳提出的最直率而严切的质疑,莫过于所谓"追昔为诗,空同子刻意古范,铸形宿镆,而独守尺寸",联系李梦阳此前指责其诗作不合"先法",容易使人联想到这是对李梦阳注重法度之意识提出的激烈批评。不过如前所述,事实的情形是,何景明并不排斥法度,他明确无误地宣称诗文本有"不可易之法",即所谓"辞断而意属,联类而比物"②,又认为"利近遗法,无以纯体"③,而且还交代自己"歌行"、"近体"、"古作"诸体,分别选学汉魏诗歌,李、杜二家,旁及初、盛唐诸家的"学诗"经验,所有这些都显然可以证明这一点。那也就是说,李、何之间所争辩的核心,并非指向法度需要与否的问题,因为从二人所秉持的大的原则来看,双方都主张不可无视法度,都倾向熟习古典文本的体格或体式,维持学古与习法的必要联系。除此之外,围绕"法"与"言"二者的关系问题,李、何各自所持的意见,客观上也较为相近。如何景明认为:"体物杂撰,言辞各殊,君子不例而同之也,取其善焉已尔。故曹、刘、阮、陆,下及李、杜,异曲同工,各擅其时,并称能言。何也?词有高下,皆能拟议以成其变化也。"他还指出:"比空同尝称陆、谢,仆参详其作,陆诗语俳,体不俳也,谢则体语俱俳矣,未可以其语似,遂得并例也。故法同则语不必同矣。"④至如李梦阳,其在强调"予之同,法也"的同时,

---

① 以上见《驳何氏论文书》,《空同先生集》卷六十一。
② 《与李空同论诗书》,《大复集》卷三十。
③ 《刘子诗序》,《大复集》卷三十二。
④ 《与李空同论诗书》,《大复集》卷三十。

反驳何景明，"子以我尺寸者，言也"，又举阿房等建筑为喻："阿房之巨，灵光之岿，临春、结绮之侈丽，杨亭、葛庐之幽之寂，未必皆倕与班为之也，乃其为之也，大小鲜不中方圆也，何也？有必同者也。获所必同，寂可也，幽可也，侈以丽可也，岿可也，巨可也。"并由此归结曰："守之不易，久而推移，因质顺势，融镕而不自知。于是为曹为刘，为阮为陆，为李为杜，即今为何大复，何不可哉？此变化之要也。故不泥法而法尝由，不求异而其言人人殊。"①李、何二人的表述说明，尽管双方对何者为"法"有着不同的理解，但实际上都将"法"与"言"二者之间，定位为一种"同"与"异"的关系，主张在守"法"之"同"的基础上体现其"言"之"异"。在李、何看来，"法"作为无可争辩的必须遵循的创作规则，具有某种普遍性或稳定性，故李梦阳谓之"规矩"之"法"，何景明谓之"不可易之法"，这是不同个体守"法"之"同"的逻辑前提；"言"作为作品具体的表现形制，因对象不同而呈现个别性或差异性，故李梦阳以字作喻，指出欧、虞、颜、柳诸书家，其"字之象"或"字之体"自不相同，何景明则以为"体物杂撰，言辞各殊"，各自变化，自在其中，这是不同个体显"言"之"异"的必然结果。要之，李、何二人均主张学古与习法的必要联系及其重要意义，各赋予法度以呈现于不同个体之中的共同属性，而他们强调在遵循法度的基础上体现不同个体各自变化的意见，原则上也并不相扞格。

不过，这只是问题的一个方面，在另外一面，李、何各自所持主张也确实有着明显的分歧。首先，在对法度内涵的认知上存在差异。前已讨论，李梦阳极力辩解带有普遍适用性特征的"规矩"之"法"，并将其落实在了所谓"开阖照应、倒插顿挫"，以及"前疏者后必密，半阔者半必细"等等若干细微和狭仄的规则上，而对于这些规则的认定，在很大程度上，与他特别注重杜甫诗歌技法的取向有着密切的关系，最终偏向特定作品内部具体而微的细部规则，以至于"规矩"之"法"的定义名不副实。至于何景明，断言诗文有"不可易之法"，认为上自古圣下至魏晋"莫之有易也"，且将这种历时贯穿不同时代作品的同一规则解释为"辞断而意属，联类而比物"。关于何景明所宣称的"不可易之法"，如结合王廷相《与郭价夫学士论诗书》述及的作为诗歌"四务"之一的"结篇"之法，或许可以获得更充分的理解。此法乃被王廷相解释为"比类摄故，辞断意属，如贯珠累累

---

① 《驳何氏论文书》，《空同先生集》卷六十一。

者,精于篇者也"①。所谓"比类摄故,辞断意属",诚然同何景明提出的"辞断而意属,联类而比物"的语义比较接近。如此不妨说,何氏归纳出的这一被他认作历时承传而具有普遍性和稳定性的"不可易之法",其实主要落实在古典文本的"篇"的结撰之法上,大意指向要求作品意脉贯通相连、辞句曲折变化的一种整体意脉与语辞配合的通篇结构规则。② 但在李梦阳看来,何景明所说的"不可易之法",根本不是他心目中的"法"的概念,正如他在《驳何氏论文书》中表示"作文如作字",指出欧、虞、颜、柳诸书家"字不同而同笔","不同者何也? 肥也,瘦也,长也,短也,疏也,密也。故六者势也,字之体也,非笔之精。精者何也?应诸心而本诸法者也",而且循此解析,"仲默曰:夫为文有不可易之法,辞断而意属,联物而比类。以兹为法,宜其惑之难解,而谀之者易摇也","故辞断而意属者,其体也,文之势也;联而比之者,事也"③。这等于说,何景明所论之"法",不过是如肥瘦、长短、疏密等字之体势,或者说,如"字之象"而非"笔之精",实质上属于作为作品外在形制的"言"的范围。④

其次,在对法度协调功能的认知上存在差异。先来看李梦阳《驳何氏论文书》中一段人们并不陌生的论述:

> 柔澹者思,含蓄者意也,典厚者义也。高古者格,宛亮者调,沉着雄丽、清峻闲雅者,才之类也,而发于辞。辞之畅者,其气也;中和者,气之最也。夫然,又华之以色,永之以味,溢之以香。是以古之文者,一挥而众善具也。然其翕辟顿挫,尺尺而寸寸之,未始无法也。所谓圆规而方矩者也。⑤

从李梦阳的解释来看,作品在具体的营构过程中,分别涉及"思"、"意"、"义"、"格"、"调"、"才"、"辞"、"气"、"色"、"味"、"香"等诸多因素的协作配合,如何使这些因素得以合理组配起来,以形成"思"之"柔澹"、"意"之"含蓄"、"义"之"典厚"、

① 《王氏家藏集》卷二十八。
② 参见拙著《前后七子研究》,第181页。
③ 《空同先生集》卷六十一。
④ 参见简锦松《李何诗论研究》,第161页至162页。
⑤ 《空同先生集》卷六十一。

"格"之"高古"、"调"之"宛亮"等理想的审美风格,这就需要"法"从中加以调合,所谓"翕辟顿挫,尺尺而寸寸之",说的就是这个意思,"法"的协调功能也正体现于此。李梦阳认为,"古之文"则在这方面树立了典范,体现了"一挥而众善具"、"未始无法"的独特优势和价值。当然,他如此以"古之文"相标举,也是为了证明"尺寸古法"的充分合理性。从这样的认知出发,他质疑何景明以"辞断而意属,联类而比物"为"不可易之法"的断论,诘之曰:"假令仆即今为文一通,能使辞不属,意不断,物联而类比矣,然于中情思涩促,语嵁而硬,音生节拗,质直而粗,浅谞露骨,爱痴爱枯,则子取之乎?"①李梦阳的质疑表明,在他看来,既然何景明所标立的"辞断而意属,联类而比物"并不代表真正意义上的"法"的概念,自然它也就无法承担起协调"思"、"意"、"义"等诸多因素而铸就理想审美风格的功能。与李梦阳的理解截然不同,何景明在《与李空同论诗书》中表示:

> 夫意象应曰合,意象乖曰离。是故乾坤之卦,体天地之撰,意象尽矣。空同丙寅间诗为合,江西以后诗为离。譬之乐,众响赴会,条理乃贯,一音独奏,成章则难。故丝竹之音要眇,木革之音杀直。若独取杀直,而并弃要眇之声,何以穷极至妙,感情饰听也。试取丙寅间作,叩其音,尚中金石;而江西以后之作,辞艰者意反近,意苦者辞反常,色澹黯而中理披慢,读之若摇鞞铎耳。空同贬清俊响亮,而明柔澹、沉着、含蓄、典厚之义,此诗家要旨大体也。然究之作者命意敷辞,兼于诸义,不设自具。若闲缓寂寞以为柔澹,重浊猁切以为沉着,艰诘晦塞以为含蓄,野俚辏积以为典厚,岂惟缪于诸义,亦并其俊语亮节悉失之矣。

何景明以为,对比李梦阳正德丙寅年(1506)和后来出任江西提学副使时所作诗篇,存在一"合"一"离"的反差,问题则出在,后者在风格取向上趋于偏狭,即注重"柔澹、沉着、含蓄、典厚",贬抑"清俊响亮"。究其意味,他并不是一概鄙薄"柔澹、沉着、含蓄、典厚",而是觉得李梦阳专注于此,犹如以"一音独奏"取代"众响赴会",不合"兼于诸义,不设自具"之理,而且感到,李梦阳独重"柔澹、沉着、含蓄、典厚",也名不副实,不过流于"闲缓寂寞"、"重浊猁切"、"艰诘晦塞"、

---

① 《驳何氏论文书》,《空同先生集》卷六十一。

"野俚辏积"。在何景明眼中,李梦阳所为已经走向偏至,令人不可接受,之所以会如此,还是与其"独守尺寸"的专执于狭隘之法的作法不无关系。因而,他主张的是自认为历时贯穿于不同时代作品的"辞断而意属,联类而比物"这种所谓的"不可易之法",企图给此法注入更大的通容性,"是故可以通古今,可以摄众妙,可以出万有,是故殊途百虑,而一致同归"①。对于何景明的上述指责,李梦阳则不予认可,他反驳说,"士之文也,犹医之脉,脉之濡弱、紧数、迟缓,相似而实不同。前予以柔澹、沉着、含蓄、典厚诸义进规于子,而救俊亮之偏","子以为濡可为弱,紧可为数,迟可为缓邪? 濡弱、紧数、迟缓不可相为,则闲寂独可为柔澹,浊切可为沉着,艰室可为含蓄,俚辏可为典厚邪"? "诚使仆妄自以闲寂、浊切、艰室、俚辏为柔澹、沉着、含蓄、典厚,而为言黯惨有如摇鞞击铎,子何不求柔澹、沉着、含蓄、典厚之真为之,而遽以俊语亮节自安邪"? 他反而觉得,何景明只强调"清俊响亮",未能顾及"柔澹、沉着、含蓄、典厚",显得过于偏执,并且认为,其在作品风格的鉴别上也大有将相似当作相同之嫌,导致判断上的失误。

再次,在围绕法度如何加以变化的认知上存在差异。从原则上来说,李、何均主张在遵循法度的基础上体现各自的变化,李梦阳提出"不泥法而法尝由,不求异而其言人人殊"②,又评论徐祯卿文,称其能"议拟以一其格","参伍以错其变"③,何景明表示"体物杂撰,言辞各殊,君子不例而同之也,取其善焉已尔",以为"辞有高下,皆能拟议以成其变化也",对比二人所论,彼此表达的大意相差不远。另一方面,以何景明而言,其《与李空同论诗书》提出,"仆观尧、舜、周、孔、子思、孟氏之书,皆不相沿袭,而相发明,是故德日新而道广,此实圣圣传授之心也。后世俗儒,专守训诂,执其一说,终身弗解,相传之意背矣"。推之于诗,"今为诗不推类极变,开其未发,泯其拟议之迹,以成神圣之功,徒叙其已陈,修饰成文,稍离旧本,便自杌㭐。如小儿倚物能行,独趋颠仆"。并且声称"自创一堂室,开一户牖,成一家之言,以传不朽"④。何氏此说看似颇为合理,尤其是他指摘李梦阳"刻意古范,铸形宿镆,而独守尺寸"以相对照,一跃而占据了摆脱摹拟而注重自创的理论上的制高点。不过细究起来,何景明的这一貌似合理的说法

---

① 以上见《大复集》卷三十。
② 以上见《驳何氏论文书》,《空同先生集》卷六十一。
③《徐迪功集序》,《空同先生集》卷五十一。
④ 以上见《大复集》卷三十。

未必具有很强的实践性。比如,既然要求恪守"不可易之法",以示"法同",臻于"一致同归",那么如何切实体现"不相沿袭,而相发明",用以自成一家,流传不朽,则绝非简单地如主观设想的那样就能完全实现。换言之,何景明的上述说法,充其量还只是停留在理论层面的一种整体性或原则性的完美设计,并不等同于实践范围内的可操作性。而在李梦阳看来,何氏提出的主张,面临背离作为共同准则的必守之法的实际风险。他在《再与何氏书》中有言:"《诗》云'有物有则',故曹、刘、阮、陆、李、杜,能用之而不能异,能异之而不能不同。今人止见其异而不见其同,宜其谓守法者为影子,而支离失真者以舍筏登岸自宽也。"又《答周子书》感叹,"每伤世之人何易之悦而难之惮也,而易之悦者,乃又不自谓其易之悦也,曰文主理已矣,何必法也",由此教导对方"无悦其易,无惮其难,积久而用成,变化叵测矣。斯古之人所以始同而终异,异而未尝不同也,非故欲开一户牖、筑一堂室也"①。从李梦阳的立场来说,"始同而终异",固然十分必要,即在遵循法度的基础上需体现各自的变化,然与此同时,"异而未尝不同",则更不容忽视,即讲究变化又需以融贯法度为皈依。如此可以说,相较于何景明,李梦阳在强调作为共同准则的"规矩"之"法"普遍适用性的基础上,更突出了"异"与"同"即各自变化与必守法度之间的相互制约关系,更戒忌只见其"异"不见其"同"即各自变化对必守法度的擅自背离。

---

① 以上见《空同先生集》卷六十一。

第九章　前七子同道诗学的异同呈现

作为一个崛起于明代中叶文坛而影响深广的文学复古流派,前七子除了李梦阳、何景明等核心成员之外,在其开展结盟活动的不同阶段,另有多位文学同道与李、何诸子唱酬往还,彼此应和,扮演着同盟者的角色。从整体考察前七子诗学思想形态的角度出发,我们自然不能忽略这一复古流派中的那些文学同道的诗学立场,需要深入了解他们各自的参与程度。总体说来,一方面,那些文学同道在不同程度上与李、何诸子保持同调,乃至于以积极的姿态传递应援之声,对于助推这股诗文复古风气发挥了直接或间接的作用;另一方面,基于经验、学养、识力、趣味以及地域等方面形成的差异,他们各自秉持的诗学立场,也体现出与李、何等人不同程度的区别,具有一定的独立性。相对复杂的问题面向,也同时增强了讨论相关问题的意义,毫无疑问,透过这些异同点,我们可以更加全面而立体地审视前七子的文学影响,辨察该流派内部相互之间诗学观念的交流与碰撞。

第一节　李濂论"正轨"与"旁求"、"气格"与"词彩"

李濂,字川父,祥符(今河南开封)人。正德九年(1514)举进士,授沔阳知州,迁宁波府同知,升山西按察司佥事。嘉靖五年(1526),以大计免归。早年即好与里中诸豪杰游,与陈宋、左国玑等人为"文字之友",一同肄习于大梁黉舍。时人惟举业是急,濂则和诸人"顾好攻古文辞",于是"相与订约程书,读五经正文暨迁、固、庄、荀、骚、《选》诸籍,夕会则各献所得评骘焉,凡里生所珍秘程试讲贯等编,皆深恶之,绝不置诸几上。暇日则挈酒登古台,歌啸竟日,分韵赋诗为乐"①。正德年间，李濂与李梦阳、何景明等人开始接触交往。正德二年(1507)元夕，李濂偶作《理情赋》，为友人左国玑持去，时居开封故里的李梦阳在左氏寓所见到此赋，大为惊异，称之曰"逸才"，翌日访濂于吹台读书处，于是"忘年缔交，多倡和之篇"②。濂"自此名满河洛间"③。正德六年(1511)，因刘瑾用事而谢病告归的何景明，复授中书舍人之职，值内阁制敕房，濂自进士登第之后，即和时在京师的何景明、崔铣约为"文字之会"，其间"道艺切劘，篇章启发，退朝之暇，无集不偕"④，与之唱酬游处，交往颇为密切。

正德九年(1514)，李濂曾撰《答友人论诗书》，⑤比较集中谈及他的诗学主张，该书札也成为我们剖解作者诗学思想的一篇重要文献。濂在这篇与友人论诗书札中提出的最值得注意的观点之一，即是所谓"正轨以慎其途，旁求以参其变"，他就此指出：

> 人有恒言，诗莫盛于唐，仆意唐但盛于歌行、近体耳，五言古体其衰于唐乎？何以知其然也？夫有唐好古之士，自陈拾遗之后莫若李、杜，李白《古风》五十九篇，首悯大雅不作，慨然有复古之志，上而拟诸汉魏诸子之作，岂其然乎？杜甫五言古诗，高者莫若前后《出塞》、《潼关》、《新安》、《石壕》诸吏，《新昏》、《垂老》、《无家》诸别，及自秦州如同谷纪行诸作，详音审调，或与古亦有间焉。仆不自忖度，窃欲五言古诗必则汉、魏、晋人，歌行、近体必则李、杜，而更以初唐、盛唐诸公参之，自中唐以下无论也。虽今茫无所得，自信颇固。

这里所谈论的，主要涉及五言古诗、歌行、近体等诸诗体如何取法的问题，首先，作者提出这些诗体究竟以何者为取法之"正轨"的议题。以五言古诗来说，李濂指出，时至唐代，特别如李白、杜甫等好古之士，虽然其五古或拟学汉魏诸子之作，或也有上乘之篇，但倘若"详音审调"，则不免"或与古亦有间焉"，无法展现

---

① 李濂《送陈国仁序》，《嵩渚文集》卷六十六。
② 李濂《未第稿序》，《嵩渚文集》卷五十七。
③ 《列朝诗集小传》丙集《李金事濂》，上册，第 325 页。
④ 李濂《蔡石冈诗集序》，《嵩渚文集》卷五十五。
⑤ 见《嵩渚文集》卷九十。此书又见李濂《观政集》，题作《答田山人书》，《四库全书存目丛书》影印明钞本，集部第 71 册。

汉魏诗歌的风调。所以认为五言古诗至唐而趋衰,应以汉魏乃至晋人之诗作为取法目标。又李濂曾经仿拟《古诗十九首》,其诗序云:

> 嗟乎!诗自《三百篇》后则有楚骚,楚骚之后则有汉魏五言,盖世代使然也。刘履曰:今人欲知汉魏以来诸作,幸赖昭明《文选》之存。然昭明选诗,则以《十九首》列诸苏、李之上。若曰此五言之鼻祖也,顾元无作者名氏,或曰枚乘作,或曰非一人之作,或以为辞兼东都,当为东都人作,皆不可考矣。但其词意高古,寄兴冲远,真有《三百篇》之遗风。①

综合上述之论,李濂将汉魏之作标为五言古诗宗尚之"正轨"的意图十分明确,其拟《古诗十九首》,显然怀有上溯五古之正宗的实践动机,标誉它们为得《诗》三百篇遗风而"词意高古,寄兴冲远"的典范之作。站在李、何诸子的立场,汉魏诗歌本是他们推崇的一个重点宗尚目标,李梦阳声称"夫五言者,不祖汉则祖魏"②,何景明指出汉兴而诗有"古风","继汉作者,于魏为盛",看重的是"汉魏之风"③,自述学诗"古作必从汉魏求之"④。从这个角度观之,李濂尤其以汉魏诗歌为五言古诗取法之必选,已与李、何诸子的宗尚主张颇为接近。值得一提的是,李濂认为五言古诗至唐而趋衰的判断,也能从李梦阳那里找到近似的说法,如梦阳在人所熟知的《缶音序》一文中提出:"诗至唐,古调亡矣,然自有唐调可歌咏,高者犹足被管弦。"⑤日本学者铃木虎雄以为,李梦阳此言意谓"唐代的五言古诗虽然尚可以唐调歌咏,但作为其理想的五言古诗之调已不复存在"⑥。这意味着,李梦阳说"古调"至唐而亡,即指汉魏五言古诗之"调"或者说"理想的五言古诗之调"在唐代已趋衰亡。再以歌行、近体而言,李濂表示"歌行、近体必则李、杜,而更以初唐、盛唐诸公参之,自中唐以下无论也",假如以此对比何景明《海叟集序》个人学诗经验之自述,后者以为李、杜二家歌行、近体"诚有可法",

---

① 《拟古诗十九首》序,《嵩渚文集》卷八。
② 《刻陆谢诗序》,《空同先生集》卷四十九。
③ 《汉魏诗集序》,《大复集》卷三十二。
④ 《海叟集序》,《大复集》卷三十二。
⑤ 《空同先生集》卷五十一。
⑥ 《中国诗论史》,第131页。

故自谓"学歌行、近体有取于二家，旁及唐初、盛唐诸人"①，所言也大体相近。何景明的这番学歌行、近体经验的自述，在李、何诸子中间有着一定的代表性，提示他们推崇唐诗尤其是盛唐诗歌的基本立场。显然，李濂主张歌行、近体必以李、杜二家为则，旁及初、盛唐诸家，传达了一个明确的信息，即同样凸显了他以盛唐诗歌为中心的宗尚取向。关于李、杜二家，李濂在《唐李白诗序》中又说：

> 李白者，唐开元、天宝间诗人之冠也。诗至开元、天宝间为最盛，若杜工部、孟襄阳、高渤海、岑嘉州、王右丞、储御史、王江宁、李颀、常建者，皆声振艺林，言中金石，彬彬乎一代之英也，故称盛唐十大家云。孟、高而下诸子，白与之同时，并称能言，才非白敌，罔敢颉颃，独工部与白齐名，世称李、杜。自唐宋以来，评者无少轩轾。国朝洪武初，新宁高棅编次《唐诗品汇》，允有赏鉴，乃收白于正宗，而摽甫独为大家，微意可概见矣。盖白诗《风》之变也，甫诗《雅》之变也；白天才纵逸，神秀难踪，甫学力闳深，准绳具在。此李、杜之别也。故曰白开元、天宝间诗人之冠也。②

作者强调歌行、近体必以李、杜为则的原委，从他如上推尚李、杜尤其是李白而置之于开元、天宝诗人之冠的陈述中，也能找出清晰的答案。就这个问题，还可以联系李濂对杨士弘《唐音》一书编选的评价，他说："襄阳杨士弘氏编《唐音》若干卷，亦有可观，第恨草率耳。夫《始音》专录四子似矣；《正音》所收李义山、许用晦之作颇多，恐非音之正也；见诸《遗响》者，如王无功、沈云卿、刘眘虚、章怀太子、张巡、陶翰诸篇，泂泂乎唐之正音，何以入于《遗响》耶？苏平仲尝病其以盛唐、中唐、晚唐并谓《遗响》，盖先得我心之同然耳。李长吉、温飞卿二子，体格非盛唐比，乃各收二十馀首，又何恕也！"③杨士弘《唐音》分《始音》、《正音》、《遗响》三编，其《正音》序目谓该编"专取乎盛唐者，欲以见音律之纯，系乎世道之盛"，并且"附之以中唐、晚唐者，所以弃其遗风之变而仅存世也"④；《遗响》序目谓"余既编《唐诗正音》，今又采其馀者，名曰《遗响》，以见唐风

---

① 《大复集》卷三十二。
② 《嵩渚文集》卷五十七。
③ 《书唐音后》，《嵩渚文集》卷七十一。
④ 《唐诗正音目录并序》，《唐音评注》，上册，第74页。

之盛与夫音律之正变。学诗者先求于正音,得其性情之正,然后旁采乎此,亦足以益其藻思"①。在李濂看来,《唐音》一书《正音》和《遗响》部分混杂盛唐、中唐、晚唐诗的编类方法以及取舍标准不免"草率",斯为此编难以掩盖的瑕疵,而他之所以得出这一品评的结论,显然和他尤重盛唐诗歌并以此鉴裁中、晚唐诗之价值的诗学立场有着紧密的关联。

再来看李濂提出的与"正轨"相对应的"旁求"之议题。其《答友人论诗书》关于歌行、近体除了要求"必则李、杜"之外,在为何"更以初唐、盛唐诸公参之"的问题上,又作了进一步的说明:

> 即论初唐,富丽有若四杰,绮错有若上官仪,俊思有若李峤,气词赡茂有若杜必简,有若乔知之,有若沈佺期,有若宋之问,有若刘庭芝。盛唐诸公若孟襄阳之清远、王江宁之俊逸、高常侍之气骨、储御史之超洒、王右丞之景象、岑嘉州之奇峻,它若李颀、崔颢、贾至、常建之徒,皆肖然可则,专则李、杜而尽弃诸公,仆不敢以为然。何以知其然也?尝观李、杜二公之作,未尝不兼则古人,李白酷爱鲍、谢诸子,杜甫亦以阴铿、庾信、徐陵称之。李岂尝专于一乎?杜甫刻意则古者也,若《城西陂泛舟》之作,则之问也,《和严公军城早秋》,则四杰也。体无常师,馀难殚述。

如果说,何景明虽也自述歌行、近体除了取法李、杜二家之外,"旁及唐初、盛唐诸人",以示其取径不拘一端,但尚流于比较笼统的一项原则性主张,那么,李濂不仅细数初、盛唐诸诗家各自主要的风格特征,强调对各家诗风应该包容兼取,明确取法的具体对象,而且标誉李、杜二家"未尝不兼则古人",分别倾心鲍、谢、阴、庾、徐等人,为拓展"兼则"的途径树立了楷范,对比起来,他对"正轨"之外的"旁求"给予了充分的重视。在李濂那里,"体无常师"的意识显得相对强烈,至少在理论层面上,"旁求"是被他作为与"正轨"并置的一个概念而提出来的,有着对等的重要意义,它具体而明确的指向性,已足以证明作者对这一问题予以高度关注。尽管李濂在此主要讨论的是歌行、近体的取法问题,但从一个方面也显示,他对于诗歌宗尚目标的辨认,秉持的是一种相对开阔和宽容的立场。

---

① 《唐音遗响目录并序》,《唐音评注》,下册,第629页。

在《答友人论诗书》中，李濂同时提出另一个重要的观点，这就是要求"气格雄浑为之主盟，词彩葱蒨为之佐辅"，如下云：

> 有气格乏词彩，则疏卤难观；有词彩乏气格，则靡纤可厌。今有峄阳之桐，材中琴瑟，弗加髹漆，则不可以鼓；公输子之为宫室也，梁栋檐楹榱桷备，使无丹青黝垩，则不足以壮明堂清庙之观；闾须、白台，天下之美妇人也，苟夺其襜褕珈瑱簪珥膏沐之饰，则㛠旎损矣。故曰山无树林，泰华失胜；天无霞霭，阴阳不神。故气格宜先，而词彩即次之矣。

从李濂以上所论观之，其涉及的重点是诗歌审美的取向性问题。以此对比李、何诸子，后者大多倾向的是雄浑质朴的诗歌表现风格。如李梦阳曾将"贵质不贵靡"[①]，作为诗歌抒写的一条基本原则；何景明推崇汉诗有"古风"，以为这是汉之"风气规模犹有朴略宏远者"[②]所致；康海慨叹"诗人古不易，流靡及兹俗。片言务剽窃，侃侃遂骄足"，表示"丽藻虽可珍，雄浑久未复。愿言溯其源，开彼汉魏毒"[③]，希冀追溯汉魏诗歌的"雄浑"之风，纠正当下诗坛的"流靡"之俗。李、何诸子牵涉诗歌表现风格的这些表态及其引示的方向，既有变革在他们看来其时"文苑竞雕缀，气骨卑以弱"[④]之靡弱格局的特别意图，要在标举一种雄厚、浑朴、劲质的风格以展示反逆的姿态，彰显自我绝出流俗的审美个性，怀有强力突进文坛而争取文学话语权的自觉意识，又在一定程度上，受到作为诸子成长和活动中心的北方中原地区地域文化特性的浸染，崇尚雄劲朴略的风格或气质。相比较，李濂主张诗歌"气格雄浑为之主盟"或"气格宜先"，这和李、何诸子倾重雄浑质朴诗风的取向，显然有着一定的共识。要说彼此共识中还有所不同的话，从李濂的申述来看，他主张的问题的重心在于，"气格"和"词彩"不可偏废，"有气格乏词彩"和"有词彩乏气格"，都是缺陷的表现，令人不能接受；"气格"固然"宜先"，"词彩"则同样不能忽略。他以桐材之用、宫室之造、美人之饰、山之树林、天之霞霭等等为喻，无不是为了证明，相较于"主盟"之"气格"，"词彩"虽为

---

① 《与徐氏论文书》，《空同先生集》卷六十一。
② 《汉魏诗集序》，《大复集》卷三十二。
③ 《于浒西赠别明叔三首》其三，《对山集》卷二。
④ 王九思《咏怀诗四首》三，《渼陂集》卷二。

"佐辅",却不可或缺。"气格"和"词彩"各自意义不同,在人们对二者义旨的认知上往往有轻重甚至优劣之别,对于"气格"的主张,以其相对注重作品的品格韵度的塑造,容易获得各家更多的认同,而至于"词彩",以其担负沦为靡丽纤弱的潜在风险,则或被人所轻忽甚至诟病。应当说,李濂如上对"气格"和"词彩"的意义和关系的定位是相当清晰的,特别是他出于以"词彩"为必备的"佐辅"因素的考量,去解释其对诗歌而言的重要性,这不得不说,显露了他与李、何诸子在诗歌审美取向上存在的某些差异,也成为他诗学观念中有别于诸子主张一个更值得注意的地方。

第二节　黄省曾的求真说与宗尚观

黄省曾,字勉之,号五岳山人,吴县(今属苏州)人。嘉靖十年(1531)中乡试,试进士不第,遂弃去。少好古文词,博览精研。前七子中李梦阳、康海、王廷相等人都与其有过交往,"以翰札见知"[①],相比之下,他和李梦阳的关系最为契密。嘉靖七年(1528),黄省曾寄书李梦阳,称"凡正德以后,天下操觚之士咸闻风翕然而新变,实乃先生倡兴之力,回澜障倾,何其雄也"[②],表达对梦阳倡导复古的企仰之意,又附示诗作请教,并自此与山阴人周祚等一起,成为李梦阳所交江南文士中向其求教从学、相与扬扢的重要文友,所谓"南方之士北学于空同者,越则天保(周祚字),吴则黄省曾也"[③],相互酬和较为密切。同年冬,李梦阳又以手编全集寄黄省曾,以示信重,黄为刊刻,并作文序之。

考察黄省曾的诗学思想,其显著的一个特点是带有深刻的复古的烙印。嘉靖七年(1528),他以书札自通于李梦阳,除了表达"企怀高风久矣"的敬仰之意,同时作为彼此间的交流,谈及了自己对"诗歌之道"的看法:

> 念自总发以来,好窥览古坟,窃希心于述作之途。缘此道丧绝退阔,学士大夫皆安习庸近,迷沿蓄袭,上者深恒诡结,下者纵发放吐。此骐骥所以空群,而和玉所以希贵也。悲夫悲夫,不复古文,安复古道哉!……尝妄谓

① 黄省曾《临终自传》,《五岳山人集》卷三十八。
② 《寄北郡宪副李公梦阳书》,《五岳山人集》卷三十。
③ 《列朝诗集小传》丙集《周给事祚》,上册,第 320 页。

诗歌之道,天动神解,本于情流,弗由人造。故《虞书》显为言志,《泗夏》标之嗟叹。古人构唱,直写厥衷,如春蕙秋蓉,生色堪把,意态各畅,无事雕模。末世风颓,矜虫斗鹤,递相述师。如图缯剪锦,饰画虽妍,割强先露;故实虽富,根荄愈衰。千葩万蕊,不如一荣之真也。是以小夫或夸,达士弗尚,非难作者,亦鲜赏音。岂识雁唳哀哀而会节,鹂鸣响响以成章,凡厥有声,无非律吕之数也。但世人莫察自然,咸遵剽假。古途虽践,而此理未逮;艺英虽遍,而正轨未开;秀句虽多,而真机罕悟。①

体味黄省曾此书所言,其主要包含如下三个要点:一是还复"古道"要从还复"古文"做起,故"诗歌之道"被纳入还复"古文"进而还复"古道"的复古系统,诗歌作为一种抒情文体,它在本质上指向"本于情流,弗由人造"的抒情的真实性;二是古人之作以"直写其衷",树立了抒情真实性的文学典范,这也成为诗歌复古的根本原因或核心依据;三是综观世人所为,或虽注重学古,但因陷于"剽假",终究未能体察"自然",领悟"真机",以至真正步入学古的正轨。概言之,这里黄省曾反复将抒情的真实性作为诗歌的本质要求予以强调,与此同时,又将求真的参照目标对准了古人之作,将习学的路径和复古的策略相接通。

　　进一步探察,黄省曾主张的求真说,既有着对"诗歌之道"的特定认知和要求,又有着对自弘治以来古学兴盛背景下时人沉迷学古而难免"剽假"的高度警觉。他在《答武林方九叙童汉臣书》中还提出:

　　　　仆尝爱陆生有云"诗缘情而绮靡",一言尽之。缘情者,质也;绮靡者,文也。故衷里弗根者,靡孚格之感;斧藻不备者,缺扬耀之色。然包文挟质,谁不谈之?但良玉丑砆,虽姿彩相似,而真伪迥殊,此当契辨耳。故读之枯凋辏合者,皆伪也;使人意动情应者,皆真也。故志者质也,言者文也,凤凰所以绝音于群鸟者,以所托者远耳。②

这应该视作黄省曾在陆机"诗缘情而绮靡"的定义诗歌抒情性质和美学特征的

---

① 《寄北郡宪副李公梦阳书》,《五岳山人集》卷三十。
② 《五岳山人集》卷三十。

基础上,进而从辨析真伪的角度,强调诗歌真实抒情的规定性和重要性。需要指出的是,基于"古人构唱,直写厥衷"的自我认知,以及对古典诗歌抒情之典范意义的充分肯定,黄省曾特别注意发掘古典资源,提供古典诗歌的抒情范本。他曾亲自编纂了《诗言龙凤集》,该集共收录汉魏以讫唐初作者六十三人,诗四百七十四首,而他在书序中对于编纂此集缘起的交代,也成为嘉靖七年(1528)他在致李梦阳信中解释"诗歌之道"的重要蓝本。① 可以觉察到,正是有感于当下诗坛真情抒写的沦丧,使他有意汇集"汉魏以来英哲高唱"②以启示诗道,用黄省曾《诗言龙凤集序》中的话来说,"抚此沦衰,特启作户",即从汉魏至唐初诸家的诗篇当中,发掘富于抒情特色之作作为示范文本,用以引导诗坛的创作风向。这一意图,从黄省曾为所录诸家诗作而撰写的《小序六十三首》的若干论述中也已反映出来。如序古诗:"屈平放泽而《离骚》兴,枚乘客梁而古咏发。要之高英彦士怀宝见摈,故抑郁无赖,极情致虑,而吐为恨辞,往往抚生叹息。观夫'人生天地间,忽如远行客',又'万岁更相送,圣贤莫能度',又'生年不满百,常怀千岁忧'等十馀首,皆足感天动地,痛耳切骨,所谓可与日月争光者也。"如序李陵:"观其送别子卿,哀声楚调,恨恨无涯,可谓一字酸心,片言下泪者矣。予每咏讽,必废书为之零涕。"如序曹植,谓其"霞篇珠什,皆达肺隐,未尝少假往彩,以润己撰也。"如序张衡:"《四愁》写舒,曲婉寄抱,无忝原《骚》,《同声》雅调,依依缱绻之怀,溢于言外。"又如序傅玄:"其诗有云'志士惜日短,愁人知夜长'。又'悬景无停居,忽如驰驷马','生存无会期,要君黄泉下',又'玉颜随年变,丈夫多好新',皆善播人情,足为悲感之语。"③归结起来,这些论评聚焦的就是诗歌抒情真实性的问题,相关的那些古人之作,显然被黄省曾作为"直写厥衷"、"无事雕模"的典范文本加以标示,在他眼中,它们总体上符合他所提出的"本于情流,弗由人造"的根本原则,这也是相关典范文本得以入选而供人取则的关键资质之所在。

　　① 《诗言龙凤集序》云:"诗者,神解也,天动也,性玄也。本于情流,弗由人造。故《虞书》显为言志,《泗夏》标之嗟叹。盖重词复语,不出初源;叠韵盈篇,悉形一愍。观之《三百》,自可了如。古人构唱,直写其衷,如春蕙秋蓉,生色堪把,意态各畅,无事雕模。若末世风颓,横添私刻,矜虫斗鹤,递相述师。如图绘剪锦,饰画虽妍,割璪先露;故实虽富,根荄愈衰。千葩万蕊,不如一荣之真也。是以小夫或夸,达士弗尚。载观《诗品》,撰类颇精,而罗才亦冗,定名虽在,列咏未辅。世远道湮,兹传久绝,匪难作者,亦鲜赏音。岂识雁唳秋空,哀哀会节;鹂鸣春苑,响响成章。凡厥有声,无非舞蹈之数也。但世人莫省自然,咸遵剽窃。正德以来,古途虽践,而此理未逮;艺英虽遍,而正轨未开;秀句虽多,而真机罕悟。予乃抚此沦衰,特启作户,略删汉魏以讫唐初作者凡六十三人,得诗四百七十四首,皆抽思入妙,风格无沦,英哲纷纷,难臻斯奥矣。"(《五岳山人集》卷二十五)

　　② 《闲居多暇,因集汉魏以来英哲高唱,命曰〈诗言龙凤〉,删述既成,喜而有作》,《五岳山人集》卷六。

　　③ 《五岳山人集》卷二十七。

前已论及,李、何诸子多站在不同的角度,申述维护诗歌的抒情体制,特别是作为前七子领袖人物的李梦阳,更是对诗歌抒情真实性的问题表现出高度的关切,他从诗歌的发生原理和本质基础的角度,阐析"情动则言形,比之音而诗生矣"①,论证情之发动成为诗之生成的根本性条件,又提出"天下无不根之萌,君子无不根之情"②,"情者,性之发也。然训为实,何也? 天下未有不实之情也,故虚假为不情"③,相当重视作为诗歌情感表现赖以发生之基础的诗人自我的情感体验,强调情感之真实性的本质规定。对照来看,黄省曾一再以真实抒情作为诗歌根本性价值判断的基点,并以古人之作及复古之道作为求真的参照目标和习学路径,显示与李、何诸子特别是李梦阳在维护诗歌抒情体制这一原则问题上具有的某种共识,这又应该是黄省曾和李梦阳等人展开相互交流的必要基础。究其所以,这当中不仅包含黄省曾对于李、何诸子文学影响的自觉接受,而且体现了他本人对于复古之精神内蕴作出的自我判别。可以看出的一点是,嘉靖七年(1528)黄省曾致李梦阳的《寄北郡宪副李公梦阳书》,其中特别就"诗歌之道"与对方进行沟通,复述他在《诗言龙凤集序》中表露的求真主张,诚然含有应和李梦阳的意味。是以李梦阳在回信中称"尺牍千言,凿凿中的"④,对黄省曾所言予以积极回应,表示赞同之意。

如果说,在维护诗歌抒情体制、重视抒情的真实性的问题上,黄省曾与李、何诸子特别是李梦阳的看法较为契合,那么,在诗歌具体宗尚目标的确认上,二者的立场则不尽一致。这尤其反映在他们对待六朝诗歌的取舍态度。李、何诸子对古体诗宗尚目标的择取,大多将视线集中在了汉魏诗歌,正所谓"三代而下,汉魏最近古"⑤,大力强化汉魏诗歌接近古诗本源的承传优势和取法价值。相形之下,在对待六朝诗歌的问题上,李、何诸子则采取十分慎戒的态度。李梦阳《章园饯会诗引》称:"说者谓文气与世运相盛衰,六朝偏安,故其文藻以弱。"⑥康海《樊子少南诗集序》云,"予昔在词林,读历代诗,汉魏以降,顾独悦初唐焉","或曰:唐初承六朝靡丽之风,非俪弗语,非工弗传,实雕虫之末技尔,子以雄浑

---

① 《题东庄饯诗后》,《空同先生集》卷五十八。
② 《梅月先生诗序》,《空同先生集》卷五十。
③ 《外篇·论学上篇第五》,《空同集》卷六十六。
④ 《答黄子书》,《空同先生集》卷六十一。
⑤ 李梦阳《与徐氏论文书》,《空同先生集》卷六十一。
⑥ 《空同先生集》卷五十五。

朴略与之,何邪? 曰:正以承六朝之后,而能卒然振奋其气;词或稍因其故,而格则力脱其靡也"①。李、康二人的上述表态,皆涉及对六朝诗歌的评价,皆目之以靡丽而纤弱,实质上,这也是传统批评话语抑制六朝之作的重点所在。比较起来,黄省曾选择诗歌取法的范围相对宽泛,除了为李、何诸子推崇的汉魏诗歌之外,尤其对六朝之作表现出浓厚的兴趣。徐泰《诗谈》谓黄省曾"诗宗六朝,空江月明,独鹤夜警"②。王世贞《明诗评》称黄省曾"诗刻意六朝诸家,缀集华丽之语,联以艰深之法,如乱石垛叠,远望郁然,纵横难上。又如阘门肆中,五彩眩目,原非珍品"③。又王世贞《答王贡士文禄》评述明初以来士人诗习之变:"国初诸公承元习,一变也,其才雄,其学博,其失冗而易。东里再变之,稍有则矣,旨则浅,质则薄。献吉三变之,复古矣,其流弊蹈而使人厌。勉之诸公四变而六朝,其情辞丽矣,其失靡而浮。"④世贞所评不无讥讪之意,但重要的是,他显然也敏锐注意到黄省曾于诗重以六朝为法的宗尚立场。事实上,黄省曾编《诗言龙凤集》,删录汉魏至唐初诸家诗作,所录诗人中就包括像陶渊明、谢瞻、谢灵运、谢惠连、颜延之、鲍照、谢朓、范云、江淹、沈约、何逊、陶弘景等多位六朝作家,⑤透过于此,也可见他对六朝诗歌的重视程度。

　　假如进一步具体到对待六朝个体诗人的态度,则更能明显看出他们之间观点的差异,其中特别是围绕南朝刘宋诗人谢灵运的评价,二者的意见就不尽相同。李梦阳《刻陆谢诗序》云:"李子乃顾谓徐生(冠)曰:子亦知谢康乐之诗乎? 是六朝之冠也。然其始本于陆平原,陆、谢二子,则又并祖曹子建。故钟嵘曰:'曹、刘殆文章之圣,陆、谢为体贰之才。'夫五言者,不祖汉则祖魏,固也。乃其下者,即当效陆、谢矣。所谓画鹄不成,尚类鹜者也。"⑥虽然李梦阳推许谢诗为"六朝之冠",给予不俗的评价,但实际上并未脱出以汉魏为尚的古诗宗尚统绪。其引述的钟嵘之言,出自《诗品》之序,钟嵘以"体贰"与"圣"相对,含有陆、谢稍逊曹、刘之意。⑦ 李梦阳的大意是说,谢灵运本于西晋陆机,又与之祖尚魏曹植,

---

①《对山集》卷十三。
②曹溶辑《学海类编》《集馀三·文词》。
③《明诗评》卷四,沈节甫辑《纪录汇编》,明万历刻本。
④《弇州山人四部稿》卷一百二十七。
⑤见黄省曾《小序六十三首》,《五岳山人集》卷二十七。
⑥《空同先生集》卷四十九。
⑦参见杨明《说"体二"》,《汉唐文学辨思录》,第166页至174页。

所以从诗歌取法的角度来看,就应"不祖汉则祖魏"。换言之,与汉魏诗歌相比,谢诗位在次等,不属首选的目标。①　再来看黄省曾是如何对待谢诗的,他在《临终自传》中提到自己诗歌学古的基本态度:"山人像古,匪适一家。初学李太白、曹子建,次及杜甫、谢灵运。有所摹祖,宛出厥口。"②其将谢灵运和李白、杜甫、曹植等这些诗歌史上重要诗人并置,作为学诗"摹祖"的重点对象,足以见出他对这位刘宋诗人的尊崇。又黄省曾在《晋康乐公谢灵运诗集序》中如此评述谢诗:

> 康乐雅好山水,故登涉之言,缔构妙绝,穷情极态,如川月岭云,玩之有馀,把之不得,可谓神于咏赋者矣。且其肆览《庄》《易》,博综百家,骈球俪金,往往不期而有。虽骨气稍劣,而寓目辄书,万象罗会,诗家能事,至是备矣。故使后代擅场之士,内无乏思,外无遗物,皆斯人为之创导也。譬之花萼,在建安时开耀其半,尚多浑含,至于康乐,色彩敷发殆尽,天机灵化,无馀蕴矣。千年以来,未有其匹也。③

不啻如此,他在致李梦阳的书札中也有类似的表述,④又对何景明涉及谢诗的评论并不赞同。何氏曾在《与李空同论诗书》中指出,"夫文靡于隋,韩力振之,然古文之法亡于韩;诗弱于陶,谢力振之,然古诗之法亦亡于谢","陆诗语俳,体不俳也,谢则体语俱俳矣"⑤,其中对谢诗就颇有异议。黄省曾则表示何氏之论"是何言哉",提出"隋不足论,至于退之、陶、谢,亦可少宽宥矣",于谢诗"徒以体语俱俳病之,则《三百》之中往往而是,所系于诗者,当辩其真不真耳,俳不俳又乌足较哉?执是而言,是贵形肤而略神髓者也,岂不有遗论乎"⑥? 以他之见,与建安诗风相比,谢诗只是"骨气稍劣"而已,并不足以动摇其影响后代诗人的"创导"地位。在他的心目中,谢灵运应该大书特书,谢诗在诗歌史上的位置非同一

---

① 参见拙著《前后七子研究》,第 164 页。
② 《五岳山人集》卷三十八。
③ 《五岳山人集》卷二十五。
④ 《寄北郡宪副李公梦阳书》云:"独谢集稍不易评。愚则以为,登涉之言,缔构密致妙绝,穷情极态,如川月岭云,玩之有馀,即之不得。虽骨气稍劣建安,而寓目辄书,万象罗会,使后代擅场之士,内无乏思,外无遗物,皆斯人为之启导也。"(《五岳山人集》卷三十)
⑤ 《大复集》卷三十。
⑥ 《寄北郡宪副李公梦阳书》,《五岳山人集》卷三十。

般,而他的谢氏诗集序以"千年以来,未有其匹"许之,诚可谓称誉之极,无以复加,甚至不免有夸饰之嫌。也因此,这一评断曾引发王廷相的异议,他在答复黄省曾的书札中直言:"康乐诗序,称许颇过。若然,则苏、李、《十九首》、汉乐府、阮嗣宗皆当何如耶?"①总之,给予谢灵运诗歌以不同的定位,尽管针对的是个体诗人及作品,但因牵涉六朝诗人,故从一个方面反映出黄省曾与李、何诸子在六朝诗歌评估上存在的明显分歧。

黄省曾与李、何诸子于六朝诗歌取舍的不同,从根本上来说,体现了他们之间在诗歌审美趣味上的差异。检讨造成这一差异的原因,特别是其中的地域因素,尽管不是唯一的,却是相当重要的,不应被忽略。以李、何诸子来说,他们中的不少人很多时间生活在中原地区,北方特有的地域风土人情多少会影响到他们的审美取向,倾向真实浑朴而戒忌靡丽纤弱,更符合那些北方之士的气质和个性。李梦阳的《章园饯会诗引》所述已见一二:"今百年化成,人士咸于六朝是习是尚,其在南都为尤盛,予所知者,顾华玉、升之、元瑞皆是也。南都本六朝地,习而尚之固宜,廷实齐人也,亦不免,何也? 大抵六朝之调凄宛,故其弊靡。"②这段话颇为典型地凸显了作者的地域意识,他显然是以一位北方文人的眼光,去审视主要生活或活动在南方地区的顾璘(华玉)等人和北方齐人边贡(廷实)习尚六朝的情状。如果说,南方之士顾璘等于六朝习而尚之,他还多少能够理解,那么,作为北人的边贡去学靡丽凄婉的六朝之调,他就感觉有些不可思议,当然,这一疑问本身受制于李梦阳对六朝"文藻以弱"的阅读经验及价值评估。观察黄省曾生活的吴中地区,其本有习尚六朝的风气,身为吴人的王世贞曾颇有感触,他在《答陆浚明先生书》中称:"吾苏作者,后先固不乏,何至掇六朝诸公之败缕结鹑,联络而成章! 仆私心怪之,以为如阊门市绮帛,得三尺头面耳,不直一镮也。"③王世贞此言本意,主要在于批评吴人嗜好六朝之习,以至掇拾六朝文风之残敝,客观上则披露了吴人乐于接受六朝文风的实际情形。吴中地处江南,与曾为六朝之都的南京相对邻近,如从地缘的因素来说,更容易受到六朝绮靡柔曼风气的影响。黄省曾青睐六朝诗歌,除了个体的审美偏嗜之外,还应该与他接受所处习尚六朝的吴中地区文

---

① 《答黄省曾秀才》,《王氏家藏集》卷二十七。
② 《空同先生集》卷五十五。
③ 《弇州山人四部稿》卷一百二十五。

学氛围的浸润不无关系。

　　与推尚六朝的立场相关，较之李、何诸子，在诗歌具体的审美取向上，黄省曾比较看重作品的靡丽之美和灵秀之美。在李、何诸子那里，出于维护诗歌抒情体制和倾向雄浑质朴表现风格的立场，特别如李梦阳，提出诗歌"贵情不贵繁"，"贵质不贵靡"①，更加在意"情"、"质"对于诗歌体制营构及价值铸造的重要性。在他看来，过度留意文词修饰以及由此导向靡丽繁芜，势必阻碍诗人主观情感的表现，妨害诗歌本然质朴的美趣。因此在更多情形下，主情与工词被视作此消彼长的一对矛盾，相互难以兼顾而调和并存，李梦阳在《诗集自序》中指责文人学子诗为"出之情寡而工之词多"的"韵言"，就是再典型不过的一个例子。相比起来，黄省曾在对待诗歌主情与工词的问题上，更倾向彼此兼容不悖，既强调诗歌抒情的真实性，又注重作品的词藻文采。如前所引他的《答武林方九叙童汉臣书》，就自称曾爱陆机"诗缘情而绮靡"之论，以为"缘情者，质也；绮靡者，文也。故衷里弗根者，靡乎格之感；斧藻不备者，缺扬耀之色"②。黄省曾在此借用陆机《文赋》对于诗歌抒情性质和美学特征的定义，强调诗歌既要重"衷里"，又要重"斧藻"，二者不可偏废。与此同时。他更倾向诗歌从语言到意蕴，造就一种灵异秀逸的韵致，他相关的一些评述已透露了这一点。如《小序六十三首》，赞叹陆机诗"秀言清思，渊浩不竭"，尤其欣赏他所拟古诗十二首，以为"诵至'照之有馀辉，揽之不盈手'，神会意灵，虽士衡亦不知其何缘得此"。推许鲍照诗"词质而文，意秀而逸"，能"吐发神灵，宣泄秘思"③。至于不乏溢美之辞的《晋康乐公谢灵运诗集序》，则称誉谢灵运诗"色彩敷发殆尽，灵机天化，无馀蕴矣"④。这些评论虽散见各处，然集合起来，仍能使人从中了解论者在诗歌审美问题上表现出来的关注点或兴趣点。合而观之，黄省曾除了重视汉魏诗歌之外，又格外投注于六朝诗歌，并且在诗歌审美取向上，似乎可以用偏重靡丽之美与灵秀之美的评断来概括他的美学趣味。归究起来，这一取向还和他根深蒂固的地域文学意识构成紧密的关联。

---

① 《与徐氏论文书》，《空同先生集》卷六十一。
② 《五岳山人集》卷三十。
③ 《五岳山人集》卷二十七。
④ 《五岳山人集》卷二十五。

第三节　顾璘"文质得中"的主张

顾璘,字华玉,号东桥,吴县(今属苏州)人,寓居上元。弘治九年(1496)举进士,授广平知县,入为南京吏部验封司主事,进稽勋郎中。出知开封府,谪全州知州。起知台州府,陞浙江左参政。累迁浙江布政使,历右副都御史,巡抚山西、湖广,仕至南京刑部尚书。顾璘少负才名,初与同里陈沂、王韦肆力于诗文,号"金陵三俊",后宝应朱应登继起,称四大家。晚岁家居,文誉籍甚,构筑息园以待四方宾客。前七子之中,顾璘与李梦阳、何景明、徐祯卿等人多有交往,相与颉颃上下,袁衮《国宝新编序》即称:"弘治间,君臣一德,夷夏清晏,奇英妙哲,方轨并驱,文体始变,力追元古。于时有关西李献吉、姑苏徐昌毅、信阳何仲默相与表里,以鸣国家之盛。今中丞顾公华玉崛起金陵,颉颃其间,埙铿篪应,莫敢轩轾。"①弘治六年(1493),李梦阳进士登第,后相继以父母丧亡返归故里,至弘治十一年(1498),始回到京师,除户部山东司主事。顾璘当在举进士后始和李梦阳交往,并成为梦阳"承乏郎署"时"所与倡和"②者之一,这也是他加入前七子文学阵营的一个重要标志。

从顾璘的陈述来看,他高度关注李、何诸子倡导复古的举措,并给予了充分的肯定,其在《与陈鹤论诗》的书札中即云:"国朝自弘治间诗学始盛,其间名家可指而数。今亡去有集传世者三人:李献吉、何仲默、徐昌毅。三人各有所长,李气雄,何才逸,徐情深,皆准则古人,锻琢成体,纯驳优劣,可略而言,大抵皆作家也。今虽后贤翘起,孰不同声归许哉?然三贤皆余友,尝共讲习而商订之者,知其渊源所自,未尝不择法于古人,李主杜,何主李,徐主盛唐王、岑诸公,皆因质就长,各勤陶铸,是以立体成家,咸归伟丽,夫岂苟然而已哉!"③篇中集中讨论的是诗学方面的问题,其以李梦阳等人崛起的弘治年间作为"诗学始盛"格局形成的时段标志,并将"准则古人"的李梦阳、何景明、徐祯卿等前七子核心成员,归入开创这一局面的代表性人物之列。又顾璘曾编《国宝新编》,"乃录李子梦

---

① 顾璘《国宝新编》卷首,《四库全书存目丛书》影印明嘉靖吴郡袁氏嘉趣堂刻金声玉振集本,史部第89册。

② 李梦阳《朝正倡和诗跋》,《空同先生集》卷五十八。

③ 《息园存稿》文卷九,《景印文渊阁四库全书》,第1263册。

阳以下或仕或隐合若干人"①,其中于李梦阳赞曰:"黄初响绝,诗道中微。唐兴二杰,大发厥机。世岂不远,知继者希。桓桓李君,生也实后。上溯《风》、《雅》,志则多有。一鸣惊人,千古为友。"美誉之意,更是溢于辞表,视梦阳为当时诗坛追溯《风》、《雅》和兴复诗道的先导人物。

　　从诗学思想的层面来说,特别是对于诗歌宗尚目标的确认,顾璘所持立场与李、何诸子相对接近,这无疑构成他同李、何等人进行交往乃至加入前七子文学阵营的一项重要基础条件。他在《严太宰钤山堂集序》中提出:"常闻君子之教曰:骚赋期楚,文期汉,诗期汉魏,其为近体也期盛唐。此数则者,文以质化,言由性成,古今同趣,所谓适中,岂非词教之正宗、文流之永式乎? 苟操笔者,断断乎不可舍此他适矣。"②单从诗歌而言,透过这段简略的陈述,不难看出,其中突出的乃是以汉魏、盛唐诗为古近体"正宗"、"永式"的取法原则,而这也是为李、何诸子所确认的诗歌基本的宗尚模式。如果一定要说彼此之间还有所不同,那么在宗唐的问题上,李、何诸子虽认肯"近诗以盛唐为尚"③的宗尚导向,但同时又主张旁及初唐诗歌。④ 像何景明自述"学歌行、近体,有取于(李、杜)二家,旁及唐初、盛唐诸人"⑤,康海声称自己"昔在词林,读历代诗,汉魏以降,顾独悦初唐焉",以为"其词虽缛,而其气雄浑朴略"⑥,就是颇具代表性的意见。相对比,顾璘则似乎聚焦于盛唐诗歌。他为吴人王宠所撰的《王履吉集序》评王诗诸体,谓其"古体五言沉郁有色,可愤可乐,盖类曹植、鲍照,七言跌宕浏丽,号幽吹而霭春云,盖类杜甫、岑参,近体亦步骤杜、岑而自摅神情,殆与盛唐诸家相雄长,可谓诗人也已"⑦。而他为文友陈沂所撰墓志,特别表彰陈氏"中岁再变其格,诗宗盛唐,文出入《史》、《汉》,归于简古"⑧的诗文习好阶段性的变化经历。又他在《遗七弟英玉书》中指点其弟,"即今且取五经、六子、《史记》、《汉书》、《离骚》及李、杜、王、岑诸公诗,昼夜讽读,更进一格",其中关于诗歌的习学对象,乃

---

① 顾璘《国宝新编序》,《国宝新编》卷首。
② 《息园存稿》文卷一。
③ 何景明《与李空同论诗书》,《大复集》卷三十。
④ 参见廖可斌《明代文学复古运动研究》,第118页。
⑤ 《海叟集序》,《大复集》卷三十二。
⑥ 《樊子少南诗集序》,《对山集》卷十三。
⑦ 《凭几集续编》卷二,《景印文渊阁四库全书》,第1263册。
⑧ 《明故山西行太仆寺卿石亭陈先生墓志铭》,《凭几集续编》卷二。

重点列出李白、杜甫、王维、岑参等盛唐诸家以相引导。《与陈鹤论诗》一书,则因山阴人陈鹤"示教新编"而评及之,书中除了肯定陈诗"辞旨气格,直追李、杜而上之",也不忘指摘其失,认为陈诗"特其间六朝、唐初之语时亦有之,余窃疑焉,岂风俗之变,贤者不免,或众耳难偕,苟为同声与? 是二者,皆非足下所宜有也"。这是直截了当向陈鹤提出,他的诗作未能完全免俗,尚有沾染六朝、初唐风气的痕迹,令人为此感到疑惑。诸如此类的意见表明,在涉及宗唐的问题上,与李、何诸子相比较,顾璘执持的取舍标准看起来更加严格,他所确认的宗尚目标基本定格在盛唐诸诗家。这个方面,正印证了他在《与陈鹤论诗》一书中所说的:"唐变六朝,开元之音,几复正声。"认定盛唐诗歌作为"正声"的范本特征更为鲜明。

但是,比较李、何诸子,顾璘诗学主张中一个更为明显的不同点,则在于其强调"文质得中",他在《与陈鹤论诗》的书札中又指出:

> 诗之为道,贵于文质得中,过质则野,过文则靡;无气弗壮,无才弗华,无情弗蕴。杜宗《雅》、《颂》而实,其实其蔽也朴,韩昌黎以及陈后山诸君是也;李尚《国风》而虚,其虚其蔽也浮,温庭筠以及马子才诸君是也;王、岑诸公依稀《风》、《雅》,而以魏晋为归,冲夷有馀韵矣,其蔽也易而俚,王建、白乐天以及梅圣俞诸君是也。呜呼! 诸君并名世之才,而学诗之蔽犹至于此,诗可易言乎哉![1]

所谓"文质得中"云云,当然完全不能算作一项新鲜的主张,人所悉知,它本于《论语·雍也》所载孔子之言:"质胜文则野,文胜质则史。文质彬彬,然后君子。"[2]自属主张文采与质朴不偏不倚、配合适当的传统话题。尽管如此,这并不影响解析顾璘之论的意义。以顾氏所见,从诗歌史上众诗家的实践经验来看,"文质得中"并不是轻而易举就能达到的一种理想境地,即使是"名世之才",也同样不易做到。比如韩愈、陈师道等人之"朴",温庭筠、马存等人之"浮",王建、白居易、梅尧臣等人之"易"之"俚",均是"过质"或"过文"的表现,自然也就谈不

上"文质得中"。值得注意的是,顾璘在不同的论述场合,一再谈及类似的问题,这足以说明他异常重视诗歌"文质得中"的表现,将其作为"诗之为道"一条极为重要的基本原则。他为严嵩所撰的《严太宰钤山堂集序》即云:

> 文章之道与政同也,其具质文而已矣。质以立体,文以泽用,本末相维,贵适其中。然义有轻重,故取舍择焉。质过则野,文过则华,与其华也宁野。故治先尚忠,礼贵反本,孔子之从先进,其义一也。道丧俗敝,然后色泽雕镂之文兴,岂不艳哉? 本之则无,卒归浮伪而已矣。……我高祖皇帝统一圣真,铲雕濯采,返之古朴,于时上倡下和,浑噩泫深。建皇极之典则,东浙诸公为盛。蔓延熙洽之朝,过崇白贲,闇闇然几于无色矣。弘治以还,作者翩起挺望,南北承学,翕然向风,宗为领袖。南楚则介溪先生称特焉,居翰苑三十年,穷究淹贯,挥翰成业,刊陈批俗,允蹈先格。其文以厚人伦、析事理为典训,辞尚明直,意归敦大,俨然临朝端笏之风。其诗寄兴清远,结体温厚,意深妙解,达乎天机,视庆历诸贤,惟恐步骤之相及也。总其大致,所谓"文质彬彬,然后君子"。①

仔细体味顾璘上序所论,尽管他将文与质二者形容为本与末之间的关系,所谓"质以立体,文以泽用",实已寓含主次之别,以致他指出"与其华也宁野",意在明确本末主次的关系不至于倒置,不过,他的议论重心则并不在此,而在于主张文质之间必须维持"本末相维,贵适其中"的无所偏倚的平衡相适关系。从这一立场出发,无论是由于"色泽雕镂",导致"本之则无,卒归浮伪",还是"过崇白贲",未免"闇闇然几于无色",皆被他视作有违于"本末相维,贵适其中"的理想的文质关系,损害了二者之间平衡相适的构成而偏向一极。至于顾璘总括严嵩诗文之"大致",许之以"文质彬彬",正是以他眼中的这一理想的文质关系去加以鉴衡的。除此之外,顾璘又在《重刻刘芦泉集序》中指出:"夫国朝之文,本取醇厚为体,其敝也朴。弘治间,诸君饰以文藻,盛矣,所贵混沌犹存,可也。然华不已则实日伤,雕不已则本日削,不几于日凿一窍已乎?"②他对本朝之文给予的

---

① 《息园存稿》文卷一。
② 《凭几集续编》卷二。

"本取醇厚为体,其敝也朴"的评价,以及阐示所谓"华不已则实日伤,雕不已则本日削"的道理,究其根底,还无非本于他所主张的"文质得中"以处理二者关系的理想构想。

如上所说,顾璘对这样一种文质关系所作的诠释,绝对算得上是一个缺乏新鲜度的传统话题,但倘若置之于同李、何诸子立场的对比关系中,则多少显现了它的比较意义。前面章节已指出,在对待文质关系的问题上,李、何诸子大多倾向以质为尚。李梦阳阐述为诗之道,其中的一条即主张"贵质不贵靡"①,以质为诗歌的要素之一。徐祯卿虽然提出:"夫欲拯质,必务削文;欲反本,必资去末。是固曰然,然非通论也。玉韫于石,岂曰无文;渊珠露采,亦匪无质。"原则上并不认可为了"拯质"、"反本"而一味"削文"、"去末",但同时强调文质之间构成的本末主次关系,决定了二者既不可混杂并用,更不能互相颠倒:"由质开文,古诗所以擅巧;由文求质,晋格所以为衰;若乃文质杂兴,本末并用,此魏之失也。"②较之李、徐所论,顾璘一再主张"文质得中",则显然致力于构筑兼顾二者、融合彼此的一种折衷并存关系,并因此相对弱化了文质之间孰重孰轻的扞格,本质上也展露了他对于"诗之为道"的一种自我认知。

第四节　陆深诗学复古意识的检察

陆深,字子渊,号俨山,上海人。弘治十八年(1505)举进士,选庶吉士,授编修。历国子司业、祭酒,充经筵讲官,谪延平同知,晋山西提学副使,改浙江。累官四川左布政使,升詹事府詹事。陆深和前七子中的徐祯卿相识较早,彼此切磨为文章,交情深厚。弘治十四年(1501)秋,徐氏赴应天乡试,深即与之结识游处。③ 他曾作《赠别徐昌穀二首》,其中称:"知遇良独难,工瑟徒好竽。感念管鲍私,安得不区区。"④正德元年(1506),徐祯卿赴湖南纂修,深赋诗相送,又谓:"取友在异世,贵此肝胆通。与子同乡国,笔砚亦屡同。"⑤彼此交谊之深,由此可见一斑。除徐祯卿之外,陆深和李梦阳、何景明等人也有交往,他中进士之后即官

---

① 《与徐氏论文书》,《空同先生集》卷六十一。
② 《谈艺录》,《迪功集》附。
③ 参见范志新《徐祯卿年谱简编》,《徐祯卿全集编年校注》附录八,第969页。
④ 《赠别徐昌穀二首》一,《俨山集》卷六,《景印文渊阁四库全书》,第1268册。
⑤ 《送徐昌穀湖南纂修》,《俨山续集》卷一,《景印文渊阁四库全书》,第1268册。

翰林编修,其间李梦阳曾过访之,深为出示徐祯卿文,成为李、徐二人相识交往的绍介者。① 也在此间,他曾购得明初诗人袁凯《海叟集》刻本,因与李梦阳"共读之"②,又与李梦阳、何景明一起"校选其集"③,这也成为他和李、何之间文学趣味相投的一个显例。

陆深同李梦阳、何景明、徐祯卿等人之所以交往较为契密,乃至共治文事,其中的一个重要原因,应当与他倾向复古的立场有着密切的关联。他在《李世卿文集序》中论及"本朝文事"的变化情势,以及"以雕刻锻炼为能者,乏雄深雅健之气;以道意成章为快者,无修辞顿挫之功"的两端弊习,即提出"大抵深于学,昌其气,然后法古而定体"④的纠正策略。具体到陆深的诗学态度,蕴含其中的复古意识更是清晰可辨。他在《南山野唱后序》中即声称:"夫古人之诗,务得性情不假雕刻而后工,后世藻绘胜,而法禁密矣,其于古道何如也?"⑤通过今不如古的两相对比,慨叹后世诗道的退化,在他看来,这种退化的显著特征在于,后世之诗刻意"藻绘"而背离"古道",相映之下,古人之诗由于注重"性情"的自然表现,凸显了抒情的示范性。这又是在变相解释取法古人之诗的复古意义。进一步考察,在如何展开复古实践、开拓学古路径的问题上,与众多怀有经典情结的文人学士一样,陆深首先追溯至作为古典诗歌原始经典的《诗经》。嘉靖年间,他在四川左布政使任上,相继访得"蚕丛国诗一篇"、"石鼓诗全文十篇",编为三卷,总之曰《诗准》,并序之云:

> 夫诗以《三百篇》为经,《三百篇》,四言诗之祖也。前乎《三百篇》有逸出焉,后乎《三百篇》有嗣响焉,犹诗也。予每欲因经采录,以为诗学之准则,顾寡陋未能也。……夫民之有心,天下古今之所同也,感而为情,则不能以不异。故诗也者,缘情而有声者也。声比律而成乐,乐足以感物,而圣人录之于经。故诗可经也,而经非尽于诗也。故曰诗之祖也。⑥

---

① 李梦阳《与徐氏论文书》:"仆西鄙人也,无所知识,顾独喜歌吟,第常以不得侍善歌吟忧。间问吴下人,吴下人皆曰,吾郡徐生者少而善歌吟,而有异才。盖心窃乡往久之。闻足下来,举进士,愈益喜,计得一朝侍也。前过陆子渊,子渊出足下文示仆。读未竟,抚卷叹曰:'佳哉,铿铿乎古之遗声邪!'"(《空同先生集》卷六十一)

② 陆深《题海叟集后》,《俨山集》卷八十六。

③ 陆深《诗话》,《俨山集》卷二十五。

④《俨山集》卷四十三。

⑤《俨山集》卷四十一。

⑥ 以上见《诗准序》,《俨山集》卷三十九。

按照陆深的解释,采诗而编成《诗准》一书,出于自己原本就怀有的"因经采录,以为诗学之准则"的动机,追溯圣人录诗于经的历史,这是《诗经》成为采录诗篇重要参照范本的重要依据。不但如此,陆深在序中也强调了"缘情而有声"这一诗歌的本质特性,并且示意潜含其中的相应的价值判断:诗歌既系"感而为情"的一种抒情文体,是以对于它的价值判断,自然应当立足于抒情的层面来加以考量。这又同时可以理解,陆深为何要从追本溯源的角度,特别标举《诗经》的抒情优势以及为后世诗歌建树起来的示范性。如他在《澹轩集序》中指出:"诗之作,工体制者,乏宽裕之风;务气格者,少温润之气。盖自李、杜以来,诗人鲜兼之矣。兼之曰诗不其难矣乎? 得其一体者,然且有至焉,有不至焉,则诗之道或几乎废矣,而世未尝无人也。《三百篇》多出于委巷与女妇之口,其人初未尝学其辞旨,顾足为后世经,何则? 出于情故也。诗出于情,而体制、气格在所后矣。此诗之本也。"①如此推崇《诗经》"出于情"的优势所在和其"足为后世经"的示范价值,不仅出自传统意义上深刻的经典情结,而且显然基于对诗歌以抒情为优先选项的性质与价值的特定认知。陆深认为,《诗经》众多篇章"出于委巷与女妇之口",民间下层身份者的诗歌表现之担当,增添了这些篇章的经典意义;下层作者虽然并未"学其辞旨",却因此反而使诗篇展示了抒情优先的特色,客观上造就诗歌"出于情"的本质特性。在陆深心目当中,《诗经》中尤其是"出于委巷与女妇之口"的篇章,自当被奉为古人之作"务得性情不假雕刻而后工"的原始范本,也是诗歌还复"古道"一个值得追索的源头性的重要目标。

除此之外,陆深也将学古另一个重点的参照目标定格在了唐代诗歌。其《重刻唐音序》云:

> 襄城杨伯谦审于声律,其选唐诸诗体裁辩而义例严,可谓勒成一家矣。惟李、杜二作不在兹选,昔人谓其有深意哉。夫诗主于声,孔子之于四诗,删其不合于弦歌者犹十九也。宋人宗义理而略性情,其于声律尤为末义,故一代之作每每不尽同于唐人,至于宋晚,而诗之弊遂极矣。伯谦继其后,乃有斯集,求方员于规矩,概丈石以权衡,可不谓有功者耶? 独于初唐之诗无《正音》,而所谓《正音》者,晚唐之诗在焉,又所谓《遗响》者,则唐一代之

---

① 《俨山集》卷四十八。

诗咸在焉,岂亦有深意哉?①

元末杨士弘编纂《唐音》,昭示了编者以唐诗相尚的基本立场。陆深着力表彰这部唐诗选本编纂之功,认定其"体裁辩而义例严",在编选体例上"勒成一家",根本上同样来自他的宗唐立场的强力支撑,后者尤其从他对唐宋诗歌的价值比较中充分凸显出来。对比唐诗,指摘"宋人宗义理而略性情",其从反向提示,陆深推尊唐代诗歌的重要理由,乃在于唐诗体现了抒写"性情"的特色,这也和他称赏古人之作"务得性情不假雕刻而后工"的评判立场相印合。要说陆深同时得出宋人"一代之作每每不尽同于唐人"的结论,无异于参比唐代诗歌而否定宋人一代之作,这应当是从比较时代性价值差异的角度,观照唐宋诗歌的品格高下。其《跋张碧溪诗》则称:"诗必穷而后工,此特世俗论尔。世俗者以饥寒为穷,以富贵为达尔,殊不知举一世之人,尊衔大爵、贯朽粟腐者不少也,而诗人则或旷代而仅见,虽以唐学之盛,终三百年,李、杜两人而止尔,宋虽谓之无诗人可也。"②完全看得出来,他对"诗人"身份的认定,要求相当严格,终唐一代,具有"诗人"身份担当资质的,不过李、杜二人,宋代则在他眼中根本无"诗人"可言。这一结论的得出,还应当与他截然作出的宋诗不及唐诗的总体价值判断相关联。若以此联系李、何诸子,陆深指摘"宋人宗义理而略性情",又以为其"于声律尤为末义",这和李梦阳等人攻讦"宋人主理不主调"、甚至判定"宋无诗"的全面排击宋诗的立场相比,可谓几无二致。

　　说到宗唐的诗学立场,在有唐一代诸诗家当中,陆深最心仪的当属杜甫。他曾以所蓄《集千家注杜诗》付旌德汪谅重刻之,并为作《重刻杜诗序》:

　　　　自迁《史》、班《书》而下,杜诗、韩文为世所流布,宜无限也。近时杜学盛行,而刻杜者亦数家矣。余所蓄《千家注》者,于杜事为备,间付汪谅氏重翻之,以与学杜者共诵其诗,读其书,且以论其世也。昔之君子称诗人以来未有子美,岂不信哉!……若夫子美沉郁顿挫之辞、忠义激昂之气,或因于所遇,而霖雨经纶之思、唐虞稷契之志,至于一饭而不忘,后百世而习之,犹

_____

① 《俨山集》卷三十八。
② 《俨山集》卷九十。

足以追想其冲襟雅韵,愿起而从之游。是其哀乐之所寓,尤为不远于情性者,此或诗人之所未讲也。①

就诗歌经营之道,陆深曾经指出,"要先认门庭,乃运机轴",宣称"方今诗人辈出,极一代之盛,大抵古宗《选》,律宗杜,可为门庭正、机轴工矣"②。很显然,杜甫诗歌特别是杜律成为"门庭正"而习学者必须认定的重点对象,此足见杜诗在其心目中位置之重。上序所论,也同样传达了这方面的信息。需要说明的是,陆深留意杜诗"沉郁顿挫之辞、忠义激昂之气","霖雨经纶之思、唐虞稷契之志",强调其"哀乐之所寓,尤为不远于情性者",则不忘致力于对杜诗蕴含的道德规度和经世意识的充分揭橥。推究起来,这一解读杜诗立场除了受到宋代以来趋于上扬的传统尊杜意识的浸染,也当和陆深本人的馆阁经历不无一定的关系。前面讨论台阁诗学的相关章节已指出,从当时馆阁文士群体的阅读经验和宗尚目标来看,杜诗是进入他们视阈的一个极为重要而特殊的文本,出于重塑诗歌价值体系、建构理想抒情范式之需,他们精准利用杜诗的经典效应,注意开掘并放大包孕其中的政治或道德意蕴,展开对杜诗价值意义的特定诠释。③ 回观陆深心仪杜诗的态度,不能不说,在某种层面上顺应了馆阁尊杜的趋势。从另一方面来看,鉴于极力推重古人之诗"性情"自然表现的抒情的示范价值,陆深则将学古的基本原则解释为,须以"性情"发抒为优先,以"摹拟"求工为戒忌。他论诗歌经营之道,即认为不但"要先认门庭,乃运机轴",而且"须发之性情,写乎胸次,然后体裁格律辩焉"。同时又指出,方今诗坛"大抵古宗《选》,律宗杜",虽然称得上"门庭正、机轴工",但"惜乎过于摹拟,颇伤骨气",并且形容:"昔宋时有优人诮馆阁者衣破碎之服,扬言于众曰:'我李义山也,为三馆诸公牵扯至此。'今日《文选》、杜诗,亦可谓牵扯尽矣"④。推度其言,选择理想的古典目标固然非常重要,而如何辨认习学古人的路径则更为关键,后者倘若只是限于"摹拟"而经营不当,即使认定理想的古典目标,也终究会陷入"牵扯"而受制于古人的窘境。这些涉及学古基本原则的解释,尽管更像是在说明一个再简单而浅显

---

① 《俨山集》卷三十八。
② 《与郁直斋七首》二,《俨山续集》卷十。
③ 参见本书第三章第四节所论。
④ 《与郁直斋七首》二,《俨山续集》卷十。

不过的学古常识,却又不可将其视作无的放矢的空泛之谈。应该说,陆深提出
的问题,直接面向的是流行当时诗坛"古宗《选》,律宗杜"的习诗风气,有着很强
的针对性,当然也出于他本人的亲身体验和深切感悟,其中包括他对同一文学
阵营中的李梦阳、何景明等人诗歌复古实践所作的反思,如他曾直言不讳指出:
"诗贵性情,要从胸次中流出。近时李献吉、何仲默最工,姑自其近体论之,似落
人格套,虽谓之拟作亦可也。"①这是说,落入"格套"的板滞的拟古之法,势必妨
碍诗人"性情"的自然表现,李、何学古求工,其实践方法未能予以避免。又不得
不说,这还是显示,陆深秉持以"性情"发抒为优先的标准,去严格衡量李、何诗
歌拟学的得失。

---

① 《玉堂漫笔》卷上,《俨山外集》十一。

第十章　归向复古的应合之声

如从整体审观明代诗文复古态势的角度出发,自弘治中期至嘉靖中期,在前七子及其盟友倡导复古的同时和稍后,另外一群显现于当时文坛而倾向复古之士,同样值得我们注意。这些人士虽未直接加盟前七子的文学阵营,但观其思想形态和活动轨迹,则不同程度地与之构成联系。在这一倾向复古的文人学士群体当中,有的深受李、何诸子复古理念的影响,步武其迹,为之呐喊;有的在诗文主张上,原本与李、何诸子或多或少相谐和,彼此间的复古趣味相对接近。如果说,其时前七子及其盟友担当了掀扬诗文复古思潮的主导者,那么,这些虽处在诸子文学阵营之外却热衷于复古之业的文人学士,客观上对于复古思潮的传播和延续,多少起着一种应合的作用,他们也自应成为我们考察这一时期复古诗学思想形态必须面向的对象之一。

第一节　入步须正,不蹈旁蹊

对于历史上主张复古者而言,他们担负的一项重要任务,即面对丰富的古典资源而常常需要作出相应的抉择,这就是必须确立相应的具有示范价值的参照对象,引导习学的路径,以使向古者看齐。纵观有明弘治以来直至嘉靖之文坛,鉴于重视古典资源的汲取,那些虽未直接加盟前七子文学阵营而笃志复古者,他们和李、何诸子复古诗学多少构成应合关系的其中一个显著表征,即体现在诗歌宗尚目标的抉择上。

如与顾璘、王韦并称"金陵三俊"的陈沂,就是一位在当时颇具代表性的人物。沂初字宗鲁,更字鲁南,号石亭居士,上元(今江苏南京)人。正德十二年(1517)举进士,改庶吉士,除编修。出为江西布政司参议,进山东左参政,改山西行太仆寺卿致仕。其生平和顾璘关系尤为契密，璘自登第之后，"相结为文友，倾心四十馀年，切劘契许，日益胶固，真如兄弟骨肉"。其"少好苏氏之学"，且自号小坡，至"中岁再变其格，诗宗盛唐，文出入《史》《汉》，归于简古"①。这表明他在学古取径上，前后经历了一个变化的过程。陈沂的诗学论见，集中体现于他的《拘虚诗谈》。以古体而言，他力主汉魏诗歌，尤其是汉诗，其曰："汉之诗有骚之遗音，而意复宽大，若《十九首》与苏、李诸作，自是风人之体，雅淡温厚。魏乘汉后，意短而气蹙矣。惟子建才中以充之，独步于时。至晋，句刻削而意凡近。渊明在义熙时，追古近道，驾轶黄初之上，又不可以世代论也。"又曰："嵇、阮之作终有魏人风味，比之晋人自别。石季伦《明君辞》亦不易作。齐梁以后之诗，靡丽日甚，气之降乃尔。然清新俊逸如'馀霞散成绮，澄江净如练'、'芙蓉露下落，杨柳月中疏'，亦非后人所能及。"尽管陈沂在审视汉魏至齐梁诗歌之际，也表达了代不废人、人不废篇之意，但如果要从时代性价值差异的角度去加以区分，汉诗乃至魏诗大致被其划入上乘的层级。有关这一点，陈沂针对唐代五言古体作出的论评也显露了一二："五言古，唐人虽名家，终非所长，盖汉魏优柔浑厚之意，丧于齐梁以后。至唐，仅能承其藻丽以入于律，为一代之盛耳。"②他的这一席评语，对比李梦阳"诗至唐，古调亡矣"③及后来李攀龙"唐无五言古诗，而有其古诗"④的论断，看起来则颇为相似，其显然是以"优柔浑厚"的汉魏古诗为参照，推断唐人于五言古体"终非所长"，如此，汉魏古诗的价值优势同时被凸显出来。

除汉魏诗歌之外，陈沂另一个倾向的重点为盛唐诗歌。正是基于明确的宗唐的意识，其对宋诗乃至元诗的排击显得不遗馀力，如曰：

> 宋人诗如藏经中律论，厌唐人多涉于景而无情致。不知诗人所赋皆隐然于不言之表，若吐露尽，更复何说？宋人无知诗者，惟严沧浪之论极是，但沧浪所自作者，殊不类其所谈。
>
> 诗有古有近，古可以言情，此其格也。宋人以道学之谈入于律，故失之矣。

---

① 顾璘《明故山西行太仆寺卿石亭陈先生墓志铭》，《凭几集续编》卷二。
② 以上见《拘虚诗谈》，张寿镛辑《四明丛书》，第四集，民国二十五年（1936）刻本。
③ 《缶音序》，《空同先生集》卷五十一。
④ 《选唐诗序》，《沧溟先生集》卷十五，明隆庆刻本。

诗中之理，虽觞俎、登览之中自有在也，宋人便以太极、鸢鱼字面为道，岂知道者乎？

元人作诗全宗唐，其尖巧卑弱，视晚唐亦太悬绝。

以上批评宋元诗歌，皆以唐诗为比照，一是说，宋人背离了唐人所赋"多涉于景"、"隐然于不言之表"的表现艺术，以至于以"道学之谈"入诗；一是说，元人宗唐而不类，甚至和品调趋衰的晚唐诗比较，也相差殊远。从陈沂对有唐一代诗歌的具体鉴别来看，他虽然也注意初、中、晚唐诸诗家及篇什各具的专长和特色，①但这些并不足以消除他对以上三个阶段诗歌总体上的价值质疑。如其认为，"初唐承齐梁靡丽之后，不能脱去，如'夜玉妆车轴，秋金铸马鞭'，徒工富丽，殊无诗人之咏"，王勃、杨炯、卢照邻、骆宾王等"初唐四杰"，"词藻过人，而少意致"；大历诗人钱起、刘长卿个别诗篇或"可及王、岑"，然而"通集披检，不能一律"，继后"昌黎诗有气，声调不降，但少纤徐吟咏之味。柳宗元则不及矣"；晚唐杜牧、许浑、刘沧、李商隐等人诗，已是"声气衰弱，字意尖巧，吟咏无馀味，赏鉴无警拔，其馀虽有可称，亦是小巧如'郑鹧鸪'之类，回视大历以前，不可同日语也"。与之迥然不同的是，陈沂对盛唐诸诗家及篇什则多有溢美之辞，如曰：

唐称高、岑、王、孟，王若过之，高、岑七言律诗似为胜，孟之雅致亦不可及。

摩诘诗"漠漠水田飞白鹭，阴阴夏木转黄鹂"，"云里帝城双凤阙，雨中春树万人家"，谓之诗画不诬也。

嘉州《赤骠诗》"草头一点疾如飞，却使苍鹰翻向后"，与工部《老马诗》

---

① 如认为初唐诗"其气自壮，向盛之音也"，"宋之问《晦日昆明池诗》'不愁明月尽，自有夜珠来'，意味深厚，用事得体，后人不丽，则太巧也"，"虞世南《侍燕应制》云：'滥陪终燕赏，握管数窥天。'用事之妙如此"，"杨师道《秋夜应诏》云：'雁声风处断，杨柳月中寒。'陈叔达《桂林殿应诏》云：'水岸衔阶转，风条出柳斜。'藻丽可比四杰"，"董思恭、张文琮《昭君怨》，皆绝唱也"；中、晚唐诗"大历以后，钱起之《温泉宫》、刘长卿之《上阳宫》二诗，可及王、岑"，"司空文明、窦叔向、贾岛、张佑之五言律，二皇甫、韦应物、杨巨源、武元衡、刘禹锡之七言律，亦中唐之作家也"，"中唐长诗如乐天之《琵琶行》《长恨歌》，元稹之《连昌宫词》，卢仝之《茶歌》，亦谓绝唱"，"乐天叙女宠曰：'遂令天下父母心，不重生男重生女。'叙相遇曰：'为君一日恩，误妾百年身。寄言痴小人家女，切莫将身轻许人。'多少意思，岂徒技耶？"王建作《宫词》，叙事不费辞，自成体制"，"杨巨源《圣寿无疆词》十首，极力摹拟盛唐，亦不可少之作也"，"李正封《牡丹诗》'国色朝酣酒，天香夜染衣'，亦可追及前人，且咏此花者仅见此"，"皇甫冉《早朝诗》，亦可羽翼王、岑、贾、杜四诗，但吟咏之间气格自不同耳"，"柳公权'薰风自南来，殿角生微凉'亦妙"，"李长吉诗真有鬼才，非学问所及。如'笔补造化天无功'，岂寻常畦径者可到也"，"晚唐杜牧、许浑、刘沧、李商隐，亦是名家"（以上见《拘虚诗谈》）。

"寒天远牧雁为伴，日暮不收乌啄疮"，极其形容，而气不衰也。

浩然《洞庭诗》"气蒸云梦泽，波撼岳阳城"，与工部"吴楚东南坼，乾坤日夜浮"，气象各不同，而意各臻妙也。

太白诗如素月流光，采云弄色，天色意态，无迹可寻。少陵诗如风雨雷电骤至，霁则垂虹返照，光景顿殊。二家各具造化之妙，特分意之有无耳。

太白五言律如《塞下曲》、《宫中行乐词》，极佳者。

太白长歌如《蜀道难》之瑰奇，《将进酒》之豪壮，《问月》之慷慨，《襄阳歌》之流动，其才实出天赋，非学而能，当时名家无与颉颃者。

少陵七言如《秋兴》、《诸将》、《蜀相》、《怀古》、《出左掖》、《退朝》、《早朝》、《至日》、《小至》、《九日》、《阁夜》、《返照》、《楼城》、《登楼》、《宿府》、《野望》、《闻笛》诸诗，自唐大家作者，无此之多，且声洪气正，格高意美，非小家妆饰，但才大不拘。后学茫昧，特拾其粗耳。五言律警妙处，首首见之，不可以择，可谓诗圣矣。

崔颢《黄鹤楼》、《华阴》二诗，足以当百。七言长诗如《江边老人愁》，叙事直而不俚，得古意也。

作者点评盛唐诗家所长以及佳篇妙句，虽仅限数家数篇，然透过这些，已可见出其评判之大略，他对诸诗家及诗篇的不吝标誉，无不表露了极力展现为初、中、晚唐所不及的盛唐诗歌完美性的良苦用心，而这显然符合他"诗宗盛唐"的取法立场。有一点同样可以看得很清楚，这就是辨认诗歌宗尚正途的意识，在陈沂身上又显得十分强烈，无论是推崇汉魏抑或标立盛唐，其实都是从这种强烈的自觉意识出发的，如他主张：

> 学四言者当咏味《风》、《雅》，长辞当咏味楚骚，五言古必宗苏、李，近体必宗开元以前，七言长歌必宗太白，七言律必宗少陵，绝句必以太白为师。纵力不能及，咏味久则入步正，不蹈旁蹊矣。如入禅学者，必谈《心经》、《法华》、《楞严》、《楞伽》、《圆觉》、《华严》、《金刚》等经，皆如诗之名家。但不可再视律论，《传镫》所载，皆是下彻，惟资谈论，不足求上乘进步也。[1]

---

[1] 以上见《拘虚诗谈》。

这是对不同诗体提出的具体习学范围或对象。在陈沂心目中,选择各体取法的诗家和范本必须严格要求,如同习禅必谈《心经》等经,以求上乘进步者,一言以蔽之,入步须正,不蹈旁蹊。如众熟知,严羽在《沧浪诗话》中即指示学诗者"入门须正,立志须高",喻之禅学,"学者须从最上乘,具正法眼,悟第一义"①,陈沂上述云云,大意盖自此化出。

观察此际那些应合李、何诸子诗学立场的复古之士,不能不注意另一位重要人物袁袠。袁字永之,号胥台山人,吴县(今属苏州)人。嘉靖五年(1526)举进士,授刑部主事,改兵部,谪戍湖州。起补南京武选主事,仕至广西提学佥事。袁袠与前七子成员中李梦阳的关系较为密切,嘉靖七年(1528),他出使大梁主乡试,投书李梦阳,致以"夙怀倾企"之意,并附"旧缀歌诗数章"②求教,李梦阳赋《相逢行》赠之,称"道同心乃冥,神投谊难乖。古人重良契,岂必声影偕"③,诉以投合之情。袁袠之所以如此热切求通于李梦阳,归究起来,与他企羡李、何诸子从事的复古作业有着很大关系,其为李梦阳所撰《李空同先生传》云:"暨弘治间,李公梦阳以命世之雄材,洞视元古,谓文莫如先秦、西汉,古诗莫如汉魏,近体诗莫如初、盛唐。乃与姑苏徐祯卿、信阳何景明作为古文辞,以荡涤南宋、胡元之陋,而后学者有所准裁,彬彬郁郁,蔑以尚矣。"④又其在《四悼四首·李宪副献吉》中称赞李梦阳:"摛词追子长,作赋凌贾谊。虎视万古前,鸿冥陋衰季。"⑤袁袠于诗颇重法度,他曾经以所作《郊丘》诸篇寄示诗友顾璘,自称"不敢弃彀率,破绳墨,以私创法程也"⑥。既然不认可"私创法程",那么在古典诗歌系统中辨别和确定合适的目标以供取法,自是必然的一种选择。对于这个问题,袁袠在致顾璘的《复大中丞顾公论诗书》中言之较详:

> 杨子云言:"断木为棋,挽革为鞠,亦皆有法。"信哉斯言! 圣人复起,不易也。今之论诗者,古体则以汉魏为宗,近体则以初唐、盛唐为准。夫五言

---

① 《沧浪诗话校释·诗辨》,第1页、11页。
② 《上李献吉先生书》,《衡藩重刻胥台先生集》卷十九,《四库全书存目丛书》影印明万历十二年(1584)衡藩刻本,集部第86册。
③ 《相逢行赠袁永之》,《空同先生集》卷二十二。
④ 《衡藩重刻胥台先生集》卷十七。
⑤ 《衡藩重刻胥台先生集》卷四。
⑥ 《复大中丞顾公论诗书》,《衡藩重刻胥台先生集》卷十九。

起于苏、李、枚乘之徒,七言始于柏梁。故五七言古体必拟汉,而又当取材于魏。建安诸子去汉未远,犹有古风,而华采过之,特浑厚高古不逮耳。下此则潘、陆、陶、谢,去汉远矣。五七言近体,唐初沿陈、隋之习,虽音响铿锵,藻思丽逸,而风骨未备。李、杜、王、孟、高、岑、崔、储数子继作,陶镕变化,集厥大成。下此钱、刘、元、白,稍涉浅易,而才力顿弱,故作者罕尚焉。此其法也。四言自《三百篇》后,鲜有继者,独韦孟为优。魏晋而下,辞既偶俪,而气亦缓弱。颜、陆诸篇,殊非风人之旨,茂先《励志》、渊明《停云》,稍为古质,然非其至者也,尚不逮陈思,况《雅》、《颂》乎? 故作四言者,必以《三百篇》为法,而取材于汉魏。①

循沿袁衮的思路,诗歌不可无"法",诗歌所依之"法",须从古典文本中去加以体认和汲取,这是一个原则性的问题。而他指点的基本路径,就在于追本溯源,也即上溯至诗歌各体的生成之源或完熟之源,确定相应的取法之典范。如果说,古体"以汉魏为宗",近体以"初唐、盛唐为准",还仅仅是诗歌学古的一项总体原则,那么,袁衮在这一原则之下,又进而析分四言、五七言古体、五七言近体等各类诗体,为之明确各自必须引以为法的原初或完熟的古典文本。简言之,这还应当出自袁氏强烈的"取法于上"的学古追本意识。譬如,在四言诗取法路径的辨认上,他和顾璘之间意见即存在分歧,顾氏指出:"乃章之不可复元古,犹衣裳之不可为深衣袿襃,饮食之不可为汙尊杯饮矣,若刻意效之,必成刻棘之苦。如作四言,则韦孟《讽谏》、张华《励志》、渊明《停云》,皆词苑之高则也,奈何必取《雅》、《颂》而步趋之? 盖上古之文简而主理,后世之文繁而主辞,宋、齐以下,辞之敝也,汉、晋之间,固有彬彬,学者尚之足矣。"②认为四言法以汉、晋之作已是足够,如必宗《雅》、《颂》,好比衣裳必为"深衣袿襃",饮食必为"汙尊杯饮",显得完全不合时宜。然在袁衮看来,顾璘于四言舍《诗经》而宗汉、晋之作,就不是一条"取法于上"的追本溯源之径,诚不可取。像张华、陶渊明四言篇什虽然尚属"古质",但终是"非其至者也",还不能归入理想目标之列。为此,他致信顾璘而提出强烈质疑:"苟如来教,欲舍《三百篇》而宗茂先、渊明,则五七言古体亦将舍

① 《衡藩重刻胥台先生集》卷十九。
② 《附大中丞顾公书》,《衡藩重刻胥台先生集》卷十九。

汉魏而法晋宋以下,近体亦将舍初唐、盛唐而法大历以后,此甚不可也。谚云:
取法乎上,仅得乎中。学者生于叔季,不能大观逖听,游心邃古,而苟安卑陋,未
见其有成也。"①仅此一端,已可见出其坚持对古典文本向上追溯、严于取舍的
态度。

　　说起来,袁袠关注和迎合李、何诸子的复古之举,其中或受到曾数与之"论
文"而联系密切的秦安人胡缵宗的影响。② 缵宗初字孝思,更字世甫,号可泉,又
号鸟鼠山人。正德三年(1508)举进士。曾任苏州知府,历山东、浙江参政,仕至
右副都御史,巡抚山东,复改河南。其生平和李梦阳、何景明、康海、王九思等人
均有交往,篇章赓酬,③怀有相近的复古志趣。关于诗歌的取法问题,胡缵宗态
度鲜明地反对"弃源而溯委,舍根而培枝",主张直溯古诗之源《诗经》,强调"诗
必以《三百篇》为准,而汉魏次之"④,又认为"二典三谟词旨浑噩,《三百篇》意兴
敦厚,其至矣哉"⑤,竭力标举《诗经》为诗歌之至上典范和取法准式。贯穿在这
些言论之中的,同样是一种追本溯源的思路,也是在演绎特别如严羽所要求的
"入门须正,立志须高"的取法原则,自觉指示诗歌学古的一条正宗路径。除了
邈远的原始经典《诗经》之外,胡缵宗同时将追溯的目标定格在汉魏及唐代诗
歌,这和李、何诸子的宗尚立场大体相仿,认为在古典诗歌的承传与演变序列
中,探寻作为古近体经典的汉魏及唐代诗歌的历史渊源,可以梳理出它们与《诗
经》之间构成的根本性联系。他序沁阳人侍御张鹏《东巡录》,叙及与张氏论诗
且评其诗:"一日与论古今而及诗焉,曰:'古体其惟汉魏,汉其惟李少卿,魏其惟

---

　　① 《复大中丞顾公论诗书》,《衡藩重刻胥台先生集》卷十九。
　　② 袁袠《大中丞胡公集序》:"始袠为弟子员,时天水胡公来守苏,数与袠论文,且示以法曰:'文莫盛于退
之,而文之体则变矣。诗莫盛于子美,而诗之体则变矣。故文必以六经为准,而秦汉次之。诗必以《三百篇》
为准,而汉魏次之。舍是虽工,犹为弃源而溯委、舍根而培枝也,况未工乎?'袠服膺惟谨。"(《衡藩重刻胥台先
生集》卷十四)参见余来明《嘉靖前期诗坛研究(1522—1550)》,第87页,武汉大学出版社2009年版。
　　③ 胡氏《鸟鼠山人小集》即载有与李、何诸子交往酬和之作,如《和康子、吕子同谒横渠祠》、《登汪生莘山
兼怀王检讨敬夫》、《和德涵、仲木初涉武冰之作》、《终南行赠陈汝忠金宪兼怀王敬夫》、段德光、康德涵、吕仲木
内翰》,马伯循冢卿,李献吉宪使》(卷一)、《和康子、吕子同往浒西之作》、《和浒西壁上之作赠康德涵姜撰》(卷
二)、《和孟御史洋望之、何中书景明仲默,薛主事蕙君采、李刺史濂川甫禁中春雪》、《送樊少南归信阳兼呈李
献吉、何仲默二宪使》、《徐州道中有怀王渼陂、康对山、段河滨、吕泾野四太史》、《有怀太白山人孙一元兼呈崆
峒子李献吉》(卷四)、《寄王太史敬夫》(卷五)、《过武功望王渼陂、康对山二太史》、《赠惠生兼怀对山太史》、《入
鄂杜呈王太史兼吊王宪使》(卷六)、《有怀王敬夫》、《有怀康对山》(卷七)、《次韵康子、吕子沔东之作》、《入鄂杜
呈王太史九思》)(卷九)。
　　④ 袁袠《大中丞胡公集序》,《衡藩重刻胥台先生集》卷十四。
　　⑤ 《王履吉文集序》,《鸟鼠山人小集》卷十二。

曹子建。近体其惟唐，唐其惟太白，其惟子美。'予曰：'然。然皆原于《离骚》而本于《风》、《雅》。'侍御曰：'然。'侍御于汉魏于唐，沉潜充满，而有得焉。故见高而识远，故所作类皆尔雅雄厚，可倡而三叹。"①显然，胡瓒宗刻意要连络的是汉魏及唐代诗歌"原于《离骚》而本于《风》、《雅》"的渊源关系，且以此作为尊尚这两个时代诗歌的根本支撑。他在《愿学编》中又这样比喻："《风》、《雅》、《颂》，辟之天也，苏、李其日光乎？□□□月华乎？陶、谢其玉色乎？李、杜其金声乎？然□□□篇犹有遗韵，若齐、梁、陈、隋不可与言魏矣，□□尤不可与言唐矣。"②尽管如此的形容不过是粗略言之，但还是明晰表达了他对《诗经》以来至唐代诗歌的基本评价，尤其是大致勾勒出汉魏及唐代诗歌和《诗经》之间相承的渊源关系。有关这一点，胡瓒宗《杜诗批注后序》亦论及："汉魏有诗，梁、陈、隋无诗；唐有诗，宋元无诗。梁、陈、隋非无诗，有诗不及汉魏耳；宋元非无诗，有诗不及唐耳。不及唐，不可与言汉魏矣；不及汉魏，不可与言《风》、《雅》矣。"③"有诗"和"无诗"的时代性的价值对比，不仅突出了汉魏和唐代诗歌在古典序列中的上乘地位，并且连接二者，将它们归属到可以上溯《诗经》而一脉相承的诗歌演化统绪之中。他序所辑《唐雅》，其中将这层意思说得更为清楚：

> 诗自《三百篇》后，五七言继作，古今体嗣出，而诗之变极矣。汉近古，魏犹古，晋稍工，唐尤工。诗去《风》、《雅》虽远，然大篇、短章、乐府、绝句，至唐皆卓成家，诗家谓体兼备，不其然哉？传谓周以降无诗，愚亦谓唐以降无诗。故近代学诗者咸自唐入，由唐至汉，庶可薄《风》、《雅》而追《骚》、《选》尔。……故瓒宗所辑，必其出汉魏，必其合苏、李，必其为唐绝倡，否则虽工弗取。④

序中所言在重点论评有唐一代诗歌的同时，简要梳理了《诗经》以降不同时期诗歌的演变特点，给予它们各自相应的定位。"唐以降无诗"的极端化评判以及编者解释的选辑原则，既将有唐一代诗歌推向"卓成家"、"体兼备"的臻于超拔和

---

① 《东巡录序》，《鸟鼠山人小集》卷十二。
② 《愿学编》卷下，《续修四库全书》影印明嘉靖鸟鼠山房刻清修本，第938册。
③ 《鸟鼠山人小集》卷十一。
④ 《唐雅序》，《鸟鼠山人后集》卷二，《四库全书存目丛书》影印明嘉靖刻本，集部第62册。

完善的境地,凸显其在诗歌史上的高峰地位,又在为"由唐至汉,庶可薄《风》、《雅》而追《骚》、《选》尔"的上溯理路,确认它的合理意义。经此评判及解释,汉魏和唐代之诗在古典诗歌的演进坐标中,被归属到前后接续的同一历史系统,被列为直承《诗经》之传统精神的两大经典文本。

为追本溯源以辨认诗歌学古取法的正宗路径,胡缵宗对于引以为规范的具体诗家及时代的遴选又是十分严格的。他对此提出:"夫诗乐府,司马相如。古体四言,曹孟德、子桓、子建,嵇叔夜,陶渊明;五言,李少卿、班倢伃、曹子建、阮嗣宗、陶靖节、谢灵运、陈伯玉;七言,张平子、蔡文姬、曹子桓、李太白、杜子美。近体五言,王摩诘、孟浩然、杜子美;七言,杜工部、王右丞。绝句五言,李翰林、王辋川;七言,李谪仙、王少伯。长篇,李太白、杜子美。知此而学,《三百篇》其庶几乎?"这是针对诗歌各类体式,选择擅长某体的作手。他又形容:"今观唐诗,杨、王、卢、骆,辟之日初升,月初出,其光煜煜,其色沧沧。陈、杜、沈、宋、李、杜、王、孟、高、岑、储、李、王、常,辟之日既高,月既复,其光皜皜,其色盈盈。刘、钱、韦、柳,辟之日未昃,月未亏,其光浑浑,其色耿耿。皆可仰而不可及。唐之世代固可考而见,而其文献亦可按而知也,求唐诗者,盍于是涵咏也哉?"这是针对有唐一代,选择不同时期"可仰而不可及"的作手。胡缵宗所要明确的是,不同诗家及不同时代的诗风或各有所长,这是学古取法的特定资源,也是应当汲取的重点所在。因此,他又提出读诗之法:"读汉诗当求其浑朴,读魏诗当求其沉厚,读晋诗当求其隽永,读唐诗当求其精到,读李诗(少卿)当求其委婉,读曹诗(子建)当求其典则,读阮诗当求其深奥,读陶诗当求其古淡,读谢诗当求其典丽,读李诗(太白)当求其飘逸,读杜诗当求其沉郁,读韦诗当求其冲澹,读柳诗当求其萧散。诗岂易读哉,然得其肯綮,亦不难探求也。"[1]这一读法的基本归旨,即在于分别体味不同诗家的个性化风格,入其肯綮,求其所长,以为我用。

如果就讨论经典时代特定诗体优越性的论题而言,可以进一步来考察胡缵宗对于古乐府问题的见解。他在《拟涯翁拟古乐府引》中说:"读诗令人感发,读乐府令人宣畅。乐府起于汉,亦盛于汉。汉乐府浑朴,魏近之,晋乃隽逸,宋已不及晋,齐梁渐流于绮縻。唐变之,然不尽如汉。宋于唐愈远,至元极矣。"[2]不

---

① 《愿学编》卷下。
② 胡缵宗《可泉拟涯翁拟古乐府》卷首,《四库全书存目丛书》影印明嘉靖三十六年(1557)汪瀚刻本,集部第62册。

难看出的是，于古乐府一体，起于斯、盛于斯、且不失"浑朴"的汉代乐府诗，乃是胡缵宗心仪的乐府体不二之范本。其《跋汉诗后》也说："读诗者，一则曰汉魏，二则曰汉魏，平时读汉魏诗，以为魏犹汉也。及读乐府，则汉自为汉，而魏不能及矣。试咏之，汉《铙歌》、相和诸曲，浑厚隽永，无愧于古歌谣辞。"①这表示，如果说汉魏在古诗上彼此相差不远，魏尚可与汉一比，故二者得以并称，那么就乐府而言，汉独树一帜，魏则难以企及。基于这一阅读经验，他因"缔感旷代矩矱，晤想不违玄古"，遂为之拟汉乐府一百九十首，"虽题杂出诸朝，然气格汉也"②，这也被四库馆臣称为"乃于千年以外，求汉乐府之音节"③。他在拟汉乐府自序中又云：

> 乐府始自汉，按其声，玩其辞，意俱在言外，春永尔雅，鼓之飒飒，吹之洋洋，歌之喤喤，舞之翩翩，而其调古矣。故不曰诗府，而曰乐府。《康衢》之谣、《南风》之歌、《三百篇》之什，古乐府也，皆可鼓以吹、歌以舞者。迨《诗》亡，斯不可鼓吹歌舞矣，而汉乐府之所由作也，岂惠、武欲复古诗而合今乐，殆有意于宣天地之音而谐阴阳之律乎？夫《三百篇》不独四言，多至七言、八言，少亦三言，乐府取裁焉。然长短、疾徐、清浊、高下，惟协为至，协斯谐矣，谐斯永矣。今观鼓吹、横吹，浑而朴；相和、清商，雅而畅；舞曲、杂曲，隽而永。六署既分，五音六律复协，上原《雅》、《颂》，下薄骚些，后有作者，其能外其格调同其音响哉？故奏之郊庙，则为吉乐，播之师旅，则为军乐，此不足以宣畅其心而平其情哉？汉尚矣。④

寻索汉乐府的源头，胡缵宗向上溯至可以"鼓以吹、歌以舞"的上古歌谣，尤其是《诗经》之什"不独四言"的参差的语言节奏以及相应的表现特点，被视作汉乐府所"取裁"的乐府诗歌的古老形态。追溯的意义在于，揭橥汉乐府"其调古矣"的原始身份，彰显其体制有所根本的传统元素。另一方面，胡缵宗则大力声张汉乐府的经典意义，强调以汉为尚的意图，又可谓昭然若揭，诸如"浑而朴"、"雅而

---

① 《鸟鼠山人小集》卷十四。
② 靳学颜《拟汉乐府叙》，胡缵宗《拟汉乐府》卷首，《四库全书存目丛书》影印明嘉靖十八年(1539)刻本，集部第62册。
③ 《四库全书总目》卷一百七十六集部《拟汉乐府》提要，下册，第1571页。
④ 《拟汉乐府》卷首。

畅"、"隽而永"的品格评鉴,充分显露他对汉乐府鼓吹、横吹、相和、清商、舞曲、杂曲诸类非同一般的赏美。他断定,汉乐府"上原《雅》、《颂》,下薄骚些",具备令人欣慕的"格调",亦具备足为后世作者效法的资质。而关于古乐府为何以汉为尚及自己为何注重拟汉的问题,胡缵宗在《设为问对》中又进一步展开论说,其中曰:

> 可泉先生问曰:近世皆尚杨铁厓,以其才高,今何独不从?
> 魏晋乐府多可歌舞者,若曹子建、陆士衡何可及也,今何独拟汉?
> 乐府诗也,其歌与曲亦诗也。然何不曰诗府,岂专于重音邪?
> 宋元乐府皆尚议论,是以今世称之,兹何独本意兴?
> 汉乐府读多不能句读,能句者三四首耳,今何尽拟之,岂徒得其影响钦?
> 对曰:五言古体工而乐府微,五七言近体作而乐府变。
> 乐府非司马相如不能作,非李延年不能歌,不能舞。
> 诗而可歌可舞、可被之弦管者谓之乐府,不可歌舞、不可被之管弦者谓之诗。
> 《十九首》唯"冉冉孤生竹"、"驱车上东门"二首入乐府,乐府岂易哉!
> 魏缪袭、晋傅玄、宋何承天,不问音律疾徐高下,试读之,已知与汉异矣。岂汉去古不甚远,而其辞有仿佛乎《三百篇》者钦? 故曰《三百篇》之外有楚辞,有乐府。
> 元杨铁厓其才不可及,无问格调,即其措辞命义,已在汉风韵外矣。
> 汉无警句,晋有警句;汉无赘辞,宋有赘辞;汉言在意外,而有馀蕴,若宋元言与意俱尽矣。
> 崆峒子曰汉无骚,缵宗曰宋、齐、梁无乐府。
> 《风》、《雅》、《颂》,周之乐府也。《房中》、《郊祀》、《铙歌》,横吹辞、相和、清商、大曲、舞曲,汉之乐府也。辞虽不及周,然一倡而三叹,言有尽而意无穷,未始不可继周也。
> 唐乐府,李太白天仙之才,独雄一代,如《乌夜啼》、《乌栖曲》,何可及。然当自为李唐乐府□。[1]

---

[1] 《拟汉乐府》附录二。

《设为问对》分设数段，"反覆辩论"，实属胡缵宗"自设之辞"①，旨在阐述他对于乐府诗歌特别是汉乐府的评估立场。综其要义，一是辨明《诗经》与汉乐府之间构成的渊源关系，认定二者格调辞义相仿佛，特别是后者呈现的"言有尽而意无穷"的格调，直继前者之风韵。就这个问题，胡缵宗在致王廷相的《寄大司马浚川公书》中也说，"夫汉乐府类皆奏之郊庙，播之鼓吹，至于相和，又有清、平、瑟、楚四调，其格与调又皆意在言外，固《三百篇》之馀也"，证明了"汉去《三百篇》不远"②。分辨汉乐府承继《诗经》的这层关系，有助于揭橥它作为经典文本的根本之源。二是标示汉乐府在乐府诗歌演变史上无可企及的独特性，这种独特性也正为衡量历代诸家之作提供了一把标尺。无论是评骘魏缪袭、晋傅玄、刘宋何承天所作"与汉异矣"，断言宋、齐、梁之朝"无乐府"，抑或比较汉乐府"言在意外，而有馀蕴"，直斥宋元之作"言与意俱尽矣"，就连"其才不可及"的杨维桢，所作也被认为"已在汉风韵外矣"，说到底，这些品鉴的结论都是建立在以汉乐府的品格相鉴裁的基础之上。甚至有唐诗人中"天仙之才，独雄一代"的李白，即使生平作有《乌夜啼》《乌栖曲》这样的佳构，在胡缵宗眼中，也只不过"自为李唐乐府"，言外之意，还是与汉乐府的格调不可同日而语。综合这些论评，皆可以归结到一点，这就是如胡缵宗所说的"后世去汉远，无怪其不类也"③，在汉乐府独一无二优越性的笼罩之下，后世作品因远离乐府诗歌的经典时代，相形见绌则是必然的结果。伴随这样的基本推断，胡缵宗对待古乐府独重汉代之作的取向已是昭然可见。

第二节　主李与主杜

从前七子的诗歌宗尚系统观之，鉴于李、何诸子全力构筑以盛唐诗歌为中心的价值认知体系，认肯"近诗以盛唐为尚"④，为此，特别是流誉历世诗坛的有唐李、杜二家格外受到他们的推尚。如康海声称，"古今诗人予不知其几何许也，曹植而下，一杜甫、李白尔。三子者，经济之略，停畜于内，滂沛洋溢，郁不得

① 《设为问对》下谷继宗注语，《拟汉乐府》附录二。
② 《鸟鼠山人小集》卷十四。
③ 《寄大司马浚川公书》，《鸟鼠山人小集》卷十四。
④ 何景明《与李空同论诗书》，《大复集》卷三十。

售。故文辞之际,惟触而应,声色臭味,愈用愈奇,法度宛然,而志意不蚀"①。何景明指出,李、杜二家尤其是"歌行、近体,诚有可法",所以自己"学歌行、近体,有取于二家,旁及唐初、盛唐诸人"②。不过,如果一定要对李、何诸子在主李与主杜问题上作一比较,那么如我们此前已论及,他们在推崇李、杜二家之际,特别是基于宗唐尤其是盛唐诗歌的总体目标,毫不犹豫地将杜诗树为重点尊崇的对象。李梦阳所极力主张的"规矩"之"法",无论是"开阖照应、倒插顿挫",还是"半阔者半必细"、"叠景者意必二",多建立在他个人的杜诗阅读经验之上,多出于他对杜诗篇句结构规则的辨识与推重,并将体现个别性的杜诗创作技法扩而大之,上升为具有普遍适用性的规则。而如何景明,胡应麟指出其"古诗全法汉、魏;歌行短篇法杜,长篇王、杨四子;五七言律法杜之宏丽,而兼取王、岑、高、李之神秀"③,以尊崇杜诗,乃至于尽力效法。

再来观察应合李、何诸子的那些复古之士,他们站在宗唐尤其是盛唐诗歌的立场,大多对李、杜二家予以高度关注和重点推尚。如陈沂《拘虚诗谈》就标誉李、杜"各具造化之妙",形容二家:"太白诗如素月流光,采云弄色,天色意态,无迹可寻。少陵诗如风雨雷电骤至,霁则垂虹返照,光景顿殊。"胡缵宗《东巡录序》记载其曾与诗友张鹏"论古今而及诗焉",赞同对方于近体诗以为"近体其惟唐,唐其惟太白,其惟子美"④的观点;他在《李太白诗题辞》中更直接指出:"唐诗古体曰陈、李,近体曰李、杜尚矣。"⑤又其《愿学编》论诗,其中议及宗李、杜诗歌的问题,宣称"诗宗李、杜,然可与言《风》、《雅》、《颂》乎"⑥?这无异于将李、杜诗歌和原始经典《诗经》直接勾连起来,突出了前者的可追溯性和历史意义,并通过如此的勾连,给予李、杜非同一般的定位,意味着宗李、杜即直承《诗经》的精神命脉。从诗歌接受史的角度察之,李、杜二家以其卓出的创作业绩和深远的文学影响,历来多被当作唐代诗人群体中的标杆性人物,备受后世文人学士的尊崇,他们根据各自所需对这两大诗坛楷范不断加以经典化,乃至于形成一种历史的传统。应该说,这些热衷于复古的诗家或论家,他们出于宗唐尤其是盛

---

① 《韩汝庆集序》,《对山集》卷十三。
② 《海叟集序》,《大复集》卷三十二。
③ 《诗薮·续编》卷一《国朝上·洪永、成弘》,第349页。
④ 《鸟鼠山人小集》卷十二。
⑤ 《鸟鼠山人小集》卷十三。
⑥ 《愿学编》卷下。

唐诗歌的立场而表现出的对李、杜二家的高度关注和推尚，既带有诗歌接受巨大的历史惯性，也包含对特定目标强烈的选择意向。

如同李、何诸子于尊崇李、杜二家之际，又显示了他们偏重于主杜的倾向性，这些力持复古主张的诗家或论家，在宗唐尤其是盛唐诗歌的基础上，一方面多以李、杜为尚，另一方面对主李与主杜则或有所侧重。这反映了一个基本的事实，也即他们秉持与李、何诸子相融通的复古立场，而在具体对象的择取上，又各自怀有不同的审美嗜好，如从不同审美主体的个体性或差别性的角度去认知，这又是完全可以理解的。其中值得注意的一位是王维桢。维桢字允宁，号槐野，华州（今陕西华县）人。嘉靖十四年（1535）举进士，仕至南京国子监祭酒。王维桢生平重视学古习法，他曾提出："夫古者，今之范也。君子之言也，非法不道，故美而传今。夫公输子，天下之巧人也。若释规矩而自创则拙。"①以古为范，以法相守，这是他的基本立场。在前七子成员中，他对李梦阳格外尊崇，认为"本朝作者，空同老翁圣矣，即大复犹却数舍。盖空同有神变无方之用，有精纯不杂之体，读一篇诗见一事。首终虽纵横奇正，弗一其裁，而粹美同也；珩琚璜珰，弗一其形，而温栗同也"。甚至于以李梦阳比拟于李、杜二家，"空同富才神解，能自作古，假令与李、杜二豪并生同代，二豪当约为兄弟，补所未逮，增所未能"，"空同生李、杜先，不为李即为杜；若李、杜后空同生，亦必不为空同"②。可以想见，如不是出于对李梦阳本人深切的敬服，绝不至于将其和李、杜这样诗歌史上标杆性的大家相提并论。进而察之，王维桢注重学古习法，以及极力标榜李梦阳，实和他特别推尚杜诗的立场联系在一起。维桢生平契友孙陞曾总括其诗文所法，指出他"为文法司马迁，诗法汉魏，其为近体法盛唐，尤宗杜氏少陵"③。何良俊为孙陞与王维桢"倡和之作"所撰《孙王倡和集序》载："槐野一日语良俊曰：'夫七言之有杜，如至圆不能加规，至方不能加矩。今人多不喜杜诗，此何故耶？'良俊曰：'先生重风骨，故喜杜，今人多重声调，故喜学钱、刘。钱、刘之诗非不流便可喜，然一诵则兴象都尽，岂得如少陵深厚隽永耶？'槐野首肯之。"④而于杜诗尤其欣赏其律体之法，应该是王维桢力推杜诗的主要缘由，他曾

①《钤山堂集序》，《王氏存笥稿》卷一。
②《后答张太谷书》，《王氏存笥稿》卷十四。
③ 孙陞《王氏存笥稿序》，《王氏存笥稿》卷首。
④《何翰林集》卷十，《四库全书存目丛书》影印明嘉靖四十四年（1565）何氏香严精舍刻本，集部第142册。

点评友人乔世宁寄示之诸诗,谓对方"五七言律学杜,于杜有得"①,又赞其"律体总轨于杜,有冲远深厚之致焉"②。王维桢最为青睐的还是杜甫的七言律诗,以至于借用李梦阳所言,而谓之"如至圆不能加规,至方不能加矩",③即将杜甫七律奉为臻于完美的极至之作。杜甫工于律体尤其是七律,人所悉知,明人陆时雍《诗镜总论》评曰:"少陵七言律,蕴藉最深。有馀地,有馀情。情中有景,景外含情,一咏三讽,味之不尽。"④胡震亨《唐音癸签》评曰:"杜公七律,正以其负力之大,寄惊之深,能直抒胸臆,广酬事物之变而无碍,为不屑屑色声香味间取媚人观耳。"又以为:"少陵七律与诸家异者有五:篇制多,一也;一题数首不尽,二也;好作拗体,三也;诗料无所不入,四也;好自标榜,即以诗入诗,五也。此皆诸家所无。其他作法之变,更难尽数。"⑤杜甫律体尤其是七律深厚的功力及个性化的作法,成为王维桢特别予以标表的有力依据。在他看来,杜诗深厚的功力主要体现在其技法的独特性,至于被他标誉为"本朝作者"之"圣"而"富才神解,能自作古"的李梦阳,在其眼中则是善于运用杜甫七律之法的独一无二的作手。如他所言:"至若倒插顿挫之法,自少陵善用之者,空同一人而已。"⑥这里所谓的"倒插顿挫之法",当主要指杜甫擅长的七律的技法。王世贞《艺苑卮言》论及七律之句法就说过,"句法有直下者,有倒插者,倒插最难,非老杜不能也"⑦。又他解析王维桢"释杜诗法":"王允宁生平所推伏者,独杜少陵。其所好谈说,以为独解者,七言律耳。大要贵有照应,有开阖,有关键,有顿挫,其意主兴主比,其法有正插,有倒插。"⑧可以看出一点,王维桢与李、何诸子尤其是李梦阳之间在对待杜甫诗歌的问题上有着更多的共识,都力推杜诗,特别是杜律的技法。⑨

再看袁袠,其对李、杜二家同样怀有尊崇之意。他为吴人王宠所撰《王履吉集序》品论王氏诗作,许之"初宗李白,既乃宗杜,故其诗才力雄阔,辞篇丽赡,去

---

① 《答乔景叔督学书》,《槐野先生存笥稿》卷二十,明万历刻本。
② 《答督学乔三石书》,《王氏存笥稿》卷十四。
③ 何良俊《四友斋丛说》卷二十六《诗三》:"顾尚书东桥好客,其坐上常满,又喜谈诗。余尝在坐,闻其言曰:'李空同言作诗必须学杜,诗至杜子美,如至圆不能加规,至方不能加矩矣。此空同之过言也。'"(第234页)
④ 《景印文渊阁四库全书》,第1411册。
⑤ 《唐音癸签》卷十《评汇六》。
⑥ 《后答张太谷书》,《王氏存笥稿》卷十四。
⑦ 《艺苑卮言一》,《弇州山人四部稿》卷一百四十四。
⑧ 《艺苑卮言七》,《弇州山人四部稿》卷一百五十。
⑨ 参见本书第八章第二节所论。

轻靡而就沉着,尚铺缀而略陶镕"①,意谓王诗宗尚李、杜得法,诚有可取之处。又他致顾璘的《复大中丞顾公论诗书》评述有唐"五七言近体",以李、杜二家合王、孟、高、岑、崔、储诸人,目之为"陶镕变化,集厥大成"②。但与王维桢"尤宗杜氏少陵"的立场有所不同,在关注和推尚李、杜二家的大目标之下,比较具体的对象,袁袠对其中的杜诗则并未一味标誉,而或有指摘之词,王格序袁袠文集,述说袠曾与之"谭及艺文",而"语余曰:'杜子美,诗人之富者耳,其妙悟盖不及王、孟诸公。'"③这显然是说,杜诗并非完美,"妙悟"欠缺而不及王、孟等人诗品,就是其美中之不足。在如何对待李、杜诗歌的问题上,胡缵宗也曾明确表达其个人的立场。前述胡氏声称"诗宗李、杜",尤其主张近体以李、杜为尚,不过他审视李、杜之诗,对于二家的态度还是有所区别,他在《李太白诗题辞》中指出:

> 唐诗古体曰陈、李,近体曰李、杜尚矣。沈、宋、王、孟、高、岑诸子,亦称大家,然不能及也。李诗,杜子美亟称之曰"不群",曰"无敌",曰"飘逸"、"清新",见之既真,品之亦切矣。夫李天才隽拔,不可矩矱,自为有唐一人豪,贺知章呼为谪仙,谅哉!故曰千载独步。然杜易学,李难学。学杜如学颜,学李如学孟。孟子气象大,李才高。学道者学孟无进步处,学诗者学李无下手处。故曰李多天仙之辞。④

虽然胡缵宗曾自言:"予自幼嗜韩文、杜诗,然莫究其矩度。及长工古文辞,工雅调,然莫测其渊奥。"⑤其中于杜诗难掩嗜爱之情,但比较李、杜,他显然更推崇李白诗歌。题辞指出与易学的杜诗相比,李诗显得难学,无非认为李白才力超卓,非常人所能企及,于是使得学诗者"无下手处",而许之以"自为有唐一人豪"、"千载独步"云云,已是不吝赞誉之辞,极力标榜之意,尽在其中。除此,他的《李诗近体跋》又对李白近体诗称赏有加,其云:

---

① 《衡藩重刻胥台先生集》卷十四。
② 《衡藩重刻胥台先生集》卷十九。
③ 《袁永之集序》,《衡藩重刻胥台先生集》卷首。
④ 《鸟鼠山人小集》卷十三。
⑤ 《愿学编序》,《愿学编》卷首。

> 律诗出唐以后,非古也。今世读律而遗古者众矣。诗自四言而五言,
> 而六言,而七言。自《风》《雅》《颂》而《离骚》,而古体,而近体,其变极矣。
> 知诗者虽遗律而不传、不习,亡伤也。宋以前称诗者,必曰唐;称唐诗者,必
> 曰李、杜。而今世多读杜诗,岂以杜诗近体多于李诗,适中今时之好邪? 今
> 观李诗近体虽仅百首,而其天才俊丽,不可矩矱,试读之,夫岂在杜下哉?
> 特人未多见,亦未熟读耳。因摘出刻之,以为读杜而遗李者助。夫岂敢遗
> 古而尚今,自任其咎哉! ①

体察其论,胡缵宗推尚李白近体,不仅针对"读杜而遗李"的阅读背景,以为不能因
倾重杜诗而忽视李诗,而且强调李白近体数量虽不甚多,但以"天才俊丽,不可矩
矱",自具特色而不在杜诗之下。这一方面出于胡氏"近体曰李、杜尚矣"的尊崇二
家的基本立场;另一方面则蕴含比较李、杜的意图,正如他褒赞李白"自为有唐一
人豪"、"千载独步",并以为"杜易学,李难学",于李、杜之间不无有所轩轾之意,推
尚的重心偏向李白诗歌,维护和抬升李诗宗尚价值的用意是十分明显的。

简言之,这些应合李、何诸子的复古之士,其分别执持的主李与主杜的取
向,根植于他们宗唐尤其是盛唐诗歌的原则立场,在李、杜之间有所偏重,这不
足以撼动他们标立李、杜为诗歌史上具有特殊地位的典范诗人的根本态度,而
承续着接受李、杜诗歌的历史传统。与此同时,于李、杜二家间作出优先取法的
选择,彰显了他们在尊崇李、杜的大目标之下分别表现在审美取向上的某些差
异。这些差异则提示他们对于诗歌复古路径及意义的各自理解,比照李、何诸
子,相互之间除了原则问题上的合调,也呈现某些具体而微的区别。可以这么
说,他们提出的主张,既融入了李、何诸子宗唐的复古论调,又保留了各自申述
的自由空间和理论个性,这使得我们在凝视他们契合李、何诸子观念的同时,又
需仔细辨别各自的理论重心之所在。

第三节 "格调"说的申述及其旨意

探析这一时期那些倾向复古的诗家或论家的诗学思想,还应该关注的另一

---

① 《鸟鼠山人小集》卷十四。

个或为其所聚焦的理论问题,即多少已引起研究者注意的如胡缵宗等人申述的"格调"说。① 这一主张,又是我们比较其和李、何诸子相关论说近似性的一个重要切入点。

前面章节已论及,李、何等人曾分别提出"格调"说,尽管此说不能涵盖李、何等人诗学思想的全部,事实上他们也并未以此来总括自己的诗学立场,但对于格调的注重,又的确成为他们诗学思想的一个重要面向。特别如李、何二子对格调意义的辨识,从整体上来看,体现了他们具体落实诗歌体制建设的相应要求,尤其在复古意识的主导下,他们提出的格调准则,主要还是以古典文本的体制作为参照目标。来看胡缵宗如何一再申述他的"格调"说,他在《愿学编》中即指出:

> 元杨伯谦选《唐音》,其主于调乎? 国朝高棅选《唐声》,其主于格乎? 汉诗无调与格,而调雅,而格浑;唐诗有调与格,而调适,而格隽;五代而下,调不协而格不逸,未见其有诗也。②

类似的表述,也见于胡缵宗《刻唐诗正声序》:"诗自杨伯谦《唐音》出,天下学士大夫咸宗之,谓其音正,其选当,然未及见高廷礼《唐声》也。……然伯谦所选亦精矣,而廷礼所选加严焉,诗岂易言哉! 三复之,伯谦其主于调,廷礼其主于格乎? 汉诗无调与格,而调雅,而格浑;唐诗有调与格,而调适,而格隽;五代而下,调不协而格不纯,未见其有诗也。"③很显然,"格浑""调雅"的汉诗及"格隽""调适"的唐诗,与"格不纯""调不协"的五代以下诗歌之间,被截然划出一条体现格调高下之分的清晰的界线,经此划分,汉唐诗歌在格调层面的实践意义和示范价值被予以高度认可。假如要辨认胡缵宗以上申述与李、何等人的主张之间形成的共同点,那么其将诗歌格调的取则标准,同样定格在相应古典文本的体制上。

作为诗歌的一种传统批评话语,格与调的概念,在历代诸家的诠释系统中虽各自被赋予了特定的意义,大致而言,格指向诗歌的体制格局,调指向诗歌的

---

① 参见查清华《明代唐诗接受史》,第88页至89页,上海古籍出版社2006年版。
② 《愿学编》卷下。
③ 《鸟鼠山人小集》卷十二。

音声律度,二者分别成为作品质貌或气象、韵调或风致的呈现,但彼此之间又非截然分隔,而是在意义指向上同时形成某种交叠。① 尤其是这种意义交叠认定的特殊性,也为一些诗家或论家对于格调之义作出偏向性的认知,制造了一定的空间。综观胡缵宗所述,他对格调的主张,重点是和对诗歌音声律度的要求联系在一起。可以再来看上引胡氏《刻唐诗正声序》起首所云:"诗自杨伯谦《唐音》出,天下学士大夫咸宗之,谓其音正,其选当,然未及见高廷礼《唐声》也。夫声犹音也,《书》曰:'声依永,律谐声。'音即律也。故声成文,音成章,皆谓之诗。然伯谦所选亦精矣,而廷礼所选加严焉,诗岂易言哉! 三复之,伯谦其主于调,廷礼其主于格乎?"②序中"声犹音"、"音即律"云云,固然属于围绕杨士弘所编《唐音》和高棅所编《唐诗正声》而展开的针对性解说,但如果结合胡缵宗"伯谦其主于调,廷礼其主于格"的判断来看,不难发现他对格调的主张,重点聚焦于对诗歌音响声调的要求。有关这一点,如果再联系胡缵宗《拟汉乐府》自序对汉乐府所作的论评,或许可以看得更加清楚:"然长短、疾徐、清浊、高下,惟协为至,协斯谐矣,谐斯永矣。今观鼓吹、横吹,浑而朴;相和、清商,雅而畅;舞曲、杂曲,隽而永。六署既分,五音六律复协,上原《雅》《颂》,下薄骚些,后有作者,其能外其格调同其音响哉?"③此说提出了一个关键性的问题,后世作者创作乐府诗,惟有学汉乐府之"格调",方能做到同其"音响"。"格调"与"音响"关系之紧密,自此也可见一端。

就对"格调"说的主张而言,还应注意到此际孙陞所发之论。陞字志高,号季泉,馀姚(今属浙江)人。嘉靖十四年(1535)举进士,授翰林编修,仕至南京礼部尚书。他在《与陈山人论诗书》中指出:

　　古今论诗主格调,高古曰格,宛亮曰调,严沧浪诸人发明殆悉,足下所知也。仆向云先结构而后修词,盖主最上乘说也。今海内诗人摹拟唐之声调,皆足成名。老杜最尚格,亦云"语不惊人死不休"。试观杜律,冲澹而有气骨者甚多,不皆入选,而入选者,词率清丽。可见风容色泽,固亦诗家之所崇尚也。李空同氏者,振古雄才,今之老杜,仆何敢望?足下拟之,过矣。

---

① 参见汪涌豪《范畴论》,第152页,复旦大学出版社1999年版。
② 《鸟鼠山人小集》卷十二。
③ 《拟汉乐府》卷首。

若所与何大复辨论,诋其好词乖法之失,信有之,然何氏亦尝诋李,谓其作疏卤,间涉于宋。然乎? 否乎? ……李氏诗秾厚而不重浊,苍老而不枯寂,含蓄而不窒晦,即所讥评宋人数语,可概识也。曰宋人主理不主调,而唐调亡于宋,黄、陈二家学杜,而其词艰涩,不香色流动,若入神庙土木而冠服然者。语在李集中,足下何不取而观之? 何氏亦今代人豪,尝刊定王右丞诗。王诗尚调,何近之。历数古今名家大方,宗杜者不废王,右李者不贬何,此又可以观也。诗如画,意兴所到,形神毕具,称善画。诗又如乐,羽干在列,节奏比和,称备乐。故诗不得舍声调而专气骨,画不得遗色相而事模临,乐不得废音响而寻条理。诗本难言,然可意求,格由深造,亦从调入。足下所为声调,可当宛亮,继今脱去浅近,进之高古,开阖照应,倒插顿挫,变化不穷,则固从此其入门也。仆非知诗者,然亦岂专气骨而不声调者哉?①

总括孙鑛论议的要旨,至少体现在如下两点:一是注重格调,以他所见,古今论诗者多主格调,推崇高古之格、宛亮之调,已是历来诸家形成的某种共识。这一定论,为他接下去进一步阐发此论作了必要的铺垫。二是在拈出格调之古今共识特征的基础上,偏重于对其"调"之意义展开抉发,这是他论议聚焦的重心所在。孙鑛提出,"格由深造,亦从调入",这一说法表示,"格"的塑造,得益于"调"的经营。他劝导陈氏"所为声调,可当宛亮,继今脱去浅近,进之高古",大意即谓由"宛亮"之"调",进而塑造"高古"之"格",说的正是这一层意思。由此可见,孙鑛论格调,更专注于其基本意义指向音响声调而为诗歌品格意度之重要构成的"调",乃至于主张以"调"造"格",他声称"今海内诗人摹拟唐之声调,皆足成名"也好,认定"古今名家大方,宗杜者不废王,右李者不贬何"也罢,无不是为了说明诗不可"舍声调而专气骨",不可忽略"调"在格调营造中的重要意义。

概括起来,胡缵宗、孙鑛都高度关注诗歌的格调问题,这也成为关联李、何诸子复古立场的一个重要而具体的诗学话题。他们主张的"格调"说,具有一个共同的特点,这就是格外注重"调"的经营,强调音响声调在诗歌审美构造中所起的特别作用。回观李、何等人对格调的阐说来看,其中本于音响声调之基础的"调",也备受他们的重视,再熟悉不过而具代表性的例子,即李梦阳在《缶音

---

① 《孙文恪公集》卷十四,《四库全书存目丛书》影印明嘉靖袁洪愈、徐栻刻本,集部第99册。

序》中所言：“诗至唐，古调亡矣，然自有唐调可歌咏，高者犹足被管弦。宋人主理不主调，于是唐调亦亡。”[①]“调”的重要意义，在“古调”、“唐调”和宋诗的比较中得以充分彰显，其既被作为区分唐代古诗和汉魏古诗的品鉴准则，又被作为辨察唐宋诗歌价值差异以至排击宋诗的分别界线与理论依据。至如何景明《明月篇》序，自述从原先“读杜子七言诗歌”而“爱其陈事切实，布辞沉着”，“以为长篇圣于子美矣”，到后来“读汉魏以来歌诗及唐初四子者之所为，而反复之”，两相对比，“乃知子美辞固沉着，而调失流转”，以为“其调反在四子之下”[②]。这一杜诗阅读体验的反转，表明何景明所持诗歌评鉴标准之苛严，重要的一点，即出自他对“调”的严格品味。要而言之，胡缵宗、孙陞申述的“格调”说，其大旨与李、何等人的主张相合拍，只不过较之后者，无论如胡缵宗强调“格调”与“音响”之间构成的紧密关系，还是如孙陞声明“格由深造，亦从调入”，进一步增加了“调”在“格调”说中的意义比重，强化了音响声调对于诗歌审美构造的重要性。在另一层面，则还须注意到尤其是胡缵宗所主“格调”说呈现的尚雅特征，他在为自己编辑的《唐雅》一书所撰的序文中声明：

　　　　朱子谓《三百篇》多可被之管弦，可被之管弦即可入雅。然唐贤之诗虽多，可以入雅者亦无几焉。夫《咸池》、《韶》、《濩》，是为雅乐；《康衢》、《击壤》，是为雅倡；商彝、周鼎，是为雅制；土鼓、陶匏，是为雅奏；回琴、点瑟，是为雅操。李唐之诗，鸣金戛玉，引商刻羽，不谓之雅调乎？故乐以雅为则，辞以雅为至。故义不典则文不雅，致不隽则诗不雅。故思不正则格不雅，兴不适则调不雅。古今谭诗文者，一则曰古雅，一则曰典雅，而雅其体也。……今观唐诗，杨、王、卢、骆，辟之日初升，月初出，其光煜煜，其色沧沧；陈、杜、沈、宋、李、杜、王、孟、高、岑、储、李、王、常，辟之日既高，月既复，其光皛皛，其色盈盈；刘、钱、韦、柳，辟之日未昃，月未亏，其光晖晖，其色耿耿。皆可仰而不可及。唐之世代抑可考而见，而其文献亦可按而知也。求唐诗入雅者，盍于是涵咏也哉？外诸君以求雅，亦难乎其声金振玉矣。是故乐府多可歌舞鼓吹，故可以格，可以歈；古体绝句多可歌舞，故可以感，可以创；近

---

①《空同先生集》卷五十一。
②《大复集》卷十四。

体亦多可歌，故可以倡，可以和。斯不可为雅乎？斯不可为《三百篇》之遗乎？①

此序尽管重点就《唐雅》之选展开论说，表列有唐一代不同时期众多诗人中之"可以入雅者"，但透过于此，可以见出胡缵宗于诗"求雅"的一般取向，这包括他对格调之雅的要求。追究起来，胡缵宗注重格调，乃至于主张格调之雅，其主要的意图，不外乎为了落实诗歌特定的宗尚目标，极力维护这些目标在示范层面的纯正性。如他所说："汉诗无调与格，而调雅，而格浑；唐诗有调有格，而调适，而格隽；五代而下，调不协而格不逸，未见其有诗也。"②这已是在区分汉唐诗歌和五代以下诗歌之间格调之轩轾。以有唐一代诗歌而言，它们自被胡缵宗当作能引以为法的极其重要的一份古典资源，但是"唐贤之诗虽多，可以入雅者亦无几焉"，因此可以说，格调之雅的衡量标准又是十分严格的。再循着胡缵宗解释的思路，格调之雅除了要求体现雅正的传统风教精神，如谓"思不正则格不雅，兴不适则调不雅"，又如谓乐府："诗之教曰发乎情，止乎礼义，其乐府之谓欤？故乐府足以感物格神，驯禽舞兽，不徒诵读而已也。一音不备，不可以言乐；一言不协，不可以言乐府。乐不可有郑声，乐府不可有艳辞。"③又指向诗歌浑朴古雅、舂容隽永的一种艺术审美品格。如胡缵宗在《唐雅序》中交代自己辑有唐一代雅诗之原则："廷礼谓予于欲离、欲近而取之，愚亦谓予于欲协、欲谐而取之。故乐府必典则，古体必舂容，绝句必隽永，近体必雄浑，铿然如金，珍然如玉，虽不可尽陈之宗庙，然皆可咏之闾巷也。"④这是就不同诗体的要求来说的。再如他《拟汉乐府》自序总括汉乐府的特点："今观鼓吹、横吹，浑而朴；相和、清商，雅而畅；舞曲、杂曲，隽而永。六署既分，五音六律复协，上原《雅》、《颂》，下薄骚些，后有作者，其能外其格调同其音响哉？故奏之郊庙，则为吉乐，播之师旅，则为军乐，此不足以宣畅其心而平其情哉？汉尚矣。"⑤这是就乐府一体的标准来说的。至如他的《陈思王诗集序》评议曹氏父子兄弟诗作，认为其诗承汉之脉而

① 《唐雅序》，《鸟鼠山人后集》卷二。
② 《愿学编》卷下。
③ 《设为问对》，《拟汉乐府》附录二。
④ 《鸟鼠山人后集》卷二。
⑤ 《拟汉乐府》卷首。

开魏之源:"诗自《三百篇》而后,汉尚矣,魏亦何可及也。曹氏父子兄弟,固汉之支也,而魏之源开矣,质朴浑厚,春容隽永,风格音调,自为阳春白雪。晋以下难为诗也。"[①]这又是就汉魏诗歌一脉承继的优长来说的。确切地讲,胡缵宗宣称的格调之雅,在本质上并未跳脱诗歌传统的批评话语,比较李、何等人主张的"格调"说,二者的基本主旨大略相吻合。不过细究起来,彼此还是有着些许的差异,胡缵宗的说法相对提升了格调鉴评的层级,更加在意诗歌品质的规范化。这一根本性的动机,促使他在遵循以古为范的理路而确立诗歌取舍标准之际,实施一条严格分辨、精纯过滤的辨别原则,为的是确保那些雅格雅调之诗作为重点古典资源的纯正品质。如他介绍《唐雅》编辑之缘起,多少可以说明这一点:

> 故读《英华》、《纪事》,见唐诗之丽如星;读《品汇》、《文粹》,见唐诗之昭如汉;读《河岳英灵》、《极玄》,见唐诗之炳如辰;读《正音》、《正声》,见唐诗之灿如宿。缵宗所辑《唐雅》,虽不敢望诸先正之明,倘宣畅之,其殆焕乎如斗欤!然未敢以为然也。其诸《间气》、《国秀》、《箧中》、《又玄》、《三体》、《百家选》、《类选》诸集,要各有得,姑俟再订焉尔,况诸本或不收杨、王、卢、骆,或不录李、杜、韩,或多入贾、温、许、李,则雅音不纯而或阙,谓为一代之诗,恐未可称尽美也。

以上涉及前人各类选录唐诗文本得失的点评,或许不足为怪,因为这是选本编辑者为突出自己所编的优长、强调独立编选的理由而通常采取的一种比较策略。正如胡缵宗于《唐雅》之编自称,"故缵宗所辑,必其出汉魏,必其合苏、李,必其为唐绝倡,否则,虽工弗取"[②],声明该编在辑录体例上更为合理,在取舍标准上绝不苟且。不过,有一点从上面的自述中可以体味出,胡缵宗编选《唐雅》的态度还是十分严刻的,指出前人选本"雅音不纯而或阙",并不仅仅出于一种挑剔和与之相伴随的比较策略,而的确又和他严格审辨雅格雅调的选录宗旨有关。

---

① 《鸟鼠山人小集》卷十一。
② 以上见《唐雅序》,《鸟鼠山人后集》卷二。

第四节　摹习与自得的平衡

再回顾李、何诸子构建的复古系统,为加强对贯注于古典文本中的相应法度的辨认与掌握,熟习古人作品的体格或体式,学古与习法常常被紧密联系在一起,也因如此,他们大多主张以摹拟作为学古习法的一条必要路径。王廷相在《与郭价夫学士论诗书》中说得再明白不过,声称"工师之巧,不离规矩,画手迈伦,必先拟摹",由此达到"调其步武,约其尺度,以为我则"[①]的目的。李梦阳《徐迪功集序》依据"夫追古者,未有不先其体者也"的原则,推许徐祯卿所作能"议拟以一其格"[②]。不过即使如此,他们并未否定自我经验的重要性,同时强调在学古习法基础上的自主变化。比较典型的例子,即如何景明在《与李空同论诗书》中将"体物杂撰,言辞各殊,君子不例而同之也,取其善焉已尔",归纳为"皆能拟议以成其变化也"[③]。如果说倾向学古习法,乃至于要求以古作相摹拟,本质上出自李、何诸子重视复古的基本立场,那么强调善于自主变化,主张自我经验的合理介入,则是他们为避免陷入机械的拟古而提出的制约措施。

如前指出,从此际应合李、何诸子的复古之士的取向来看,要求投注古作,以古为范,包括潜入古典文本中去体认和汲取相应的法度,也不同程度为他们所声张,他们严格审视古典诗歌系统,勉力追本溯源,为的是"不蹈旁蹊",选择足具取法资质的正宗目标。但另一方面,作为学古习法连带引出的一个重要问题,李、何诸子所谈及的如何规避机械拟古之风险的话题,又同时成为这些复古之士讨论的一个要点。王维桢在致宁夏胡侍《与胡蒙谿书》中提出:

> 古称作者,谓创制立言,自明其指也。今好古之士,苟幸微名,往往袭而用之,但可称述,难语作者。故诗有自立俗格、窃夺古意者,则尸祝之传告也。既拟其体、复掠其语者,则庄生之胠箧也。仆观公诗屡出己见,半皆昔人未吐之语,所谓因情随体陈致,以称作者,非邪？至征事幽奇,铸词秀

① 《王氏家藏集》卷二十八。
② 《空同先生集》卷五十一。
③ 《大复集》卷三十。参见廖可斌《明代文学复古运动研究》,第 127 页。

俊,即古之作者不能抗也。①

基于倾重学古习法的立场,王维桢曾表示:"夫古者,今之范也。君子之言也,非法
不道,故美而传今。夫公输子,天下之巧人也。若释规矩而自创则拙。"②推究其
意,古之君子为言,寓"法"其中,开启先导,这是要求今人以古为范的根本依据;
"法"如"规矩",必须循守,不可弃置,这是警示"自创"发生的不良后果。至于他称
赏"本朝作者,空同老翁圣矣","至若倒插顿挫之法,自少陵善用之者,空同一人而
已"③,在表彰李梦阳善于用"法"之馀,指明了体认和汲取古典文本相应法度的必
要性。然而,出于对问题两面性的考量,王维桢又不忘声明,古之"作者"与今之
"好古之士"有着本质上的区别,真正的"作者",能够"创制立言,自明其指",充分展
示自我经验,所谓"好古之士",不过是"袭而用之",或者"自立俗格、窃夺古意","既
拟其体、复掠其语",终究沦于"称述"。他品读胡侍诗什,许以"屡出己见,半皆昔
人未吐之语",则像是在解释学古的一项基本原理或基本常识,也就是既要做到以
古为范,用心摹习古典文本的法度,又须融合一己自得的话语,体现自我经验的充
分介入。以此察之,王维桢在《答俞是堂宪使书》中谈到了类似的问题:

> 仆留保州一日,得尽读所惠集,终其编,总之皆澹然自得之趣,与世之
> 剿袭雷同者,当以《云门》、瓦缶论也。至其意格,则自创轨辙,耻践陈踪。
> 北地李先生每以尺寸古人为宗指,难与公同日言矣。又词家尚风骨,谓肌
> 肤百骸之所会,感物效情之所将耳。少陵坐是而因寡嫣然之态。近来诗人
> 颇少之,乃遂幡然回首,喧喧乎向韦、柳之门矣。仆观韦、柳诗诚澹雅不浮,
> 读者一过辄快,其以书怀述事莫尚焉,盖与少陵异制而同情也。古人之言
> 曰:天下一致而百虑,殊途而同归,何必其法之似哉!公诗在韦、柳伯仲之
> 间,或又有步骤少陵者,盖总统之才、龙蛇之德也。④

信中所论议的,实际上涉及如何平衡学古的两面性问题,其着重谈到了阅读俞

---

①《王氏存笥稿》卷十六。
②《钤山堂集序》,《王氏存笥稿》卷一。
③《后答张太谷书》,《王氏存笥稿》卷十四。
④《槐野先生存笥稿》卷二十六。

氏之作的个人心得,推许俞诗具有"澹然自得之趣",能够"自创轨辙,耻践陈踪",以为俞诗既效习韦、柳,又追步杜甫,效法古作之际,却并未板滞地独主一家,专习一法,表现出总而统之的才力。看得出来,这番评论也由此点示了学古需要掌握的一般原则,即习学古人不应成为"剿袭雷同"的理由,摹习古作法度不能限于"其法之似"的层面,最终贵在表现融合作者一己之体悟的"自得之趣"。需要指出的是,王维桢生平格外服膺李梦阳,认定"空同有神变无方之用,有精纯不杂之体"①,但在此,却从另面去审视为他极力推崇的李梦阳的学古所为,于其"每以尺寸古人为宗指"颇有微词。这说明了一个问题,他除了欣赏李梦阳的学古所得,也注意到其"尺寸古人"的泥古之失,即使对方被他树为"本朝作者"之"圣",但并不能成为掩饰和宽容其这一缺失的理由,自然,王维桢对李梦阳"尺寸古人"的指摘,发自他担忧学古而滑向"剿袭雷同"的戒慎之心。与这个话题相关,王维桢在《驳乔三石论文书》中谈及世人摹拟古文之弊:"今海内翰卿墨士彬彬然兴矣,其拟则史迁之作者不可胜数,往往藉格袭词,犹之画临粉本,书摹法帖,求一毛之似,幸半体之同,以为奇绝,固未有蜕弃陈骸、自标形神者也。"②他在此谈论的虽然是今人习学古文的现象,但从学古的角度来说,这一问题指涉反对"藉格袭词"而追求"蜕弃陈骸,自标形神"的一般原则,自和以上诗歌习学的问题存在相通之处,均强调于古摹习之际不可丧失自得。他在《赠孙伯泉画菊歌》序中藉观友人画菊,阐说诗画相通之道,亦当作如是观:"夫画之道与诗通也。神情苟会,则意象随具;心手应援,则态度弗乖。古亦有言,惟其有之,是以似之。伯泉之谓也。若中无栽植,临景仿佛,得其茎则叶失,体干即完,色相不浮。诗亦若是而已。故诸艺能之品,未始无法,泥法者隘,弗学弗得,自得者鲜哉。桢自操觚以来,注情篇什,期诣渊邃,然妙悟竟隔。即观伯泉所为菊,穷日拂玩,脉脉洒洒,遂有解如此云。"③他想表达的要旨是,诗和画一样,均须讲究一定的法度,虽然如此,又不可拘泥于摹习之法,"无法"和"泥法"皆不可取,后者导致的结果则是"自得"的沦丧。王维桢自述为诗"妙悟竟隔",既是自谦之辞,也是经验之谈,其悟出的正是这样的一番道理。

就这个问题而言,宝应人朱曰藩的态度更引人注意。曰藩字子价,号射陂,

① 《后答张太谷书》,《王氏存笥稿》卷十四。
② 《王氏存笥稿》卷十五。
③ 《王氏存笥稿》卷十七。

朱应登之子。嘉靖二十三年(1544)举进士,授乌程知县。擢南京刑部主事,转礼部郎中,出知九江府,卒于官。鉴于其父朱应登生平与李梦阳等人交谊深厚,喜好古文词,顾璘所撰墓碑,谓应登"发愤覃精,力绍正宗。其文刊脱近习,卓然以秦汉为法;其诗上准《风》、《雅》,下采沈、宋,磅礴蕴藉,郁兴一代之体"①,因此可以说,朱曰藩接受家学熏染而倾向李梦阳所倡复古举措的条件得天独厚。陈文烛序朱氏《山带阁集》,就说他"平日好古慕李献吉,而能去陈脱近,秦汉是宗,卓然备一代之体"②。朱曰藩《跋空同先生集后》所言则更能证明这一点,其云:

> 君子之学,无所倚之谓圣,是故中正和平,言出为经,尼父不可尚已。孟氏而下,吾未见其无所倚也。倚者何?德未及化,必藉于气以挥霍,其言大,其事功耳。轲之言曰:"我善养吾浩然之气。"七篇之中,大抵皆是气之挥霍也,其视中正和平者有间矣。先友空同李公,以奇材卓识在弘治、正德间倡为古文,力追秦汉,一扫近代沿袭委靡之弊。有集若干卷传布宇内,读者谓若有物冯藉其间,景骇响振,使人不敢以亵玩,何也?盖由公平日毅然以节义自任特立。抗疏诋外家,连巨珰,三入犴狴,濒死,卒不死,以其孤愤泄为文章,结体包宇宙,捶字入秋毫,遒丽尔雅,动高前式。当其自信时,虽宋苏轼、唐韩愈,薄不为也。公之文谓有所倚,非邪?公固一代间气哉!③

跋文以"先友"称谓李梦阳,隐含某种家学意识,而对梦阳"倡为古文"的作为,断言"一扫近代沿袭委靡之弊",视为革除当时文坛弊害的创举,并从藉气以挥霍的角度,审视李梦阳"以其孤愤泄为文章"的作风,标榜之意,尽在其中。关于朱曰藩在家学的背景下对待李、何诸子的态度,钱谦益曾述及之:"当李、何崛起之日,南方文士与相应和者,昌榖、华玉、升之三人,而升之尤为献吉所推许。子价承袭家学,深知拆洗活剥之病,于时流波靡之外,另出手眼。其为诗,取材《文选》、乐府,出入六朝、初唐,风华映带,轻俊自赏,宁失之佻达浅易,而不以割剥

---

① 《凌谿先生墓碑》,朱应登《凌谿先生集》卷十八附录,《四库全书存目丛书》影印明嘉靖刻本,集部第51册。

② 《山带阁集序》,朱曰藩《山带阁集》卷首,《四库全书存目丛书》影印明万历刻本,集部第110册。

③ 《山带阁集》卷三十三。

为能事。"①钱氏生平于李、何诸子倡导复古之学多有訾诋，②这已是人所熟知的事实，以上所述也不外于此，出于鄙薄李、何等人的立场，其认定朱曰藩"承袭家学"却"另出手眼"，难免有极力夸大他和李、何等人歧异之嫌，未能充分注意朱氏慕尚李梦阳的一面，诚不足为据。不过，除了秉承家学而倾向复古，朱曰藩比较在意防范学古而过于"信古"，的确也是事实。他在序袁袠文集之际即指出："弘、德间，海内数君子者出，读书为文，断自韩、欧以上，稍变前习，一时学士大夫歙然趋焉。而柄文者顾不之喜，目其文曰字子股，乃数君子亦抗颜不之恤，各以其志勒成一家之言行于世。然以天下公器趋舍相诮，识者非之。他日读胥台先生投大梁李公书，盖爽然自失矣。书中云吾能总统包容，则无可无不可。斯言也，其中和之经乎？夫趋时久则不免于规磨之偏，信古过则亦陷于陆沉之弊。君子所养，苟有定极，则和衷之下交相为用，奚以诮为？"③由此观之，朱曰藩并未否认学古本身的合理性，并未排斥弘治、正德间李、何等人"稍变前习"的复古之举。但他同时以为，过于"信古"则容易陷入迂执昧陋之弊，走向过犹不及的极端。用他的另一席表述来解释，在投入学古之际，为避免过于"信古"，就需强化"自信"，而"自信"源于"自得"。他在致友人莫如忠的《与莫中江书》中论诗云：

　　诗末技也，以吾中江旷世之识、超凡之才，奚屑语此？顾乃卑逊如处女，使人人若得以开户焉者，何邪？且以古人之诗言之，其为调之高雅，措词之藻丽，立意之玄妙，中江岂不知也？顾乃一有所作，于己之调、之辞、之

<hr />

① 《列朝诗集小传》丁集上《朱九江曰藩》，下册，第449页。
② 《列朝诗集小传》丙集《李副使梦阳》："献吉生休明之代，负雄鸷之才，倜然谓汉后无文，唐后无诗，以复古为己任。信阳何仲默起而应之。自时厥后，齐吴代兴，江楚特起，北地之坛坫不改，近世耳食者至谓唐有李、杜，明有李、何，自大历以迄成化，上下千载，无馀子焉。呜呼，何其悖也！何其陋也！……献吉以复古自命，曰古诗必汉魏，必三谢；今体必初盛唐，必杜；舍是无诗焉。牵率模拟剽贼于声句字之间，如婴儿之学语，如桐子之洛诵，字则字，句则句，篇则篇，毫不能吐其心之所有，古之人固如是乎？天地之会运，人世之景物，新新不停，生生相续，而必曰汉后无文，唐后无诗，此数百年之宇宙日月尽皆缺陷晦蒙，直待献吉而洪荒再辟乎？"（上册，第311页。）同上《何副使景明》："余独怪仲默之论，曰：'诗溺于陶，谢力振之，古诗之法亡于谢；文靡于隋，韩力振之，古文之法亡于韩。'呜呼，诗至于陶、谢，文至于韩，亦可以已矣！仲默不难以一言抹杀者，何也？渊明之诗，钟嵘以为古今隐逸之宗，梁昭明以为跌宕昭彰、抑扬爽朗，横素波而傍流，干青云而直上。评之曰'溺'，于义何居？世运迁流，风雅代变，西京不得不变为建安，太康不得不变为元嘉，康乐之兴会标举，寓目即书，内无乏思，外无遗物，正所以畅汉魏之飚流，革孙、许之风尚，今必欲希风枚、马，方驾曹、刘，割时代为鸿沟，画晋、宋为鬼国，徒抱刻舟之愚，自违舍筏之论。昌黎佐佑六经，振起八代，'文亡于韩'，有何援据？吾不知仲默所谓'文'者，何文，所谓'法'者，何法也。……弘、正以后，讹谬之学，流为种智，后生面目倔背，不知向方，皆仲默谬论为之质的也。"（上册，第323页。）
③ 《袁永之集序》，《山带阁集》卷二十八。

意，反迟疑而不能决，迁延而不敢出，岂古人所有，中江独无哉？意者耽嗜太锐，谦虚太过。是以自信不专，求全太速，反有伤于渊雅之致耳。诚欲猎古人之菁华，传一己之体格，不蕲胜于人，不苟同于俗，博采以聚之，玄览以一之，未契不强求，寸契勿固执，若有若无，必俟其优柔自得，与己为一。盖自得则自信，自信则无古今，无人我，合嘉会之绪，成众妙之门，不贵黼黻而贵简切，不贵糟粕而贵神奇，浑融无迹，自不待较之于铢铢两两之间矣。方其求之之初，千蹊万径，我或不免为古人所使，至此则通于一，而我反使动古人也。是故自信由于自得，必自得始可以言诗也。①

书中谆谆为言，对莫氏所作微词相谕，在朱曰藩看来，对方以往之作因陷于"信古"之"过"，导致"于己之调、之辞、之意，反迟疑而不能决，迁延而不敢出"，归根结底，缘于不能"自得"，乃至缺乏"自信"。可以看出的是，他对莫氏的劝谕，其实表达了在如何对待学古问题上的原则性意见，也即既要"猎古人之菁华"，又须"传一己之体格"，而恰当把握二者关系的功力，则体现在从"我或不免为古人所使"趋于"我反使动古人"的自我跃升与完善，这是学古所导向的"无古今，无人我"而臻于"浑融无迹"的一种理想境界，又正是"自得"以至"自信"这一终极目标使然。此为诗之命脉所系，也为诗之使命所在，故谓之"必自得始可言诗"。循此来看，也可以联系他在《霞石小稿序》中所言：

诗以道性情，故曰可以观。然贵有其才。有其才，又贵有其学。有其才，有其学，又贵养之。养之久，发诸性情之真，自有婉雅蕴藉、悲壮怨诮之妙，溢于言表，使读之者慨然得其志之所之，而泣为之下。是诗也，是诗也。求之于放臣怨女怀沙恤纬之口，为得其真，故圣人采焉。后之人不达圣人为教之本，才入雅道，便涉艺门，浮云白日，摘为古选，青枝黄鸟，拈为六朝，曾不知古人赏其一字几千金，流转如弹丸者为何物，卒使读之者只觉中间饾饤剪截，千篇一律，而竟莫得其志之所之。是诗也，为诗邪？②

---

① 《山带阁集》卷三十二。
② 《山带阁集》卷二十八。

反顾诗学思想的发展历史,类似于主张诗以抒发"性情之真"及以此作为诗之为诗判别标准的论调,实可谓司空见惯,构不成一个新颖的话题,这有可能成为人们忽略不及的理由。如果说朱曰藩上论还有值得关注的意义,那么它的意义并不在于这一诚属老生常谈话题的复述性质,而在于它和"必自得始可以言诗"论断联成的逻辑关系,不言自明,"性情之真"的沦丧,关联体现自我经验的"自得"乃至"自信"的缺失。依照朱曰藩的叙述,那些"摘为古选"、"拈为六朝"的学古者的作风,就是恰好的例子,其所为诗什"性情之真"的丧失,沦为"饾饤剪截,千篇一律",无疑缘于作者"自得"的贫乏,依此逻辑,当然也就谈不上可以"言诗"。进而察之,朱曰藩注意区别"学古"和"信古"的路径之异,突出"自得"乃至"自信"对于增强自我在摹习古作过程中的能动性的特别意义,其基本出发点,还不单单在于阐证恰当处理"猎古人之菁华"与"传一己之体格"二者之关系、认定以"自得"乃至"自信"为学古导引方针的合理性,而且在于面向复古之学及其流变态势激发出来的自觉的慎戒意识,特别是后者,作为本自他这样一位秉承有着复古背景的"家学"之士的自我观察和体验,更具有某种非同寻常的意义,也是值得我们格外留意的一个方面。

第十一章　复古轨辙的调整与移易

总观弘治中期以来为前七子及其盟友主导的复古思潮的发展趋势,并未因为正德、嘉靖之际前七子领袖人物李梦阳、何景明先后告逝,这股盛行文坛的思潮趋于平息,其在文人圈中的传播影响为之消沦。但从另一个方面来看,特别是自嘉靖之初以来,李、何诸子遵循的复古轨辙同时也在发生不同程度的调整和变移。观察之下,有几个动向格外值得注意,比如,关于六朝与唐代诗歌关系的重新梳理,从溯源的角度昭彰六朝诗歌影响唐代诗歌的历史意义;宗唐范围在盛唐诗歌之外的扩张,唐诗价值的阶段分际相对趋于淡化;针对李、何诸子偏重的雄浑豪放一路诗风所发生的审美移易,诗歌在审美目标的选择上呈现出某种丰富性。与此同时,作为当时"嘉靖八才子"中有着相当影响力的王慎中、唐顺之二子崛起于此际文坛,他们浸染程朱理学和接受阳明心学的学术取资,深刻影响了其包括诗学在内的文学思想,王、唐二子从早年慕效李、何诸子,到后来"追恨"以前"一味稚识,雕琢几句不唐不汉诗文而已"①,认定昔日"诗必唐、文必秦与汉云云者,则已茫然如隔世事,亦自不省其为何语矣"②,经历了他们文学体验的一场起伏,而这场起伏,显示其更多在学术思想注塑下文学立场的重大变更,也从一个方面,传递出嘉靖文坛反逆李、何诸子复古实践的一个强硬信号。

第一节　源流之辨:六朝与唐代诗歌关系的审察

对于明代自嘉靖之初以来诗坛的发展变化情势,人们常常会注意到逐渐

---

① 王慎中《寄道原弟书十》,《遵岩先生文集》卷二十,清康熙刻本。
② 唐顺之《答皇甫百泉郎中》,《重刊荆川先生文集》卷六,《四部丛刊》影印明万历刻本。

浮现的所谓推尚六朝诗歌的动向。王世贞序金銮《徙倚轩稿》曰："当德、靖间，承北地、信阳之创，而秉觚者于近体畴不开元与少陵之是趣，而其最后稍稍厌于剽拟之习，靡而初唐，又靡而梁陈月露。"①杨慎《升庵诗话》"胡唐论诗"一则谓"唐子元荐与予书，论本朝之诗"，所引唐氏之论其中也说："弘治间，文明中天，古学焕日：艺苑则李怀麓、张沧洲为赤帜，而和之者多失于流易；山林则陈白沙、庄定山称白眉，而识者皆以为傍门。至李、何二子一出，变而学杜，壮乎伟矣。然正变云扰而剽袭雷同，比兴渐微而风骚稍远，唐子应德箴其偏焉。嘉靖初，稍稍厌弃，更为六朝之调、初唐之体，蔚乎盛矣，而纤艳不逞，阐缓无当，作非神解，传同耳食。"②这些说法都似乎在指示一个明显的变化迹象，也即呈现在正、嘉之际诗坛而与李、何诸子宗尚趣味有所不同的重视六朝诗歌的倾向。

具体到此际诸诗家或论家的相关述论和实践，其确实也不同程度地显现出推尚六朝诗歌的征象，可见其诗学趣向之一端。如长洲皇甫汸、皇甫涍兄弟。汸字子循，号百泉，嘉靖八年(1529)举进士，历工部虞衡司郎中、南京吏部稽勋郎中等职，仕至云南按察司佥事。其兄涍字子安，号少玄，嘉靖十一年(1532)举进士，历工部虞衡司主事、右春坊司直等职，仕至浙江按察佥事。钱谦益曾总括二人所学："司直、司勋甫氏竞爽，学问源流，约略相似，始而宗师少陵，惩拆洗之弊，则思追溯魏晋；既而含咀六朝，苦雕绘之穷，则又旁搜李唐。当弘、正之后，畅迪功之流风，矫北地之结习，二甫之于吾吴，可谓杰然者矣。"③其中钱氏表彰皇甫兄弟"矫北地之结习"之功，多少是基于他对七子派抱持的个人成见而作出的主观评断，未必完全确切，不过说二人"含咀六朝"，点出他们重视六朝诗歌的倾向，则基本符合事实。如皇甫汸在《解颐新语》中指出："六朝不独诗尚绮靡，文亦藻艳，中有抑扬顿挫。语虽合璧，意若贯珠，非书穷五车，笔含万化，未足云也。"④此论后被王世贞理解成"为六朝人张价"⑤。而如皇甫涍，皇甫汸在《司直兄少玄集叙》中述其习诗经历和兴趣曰："方其家食含章，与徐生、二黄定交，笔札之间，笃嗜工部。既而何、李篇出，病其谿径，专意建安，尝曰：'诗可无用少陵

① 《徙倚轩稿序》，《弇州山人续稿》卷四十一，明刻本。
② 《升庵诗话》卷七，《历代诗话续编》，中册，第774页。
③ 《列朝诗集小传》丁集上《皇甫金事汸》，下册，第414页。
④ 《解颐新语》卷八《杂纪》，《全明诗话》，第2册，第1415页。
⑤ 《艺苑卮言三》，《弇州山人四部稿》卷一百四十六。

也。'至解巾登仕,与蔡、王二行人广搜六代之诗,披味耽玩,稍回旧好,雅许昌穀,乃曰:'诗可无用近体也。'又与王文部,李司封,唐、陈二编修剧谈开元、天宝之盛而心醉焉,乃曰:'诗虽《选》体,亦无使尽阙唐风也。'至为歌行,一本乐府,而参以太白,櫽括铙吹之餘,犹曰:'七言易弱,恐降格钱、刘也。'故其诗特工五言,而七言、近体薄不经想。"①据此,特别是他从当初"笃嗜工部"到后来"广搜六代之诗",诗歌的宗尚趣味显然经历了一个调整的过程。四库馆臣谓皇甫涍诗"宪章汉魏,取材六朝"②,也指出了其"含咀六朝"的一面。需要提及的是,皇甫涍对早年"沉酣六朝"的徐祯卿格外推重,曾经访得徐诗"百餘篇于其家"而"删其半",刻为《徐迪功外集》,并为作序,称徐诗"可以继轨二晋,标冠一代","夫并包众美,言务合矩,检而不隘,放而不逾,斯述藻之善经也,奚取于守化而暇诋其未至哉"? 而且表示:"李子当弘治、正德间,刻意探古,声赫然,君与辨析追琢,日苦吟若狂,毋各荣訾,卒所成就,多得之李子,而其知君顾未尽,况非李子哉!"③其中"守化"云云,主要针对的是李梦阳个人作出的感觉徐祯卿篇制"守而未化,故蹊径存焉"④的评断,认为李梦阳所言"知君顾未尽",则显为徐祯卿极力辩解,眷顾之意,自在其中。也因为如此,此举被钱谦益解读为:"子安刻《迪功外集》,皆昌穀未遇空同之作,深非李子守化之言,以为知之未尽,厥有旨哉。"⑤

再如华亭何良俊。良俊字元朗,少而笃学,嘉靖中以岁贡生入国学,除南京翰林院孔目,移疾免归。何氏序华亭张之象《剪彩集》而论"诗之为道"及演递之脉,其中云:

> 我明列圣纂服,大肆陶镕,群宰持衡,更加领袖。上播玄篇,下传正声。才情雄健者,咸取模于汉魏;思致清绮者,复降意于齐梁。由是建安、永明之风,洋洋乎遍于域中矣。唯我华亭,地偏江左,自机、云入洛,继踵曹、刘,希冯仕梁,比肩徐、庾。今虽世代绵越,风气迁殊,所赖昆丘岝崿,犹著爽灵,谷水澄泓,尚流芳润。故荐绅诸公与逢掖数辈,时相属缀,富有篇章,几

---

① 《皇甫司勋集》卷四十,《景印文渊阁四库全书》,第 1275 册。
② 《四库全书总目》卷一百七十二集部《皇甫少玄集》《外集》提要,下册,第 1506 页。
③ 《徐迪功外集序》,《皇甫少玄集》卷二十三,《景印文渊阁四库全书》,第 1276 册。
④ 《徐迪功集序》,《空同先生集》卷五十一。
⑤ 《列朝诗集小传》丁集上《皇甫金事涍》,下册,第 413 页。

能方驾天闲,遂欲争驰王路。①

何良俊审观和梳理本朝诗坛的取法路径,议及地处江左的华亭地区的诗习脉络,并置"汉魏"与"齐梁"而论之,不能不说含有将二者等量齐观的意味,这和诗学史上贬抑六朝诗歌的传统论调显然有所不同。可以相与印证的,还有何良俊《四友斋丛说》有关唐人皎然《诗式》论卢藏用《陈子昂集序》和齐梁诗之言的记载,②皎然对卢序"道丧五百年而有陈君(子昂)"一说不以为然,于是推举六朝诸家,质疑"作者纷纭,继在青史,如何五百之数独归于陈君?藏用欲为子昂张一尺之罗,盖弥天之宇"③。又提出"夫五言之道,惟工惟精。论者虽欲降杀齐梁,未知其旨",齐梁之诗"格虽弱,气犹正。远比建安,可言体变,不可言道丧"④。何良俊在此虽只是记载《诗式》所论,但这种有选择性的摘录,显然蕴含某种理性的考量,提示其诗学立场的倾向,能够间接看出他本人对六朝诗歌价值的独自判别。

　　当然,无论是皇甫兄弟"含咀六朝",或标举早年"沉酣六朝"的徐祯卿,还是何良俊从"江左"或"华亭"的风习出发,为六朝诗歌积极发声,令人多少能体味出散发在其中的地域文学意识,这也许是他们难以完全消泯的关怀和眷恋本土的心理基础。如果进一步来追踪推尚六朝诗歌的作为,可以看到,早在弘治、正德时期,作为六朝故都或相邻区域而得江左文学遗风的吴中、金陵地区,就出现了不同程度以六朝诗歌相宗尚的诸先导者,如祝允明、徐祯卿、顾璘、朱应登等人即为其中的代表,他们中有的虽未提出明确的主张,但在具体的经营实践中

---

　　① 《剪彩集序》,《何翰林集》卷九。
　　② 《四友斋丛说》卷二十四《诗一》:"卢藏用作《陈子昂集序》云:'道丧五百年而有陈君。'予因请论之:司马子长自序云:周公卒五百岁而有孔子,孔子卒五百岁而有司马公。迩来年代既遥,作者无限,若论笔语,则东汉有班、张、崔、蔡;若但论诗,则魏有曹、刘、王、傅,晋有潘岳、陆机、阮籍、卢谌,宋有谢康乐、陶渊明、鲍明远,齐有谢吏部,梁有柳文畅、吴叔庠。作者纷纭,继在青史,如何五百之数,独归于陈君乎?藏用欲为子昂张一尺之罗,盖弥天之宇,上掩曹、刘,下遗康乐,安可得耶?""夫五言之道,唯工惟精。论者虽欲降杀齐梁,未知其旨。若据时代,道丧几之矣,沈约诗,诗人不用,此论何也?如谢吏部诗:'大江流日夜,客心悲未央。'柳文畅诗:'太液沧波起,长杨高树秋。'王元长诗:'霜气下孟津,秋风度函谷。'亦何减于建安耶?或以建安不用事,齐梁用事,以定优劣,亦请论之。如王筠诗:'王生临广陌,潘子赴黄河。'庚肩吾诗:'秦皇观大海,魏帝逐飘风。'沈约诗:'高楼切思妇,西园游上才。'格虽弱,气犹正,远比建安,可言体变,不可言道丧。"(第216页至217页)
　　③ 《诗式》卷三"论卢藏用《陈子昂集序》",张伯伟《全唐五代诗格汇考》,第280页。
　　④ 《诗式》卷四"齐梁诗",张伯伟《全唐五代诗格汇考》,第304页至305页。

则间有习学六朝者。①　这一情形表明,追究这些文士推尚六朝诗歌的基本动因,地域文学意识自是不可忽略的重要因素之一。而当时吴中、金陵地区这些有着地域文学背景而不同程度推尚六朝诗歌之士,或同时与以倡导复古崛起文坛的李、何诸子保持密切的交往,甚至如徐祯卿、顾璘等人又成为前七子文学集团中的重要成员。这也牵涉如何看待七子派和宗尚六朝者之间的关系问题。从李、何诸子指引的复古理路来看,六朝诗歌不在其取法的主要目标之列,诸子大多以相对谨慎和戒备的态度对待之。李梦阳就认为,"说者谓文气与世运相盛衰,六朝偏安,故其文藻以弱","大抵六朝之调凄宛,故其弊靡"②。何景明则评判,相较于汉代"诗有古风","晋逮六朝,作者益盛,而风益衰"③。虽然如此,他们对六朝诗歌也实未一概加以强烈排斥,而是表现出有限度的包容。如李梦阳《章园饯会诗引》的说法就值得玩味:"今百年化成,人士咸于六朝之文是习是尚。其在南都为尤盛,予所知者,顾玉华、升之、元瑞皆是也。南都本六朝地,习而尚之固宜,廷实齐人也,亦不免,何也?"④虽然说,身为北人的边贡习学六朝之调令李梦阳感到不可思议,但他同时觉得,像顾璘、朱应登、刘麟这样生活在南都的人士习六朝而尚之的作法还是可以理解。弘治年间李梦阳"承乏郎署",顾璘、朱应登即在其"所与倡和"⑤者之列,并自此与李、何诸子或有交酬,也表明李梦阳等人的接纳态度。这又能够理解,如前述嘉靖年间吴中黄省曾这样"倾心北学"但又基于根深蒂固的地域文学意识而"文学六朝"⑥者,终为李梦阳等人所认可,尤其是梦阳与之建立相当契密的关系。

---

①《祝子罪知录》卷九论五言古体宗尚目标:"五言独为汉魏最高,爰及六代,亦可择尤而从,随宜以就,唐则姑欲置之。"《国宝新编·祝允明》:"学务师古,吐辞命意,迥绝俗界。效齐梁月露之体,高者凌徐、庾,下亦不失皮、陆。"王世贞《吴中往哲像赞·徐祯卿》:"自为诸生,即与唐寅、文璧相唱酬有名。而其语高者,上仿佛齐梁,下亦不失温,李以为快。既成进士,始与大梁李梦阳、信阳何景明善,而梦阳稍规之古,自是格骤变而上,操纵六代,而出入于景龙、开元间。"《弇州山人续稿》卷一百四十八《列朝诗集小传》丙集《徐博士祯卿》:"昌穀少与唐寅、祝允明、文璧齐名,号吴中四才子。……沉酣六朝,散华流艳,'文章''烟月'之句,至今令人口吻犹香。"(上册,第301页。)王世贞《吴中往哲像赞·顾璘》:"绵丽才情,纡徐规矩。六季风流,庾、鲍庶几。"(《弇州山人续稿》卷一百四十八)李梦阳《章园饯会诗引》:"曩予会升之河西关,有倾盖之雅。是时升之书学欧阳询,诗吾不知其谁学,知其为唐也。今其书若诗,吾不知其谁学,知其为六朝也。……今百年化成,人士咸于六朝之文是习是尚。其在南都为尤盛,予所知者,顾华玉、升之、元瑞皆是也。"(《空同先生集》卷五十五)参见陈斌《明代中古诗歌接受与批评研究》,第100页至117页,上海三联书店2009年版。
②《章园饯会诗引》,《空同先生集》卷五十五。
③《汉魏诗集序》,《大复集》卷三十二。
④《空同先生集》卷五十五。
⑤ 李梦阳《朝正倡和诗跋》,《空同先生集》卷五十八。
⑥《列朝诗集小传》丙集《黄举人省曾》,上册,第321页。

　　从嘉靖之初以来诗坛推尚六朝者的基本动因来看,除了地域的这层因素之外,还有不可不注意到的,则是他们有意调整李、何诸子复古理路而为之的企图,如人称"于李何诸子外,拔戟自成一队"①的杨慎,讥刺"昧者顾或尊唐而卑六代,是以枝笑干、从潘非渊也"②,即当作如是观。关于杨慎的诗学思想将在下章单独讨论,兹暂不展开。又如何良俊在《吴山人后集序》中有言:"我明当敬皇帝朝,治化隆洽,文教大兴,学士大夫始厌薄相沿之习,一切有志于古,文章自汉以下,诗自黄初以下,率不置于口。一时李空同、何大复、徐昌毂诸人,相与倡始,南北竞爽,而古人之风几遍域中矣,至于今日可谓极盛。然学者仅能操觚,即诋诃韩、柳为不知文,李、杜、元、白为不知诗。及究其中之所存,则文章徒钩棘其辞,初不根于理道;诗徒组缋其句,亦无关于情性。"③以诗而言,除了指摘当下"学者"为诗无关乎"情性",也不满于他们取法途径过于狭隘,以至其訾诋"李、杜、元、白为不知诗"。在何良俊看来,这些当下"学者"的识力和作为,与李、何诸子对"古人之风"的"相与倡始"不无关系。他在《四友斋丛说》中还述及:"我朝文章,在弘治、正德间可谓极盛,李空同、何大复、康浒西、边华泉、徐昌毂一时共相推毂,倡复古道,而南京王南原、顾东桥,宝应朱凌溪则其流亚也,然诸人犹以吴音少之。"④这里所说的"吴音",当和顾璘等人于"六朝之文是习是尚"有关,体味其言,何良俊自认为李、何诸子轻视顾璘等人习尚六朝而发为"吴音",故字里行间似乎含有微词。应该说,无论是基于自觉的地域文学意识,还是出自调整李、何诸子复古理路的考量,推尚六朝诗歌者的作为,造成与七子派在诗歌价值判别上包括宗尚目标选择上的某些差异,这是客观事实,以至于有研究者将二者的差异,描述为一种诗歌的宗尚对峙。⑤ 不过我认为,这种差异并未在真正意义上升至与李、何诸子相对抗的地步,以对峙来定义二者的关系并不恰切。实际的情形是,这些不同程度以六朝诗歌相尚者,或将取法六朝和唐代诗歌视作并行不悖之路径,特别是在宗唐的问题上,与李、何诸子并未截然相扞格。如以皇甫汸为例,其《钤山堂诗选序》勾勒自汉至明诗歌嬗变的大体轨迹:"诗之为教,沿自二京,靡于六朝,迄唐而诗之极则阐矣。宋元降格,殆无取焉。明兴,作

---

①《明诗别裁集》卷六,第142页。
②《选诗拾遗序》,《升庵集》卷二,《景印文渊阁四库全书》,第1270册。
③《何翰林集》卷九。
④《四友斋丛说》卷二十六《诗三》,第235页。
⑤ 参见陈斌《明代中古诗歌接受与批评研究》,第171页至180页。

者调宗正始,格祖开元,寖淫至于孝武之朝,如崆峒李氏、大复何氏、昌榖徐氏,彬彬乎振藻词林,而海内亦且向风矣。"又序《盛明百家诗集》而论明初以来诗风变化之情形:"明初犹沿宋元之习,诗无足采,新安程氏所编《文衡》,止及乐府,意亦微矣。高、杨、张、徐四杰崛起,浙东宋、王二学士倡之,椎轮于辂,增冰于水,贞观、永徽,此殆萌芽。弘治、正德之间、何、李二俊力挽颓风,复还古雅,长沙李文正诱奖群义,摛藻天庭。世宗嗣位之初,己丑而后,文运益昌,海内作者,彬彬响臻,披华振秀,江右相君,亦麈吐握。开元、天宝,庶乎在兹。庚戌而后,参轨于大历,防渐于元和矣。"①合观皇甫汸的述论,其无法掩饰凸显而出的宗唐态度,包括他对李、何诸子重视盛唐诗歌给予的认可,"为六朝人张价"的意向,并不影响他宗唐的根本立场。作为问题的又一面,这种视取法六朝和唐代诗歌为并行不悖之道的理念,还主要表现为,将推尚六朝诗歌的根据与追索唐代诗歌历史渊源的目的关联在一起,确切地说,实是将六朝诗歌纳入宗唐的系统之中。或者可以解释为,这样一种强调六朝和唐代诗歌历史关系的理念,主要是在宗唐意识的统摄下,对李、何诸子所确立的宗尚目标作了适度的拓展和调治,但实际上并未和诸子宗唐的诗学立场形成根本性或原则性的冲突。

在辨认六朝与唐代诗歌关系的问题上,嘉靖年间沈恺的相关论议即值得注意。恺字舜臣,号凤峰,华亭(今属上海)人。嘉靖八年(1529)举进士,仕至湖广布政司参政。他在《六朝诗序》中指出:

> 诗以微言风谕,缘之性情,《三百篇》尚矣。《风》逸而不荡,《雅》丽而有则,《颂》简而统要,义例不同,体裁自别。汉之苏、李,因心师古,独超玄乘,故其为诗,辞质而腴,兴近而远,虽慷慨激烈,犹有《三百篇》之遗。魏则直举胸臆,闲旷清适,虽存之隐冥,而风神犹振。晋缘情述景,机秘太露,且缛靡未刊,而格致渐衰。下逮六朝,去古浸远,风流日下,倡为声律,靡然同风。盖偶丽俳巧之习胜,而温柔和厚之体微矣。夫作非神解,诗以感兴,攻尚各殊,好赏互异,亦其势也。故骚者古之变,《选》者骚之变,律又《选》之变,其习愈深,其变愈奇。今夫论诗者,往往祖尚唐人……唐固足尚矣,然缘裔穷宗,要有所自,溯流达支,岂无本源。故唐律者,后人之轨范也;而六

---

① 以上见《皇甫司勋集》卷三十五。

朝者,尤唐之所自出也。直以六朝用文以掩质,故始苴而未全;唐人由质以成文,故体备而并美。唐太宗虽以英发盖世,一时赓倡,穷靡极丽,要之不出隋、陈之习,而凡其猎秘搜奇、洋洋可听者,齐梁人又皆先为之矣。衍而极于少陵、太白,风格体裁,曲尽其变,而诗至是彬彬然盛矣。无亦六朝者,乃武德之先驱,开元、天宝之滥觞乎? 楚人有欲知海者,不即指海,示之曰:黄河砥柱,此海之源也。滥而百川,荡而江海,虽其洪涛巨流,变怪百出,则固黄河砥柱之支也。知唐诗之为盛,不知唐之所自出,殆之百川众流,而忘其为黄河砥柱者矣,恶乎可哉![1]

这篇序文为华亭徐献忠编《六朝声偶集》而作,藉此也表达了沈恺本人对六朝诗歌及其与唐代诗歌关系的见解。顺其思路,作者上溯《诗经》,确认源本,在对诗歌风格演变特征历时的梳理和比照中,企图为六朝诗歌重新进行定位。尽管沈氏对这一时期诗风的认知,并没有完全超脱传统的成见,视之为"用文以掩质",以为六朝诗歌对比古风已是趋下,认定"偶丽俳巧之习胜"、"温柔和厚之体微"为其主要之表征,但在另一层面,作者出于探本索源的检察理路,则用力张扬六朝诗歌特别是对初唐和盛唐诗歌"风格体裁"演进变化所起的先导作用,阐明六朝和唐代诗歌之间形成的"宗"与"裔"或"源"与"流"的特殊而紧密的关系。又可以清楚看出的一点是,沈氏证阐六朝诗歌相对于唐诗的"先驱"之功,根本上基于"唐固足尚矣"的唐诗定位,未脱离其明晰的宗唐思路。事实上,沈恺也在其他的论述中反复声明以唐为尚尤其是以盛唐为尚的诗学主张。如《鹭沙孙先生诗集引》:"初唐之体,风神稍振,而缛靡未刊,譬之冶金璞玉,难以语全。继而盛唐诸贤,并以粹才争起濯磨,体裁自别,彬彬然盛矣。子美尤抱振古之才,乃能出入正变,特超玄乘,古今言诗者必宗焉。"[2]评张世美诗,"质任自然,冲澹典雅,托思玄远,深得盛唐人之风旨"[3];评张时彻诗,"古体似汉魏,朴矣,能镕其质;近体似王、孟,逸矣,能培其醇"[4]。而其《诗话》所论,上自苏武,下至李、何等

　　①《环溪集》卷三,《四库全书存目丛书》影印明隆庆五年(1571)至万历二年(1574)沈绍祖刻本,集部第92册。
　　②《环溪集》卷二十一。
　　③《西谷诗稿引》,《环溪集》卷二十一。
　　④《复尚书东沙张公》,《环溪集》卷十二。

人,中间则多表列唐代尤其是盛唐诸家,推赏之意又昭然可见。① 正因如此,从某种意义上来看,与其说沈恺意在独标六朝诗歌,置之于历史的高位,不如说他本于寻流溯源的思路而将六朝诗歌纳入宗唐的系统之中来得更加恰切。考察当时推尚六朝诗歌以及注意联结其与唐代诗歌关系的主张者,不可不提到被钱谦益称为"论诗法初唐、六朝"②的华亭徐献忠。献忠字伯臣,号长谷。嘉靖四年(1525)中乡试,除奉化知县。与何良俊、张之象、董宜阳并称"云间四贤"。他曾选辑《六朝声偶集》,毫无疑问,这一编纂实践,标志着他对六朝诗歌的高度重视。四库馆臣称"是书因杨慎《五言律祖》而广之,取南北朝人五言诗以明唐律所自出"。此编虽以齐、梁、陈、北齐、北周、隋为六朝,也因此被四库馆臣讥为"未免自我作古"③,但所选以齐、梁、陈诗居多,全编七卷,其中梁诗就占三卷之多。④ 所以,仍可看出编者重在选录六朝之作的用意。这一编选的体例及意图,在一些秉持诗学传统标准的文士眼中多少显得标奇立异,四库馆臣即表示异议,指出"如曰以为诗法,则诗又不以齐梁为极则也"⑤。关于这部诗歌选本的编选之旨,徐献忠《六朝声偶集序》作了如下交代:

> 予读六朝人诗,取其偶切成律者焉。夫六朝人诗绮靡鲜错,失之轻且弱,予虽取之,安得而掩焉。乃予究观诗人之作,代出意匠,以增前人之能,则敷文之极而流弊之至于此也。乃后世之为律者,实六朝人创始言之,至于今承信宗袭,世无有废律而成诗者,则六朝人之泛波,亦岂可少哉?……盖诗之流声,不徇其体裁而系诸时尚,不专矩墨而专其工能,作者能工而时

---

① 如评陈子昂诗,"如万花中行,得见苍松翠柏,敦本刊华,令人爽然自失";李白诗,"如神仙得道,一言一字,宛若天造,虽□□,皆玑珠也";张九龄诗,"如云行水流,一无留迹,而直举胸臆,雅自合作也";崔颢诗,"如得之于骊黄牝牡之外,以意不以象,以神不以色,庶乎玄解矣";杜甫诗,"如琼林武库,无物不有,盖宇宙内事宜泄殆尽,古今绝唱也";常建诗,"如澄潭见月,即之若有,据之若无,虽不离色相,而亦不着色相";王维诗,"如出水芙蓉,不雕而饬,天然雅澹,销尽铅华矣";孟浩然诗,"如竹林寺僧,尘纷不到,而斋心涤虑,雅称幽致也";岑参诗,"如江天初晓,清思逼人,然变态神奇,使人影影莫测";高适诗,"如五陵豪杰,侠气翩翩,然放浪形骸,傲倪物化也"。以上见《环溪集》卷十八。
② 《列朝诗集小传》丁集上《徐奉化献忠》,下册,第405页。
③ 以上见《四库全书总目》卷一百九十二集部《六朝声偶》提要,下册,第1747页。
④ 《六朝声偶集》卷一为齐诗、北齐诗,卷二至卷四为梁诗,卷五为陈诗,卷六为北周诗,卷七为隋诗。是集共选诗548首,其中归入齐、梁、陈三代的为364首。见《四库全书存目丛书》影印明华亭徐氏文房刻本,集部第304册。
⑤ 《四库全书总目》卷一百九十二集部《六朝声偶》提要,下册,第1747页。

尚不废,即谓之名代之言可也。其传而变,变而极,虽文胜之末弊,亦何以掩其专能哉? 唐文皇诗英标秀出而神气不乏,然探其华要,固隋人之轨,而齐梁之波也。唐人祖尚之不一,再传而模写拟切之言,殆已盛矣,乃其后遂失精藻而流于肤浅,亡其风流而涉于左僻。斯固衡文者之病,而斯人之逸致,殆亦异乎六朝人矣。……夫诗之为道,其原本出于文史之官,或遂流于肤浅左僻,不能猎风人之颠而泛文雅之波,又何若鲜错绮丽、失之轻靡者乎? 若其偶切骈联,固世之所不能废者。①

就诗歌律体而言,它在唐代的成熟和繁盛,与六朝时代特别是齐、梁、陈三代声律论的提出及在诗歌创作实践中的运用,有着密切的关联,这已是众所周知的事实。胡应麟论五律之体,即认为:“五言律体,兆自梁、陈。”②又别举陈诗人阴铿《新成安乐宫诗》,谓其“气象庄严,格调鸿整;平头上尾,八病咸除;切响浮声,五音并协。实百代近体之祖”,且指出:“考之陈后主、张正见、庾信、江总辈,虽五言八句,时合唐规,皆出此后。”③即特别标出六朝和唐代诗歌之间的关联。又如许学夷论五律之体,即使对六朝雏形之作多加訾诋,不以正宗目之:“五言律句虽起于齐梁,而绮靡衰飒,不足为法。必至初唐沈、宋,乃可为正宗耳。退之谓‘齐梁及陈隋,众作等蝉噪’是也。杨用修酷嗜六朝,择六朝以还声韵近律者,名为律祖,其背戾滋甚。”④但也不得不承认至初唐成为“正宗”五律“起于齐梁”的事实。徐献忠以上序文所陈述的编选之缘起以及标示六朝诗歌之理由,则正是以六朝和唐代诗歌形成的这层源流关系作为充分的逻辑依据。按照徐氏的编选意图,其选取六朝“偶切声律”者,旨在“将以备天下之大观,因以章唐律固有所祖云”⑤,即有意提供六朝特别是下启唐律的各家诗歌之范本,以彰显后世律体尤其是唐律之所自。这种意图构成的基础,即如高友工所指出:“六朝到隋唐的连续性最好可以从律诗的建立上来看。我们也许会因为律诗的特殊性就以为这是一个唐代独创的诗体。但仔细上溯其前身就可以清楚地看到由汉末五言诗,经

---

① 《长谷集》卷五,《四库全书存目丛书》影印明嘉靖刻本,集部第 86 册。
② 《诗薮·内编》卷四《近体上·五言》,第 58 页。
③ 《诗薮·内编》卷四《近体上·五言》,第 62 页。
④ 《诗源辩体》卷十一《隋》,第 136 页。
⑤ 沈恺《六朝诗序》,《环溪集》卷三。

由南朝山水、齐梁体、咏物诗发展,最后七、八世纪之际律诗正是这个时代的产物。"①尽管徐献忠批评六朝诗歌"绮靡鲜错"而"失之轻且弱",但又以为这一弱点并不能掩盖它们作为律体之源而体现的"偶切骈联"的示范价值。至于序中对唐文皇时代"华要"之诗歌作风的特别点示,其显然成为编者阐证六朝与唐代诗歌之间下启上承关系的一个实例。这事实上又引出了其究竟如何认识唐诗的一个问题。袁汝是序徐献忠《长谷集》提到:"(徐)尝与予论诗,五言重魏晋,七言止取自高、岑而上,律止于大历。"②由袁氏关于他本人和徐献忠论诗的记述,大略可以窥见徐氏就不同的诗歌体式而主张有选择性地取法唐诗的诗学立场。这一基本主张,也间见于徐献忠针对唐诗的诸评骘之论,他在《唐诗玉水集序》中指出:"诗至唐,其体义始备,为一代绝艺,后虽有作,何加焉。"俨然将有唐诗歌置于体现空前绝后之卓绝艺术的至上地位,其极力尊尚的用意,可谓昭然若揭。又他的《璇川诗集序》评及唐人之诗,则更青睐近体的所谓"正派"之作:"予尝评唐人诗,五言逃于汉魏,乐府杂于铙歌,至其近体诗,则传之万世,有不可磨灭者焉。其初词旨和厚,格气浑融,意象含蓄,不尽宣泄,此其正派也,乃其后辞日益工,研劾太过,自元和以后,已自离为别派,何怪乎宋人然哉?"归究起来,这一态度集中体现了徐献忠念之不忘的归于"唐人格律"③的习诗理念,倘若再参照他的"律止于大历"的判断,则可以清晰地看出,他对唐代律体的价值鉴别,乃截然以中唐前后为界限。质言之,徐献忠从六朝诸家诗中精心选取"偶切成律"之篇,以此作为诗歌律体可以追索和辨认的示范文本,究其意图,不啻是为了昭彰六朝诗歌之"声偶",声张六朝诗人在律体成型过程中不应被忽略的"创始"之功,而且更是在为确立唐律的正宗地位大力正本清源,就此从源头上拓展一条能够取而法之的合适路径,以使最终真正回归于"唐人格律"。

在诗学史上,六朝诗歌以绮丽轻靡备遭诟病,也多被人视为诗歌复古取法的禁忌区域,这主要受限于各家在道德伦理及艺术审美层面的认知与责求。因此说来,嘉靖之初以来诗坛呈现的重视六朝之作的动向,无异于对这一历史时期诗歌的价值重新加以审视,作出多少游离于历史传统的独立判断。究讨驱使

---

① 《美典:中国文学研究论集》,第 122 页至 123 页,生活·读书·新知三联书店 2008 年版。
② 《长谷集序》,《长谷集》卷首。
③ 以上见《长谷集》卷五。

嘉靖诗坛诸士重新审视六朝诗歌的动因,除了受制于地域文学意识,还有源自对李、何诸子所指引的轻忽六朝诗歌复古理路的不满足,以故有意识地去修正诸子引导的路线,这也是他们必然作出的选择。不过,此还只是问题的一个方面,必须指出的是,考察此际推尚六朝诗歌之士的基本立场,他们大多又对唐代诗歌表现出浓厚的兴趣,怀有强烈的宗唐意识,或出于追溯本源的高度自觉,以相对独立于有唐一代诗歌系统之外的六朝诗歌为标格,勉力揭示它们和唐代诗歌之间构成的无法割裂的有机联系,从回归"唐人格律"着眼,发掘六朝诗歌启而导之的历史意义。根本上说,这一态度集中关联他们处于上位的以唐为尚的诗学取向,同时表明,他们对于李、何诸子复古理路作出的适度修正,并未以彻底违离后者的诗学立场尤其是宗唐的取向作为先决条件。概而言之,嘉靖之初以来诗坛呈现的推尚六朝诗歌的变化导向,并不是属于一种具有革命性或颠覆性的文学现象,相对于弘治以来李、何诸子所建构起来的复古诗学,彼此之间既构成一定的异别,又有着根本性的交集。

第二节　宗唐取向的维持与扩张

嘉靖之初以来诗坛呈现的另一个变化导向,即在维持以唐为尚的总体取向的同时,又将宗唐的范围不同程度地扩张至盛唐之外的其他时段。变化的态势之一则指向初唐诗歌,前面所引王世贞《徙倚轩稿序》即指出,其时"秉觚者"从"于近体畴不开元与少陵之是趣"到"稍稍厌于剽拟之习",从而"靡而初唐"①。胡应麟《诗薮》又说,"自北地宗师老杜,信阳和之,海岱名流,驰赴云合",然而"弘、正自二三名世外,五七言律,往往剽袭陈言,规模变调,粗疏涩拗,殊寡成章",于是"嘉靖诸子见谓不情,改创初唐"②。而活动在当时的一些文士,据其耳闻目睹,也述及嘉靖之初以来诗坛趋习初唐的情形,如"嘉靖八才子"之一的陈束,其为高叔嗣所撰《苏门集序》的如下描述,多为人所征引:"及乎弘治,文教大起,学士辈出,力振古风,尽削凡调,一变而为杜,时则有李、何为之倡。嘉靖改元,后生英秀,稍稍厌弃,更为初唐之体,家相凌竞,斌斌盛矣。"③屠应埈于嘉靖

①《弇州山人续稿》卷四十一。
②《诗薮·续编》卷二《国朝下·正德、嘉靖》,第351页。
③《陈后冈文集·楚集》。

年间序黄佐《泰泉集》,以为"至成化、弘治间","天下靡然兴于诗云",并比较"于时学者率祖杜氏",指出"近乃崇尚初唐"①的演变情势。特别如陈、屠所述基于他们各自之亲身经历,因此可以说其指证的可信度更高,

　　通观前七子的复古诗学系统,特别是盛唐诗歌被当作近体诗至上的宗尚范本而得到大力的标举,这其中既有来自盛唐诗歌经典化传统的深刻影响,又为前七子执持的古典诗歌审美趣味所左右。同时也需看到,在审辨和利用唐代诗歌资源的问题上,除加强建构以盛唐为中心的宗尚系统之外,李、何诸子也特别对初唐诗歌多有所兼顾。如检视李梦阳生平所作,即有"效唐初体"、"用唐初体"。②何景明自述习诗,"学歌行、近体有取于(李、杜)二家,旁及唐初、盛唐诸人"③。而康海也言"予昔在词林,读历代诗,汉魏以降,顾独悦初唐焉,其词虽缛,而其气雄浑朴略,有《国风》之遗响",以为唐初承六朝之后,"词或稍因其故,而格则力脱其靡也"④。从这个意义上说,嘉靖之初以来诗坛趋习初唐诗歌的现象,同李、何诸子的诗歌宗尚取向构成某种交集的关系,而并非与后者完全相背逆。尽管如此,这一诗坛趣尚的变化现象,毕竟超出了以盛唐诗歌为中心的专一设计,对李、何诸子宗唐系统作出的自行改造是显而易见的。

　　这种情形也显现在李、何诸子的追从者中间,"尝师事李献吉,友何仲默"的张含就是其中的一位。含字愈光,永昌(今云南保山)人。正德二年(1507)中举人。其少与杨慎同学,"平生知契、白首唱酬者,用修一人而已"⑤。据杨慎《华烛引》诗前小序,张含曾诵梁简文帝《对烛赋》中"碧玉舞罢罗裳单"句,"叹其警绝,而惜其非赋体也",因嘱咐嘉靖初谪戍云南的友人杨慎"增损其辞",成《华烛引》一诗,他在为杨慎这首摹拟之作和《又别拟制》一篇所写的跋文中说:"六朝、初唐之作绝响久矣,往年吾友何仲默尝云:《三百篇》首雎鸠,六义首乎《风》,唐初四子,音节往往可歌,而病子美缺风人之义。盖名言也。故作《明月》、《流萤》诸篇拟之,然微有累句,未能醇肖也。升庵太史公增损梁简文《华烛引》一篇、《又别拟作》一篇。此二篇者,幽情发乎藻绘,天机荡于灵聪,宛焉永明、大同之声

---

　　①《泰泉集序》,《屠渐山兰晖堂集》卷九,《四库全书存目丛书》影印明嘉靖三十一年(1552)屠仲律刻本,集部第132册。
　　②如《空同先生集》卷十五有"效唐初体"十七首,卷二十有"用唐初体"五首。
　　③《海叟集序》,《大复集》卷三十二。
　　④《樊子少南诗集序》,《对山集》卷十三。
　　⑤《列朝诗集小传》丙集《张举人含》,上册,第355页。

调,不杂垂拱、景云以后之语言。"①对于何景明所作七言歌行《明月篇》和《流萤篇》,杨慎是如此评述的:"何仲默枕藉杜诗,不观馀家,其于六朝、初唐未数数然也。与予及薛君采言及六朝、初唐,始恍然自失,乃作《明月》、《流萤》二篇拟之,然终不若其效杜诸作也。"②他以自己的观察交代了何景明拟学六朝、初唐诗歌的原委,及其所作《明月篇》、《流萤篇》二诗的拟学效果。尽管张含的跋文主要述说品读杨慎《华烛引》的感受,以杨诗与何景明着重仿拟初唐四子诗风而"未能醇肖"的七言歌行《明月篇》、《流萤篇》作比较,说明前者拟学六朝和初唐诗风所达到的更加宛肖精妙的程度,但与此同时,跋者张含推尚六朝、初唐诗歌的态度,显然也在杨、何二人拟诗的对比中得以透露出来。

　　还应该注意到的一位,则是钱谦益称之为"论诗一以初唐为宗"③的信阳樊鹏。鹏字少南,嘉靖五年(1526)举进士,仕至陕西按察金事。生平曾师事何景明,何氏称其"从何子受业,能何子之道"④。樊鹏在嘉靖十二年(1533)编成《初唐诗》,是编"专取贞观至开元间诗","而古诗不与焉"。他在所作的序言中谈到了编选的缘起:"余嘉靖癸巳督储濠梁,得关中李子西,相与评古今诗。李固豪杰士,识鉴精敏,动以初唐为称,适与予契,退而编成。"这一记述说明,初唐诗歌原本为他所推重,编选《初唐诗》主要是受此好尚的驱使,同友人"相与评古今诗"而自感契洽,不过是其中一个诱导因素。樊鹏在序言中同时也叙说了自己之所以重视初唐诗歌的理由,他认为,"诗自删后,汉魏古诗为近,汉魏后六朝滋盛,然风斯靡矣。至初唐无古诗,而律诗兴。律诗兴,古诗势不得不废。精桴匠则粗轮舆,巧陶冶则拙函矢,何况于达玄机、神变化者哉"? 又认为,"初唐诗如池塘春草,又如未放之花,含蓄浑厚,生意勃勃,大历以后锄而治之矣",而他编选《初唐诗》的旨意,则是"诚以律诗当于初唐求之,古诗当于汉魏求之"⑤。鉴于樊鹏曾师事何景明,而何氏习诗兼及初唐,所以完全有理由认为,樊鹏"论诗一以初唐为宗",与受何景明的影响分不开。但较之何氏"旁及"初唐而认肯"近诗以盛唐为尚"的立场有所不同,樊鹏提出"律诗当于初唐求之",无疑于初唐诗歌

---

① 以上见《升庵集》卷十三。
② 《升庵诗话》卷十三"萤诗",《历代诗话续编》,中册,第902页。
③ 《列朝诗集小传》丙集《樊金事鹏》,上册,第326页。
④ 《樊少南字说》,《大复集》卷三十一。
⑤ 以上见樊鹏《编初唐诗叙》,《明文海》卷二百二十,第3册,第2219页。

相对专注。① 按他的逻辑思路，有唐之初既是律诗兴作和成熟的时期，又是唐代诗歌所处富有生机的发展阶段，因此，发掘初唐诗歌的示范意义自然十分必要。需要看到，如樊鹏这样对初唐诗歌大力予以推尚，虽然有持守李、何诸子旁及初唐取向的脉络可寻，但其关注和实践的强度，乃是后者所无法比拟的，初唐诗歌在这种强力的标表之下，其价值地位由此被拉升。

观察嘉靖之初以来诗坛宗唐范围的扩张情形，除了升抬初唐诗歌的价值地位，或有将宗尚的目标拓展至中唐甚至晚唐时期的诗歌。如果说，李、何诸子时代大力投入以盛唐诗歌为中心而"大历以后弗论"②的宗唐系统的建设，产生的必然结果，促使唐诗价值的阶段分际更趋严饬，那么，呈现在此际诗坛的重视中唐甚至晚唐诗歌的变化导向，则是相对淡化了唐诗价值的阶段分际。

先说与顾梦圭、王同祖齐名而号称"昆山三俊"的周复俊。复俊字子吁，号木泾子。嘉靖十一年（1532）举进士，授工部主事，进郎中。历官四川右布政使、云南左布政使，仕至南京太仆寺卿。其生平与杨慎相友善，"雅相矜许"③，又因好唐音，在嘉靖年间曾编纂《唐诗七言律选》。他在《评点唐音序》一文中提出：

> 大率唐诗初焉胚胎浑沦，继焉风格温厚，中焉气韵宏逸，至晚唐体质清弱，元神其渐销薄矣。若乃宋人粗硬失之楛，元人浮缛失之漫，皆无预于唐音者也。④

这段陈述可以说明两点：一是显示了周复俊本人推崇有唐诗歌的倾向性立场，他在唐人与宋人乃至元人诗歌之间，划出了价值优劣相异的清晰界线。以他的辨别，就时代层面的诗歌风格的对比而言，宋人"粗硬"之失，元人"浮缛"之失，或者即如他所说的，"宋失之矼，元失之缛，矼与缛匀，风随兴尽"⑤，在总体的表

---

① 参见查清华《明代唐诗接受史》，第102页。
② 王廷相《刘梅国诗集序》，《王氏家藏集》卷二十二。
③ 《列朝诗集小传》丁集上《周太仆复俊》，下册，第401页。
④ 《泾林文集》卷四，《四库全书存目丛书》影印明万历二十年（1592）周玄暐刻本，集部第98册。
⑤ 《谢山人诗叙》，《泾林文集》卷四。

现特征上,皆和有唐一代之作迥然相异,宋元诗风显露的这些缺失,注定它们无法和唐音相提并论。据他的观察,"今世和声者,稍知厌宋人矩矱矣",这些人固然对宋人诗歌的规度有所不满,然又因此"往往陷入于元寻逐源本"。就是说,他们在宗尚方向上还是存在根本性的误失,究其主观动机与行为本质,"非希元也,力苟不逮唐人,不得不沦胥于元"①。据此,无论是宋人还是元人的诗风,比较唐音已渐行渐远,因此也丧失了示范意义。二是以宗唐的范围而言,周复俊并不专注于盛唐之一端,而是主要面向晚唐以前直至初唐这一相对广阔的历史时段,他于初唐至中唐诗歌分别作出的"胚胎浑沦"、"风格温厚"、"气韵宏逸"特点的总括,表明其对此各有所取,未予刻意轩轾,而视晚唐为诗风渐趋衰薄的转折期。他为谢榛所撰的《谢山人诗叙》评价谢诗,指示其"幽秀古艳,不璞不琱,大氐以汉魏为胎,贞观、开元为骨,大历为神情,此其所为致也"②,自觉谢诗兼含初、盛、中唐诗歌风味,明确予以认可,其兼取初唐至中唐诗歌的态度,也从中可见一端。至于周复俊所编纂的《唐诗七言律选》,又集中体现了他对唐音的偏重以及大体的取舍,此编"爰自唐初迄其末造,严披悍核,既黜阿词,亦嫌卓诡,裁之寸心,协之灰律,罔拘流代,务会枢宗。杜审言而次六十九人,得诗二百二十三首"。周氏为该编所作序文述曰:

> 唐诗材沿江左,体会真元,世主抽华宰英,偃草加之,风气浑融,格制玄古,知愚均者,朝野同流。故当其时,群俊歙其灵,万里臻其奥,虽未足以希经纬藩垣,遵殷周畛域,然千载而下,咸伏其悬襟约远,写韵铿锵,不质不支,匪浮匪丽;晶润若韫玉,辉发若焕霞,穆然清风,缥缥乎尚矣。……慨自贞元以降,杜陵诸篇,稍变音节,至商隐浑沦,风神逾易,玄雅几亡。自是以旋,韵丧格洼,丝棼璞散,参差赵宋,奚足以云。大氐代运攸关,非繄人力。③

可以看出,这篇序文的一些说法特别与周氏在《评点唐音序》中的论述理路相近。作者出于"代运攸关"的历时审察的视角,对比唐宋两代诗歌的时代差异,

① 《评点唐音序》,《泾林文集》卷四。
② 《泾林文集》卷四。
③ 《唐诗七言律选叙》,《泾林文集》卷五。

指点晚唐以后，"韵丧格洼，丝棼璞散"，诗随代降，每况愈下，至观宋人所作，更不足为道。由此观之，不可不以唐为尚的依据，正是建立在两个时代诗风的优劣比较之上。在他看来，审观有唐一代诗歌的演变格局，盛兴之际，其诗"风气浑融，格制玄古"，直至晚唐，"风神逾易，玄雅几亡"，转捩的态势渐趋剧烈，即可见如前所谓"元神"渐见"销薄"之意，成为诗风趋衰的突出标志。是以尊崇唐音固然重要，但又需根据不同阶段变化情形而有所取舍，不可不趋求晚唐以上而引为楷范。

　　较之周复俊对有唐一代诗歌主要以晚唐为界限的取舍，张含的态度则是倾向于"四唐"，这一立场进一步淡化了唐诗价值的阶段分际。前面说到他对六朝、初唐诗歌的认可，又嘉靖二十一年(1542)他作《读鹤田草堂集》之文，《鹤田草堂集》为其友蔡云程诗文集，文中说：

　　　　窃观今之学诗者，孰不曰骚雅汉魏也，四唐六朝也。然卒焉含四离六者鲜矣，媲汉袭魏者寡矣，追骚企雅者艰矣。诗其难言也哉！宋人理盛而诗道废，元人体薄而诗道衰。弘、德间，徐、李、边、何诸作者出，力复古则诗道始兴而盛。含今获读蔡子之《草堂集》，则谡尔敛袂而言曰：兹固诗道之兴而盛者乎？其诗之辞、之气、之兴、之调、之格、之致，咸存古则焉。存则神注矣，神注则风炽矣，风炽斯可以言诗矣。故其诗严而密也，则得乎唐之初之工焉；闳而邃也，则得乎唐之盛之精也；婉而壮也，则得乎唐之中之畅也；清而俊也，则得乎唐之晚之蔚焉。绚华而缀采也，则得六朝之丽焉。于弘、德诸作者，固可以上下后先矣。含尝爱子长之言曰，《诗》纪山川谿谷、禽兽草木、牝牡雌雄，故长于风。斯言也，诗道备而极也。……乃宋人则作诗话、诗谈、诗评、诗格，而迂者谓其理盛而传诵之，孰知子长斯言乎？[1]

据其所论，基于对古典诗歌系统的自我审视，张含作出了将宋元诗歌尤其是宋诗排斥在宗尚范围之外的选择，在他看来，宋诗"理盛"而致"诗道废"，元诗"体薄"而致"诗道衰"，二者在诗歌史上明显处于价值衰微的时代。相较而言，他对

---

[1]　蔡云程《鹤田草堂集》卷首，《四库全书存目丛书》影印清钞本，集部第91册。

宋诗提出的质疑格外强烈,以至于指斥和宋诗相关的宋人诗话、诗谈、诗评、诗格不遗馀力。这种质疑,也见于他的《白泉先生集后序》涉及宋人诗文的论评,"含载惟古人于诗文主体调性情,迄宋人主道理议论。古人谓气清浊有体,不可力致,宋人用力于气,虚而不实,并体不振。诗文之弊极矣",认为"文与诗之不振古道久矣,古体质而耀文,含情而润色,弗实弗修,弗感弗发",然而"流骎于宋,弊也极矣,虚谈理气,文鄙鄙伤易,诗槁槁靡神。流骎于今,袭宋而畔古,有志者鲜"①。很显然,溺于"虚谈理气"的现象,被张含认作是宋人诗文最致命的弱点,使其弊端尽显,产生的危机是深重的,导致"古道"衰替,诱使今人"畔古"。② 排击宋人乃至元人诗歌,也是李、何诸子复古诗学展示的鲜明立场,联系起来,张含对宋元诗歌尤其是宋诗提出的激烈批评,显然和诸子的诗学主张形成一定的共识。正因如此,他在《李何精选诗序》中声称"吾师李空同先生、吾友大复何子,廓清诗祲,与世异趣"③,推许李梦阳、何景明特立独行而扫除"诗祲"之功,殆非一句空言。与批评宋元诗歌尤其是宋诗相对,张含如上标示"四唐",虽主要就友人蔡云程的诗风作评述,以为蔡诗"严而密"、"闳而邃"、"婉而壮"、"清而俊"的表现特征,分别接受了有唐一代初、盛、中、晚等不同阶段诗歌风格的浸染,但这又无异于承认"四唐"的诗歌各具优长,从而在一定意义上消释了有唐各阶段诗歌之间的价值差异。因此,这一评述立场相较于李、何诸子以盛唐诗歌为中心的宗唐观念,显然有所不同。

　　就此而言,又不能不注意何良俊的有关论说。何氏特别在他的《四友斋丛说》中多处述及唐诗的问题,如下所云:"世之言诗者皆曰盛唐,余观一时如王右丞之清深,李翰林之豪宕,王江陵之俊逸,常征君之高旷,李颀之沉着,岑嘉州之精炼,高常侍之老健,各有其妙,而其所造皆能登峰造极者也,然终输杜少陵一筹。盖盛唐之所重者风骨也,少陵则体备风骨,而复包沈、谢之典雅,兼徐、庾之绵缛,采初唐之藻丽,而情深、豪宕、俊逸、高旷、精炼、老健,盖无所不备。此其所为集大成者欤?"这是以杜甫和盛唐诸家作比较,指明杜诗高出诸家篇什一等的重要原因,在于其能兼采初唐诗歌之"藻丽",乃至包蕴六朝诸家之"典雅"、"绵缛"。这当然又间接说明,何良俊评估唐诗,并非专注于盛唐一路,也认可初

---

① 《张愈光诗文选》卷七,赵藩、陈荣昌等辑《云南丛书》初编《集部》,民国刻本。
② 参见拙著《前后七子研究》,第296页。
③ 《张愈光诗文选》卷七。

唐之价值。犹如他所说:"唐初,虽相沿陈、隋委靡之习,然自是不同,如王无功《古意》、李伯药《郢城怀古》之作,尚在陈子昂之前,然其力已自劲挺。盖当兴王之代,则振迅激昂,气机已动,虽诸公亦不自知也,孰谓文章不关于气运哉?"①有意辨明初唐诸家诗歌虽承陈、隋之习,但当时代变动之际,"其力已自劲挺",不能等同而论。② 何良俊宗唐而不专注于盛唐一路,除了表现在他重视初唐诗歌,勉力为之辩护,也表现在他对中唐甚至晚唐诗歌皆有所取。如于中唐诗歌,其品评郎士元七律《题精舍寺》诗句:"且无论晚唐,只如中唐人诗,如'月到上方诸品静,身持半偈万缘空'之句,兴象俱佳,可称名作。"又对比初唐歌行"相沿梁、陈之体,仿佛徐孝穆、江总持诸作",称赏元、白歌行之篇:"至如白太傅《长恨歌》、《琵琶行》,元相《连昌宫词》,皆是直陈时事,而铺写详密,宛如画出,使今世人读之,犹可想见当时之事,余以为当为古今长歌第一。"而在中唐诗人中,他尤其喜好白居易诗:"余最喜白太傅诗,正以其不事雕饰,直写性情。"值得指出的是,何良俊又曾经评述宋代苏轼、黄庭坚、王安石、陈师道等人习学唐诗的问题,他说:"至神宗朝,苏东坡、黄山谷、王半山、陈后山诸公出,而诗道大备,东坡、山谷专宗少陵,半山稍出入盛唐,后山则规模中唐,简质可尚。"③以他的观察,苏轼等宋代诗人或专宗杜甫,或取法盛唐、中唐,皆有可称道的特点,诗道因此得以"大备"。由此推断,杜甫、盛唐乃至中唐诗歌,各具可供取法的资质。又如于晚唐诗歌,何良俊谈及题王安石编《唐百家诗选》:"王荆公有《唐人百家诗选》,余旧无此书,常思一见之。近闻朱象和有抄本,曾一借阅,其中大半是晚唐诗。虽是晚唐,然中必有主,正所谓六艺无阙者也,与近世但为浮滥之语者不同,盖荆

---

① 以上见《四友斋丛说》卷二十四《诗一》,第 215 页。
② 类似为初唐诗申辩之论,也见于何良俊序张之象所编《唐雅》,是编"特取唐君臣唱酬之作,集而刻之",所录"起自武德,迄于开元",何序论及:"或者又以为唐初承陈、隋之习,诗歌靡曼,君子盖无取焉。夫陈、隋以偷安之君竞事淫侈,乃造为《玉树后庭花》、《春江花月夜》等曲,轻绮浮艳,特委巷之下者耳,亦何足宣之庙堂、布之典训? 其《风》、《雅》之罪人乎? 若唐太宗以英武之姿,雄略盖世,卒能混一区宇,慑服戎蛮。故其诗有曰'雪耻酬百王,除凶报千古',又何壮耶! 至于所谓'庶几保贞固,虚己厉求贤',则禹、汤之规也。'灭身资累恶,成名由积善',则风戒之戒也。其后玄宗虽颇骄盈,而饯赠守牧拳拳子惠之言,《春台望》有'还念中人罢百金'之辞,犹志存俭节。苟概以陈、隋视之,不亦过乎? 且一时之臣,如魏徵之咏《汉书》,则责难于兴礼;虞伯施之观宫体,则弼违于雅正;李景伯回波之辞,秩秩初筵之儆;李日知定昆之作,悠悠劳者之歌;宋延清应制龙门,追思农亩;魏知古从猎渭水,取类虞箴。并辞托婉讽,义存忠鲠,即《诗序》云'主文而谲谏,言之者无罪,闻之者足以戒'。若此者非耶? 苟得推是而广之,亦三代之遗也。"(《唐雅序》,《何翰林集》卷八。)序中重点就初唐君主及文士诸作展开辨析,将其与陈、隋"轻绮浮艳"之作相区别,甚至许之以"三代之遗",推重之意,溢于辞表。
③ 以上见《四友斋丛说》卷二十五《诗二》,第 226 页至 227 页、229 页。

公学问有本,固是堂上人。"①《唐百家诗选》所选侧重中、晚唐诗,元人杨士弘谓其选录"除高、岑、王、孟数家之外,亦皆晚唐人诗"②,比较起来,其中晚唐诗居多。③ 何良俊对于此编的兴趣,不因其所选"大半是晚唐诗"而减损,他反而觉得比起近世那些"浮滥之语"之作,晚唐诗歌自是胜出,而以"六艺无阙"者定评其价值,也表达了他对晚唐诗歌的一种接纳态度。

　　嘉靖之初以来诗坛以唐为尚总体取向的延续,归根结底,与诗学史上唐诗经典化的惯性影响分不开,特别是与有明以来宗唐诗学体系的完善,尤其是前七子对于唐诗经典化建设的加剧分不开。但另一方面,宗唐的取向则由单极趋于多样,由封闭趋于开放,尤其为前七子所强固的以盛唐诗歌为中心的宗尚格局不同程度被突破;除盛唐诗歌之外,申述取法初唐、中唐甚至晚唐诗歌的合理性的声音有所增强,唐诗价值的阶段分际有所淡化。相较于李、何诸子时代于诗力主汉魏、盛唐,力推"格古"、"调逸",以使"反古俗而变流靡"④,重点清算其时台阁文风主导和影响下的积习,嘉靖之初以来,这一变革的动力与针对的目标,或多或少趋于淡漠,加之李、何诸子所追求的取法路径相对偏狭,不免促使文人士子"稍稍厌弃",转向新的宗尚目标,以满足各自的审美所好。这或导致他们从宗唐专一的观念和拘执的审美偏嗜中分化出来,以相对理性的目光审视有唐一代整体的诗歌发展变化态势,作出相应的价值判断。在这种情形下,受制于盛唐中心意识而遭边缘化乃至排斥的初、中、晚唐诗歌,受到不同的关注和重视。这也可以说,在李、何诸子之后,有唐一代不同阶段诗歌的审美价值被重新加以发掘和确认。

---

　　①《四友斋丛说》卷二十四《诗一》,第 216 页。关于《唐百家诗选》的编者历来存有争议,晁公武《郡斋读书志·唐百家诗选二十卷》:"右皇朝宋敏求次道编。次道为三司判官,尝取其家所藏唐人一百八家诗,选择其佳者,凡一千二百四十六首,为一编。王介甫观之,因再有所去取,且题云:'欲观唐诗者,观此足矣。'世遂以为介甫所纂。"(卷四下,《景印文渊阁四库全书》,第 674 册。)邵博《闻见后录》:"晁以道言:王荆公与宋次道同为群牧司判官,次道家多唐人诗集,荆公尽即其本,择善者签帖其上,令吏抄之。吏厌书字多,辄移荆公所取长诗签置所不取小诗上。荆公性忽略,不复更视。唐人众诗集以经荆公去取皆废。今世所谓《唐百家诗选》曰荆公定者,乃群牧司吏人定也。"(卷十九,《景印文渊阁四库全书》,第 1039 册。)今人或以为此集当是宋敏求、王安石合作编纂而成。参见查屏球《名家选本的初始化效应——王安石〈唐百家诗选〉在宋代的流传与接受》,《安徽大学学报》2012 年第 1 期。

　　②《唐音姓氏并序》,《唐音》卷首。

　　③ 参见杨艳红《王安石〈唐百家诗选〉研究》,第 40 页至 41 页,西北大学 2008 年硕士学位论文。

　　④ 康海《渼陂先生集序》,《对山集》卷十。

第三节　拟古倾向的反思与审美趣味的更变

鉴于弘治以来前七子倡兴诗文复古给文学领域带来的深远影响,这一文学实践本身显现的经验得失,乃成为嘉靖之初以来文人圈反思的一个重点目标。

"嘉靖八才子"之一的李开先对此即有议论。开先字伯华,号中麓,章丘(今属山东)人。嘉靖八年(1529)举进士,授户部主事,改吏部,仕至太常寺少卿。他在《咏雪诗序》中指出:"我朝自诗道盛后论之,何大复、李崆峒,遵尚李、杜,辞雄调古,有功于诗不小。然俊逸粗豪,无沉着冲淡意味,识者谓一失方,一失之亢。其雪诗如《天门望雪》、《梁园春深》等作,正坐方亢之病。"①其为刘铙所撰墓志也谈及,"关中李献吉、汝阳何仲默方与诸善诗者结社游","后识者曰:'李诗雄放而失之亢,何温雅而失之方。'"②李开先生平和前七子中的康海、王九思交谊较深,自称"愚生也晚,犹得上交于王渼陂、康对山两公"③,彼此"欢然相得"④。又他出于敬慕之意,曾为李梦阳、何景明、康海、王九思等人作传,⑤间或肯定诸子的复古业绩。如称李梦阳,"当软靡之日,未免矫枉之偏,而回积衰,脱俗套,则其首功也"(《李崆峒传》);称康海,"国初诗文,犹质直浑厚,至成化、弘治间,而衰靡极矣。自李西涯为相,诗文取絮烂者,人材取软滑者,不惟诗文趋下,而人材亦随之矣。对山崛起而横制之,天下始知有秦汉之古作,而不屑于后世之恒言"(《对山康修撰传》)。然在另一方面,他并不回避对李、何诸子的批评,如上指摘李、何诗歌所谓的"方"、"亢",当和古板、亢直、生硬、粗豪等义项相关联。他在《李崆峒传》中述及李梦阳诗文,也表示"责备者犹以为诗袭杜而过硬,文工句而太亢",与以上批评李、何诗歌之意相近。⑥ 尤其要指出的是,在这当中,李开先特别对李、何诸子拟古而过于注重雄浑豪放一路诗风的取向表达明显的不

----

① 《李中麓闲居集》卷六,《续修四库全书》,第 1341 册。

② 《资善大夫太常寺卿兼翰林院五经博士西桥刘公墓志铭》,《李中麓闲居集》卷七,《续修四库全书》,第 1341 册。

③ 《贺太孺人段母朱氏八十寿序》,《李中麓闲居集》卷五,《续修四库全书》,第 1340 册。

④ 殷士儋《中宪大夫翰林院提督四夷馆太常寺少卿李公墓志铭》,《金舆山房稿》卷九,《四库全书存目丛书》影印明万历十七年(1589)邵陛刻本,集部第 115 册。

⑤ 见《对山康修撰传》、《渼陂王检讨传》、《李崆峒传》、《何大复传》,《李中麓闲居集》卷十,《续修四库全书》,第 1341 册。

⑥ 参见拙著《前后七子研究》,第 304 页至 306 页、310 页至 311 页。

满,他在《海岱诗集序》中即提出:

> 世之为诗有二:尚六朝者失之纤靡,尚李、杜者失之豪放。然亦以时代南北分焉。成化以前,及南人纤靡之失也。弘治以后,及北人豪放之失也。譬之画家,工忌俗软,大笔忌粗荡。

由上,"纤靡"与"豪放"被李开先看作是世人拟古为诗导致的两大缺失,喻之以画,前者即"俗软",后者则"粗荡"。其中认为弘治以后诗坛"及北人豪放之失",显然指向李、何诸子的拟古习气及其在诗坛所产生的影响。与此相对,除了前述指示诗歌要有"沉着冲淡意味",李开先还在不同的篇翰中论及诗歌一体特定的审美要求,如其《塞上曲后序》云:"诗在意趣声调,不在字句多寡短长也。"①《咏雪诗后序》曰:"诗意兴活泼,拘拘谫谫,意兴扫地尽矣。"《西野春游词序》又论诗词各自的审美特点,以示相互区别:"词与诗,意同而体异。诗宜悠远而有馀味,词宜明白而不难知。以词为诗,诗斯劣矣;以诗为词,词斯乖矣。"②概括起来,李开先相对欣赏的是一种深至蕴藉、淡泊平和的诗歌作风,所以,他尽管认可李、何诸子的复古创举,但难以接受诸子"粗豪"或"豪放"的诗风。

从李、何诸子的诗歌作风来看,虽然各自之间存在一定的差异,而不同个体间的差异本来就是一个带有普遍性的问题,诸子也不例外,如于李、何二子,人称"北地诗以雄浑胜,信阳诗以秀朗胜"③,不过,特别是诸子认定"反古俗而变流靡"的诗文变革方向,加之他们大多成长或活动于中原和关中地区,接受北方地域风土人情的浸染,总体上其诗偏向雄浑豪放一路的风格。王世贞《黄淳父集序》议及"吴下"和"中原"诗风的差异,就以为相比于吴士"其习沿江左靡靡","北地、武功诸君起中原,自厉其格,以求合古,而不能尽醉其豪疏之气",前者"务轻俊",后者"好为豪"④。比较起来,诸子中这方面表现最为突出者,莫过于李梦阳,四库馆臣就指出其"才雄而气盛,故枵张其词"⑤。然而,也正因为李、何诸子对雄浑豪放一路诗风的偏重,融合了变革诗坛现状的特定动机,以及地域

①　以上见《李中麓闲居集》卷五,《续修四库全书》,第1340册。
②　以上见《李中麓闲居集》卷六,《续修四库全书》,第1341册。
③　《明诗别裁集》卷五,第112页。
④　《弇州山人四部稿》卷六十八。
⑤　《四库全书总目》卷一百七十一集部《迪功集》提要,下册,第1500页。

影响的因素甚至个人偏至的美学观念,相对限制了他们在诗歌审美上的包容性和开放性,难以因应诗坛众家参差不一的审美期望,由此招致各种质疑,自在情理之中。

由李开先对李、何诸子多拘于"粗豪"或"豪放"一路诗风的质疑,我们还可以联系到何良俊对诸子诗风展开的检讨,他在《四友斋丛说》中评诸子诗:

> 世人独推何、李为当代第一,余以为空同关中人,气稍过劲,未免失之怒张。大复之俊节亮语,出于天性,亦自难到,但工于言句而乏意外之趣。独边华泉兴象飘逸,而语亦清圆,故当共推此人。

何良俊对李、何诸子倡导复古的举措并不排斥,如以为:"我朝如杨东里、李西涯二公,皆以文章经国,然只是相沿元人之习。至弘治间李空同出,遂极力振起之,何仲默、边庭实、徐昌毂诸人相与附和,而古人之风几遍域中矣。律以古人,空同其陈拾遗乎?"①他以唐振兴风雅的陈子昂比拟前七子领袖人物李梦阳,且推及诸子附和之功,显然表达了对李、何等人倡扬"古人之风"的基本判断。但作为问题的另一面,何良俊又毫不掩饰留存其内心的疑虑,特别是以上针对李梦阳诗歌作风提出的批评,已足以证明这一点。他嫌李诗"气稍过劲"而"失之怒张",并将这一诗风的形成与北方"关中"的地域背景联系起来,表明了身为南方文士的他,在诗歌的审美取向上有着较强的地域意识。又他品评友人王维桢之作:"槐野先生之文与诗,皆宗尚空同,其才亦足相敌,但持论太高,而气亦过劲,人或以此议之。"②这和批评李梦阳诗的口径大体一致。而李梦阳诗作的这一特征,说到底,还应该与他倾向雄浑豪放一路诗风的偏好有关。进而究之,与"怒张"的缺失迥然相对,何良俊则以"婉畅"的作风相要求,他说:"婉畅二字,亦是诗家切要语。盖畅而不婉,则近于粗;婉而不畅,则入于晦。"③他在点评晚唐罗隐七律《寄徐济进士》诗句时又说:"罗隐诗虽是晚唐,如'霜压楚莲秋后折,雨催蛮酒夜深酤',亦自婉畅可讽。"④细察其言,所谓"婉畅"的意义指向,一是忌

---

① 以上见《四友斋丛说》卷二十六《诗三》,第233页至234页。
② 《四友斋丛说》卷二十三《文》,第210页。
③ 《四友斋丛说》卷二十四《诗一》,第214页。
④ 《四友斋丛说》卷二十五《诗二》,第228页。

"粗",即力避粗疏直率,营造隽永而富有思致的意境。如何良俊评鉴"元诗四大家"之作:"元人诗,昔人独推虞、范、杨、揭,谓之四大家,盖虞道园、范清江、杨仲弘、揭曼硕四人也。四人之诗,其格调具在,固不可不谓之大家,但乏思致,求其言外之趣则索然耳。"①再如《孙王倡和集序》,记录他官南京翰林院孔目期间和王维桢之间论诗而及杜甫:"槐野一日语良俊曰:'夫七言之有杜,如至圆不能加规,至方不能加矩。今人多不喜杜诗,此何故耶?'良俊曰:'先生重风骨,故喜杜,今人多重声调,故喜学钱、刘。钱、刘之诗非不流便可喜,然一诵则兴象都尽,岂得如少陵深厚隽永耶?'槐野首肯之。"②一是忌"晦",即力避晦昧涩滞,凸显和畅而稳贴的表现效果。如何良俊定义诗歌所谓"最上乘"之作:"诗苟发于情性,更得兴致高远,体势稳顺,措词妥贴,音调和畅,斯可谓诗之最上乘矣。然岂可以易言哉!"③

在其时检讨李、何诸子诗风的文士中,我们又不可不注意"云间四贤"之一徐献忠提出的一些论见。先来看他在为吴人彭年诗篇所作跋文的陈述:

> 孔嘉诗中含沉郁之思,外被组绣之华,声调和平,词致畅越,可谓风流自命者也。予尝谓当代词人,初过于质木,再僻于流美。献吉之出,力持格气,济以葩艳,可谓雅道中兴矣。惜其和平之气未舒,悲凉之情太胜,岂燕赵悲歌之遗耶?每思气候和乐,发调娴雅,有逴然远意,无事雕饰者,读之久未得也。④

这段跋文虽然主要点评彭年的诗作,但联系如何看待"当代词人"的问题,则牵出作者对李梦阳诗的评断。质疑李诗"和平之气未舒,悲凉之情太胜",因此深感惋惜,当然意在通过比较表彰彭诗"声调和平,词致畅越",而作者所凭藉的评判依据,则应该是所谓"娴雅"的诗歌审美原则。李梦阳诗"悲凉"而非"和平"的表现风格,从他本人的主观意图来看,在很大程度上得自其对诗歌超越理性常态的情感表现的认可。如李梦阳的《陈思王集序》倾吐了自己阅读曹植诗文的

---

① 《四友斋丛说》卷二十五《诗二》,第 229 页。
② 《何翰林集》卷十。
③ 《四友斋丛说》卷二十四《诗一》,第 213 页至 214 页。
④ 《跋彭孔嘉诗》,《长谷集》卷九。

感想："予读植诗,至瑟调怨歌、《赠白马》、《浮萍》等篇,暨观《求试》、《审举》等表,未尝不泫然出涕也。曰:嗟乎植,其音宛,其情危,其言愤切而有馀悲,殆处危疑之际者乎?"①阅读之际使他为之感动的,正是曹植"处危疑之际"呈露在诗文中的"愤切而有馀悲"之情。再如他在《张生诗序》中提出,"夫诗发之情乎,声气其区乎,正变者时乎"?"故声时则易,情时则迁。常则正,迁则变;正则典,变则激;典则和,激则愤"②,则意在说明"情"随时境而变迁,在特定情形之下,会由"正"、"典"、"和"的理性常态,趋向"变"、"激"、"愤"的非理性状态。在另一方面,这种主观认知也成为李梦阳本人在注重雄浑豪放一路诗风导向下的自我实践,《明诗别裁集》评梦阳七言古诗,即概括出其"雄浑悲壮,纵横变化"③的表现特征。

应当注意的是,徐献忠质疑李梦阳诗"和平之气未舒,悲凉之情太胜"而用以鉴衡的"娴雅"原则,曾经被他反复提出,如其《唐诗玉水集序》称,"诗至唐,其体义始备,为一代绝艺","今予所选,圆融整丽,幽寂娴雅"④。又检其《唐诗品》所评,如《玄宗皇帝》:"天宝之后,治人凋谢而乱梗,外集飘零奔溃,无复治朝之风,求之风人闲雅之意,盖亦征矣。"⑤《右司郎中乔知之》:"右司以风骚自命,藻思横陈,寄情宛委,摛琢俊丽,如《定情篇》,在汉魏诸子亦当推其闲雅。"⑥《苏州刺史韦应物》:"苏州诗气象清华,词端闲雅。其源出于靖节,而深沉顿郁,又曹、谢之变也。"⑦《右拾遗昂州刺史郎士元》:"员外诗天然秀颖,复谐音节,大率以兴致为先,而济以流美。虽篇章错杂,酬应层出,而语多闲雅,不落俗韵。"⑧这些评语汇总起来,明示"娴雅"作为一项审美原则在徐献忠的诗学话语中占据着十分关键的位置,足以见出他的重视程度。合观前述,徐献忠所主张的"娴雅"或"闲雅",又是与"和平"之义相关联,要在推崇一种平和而浑厚的表现风格。对于这一点,他在《复张芦村金宪》书札中提到:"获读先侍御诗,律调和平,词源融润,

①《空同先生集》卷四十九。
②《空同先生集》卷五十。
③《明诗别裁集》卷四,第89页。
④《长谷集》卷五。
⑤《全明诗话》,第2册,第1277页。
⑥《全明诗话》,第2册,第1280页。
⑦《全明诗话》,第2册,第1285页。
⑧《全明诗话》,第2册,第1286页。

虽以感激之思发之,而浑厚不乏。"①又他为上海潘恩所撰《笠江先生集序》比较
潘氏和时人之作:

> 我朝取士,罢黜词赋,不以列于学官,学官弟子鲜从所习业。间习之,
> 亦无所师承,各以资所近者为家。自正德建年来,关、洛之间,称多名士,其
> 气峻迈扬厉不能平,后复以藻绩相高,视平调为卑近不屑事,故其立功名辄
> 为气所使。其所陈说,或慷慨感激,不能通事之变,以取辖轲。或以浮靡躁
> 进,为时所弃。当世所称名士,大率出此。……(笠江先生)其为文即类其
> 行,春容和厚,而有典则,盖本于两汉而通于韩子。其诗自盛唐充于自得之
> 意,其气视诸子为独平,而浑厚视古昔。②

徐献忠提出以"娴雅"为尚,努力表彰这种平和而浑厚的表现风格,究其大旨,即
要求作者通过合乎理性的适度调谐,平抑激切扬厉的情感宣泄,以达到温和雅
饬的抒情效果。由表及里,不可不注意到这种理论意图在本质上渗透着温柔敦
厚、怨而不怒的儒家诗教的影响因子,印刻着传统诗学重视风教的伦理精神。
这一方面,从徐献忠的相关阐论中不难体味得到,如他《唐诗品·直习艺馆宋之
问》云:"大抵世之言诗者,五音于歌唱,而文或不工;四声弥其绮丽,而调或不
协。安能畅风教而通庶情也。"③《唐诗品序》论唐元和以降诗风:"而元和以后,
固皆所谓变声也,然《国风》之旨,裁于风教,发于性情,倡于人伦,合于典义,虽
不尽属弦歌之品,要皆有君子之道。"④但另一方面,则不能不看到,徐献忠同时
又在表达基于诗歌本体艺术考量的审美诉求,这一诉求的重点在于,主张一种
闲澹古雅、浑融谐和、含蓄厚重的风格特征,正如徐献忠致友人皇甫汸信函谈及
读其诗集《禅栖集》的体会:"晓起读《禅栖集》,文词古雅,东京以后未见超越,而
诗体浑厚闲澹,尽去刻削绮靡之习,可为一家言矣。"⑤《琏川诗集序》指点唐人诗
歌之"正派",认为"其初词旨和厚,格气浑融,意象含蓄,不尽宣泄,此其正派也"⑥。

---

① 《长谷集》卷十二。
② 《长谷集》卷五。
③ 《全明诗话》,第 2 册,第 1281 页。
④ 《长谷集》卷五。
⑤ 《与皇甫百泉》,《长谷集》卷十一。
⑥ 《长谷集》卷五。

《唐诗品·鹿门山人孟浩然》评论孟诗,"读之浑然省静而彩秀内映,虽悲感谢绝
而兴致有馀,藻思不及李翰林,秀调不及王右丞,而闲澹疏豁,翛翛自得之趣,亦
非二公之长也"①。

　　如前指出,李、何诸子在总体上偏重雄浑豪放一路的诗风,这种倾向性的选
择,不仅受到地域因素的影响和个人审美嗜好的制约,而且出于"反古俗而变流
靡"的变革诗坛现状的特定动机。自嘉靖之初以来,当这一反制的目标变得相
对模糊,反制的动力有所减弱,加上客观存在的地域区隔和个体主观审美的差
异,李、何诸子总体上偏重雄浑豪放一路诗风的美学立场,在文人圈中的感召力
或渗透力势必随之下降,难以在诗坛继续发挥强劲的主导性作用。以上引以举
证的虽然仅为其中的数家,但辨别他们各自的言论,多少可以从中窥见当时诗
坛的一种变化动向。总而观之,他们对待李、何诸子复古实践的态度是纷错甚
至是矛盾的,可谓接纳和质疑并存,无法用完全的肯定或否定的单一定性来完
整描述他们审视诸子所为的立场。从质疑或否定的一端来看,他们省察李、何
诸子的复古实践,并不认同诸子对雄浑豪放一路诗风的偏向,但诸家表达的诗
歌审美主张又不尽相同,各有各申述的侧重点,因而很难将它们简单整合到一
个共同的话语系统之中。这种相对漫散的情形,反映了诸家在诗歌审美目标选
择上的复杂性,也成为嘉靖之初以来诗学趋向某种多元化演变格局的一个
缩影。

第四节　王、唐二子的诗学之论

　　探讨嘉靖之初以来诗学思想的变化情势,有两个人物同样不能忽略,这就
是被人列入"嘉靖八才子"的王慎中和唐顺之,习惯上人们以王、唐并称之,并将
他们归入"唐宋派"之列。"八才子"中除王慎中、唐顺之和前面述及的陈束、李
开先之外,还包括任瀚、熊过、赵时春、吕高等人,其中王、赵中嘉靖五年(1526)
进士,其他六人考取进士时在嘉靖八年(1529)。李开先在《吕江峰集序》中说:
"古有建安七子、大历十才子。今嘉靖十年后,更有'八才子'之称。八人者,迁
转忧居,聚散不常,而相守不过数年,其久者亦止八九年而已,不知天下何以同

然有此称。详其所作,任忠斋(瀚)以奇警,熊南沙(过)以简古,唐荆川(顺之)以明畅,而陈后冈(束)之精细,王遵岩(慎中)之委曲,赵浚谷(时春)之雄浑,各随其材力。吕江峰(高)独以雅致擅名。"①李开先这条涉及"八才子"的记述表明,这是一个"聚散不常"而联系比较松散的文人群体,且各人的材质和创作风格有着明显的差异。这一文人群体继李、何诸子之后崛起文坛而受人关注,彼此之间虽有聚集交往的经历,但最终因文学志趣包括对于李、何诸子复古实践的反应不尽相同而趋向分化,假如按照"八才子"不同的文学立场大体加以分类,王慎中和唐顺之则可以归为一个营垒。②

王慎中,字道思,初号南江,改号遵岩,晋江(今属福建)人。嘉靖五年(1526)举进士,授户部主事。改礼部,历吏部郎中、常州通判,仕至河南布政司参政。以往有关王慎中的研究,主要关注他的学术思想和文章理论,而对他的诗学主张则较少涉及,③推究起来,或与以为其文胜于诗的习惯认知不无关系。朱彝尊曾指出:"评明人诗者,不及王道思,然道思五古文理精密,足以嗣响颜、谢。而论者辄言:'文胜于诗。'非知音识曲者也。"④对于朱氏的这番辩驳,四库馆臣不以为然,提出:"朱彝尊《明诗综》乃谓其'五言文理精密,嗣响颜、谢,而论者辄言'文胜于诗',未为知音'。今考集中五言如《游西山》、《普光寺睡起》、《登金山》、《游大明湖》诸篇,固皆邃穆简远;七言如'每夜猿声如舍里,四时山色在城中','万井遥分初日下,群山微见远烟中','琴声初歇月挂树,莲唱微闻风满川',亦颇有风调。然综其全集之诗,与文相较,则浅深高下,自不能掩,文胜之论,殆不尽诬,彝尊之论,不揣本而齐其末矣。"⑤关于王慎中是否"文胜于诗"的问题,仁者见仁,智者见智,难以定于一是,但有一点必须指出,要全面、透彻了解他的文学立场,不能不关注他的诗学思想。

首先需要注意的是,王慎中对诗歌教戒功能的重申,他在为张昇所撰的《张文僖公咏史诗序》中说:

---

① 《李中麓闲居集》卷五,《续修四库全书》,第 1340 册。
② 参见拙文《"嘉靖八才子"与明代正、嘉之际文坛的复古取向》,《深圳大学学报》2007 年第 2 期。
③ 关于王慎中诗学思想的研究,如有林虹的《散文家的诗论——王慎中诗序之文浅探》(《福州大学学报》2007 年第 5 期)、郑丽霞的《王慎中诗文理论研究》(《闽台文化交流》2008 年第 2 期),但均较为简略粗疏,未能就相关问题深入展开讨论。
④ 《静志居诗话》卷十二,上册,第 330 页。
⑤ 《四库全书总目》卷一百七十二《遵岩集》提要,下册,第 1504 页。

自"《诗》亡《春秋》作"之言出于孟子,学者始知《春秋》为继《诗》而作。王道既衰,政熄泽竭,而性情之正不复见于歌颂吟讽之间,则褒善贬恶以存王道,而使人心民彝不至熄竭无遗,《春秋》不可以无作矣。夫《诗》之为教,主于诵美刺非,导善禁邪,其义与《春秋》之褒贬不异,惟其发于情性,本于伦常,永言嗟叹,而下因以寓见乎风俗,上因以指陈乎政理,感动兴起,意味有馀,而劝诫已著。盖盛时治古之史,而《春秋》之文虽史,其与人为善,而使恶者不得肆,犹衰世之诗欤?《春秋》之后,代有史家,其文则史,而所取非《春秋》之义矣,其不足使人止邪而向善,有可慨者。于是之时,有能追上世永言之遗风,得其不泯之意,所谓诵美刺非,以劝戒为教者,施之于史家之所记,即事以成章,托声以形事,委曲宛转,文采彰施,而节奏宣朗,使歌之者可以上下数百载之间,如贡俗之所采,观风之所陈,奋廉敬忠惠之心,而惩淫放叛戾之志,岂不有助于名教而为后世不可缺之言耶?予尝从张侯谷泉所得见其祖故宗伯文僖公咏史诗一编,其词致庄重,音旨和畅,不为险怪苦刻,则熙朝馆阁之声,而指事寓教,则意有独至,非徒役神于觚翰游戏,如诗人所长,工于藻缋物态,嘲谑景光以资玩适而已,盖近世不可缺之言也。观其综核臧否得失之归,推原成坏理乱之故,确而不苛,深而不察,然后形容以阐其体状,断制以正其条理,上下数百载之间,枚举件系仅数百十,而君臣事迹亦概见矣。其事则史之事,其言则诗,而其主于为教,则《春秋》所取之义。①

据《孟子·离娄章句下》,其言"王者之迹熄而《诗》亡,《诗》亡然后《春秋》作"②,视《诗经》和《春秋》为大义先后相承者而将它们联系在一起。此序一开始即引出孟子所言展开说明,阐述《诗经》"主于诵美刺非,导善禁邪"的伦理价值和《春秋》于其褒善贬恶之义的直接承继。再引出对张昇咏史诗的鉴定,认可张诗"主于为教"的创作导向。看得出,王慎中所作评鉴的价值核心不脱儒家诗学的政教精神,专注于诗歌伦理教治的基本功能,其本身属于诗学史上司空见惯之论,并不见得有多少新意。但这丝毫不影响我们对他诗学立场的解读,倒是令人能

---

① 《遵岩先生文集》卷二十三。
② 《孟子注疏》卷八上,《十三经注疏》,下册,第 2727 页。

够清楚地看出他评判诗歌而秉持的一种价值基准。关于这个问题,可以进一步联系王慎中围绕"学问"与"文字"关系所表达的见解。如《与张缨泉》书札谓对方"谬以文字之能相奖",声称"仆极知平生学问不足,而文字有馀,此正枝叶胜本根之弊"①。此番话语多少带有自我检讨的意味,然也透露了他以"本根"与"枝叶"来定位"学问"与"文字"关系的思路。再如《答李拙修》书札曰"吾辈学问,用情中节,第一难事"②,《与江午坡书二》又云"文字之学,已是吾辈第二义"③,大意也不离他的"本根"、"枝叶"说。正因为王慎中以本末主次来看待"学问"与"文字"的关系,所以,他格外注重诗歌用于教戒的伦理价值,鄙薄徒工于藻绘和聊以玩赏之作。上序称许张昇之诗"指事寓教,则意有独至",将其和"徒役神于觚翰游戏,如诗人所长,工于藻缋物态,嘲谑景光以资玩适"之作撇清干系,即当作如是观。

　　王慎中倾向对诗歌"独至"之"意"的开掘,这也和他主张的为文之道相通,李开先《遵岩王参政传》云:"其为文也,恒以意定为难,每构一篇,必先反覆沉思,意定而辞立就矣。"④又王慎中在《与华鸿山》书札中称自己所为序文"虽文不为工,而其意独至矣"⑤。再展开来说,从伦理价值的层面出发,"意"又须"正",王慎中序杭淮诗集,就如此称赞杭诗:"夫公之诗虽制裁错出,律调不同,归之严正雅健,体高而意正,音舒而节越,有前世作者之风,无有乎嬿媚之习、粉泽之饰,艳妻荡子冶游淫托之思不奸于中,诵其诗不知其为人,亦可想见其为美士君子也。"⑥这也说明,"意"受制于诗人的道德品格,诗人之定"意",须以道德伦理相规范,以使纯化而趋于"正"。而他前面赞赏张昇之诗"意有独至",无非感觉其能"指事寓教",具有阐释道德伦理的功能。追究起来,"意"是一个涵义丰富的开放性概念,在传统诗学中它或被当作决定诗歌品格高下的重要因素。旧题王昌龄撰《诗格》即云:"凡作诗之体,意是格,声是律,意高则格高,声辨则律清,格律全,然后始有调。用意于古人之上,则天地之境,洞焉可观。"⑦且将"立意"

① 《遵岩先生文集》卷十八。
② 《遵岩先生文集》卷十九。
③ 《遵岩先生文集》卷十七。
④ 《李中麓闲居集》卷十,《续修四库全书》,第1341册。
⑤ 《遵岩先生文集》卷十六。
⑥ 《双溪杭公诗集序》,《遵岩先生文集》卷二十一。
⑦ 《诗格》卷上"论文意",张伯伟《全唐五代诗格汇考》,第160页至161页。

与"有以"、"兴寄"并标为诗之"三宗旨"①。旧题王昌龄撰《诗中密旨》又曰"诗有二格",以为:"诗意高谓之格高,意下谓之格下。"②"意"这一概念的开放性,缘于众家基于各自的主观认知而赋予它以不同的涵义,在传统诗学中,它之所以或被当作诗歌品格轩轾的决定性要素,则缘于其指向的是深层次的、精神性的、内里性的成分。可以认为,王慎中倾向诗歌"独至"之"意"开掘的立论基础,显然关涉传统诗学注重"立意"的根本诉求。在这方面,我们再来察看他《寄道原弟书十五》的一番陈说:

> 每见世所称才子所作,不但去古人远,虽何、李二公尚隔多少层数。然今人易足,又眼不明,或已有轻视两公之心,而自谓所作者乃初唐也。不知初唐本未是诗之佳者,故唐人极推陈子昂,以其能变初为盛,而李、杜继出,此道遂振,同时高、岑、王、孟乃其大家。今只取此六家诗读之,便知其妙,而见今人之所为者,皆陋浅无足观矣。……初唐之诗,千篇一律,数家之集皆若一人,而一人之作亦若一首,其声调虽俊美,体格虽涵厚,而变化终不足。盛唐之诗,则人人有眼目,篇篇有风骨。……吾向赠宋仲石诗,如起句"洛阳桥外路,万里指长安",今赠唐娄江如"帝心嘉劳来,户口不虚增",结句如"相送情无已,宁因感遗肝","莫倚鸾凤志,今当作鸷鹰",皆不容易得,然知之者少矣。旧岁与方洲游山诗,句句俱是风骨,不知陈套,不守言筌。然方洲亦未甚解其妙也。信是知之者难。如"取路非高足,入山力复馀","畏景在城市,聊兹息茂阴",此等起语,如"堪嗟二亩半,促促邑中居","明归应复望,惆怅使颜衰",此等结句,总是唐人中翻来,然何尝涉他成套也。意之论是如此。然遣字造语,亦须知其不同,如我所举此数语,都是《史》、《汉》文气,一字一句都健。若一时诸作,惟荆川时时能出此妙意,然句语遣得亦有未到雅健古老处。

在王慎中看来,初、盛唐诗的品质存在很大的差异,前者"千篇一律","变化终不足",不可谓之"诗之佳者",后者则"人人有眼目,篇篇有风骨",优长显而易见。

---

① 《诗格》卷下"诗有三宗旨",张伯伟《全唐五代诗格汇考》,第182页。
② 张伯伟《全唐五代诗格汇考》,第194页。

他例举自己不易觅得和不涉成套的诗句,目的是为了证明本人习学盛唐的苦心,以及与时人"陋浅"之作的根本不同。最值得注意的是,这里王慎中除了说明"遣字造句"的必要,更在意诗歌之"意"的拓造,说自己得诗句翻自唐人之作,却能不涉成套,又说览观"一时诸作",唯唐顺之诗时时能出"妙意",也无不是在证明诗"意"独出对于结构诗篇的重要性,又是在变相解释其极力表彰盛唐诗歌各有"眼目"、各具"风骨"的立论依据。为此,他谆谆告诫其弟,于诗"日读一人,又参看时人所作,久之自透露见识出来",道理在于"凡事先须从识上起"①。这又意味着,有自我之"识",方有"独至"之"意"。

人所熟知,以王慎中本人的习学经历来说,他早年曾接受李、何诸子从事的复古作业的熏染,好古摹习倾向与诸子相对合拍。王惟中所撰王慎中行状,即称他"作为文章彬彬然《史》、《汉》人语,唐之诗,晋之书,罔不涉其流而溯其渊"②。他本人也曾"追恨"自己"年二十二三"之时,"一味稚识,雕琢几句不唐不汉诗文而已"③。而促使他学古趣味前后发生变化的动因,一是来自阳明心学的影响。嘉靖十四年(1535),王慎中由常州通判升任南京户部主事,后又转礼部员外郎,其时"俱在留都闲简之区,益得肆力问学,与龙溪王畿讲解王阳明遗说,参以己见,于圣贤奥旨微言,多所契合"④。嘉靖十六年(1537),王慎中自山东提学佥事转江西参议,该地"故阳明讲习化导之区,其老先生多以学鸣世,士之知学者不少",他"以职事往来白鹿、鹅湖间,与学者犹订证发明,简易通彻,不为蹊径"⑤。又他在致唐顺之书札中谈到,"夫以余之诵习章句,忽闻诸君之论,其于圣贤之学亦能谬言其梗概,而窃知一二","然则由是以知《大学》之所谓致知者,信在内而不在外,系于性而不系于物,而龙溪君之言为益可信矣"⑥。这应该是经由王慎中亲口道出的本人接受阳明心学的一个显证。二是来自程朱理学的影响。关于这个问题,有研究者在分析"唐宋派"的学术思想时指出,"人们在研究唐宋派的思想渊源时,往往更留意王学的影响,却忽视了宋儒在其初始阶段的文学思想中所占据的主要地位","当时唐、王二人虽接触了阳明心学并有一

①《遵岩先生文集》卷二十。
②《河南布政司参政王先生慎中行状》,《国朝献征录》卷九十二,第3册,第3989页。
③《寄道原弟书十》,《遵岩先生文集》卷二十。
④ 李开先《遵岩王参政传》,《李中麓闲居集》卷十,《续修四库全书》,第1341册。
⑤ 王惟中《河南布政司参政王先生慎中行状》,《国朝献征录》卷九十二,第3册,第3991页。
⑥《与唐荆川》,《遵岩先生文集》卷十五。

定心得,而离其全面掌握并有切于自我身心应尚有一定距离,所以当时作为其意识主导的还是程朱理学"①。所言中其肯綮。有关唐顺之的情况详下论,以王慎中来说,其接受程朱理学甚为深刻,以至于表现为一种主导意识,这和他受到以朱子学为代表的闽学传统的影响不无关系。② 他致顾鼎臣书札自述"二十八岁以来,始尽取古圣贤经传及有宋诸大儒之书,闭门扫几,伏而读之,论文绎义,积以岁月,忽然有得。追思往日之谬,其不见为大贤君子所弃而终于小人之归者,诚幸矣。愧惧交集,如不欲生"。深刻的自我觉悟,不仅让他对宋儒学说产生强烈的精神上的归属感,并且反思往日所学,"徒知掇摭割裂以为多闻,模效依仿以为近古"③,是以产生强烈的"追恨"心理,以为趋步李、何诸子不过是"雕琢几句不唐不汉诗文"。如果再结合审观王慎中对于诗歌表现"独至"之"意"的主张,那么他的根本意图则是要从充实和拓辟诗歌的精神内蕴方面着力,以透露自我之"见识",彻底改造李、何诸子的复古路径,克服所谓"模效依仿"的误失。

按照王慎中的看法,诗人要臻于定"意"之境,离不开主体的心性涵养,他为杭淮所作的《双溪杭公诗集序》已多少涉及这个问题,如谓杭氏:"公真所谓仙人耶,何其气厚而神完也! 夫昔之为诗者,莫不忧幽怫郁,滑和摇精,至于呕肝丧魂,犹不能工。今公之神气其厚且完如此,乃以能诗成名于世,岂不难哉!"以他的解释,杭淮"气厚而神完"的涵养所至,为其诗达到的"体高而意正,音舒而节越"④的表现境界构造了本质性的基础。对于这一话题,我们还可以联系他在《寄道原弟书五》中提出的相关主张,是书谈论他人文章之缺陷:"大约气不厚,力不昌,少明目张胆之言,而多装缀支吾之态",并因此指点作文的枢机所在:"还须养得气厚些,方成得一有力量文字。大抵气厚要神完,神完要心纯。诸子之病,总是心不专精,故精神散越,而气不得厚。中间有厚者,又属之所禀矣,今既禀不及人,便当存心养性以充之耳。"⑤联系王慎中前后表述不难看出,诗文之道赖以支持的主体心性涵养这一本质性的基础彼此相通。再进一步究察,如此对于主体心性涵养工夫的强调,一方面,本于王慎中浸染深刻而作为其主导意

① 左东岭《王学与中晚明士人心态》,第443页,人民文学出版社2000年版。
② 参见陈广宏《王慎中与闽学传统》,《文学遗产》2009年第4期。
③《再上顾未斋》,《遵岩先生文集》卷十五。
④《遵岩先生文集》卷二十一。
⑤《遵岩先生文集》卷二十。

识的根深蒂固的程朱理学,也因此其格外重视以"道德"洗礼为约束。犹如他《薛文清公全集序》力推河东学派代表人物薛瑄之学之文,宣称其学"确然独守乎朱氏之宗",于是"巍然为道德礼义之学之首",并由乎"践彝常之笃,而闲轨式之密,庸言细行,不忽卑迩,克其祗畏检饬之常心,无一发口举足入于非礼"的日常自修,故其文能为"道德之言";《曾南丰文粹序》则引曾巩为同调,称其为文"良有意乎折衷诸子之同异,会通于圣人之旨,以反溺去蔽,而思出于道德,信乎能道其中之所欲言,而不醇不该之蔽亦已少矣"①,表彰曾文基于作者"反溺去蔽"的修持而根植"道德"。另一方面,则或多或少留有阳明心学影响的印迹。王慎中所说的"气厚"、"神完",其关键在于"心纯",而"心纯"的反面乃是"心不专精"以至"精神散越"。如何方可谓之"心纯"? 他曾称赞唐顺之"精神凝固,志气坚卓,绝无私欲之累以害生"②,就是对此作出的确切定义,也是"存心养性"的境界所在。从一定意义上来说,这又正是注重个人主观内在体验和精神生活自得的反映。③ 要之,王慎中对诗歌"独至"之"意"的主张,和他重视诗歌的伦理价值的倾向密切关联在一起,强调以道德伦理相规范,以主体心性涵养为基础,这当中也体现了程朱理学与阳明心学二者交集影响的结果。

唐顺之,字应德,号荆川,武进(今江苏常州)人。嘉靖八年(1529)会试第一,授兵部武选司主事。改补吏部考功司主事,除翰林院编修。嘉靖间倭蹿东南,奉命伐之,擢右佥都御史,巡抚凤阳。与王慎中相似,唐顺之早年也曾倾慕李、何诸子,李开先《荆川唐都御史传》说他"素爱峄峒诗文,篇篇成诵,且一一仿效之",又说他"及遇王遵岩,告以自有正法妙意,何必雄豪亢硬也",而是时"唐子已有将变之机,闻此如决江河,沛然莫之能御矣。故癸巳以后之作,别是一机轴,有高出今人者,有可比古人者,未尝不多遵岩之功也"④。唐顺之对待李、何诸子的态度及诗文作风的前后变化,王慎中固然对他发生重要影响,所谓告以"正法妙意",应该指王慎中"二十八岁以来"研治宋儒学说而获得的独自体会。对于王之学宋,唐顺之起先"以为头巾气",王则言"此大难事也,君试举笔自知之",于是唐"亦变而随之矣"⑤。不过,这毕竟还是一个外在的诱导因素,真正促

① 以上见《遵岩先生文集》卷二十二。
② 《与唐荆川》,《遵岩先生文集》卷十六。
③ 参见拙文《"嘉靖八才子"与明代正、嘉之际文坛的复古取向》,《深圳大学学报》2007年第2期。
④ 《荆川唐都御史传》,《李中麓闲居集》卷十,《续修四库全书》,第1341册。
⑤ 李开先《遵岩王参政传》,《李中麓闲居集》卷十,《续修四库全书》,第1341册。

使唐顺之发生转变的,应该是他接触程朱等人著述而为之心折,其《与王尧衢书》如下言论人所熟知:"于是取程朱诸先生之书,降心而读焉。初未尝觉其好也,读之半月矣,乃知其旨味隽永,字字发明古圣贤之蕴,凡天地间至精至妙之理,更无一闲句闲语。所恨资性蒙迷,不能深思力践于其言焉耳,然一心好之,固不敢复夺焉。"①这也说明此时程朱理学在他思想意识中所占据的重要位置。② 对唐顺之来说,这一转变是比较彻底的,以至他后来在《答皇甫百泉郎中》中自称:"其为诗也,率意信口,不调不格,大率似以寒山、《击壤》为宗而欲摹效之,而又不能摹效之然者。其于文也,大率所谓宋头巾气习,求一秦字汉语,了不可得。凡此皆不为好古之士所喜,而亦自笑其迂拙而无成也。追思向日请教于兄,诗必唐、文必秦与汉云云者,则已茫然如隔世事,亦自不省其为何语矣。"所谓"追思"云云,无非要表达自己与往昔所为相决绝的态度。其《与洪方洲郎中二》又表示:"所示济南生文字,黄口学语,未成其见,固然本无足论,但使吾兄为人所目摄,此亦丰干饶舌之过也。且崆峒强魂尚尔依草附木,为祟世间,可发一笑耳!"③从鄙夷李攀龙"黄口学语",到指斥复古先导者李梦阳,讥刺其魂尚"为祟世间",对七子派领袖人物的攻讦可谓不遗馀力,当然,这也足以证明他已绝然放弃因慕尚李梦阳诗文而悉心加以"仿效"的昔日之学,显示其个人学业的全然转向。

比较王慎中和唐顺之,就二人所持的相似立场而言,其不仅表现在他们将阅读和钻研的兴趣转移至宋儒学说上,而且表现在他们对宋人之文的大力推尊上。较之唐顺之于文"大率所谓宋头巾气习,求一秦字汉语,了不可得",王慎中也"有味于欧、曾之文","以此自信,凡有所作,不出二子家法"④,质疑时人"总是学人,与其学欧、曾,不若学马迁、班固"说法,宣称"不知学马迁莫如欧,学班固莫如曾"⑤。不过除了相似,也有差异,二人在诗歌宗尚目标的选择上态度就不尽一致。相比于王慎中"诗亦以盛唐为宗"⑥,认为"盛唐之诗,则人人有眼目,篇篇有风骨",唐顺之则将推尚的重点放在宋人邵雍之诗上,除前引《答皇甫百泉

① 《重刊荆川先生文集》卷五。
② 参见左东岭《王学与中晚明士人心态》,第 443 页至 444 页。
③ 以上见《重刊荆川先生文集》卷六。
④ 李开先《康王王唐四子补传》,《李中麓闲居集》卷十,第 1341 册。
⑤ 《寄道原弟书十六》,《遵岩先生文集》卷二十。
⑥ 李开先《康王王唐四子补传》,《李中麓闲居集》卷十,第 1341 册。

郎中》自称为诗"大率似以寒山、《击壤》为宗而欲摹效之",他在《与王遵岩参政》书札中又尽述自己诗重邵雍的意向:

> 近来有一僻见,以为三代以下之文,未有如南丰,三代以下之诗,未有如康节者。然文莫如南丰,则兄知之矣,诗莫如康节,则虽兄亦且大笑。此非迂头巾论道之说,盖以为诗思精妙,语奇格高,诚未见有如康节者。知康节诗者莫如白沙翁,其言曰:"子美诗之圣,尧夫更别传。后来操觚者,二妙罕能兼。"此犹是二影子之见。康节以锻炼入平淡,亦可谓"语不惊人死不休"者矣,何待兼子美而后为工哉? 古今诗庶几康节者,独寒山、静节二老翁耳,亦未见如康节之工也。①

邵雍有诗集《击壤集》,其诗有重说理的特点,体现了宋诗主议论的倾向。宋人晁公武《郡斋读书志·邵尧夫击壤二十卷》谓邵雍"歌诗盖其馀事,亦颇切理,盛行于时"②。明人朱国祯《涌幢小品》曰:"禅语演为寒山诗,儒语演为《击壤集》。此圣人平易近民,觉世唤醒之妙用也。"③朱氏意在称道儒禅演语的神妙作用,却也道出了如《击壤集》这样的诗集多涉理路的特点。又四库馆臣评《击壤集》云:"自班固作《咏诗诗》,始兆论宗,东方朔作《诫子诗》,始涉理路。沿及北宋,鄙唐人之不知道,于是以论理为本,以修词为末,而诗格于是乎大变,此集其尤著者也。"④则以《击壤集》为北宋诗歌注重"论理"的显著案例。不难看出的是,唐顺之"三代以下之文,未有如南丰,三代以下之诗,未有如康节者"的表态,完全超出了诗文领域一般的价值标准和批评常识,刻意以一种极端化的评断来充分表达对特定对象的褒扬,其中极力推尚颇重说理的邵雍诗歌,较之如李梦阳指摘"宋人主理不主调"、"宋人主理作理语"⑤,二者的诗学立场已是大相径庭,这也能够说明他脱出李、何诸子复古诗学影响之彻底。

诗学立场的如此转变,首先,与唐顺之对宋儒学说发生兴趣有关。作为北

---

① 《重刊荆川先生文集》卷七。
② 《郡斋读书志》卷四下。
③ 王根林校点《涌幢小品》卷十八"儒禅演语",下册,第345页,上海古籍出版社2012年版。
④ 《四库全书总目》卷一百五十二《击壤集》提要,下册,第1322页。
⑤ 《缶音序》,《空同先生集》卷五十一。

宋时期的一位理学家,邵雍所学被人称为"内圣外王之学"①。据邵氏的《击壤集自序》,其称"予自壮岁业于儒术,谓人世之乐何尝有万之一二,而谓名教之乐固有万万焉,况观物之乐复有万万者焉,虽死生荣辱转战于前,曾未入于胸中,则何异四时风花雪月一过乎眼也",又称该集为"自乐之诗也","非唯自乐,又能乐时与万物之自得也",也就是体现在,"其或经道之馀,因闲观时,因静照物,因时起志,因物寓言,因志发咏,因言成诗,因咏成声,因诗成音。是故哀而未尝伤,乐而未尝淫,虽曰吟咏情性,曾何累于性情哉"②。《击壤集》载录的诗篇显示,作者在"观时"、"照物"之际,既带有一种和自然相契合的审美体验,又融合了一种理学层面的道德体验。③ 该集透露的这一特征,或也可以概括为诗人感物与理学家体悟宇宙的一种紧密结合。④ 其次,也与唐顺之接受阳明心学的影响有关。王畿序《击壤集》云:"夫诗家言志,而志本于学。康节之学,洗涤心源,得诸静养,穷天地始终之变,究古今治乱之原,以经世为志,观于物有以自得也,于是本诸性情,而发之于诗。玩弄天地,阖辟古今,皇王帝伯之铺张,雪月风花之品题,自谓名教之乐异于人世之乐,况观物之乐又有万万者焉,死生荣辱辗转于前,曾未入乎胸中,虽曰吟咏性情,曾何累哉。其所自得者深矣。……予友荆川唐子专志静养,工于诗,有意于别传者,谓康节之诗实兼二妙,尝为书《击壤集》若干首示予,世或以为奇论,未之尽信也。"⑤王畿所说的唐顺之称道邵诗及书《击壤集》诗示之云云,见于唐氏《跋自书康节诗送王龙溪后》,其曰:"玉台翁云:'子美诗之圣,尧夫更别传。后来操翰者,二妙罕能兼。'古今能知康节之诗者,玉台翁一人而已。虽然,所谓别传者,则康节所自得,而少陵之诗法,康节未尝不深入其奥也,康节可谓兼乎二妙者也。……龙溪王子盖有得乎别传之意者,而亦未尝不深于诗法也,索予章草,余为举似《击壤集》数首。"⑥有关唐顺之对阳明心学的接受,研究者论之已详,无需赘述。这里最值得注意的是,唐顺之专书《击壤集》诗以示其友王门弟子王畿,显然抱有同道交流的意图,默认彼此理念的契

---

① 脱脱等《宋史》卷四百二十七《道学一》,第 36 册,第 12728 页,中华书局 1985 年版。
② 《击壤集》卷首。
③ 参见王利民《从〈伊川击壤集〉看邵雍的风月情怀》,《浙江大学学报》2004 年第 5 期。
④ 参见陈国球《锻炼物情时得意,新诗还有百来篇——邵雍〈击壤集〉诗学思想探析》,《中国诗学》第 7 辑。
⑤ 《击壤集序》,《龙谿王先生全集》卷十三。
⑥ 《重刊荆川先生文集》卷十七。

合,而王畿则从邵雍之学中解读出了"洗涤心源,得诸静养"的偏向心性内在体悟的意味,并与唐顺之"专志静养"的修持心志联系在一起。他的这番解读和描述,也从侧面道出了唐氏推尚邵雍之诗的一个重要缘由。

唐顺之诗学之论另外一点需要分辨的,即是他提出的颇受人关注的本色论。其致茅坤的《答茅鹿门知县二》书札,谈到了文章和诗歌的本色问题,"即如以诗为谕,陶彭泽未尝较声律,雕句文,但信手写出,便是宇宙间第一等好诗。何则? 其本色高也。自有诗以来,其较声律,雕句文,用心最苦而立说最严者,无如沈约,苦却一生精力,使人读其诗,只见其捆缚龌龊,满卷累牍竟不曾道出一两句好话。何则? 其本色卑也。本色卑,文不能工也,而况非其本色者哉"①?大致来说,唐顺之年四十岁前后,因解悟阳明心学,其学术和文学思想进入一个新的变化时期。如他本人自白:"近年来痛苦心切,死中求活,将四十年前伎俩头头放舍,四十年前意见种种抹杀,于清明中稍见得些影子,原是彻天彻地灵明混成的东西。生时一物带不来,此物却原自带来;死时一物带不去,此物却要完全还他去。"②这篇写给茅坤的《答茅鹿门知县二》书札,应该作于嘉靖二十四年(1545)唐顺之年三十九岁之际,实际上也成为反映其学术和文学思想发生变化状态的一篇文献。③ 何谓本色? 唐顺之在同一篇书札中对此作了明确的解释,他比较"唐宋而下,文人莫不语性命谈治道,满纸炫然,一切自托于儒家,然非其涵养畜聚之素,非真有一段千古不可磨灭之见,而影响剿说,盖头窃尾",指出:"秦汉以前,儒家者有儒家本色,至如老庄家有老庄本色,纵横家有纵横本色,名家、墨家、阴阳家皆有本色。其为术也驳,而莫不皆有一段千古不可磨灭之见。是以老家必不肯剿儒家之说,纵横必不肯借墨家之谈,各自其本色而鸣之为言"。他在《与洪方洲书》中又说:"近来觉得诗文一事,只是直写胸臆,如谚语所谓开口见喉咙者,使后人读之如真见其面目,瑜瑕俱不容掩,所谓本色,此为上乘文字。"简括其论,所谓的本色,即指能直抒胸臆而不剿袭他人之说,独具"千古不可磨灭之见"。就如他《答蔡可泉》之札对"自古文人"作出的评价:"虽其立脚浅浅,然各自有一段精光不可磨灭,开口道得几句千古说不出的说话,是以能与世长久。惟其精神亦尽于言语文字之间,而不暇乎其他,是以谓之文人。"细

①《重刊荆川先生文集》卷七。
②《答王遵岩》,《重刊荆川先生文集》卷六。
③ 参见左东岭《王学与中晚明士人心态》,第454页至457页。

加究察,这里所说的"千古不可磨灭之见",本质上与伦理价值的标准相交集,指向的是主体加强自我修习以体现这一标准的独特感悟。所以唐顺之在评价"自古文人"之后,紧接着自嘲"半生簸弄笔舌,只是几句老婆舌头语,不知前人说了几遍,有何新得可以阐道理而裨世教者哉"①? 自此,他称赏陶渊明诗"未尝较声律,雕文句",只是"信手写出",讥刺沈约诗"捆缚龌龊,满卷累牍竟不曾道出一两句好话",以及针对茅坤疑其"本是欲工文字之人,而不语人以求工文字者",回应以不折不扣的自我辩解:"其不语人以求工文字者,非谓一切抹杀,以文字绝不足为也,盖谓学者先务,有源委本末之别耳。"归根结底,这一自我辩解的内在逻辑,还根植于先道德而后文辞的重伦理之传统原则。正因如此,要真正独具"千古不可磨灭之见",对他者不至于"影响剿说,盖头窃尾",则需以主体自我的道德修养作为本质基础,即所谓"非洗涤心源,独立物表,具今古只眼者,不足以与此"②。而要达到"洗涤心源"的目标,最为直接的路径是"涵养畜聚",最为关键的环节是消泯各种世俗欲念,这是不容置疑的先决条件。如唐顺之《寄黄士尚》一札彻底反思自我:"弟近来深觉往时意气用事、脚跟不实之病,方欲洗涤心源,从独知处着工夫。待其久而有得,则思与乡里后进有志之士共讲明焉,一洗其蚁膻鼠腐、争势竞利之陋,而还其青天白日、不欲不为之初心。"③他所说的这一切,其实也就是除却欲障而还复"本体"的过程:"若本无欲障,则顷刻之间,念念迁转,即是本体。若欲障未尽,则虽穷年默坐,能使一念不起,亦只是自私自利根子。"④综合上说,唐顺之提出的本色论强调"信手写出"或"直写胸臆",绝非指的是本然意义上的主体精神世界无所约束的呈现,而是以"洗涤心源"、消除欲障为根本前提,主张的是强化主体自修的精神过滤,以臻于他人不及的"独知"之境地,由此,体现主体内在工夫的道德修养自然成为作者必修的功课。从这一意义上来说,所谓"千古不可磨灭之见"的形成,正是主体"从独知处着工夫"的良性结果,其完全建立在"涵养畜聚"以还复"本体"的基础之上,实质上也就是主体道德自我完善所达到的一种湛然无欲的精神境界。

---

① 以上见《重刊荆川先生文集》卷七。
② 《答茅鹿门知县二》,《重刊荆川先生文集》卷七。
③ 《重刊荆川先生文集》卷五。
④ 《答吕沃洲》,《重刊荆川先生文集》卷六。

第十二章　杨慎诗学的涵容性与独立性

杨慎,字用修,号升庵,新都(今属四川)人,大学士杨廷和子。正德六年(1511)廷试第一,授翰林修撰。武宗微行出居庸关,抗疏切谏,移疾归。世宗即位,起经筵讲官。嘉靖三年(1524),以"大礼议"遭廷杖,谪戍云南永昌卫,卒于戍。慎曾受业于李东阳,生平肆力古学,博览群籍,《明史》本传称"明世记诵之博,著作之富,推慎为第一"①。相较于明代中叶诗坛有着流派或门户背景者,杨慎则并没有表现出十分明确的派别立场,清人沈德潜即指出,"升庵以高明伉爽之才,宏博绝丽之学,随题赋形,一空依傍,于李、何诸子外,拔戟自成一队"②。这一特征也不同程度地从他的诗学思想中反映出来,尤其是与时代接近的李、何诸子较为偏狭和专一的复古立场相比,杨慎论诗则体现出明显的融通、涵容的倾向,并因此在一定意义上展现了超越其时诗坛流派或门户见识的独立个性。就这方面来说,他既从诗歌发生的基本原理切入,阐释其"发诸性情而协于律吕"③的主于抒情的本质属性,又同时视必要的知识涵养为规范诗歌创作的有效途径,主张"胸中有万卷书,则笔下自无一点尘"④,重视诗歌知识化的形塑过程,以及诗歌融合知识成分的艺术经营;既注意分别唐宋两个不同时代以及有唐一代不同阶段诗歌的价值差异,以至总体上作出"宋诗信不及唐"⑤和置初、盛唐诗于上位的价值判断,又着眼于诗歌历史存在的具体而真实的样态,揭示呈现其中的复杂性、多元性及个别性,辨识宋诗和中、晚唐诗中的别具特色之作,包括唐宋诗歌之间、有唐不同阶段诗歌之间构成的历史联系,同时立足唐代而

---

① 《明史》卷一百九十二《杨慎传》,第17册,第5083页。
② 《明诗别裁集》卷六,第142页。
③ 《李前渠诗引》,《升庵集》卷三。
④ 《升庵诗话》卷十四"读书万卷",《历代诗话续编》,中册,第932页。
⑤ 《升庵诗话》卷四"宋人绝句",《历代诗话续编》,中册,第717页。

上溯六朝,强调六朝与唐代诗歌之间承续和演进关系,凸显出某种诗史的意识。

第一节 抒情与诗歌本质论

杨慎一生著述繁富,其中不少关涉诗学问题的阐说。有研究者已注意到,杨氏论诗的重要议题之一即力主性情,重视诗歌的抒情特征,强调这种抒情的合理性。[①] 不过,如何看待杨慎诗歌性情说的着力点与内涵构成,以及具体的表现原则,仍然是需要我们展开进一步探析的一个问题。

杨慎曾经批评宋人"以杜子美能以韵语纪时事,谓之'诗史'"之见,以为"不足以论诗也",并由此指出:"夫六经各有体,《易》以道阴阳,《书》以道政事,《诗》以道性情,《春秋》以道名分。后世之所谓史者,左记言,右记事,古之《尚书》、《春秋》也。若诗者,其体其旨,与《易》、《书》、《春秋》判然矣。"他的这一释说,主要聚焦于诗与史的体制之别,不认可将诗混同于史的做法。是以他又说:"如诗可兼史,则《尚书》、《春秋》可以并省。"[②]从杨慎的从师经历来看,他"尝受业西涯李文正公(案,指李东阳)"[③],李东阳论诗的要点之一,则在于其反复强调诗文异体说,如认为"诗与文同谓之言,亦各有体,而不相乱"[④],并上溯六经,区分《诗经》和诸经"体"之差异,即所谓"《诗》与诸经同名而体异"[⑤],"古之六经,《易》、《书》、《春秋》、《礼》、《乐》皆文也,惟风、雅、颂则谓之诗,今其为体固在也"[⑥]。从这个角度看,杨慎指出"六经各有体",分别诗与史的体制差异,很有可能受到李东阳说法的影响。至于诗主性情之论,杨慎在他的《李前渠诗引》中有更为明晰的阐述:

> 诗之为教,邃矣玄哉!婴儿赤子,则怀嬉戏抃跃之心;玄鹤苍鸾,亦合歌舞节奏之应。况乎毓精二五,出类百千。六情静于中,万物荡于外,情缘

[①] 参见罗宗强《从杨慎的文学观看文学思想发展过程中的交错现象》,《首都师范大学学报》2009 年第 4 期;高小慧《杨慎诗学体系论》,《河南社会科学》2010 年第 2 期。
[②] 《升庵诗话》卷十一"诗史",《历代诗话续编》,中册,第 868 页。
[③] 杨慎《六书索隐序》,《升庵集》卷二。
[④] 《鲍翁家藏集序》,《李东阳集》,第三卷,第 58 页。
[⑤] 《镜川先生诗集序》,《李东阳集》,第二卷,第 115 页。
[⑥] 《春雨堂稿序》,《李东阳集》,第三卷,第 37 页。

物而动,物感情而迁,是发诸性情而协于律吕,非先协律吕而后发性情也。以兹知人人有诗,代代有诗。古之诗也,一出于性情;后之诗也,必润以问学。性情之感异衷,故诗有邪有正;问学之功殊等,故诗有拙有工。此皆存乎其人也。或政遇醇和,则膏泽醉乎胖釐;时值窊黯,则劳苦形于咏谣。皆复关乎其时也。若夫八伯之云纠,膏泽之醉也;伍员之日瞧,劳苦之形也。二《雅》、三《颂》,正之检也;桑中、濮上,邪之流也。岂分穷达,奚别古今?①

这一段的论说,重点涉及诗歌发生的基本原理,即诗人感物动情而后形之于诗,故曰"是发诸性情而协于律吕,非先协作律吕而后发性情也"。从此意义上而言,这也是杨慎对主于抒情的诗歌本质所作的界定。不难发现,杨慎此论大体秉承"人禀七情,应物斯感,感物言志,莫非自然"②的传统诗学感物说而加以展述。传统感物说中的"物",并非单纯指自然景物或其他实物,而是泛指外界的一切物象,包括影响社会民情风俗的政治和教化状况。③ 杨慎认为诗"关乎其时",所谓"或政遇醇和,则膏泽醉乎胖釐;时值窊黯,则劳苦形于咏谣",归根结底,则无非本于其说。虽然杨慎关于诗歌发生原理乃至诗歌本质的阐述,因袭传统居多,不见得有多少自我的创见,但不代表这一说法就毫无意义。以此而言,这个问题又涉及杨氏对唐宋诗体制的鉴别:"唐人诗主情,去《三百篇》近;宋人诗主理,去《三百篇》却远矣。匪惟作诗也,其解诗亦然。"④自宋代以来,唐宋诗的体制以至价值差异,逐渐成为诗界的一项重要议题。宋人严羽基于"夫诗有别材,非关书也;诗有别趣,非关理也"的判断,明确区分"盛唐诸人""惟在兴趣,羚羊挂角,无迹可求"和"近代诸公""以文字为诗,以才学为诗,以议论为诗"的轩轾之别,同时也对"诗者,吟咏情性也"⑤的诗歌基本属性进行定位。元人傅若金述范梈之意云:"今以唐、宋诗集,比而观之,虽平生所未读者,亦可辨其孰为唐,孰为宋也。盖唐人以诗为诗,宋人以文为诗。唐诗主于达性情,故于《三百篇》为近;宋诗主于立议论,故于《三百篇》为远。然达性情者,《国风》之馀;立

---

① 《升庵集》卷三。
② 《文心雕龙注》卷二《明诗》,上册,第65页。
③ 参见陈伯海《中国诗学之现代观》,第96页至97页。
④ 《升庵诗话》卷八"唐诗主情",《历代诗话续编》,中册,第799页。
⑤ 《沧浪诗话校释·诗辨》,第26页。

议论者,《国风》之变。固未易以优劣之也。"①和严羽所论不同,这里对唐宋诗歌并未直接以"优劣"论之,但比较二者或"达性情"或"立议论"的体制差异则较然分明。在明代诗坛,分辨唐宋诗的体制区别以明确价值差异,愈益成为诗家或论家审别古典诗歌传统的一个兴趣点。如陆深就指出:"宋人宗义理而略性情,其于声律尤为末义,故一代之作每每不尽同于唐人,至于宋晚,而诗之弊遂极矣。"②他在嘉靖年间编《诗准》三卷,意在标立"诗学之准则",并序之曰,"诗也者,缘情而有声者也。声比律而成乐,乐足以感物"③。又论作诗之要诀,强调"须发之性情,写乎胸次,然后体裁格律辩焉"④。这意味着,以"缘情而有声"的诗歌的本质特征来衡量,唐宋诗体制之别自显轩轾。至于李梦阳、何景明等复古诸士标榜唐诗尤其是盛唐诗歌而贬抑宋诗,如前所述,其逻辑起点则更集中体现在对诗文体制的辨别。所以,李梦阳为对"宋人主理作理语"的批评提供有力的理论支撑,乃着力刻画诗歌的基本属性,"夫诗比兴错杂,假物以神变者也。难言不测之妙,感触突发,流动情思","诗何尝无理,若专作理语,何不作文而诗为邪"⑤?又何景明分辨诗文之道,以明各自属性及功能:"夫诗之道,尚情而有爱;文之道,尚事而有理。是故召和感情者,诗之道也,慈惠出焉;经德纬事者,文之道也,礼义出焉。"⑥应该说,杨慎于诗力主性情,又因此鉴别唐宋诗或"主情"或"主理"的时代性特征,这其中折射出来的,正是凸显在当时诗界一种审别古典诗歌传统和维护诗歌一体之基本属性的自觉意识,他也由此成为这方面的一位强力发声者。

　　杨慎以"发诸性情而协于律吕"定义诗歌这一特定的文体,显然是用在传统诗学中有着广泛基础的理论共识来重新明确诗歌抒情的基本属性。但这样的界说毕竟过于笼统,倘若只是注意到这一点,还是无法确切认识他对诗歌所表现的"性情"之概念的理解,故有必要稍加解析。杨慎曾著有《性情说》《广性情说》《性情》诸篇,这可以帮助我们进一步了解他主张的"性情"的内涵所在。其《广性情说》设问答云:"或曰:'若子之论性,固善矣,则是尧、舜无情,桀、纣无性

---

① 释怀悦编《诗法源流·诗法正论》,《全明诗话》,第 1 册,第 132 页。
② 《重刻唐音序》,《俨山集》卷三十八。
③ 《诗准序》,《俨山集》卷三十九。
④ 《与郁直斋七首》三,《俨山续集》卷十。
⑤ 《缶音序》,《空同先生集》卷五十。
⑥ 《内篇》,《大复集》卷三十一,《景印文渊阁四库全书》,第 1267 册。

也。'曰：'善哉子之问，吾尽谕子。尧、舜非无情，性其情也；桀、纣非无性，情其性矣。吾非善子之问，为是也。得子之问，吾说益明，是以善之也。'"《性情说》又云："《尚书》而下，孟、荀、扬、韩至宋世诸子，言性而不及情。言性情俱者，《易》而已。《易》曰：'利贞者，性情也。'《庄子》云：'性情不离，安用礼乐。'甚矣，庄子之言性情，有合于《易》也……合之则双美，离之则两伤。举性而遗情何如？曰死灰；触情而忘性何如，曰禽兽。"①这些说法足以表明，性与情之间相互关联，绝对不是一个截然割裂的概念。但这么说并不等于二者可以混淆不分，而杨慎谈论更多的就是性与情在层级上的区别，他在《性情》中说："万沤起而复破，水之性未尝忘也；万灯明而复灭，火之性未尝亡也。沤、灯情也，水、火性也。情与性，魄与魂也。"②唐成伯玙《礼记外传》云："人之精气曰魂，形体谓之魄。"③杨慎以沤与灯喻情、水与火喻性，大意在于区分性为无形和情为有形之不同。《广性情说》又云："《礼》曰：'人生而静，天之性也；感物而动，情之欲也。'天静曰性，欲动曰情。"且引北齐李概《达生丈人集序》之论性情："人之性静，欲实汩之。性也者，所禀于天，神识是也，故为形骸之主；情也者，所受于性，嗜欲是也，故为形骸之役。"察上所言，其要在于区分性为"天静"和情为"欲动"之不同。合观这些论说，它们无不是为了揭示性与情之间构成的本质与非本质的关系。有鉴于此，杨慎对于二者也就有了不同的价值判断，其《性情说》引《孝经钩命诀》云："情生于阴，欲以系念；性生于阳，欲以理执。阳气者仁，阴气者贪。故情有利欲，性有仁也。"又说："君子性其情，小人情其性。性犹水也，情波也。波兴则水垫，情炽则性乱。波生于水，而害水者波也；情生于性，而害性者情也。"情虽属性的有机构成，然因其欲望所系，情的炽盛则会导致性的损害，所以性与情之间构成的理想关系，应该是"性其情"而非"情其性"，也就是性处主导之位，情处附属之位。按照杨慎的理解，《易》之所云"利贞者，性情也"，已概括说明了性情之间的这层理想关系，故《性情说》提出"古今之言性情者，《易》尽之矣"④。孔颖达疏曰："利贞者，性情也者。所以能利益于物而得其正者，由性制于情也。"⑤由此看来，杨慎所理解的"性情"之概念，在价值取向上实际偏重的是性的意义，而从诠解诗

① 以上见《升庵集》卷五。
② 《升庵集》卷七十五。
③ 李昉等《太平御览》卷五百四十九《礼仪部二十八·复魂》引，《景印文渊阁四库全书》，第898册。
④ 以上见《升庵集》卷五。
⑤ 《周易正义》卷一，《十三经注疏》，上册，第17页。

主性情之本质的立场出发,也即期望诗人所抒性情不离其"正"者。他在《李前渠诗引》中说"性情之感异衷,故诗有邪有正",就已包含此意,所要表达的则是一种诗歌的抒情理想。需要指出的是,杨慎对"性情"概念作出偏向于性之意义的解释,究其实,更在意诗所主性情的伦理价值,在这种情形下,诗歌抒情的丰富性被相对忽略则是必然导致的结果。

　　既然认定诗歌重在抒情的基本属性,那么如何实现抒情的目标,包括达到理想的抒情效果,这又成为杨慎面对的一个重要问题。有研究者已指出,杨氏论诗将诗歌本质论与审美论紧密结合在一起,以含蓄与否作为评判诗歌美学价值的一个重要依据。① 不过,对于这个问题尚有必要作适当的分辨,以便真正了解杨慎之论的重心所在。杨氏驳斥宋人杜诗"诗史"说的以下这段陈述,人们并不陌生:

　　　　《三百篇》皆约情合性而归之道德也,然未尝有道德字也,未尝有道德性情句也。二《南》者,修身齐家其旨也,然其言琴瑟钟鼓,荇菜芣苢,夭桃秾李,雀角鼠牙,何尝有修身齐家字耶? 皆意在言外,使人自悟。至于变风变雅,尤其含蓄,言之者无罪,闻之者足以戒。如刺淫乱,则曰"雝雝鸣雁,旭日始旦",不必曰"慎莫近前丞相嗔"也;悯流民,则曰"鸿雁于飞,哀鸣嗷嗷",不必曰"千家今有百家存"也;伤暴敛,则曰"维南有箕,载翕其舌",不必曰"哀哀寡妇诛求尽"也;叙饥荒,则曰"牂羊羵首,三星在罶",不必曰"但有牙齿存,可堪皮骨干"也。杜诗之含蓄蕴藉者,盖亦多矣,宋人不能学之。至于直陈时事,类于讪讦,乃其下乘末脚,而宋人拾以为己宝,又撰出"诗史"二字以误后人。②

这段话是在作者指出"《诗》以道性情","若诗者,其体其旨,与《易》、《书》、《春秋》判然矣",明确诗歌抒情本质的基础上展开的,认为"《三百篇》皆约情合性而归之道德也",无异于以《诗经》为经典文本,宣示偏向于性之意义的诗歌的抒情理想。撮其要义,"意在言外"或"含蓄蕴藉"的表现原则,于诗人的性情发抒具有针对性的作用,这对加强诗歌关涉时政和伦理的讽谕意义尤显必要。在杨慎看

---

　　① 参见高小慧《杨慎诗学体系论》,《河南社会科学》2010 年第 2 期。
　　② 《升庵诗话》卷十一"诗史",《历代诗话续编》,中册,第 868 页。

来,作为经典文本的《诗经》在含蓄表现上已充分体现出一种示范性,尤其是那些寓含讽刺意味的变风、变雅之作更是如此,而被宋人奉为"诗史"的杜甫诗歌,虽然"含蓄蕴藉"的篇章不少,但也有一些"直陈时事,类于讪讦",以至流于"下乘末脚"。其言之所及,既指出了杜诗中存在的违戾"含蓄蕴藉"表现原则的不足,又是在讥讽宋人对待杜诗习学不当,缺乏识力。当然,杜诗中语含讽刺而不失含蓄之作仍得到杨慎的称赏,如他解析杜甫七绝《赠花卿》的诗旨:"盖花卿在蜀,颇借用天子礼乐,子美作此讽之,而意在言外,最得诗人之旨。"[1]王嗣奭《杜臆》对胡应麟以为此诗系赠歌妓之作的说法提出质疑:"余谓此诗非一歌妓所能当,公原有《花卿歌》,今正相同,其为花敬定无疑。"花敬定为唐朝成都尹崔光远的部将,王氏谓"其人恃功骄恣,故诗含风刺,玩之有味"[2],进一步证实了杨氏对此诗本旨的解说。又如杨慎评论薛涛五绝《罚赴边有怀上韦相公》:"此薛涛在高骈宴上闻边报乐府也。有讽谕而不露,得诗人之妙。使李白见之,亦当叩首。"[3]看得出,他对此诗的认可,也还是注重它主于规讽的表现特点。体味杨慎之见,诗歌表达讽刺的方式最能检验它的抒情效果,又是帮助判断其价值高下的一条有效途径,因此,他将含蓄表现的原则更多用在了这一类诗作的鉴别上。如他对南朝征西记室范靖妻沈满愿《咏五彩竹火笼》一诗的评价,当作如是观:

> 陈范静妻沈满愿《竹火笼》诗曰:"剖出楚山筠,织成湘水纹。寒消九微火,香传百和薰。氤氲拥翠被,出入随湘裙。徒悲今丽质,岂念昔凌云。"此诗言外之意,以讽士之以富贵改节者,即孟子所云"乡为身死而不受,今为宫室之美妻妾之奉而为之"者,而含蓄蕴藉如此。"徒悲""岂念"四字,尤见其意,上薄《风》、《雅》,下掩唐人矣。宋人称李易安"所以嵇中散,至死薄殷周"之句,以为妇人有此大议论,然太浅露。比之沈氏此诗,当在门墙之外矣。[4]

----

① 《升庵诗话》卷十三"锦城丝管",《历代诗话续编》,中册,第903页。

② 《杜臆》卷四,第135页,上海古籍出版社1983年版。

③ 《升庵诗话》卷十四"薛涛诗",《历代诗话续编》,中册,第913页至914页。上诗或题作《高骈宴上闻边报》。王仲镛《升庵诗话笺证》卷十一"薛涛诗"云:"韦庄《又玄集》卷下载此诗,题作《罚赴边有怀上韦相公》,谓西川节度使韦皋也。涛生元和间,高骈镇蜀在唐末,时代远不相及。……唐人小说有以涛事附会高骈者,《唐才子传》亦载之,当以《又玄》所载惟可信。"(第408页至409页,上海古籍出版社1987年版。)

④ 《升庵诗话》卷五"沈氏竹火笼诗",《历代诗话续编》,中册,第722页。

沈氏这首《咏五彩竹火笼》诗的主要特点可谓托物言志,先是铺张由竹材制成的薰笼的纹理、光焰、香气以及使用的对象,后再慨叹富室所用薰笼虽"丽质",却不如当初为修竹时所具"凌云"之性,以此作结,画龙点睛,其中寄寓的意旨隐晦委曲,藉吟咏五彩竹火笼,讥讽因贪恋富贵而变节者,表达作者高傲不俗的心志。杨慎指出该诗"言外之意""以讽士之以富贵改节者",正是针对这一点来说的。整首诗的寓意,特别是通过最后两句得以隐曲传递,因此说来,杨慎认为该诗蕴含的"言外之意",尤其见于"徒悲"、"岂念"之语,"含蓄蕴藉"的意味大大为之增强,可以直追《风》《雅》之篇,又不输唐人之作。至于李清照"所以嵇中散,至死薄殷周"的诗句,虽也表达讽刺之意,宋人称之为"中散非汤、武得国,引之以比王莽,如此等语,岂女子所能"①,但在杨慎看来,其比较沈诗自显得"太浅露",不可与之相提并论。

我们知道,汉儒释说《诗经》,已重视"主文而谲谏"的表现原则,宣示诸如"风以动之,教以化之"、"上以风化下,下以风刺上"②的通过讽谏以达教化的重要性,无论如何,其根本意图在于增强诗歌的政教功能。而同时,他们不仅看重讽刺之意的寄寓,而且要求避免言辞过激,则又为诗歌贵含蓄而忌直露的抒情表现预留了充分的诠释空间。归纳起来,杨慎以"为后世诗人之祖"③的《诗经》为楷范,特别重视其中的变风、变雅之作,追溯诗歌的讽谕传统,以经典的讽谏范式来衡量后世诗歌是否具有含蓄的特点,进而用以阐释诗歌作为一种抒情文体不可缺失的表现艺术。站在这个角度,杨慎明确诗歌"意在言外"或"含蓄蕴藉"的表现原则,既是对传统诗学"主文而谲谏"观念的某种应和,又是对诗歌抒情艺术所展开的某种演绎。

第二节　诗史意识的显现

所谓诗史意识,本质上关涉审观古典诗歌历史的一个立场与方法的问题,其自觉关注诗歌承续与演化的历时、动态进程,旨在对于古典诗歌的发展过程加以系统性的把握。从诗学思想史的层面观之,特别自元明以来,诗史意识在

---

① 《朱子语类》卷一百四十《论文下》,《景印文渊阁四库全书》,第702册。
② 《毛诗》卷一。
③ 《升庵诗话》卷八"唐诗翻三百篇意",《历代诗话续编》,中册,第800页。

文人的文学观念形态中显现逐渐增强的趋势，比如，元末明初之际杨士弘所编《唐音》与高棅所编《唐诗品汇》，都不同程度体现出这一审观古典诗歌历史的特征。① 从一定意义上看，这种特征反映了观照诗歌历史视角的适度调整，看重的是不同时期诗歌文本在文学史整体格局中的特定位置及其价值，更愿意以完整的审观取向去有机拼合碎片化的历史现象。

　　总观杨慎的诗学思想，不能忽略显现其中的诗史意识，而这首先要从他注重六朝诗歌的倾向说起。今人论及杨慎的诗学思想乃至诗歌创作，或习惯上将其归入所谓六朝派。② 实际上杨慎对于六朝诗歌的重视，早已为明清以来的文人所指示，如胡应麟云："杨用修格不能高，而清新绮缛，独掇六朝之秀，合作者殊自斐然。"③ 钱谦益云："及北地哆言复古，力排茶陵，海内为之风靡。用修乃沉酣六朝，揽采晚唐，创为渊博靡丽之词，其意欲压倒李、何，为茶陵别张壁垒，不与角胜口舌间也。"④又四库馆臣评曰："慎以博洽冠一时，其诗含吐六朝，于明代独立门户。"⑤不管怎么说，从杨慎个人的文学经历来看，其注重六朝诗歌也确是事实。杨慎《华烛引》诗前小序述及，其友张含曾诵梁简文帝萧纲《对烛赋》中"碧玉舞罢罗裳单"句，"叹其警绝，而惜其非赋体也"，遂嘱契友杨慎"增损其辞"⑥，成《华烛引》一诗，他在为慎这首诗和《又别拟制》一篇所写的跋文中表示："六朝、初唐之作绝响久矣。往年吾友何仲默尝云：《三百篇》首雎鸠，六义首乎《风》。唐初四子，音节往往可歌。而病子美缺风人之义。盖名言也。故作《明月》、《流萤》诸篇拟之，然微有累句，未能醇肖也。升庵太史公增损梁简文《华烛引》一篇、《又别拟作》一篇。此二篇者，幽情发乎藻绘，天机荡于灵聪，宛焉永明、大同之声调，不杂垂拱、景云以后之语言。"⑦杨慎的《华烛引》和《又别拟制》二诗之所以写得"宛焉永明、大同之声调"，应当得自作者对六朝诗歌的青睐，尽管只是受友人的嘱咐而于梁简文帝赋"增损其辞"，但倘若无意六朝之作，绝不至于如此用心去仿拟。前已指出，关于何景明作七言歌行《明月篇》和《流萤篇》

---

　　① 参见陈国球《明代复古派唐诗论研究》，第 174 页至 175 页、197 页至 198 页。
　　② 参见廖可斌《明代文学复古运动研究》，第 82 页至 83 页；雷磊《杨慎诗学研究》，第 106 页至 113 页、130 页至 137 页，中国社会科学出版社 2006 年版；陈斌《明代中古诗歌接受与批评研究》，第 121 页至 147 页。
　　③ 《诗薮·续编》卷一《国朝上·洪永、成弘》，第 347 页。
　　④ 《列朝诗集小传》丙集《杨修撰修》，上册，第 354 页。
　　⑤ 《四库全书总目》卷一百七十二集部《升庵集》提要，下册，第 1502 页。
　　⑥ 《升庵集》卷十三。
　　⑦ 杨慎《华烛引》、《又别拟制》诗后跋，《升庵集》卷十三。

之举,杨慎也曾述及:"何仲默枕藉杜诗,不观馀家,其于六朝、初唐未数数然也。与予及薛君采言及六朝、初唐,始恍然自失,乃作《明月》、《流萤》二篇拟之,然终不若其效杜诸作也。"①不难体味出,杨慎对何景明"于六朝、初唐未数数然也"颇有微词,在他看来,何氏《明月篇》、《流萤篇》终不如其拟杜之作,即归因于何氏独重杜诗而忽视六朝、初唐诗歌。

尽管如此,笔者以为将杨慎归入六朝派的单纯的派别划分,固然突出了杨氏注重六朝诗歌的取向,但尚不足以准确描述他的诗学立场。先来看杨慎《选诗外编序》的陈述:

> 诗自黄初、正始之后,谢客以排章偶句倡于永嘉,隐侯以切响浮声传于永明,操觚轻才,靡然从之。虽萧统所收,齐梁之间,固已有不纯于古法者。是编起汉迄梁,皆《选》之弃馀,北朝、陈、隋,则《选》所未及。详其旨趣,究其体裁,世代相沿,风流日下,填括音节,渐成律体。盖缘情绮靡之说胜,而温柔敦厚之意荒矣,大雅君子,宜无所取。然以艺论之,杜陵诗宗也,固已赏夫人之清新俊逸,而戒后生之指点流传。乃知六代之作,其旨趣虽不足以影响大雅,而其体裁实景云、垂拱之先驱,天宝、开元之滥觞也,独可少此乎哉?

《选诗外编》"分为九卷,凡二百若干首",为杨慎本人所汇次,其谓是编所录或是《文选》之"弃馀",或为《文选》所"未及",则显有拾遗补阙的用意。但这应该还不是他编纂此书的根本动机,《选诗外编》汇辑的主要是"六代之作",所以在某种角度上也代表了编者对于六朝诗歌的态度。是序根据编者个人的阅读经验,断言"六代之作"的"旨趣虽不足以影响大雅","其体裁实景云、垂拱之先驱,天宝、开元之滥觞也",这一结论可说是全篇序文要害之所在,反映了杨慎编纂的核心意图,而支撑这一意图的则是编者自觉的诗史意识。前面已经论及,推尚六朝是嘉靖之初以来诗坛明显呈现的变化动向之一,当时推尚者中如沈恺、徐献忠等人又相对注意对六朝与唐代诗歌关系的重新梳理,从溯源的角度揭示六朝诗歌影响唐代诗歌的历史意义。但比较起来,在这个问题上,杨慎的立场更为清晰,发声更为强烈,也愈益彰显他对六朝与唐代诗歌之间承续与演进关系

---

① 《升庵诗话》卷十三"萤诗",《历代诗话续编》,中册,第902页。

的强化。就此来看,还可注意杨慎在《选诗拾遗序》中所言:

> 汉代之音可以则,魏代之音可以诵,江左之音可以观。虽则流例参差,散偶昈分,音节尺度粲如也。有唐诸子效法于斯,取材于斯。昧者顾或尊唐而卑六代,是以枝笑干、从潘非渊也,而可乎哉? 余观《汉志艺文》、《隋志经籍》迹班班而目瞇瞇,徒见其名,未睹其书,每一披临,辄三太息。此非有秦焚之厄、汉挟之禁也,直由好者亡几,致流传靡馀,惜哉! 方宋集《文苑英华》日,篇籍自具也,陋儒不足论大雅,乃谨唐人而略先世,遂使古调声闃,往体景灭,悲夫! 梁代筑台之选,唐人梵匊之编,操觚所珍,悬诸日月,伐柯取则,炳于丹臒矣。[①]

杨慎在此所谈论的,重点关涉如何对待六朝与唐代诗歌关系的问题。事实上他并不反对推尊唐诗,而恰恰是一位唐诗热切的宗尚者,这个问题下面将会论及,他为之不满的,则是那些只知宗唐而轻视唐诗源本的“顾或尊唐而卑六代”者。杨慎认为,唐人对待包括六朝在内的汉魏以来诗歌的基本态度是“效法于斯,取材于斯”,不可无视不同时期诗歌之间构成的这层源流关系的历史事实,而要客观面对存在于诗歌史的这一事实,其中的重点之一,就须理清六朝与唐代诗歌之间形成的“干”和“枝”、“渊”和“潘”的连结脉络。按照这一逻辑,辨析源本是认识对象的必要前提,“尊唐”即应不“卑六代”,面向唐代而放眼六朝的追溯意义,在对古典诗歌系统历史性的审视和梳理中被加以放大。

　　而这方面,又反映在杨慎对具体诗体的辨析上。如绝句:“‘采桑归路河流深,忆昔相期柏树林。奈许新缣伤妾意,无由故剑动君心。’六朝之诗,多是乐府,绝句之体未纯,然高妙奇丽,良不可及。溯流而不穷其源,可乎? 故特取数首于卷首,庶乎免于卖花担上看桃李之诮矣。”[②]以上见于杨慎所辑《绝句衍义》卷一,所引为江总《怨诗》。是书自序明其编辑缘起:“谢叠山注章泉、涧泉所选《唐诗百绝》,敷衍明畅,多得作者之意,艺苑珍之。顷者禺山张子谓余曰:‘唐人绝句之佳者,良不翅是,为之例也则可,曰尽而未也。’属余厹取百首注之。……

---

① 以上见《升庵集》卷二。
② 《升庵诗话》卷四“江总怨诗”,《历代诗话续编》,中册,第 707 页。

因取各家全集及洪氏所集,随阅得百首,因笺而衍之,或阐其义意,或解其引用,或正其讹误,或采其幽隐。"①该编所选绝大部分为唐人之作,上引谓于"六朝之诗""特取数首于卷首",指是书卷一除录江总《怨诗》之外,还选了梁武帝《白苎辞》、梁简文帝《和萧侍中子显春别》、萧子显《春别》、北齐魏收《挟瑟歌》等诗,以此溯流而穷源,展示绝句之体自六朝至唐代变化完善的轨迹。如七律:"'蝶黄花紫燕相追,杨低柳合路尘飞。已见垂钩挂绿树,诚知淇水沾罗衣。两童夹车问不已,五马城南犹未归。莺啼春欲驶,无为空掩扉。''长安城中秋夜长,佳人锦石捣流黄。香杵纹砧知近远,传声递响何凄凉。七夕长河烂,中秋明月光。蟋蟀塞边绝候雁,鸳鸯楼上望天狼。''文窗玳瑁影婵娟,香帷翡翠出神仙。促柱点唇莺欲语,调弦系爪雁相连。秦声本自杨家解,吴歈那知谢傅怜。只愁芳夜促,兰膏无那煎。''旧知山里绝氛埃,登高日暮心悠哉。子平一去何时返,仲叔长游遂不来。幽兰独夜清琴曲,桂树凌云浊酒杯。槁项同枯木,丹心等死灰。'"②以上见于杨慎《千里面谭》卷上,是卷曾寄友人张含阅览,"以代一夕之话"。所引四首分别为梁简文帝《春情》、陈后主《听筝》、北魏温子昇《捣衣》、隋王绩《北山》。杨慎点评第一首《春情》:"此七言律之始,犹未能也。而格调高古,当其滥觞。"又总评四首诗:"此四首声调相类,七言律之滥觞也,往年欲选七言律为一集,而以此先之。"③又如:"'黄河曲渚通千里,浊水分流引八川。仙槎逐源终未返,苏亭遗迹尚依然。眇眇云根侵远树,苍苍水气合遥天。波影杂霞无定色,湍文触岸不成圆。赤马青龙交出浦,飞云盖海远凌烟。莲舟渡沙转不碍,桂棹距浪弱难前。风重金乌翅自转,汀长锦缆影微悬。榜人欲歌先扣枻,津吏犹醉强持船。河堤极望今如此,行杯落叶讵虚传。'此六朝诗也。七言律未成而先有七言排律矣,雄浑工致,固盛唐老杜之先鞭也。"④所引为梁沈君攸《桂楫泛河中》。六朝也是七律诗体演变的雏形阶段,胡应麟《诗薮》即指出,"七言律滥觞沈、宋。其时远袭六朝,近沿四杰"⑤。尽管被杨慎视为七律滥觞之作的如上数首未必完全合乎体式,得出的鉴别结论未必恰当,犹如胡应麟所说:"杨用

---

① 《绝句衍义序》,《绝句衍义》卷首,《续修四库全书》影印明曼山馆刻本,第1590册。
② 《升庵诗话》卷一"六朝七言律",《历代诗话续编》,中册,第649页。
③ 以上见《千里面谭》卷上,吴文治主编《明诗话全编》,第3册,第2728页至2730页,凤凰出版社1997年版。
④ 《升庵诗话》卷四"君攸桂楫泛中河",《历代诗话续编》,中册,第711页。
⑤ 《诗薮·内编》卷五《近体中·七言》,第82页。

修取梁简文、隋王绩、温子昇、陈后主四章为七言律祖，而中皆杂五言，体殊不合。"①但这或许并不重要，而重要的是透过如此对七律诗体渊源的用心追踪，让人感觉出杨慎立足唐代而上溯六朝的一种历史眼识。又如五律，杨慎《五言律祖序》曰："五言肇于《风》、《雅》，俪律起于汉京。游女《行露》，已见半章；孺子《沧浪》，亦有全曲。是五言起于成周也。北风南枝，方隅不惑；红粉素手，彩色相宣。是俪律本于西汉也。岂得云切响浮声兴于梁代，平头上尾创自唐年乎？近日雕龙名家，凌云鸿笔，寻滥觞于景云、垂拱之上，着先鞭于延清、必简之前，远取宋、齐、梁、陈，径造阴、何、沈、范，顾于先律，未有别编。慎犀渠岁暇，隃麋日亲，乃取六朝俪篇，题为《五言律祖》。"②同样地，杨慎力图梳理出五律诗体的演化轨迹，循此梳理的路线，如果说五言体与五言俪句分别肇始于成周和西汉，那么六朝时期已形成近似五言律体的"俪篇"。所以杨慎编辑《五言律祖》，有意识地重点取六朝之篇作为有唐五律之祖。诗歌发展史显示的一个基本事实，五言律体的演进和成熟，与六朝时期诗歌的进化关系密切，这一历史事实早已引起一些诗家或论家的注意，③也是杨慎发掘六朝"俪篇"以追寻五律之祖的历史基础。胡应麟曾评《五言律祖》云："此编辑六朝近律者，以明唐体所自出，入门士熟习下手，足可尽涤晚近尘陋，超而上之。舍律而古，当涂典午，始基在焉。用修之识，致足仰也。第中实合唐律仅三四篇，余更蒐猎梁、陈间，得声调大同

---

① 《诗薮·内编》卷五《近体中·七言》，第81页。

② 《升庵集》卷二。

③ 如胡应麟曾摘录齐、梁、陈乃至隋诸家五言句之似唐律者，"俾初学知近体所从来"："简文：'沙飞朝似幕，云起夜疑城。'元帝：'叠鼓惊飞鹭，长箫应紫骝。'沈约：'山光浮水至，春色犯寒来。'江淹：'白日凝璃貌，明河点绛唇。'庾肩吾：'桃花舒玉洞，柳叶暗金沟。'吴均：'白云浮海际，明月落河滨。'何逊：'野水平沙合，连山远雾浮。'萧钧：'云峰初辨夏，麦气已迎秋。'王筠：'献珰依洛浦，怀珮似湘滨。'刘孝绰：'翠盖承朝景，朱旗曳晓烟。'刘孝威：'浴童争浅濑，浣女戏平沙。''月丽姮娥影，星含织女光。'刘孝先：'洞户临松径，虚窗隐竹丛。''数萤流暗草，一鸟宿疏桐。'徐君倩：'草短犹通履，梅香渐着人。'江洪：'夜条风淅淅，晓叶露凄凄。'王台卿：'瑶台斜接岫，玉殿上凌空。'惠慕：'马色迷关吏，鸡鸣起远人。'陈后主：'水映临桥树，风吹夹路花。''日月光天德，山河壮帝居。''楼似阳台上，池如洛水边。'徐陵：'竹密山斋冷，荷开水殿香。'张正见：'飞栋临黄鹤，高窗度白云。''雨师清接道，风伯静遥天。''云栋疑飞雨，风窗似望仙。''青风吹麦陇，细雨濯梅林。'江总：'绣柱擎飞阁，雕栏架曲池。''夜梵闻三界，朝香彻九天。''终南云影落，渭北雨声多。''玩竹春前笋，惊花雪后梅。'祖孙登：'高叶临胡塞，长枝拂汉宫。'炀帝：'翠霞迎凤辇，碧雾翼龙舆。''流波将月去，潮水带星回。'卢思道：'晚霞浮极浦，落景照长亭。'薛道衡：'少昊腾金气，文昌动将星。''暗牖悬蛛网，空梁落燕泥。'王冑：'千门含日丽，万雉映霞丹。'李巨仁：'云开金阙迥，雾起石梁遥。'萧悫：'朔路传清警，边风入画旒。'王褒：'斗鸡横大道，走马出长楸。'魏收：'泻溜高斋响，添池曲槛平。'庾信：'春朝行雨去，秋夜隔河来。'皆端严华妙。精工者，启垂拱之门；雄大者，树开元之帜。"（《诗薮·内编》卷四《近体上·五言》，第60页至61页。）

者十数首,其他近似亡虑百馀,暇当缉为一编续用修书,庶无遗憾云。"①他虽认为此编所录真正合乎唐律者并不多,因而甚至拟另辑一编以续杨书,不过,对于杨慎"编辑六朝近律者,以明唐体所自出"的这种"超而上之"的过人识力,还是给予充分肯定。

同时,这方面也反映在对特定诗人作品风格的联结上。如杨慎评沈约《八咏》诗:"'登台望秋月,会圃临春风。秋至愍衰草,寒来悲落桐。夕行闻夜鹤,晨征听晓鸿。解佩去朝市,被褐守山东。'此诗乃唐五言律之祖也。'夕'、'夜'、'晨'、'晓'四字,似复非复,后人决难下也。"②冯惟讷《古诗纪》引《金华志》云:"《八咏》诗,南齐隆昌元年太守沈约所作,题于玄畅楼,时号绝倡。后人因更玄畅楼为八咏楼云。"③原诗为八首,上引八句分别为八首诗题,杨氏合之而视为五律之雏形。对此,胡应麟不以为然:"《八咏》各为诗题,故篇中前六句皆时令语。又'夕行'、'晨征'、'解佩'、'朝市'皆平头也,四声八病起于休文,此可为律祖耶?"④在其看来,《八咏》诗的体制与五律并非相合,不宜视为"律祖"。但这只能归因于各自鉴别眼光之不同,无论如何,杨慎以此诗为"唐五言律之祖"的推断,至少表明他从诗人个案作品出发联系六朝与唐代诗歌的追溯态度。又如他评庾信诗:"庾信之诗,为梁之冠绝,启唐之先鞭。史评其诗曰绮艳,杜子美称之曰清新,又曰老成。绮艳清新,人皆知之,而其老成,独子美能发其妙。余尝合而衍之曰:绮多伤质,艳多无骨。清易近薄,新易近尖。子山之诗,绮而有质,艳而有骨,清而不薄,新而不尖,所以为老成也。若元人之诗,非不绮艳,非不清新,而乏老成。宋人诗则强作老成态度,而绮艳清新,概未之有。若子山者可谓兼之矣。"⑤这是杨慎对庾信"清新"、"老成"诗风作出的解释,也是他为何要将庾诗定位在"梁之冠绝"及"唐之先鞭"的重要依据。庾信是"徐庾体"的作家之一,齐永明间沈约、谢朓、王融等"始用四声,以为新变",至徐、庾父子,则"转拘声韵,弥尚丽靡,复逾于往时"⑥。庾信诗五言尤显工致,也因此为人称道,许学夷《诗源辩体》曰:"五言自梁简文、庾肩吾以至陵、信诸子,声尽入律,语尽绮靡,其体

---

① 胡应麟《少室山房笔丛》卷二十六《艺林学山八》"五言律祖",第258页,上海书店出版社2001年版。
② 《升庵诗话》卷一"八咏",《历代诗话续编》,中册,第639页。
③ 《古诗纪》卷八十四《八咏诗》,《景印文渊阁四库全书》,第1380册。
④ 《少室山房笔丛》卷二十三《艺林学山五》"八咏",第232页。
⑤ 《升庵诗话》卷九"庾信诗",《历代诗话续编》,中册,第815页。
⑥ 姚思廉《梁书》四十九《文学上》,第3册,第690页,中华书局1973年版。

皆相类,而陵、信最盛称。然析而论之,信实为工,而陵才有不逮。"又谓:"庾信五言,句法、音调多似其父,而才力胜之,陈、隋诸子皆所不及,杜子美亦屡称焉。"①以杨慎的鉴察,庾信的不少五言篇句即颇显"清新"的风格,成为唐人绝句仿效的重点对象,特别引人注目,而这一认知,与他得出的庾诗为"唐之先鞭"的结论显然是相通的,其云:

> 杜工部称庾开府曰清新。清者,流丽而不浊滞;新者,创见而不陈腐也。试举其略,如:"文昌气似珠,太史明如镜。""凯乐闻朱雁,铙歌见白麟。""杨柳歌落絮,鹅毛下青丝。""覆局能悬记,看碑解暗流。""池水朝含墨,流萤夜聚书。""含风摇古度,防露动林於。""汉阴逢荷蓧,缁林见杖筇。""浊醪非鹤髓,兰肴异蟹胥。""汉帝看桃核,齐侯问枣花。""冬严日不暖,岁晚风多朔。""赋用王延寿,书须韦仲将。""千柱莲花塔,由旬紫绀园。""建始移交让,徽音种合昏。""萤排乱草出,雁拾断芦飞。""羊肠连九坂,熊耳对双峰。""北梁送孙楚,西堤别葛龚。""古槐时变火,枯枫乍落胶。""香螺酌美酒,枯蚌藉兰肴。""盛丹须竹节,量药有刀圭。""京兆陈安世,成都李意期。""山精逢照镜,樵客值围棋。""野炉燃树叶,山杯捧竹根。""被垄文瓜熟,交塍香穗低。""学异南宫敬,贫同北郭骚。""蒙吏观秋水,莱妻纺落毛。""雪花开六出,冰珠映九光。""阶下云峰出,窗前风洞开。""涧底百重花,山根一片雨。""峡路沙如月,山峰石似眉。""荷风惊浴鸟,桥影聚行鱼。""水影摇丛竹,林香动落梅。""水似桃花色,山如甲煎香。""路高山里树,云低马上人。""酒正离悲促,歌工别曲凄。""山明疑有雪,岸白不关沙。"《咏杏花》云:"依稀映林坞,烂熳开山城。"《寄王琳》云:"玉关道路远,金陵信使疏。独下千行泪,开君万里书。"《望渭水》云:"树似新亭岸,沙如龙尾湾。犹言吟暝浦,应有落帆还。"此二绝,即一篇《哀江南赋》也。《重别周尚书》云:"阳关万里道,不见一人归。惟有河边雁,年年南向飞。"《咏桂》云:"南中有八桂,繁华无四时。不识风霜苦,安知零落期。"唐人绝句,皆仿效之。②

---

① 《诗源辩体》卷十《陈》,第131页至132页。
② 《升庵诗话》卷九"清新庾开府",《历代诗话续编》,中册,第814页至815页。

　　不仅如此,杨慎诗学凸显的诗史意识,也不同程度见于他针对唐宋诗歌及有唐一代诗歌的评鉴。杨氏所处的时代,经历了李、何诸子倡导的复古思潮的冲击,诗坛的宗唐意识趋于强化,而他对唐宋诗歌的总体价值判断,并未越出当时诗坛形成的尊唐音而抑宋诗的基本格局,这也代表了他对自唐至宋诗歌演变进程作出的一种历史性的整体观照。"宋诗信不及唐"①的理念,在杨慎的诗学表述中是十分清晰的。如他品评谢翱诗的一席话就耐人寻味:"谢皋羽《晞发集》诗皆精致奇峭,有唐人风,未可例于宋视之也。"又说"尤爱其《鸿门宴》一篇",以为"此诗虽使李贺复生,亦当心服",且摘录谢古体诗如《短歌行》、《赋得建业水》、《秋风海上曲》、《明河篇》、《侠客吴歌立秋日海上作》、《效孟郊体》,五言近体如《至日忆山中客》、《送道士归赤松》、《忆过徐偃王祠下作》、《江上别友》、《己丑除夜》、《万松道中望南大白》、《采药候潮山宿山顶精蓝夜中望海》、《夜宿雪窦上方》诸诗诗句,断言"虽未足望开元、天宝之萧墙,而可以据长庆、宝历之上座矣"。② 按杨慎的说法,谢诗之所以能给人以"精致奇峭"之感,正是在于其脱出了宋诗的时代格制,蕴含某种唐诗的审美风韵,故认为不可置它们于宋人的诗歌系统中去看待之。这是本为宋诗而超离宋诗的个例,相对于唐诗,其抑宋的意味不言自明。

　　事实上,在杨慎的诗学话语中,这样的抑宋意向的表达有时是相当直截的,除了前面说到的其鄙薄宋人以杜诗为"诗史"及学杜"至于直陈时事,类于讪讦,乃其下乘末脚"而"拾以为己宝"③,对比庾信诗而指责"宋人诗则强作老成态度,而绮艳清新,概未之有"④,又见于其他对宋诗乃至宋人诗说的批评。如称黄庭坚诗"可嗤鄙处极多,其尤无义理者,莫如'双鬟女弟如桃李,早年归我第二雏'之句,称子妇之颜色于诗句,以赠其兄,何哉? 朱文公谓其诗多信笔乱道,信矣"⑤。评梁简文帝《咏疏枫》和陈顾野王《芳树》二诗则分别言及:"'萎绿映葭青,疏红粉浪白。落叶洒行舟,仍持送远客。'此诗二十字,而用彩色四字,在宋人则以为忌矣;以为彩色字多,不庄重,不古雅,如此诗何尝不庄重古雅耶?"⑥

---

① 《升庵诗话》卷四"宋人绝句",《历代诗话续编》,中册,第 717 页。
② 《升庵诗话》卷十四"谢皋羽诗",《历代诗话续编》,中册,第 916 页。
③ 《升庵诗话》卷十一"诗史",《历代诗话续编》,中册,第 868 页。
④ 《升庵诗话》卷九"庾信诗",《历代诗话续编》,中册,第 815 页。
⑤ 《升庵诗话》卷一"山谷诗",《历代诗话续编》,中册,第 642 页。
⑥ 《升庵诗话》卷八"梁简文咏枫叶诗",《历代诗话续编》,中册,第 797 页至 798 页。

"'上林通建章,杂树遍林芳。日影桃蹊色,风吹梅径香。幽山桂叶落,驰道柳条长。折荣疑路远,用表莫相忘。'咏芳树,而中四句用桃、梅、桂、柳,不觉其冗,若宋人则以为忌矣。在古人则多多益善。"①还有指摘宋人因"不知比兴"而谬解诗作:"王雪山云:'诗人偶见鹊有空巢,而鸠来居,谈诗者,便谓鸠性拙不能为巢,而恒居鹊之巢,此谈诗之病也。'今按诗人兴况之言,鸠居鹊巢,犹时曲云'乌鸦夺凤巢'耳,非实事也。今便谓乌性恶,能夺凤巢,可乎?'食我桑葚,怀我好音',亦美其地也,而注者便谓桑葚美味,鸮食之而变其音。鸮不食葚,试养一鸮,经年以葚食之,亦岂能变其音哉!今俗谚云'蚂蚁戴笼头',例此言,亦可言蚁着辔可驾乎!宋人不知比兴,遂谬解若此,儒生白首诵之,而不敢非,可怪也。"②进而究之,这些批评宋诗乃至宋人诗说之论,当与杨慎一再訾议宋人习气和宋人学说的疑宋态度联系在一起。③

　　但另一方面,杨慎对于自唐至宋诗歌演变历史进程的审视,又不是完全采取简单而主观的价值定性,特别是对于总体上"信不及唐"的宋诗,则试图去还原它们历史存在的具体而真实的样态,相对理性地分辨其人其诗,识别其中的特点所在,以作出客观的评断。出于强烈的反宋诗倾向,李、何等人曾经喊出"宋无诗"④的口号,这显然是为了表达他们彻底清算宋诗的强烈意愿,但不能不看到,这种说法也因其流于极端而缺乏分辨历史的常识和应有的客观态度。相比较,杨慎尽管认为"宋诗信不及唐",但绝不接受"宋无诗"的断论,而质疑这一说法的自信和依据,则源自他对宋诗的重新审察,尤其是他在鉴别宋代诗人具体篇翰之际体味到蕴含其中的唐诗的遗韵:

---

　　① 《千里面谭》卷下,《明诗话全编》,第 3 册,第 2733 页。

　　② 《升庵诗话》卷二"王雪山论诗",《历代诗话续编》,中册,第 672 页至 673 页。

　　③ 如杨慎《文字之衰》云:"予尝言宋世儒者失之专,今世学者失之陋。失之专者,一骋意见,扫灭前贤;失之陋者,惟从宋人,不知有汉唐前说也。宋人曰是,今人亦曰是;宋人曰非,今人亦曰非。高者谈性命,祖宋人之语录;卑者习举业,抄宋人之策论。其间学为古文歌诗,虽知效韩文、杜诗,而未始真知韩文、杜诗也,不过见宋人尝称此二人而已。文之古者,《左氏》《国语》,宋人以为衰世之文,今之科举以为禁约。诗之高者,汉魏、六朝,而宋人谓诗至《选》为一厄。而学诗者,但知李、杜而已。高棅不知诗者,及谓由汉魏而入盛唐,是由周、孔而入颜、孟也。如此皆宋人之说误之也。"(《升庵集》卷五十二)《升庵诗话》卷五"宋人多议论可厌"云:"宋人议论多而成功少,元人评之当矣。且以一事言之。张君房谓艺祖受禅岁在庚申,庚者金也,申亦金位,当为金德。谢绛谓作京于汴,天下中枢,当为土德。程伊川谓唐为土德,故无河患,宋为火德,故多水患。甚矣宋人之饶舌也,其君之厌听也宜哉!"(《历代诗话续编》,中册,第 720 页。)

　　④ 李梦阳《潜虬山人记》:"山人商家、梁时,犹学宋人诗,会李子客梁,谓之曰:宋无诗。……李子曰:夫诗有七难:格古、调逸、气舒、句浑、音圆、思冲、情以发之,七者备而后诗昌也。然非色弗神。宋人遗兹,故曰无诗。"(《空同先生集》卷四十七)何景明《杂言十首》之五:"秦无经,汉无骚,唐无赋,宋无诗。"(《大复集》卷三十七)

坡公亟称文与可之诗,而世罕传。《丹渊集》余家有之,其五言律有韦苏州、孟襄阳之风,信坡公不虚赏也。今录其数首于此。(以下录其《咏闲乐》、《过友人溪居》、《晚次江上》、《玉峰园避暑值雨》、《极寒》、《江上主人》、《咏梨花》、《咏杏花》八首——笔者注)……此八诗置之开元诸公集中,殆不可别,今曰宋无诗,岂其然乎![1]

宋诗信不及唐,然其中岂无可匹体者,在选者之眼力耳。……张南轩《题南城》云:"坡头望西山,秋意已如许。云影渡江来,霏霏半空雨。"《东渚》云:"团团陵风桂,宛在水之东。月色穿林影,却下碧波中。"《丽泽》云:"长吟伐木诗,停立以望子。日暮飞鸟归,门前长春水。"《西屿》云:"系舟西岸边,幅巾自来去。岛屿花木深,蝉鸣不知处。"《采菱舟》云:"散策下舸亭,水清鱼可数。却上采菱舟,乘风过南浦。"五诗有王维辋川遗意,谁谓宋无诗乎?[2]

刘后村集中三乐府效李长吉体,人罕知之,今录于此。(以下录刘克庄《齐人少翁招魂歌》、《赵昭仪春浴行》、《东阿王纪梦行》三诗——笔者注)……三诗皆佳,不可云宋无诗也。[3]

刘原父《喜雨》诗云:"凉风响高树,清露坠明河。虽复夏夜短,已觉秋气多。艳肤丽华烛,皓齿扬清歌。临觞不肯醉,奈此粲者何。"此诗无愧唐人,不可云宋无诗也。[4]

这些例子无不指向对"宋无诗"断论的质疑,也无不说明,杨慎立论所凭借的是唐宋诗歌变化演进的历史背景。作者既站在尊崇唐音的基本立场,从而以唐诗的审美风格去评鉴宋诗的创作特点,分别自唐至宋诗歌历史演变所造成的时代差异;又充分注意辨识宋诗的艺术表现,以努力避免品鉴者的主观臆断,尤其是用心体察有宋一些诗人具体作品所含有的唐诗的韵调,在某种意义上,这无异于突出了唐宋诗歌之间不能截然割断的内在的历史联系。[5]

---

[1] 《升庵诗话》卷一"文与可",《历代诗话续编》,中册,第654页至655页。
[2] 《升庵诗话》卷四"宋人绝句",《历代诗话续编》,中册,第717页至718页。
[3] 《升庵诗话》卷十二"刘后村三诗",《历代诗话续编》,中册,第893页。
[4] 《升庵诗话》卷十三"刘原父喜雨诗",《历代诗话续编》,中册,第894页。
[5] 以上关于杨慎宋诗之论,参见拙文《明代正德、嘉靖之际宗唐诗学观念的承传、演化及其指向》,台湾《中正汉学研究》2012年第2期。

再来看杨慎对于有唐一代诗歌历史分际的态度。总体上，杨氏将初、盛唐诗置于唐代诗歌历史序列中之上位，这从他一再标榜初、盛唐诗的话语中不难体味出。于初唐诗，如其称赏初唐王邱五古《咏诗》，"清新俊逸，太白之先鞭也"①。又指出王建诗"多俗"，但其五律《望行人》"却有初唐之风，当表出之"②；李康成七古《玉华仙子歌》中"璇阶电绮阁，碧题霜罗幕"句、蔡孚七古《打球篇》中"红鬃锦鬣风骤骧，黄络青丝电紫骝"句，"以电霜风雷实字为眼，工不可言，惟初唐有此句法"③。于盛唐诗，如他品评李白七绝《陪族叔刑部侍郎晔及中书贾舍人至游洞庭五首》第一首，以为"此诗之妙不待赞，前句云'不见'，后句'不知'，读之不觉其复。此二'不'字，决不可易"，由此发论："大抵盛唐大家正宗作诗，取其流畅，不似后人之拘拘耳。"④议及徐凝七绝《汉宫曲》，则说"徐凝诗多浅俗，《瀑布》诗为东坡所鄙，独此诗有盛唐风格"⑤。又如评骘宋人杨简七古《乾道抚琴有作》，认定"慈湖此诗，不减盛唐，亦尝苦辛，非苟作者"⑥。另一方面，杨慎则屡次论及晚唐诗，以他的思路观之，晚唐乃至中唐诗呈现的明显的衰变趋势，则是唐代诗歌演变进程中存在的历史事实。他说："晚唐之诗分为二派：一派学张籍，则朱庆馀、陈标、任蕃、章孝标、司空图、项斯其人也；一派学贾岛，则李洞、姚合、方干、喻凫、周贺、'九僧'其人也。其间虽多，不越此二派，学乎其中，日趋于下。其诗不过五言律，更无古体。五言律起结皆平平，前联俗语十字一串带过，后联谓之'颈联'，极其用工。又忌用事，谓之'点鬼簿'，惟搜眼前景而深刻思之，所谓'吟成五个字，撚断数茎须'也。余尝笑之，彼之视诗道也狭矣。"这里所指"晚唐"诗，实涵盖了中唐的诗家，详见下述。杨慎自称"二派见《张泊集》序项斯诗，非余之臆说也"⑦，力证其论有所根据，并非一己主观之推测。然他此说也招致后人的异议，清人潘德舆《养一斋诗话》就提出杨慎"援《张泊集序》，谓'晚唐诗止两派，一派学张籍，一派学贾岛'，持论已不坚致"⑧，即已在质疑其说。但可以看出的一点是，其持论多少表达了杨慎对晚唐乃至中唐诗的一般看法，

---

①《升庵诗话》卷二"王邱东山诗"，《历代诗话续编》，中册，第665页。
②《升庵诗话》卷八"望行人"，《历代诗话续编》，中册，第805页。
③《升庵诗话》卷三"玉华仙子歌"，《历代诗话续编》，中册，第677页。
④《升庵诗话》卷九"陪族叔侍郎晔及贾舍人至游洞庭"，《历代诗话续编》，中册，第817页。
⑤《升庵诗话》卷七"徐凝宫词"，《历代诗话续编》，中册，第785页。
⑥《升庵诗话》卷十二"慈湖抚琴行"，《历代诗话续编》，中册，第873页。
⑦《升庵诗话》卷十一"晚唐两诗派"，《历代诗话续编》，中册，第851页。
⑧《养一斋诗话》卷十，《清诗话续编》，第4册，第2049页。

即断定其"视诗道也狭"的变化之势。与此相关,他还拈出"劣唐诗",而对象则是"盛唐之晚唐",以及晚唐诗之下等者,其中也可以看出他对晚唐诗的某种品格定位。① 又杨慎特别鄙薄晚唐许浑诗,指斥"唐诗至许浑,浅陋极矣","乃晚唐之尤下者",并且认为,高棅《唐诗品汇》录许诗百馀首为"无目",而杨士弘《唐音》"取之极多",其"赏鉴"也属"羊质而虎皮"②。很显然,这也成为他抑损晚唐诗品格的一个侧面反映。要之,杨慎在总体上分辨初、盛唐与中、晚唐诗的不同品格,其实已体现了他区分唐代诗歌演变历史阶段的用意。有研究者指出,在真正意义上对唐代诗史的演变过程划分段落的,可以溯至杨士弘《唐音》初盛、中、晚唐诗的三分法,以及高棅《唐诗品汇》等初、盛、中、晚唐诗的四分法。③ 从这点来看,杨慎上述的表态,应该说并未超越前人关于唐代诗史划分的基本思路。

　　相比起来,他在区分唐代诗歌演变历史阶段的同时,又注意识别唐诗不同时段其人其诗的历史存在的复杂性、多元性及个别性,则更集中表现出某种有异于俗的审视立场。而他对中、晚唐诗人和作品的评鉴最能说明这一点,如杨慎在谈及"晚唐两诗派"时又曾提出:"晚唐惟韩、柳为大家。韩、柳之外,元、白皆自成家。馀如李贺、孟郊祖《骚》宗谢;李义山、杜牧之学杜甫;温庭筠、权德舆学六朝;马戴、李益不坠盛唐风格,不可以晚唐目之。数君子真豪杰之士哉!"④因将韩、柳、元、白等人纳入其中,"晚唐"的概念变得宽泛,即上推至中唐。在杨慎眼里,"数君子"或别自成家,或各有所主,不能完全掩其所长,其诗歌作风为"晚唐"诗坛增添了别样的风景。基于这样的认知,他从晚唐诸家的诗篇中也品出了"可与盛唐峥嵘"的"绝唱"之作:

　　　　许浑《莲塘》诗:"为忆莲塘秉烛游,叶残花败尚维舟。烟开翠扇清风晓,水泛红衣白露秋。神女暂来云易散,仙娥终去月难留。空怀远道难持

---

　　①《升庵诗话》卷四"劣唐诗"云:"学诗者动辄言唐诗,便以为好,不思唐人有极恶劣者,如薛逢、戎昱,乃盛唐之晚唐。晚唐亦有数等,如罗隐、杜荀鹤,晚唐之下者;李山甫、卢延逊,又其下下者;望罗、杜又不及矣。其诗如'一个祢衡容不得',又'一领青衫消不得'之句。其他如'我有心中事,不向韦三说。昨夜洛阳城,明月照张八',又如'饿猫窥鼠穴,饥犬舐鱼砧',又如'莫将闲话当闲话,往往事从闲话生',又如'水牛浮鼻渡,沙鸟点头行',此类皆下净优人口中语,而宋人方采以为诗法,入《全唐诗话》,使观者日,是亦唐诗之一体也。如今称燕、赵多家人,其间有跛者,眇者,瓯㿔者,疥且痔者,乃专房宠之曰是亦燕、赵佳人之一种,可乎?"(《历代诗话续编》,中册,第700页。)
　　②《升庵诗话》卷九"许浑",《历代诗话续编》,中册,第821页至822页。
　　③ 参见陈国球《明代复古派唐诗论研究》,第197页至199页。
　　④《升庵诗话》卷十一"晚唐两诗派",《历代诗话续编》,中册,第851页。

赠，醉倚西阑尽日愁。"此为许《丁卯集》中第一诗，而选者不之取也。他如
韦庄"昔年曾向五陵游"一首，罗隐《梅花》"吴王醉处十馀里"一首，李郢《上
裴晋公》"四朝忧国鬓成丝"一首，皆晚唐之绝唱，可与盛唐峥嵘，惟具眼者
知之。①

从杨慎的审视立场出发，尽管晚唐诗总体上呈现"日趋于下"的格局，但并不代
表毫无可取之诗人及诗作，历史存在的杂错多样即在于此，很多情形下难以一
概而论，这就更需要审鉴者"具眼"辨识之，唯有如此，才不至于掩蔽晚唐诗中的
那些上乘之作。而且即使是诗品卑下者，也不见得全无出色的篇句，如于晚唐
刘驾诗，杨慎就认为"刘驾诗体近卑，无可采者，独'马上续残梦'一句，千古绝唱
也。东坡改之作'瘦马兀残梦'，便觉无味矣。"②又曾特地标出刘氏七绝《春夜》、
《秋怀》、《望月》、《晚登成都迎春阁》诸诗，称赞"诗颇新异，聊为笔之"③。这些看
似随意的点评，透出的则是杨慎审别诗歌史不拘一格与独具眼识的个性，在一
定程度上，不能不说，这又和他的诗史意识相关联。

第三节　知识观与艺术观

杨慎生平以博洽著称，有研究者总结他的治学特点，"治经不专限一艺，传
疏不墨守一家；小学之业，自古音古训以至金石铭刻、俗语杂字，诸子之书，自
儒、道、法、农而旁及天文、医术、书画、博物；史学则并重杂史地理、水经山图、民
族方志，文学则遍及诗歌词曲、谚谣古辞、创作研究"④。也有研究者着重结合他
崇尚广博的学术思想及实践，探讨其在文学包括诗学层面所表现出的博学立
场。⑤ 这些从不同的层面指出了杨慎学术和文学上的一大显著特征。但还值得
我们深入思考的一个问题是，在杨慎身上，这一博学的倾向不仅仅是出于一种
个人的兴趣爱好，而且凝集着他对于治学基本原则的自我理解。杨慎在《云局

---

① 《升庵诗话》卷十一"晚唐绝唱"，《历代诗话续编》，中册，第 850 页至 851 页。
② 《升庵诗话》卷十二"刘驾诗"，《历代诗话续编》，中册，第 891 页。
③ 《升庵诗话》卷十二"刘驾绝句"，《历代诗话续编》，中册，第 891 页。
④ 王文才《杨慎学谱》，第 13 页，上海古籍出版社 1988 年版。
⑤ 参见雷磊《杨慎诗学研究》，第 121 页至 130 页；吕斌《明代博学思潮与文论——以杨慎为例的考察》，
《文学评论》2010 年第 1 期。

记》中答人"问学"之言,即已涉及这一问题:"夫云者为雨乎,雨者为云乎? 无云则无以为雨矣。犹之地产植物,花者为实乎,实者为花乎? 无花则无以为实也。夫学何以异是。博我以文,约我以礼;无文则何以为礼,无博则何以为约。今之语学者,吾惑焉,厌博而径约,屏文而径礼,曰:'六经吾注脚也,诸子皆糟粕也。'是犹问天曰,何不径为雨,奚为云之扰扰也;问地曰,何不径为实,奚为花之纷纷也。是在天地不能舍博而径约,况于人乎? 云,天之文也;花,地之文也;六经、诸子,人之文也。见天人而合之,斯可以会博约而一之,此学之极也。"①其由天地而推之六经、诸子,阐释不可"舍博而径约"的道理。这表明在杨慎的自我认知中,广博的知识涵养对于治学而言尤其重要。

　　循乎此,以诗学思想的层面观之,杨慎则显然将必要的知识涵养视为规范诗歌创作的一条有效途径,将诗歌当作表现或释放诗人知识涵养的一种特殊载体。如他强调诗歌用语须讲究来历出处:

　　先辈言杜诗韩文无一字无来历,予谓自古名家皆然,不独杜、韩两公耳。刘勰云:"'灼灼'状桃花之鲜,'依依'尽杨柳之貌,'喈喈'逐黄鸟之声,'嗷嗷'学鸿雁之响,虽复思经千载,将何易夺?"信哉其言。试以灼灼舍桃而移之他花,依依去杨柳而著之别树,则不通矣。近日诗流,试举其一二:不曰莺啼,而乃曰莺呼;不曰猿啸,而曰猿唤;蛇未尝吟,而云蛇吟;蚕未尝嘶,而曰蚕嘶;厌桃叶蓁蓁,而改云桃叶抑抑,桃叶可言抑抑乎? 厌鸿雁嗷嗷,而强云鸿雁嘈嘈,鸿雁可言嘈嘈乎? 油然者,作云之貌,未闻泪可言油然;荐者,祭之名,士无田则荐是也,未闻送人省亲,而曰好荐北堂亲也;夜郎在贵州,而今送人官广西恒用之;孟渚在齐东,而送人之荆楚者袭用之;泄泻者,秽言也,写怀而改曰泄怀,是口中暴痢也;馆甥,女婿也;上母舅声而自称馆甥,是欲乱其女也;真如、诸天,禅家语也,而用之道观;远公、大颠,禅者也,而以赠道人;送人屡下第,而曰批鳞书几上;本不用兵,而曰戎马豺虎;本不年迈,而曰白发衰迟;未有兴亡之感,而曰麋鹿姑苏;寄云南官府,而曰百粤伏波。试问之,曰:"不如此不似杜。"是可笑也。此皆近日号

————
　　①《升庵集》卷四。

为作手,遍刻广传者。后生效之,益趋益下矣。^①

　　在此,杨慎主要指摘出现在"近日诗流"中而导致诗风趋下的不良作法,所列举的各类用语例子,都犯了无来历出处之忌。在杨慎眼中,这些犯忌的作法恰恰又是致命的,因为它们违背了应有的基本常识,不符合"自古名家"既定的诗歌创作规范,以他的另一席话来说,也就是"必以无出处之言为诗,是杜子美所谓伪体也"。当然,要做到以有"出处之言为诗",不至于成为无所依据的信口之作,就需要诗人通晓记录历史的文献典籍,熟悉具有示范意义的前人篇章,从根本上说,其指向的是诗歌作品一种知识化的形塑过程。出于这一认知,杨慎批驳宋人"今人论诗,往往要出处,'关关雎鸠'出在何处"之论为"似高而实卑",认为"圣人之心如化工,然后矢口成文,吐辞为经,自圣人以下,必须则古昔,称先王矣"。反过来,"若以无出处之语皆可为诗,则凡道听途说,街谈巷语,酗徒之骂坐,里媪之詈鸡,皆诗也,亦何必读书哉"? 体会此论的意思,除开"吐辞为经"、自成型范的圣典,对于其他的作者来说,取则古昔或效法前言尤为重要,这是一条引导诗歌名实相符、合乎正体的必然途径。对此,杨慎还举出"古诗祖述前言者,亦多矣"的例子:"如云'先民有言',又云'人亦有言',或称'先民有作',或称'我思古人'。《五子之歌》述皇祖有训,《礼》引逸诗称:'昔吾有先正,其言明且清。'《小旻》刺厉王而错举《洪范》之五事,《大东》伤赋敛,而历陈保章之诸星"^②。这些例子以古诗为样板,要在强调诗歌须讲究来历出处,要在证明诗歌知识化过程的必要性。以这样的思路推衍开去,诗人读书问学的知识涵养自然就变得非常重要,杨慎就此声言:"杜子美云:'读书破万卷,下笔如有神。'此子美自言其所得也。读书虽不为作诗设,然胸中有万卷书,则笔下自无一点尘矣。近日士大夫争学杜诗,不知读书果曾破万卷乎? 如其未也,不过拾《离骚》之香草,丐杜陵之残膏而已。"^③读书问学虽然不是专门针对作诗之道,却是成为作手的必修环节和重要条件。

　　有研究者指出,知识与抒情的关系构成中国诗歌史、诗学思想史内部的重

① 《升庵诗话》卷十一"诗文用字须有来历",《历代诗话续编》,中册,第866页至867页。
② 以上见《升庵诗话》卷五"宋人论诗",《历代诗话续编》,中册,第719页至720页。
③ 《升庵诗话》卷十四"读书万卷",《历代诗话续编》,中册,第932页。

要命题,尤其是时至宋代,知识的位置与作用愈益被强调与突出,不论是诗歌的审美层面还是道德层面,都重视以知识为基础。而这一观念,可以上溯至杜甫诸如"读书破万卷,下笔如有神"①之说,从诗学思想史的角度而言,杜甫成为中国诗歌史知识转向的标志,其在正面肯定了知识与诗歌之间的密切关联。② 如上特别是杨慎引出杜甫此说,用以阐明读书问学对于诗歌实践的必要性,在内质上,这和正面认可知识与诗歌之间密切关联的观念存在相通的一面。

了解杨慎论诗特点的一定不难发现,他所触及的诗学问题十分博杂。对此,褒之者曰:"杨升庵谈诗,真有妙解处,且援证该博。"③"各举其词,罔有遗逸,辨伪分舛,因微至远,以适于道。谈而不俚,讽而不虐,玄而不虚,幽而不诡。其事核,其说备,其词达,其义名。自成一家言。"④贬之者曰:"杨用修搜遗响,钩匿迹,以备览核,如二酉之藏耳,其于雌黄曩哲,橐钥后进,均之乎未暇也。"⑤"杨工于证经而疏于解经,博于稗史而忽于正史,详于诗事而不得诗旨,精于字学而拙于字法,求之宇宙之外而失之耳目之前。凡有援据,不妨墨守,稍涉评击,未尽输攻。"⑥尽管这些评说褒贬各异,但彼此共同的一点,即都指出了杨慎论诗面向的广泛性和驳杂性。这一特征,其中包括对于字词的音、形、义以及所指名物,诗歌的本事与用典,版本与文字校勘,诗歌的体式、诗句的含义等方面的考证或辨察,于是有研究者甚至以考据诗学命名之。⑦ 的确,综观杨慎的论诗面向,其不乏针对众多诗歌文本所开展的"辨伪分舛,因微至远"的相关考释,从这个角度来说,以所谓考据诗学来定义杨慎的论诗特点,或许有一定的道理。但我认为,仅此还未真正触及杨慎诗学思想的内质。应该说,重考据只不过是杨慎辨析诗学问题所依循的一种方法或思路,而并不是他开展论辩的真正目的之所在。还是先来看看他的一些相关之论:

> 杜工部《龙门奉先寺》诗"天阕象纬逼",或作"天阙",殊为牵强。张表

---

① 《奉赠韦左丞丈二十二韵》,仇兆鳌《杜诗详注》,第 1 册,第 74 页,中华书局 1979 年版。
② 参见张健《知识与抒情——宋代诗学研究》,第 5 页至 7 页,北京大学出版社 2015 年版。
③ 《四友斋丛说》卷二十四《诗一》,第 219 页。
④ 程启充《升庵诗话序》,《升庵诗话》卷首,明嘉靖刻本。
⑤ 王世贞《艺苑卮言一》,《弇州山人四部稿》卷一百四十四。
⑥ 王世贞《艺苑卮言六》,《弇州山人四部稿》卷一百四十九。
⑦ 参见高小慧《杨慎〈升庵诗话〉及其考据诗学》,《郑州大学学报》2013 年第 4 期。

臣《诗话》据旧本作"天阊",引《史记》"以管阊天"之语,其见卓矣。余又按《文选》潘岳《闲居赋》"阊天文之秘奥",注引陆贾《新语》:"楚王乾谿之台阊天文。"杜子美精熟《文选》者也。其用天阊字,正本此。况天文即象纬也,不但用其字,亦用其义矣。子美复生,必以余为知言。①

《天马歌》:"天马徕,历无草。""草"即"皁"字,从"艸"从"早","草"字可染"皁"也,后借为"皁隶"之"皁"。"历"解为槽枥之"历",言其性安驯,不烦控制也。师古解为水草之"草",失之。②

陆放翁诗:"游山双不借,取水一军持。"不借,草鞋也,言其价贱不须借也。《古今注》:"汉文帝履不借以临朝。"汉时已有此名矣。军持,净瓶也,出佛经。贾岛《送僧》诗云:"我有军持凭弟子,岳阳江里汲寒流。"③

"芙蓉不及美人妆,水殿风来珠翠香。却恨含情掩秋扇,空悬明月待君王。"司马相如《长门赋》:"悬明月以自照兮,徂清夜于洞房。"此用其语,如李光弼将子仪之师,精神十倍矣。作诗者其可不熟《文选》乎?④

谢朓诗:"寒城一以眺,平楚正苍然。"楚,丛木也。登高望远,见木杪如平地,故云平楚,犹诗所谓平林也。陆机诗"安辔遵平莽",谢语本此。唐诗"燕掠平芜去",又"游丝荡平绿",又因谢诗而衍之也。⑤

唐人《送元中丞江淮转运》诗一首,王维、钱起集皆有之,其云:"去问珠官俗,来经石蚨春。东南卸亭上,莫使有风尘。"用事颇隐僻。石蚨,用《荀子》"紫蚨鱼盐"及《文选》"石蚨应节而扬蕤"事也。卸亭,吴大帝驻辇所憩,后人建卸亭,在晋陵,庾信诗"卸亭一回望,风尘千里昏"是也。今刻本或改"石蚨"作"右却","卸亭"或改作"衍亭",转刻转误,漫一正之。⑥

柳子厚《戏题石门长老东轩》诗曰:"坐来念念非昔人,万遍莲花为谁用?"《法苑珠林》:"梵志出家,白首而归,邻人见之曰:'昔人尚存乎?'梵志曰:'吾犹昔人,非昔人也。'"子厚正用此事,而注者不知引。⑦

① 《升庵诗话》卷一"天阊象纬逼",《历代诗话续编》,中册,第 656 页。
② 《升庵诗话》卷一"天马歌",《历代诗话续编》,中册,第 656 页。
③ 《升庵诗话》卷二"不借军持",《历代诗话续编》,中册,第 658 页。
④ 《升庵诗话》卷二"王昌龄长信秋词",《历代诗话续编》,中册,第 671 页。
⑤ 《升庵诗话》卷二"平楚",《历代诗话续编》,中册,第 674 页。
⑥ 《升庵诗话》卷三"石蚨卸亭",《历代诗话续编》,中册,第 680 页。
⑦ 《升庵诗话》卷四"吾犹昔人",《历代诗话续编》,中册,第 713 页。

　　晁以道家有宋子京手书《杜少陵诗》一卷,"握节汉臣归"乃是"秃节","新炊间黄粱"乃是"闻黄粱"。以道跋云:"前辈见书自多,不似晚生但以印本为正也。"慎按:《后汉书·张衡传》云:"苏武以秃节效贞。"杜公正用此语,后人不知,改"秃"为"握"。晁以道徒知宋子京之旧本,亦不知秃节之字所出也,况今之浅学乎?①

　　杜子美《愁坐诗》曰:"高斋常见野,愁坐更临门。十月山寒重,孤城水气昏。葭萌氏种迥,左担犬戎存。终日忧奔走,归期未敢论。"葭萌、左担,皆地名也。葭萌人知之,左担人罕知也。注者不知,或改作"武担",又改作"立担",皆可笑。按《太平御览》引李克蜀记云:"蜀山自绵谷、葭萌道径险窄,北来担负者,不容易肩,谓之左担道。"又李公胤《益州记》云:"阴平县有左肩道,其路至险,自北来者,担在左肩,不得度右肩。"常璩《南中志》云:"自僰道至朱提,有水步道九道,有黑水及羊官水道,度三津,至险难行,故行者谣曰:'楢溪赤水,盘蛇七曲。盘羊乌栊,气与天通。庲降贾子,左担七里。'又有牛叩头、马搏坂,其险如此。"据此三书,左担道有三,绵谷一也,阴平二也,朱提三也,义则一而已。朱提今之乌撒,云、贵往来之西路也。②

　　杜诗:"江莲摇白羽,天棘蔓青丝。"郑樵云:"天棘,柳也。"此无所据,杜撰欺人耳。且柳可言丝,只在初春,若茶瓜留客之日,江莲白羽之辰,必是深夏,柳已老叶浓阴,不可言丝矣。若夫蔓云者,可言兔丝、王瓜,不可言柳,此俗所易知,天棘非柳明矣。按《本草索隐》云:"天门冬,在东岳名淫羊藿,在南岳名百部,在西岳名管松,在北岳名颠棘。"颠与天,声相近而互名也。此解近之。③

　　刘禹锡《生公讲堂》诗:"高坐寂寥尘漠漠,一方明月可中庭。"山谷、须溪皆称其"可"字之妙。按《佛祖统纪》载宋文帝大会沙门,亲御地筵,食至良久,众疑日过中,僧律不当食。帝曰:"始可中耳。"生公乃曰:"白日丽天,天言可中,何得非中。"遂举箸而食。禹锡用"可中"字本此,盖即以生公事咏生公堂,非杜撰也。彼言白日可中,变言明月可中,尤见其妙。④

────────────

① 《升庵诗话》卷四"秃节",《历代诗话续编》,中册,第716页。
② 《升庵诗话》卷五"杜诗左担之句",《历代诗话续编》,中册,第733页。
③ 《升庵诗话》卷五"杜诗天棘",《历代诗话续编》,中册,第734页。
④ 《升庵诗话》卷六"明月可中",《历代诗话续编》,中册,第744页。

何逊《与范云联句》诗云："洛阳城东西,却作经年别。昔去雪如花,今来花似雪。"李商隐《送王校书分司》诗云："多少分曹掌秘文,洛阳花雪梦随君。定知何逊缘联句,每到城东忆范云。"又漫成一绝云："不妨何范尽诗家,未解当年重物华。远把龙山千里雪,将来拟并洛阳花。"二诗皆用此事,若不究其原,不知为何说也。①

《后汉·郑玄传》:"袁绍总兵冀州,遣使要玄,大会宾客。玄最后至,乃延升上坐,饮酒一斛。绍客多豪俊,并有才说,玄依方辨对,咸出问表,莫不嗟服。"杜诗"江上徒逢袁绍盃",公以玄自比为儒而逢世乱也。须溪批云:"如此引袁绍事不晓。"噫!须溪睁目之言不晓,真不晓也。王洙注引河朔饮事,尤无干涉。不读万卷书,不能解读杜诗,信哉。②

不厌其烦地胪列这些例子,主要为了说明杨慎所论涉及的问题非常纷杂,上述各条或析解疑难用语,或分辨字词讹误,或追究诗中用典,所作的辨析则不可谓不细致。而诸如此类的考辨释说在杨慎的诗论中还有很多,以上所引仅仅是其中的数例。如果据此认为其只是源自作者的一时兴趣或者出于逞才炫学的目的,则显然不能完全合理解释杨慎对考察这类琐细诗学问题的投入。可以看出,作者根据个人日常的阅读经验和心得,富有理性与耐心地在展开这项涵盖范围广泛的探赜索隐的工作,特别是出现在不同诗歌文本中的诸如用语和用典等这些细微的问题,更容易被读者所忽略或误解,故而不难理解杨慎为何潜心于此,以之为"辨伪分舛,因微至远"的一个重点。也可以看出,杨慎如此旁征博引、细辨深究的主要意图,乃在于还原不同诗歌文本的原始形态,致力于从用语和用典等细微处去解读诗歌特定的意义指向,剖露原始文本所包蕴的积蓄诗人个人学养的知识含量。因此确切地说,杨慎对于不同诗歌文本所展开的甚或细小到一字或一词的考释,并不是单纯在于辨别何者为正,何者为误,也不是单纯在于发掘它们的典故来源,而是通过类似的考释,企图揭示那些原始文本体现在知识层面的审美价值和示范意义。这一点追究起来,与他重视诗歌知识化形塑过程的观念相关联,本自他对知识与诗歌关系的一种正面认知。

---

① 《升庵诗话》卷七"洛阳花雪",《历代诗话续编》,中册,第769页。
② 《升庵诗话》卷八"袁绍盃",《历代诗话续编》,中册,第793页。

　　除此,还应该注意杨慎关于诗歌艺术表现的见识。说起来,若和李、何诸子相比,杨慎虽未如前者那样主张"规矩"之"法"或"不可易之法"等,专注于古典作品技艺性规则或方法,表现出严于立法的意识,以此而言,也许正如他藉友人唐锜之口,指出"至李、何二子一出,变而学杜,壮乎伟矣。然正变云扰而剽袭雷同,比兴渐微而风骚稍远"①,有戒于李、何诸子学古习法之失,但如此并不代表他对诗歌艺术表现的忽略,相反,杨慎在诗艺问题上屡屡表达相关的诉求,结合前述各个方面,这也彰显了他诗学思想问题面向的某种周密性和广泛性。

　　具体来看,一是涉及诗歌意蕴的表现。例如:"古诗:'文彩双鸳鸯,裁为合欢被。著以长相思,缘以结不解。'著,昌虑切。郑玄《仪礼注》:'著,充之以絮也。'缘以绢也,郑玄《礼记注》:'缘,饰边也。'长相思,谓以丝缕络棉交互网之,使不断,长相思之义也。结不解,按《说文》结而可解曰纽,结不解曰缔。缔谓以针缕交锁连结,混合其缝,如古人结绸缪,同心制,取结不解之义也。既取其义以著爱而结好,又美其名曰相思,曰不解云。合欢被,宋赵德麟《侯鲭录》有解。会而观之,可见古人咏物托意之工矣。"②上篇截自《古诗十九首》之"客从远方来",以女性的身份,咏言象征男女情爱的合欢被之缝制,篇中特别是"著以长相思,缘以结不解"句,不仅交代充填丝绵和饰边连结的制被过程,且比喻男女缠绵胶漆,永结欢好,寓意可谓十分巧妙。杨慎标榜此诗"咏物托意之工",正是就此来说的。又比如:"郎士元《留卢秦卿》诗云:'知有前期在,难分此夜中。无将故人酒,不及石尤风。'石尤风,打头逆风也。行舟遇之,则不行。此诗意谓行舟遇逆风则住,故人置酒而以前期为辞,是故人酒不及石尤风矣,语意甚工。近人吴中刻唐诗,不解石尤风为何语,遂改作古淳风,可笑又可恨也。"③上诗一说为司空曙所作,倾吐作者对友人的深情厚谊,后两句表意尤为奇特,大意谓打头逆风的石尤风尚可阻滞行舟,请不要认为故人之酒反而比不上石尤风。这是极力挽留友人的话,款诚之意,尽在其中,是以杨慎称之为"语意甚工"。从他的视角看来,诗歌史上某些经典作品之所以精妙绝伦,其中就与诗歌意蕴的艺术表现关系密切。如他评析王昌龄《出塞二首》之"秦时明月汉时关"一诗:"此诗可入神品,'秦时明月'四字,横空盘硬语也,人所难解。李中溪侍御尝问余,余曰:扬

①《升庵诗话》卷七"胡唐论诗",《历代诗话续编》,中册,第774页。
②《升庵诗话》卷三"古诗",《历代诗话续编》,中册,第689页至690页。
③《升庵诗话》卷三"石尤风",《历代诗话续编》,中册,第681页。

子云赋'欃枪为闉，明月为堠'，此诗借用其字，而用意深矣。盖言秦时虽远征，而未设关，但在明月之地，犹有行役不逾时之意。汉则设关而戍守之，征人无有还期矣，所赖飞将御边而已，虽然，亦异乎守在四夷之世矣。"①清人沈德潜《说诗晬语》析"秦时明月汉时关"句："防边筑城，起于秦、汉，明月属秦，关属汉，诗中互文。"②或认为杨慎的以上解释过于迂曲，未必合乎此诗原意。③ 但这一点似乎并不重要，相比起来问题的重点在于，杨慎的解析显示他对诗歌"用意"格外在意。

二是涉及诗歌字句的炼造。如杨慎引例李白乐府《独不见》中"天山三丈雪，岂是远行时"两句、五绝《送陆判官往琵琶峡》中"水国秋风夜，殊非远别时"两句，以为"'岂是'、'殊非'，变幻二字，愈出愈奇"④。这主要针对李白以上二诗中独特的句子构造发论，说明诗篇奇妙艺术效果的形成，得益于作者对诗句富有个性的"变幻"。再如他引例雍陶七绝《入蛮界不许有悲泣之声》："'云南路出洱河西，毒草长青瘴雾低。渐近蛮城谁敢哭，一时收泪羡猿啼。'云南在唐为南诏，其蛮王阁罗凤及酋龙三犯成都，俘其巧匠美女而归，至今大理有巧匠三十六行。近嘉靖中取雕漆工廿馀人，挈家北上，供应内府，皆蜀俘人之后也。去乡离家，俘于犬羊，苦已极矣。又畏死吞声而不敢哭，所以羡猿声之啼也。一'羡'字妙。或改作'听'，非知诗也。"⑤两相对比，猿因为哀伤尚且能发出啼叫，而蜀人为南诏所俘，不但"去乡离家"，并且"畏死吞声而不敢哭"，诗中用"羡"字之妙，在于巧妙表达被俘者内心的无限怨苦。这又说明一字的炼造，同样可以影响整首诗的艺术效果。说到诗歌字句的锤炼，杜甫"语不惊人死不休"的自白备受注意，杜诗特别是律诗，则以字句精于锻锤见长。胡应麟曾说，"盛唐句法浑涵，如两汉之诗，不可以一字求。至老杜而后，句中有奇字为眼，才有此，句法便不浑涵"，又说，"老杜用字入化者，古今独步。中有太奇巧处。然巧而不尖，奇而不诡，犹不失上乘"⑥。尽管杨慎曾挑剔杜甫七律中的"玉瑕锦颣"⑦，这本身表明他

① 《升庵诗话》卷二"王昌龄从军行"，《历代诗话续编》，中册，第 672 页。
② 《说诗晬语》卷上，潘务正、李言编辑点校《沈德潜诗文集》，第 4 册，第 1948 页至 1949 页，人民文学出版社 2011 年版。
③ 参见《升庵诗话笺证》卷九"王昌龄从军行"，第 267 页。
④ 《升庵诗话》卷二"太白句法"，《历代诗话续编》，中册，第 658 页至 659 页。
⑤ 《升庵诗话》卷十一"雍陶哀蜀人为南诏所俘"，《历代诗话续编》，中册，第 860 页。
⑥ 《诗薮·内编》卷五"近体中·七言"，第 91 页。
⑦ 《升庵诗话》卷三"玉瑕锦颣"云："杜诗七言律，如《玉台观》第三句'遂有冯夷来击鼓'，第七句'更有红颜生羽翼'，《寄马巴州》首句'动业终归马伏波'，第五句'独把渔竿终远去'，犹王右军书帖多误字，皆玉瑕锦颣，不可效尤也。"（《历代诗话续编》，中册，第 677 页至 678 页。）

更看重字句的精心磨研,但总体上还是肯定杜诗的锤炼之功。如杜甫五律《玩月呈汉中王》颈联上句"关山同一照",其中"照"一作"点",杨慎即指出"'点'字绝妙",又言:"东坡亦极爱之,作《洞仙歌》云'一点明月窥人',用其语也;《赤壁赋》云'山高月小',用其意也。今书坊本改'点'作'照',语意索然。且'关山同一照',小儿亦能之,何必杜公也。"①清人仇兆鳌以为"此说涉于新巧"②。但无论如何,杨慎显然是从杜诗精于锤炼的角度去解读此处"点"胜于"照"字的用法。他又指出,杜诗对于字句的锤炼,不啻展示如上用字的精奇之妙,还表现在善于"夺胎"和翻用古语:

> 陈僧慧标《咏水》诗:"舟如空里泛,人似镜中行。"沈佺期《钓竿》篇:"人如天上坐,鱼似镜中悬。"杜诗:"春水船如天上坐,老年花似雾中看。"虽用二子之句,而壮丽倍之,可谓得夺胎之妙矣。③

> 客有见予拈"波漂菰米"之句而问曰:"杜诗此首中四句,亦有所本乎?"予曰:"有本,但变化之极其妙耳。"隋任希古《昆明池应制诗》曰:"回眺牵牛渚,激赏镂鲸川。"便见太平宴乐气象。今一变云:"织女机丝虚夜月,石鲸鳞甲动秋风。"读之则荒烟野草之悲见于言外矣。《西京杂记》云:"太液池中有雕菰,紫箨绿节,凫雏雁子,唼喋其间。"《三黄旧图》云:"宫人泛舟采莲,为巴人棹歌。"便见人物游嬉,宫沼富贵。今一变云:"波漂菰米沉云黑,露冷莲房坠粉红。"读之则菰米不收而任其沉,莲房不采而任其坠,兵戈乱离之状具见矣。杜诗之妙,在翻古语,《千家注》无有引此者,虽万家注何用哉?因悟杜诗之妙。④

不论是夺胎换骨抑或是善翻古语,既求之于前人的作品资源,又取决于后作者的自我心智,属于建立在前人基础之上的一种再创造,也是汲取、变化以至于求新出奇的创作过程的有机呈现,这一过程的完成,需要作者为之苦心经营。在

---

① 《升庵诗话》卷十四"关山一点",《历代诗话续编》,中册,第 919 页至 920 页。
② 仇兆鳌云:"《记》云:日月无私照,崔日用诗:万里照关山。此同照所本。杨用修作一点,引东坡《洞仙歌》云:'绣帘开,一点明月窥人。'用其语也。《赤壁赋》云:'山高月小。'用其意也。此说涉于新巧。"(《杜诗详注》卷十一,第 2 册,第 940 页。)
③ 《升庵诗话》卷五"杜诗夺胎之妙",《历代诗话续编》,中册,第 731 页至 732 页。
④ 《升庵诗话》卷六"波漂菰米",《历代诗话续编》,中册,第 752 页至 753 页。

此,杨慎声称由杜甫"夺胎"和翻用古语的篇章,悟出"杜诗之妙",这应该归根于他对杜诗字句锻锤工夫的特别关注,也是他对杜诗善于展开艺术经营的特别表彰。①

需要指出的是,杨慎指向诗歌艺术表现的有关见识,又和他重视作品知识化过程的观念相交织,以他的认知,诗歌艺术化程度的提升,或与知识化的形塑密切相关,后者正是为前者铺设了相应的基础,知识与诗歌的关系在另一层面得以正面挂钩。如他评论李白善用古乐府,认为"古人谓李诗出自乐府古选,信矣",其中或"用其意"而衍为新作,或"反其意"②而发抒之。至于如乐府《读曲歌》之"暂出白门前"篇,李白以其意而衍为《杨叛儿》,则被杨慎称作"乐府之妙思益显,隐语益彰,其笔力似乌获扛龙文之鼎,其精明似光弼领子仪之军矣"。从广泛的意义上来说,无论如李白善用古乐府,还是如杜甫"夺胎"和翻用古语,在杨慎眼中,其实也都成为用语讲究来历出处的典型案例,从不同角度展现了诗歌知识化的示范意义。与此相关,他还将"古之诗人用前人语"析为"翻案法"、"伐材法"、"夺胎法"、"换骨法"等不同的类型,分别引例解释之:

> 翻案者,反其意而用之,东坡特妙此法;伐材者,因其语而新之矣,益加莹泽;夺胎换骨,则宋人诗话详之矣。如梁元帝诗"郎今欲渡畏风波",太白衍为两句云:"郎今欲渡缘何事,如此风波不可行。"鲍照诗"春风复多情",而太白反之曰"春风复无情"是也。又如曹孟德诗云"对酒当歌",而杜子美云"玉佩仍当歌",非杜子美一阐明之,读者皆以当歌为当该之当矣。杜子美诗"黄门飞鞚不动尘",而东坡云"走马来看不动尘",而杜之语意益妙。又如杜子美"石出倒听枫叶下",而包佶云"波影倒江枫"。子美桃花诗云"影遭碧水相勾引",而孟郊云"南浦桃花亚水红"。江总诗:"不悟倡园花,遥同葱岭雪。"而张说云:"欲持梅岭花,远竞榆关雪。"白乐天诗:"人家半在船,野水多于地。"而姚合云:"驿路多临水,人家半在云。"赵师秀曰:"野水多于地,春山半是云。"徐铉邻舍诗:"壁隙透灯光,篱根分井口。"而梅圣俞云:"井泉分地脉,砧杵共秋声。"古乐府云:"新人工织缣,旧人工织素。持

① 以上关于杨慎诗歌艺术之论,参见拙文《明代正德、嘉靖之际宗唐诗学观念的承传、演化及其指向》,台湾《中正汉学研究》2012 年第 2 期。
② 《升庵诗话》卷二"太白用古乐府",《历代诗话续编》,中册,第 659 页至 660 页。

缣来比素,新人不如故。"而无名氏效之云:"野鸡毛羽好,不如家鸡能报晓。新人虽如花,不如旧人能绩麻。"此皆所谓披朝华而启夕秀、有双美而无两伤者乎? 若夫宋人之生吞义山,元人之活剥李贺,近日之拆洗杜陵者,岂可同日而语。①

推究杨慎所论,其大旨在阐发这样一个显而易见的道理,善用前人之语者,不仅在于接受往昔的诗歌资源,而且在于合理、艺术地加以利用,诸如"生吞"、"活剥"、"拆洗"的做法,虽也有意识地取则前人,却因草率而粗糙的利用方式,与善用者不可相提并论。因为"翻案"、"伐材"、"夺胎"、"换骨"种种善用之法,它们的共同特点在于,既适度吸收前人之语,又自不同的角度加以变异出新。这一基于前人资源的再创造的过程,又是诗歌艺术经营及其审美效果凸显的过程,诗人习学前人而塑造作品的知识涵养也从中得以展现。从某种角度看,这也体现了杨慎诗学思想中知识观与艺术观的彼此结合,突出了诗歌艺术经营过程中知识成分的重要作用。

---

① 以上见杨慎《丹铅总录》卷十二"太白杨叛儿曲",《景印文渊阁四库全书》,第 855 册。

第十三章　王世贞与后七子
诗学体系的构筑

　　后七子在文坛的崛起及其文学活动的开展,始于嘉靖中后期。明人梁有贞为后七子之一的梁有誉所撰行状云:"辛亥(案,指嘉靖三十年),(梁)授刑部山西司主事,徐子与(中行)亦为同舍郎,于是山东李于鳞(攀龙)、吴郡王元美(世贞)、广陵宗子相(臣)、武昌吴明卿(国伦)、山人谢茂秦(榛)一时同社,意气文章,声走海宇,称为中原七子云。"①起初经濮阳人李先芳绍介,作为后七子文学集团创始人物的李攀龙与王世贞得以相识结交,李、王二人"相切磋为西京、建安、开元语"②,"与左氏、司马千载而比肩"③,从而奠定了该文学集团诗文复古的基本格局。比较弘治年间突入文坛的前七子,后七子在文学观念上表现出若干与之相近甚至相同的一面,这也成为学人多将二者合为复古流派而联系起来加以研究的重要理由。后七子文学观念在某些方面应合甚至因袭前七子固然是事实,但同时也必须看到,后者又绝非是对前者观念主张包括诗学思想的简单复述或趋和,彼此构成的差异性反映出明代中叶以来诗文复古的复杂走向,而这无疑是更加值得注意的一个层面。当然,后七子中各人的立场和作用不尽相同,其中特别是王世贞,不仅与李攀龙共同缔造七子盟社,而且自隆庆四年(1570)李攀龙去世后,"操文章之柄,登坛设埠","而其地望之高、游道之广,声力气义,足以翕张贤豪、吹嘘才俊。于是天下咸望走其门,若玉帛职贡之会,莫敢后至"④,成为独立操持文柄的后七子集团盟主和文坛领袖,在文人圈的影响

---

① 梁有誉《兰汀存稿》附录,《明代论著丛刊》影印明万历刻本,台湾伟文图书出版社有限公司 1976 年版。
② 王世贞《吴峻伯先生集序》,《弇州山人续稿》卷五十一。
③ 李攀龙《送王元美序》,《沧溟先生集》卷十六。
④ 《列朝诗集小传》丁集上《王尚书世贞》,下册,第 436 页。

颇为深远,加上王世贞生平著述极为繁富,其中包括大量涉及诗学问题的系统阐论,对于后七子诗学体系的建设发挥了不可替代的作用。可以说,要深入和确切把握后七子的诗学体系,不能不重点联系王世贞的论诗主张而展开探究。

第一节 辨体与别类

李、王诸子曾以"修北地之业"①来为他们的复古实践定调,又称许李梦阳、何景明"抉草莽,倡微言","二子之功,天下则伟矣夫"②。这些表白与表彰,说明他们在复古的大方向上认同李、何诸子所为且有意步武之。从诗歌方面来看,前七子以《诗经》、汉魏古诗、唐代尤其是盛唐近体诗作为重点宗尚目标,旨在追溯古诗与近体诗系统的本源,而综观后七子对于宗尚目标的选择,和前七子比较起来则大体相吻合,也可见出二者诗学观念之间构成的一种联结。先看吴国伦在《大隐楼集序》中的论说:

> 夫诗自《风》、《雅》变而为《离骚》,而汉魏六朝,则又以代变,至于唐一振,几掩六朝而上之。今之谈艺者,谓七国裂周而兆汉,六朝闰汉而开唐,予窃不知其解。汉以前亡论,六朝惟嵇、阮、陶、谢近古。以下琢句雕章,非不工且丽,按之则色泽愈艳,风气愈漓,靡靡去汉远矣,何言闰?唐人政厌其靡靡,起而振之,为能家树帜而人建鼓,一变而为正始大家,即有所自开,非六朝也。故近世海内名公欲追《风》、《雅》之遗,反汉魏之朴,而不可得,类多布侯于贞观,持满于开元、大历,然犹未必一一破的,难矣。③

这一段话重点谈论的是唐代诗歌,为了说明问题,作者则放眼于诗歌演变史而加以简括梳理。话题主要从质疑"今之谈艺者"得出的"六朝闰汉而开唐"的结论化开去,断言唐诗在诗歌史上发挥的振兴作用,恰恰在于其厌弃六朝之靡靡。所以说,唐诗能够"起而振之"在于"自开",而非为六朝所开。至于认为唐诗"几掩六朝而上之",则越过六朝而加强唐诗与汉魏及以上诗歌的联系。吴国伦在

---

① 王世贞《巨胜园集序》,《弇州山人续稿》卷五十四。
② 王世贞《何大复集序》,《弇州山人四部稿》卷六十四。
③ 《甔甀洞续稿》文部卷八,《续修四库全书》影印明万历三十一(1603)吴士良、马攀龙刻本,第1350册。

《朱秉器方伯诗集序》一文中曾从阐明诗言志的角度,提出:"初、盛唐近体又自汉魏小变,尽黜六朝靡曼之习,相尚为清婉宏丽语,斐然一代名家,其为言志则无古今一焉。"又认为:"夫用《风》、《雅》之志为汉魏诗,即汉魏不失为《风》、《雅》,用汉魏之志为唐诗,即唐不失为汉魏。"①如此看来,若由唐诗向上溯源,则可以推本至汉魏诗歌,乃至于《风》、《雅》之什,《诗经》、汉魏和唐代诗歌在演变的历史进程中被视为彼此有机相连,它们的自身价值和示范意义也在相互有机的连接中得以呈现。

再来看李攀龙、王世贞之论。王世贞《王氏金虎集序》述及他当初经友人李先芳绍介而结识李攀龙,二人"相得甚欢",颇为投合,既而李攀龙来相约为古文词,序中转述了攀龙对诗文演进历程与宗尚问题的基本看法,其中于诗:"《诗》、《书》吾窃有志焉,而未之逮也。《诗》变而屈氏之骚出,靡丽乎长卿圣矣。乐府三诗之馀也。五言古,苏、李其风乎?而法极黄初矣;七言畅于《燕歌》乎?而法极杜、李矣;律畅于唐乎?而法极大历矣。"②而如王世贞,他在致友人张九一的书札中亦谈及因结识李攀龙而"相与劇琢其辞",致力于艺文,自己除古文之外,"于诗古则知有枚乘、苏、李、曹公父子,旁及陶、谢,乐府则知有汉魏鼓吹、相和,及六朝清商、琴舞、杂曲佳者,近体则知有沈、宋、李、杜、王江宁四五家。"③又他晚年曾致信友人徐益孙,向对方传授习诗门道:"今宜但取《三百篇》及汉、魏、晋、宋、初盛唐名家语熟玩之,使胸次悠然有融液处,方始命笔。"④他的《徐汝思诗集序》则着重谈到近体诗的取法问题,认为:"夫近体为律,夫律法也,法家严而寡恩。又于乐亦为律,律亦乐法也,其翕纯皦绎,秩然而不可乱也。是故推盛唐。盛唐之于诗也,其气完,其声铿以平,其色丽以雅,其力沉而雄,其意融而无迹。故曰盛唐其则也。"⑤结合李、王所论,尤其是王世贞围绕诗歌取法之道所作的相对详细的交代,可以理出一条基本的线索,即除了宗奉《诗经》以外,古体主要以汉魏为尚,旁及六朝,近体则以盛唐为尚,旁及初唐。⑥

特别在复古的层面上,如何把握古典文本体制的问题,常常进入复古之士

---

① 《弇甊洞续稿》文部卷六,《续修四库全书》,第 1350 册。
② 《弇州山人四部稿》卷七十一。
③ 《张助甫》,《弇州山人四部稿》卷一百二十一。
④ 《徐孟孺》,《弇州山人续稿》卷一百八十二。
⑤ 《弇州山人四部稿》卷六十五。
⑥ 以上有关李、王之论的阐述,参见拙著《前后七子研究》,第 441 页。

的视野,在那些文士看来,要汲取古典资源,习学古人作品,就需考虑具体切入古人之作的体制。如此,宗尚目标的选择常和辨体的问题联系在一起。在前七子那里,如李梦阳指出:"夫追古者,未有不先其体者也。"①已意识到学古和辨体难以分割。王廷相则更明确指出:"诗贵辩体,效《风》、《雅》类《风》、《雅》,效《离骚》、《十九首》类《离骚》、《十九首》,效诸子类诸子,无爽也,始可与言诗已矣。"②他将"辩体"的目的指向对典范文本的准确效习,并将它作为诗歌创作需解决的首要问题而提出来,其重视辨体的立场可见一斑。从后七子来说,关于诗歌的辨体更是诸子谈论的一个重要话题,如李攀龙《选唐诗序》所论,学人并不陌生:

> 唐无五言古诗,而有其古诗,陈子昂以其古诗为古诗,弗取也。七言古诗,唯杜子美不失初唐气格,而纵横有之。太白纵横,往往强弩之末,间杂长语,英雄欺人耳。至如五七言绝句,实唐三百年一人,盖以不用意得之,即太白亦不自知其所至,而工者顾失焉。五言律、排律,诸家概多佳句。七言律体,诸家所难,王维、李颀颇臻其妙,而子美篇什虽众,惯焉自放矣。作者自若,亦惟天实生才不尽,后之君子,乃兹集以尽唐诗,而唐诗尽于此。③

李攀龙编《古今诗删》,共三十四卷,"始于古逸,次以汉魏南北朝,次以唐,唐以后继以明","而不及宋元",其中卷十至卷二十二为唐诗,以上序文即被置于所选唐诗之前,也收录在他的文集之中。虽然此序篇幅不长,但反映了李攀龙对于有唐各体诗歌大略的看法,信息含量不小。他重点根据唐诗的不同体类而分别说明之,这也合乎《古今诗删》包括唐诗在内的所选历代诗歌"每代各自分体"④的编选思路,⑤其中显然是与明代复古诗学辨体意识成熟的发展趋势有

---

① 《徐迪功集序》,《空同先生集》卷五十一。
② 《刘梅国诗集序》,《王氏家藏集》卷二十二。
③ 《沧溟先生集》卷十五。
④ 以上见《四库全书总目》卷一百八十九集部《古今诗删》提要,下册,第1717页。
⑤ 《古今诗删》卷十至卷二十二为唐诗之选,即分体编次,其中卷十至卷十一为五言古诗,卷十二至卷十三为七言古诗,卷十四至卷十五为五言律诗,卷十六至卷十七为七言律诗,卷十八至卷十九为五言排律,卷二十为五言绝句,卷二十一至卷二十二为七言绝句,其和序文分体所述的思路相合。见《景印文渊阁四库全书》,第1382册。

关。① 从序文的叙述策略来看,李攀龙并未对有唐诗歌的演变历史和优劣等级展开全面的论说,而是析分不同的诗体,略评得失,点示作手。关于唐五言古诗,李攀龙得出的结论是"唐无五言古诗,而有其古诗",这和他以下评论有唐其他诗体而多加标榜的立场大为不同,他所依据的标准当主要是汉魏五言古诗,如上所引王世贞《王氏金虎集序》转述他的话:"五言古,苏、李其风乎? 而法极黄初矣。"其已显明他五言古诗以汉魏为尚的取法立场。所以李攀龙的结论无非是说,唐代虽有五言古诗,但已无汉魏五言古诗的韵调。至于认为"陈子昂以其古诗为古诗,弗取也",则许学夷已对这一说法作了解释,以为"盖子昂《感遇》虽仅复古,然终是唐人古诗,非汉魏古诗也"②。总之,李攀龙对唐代五言古诗的评价不高,其原因主要是以汉魏古诗作为五古理想体制的参照系统,由此辨出唐代与汉魏五言古诗既不在同一审美层面,也不在同一价值层面。关于有唐其他诗体,除五言律诗、五言排律,李攀龙以为"诸家概多佳句",故未标出具体之时段或擅长之诗人,于七言古诗则看重初唐的"气格",尤其是既有初唐"气格"又显"纵横"的杜甫之作;五七言绝句则独推李白,称之为"实唐三百年一人,盖以不用意得之",极力突出其长于二体的地位;而七言律诗又重点标举王维、李颀二人,指出杜甫于此体"篇什虽众",但终有"惯焉自放"的缺陷,不在理想的目标范围。

　　合观李攀龙《选唐诗序》之论,若与前七子有关观点相比较,其中有的说法似曾相识。如关于他针对唐代五言古诗的论断,日本学者铃木虎雄认为可以联系李梦阳《缶音序》所谓"诗至唐,古调亡矣,然自有唐调可歌咏,高者犹足被管弦"③的提法,在他看来,李梦阳此论指"唐代的五言古诗虽然尚可以唐调歌咏,但作为其理想的五言古诗之调已不复存在"④。李梦阳以上所说的"古调",当主要指汉魏五言古诗之"调",也即铃木虎雄所谓"理想的五言古诗之调",这合乎李氏"三代而下,汉魏最近古"⑤的观点。而他所说的"唐调",当专指唐代五言古诗之"调",如此才能与"古调"相对应。⑥ 然在另一方面,有的说法差异明显。如

---

① 参见陈国球《明代复古派唐诗论研究》,第 111 页。
② 《诗学辩体》卷十三《初唐》,第 144 页。
③ 《空同先生集》卷五十一。
④ 《中国诗论史》,第 131 页。
⑤ 《与徐氏论文书》,《空同先生集》卷六十一。
⑥ 参见拙著《前后七子研究》,第 482 页至 483 页。

何景明《海叟集序》表示"(李、杜)二家歌行、近体,诚有可法"①,而他在《明月篇》诗序中述说自己"始读杜子七言诗歌,爱其陈事切实,布辞沉着,鄙心窃效之,以为长篇圣于子美矣",既而比较汉魏以来歌诗及初唐四子之作,"乃知子美辞固沉着,而调失流转",以为"此其调反在四子之下与"②?说明他虽觉得杜甫七言古诗有可法之处,但尤其参比初唐四子之作,则不及后者。再体味李攀龙有关杜甫七言古诗"不失初唐气格,而纵横有之"的评说,其似乎认为,较之初唐之作,杜诗更胜一筹。又如李梦阳极力提倡"规矩"之"法"③,视其为不同对象所具有的一种内在和本质的共性,最终却将这种被赋予普遍适用性的法则,落实在所谓"开阖照应、倒插顿挫"④,以及"前疏者后必密,半阔者半必细"⑤等等一些具体而微的规则上,而李梦阳对这些规则的认同,与他高度重视杜甫律体尤其杜氏擅长的七言律诗的技法关系密切。⑥ 这一点可以看出,杜甫律体尤其是七言律诗在李梦阳的诗歌宗尚序列中占据了极为重要的位置。相比,李攀龙则以"惯焉自放"来描画杜甫七言律诗的不足,比较杜诗与"颇臻其妙"的王维、李颀七律的差距,这些更能体现他个人的态度。

　　不管如何,李攀龙对于唐诗分体的品鉴,特别是标立诸体的作手,实和他于诗注重辨体的观念有着紧密的联系。不过也需看到,在后七子内部,关于辨体以明确宗尚目标的问题,诸子的意见并非一致,分歧最明显者当属谢榛。嘉靖年间,谢榛与李攀龙、王世贞等人在京"结社赋诗",间谈及"初唐、盛唐十二家诗集,并李、杜二家,孰可专为楷范",不同于诸子"或云沈、宋,或云李、杜,或云王、孟",谢榛提出:"历观十四家所作,咸可为法。当选其诸集中之最佳者,录成一帙,熟读之以夺神气,歌咏之以求声调,玩味之以裒精华。得此三要,则造乎浑沦,不必塑谪仙而画少陵。"谢榛的理由很明确,鉴于"诸家所养之不同","学者能集众长,合而为一,若易牙以五味调和,则为全味矣"⑦。他与诸子的意见之所以有异,归根于他不太专注于诗歌的体制问题,比如他曾自述"拟李、杜长歌"的

　　①《大复集》卷三十二。
　　②《大复集》卷十四。
　　③《驳何氏论文书》,《空同先生集》卷六十一。
　　④《答周子书》,《空同先生集》卷六十一。
　　⑤《再与何氏书》,《空同先生集》卷六十一。
　　⑥ 参见本书第八章第二节所论。
　　⑦《诗家直说七十五条》,《四溟山人全集》卷二十三。

初衷:“暨观太白、少陵长篇,气充格胜,然飘逸沉郁不同,遂合之为一,入乎浑沦,各塑其像,神存两妙,此亦摄精夺髓之法也。”以谢榛之见,拟习李、杜七言古诗,无须专取二人之作或“飘逸”或“沉郁”的各自特色,高明的作法应是融通两家,合李诗之“飘逸”与杜诗之“沉郁”于一体,以至“神存两妙”。他的想法和作法遭到王世贞的激烈批评,后者指责“此等语何不以溺自照”,其所拟之作则被斥之为“丑俗稚钝,一字不通”①。令王世贞无法接受谢榛其说其诗的根本原因,则和他重视辨体的意识不无关系,这点下面将展开进一步讨论。在王世贞看来,所谓“各塑其像,神存两妙”,终使所拟不合两家原作各自的体制,正如他对比李、杜五古《选》体及七言歌行以示“致辨”,指出“太白以气为主,以自然为宗,以俊逸高畅为贵;子美以意为主,以独造为宗,以奇拔沉雄为贵”。具体到七言歌行,“咏之使人飘扬欲仙者,太白也;使人慷慨激烈、嘘唏欲绝者,子美也”②。

但谢榛在后七子成员中算是一个另类,这不啻是他和诸子相比仅为一介布衣的身份,而且在性情和趣味上也与诸子不尽合拍,以至于他加入诸子盟社不久,即与李、王等人构隙而遭“削名”。③ 事实上,考察谢榛的诗学观念,其与李、王诸子相比也不尽相同,独立性相对明显,详见下章所论。而他不专注于一家一体的习学主张与作法,很大程度上只能代表他个人的立场,因为在后七子成员中,重视诗歌辨体还是占据了主流的意见。

除李攀龙之外,如吴国伦在《与子得论诗》书札中指点友人习诗就提出,“大率五七言律当以少陵十二家为鹄,不厌沉着浑雅;绝句当以李白、王昌龄为鹄,不厌豪爽奇俊;七言古当以初唐诸子为鹄,而以少陵之气魄运之”,“至于五言古诗,鹄在汉魏”④。他的上述主张涵盖了不同的诗体,分别标出对于各类体式富有针对性的效法之“鹄”。相比较,王世贞对该问题的阐发显得更为系统和细

① 《艺苑卮言七》,《弇州山人四部稿》卷一百五十。

② 《艺苑卮言四》,《弇州山人四部稿》卷一百四十七。

③ 谢榛于嘉靖三十一年春游京师而入李、王诸子之社,其《诗家直说八十五条》云:“嘉靖壬子春,予游都下,比部李于鳞、王元美、徐子与、梁公实,考功宗子相诸君延入诗社。一日署中命李画士绘《六子图》,列坐于竹林之间,颜貌风神,皆得虎头之妙。”(《四溟山人全集》卷二十四)嘉靖三十二年已被逐出盟社,王世贞《艺苑卮言七》云:“又明年,而余使事竣还北,于鳞守顺德,出茂秦登吴明卿。”(《弇州山人四部稿》卷一百五十)所称“使事”,指王世贞嘉靖三十一年以刑部员外郎出使案决庐州、扬州、凤阳、淮安四郡之狱,至次年九月使毕返京。参见拙著《王世贞年谱》,第 83 页,复旦大学出版社 1993 年版。关于谢榛与李、王等人构隙而遭“削名”的原因,参见拙著《前后七子研究》,第 339 页至 344 页。

④ 《甔甀洞续稿》文部卷十四,《续修四库全书》,第 1351 册。

致。如于四言古诗,他提出:"四言诗须本《风》、《雅》,间及韦、曹,然勿相杂也。世有白首铅椠,以训故求之,不解作诗坛赤帜。亦有专习潘、陆,忘其鼻祖。要之,皆曰用不知者。"①结合他"四言则《国风》而后绝矣"的论断,则其显然主张严格以《诗经》为四言之宗祖。所以即使"间及韦、曹",亦须"勿相杂",至于"专习潘、陆"者,因为舍源而求流,自当属于"忘其鼻祖"之举。再如于五七言古诗,王世贞表示:"余少年时,称诗盖以盛唐为鹄云,已而不能无疑于五言古。及李于鳞氏之论曰'唐无古诗而有其古诗',则洒然悟矣。进而求之三谢之整丽、渊明之闲雅,以为无加焉。及读何仲默氏之书曰'诗盛于陶、谢,而亦亡于陶、谢',则窃怪其语之过。盖又进之而上为三曹,又进之而上为苏、李、枚、蔡,然后知何氏之语不为过也。"②究察王世贞所言,其一方面自然是在附和李攀龙"唐无五言古诗,而有其古诗"断论,不以唐代五言古诗为鹄的;另一方面则交代自己循沿的从"三谢"、"渊明"至"三曹"、"苏、李、枚、蔡"的阶梯式的追溯途径,这其实也是他在辨体的基础上分别汉代以来五言古诗的品质等第及宗尚类型,即基本符合他所说的"于诗古则知有枚乘、苏、李、曹公父子,旁及陶、谢"的习学序列。在这一序列中,陶、谢等人尚属"旁及"的范围,中心的目标则落实在汉魏尤其是汉代诸家及诸篇上。③ 至于七言古诗,王世贞还专门就李攀龙《选唐诗序》涉及有唐五七言古诗之论评之曰:"李于鳞评诗少见笔札,独《选唐诗序》云:'唐无五言古诗,陈子昂以其古诗为古诗,弗取也。七言古诗,唯杜子美不失初唐气格,而纵横有之。太白纵横,往往强弩之末,间杂长语,英雄欺人耳。'此段褒贬有至意。"④从以上评语来看,对于唐代古诗,他和李攀龙除五言体之外在七言体上也有一定的共识,即以杜甫之作为标表。这也符合他在《书李白王维杜甫诗后》中

---

① 《艺苑卮言一》,《弇州山人四部稿》卷一百四十四。
② 以上见《梅季豹居诸集序》,《弇州山人续稿》卷五十五。
③ 如王世贞《艺苑卮言二》评论两汉五言古诗:"钟嵘言《行行重行行》十四首'文温以丽,意悲而远。惊心动魄,几乎一字千金'。后并《去者日以疏》五首为十九首,为枚乘作。或以'洛中何郁郁'、'游戏宛与洛'为咏东京,'盈盈楼上女'为犯惠帝讳。按临文不讳,如'总齐群邦',故犯高讳,无妨。宛、洛为故周都会,但王侯多第宅,周世王侯不言第宅。'两宫'、'双阙',亦似东京语。意者中间杂有枚生或张衡、蔡邕作,未可知。谈理不如《三百篇》,而微词婉旨,遂足并驾,是千古五言之祖。""李少卿三章,清和调适,怨而不怒。子卿稍似错杂,第其旨法,亦鲁、卫也。《上山采蘼芜》、《四坐且莫喧》、《悲与亲友别》、《穆穆清风至》、《橘柚垂华实》、《十五从军征》、《青青园中葵》、《鸡鸣高树颠》、《日出东南隅》、《相逢狭路间》、《昭昭素明月》、《昔有霍家奴》、《洛阳城东路》、《飞来双白鹄》、《翩翩堂前燕》、《青青河边草》、《悲歌》、《缓声》、《八变》、《艳歌》、《纨扇篇》、《白头吟》,是两汉五言神境,可与《十九首》、苏、李并驱。"(《弇州山人四部稿》卷一百四十五)可见其对于汉代诸家与诸篇尤为推崇。
④ 《艺苑卮言四》,《弇州山人四部稿》卷一百四十七。

所称"太白之绝句与杜少陵之七言古诗歌当为古今第一"①的说法。

　　如果说对于唐代五七言古诗,王世贞与李攀龙相比意见较为接近,那么在唐代五七言律诗和绝句问题上,他的表态则和李氏有些出入。如上所述,关于唐代五言律诗连同排律,李攀龙《选唐诗序》以"诸家概多佳句"一笔带过,未加具体标示,这或许在他看来,诸家之间本来就难分轩轾;关于七言律诗,则标榜王维、李颀"颇臻其妙",而有憾于杜甫"愦焉自放"。王世贞的看法则不同于此,指出:"五言律、七言歌行,子美神矣,七言律,圣矣。"②可见他对杜甫五七言律诗的评价是相当高的,犹如他声称"杜氏诗最宛然而附目、铿然而谐耳者,则五七言近体"③。其中杜甫的七言律诗最为他所推崇,故称之为"圣"。他还指出:"五言律差易得雄浑,加以二字,便觉费力。虽曼声可听,而古色渐稀。七字为句,字皆调美;八句为篇,句皆稳畅。虽复盛唐,代不数人,人不数首。古惟子美,今或于鳞,骤似骇耳,久当论定。"并且七律体之作法,其中"句法有直下者,有倒插者,倒插最难,非老杜不能也"④。则标誉杜甫七律体为有唐之首。正因如此,他对李攀龙《选唐诗序》论七律体谓王维、李颀"颇臻其妙"而杜甫"愦焉自放"的说法不以为然:"王维、李颀虽极《风》、《雅》之致,而调不甚响。子美固不无利钝,终是上国武库。此公地位乃尔。"又说:"盛唐七言律,老杜外,王维、李颀、岑参耳。李有风调而不甚丽,岑才甚丽而情不足,王差备美"。这一解释也显明,以盛唐七言律诗宗尚类型的划分而言,杜甫被视作首选,王维、李颀、岑参则等而次之,层级俨然分明。至于绝句,王世贞虽也说过"五七言绝,太白神矣"⑤、"太白之绝句与杜少陵之七言古诗歌当为古今第一"⑥之类的话,但特别在七言绝句上,他则同样对李攀龙《选唐诗序》之论不甚赞同:"余谓七言绝句,王江陵与太白争胜毫厘,俱是神品,而于鳞不及之。"以为不应忽视王昌龄七绝体可与李白所作并称"神品"的地位,李攀龙标李而略王,不免有失允当。他甚至觉得,从时段的范围来看,盛唐和中、晚唐的七绝体各有所长,不可简单区分优劣:"七言绝句,盛唐主气,气完而意不尽工;中、晚唐主意,意工而气不甚完。然各有至者,

---

① 《读书后》卷三,《景印文渊阁四库全书》,第1285册。
② 《艺苑卮言四》,《弇州山人四部稿》卷一百四十七。
③ 《刘诸暨杜律心解序》,《弇州山人四部稿》卷六十六。
④ 《艺苑卮言一》,《弇州山人四部稿》卷一百四十四。
⑤ 以上见《艺苑卮言四》,《弇州山人四部稿》卷一百四十七。
⑥ 《书李白王维杜甫诗后》,《读书后》卷三。

未可以时代优劣也。"这意味着七言绝句,盛唐如李白、王昌龄之作诚属上乘,而中、晚唐诸篇亦不无可取者,二者因或主"气",或主"意",凸显了各自的特点,在绝对意义上难分等次。

至此可以看出,较之李攀龙、吴国伦等人,王世贞对于各种诗体体制的分辨和别类相对系统和细致,又在一些具体问题上,他与李攀龙等人的见解则不尽相同,未以同盟而有所妥协,这多少传达出他个人的主见。与此同时,对待诗歌辨体的问题,王世贞的态度又多显苛切而不肯苟然。以唐代七律体为例,王维被他列入杜甫之下而与李颀、岑参相比肩的取法目标之一,他之所以不认可李攀龙所谓王维和李颀"颇臻其妙"的判断,就是因为其"虽极《风》、《雅》之致,而调不甚响"。除此之外,他在评骘王维的七言律诗等诗体之际还指出:"摩诘七言律,自《应制》、《早朝》诸篇外,往往不拘常调。至'酌酒与君'一篇,四联皆用仄法,此是初、盛唐所无,尤不可学。凡为摩诘体者,必以意兴发端,神情傅合,浑融疏秀,不见穿凿之迹,顿挫抑扬,自出宫商之表可耳。"这是根据王维七律体的具体作法及表现效果,指示摩诘体何者可学,何者不可学,其长处需要重视,短处必须避免,为习诗者提供个人的阅读经验。他又认为,"摩诘才胜孟襄阳,由工入微,不犯痕迹,所以为佳",但同时指出其"间有失点检者"。例如王维五言律诗《辋川闲居》首联中"青门"、"白社",颈联中"青菰"、"白鸟",系"一首互用";七言律诗《出塞作》颔联出句"暮云空碛时驱马",尾联出句"玉靶角弓珠勒马",系"两'马'字覆压";五言律诗《秋夜独坐》首联出句既云"独坐悲双鬓",颈联出句又云"白发终难变"等。以为那些无法遮蔽的缺陷"虽不妨白璧,能无少损连城"?这也传递了一个信息,他对王维包括七言律诗在内的诸诗体体制的辨察颇为严苛。即使是被王世贞称为七言律诗之"圣"的杜甫,在他看来,其所作七律体也并非都是完美绝伦,间有这样或那样的瑕疵。如指出《登高》一诗,"结亦微弱";《秋兴八首》之"玉露凋伤枫树林"和《九日蓝田崔氏庄》,"首尾匀称,而斤两不足";《秋兴八首》之"昆明池水汉时功"句,"秋丽沉切,惜多平调,金石之声微乖耳"①。如此毫不掩饰的挑剔,同样应当是建立在他对于七律体之体制的理想构设和严格责求之上。

---

① 以上见《艺苑卮言四》,《弇州山人四部稿》卷一百四十七。

第二节　"模拟之妙"：自然运法的艺术之境

在讨论这一问题之前，有必要简略回顾一下前七子的相关论点，以便通过比较更充分地说明之。在考察前七子诗学思想之际，我们已指出了李、何诸子法度意识提升而流露的一种技术理念，在学古问题上，他们基于自觉汲取古典资源的文学立场，大多主张从体认古典文本入手以依循相应的法度。如徐祯卿议论"古诗"的作法，提出"古诗三百，可以博其源；遗篇十九，可以约其趣；乐府雄高，可以厉其气；《离骚》深永，可以裨其思。然后法经而植旨，绳古以崇辞"，认为如此"虽或未尽臻其奥，吾亦罕见其失也"。这一"古诗"的作法，其实也体现了徐氏强调"诗贵先合度，而后工拙"①的基本理念。再如王廷相阐说作诗的路径，又有更为清晰的表述，认为"工师之巧，不离规矩，画手迈伦，必先拟摹。《风》、《骚》、乐府，各具体裁，苏、李、曹、刘，辞分界域。欲擅文囿之撰，须参极古之遗，调其步伐，约其尺度，以为我则"，提出"措手施斤，以法而入者有四务"，即"运意"、"定格"、"结篇"、"炼句"②。关于学古习法的合理性的解释，李梦阳与何景明则分别指出古典文本本身有"法"可循，它们是法度所系的习学典范。尽管何景明曾在法度问题上与李梦阳发生激烈的争辩，指斥李梦阳为诗"刻意古范，铸形宿镆，而独守尺寸"，但也认定"诗文有不可易之法"，概括起来，即所谓"辞断而意属，联类而比物"，并明确认为"上考古圣立言，中征秦汉绪论，下采魏晋声诗，莫之有易也"③。说明包括"声诗"在内的那些古典文本都蕴含一定的法度，并以此作为"不可易之法"存在于历代诗章文翰的有力依据。至于李梦阳，其与何景明之间产生的诗学分歧点之一，即以为何诗"乖于先法"，而将它们斥之为"抟沙弄泥，散而不莹，又粗者弗雅也"④。甚至声称他所认可的"先法"为"古人用之，非自为之，实天生之也"⑤，强调依循"先法"的自然性和必然性。

另一方面，李、何诸子在申诉拟学古作和依循法度之间的重要关联的同时，

① 《谈艺录》，《迪功集》附。
② 《与郭价夫学士论诗书》，《王氏家藏集》卷二十八。
③ 《与李空同论诗书》，《大复集》卷三十。
④ 《再与何氏书》，《空同先生集》卷六十一。
⑤ 《答周子书》，《空同先生集》卷六十一。

也并非一味强调循守法度,而是又主张变化创造,①对于避免为"法"所困、滑入摹拟的陷阱保持着高度的警戒。如王廷相一面要求"措手施斤,以法而入",一面提出"摆脱形模,凌虚构结,春育天成,不犯旧迹",后者主张所谓"习而化于我"②,希冀经过自我的消化和创造,超离对"法"的滞泥。何景明则认为,"今为诗不推类极变,开其未发,泯其拟议之迹,以成神圣之功","虽由此即曹、刘,即阮、陆,即李、杜,且何以益于道化也"? 表明循法"拟议"固然需要,但"推类极变"更加重要,亦一如他所强调的,"体物杂撰,言辞各殊,君子不例而同之也,取其善焉已尔",归纳起来,其核心的观点也就是"拟议以成其变化"③。在前七子中,即使是声称"学不的古,苦心无益","文必有法式,然后中谐音度"④,重视学古和以法度相约束的李梦阳,同时又申明"不泥法而法尝由,不求异而其言人人殊"⑤,所以他肯定徐祯卿所作除了"议拟一其格",又能"参伍错其变"⑥;并且,他一再以"规矩"之"法"来定义法度的概念,声言"规矩者,方圆之自也"⑦,有意识地通过突出"法"的普遍适用性乃至模糊性,降低其沦为苛细律条的风险。要之,李、何诸子尽管明确体认古典文本以依循法度的重要意义,但为了在"拟议"与"变化"之间维持一种紧张的制衡关系,又特别强调自我经验的充分介入,以防范对于法度的过分依赖,如果说"拟议"的意义在于恪守古典文本的"规矩",那么寻求在此基础上的"变化"则被视为学古更高的境界。

在后七子那里,学古习法也成为诸子投注的一个领域。如李攀龙就曾经论及"拟议"的问题,这集中见于人或熟知的他为自己所作古乐府撰写的序言:

> 胡宽营新丰,士女老幼相携路首,各知其室,放犬羊鸡鹜于通涂,亦竞识其家。此善用其拟者也。至伯乐论天下之马,则若灭若没,若亡若失,观天机也。得其精而忘其粗,在其内而忘其外,色物牝牡,一弗敢知,斯又当其无有拟之用矣。古之为乐府者,无虑数百家,各与之争片语之间,使虽复

---

① 参见廖可斌《明代文学复古运动研究》,第125页至127页。
② 《与郭价夫学士论诗书》,《王氏家藏集》卷二十八。
③ 《与李空同论诗书》,《大复集》卷三十。
④ 《答周子书》,《空同先生集》卷六十一。
⑤ 《驳何氏论文书》,《空同先生集》卷六十一。
⑥ 《徐迪功集序》,《空同先生集》卷五十一。
⑦ 《驳何氏论文书》,《空同先生集》卷六十一。

起,各厌其意,是故必有以当其无有拟之用。有以当其无有拟之用,则虽奇而有所不用也。《易》曰"拟议以成其变化","日新之谓盛德",不可与言诗乎哉!①

探察序中所言,其分别以胡宽营建新丰和伯乐相马为喻,主要表达两层含义,一是以前者之喻说明"善用其拟",新城仿拟旧地而建造,所以使得士女老幼各知其室,犬羊鸡鹜竞识其家。这是指善于揣度模仿的"拟议"。一是以后者之喻说明"当其无有拟之用",伯乐相马如"观天机",取其"精"而去其"粗",重其"内"而轻其"外"。这是指不拘泥于"拟议"的"变化"。作者引喻的主要目的,盖在阐明古乐府乃至一般诗歌"拟议以成其变化"的创作原理,示意学习古典文本既需依循相应的法度,从"拟议"做起,又要通过由"粗"及"精"、由"外"及"内"的递进过程,实现"变化"之目标。仅从以上陈述来看,李攀龙对"善用其拟"和"当其无有拟之用"各予顾及,似乎也同样要在"拟议"与"变化"之间维持某种制衡关系。不过事实上对待学古习法,他的"拟议"意识还是显得更为强烈。这一点,则正好被本来就对七子派多有成见的钱谦益抓住了话柄:"其拟古乐府也,谓当如胡宽之营新丰,鸡犬皆识其家。宽所营者,新丰也。其阡陌衢路未改,故宽得而貌之也。令改而营商之亳、周之镐,我知宽之必束手也。《易》云'拟议以成其变化',不云'拟议以成其臭腐'也。易五字而为《翁离》,易数字而为《东门行》,《战城南》盗《思悲翁》之句,而云'乌子五'、'乌母六',《陌上桑》窃《孔雀东南飞》之诗,而云'西邻焦仲卿,兰芝对道隅'。影响剽贼,文义违反,拟议乎? 变化乎? 吴陋儒有补石鼓文者,逐鼓支缀,篇什完好,余綦之曰:'此李于鳞乐府也。'其人矜喜,抵死不悟,此可为切喻也。"②以上,钱谦益将李攀龙摹拟痕迹显著的古乐府,对比他在古乐府自序中的"胡宽营新丰"之喻,以此认定它们正是如宽"得而貌之"的结果,其中"拟议"为实,"变化"为虚,故诋之不遗馀力。对于李攀龙在这个问题上的所言与所为,王世贞也表达过他的意见:"李于鳞文,无一语作汉以后,亦无一字不出汉以前。其自叙乐府云'拟议以成其变化',又云'日新之谓盛德',亦此意也。若寻端拟议以求日新,则不能无微憾,世之君子

① 《沧溟先生集》卷一。
② 《列朝诗集小传》丁集上《李按察攀龙》,下册,第428页至429页。

乃欲浅摘而痛訾之，是訾古人矣。"观上述表态，王世贞在总体上还是认可李攀龙学古习法的取向，因此批评世人"乃欲浅摘而痛訾之，是訾古人矣"。至于说尚有"微憾"，则指李攀龙"寻端拟议"有失妥帖，就如他点评李氏古乐府："无一字一句不精美，然不堪与古乐府并看，看则似临摹帖耳。"①这是说李攀龙的拟乐府作品看似精美，但过于在字句上注重板滞的仿摹，以至拟迹毕露，犹如临帖一般，留有缺憾。

作为以复古之业自持者，其实王世贞本人针对诗歌如何学古习法的问题，作过更多和更为具体的阐释，可以说在后七子中最具代表性。先看他在《艺苑卮言》中的以下说法：

> 剽窃模拟，诗之大病。亦有神与境触，师心独造，偶合古语者。如"客从远方来"、"白杨多悲风"、"春水船如天上坐"，不妨俱美，定非窃也。其次裒览既富，机锋亦圆，古语口吻间，若不自觉。如鲍明远"客行有苦乐，但问客何行"之于王仲宣"从军有苦乐，但问所从谁"，陶渊明"鸡鸣桑树颠，狗吠深巷中"之于古乐府"鸡鸣高树颠，狗吠深宫中"，王摩诘"白鹭"、"黄鹂"，近世献吉、用修亦时失之，然尚可言。又有全取古文，小加裁剪，如黄鲁直宜州用白乐天诸绝句，王半山"山中十日雨，雨晴门始开。坐看苍苔色，欲上人衣来"，后二语全用辋川，已是下乘，然犹彼我趣合，未致足厌。乃至割缀古语，用文已漏，痕迹宛然，如"河分冈势"、"春入烧痕"之类，斯丑方极。模拟之妙者，分岐逞力，穷势尽态，不唯敌手，兼之无迹，方为得耳。若陆机《辨亡》、傅玄《秋胡》，近日献吉"打鼓鸣锣何处船"语，令人一见匿笑，再见呕哕，皆不免为盗跖、优孟所訾。②

这段论辩提出的问题之一，乃将"剽窃模拟"归入学古之大忌，道理显而易见，如此作法未免过于机械和拙劣，缺少基本的技术含量，无法为人们所接受。因此，如黄庭坚贬谪黔南期间所作而被宋人洪迈称为"尽取白乐天语"③的《谪

---

① 以上见《艺苑卮言七》，《弇州山人四部稿》卷一百五十。
② 《艺苑卮言四》，《弇州山人四部稿》卷一百四十七。
③ 《容斋随笔》卷一"黄鲁直诗"，《四部丛刊续编》影印宋本配明弘治活字本。

居黔南十首》，①王安石袭取王维诗句的《春晴》诗，由于只是对古作"小加裁剪"，自属不值雌黄的下乘之作。而宋僧惠崇《访杨云卿淮上别墅》诗中的"河分冈势断，春入烧痕青"句，或有讥其"犯古"者，嘲之为"河分冈势司空曙，春入烧痕刘长卿"②，更因为分别蹈袭唐人司空曙和刘长卿的诗句，显得"痕迹宛然"，陋丑之极，不足为道。这里，王世贞对"剽窃模拟"诗例的訾议，在理论层面上，应该是不会引起什么争议的一种批评，它更像是在申述容易获得人们普遍接受的一种共识，这归根于"剽窃模拟"的作法，本身即缺乏其开展的合理性。亦鉴于此，王世贞的这番论述，或许不足以成为需要充分论证的核心问题。真正值得注意的，应该是他在訾诋流于字句"裁剪"或"割缀"那种极端板滞的拟古方式之际，同时拈出了所谓"模拟之妙"的命题。从王世贞的陈述中可以体味出，这一命题的实际意义，在于其蕴含着工于摹仿、巧于拟学的正面涵义，提示了超越机械和拙劣仿袭的摹拟之道所应具有的合理性。他同时认为，体现工于摹仿、巧于拟学的摹拟之道的合理性之关键，则在于"无迹"。

　　进一步而言，既注重契合古韵的摹仿，又要求不显露痕迹，从"模拟"而入，由"无迹"而出，二者之间构成的协合关系，指向了投注拟学以及如何拟学的问题。既然对于"模拟"无所避忌，那么势必需要相应的规则以为依循，由乎此，李、何诸子曾经深度触及的法度运用的问题，重新被王世贞着力提出，成为他声张"模拟之妙"的一个逻辑起点。其序友人张佳胤诗文集，将张氏所作的特点归纳为"语法而文，声法而诗"③，斯二语，无异于明确诗文创作必须恪守的基本原则。可以发现，与李、何诸子相比，王世贞不只是在一般意义上强调"法"对于规范诗文创作的必要性，而且凸显了它们作为特定规则的针对性和不可替代性，尤其是为他所声张的诗法趋向严格与细致，关于这一点，后面将会集中展开讨论。他晚年在致无锡华善述书札中特别指出："篇有眼曰句，句有眼曰字；字有字法，句有句法，篇有篇法，此三者不可一失也。"④这一表态，也可以说是对他早

---

　　① 案，以上所引谓"黄鲁直宜州用白乐天诸绝句"，当指黄庭坚《谪居黔南十首》，其作于黔南而非宜州。宋人任渊注云："盖山谷谪居黔南时，取乐天江州忠州等诗，偶有会于心者，摘其数语，写置斋阁；或尝为人书，世因传以为山谷自作。然亦非有意与乐天较工拙也。"（刘尚荣校点《黄庭坚诗集注》，第2册，第443页，中华书局2003年版。）

　　② 司马光《温公续诗话》，《历代诗话》，上册，第274页。

　　③ 《张肖甫集序》，《弇州山人四部稿》卷六十八。

　　④ 《华仲达》，《弇州山人续稿》卷一百八十一。

年在《艺苑卮言》中已主张的"篇有百尺之锦,句有千钧之弩,字有百炼之金"的"篇法"、"句法"、"字法"①之见的一种坚守。循着这一理路探察,古典文本体现的经典意义,则更多被王世贞解读为可供拟学者取资的"法"的建树及其发生的深远历史影响。如他追溯《诗经》以为诗歌复古之源,标举"《三百篇》,诗之大宗"②,"《三百篇》为古今有韵文字之祖"③,不忘揭櫫这部原始诗歌文本蕴"法"其中的示范意义:"法有极婉曲者、清畅者、峻洁者、奇诡者、玄妙者,骚赋、古选、乐府、歌行,千变万化,不能出其境界。"这表示说,《诗经》作为诗歌的宗祖,不仅作"法"多样,并且因此为后世诗歌树立了可以追本溯源的典范。有关《诗经》作"法"的示范性问题,王世贞在《艺苑卮言》中就曾"摘其章语,以见法之所自",其中像《国风》中的《七月》和《小雅》中的《鹿鸣》、《甫田》,以及《大雅》和《周颂》中的诸诗篇,特别为他所标示,视之为"无一字不可法"④。这又无不在指引一条实践的思路,既然古典文本蕴"法"其中而展示了丰富的示范意义,提供可作后人参照的有关规则,所以从拟学的角度而言,严格循守古典文本的相应法度,自然是极为必要的。

再推衍开去,王世贞以上提出的所谓"模拟之妙",实际上指涉的是一个双重的概念,如果说"模拟"主于法度,须以特定的古典文本为楷范,自觉体认其中"法之所自",那么同时只有消泯循法拟学的痕迹也即"无迹",或谓之不露"阶级"、"蹊径",方能臻于层次更高的艺术之"妙"境。在王世贞看来,古典文本的示范意义及其拟学价值,即从循法却不露法迹这种法度自然运用的境界中显现出来。他在《古隶风雅》中评骘"古今有韵文字之祖"的《诗经》,就表示"间一潜咏,觉其篇法、句法、字法宛然自见,特不落阶级,不露蹊径,所谓羚羊挂角,无迹可寻耳"⑤;《艺苑卮言》议及《诗经》和《古诗十九首》,亦感觉"人谓无句法,非也。极自有法,无阶级可寻耳"。这样的说法,指涉如他定义的"法极无迹"的概念:"篇法之妙,有不见句法者;句法之妙,有不见字法者。此是法极无迹,人能之

---

① 《艺苑卮言一》,《弇州山人四部稿》卷一百四十四。
② 《送李伯承之新喻令序》,《弇州山人四部稿》卷五十五。
③ 《古隶风雅》,《弇州山人续稿》卷一百六十五。
④ 以上见《艺苑卮言二》。其中曰:"其《鹿鸣》、《甫田》、《七月》、《文王》、《大明》、《绵》、《棫朴》、《旱麓》、《思齐》、《皇矣》、《灵台》、《下武》、《文王》、《生民》、《既醉》、《凫鹥》、《假乐》、《公刘》、《卷阿》、《烝民》、《韩奕》、《江汉》、《常武》、《清庙》、《维天》、《烈文》、《昊天》、《我将》、《时迈》、《执竞》、《思文》,无一字不可法。"(《弇州山人四部稿》卷一百四十五)
⑤ 《弇州山人续稿》卷一百六十五。

至,境与天会,未易求也。"①这一概念指示,"法"既贯注在具体文本之中,又能做到不落蹊径,无迹可求,如此乃根本于对"法"极度精熟而能自然运用。以王世贞的另一席话来解释,则又是所谓"不法而法",如他《复戚都督书》论文章臻于精妙之要诀曰:"夫文出于法而入于意,其精微之极,不法而法,有意无意,乃为妙耳。"②鉴于"文之与诗,固异象同则"③,所以此说同样适用于作诗之道。推察起来,"法"属于目的性的根本要求,"不法"则体现技艺性的超凡造诣;"法"由"不法"中显示出来,"不法"则为"法"的至上之境。进而究之,"不法而法"说诚可置之于"无法之法,乃为至法"的所谓"至法无法"这一古典文学艺术理论的观念系统中去加以认知。"至法无法"作为艺术观念是在诗学体系基本形成的宋元之后凸显的,而从本体论的角度观之,可以追溯至大道无形的传统道家思想,涉及法与道、法与言两个古老的哲学问题,即强调法进于道得神化境地和至法的不可言说性。④ 有理由认为,王世贞的"不法而法"说作为蕴含传统至法理论基因的一种文学观念,在哲学内涵和思想渊源的层面上,多少折射出传统道家体认形上之道的本体论的影子,但若参照传统"无法之法,乃为至法"观念主张的法进于道和至法不可言说的玄秘极境还是有所不同,这一不同在于,它突出了体认法之至高境界而投入的技艺性的锤炼工夫,强调的是"法"趋向"精微之极"的非凡造诣,注重的是可以感知的创作主体的艺术认知和组织能力,以及将这种认知和能力融贯在具体文本之中而呈现的高度技巧化的语言秩序,着眼于实现超离执着形迹的于法之低级认知的终极目标。⑤

鉴于此,以王世贞对于古典诗歌系统的审察,他认为那些有法可循而又不显痕迹者,尤其可以追究至作者本于琢磨而臻于工致的表现立场。如他论评王维诗歌的长处,即许之以"由工入微,不犯痕迹,所以为佳"⑥,张戒《岁寒堂诗话》曾经指出,"世以王摩诘律诗配子美,古诗配太白,盖摩诘古诗能道人心中事而不露筋骨,律诗至佳丽而老成",并认为王维诗"虽才气不若李、杜之雄杰,而意

---

① 《艺苑卮言一》,《弇州山人四部稿》卷一百四十四。
② 《弇州山人四部稿》卷一百二十五。
③ 《艺苑卮言一》,《弇州山人四部稿》卷一百四十四。
④ 参见蒋寅《古典诗学的现代诠释》,第 122 页至 138 页,中华书局 2003 年版。
⑤ 参见拙著《前后七子研究》,第 548 页至 551 页。
⑥ 《艺苑卮言四》,《弇州山人四部稿》卷一百四十七。

味工夫,是其匹亚也"①。这是指他的古诗和律诗工力独到,以至于可与李、杜诗歌相匹配,所言或可作为王世贞以上点评王维诗歌的一种注脚。再看其对陶渊明诗歌的评述。众所周知,在诗歌批评史上,陶诗以其富有个性的书写特点受到历代论家的推崇,而这一特点又多被人归纳为冲澹自然。不过,如宋僧惠洪在《冷斋夜话》中则点示了陶诗并非率易为之的特征,以为其"造语精到之至","似大匠运斤,不见斧凿之痕"②,指出陶诗的琢磨之工寓含其中。参比惠洪此说,王世贞关于陶诗特点的剖析,看起来颇为相近:"渊明托旨冲澹,其造语有极工者,乃大入思来,琢之使无痕迹耳。后人苦一切深沉,取其形似,谓为自然,谬以千里。"③以他感觉,陶诗冲澹之中其造语或极工致而不露痕迹,这全然得自琢磨工夫。类似的体会,也见于他对"三谢"诗所作的总体评价,如曰"三谢固自琢磨而得,然琢磨之极,妙亦自然"④。特别是谢灵运诗,王世贞自谓"初甚不能入",后则"既入而渐爱之,以至于不能释手",接受态度发生转变的重要原因,在于他逐渐体会出谢诗"秾丽之极,而反若平淡;琢磨之极,而更似天然"⑤。

上述解读诗歌古典文本的例子,指涉工夫与表现的相互关系。与"琢磨"之工有碍于"自然"表现的习惯认知迥然不同,按照王世贞的理解,二者之间并不构成必然的扞格关系,表现的效果在很大程度上取决于工夫的施行,"自然"的意义并不单纯在于排除人为的介入,也指向了"琢磨"至于极致所达到的"无迹"的境界。从这个角度来看,"琢磨"也可以成为趋向"自然"的一条合理途径,"琢磨"体现了循法锤炼的工夫,"无迹"的"自然"表现正是通过循法锤炼的途径得以实现。

因此,为发掘古典文本呈现在法度自然运用上的示范意义及其拟学价值,王世贞不忘一再申明学古习法应当遵循的基本原则。如他序友人刘凤与魏学礼唱酬诗《比玉集》而评二人所作,指出"其于古则自《郊社》、《铙歌》以至《相和》诸曲,无所不比拟;五言始西京、建安,而乱于《玉台》、《后庭》之咏;七言歌行规仿杨、骆,时沿长吉;近体虽少总杂,大抵宏于庀材而刻于树法,险于钩旨而巧于取字,谐宫中商,经往纬随,彬彬乎一时之盛哉",称赏二人诗作"各信其诣而合于规"⑥。又他序

① 《岁寒堂诗话》卷上,《历代诗话续编》,上册,第460页。
② 陈新点校《冷斋夜话》卷一"东坡得陶渊明之遗意",第13页,中华书局1988年版。
③ 《艺苑卮言三》,《弇州山人四部稿》卷一百四十六。
④ 《艺苑卮言一》,《弇州山人四部稿》卷一百四十四。
⑤ 《书谢灵运集后》,《读书后》卷三。
⑥ 《比玉集序》,《弇州山人四部稿》卷六十六。

胡应麟《绿萝馆诗集》，推许胡诗"象必意副，情必法畅。歌之而声中宫商而彻金石，揽之而色薄星汉而摅云霞。以比于开元、大历之格，亡弗合也"①。凡此表明，摹拟古作以契合相应的法度，被王世贞视为学古过程极其重要的基础环节。这又可以理解，他向友人徐益孙指点学诗的门径，为何特别叮嘱"但取《三百篇》及汉、魏、晋、宋、初盛唐名家语熟玩之，使胸次悠然有融浃处，方始命笔"，即建议对方选择特定的古典文本以供摹习，揣摩研玩，成熟于胸，以免"岔入恶道"②。在另一方面，为避免因摹拟古作及依循法度而导致"剽窃模拟"、"痕迹宛然"的拙劣后果，作为关键的应对策略，王世贞又特别强调诗家主体心力的充分开掘，推重精刻运思而臻于工致无迹的艺术经营，这也就是，凭借诗家深湛巧妙的琢治或淘洗工夫，着力营构诗歌在艺术表现上的一种自然之境。他在《华孟达诗选序》中品赏无锡华善继诗，即认为华氏之作"大较五言古似韦苏州，而时时上之；七言古似高达夫；五言律似常建、郎士元；七言律似李颀；绝句在大历、长庆中，未易才也"，"其始非必皆自然，淘洗之极，归而若自然者也"③。这是将华氏各体诗作完善拟学而终能趋于"自然"的原因，归之为作者的"淘洗"工夫。又王世贞《王承父后吴越游编序》评述吴江王叔承诗时指出：

> 独承父之材甚高，工力甚至，以故其句就而色自傅，声自律；篇就而用恒有馀。当其忽然而至，沛然而出，风驰电击，纵衡趹跋于广莫之外，使人心悸魄夺而不可禁，而"悠悠斾旌"、"徒御不惊"之气象自如也。及乎刿心为字，琢字为句，或陡削峭拔，或宛曲绵丽，骤读之而恍然若新，既讽之而又恍然若故。则人工之极叶玉而与真玉同，求其雕镂之迹，不可得也。④

王叔承生平好"治古文辞"，自称于诗"喜曹植、左思、郭璞、阮籍、陶潜、谢灵运、谢朓、鲍照、李白、杜甫、王维"⑤，同时人称"于诸家声律靡所不工"⑥。上序的鉴

---

① 《胡元瑞绿萝馆诗集序》，《弇州山人续稿》卷四十四。
② 《徐孟孺》，《弇州山人续稿》卷一百八十二。
③ 《弇州山人续稿》卷五十三。
④ 《弇州山人续稿》卷五十二。
⑤ 王世贞《昆仑山人传》，《弇州山人续稿》卷七十四。
⑥ 王世懋《王承父后吴越游诗集序》，《王奉常集》文部卷七，《四库全书存目丛书》影印明万历刻本，集部第133册。

评集中指向王叔承学古为诗善于"刿心为字,琢字为句",突出的是诗人刻琢锤炼而又能消泯痕迹的不俗工力,毫无疑问,这是被王世贞作为诗歌吟写从"人工"趋向"自然"的一个典型案例来加以表彰的。类似的意旨,也见于王世贞序长洲张献翼《文起堂新集》对张诗作出的评断,序中言及,与张氏早先所作或"不无利钝"或"精思微逊"相比,《新集》所录之作则"出之若自然,而探之若益深;博而去其杂,奇而削其险,刿而洗其迹"①。这又要在指示张氏后来所作趋向完善,进入一个精纯工致而又能"自然"泯迹的不凡境地。

合而观之,尽管主张体认古典文本以依循相应法度,成为七子派诸士的一种基本共识,但比较起来,彼此之间的差异也明显存在。如果说在前七子那里,"拟议"作为学古习法途径的合理性得到不同程度的认可,然而出于防范过度依赖法度的警戒意识,体现自我经验充分介入的"变化"同时为他们所强调,"拟议"与"变化"相互紧张的制衡关系因此得以凸显,那么对于后七子尤其是身为核心人物的王世贞来说,鉴于对古典文本蕴"法"其中的经典意义的高度重视,与此同时,为了超越拘泥低级字句仿袭以至"法"迹毕露的"剽窃模拟",比较李、何诸子,他本人则相对倾重诗家精刻运思、极尽琢治淘洗的锤炼工夫,强调"琢磨"之工与"自然"表现的正面关联,偏向的是基于精湛琢磨工夫而形于诗歌文本之中极为工致、不露痕迹的这种法度自然运用的艺术之境。从如此的认识出发,摹拟古典文本的合理性以及技巧性为之充分申张,"变化"对于"拟议"的制约作用有所弱化。这一点,不仅表明复古意识在王世贞身上的进一步扩张,而且彰显了他趋向强化的一种文学技术思维。

第三节　趋于严饬的诗法观念

如前指出,从李、何诸子到李、王诸子,其都先后强调过诗歌学古习法的重要性,这一态度,在很大程度上取决于他们重视古典资源的文学立场。前者之中特别是李梦阳,无疑属于声张法度最为积极和执着者,胡应麟因此指出:"汉、唐以后谈诗者,吾于宋严羽卿得一悟字,于明李献吉得一法字,皆千古词场大关

---

① 《文起堂新集序》,《弇州山人续稿》卷五十五。

键。"①至于要求依循的法度究竟包含哪些具体的规则,李梦阳也曾试图加以解释,他的《答周子书》提出"文必有法式,然后中谐音度,如方圆之于规矩,古人用之,非自作之,实天生之也",指摘何景明及其追从者:"今其流传之辞,如抟沙弄螭,涣无纪律,古之所云开阖照应、倒插顿挫者,一切废之矣";《再与何氏书》又释说贯注于"其法虽多端"的"古人之作"中的基本规则:"大抵前疏者后必密,半阔者半必细,一实者必一虚,叠景者意必二",并归结为"此予之所谓法,圆规而方矩者也"②。这些说法人所熟知,毋需赘述。无论如何,李梦阳以上声称的所谓"规矩"之"法",或如研究者所指出,总体来看显得比较笼统,③尽管经过他的上述解释,使得其所声张之"法"略显眉目,不至流于过分模糊和抽象。而这一"法"的总体比较笼统的特征,在很大程度上不能不说是为李梦阳赋予这些"规矩"之"法"以"犹班圆倕之圆,倕方班之方"④的普遍适用性所决定的。

在后七子那里,较之李梦阳等人,探讨诗歌法度的议题变得相对集中,也相对详细,进一步强调了遵循适应古典诗歌审美特征法度要求的重要性。⑤ 不过透过于此,更加值得我们注意的,则是其中折射出的强力规范法度的技术意识。从这个方面来看,后七子之中王世贞显得最为突出,他在追踪李、何诸子重视法度理念的基础上,将对诗歌法度涵义的诠释提升至更为周密和细致的层次,专注于诗法严饬化的倾向更为显突。从本质上来说,这一倾向同样不能不推究至在王世贞观念意识中趋于强化的一种文学技术思维。

王世贞序吴国伦诗文集即指出:"文故有极哉,极者则也。扬之则高其响,直上而不能沉;抑之则卑其分,小减而不能企。纵之则傍溢而无所底,敛之则郁塞而不能畅。等之于乐,则轻重弗调弗成奏也;于味,其秾澹弗剂弗成饔也。"这是他对"有声之文"和"不韵之词"为何需要依循一定之"则"即法度的解释,也是对明确诗文之法的必要性的声张,而他在序中评价吴氏诗文,认为:"当其始之为五七言近体也,不扬而企,不抑而沉,纵不至溢,敛不郁塞,见以为无大胹人,值之而无不瞠乎后者,则明卿之所诣则也。别明卿之亡何,而古体如之矣。既

---

① 《诗薮·内编》卷五《近体中·七言》,第100页。
② 以上见《空同先生集》卷六十一。
③ 参见廖可斌《明代文学复古运动研究》,第286页。
④ 《驳何氏论文书》,《空同先生集》卷六十一。
⑤ 参见廖可斌《明代文学复古运动研究》,第286页至289页。

而乐府如之矣,结撰序记志传之类复如之矣。"①他对吴国伦"所诣则也"的肯定,同时明显传递出来的,乃是"极者则也"这样一种重视诗文法度的理念,而这正符合他"语法而文,声法而诗"的主张。以诗法言,王世贞在《于鳬先》书札中声称:

> 诗有起有结,有唤有应,有过有接,有虚实,有轻重;偶对欲称,压韵欲稳,使事欲切,使字欲当。此数端者,一之未至,未可以言诗也。②

就此可以看出,诗歌关涉的法度显然是一个周至而严整的概念,诸如"起"与"结"、"唤"与"应"、"过"与"接"、"虚"与"实"、"轻"与"重",以及"偶对"、"压韵"、"使事"、"使字"等,构成十分完密的诗歌作法系统,大到篇章结构,小到句字布置,包括相关的构结要素,每个环节皆为诗法系统之中的有机组成,所谓"一之未至,未可以言诗也",强调了这些环节在诗歌作法系统中不可或缺的独特作用。因此可以说,这些规则要求,实际上即代表了为王世贞一再主张的"篇法"、"句法"、"字法"等诸作法的诉求,也凝集着他旨在规范诗歌法度的一种技术意识。早先在《艺苑卮言》中他已明确提出:"首尾开阖,繁简奇正,各极其度,篇法也。抑扬顿挫,长短节奏,各极其致,句法也。点掇关键,金石绮彩,各极其造,字法也。"如果说,上述归纳出来的这些篇、句、字法,因为基于"文之与诗,固异象同则"的思路,实为诗文的共通之法,所确立的还是一般原则性的规则,那么,同时对于不同的诗体,王世贞又拈出一系列相关的规则,其针对性则显得更强。兹仅举其《艺苑卮言》所列出的诸体之作法:

> 拟古乐府,如《郊祀》、《房中》,须极古雅,发以峭峻。《铙歌》诸曲,勿便可解,勿遂不可解,须斟酌浅深质文之间。汉魏之辞,务寻古色。《相和·瑟曲》诸小调,系北朝者,勿使胜质,齐梁以后,勿使胜文。近事毋俗,近情毋纤;拙不露态,巧不露痕;宁近无远,宁朴无虚。有分格,有来委,有实境,一涉议论,便是鬼道。

---

① 《吴明卿先生集序》,《弇州山人续稿》卷四十七。
② 《弇州山人续稿》卷一百八十三。

七言歌行,靡非乐府,然至唐始畅。其发也,如千钧之弩,一举透革。纵之则文漪落霞,舒卷绚烂。一入促节,则凄风急雨,窈冥变幻。转折顿挫,如天骥下坂,明珠走盘。收之则如橐声一击,万骑忽敛,寂然无声。

歌行有三难,起调一也,转节二也,收结三也。惟收为尤难。如作平调、舒徐绵丽者,结须为雅词,勿使不足,令有一唱三叹意。奔腾汹涌、驱突而来者,须一截便住,勿留有馀。中作奇语、峻夺人魄者,须令上下脉相顾,一起一伏,一顿一挫,有力无迹,方成篇法。此是秘密大藏印可之妙。

七言律不难中二联,难在发端及结句耳。发端盛唐人无不佳者,结颇有之,然亦无转入他调及收顿不住之病。篇法有起有束,有放有敛,有唤有应,大抵一开则一阖,一扬则一抑,一象则一意,无偏用者。句法有直下者,有倒插者,倒插最难,非老杜不能也。字法有虚有实,有沉有响,虚响易工,沉实难至。五十六字,如魏明帝凌云台材木,铢两悉配乃可耳。……勿和韵,勿拈险韵,勿傍用韵。起句亦然,勿偏枯,勿求理,勿搜僻,勿用六朝强造语,勿用大历以后事。此诗家魔障,慎之慎之。

绝句固自难,五言尤甚。离首即尾,离尾即首,而要腹亦自不可少。妙在愈小而大,愈促而缓。吾尝读《维摩经》得此法,一丈室中,置恒河沙诸天宝座,丈室不增,诸天不减,又一刹那定作六十小劫,须如是乃得。①

上面列出的诗歌诸体之作法,有的显然承接前人之论加以发挥,②有的则是基于个人阅读和创作经验总结而成,无论属于何者,其都表达了王世贞本人对不同诗体相应法度的具体要求。这些作法或已显得相当细密,比如拟古乐府,不仅指涉《郊祀》、《房中》、《铙歌》及《相和》之《瑟曲》等诸乐府体的类型,而且析分拟汉魏、齐梁、北朝等不同时期乐府体的各自规则。又如七律一体,鉴于"夫近体为律,夫律法也,法家严而寡恩。又于乐亦为律,律亦乐法也,其翕纯皦绎,秩然

---

① 以上见《艺苑卮言一》,《弇州山人四部稿》卷一百四十四。

② 如元人倪士毅《作义要诀》引曹泾有关经义作法之论,以为"未有无法度而可以言文者","法度者何?有开必有合,有唤必有应,首尾当照应,抑扬当相发,血脉宜串,精神宜壮。如人一身,自首至足,缺一不可"。这里所谈及的经义作法,实影响到传统诗学结构论的起承转合说,此说即便不是直接移植经义的作法,也是在其理论框架中产生的。参见蒋寅《中国诗学的思路与实践》,第74页至77页,广西师范大学出版社2001年版。比照起来,王世贞以上提出的"有起有束,有放有敛,有唤有应,大抵一开则一阖,一扬则一抑,一象则一意,无偏用者"的七言律诗篇法,则何其相似,可以看出与经义作法相联系的传统诗学起承转合说的印记。

而不可乱"①,"律为音律法律,天下无严于是者",是以"知虚实平仄不得任情而度明矣"②。作为作法要求相对严格的律体,七律的构撰更是被王世贞理解成为有法可循的周密无隙的协配过程,所谓"五十六字,如魏明帝凌云台材木,铢两悉配乃可耳"。这一过程不仅包括作为全篇难点的"发端"与"结句"的用心营构,"篇法"、"句法"、"字法"的对应落实,而且涉及"勿和韵,勿拈险韵,勿傍用韵"的具体用韵等问题。如此盖在说明,七律一体各个构造的环节只有依循相应的法度相互协配,才能形成一个合乎规范的艺术表现系统。要之,这些针对不同诗体所拈出的周至而细致的篇章句字之法,更多包含了技艺性的因素,体现了论者专注于诗歌艺术规则的强烈的技术意识。

出于自觉规范法度的技术意识,以及由此对诗法体制建设的执着,相较于李、何诸子乃至后七子的其他成员,尤其是在对待具体规则的运用上,王世贞的态度显然因为更加重视规范性而表现得格外严苛。这一鲜明立场,更集中反映在他对各类诗歌文本中的篇、句、字法的品鉴。

如他点评贾岛七绝《三月晦日赠刘评事》起句"三月正当三十日"和顾况七绝《山中》起句"野人自爱山中宿"为"同一法",也就是"以拙起,唤出巧意,结语俱堪讽咏"。大意是说,二诗的"拙起"之法,给绝句整篇的营构包括结语反而制造了"巧意",成为篇章之法的有机构成,称得上是拙中寓巧。而他对金昌绪五绝《伊州歌》和陶弘景五绝《诏问山中何所有赋诗以答》"篇法"的品评,更值得注意,他指出,二诗"不惟语意之高妙而已,其篇法圆紧,中间增一字不得,着一意不得;起结极斩绝,然中自纾缓,无馀法而有馀味"。这主要在于解析二诗篇章结构的紧凑和圆融,体现出以法贯通的规范性。他还就此比较谢榛和宋人论五绝作法,感觉二者分别以杜甫"日出篱东水"及"迟日江山丽"二诗为法,不免"皆学究教小儿号嘎者"③。特别是对于杜甫五绝"迟日江山丽,春风花草香。泥融飞燕子,沙暖睡鸳鸯"四句,宋人罗大经《鹤林玉露》曰:"或谓此与儿童之属对何异。余曰,不然。上二句见两间莫非生意,下二句见万物莫不适性。于此而涵泳之,体认之,岂不足以感发吾心之真乐乎? 大抵古人好诗,在人如何看,在人

---

① 《徐汝思诗集序》,《弇州山人四部稿》卷六十五。
② 《艺苑卮言四》,《弇州山人四部稿》卷一百四十七。
③ 以上见《艺苑卮言四》,《弇州山人四部稿》卷一百四十七。

把做甚么用。"①在罗氏看来,这是一首不可等同于"儿童之属对"的"好诗",而王世贞讥之为"小儿号嘎",当与此有关,示意他和罗氏的见解截然相反。元人傅若金《诗法正论》述范梈之言绝句篇章之法:"绝句者,截句也。后两句对者,是截律诗前四句;前两句对者,是截律诗后四句;四句皆对者,是截律诗中四句;四句皆不对者,是截律诗前后四句。虽正变不齐,而首尾布置亦四句,自为起承转合,未尝不同条共贯也。"他同时以这一绝句的篇法,去辨识杜甫上诗寓含的"升降开合之法"以及作者的良苦用心:"如杜诗'迟日江山丽',是中庸天地位之意,第二句'春风花草香',是万物育之意,起承处可谓平直而舂容矣。第三、四句是申言万物育之意,然'泥融飞燕子',是言物之动者得其所也,'沙暖睡鸳鸯',是言物之静者亦得其所也,转合处可谓变化而渊永。而升降开合之法见矣。作者用心之苦如此,而读者容易看过,殊不觉也。"②对此,清人仇兆鳌在《杜诗详注》中又指出:"此诗皆对语,似律诗中幅,何以见起承转阖? 曰:江山丽而花草生香,从气化说向物情,此即一起一承也。下从花草说到飞禽,便是转折处,而鸳燕却与江山相应,此又是收阖法也。"③认为该诗类似律诗局部结构,颇有章法可寻,他的解说和傅氏所述范梈之论相近。尽管如此,以王世贞所持的衡量标准来加以审辨,此诗与金、陶二人"篇法圆紧"之作相比,尚不具备五绝篇法的示范意义,其于诗法之严苛,由此可见一端。

　　这方面的例子并不在少数,比如,王世贞品赏古诗"相去日以远,衣带日以缓"和古歌"离家日趋远,衣带日趋缓",便觉得"'缓'字妙极","'以'字雅,'趋'字峭,俱大有味"④。评王昌龄七绝《重别李评事》后两句"吴姬缓舞留君醉,随意青枫白露寒"说:"'缓'字与'随意'照应,是句眼,甚佳。评王勃七绝《蜀中九日》前两句"九月九日望乡台,他席他乡送客杯"与李攀龙七绝《早夏示殿卿》末句"黄鸟一声酒一杯",谓之"皆一法,而各自有风致";评崔敏童七绝《宴城东庄》后两句"能向花中几回醉,十千沽酒莫辞贫"与王翰七绝《凉州词》后两句"醉卧沙场君莫笑,古来征战几人回",以为"同一可怜意也",称赏"翰语爽,敏童语缓,其唤

---

①　王瑞来点校《鹤林玉露》乙编卷二"春风花草",第149页,中华书局1983年版。
②　顾龙振编《诗学指南》卷一,清乾隆刻本。
③　《杜诗详注》卷十三,第3册,第1135页。
④　《艺苑卮言二》,《弇州山人四部稿》卷一百四十五。

法亦两反"①。所有这些,实属王世贞品读各类诗歌文本而体味成功运用句字之法的不同案例,说到底,还主要出于他注重规范而苛切相责的审辨立场。

与此同时,这样一种严苛的审辨立场,又多表现在王世贞面向不同诗歌文本而指摘其中篇、句、字法之缺失者,这甚至包括他对经典文本不避忌讳的挑剔。

典型例子之一,如即使是作为"诗之大宗"或"古今有韵文字之祖"的原始经典《诗经》,在王世贞看来,亦非完美无缺,虽然它在诗歌史上成为影响极为深远而足被后世取法的典范,诸多篇章甚至被他称作"无一字不可法",但历史的客观情形是,"诗不能无疵,虽《三百篇》亦有之,人自不敢摘耳",以下诸例就是他从《诗经》诸篇当中摘出的句法之"疵":

> 其句法有太拙者,"载猃歇骄";有太直者,"昔也每食四簋,今也每食不饱";有太促者,"抑馨控忌","既亟只且";有太累者,"不稼不啬,胡取禾三百廛";有太庸者,"乃如之人也,怀昏姻也,大无信也,不知命也";其用意有太鄙者,如前"每食四簋"之类也;有太迫者,"宛其死矣,他人入室";有太粗者,"人而无仪,不死何为"之类也。

显现在《诗经》诸篇句法上的各类瑕疵,虽然从根本上来说无损于这部原始经典"极自有法"的典范价值,而且鉴于"诗不能无疵",这些瑕疵的存在自在合理的范围之内,但是站在论者的立场,为规范学古习法的方式,严于法度的审辨,终究是无法妥协的一项基本原则,即便是《诗经》这样的经典文本也不能例外。正如王世贞在摘出以上诸句之后所声称的:"《三百篇》经圣删,然而吾断不敢以为法而拟之者,所摘前句是也。"②

典型例子之二,则是王世贞对待杜甫诗歌的态度。杜诗尤其是近体被他纳入了用以取法的经典文本之列,即如他自述早年学古所取,于诗"近体则知有沈、宋、李、杜、王江宁四五家"③,杜诗成为其近体诗少数重点的宗尚目标之一。合观王世贞涉及杜诗的评价,不乏表彰其中之作法者,如谓:"扬之则高华,抑之

---

① 《艺苑卮言四》,《弇州山人四部稿》卷一百四十七。
② 《艺苑卮言一》,《弇州山人四部稿》卷一百四十四。
③ 《张助甫》,《弇州山人四部稿》卷一百二十一。

则沉实,有色有声,有气有骨,有味有态,浓淡深浅,奇正开阖,各极其则,吾不能不伏膺少陵。"这应该是他对杜诗作法整体的正面印象。再如他比较杜甫与江西诗派代表作家陈师道诗,指责后者"点金成铁":"少陵有句云'昨夜月同行',陈无己则云'勤勤有月与同归';少陵云'暗飞萤自照',陈则曰'飞萤元失照';少陵云'文章千古事',陈则云'文章平日事';少陵云'乾坤一腐儒',陈则云'乾坤着腐儒';少陵云'寒花只暂香',陈则云'寒花只自香',一览可见。"这应该是他从反向指示杜诗句字之法的精到之处。尽管如此,并不代表杜甫诗歌以十足的完美进入他的阅读和取法视域,相反,被王世贞视为杜诗不同体式中的各类瑕疵,时或成为他逐一挑剔的目标。如前指出,王世贞非常重视诗歌辨体,在分体辨别上,特别是杜甫的七言律诗深受他的推崇,乃至于以"圣"相标示,但同时他又感觉即使是杜甫擅长的七律体,亦非完美无瑕,诸篇或"结亦微弱",或"首尾匀称,斤两不足",或"秾丽沉切,惜多平调,金石之声微乖耳"。当然,如此针对杜甫七律体的辨别,很大程度上和他严于诗法的立场关系密切。根据王世贞个人的阅读经验,较之七言律诗,杜甫其他诗体呈现的不足相对明显,如五言排律:"少陵强力宏蓄,开阖排荡,然不无利钝。"七言排律:"七言排律创自老杜,然亦不得佳。盖七字为句,束以声偶,气力已尽矣,又欲衍之使长,调高则难续而伤篇,调卑则易冗而伤句,合璧犹可,贯珠益艰。"《选》体:"太白多露语、率语,子美多稚语、累语,置之陶、谢间,便觉伧父面目,乃欲使之夺曹氏父子位耶?"①概而言之,尽管王世贞对于杜诗特别是其近体格外推重,纳之于近体取法的重点之列,标誉它们作法上的过人之处,然而同时,又多嫌其显现于各体之中这样或那样的缺失。如此面向杜诗瑕瑜作出的双重评鉴,特别是注意分辨其中的疵病所在,重要的一个原因,还应该是受到一种强烈的规范法度技术意识的驱使,这样的话,自然也就可以理解他为何要以更为严苛的诗法准则去衡量杜诗的得失。

第四节　精雅意识与理性化审美范式的标立

探察王世贞的诗学思想可以发现,尽管从他步武前七子复古路线的角度来说,诚然不乏同调或近似的主张,这已多为学人所关注,不过,同时还特别需要

---

① 以上见《艺苑卮言四》,《弇州山人四部稿》卷一百四十七。

注意的一个问题是,他对李、何诸子的检省甚至訾议也间或反映在其中。他为友人黄姬水所撰《黄淳父集序》中的如下这段评述黄氏诗歌之言,或为研究者所提及:

> 士业以操觚,无如吾吴者,而其习沿江左靡靡。或以为土风清淑而柔嘉,辞亦因之。北地、武功诸君起中原,自厉其格,以求合古,而不能尽醳其豪疏之气。吾吴有徐迪功者,一遇之而交,与之剂亦既彬彬矣,而不幸以蚤殁,乃淳父能剂矣。夫辞不必尽废旧而能致新,格不必步趋古而能无下,因遇见象,因意见法,巧不累体,豪不病韵,乃可言剂也。今吴下之士与中原交相诋,吴习务轻俊,然不能不推淳父之精深;中原好为豪,亦不能以其粗而病淳父之细者。淳父真能剂矣。①

序中所述及的,或被研究者视为王世贞主张诗风调和之论即所谓"剂"的重要依据之一。②　不过我认为,这还只是问题的一个方面,从另一个角度来看,序中除了解析黄姬水诗表现出的"剂"的特征之外,同时比较了中原与吴中两地文士诗歌风格的显著差异。透过于此,其中可以看到,作者对吴中文士靡丽轻俊的诗风诚有微词。有关这一点,王世贞在序友人章美中诗集时也指出:"吴中诸能诗者,雅好靡丽,争傅色,而君独尚气;肤立,而君独尚骨;务谐好,而君独尚裁。"③体味此言,其无非为了表彰章诗胜过吴中诸士之诗的独特之处,藉此自然也表达了对于吴中轻靡诗风的不满。除此之外,也是更需要注意的,则是王世贞针对李梦阳、康海等这些中原复古之士诗风提出的质疑。这是因为,作为以"修北地之业"自持者,王世贞在这篇序文中涉及对于李、何诸子的批评,某种意义上可以说更真实地反映了他个人对诸子复古实践的一些看法,因而也更具有开展探察的参考价值。姑且不论这些批评是否完全切合李、何诸子诗歌风格的实际呈现,序中所谓的"豪"、"粗"或者"豪疏"之意,当和质直、粗俗、疏率等义项相关。联系起来看,王世贞《赠李于鳞序》就表示"北地生习古文辞,而自张大,语

---

① 《弇州山人四部稿》卷六十八。
② 参见陈书录《明代诗文的演变》,第328页,江苏教育出版社1996年版。
③ 《玄峰先生诗集序》,《弇州山人四部稿》卷六十六。

错出不雅训"①；他在《艺苑卮言》中也曾指出李梦阳诗"自有二病"，即"模仿多，则牵合而伤迹；结构易，则粗纵而弗工"②，又以为康海诗"如靖康中宰相，非不处贵，恇扰粗率，无大处分"③。归纳这些评述，其可与上序所言相对证，并从一个侧面透露了王世贞在诗学取向上更偏重于精工、雅饬一路风格的信息。

事实上，王世贞在不同的著论中反复申述其属意精雅诗风的主张。先说"精"的问题。他在为邹迪光所撰《邹彦吉羼提斋稿序》，就以"精思而后出辞以御易"与"定格而后俟感以御卑"、"积学而后修藻以御陋"、"触机而后成句以御凿"并列为诗歌吟写的四条基本原则，认为"四者不备，非诗也"④，其中的"精思"一说，他更是一再谈及。如在《艺苑卮言》中，王世贞曾评盟友宗臣、吴国伦、徐中行、梁有誉四人诗，当中以为徐中行"斟酌二子(案，指宗臣和吴国伦)，颇得其中，已是境地，精思便达"⑤。这里，"斟酌二子"云云，说的是徐诗的长处，而所谓"精思便达"，则似于徐诗尚有微词。就此而言，李攀龙致徐中行书札提到："即元美所云'斟酌二子'殊有味乎斯言，而曰'精思便达'，似有子与所少。"⑥则尤其是将王世贞指示徐诗不及"精思"的含意解释得更为直白。正是由于相当看重这个问题，所以，王世贞并不掩饰对于那些"精思"缺乏或不足之作的批评，即使是友人所作也不忌避。除开以上议论徐中行诗之外，他又指点俞允文诗特别是其五言古选，"气调殊不卑，所乏精思耳"⑦；品评张献翼《文起堂集》所录之作，"始稍稍就绳墨，而以清圆流丽为宗，畦径虽绝，而精思微逊"⑧。虽然王世贞对他一再主张的"精思"说未直接给出具体而清晰的解释，不过，他为友人张元凯诗集《伐檀集》所作序文的如下这段话，如配合起来看，或许可以帮助我们理解其义：

顾其所读书必西京后而开元前，其于格务跻于武德、贞观，而稍稍柔之

---

① 《弇州山人四部稿》卷五十七。
② 《艺苑卮言六》，《弇州山人四部稿》卷一百四十九。
③ 《艺苑卮言五》，《弇州山人四部稿》卷一百四十八。
④ 《弇州山人续稿》卷五十四。
⑤ 《艺苑卮言七》，《弇州山人四部稿》卷一百五十。
⑥ 《与徐子与》，《沧溟先生集》卷三十。
⑦ 《像赞》，《弇州山人续稿》卷一百五十。
⑧ 《文起堂新集序》，《弇州山人续稿》卷五十五。

以齐梁之月露。其语务出于不经人道,宁有瑕璧而无完瑊珷。此语之在天地,人人能得之,然亦人人耳相剽,若太仓粟,陈陈相因矣。汰而使之精,创而使之新,非有沉深刻刻之思,未易致也。①

推究上述之意,要避免沦为"人人耳相剽"的陈腐粗陋之辞,作者就须运用"沉深刻刻之思",唯有如此,才能汰除粗陋芜杂以体现"精",脱出凡庸陈腐以显示"新"。因此可以认为,所谓"沉深刻刻之思",实际上指向的是为追求作品精致生新的效果而开展的一种知性的思维活动,被落实在了着意于精纯深细琢磨工夫的一种自觉的艺术运思,也可以说成为"精思"的代名词。② 由此,"精思"与"御易"联系在一起,所谓的"易"与"精"相对,指向的是苟就、粗率、浮泛之义。如王世贞以上批评李梦阳诗有"二病",其中之一就是"结构易,则粗纵而弗工",说的正是这一层意思。与此相关,王世贞在序明初宋濂诗集而论及晚唐诗歌时又指出,"今夫士一操觚翰而业诗,即知有五七言近体,业五七言近体,即知有唐,而不知唐之盛而衰孽之,盖至于懿、昭之际而极矣。温、韦、韩、罗诸君子不能有所救改,而厪厪焉用小给之才、偏悟之识、泛猎之学、苟就之思以簧鼓聋虫之耳",以故"其萎苶飒沓之气,不待词毕而小夫为鼓掌,大雅之士有掩耳而叹息矣"③。这应当是他对何以觉得晚唐诗歌尽现"衰"势的认知作出的某种解释,在其看来,晚唐诸诗家的"才"、"识"、"学"、"思",不足以形成一种精纯深细的艺术运思作用于其时的诗歌领域,当然也就无法改变诗坛衰变的总体格局。

再说"雅"的问题。在王世贞的交游当中,他对晚年纳交的胡应麟十分器重,许之以"后我而作者,其在此子矣夫"④,而且"拳拳然奖以代兴,埒以国士"⑤。在这其中,他特别对胡氏的诗章颇为赏识,如称赞其诗"格调高秀,声响宏朗,而入字入事皆古雅"⑥。又如他品论晚年结识的朱多炡的诸体之作,感觉朱诗"五

　　①《伐檀集序》,《弇州山人续稿》卷四十二。
　　② 参见拙文《积学、精思、悟入:后七子诗学理论中的创作径路与境界说阐析》,《求是学刊》2010年第4期。
　　③《宋太史诗集序》,《弇州山人续稿》卷五十。
　　④《胡元瑞绿萝馆诗集序》,《弇州山人续稿》卷四十四。
　　⑤ 胡应麟《与王长公第二书》,《少室山房集》卷一百十一,《景印文渊阁四库全书》,第1290册。
　　⑥《答胡元瑞》,《弇州山人续稿》卷二百六。

言极古雅,有建安风"①。上述论评多少表明,"雅"作为诗歌的一种表现风格以及审美准则,深受王世贞的关注和青睐。以此而言,不论是他的《朱宗良国香集序》评述朱氏诗,认为"大要气清而调爽,神完而体舒,其用事切而雅,入字峻而稳,运思深而不刻,结法遒而有馀味"②,还是《张孟孺诗稿序》推许张氏诗"虽不能如左虞巨丽,然气清而调雅,异时当有偏至之目"③,尽管品骘的角度不一,但可以发现的一点是,"雅"作为诗歌理想品格的一个构成要素,赫然凸显其中。说起来,雅俗之辨原本是传统诗学中的一个基本而重要的议题,宋人朱熹论诗即提出,"须先识得古今体制雅俗乡背,仍更洗涤得尽肠胃间夙生荤血脂膏"④。此被宋人魏庆之称之为"抽关启钥之论"⑤。旧题唐王昌龄撰《诗格》乃以"古雅"与"高格"、"闲逸"、"幽深"、"神仙"一起,标立为诗之"五趣向"⑥。旧题唐白居易撰《金针诗格》指出"诗有五忌",其中之一则是"忌字俗"⑦。宋人严羽也声称:"学诗先除五俗:一曰俗体,二曰俗意,三曰俗句,四曰俗字,五曰俗韵。"⑧这些足以表明,雅俗之辨成为传统诗学的重要议题之一,尽管历来各家对雅俗涵义的理解及相关要求或有差异。在后七子内部,除王世贞之外,如李攀龙和谢榛,也都分别申明尚"雅"的主张。如李攀龙在诗歌如何用韵问题上,比照"古者字少,宁假借,必谐声韵,无弗雅者",不满"今之作者,限于其学之所不精,苟而之俚焉;屈于其才之所不健,掉而之险焉。而雅道遂病",进而提出"凡以复雅道而阴裁俚字"为"复古之一事"⑨。而如谢榛,则强调"诗忌粗俗字"⑩,并且以"变俗为雅"作为维护诗歌"正宗"的原则之一,也即所谓"凡作诗,要知变俗为雅,易浅为深,则不失正宗矣"⑪。应当说,李、王等人所谈论的诗以"雅"为尚的问题,与传统诗学重视雅俗之辨的基本导向有着不可分割的联系。与此同时,比较王世贞和李攀龙、谢榛二人所论,彼此之间又同中有异。一方面,王世贞企图以"雅"

---

① 《答朱贞吉》,《弇州山人续稿》卷一百七十二。
② 《弇州山人续稿》卷五十二。
③ 《弇州山人续稿》卷五十三。
④ 《答巩仲至》,《晦庵集》卷六十四,《景印文渊阁四库全书》,第1145册。
⑤ 《诗人玉屑》卷一,《景印文渊阁四库全书》,第1481册。
⑥ 《诗格》卷下"诗有五趣向",张伯伟《全唐五代诗格汇考》,第183页。
⑦ 张伯伟《全唐五代诗格汇考》,第353页。
⑧ 《沧浪诗话校释·诗法》,第108页。
⑨ 《三韵类押序》,《沧溟先生集》卷十五。
⑩ 《诗家直说七十五条》,《四溟山人全集》卷二十三。
⑪ 《诗家直说八十五条》,《四溟山人全集》卷二十四。

克制文辞俚俗的用意明显,就这一点而言,他与李、谢二人显有共识。如他点评"国朝前辈名家"诗风,其中指出沈周诗"如老农老圃,无非实际,但多俚辞";庄泉诗"恶处如村巫降神,里老骂坐"①。再如他訾病姑苏袁氏为刻徐祯卿《别稿》五集,认为五集即徐氏"少年时所称'文章江左家家玉,烟月扬州树树花'者是已,馀多稚俗之语,不堪覆瓿"②。从他的评判立场出发,这些不免有俚浅鄙俗之嫌,看上去都缺乏一种"雅"的素质。另一方面,与李、谢相比,关于"雅"的具体涵义,王世贞则又有他个人的一层理解。如他序南昌张鏊诗文集,标誉张氏所作"大抵温厚和平,不失治世之音,典则雅致,无累君子之度"③。序昆山梁辰鱼古乐府而归纳其特点,许之为"或正言以明志,或婉语以引情,一切归之和平尔雅,庶几洋洋乎盈耳矣"④。序信阳王祖嫡报庆纪行之作,称其"感慨牢愩之之旨绌,而和平尔雅之音伸,使天下后世诵之,有跃然而思遭其时者"⑤。诸如此类的论评显示,他所说的"雅"的涵义指向,又与注重节制性、婉曲性以及规则性的情感表现的诉求联系在一起,表明王世贞同时从道德理义的层面去认识"雅"的旨意所在。

　　要进一步认识体现在王世贞诗学思想系统中这种追求精工、雅饬的意识的特点及目标所向,尤其是通过与作为后七子先导者的李、何诸子所持立场的比较,或许可以获得更为清晰的认知。总的来说,无论是从艺术构造的层面还是从情感表现的层面,王世贞诗学思想系统所散发出来的精雅意识,具有标立一种趋于理性化诗歌审美范式的明显取向。首先,以李、何等人而言,尽管他们大多认可学古习法的合理性,即主张从体认古典文本入手以依循相应的法度,而这已成为他们相互间的某种共识,但与此同时,出于对拘泥法度而专注摹拟的风险的高度警戒,他们并未在真正意义上建立起一套周至而严整的诗歌法度体系。相比起来,后七子成员中特别是身为盟社创始和领袖人物之一的王世贞,对于诗歌法度概念的诠释趋于相对周密和细致,呈现某种严饬化的倾向,并成为其求"精"意识的显著表征。由此来看,其系统塑模诗歌艺术体制而使之更加符合相应法度规范的意图显而易见,这一意图反映了王世贞本人文学技术思维

①《艺苑卮言五》,《弇州山人四部稿》卷一百四十八。
②《艺苑卮言六》,《弇州山人四部稿》卷一百四十九。
③《蒙溪先生集序》,《弇州山人续稿》卷五十二。
④《梁伯龙古乐府序》,《弇州山人续稿》卷四十二。
⑤《报庆纪行小序》,《弇州山人续稿》卷四十五。

愈益清晰与强化。其次，如研究者所已指出的，作为凸显在李、何诸子诗学思想中的一个很重要的观念，他们大多强调诗歌的情感特征。① 出于这一诗学立场，李、何诸子或特别注重诗人情感体验与表现之真实，显示了强烈的求"真"意识。不但如徐祯卿在《谈艺录》中指出，"若乃歔欷无涕，行路必不为之兴哀；诉难不肤，闻者必不为之变色"，要在明确人所熟知的"夫情能动物，故诗足以感人"②的核心论旨，而且如李梦阳《结肠操谱序》借友人陈鳌之口，声明"天下有殊理之事，无非情之音，何也？理之言常也，或激之乖，则幻化弗测，《易》曰'游魂为变'是也"，所谓"罔变是恤，固情之真也"，实际指涉超越理性常态以追求"情之真"的合理意义。这也可以联系他在《张生诗序》中的一席陈述，其序比照"声时则易"，提出"情时则迁"，也即"常则正，迁则变；正则典，变则激；典则和，激则愤"，重点在于阐说情感表现越出常态的动因及必然性。当然，还不能不注意李梦阳在那篇著名的《诗集自序》中通过曹县王崇文之口作出的相关表态，其谓"真者，音之发而情之原也，非雅俗之辩也"，而他对比"文人学子韵言"，极力推崇"途咢而巷讴，劳呻而康吟"的民间"真诗"③，则显然是以"真"为本、淡化雅俗界限的文学立场的一种逻辑展开。比较而言，在王世贞那里，虽然诗主情感发抒仍旧被视为毋容置疑的一个诗学命题，以故他强调"夫诗，心之精神发而声者也"④，认为"自昔人谓言为心之声，而诗又其精者"，由是"予窃以诗而得其人"，责薄后世作者"无取性情之真，得其言而不得其人，与得其集而不得其时者，相比比也"⑤，但特别是受制于求"雅"意识，王世贞在诗主情感发抒这一重要命题上，同时则更倾向于遵循"发情止性"的表现原则。其《徐天目先生集序》品评徐中行诗，就认定它们"或发情止性，喻象比意，或清而和，或沉而雄，缓态促节，变化种种，然以引于左准右绳，无弗合也"。《张伯起集序》又有意借用张凤翼"吾发于吾情而止于性，发于意而止于调"⑥的自评之语，来为张氏之作定调。而他为顾存仁所撰《东白草堂集序》，当中谈及初唐"卢、骆、沈、宋者诗"，乃又不无微词，其主要

<hr>

① 参见廖可斌《明代文学复古运动研究》，第90页至92页。
② 《迪功集》附。
③ 以上见《空同先生集》卷五十。
④ 《金台十八子诗选序》，《弇州山人四部稿》卷六十五。
⑤ 《章给事诗集序》，《弇州山人四部稿》卷六十九。
⑥ 《弇州山人续稿》卷四十五。

原因就在于,初唐诸家诗歌"往往工于用情而薄于用性"①,与"发情止性"的表现原则相牴牾。究而察之,这些评论主要立足于道德理义的层面,共同的诉求即主张对诗歌的情感表现加以合乎理性的适度调节,就如同王世贞在《华阳馆诗集序》中议论宋仪望诗时所指出的:"凡公之诗,遇所最获意而不加扬,有超旷而无德色,夫是以无夸音;遇所最拂意而不为屈,有感慨而无不平,夫是以无促节。"②即通过抑制扬厉或不平的理性干预,规范诗人自我情感的传达,不使其滑向超越常态的偏激。这在王世贞眼里,大概比较符合那种"和平尔雅"的审美标准。

值得指出的是,这种伴随精雅意识而指示的理性化的诗歌审美范式,也从王世贞所申明的"格调"说中反映出来。此前在讨论前七子诗学思想时已说明,李、何等人曾经围绕诗歌体制的问题,分别提出作为诗歌传统批评理论的"格调"说,虽然此说不能涵括李、何等人论诗主张的全部,但确实体现了他们重视诗歌格调的倾向。站在"修北地之业"的立场,王世贞本人也同样讲究格调,这在某种意义上可以看作是对李、何等人重视格调取向的接续,也是他有意重拾这一诗歌传统批评理论的表现。王世贞提出:"才生思,思生调,调生格。思即才之用,调即思之境,格即调之界。"③就是其个人对"格调"说最为明确的表述。细析起来,这里的格调是被认作基于作者才性情思的一个概念而提出来的,实际在总体上涵括了作品的艺术构造和情感表现的两个层面。因此,这二者时常交错融贯在王世贞的"格调"说之中,比如,上引他对胡应麟诗的极力称赞之语,谓之"格调高秀,声响宏朗,而人字人事皆古雅"④。又如他《汤迪功诗草序》提出"声响而不调则不和,格尊而亡情实则不称",推许吴人汤珍、文徵明诗作"调和矣","情实谐矣",表示"安可以浮响虚格轻为之加而遂废之"⑤;《王参政集序》其中论评友人永嘉王叔杲诗,以为"程之以六季、初盛唐之格","顾类多调畅和适,与吾之性情会,间有籁发而精诣者"⑥。可见这一类关乎格调的概念,不仅重点指向诗歌音声律度的艺术规制,而且关涉"情实"、"性情"的诗人的内在情感,二

① 《弇州山人四部稿》卷六十六。
② 《弇州山人四部稿》卷六十九。
③ 《艺苑卮言一》,《弇州山人四部稿》卷一百四十四。
④ 《答胡元瑞》,《弇州山人续稿》卷二百六。
⑤ 《弇州山人续稿》卷四十七。
⑥ 《弇州山人续稿》卷四十一。

者之间难以截然分割。除此,他的《沈嘉则诗选序》论鄞县沈明臣诗,也谈及"格调"一说:

> 　　夫格者,才之御也;调者,气之规也。子之向者遇境而必触,蓄意而必达,夫是以格不能御才,而气恒溢于调之外。故其合者追建安,武开元,凌厉乎贞元、长庆诸君而无愧色,即小不合,而不免于武库之利钝。今子能抑才以就格,完气以成调,几于纯矣。①

这段话主要是比较沈氏前后诗风的变化来说的,实际上也代表了王世贞对格调涵义所作的解释。主要体现了两层意义:一是面向诗歌的艺术规制。所谓"遇境而必触,蓄意而必达",则指有违于格调的要求,损害了诗歌的表现艺术。王世贞序太仓毛文蔚诗集《真逸集》亦云:"余尝谓诗之所谓格者,若器之有格也;又止也,言物至此而止也。今天下名能为诗无若吾吴,而吴诗大约有三:下者取捷饾饤,因堕成易,毋论不及而止;上者探月胁,穿天心,务于人所不经道,将超格而上之,而不知其所归至;才敏之士鹜于声情,以捷取胜,转近而转堕于格之外。"据其所言,吴诗存在的三弊,都是不合于"格"的表现,特别在艺术构造上疵病毕露。而他对比毛文蔚诗,称其"大约剂华实,约事景,其遇物触兴,不取自于人,而取自于己,是以有恒调而无越格"②,则显然在于表彰毛氏之作合乎格调的优长,包括其艺术追求和一般的吴人诗风有所不同。二是面向诗歌的情感发抒。所谓"抑才以就格,完气以成调",乃肯定沈诗的艺术转向及展现的成熟,这主要在于标示其成功调适和限制诗人才性情思的释放,藉此定义格调规范情感表现的特定内涵。也一如王世贞所反复主张的,"格恒足以规情"③,"才骋而御之以格","气扬而沉之使实"④,"有恒调而无越格"⑤。而所谓"规情"、"御才"、"沉气"的意义指向,本质上和王世贞所强调的"发情止性"的表现原则紧密联系在一起。

　　归结起来,李、何诸子尤其是李梦阳,基于注重诗人情感体验与表现之真实

① 《弇州山人续稿》卷四十。
② 《真逸集序》,《弇州山人续稿》卷四十二。
③ 《陈子吉诗选序》,《弇州山人续稿》卷四十二。
④ 《答胡元瑞》,《弇州山人续稿》卷二百六。
⑤ 《真逸集序》,《弇州山人续稿》卷四十二。

的根本诉求,声明情感发抒由"正"趋"变"、由"和"趋"激"而超越理性常态的合理意义,甚至不惜忽略"雅俗之辩",从"途咢而巷沤,劳呻而康吟"中去充分体验民间诗歌蕴含的感性而纯真的情感特质,检讨"文人学子韵言"无由与之的自身缺陷,更多抱持破除时俗的变革动机。王世贞重以"发情止性"作为情感表现的基本原则,则旨在标举相对符合雅饬要求的一种抒情范式,这和李梦阳等人的诗学立场已有显著的差异,一定程度上是在弱化甚至消解李梦阳等人秉持的诗歌审美诉求。质言之,王世贞主张"发情止性"以至"和平尔雅",规范诗歌情感表现的意图是十分明晰的,显出它向传统诗教所包蕴的理性精神的某种回归,这当中多少浸润着诸如温柔敦厚、纯正典雅的传统审美意识,代表着他在诗歌抒情原则问题上作出的自我判别,也因此,体现了他对李、何诸子尤其是李梦阳诗学系统作出的一种调整和改造。

第十四章　谢榛《诗家直说》论诗要义

谢榛，字茂秦，号四溟山人，又号脱屣老人，临清（今属山东）人。早岁折节读书，以声律闻于时。流寓邺下，赵康王延为上客。嘉靖间游京师，入李攀龙、王世贞等人所结诗社，与诸子多游处唱酬。既而和李攀龙结怨，攀龙遗书绝交，王世贞等人咸右攀龙而力排谢榛，削其名于七子之列。谢氏从入社之初"以布衣执牛耳"①，到后来为李、王等人所排，他在诸子心目中的地位，经历了一个由高而下的激变过程。之所以会如此，除了谢氏一介布衣的特殊身份、诸子内部的地位之争、性情志趣上的彼此差异等因素之外，还和他的文学趣味不尽合于李、王等人不无关系。② 谢榛生平著有《诗家直说》，其书在流传过程中又形成《四溟诗话》的别名。何文焕辑《历代诗话》，其在该书凡例中曾提出，"谢茂秦《四溟诗话》四卷，真伪参半"，"俟觅善本订正"③，对《诗家直说》的真实性表示怀疑，但此说已被研究者所否定。④ 而关于这部著述的论诗主张，或多诟病之，如《四库全书总目》中《诗家直说》提要云："榛诗本足自传，而急于求名，乃作是书以自誉，持论多夸而无当。又多指摘唐人诗病，而改定其字句。"⑤同书《四溟集》提要又云："榛诗足以传，而论诗之语则多迂谬。今惟录此集，其《诗家直说》则别存目于诗文评焉。"⑥四库馆臣的评论，实属仁者见仁、智者见智之见，况且又多出于官方的审视态度，不足为据。平心而论，《诗家直说》作为集聚了谢榛个人论诗主张的一部著述，在七子派乃至明代诗学著论中的地位不容忽略，尤其

① 《列朝诗集小传》丁集上《谢山人榛》，下册，第 423 页。
② 关于谢榛遭"削名"的原因，参见拙著《前后七子研究》，第 340 页至 344 页。
③ 《历代诗话》，上册，第 1 页。
④ 参见李庆立《谢榛〈诗家直说〉考述》，《谢榛研究》，第 61 页至 95 页，齐鲁书社 1993 年版。
⑤ 《四库全书总目》卷一百九十七集部《诗家直说》提要，下册，第 1801 页。
⑥ 《四库全书总目》卷一百七十二集部《四溟集》提要，下册，第 1512 页。

是要系统考察后七子的诗学思想，更是无法绕开这部著述。其重要价值主要体现在两个方面：一是它涉及不同诗学问题的系统性，二是它代表一家之说的独立性。笔者认为，尽管《诗家直说》谈论的话题较为驳杂，但总括来看，其重点面向诗歌声律、情景、辞意等三大问题。以下分别阐论之。

第一节　"平仄以成句，抑扬以合调"

诗歌演变发展的历史显示，诗歌与声律之间构成天然的联系，彼此难以分割，体现语言抑扬变化的声韵格律，既是诗歌在体式上的显著表征，也是其审美质性的独特构成，声律伴随诗歌体式的演进，经历了一个变化和成熟的过程。合观谢榛论诗，声律是他展开阐释的重点之一，这足以表明他对这一诗歌基本问题的高度重视。关于诗歌声律演变的历史轨迹，他曾经作了如下简括："诗以汉魏并言，魏不逮汉也。建安之作，率多平仄稳帖，此声律之渐。而后流于六朝，千变万化，至盛唐极矣。"谢榛指示的这条"声律"变化的轨迹，实际上也是自汉魏以来至盛唐时期古体诗演进和近体诗成熟的发展过程。至于他将盛唐视为声律变化之"极"，应该主要是针对近体诗体式的完善来说的，因为关于近体诗的作法，谢榛提出过"四关"的要求："凡作近体，诵要好，听要好，观要好，讲要好。诵之行云流水，听之金声玉振，观之明霞散绮，讲之独茧抽丝。此诗家四关。使一关未过，则非佳句矣。"①显然，相对于"观"与"讲"，"诵"与"听"即重点指向声律方面的要求，而这一问题设计的基本前提，则有鉴于近体诗较之古体诗在声律上的严格化。

用韵是诗歌讲究声律的标志之一，主要通过诗歌句末或联末韵脚的安排，增强诗歌句式乃至整篇结构的节奏感和谐调感。谢榛针对诗歌声律所作的阐释，其中即反复涉及用韵的问题。他曾说："凡用韵审其可否，句法浏亮，可以咏歌矣。"②意谓对于诗韵需要作者加以适当与否的审别，不可苟且用之。类似的看法，又从谢榛对于"凡字有两音，各见一韵"的问题所作的表态中可以见出，他认为"作诗宜择韵审议，勿以为末节而不详考"，并以前人误用诗韵的例子，告诫

---

① 以上见《诗家直说一百二十九条》，《四溟山人全集》卷二十一。
②《诗家直说一百二十七条》，《四溟山人全集》卷二十二。

作者不可忽视这个问题。^① 说起来,在诗歌用韵问题上,历来诗家和论家或主张
以稳当平妥为准绳,视此为关乎作品成败而不可不遵循的一项基本原则。如元
人杨载论"作诗准绳",其中的一条就涉及"押韵",认为:"押韵稳健,则一句有精
神,如柱磉欲其坚牢也。"^②明人李东阳也提出:"诗韵贵稳。韵不稳,则不成句。
和韵尤难,类失牵强,强之不如勿和。"^③王世贞评唐沈佺期、宋之问律体,则又表
示:"律为音律法律,天下无严于是者,知虚实平仄不得任情而度明矣。二君正
是敌手。排律用韵稳妥,事不傍引,情无牵合,当为最胜。"^④在这个问题上,谢榛
的态度也不例外,而比较起来,其则反复强调之,重视程度他人或不及。如其曾
翻阅明人康麟所编《雅音会编》,该书"以平声三十韵为纲,以诸诗案韵分隶。盖
因宋人十二先生之诗宗之体,稍变通之。"^⑤谈及阅读此编的感想,他即表示,"此
康生偶尔集次,始为近体泄机也。且如东韵,几二百字,其稳当可用者,应题得
句,大抵不出十馀字,但前后错综不同尔"。他还将用韵比作是建楼所打造的地
基,认为"凡择韵平妥,用字精工,此虽细事,则声律具焉",所以,"必先固基址而
高其梁栋,楼成壮丽,乃见工输之大巧也"^⑥。谢榛的上述说法直接或间接表明,
用韵看似细事,实则诗歌声律基础所系,选择"稳当"、"平妥"的韵字相当重要。

　　正是因为主于稳当平妥的用韵原则,一方面,谢榛强调尽量避用险韵或难
韵。就诗韵而言,各个韵部的字数多少不一,而其中常用字和非常用字的数量
也有差异。所谓险韵或难韵,指的是选用字数稀少的韵部或非常用的生僻字作
为诗歌的韵脚。选择险韵或难韵导致的后果,不仅会造成诗中用语的艰涩拗
口,并且因为选字的范围变窄而陷入表现的窘境。对此,谢榛说过:"作诗不可
用难字,若柳子厚《奉寄张使君八十韵》之作,篇长韵险,逞其问学故尔。"^⑦此处

①《诗家直说七十五条》:"凡字有两音,各见一韵。如二冬'逢',遇也;一东'逢',音蓬,《大雅》'鼍鼓逢
逢'。四支'衰',减也;十灰'衰',音崔,杀也,《左传》'皆有等衰'。十三元'繁',多也;十四寒'繁',音盘,《左
传》'曲县繁缨'。四豪'陶',姓也,乐也;二萧'陶',音遥,相随行貌,《礼记》'陶陶遂遂',皋陶,舜臣名。作诗宜
择韵审议,勿以为末节而不详考。贺知章《回乡偶书》云:'少小离乡老大回,乡音无改鬓毛衰。'此灰韵'衰'字,
以为支韵'衰'字,误矣。何仲默《九日对菊》诗云:'亭亭似与霜华斗,冉冉偏随月影繁。'此元韵'繁'字,以为寒
韵'繁'字,亦误矣。予书此二诗以为作者诫。"(《四溟山人全集》卷二十三)
②《诗法家数》,《历代诗话》,下册,第728页。
③《怀麓堂诗话》,《李东阳集》,第二卷,第539页。
④《艺苑卮言四》,《弇州山人四部稿》卷一百四十七。
⑤《四库全书总目》卷一百九十一集部《雅音会编》提要,下册,第1741页。
⑥ 以上见《诗家直说七十五条》,《四溟山人全集》卷二十三。
⑦《诗家直说一百二十九条》,《四溟山人全集》卷二十一。

提到的柳诗,指的是柳宗元所作五言排律《同刘二十八院长述旧言怀,感时书事,奉寄澧州张员外使君五十二韵之作,因其韵增至八十通赠二君子》。这首诗的韵脚为下平声六麻,属于宽韵而非窄韵和险韵,但诗中出现不少生僻韵字,[①]且体式为五排而篇幅较长,选用的韵字就相对有限,谢榛以为该诗"篇长韵险",当是就此来说的。许学夷《诗源辩体》评柳宗元五言排律和七言律诗,谓其"对多凑合,语多妆构,始渐见斧凿痕,而化机遂亡矣"[②]。柳氏上诗多用生僻韵字,或正符合许学夷所说的"凑合"、"妆构"之类的情形,而谢榛又判断此诗"逞其问学",则进而推测作者的创作意图。除此之外,谢榛还说过:"九佳韵窄而险,虽五言造句亦难,况七言近体。押韵稳,措词工,而两不易得。自唐以来,罕有赋者。皮日休、陆龟蒙《馆娃宫》之作,虽吊古得体,而无浑然气格,窘于难韵故尔。容轩子《送邹逸人归洞庭山得淮字》,亦用此韵,其平妥匀净,因难以见工,致能追古人于太华万仞之巅,翩翩然了无难色。使遇宽韵而愈加思索,则他日造诣,未见其止也。"[③]这里提到的九佳属上平声韵目,为险韵,皮、陆的《馆娃宫》诗,分别为皮日休的七律《馆娃宫怀古》和陆龟蒙的次韵之作《和馆娃宫怀古韵》。在谢榛看来,七律体运用九佳险韵难度颇大,皮、陆这两首诗因为用了此韵,所以并不成功。当然他也指出,如容轩子之作同样用此韵,却能"平妥匀净",非皮、陆所能及,不过,这种"因难以见工"的作法似乎并不为他所主张,因此他会说"使遇宽韵而愈加思索,则他日造诣,未见其止也",言下之意,作者若选择宽韵为之,当有更出色之作。另一方面,稳当平妥的用韵原则,也要求避免以粗俗韵字入诗。谢榛提出:"诗宜择韵,若秋、舟,平易之类,作家自然出奇;若眸、瓯,粗俗之类,讽诵而无音响;若镂、搜,艰险之类,意在使人难押。"[④]这又说明,诗韵选择应当予以忌避的,除了"艰险之类",还有"粗俗之类"。毫无疑问,它实出于谢榛"诗忌粗俗字"[⑤]的基本主张。所谓"粗俗"乃和"雅"相对,谢榛有言:"凡作诗,

---

① 比如"候吏逐麋麚"、"师役罢梁溠"、"戍备响铧锣"、"中闱盛六珈"、"周官赋秉耗"、"宁复叹栖苴"、"人归山倍畬"、"风移鲁妇髽"、"还睹正奇袤"、"唯恐长疵瘕"、"殊音辨马挝"、"林宿鸟为蹉"、"明心欲自刿"、"碫竹斗狂摩"、"江鱼或共扠"、"讹火亟生煆"、"冰桔曲沼蓳"、"挹水勺仍㭾"、"饶醉鼻成齁"、"垂蓑牧艾猭"、"犹讶雉为鷊"等等,《柳河东集》卷四十二,下册,第 675 页至 679 页,上海古籍出版社 2008 年版。

② 《诗源辩体》卷二十三《中唐》,第 246 页。

③ 《诗家直说八十五条》,《四溟山人全集》卷二十四。

④ 《诗家直说一百二十九条》,《四溟山人全集》卷二十一。

⑤ 《诗家直说七十五条》,《四溟山人全集》卷二十三。

要知变俗为雅,易浅为深,则不失正宗矣。"①说的就是这层意思。他又声称:
"'欢'、'红'为韵不雅,子美'老农何有罄交欢'、'娟娟花蕊红'之类。"②这也等于
将"欢"、"红"等的韵字归入了"粗俗之类",在他眼里,即便如大家杜甫选用这类
诗韵,同样不足为取。

　　那么需要追究的是,为何谢榛对于这个问题高度关切,以至反复强调避用
险韵或难韵以及粗俗韵字?审观他的有关论述,其大致出于两方面的考虑。一
是讲究"音响",以体现相应的音声韵调的效果。如以上谢榛表示,若以"粗俗之
类"的韵字入诗,不免"讽诵而无音响",说明要使诗歌用韵稳当平妥,"音响"是
不可不考虑的一个重要因素。又如以上他所说的,"凡用韵审其可否,句法浏
亮,可以咏歌矣",所谓"浏亮"的含义,其中即包括"音响"的效果,所以也就有了
"咏歌"的说法。二是注重"自然",以避免陷入艰涩造作的窘境。这重点是针对
险韵或难韵的用法来说的,历来那些选用险韵或难韵的诗人,他们的主要意图,
还在于炫示个人的才思和学问。但与此同时,尤其是因为用了生僻的韵字,造
成诗句的聱屈晦涩,损害了诗歌自然表现的美感。所以在韵字的选择上,谢榛
更倾向"平易之类",以为如此"作家自然出奇"。他还指出:

> 诗自苏、李五言暨《十九首》,格古调高,句平意远,不尚难字,而自然过
> 人矣。诗用难韵,起自六朝,若庾开府"长代手中洊",沈东阳"愿言反鱼
> 蒨",从此流于艰涩。唐陆龟蒙"织作中流百尺蒹",韦庄"汧水悠悠去似
> 绗","蒹"、"绗"二字,近体尤不宜用。譬若王羲之偕诸贤于兰亭修禊,适高
> 丽使者至,遂延之席末,流觞赋诗,文雅虽同,加此眼生者,便非诸贤气象。
> 韩昌黎、柳子厚长篇联句,字难韵险,然夸多斗靡,或不可解。拘于险韵,无
> 乃庾、沈启之邪?③

这是从观照诗歌史的角度,究讨诗韵采用"难字"的源头,揭示六朝诗歌已有以
"难字"为韵而流于"艰涩"的例子,证明这种作法开启了唐代诸家诗"字难韵险"

---

①《诗家直说八十五条》,《四溟山人全集》卷二十四。
②《诗家直说一百二十七条》,《四溟山人全集》卷二十二。
③《诗家直说八十五条》,《四溟山人全集》卷二十四。

的先声。而谢榛对诗歌史线索的梳理,也同时为配合宣示他所主张的"作诗不可用难字"的用韵原则,被他作为参照对象的是苏、李诗和《古诗十九首》的汉代诗篇,理由在于这些汉诗"不尚难字",故显"自然过人"。至于"自然"的具体特征,则正如他对《古诗十九首》作出的评价:"平平道出,且无用工字面,若秀才对朋友说家常话,略不作意。"以谢榛之见,在"音响"和"自然"之间,还应当以"自然"为优先选项。如他接着上文表示:"及登甲科,学说官话,便作腔子,昂然非复在家之时。若陈思王'游鱼潜绿水,翔鸟薄天飞'、'始出严霜结,今来白露晞'是也。此作平仄妥帖,声调铿锵,诵之不免腔子出焉。魏晋诗家常话与官话相半,逮齐梁,开口俱是官话。官话使力,家常话省力;官话勉强,家常话自然。"在谢榛看来,曹植以上诗句虽"平仄妥帖,声调铿锵","音响"上自胜一筹,却因"学说官话,便作腔子","自然"上为之逊色,最终不免影响到诗歌的表现效果。

在另一层面,谢榛对于诗歌声律的探讨,又同时涉及声调节奏的美感问题。来看他的如下陈述:

> 夫平仄以成句,抑扬以合调。扬多抑少,则调匀;抑多扬少,则调促。若杜常《华清宫》诗:"朝元阁上西风急,都入长杨作雨声。"上句二入声,抑扬相称,歌则为中和调矣。王昌龄《长信秋词》:"玉颜不及寒鸦色,犹带昭阳日影来。"上句四入声相接,抑之太过;下句一入声,歌则疾徐有节矣。刘禹锡《再过玄都观》诗:"种桃道士归何处,前度刘郎今又来。"上句四去声相接,扬之又扬,歌则太硬;下句平稳。此一绝二十六字皆扬,惟"百亩"二字是抑。又观《竹枝词》所序,以知音自负,何独忽于此邪?①

平仄体现了诗歌一种声调的关系,平仄递用也就是声调"长短递用","平调与升降调或促调的递用",由此构成诗歌的节奏。② 从本质上说,所谓"平仄以成句,抑扬以合调",就是平、上、去、入四声平仄的递用,形成抑扬相配的声调节奏。谢榛认为,理想的声调节奏,应该是四声平仄"抑扬相称",在协配的具体环节上,则要"扬多抑少",而非"抑多扬少"。至于"抑之太过"或"扬之又扬",都是有

---

① 以上见《诗家直说七十五条》,《四溟山人全集》卷二十三。
② 王力《汉语诗律学》,第 5 页至 6 页,上海教育出版社 2005 年版。

违于"抑扬相称"的节奏美感的表现。鉴于近体诗的平仄递用十分严格,以故谢榛对于声调节奏的要求,也重点放在了近体诗上,以体现"诵之行云流水,听之金声玉振"的理想的声调效果。如他论及:

> 予一夕过林太史贞恒馆留酌,因谈诗法:"妙在平仄四声而有清浊抑扬之分。试以'东'、'董'、'栋'、'笃'四声调之。'东'字平平直起,气舒且长,其声扬也;'董'字上转,气咽促然易尽,其声抑也;'栋'字去而悠远,气振愈高,其声扬也;'笃'字下入而疾,气收斩然,其声抑也。夫四声抑扬,不失疾徐之节,惟歌诗者能之,而未知所以妙也。……若夫句分平仄,字关抑扬,近体之法备矣。凡七言八句,起承转合,亦具四声,歌则扬之抑之,靡不尽妙。如子美《送韩十四江东省亲》诗云:'兵戈不见老莱衣,叹息人间万事非。'此如平声扬之也。'我已无家寻弟妹,君今何处访庭闱?'此如上声抑之也。'黄牛峡静滩声转,白马江寒树影稀。'此如去声扬之也。'此别应须各努力,故乡犹恐未同归。'此如入声抑之也。"

据上,特别是作为近体诗的基本法则,重要的一项即体现在声调抑扬的变化,而如此的变化,则必须依赖于四声平仄的递用。"四声抑扬,不失疾徐之节",指示的正是诗歌尤其是近体诗声调节奏的特定要求,它从长短高下、清浊缓急的声调的有机配合当中传递出来。可以发现,谢榛在此所强调的声调节奏,不仅是对单一诗句的要求,而且也是对全篇结构的要求,后者主要针对的是近体诗,而如七律这样体现起承转合结构特征的诗体被视为具有充分的典型意义。因此,谢榛特地以杜甫七律《送韩十四江东省觐》为例,具体说明全篇四联八句如何形成"四声抑扬"的节奏。

从谢榛有关诗歌声律的论述来看,其中还牵涉如何处理声律和意义的关系问题。他对此曾指出:"凡字异而意同者,不可概用之,宜分乎彼此。此先声律而后义意,用之中的,尤见精工。然'禽'不如'鸟','翔'不如'飞','莎'不如'草','凉'不如'寒'。此皆声律中之细微。作者审而用之,勿专于义意而忽于声律也。"汉语系统中存在大量同义词,包括等义词和近义词,所以难免会出现"字异而意同"者。按照谢榛上述的意思,这一情形对于诗歌的"声律"和"义意"的作用并不一致,不加分别地"概用"同义词,或许不会影响诗歌的意义传达,但会造成各自在声律表现上的些许差异。出于对声律的讲究,他更倾向于"审而用之",而要求"先声律而后义意",不可"专于义意而忽于声律",实际上乃是对重"义意"而轻"声律"者提出的告诫。关于这个问题,还可以联系谢榛对晚唐杜牧七律《题宣州开元寺水阁》的点评和改易:"杜牧之《开元寺水阁》诗云:'六朝文物草连空,天澹云闲今古同。鸟去鸟来山色里,人歌人哭水声中。深秋帘幕千家雨,落日楼台一笛风。惆怅无因见范蠡,参差烟树五湖东。'此上三句落脚字皆自吞其声,韵短调促,而无抑扬之妙。因易为'深秋帘幕千家月,静夜楼台一笛风'。乃示诸歌诗者,以予为知音否邪?"①四库馆臣对谢榛论诗著述《诗家直说》多有訾议,认为"持论多夸而无当,又多指摘唐人诗病,而改定其字句",其中即以谢氏上论为例:"如谓杜牧《开元寺水阁》诗'深秋帘幕千家雨,落日楼台一笛风'句不工,改为'深秋帘幕千家月,静夜楼台一笛风'。不知前四句为'六朝文物草连空,天澹云闲今古同。鸟去鸟来山色里,人歌人哭水声中',末二句为'惆怅无因见范蠡,参差烟树五湖东',皆登高晚眺之景。如改'雨'为'月',改'落日'为'静夜',则'鸟去鸟来山色里'非夜中之景,'参差烟树五湖东'亦非月下所能见。而就句改句,不顾全诗,古来有是诗法乎?"②在四库馆臣看来,杜牧上诗原本所抒写的是"登高晚眺之景",然经谢榛"就句改句"的更改,不但在时间上将傍晚易为静夜,而且由此造成时间和景象不相称,如此一来,当然也就改变了杜牧原诗传达的意义。而谢榛之所以要挑剔杜牧这首七律诗的瑕疵,甚至为之改定,主要的原因,还是感觉其中或"韵短调促,而无抑扬之妙",还是多少出于"先声律而后义意"的考虑。这一点,也正透露了谢榛在诗歌声律问题上的一种取向。

第二节 "诗乃模写情景之具"

谢榛论诗的另一个重点,乃强调情景的意义,这也因此成为研究者关注的一个问题。③ 如他指出,"作诗本乎情景,孤不自成,两不相背","景乃诗之媒,情

---

① 以上见《诗家直说七十五条》,《四溟山人全集》卷二十三。
② 《四库全书总目》卷一百九十七集部《诗家直说》提要,下册,第1801页。
③ 参见李庆立《谢榛的'情景交融'说》,《谢榛研究》,第184页至199页。刘若愚先生乃认为,谢榛对于"情(感情/内在经验)和景(景物/外在世界)同样注重",他的论诗重心"从形上理论移到了表现理论",显示"他部分属于形上理论、部分属于表现理论的诗观"。参见《中国文学理论》,第60页至63页。

乃诗之胚,合而为诗,以数言而统万形,元气浑成,其浩无涯矣"①。又声称:"诗乃模写情景之具,情融乎内而深且长,景耀乎外而远且大。当知神龙变化之妙,小则入乎微罅,大则腾乎太宇。""凡作诗,须知道紧要下手处,便了当得快也。其法有三,曰事,曰情,曰景。""凡作诗要情景俱工,虽名家亦不易得。联必相配,健弱不单力,燥润无两色。能用此法,则不堕岐路矣。"②这些说法显然是从本质论和审美论的角度,提出情景二者在诗歌创作中不可或缺。

寻索古典诗学的源流,情景论并非谢榛首创。旧题王昌龄撰《诗格》曰:"诗贵销题目中意尽。然看所见景物与意惬者当相兼道。若一向言意,诗中不妙及无味。景语若多,与意相兼不紧,虽理通亦无味。昏旦景色,四时气象,皆以意排之,令有次序,令兼意说之为妙。"③这里,与"景"对举的是"意",虽然"意"和"情"不完全是同一概念,但"意"和"情"相交集。所以,其实还是关涉诗歌的情景问题。而这一问题的核心则是"景物与意惬者当相兼道",诗中一味言意或者一味述景,都被认为会导致"不妙"或"无味"的后果。由此可见,《诗格》以上所论,主要还是本于诗歌的审美原则,谈论"意"、"景"的相兼之理。又如宋范晞文《对床夜语》,也间结合具体诗作的品鉴,议及情景的问题,或为研究者所注意。④其曰:

"树摇幽鸟梦,萤入定僧衣","劲风吹雪聚,渴鸟啄冰开","古厅眠易魇,老吏语多虚","坡暖冬生笋,松凉夏健人","林花扫更落,径草踏还生","垂枝松落子,侧顶鹤听棋","古塔虫蛇善,阴廊鸟雀痴","病尝山药遍,贫起草堂低","废巢侵晓色,荒冢入锄声","地古多生药,溪灵不聚鱼","陇狐来试客,沙鹘下欺人","远钟惊漏压,微月被灯欺","古壁灯熏画,秋琴雨漫弦","草碍人行缓,花繁鸟度迟"。右数联亦晚唐警句,前此少有表而出者,盖不独"鸡声"、"人迹"、"风暖"、"日高"等作而已。情景兼融,句意两极,琢磨瑕垢,发扬光彩,殆玉人之攻玉,锦工之机锦也。然求其声谐《韶》《濩》,气涵金石,则无有焉,识者口未诵而心先厌之矣。

---

① 《诗家直说七十五条》,《四溟山人全集》卷二十三。
② 《诗家直说八十五条》,《四溟山人全集》卷二十四。
③ 《诗格》卷上"论文意",张伯伟《全唐五代诗格汇考》,第169页。
④ 参见李庆立《谢榛的'情景交融'说》,《谢榛研究》,第184页至199页。

老杜诗:"天高云去尽,江迥月来迟。衰谢多扶病,招邀屡有期。"上联景,下联情。"身无却少壮,迹有但羁栖。江水流城郭,春风入鼓鼙。"上联情,下联景。"水流心不竞,云在意俱迟。"景中之情也。"卷帘唯白水,隐几赤青山。"情中之景也。"感时花溅泪,恨别鸟惊心。"情景相触而莫分也。"白首多年疾,秋天昨夜凉。""高风下木叶,永夜揽貂裘。"一句情一句景也。固知景无情不发,情无景不生,或者便谓首首当如此作,则失之甚矣。如"浙浙风生砌,团团月隐墙。遥空秋雁灭,半岭暮云长。病叶多先坠,寒花只暂香。巴城添泪眼,今夕复清光",前六句皆景也。"清秋望不尽,迢递起层阴。远水兼天净,孤城隐雾深。叶稀风更落,山迥日初沉。独鹤归何晚,昏鸦已满林",后六句皆景也。何患乎情少?①

范氏举上述杜甫和晚唐诗句数例,主要用以解释前人诗歌情景兼及和兼融的不同的表现特点,对于诸诗不同的情景表现方式,他则并未作出孰高孰下的区分,认为即使有的诗篇看上去数句皆为写景,而其实并不缺少情的寄寓。看得出来,对于情景兼及和兼融不同之表现,他还是着重从审美的角度,去品鉴形于诸诗中具体的抒写特点。与上述论说相比较,谢榛主张的情景论,无论在角度上还是力度上都有所变化,其视情景二者之关系不仅为诗歌的审美构成,而且为诗歌的本质构成。毫无疑问,这进一步突出了二者在诗歌创作中的重要意义,也因此进一步充实了它们的诗学内涵。

那么接下去的问题是,从诗歌的审美论和本质论出发,谢榛又是如何具体看待情景二者之间的关系的。他曾指出:

夫情景相触而成诗,此作家之常也。或有时不拘形胜,面西言东,但假山川以发豪兴尔。譬若倚太行而咏峨嵋,见衡漳而赋沧海,即近以彻远,犹夫兵法之出奇也。②

究其所论,"情景相触"是诗歌得以抒写的重要基础,这种情形在诗家的创作实

____

①《对床夜语》卷二,《历代诗话续编》,上册,第416页至417页。
②《诗家直说八十五条》,《四溟山人全集》卷二十四。

践中普遍存在,至于或"不拘形胜,面西言东",不过是"情景相触"的一种特殊方式。而作为诗之"胚"之"情",与作为"诗"之"媒"之"景",二者彼此"相触",则是一种自然发生的过程。以故谢榛又说:"作诗本乎情景,孤不自成,两不相背。凡登高致思,则神交古人,穷乎遐迹,系乎忧乐。此相因偶然,著形于绝迹,振响于无声也。"①所谓"相因偶然"云云,就是对"情景相触"作出的一种具体解释,它所强调的是情景二者自然的作用,而不是刻意所为导致的必然结果。对于这一相关的问题,谢榛还进而作了充分的说明:"作诗有相因之法,出于偶然。因所见而得句,转其思而为文。先作而后命题,乃笔下之权衡也。一夕,读《道德经》:'大巧若拙。''巧'、'拙'二字,触其心思。……漫书野语云:'太古之气浑而厚,中古之风纯而朴。'夫因朴生文,因拙生巧,相因相生,以至今日,其大也无垠,其深也叵测。孰能返朴复拙,以全其真,而老于一丘也邪?"②体味此说,"因朴生文,因拙生巧",实为诗歌自然表现形态的一种呈现,究其根本,则来源于"相因偶然",以至"因所见而得句,转其思而为文"。从这个角度来说,作为"相因偶然"的"情景相触",又是形成诗歌自然表现之美感的必要前提。正是基于这一认知,谢榛认为,诗歌史上那些抒情写景堪称精妙的篇句,往往得自"情景相触"的自然发生过程,并不是通过作者的冥思苦想而形成。如他声称:"诗有天机,待时而发,触物而成,虽幽寻苦索,不易得也。如戴石屏'春水渡傍渡,夕阳山外山',属对精确,工非一朝,所谓'尽日觅不得,有时还自来'。""子美曰:'细雨荷锄立,江猿吟翠屏。'此语宛然入画,情景适会,与造物同其妙,非沉思苦索而得之也。"③何谓"天机"? 有研究者就此指出,在中国古代艺术美学中,它是一个具有生命感的实体性概念,不只是存在于审美主体一方,而且是发生于审美主客体在偶然的互感中,并成为创造艺术佳作和经典之作的重要条件。④ 这里,谢榛以"天机"一说解释诗歌"待时而发,触物而成"的营构机缘,实际上也就是在阐说"情景适会"或"情景相触"的发生原理,剖析主体与客体自然相感触的作诗之道,以及臻于"与造物同其妙"的美妙之境地的必要前提。

　　关于情景关系的问题,谢榛同时引入"兴"的概念。如他指出:

---

① 《诗家直说七十五条》,《四溟山人全集》卷二十三。
② 《诗家直说八十五条》,《四溟山人全集》卷二十四。
③ 《诗家直说一百二十七条》,《四溟山人全集》卷二十二。
④ 参见张晶《谢榛诗论的美学诠解》,《北京大学学报》2012 年第 5 期。

　　夫欲成若干诗,须造若干句,皆用紧要者,定其所主,景出想像,情在体帖,能以兴为衡,以思为权,情景相因,自不失轻重也。如十成六七,或前后缺略,句子未稳,皆杳于案,息灯而卧。晓起,复检诸作,更益之。所思少窒,仍放过,且阅他篇,不可执定,复酌酒酣卧。迫心思稍清,起而裁之,三复探颐,统归于浑成。若必次第而成,则兴易衰而思易疲矣。①

中国古典诗学中的"兴"的概念,指涉诗歌作品的功能,通常包含两层含义,一是指"诗兴"的引发,一是指"诗兴"的归趋。前者体现在"因物兴感"说,后者体现在"诗可以兴"说。② 刘勰《文心雕龙·比兴》提出,"兴者,起也","起情故兴体以立"③,《明诗》又说:"人禀七情,应物斯感,感物吟志,莫非自然。"④旧题贾岛撰《二南秘旨》提出:"兴者,情也,谓外感于物,内动于情,情不可遏,故曰兴。"⑤宋胡寅《致李叔易》书札引河南李仲蒙论赋比兴之说,其中即指出:"触物以起情,谓之兴,物动于情者也。"⑥上述这些有关"兴"的概念的解释,大体可以归入"因物兴感"说一类,它们申说的重点是,主体受到客体即外在物象的触动,引起情感的自然兴发。循此推衍,"内""外"之相交,"情""物"之相触,具有非人为的、必然的随机性。谢榛主张的"情景相触"说,符合"外感于物,内动于情"或"触物以起情"的意义指向,因为实际上所谓的"景",也就是"物"的一种类型。而且,这又成为他在上引的论说中将"情景相因"的契机定义为"以兴为衡,以思为权"的逻辑基点。特别是他引入"兴"的概念来诠释"情景相因"的发生机缘,主要还是为了强调主体与客体相感触的自然情状,说明情景二者"相因偶然"的非人为性、必然性。正因如此,谢榛描述诗歌的具体营构过程为"统归于浑成",而不是"必次第而成",如是后者,就难免会造成"兴易衰而思易疲",最终影响诗歌自然表现的效果。他又曾经说过:"诗有不立意造句,以兴为主,漫然成篇,此诗之入化也。"⑦示意"兴"为通向"漫然成篇"这一自然成诗的构结之道的关键因素,如

---

①《诗家直说七十五条》,《四溟山人全集》卷二十三。
② 参见陈伯海《中国诗学之现代观》,第123页。
③《文心雕龙注》卷八,下册,第601页。
④《文心雕龙注》卷二,上册,第65页。
⑤《二南密旨》"论六义",张伯伟《全唐五代诗格汇考》,第372页。
⑥《斐然集》卷十八,《景印文渊阁四库全书》,第1137册。
⑦《诗家直说一百二十九条》,《四溟山人全集》卷二十一。

此,也完全有理由视其为"情景相因"发生机缘的一个注脚。

进一步探察,谢榛对于情景二者关系的论述,不仅指涉主客体"相因偶然"而成诗的发生问题,而且关联主体对客体的能动反映而至"与造物同其妙"的表现问题。他的如下论述值得玩味:"谢灵运'池塘生春草',造语天然,清景可画,有声有色,乃是六朝家数,与夫'青青河畔草'不同。叶少蕴但论天然,非也。又曰:'若作'池边'、'庭前',俱不佳。'非关声色而何?"①宋人叶梦得《石林诗话》论及:"'池塘生春草,园柳变鸣禽',世多不解此语为工,盖欲以奇求之耳。此语之工,正在无所用意,猝然与景相遇,借以成章,不假绳削,故非常情所能到。诗家妙处,当须以此为根本,而思苦言难者,往往不悟。"②叶氏对于谢灵运《登池上楼》中"池塘生春草,园柳变鸣禽"诗句作出的解释,意在肯定这两句写景名句得于"猝然与景相遇",不假雕刻而自然天成。谢榛质疑叶氏之言"但论天然",倒不是要否定其认为谢诗成于"天然"的说法,相反,他恰恰欣赏谢诗写景具有"天然"之致,否则不会冠以"造语天然"的评断,而这和叶氏的说法并不矛盾。较为合理的解释,谢榛只是觉得叶氏对于谢诗"但论天然",尚不足以完全揭示谢诗的写景特点,在他看来,"池塘生春草、园柳变鸣禽"二句,不但"造语天然",并且极富画面感,即所谓"清景可画,有声有色"。又和以上所论可以相互参照的,还有他如下对于杜诗的品评:"子美曰:'碧知湖外草,红见海东云。'此景固佳,然'知'、'见'二字着力。至于'一径野花落,孤村春水生',便觉自然。""子美曰:'细雨荷锄立,江猿吟翠屏。'此语宛然入画,情景适会,与造物同其妙,非沉思苦索而得之也。"③如前所说,谢榛在看待情景二者关系的问题上,强调主体与客体相感触的自然发生过程,这成为主体能动反映客体而加以自然表现的必要前提。综合上引,无论是其指点谢灵运《登池上楼》之"池塘生春草,园柳变鸣禽"诗句"造语天然",还是品味杜甫《遣意》之"一径野花落,孤村春水生"句"便觉自然",应该是他基于主客体"相因偶然"的认知,解析如何通过主体的反映使客体得以自然呈现之奥窍的重要例证。不过,谢榛以上所说的"天然"和"自然"的意思,并不是指诗人只需在诗中忠实复制作为外在物象之"景"即可实现之,这是因为,他对谢灵运和杜甫诗句呈现的或"清景可画,有声有色"或"宛然入画"的

---

①《诗家直说一百二十七条》,《四溟山人全集》卷二十二。

②《石林诗话》卷中,《历代诗话》,上册,第426页。

③《诗家直说一百二十七条》,《四溟山人全集》卷二十二。

写景美感的称赏,其实已在说明诗人凭借内在经验对于外在景象加以审美塑造
的必要性和重要性。如果将这种情景关系置于诗歌意象营构的层面来加以认
知,谢榛的理解有点接近勒内·韦勒克在《文学理论》一书中对意象作出的定
义,后者认为"意象不应该与实际的、感性的和视觉的形象产生过程相混淆",
"即便是视觉意象也不仅仅局限于描述性诗歌中;那些把自己仅仅局限在外部
世界的图像中而去尝试写'意象派'或者'物性'诗歌的人没有几个是成功的。
事实上,这类诗人极少愿意把自己仅仅局限在外部图像上",并且引述庞德(E.
Pound)对意象的界定:"'意象'不是一种图像式的重现,而是'一种在瞬间呈现
的理智与感情的复杂经验',是一种'各种根本不同的观念的联合'"①。就此而
言,刘若愚先生在分析谢榛情景兼重观念之际,指出其"从形上理论移到表现理
论",特别是其"著形于绝迹,振响于无声"的说法,"显示出与某些表现理论的密
切关系"②,相关的阐释更具透彻性。而刘先生论及表现理论与形上理论的主要
差异,提出前者"基本上导向作家",认为"尽管就作家与宇宙之关系而言,这两
种理论彼此相似,两者都对主观与客观的合一有兴趣",但表现理论视此合一过
程为"投射(projection)或交感(reciprocity)",也即"诗人将他本身的感情投射到
外界事物上,或与之相互作用",这和视此过程为"诗人'虚''静'其心灵,以便容
受'道'"的"容受过程"的形上理论不同,"表现理论家通常强调高度的感官感
受"③。刘先生的解析具有一定的启发性,它实际上指出了谢榛论情景二者关系
而"导向作家"也即注意主体在与客体相感触之际的"投射"和"交感"的过程,涉
及主体对于客体作出的能动反映的一面。以谢榛的思路去推衍,其要求从外在
之"景"到诗中之"景",既是一个排斥刻意造作的自然呈现过程,又是一个并非
单纯复制而是通过诗人的感官而经历自我观察、摄取、提炼的审美形塑过程,惟
有如此,才能真正上升到"情景适会,与造物同其妙"的境地。有关于此,还可以
留意谢榛下面的说法:

　　　夫情景有异同,模写有难易,诗有二要,莫切于斯者。观则同于外,感
　　则异于内,当自用其力,使内外如一,出入此心而无间也。……同而不流于

①《文学理论》,第16页至17页、212页。
②《中国文学理论》,第62页。
③《中国文学理论》,第74页至75页。

俗,异而不失其正,岂徒丽藻炫人而已。然才亦有异同,同者得其貌,异者得其骨。人但能同其同,而莫能异其异。吾见异其同者,代不数人尔。

面对相同的客体,不同的主体则会产生各自相异的审美感受,这就是所谓"情景有异同",所谓"观则同于外,感则异于内"。然而,作为"内"之"情"和作为"外"之"景",又被要求达到彼此"如一","出入此心而无间也"。寻味起来,这种情景合一之境,应该是从主体反映客体而加以自然表现的意义上来说的,要求主客体之间维持融合无间的关系,正像谢榛所说的:"夫万景七情,合于登眺。若面前列群镜,无应不真,忧喜无两色,偏正惟一心;偏则得其半,正则得其全。镜犹心也,光犹神也。思入杳冥,则无我无物,诗之造玄矣哉!"①此处如"万景七情,合于登眺"、"思入杳冥,则无我无物"云云,指的正是情景合一、物我无间的玄妙诗境。但是按照谢榛的解说,这种"内外如一"之境,并不代表主体对客体机械反映以使彼此趋于形貌之"同",而是融入了主体塑造客体的能动性、个别性,因而体现"同而不流于俗,异而不失其正"。

　　推展开去,这同时又关涉诗歌写景的虚实问题。谢榛指出:"写景述事,宜实而不泥乎实。有实用而害于诗者,有虚用而无害于诗者。此诗之权衡也。""贯休曰:'庭花濛濛水泠泠,小儿啼索树上莺。'景实而无趣。太白曰:'燕山雪花大如席,片片吹落轩辕台。'景虚而有味。"②解读谢榛的上述说法,写景或虚或实的实践结果,取决于诗人对于外在景象的具体呈现,"虚"胜于"实"的价值判断,取决于诗歌本身的审美特性。"实",代表主体对于客体进行忠实复制,追求的是与客体形貌的相似或相同,属于主体机械反映的结果,如贯休七绝《春晚书山家屋壁二首》中"庭花濛濛水泠泠,小儿啼索树上莺"句切实写景是也。"虚",代表主体对于客体进行审美塑造,追求的是与客体神韵风姿的契合,属于主体能动反映的结果,如李白乐府《北风行》中"燕山雪花大如席,片片吹落轩辕台"句夸张写景是也。不限于此,谢榛关于诗歌写景虚实的观点,其实也可和他主张写景"半生半熟"的说法联系起来看:

---

① 以上见《诗家直说七十五条》,《四溟山人全集》卷二十三。
② 《诗家直说一百二十九条》,《四溟山人全集》卷二十一。

　　甲辰岁冬,予客居大梁,有李生者,屡过款宿。及晨起盥栉,旭日射窗,因索新句。李云:"晓日照疏窗。"予亦成"寒日澹虚牖"。贾子闻之曰:"此出一机杼,而织手不同。"戊午岁,从游邺下,夜酌王中宫别馆,请示一字造句。以"灯"为韵。予就枕构思,乃得三十四句云:"烟苇出渔灯,书声半夜灯,山扉树里灯,风幢闪佛灯,竹院静禅灯,蛾影隔笼灯,星悬宝塔灯,心空一慧灯,风雨异乡灯,倦客望村灯,鬼火战场灯,除夜两年灯,雪市减春灯,茅屋祗书灯,树隐酒楼灯,穴鼠暗窥灯,殿列九华灯,星聚广陵灯,棋罢暗篝灯,疏林见远灯,蛩吟半壁灯,农谈共瓦灯,屋漏夜移灯,明灭几风灯,窗昏梦后灯,流萤不避灯,寒闺织锦灯,形影共寒灯,调鹰彻夜灯,海舶浪摇灯,夜泊聚船灯,霜风逼旅灯,灵焰凤膏灯,春宫万户灯。"此行远自迩之法,俾其自悟耳。及晓起,寒雀在檐,时有幽意,李吟一句云:"群雀噪前檐。"予应声曰:"檐日聚寒雀。"夫能写眼前之景,须半生半熟,方见作手。

　　这段记录作者与诗友吟咏及切磋诗艺经历的叙述,融合了他的经验和认知,主要表达了对于写景问题的看法,认为只有写出"半生半熟"的艺术效果,才体现"作手"精于诗艺的不俗造诣,这也是写景所达到的一种理想境界。类似的说法又如:"贵乎同不同之间,同则太熟,不同则太生。二者似易实难。握之在手,主之在心,使其坚不可脱,则能近而不熟,远而不生。"①"生"有生涩、生造之意,"太生"难免会使所写之景不够自然,违离"天然"、"自然"的要求。"熟"有熟套、熟滑之意,"太熟"往往会流于切实和雷同,缺乏主观的想象和创变。"半生半熟"也就是要避免"太生"和"太熟",介于"同"与"不同"之间,说到底,它和"宜实而不泥乎实"、"虚"胜于"实"的意旨关联在一起。而说"虚"景之"有味"、"实"景之"无趣",则主要是基于诗歌审美特性的考量,同时涉及传统诗学中体现审美意义的诗"味"说。追溯起来,唐人司空图《与李生论诗书》曾指出:"文之难,而诗之尤难。古今之喻多矣,而愚以为辨于味而后可以言诗也。"为了强调诗"味"说,他由此分辩"韵外之致"、"味外之旨"②。又他《与极浦书》引戴叔伦语曰:"诗

————————
　　① 以上见《诗家直说七十五条》,《四溟山人全集》卷二十三。
　　② 《司空表圣文集》卷二,《四部丛刊》影印旧钞本。

家之景,如蓝田日暖,良玉生烟,可望而不可置于眉睫之前也。"并因此以为:"象外之象,景外之景,岂容易可谭哉?"①有研究者指出,司空图所推崇的诗"味",以及与之关联的"韵外之致"、"味外之旨",被宋人归结为"味外味",它指向的是"超越诗篇本来意义上的'味'"。而"象外之象,景外之景"正是这种诗"味"的体现,这是"一种虽未经直接描绘却可以通过暗示、烘染、虚拟、悬想而营造起来的想象空间",或是"一种需要越过形象的表层到其背后深藏的象外境界里去追索与玩绎而得的意味"②。比照起来,谢榛主张"虚"景之"有味"的观点,相对贴近司空图"象外之象,景外之景"说以及相关诗"味"说的意旨,简括而言,即要求通过虚化外在景象的实在形相,营造呈现在诗中景象的想象空间,赋予其引导读者玩绎而产生美感的艺术韵味。从根本上说,这一论调顾及的乃是作为特定抒情文体的诗歌意在言外而重于蕴藉传达的审美特性,即远如宋人严羽推崇"盛唐诸人惟在兴趣","如空中之音,相中之色,水中之月,镜中之象,言有尽而意无穷"③,近如明人王廷相声言"夫诗贵意象透莹,不喜事实粘著,古谓水中之月,镜中之影,可以目睹,难以实求是也","言征实则寡馀味也,情直致而难动物也"④。

概而言之,谢榛提出的情景说,除了融合传统诗学的相关内涵,同时在此基础上也体现着他个人的独特思索。就后者而言,一是相对于前人更多从审美的层面关注情景的问题,其结合诗歌的本质构成和审美构成,讨论情景二者关系在创作实践中的重要性,对于它们的诗学内涵作了进一步发掘和拓展。二是出于更为辩证的立场,诠释情景二者之间具体关系的构成。这主要体现在,不仅辨析主客体"相因偶然"的发生机缘,并以此为逻辑基点,解说主体自然表现客体的合理性和必要性,而且又从诗歌特定的审美要求出发,分析自外在之"景"到诗中之"景"的形成机制,强调这一过程主体审美塑造的能动反映。在谢榛看来,情景二者之间所构成的这种既自然又能动的辩证关系,才称得上是"情景适会,与造物同其妙",才真正达到"内外如一,出入此心而无间也"。

---

① 《司空表圣文集》卷三。
② 陈伯海《中国诗学之现代观》,第 226 页至 227 页。
③ 《沧浪诗话校释·诗辨》,第 26 页。
④ 《与郭价夫学士论诗书》,《王氏家藏集》卷二十八。

第三节 "立意"与"措辞"

"立意"与"措辞",又是谢榛论诗的一个重要面向。先引他的如下所言:

> 凡立意措辞,欲其两工,殊不易得。辞有短长,意有小大,须构而坚,束而劲,勿令辞拙意妨。意来如山,巍然置之河上,则断其源流而不能就辞;辞来如松,挺然植之盘中,窘其造物而不能发意。夫辞短意多,或失之深晦;意少辞长,或失之敷演。名家无此二病。①

这段阐释描述了"立意"与"措辞"的基本关系,究其所论,至少说明两点:第一,"辞"与"意"各自的特性,即"辞有短长,意有小大",需要二者之间形成"构而坚"、"束而劲"的适应关系,以免造成或"辞短意多"之"深晦",或"意少辞长"之"敷演"。这主要是就"辞"、"意"之间合理关系的重要性来说的。第二,也正鉴于"辞"与"意"各自的特性,要达到彼此"两工"的完美境地,又并非易事,可能导致的不良结果,即或"意""不能就辞",或"辞""不能发意"。这主要是就"辞"、"意"之间合理关系构成的难度来说的。归纳起来,"立意"与"措辞"的关系虽不易处理,但它们关乎诗歌作品表现的成功乃至完美与否,所以实成为创作过程的重要环节而不得回避或轻忽。

"辞"与"意"的关系,从言辞传达日常生活经验的层面而言,追究起来,如孔子主张的"辞达而已矣"②一说,所谓"辞"足以达"意"而罢了,即已申明之,颇具代表性。在这个层面上,二者的关系比较单纯。但从诗歌"辞"以达"意"的角度来看,情况则相对复杂。因为诗歌所要传达的诗人之"意",虽蕴含日常生活经验的积淀,但是诗歌的主要职能还在于表现诗人的审美体验,或称之为诗性生命体验,而不在于传达日常生活经验。前者乃源自诗人的现实生命活动及其感受,然不完全等同之,而是内含经过诗人提炼、加工、纯化,具有普泛性和超越性的对于生命本真意义的情感体验。③ 正是鉴于诗歌的职能重在表现诗人的审美

---

① 《诗家直说七十五条》,《四溟山人全集》卷二十三。
② 《论语注疏》卷十五《卫灵公》,《十三经注疏》,下册,第2519页。
③ 参见陈伯海《中国诗学之现代观》,第271页至272页、277页至278页。

体验,其面向的"辞"与"意"的关系,就不是"辞"足以达"意"而已的定义那么简单。这其实也是谢榛以上论"立意"与"措辞"而认为"欲其两工,殊不易得"的根本依据。

相对于有形和有限之"辞",无形和无限之"意"指涉诗人复杂而幽微的情感体验,以及宽泛的涵盖面向。古人曾有"内意"与"外意"的说法,旧题白居易撰《金针诗格》即提出"诗有内外意":"一曰内意,欲尽其理。理,谓义理之理,美、刺、箴、诲之类是也。二曰外意,欲尽其象。象,谓物象之象,日月、山河、虫鱼、草木之类是也。内外含蓄,方入诗格。"①这里虽主要在于阐说"内外意"融会即"内外含蓄"的道理,但因为如"日月、山河、虫鱼、草木"的广大物象,均被作为寄"意"的对象,所以在某种意义上也提示了"意"之面向的丰富性与广泛性。这种情况下,有形和有限之"辞"与无形和无限之"意"如何协配的问题得以显现出来。对此,谢榛以答客所问的方式提出:

> 有客问曰:"夫作诗者,立意易,措辞难,然辞意相属而不离。若专乎意,或涉议论而失于宋体;工乎辞,或伤气格而流于晚唐。窃尝病之,盍以教我?"四溟子曰:"今人作诗,忽立许大意思,束之以句则窘,辞不能达,意不能悉。譬如凿池贮青天,则所得不多;举杯收甘露,则被泽不广。此乃内出者有限,所谓'辞前意'也。或造句弗就,勿令疲其神思,且阅书醒心,忽然有得,意随笔生,而兴不可遏,入乎神化,殊非思虑所及。或因字得句,句由韵成,出乎天然,句意双美。若接竹引泉而潺湲之声在耳,登城望海而浩荡之色盈目。此乃外来者无穷,所谓'辞后意'也。"②

客之所问的核心,在于如何做到"辞意相属而不离",也就是使"辞"与"意"之间形成合理的配合关系,"专乎意"或"工乎辞"都是"辞""意"关系不和谐的表现。

---

① 张伯伟《全唐五代诗格汇考》,第 351 页至 352 页。旧题梅尧臣撰《续金针诗格》则在《金针诗格》"诗有内外意"说的基础上,以杜甫七律《奉和贾至舍人早朝大明宫》中颔联"旌旗日暖龙蛇动,宫殿风微燕雀高"为例解释"内外意":"内意欲尽其理,外意欲尽其象,内外含蓄,方入诗格。诗曰:'旌旗日暖龙蛇动,宫殿风微燕雀高。''旌旗'喻号令也;'日暖'喻明时也;'龙蛇'喻君臣也。言号令当明时,君所出,臣奉行也。'宫殿'喻朝廷也;'风微'喻政教也;'燕雀'喻小人也。言朝廷政教才出,而小人向化,各得其所也。'旌旗'、'风日'、'龙蛇'、'燕雀',外意也;号令、君臣、朝廷、政教,内意也。此之谓含蓄不露。"(同上书,第 520 页。)

② 《诗家直说八十五条》,《四溟山人全集》卷二十四。

谢榛的答问,实际上正是就如何处理"辞""意"关系的问题发言的,寻味其说,在二者关系之中,相比于"措辞","立意"更为关键,因为后者更容易陷入误区。他认为"今人作诗"就存在这一问题,"忽立许大意思,束之以句则窘",即将"意"作为事先预设的因素引入诗歌的营构过程,其结果则往往使得"辞不能达,意不能悉",导致二者关系的不和谐,如此,"立意"和"措辞"自然无法做到"两工"。以谢榛的理解,"意"是一个体现灵动性和随机性的概念,而非预先可以设定,或非得自穷思极虑,故谓之"忽然有得","殊非思虑所及";只有在"意随笔生"的情形下,"辞""意"之间的协配关系方能得以确立。

　　从另一个角度来说,"意"的灵动性和随机性,也同时证明诗人在创作过程中不必拘执于一意的合理性。谢榛就此提出:"作诗不必执于一个意思,或此或彼,无适不可,待语意两工乃定。《文心雕龙》曰:'诗有恒裁,思无定位。'此可见作诗不专于一意也。"①所引刘勰之言,出自《文心雕龙·明诗》,其原文曰:"然诗有恒裁,思无定位,随性适分,鲜能通圆。若妙识所难,其易也将至;忽之为易,其难也方来。"②黄侃先生以为:"此数语见似肤廓,实则为诗之道已具于此,随性适分四字,已将古今家数派别不同之故包举无遗矣。"③应该说,认为以上数语概括"为诗之道"的说法实不为过,特别是刘勰在此总结了诗歌体制和诗人情思性分的特性以及二者的关系,如果说"诗有恒裁,思无定位"概括了诗歌"裁"和"思"的差异,那么"随性适分,鲜能通圆"则揭示了由于这种差异而形成的各自作法或不同风格的原因。谢榛专门引出刘勰所言的其中二句,意有所偏取,主要是为了强调"思无定位"这一点,以前人的经典论述来证明"作诗不专于一意"。不但如此,他还以自己的亲身体验阐明道理:

　　　　予因古人送穷二作,即于切要处思得一联:"穷自有离合,心何偏去留。"借此为发兴之端,遂以尤韵择其当用者若干,则意随字生,便得如许好联。及错综成篇,工而能浑,气如贯珠。此作长律之法,久而自熟,无不立成。心中本无些子意思,率皆出于偶然,此不专于立意明矣。其中一联:"才屈骄为蠹,名归苦是囮。"初以为奇,不免咬群之病,一割爱,务求平顺,

────────────

① 《诗家直说七十五条》,《四溟山人全集》卷二十三。
② 《文心雕龙注》卷二,上册,第 67 页至 68 页。
③ 周勋初导读《文心雕龙札记》,第 31 页,上海古籍出版社 2000 年版。

复造一联："辛苦幽人味，侵凌逆旅雠。"吟诵间，忽岔出想头，因"味"字得一绝云："道味在无味，咀之偏到心。犹言水有迹，瞑坐万松深。"正所谓思无定位，甫临沧海，复造瑶池。其神游两间，无适不可。①

所谓"心中本无些子意思，率皆出于偶然"，正在于解说"意"具有的充分的灵动性和随机性，其与固定的预设无涉，"意"的这一特性，或引发诗思叠出，不专于一端。"忽岔出想头"、"思无定位"云云，即是作者的自我体验所得，由是言之，他显然是在现身说法。

"辞""意"关系中，谢榛特别警惕"立意"容易陷入的误区，赋予"意"之概念以充分的灵动性和随机性，从根本上说，还是为了追求"意"之生成的自然形态，强调"意"以"出于偶然"为贵。在这一问题上，他又以"兴"的概念来加以解释："诗有不立意造句，以兴为主，漫然成篇，此诗之入化也。"②前面述及，谢榛在讨论情景问题时也曾引入"兴"的概念，立足于古典诗学中的"因物兴感"说，阐析情景二者"相因偶然"的发生机缘，或主客体的自然感触。因此可以说，"兴"在此处与"立意造句"相对，同样具有"相因偶然"的意味，谢榛所认可的是"兴"为主导、"意"非预设的成诗过程，诗思的自然兴发才是"诗之入化"的基本前提。相似的说法也见如下："凡作文，静室隐几，冥搜邈然，不期诗思遽生，妙句萌心，且含毫咀味，两事兼举，以就兴之缓急也。"③这又显然是以情景的展示，描述"以兴为主"、"诗思遽生"的过程。联系起来，他又反复强调"意随笔生"或"意随字生"，同样旨在标立"意"之生成的自然形态。除了上文已引述之外，如他又有言："宋人谓作诗贵先立意。李白斗酒百篇，岂先立许多意思而后措词哉？盖意随笔生，不假布置。"④"诗以一句为主，落于某韵，意随字生，岂必先立意哉？杨仲弘所谓'得句意在其中'是也。"上面所说的"意随笔生"或"意随字生"，无非还是指"意"随机而发、不在"辞"先的一种诗思自然生发的状态，故谓之"不假布置"。这种"意随笔生"或"意随字生"的自然生发状态，自和人为的刻意雕饰之"巧"相对立，故而谢榛又表示："意巧则浅，若刘禹锡'遥望洞庭湖水面，白银盘

---

① 《诗家直说八十五条》，《四溟山人全集》卷二十四。
② 《诗家直说一百二十九条》，《四溟山人全集》卷二十一。
③ 《诗家直说七十五条》，《四溟山人全集》卷二十三。
④ 《诗家直说一百二十九条》，《四溟山人全集》卷二十一。

里一青螺'是也。句巧则卑,若许用晦'鱼下碧潭当镜跃,鸟还青嶂拂屏飞'是也。"①当然,"意"是借助"辞"来加以表现的,自然之"意"需要通过自然之"辞"传达出来,这二者之间的关系本身就无法截然分割,谢榛论七言绝句,对比宋人而推尚盛唐之作:"七言绝句,盛唐诸公用韵最严,大历以下,稍有旁出者,作者当以盛唐为法。盛唐人突然而起,以韵为主,意到辞工,不假雕饰;或命意得句,以韵发端,浑成无迹。此所以为盛唐也。宋人专重转合,刻意精炼;或难于起句,借用傍韵,牵强成章。此所以为宋也。"他评论盛唐七绝"意到辞工,不假雕饰","命意得句","浑成无迹",已是不吝标誉之辞,为的是强调它们"辞""意"自然浑成的优长。虽然以上主要是就七言绝句来说的,但其从一个侧面,也表达了谢榛注重"意"之自然生成与"辞"之自然表达的诗学立场。

不过在另一方面,细察谢榛之论,推尚"不假雕饰"、"浑成无迹",还不能完全涵盖他对"辞""意"二者的审美要求,因为他又作了如下的陈述:"《鹤林玉露》:'诗惟拙句最难。至于拙,则浑然天成,工巧不足言矣。'若子美'雷声忽送千峰雨,花气浑如百和香'之类,语平意奇,何以言拙? 刘禹锡《望夫石》诗:'望来已是几千载,只似当年初望时。'陈后山谓'辞拙意工'是也。"②这代表着,"语平意奇"或"辞拙意工"方能形成"辞""意"理想的审美形态;自然之"辞"所要传达的既是自然之"意",又是新奇之"意"。可以理解,特别是作为主要凝聚了经过诗人审美冶炼而所要表现的情感体验,"意"是诗歌的主脑或关键,也是鉴衡诗歌品格高下的重要因素。鉴于此,要使作品避免流于平庸或陈套,展示别具匠心的审美个性,"意"的翻新出奇就显得非常必要,而不是仅仅满足于"出于偶然"的自然生发的要求。这应该是谢榛主张"语平意奇"和认同"辞拙意工"的基本出发点。历史的经验向人们提示,特别是在摹仿或套用前人所作之际,蹈袭因循是一般作者很容易触犯的禁忌。谢榛显然意识到了这个问题,他明确指出,对于古人之句的袭用,使"意"翻新出奇格外要紧,反之则无法超越前人,当然也就无法成为作手:"凡袭古人句不能翻意新奇,造语简妙,乃有愧古人矣。谢庄《月赋》:'洞庭始波,木叶微脱。'盖出自屈平'洞庭波兮木叶下'。譬以石家铁如意,改制细巧之状,此非古良冶手也。王勃《七夕赋》:'洞庭波兮秋水急。'

---

① 以上见《诗家直说一百二十七条》,《四溟山人全集》卷二十二。
② 以上见《诗家直说一百二十九条》,《四溟山人全集》卷二十一。

意重气迫,而短于点化。此非偷狐白裘手也。许浑《送韦明府南游》诗:'木落洞庭波。'然措词虽简,而少损气魄。此非缩银法手也。"①

细加辨察,谢榛论"立意"与"措辞",也面向不同的诗体而提出针对性的要求,如云:

> 或曰:"子谓作古体、近体概同一法,宁不有误后学邪?"四溟子曰:"古体起语比少而赋兴多,贵乎平直,不可立意涵蓄。若一句道尽,馀复何言?或兀坐冥搜,求声于寂寥,写真于无象,忽生一意,则句法萌于心,含毫转思,而色愈惨澹,犹恐入于律调,则太费点检斫削而后古。或中有主意,则辞意相称,而发言得体,与夫工于炼句者何异?汉魏诗纯正,然未有六朝、唐宋诸体萦心故尔。若论体制,则大异而小同;及论作手,则大同而小异也。未必篇篇从头叙去,如写家书然,毕竟有何警拔?或以一句发端,则随笔意生,顺流直下,浑成无迹。此出于偶然,不多得也。凡作近体,但命意措词一苦心,则成章可逼盛唐矣。作古体不可兼律,非两倍其工,则气格不纯。今之作者,譬诸宫女,虽善学古妆,亦不免微有时态。"②

以上所论,分别阐析古近体诗的"立意"与"措辞"问题,按谢榛的说法,古近体诗因为体制不同,所以"立意"与"措辞"的要求自然也不同,在此,这些要求主要是被作为原则性的作法提出来的。古体"贵乎平直","如写家书然",正如谢榛品评《古诗十九首》,以为其"平平道出,且无用工字面,若秀才对朋友说家常话,略不作意",为此则要避免"立意涵蓄",以符合"平直"的作风,使之"辞意相称"。反之,如果"立意涵蓄",则会陷入"一句道尽,馀复何言"的窘境,势必与古体的体制相悖。相比较,近体的作法则不相同,即"命意措词"需费"苦心",并以盛唐之作为样板。此处所谓的"苦心",实非指刻意雕饰之用心,否则无法解释谢榛如上为何要推尚盛唐诗歌"意到辞工,不假雕饰","命意得句","浑成无迹",而当指顾及近体诗的体制特点,以至在"辞""意"上开展必要的艺术经营。

关于这一点,可以举谢榛有关律诗中间颔颈两联之论为例,如于五言律诗:

---

① 《诗家直说七十五条》,《四溟山人全集》卷二十三。
② 《诗家直说八十五条》,《四溟山人全集》卷二十四。

"凡五言律,两联若纲目四条,辞不必详,意不必贯。此皆上句生下句之意,八句意相联属,中无罅隙,何以含蓄?"其指涉的关键问题是,与"贵乎平直"的古体不同,作为近体的律诗则要体现含藏不露的蕴藉传达之韵味,特别是中间两联"辞不必详,意不必贯",以便保留令人回味联想的空间,避免两联上下句意繁重联属,损害诗歌"含蓄"之美感。对此,谢榛还提出,"凡作诗文,或有两句一意,此文势相贯,宜乎双用",就律诗而言,则"意重一联,其势使然",但"两联意重,法不可从"。所以他觉得,如唐人王勃五律《寻道观》颈联"玉笈三山记,金箱五岳图",骆宾王五律《同辛簿简仰酬思玄上人林泉》之四颔联"芳杜湘君曲,幽兰楚客词",其"句意虽重",然"于理无害","若别更一句,便非一联造物矣"。这应该是说,如王、骆"两句一意"的诗句,尚具"文势相贯"的合理性。但如李白五律《赠孟浩然》颔联之"红颜弃轩冕"句和颈联之"迷花不事君",刘长卿七律《题灵祐和尚故居》颔联之"几日浮生哭故人"句和颈联之"雨花随泪共沾巾"句,则为"两联意颇相似",或曰"两联意重",不合律诗体制之要求,就属于"兴到而成,失于点检"[①]了。

　　同时,与质疑律诗"两联意颇相似"或"两联意重"之论相关,谢榛主张律诗中间两联须多用实字而少用虚字:"律诗重在对偶,妙在虚实。子美多用实字,高适多用虚字。惟虚字极难,不善学者失之。实字多则意简而句健,虚字多则意繁而句弱。赵子昂所谓两联宜实是也。"[②]元人赵孟頫提出"作诗用虚字殊不佳,中两联填满方好"[③],主要针对的是宋人七言律诗好用虚字的作法。朱庭珍《筱园诗话》云:"宋人七律句中好用虚字,每流滑弱,南渡后尤甚。赵松雪力矫其失,谓七律须有健句压纸,为通篇警策处,以树诗骨。此言极是。又谓七律中二联以用实字无一虚字为妙,则矫枉过正,未免偏矣。"[④]谢榛的上述主张,即承赵说而来,认为虚字用得过多,就容易流于繁浮虚弱,甚至削弱诗歌的体格,相反多用实字,则可消除此弊。他就此还举唐刘长卿五律《送道标上人归南岳》和明安庆王朱恬烄五律《送月泉上人归南海得帆字》为例,指出前者虽"雅澹有

----

　　① 以上见《诗家直说七十五条》,《四溟山人全集》卷二十三。
　　② 《诗家直说一百二十九条》,《四溟山人全集》卷二十一。
　　③ 戚辅之《佩楚轩客谈》,陶宗仪等编《说郛三种》明刻《说郛》卷二十七,第 4 册,第 1298 页,上海古籍出版社影印本,1988 年版。
　　④ 赵藩、陈荣昌等辑《云南丛书》初编《集部》,民国刻本。

味"，"但虚字太多，体格稍弱"，后者"多使实字，奇崛有骨"①。再有，在谢榛看来，律诗中间两联虚字过多或运用不当，或会产生"敷演之病"，属于"辞""意"不相协配的一种表现，即他所说的"意少辞长，或失之敷演"②。他在论及七言律诗句法时指出，"七言近体起自初唐应制，句法严整，或实字叠用，虚字单使，自无敷演之病"，而至杜甫，其所作七律又善用虚字，如《咏怀古迹五首》之三颔联"一去紫台连朔漠，独留青冢向黄昏"和《九日蓝田崔氏庄》颈联"蓝水远从千涧落，玉山高并两峰寒"，所用虚字或"措辞稳帖"，或"工而有力"③。不过在谢榛眼中，杜甫身为大家，功力独到，其运用虚字之法非常人可及，如谓其七律《和裴迪登蜀州东亭送客逢早梅相忆见寄》"两联用二十二虚字，句法老健，意味深长，非巨笔不能到"④。而至中唐，七律之作"虚字愈多"，但已"异乎少陵气象"，不善于运用的拙陋之相已现。这种情况实际上也就是滑向了"敷演之病"。因此谢榛以为，"凡多用虚字便是讲，讲则宋调之根"⑤。这里所谓的"讲"，当指诗句流于议论敷演，缺乏蕴藉传达之韵味，于是又和具有议论倾向的"宋调"联系在了一起。⑥

　　总之，谢榛关于"立意"与"措辞"的主张，实为其论诗的一个重要面向，也是探察其诗学思想的切入口之一，这反映在他对"辞""意"各自特性尤其是彼此关系相对具体而深切的诠释。而他在分辨古近体诗不同体制的基础上，提出富有针对性的"辞""意"要求，特别是着意于律诗中间两联的作法，从其诗学主张提出的特定语境来说，则又与至后七子时代诗歌辨体意识的提升和法度观念的强化不无关联。

---

① 《诗家直说八十五条》，《四溟山人全集》卷二十四。
② 《诗家直说七十五条》，《四溟山人全集》卷二十三。
③ 《诗家直说八十五条》，《四溟山人全集》卷二十四。
④ 《诗家直说一百二十九条》，《四溟山人全集》卷二十一。
⑤ 《诗家直说八十五条》，《四溟山人全集》卷二十四。
⑥ 以上所论参见拙著《前后七子研究》，第517页至518页。

第十五章　胡应麟：后七子新生代的诗学理路

　　胡应麟,字元瑞,一字明瑞,号少室山人,又号石羊生,兰溪(今属浙江)人。万历四年(1576)中乡试,数上公车不第。性嗜古书籍,购书四万馀卷,筑室贮之,多加披阅。万历五年(1577)或稍后,因王世贞弟王世懋绍介,胡应麟寄书世贞相通,极言钦慕之情,二人得以结识。此后他又赴吴中访王世贞,间出所著诗集,世贞为之作序,盛加推许,以为其诗"象必意副,情必法畅;歌之而声中宫商而彻金石,揽之而色薄星汉而撼云霞。以比于开元、大历之格,亡弗合也","后我而作者,其在此子矣夫"①。又作《末五子篇》,将胡应麟与赵用贤、李维桢、屠隆、魏允中等人并列其中。除了王世贞之外,胡应麟和登于"后五子"之列的歙县人汪道昆交往密切。万历十一年(1583),二人相识于武林,"片语定交,谊逾倾盖"②。汪道昆对这位文学后进甚为器重,"齿诸国士"③,并以为"我思古人,实获我心,斯人之谓也"④。万历十年(1582)或稍后,汪氏和时任徽州府推官武陵人龙膺一同创建白榆社,"诸宾客自四方来,择可者延之入"⑤,其时胡应麟也被延揽其中。这些说明了他与后七子文学集团尤其是领袖或重要人物之间业已建立起来的紧密联系。

　　胡应麟生平撰著的《诗薮》一书,则不仅集中体现了他的诗学思想,也成为明代极为重要的论诗著述之一。作为一部多卷本的诗学论著,《诗薮》并非成于一时,据今人考察,约于万历十二年(1584),胡应麟已开始撰写此书,至万历十

---

① 《胡元瑞绿萝馆诗集序》,《弇州山人续稿》卷四十四。
② 胡应麟《入新都访汪司马伯玉八首》序,《少室山房集》卷十二。
③ 胡应麟《奉少司马汪公》,《少室山房集》卷一百十三。
④ 《诗薮序》,汪道昆《太函集》卷二十五,明万历刻本。
⑤ 汪道昆《送龙相君考绩序》,《太函集》卷七。

六年(1588)夏或更早则基本成书。①　对于这部颇成规模的论诗之著,王世贞、汪道昆等人都给予了非同一般的评价。如王世贞认为,“至勒成一家之言若所谓《诗薮》者,则不啻迁《史》之上下千古,而周密无漏胜之。其刻精则董狐氏、韩非子也”②,“若说诗者亡虑十馀家,往往可采,而独兰溪胡元瑞氏最为博识宏览,所著《诗薮》上下数百千年,虽不必字字破的,人人当心,实艺苑之功臣,近代无两”③。他在回复胡应麟书札中,又说“得足下《诗薮》,则古今谈艺家尽废矣”④。汪道昆则表示,是书“廓虚心,操独见”,“其持衡如汉三尺,其握算如周九章,其中肯綮如庖丁解牛,其求之色相之外,如九方皋相马”⑤。尽管王、汪二人鉴于和胡应麟之间的交谊,其对《诗薮》所作的评价难免溢美之辞,但从中还是可以看出他们重视和肯定此书的程度。至于胡应麟本人撰写此书历时数年,颇费心血,可谓殚精竭力,他自称“所著《诗薮》内外四编,颇窃自信,管中之豹,盖生平精力毕殚此矣”⑥,并自许甚高,言己“宿根介憨,不解逐影吠声,至于随人悲笑,弥所不耐。所为《诗薮》一书,悉是肝腹剖露,只字毋敢袭前人。前人藻鉴有当于衷,必标著本书,使之自见;其有不合,即名世钜公,不复雷同”⑦。或许是因为胡应麟与后七子领袖人物王世贞之间异常契密的交情以及彼此欣赏的态度,时人和后人都比较关注《诗薮》和《艺苑卮言》之间的关联。褒之者如万历十八年(1590)汪道昆序《诗薮》,以为该书“轶《谈艺》,衍《卮言》。廓虚心,操独见。凡诸蚩倪妍丑,无不镜诸灵台”⑧。贬之者如钱谦益指责其“自邃古迄昭代,下上扬扢,大抵奉元美《卮言》为律令,而敷衍其说,《卮言》所入则主之,所出则奴之”,“要其指意,无关品藻,徒用攀附胜流,容悦贵显,斯真词坛之行乞,艺苑之舆台也”⑨。后四库馆臣又承钱氏之说,谓《诗薮》“大抵奉世贞《卮言》为律令,而敷衍其说,谓诗家之有世贞,集大成之尼父也。其贡谀如此云云”⑩。他们从各自的

① 参见王明辉《〈诗薮〉撰年考》,《江汉大学学报》2005 年第 4 期。
② 《胡元瑞传》,《弇州山人续稿》卷六十八。
③ 《李仲子能茂》,《弇州山人续稿》卷一百八十一。
④ 《答胡元瑞》,《弇州山人续稿》卷二百六。
⑤ 《诗薮序》,《太函集》卷二十五。
⑥ 《杂启长公小牍九通》二,《少室山房集》卷一百十二。
⑦ 《报王承父山人》,《少室山房集》卷一百十六。
⑧ 《诗薮序》,《太函集》卷二十五。
⑨ 《列朝诗集小传》丁集上《胡举人应麟》,下册,第 447 页。
⑩ 《四库全书总目》卷一百九十七集部《诗薮》提要,下册,第 1803 页。

立场,指出了《诗薮》敷演《艺苑卮言》的特点,尤其是钱谦益所评,则更是将《诗薮》定位在以《艺苑卮言》为"律令"的附和之作。如何看待《诗薮》与《艺苑卮言》的关系,实际上涉及如何评判胡应麟的诗学立场包括其和王世贞等人诗学取向的关系问题。特别是钱谦益,生平对七子派抱有成见,多加攻讦,是以他对《诗薮》的指责,未免意气用事,不足为据。在笔者看来,胡应麟秉持的诗学立场,特别是他在《诗薮》中所展开的阐论,固然与七子派尤其是王世贞的诗学取向不乏相近的一面,但作为后七子文学集团的一位新生代成员,他又绝不是在简单敷演王世贞等人的论调。确切地说,与王世贞等人相比,他的诗学思想形态尤其是《诗薮》所论,朝着系统化和精密化的方向又拓进了一层,其中也包含了他个人对于一系列诗学问题独到的思索,在某种意义上,对后七子的诗学体系起到了补充、完善和拓辟的作用。

第一节　古典诗歌谱系的构结

如果说,胡应麟论诗比起王世贞等人在系统化和精密化方面又突进了一步,那么,其中之一即表现在他对古典诗歌谱系的用心构结。不妨先来看他如下陈述:

> 黄、虞而上,文字邈矣。声诗之道,始于周,盛于汉,极于唐。宋、元继唐之后,启明之先,宇宙之一终乎! 盛极而衰,理势必至,虽屈、宋、李、杜挺生,其运未易为力也。①
> 自《三百篇》以迄于今,诗歌之道,无虑三变:一盛于汉,再盛于唐,又再盛于明。典午创变,至于梁、陈极矣。唐人出而声律大宏。大历积衰,至于元、宋极矣,明风启而制作大备。②

以上的陈述虽只是概括性的说明,但已清晰地梳理了古典诗歌盛衰变化的大致脉络。而他将这种盛衰变化的主要原因归根于"运",或者说"世

---

① 《诗薮·外编》卷五《宋》,第 206 页。
② 《诗薮·续编》卷一《国朝上·洪永、成弘》,第 341 页。

运"、"气运"。① 当然,此说还根本于诗道隆替与世道盛衰相对应的传统观念,
而有研究者指出,类似的说法即使在明人中间也非偶见,胡应麟只不过是沿用
了当时习用的观念。② 之所以如此,或许论者不无以这种含有一定共识性的观
念增强其立论依据的意图。然而,这应该还不是问题的重点所在,重要的是,胡
应麟的上面陈述在勾勒自古以来诗歌变化轨迹之际,作出了"一盛于汉,再盛于
唐,又再盛于明"的基本判断,这也无异于标榜汉、唐、明诗在古典诗歌演变进程
中成为三个鼎盛时期的价值地位和历史意义。从七子派的诗学立场来看,重视
和推崇汉、唐诗歌,已成为诸子之间对待古典诗歌的基本共识,就此而言,胡应
麟以上对汉、唐诗道昌盛的定位,并未越出诸子的这一基本共识。但在对待明
诗的问题上,比起诸子则有所不同,他将有明与汉、唐诗歌并立为"三变",标榜
本朝诗歌的意识显得相当明晰和强烈。不过很明显的一点,胡应麟作出继汉、
唐之后诗歌"又再盛于明"的断论,主要还是以七子派的创作业绩作为判断的依
据。如他在《素轩吟稿序》中提出:"明诗之盛,盛于弘、正,李何一倡,诸君子从
而和之,声调未舒,异者辄议其后。嘉靖中李于鳞氏出,而献吉复尊,至王长公
勃兴江左,遂操百代风雅柄,次公继起,齐驱竞爽,一时周旋中原、肩荷大业者,
亡虑数家。而嘉、隆之际,几轶唐、汉。"③而在《诗薮》中,他也表示"国朝诗流显
达,无若孝庙以还","自时厥后,李、何并作,宇宙一新矣","观察开创草昧,舍人
继之,迪功以独造骖乘其间,考功以通方继踵其后。一时云合景从,名家不下数
十,故明诗首称弘、正"④。又以为"自北地宗师老杜,信阳和之,海岱名流,驰赴
云合。而诸公质力,高下强弱不齐","嘉靖诸子见谓不情,改创初唐,斐然溢目,

---

① 《诗薮》一书多处论及诗风关乎"气运"或"世运"的问题,如:"优柔敦厚,周也;朴茂雄深,汉也;风华秀
发,唐也。……文章关世运,讵谓不然!"(《内编》卷一《古体上·杂言》,第1页至2页。)"文章非末技也,权侔
警跸,功配生成,气视创以盛衰,尘劫同其悠远。"(同上卷,第2页。)"诗文固系世运,然大概自其创业之君。"
(同上书《内编》卷二《古体中·五言》,第23页。)"五言律体,兆自梁、陈。唐初四子,靡缛相矜,时或拗涩,未堪
正始。神龙以还,卓然成调。沈、宋、苏、李,合轨于先;王、孟、高、岑,并驰于后。新制叠出,古体攸分,实词章
改变之大机,气运推迁之一会也。"(同上书《内编》卷四《近体上·五言》,第58页。)"盛唐句,如'海日生残夜,
江春入旧年';中唐句,如'风兼残雪起,河带断冰流';晚唐句,如'鸡声茅店月,人迹板桥霜',皆形容景物,妙绝
千古,而盛、中、晚界限斩然。故知文章关气运,非人力。"(同上卷,第59页。)"汉人诗,气运所钟,神化所至也,
无才可见,格可寻也。"(同上书《外编》卷二《六朝》,第144页。)"大历而后,学者溺于时趋,罔知反正。宋、元诸
子亦有志复古,而不能者,其说有二:一则气运未开,一则鉴戒未备。……李、何一振,此道中兴。盖以人事则
鉴戒大备,以天道则气运方隆。"(同上书《外编》卷五《宋》,第214页。)

② 参见陈国球《胡应麟诗论研究》,第22页,华风书局有限公司1986年版。

③ 《少室山房集》卷八十一。

④ 《诗薮·续编》卷一《国朝上·洪永、成弘》,第345页。

而矜持太甚,雕缋满前,气象既殊,风神咸乏。既复自相厌弃,变而大历,又变而元和,风会所趋,建安、开、宝之调,不绝如线。王、李再兴,扩而大之,一时诸子,天才竞爽,近体之工,欲无前古,盛矣"①。归纳这些述论可以看出,其对李、何及李、王诸子诗坛位置的辨认非同一般,视之为创辟和扩展明诗兴盛格局的重要力量。甚至声言:"以唐人与明并论,唐有王、杨、卢、骆,明则高、杨、张、徐;唐有工部、青莲,明则弇州、北郡;唐有摩诘、浩然、少伯、李颀、岑参,明则仲默、昌毂、于鳞、明卿、敬美,才力悉敌。惟宣、成际无陈、杜、沈、宋比,而弘、正、嘉、隆羽翼特广,亦盛唐所无也。"②则以七子派的多位代表人物与唐代诸诗家相并论,标誉之意昭然若揭。凡此也表明,在推引明诗之际,胡应麟有意充分凸显七子派在明代乃至整个诗歌发展史中的重要地位,维护这一文学宗派的意识显得更为强烈。

在确立汉、唐、明具有诗道昌盛之标志性意义的高层地位的同时,胡应麟对于不同时代、不同诗人作品的等级划分,又是相当严格和精细的。如他审观"八代"诗歌的变化面貌及品级差异即指出:"汉、魏、晋、宋、齐、梁、陈、隋,八代之阶级森如也。枚、李、曹、刘、阮、陆、陶、谢、鲍、江、何、沈、徐、庾、薛、卢,诸公之品第秩如也。其文日变而盛,而古意日衰也;其格日变而新,而前规日远也。"③在此,他以"古意"和"前规"作为鉴别的准式,观察"八代"诗歌在不同时代与不同诗人中间的演变状况,以及呈现其中的"阶级"或"品第"的异别。而在他看来,时代及诗人之间"阶级"或"品第"差异明显,这是为诗歌史处于"变"的运动状态所决定的,各自之间不容混淆。

具体来看,以时代而言,比如他对汉魏诗歌品级的分别:

> 汉人诗不可句摘者,章法浑成,句意联属,通篇高妙,无一芜蔓,不着浮靡故耳。子桓兄弟努力前规,章法句意,顿自悬殊,平调颇多,丽语错出。王、刘以降,敷衍成篇。仲宣之淳,公幹之峭,似有可称,然所得汉人气象音节耳,精言妙解,求之邈如。严氏往往汉、魏并称,非笃论也。④

---

① 《诗薮·续编》卷二《国朝下·正德、嘉靖》,第351页。
② 《诗薮·续编》卷二《国朝下·正德、嘉靖》,第364页。
③ 《诗薮·外编》卷二《六朝》,第143页至144页。
④ 《诗薮·内编》卷二《古体中·五言》,第32页。

严羽《答出继叔临安吴景仙书》虽在回应吴陵论诗之见时言及："至于汉、魏、晋、宋、齐、梁之诗,其品第相去,高下悬绝,乃混而称之,谓锱铢而较,实有不同处,大率异户而同门,岂其然乎?"①似乎还是在意汉魏等诸朝代诗的"品第"之"高下",但他的《沧浪诗话》,无论提出"汉、魏、晋与盛唐之诗,则第一义也","汉魏尚矣,不假悟也"②,抑或声称"汉魏之诗,词理意兴,无迹可求"③,"汉魏古诗,气象混沌,难以句摘"④,则在汉诗与魏诗之间又未作出明确的区分。以故给胡应麟以"汉魏并称"而不分品级的印象,这也正如他所说的,"严羽卿论诗,六代以下甚分明,至汉、魏便鹘突"⑤。其实仅在七子派的范围之内,胡应麟也绝不是留意汉魏诗歌差异的第一人。何景明就以为:"汉兴,不尚文,而诗有古风,岂非风气规模犹有朴略宏远者哉?继汉作者,于魏为盛,然其风斯衰矣。"⑥从汉魏诗歌当中,他品出了"古风"留存与衰减之不同,这也示意二者之间品级本有不同。徐祯卿又说过,"魏诗,门户也;汉诗,堂奥也。入户升堂,固其机也。而晋氏之风,本之魏焉","由质开文,古诗所以擅巧。由文求质,晋格所以为衰。若乃文质杂兴,本末并用,此魏之失也"⑦。其也已分出汉、魏、晋三朝诗品之差异,胡应麟因此称"以上昌谷论三代诗,绝得肯綮,以俟百世,其言不易矣"⑧。比起何、徐等人,胡氏对汉魏诗品之别的分析,虽基调或与之相近,但其精严和详切则为前者所不及。如他论五言古诗,分别以"品之神"和"品之妙"来区分汉诗与魏诗的品级,并指出:"汉人诗,质中有文,文中有质,浑然天成,绝无痕迹,所以冠绝古今。魏人赡而不俳,华而不弱,然文与质离矣。"⑨所谓汉诗"质中有文,文中有质"的文质相宜之特点,当即如他所说,"古诗自质,然甚文;自直,然甚厚。'上山采蘼芜'、'四坐且莫喧'、'翩翩堂前燕'、'洛阳城东路'、'长安有狭邪'等,皆闾巷口语,而用意之妙,绝出千古",比较"建安如应璩《三叟》,殊愧雅驯;阮瑀《孤儿》,毕露筋骨",可以见出"汉、魏不同乃尔"。寻味其意,汉诗与魏诗的不

---

①《沧浪诗话校释》附录,第252页。
②《沧浪诗话校释·诗辨》,第11页至12页。
③《沧浪诗话校释·诗评》,第148页。
④《沧浪诗话校释·诗评》,第151页。
⑤《诗薮·内编》卷二《古体中·五言》,第28页。
⑥《汉魏诗集序》,《大复集》卷三十二。
⑦《谈艺录》,《迪功集》附。
⑧《诗薮·外编》卷二《六朝》,第158页。
⑨《诗薮·内编》卷二《古体中·五言》,第22页。

同,在于前者因文质相宜而天然浑成,无迹可求,并由此至于温厚有度、深婉有致,后者对比起来则有所不及。就汉魏诗歌品级差异这一问题,胡应麟还作过相应的辨析,如谓"诗之难,其《十九首》乎! 畜神奇于温厚,寓感怆于和平;意愈浅愈深,词愈近愈远;篇不可句摘,句不可字求。盖千古元气,钟孕一时,而枚、张诸子,以无意发之,故能诣绝穷微,掩映千古";"东、西京兴象浑沦,本无佳句可摘,然天工神力,时有独至","有鬼神不能思、造化不能秘者"①;"古诗降魏,虽加雄赡,温厚渐衰。阮公起建安后,独得遗响,第文多质少,词衍意狭。东、西京则不然,愈朴愈巧,愈浅愈深"②。而于两汉诗歌,他特别标举《古诗十九首》与"诸杂诗",目之为汉诗胜过魏诗的代表之作:"两汉诸诗,惟《郊庙》颇尚辞,乐府颇尚气。至《十九首》及诸杂诗,随语成韵,随韵成趣,辞藻气骨,略无可寻,而兴象玲珑,意致深婉,真可以泣鬼神,动天地。魏氏而下,文逐运移,格以人变。若子桓、仲宣、士衡、安仁、景阳、灵运,以词胜者也;公幹、太冲、越石、明远,以气胜者也;兼备二者,惟独陈思。然古诗之妙,不可复睹矣。"③这又示意,汉代《古诗十九首》及"诸杂诗"之所以能给人以"辞藻气骨,略无可寻"之感,正是文质相宜而浑融无迹的体现,而"兴象玲珑,意致深婉"则得此而成。相比起来,"尚辞"与"尚气"而文质各有偏重的《郊庙》及其他乐府已显得逊色,至于"魏氏而下"尤其因为"文与质离矣",或"以词胜"或"以气胜",更是相形见绌。

　　虽然胡应麟注意区分汉魏诗歌的品级差异,不过在他构结的古典诗歌谱系中,总体上汉魏还是处于"品之神"和"品之妙"的典范地位。④ 与之相对,如宋元诗歌则被视为"盛极而衰"的诗道衰变的标志,乃被置于谱系的另一极,如其谓:"宋、元诸子亦有志复古,而不能者,其说有二:一则气运未开,一则鉴戒未备。苏、黄矫晚唐而为杜,得其变而不得其正,故生涩峻嶒而乖大雅。杨、范矫宋而为唐,舍其格而逐其词,故绮缛闺阃而远丈夫。"⑤七子派对宋元诗歌的排击人所

---

　　① 以上见《诗薮·内编》卷二《古体中·五言》,第25页至27页。

　　②《诗薮·内编》卷二《古体中·五言》,第29页。

　　③《诗薮·内编》卷二《古体中·五言》,第25页。

　　④ 关于汉魏诗歌的典范意义,胡应麟也曾一再强调,如以为四言体,较之"晋诸作者,浮慕《三百》,欲去文存质,而繁靡板垛,无论可调,并工语失之","汉多主格,魏多主词,虽体有古近,各自所长"(《诗薮·内编》卷一《古体上·杂言》,第9页)。乐府诗,"取乐府之格于两汉,取乐府之材于三曹,以三曹语入两汉调,而浑融无迹,会于《骚》、《雅》"(同上卷,第14页)。五言古诗,"五言盛于汉,畅于魏,衰于晋、宋,亡于齐、梁"(同上书《内篇》卷二《古体中·五言》,第22页)。

　　⑤《诗薮·外编》卷五《宋》,第214页。

熟知,在李、何时代,如康海就指责明兴以来"承沿元宋,精典每艰;忽易汉唐,超
悟终鲜"①的诗习;何景明则批评"宋人似苍老而实疏卤,元人似秀峻而实浅俗",
且以"今仆诗不免元习,而空同近作间入于宋"②相嘲诮。至李、王时代,李攀龙
编《古今诗删》,选录"古逸"、汉至唐代及明代各体诗歌,中间尽略宋元两代之
作,足见其对宋元诗歌贬抑之极;王世贞曾表示何景明于宋元诗歌之评"的然",
以为"之二语","其二季之定裁乎"③? 从中也代表他对两代之作的基本定位。
在宋元诗歌的评判问题上,胡应麟看起来与以上七子派诸子的态度大致相近,
但对照诸子多少还流于笼统和疏率的批评倾向,他则对于两代诗歌的辨析同样
要精严和详切得多,这又集中反映在他对宋元诗歌的对比和品级分别上。如他
指出:

> 宋主格,元主调。宋多骨,元多肉。宋人苍劲,元人柔靡。宋人粗疏,
> 元人整密。宋人学杜,于唐远;元人学杜,于唐近。④

上面所举出的宋元诗歌各自特点大多相对而立,这不得不说是作者所运用的一
种比较策略,意在以此对比二者诗风的显著差异。在胡应麟看来,宋元诗风的
这些差异,或是二者相比各自长短之所在。如"格","宋近体人以代殊,格以人
创,钜细精粗,千歧万轨。元则不然,体制音响,大都如一"⑤,对照起来,宋诗"格
以人创",较之元诗"大都如一"似乎略胜一筹。如"调","宋人调甚驳,而材具纵
横,浩瀚过于元;元人调颇纯,而材具局促,卑陬劣于宋"⑥,元诗之"纯""调",较
之宋诗之"驳""调"似乎稍强些许。这亦如胡应麟所指出,尤其对比宋南渡诸家
"诗率唐调寡而宋调多,至永嘉四灵,虽跬步不离唐人,而调益卑卑","乃元调较
之于宋,则于诗差近"⑦。宋元诗风的差异,还具体显现在各自不同的诗体,为
此,胡应麟又通过二者不同诗体的对比,分别各自之长短。如他总括比较得

---

① 《太微山人张孟独诗集序》,《对山集》卷十四。
② 《与李空同论诗书》,《大复集》卷三十。
③ 《宋诗选序》,《弇州山人续稿》卷四十一。
④ 《诗薮·内编》卷二《古体中·五言》,第40页。
⑤ 《诗薮·外编》卷六《元》,第230页。
⑥ 《诗薮·外编》卷六《元》,第229页。
⑦ 《与顾叔时论宋元二代诗十六通》二,《少室山房集》卷一百十八。

出的结论:"宋五言律胜元,元七言律胜宋。歌行绝句,皆元人胜。至五言古,俱不足言矣。"①这又表示,宋元两代除了五言古诗因无可观之作,遂无比较的基础,而五七言律、歌行、绝句诸体,彼此还是可以分出高下,差异自见。譬如七言律,胡应麟称杜甫有"全篇可法者",诸篇"气象雄盖宇宙,法律细入毫芒,自是千秋鼻祖",对此"宋人一概弃置,惟元虞伯生、杨仲弘得少分"②。相比,"元七言律深监苏、黄,一时制作,务为华整。所乏特苍然之骨,浩然之气耳","要非五代、晚宋伧语可及也"。并且断言:"七言律难倍五言,元则五言罕睹鸿篇,七言盛有佳什。"③这些和他得出的"元七言律胜宋"的结论,显然可以相互印证。

据此,宋元诗歌的差异远比汉魏诗歌的差异来得复杂,这本身源自前二者风格体制的错综繁复,正因如此,在二者之间很难进行单一而平面的品级划分。从胡应麟针对宋元诗歌的比较分别来看,他显然顾及了二者风格体制呈现的这一复杂性,十分注意分辨各自相对而言的高下优劣。如前所述,相比于诗道"盛于汉,极于唐",宋元诗歌总体上则被胡应麟视为"盛极而衰"的标志。究其理路,当比照他所确认的诗歌审美原则,其曾形象概括之:"诗之筋骨,犹木之根干也;肌肉,犹枝叶也;色泽神韵,犹花蕊也。筋骨立于中,肌肉荣于外,色泽神韵充溢其间,而后诗之美善备。犹木之根干苍然,枝叶蔚然,花蕊烂然,而后木之生意完。"衡之以此原则,"盛唐诸子庶几近之",而宋元两代之作的弊病则显而易见:"宋人专用意而废词,若枯槎槁梧,虽根干屈盘,而绝无畅茂之象。元人专务华而离实,若落花坠蕊,虽红紫嫣熳,而大都衰谢之风。"④这就是说,参比诗歌"筋骨"、"肌肉"、"色泽神韵"兼备的标准,宋诗只有"筋骨",元诗只有"肌肉",即所谓"宋多骨,元多肉",各自均有缺陷。尽管如此,胡应麟对宋元诗歌的品级还是作了微妙的区别,如曰:"宋之远于诗者,材累之;元之近于诗,亦材使之也。故蹈元之辙,不失为小乘;入宋之门,多流于外道也。"⑤盖"外道"不及"小乘",故"入宋之门"不如"蹈元之辙",二者高下自见。他又说:"拟古于近,宋、元其陈、隋乎! 古体至陈,本质亡矣。隋之才不若陈之丽,而稍知尚质,故隋末诸臣,即为唐风正始。近体至宋，性情泯矣。元之才不若宋之高，而稍复缘情，故元季诸子，即为昭代先鞭。"①其以陈隋分别比拟宋元，相比陈诗"本质亡矣"，隋诗"稍知尚质"而有可观之处；同理，相比宋诗"性情泯矣"，元诗"稍复缘情"而受到某种认可。胡应麟批评宋诗："禅家戒事理二障，余戏谓宋人诗，病政坐此。苏、黄好用事，而为事使，事障也；程、邵好谈理，而为理缚，理障也。"②宋诗重于"事理"，当是"性情泯矣"的主要根源。有研究者就此指出，胡应麟虽认为元诗有缺陷，但还是视之为矫正宋诗流弊而使诗风回归正道的一个过渡阶段。③

再来看他对诗人等第的分别。作为古典诗歌谱系构结的重要一环，胡应麟也为同一时代和不同时代的代表诗人展开一系列相应的定位。他论古诗系统而指出："古诗浩繁，作者至众。虽风格体裁，人以代异，支流原委，谱系具存。"于是为之梳理源流，定位作者："炎刘之制，远绍《国风》。曹魏之声，近沿枚、李。陈思而下，诸体毕备，门户渐开。阮籍、左思，尚存其质。陆机、潘岳，首播其华。灵运之词，渊源潘、陆。明远之步，驰骤太冲。有唐一代，拾遗草创，实阮前踪；太白纵横，亦鲍近媲。少陵才具，无施不可，而宪章祖述汉、魏、六朝，所谓风雅之大宗，艺林之正朔也。"虽所论针对古诗系统，但他于诗人"谱系"辨别的重视，则由此可见一斑。自然，不同的诗人其作品的"风格体裁"会有不同的表现，这也决定了他们在"谱系"中的具体位置，同时成为胡应麟析分诗人等第的有效路径。在《诗薮》一书中，他就采取分门别类的方式，重点结合各类诗体流变的历史，品第不同诗人各自实践呈现的艺术层级。

古体系统，如五言古诗："五言古，先熟读《国风》、《离骚》，源流洞彻。乃尽取两汉杂诗，陈王全集，及子桓、公幹、仲宣佳者，枕藉讽咏，功深日远，神动机流，一旦吮毫，天真自露。骨格既定，然后沿回阮、左，以穷其趣；顼颉陆、谢，以采其华；旁及陶、韦，以淡其思；博考李、杜，以极其变。超乘而上，可以掩迹千秋；循辙而趋，无忝名家一代。"④这无异于在指点习学五言古诗门径的同时，也重点分出汉魏至唐代具有代表性的诗人表现在五古系统中的不同特点及其所处的层级。比如除开强调《风》、《骚》的导源意义，其中则点示了两汉杂诗以及

---

① 《诗薮·外编》卷五《宋》，第206页。
② 《诗薮·内编》卷二《古体中·五言》，第39页。
③ 参见陈国球《胡应麟诗论研究》，第62页。
④ 以上见《诗薮·内编》卷二《古体中·五言》，第23页至24页。

建安以来曹植等人乃至有唐李白、杜甫五言古诗的摹习层次与价值。既然两汉杂诗和曹植、曹丕、刘桢、王粲之"佳者"被认为有助于确立诗歌的"骨格",这表明它们处于五古系统中的关键级位。除了当中两汉杂诗属于"品之神"以外,对于建安诸诗人,胡应麟则尤重曹植,尽管他觉得曹植诗瑕疵难掩,指出"子建《杂诗》,全法《十九首》,意象规模酷肖,而奇警绝到弗如。《送应氏》、《赠王粲》等篇,全法苏、李,词藻气骨有馀,而清和婉顺不足",然而还是以为"东、西京后,惟斯人得其具体"①,认定其五言古诗为继两汉后诗坛之翘楚。相较于"骨格"的关键级位,阮、左、陆、谢、陶、韦、李、杜等人之作,则分别在"趣"、"华"、"思"、"变"上各有所长,它们固然具备摹习的重要价值,但实已被置于次等的级位。再如七言歌行:"唐七言歌行,垂拱四子,词极藻艳,然未脱梁、陈也。张、李、沈、宋,稍汰浮华,渐趋平实,唐体肇矣,然而未畅也。高、岑、王、李,音节鲜明,情致委折,浓纤修短,得衷合度,畅乎,然而未大也。太白、少陵,大而化矣,能事毕矣。降而钱、刘,神情未远,气骨顿衰。元相、白傅,起而振之,敷演有馀,步骤不足。昌黎而下,门户竞开,卢仝之拙朴,马异之庸猥,李贺之幽奇,刘叉之狂谲,虽浅深高下,材局悬殊,要皆曲径旁蹊,无取大雅。张籍、王建,稍为真澹,体益卑卑。庭筠之流,更事绮绘,渐入诗馀,古意尽矣。"②可以毫不夸张地说,这无异于为唐代七言歌行细致勾画了演进变化的轨迹,而更值得注意的是,不同时期诗人七言歌行创作的特点及层级,通过这一轨迹的勾画得以清晰呈现。这其中"大而化矣,能事毕矣"的李、杜的作品,堪称完美,显然被置于最高级位。以此作为界标,前此诸家乃处于递升渐进的层次,后此诸家则处于衰变蜕化的层次。

　　近体系统,如五言律诗:"学五言律,毋习王、杨以前,毋窥元、白以后。先取沈、宋、陈、杜、苏、李诸集,朝夕临摹,则风骨高华,句法宏赡,音节雄亮,比偶精严。次及盛唐王、岑、孟、李,永之以风神,畅之以才气,和之以真澹,错之以清新。然后归宿杜陵,究竟绝轨,极深研幾,穷神知化,五言律法尽矣。"同样,上述所论不仅是在导示如何习学五言律诗的门径,而且是在区分有唐诸家五律创作的特点及层级。假如说,"王、杨以前"和"元、白以后"均被排除在习学的目标之外,那么,初唐沈、宋、陈、杜、苏、李以及盛唐王、岑、孟、李等人之作,则显然以各

---

① 《诗薮·内编》卷二《古体中·五言》,第30页。
② 《诗薮·内编》卷三《古体下·七言》,第50页。

自的风格特点,被依次纳入摹习之列。不过另一方面,按照胡应麟所划分的诗人等第,这些初唐和盛唐诗人的五律之作尚未达到理想的层级,如他所言:"五言律体,极盛于唐。要其大端,亦有二格:陈、杜、沈、宋,典丽精工;王、孟、储、韦,清空闲远。此其概也。然右丞赠送诸什,往往阑入高、岑。鹿门、苏州,虽自成趣,终非大手。"即使像李白"风华逸宕,特过诸人",已高出诸诗人一等,但"后之学者,才匪天仙,多流率易"。这说明他的五律之作后人不易学,还不是最理想的习学目标。相比起来,"唯工部诸作,气象嵬峨,规模宏远,当其神来境诣,错综幻化,不可端倪。千古以还,一人而已"①,或谓之"杜五言律,自开元独步至今"②。这等于将杜甫的五言律诗置于该诗体的最高级位。所以其所指引的习学五律的合理途径,就应当"先取"初唐,"次及"盛唐诸家,最后"归宿杜陵",以杜甫为终极目标。又如绝句,五言绝句:"唐五言绝,太白、右丞为最,崔国辅、孟浩然、储光羲、王昌龄、裴迪、崔颢次之。中唐则刘长卿、韦应物、钱起、韩翃、皇甫冉、司空曙、李端、李益、张仲素、令狐楚、刘禹锡、柳宗元。"七言绝句:"七言绝,太白、江宁为最,右丞、嘉州、舍人、常侍次之。中唐则随州、苏州、仲文、君平、君虞、梦得、文昌、绘之、清溪、广津,皆有可观处。"③这些评断的问题面向,乃在于分别划分盛唐与中唐诸家五七言绝句的层级,盖胡应麟以盛唐与中唐之作为绝句主要的模范对象。他认为,"盛唐绝句,兴象玲珑,句意深婉,无工可见,无迹可寻",自属上乘,对比之下,"中唐遽减风神,晚唐大露筋骨,可并论乎"④!中、晚唐之作显露的衰微迹象,意味着它们和盛唐之作根本无法相提并论。然相对于晚唐,中唐之作尚有"可观处",正如胡应麟在点评中、晚唐诸家绝句时说:"中唐绝,如刘长卿、韩翃、李益、刘禹锡,尚多可讽咏。晚唐则李义山、温庭筠、杜牧、许浑、郑谷,然途轨纷出,渐入宋、元。"⑤自此看来,以上成为五七言绝句之模范的唐代各家,实际上主要被划分成盛唐与中唐两大层级,至于对盛唐诸家再作"最"、"次"的评定,则无疑是更为细致的层次析分。

　　可以看出的是,胡应麟对于古典诗歌资源的清理和分析,已明显脱离了感性率意的一种介入方式,其呈现的系统化和精密化程度之高,诚为前人所不及。

---

　　① 以上见《诗薮·内编》卷四《近体上·五言》,第58页至59页。
　　② 《诗薮·内编》卷四《近体上·五言》,第73页。
　　③ 《诗薮·内编》卷六《近体下·绝句》,第120页。
　　④ 《诗薮·内编》卷六《近体下·绝句》,第114页。
　　⑤ 《诗薮·内编》卷六《近体下·绝句》,第110页。

尤其是体现在《诗薮》一书之中的,无论是关涉理论层面的思考,还是着意于实践路径的指点,都反映了作者基于古典诗歌盛衰正变进程的审视,对其作出富于整体性和秩序性的观照,并由此构结出古典诗歌演变的有机而宏大的谱系。总体上,这一谱系从时间和空间的维度,纵横交互,上下贯通,在维持时代、诗人、诗歌三位一体的基础上,分类别体展开缕析,用心梳理了各个时代各体诗歌变化发展之具体脉络;既体现了面向不同时代乃至不同阶段诗歌作品的接续性,又展露了涉及历代历朝众多诗人群体的广延性。关于胡应麟《诗薮》一书的撰述理路,有研究者已指出其所呈示的重视诗歌演变问题的诗史观念,以及以诗歌史为框架的基本体例。① 在此基础上,或有研究者甚至以“诗学历史化”来定评《诗薮》的撰写特点,认为胡应麟在以历史眼光审视诗歌传统之际,吸收了史学观念和历史编纂之法,以此来处理丰富的诗学材料。② 这些看法都有一定的见地。事实上,特别自明代中期以来,对于古典诗歌的演变进程加以不同程度的整体性和秩序性的观照,也已见于一些诗家或论家的诗学著述,此前论及的杨慎就是一个例子,显示有明诗学领域诗史意识的逐渐增强。不过就胡应麟而言,他对古典诗歌的发展历史进行如此系统化和精密化的分辨和整理,则明显超越此前诗家或论家所从事的相关作业。这表现在,他并不只是满足于对古典诗歌的历史脉络进行基本的梳理和粗略的描述,而是以他的阅读经验与知识储备,全面审察、透析古典诗歌的历史现象与内里,特别是企图通过对诗歌史“变”的运动态势及其错综关系的深切辨识,构结广阔涵盖、精密梳理而可供实践参照的诗歌变化发展谱系。尤其是他更加注意对不同时代、不同诗人作品“阶级”或“品第”的划分,比较差异,细致定位,彰显了他对古典诗歌历史所作的清理和剖析愈益精细和慎密,也代表了他对后七子诗学体系所作的一种深度拓展。

第二节　诗歌批评的理性立场

历史与经验提示我们,批评的缺陷,往往源自批评者态度的武断和偏颇;反之,批评的成功,常常得益于批评者立场的客观和中肯。当然,任何一种批评由

① 参见陈国球《胡应麟诗论研究》,第19页至77页;王明辉《试论〈诗薮〉体例对文学史写作的意义》,《阴山学刊》2004年第6期。
② 参见许建业《援史学入诗学:胡应麟〈诗薮〉的诗学历史化》,《文学遗产》2020年第4期。

于受到批评者学识涵养、判断能力以及审美嗜好等因素的制约，或多或少会带上主观的臆断甚至误判，批评者的重要职责之一，就是要尽力减少偏离事实的臆断或误判。诗歌批评的道理同样也是如此。对于胡应麟而言，他身为后七子的新生代成员，诗学思想自然具有七子派的派别背景，对历代诗歌所展开的批评，也不可避免地渗入了这种派别意识，这从前面的讨论中已能见出。然而相对来说，他的批评主张，既在用心构结古典诗歌谱系、辨别其盛衰正变历史过程中多有区分诗品优劣高下的原则性判断，同时又不乏细察不同时代及诗人之作品瑕瑜互见历史现象的理性识别，尤其是后者，也显示了他的诗歌批评的某种成熟与理智。汪道昆曾称集中体现胡应麟诗歌批评的《诗薮》一书："其世则自商周、汉魏、六代、三唐，以迄于今；其体则自四诗、五言、七言、杂言、乐府、歌行，以迄律绝；其人则自李陵、枚叔、曹、刘、李、杜，以迄元美、献吉、于鳞。发其椟藏，瑕瑜不掩。"①多少道出了该著的批评特点，不能简单视之为完全的溢美之辞。

如前所述，在胡应麟梳理出的古典诗歌谱系中，唐代被定位为继汉之后的又一个诗道昌盛时期，而盛唐更是隆盛，"盛唐而后，乐选律绝，种种具备"②。无疑，这样的定位根本于七子派尊尚唐诗的基本共识。而其中李、杜二家作为有唐尤其是盛唐的标志性诗人，向来多为七子派成员所推奉，胡应麟也不例外，如谓"开元李、杜勃兴，诗道大盛"③，他还曾设想欲仿高棅《唐诗品汇》"为《古今诗汇》一编"，以备"诗家一公案"，其中即拟以"陈思、李、杜及明王元美为大家"④。《诗薮》一书分述各体，而论及唐代诗歌，涉及李、杜之作的评骘颇多，也可见作者对这两位有唐"大家"的重视程度。不过，可以留意的一点是，他在品论之际，除了表彰其长，也不护其短。如歌行体，胡应麟认为，"李、杜之才，不尽于古诗而尽于歌行"⑤，"李、杜歌行，虽沉郁逸宕不同，然皆才大气雄，非子建、渊明判不相入者比"，并且声言，唐代歌行至"太白、杜陵，大而化矣，能事毕矣"⑥。这等于将李、杜所作推至有唐一代歌行体创作的巅峰之位。但与此同时，胡应麟又认

---

① 《诗薮序》，《太函集》卷二十五。
② 《诗薮·续编》卷一《国朝上·洪永、成弘》，第349页。
③ 《诗薮·外编》卷四《唐下》，第197页。
④ 《与顾叔时论宋元二代诗十六通》七，《少室山房集》卷一百十八。
⑤ 《诗薮·内编》卷三《古体下·七言》，第55页。
⑥ 《诗薮·内编》卷三《古体下·七言》，第50页。

为,李、杜歌行之作也不能一概视为完美,他在检讨二人的作品时指出:"李、杜歌行,扩汉、魏而大之,而古质不及。"①又表示:"李、杜二公,诚为劲敌。杜陵沉郁雄深,太白豪逸宕丽。短篇效李,多轻率而寡裁;长篇法杜,或拘局而靡畅。廷礼首推太白,于麟左祖杜陵,俱非论笃。"②这又等于在解释仿效李、杜之作可能发生的风险,也是在示意李、杜之作本身潜在的不足。再如五七言律诗,胡应麟尤其推尊杜甫五律,声称"千古以还,一人而已"③,标誉之高,可谓无以复加。这当中包括他对杜甫五律咏物之作的特别赞赏,以为"咏物起自六朝。唐人沿袭,虽风华竞爽,而独造未闻。唯杜诸作自开堂奥,尽削前规。如题月:'关山随地阔,河汉近人流。'雨:'野径云俱黑,江船火独明。'雪:'暗度南楼月,寒深北浦云。'夜:'重露成涓滴,稀星乍有无。'皆精深奇邃,前无古人,后无来者"。然同时觉得这些诗作"格则瘦劲太过,意则寄寓太深。他鸟兽花木等多杂议论,尤不易法"④,美中尚有不足。又其品鉴杜甫五七言律,感觉其中也有"太巧"、"太纤"、"太板"、"太凡"者:"杜语太拙太粗者,人所共知。然亦有太巧类初唐者,若'委波金不定,照席绮逾依'之类;亦有太纤近晚唐者,'雨荒深院菊,霜倒半池莲'之类。""杜《题桃树》等篇,往往不可解,然人多知之,不足误后生。惟中有太板者,如'思家步月清宵立,忆弟看云白日眠'之类;有太凡者,'朝罢香烟携满袖,诗成珠玉在挥毫'之类。若以其易而学之,为患斯大,不得不拈出也。"⑤凡此传递出的信息是,即使在唐代如杜甫这样的诗坛巨匠,其作品也间有瑕疵,并未达到完美的境地。当然在另一方面,这也是向学杜者告诫应当注意的问题,以避免习学而误入歧途。又如绝句,李白连同王昌龄备受胡应麟的推尚,他称"太白五七言绝,字字神境,篇篇神物"⑥,"唐五言绝,太白、右丞为最","七言绝,太白、江宁为最"⑦,又说:"太白诸绝句,信口而成,所谓无意于工而无不工者。少伯深厚有馀,优柔不迫,怨而不怒,丽而不淫。余尝谓古诗、乐府后,惟太白诸绝近之;《国风》、《离骚》后,惟少伯诸绝近之。体若相悬,调可默会。"但他同时也

---

① 《诗薮·内编》卷三《古体下·七言》,第47页。
② 《诗薮·内编》卷三《古体下·七言》,第49页。
③ 《诗薮·内编》卷四《近体上·五言》,第58页。
④ 《诗薮·内编》卷四《近体上·五言》,第72页。
⑤ 《诗薮·内编》卷五《近体中·七言》,第89页。
⑥ 《诗薮·内编》卷六《近体下·绝句》,第108页。
⑦ 《诗薮·内编》卷六《近体下·绝句》,第120页。

在挑剔二者之"短"，以为李诗"太露"，王诗"过流"，无意为之掩饰辩护："李作故极自然，王亦和婉中浑成，尽谢炉锤之迹；王作故极自在，李亦飘翔中闲雅，绝无叫噪之风：故难优劣。然李词或太露，王语或过流，亦不得护其短也。"①

前已述及，胡应麟提出继汉、唐之后诗歌"又再盛于明"的断论，并以七子派的创作业绩作为重点判断依据，其维护宗派的意识不能说不强烈，也因此，或指出其《诗薮》一书"于前古甚核，乃国朝诸公不无阿私掩护"。不过，胡应麟自以为是书所论"悉是肝腹剖露"，如汪道昆所谓"无偏听，无成心"②。平心而论，胡氏所作的自我辩护并非强词夺理，着意标榜。他对"国朝诸公"特别是七子派成员的诗歌批评，也确实做到了"瑕瑜不掩"。对于活跃在弘治、正德间的李、何诸子及其羽翼的诗风，胡应麟总体上给予了充分的认可，声称"明诗首称弘、正"，"李、何并作，宇宙一新矣"，认定诸子有开创诗坛新气象之功。尽管如此，他对诸子及同道所为又难感满足，总括起来，以为其"派流甚正，声调未舒；歌行绝句，时得佳篇；古风律体，殊少合作。与嘉、隆诸羽翼，大概互有短长也"③，訾病之意，自在字里行间。相对来说，胡应麟因在万历年间结识王世贞等人的缘故，与后七子文学集团的关系更为密切，但这并未成为他有意偏袒诸子的凭据，相反，在批评后七子诗歌之际，他同样并不避忌对诸子诗风长短的指点。其对此论评云："嘉、隆并称七子，要以一时制作，声气傅合耳。然其才殊有径庭。于鳞七言律绝，高华杰起，一代宗风。明卿五七言律，整密沉雄，足可方驾。然于鳞则用字多同，明卿则用句多同，故十篇而外，不耐多读，皆大有所短也。子相爽朗以才高，子与森严以法胜，公实缜丽，茂秦融和，第所长俱近体耳。"④因为彼此才相径庭，各人诗歌作风自必参差不一，既有所长，亦有所短。胡应麟似乎正要借助这种"瑕瑜不掩"的品论，确立自己批评话语的公平允当，增强相关批评在诗坛的接受力度。或鉴于此，他在具体考察诸子诗歌各自作风之际，也不忘揭示他们所作美中之不足。如下：

王次公云："杜陵后能为其调而真足追配者，献吉、于鳞二家而已。"然

---

① 《诗薮·内编》卷六《近体下·绝句》，第117页至118页。
② 胡应麟《报王承父山人》，《少室山房集》卷一百十六。
③ 《诗薮·续编》卷一《国朝上·洪永、成弘》，第345页至346页。
④ 《诗薮·续编》卷二《国朝下·正德、嘉靖》，第352页。

献吉于杜得其变,不得其正,故间涉于粗豪;于鳞于杜得其正,不得其变,故时困于重复。

国朝仲默类王,整密过之,而闲远自得弗如;于鳞类李,雄峭逾之,而神秀天然少让。

老杜好句中叠用字,惟"落花游丝"妙绝。此外,如"高江急峡"、"小院回廊",皆排比无关妙处。又如"桃花细逐杨花落"、"便下襄阳向洛阳"之类,颇令人厌。唐人绝少述者,而宋世黄、陈竞相祖袭。国朝献吉病亦坐斯。①

七言律大篇,于鳞《华山》四首,元美《咏物》六十首,皆古今绝唱。然于鳞四首之内,轨辙已窘;元美百篇之外,变幻未穷。

李以气骨胜,微近粗;何以丰神胜,微近弱。济南可谓兼之,而古诗歌行不竞。

徐子与七言律,闳大雄整,卓然名家,惜少沉深之致耳。品格在明卿左,子相右。公实于诸子最早成,律尤温厚缜密,但气格微弱。茂秦虽流畅,然自是中唐,与诸公大不同。②

献吉学杜,趋步形骸,登善之模《兰亭》也。于鳞拟古,割裂饾饤,怀仁之集《圣教》也。③

另一方面,"瑕瑜不掩"的批评原则,也见于胡应麟围绕那些代表诗道衰变时期诗人作品所展开的评鉴,这当中对宋元诗歌的批评就颇为突出。人所熟知,就七子派而言,宋元诗歌尤其是宋诗更多成为他们排击的负面目标,前七子中何景明"宋人似苍老而实疏卤,元人似秀峻而实浅俗"④的点评,已对宋元两朝诗歌的价值提出强烈质疑,至于他和李梦阳喊出"宋无诗"⑤的口号,更是以一种极端的方式,彻底否定宋诗在诗歌史上的地位。后七子中王世贞乃俨然将何氏"之二语"视作"二季之定裁",坚守其排击宋元诗歌的基本立场,他在晚年虽于宋诗

---

① 以上见《诗薮·内编》卷五《近体中·七言》,第103页至104页。
② 以上见《诗薮·续编》卷二《国朝下·正德、嘉靖》,第354页至355页。
③ 《诗薮·续编》卷二《国朝下·正德、嘉靖》,第360页。
④ 《与李空同论诗书》,《大复集》卷三十。
⑤ 《杂言十首》之五,《大复集》卷三十七;《潜虬山人记》,《空同先生集》卷四十七。

也提出"代不能废人，人不能废篇，篇不能废句"①，抑宋的态度稍显缓和，但根本上并未改变抑宋"惜格"的立场。尽管胡应麟视宋元诗歌为"盛极而衰"的标志，对两朝诗歌的总体评判与七子派的立场基本保持一致，但主于瑕瑜互见的观念，他对宋元诗歌则展开更为全面而理性的检视，更加注意其中的"人"、"篇"、"句"而拈出之，不因两朝诗歌"盛极而衰"而埋没之。

先看宋诗。从接受史的角度来说，杜甫诗歌在宋代诗人心目中的地位较为特殊，受到他们更多的关注并加以效法，而宋人学杜的得失，也成为后人谈论的一个重要话题。明人童轩《和杜诗序》即云："历五季沿至有宋，凡与盟诗坛者，鲜不以杜为宗，往往则其体裁，模其兴象，状其风格，务力求其似。然而才不足者，则体裁靡间；识不高者，则兴象莫辨；气不充者，则风格鲜存。愈似而愈不似，愈工而愈不工。是故宗杜为难也。"②以胡应麟的考察，总体上他觉得宋人学杜问题颇多，以为"得其骨，不得其肉；得其气，不得其韵；得其意，不得其象。至声与色并亡之矣"③。但他又主张不能因此而全盘否定之，其间也瑕瑜互见，既有得杜"偏"者，又有得杜"正"者。如他评论"宋五言律近杜者"，指出："'相逢楚天晚，却看蜀江流'，'乾坤德盛大，盗贼尔犹存'，'烂倾新酿酒，饱载下江船'，'宵征江夏县，睡起汉阳城'，'末路惊风雨，穷边饱雪霜'，'辍耕扶日月，起废极吹嘘'，此得杜之偏，宋人酷尚者也。"这应当指宋人以上五律篇句只是学到杜诗中的偏至一面，不足为取。相比起来，"'地盘三楚大，天入五湖低'，'万国车书会，中天象魏雄'，'夜雨黄牛峡，秋风白帝城'，'关河先坰远，天地小臣孤'，'独乘金厩马，遥领铁林兵'，'地邻夔子国，天近穆陵关'，'峡长深束渭，路险曲通秦'，此得杜之正，盛唐所同者也。"这显然是说，宋人五律中也有学杜而不失杜诗之正体者，可与盛唐之作并而观之。不啻如此，既有得杜"意"者，又有得杜"调"者，宋人七律之作中，前者如："'多事鬓毛随节换，尽情灯火向人明'，'萧条寒巷荒三径，突兀晴空耸二楼'，'九日清尊欺白发，十年为客负黄花'，'四壁一身长客梦，百忧双鬓更春风'，'五年天地无穷事，万里江湖见在身'，此瘦劲沉深，得杜意者也。"后者如："'令严钟鼓三更月，野宿貔貅万灶烟'，'万马不嘶听

---

① 《宋诗选序》，《弇州山人续稿》卷四十一。
② 《明文海》卷二百六十一，第3册，第2732页。
③ 《诗薮·内编》卷四《近体上·五言》，第60页。

号令,诸蕃无事乐耕耘','登临吴蜀横分地,徙倚湖山欲暮时','四野冻云随地合,九河清浪著天流','天开云雾东南碧,日射波涛上下红',此雄丽冠裳,得杜调者也。"二者虽同系学杜所得,但高下自见,因为"调近者不失唐风,意近者遂成宋格,得失判矣"①。这又向他人宣告,宋人学杜,除了有"失",间也有"得";固然不能因其"得"而讳其"失",但同样不能因其"失"而掩其"得"。

与此同时,这一瑕瑜互见的观念,也体现在胡应麟对宋人其他类型诗歌的用心检视。如关于七律咏物诗,他曾指出:"七言律咏物,盛唐惟李颀梵音绝妙。中唐钱起题雪,虽稍着迹,而声调宏朗,足嗣开元。晚唐'鸳鹭'、'鹧鸪',往往名世,而格卑不足取。宋人咏物虽乏韵,格调颇不卑也。"据此看来,如果说"乏韵"是宋人七律咏物诗存在的缺陷,那么格调"不卑"则是它们的一大长处,后者不应以其"乏韵"而忽视之。为此,他专门从宋人七律咏物诗中拈出自认为格调"不卑"之篇句:

> "千里暮云山已黑,一灯孤馆酒初醒",杨万里《梧桐夜雨》诗也。"一斑早寄湘川竹,万点空馀岘首碑",杨黎州题泪诗也。"妆残玉枕朝醒后,绣倦纱窗昼梦时",张文潜题莺诗也。"花间语涩春犹浅,江上飞高雨乍晴",无名氏咏燕诗也。"平沙千里经春雪,广陌三条尽日风",刘子仪题柳诗也。"斜拖阙角龙千丈,淡抹墙腰月半棱",孔平仲题雪诗也。"十万青条寒挂雨,三千粉面笑临风",刘子翚《荼蘼》诗也。"人间路到三峰尽,天下秋随一叶来",钱昭度《华山》诗也。他如杨契玄《篦衣》:"蒹葭影里和烟卧,菡萏香中带雨披。狂脱酒家春醉后,乱堆渔舍晚晴时。"晁无咎《双头牡丹》:"二乔新获吴宫怯,双隗初临晋帐羞。月底故应相伴语,风前各是一般愁。"二宋《落花》:"汉皋珮冷临江失,金谷楼危到地香。""将飞更作回风舞,已落犹成半面妆。"皆全篇可观者。②

关于七律咏物诗,胡应麟的评鉴甚为严苛,他曾提出:"咏物七言律,唐自'花宫仙梵'外,绝少佳者。"③他所推重的"花宫仙梵",指的是唐李颀七律《宿莹公禅房

---

① 以上见《诗薮·外编》卷五《宋》,第215页至216页。
② 《诗薮·外编》卷五《宋》,第224页。
③ 《诗薮·续编》卷二《国朝下·正德、嘉靖》,第363页。

闻梵》，即如以上所称"盛唐惟李颀梵音绝妙"。虽然如此，他还是对宋人七律咏物诗有所留意，不忘标举相对"可观"的诸家篇句，以示宋人此类诗歌格调"不卑"之一端。

次看元诗。胡应麟曾经总结元代歌行"盛时"和"晚季"的变化特点："胜国歌行，盛时多法供奉、拾遗，晚季大仿飞卿、长吉。苏、黄体制，间亦相参。"①虽然他认为元人歌行多有所法，而且"篇什甚不乏"，但"自是元人歌行"，以至"拟王、杨则流转不足，攀李、杜则神化非侔，至于瑰词绮调，亦往往笔墨间，视宋人觉过之"。又认为与盛唐之作"愈近愈远，愈拙愈工"不同，"胜国歌行，多学李长吉、温庭筠者，晦刻浓绮，而真景真情，往往失之目前"②。仅此来说，胡应麟自以为察觉出元人歌行无法掩饰的缺失，故而多有訾议。不过，其对元人之作的鉴别并未仅止于此，而从另一面也检察出了"全篇可观者"，比如："赵子昂《题桃源春晓图》，虞伯生《金人出猎图》，贡泰父《山水图》，范德机《能远楼》，杨仲弘《阳明洞》，揭曼硕《琵琶引》，陈刚中《铜雀台》，胡汲仲《雪石》，李季和《大星》，吴正传《戏马台》，杨廉夫《海涉行》，萨天锡《杨妃图》，林彦华《戏马台》，欧阳原功《征妇叹》，傅与砺《混沌石》，张仲举《萤火曲》，段惟德《岳阳楼》等作，皆雄浑流丽，步骤中程。"尽管他又指出元人歌行大体存在"多模往局，少创新规，视宋人藻绘有馀，古澹不足"③的缺陷，但毕竟注意到它们当中的那些"可观"之作。较之歌行，胡应麟对元人七律的评价显得相对要高些，在他看来，相较元人五律"罕睹鸿篇"，七律则"盛有佳什"④。以篇而言，乃有"全篇整丽，首尾匀和"者；以句而言，则有"句格庄严，词藻瑰丽"者。由此"上接大历、元和之轨，下开正德、嘉靖之途"。并且鉴于"今以元人，一概不复过目"，于是将元人诸七律篇句"稍为拈出，以俟知者"⑤，以展示他在元诗问题上与人不同的鉴赏眼识。

---

① 《诗薮·外编》卷六《元》，第229页。
② 《诗薮·内编》卷三《古体下·七言》，第56页。
③ 《诗薮·外编》卷六《元》，第229页至230页。
④ 《诗薮·外编》卷六《元》，第232页。
⑤ 其曰："七言律难倍五言，元则五言罕睹鸿篇，七言盛有佳什。如赵子昂《万岁山》、《飞英塔》，虞伯生《岳阳楼》、《环翠亭》，马伯庸《驾发》，范德机《早朝》，邓盖之《南山》，袁伯长《宫怨》，杨仲弘《宗阳玩月》、《大明早朝》，成廷珪《送余应奉》、《赠无住师》，陈刚中《题金山寺》、《凤凰山》、《安庆驿》，揭曼硕《送唐尊师》、《王留守》、《张真人》，宋诚夫《大都》，李子搆《西海》，吴正传《月桂》，冯子振《塔灯》，丁仲容《游昭亭》、《归庐山》，吴子高《游玉泉》、《兴圣》，张志道《长芦度江》、《梧州即景》，柯敬仲《送黄炼师》、《赠黄诚夫》，俞子俊《楚州夜泊》，黄诚性《读文山集》，薛宗海《万岁山》，顾仲瑛《唐宫词》，傅与砺《登南岳》、《次早朝》，萨天锡《谢惠茶》、《题海舌》，李子飞《宿朝元宫》、《宴秦公子》、《寄寿阳师》，张仲举《登吞海亭》、《赋小瀛洲》、《题石门院》，（转下页）

（转下页）

除此，还可注意胡应麟批评中、晚唐诗歌的态度。为强固以盛唐诗歌为中心的宗尚系统，七子派成员往往主张"大历以后弗论"①，在中、晚唐与盛唐乃至初唐诗歌之间划出盛衰变化的界线，以明确重点取法的方向。胡应麟也是如此，他在比较盛、中、晚唐五律篇句时就指出："盛唐句，如'海日生残夜，江春入旧年'；中唐句，如'风兼残雪起，河带断冰流'；晚唐句，如'鸡声茅店月，人迹板桥霜'，皆形容景物，妙绝千古，而盛、中、晚界限斩然。故知文章关气运，非人力。"可以这么说，他从那些"界限斩然"的篇句中，除了品读出盛、中、晚唐"气运"的各自不同，也辨察出诗风盛衰的衍变迹象。有关这一点，又见于他对唐诗诸体变化界线的划分。如五律，以为"学五言律，毋习王、杨以前，毋窥元、白以后"②；如七律，对比"初唐体质浓厚，格调整齐，时有近拙近板处"和"盛唐气象浑成，神韵轩举，时有太实太繁处"，以为"中唐淘洗清空，写送流亮，七言律至是，殆于无可指摘，而体格渐卑，气韵日薄，衰态毕露矣"③。又如绝句，指示盛、中、晚唐之作差异显著，不可相提并论，指出："盛唐绝句，兴象玲珑，句意深婉，无工可见，无迹可寻。中唐遽减风神，晚唐大露筋骨，可并论乎！"④据此所论，可以得出其接近七子派诸多成员宗唐的基本立场的结论，在唐代诗歌史的总体观照

（接上页）贡泰父《送刘彦明》，甘允从《和宋学士》，张雄飞《岳阳楼》，张伯雨《隐真馆》，杨廉夫《无题》，郑明德《游仙》，皆全篇整丽，首尾匀和，第深造难言，大观未极耳。""赵子昂：'千里湖山秋色净，万家烟火夕阳多。'邓文原：'客舍张灯浮大白，禁钟和漏逼华清。'虞伯生：'云横北极知天近，日转东华觉地灵。''帆樯星斗通南极，车盖风云拥豫章。'马伯庸：'吴娃荡桨潮生浦，楚客吹箫月满楼。'范德机：'黄河西去从天下，华岳东来拔地高。'杨仲弘：'风雨五更鸡乱叫，关河千里雁相呼。''窗间夜雨销银烛，城上春云动彩旗。'揭曼硕：'星临翼轸南陲阔，神降虚危北极遥。''苍山斜入三湘路，落日平铺七泽流。'陈刚中：'橹声摇月过巫峡，灯影随潮入汉阳。''僧榻夜随蛟室涌，佛灯秋隔蜃楼昏。'吴成季：'渭城朝雨歌三叠，湘水秋风赋九疑。''锦水东流江月白，潼关西拥蜀山青。'李子飞：'花迎玉殿红千树，柳拂金沙翠万条。''层岚蔽日云当户，阴瀑含风雪满床。'稚正卿：'梅花路近偏逢雪，桃叶波平好度江。''一声铁笛千家月，十幅蒲帆万里风。'危大朴：'三省甲兵劳节制，八蛮烟雨入封提。''雕弓晓射崖云裂，画角寒吹海月低。'甘允从：'皂雕孤掠凌云翮，紫燕双翻踏雪啼。'贡泰父：'红莲日涌神仙幕，翠柏霜飞御史台。''千金海上求骐骥，五色云间下凤凰。''貔貅万灶新趋幕，虎豹千门旧直庐。''小雨挟云行断岸，乱山排浪入孤城。'柯敬仲：'云飘五凤层楼矗，日绕群龙法驾来。''鸳序久陪苍水使，凤池曾赋紫薇郎。'余廷心：'野人篱落通潜口，贾客帆樯出汉阳。'萨天锡：'河汉入楼天不夜，江风吹月海初潮。'薛玄卿：'明月梦回夔子北，长风吹度夜郎西。'李子搏：'天入五溪无雁到，地经三峡有猿啼。'王尚志：'西风旷野孤城出，落日空江白浪回。'吴楚望：'平野北连钟阜远，大江东抱石城流。'丁守中：'弹琴夜和鸣皋鹤，持钵朝降度海龙。'涂守约：'西北穷阴连莽苍，东南巨浸接微茫。'等，皆句格庄严，词藻瑰丽，上接大历、元和之轨，下开正德、嘉靖之途。今以元人，一概不复过目，余故稍为拈出，以俟知者。"（以上见《诗薮·外编》卷六《元》，第232页至234页。）

① 王廷相《刘梅国诗集序》，《王氏家藏集》卷二十二。
② 以上见《诗薮·内编》卷四《近体上·五言》，第58页至59页。
③ 《诗薮·内编》卷五《近体中·七言》，第92页。
④ 《诗薮·内编》卷六《近体下·绝句》，第114页。

上,胡应麟还是以中唐作为唐诗由盛转衰的分界线,认为自此以降诸体衰变的迹象逐渐显露,整体上无法与盛唐诗歌并置而论。但需要指出,对于中、晚唐诗歌,胡应麟也并未全然轻忽之,理性的检察同样间或可见。如他提出:"元和而后,诗道浸晚,而人才故自横绝一时。若昌黎之鸿伟,柳州之精工,梦得之雄奇,乐天之浩博,皆大家材具也,今人概以中、晚束之高阁。若根脚坚牢,眼目精利,泛取读之,亦足充扩襟灵,赞助笔力。"①看得出来,他显然不赞成"今人"将中、晚唐诗一并"束之高阁"的做法,主张不应无视其中"横绝一时"的"人才"及其独特的诗歌作风,如能扩展阅览的范围,兼取中、晚唐诗家之作而习读之,则于充实个人诗歌创作的资本不无裨益。鉴于如此的认知,他在趋于衰变的中、晚唐诗歌作品中,也用心鉴别出了那些不该忽视的"人"、"篇"、"句":

> 义山用事之善者,如题柏"大树思冯异,甘棠忆召公",亦可观。至玉垒、金刀,便入昆调。一篇之内,法戒具存。世欲束晚唐高阁,患顶门欠只眼耳,要皆吾益友也。
>
> 刘长卿《送李中丞张司直》,钱起《秋夜对月》,皇甫冉《巫山高和王相公》,皇甫曾《送李中丞华阴》,司空曙《别韩绅》、《送史泽》,李嘉祐《江阴官舍》、《秋夜寓直》,韩翃《送陈录事》、《李侍御》,于良史《冬日野望》,李益《别内弟》,文皆中唐,妙境往往有不减盛唐者。②
>
> 杨巨源"炉烟添柳重,宫漏出花迟",语极精工,而气复浓厚,置初、盛间,当无可辨。
>
> 晚唐句"日月光先到,山河势尽来","树色连关迥,河声入海遥","水向昆明阔,山通大夏深","朔色晴天北,河源落日东","树势飘秦远,天形到岳低","大河冰彻塞,高岳雪连空","河势昆仑远,山形菡萏秋",皆有盛唐馀韵。③
>
> 中唐如钱起《和李员外寄郎士元》,皇甫曾《早朝》,李嘉祐《登阁》,司空曙《晓望》,皆去盛唐不远。刘长卿《献李相公》、《送耿拾遗》、《李录事》,韩翃《题仙庆观》、《送王光辅》,郎士元《赠钱起》,杨巨源《和侯大夫》,武元衡

①《诗薮·外编》卷四《唐下》,第187页。
②以上见《诗薮·内编》卷四《近体上·五言》,第65页至66页。
③以上见《诗薮·内编》卷四《近体上·五言》,第75页。

《荆帅》,皆中唐妙唱。

中唐起句之妙有不减盛唐者,如钱起"未央月晓度疏钟,凤辇时巡出九重",皇甫曾"长安雪后见归鸿,紫禁朝天拜舞同",司空曙"迢递山河拥帝京,参差宫殿接云平",皇甫冉"北人南去雪纷纷,雁叫汀洲不可闻",韩翃"仙台初见五城楼,风物凄凄宿雨收",韩愈"南伐旋师太华东,天书夜到册元功",韩渥"星斗疏明禁漏残,紫泥封后独凭栏",皆气雄调逸,可观。①

中唐钱、刘虽有风味,气骨顿衰,不如所为近体。惟韩翃诸绝最高,如《江南曲》、《宿山中》、《赠张千牛》、《送齐山人》、《寒食》、《调马》,皆可参入初、盛间。

中唐五言绝,苏州最古,可继王、孟,《寄丘员外》、《阊门》、《闻雁》等作,皆悠然。次则令狐楚乐府,大有盛唐风格。②

应当说,上述涉及中、晚唐诗歌的批评,并未超离盛唐诗歌中心论,因此,其中所评大多是以盛唐诗歌作为审美参照,藉以品味自认为中、晚唐诗坛那些值得标誉之"人"、"篇"、"句"。而且又由于不可避免地夹杂论者一己之审美偏嗜,未必能够完全反映中、晚唐诗歌客观的历史情形。但是有一点可以肯定,胡应麟同样秉持"瑕瑜不掩"的批评原则,去审察即使是被视为盛唐之后趋向衰变的中、晚唐诗歌,注意分辨它们的"瑕"中之"瑜",视此为其诗歌批评成熟与理智之一面,或许并不过分。

第三节　辨体的路径与指归

总观胡应麟的论诗主张,尤其是他《诗薮》一书所展开的阐述,其中不乏涉及诗歌的体制问题,清晰传达出他十分重视诗歌辨体的诗学立场。就此他指出:"文章自有体裁,凡为某体,务须寻其本色,庶几当行。"③具体到特定诗体,如乐府诗,他即以为:"今欲拟乐府,当先辨其世代,核其体裁。"④仅从这些约略的

---

① 以上见《诗薮·内编》卷五《近体中·七言》,第85页至87页。
② 以上见《诗薮·内编》卷六《近体下·绝句》,第120页至121页。
③ 《诗薮·内编》卷一《古体上·杂言》,第21页。
④ 《诗薮·内编》卷一《古体上·杂言》,第15页。

表述当中，我们已不难看出他对诗歌体制高度关注的态度。

古典诗歌发展的历史证明，任何一种诗体从萌生到成熟、精善乃至变化，都不是一蹴而就，而是经历了逐步演变的过程。胡应麟对于诗歌体制的探察，显然充分注意到了这一点，《诗薮》一书《内编》分列古体杂言、五言、七言，近体五言、七言、绝句等各体，论者阐述的重点之一，就是为诗歌各体追溯生成之源头，梳理演变之脉络，从而有机地刻画出各体发展变化的动态的历史，而这也成为胡应麟开展诗歌辨体的一条重要路径。如七言歌行：

> 七言古诗，概曰歌行。余漫考之，歌之名义，由来远矣。《南风》、《击壤》，兴于三代之前；《易水》、《越人》，作于七雄之世；而篇什之盛，无如骚之《九歌》。皆七言古所自始也。汉则《安世》、《房中》、《郊祀》、《鼓吹》，咸系歌名，并登乐府。或四言上规《风》、《雅》，或杂调下仿《离骚》，名义虽同，体裁则异。孝武以还，乐府大演，《陇西》、《豫章》、《长安》、《京洛》、《东》、《西门行》等，不可胜数，而行之名，于是著焉。较之歌曲，名虽小异，体实大同。至《长》、《短》、《燕》、《鞠》诸篇，合而一之，不复分别。又总而目之，曰《相和》等歌。则知歌者曲调之总名，原于上古；行者歌中之一体，创自汉人明矣。

> 七言古乐府外，歌行可法者，汉《四愁》，魏《燕歌》，晋《白纻》。宋、齐诸子，大演五言，殊寡七字。至梁乃有长篇，陈、隋浸盛，婉丽相矜，极于唐始，汉、魏风骨，殆无复存。李、杜一振古今，七言几于尽废。然东、西京古质典刑，邈不可观矣。[①]

> 建安以后，五言日盛。晋、宋、齐间，七言歌行寥寥无几。独《白纻歌》、《行路难》时见文士集中，皆短章也。梁人颇尚此体，《燕歌行》、《捣衣曲》诸作，实为初唐鼻祖。陈江总持、卢思道等，篇什浸盛，然音响时乖，节奏未协，正类当时五言律体。垂拱四子，一变而精华浏亮，抑扬起伏，悉协宫商，开合转换，咸中肯綮。七言长体，极于此矣。[②]

> 歌行兆自《大风》、《垓下》、《四愁》、《燕歌》而后，六代寥寥。至唐大畅，王、杨四子，婉转流丽；李、杜二家，逸宕纵横。[③]

---

① 以上见《诗薮·内编》卷三《古体下·七言》，第41页至42页。
② 《诗薮·内编》卷三《古体下·七言》，第46页。
③ 《诗薮·内编》卷三《古体下·七言》，第49页。

综合以上数段的阐述,其中至少传达了如下方面的意旨:第一,七言歌行源远流长,有迹可稽,寻索"歌"之所自,甚至可以追溯至三代之前如《南风》、《击壤》这样的上古歌谣,至于《楚辞》之《九歌》的出现,又成为"篇什之盛"的一个显著标志。第二,汉代是七言歌行奠基的重要时期,尤其是武帝以来,随着"乐府大演","行"之命名,渐趋流行,并成为"歌"之一体。第三,汉魏的歌行之作颇具"风骨",这也是为论者所注重的歌行体的表现风格和审美特质,正如他称誉《敕勒歌》:"齐、梁后,七言无复古意。独斛律金《敕勒歌》云:'敕勒川,阴山下,天似穹庐盖四野。天苍苍,野茫茫,风吹草低见牛羊。'大有汉、魏风骨。"第四,自有唐以来,歌行体逐渐完善并趋于盛兴,初唐四子变而"悉协宫商"、"咸中肯綮",也即所谓:"至王、杨诸子歌行,韵则平仄互换,句则三五错综,而又加以开合,传以神情,宏以风藻,七言之体,至是大备。"①特别至李、杜二家,他们又为振而变之。这又同时在论者看来,"太白、少陵,大而化矣,能事毕矣"②,标志着歌行体渐显光大和精纯。如此重于追溯和梳理以面对诗歌动态的历史的这种处理方法,也从论者对其他诗体的辨察中不同程度显现出来,比如绝句,胡应麟指出:"五七言绝句,盖五言短古,七言短歌之变也。五言短古,杂见汉、魏诗中,不可胜数,唐人绝体,实所从来。七言短歌,始于《垓下》,梁、陈以降,作者坌然。第四句之中,二韵互叶,转换既迫,音调未舒。至唐诸子,一变而律吕铿锵,句格稳顺,语半于近体,而意味深长过之;节促于歌行,而咏叹悠永倍之。遂为百代不易之体。"③"五言绝,昉于两汉;七言绝,起自六朝。源流迥别,体制自殊。至意当含蓄,语务春容,则二者一律也。"④这显然又是从寻索五七言绝句的各自来源做起,辨认绝句体至唐代趋于成熟的定型时间。与此同时,他又对五七言绝句在有唐不同阶段的变化特点,结合具体诗家乃至诗篇分别作了明晰的辨析,提出时至初唐:"唐初五言绝,子安诸作已入妙境。七言初变梁、陈,音律未谐,韵度尚乏。惟杜审言《度湘江》、《赠苏绾》二首,结皆作对,而工致天然,风味可掬。至张说'巴陵'之什,王翰《出塞》之吟,句格成就,渐入盛唐矣。"⑤时至盛唐,绝句体的创作则

---

① 以上见《诗薮·内编》卷三《古体下·七言》,第45页至46页。
② 《诗薮·内编》卷三《古体下·七言》,第50页。
③ 《诗薮·内编》卷六《近体下·绝句》,第105页。
④ 《诗薮·内编》卷六《近体下·绝句》,第111页。
⑤ 《诗薮·内编》卷六《近体下·绝句》,第107页。

臻于完美之境，即胡应麟声称，"盛唐绝句，兴象玲珑，句意深婉，无工可见，无迹可寻"①，其中五绝以"太白、右丞为最"，七绝以"太白、江宁为最"②。自此以降，"中唐遽减风神，晚唐大露筋骨"③，绝句体的创作衰势渐显，已难以和盛唐时期的诗风相媲美。可以看出的一点，胡应麟正是从动态的角度出发，通过对诸诗体起源、发展及变化的历史进程的系统考察，揭橥它们在不同时代或同一时代不同阶段的生长态势和演变趋向，并且更清晰地比较出一种诗体的时代或阶段性的品格特征与价值差异，从而也为辨体的开展，提供了参鉴的目标和必要的依据。

　　前面述及，从七子派的范围来说，诸子往往将复古宗尚目标的选择和辨体的问题联系在一起，亦因此，注重诗歌辨体成为他们重要的诗学命题之一。以此看来，胡应麟如上所述呈现的重视诗歌体制辨察的态度，在诸子当中诚然算不得是标新立异之举。不过相比较，他所作的考察不仅涵盖各种诗体，更具系统性，并且在相关问题上更细致入微，后者乃至具体到一家或一诗，显示他对诗歌辨体的用心所至，这些都为诸子所不及。譬如，胡应麟在辨析李白歌行体时指出："太白《捣衣篇》等，亦是初唐格调。《蜀道难》、《梦游天姥吟》、《远别离》、《鸣皋歌》，皆学骚者。《白头吟》、《登高丘》、《公无渡河》、《独漉》诸篇，出自乐府。《乌夜啼》、《杨叛儿》、《白纻辞》、《长相思》诸篇，出自齐、梁。至《尧祠》、《单父》、'忆昔洛阳'之类，则太白己调耳。"④在他看来，李白的歌行体诸作既有"己调"，独自成篇，又多方取资，广为吸收，故而以上篇什虽属同一诗体，却体制各异。要不是论者出于对诗歌体制的细心分辨，很难想象，可以得出如此落实到具体诗家一体甚至一诗的鉴别结论。又如，他对《木兰诗》所作的辨析，认为："《木兰歌》世谓齐、梁作。齐人一代，绝少七言歌行，梁始作初唐体。此歌中，古质有逼汉、魏处，非二代所及也。惟'朔气'、'寒光'，整丽流亮类梁、陈。然晋人语如'日下荀鸣鹤，云间陆士龙'，'青松凝素髓，秋菊落芳英'，已全是唐律。至《休洗红》、《独漉篇》，其古质处又多近《木兰》。齐、梁歌谣，亦有传者，相去远甚。余以为此歌必出晋人，若后篇则唐作也。"又谓："《木兰歌》是晋人拟古乐府，故高

---

　　① 《诗薮·内编》卷六《近体下·绝句》，第 114 页。
　　② 《诗薮·内编》卷六《近体下·绝句》，第 120 页。
　　③ 《诗薮·内编》卷六《近体下·绝句》，第 114 页。
　　④ 《诗薮·内编》卷三《古体下·七言》，第 54 页。

者上逼汉、魏,平者下兆齐、梁。如'南市买辔头,北市买长鞭',尚协东京遗响;至'当窗理云鬓,对镜贴花黄',齐、梁艳语宛然。又'出门见伙伴'等句,虽甚朴野,实自六朝声口,非两汉也。""'大姊闻妹来'三叠,是仿《长安有狭斜》体。至'磨刀霍霍向猪羊',六朝面目尽露矣。此等最易辨,亦最不易辨也。"①关于《木兰诗》的创作时代本有不同的判别,在此,胡应麟主要针对作于齐梁的说法提出质疑,他的具体方法是通过分析诗句,包括比较晋诗用语,辨别这首诗的体制特征,认为它既"上逼汉、魏",又"下兆齐、梁",从而推断其系"晋人拟古乐府"之作。当然不得不说,这一做法归根结底还源自他强烈的辨体意识。

在考察胡应麟有关诗歌辨体的路径之际,同时需要追究的一个重要问题,即这一辨体主张蕴含的指归究竟是什么?有研究者探讨胡应麟的诗体论,已注意到他对"本色"的一再强调,提示每种诗体必具"本色"。②应该说,胡氏所强调的"本色",和他展开辨体的意图关系密切。不妨先来看他谈论"本色"的一些说法:

> 晋四言,惟《独漉篇》词最高古。如"独漉独漉,水深泥浊。泥浊尚可,水深杀我","空床低帷,谁知无人?夜行衣绣,谁知假真","猛虎斑斑,游戏山间。虎欲啮人,不避豪贤",大有汉风,几出魏上。然是乐府语,非四言本色也。③

> 晋以下,若茂先《励志》,广征《补亡》,季伦《吟叹》等曲,尚有前代典刑。康乐绝少四言,元亮《停云》《荣木》,类其所为五言。要之叔夜太浓,渊明太淡,律之大雅,俱偏门耳。

> 四言句法高古者,已经前人采撷。自馀精工奇丽,代有名篇,虽非本色,不可尽废,漫尔笔之。(以下录仲长统等人四言篇句——笔者注。)

> 右诸语,或类古诗,或类乐府,或近文词,较之《雅》《颂》则远,皆四言变体之工者。④

> 苏、李录别,枚、蔡言情,嗣宗感怀,太冲咏史,灵运纪胜,虽代有后先,

---

① 《诗薮·内编》卷三《古体下·七言》,第44页至45页。
② 陈国球《胡应麟诗论研究》,第82页至86页。
③ 《诗薮·内编》卷一《古体上·杂言》,第4页。
④ 以上见《诗薮·内编》卷一《古体上·杂言》,第10页。

体有高下，要皆古今绝唱。为其题者，不用其格，便非本色；一剽其语，决匪名家。①

　　四杰，梁、陈也；子昂，阮也；高、岑，沈、鲍也；曲江、鹿门、右丞、常尉、昌龄、光羲、宗元、应物，陶也。惟杜陵《出塞》乐府有汉、魏风，而唐人本色时露。太白几薄建安，实步兵、记室、康乐、宣城及拾遗格调耳。李于麟云："唐无五言古诗而有其古诗。"可谓具眼。②

统合上述所论，胡应麟所谈"本色"的意义指向，不仅是一个体裁性的概念，也即不同诗体各自的规定性，比如他说像晋《拂舞歌》五曲之一的《独漉篇》虽为四言体，却是"乐府语"而"非四言本色"，又如仲长统等人四言诗句"或类古诗，或类乐府"，亦为"四言变体"而非"本色"；并且是一个时间性的概念，也即一种诗体在特定时代所呈现的各自特点，比如他以《雅》、《颂》为四言体的参照系，事实上即以此为四言之"本色"，又示意如苏、李等人五言古诗"代有后先"而各具"本色"，杜甫的《出塞》和乐府之作虽有"汉、魏风"，但时显"唐人本色"。而胡应麟所称"寻其本色"，正如有研究者所指出的，也就是以诗歌的体裁和时代的两个范畴为坐标，探求它们的"规范系统"，而这一"规范系统"则包括"修辞用语习套"、"声调"、"风格气象"等不同的层次。③　不过，问题尚非仅止于此，需要进一步予以注意的是，胡应麟之所以反复强调"本色"，首先是要在理论的层面确立不同诗体审美的理想目标，而这些理想目标则多被赋予了各自的追溯意义，被视为诸诗体处在发展演变过程而趋于审美成熟的源头性标志。如四言体，胡应麟指出："曰《风》，曰《雅》，曰《颂》，三代之音也。"④"四言典则雅淳，自是三代风范。"⑤这无疑代表着，其上溯《诗经》而确立四言体的理想目标，以这部原始经典"典则雅淳"而可供取法，亦犹如他以"四言《风》、《雅》"和"七言《离骚》，五言两汉"相并置，而称之为"圆不加规，方不逾矩"⑥，并且极力标誉"《诗》三百五篇，有

_____

① 《诗薮·内编》卷二《古体中·五言》，第28页。
② 《诗薮·内编》卷二《古体中·五言》，第35页。
③ 参见陈国球《胡应麟诗论研究》，第40页至41页、85页至86页。
④ 《诗薮·内编》卷一《古体上·杂言》，第1页。
⑤ 《诗薮·内编》卷一《古体上·杂言》，第4页。
⑥ 《诗薮·内编》卷二《古体中·五言》，第22页。

一字不文者乎？有一字无法者乎"①？因此，《诗经》被作为四言体的"本色"的定位，可以说是十分明确的。由此出发，胡应麟则认为仲长统等人的四言篇句虽"精工奇丽"，然并非"本色"，"较之《雅》、《颂》则远"，这是追溯比较而得出的结论。又如他指出："魏武'对酒当歌'，子建'来日大难'，已乖四言面目，然汉人乐府本色尚存，如'明明如月，何时可掇？忧从中来，不可断绝'、'自惜袖短，内手知寒。亲交在门，饥不及餐'之类。至嗣宗、叔夜，一变而华赡精工，终篇词人语矣。"②其表达的意思同样明确，像曹操《短歌行》、曹植《善哉行》尚存汉乐府"本色"，但已不及四言"本色"，至于阮籍、嵇康的四言篇什，已变为"词人语"，离四言"本色"更远，这无非还是以《诗经》作为源头性的参照系统而进行"本色"的鉴衡。又如五言古诗，胡应麟推尚的乃是"东、西京本色"③。这是因为"汉人诗，质中有文，文中有质，浑然天成，绝无痕迹，所以冠绝古今"④，"两汉之诗，所以冠古绝今，率以得之无意。不惟里巷歌谣，匠心信口，即枚、李、张、蔡，未尝锻炼求合，而神圣工巧，备出天造"⑤。尤其是通过不同时代五言古诗的对比，更能见出汉代五古的"本色"，如魏诗"虽加雄赡，温厚渐衰"，正始诗人阮籍虽"起建安后，独得遗响"，然"文多质少，词衍意狭"，向上比较，"东、西京则不然，愈朴愈巧，愈浅愈深"⑥。这一"本色"，也即如前面所说的，在于文质相宜，天然浑成，而又温厚有度，深婉有致。胡应麟关于"本色"的主张，追究起来，更像是对宋人严羽所谓"工夫须从上做下，不可从下做上"⑦、"学者须从最上乘，具正法眼，悟第一义"⑧的习诗论调的内在响应，也是对七子派成员执持的"欲擅文圃之撰，须参极古之遗"⑨复古理念的原则依循。如果要说有所不同，那么胡氏追溯古典以"寻其本色"，则遍及诗歌各体，其所展示的是一种系统化的思路，它得自胡应麟对于古典诗歌"上下数百千年"⑩的全面性和贯通性的审观，有此考察的基础，才有

---

① 《诗薮·内编》卷一《古体上·杂言》，第3页。
② 《诗薮·内编》卷一《古体上·杂言》，第11页。
③ 《诗薮·外编》卷一《周汉》，第135页。
④ 《诗薮·内编》卷二《古体中·五言》，第22页。
⑤ 《诗薮·内编》卷二《古体中·五言》，第24页至25页。
⑥ 《诗薮·内编》卷二《古体中·五言》，第29页。
⑦ 《沧浪诗话校释·诗辨》，第1页。
⑧ 《沧浪诗话校释·诗辨》，第11页。
⑨ 王廷相《与郭价夫学士论诗书》，《王氏家藏集》卷二十八。
⑩ 王世贞《李仲子能茂》，《弇州山人续稿》卷一百八十一。

此寻讨的思路。

其次，在理论的层面确立不同诗体审美的理想目标，并不代表胡应麟展开辨体以至主张"本色"的意图的全部，另一方面，他还有意通过辨体的方式为习诗者指引取法的具体途径。他似乎深知这样的一个道理：从实践的层面来看，仅仅确立诗歌审美的理想目标，对于习诗者而言，尚无法从中辨认登堂入室的详细路线，所以通过指点以掌握具体的习学门径，更切合他们实际的需要。如五言古诗，胡应麟就提出："先熟读《国风》、《离骚》，源流洞彻。乃尽取两汉杂诗，陈王全集，及子桓、公幹、仲宣佳者，枕藉讽咏，功深日远，神动机流，一旦吮毫，天真自露。骨格既定，然后沿洄阮、左，以穷其趣；颃颉陆、谢，以采其华；旁及陶、韦，以澹其思；博考李、杜，以极其变。超乘而上，可以掩迹千秋；循辙而趋，无忝名家一代。"相比以"冠绝古今"定义"两诗之诗"的目标意义的主张，是处关于五言古诗的习学之法，乃重点在于引导一种过程性的实践方式，开列在其中的对象，虽然或并不属于五言古诗的理想目标的范围，但它们的习学价值又非因此而完全丧失。诗歌史发展变化的事实告诉我们，一种诗体的演进往往呈现错综复杂的历史形态，并且产生与之相应的历史效应，不仅向上能够追溯渊源所自，而且向下可以寻究影响所及。五言古诗也不例外，胡应麟就曾指出其"虽风格体裁，人以代异，支流原委，谱系具存"，比如"炎刘之制，远绍《国风》。曹魏之声，近沿枚、李。陈思而下，诸体毕备，门户渐开"①。在他看来，习学五言古诗，除了上溯《风》、《骚》以明"源流"，汲取汉魏诸家诸诗以定"骨格"，亦需涵濡阮、左、陆、谢、陶、韦、李、杜等人的篇什，从中得到多方补益，后者虽然不在五古的理想目标之列，但在"趣"、"华"、"思"、"变"上则各有特点，从"支流原委，谱系具存"的角度观之，它们在不同的层面显示五古演进的印记，也成为"超乘而上"、"循辙而趋"诸条清晰可辨的实践途径。至于对待个别体制较为特殊的诗体如七言歌行，胡应麟以为，这种过程性的实践方式则显得格外重要，他为此指点门径：

　　凡诗诸体皆有绳墨，惟歌行出自《离骚》、乐府，故极散漫纵横。初学当择易下手者，今略举数篇：青莲《捣衣曲》、《百啭歌》，杜陵《洗兵马》、《哀江

---

① 以上见《诗薮·内编》卷二《古体中·五言》，第23页至24页。

头》,高适《燕歌行》,岑参《白雪歌》、《别独孤渐》,李颀《缓歌行》、《送陈章甫》、《听董大弹胡笳》,王维《老将行》、《桃源行》,崔颢《代闺人》、《行路难》、《渭城》、《少年》,皆脉络分明,句调婉畅。既自成家,然后博取李、杜大篇,合变出奇,穷高极远。又上之两汉乐府,落李、杜之纷华,而一归古质。又上之楚人《离骚》,镕乐府之气习,而直接商、周。七言能事毕矣。①

关于歌行体,王世贞即指出有"三难":"起调一也,转节二也,收结三也。惟收为尤难",并形容七言歌行之作法:"其发也,如千钧之弩,一举透革。纵之则文漪落霞,舒卷绚烂。一入促节,则凄风急雨,窈冥变幻。转折顿挫,如天骥下坂,明珠走盘。收之则如纂声一击,万骑忽敛,寂然无声。"②胡应麟所说的"散漫纵横",应该与歌行体的特殊体制及作法不无关系。而且他以为,歌行体的流延不同于其他诗体,实际的情形相对复杂,比如"古风近体,黄初、大历而下,无可着眼。惟歌行则晚唐、宋、元,时亦有之,故径路丛杂尤甚",鉴于此,"学者务须寻其本色,即千言钜什,亦不使有一字离去,乃为善耳"③。前面已引其所述,据他考察,七言歌行有着悠长的渊源,"歌"之名义可溯至"兴于三代之前"的上古歌谣,至于"篇什之盛",则"无如骚之《九歌》",汉武帝以来"乐府大演","行"之名义"于是著焉"④。在胡应麟看来,汉魏成为歌行体演进的一个重要时代,这不仅是因为与歌行体关系紧密的乐府在两汉颇具特色,"惟汉乐府歌谣,采摭闾阎,非由润色。然质而不俚,浅而能深,近而能远"⑤,而且像张衡、曹操、曹丕等人的歌行之作亦为可观,如他表示,"平子《四愁》""其章法实本风人,句法率由骚体,俱结构天然,绝无痕迹,所以为工","魏武《度关山》、《对酒》等篇,古质莽苍","《气出唱》三首类《董逃》,《秋胡行》二首类《满歌》。《董逃》或作魏武,《满歌》亦魏武辞,未可知,大概气骨峻绝",而如"子桓《燕歌》二首,开千古妙境"⑥。总体观之,汉魏歌行独具所谓"风骨"。同时他又认为,唐代是继汉魏之后歌行体演

① 《诗薮·内编》卷三《古体下·七言》,第48页。
② 《艺苑卮言一》,《弇州山人四部稿》卷一百四十四。
③ 《诗薮·内编》卷三《古体下·七言》,第50页。
④ 《诗薮·内编》卷三《古体下·七言》,第41页。
⑤ 《诗薮·内编》卷一《古体上·杂言》,第3页。
⑥ 《诗薮·内编》卷三《古体下·七言》,第43页。

进的另一个重要时期，"《四愁》《燕歌》而后，六代寥寥"，然"至唐大畅"①，尤其是李、杜二家"扩汉、魏而大之"，尽管"古质不及"，但"雄逸豪宕，前无古人矣"②。因此，他并不认同何景明《明月篇》序质疑杜甫七言歌行"辞固沉着，而调失流转"、"实诗歌之变体"③的说法，直言"此未尽然"，以为"杜《兵车》《丽人》《王孙》等篇，正祖汉、魏，行以唐调耳"④。这意味着，杜甫七言歌行效法汉魏之作而不及汉魏之调，但尚有"唐调"可称道，不可谓之"调失流转"。鉴于七言歌行作法"散漫纵横"的特殊性，加上它绵远而复杂的源流变迁，胡应麟在分辨歌行体体制发展演变路线的基础上，强调了如何分层次习学该诗体的过程性的实践方式，而这一过程基本依循的则是逐步向上追溯的思路，其中包括李、杜在内的唐代诸家的歌行篇什，因"脉络分明，句调婉畅"被纳入初学之列，李、杜二家的大篇，又被作为初学成家之后"合变出奇，穷高极远"的效法对象，然后上溯与歌行体关系密切的两汉乐府，以追求"古质"之特色，直至联络《离骚》和商周歌谣，寻究歌行本源元素之所在。可以说，上述的习学步骤具有充分的针对性，而这一方面，又不可不谓实和胡应麟展开辨体的意图联系在一起。

第四节　"骨力"与"风神"兼顾

讨论胡应麟的诗学思想，值得注意的另一个方面，乃是他在评鉴历代之作和阐释诗歌美学问题上所表达的审美诉求。笔者认为，如果要对此作一大致的概括，那么胡氏一再主张的"骨力"与"风神"，可以说代表了他在该问题上的基本立场。为方便说明，先引他的以下陈述：

> 诗文固系世运，然大概自其创业之君。汉祖《大风》雄丽闳远，《鸿鹄》恻怆悲哀。魏武沉深古朴，骨力难侔。唐文绮绘精工，风神独畅。故汉、魏、唐诗，冠绝古今。宋、元二祖，片语无闻，宜其不竞乃尔。⑤

---

① 《诗薮·内编》卷三《古体下·七言》，第49页。
② 《诗薮·内编》卷三《古体下·七言》，第47页。
③ 《大复集》卷十四。
④ 《诗薮·内编》卷三《古体下·七言》，第47页。
⑤ 《诗薮·内编》卷二《古体中·五言》，第23页。

何仲默云:"诗文有中正之则,不及者与及而过焉者,均谓之不至。"至哉言也！然有以用功过而得者,有以用功过而失者。老杜题雁:"欲雪违胡地,先花别楚云。"既改云:"见花辞涨海,避雪到罗浮。"愈细愈精。鲁直题小儿云:"学语春莺啭,书窗秋雁斜。"尚不失晚唐。既改云:"学语啭春鸟,涂窗行暮鸦。"虽骨力稍苍,而风神顿失,可谓愈工愈拙。举此二例,他可尽推。①

上面所引的两段评述,虽然谈论的对象各自不同,但其中相近的一点,都涉及诗歌"骨力"与"风神"的两大问题。前者从推尚的角度,表彰魏武帝曹操、唐文皇李世民诗各有特长,或"骨力难侔",或"风神独畅",成为创业君主在"世运"振兴背景下诗章盛美的代表。后者则从质疑的角度,指摘宋人黄庭坚如《嘲小德》诗改作的失败,以为其尽管"骨力稍苍",但已是"风神顿失",以此证明"有以用功过而失者"。可以看出的是,两段的评述皆以"骨力"与"风神"相对举,表明这两个概念在胡应麟诗学话语中处于兼容并存的重要位置。

"骨力"一词,顾名思义,含有刚健劲质之意,常被用来形容书法绘画的笔法。如唐人孙过庭《书谱》论书法云:"如其骨力偏多,遒丽盖少,则若枯槎架险,巨石当路,虽妍媚云阙,而体质存焉。若遒丽居优,骨气将劣。譬夫芳草落蕊,空照灼而无依;兰沼漂萍,徒青翠而奚托。"②明人董其昌《画禅室随笔》点评张择端《清明上河图》曰:"皆南宋时追摹汴京景物,有西方美人之思,笔法纤细,亦近李昭道,惜骨力乏耳。"③胡应麟以"骨力"论诗,盖旨在要求诗歌具有一种雄浑厚重、豪健苍劲的力度,在他看来,"骨力"代表着诗歌的"筋骨",认为"诗之筋骨,犹木之根干也;肌肉,犹枝叶也;色泽神韵,犹花蕊也。筋骨立于中,肌肉荣于外,色泽神韵充溢其间,而后诗之美善备"④。诗之有"筋骨",好比木之有"根干",这是诗歌臻于"美善"的必备条件之一。如此,作为诗歌"筋骨"之表征的"骨力",则成为体现诗歌审美价值的一个重要因素。结合胡应麟的相关评论,可以更清晰地看出他所主张的"骨力"和雄浑朴厚、豪健苍劲的力度的对应关

---

① 《诗薮·内编》卷五《近体中·七言》,第102页。
② 《景印文渊阁四库全书》,第812册。
③ 《画禅室随笔》卷二,《景印文渊阁四库全书》,第867册。
④ 《诗薮·外编》卷五《宋》,第206页。

系。如他比较李白五律《渡荆门送别》与杜甫五律《旅夜书怀》的颔联："'山随平野阔,江入大荒流',大白壮语也,杜'星垂平野阔,月涌大江流'骨力过之。"①李白的诗句固然豪壮,但相比起来,杜甫的诗句更显雄阔浑厚。清人黄生《杜工部诗说》即释之曰:"李白亦有'山随平野尽,江入大荒流'句,句法略同。然彼止说得江山,此则野阔星垂,江流月涌,自是四事也。"②点出了李、杜这两首句法相近诗作具体表现上的差别。这也可以理解为何胡应麟要说杜诗比起李诗"骨力过之"。再如他评骘左思《咏史》诗:"太冲《咏史》,骨力莽苍,虽途辙稍歧,一代杰作也。"③要在说明左诗所体现的一种高旷雄豪的力度。清人沈德潜就认为"太冲胸次高旷,而笔力又复雄迈,陶冶汉魏,自制伟词,故是一代作手,岂潘、陆辈所能比埒"④,或可用来作为以上"骨力莽苍"的注脚。又如他考察有唐七言律诗的演变历程,以为"乐天才具泛澜,梦得骨力豪劲,在中、晚间自为一格,又一变也"⑤。这一评说,其中显然为刘禹锡七律标注了在中、晚唐诗坛"自为一格"的地位,它要说明的是,刘诗之所以在七律变化的进程中"自成一格",主要得益于其"豪劲"之"骨力"。

值得补充的一点,除了强调"骨力",胡应麟也间或运用与之意义相近的"气骨"一词,表达类似的主张。如他在《题于凤鸣画册》中评及唐人于良史《冬日野望》"风兼残雪起,河带断冰流"诗句,谓之"古今绝唱也",表示"此句虽极精工,而风神遒朗,气骨雄厚,不失开元"⑥。这里,"气骨"同样和"风神"相对举,大意在赞赏于诗之际,又显在主张诗歌应当具备"雄厚"的力度。又可以发现,"气骨"一词也一再出现在《诗薮》之中,⑦或成为雄豪老苍一路诗风的代名词,如胡

----

① 《诗薮·内编》卷四《近体上·五言》,第 71 页。
② 《杜工部诗说》卷五,《四库全书存目丛书》影印清康熙三十五年(1696)一木堂刻本,集部第 5 册。
③ 《诗薮·内编》卷二《古体中·五言》,第 29 页。
④ 《古诗源》卷七,第 140 页,中华书局 2006 年版。
⑤ 《诗薮·内编》卷五《近体中·七言》,第 85 页。
⑥ 《少室山房集》卷一百九。
⑦ 例如:"繁钦《定情》,气骨稍弱陈思,而整赡都雅,宛笃有情。"(《诗薮·内编》卷一《古体上·杂言》,第 17 页。)"至《十九首》及诸杂诗,随语成韵,随韵成趣,辞藻气骨,略无可寻,而兴象玲珑,意致深婉,真可以泣鬼神,动天地。"(同上书《内编》卷二《古体中·五言》,第 25 页。)"(曹植)《送应氏》、《赠王粲》等篇,全法苏、李,词藻气骨有馀,而清和婉顺不足。"(同上卷,第 30 页。)"高适、岑参、王昌龄、李顾、孟云卿,本子昂之古雅,而加以气骨者也。"(同上卷,第 35 页。)"高气骨不逮嘉州,孟材具远输摩诘,然并驱者,高、岑悲壮为宗,王、孟闲澹自得,其格调一也。"(同上卷,第 37 页。)"唐七言歌行……降而钱、刘,神情未远,气骨顿衰。"(同上书《内编》卷三《古体下·七言》,第 50 页。)"唐初五言律,惟王勃'送送多穷路'、'城阙辅三秦'等作,终篇不著景物,而兴象婉然,气骨苍然,实首启盛、中妙境。"(同上书《内编》卷四《近体上·五言》,第 67 页。)"达夫歌行、五言律,（转下页）

应麟评曹植《五游咏》、《升天行》诸诗，称其"词藻宏富，而气骨苍然"①；评明初张以宁诗，许为"气骨豪上，国初寡俦，藻绘略让耳"②。综合观之，也可说是他反复强调的"骨力"一词的另一种表述，其大体不离雄浑朴厚、豪健苍劲的涵义。

就七子派的范围而言，诸子表现在诗歌的审美取向上，大多偏重雄浑朴略一路的诗风。如康海《樊子少南诗集序》解释自己"昔在词林"于汉魏以降"独悦初唐"的理由："其词虽缛，而其气雄浑朴略，有《国风》之遗响。"③何景明《王右丞诗集序》指出，"盖自汉魏后，而《风》、《雅》浑厚之气罕有存者"；其《汉魏诗集序》论汉魏诗歌云："汉兴，不尚文，而诗有古风，岂非风气规模犹有朴略宏远者哉？继汉作者，于魏为盛，然其风斯衰矣。"④谢榛在《诗家直说》中主张，作诗与作文一样，须具备"体"、"志"、"气"、"韵"四者，其中"气贵雄浑"⑤。自此来看，胡应麟论诗反复强调"骨力"，这和诸子偏重雄浑朴略一路诗风的审美取向有着接近的一面，反映了他和诸子之间形成的某种诗学共识。但另一方面，在他看来，单纯追求"骨力"并不能达到诗歌完美的境地。犹如他谈论诗之"美善"的标准，其中除了"筋骨"，还要有"肌肉"和"色泽神韵"。另外，他在比较宋元诗歌时也指出："宋主格，元主调。宋多骨，元多肉。宋人苍劲，元人柔靡。宋人粗疏，元人整密。"⑥元诗因"多肉"而"柔靡"固不足取，宋诗因"多骨"而粗疏更非完善。不啻如此，他在检讨诸子诗风之际，又对李梦阳等人学古重"骨力"或"气骨"而流于"粗疏"或"粗豪"提出质疑。李梦阳等人于近体偏好杜诗，胡应麟则指出，杜甫"才力既雄，涉猎复广，用能穷极笔端，范围今古，但变多正少，不善学

(接上页)极有气骨。"(同上书《内编》卷五《近体中·七言》，第84页。)"杨《浑天》模仿《三都》，卢《五悲》趋步《九辩》。近体气骨有馀，风华未极。"(同上卷，第94页。)"盖初、盛间绝句，音节不谐，文义生强或有之，至于气骨卑弱，词指尖新，则中、晚无疑也。"(同上书《内编》卷六《近体下·绝句》，第123页。)"子山气骨欲过肩吾，而神秀弗如。"(同上书《外编》卷二《六朝》，第152页。)"卢彦威《送邓文原》十首，虽格调规仿唐人，而气骨成就，意象老苍。……吴立夫学杜，大篇气骨可观，而多奇僻字。"(同上书《外编》卷六《元》，第229页。)"(陶宗仪)其诗，余所见《沧浪棹歌》仅数十首，颇有气骨，不类元诸人，间伤伧鄙耳。"(同上卷，第244页。)"(吴师道)七言古最长，《十台怀古》诗，气骨铮铮，时咸脍炙。"(同上)"季迪下，刘青田才情不若杨孟载，气骨稍减汪忠勤，以较张、徐诸子，不妨上座。"(同上书《续编》卷一《国朝上·洪永、成弘》，第342页。)"仲默于国初特推袁海叟，其诗气骨出高、杨上，才情大弗如也。"(同上)"李以气骨胜，微近粗；何以丰神胜，微近弱。"(同上书《续编》卷二《国朝下·正德、嘉靖》，第355页。)

① 《诗薮·内编》卷一《古体上·杂言》，第19页。
② 《诗薮·续编》卷一《国朝上·洪永、成弘》，第343页。
③ 《对山集》卷十三。
④ 以上见《大复集》卷三十二。
⑤ 《诗家直说一百二十九条》，《四溟山人全集》卷二十一。
⑥ 《诗薮·内编》卷二《古体中·五言》，第40页。

者,类失粗豪"①,"近体先习杜陵,则未得其广大雄深,先失之粗疏险拗,所谓从门非宝也"②。这是说,杜诗特别是其近体实不易学,不善于习学者或失之"粗豪"。而他觉得李梦阳等人学杜就有此疏失,如其对王世懋"子美而后,能为其言而真足追配者,献吉、于麟两家耳"③的说法并不认同,以为"献吉于杜得其变,不得其正,故间涉于粗豪;于麟于杜得其正,不得其变,故时困于重复"④。又评议李梦阳的《秋怀八首》和何景明的《秋兴八首》⑤,指出:"李专主子美,何兼取盛唐,故李以骨力胜,何以神韵超。学何不至,不失雕龙;学李不成,终类画虎。"又说:"李以气骨胜,微近粗;何以丰神胜,微近弱。"⑥在概述弘治、正德以来李梦阳等人学杜的情形时,他还表示:"自北地宗师老杜,信阳和之,海岱名流,驰赴云合。而诸公质力,高下强弱不齐,或强才以就格,或因格而附才。故弘、正自二三名世外,五七言律,往往剽袭陈言,规模变调,粗疏涩拗,殊寡成章。"⑦要而言之,在胡应麟看来,李梦阳等人对于杜诗尤其是近体的习学尚不够完善,失之"粗豪"或"粗疏"就是呈现其中的明显特征,这归根于他们偏重诗歌的"骨力"或"气骨"。

再说"风神"。循着胡应麟相关论述的思路来理解,仅有"骨力"不足以体现诗歌的完美之境,同时需兼顾"风神"以平衡之,如果说"骨力"所展示的主要是一种力度,那么"风神"所凸显的则主要是一种韵度。尽管胡氏对于"风神"的涵义并未作出详细的解释,不过透过他的一些相关论述,还是能够体味出包蕴其中的基本意涵。他在议论宋人陈师道七言律诗之际指出:"古今七言律淡而不弱者,惟陈无己一家。然老硬枯瘦,全乏风神,亦何取也!"⑧又他评南朝颜延之、王俭、任昉等人之作曰:"王仲淹历评六朝文士,不取康乐、宣城、文通、明远,而极称颜延之、王俭、任昉文约以则,有君子之心。不知延之、俭、昉所以远却谢、鲍诸人,正以典质有馀,风神不足耳。"⑨其论也说明,所谓"风神",乃和"老硬枯

① 《诗薮·内编》卷五《近体中·七言》,第83页。
② 《诗薮·内编》卷四《近体上·五言》,第59页。
③ 《艺圃撷馀》,《王奉常集》文部卷五十三。
④ 《诗薮·内编》卷五《近体中·七言》,第103页。
⑤ 李梦阳《秋怀八首》、何景明《秋兴八首》,分别见《空同先生集》卷二十九、《大复集》卷二十四。
⑥ 《诗薮·续编》卷二《国朝下·正德、嘉靖》,第354至355页。
⑦ 《诗薮·续编》卷二《国朝下·正德、嘉靖》,第351页。
⑧ 《诗薮·外编》卷五《宋》,第218页。
⑨ 《诗薮·外编》卷二《六朝》,第152页。

瘦"、"典质"这一类偏向瘦硬、典重、质实的风格特征相对而立,根据胡应麟如上确认的诗之"美善"原则,其应该主要体现为与"筋骨"相互协配的"肌肉"和"色泽神韵"。

具体来说,"风神"的标志之一,乃与诗歌的词采相关联。胡应麟概述建安以来诗歌的演变特点,其中评谢灵运诗:"康乐风神华畅,似得天授,而骈俪已极。"①众所周知,谢诗喜以鲜丽精工的语言表现山水之景。钟嵘《诗品》即谓其"名章迥句,处处间起;丽曲新声,络绎奔发"②。刘勰《文心雕龙·明诗》形容"宋初文咏","俪采百字之偶,争价一句之奇,情必极貌以写物,辞必穷力以追新"③,这当中也指涉谢灵运诗注重俪偶而语言鲜丽工整的特点。胡应麟关于谢诗已极"骈俪"的鉴别结论,本属前人品评谢诗时所已注意到的一个问题,即实则指示其诗在语言层面所呈现的注重词采的迹象,这一点并不是他的创见,也许不甚重要,而真正值得留意的,则是他将谢诗注重词采的特征作为"风神"的一个标识。其实胡应麟在其他的陈述当中,也从不同的方面表达了对诗歌词采的重视立场,如他评骘汉、魏、晋游仙诗,其中即以为曹植"《五游》、《升天》诸作,词藻宏富,而气骨苍然"④,并且指出郭璞《游仙诗》,"盖本汉诸仙诗及思王《五游》、《升天》诸作,而气骨词藻,率远逊前人,非左敌也"⑤。这足以表明,在他看来,"词藻"是衡量诗歌审美品位一个不可缺少的重要因素,曹诗和郭诗品位的差异,原因之一即在于此。又如他品评元代赵孟頫等人数首七律之诗句,认定它们"上接大历、元和之轨,下开正德、嘉靖之途",其主要凭据,在于这些诗句"皆句格庄严,词藻瑰丽",所以"稍为拈出"⑥。就此看来,"词藻"之"瑰丽",乃是这些元人七律诗句引起论者兴趣的主要因素之一。

不仅如此,"风神"同时关联诗歌主于蕴藉的传达艺术。胡应麟曾谈到诗文之别,提出:"诗与文体迥不类:文尚典实,诗贵清空;诗主风神,文先理道。"⑦这是立足于诗文体式规制的差异,强调诗歌和文章的书写功能及表现机制的显著

---

① 《诗薮·内编》卷二《古体中·五言》,第29页。
② 《诗品笺注·诗品上》,第91页。
③ 《文心雕龙注》卷二,上册,第67页。
④ 《诗薮·内编》卷一《古体上·杂言》,第19页。
⑤ 《诗薮·外编》卷二《六朝》,第147页。
⑥ 《诗薮·外编》卷六《元》,第234页。
⑦ 《诗薮·外编》卷一《周汉》,第125页。

区别，"主风神"而"贵清空"的基本原则，决定了诗歌不可专注于铺陈道理和坐实议论，而重在体现一种深婉隽永、不着形迹的风韵。这也是"风神"又一重要之标志。就此，胡应麟品论盛、中、晚唐绝句的意见更值得玩味："盛唐绝句，兴象玲珑，句意深婉，无工可见，无迹可寻。中唐遽减风神，晚唐大露筋骨，可并论乎！"①这又意味着，如以"风神"相鉴衡，盛唐绝句以其"兴象玲珑，句意深婉，无工可见，无迹可寻"的优长，彰显了这一审美特征，中唐以降，绝句"风神"减损，诗风变向，时至晚唐，"风神"丧失殆尽，二者和盛唐绝句之间的差别由此凸显，不在同一审美层级。胡应麟推尚盛唐绝句"兴象玲珑，句意深婉，无工可见，无迹可寻"的这段话，其意旨接近严羽《沧浪诗话·诗辨》针对盛唐诗歌的论评："盛唐诸人惟在兴趣，羚羊挂角，无迹可求。故其妙处透彻玲珑，不可凑泊，如空中之音，相中之色，水中之月，镜中之象，言有尽而意无穷。"②其虽谈论的是绝句一体，但呈露其中的，则是主张诗歌以深婉隽永而无迹可求的蕴藉传达为尚的明确取向，看重的是以诗歌有限的语言空间营造无限的意义空间，意图给接受者留出品味或想象的馀地。这也是诗之"风神"的具体表现之一。需要指出的是，在胡应麟的表述中，"风神"或与"兴象"相并论，显示二者之间密切的意义关联，除以上示意盛唐绝句"兴象玲珑"而具有"风神"之外，他又指出：

　　　　作诗大要不过二端，体格声调，兴象风神而已。体格声调有则可循，兴象风神无方可执。……譬则镜花水月，体格声调，水与镜也；兴象风神，月与花也。必水澄镜朗，然后花月宛然。③

　　　　五言绝，须熟读汉、魏及六朝乐府，源委分明，径路谙熟；然后取盛唐名家李、王、崔、孟诸作，陶以风神，发以兴象，真积力久，出语自超。④

　　　　盖作诗大法，不过兴象风神，格律音调。格律卑陬，音调乖舛，风神兴象，无一可观，乃诗家大病。⑤

"兴象"作为诗学术语，唐人已在运用。人所熟知的，如殷璠《河岳英灵集》序文

---

　　①《诗薮·内编》卷六《近体下·绝句》，第 114 页。
　　②《沧浪诗话校释》，第 26 页。
　　③《诗薮·内编》卷五《近体中·七言》，第 100 页。
　　④《诗薮·内编》卷六《近体下·绝句》，第 114 页。
　　⑤《诗薮·外编》卷一《周汉》，第 126 页。

指责"挈瓶庸受之流""责古人不辩宫商徵羽,词句质素,耻相师范。于是攻异端,妄穿凿,理则不足,言常有馀,都无兴象,但贵轻艳"①。又该集评陶翰诗"既多兴象,复备风骨"②,评孟浩然诗"无论兴象,兼复故实"③。关于"兴象"的涵义,学人则有不同的解释。如陈伯海先生认为,"兴象"即是"情兴之象"或"表情之象","意味着诗歌意象建基于情兴与物象的融彻";同时,它还可能具有另一层涵义,即所谓"兴在象外","就是指诗人的情兴隐藏在诗歌意象的背后,要透过意象去领会其言外之意、弦外之音"。"兴象"说因此成为审美意象说得以完成的标志。④ 而如杨明先生则认为,"兴象"之"象",指向的是诗篇、诗句所包含的内容和艺术形式,是一个包括"形象"但大于"形象"的宽泛的概念;"兴象"之"兴",指向的是诗歌所传达的兴致、感触、情怀、情趣等。"兴象"涵义的重点大多不在于"象",而在于"兴"。对于胡应麟所主张的"兴象"说,研究界也有不同的理解。如或以为,胡氏所说的"兴象",泛指诗人的兴会、感受及其传达和表现,为"兴"与"象"的统一体,指向诗歌传达"兴"的特点,并无强调形象描绘之意;"兴"不仅指较质实的感受情怀,而且指较虚灵的审美感受、情趣,胡氏所说的"兴象玲珑",实际上也即严羽所谓的"兴趣"。⑤ 或以为,在胡应麟那里,"兴象"既可指体现在客观世界的诗歌中的具体物象,又可指主观世界中超越物象而具有整体性美感的审美形象,从而相比于传统的概念,提升了"兴象"的阐释空间。⑥

　　究竟如何看待胡应麟的"兴象"说? 我认为,正如有研究者所指出的,"兴象"应该是"兴"与"象"的统一而不是二者相并列的一个概念,它指的是"兴"通过"象"透露出来。⑦ 胡氏所理解的"兴象",在更多情况下确实淡化了"象"的狭隘意涵,或者说并非特指诗歌中的具体物象。比如,他不仅表示:"唐初五言律,惟王勃'送送多穷路'、'城阙辅三秦'等作,终篇不著景物,而兴象婉然,气骨苍然,实首启盛、中妙境。"⑧提出唐初王勃《别薛华》、《送杜少府之任蜀州》等五律

① 《河岳英灵集》卷首,《唐人选唐诗(十种)》,第40页。
② 《河岳英灵集》卷上,《唐人选唐诗(十种)》,第69页。
③ 《河岳英灵集》卷中,《唐人选唐诗(十种)》,第91页。
④ 参见《中国诗学之现代观》,第157页至160页。
⑤ 以上参见杨明《"兴象"释义》,《中山大学学报》2009年第2期。
⑥ 参见王明辉《胡应麟"兴象"说的内涵与诗学价值》,《社会科学战线》2014年第12期。
⑦ 参见杨明《"兴象"释义》,《中山大学学报》2009年第2期。
⑧ 《诗薮·内编》卷四《近体上·五言》,第67页。

之作虽无景物描绘,但具"婉然"之"兴象",说明"景物"和"兴象"之间并不构成必然的联系;并且声言"东、西京兴象浑沦,本无佳句可摘,然天工神力,时有独至",而他所列举以作为例证的汉代乐府及《古诗十九首》等诗句,则大多并未着眼于物象的塑造,①又说明"浑沦"之"兴象",其重点同样并非指称诗中的具体物象。按照胡应麟的认知,"兴象"之"象"泛指诗歌所陈述的世事人情、自然形势,其中包括一切相关的事象或物象;"兴象"之"兴"则是通过世事人情、自然形势的各种不同之"象"而传达出来的诗人审美体验或感悟。所以,他既将《铙歌》陈事述情,标榜为"句格峥嵘,兴象标拔"②,又称"北朝人五言合唐律者,惟王劭《冬晚对雪》云:'寒更传唱晚,清镜览衰颜。隔牖风惊竹,开帘雪满山。洒空深巷静,积素广庭闲。借问袁安舍,翛然尚闭关。'"③,以为"此诗不但体格合唐,其兴象标韵,无非唐人者"④,则从王诗描绘山居雪景以抒发怀人之情的表现特点,体味其所具有的唐人诗歌之"兴象"。当然,无论是"陈事述情"还是借景抒情,从其是否体现"兴象"的审美要求而言,需要根据诗歌建筑于具体语言结构的传达效果来加以判别。依照胡应麟的解说,作为诗歌理想的传达效果,其既要求深婉隽永,又要求自然无迹,他对汉代《古诗十九首》和"诸杂诗"的论释,即透露了这一见解:"至《十九首》及诸杂诗,随语成韵,随韵成趣,辞藻气骨,略无可寻,而兴象玲珑,意致深婉,真可以泣鬼神,动天地。"⑤据此,所谓的"兴象玲珑,意致深婉",得自"随语成韵,随韵成趣"的诗歌具体语言结构及其产生的传达效果,它所指涉的,一是诗歌寄寓在具体语言结构中的蕴意丰富而警绝,韵味悠长,耐人品味;二是作为传达蕴意必要途径的具体语言结构自然浑成,随意而生,未有人为拼合的痕迹。后者自然也成为加强前者效

---

① 如其曰:"东、西京兴象浑沦,本无佳句可摘,然天工神力,时有独至。搜其绝到,亦略可陈。如:'相去日以远,衣带日以缓。浮云蔽白日,游子不顾返。''枯桑知天风,海水知天寒。入门各自媚,谁肯相为言?''青青陵上柏,磊磊涧中石。人生天地间,忽如远行客。''南箕北有斗,牵牛不负轭。良无盘石固,虚名复何益。''河汉清且浅,相去复几许? 盈盈一水间,脉脉不得语。''所遇无故物,焉得不速老?''奄忽随物化,荣名以为宝。''浩浩阴阳移,年命如朝露。''万世更相送,贤圣莫能度。''去者日以疏,来者日以亲。''白杨多悲风,萧萧愁杀人。''生年不满百,常怀千岁忧。昼短苦夜长,何不秉烛游!'上言长相思,下言久离别。置之怀袖中,三岁字不灭。'皆言在带衽之间,奇出尘劫之表,用意警绝,谈言玄微,有鬼神不能思、造化不能秘者。"(《诗薮·内编》卷二《古体中·五言》,第26页至27页。)

② 《诗薮·内编》卷一《古体上·杂言》,第7页。

③ 或认为此诗系唐人王维所作。

④ 《诗薮·杂编》卷三《遗逸下·三国》,第284页。

⑤ 《诗薮·内编》卷二《古体中·五言》,第25页。

果的重要基础。

　　综上,胡应麟所强调的"兴象"说,和他提出的诗歌"主风神"而"贵清空"的注重蕴藉传达的基本原则相融通,可以说是对"风神"涵义作出的一种补充与演绎,这也能够合理解释为何胡应麟或将"风神"与"兴象"相并论。从这一意义上来说,把握他所主张的"风神"之涵义,对于加深对他的"兴象"说的理解,不失为一条有效的认知径路。

第十六章　屠隆于七子派诗学的
承传与变转

　　屠隆,字长卿,号赤水、鸿苞居士,鄞县(今属浙江)人。万历四年(1576)中乡试,次年登进士第,除颍上知县,移青浦。迁礼部仪制司主事,后遭弹劾去官,林居二十载。考察屠隆生平的活动形迹,他与后七子文学集团的关系尤其密切,万历六年(1578),时在颍上知县任上的他,寄书王世贞自通,声称:"读《艺苑卮言》,辨博哉如涉太湖、云梦焉;读《弇州集》,魁瑰钜丽、和畅雄俊哉如泛大海焉,又如观玄造焉。其为文包罗《左》、《国》,吐纳《庄》、《骚》,出入杨、马,鞭箠褒、雄;其为诗炼格汉魏,借材六朝,同工沈、宋,登坛李、杜。诚天府之高华,人文之鸿钜,作者之极盛矣,观止矣。"①向对方表达企慕之情,并与之订交,②这标志着他和该文学集团开始正式交往,继后其被王世贞列为"末五子"之一。又他和胡应麟等人一起,加盟由汪道昆与龙膺在徽州主创的白榆社,同汪氏等人也有较多的联系。亦和胡应麟一样,屠隆同为后七子文学集团的新生代成员,在明代文学思想史上,他以一系列的诗文主张包括一再强调的"性灵"说成为受人关注的一位人物,在一些研究者眼里,他被视为对七子派复古主张作出重大变革甚至脱却其理论径路的一位文坛的重要人物。这一种看法的合理性,在于注意到屠隆对于七子派诗文主张的明显变异,凸显了他的相关论说的个性特征,但其不足也恰恰是由于强调了相互的殊异性,而忽略了彼此之间的关联性,加之对于他反复主张的"性灵"说的特征和内涵,尚缺乏深入而细致的辨析,影响到对他文学思想的确切理解。因此说来,对屠隆的相关论说展开更进一步的探析,

---

　　① 《与王元美先生》,《由拳集》卷十四。
　　② 王世贞《青浦屠侯去思记》云:"当长卿之治颍上,而以书自通余,累数千言,遂定交。"(《弇州山人续稿》卷五十七)

以求确切和深入把握之,实有必要。屠隆生平不乏诗学之论,显示他对诗歌问题的高度关注,简括而言,作为后七子集团的新生代成员,他的诗学思想对于七子派既有承传又有改移,只有了解这两个方面的特征,才能作出相对完整和准确的判断。

第一节 诗文有别说与反宋诗倾向

探察屠隆的诗学思想,首先应该注意到的是他关于诗歌性质的界说,这也可以说是辨认其诗学观念的一个重要切入点。他在为人熟知的《与友人论诗文》一文中提出:"诗者非他,人声韵而成诗,以吟咏写性情者也。"①态度鲜明地定义诗歌以抒写"性情"为本的基本性质。类似的说法,也见于屠隆在《唐诗品汇选释断序》中所言:"夫诗由性情生者也。诗自《三百篇》而降,作者多矣,乃世人往往好称唐人,何也?则其所托兴者深也;非独其所托兴者深也,谓其犹有风人之遗也;非独谓其犹有风人之遗也,则其生乎性情者也。"②追索诗歌的渊源,诗重"性情"抒写的本质特征,可以直溯原始经典《诗》三百篇,其被屠隆定位在"大意主吟咏,抒性情",至于说唐人诗歌之所以得到世人的称道,追究起来最为根本的一点,则在于它们发自诗人之"性情",正又如屠隆所说:"唐人诗虽非《三百篇》之音,其为主吟咏,抒性情,则均焉而已。"③据是,唐人之诗虽然不能和《诗经》等而视之,但从力主诗人"性情"的角度而言,则呈现与后者相似的特征,二者之间也因此建立起某种同一性。由此,无论是关于《诗经》还是针对唐人诗歌特点的概要描述,换一个角度来看,实际上也正是对以抒情为本这一诗歌基本性质的明确认定。

不得不说,屠隆以上围绕诗主"性情"话题的有关表述,就它的基本立场观之,显然主要是在重申"诗缘情"这一诗学史上原始而重要的命题。尽管如此,这并不因是减损问题讨论的价值意义,道理在于,其不但体现了屠隆强调诗歌抒情以维护这一特殊文体的基本性质的自觉意识,而且也由此引导我们对他的诗学根本立场进行追踪观察。寻绎屠隆的论说逻辑,和诗主"性情"的命题密切相关联的则是他的诗文有别说,如果说,前者主要是针对诗歌性质而给予的明确定义,那

---

① 《由拳集》卷二十三。
② 《由拳集》卷十二。
③ 以上见《文论》,《由拳集》卷二十三。

么,后者则是在此基础上赋予诗与其他文体相别异的审美层面的独特性和纯粹性。屠隆《文论》一文在评议宋人诗歌时,重点谈及了这一问题,他说:

> 宋人之诗,尤愚之所未解。古诗多在兴趣,微辞隐义,有足感人。而宋人多好以诗议论,夫以诗议论,即奚不为文而为诗哉?《诗》三百篇多出于忠臣孝子之什,及闾阎匹夫匹妇童子之歌谣,大意主吟咏,抒性情,以风也,固非博综诠次以为篇章者也,是诗之教也。唐人诗虽非《三百篇》之音,其为主吟咏,抒性情,则均焉而已。宋人又好用故实,组织成诗,夫《三百篇》亦何故实之有?用故实组织成诗,即奚不为文而为诗哉?甚而叫啸怒张以为高厉,俚俗猥下以为自然。之数者,苏、王诸君子皆不免焉,而又往往自谓能入诗人之室,命令当世,则吾不知其何说也。①

以上陈述的意脉十分清楚,作者从诗与文的文体相异的差别性,标示诗歌在审美层面不可混同于文章的独特品性,与此同时,他将质疑的目标集中指向了宋人诗歌,突出宋诗弱化诗歌审美特性的负面作用。其主要从两个方面分述之:一是以《诗经》和唐人诗歌"主吟咏,抒性情"的特点,对照宋人诗歌"好用故实"而组织成诗的缺失。对于一般诗作者来说,运用故实也即用典使事,除了充实作品的内蕴之外,另一个重要的意图,就在于博涉旁搜,标奇示异,以此逞炫一己之知识能量。屠隆则就此表示,诗歌"以吟咏写性情","固非蒐隐博古,标异出奇,旁通俚俗,以炫耀恢诡者也",明确无误指出,炫示诗人的知识能量绝不是诗歌的主要任务,因为这在根本上不符合诗歌的文体规定,严重违离了诗歌的抒情本质。以故他又顺势指出,"即欲蒐隐博古,标异出奇,旁通俚俗,以炫耀恢诡,曷不为汲冢竹书、《广成》《素问》《山海经》《尔雅》《本草》《水经》《齐谐》《博物》《淮南》《吕览》诸书,何诗之为也"?即使如《诗经》,"诚多识鸟兽草木,然不过就其所见,触物而为之,何尝炫奇标异"②。他深感,如宋人那样在诗中一味喜好用典使事,无异沦于结撰成文的创作方式,客观上混淆了诗与文的文体界限,严重消解了以抒情为本的诗歌这一特殊文体的基本性质,实使诗不

---

① 《由拳集》卷二十三。
② 《与友人论诗文》,《由拳集》卷二十三。

成其为诗。二是以古诗多重在"兴趣"的特点,对照宋人"好以诗议论"的缺失。众所周知,作为传统诗学中的一个美学范畴,"兴趣"一说早已为宋人严羽所主张,而对于严氏的这一说法,诸家各有不同的解释。① 笔者以为,体察严氏的"兴趣"说,至少包含了两重涵义:既与"情性"紧密相联,如他所言:"诗者,吟咏情性也。盛唐诸人惟在兴趣,羚羊挂角,无迹可求。"明示所谓"兴趣"不能离却"情性"而言之,也就是在根本上体现诗歌的抒情性质;在此前提之下,又要求在具体传达上做到含而不露,述而不尽,所谓"言有尽而意无穷"②,"语忌直,意忌浅,脉忌露,味忌短"③,也就是要营造出蕴藉悠永、给人以暗示而能够激发想象的艺术效果。不难看出,屠隆"兴趣"说的基本涵义实与严羽所论一脉相承,如他论"长于兴趣"的唐人诗歌:"唐音去《三百篇》最远,然山林晏游之篇,则寄兴清远,宫闱应制之什,则体存富丽;述边塞征戍之情,则凄惋悲壮,畅离别羁旅之怀,则沉痛感慨。即非古诗之流,其于诗人之兴趣则未失也。"④特别是其中揭示唐人那些"述""情"或"畅""怀"诗篇的情感特征,以作为"兴趣"未失的例证,很显然,其赋予了"兴趣"一种抒情的内涵。又据其所论,他之所以更欣赏不乏"兴趣"的古诗,则在于所谓"微辞隐义,有足感人",同样很显然,这实际上主要还就古诗委婉传达、蕴意深长而给人以更耐品味的艺术感受的强度来说的。按照屠隆的解释,宋人好以议论为诗的倾向,正是消解诗歌抒情性质以及相应传达艺术的表现,因为如此情形下,吟写出来的诗篇难免沦为浅显俚俗之作,超越语言表层而蕴其中的言外意味也自然为之减损。就如屠隆在《唐诗品汇选释断序》中议论宋诗,即感觉"读宋而下诗,则闷矣,其调俗,其味短,无论哀思,即其言愉快,读之则不快"⑤。同样地,好发议论的宋人诗风,在他看来因为多少突破了诗

---

① 张健《沧浪诗话校笺》分别引述朱自清、叶嘉莹、张少康、陈伯海、张健、王运熙诸家之说为之笺注,诸家之中,或认为"兴趣可以说是情感的趋向","兴趣的兴是比兴的兴的引伸义,都是托事于物"(朱自清语);或认为"(兴趣)当是指由于内心的兴发感动所产生的一种情趣"(叶嘉莹语);或认为"严羽所讲的'兴趣',就是指诗歌艺术'言有尽而意无穷'的特点所引起的人的审美趣味"(张少康语);或认为"《沧浪诗话》中的'兴趣',是指诗歌的'情性'融铸于诗歌形象整体之后所产生的那种蕴藉深沉、馀味曲包的美学特点"(陈伯海语);或认为"'兴趣'的定义是:作品中所表现的悠远的韵味"(张健语);或认为"所谓兴趣,是指抒情诗所以具有感染力量的艺术特征","大致包含着三个要素":"一是抒情","二是要有真实感受和具体形象","三是要含蓄和自然浑成"(王运熙语)。参见该书上册,第158页至161页,上海古籍出版社2012年版。
② 《沧浪诗话校释·诗辨》,第26页。
③ 《沧浪诗话校释·诗法》,第122页。
④ 《文论》,《由拳集》卷二十三。
⑤ 《由拳集》卷十二。

文的文体界限,使得诗歌的性质发生蜕变。

　　说到宋人诗歌偏好用典使事以及议论化的特点,这在古典诗歌史上已成为受到广泛注意的一个问题,前者不能不归因于宋人在诗歌中为逞炫自身的知识能量而表现博学,后者实反映了宋人以文为诗的倾向。而从以文为诗的情形来看,宋人黄庭坚提出了"韩以文为诗,杜以诗为文"①的说法,认为中唐以来诗坛如杜甫、韩愈等人诗歌已呈露这一迹象。而发展至宋代,滥觞于杜、韩等人的以文为诗的创作方式则为之扩张,将原本运用在散文中的手法更多地引入诗歌之中,以文的章法、句法、字法来进行诗的创作,乃至于在诗中呈现议论化的特征。② 宋诗的这一变化倾向,从诗以抒写性情为本的角度观之,当然可以说是冲击诗歌性质的蜕变性变革。这特别表现在,以文为诗以及与之相随的议论化构结方式的介入,导致诗歌语言形态发生某种结构性的异动,犹如有研究者所指出的,使得诗歌与更易于表达和理解的日常语言或散文语言的形态相近,③显示其在语言的层面向着日常化与浅俗化的方向发展。由于语言更符合文之直接陈述方式或日常表达习惯,诗歌原本含藏不露的意脉被凸显出来,由暗示为主的传递,转向直白明晰的表达,这对于重在"言有尽而意无穷"的艺术效果而以蕴藉传达为尚的诗歌审美特性,势必产生弱化甚至消解的作用。由此也可看出,屠隆关于诗文有别说及其与之相关的反宋诗立场,其中不论是强调诗歌的抒情特性,还是建筑在此基础上对于"兴趣"的主张,从根本上来说,显然意在昭彰和维护诗歌这一特殊文体的基本性质和相对独立的审美特性。

　　重视诗文的体制差异,屠隆当然不是首位发言者,此前我们在考察成化、弘治文坛的重要人物李东阳的诗学思想之际,已讨论了他一再主张的诗文异体说。李东阳提出:"言之成章者为文,文之成声者则为诗。诗与文同谓之言,亦各有体,而不相乱。"④区分诗文之"体"差异的意识显得十分强烈。具体到对于诗歌之"体"的审别,他则概括其特征:《诗》与诸经同名而体异。盖兼比兴,协音律,言志厉俗,乃其所尚。⑤特别是"兼比兴"和"协音律"的体制特征,重点触及诗歌的表现艺术。而谈及他对诗歌比兴问题的理解,其在《怀麓堂诗话》中的如下表述无疑最具代表意义:"所谓比与兴者,皆托物寓情而为之者也。盖正言直述,则易于穷尽,而难于感发。惟有所寓托,形容摹写,反复讽咏,以俟人之自得。言有尽而意无穷,则神爽飞动,手舞足蹈而不自觉。此诗之所以贵情思而轻事实也。"①他从比兴的表现艺术出发,进一步声张诗歌"贵情思而轻事实"的文体特征,以及"有所寓托,形容摹写"、"言有尽而意无穷"的艺术效果,指涉的是诗歌主于抒情的基本性质和以蕴藉传达为尚的审美特性,本质上体现了李东阳本人重视诗歌独立品格的理论自觉。

这种理论自觉至七子派则趋于强化。如前所论,在前七子那里,分辨诗文体制的差异也成为李、何等人的重要话题之一,无论是李梦阳批评"宋人主理作理语",以为"诗何尝无理,若专作理语,何不作文而诗为邪"?并且定义诗歌之性质,"夫诗比兴错杂,假物以神变者也。难言不测之妙,感触突发,流动情思"②,还是何景明声言:"夫诗之道,尚情而有爱;文之道,尚事而有理。是故召和感情者,诗之道也,慈惠出焉;经德纬事者,文之道也,礼义出焉。"③显然都站在文体的角度,严格划分诗文之间不可混淆的界限。李、何作出的相关表述,从论辩的逻辑来说,实是由区分诗文体制出发进而申诉诗道的独立意义,阐释诗歌的创作原理。从论辩的归趣来说,则同样指向诗歌的基本性质和审美特性。关于后者,特别是李梦阳的相关释说表述得更加明确,也更有代表性。他除了以"感触突发,流动情思"定义诗歌本质的规定性,突出诗歌主于"情思"的抒情性质,又极力攻讦宋人"主理作理语",树之为诗歌史上负面之典型,强调铺陈事理议论的"理语"或能在文章中展述,但切忌在诗歌中表陈,宋人以"理语"入诗,客观上构成对诗歌独特体制的严重侵蚀,也是对诗歌本质之规定性的直接消解。针对这个问题,李梦阳还表达过多少刻上严羽《沧浪诗话》论说之印记的意见:"古诗妙在形容之耳,所谓水月镜花,所谓人外之人、言外之言。宋以后则直陈之矣,于是求工于字句,所谓心劳日拙者也。"④从他品论宋诗的批评逻辑而言,"宋以后"诗歌趋向"直陈"的态势,和宋人以"理语"入诗的作法密切相关,这

---

① 《李东阳集》,第二卷,第 534 页至 535 页。
② 《缶音序》,《空同先生集》卷五十。
③ 《内篇》,《大复集》卷三十一,《景印文渊阁四库全书》,第 1267 册。
④ 《外篇·论学下篇第六》,《空同集》卷六十六。

也意味着诗歌蕴藉传达而产生的"人外之人、言外之言"的艺术效果为之消减，无法臻于古诗"形容"之妙。李梦阳直截指斥的宋人"主理作理语"的作法，说到底，正是宋人以文为诗包括与之相伴随的议论化倾向的典型表现，如以诗歌的体制相鉴衡，这样的作法不但弱化了诗歌表现"情思"的抒情性质，而且由于直白议论以至意脉外露，已难以避免在改变着诗歌注重蕴藉传达的审美特性，甚至形成以命意为先的所谓"凸现意义"①的表现特征。对于宋诗的这种变化倾向，后七子中如谢榛和王世贞等人作出的警惕和戒忌的反应，同样是十分强烈的。谢榛即认为，"诗有辞前意，辞后意"，他在对比"唐人兼之，婉而有味，浑而无迹"之后，深感"宋人必先命意，涉于理路，殊无思致"②。其分别唐宋诗歌的表现特征和审美品位的立场是极其鲜明的。究其所以，当归根于谢榛力忌宋诗以命意为先而导致"婉而有味"的诗歌蕴藉传达审美特性由此沦丧之后果的戒备意识。与此相关，他又提出诗不可太"切"的原则性问题："诗不可太切，太切则流于宋矣。"③"切"有切近、切实之义。不可太切，就是不能过于着实，不能直白议论，根本目的则是不使诗歌意脉直露而浅俗，不使重蹈宋诗"涉于理路"的覆辙。无独有偶，王世贞以他个人的阅读经验和审美取向，也曾表达对诗不可太"切"问题的看法："严又云诗不必太切，予初疑此言，及读子瞻诗，如'诗人老去'、'孟嘉醉酒'各二联，方知严语之当。又近一老儒尝咏道士号一鹤者云：'赤壁横江过，青城被箭归。'使事非不极亲切，而味之殆如嚼蜡耳。"④此处提到的严羽言诗不必太切之说，应该指的是严氏在《沧浪诗话·诗法》中所声称的"不必太着题，不必多使事"⑤的主张。从初疑其说到知其所言之当，也表明王世贞本人对这一问题的认知经历了一个逐渐深化和转变的过程。上面所说的"着题"，意谓切合诗题，其叙述描写直指诗题所涉及的对象的特征；"不必太着题"，指既不局限于描写对象本身而又都指向对象的一种不即不离的表现方式。⑥ 所说的"使事"，意谓典故事实的运用；"不必多使事"，也即体现了钟嵘《诗品》"至乎吟

---

① 葛兆光《汉字的魔方——中国古典诗歌语言学札记》，第207页。
② 《诗家直说一百二十九条》，《四溟山人全集》卷二十一。
③ 《诗家直说一百二十七条》，《四溟山人全集》卷二十二。
④ 《艺苑卮言四》，《弇州山人四部稿》卷一百四十七。
⑤ 《沧浪诗话校释》，第114页。
⑥ 参见《沧浪诗话校笺》，下册，第424页至426页。

咏情性,亦何贵于用事"①的旨意。② 由此推究,"太着题"与"多使事"被严羽认为不仅有损于诗歌的抒情性质,不符合"诗者,吟咏情性也"的本质定义,而且有损于诗歌的审美特性,影响"羚羊挂角,无迹可求"、"言有尽而意无穷"的蕴藉悠长的传达艺术。王世贞所引述的苏轼诗句,分别为苏氏七律《张子野年八十五,尚闻买妾,述古令作诗》中颔联"诗人老去莺莺在,公子归来燕燕忙"与颈联"柱下相君犹有齿,江南刺史已无肠",以及《太守徐君猷、通守孟亨之皆不饮酒,以诗戏之》中首联"孟嘉嗜酒桓温笑,徐邈狂言孟德疑"与颔联"公独未知其趣尔,臣今时复一中之"。品读起来,这些诗句不但直切题目,而且运用典故事实密集,连同老儒所咏之句,在王世贞眼中就成了太"切"甚至因此而味同嚼蜡的典型例子。

　　总之,屠隆强调诗文有别说,注重诗歌的"性情"与"兴趣",并秉持强烈的反宋诗倾向,这些问题的面向都可以和七子派的诗学立场联系在一起。特别是比较李、何、王、谢等人的相关阐论,他们或注意诗文体制的界限划分,于诗主"情思",重比兴,推重古诗"形容"之妙,或极力排击宋人以文为诗、好用典使事而流于太"切"的作法,从中不难发现屠隆和这些七子派成员之间在相关问题上观点的高度近似性,简括而言,即都可以归结为二者对诗歌以抒情为本的基本性质和以蕴藉传达为尚的审美特性的高度重视。而这些观点根本上体现了七子派在诗学问题上坚守的原则立场。虽然从屠隆以上论述的倾向性来看,他的诗文有别说以及与此相关联的反宋诗态度,并未超出诸子的基本立场,个人诠释的色彩也不十分鲜明,在某种意义上,要说重申诸子的论调或许更为恰当,但也正是这种十分明晰的倾向性,表明了他在对待诗歌体制和本质这些基本的问题上,有意识地和诸子保持同调的姿态,恪守着他们的原则立场。

第二节　"禀法于古"与"铸格于心"

　　如果进一步展开探察,在维护诗歌的基本性质和审美特性的同时,屠隆对于具体的实现途径也提出了他的看法。不妨先引述他在《汪识环先生集叙》一文中品论汪氏所作的评语:

---

①《诗品笺注·诗品中》,第98页。
② 见《沧浪诗话校释·诗法》,第115页。

先生禀法于古，铸格于心，语离则格合，格离则气合，气离则神合，其蒐之也博，其研之也精，绳削宛存，风骨自别，洵近代作家之卓然者邪？①

这段评语虽比较简略，但透露的信息则值得留意，除了表达对汪氏之作的赞赏之意，从中也提出了对于创作实践的原则性要求，概括起来说，这就是既必须"禀法于古"，又需要"铸格于心"。

首先来看所谓"禀法于古"，如果换一个角度，则可以视作屠隆本人学古意识的一种清晰表露，申明习学和把握古法的必要性，由是观之，这也可以理解为他对于诗歌实践径路的一种指认。为便于说明问题，我们不妨略费文辞，将七子派诸成员主张法度之论再稍作梳理。就诸子而言，各人虽然在对法度的特征及其内涵的理解上不尽一致，甚至存在很大的差异，但这并不影响到他们对于法度的坚持，总体上，诸子将法度作为学古的根本规则来看待。纵观他们的解释，有一点非常明确，即法度被认为绝非可以任意臆造，而是具体呈现在古典文本中的规则性要求，习学者通过感知、揣摩和体悟而获得。前七子中的李梦阳、何景明二人，就对法度的特征与内涵的认知分歧较大，这为人所熟知，不过，要说彼此所论尚有某种共识的话，那即体现在他们都主张潜入古典文本中去体认创作之法。且不说注重"先法"的李梦阳，揭出古人的作法"大抵前疏者后必密，半阔者半必细，一实者必一虚，叠景者意必二"②，已在概括"先法"的基本特征，就是指斥他"独守尺寸"的何景明，也将所谓的"辞断而意属，联类而比物"，定义为诗文"不可易之法"，并企图以"上考古圣立言，中征秦汉绪论，下采魏晋声诗，莫之有易也"③的历时通观的考察结论，确认古人作法的稳定性和共通性。既然"不可易之法"存在于"古圣"著论直至魏晋诗歌之中，说明只有切入具体的古典文本，才能领会和把握古人法度的要诀。正是鉴于注重古典文本法度的体认，"体"与"法"之间的关联性由此加强，尊尚古人作品的体格或体式，被当作准确辨认古法的正宗路径和基本量度。故如王廷相论诗，其"古人之作，莫不有体"的声明，根本的意图在于标表古典文本"体"的示范意义，而他主张"效《风》、《雅》类《风》、《雅》，效《离骚》、《十九首》类《离骚》、《十九首》，效诸子类诸子"的

---

① 《栖真馆集》卷十，《续修四库全书》影印明万历十八年(1590)吕氏栖真馆刻本，第1360册。

② 《再与何氏书》，《空同先生集》卷六十一。

③ 《与李空同论诗书》，《大复集》卷三十。

"诗贵辩体"①说,贯穿起来的是严格对应式的模塑古人作品体格或体式的思路。至于徐祯卿提出"诗贵先合度,而后工拙,纵横格轨,各具风雅",并举例释说:"繁钦《定情》,本之郑、卫;'生年不满百',出自《唐风》;王粲《从军》,得之二《雅》;张衡《同声》,亦合《关雎》。诸诗固自有工丑,然而并驱者,托之轨度也。"②则将要求"合度"或遵循"格轨"的原则列入优先考量的范围,本质上主张的又无非是通过应合古作之"体"以恪守古作之"法"的诉求。

在后七子那里,诸子探讨诗歌法度的议题变得更为集中,也更为细致,特别是在愈益增强的辨体意识的主导下,"体"与"法"之间的紧密联系,又被作为一个重要的命题而提出。以时代而言,李攀龙《选唐诗序》论议唐代五言古诗作出的后为王世贞所附和的"唐无五言古诗,而有其古诗"③之断语,或许可以算作一个典型的案例。李以汉魏五言古诗系统去衡量唐代的五言古诗系统,明确指示二者之间存在的时代性价值差异,意味着认定汉魏五古之"体"在五言古诗取法上所具有的绝对优越性和不可替代性,体认五古"法"之所在,须从汉魏五古这一古典文本入手,排除参照其他文本的可行性。所以,他提出如陈子昂"以其古诗为古诗,弗取也"④,意谓不能接受以唐人五古的体格或体式摹拟汉魏五古的作法。以个案而言,如当初在如何取法李、杜诗歌的问题上,王世贞与谢榛之间分歧严重,谢氏自述"拟李、杜长歌"重在"摄精夺髓"之法,以融合李诗之"飘逸"与杜诗之"沉郁",而他有意"合之为一,入乎浑沦,各塑其像,神存两妙"的这种多少带有自创性质的作法,却遭到王世贞的极度鄙视而斥之为"丑俗稚钝,一字不通"⑤。谢氏的本意盖在于"学之者不必专一而逼真也"⑥,主张不必专注和拘执于特定宗尚目标的字句形迹,在较为宽泛的范围内和从重视神理精髓摄取的角度,熟习体会诸家之作以集合众长。这就是他所声称的,习学古人重在"三要",即"夺神气"、"求声调"及"裒精华","得此三要,则造乎浑沦,不必塑谪仙而画少陵也"⑦。然以王世贞之见,谢榛所拟所论力主合二为一,已和李、杜长歌各

① 《刘梅国诗集序》,《王氏家藏集》卷二十二。
② 《谈艺录》,《迪功集》附。
③ 《沧溟先生集》卷十五。
④ 《选唐诗序》,《沧溟先生集》卷十五。
⑤ 《艺苑卮言七》,《弇州山人四部稿》卷一百五十。
⑥ 《诗家直说八十五条》,《四溟山人全集》卷二十四。
⑦ 《诗家直说七十五条》,《四溟山人全集》卷二十三。

自不同的体格或体式相乖违，显得不伦不类，根本无"法"可言，当然也就彻底丧失了其合理性。

再回到屠隆所论，如前述，所谓"禀法于古"，事实上已在指认一条学古习法的路径，且表明在这个问题上，屠隆和诸子坚持的原则立场并不相扞格，都倾向从古典文本中去体认法度。值得指出的是，屠隆在《答胡从治开府》一书中忆述自己"束发"时习学诗文之法，谓"为诗若文，模古人则古人，写胸臆则胸臆"，"神无所不诣，法无所不禀"①。他自年少之时起模习古人之作的经历，即表明其希望通过临摹之法以求诗文入门之径的用心。而他在专门论议为文之道时，也谈及自己"少时"习文，主要采取的是"尺寸《史》、《汉》"②的临文之法。可以说，这些回忆性的叙述，流露出来的则是屠隆始终怀揣的注意从古典文本中去体认相关法度的学古意向，以至乐于称说自己少时开始的学古经历。不但如此，屠隆在评述其他诗友作品之际，常重以法度相铨衡，其中也可看出他所秉持的某种倾向性态度。如他为休宁人汪淮撰写墓表，评其古近体诗云，"为古体苍然，为近体铦然"，"法无不比，律无不中，神无不传，情无不充"③。汪淮之于诗，王世贞序其诗集亦称"能程则古昔不倍格"④，参照其言，特别是屠隆以"法无不比"许之，殆非虚饰之语，而是敏锐揭示了汪诗不失古法的特点，同时也亮出了屠隆本人看重诗法的立场。又如他序胡应麟《少室山房稿》而评其诗，其中云：

> 《十九首》如洞庭、云门，千秋寥寥，用其语则袭，不用其语则远，作者为短气罢尔。元瑞独奋而嗣响，不袭不远，庶几古人典刑。曹氏父子以下，取法而裁，匠心而运，诣妙境矣。而尤长于五七言近体，无音不亮，无思不沉，无体不厚，无骨不劲，无韵不飘，无法不比。⑤

据此看来，他显然十分在意胡应麟古近体诗的一些具体作法。以习学汉代五古经典《古诗十九首》而言，如果说，"袭"这种全然因旧蹈袭的机械作法，固然未得到屠隆的认可，而他推许胡诗"不袭"，主要也是就其能避免滑向单纯蹈袭的极

---

① 《白榆集》卷十四。
② 《论诗文》，《鸿苞集》卷十七，明刻本。
③ 《汪禹乂征君墓表》，《栖真馆集》卷二十九。
④ 《汪禹乂诗集序》，《弇州山人续稿》卷四十三。
⑤ 《少室山房稿序》，《白榆集》卷二。

端来说的,那么,"远"即违离古法而远之的作法,在他看来同样不足取,指出胡诗同时又能"不远",就是说它们未完全离却古法,终究合乎"古人典刑"。至于评说胡诗对曹操父子以下古诗"取法而裁",以及五七言近体诗"无法不比",则显然重在表彰胡诗对古法的依循。另一方面,基于这样的见识,屠隆态度鲜明地质疑无法可据的"杜撰"之作法,这也是他格外重视法度体认的又一种表述。如他指出,为诗之道要在"新不欲杜撰,旧不欲剿袭"。力戒机械仿拟的"剿袭",并不意味着可以任意自我"杜撰",究其原由,任意的"杜撰"看起来虽自创生新,却会走向罔顾古法而无所根据的另一个极端,担负易至失败的重大风险,这应当引起足够的警惕而予以戒忌,借用他论议为文之道的一席话来说,"杜撰而都无意趣,乃忌自创;摹古而不损神采,乃贵古法"。

　　尽管对于从古典文本中体认法度的问题,屠隆与七子派诸成员都给予充分的重视,持有相近的原则立场,但这并不代表他们之间的看法完全一致,事实上究察起来,彼此关涉具体体认方式的主张还是有所不同,差异主要是从如何看待"体"与"法"关系的意见中显露出来的。屠隆就此则指出:

　　　　杜撰则离,离非超脱之谓,格虽自创,神契古人,则体离而意未尝不合;程古则合,合非摹拟之谓,字句虽因,神情不傅,则体合而意未尝不离。①

推究其意,假若说,"体"作为体格或体式的指称,主要被视作诗歌外在层面的"字句"构造,那么,"意"则显然被认为属于诗歌内在层面的"神"或"神情"传达。关于后者,屠隆则一再强调之,如谓"夫诗者,神来","士不务养神而务工,诗刻画斧藻,肌理粗具,气骨索然,终不诣化境"②。说明内在深层的"神"或"神情",终究是诗歌灵魂之所在,也是诗家应当着力之所在。体会屠隆解说的意旨,"体"与"意"的关系处理,实际上攸关对于法度体认方式的认知,如果以"离"与"合"的关系来表示,就是"离"而"合"之,或者"合"而"离"之。然而,"离"并不表示完全超脱法度以行之,即"非超脱之谓",而旨在超离对于古典文本体格或体式的忠实仿拟;"合"也不代表处处字摹句仿以因袭古体,即"非摹拟之谓",而旨

---

① 以上见《论诗文》,《鸿苞集》卷十七。
② 《王茂大修竹亭稿序》,《白榆集》卷三。

在求取与古典文本在神情上的契合。所以说，"体"离而"意"合，胜过"意"离而"体"合。以是观之，屠隆对于"体"与"意"关系的阐释，相对淡化了为诸子所强调的"体"与"法"之间的紧密关系，用屠隆本人更直白一点的话来说，"止要有古法，不必拘其何体"①。特别需要指出的是，虽然尊尚古作之"体"以求合"法"的学古理念在七子派中间较有市场，但如果因此以为他们在观念意识上默认字摹句仿这种机械的蹈袭之法，那也与实际的状况完全不相符合。事实的情形是，出于基本的常识和理性的感悟，诸子在学古问题上几乎异口同声地反对摹仿剽夺，蹈袭往辙，②尽管彼此也存在意见上的差异。然而，以古体为尊的学古原则与忌避摹仿蹈袭的主观愿望之间，客观上往往难以达成兼顾彼此的平衡，理想的期望未必能真正落实在具体实践之中。屠隆既坚持对古典文本法度体认的立场，又主张超越古人之作体格或体式的单纯仿拟，消释"体"与"法"之间的紧密关系，究其因，不能不说和他出于检省的视角反思诸子学古所为及其影响效应有着很大关系。他曾指出："今人自李、何之后，文章字句摹仿《史》、《汉》，即令逼真，此子长之美，而非斯人之美也。"对于李、何等人在弘治、正德年间"锐志复古"的先导行为，屠隆曾以"再造乾坤手段"许之，给予高度的认肯，但在另一方面，他又强烈觉察出后李、何时代浮现的"文章字句摹仿《史》、《汉》"的学古的不良现象，并且归根于李、何等人带来的负面影响。正如他指责"近代后生"慕而仿效，以至于"涉猎西京，优孟《左》、《史》"，他对此总结原因，归之为"亦李、何启之也"。显然，这已是从学古的影响效应中去追究问题的发生源头。在屠隆看来，从诸子自身方面来加以检讨，过度拘执于古人之作体格或体式是最主要的症结所在。如他评议李攀龙选唐诗，认为"止取其格峭调响类己者一家货，何其狭也。如孟浩然'欲寻芳草去，惜与故人违'，幽致妙悟，于鳞深恶之，宜其不能选唐诗。诗道亦广矣，有高华，有悲壮，有峭劲，有凄惋，有闲适，有流利，

---

　　①《论诗文》，《鸿苞集》卷十七。
　　② 如李、何之争针锋相对，何景明即强调要"富于材积，领会神情，临景结构，不仿形迹"，"自创一堂室，开一户牖，成一家之言"（《与李空同论诗书》，《大复集》卷三十），其意甚明，不必赘言，而主张"尺寸古法"的李梦阳，面对何氏的攻讦，也表示坚决反对"窃古之意，盗古形，剪截古辞以为文"（《驳何氏论文书》，《空同先生集》卷六十一），以免使自己沦为刻板摹古的口实。又如力主严格学古法的王世贞，论诗学古之道，同样宣称"剽窃模拟，诗之大病"（《艺苑卮言四》，《弇州山人四部稿》卷一百四十七）。并且直言不讳地质疑李攀龙所拟古乐府"无一字一句不精美，然不堪与古乐府并看，看则似临摹帖耳"；其五言古诗"多不足以变，而嫌于袭"（《艺苑卮言七》，同上书卷一百五十）。谢榛声称"作诗最忌蹈袭"，又批评"今之学子美者，处富有而言穷愁，遇承平而言干戈；不老曰老，无病曰病。此摹拟太甚，殊非性情之真也"（《诗家直说一百二十七条》，《四溟山人全集》卷二十二）。

有理到,有情至。苟臻妙境,各自可采,而必居高峭一格,合则录,不合则斥,何其自视大而视宇宙小乎"①! 王世贞序李攀龙所编诗歌总集《古今诗删》,称李氏"取其独见而裁之,而遽命之曰删"②,屠隆指出李选录唐诗以"高峭一格"为衡,当为其囿于"独见"而定裁之所致。归根结底,这种选诗倾向还出于李攀龙本人对唐人诗歌特定体格的一种偏好。屠隆以为,李攀龙身上存在的问题,不只是表现在其选录唐诗的偏狭性,也表现在其过度留意古作体格或体式并剿袭其语的作法,而这更使他无法认同。因此,他又语气激直地指摘李攀龙所拟古乐府,"全袭旧语,有一篇之中更三四字,遂掩为己物",声言自己对此断断"不敢以为然"③。

总合以上所述,对于七子派诸成员主张的从古典文本中体认法度的学古基本策略,屠隆显然予以积极认同而自觉执守,他所质疑的,主要还在于出自对"体"与"法"紧密关系考量而过度拘执古作体格或体式的习学方式。与之相对,屠隆在前引《汪识环先生集叙》中除了声明"禀法于古",又同时提出所谓"铸格于心",一如他在《论诗文》中所说的,不但要"法度师古",而且能"神采匠心"④。这应当指涉同一问题的范畴而相互照应与平衡的两个面向。在此,为七子派诸成员所看重的"体"与"法"难以分割的联系,明显被消释而代之以"心"与"法"之间构成的密切关联。如果说,前者实际突出了古法形制上的型范意义,加强对法度在外向与具象层面的忠实摄取,意在提升循法的规范性和严谨度,那么,后者则显然转向主体的心内基础与工夫,着眼对法度在内向与抽象层面的自我领会,用心寻绎超越古法形制而潜含其中的"神"或"神情"。正如前面所说,其实,反摹仿蹈袭也原本不同程度地为诸子所强调,包括在具体方式上,如何景明声称重在"领会神情","不仿形迹",又如谢榛主张"摄精夺髓",或谓之"夺神气"云云,已素为人知。从这一意义上来说,屠隆所提出的命题在基本面上,更像是在重申多为诸子所认可的一种学古理念。但问题是当辨体意识在诸子内部不断发酵,并强力提升,"体"与"法"的紧密关系得以凸显,乃至于越过反摹仿蹈袭的理性戒忌,贯注于具体的创作实践,并激起时人慕而仿效之风,所谓"领会神情"或者"摄精夺髓",则在更大程度上只是一种理想化的主观意愿或虚弱的理性呼

---

① 以上见《论诗文》,《鸿苞集》卷十七。
②《古今诗删序》,《弇州山人四部稿》卷六十七。
③《与冯开之》,《由拳集》卷十七。
④《鸿苞集》卷十七。

唤而已。就此来看,屠隆以"铸格于心"照应和平衡"禀法于古",多少出于一种戒惕和拨正的意识,这种意识主要本自对诸子的学古所为以及由此在文学圈产生的负面效应的理性检省。

需要进一步追问的是,"铸格于心"的重心既然指向主体的心内基础与工夫,那么这一诉求究竟反映了什么样具体的内蕴呢? 必须指出的一点,所谓"铸格于心",并不是一个可以完全无视法度而任"心"所为的概念,而是与"法度师古"相为照应,二者的有机协调才构成完整的意义链。但这一诉求消释诸子所重"体""法"关系紧密性的意旨显而易见,凸显了"心""法"之间的关联性,强调的是"心"对"法"的消化和布置,由"心"统摄的"法"的运作,其在强烈示意,对于法度的体认,相当程度上取决于主体心内的基础和工夫。循着这条逻辑线索进行辨识,有两点值得注意:一是其重视诗人的材质或才性,将诗歌品格的铸就,很大程度上归向主体先天的心内基础。屠隆曾在《冯咸甫诗草序》中指出:"夫声诗之道,其思欲沉,其调欲响,其骨欲苍,其味欲隽,而总之归于高华秀朗,其丰神之增减,大都视其材矣。材多则情赡而思溢,光景无尽;材少则境迫而气窘,精芒易穷。"[1]可见,"材"作为体现诗人自身内在本质基础的才能性分的标志,对于经营"声诗之道"何等重要,诗歌"丰神之增减"的品格崇卑,大都受其影响,有道是"赋材既定,骨格已成,即终身力争,而卒莫能改其本色、越其故步而止"[2]。循此,它也理所当然成了衡量作品品格的一把重要尺度,屠隆为友人沈明臣所撰《沈嘉则先生传》评沈氏为诗,谓其"不以气伤格,不以格掩材,居然大家",比较起来,则深感"近世作者或乏长材,则诡而跳诸偏枯,以为险绝,而务掩其短"[3]。如此,正是诗人"材"的丰乏之别,基本塑就了诗歌的不同品次。推衍开去,这在宣示"材"于诗歌高品格塑造的重要性的同时,诗人才性发挥的合理意义也由此得以凸显。二是其倾向于"悟"这一强调自我体验的主体自觉。屠隆在《论诗文》中即认为:"诗道有法,昔人贵在妙悟"[4]。而他序李言恭《贝叶斋稿》论诗道与禅家之言通的一段话,更引人注意,其以禅之"一旦言下照了,乃彻真境"的彻见,引出诗道神悟之境:"夫天下之物,何者非神所到,天下之事,何者

---

① 《白榆集》卷一。
② 《范太仆集序》,《白榆集》卷二。
③ 《由拳集》卷十九。
④ 《鸿苞集》卷十七。

非神所办哉？方其凝神此道，万境俱失，及其忽而解悟，万境俱冥，则诗道成矣。"①这样的说法，自可追溯至严羽在《沧浪诗话·诗辨》中提出的"大抵禅道惟在妙悟，诗道亦在妙悟"②的老话题。所谓"凝神"，不外乎指内向敛心以完全集中至自我体验的心理活动，由"凝神"而"解悟"，引导的是一条重在主体心内的体验与觉悟的路径。在屠隆看来，"悟"不啻取决于个人天赋资性，也需从修习工夫中获得，如他所说："古人读书数十年，以全力而凝神于千秋，今人生平未尝从事，以枵腹而求肖于一旦，有何怪诗之不古也。"故其认为，唐人诗歌譬如王维《山居秋暝》中"明月松间照，清泉石上流"，《秋夜独坐》中"雨中山果落、灯下草虫鸣"，孟浩然《宿建德江》中"野旷天低树、江清月近人"，张籍《宿江店》中"夜静江水白，路回山月斜"等，这些看似"常境常谈"的诗句，究其所以，"非腹有万卷、胸无一尘者不能办"③。这在提示，"凝神"以"解悟"，实经历了一个由渐修而臻至主观认知高度跃升的过程，但无论如何，这一过程的重点则显然导向主体自足性的内在体悟。

从七子派的范围来看，屠隆所标示的诗人个体之"材"以及"悟"的自觉活动，并非为他所独重，尤其是他加盟的后七子文学集团，如王世贞、吴国伦、宗臣、谢榛等人，在这个问题上也各自申述其说，不但"才"、"才情"、"神才"等概念频现其各类著论，④并且对"悟"这一指向成熟和完善境界的自觉活动，他们同样颇为推重。⑤

---

① 《贝叶斋稿序》，《白榆集》卷一。
② 《沧浪诗话校释》，第 12 页。
③ 《高以达少参唐诗序》，《白榆集》卷三。
④ 如王世贞提出"才生思，思生调，调生格"（《艺苑卮言一》，《弇州山人四部稿》卷一百四十四），虽简略却不失显重之义，置"才"于引发与衍生"思"、"调"、"格"的统摄之位，对于诗人才性重视程度可以想见。又其《陈于韶先生卧雪楼摘稿序》论作诗之难，述之种种："夫工事则徘塞而伤情，工情则婉绰而伤气；气畅则厉直而伤思，思深则沉简而伤态，态胜则冶靡而伤骨；护格者虞藻，护藻者虞格；当心者倍耳，谐耳者恶心。"归结为"兼之者难"，"其所以难，盖难才也"（《弇州山人续稿》卷四十四）。说明诗人之"才"在诗歌各种审美要素"兼"而备之的艺术经营中，其作用是独特而至要的。又如吴国伦序豫章朱贞吉《远游编》，品评集中所录诸诗，谓其"体益备，思益沉，才情益邈"（《甔甀洞续稿》文部卷四，《续修四库全书》，第 1350 册）。其《衰拙稿序》评他人诗作，也许之以"类多本性术以自畅其才情"（《甔甀洞稿》卷四十二，《续修四库全书》影印明万历刻本，第 1350 册）。至于宗臣曾论评李攀龙见赠之篇，以为"神才奇秀，意兴慷慨，天地间安得此语"（《报于鳞》，《宗子相集》卷十四，《明代论著丛刊》影印明万历刻本，台湾伟文图书出版社有限公司 1976 年版），重其才性之同样显而易见。
⑤ 如吴国伦评王世懋关吴纪游诸诗，谓其"毕竟善情，不可量也"（《与宗良王孙书》，《甔甀洞稿》卷五十二），赞赏王诗善于由悟而得。谢榛表示学诗之"梯航"，在于"悟以见心，勤以尽力"（《诗家直说七十五条》，《四溟山人全集》卷二十三）。他又认为诗与文一样，"体"、"志"、"气"、"韵"四者不可或缺，"四者之本，非养无以发其真，非悟无以入其妙"（《诗家直说一百二十九条》，同上书卷二十一）；声称"诗固有定体，人各有悟性，夫有一字之悟，一篇之悟，或由小以扩乎大，因著以入乎微"（《诗家直说八十五条》，同上书卷二十四）。而王世贞论对诗法的体认，指出："法合者，必劳力而自运；法离者，必凝神而并归。合而离，离而合，有悟存焉。"（《艺苑卮言一》，《弇州山人四部稿》卷一百四十四。）这些说法从不同角度显示他们重视"悟"的诗学立场。

两相对比，可以看出屠隆和诸子之间达成的一种合调。而考虑到他和王世贞等人的密切交往关系，有理由说，他提出的这些诗学话语，不无受到王世贞等人诗学观念陶冶的可能。鉴于此，屠隆本自"铸格于心"的要求，强调作为主体心内基础与工夫的诗人之"材"之"悟"，与其说是翻新自创以别辟一途，不如说客观上是对诸子有关见识的某种响应。重才性与重体悟，反映出来的，显然是诸子对于创作者主体性的关怀意识，在注意从古典文本中体认法度的同时，要求发挥诗人才性和注重自我体悟以免于全然受古法拘制的目的性不言自明。屠隆于诗人之"材"之"悟"的声张，依循"铸格于心"的逻辑脉络，与他所标称的"禀法于古"的原则相辅而立。换言之，其在重视古法的前提下，同样表达了维护创作者主体性的立场，这一立场和诸子重才性与重体悟的观念意识，大旨上并无二致。当然，进而言之，仅以屠隆此说和诸子的相关之论作简单的类比，似乎尚不足以完全阐明它的蕴意所寄。联系上述他针对前后七子成员摹拟之失和由此产生的负面效应所展开的批评，那么将它视为屠隆因此激发起来的戒惕与拨正意识，也许不失为一种更加合理的解释，而从这个角度去认识他关于诗人之"材"之"悟"的诠说，似乎更能看出其特别寓意之所在。

第三节　"性灵"说特征及其意涵的检讨

作为屠隆诗论中引人注目的一个概念，"性灵"一词屡见于他的不同篇翰，要完整考察其本人的诗学思想，自然不可忽略于此。"性灵"之概念的运用由来已久，不同对象基于不同的领域和视角，对它的具体蕴意的诠释不尽相同，就此，研究者在梳理和辨析这一概念的本义以及历史渊源时述之已详，不必赘言。[①] 虽然"性灵"说并非屠隆首创，确切地说，乃是他借助历史的话语，来表达个人的诗学观念，但当这一概念反复为他述及，事实上成为他诗学思想的一个显著标识。

探析屠隆"性灵"说的特征，首先一点，应该注意它和"性情"之义的关联。屠隆在《诗选》中提出："夫诗者，宣郁导滞，畅性发灵，流响天和，鼓吹人代，先王贵之。"[②]这显然带有为诗歌定性的意味。所谓"宣郁导滞"，主要还是就抒发诗

---

① 关于"性灵"本义的辨析及概念运用的追溯，参见吴兆路《性灵派研究》，第 1 页至 6 页、30 页至 31 页，甘肃教育出版社 2001 年版。
② 《鸿苞集》卷十八。

人性情一端来说的。前已指出,据屠隆所论,如唐人诗歌在"主吟咏,抒性情"上足与《诗经》相媲美,特别是他所标表的唐人"述边塞征戍之情,则凄惋悲壮,畅离别羁旅之怀,则沉痛感慨"那些"述""情"或"畅""怀"的发舒性情之篇,自然属于诗人"宣郁导滞"的产物。至于他将"畅性发灵"与之并置而论,则赋予了"性灵"和"性情"相纽结的情感内蕴。这一点,也合乎上面所讨论到的屠隆对于诗以抒情为本的基本性质的认定。不过,"性灵"虽与"性情"之义相纽结,因此注入了一种情感内蕴,但也并不代表它和"性情"完全等义,屠隆对此专门加以标立,其自当和"性情"有所区别。事实上根据他的论述,我们也能体味出二者之间微妙的意义差异。如果说"性情"代表相对宽泛的情感指向,那么"性灵"则具有本真意义上的情性特征。如屠隆为凌东周所撰墓志评论墓主生平所为诗歌,称许它们"不若雕饰,天质自然,畅于性灵,洽于玄赏"①,即将"性灵"解读为屏除人为"雕饰"的"天质自然"的本然呈露。为此,屠隆还特别标出"适"这一概念,以与"性灵"相应,其谓"诗取适性灵而止,不以雕虫之技苦心劳形"②。顾名思义,所谓的"适"本义有适从、顺应之意,也表示在顺适的情形下获得的一种安闲自在的精神境界。所谓"取适性灵",大旨在于顺适一己本真之情性,使之达到自然无碍的本然呈露,以避免损及"性灵"也即一己本真之情性的一切人为拘制,就如屠隆所说的,要能够做到无"损其性灵"③,诗歌的性质与功能即在于此,也就是"各写情性,不失本来"④。除此,屠隆在《旧集自叙》中还以"适"来评价自己的诗作,"余恶知诗,又恶知诗美,其适者美邪? 夫物有万品,要之乎适矣,诗有万品,要之乎适矣","即余之作,吾取吾适也。吾取吾适,而恶乎美,而恶乎不美,吾又安能知之"⑤? 上说之所以格外值得注意,最主要的是其更明确地将"适"这一概念定位在诗歌的性质和功能上,由万品之物在乎"适",推衍万品之诗以"适"为要之理,然后再回到自身,表达"吾取吾适"的基本立场。结合以上所述来看,所谓"吾取吾适",本质上也就是"诗取适性灵而止"之意。简言之,"性灵"较之"性情",既相关联,又有区别。屠隆于诗重视"性灵"表现,不仅基于其力主"性情"而强调诗歌抒情性质的诗学立场,同时也可以视之为对该立场的

① 《明故承务郎沂州同知松石凌公墓志铭》,《栖真馆集》卷二十八。
② 《寿黄翁七十序》,《由拳集》卷十二。
③ 《觉照贵早》,《鸿苞集》卷三十六。
④ 《论诗文》,《鸿苞集》卷十七。
⑤ 《由拳集》卷十二。

一种强化宣示。

屠隆"性灵"说的另一个特征,则涉及对诗歌审美特性的认知。他在《论诗文》中有言:"诗道之所为贵者,在体物肖形,传神写意,妙入玄中,理超象外,镜花水月,流霞回风,人得之解颐,鬼闻之欲泣也。"紧接这段文字之后,作者"摘赏"历朝众诗家"篇什",举例以明其意,最后则将所摘诸诗例的特点,归纳为"各极才品,各写性灵,意致虽殊,妙境则一"①。推究其说,诗歌之成为"所为贵者","各极才品,各写性灵"至为重要。其中提出的"理超象外"一说,追溯起来可以看到,早在三国时代,荀粲之兄曾以《易》中"圣人立象以尽意"说难之,粲则提出"盖理之微者,非物象之所举也"作为解答,认为"今称立象以尽意,此非通于意外者也",所以主张应"通于意外"求取"象外之意"②,倾向于超越具体物象去觅求"理之微者"或含藏之"意"。这一观念延伸至诗学领域,就有诸如晚唐司空图论诗强调"象外之象,景外之景"③以及"韵外之致"、"味外之旨"④,将诗人关注的焦点引向物象之外的世界,由诗的字面空间拓展出象外的想象空间。⑤ 所谓"理超象外"的意思,当是要求诗歌体现超乎诗中具体物象而潜含在象外世界的一种"韵外之致"或"味外之旨"。又如"镜花水月"一说,当关联严羽以"水中之月,镜中之象(一本'象'作'花')"⑥形容盛唐诗歌"惟在兴趣"的比喻,其意重在阐释"言有尽而意无穷"的艺术效果。要之,"理超象外"、"镜花水月"云云,主要是对诗歌审美特性展开的一种描述,是对诗歌超越物象或言语的象外或言外趣味韵致的着意。如此也就可以理解,屠隆在《诗选》中除了强调诗"宣郁导滞,畅性发灵",还提出以所谓"理足趣长"的标准选摘"古今灵人寂士"⑦之作的理由,说到底,这还和他注重意味深长、以暗示方式而激发想象的诗歌蕴藉传达艺术的审美态度有关,只不过在此他进而将这个问题同"性灵"表现联系起来。换言之,"取适性灵",不啻是呈现诗人自我本真之情性,并且要求在审美上体现超乎具体物象或言语的趣味韵致。说起来,这又是为除却人为"雕饰"的本初情性之自

① 《鸿苞集》卷十七。

② 《魏书·荀彧传》裴松之注引《晋阳秋》所载何邵为荀粲所作传,陈寿《三国志》卷十,第 2 册,第 319 页至 320 页,中华书局 1982 年版。

③ 《与极浦书》,《司空表圣文集》卷三。

④ 《与李生论诗书》,《司空表圣文集》卷二。

⑤ 参见陈伯海《中国诗学之现代观》,第 174 页至 176 页。

⑥ 《沧浪诗话校释·诗辨》,第 26 页。

⑦ 《鸿苞集》卷十八。

然呈露而越出物象或言语拘限以助读者品味的"性灵"之特征所决定的。

在解析了屠隆"性灵"说的基本特征之后,有必要对它的内在意涵展开进一步的检讨,以求在深层次上认知之。正如有研究者所指出的,屠隆标举"性灵"一说,与他浸淫佛学不无关系。① 的确,如割断佛学这一条意义来源,无法恰切而深入了解他"性灵"说的内蕴所在。事实上,屠隆生平确与佛学结下难解之缘,自称"中岁兼学佛老,晚年壹意奉佛"②。特别是他自万历十二年(1584)在礼部主事任上遭刑部主事俞显卿弹劾而被削籍后,③益奉佛不已,"一登蒲团之上,外忘尘世,内遗形骸"④。其晚年所著《鸿苞集》,也被人称为尤"留意释典"⑤。更值得注意的是,佛学俨然成了他"性灵"说意义汲取的重点资源,他在致友人邢侗《与邢子愿》一书中说:

> 初祖西来意,不立文字,见性成佛,六祖本来无物,竟悟禅那,妄识尽捐,灵光孤露,安事万卷千经?后世聪明士大夫,博综古今,多记教典,谭玄说妙,倒峡悬河,通不理会真元,识见逾多,性灵逾障。⑥

"见性成佛"、"灵光孤露"云云,简言之,其所关切的乃是作为本然之体的佛性的自我觉悟,也是佛教禅宗将证悟本然之体的工夫导向主体心内的表现。依照佛教主张,不论是诸佛还是大千世界中的芸芸众生,皆具有佛性。佛性者,一切众生觉悟之性也。其"以不生灭故,得称为常;以常故,得称为本"⑦,被赋予了真实恒常之本体的质性。"性灵"在以上这篇书札中被屠隆专门标出,显示它的内在蕴意正是在与佛性本体的意义联结中得以确立。就此,屠隆在比较佛家与仙家

① 周群《屠隆的文学思想及其"性灵"论的学术渊源》,《南京师大学报》2000 年第 6 期。
② 《答张观察论佛老书》,《鸿苞集》卷二十七。
③ 关于屠隆遭削籍缘故及经过,钱谦益载之曰:"在郎署,益放诗酒,西宁宋小侯少年好声诗,相得欢甚,两家肆筵曲宴,男女杂坐,绝缨灭烛之语,喧传都下,中白简罢官。"(《列朝诗集小传》丁集上《屠仪部隆》,下册,第 445 页。)《明神宗实录》万历十二年十月条载,"刑部主事俞显卿劾礼部主事屠隆与西宁侯宋世恩淫纵诸状,并及陈经邦","礼部主事屠隆上疏自辩,并参俞显卿。西宁侯宋世恩亦上疏自辩。于是吏科都给事中齐世臣等交参之。上削隆、显卿籍,夺世恩禄米半年"。(卷一百五十四,第 54 册,2856 页至 2857 页,"中研院"历史语言研究所校印本。)
④ 《奉杨太宰书》,《栖真馆集》卷十九。
⑤ 张应文《鸿苞居士传》,《鸿苞集》卷首。
⑥ 《白榆集》卷十四。
⑦ 《荷泽神会禅师语录》,石峻等编《中国佛教思想资料选编》(隋唐五代卷),第 80 页,中华书局 2014 年版。

重"性命双修"的特点时也说,"佛菩萨止修见性,性灵既彻,万劫长存,皮囊不用"①,指示"见性"与"性灵"之间的意义关联。而于"见性",他则指出:"喜怒哀乐,酒色财气,功名富贵,是非人我,诗文交游,入据方寸,清者浊,明者昏,此心浮游四驰,而无由见性矣。"这是说,由于"万缘纷扰,众欲交攻"②,佛性因此受到障蔽,无由发见。表明佛性本然自在,真实湛然,一切众生只有自修觉悟,除却迷妄,拂拭尘垢,方能发见本然真实之性。既云"识见逾多,性灵逾障",已在示意须除"障"以呈"性灵";"障"之不除,"性灵"难彻。屠隆的《与陈广野给谏》一书,自谓虽在风尘中,"随境观心,不忘觉照,道眼渐明,世谛渐解",不敢"自障性灵"③。证明"性灵"自具本然之体面目,同样真实湛然,万劫不坏,即指涉对于纯真之本体的还复。或如其所称,"释氏所守者灵明一窍,灵明而内,何所不真,灵明而外,何所不妄"④,"心本灵明,障物故暗","以渐去之,还吾本体"⑤。真在本然心体之中,本体之外无有其真;还其本体,即还其真。这里所谓的"灵明",在本体意义上与"性灵"实属同一概念序列。⑥"见性"既然排除心外求取,则一切从主体心内工夫做起,立足于一己,了悟本然真实之性。相应的是,"性灵"为固守其真,将"识见"拒之于外,视此为真性障蔽的主因之一,其彰显的是本之于一己的工夫,心内自足的意味同样不言而喻。

　　除对佛性本体意义的直接汲取,另一方面,"性灵"说也特别受到佛道两家观照方式与处世态度不同程度的陶染,此为其意义来源的又一条渠道。这还得先从屠隆本人信奉二氏的意向和缘由说起。

　　根据屠隆"中岁兼学佛老"的自述,可知其奉佛之外兼好道的意向甚明,如果将他万历十二年(1584)遭弹劾而被削籍事件作为前后比较的一条时间界线,

---

① 《虚静》,《鸿苞集》卷二十七。
② 《见性》,《鸿苞集》卷三十五。
③ 《白榆集》卷十二。
④ 《重修首山乾明寺观音阁记》,《白榆集》卷五。
⑤ 《答傅伯俊》,《白榆集》卷八。
⑥ 除了"灵明",屠隆论述中还有"虚灵"、"真性"、"真我"等说,皆具有本体的涵义,与"性灵"概念相近。如《人解》:"所谓虚灵,乃本然之体,不以私欲室其府,不以私欲昏其鉴,则本然之虚灵在我矣。"(《鸿苞集》卷二十七)《长水塔院记》:"余览洵之胜,而萧洒以乐,而寻洵之故,则凄其以伤。其乐也以物乐,其伤也以物伤,浪喜浪戚,往来于胸,是发于浮想,非真性也。是为物所转,非转物者也。然余之戚,其起于乐乎? 有乐即有戚,无乐何戚? 无乐无戚,外境常移,真性常湛,而心地常乐。"(《白榆集》卷五)《真我》:"吾有真我,一点灵光是也。假我有坏,真我不坏。……超世历劫,真我长存。"(《鸿苞集》卷三十五)

那么尽管之前他已对佛道发生兴趣,如他自万历五年(1577)中进士任颍上令后,官事稍暇即"读庄、老之书,默观天地之化"①,七年(1579)在青浦令任上,与"深于禅学"的袁福徵、沈明臣、冯梦祯等人游处,"学空于释氏"②,但他专意于佛道,当在落职以后。即如屠隆自称,"挂冠以来,屏绝世事,日惟杜门守静,调摄身心,研讨古人清净之学"③,以为"读二氏书,志在清虚恬澹,解缚荡累"④。虽然对于这一次突如其来的变故,屠隆表面说自己"以无怒为养性,以不辩为忘言",一切能够"恬然安之"⑤,俨然一副无挂于怀的洒豁之态,但他"遭垢蒙辱"的精神挫折感事实上是强烈的,无论是感慨"时命乖谬"⑥,还是自叹"世味浅薄"⑦,折射出的显然是其内心难消的失落和不平。比较之前对佛道之学的染指,他在此际服膺二氏,大有寻求失意排遣和精神归宿的意味。与此同时,站在屠隆与后七子文学集团之间联系紧密的角度来观察,他兼学佛道倾向的形成,尤其得自他与盟主王世贞的交往,后者处世心态在后期所发生的变化以至归心二氏的意向,对他不无深刻的影响。就王世贞来说,自隆庆、万历以来,他虽在仕途几度起转,但其踏入仕途之初的"肉血躁热,气志衡厉"⑧的进取热情大为消减,"百事倦而无复致味"⑨的灰冷之念逐渐显露。究其原因,个人仕途起落的失意固然是一方面,而嘉靖三十九年(1560)其父王忬因滦河战事失利被杀的那场"家难",更是给他带来终身难以愈合的巨大的精神伤痛。其曾自言,"震荡摧裂之馀,此心已灰久矣"⑩,"此心摧哽,未尝一日而宽愧心之惨"⑪,亡父之悲,痛彻心腑,以至意念灰冷。除此之外,隆、万间作为重要政治人物的张居正进入权力核心阶层,但随着张氏执掌权柄,其个人强悍骄恣的治理作风,以及政治环境的变化情势,在王世贞看来并未达到他心目中的期望值,这又难免使他深感失望

---

① 《与冯开之》,《由拳集》卷十四。
② 《长水塔院记》,《白榆集》卷五。
③ 《与刘观察先生》,《栖真馆集》卷十四。
④ 《与颜应雷侍御》,《栖真馆集》卷十八。
⑤ 《奉杨太宰书》,《栖真馆集》卷十九。
⑥ 《答胡从治开府》,《白榆集》卷十四。
⑦ 《与周元孚》,《白榆集》卷六。
⑧ 《宗子相》,《弇州山人四部稿》卷一百十九。
⑨ 《黄山人》,《弇州山人续稿》卷一百八十三。
⑩ 《与岑给事》,《弇州山人四部稿》卷一百二十六。
⑪ 《与杨太宰》,《弇州山人续稿》卷一百七十四。

和不满。① 自此声称甘愿为"佛道家奴"的他,朝夕"诵《华严》、《法华》、《楞严》、《金刚》、《黄庭》、《道德》诸经"②,皈依二氏之业。万历八年(1580),王世贞拜太仓人王锡爵仲女昙阳子王焘贞为"方外"之师,谓其"出之苦海迷途而婉导之"③,始沉湎于学道,出于"出没爱河,浮沉苦海"的内心强烈的失落感和倦厌感,其有意藉遁入道门"皈依大化,抖擞凡尘"④,以求自我精神救赎。早在万历六年(1578),屠隆在颍上令任上即致书王世贞"累数千言"自通,而自此以后,他和王世贞谈佛论道的交流机会也在增多,后者淡却"世味"的心态变化以及专意二氏的意向,对他多有感染。屠隆初悉王世贞专心道业,"壹意修真服食",即驰心焉,以为"真千古大快事","心神趯趯飞扬天地之外也"⑤,企望得到对方的指点。王世贞而后则以王焘贞教戒,拳拳劝其"一切爱憎烦恼,以外境待之"。在此期间,屠隆也虔事王焘贞而为其弟子,力修道业。万历八年(1580)王焘贞羽化,屠隆遂为撰传,初成寄王世贞核实求教,世贞则引王焘贞"大道知之不言,言之不文"语诫其姑秘之,⑥待后"得师真意"再传之于人。⑦ 在王焘贞羽化后,王世贞栖身置其神龛的恬澹观中,一意修习,屠隆时去书致意,因对方"习静调心",且"闻大有得",于是多就二氏之业相切磋,以绝断"名障欲根"相求教,世贞则以"悟则为真,迷则为幻"诲戒之。⑧

---

① 如王世贞评述张居正之为政,"居正申、商之徐习也,尚能以法制持天下",然而"器满而骄,群小激之,虎负不可下,鱼烂不复顾",且曰"善乎夫子之言,虽有周公之才之美,使骄且吝,其徐不足观也已"(《嘉靖以来首辅传》卷八,《景印文渊阁四库全书》,第 452 册),以为张居正虽怀有治理天下之才,但其骄恣专断的理政风格不足为观。万历三年(1575),王世贞方在郧阳巡抚任上,假时郧阳、襄阳二府属及河南南阳府属等处发生地震之机,上《地震疏》奏言"内而养志,以坤道宁静为教;外而伤备,以阴谋险伏为虞"(《弇州山人四部稿》卷一百七),更被看作是"用以讽居正"(《明史》卷二百八十七《王世贞传》,第 24 册。第 7380 页)的举动。

② 《喻邦相》,《弇州山人续稿》卷二百一。

③ 《昙阳大师传》,《弇州山人续稿》卷七十八。

④ 《上昙阳大师》,《弇州山人续稿》卷一百七十三。

⑤ 《与元美先生》,《由拳集》卷十七。

⑥ 《屠长卿》,《弇州山人续稿》卷二百。

⑦ 《与君典》《白榆集》卷六。

⑧ 屠隆《与王元美先生》:"先生习静调心,闻大有得,每自观中来者,无不心醉。仆……朝夕不忘提醒此心,而名障欲根苦不肯断,世上万缘,独此二物为难除。……神秀云时拂尘埃,六祖云本来无物。菩提正觉,必归六祖,然神秀之旨,何可废也。恐当以神秀为筏,六祖为岸矣;必以筏然后及岸,必及岸然后舍筏。不拂尘埃而直求无物,有是理乎?"(《白榆集》卷七)王世贞复信教之云:"妙明真心与妄心本无有二,悟则为真,迷则为幻。知色即是空,则知空即是色,所以水冱为冰,冰融为水。若别求照心以破幻心,则又误也,足下试一体察,自朝至暮,刹那之际,何往而非声色香味触法感乎? 但听其自来自去,不于此而生住心可耳。足下谓不当以六祖偈而废秀法师,此是实语不诳语,秀法师但不合得衣钵耳。……且秀法师以识字失之,六祖以不识字得之,吾侪所坐病,不可不猛省也。"(《屠长卿》,《弇州山人续稿》卷二百。)

要之,屠隆真正皈心佛道,既与他"遭垢蒙辱"的仕宦变故有关,也深受王世贞后期处世心态变化及专注二氏态度的影响,他正是企图通过佛道所向的一种自足和静定的心性修持,寻觅一片自我立命之地,获取内心排遣和精神接引。如此情形下,佛道观空悟真、致虚守静的观照方式和处世态度,自然也迎合了他的这种精神企望。他曾说,"夫释氏了义观空,犹有三十二分,老氏致虚守静,尚垂五千文,彼为性命设也,非为文字设也","即四大幻形,亦名假合,倏聚倏散,泡影空花,亦非真我",因此"古之至人达士,往往轻一切幻泡,而重吾真我"。一切既皆空幻,犹如泡影空花,倏忽聚散,自当淡却世缘,虚静相待,无所执着,唯在悟得"真我",返归"虚无自然本来面目"①。这亦如他所体会到的,修习之要在于"淘洗渐顿,不染尘垢,不着色相,以境验真,以事炼心"②。这里,佛道的自足与静定的心性修持,与解除尘俗世纷以忘情遣累的精神着落连在一起。也因为如此,"性灵"说同时被寄寓了一层静心寡欲、落却形累的清虚淡适的内蕴。屠隆认为,体现"性灵"的"方寸灵明之地"之所以"障蔽而不彻",乃由"欲心一萌"以至"精气泄耗"所致,"夫欲者,岂特饮食男女哉,凡人情感于外而动于中,一有所贪恋,一有所住着,即细微丝发,皆欲也"。所以,要使"性灵"或"方寸灵明之地"去障而彻,就要从"寡欲"③做起,以使养神蓄精。这意味着,将一切世俗欲念全然排除在"性灵"之外,以进至"一念不起,一物不着"那样一种"澄心定虑"④的精神境域。他在序族人屠大山诗集时,评其诗曰:

> 家司马天才豪逸,凌铄当代。……及秉钺于楚,奉诏修玄岳,谒玉虚师相,探金箱宝笈,下而遇异人青羊桥上,恍焉有悟。则又冥心至道,栖神清虚,不欲以肇悦之文自取销精耗气也。故其为诗贵跌宕而黜纤细,尚雄浑而薄雕镂,务兴趣而略声律。……公晚年摆落世务,不以一物经心。时拈枯棋,时衔浊醪,罢则终日危坐。兴至矢口偶成一诗,取适而已,了不求工,而天机流畅,顾有非呕心枯形者所能到。呕心枯形者,务以死求其惊人,而索之味短。公了不求工,矢口取适,而往往神来,则存乎养也。⑤

---

① 《与陈玉叔方伯》,《白榆集》卷十三。
② 《与王元美先生》,《白榆集》卷六。
③ 《养神》,《鸿苞集》卷三十五。
④ 《观空》,《鸿苞集》卷三十五。
⑤ 《屠司马诗集序》,《白榆集》卷二。

体味其言,所谓"矢口取适"的作风,显然是被屠隆作为"诗取适性灵而止"的典范来看待的,如果说"天机流畅"、"了不求工"云云,突出其兴之所至而自我本真之情性的自然流露,故与"呕心枯形者"迥然有异,那么"矢口取适",则又被认为正是作者"冥心至道,栖神清虚"的自我修持所得。如此,"性灵"所发抒的,自然已是淡却世缘的"不以一物经心"之后的一己清净之心与虚淡之性,呈现的是一种"外忘尘世,内遗形骸"的精神至上之境,也犹如屠隆在《适志》诗中所称淘尽尘念的那种"人世隔绝,神冥大虚"①的境地,蕴涵其中的安适淡然的退守意识,则显而易见。

归纳起来,屠隆的诗学思想既响应了七子派的一些基本理念,又体现出自我调整的某些个性特点。他力主"性情"说,显示对于诗歌以抒情为本的基本性质的明晰认定,这也成为认识其诗学立场的重要切入点。作为这一观点的一种逻辑展开,屠隆同时强调诗文有别说,标立诗歌注重"兴趣"而与其他文体相别异的审美上的独特性和纯粹性,批评宋人诗歌"好用故实"及"好以诗议论"以至弱化诗歌本身的审美特性。这些论说足以表明,在一些关乎诗歌的根本性的问题上,屠隆显然和诸子所秉持的原则立场并无二致。同时,其在此基础上作出的自我调整,又使得我们不能将他的论见和诸子的主张完全等同起来。他所提出的"禀法于古"与"铸格于心"的实现径路,析而辨之,一方面,体现了对诸子重视古典文本法度体认的学古基本策略的坚持,强调习学和把握古法的必要性;另一方面,主张超越对古人之作体格或体式在具象意义上的忠实模仿,以"心"与"法"的关联性,取代"体"与"法"的紧密性,将重点转向主体心内,注意对法度在内向和抽象层面的自我领会。另外,屠隆提出的"性灵"说,显示的乃是其主要演释自我话语的一个概念,在理论层面上,成为其恪守诗以抒情为本和以蕴藉传达为尚的基本性质及审美特性的一支强化剂。它在突出创作者的主体性、强调表现自我本真之情性的同时,其关注点也移转至陶尽尘世欲念的清虚淡适之境,恬然退守的心向昭然若揭。进而究之,这一切,除了受制于屠隆中岁习学佛道和遭谗落职而心境由此发生逆转的切身经验,又与深受王世贞后期处世心态变化以至专注二氏之业态度的感染有关,某种意义上,成为屠隆本人冷落世俗、退而自守之心境在诗学层面上的一种体现,这不能不说增添了它在意涵指向上的复杂性。

---

① 《白榆集》卷十九。

第十七章 汪道昆、李维桢的 诗论导向

　　汪道昆与和李维桢,分别被王世贞纳入"后五子"与"末五子"之列,他们同后七子文学集团关系较为密切。汪道昆,字伯玉,号南溟,又号太函,歙县(今属安徽)人。嘉靖二十六年(1547)举进士。初任义乌知县,历官武选司署郎中事员外郎,襄阳知府,福建按察使,福建、郧阳、湖广巡抚等职,仕终兵部左侍郎。嘉靖四十五年(1566),汪道昆罢福建巡抚归里,在当地创建了丰干社,其成员主要为本地人士,"孳孳本业,徒以其馀力称诗"[1]。万历三年(1575),汪道昆自兵部左侍郎任上告归,开始了他的乡居生活。万历十年(1582)岁末至十一年(1583)春之间,他和时任徽州府推官武陵人龙膺共同创建白榆社。该社缔构之初,成员除汪、龙二人之外,还有汪氏之弟汪道贯和叔父仲子汪道会,以及歙县人潘之恒、长洲人郭第。以后盟社规模扩展,入社中除了徽州当地人士,又有不少来自其他地区者,所谓"诸宾客自四方来,择可者延之入"[2],如李维桢、胡应麟、屠隆等人都曾加入此社。[3] 特别是白榆社的创建和经营,汪道昆本人在当时文坛的地位和影响得以提升和扩大。他本人和王世贞交往尤密,曾分别于隆庆二年(1568),万历十一年(1583)、十四年(1586),相继至吴中拜会王世贞,诗酒唱酬,商讨文业,与对方建立了深厚的交谊。李维桢,字本宁,号翼轩,京山(今属湖北)人。隆庆二年(1568)举进士,选翰林庶吉士,除编修。出为陕西右参议,升提学副使,历官陕西右布政使等职。天启初以布政使家居,召为南京太仆卿,

---

　　① 汪道昆《丰干社记》,《太函集》卷七十二。
　　② 汪道昆《送龙相君考绩序》,《太函集》卷七。
　　③ 参见拙文《汪道昆与徽州盟社考论》,《中国古籍文化研究》(稻畑耕一郎教授退休纪念论集),下卷,第257页至266页,东方书店2018年版。

改南京太常卿,仕终南京礼部尚书。其生平也和王世贞交谊较深,隆庆五年(1571),李维桢和王世贞初识相通,此后彼此保持较多的联系。万历二年(1574),王世贞抵京任太仆寺卿,进惟桢从游。万历十二年(1584),李维桢又至吴中访王世贞,宿八日而别。① 论辈分和资历,李维桢晚于王世贞、汪道昆,但也成为王、汪推重的后进之一,所谓"公(案,指李维桢)于汪、王两公稍晚一辈,而两公齐推毂之,以为将来定踞吾二人上"②。这也可见他在王、汪心目中所占据的重要位置。比较前后七子,汪、李论诗既有与之相同或近似的一面,又有与之差别明显的一面,二人提出的相关主张,从一个侧面反映了七子派后期诗学思想延展与变化的趋势。

第一节 "师古"与"师心"及相关问题

先考察汪道昆的诗学思想。汪氏生平对嘉靖年间崛起于文坛的李攀龙、王世贞等人颇多关注,以为"嘉、隆中兴,命世之作者二,一在东海之东,其山曰历,是生于鳞;一在东海之南,其山曰弇,是生元美"③。他曾致信李、王二人,谓李攀龙:"足下主盟当代,仆犹外裔,恶敢辱坛坫哉!顾喁喁内向,业已有年。"④谓王世贞兄弟:"顾于公家伯仲,独向往勤勤,无亦里耳期于阳春,肉眼期于国色,此心终不能忘耳。"⑤以此表达对他们的企仰之情。又万历五年(1577),汪道昆为王世贞《四部稿》作序,其中指出:

> 汉与宇内更始,时为履端。文帝虚己下人,贾生崛起,进之陈说国体,退之祖述楚辞,有开必先,此其嚆矢。武帝孳孳文学,多士应感而兴,两司马为之擅场,左右并建,汉臣自侈当世,炳焉与三代同风概。……我太祖再造中国,咸与维新。孝宗虚己下人,与孝文之治同道,士兴勃勃,而李献吉以修古特闻,策事摘辞,成籍具在,方诸贾生近之矣。世宗以礼乐治天下,

① 以上参见拙著《王世贞年谱》,第171页、210页、236页至237页、291页、300页至301页、310页。
② 张惟任《太史公李本宁先生全集序》,李维桢《大泌山房集》卷首,《四库全书存目丛书》影印明万历三十九年(1611)刻本,集部第150册。
③《沧洲三会记》,《太函集》卷七十六。
④《李于鳞》,《太函集》卷九十七。
⑤《王元美》,《太函集》卷九十五。

> 寿考作人,何可胜原。于时济南则李于鳞,江左则王元美,画地而衡南北,
> 递为桓文,浸假与两司马相周旋,骎骎足当驷牡。①

序中所言,涉及对于李梦阳、李攀龙、王世贞等人的评价,实际上表达了作者个人看待七子派的基本态度。除了以李梦阳比拟于汉代贾谊,表彰其开启"修古"风气的先导作用,又以李攀龙、王世贞比拟于继贾谊之后的司马相如和司马迁"两司马",认为其南北相应,主盟文坛。这已的然视李、王二人为承接李梦阳等人"修古"大业的文坛主将,也成为他本人属意李、王等人重新开创复古格局的显著标识。

　　如果将汪道昆纳入与七子派尤其是同时代李、王诸子的比较视域,那么可以说,趋同与存异是他和诸子之间在诗学观念形态上呈现的基本特征;他的诗论在认可诸子复古理念的同时,也表现出某种独立门户、另辟蹊径的理论指向。弘治年间以来,李、何诸子应时而起,致力于诗文复古,引领时代风气。嘉靖年间以来,李、王诸子以"修北地之业"②自勉,他们提出,特别是李、何"抉草莽,倡微言,非有父兄师友之素,而夺天下已向之利,而自为德,於乎难哉! 去其始可一甲子,诗而亡举大历下者,文亡举东京下者,即谁力也"?"夫二子之功,天下则伟矣夫"③,不仅大力标榜其倡言诗文复古的功绩,而且有意识地以李、何诸子的接引者自命。在看待李、何等人"诗而亡举大历下者,文亡举东京下者"的诗文基本取向的问题上,汪道昆的态度是鲜明的,表现出趋从李、王诸子的同步性。他在为何景明撰写的墓碑中说,"汉承挟书而得贾、董,明承十世之敝而得李、何","顾汉沿周而去道近,汉之后无文矣,唐之中无诗矣。两家兴废继绝,其为力难","要其功,则李、何茂矣"④。置李、何于复古大业开辟者的地位,肯定他们承"汉之后"、"唐之中"的诗文兴废继绝之功。从祖述的角度来说,这也意味着他和李、王诸子同为一脉,视李、何为前导先驱,自觉跻身于接引者的行列之中。

　　不过,在相关的具体问题上,我们尚需更仔细地来辨别他和七子派之间存

---

① 《弇州山人四部稿序》,《太函集》卷二十二。
② 王世贞《巨胜园集序》,《弇州山人续稿》卷五十四。
③ 王世贞《何大复集序》,《弇州山人四部稿》卷六十四。
④ 《明故提督学校陕西按察司副使信阳何先生墓碑》,《太函集》卷六十七。

在的观念异同。关于这一点,尤其见于他对所谓"师古"与"师心"问题的阐述。在为友人俞安期撰写的《寥寥集序》中,汪道昆称赏俞氏为诗"积斯厚,厚斯培。飒飒乎其音也,蓬蓬乎其行也,寥寥乎其与天籁鸣也",并因此将他的诗歌创作特点概括为"语师古则无成心,语师心则有成法"①。此序谈及的"师古"与"师心"的问题,也同样适合于文章的创作,如汪道昆的《尚友堂文集序》评论当世士人的文习,多表达了不满之意:"乃今则以师古为陈言而不屑也,即《左》、《史》且羞称之;以师心为臆说而不经也,庭庑之下,距而不内,楚失而齐未为得,将安得亡是公邪!"②二序一褒一贬的评述说明,在汪道昆心目中,"师古"和"师心"作为诗歌乃至文章创作及鉴衡的基本原则必须坚持,二者不可忽略的重要性由此见出。

先看所谓的"师古"一说,顾名思义,它的基本旨意指向的是师法古人的重要性一面。在《却车论》一文当中,汪道昆借主客之言作了如下陈述:

> 客曰:"余观论著之士,亦师心为能耳,而君侯雅言师古,则庖牺氏何师邪?"主人曰:"否否。庖牺氏不师,此圣者事也,岂为书契哉。宫室衣裳、耒耜舟楫之利,皆古圣人创法,而百世师焉。后圣有作,不能易矣。语曰:作者之谓圣,述者之谓明。孔子让圣而不居,亦惟无用作也。藉令挟喜事之智,而干作者之权,去宫室,屏衣裳,舍耒耜舟楫,其能利用者几何? 使不师古,而以奥为户,以履为冠,橯木为舟,刓木为耒,其不利也必矣。故论说必称先王,制器必从轨物。古人先得我心,师古即师心也。倍古而从心,轨物爽矣,恶足术哉!"③

这里论议"师古"之说,虽非完全针对诗文撰作而言,指涉的面相对宽泛,但有一点十分明确,那就是强调"论说必称先王,制器必从轨物"这一核心观念,着力主张师法古人的重要性。所言古人创法而百世师焉,意即不可唯"师心"为能以取代"师古",论中以主人口吻反对"倍古而从心",说的也正是这一层意思。结合前引作者《寥寥集序》与《尚友堂文集序》的有关陈述来看,上论中强调的"师古"

① 《太函集》卷二十五。
② 《太函集》卷二十六。
③ 《太函集》卷八十四。

一说,则也未尝不是在为诗歌乃至文章学古张目。

　　循此理路,既然强调"师古",则需指点具体的师法门径可供辨认,于是遵循古人作品之"法"的问题顺理成章地被提了出来,习学古法乃被看作一条直接而切实的师法途径。汪道昆在《太函集自序》中评骘李攀龙、王世贞学古所为:"彼其隶视百家,雄视千古,取法于《左》《国》、蒙庄、屈、宋、苏、李、司马、曹、刘、李、杜,取材于先秦、两汉、建安、开元。于鳞谨严,元美闳博,高门相望,无忝大方之家。"①对李、王"取法"于古的作为予以肯定,这其实也表达了他本人对诗歌乃至文章习学古法必要性的明确认可。有关于此,还可联系他对为文之道的主张以为辅证:"夫为文不则古昔,犹之御者不范驰驱,即获禽多,君子所鄙,无法故也。然而游言多和,法言寡和。虽王良善遇,不能不改节于贱工。信而好古,是为难耳。"②作者所要说明的是,为文需要一定的法度规则,假若无"法"可依,犹如"御者不范驰驱",不能合理驾驭,如此也就无法履践"则古昔"的具体意义。他又以武作喻,质疑"今之论文者",指出:"少年盛气,摄袄而从古人,即有谀闻,辄为高论:大丈夫亦自为法耳,法古何为? 此谓骄兵,兵骄则失律矣。抑或孳孳学古,亦既成章,久之多岐乱心,胥其所就业亡之矣。顾犹妄自尊大,守其名高。此窃号之兵,卒归于败耳。"③如果说前者妄自为法而不屑法古,好比骄兵"失律"而不可取,那么后者虽名为学古,却因为"多岐乱心",以至于循法无门,亦终究"归于败耳"。这些论说从不同的侧面,折射出汪道昆注重从古法入手的"师古"思路。之前已反复论及,七子派成员中,诸子大多表现出坚持法度的立场,注重从古典文本中去体认创作之法,尽管他们对于法度的特征及内涵的理解不尽相同。特别至李、王诸子,伴随辨体意识的不断强化,学古习法备受他们的重视。其中如王世贞,将古典文本体现的经典意义,更多解读为可供拟学者取资的"法"的建树及其发生的深远的历史影响,对于诗歌法度涵义的诠释更趋于周密和细致,专注于诗法严饬化的倾向更为明显。从这个意义上说,汪道昆一再强调通过循守古法来履践"师古"之义的主张,更多还是对包括李、王等人在内的七子派重法理念的一种附和与阐发。这也印证了李维桢认为汪道昆"持论重在法"④的说法。

<hr />

① 《太函集》卷首。
② 《与孙太史》,《太函集》卷九十五。
③ 《赠黄全之序》,《太函集》卷三。
④ 《太函集序》,《大泌山房集》卷十一,《四库全书存目丛书》,集部第 150 册。

　　尽管汪道昆主张的"师古"说,包括其重视古法的态度,与七子派之间有着基本的共识,然而在某些具体问题上,差异又是明显的,其中以诗歌宗尚目标的问题最为典型。汪道昆在《诗纪序》中谈到,"不佞故溺修古,雅言称诗与属辞通,大率祖《三百篇》,宗楚骚、汉魏而祧六代,即盛唐具在祊绎,奥主杜陵。顾惟道古为洋洋,不乐近体。持论历十年所,居之不疑。谅直者不然其言,谔谔而修不佞","不佞始改虑而求唐体,止于大历以前"①。虽然自称经历了从"惟道古为洋洋"到"改虑而求唐体"的转变过程,但可以看出,自《诗》三百篇以下,汪道昆将古近体的取法重点还是放在汉魏及盛唐诗歌上,而这正是从李、何诸子到李、王诸子始终循沿的一条基本的宗尚路线。如此便容易理解汪道昆自序《太函集》的相关表态,其肯定李、王二人"取法于《左》、《国》、蒙庄、屈、宋、苏、李、司马、曹、刘、李、杜,取材于先秦、两汉、建安、开元"②,即认可他们于诗尤重汉魏和盛唐之作的"取法"及"取材"之道。另一方面,汪道昆虽倾重汉魏、盛唐之作以为诗歌的重点宗尚目标,但又并不仅仅拘限于此,这主要表现在对待宋元诗歌问题上,他与李、何诸子和李、王诸子的立场显有不同。他在《诗纪序》中表示:"愿及崦嵫末光,操《诗纪》以从事,择其可为典要者,表而出之。孰近于风,则曰绪风;孰近于雅,则曰绪雅;孰近于颂,则曰绪颂。如其无当六义而美爱可传者,亦所不废,则曰绪馀。降及挽近二代,不可谓虚无人。当世斌斌,八音万舞具矣。"③上说之所以格外值得注意,关键在于其对诗之"典要"的择取,主张以《诗》三百风、雅、颂三体的标准来加以权衡,古今纵横贯穿,相对模糊或淡化了各自时代性的区隔,尤其是作为"挽近二代"的宋元诗歌也被纳入选择之列,与李、何诸子以及李、王诸子排斥宋元诗歌的立场相比,有了明显的变通。关于这一点,胡应麟《与顾叔时论宋元二代诗十六通》书札之八曾忆及汪道昆当初嘱其选诗一事,可以印证之:

　　　　汪司马伯玉尝属仆选古今诗,以《三百》为祖,分风、雅、颂三体隶之。凡题咏感触诸诗属之风,如太白《梦游》等作是也;纪述伦常诸诗属之雅,如少陵《北征》等作是也;赞扬功德诸诗属之颂,如退之《元和》等作是也。意

_____

① 《太函集》卷二十四。
② 《太函集自序》,《太函集》卷首。
③ 《太函集》卷二十四。

亦甚新。仆时以肺病不获就绪。今司马公已不复作,言之慨然,以其旨不
废宋元。①

据此,宋元二代有合乎《诗》三百风、雅、颂之旨的诗作,同样可以成为被择取的
对象而列入诗选,以供祖法之用,所以胡应麟感觉"其旨不废宋元"。唐晖序汪
道昆《太函副墨》,总结其学古习法的特点,认为是"玄心绣口,别辟门户,其世则
黄、虞、三代、秦、汉、六季、三唐,以迄宋、元,无不尚论"②。这种标誉于历代之作
无不追宗的评论,不能说没有一点虚夸的成分,但可以肯定的是,在对待诗歌宗
尚目标的问题上,汪道昆越出七子派的师法界域,特别是对于宋元诗歌的取舍
态度已有所变通。有关这一变通的根由,还应该从唐晖给予汪道昆所谓的"别
辟门户"的定评中去加以看待,这也可以说是汪氏针对七子派诗歌宗尚路线作
出的一种自觉修正。

与此同时,又需注意到汪道昆在主张"师古"之际,对于"师心"的强调。不
言而喻,二者的意义之别在于,假如说前者倾重外向法他,那么后者则注意内向
法己。这一对看似相悖矛盾的调论,在汪道昆的相关陈述中或被并置合议,这一
点,从前引的论说中已能见出,而他在《新都考卷序》中,亦藉人之口评士人文
卷曰:"世所称天下士,则吴、越先鸣。东吴之士多奇,奇或不法;东越法矣,率相
因,无他奇。两弃所短,两集所长,是为难耳。都人士犹之乎诸生也,宁讵辄以
天下士命之。至其师心为奇,恒自内于绳墨;抑或师古为法,又将自外于牝牡骊
黄。"③如此,"师古"与"师心"之说既被兼举并重,又被赋予互相融通调谐的必要
性。此处所论,"奇"出"师心",乃是法己的结果;"法"在"师古",则是法他的体
现。"奇"而不"法"或"法"而不"奇",都是趋向偏极的表现。若能"奇"而有"法",
"师古"之中又能融入"师心",好比是吴、越之士属文取长弃短,虽然不易做到,
却是应该勉力达到的理想之境界,以他上面评价友人俞安期诗的话来说,也就
是"师古则无成心"、"师心则有成法"。为此,汪道昆《尚友堂文集序》在评及后
世作者时,又曾指出:"即后有作者,不师古则师心,宁讵能求古于科斗之前,求
新于寄象译鞮之外。故能敝不新成,玄圣所慕;日新盛德,素王盖备言之。要

---

① 《少室山房集》卷一百十八。
② 《太函副墨序》,汪道昆《太函副墨》卷首,明崇祯刻本。
③ 《太函集》卷二十三。

之，未始有新也者，则古者不耐不新。既始有新也者，则新者不耐不古。莫非古也，则亦莫非新也。"这是说，如像后世文士或"不师古则师心"，不是一味摹古就是刻意求新，在"师古"和"师心"两极上执持一端，那么就会造成偏至之失。因此，关键是需要掌握"古"与"新"的彼此调谐，要能够做到"古者斥雷同，新者去雕幾"①，将"师古"和"师心"融合起来。这样的解释，也显示汪道昆企图在二者之间加以调和的用意。

　　不过，最为关键的问题还在于，端详汪道昆"故溺修古"②的复古立场，究竟如何来辨识他调和"师古"与"师心"说的理论涵义，这又是比较他与七子派复古理念的切入点之一。考察七子派的复古话语系统，所谓"拟议以成其变化"③是诸子更愿意认同的一个基本观念。汪道昆主张师古法他之际又能师心法己，表达了摹拟之中又求创新变化的期望，这与诸子所认同的基本观念显然相通。比较起来，汪道昆关于"师心"涵义的诠释，尽管包含了有"成法"而不"倍古"的基本前提，或谓之"恒自内于绳墨"，不与"师古"相悖背，但最明显的，则是它同时突出了以"心"为上的注重主体内在体验之特性，这与诸子的观念有所不同。他为姜宝作《姜太史文集序》，表示姜氏操业"守毗陵师说，师古无若师心"，并循此提出："夫文由心生，心以神用。以文役心则神牿，以心役文则神行。牿其心以役于文，则棘端棘叶者之为，吾惧其无实用矣。"④这段议论，除了为姜氏"师心"所得张目，作者出于师心法己的考虑，以"文由心生"立论，宣示"以心役文"，以使"神行"而非"神牿"。他在《鸳林内外编序》中也指出："昔之论文者主气，吾窃疑其不然。文由心生，尚安事气。既以心为精舍，神君之气辅之，役群动，宰百为，则气之官，殆非人力。"⑤确认"心"作为"精舍"的至上之位，同样强调的是"文由心生"的核心观点。与此相关，汪道昆推尚所谓"潜心"的修持之法，他为胡应麟撰《少室山房续稿序》而论其所作云："窃惟言志为诗，言心声也。吾道卓尔，惟潜心者得之。元瑞直以稽古而废明经，尸居而绝户屦，坐忘而冥合，官止而神行。其心潜矣，潜则沉深，自然之所繇出也，元瑞益矣。"⑥此言"言志为诗，言心

①《太函集》卷二十六。
②《诗纪序》，《太函集》卷二十四。
③ 何景明《与李空同论诗书》，《大复集》卷三十。
④《太函集》卷二十四。
⑤《太函集》卷二十六。
⑥《太函集》卷二十四。

声也",大意即近于他序胡应麟《诗薮》所说的"夫诗心声也,无古今,一也"①,说明"潜心"对于诗歌创作而言,更有着特别的意义。"心"之能"潜"以至"沉深",而须出之于"自然"之境,要达乎此境,关键在于主体的修持工夫,"坐忘而冥合,官止而神行"即可谓自修之要诀。应该说,"潜心"而行,以发抒"心声",其所面向的是作者精神层面的主观之体验。问题在于,既要合乎"成法"而不"倍古",又注重以"心"为上的主体内在体验,这在理论上畅通可行,实践起来却并非易事,不过,它至少反映了主张者表现在观念层面的一种理想期待。

汪道昆强调以"心"为上而重视主体内在体验的"师心"之说,究其缘由,这与明代中叶以来阳明心学的勃兴和传输而有所浸染不无关系。他在《太函集自序》中曾说:"人文滋盛,无若弘、正、嘉、隆。东越勃然而兴,秉良知以继绝学,直将房皇三代,糟粕六经,则其师心,非法即法。"②这里,视阳明"良知"之说为"继绝学"而抬高了它的地位,阳明学说所呈现的"师心"的主观体验之取向,受到汪道昆的高度关注。在《王子中》的书札中,他也说过这样的话:"吾道自孔氏以来无任之者,宋儒自以为得道,规规然以言行求之,即彼居之不疑,未免毫厘千里。王文成公崛起东越,倬为吾党少林。"③将阳明与宋儒相比较,从任"道"的角度,对其属意尤多。除此,又需注意的是,汪道昆和"广五子"之一孝丰人吴维岳之间的特殊关系,他是吴氏嘉靖二十六年(1547)礼部会试校阅试事所举通《戴记》士子之一,因而奉吴氏为师。④ 吴维岳于隆庆三年(1569)即世,汪道昆为他撰写行状,述及其生平修业情状:"既而讲德修辞,师事毗陵唐太史应德,从毗陵诸令,善临川徐良傅、临朐冯惟讷。从诸尚书郎,善济南李攀龙,江东王世贞,武昌

① 《诗薮序》,《太函集》卷二十五。
② 《太函集》卷首。
③ 《太函集》卷九十七。
④ 汪道昆为吴维岳所作《明故中宪大夫都察院右佥都御史霁寰先生吴公行状》云:"隆庆三年春二月甲子,故都察院右佥都御史霁寰先生卒于家,春秋五十六耳。诸子奉大事,属余小子布状,行且谒张相君、殷宗伯为碑为铭。昔在南宫,三人皆出先生门下。"(《太函集》卷四十一)又汪道昆为吴继室陈氏所作《明故诰封恭人吴母墓志铭》云:"隆庆己巳,丧我先师吴峻伯先生。……先师三丈夫属道昆为状,谒大学士张端甫为志为铭,殷正甫为碑。越二十有三年,陈恭人即世,于时二相君已矣,则谒太宰陆与绳为传,道昆为志为铭。四人者,皆先师门人,南宫所举士也。"(同上书卷五十八)张居正《中宪大夫都察院右佥都御史霁寰吴公墓志铭》云:"初公校士南宫,所举《戴记》士仅十人,皆海内名俊,其最显者,余与少保济南殷公,并在政府。婺源汪公为御史中丞;故徐姚胡公为太常卿、国子祭酒;嘉兴陆公为太常少卿。徐五人皆至藩臬郡守。"(《新刻张太岳先生文集》卷十三,明万历刻本。)参见拙著《前后七子研究》,第381页。

吴国伦,广陵宗臣、朱曰藩。当是时,济南、江东并以追古称作者,先生即逡逡师古,然犹以师心为能。其持论宗毗陵,其独操盖有足多者。"①吴维岳既交善于"追古"的李、王诸子,又曾师事被黄宗羲《明儒学案》列入南中王门的唐顺之,后者称他有"清才雅志",以"豪杰"②相望。关于和唐顺之的交往,吴维岳在其嘉靖二十三年(1544)所作《寄呈荆川先生》一诗中表示:"愧立门墙频岁月,终然顽劣一无知。"③这也证实了他在之前和唐顺之所建立的师承关系。正因为吴维岳上下于李、王诸子及唐顺之二者之间,和李、王等人的学古态度有联系也有区隔。吴氏中嘉靖十七年(1538)进士,除江阴令,后应召入为刑部主事,在官刑部之时,对李、王"相切磋为西京、建安、开元语"的学古举措颇为关注,与之"折节定交"④。但也由于追从唐顺之,遂与李攀龙发生抵触,后者表示"夫是膏肓者,有一毗陵在,而我之奈何"? 要求吴维岳改趋"能舍学而从我",吴氏则"不尽然",并不为之妥协。对于汪道昆声称吴维岳"逡逡师古"然"犹以师心为能"及其持论宗唐顺之的这些论评,王世贞在序吴氏文集时特地征引之,认为"盖实录云"⑤,而予以承认。这也表明,在他看来,尽管吴维岳对自己和李攀龙的学古之举怀有兴趣,但其执持的"师心"取向以及宗唐顺之的态度,还是和自己及李攀龙之间有了区别。有理由认为,吴维岳师事作为南中王门人物的唐顺之,令他完全有机会接受阳明学说的传输,如果说,他"逡逡师古"尚保持着和李、王等人相与通融的立场,那么,其"犹以师心为能"则得之唐顺之为多。亦基于师承的这层关系,同样有理由认为,他对于汪道昆"师心"说的提出而注重作者精神层面的主观之体验,有着不可忽视的深刻影响。

第二节　诗歌演化与宗尚脉络的重新梳理

再考察李维桢的诗学思想。检李氏《大泌山房集》,其中涉及诗论的著述颇多,这为了解他的诗学思想提供了较为丰富的资源。其中所涉及的纲要性的问题之一,即关于古典诗歌的发展演进历史,他曾就此作过如下简略的梳理:

---

① 《明故中宪大夫都察院右佥都御史霁寰先生吴公行状》,《太函集》卷四十一。
② 《与吴峻伯县尹》,《重刊荆川先生文集》卷九。
③ 《天目山斋岁编》卷六,《四库全书存目丛书》影印明嘉靖刻增修本,集部第105册。
④ 王世贞《吴峻伯先生集序》,《弇州山人续稿》卷五十一。
⑤ 《吴峻伯先生集序》,《弇州山人续稿》卷五十一。

以诗为诗,《三百》而后,最近者汉魏,其次唐,其次明,中于温柔敦厚之指者,十得一焉。①

这是以《诗经》作为衡量的标杆,概述《诗》三百篇之后,汉魏、唐、明诗承继《诗经》传统的发展变化的历史轨迹。而这一提法,近似于胡应麟"自《三百篇》以迄于今,诗歌之道,无虑三变:一盛于汉,再盛于唐,又再盛于明"②的"三变"说,其中汉魏和唐代诗歌为七子派所普遍推尚,至于将明诗视为古典诗歌演化进程中继汉魏、唐诗之后的第三个高峰,以突出它的历史地位,则体现了李维桢本人对于明诗的重视态度。这包括他针对特定诗体如律体在有明的创作态势而给予的非同一般的评价,如胡应麟曾"辑录本朝五七言近体为律范",李维桢序之曰:"《三百篇》后千有馀年,而唐以律盛,垂八百馀年,而明绍之,黜宋元于馀分闰位,而莫敢抗衡。所贵乎明者,谓其去唐远而能为唐也。唐诗诸体不逮古,而律体以创始独盛,尽善尽美,无毫发憾,明律乃能俪之。所贵乎明者,谓其能以盛继盛也。唐律诗代不数人,人不数篇,篇以百计,入选十不能一。中、晚滔滔信腕,遂不堪覆瓿矣。明诸大家陶冶澄汰,错综变化,人能所极,宛若天造,篇有万斛之泉,句有千钧之弩,字有百炼之金。"③如此对有明律体包括"明诸大家"的不吝赞评,难免有为胡应麟此编大力鼓吹之意,未必符合明律的实际创作情形,但以上这些赞词,多少代表了李维桢本人对于明诗的基本态度。

李维桢之所以作出明诗可与汉魏和唐代诗歌相并论的断言,与他本人和后七子集团关系密切而同情七子派创辟复古大业之举的立场分不开。他在《彭伯子诗跋》中提出:"诗自唐以后无如本朝,盛于诗无如德、靖间,而继往开来,归功李、何。李由北地家大梁,多北方之音,以气骨称雄;何家申阳,近江汉,多南方之音,以才情致胜。"指证"本朝"继唐之后诗歌大盛,得以"继往开来",作为七子派先驱人物的李梦阳、何景明从中扮演了重要的角色,功不可没。他在《金陵近草题辞》中又说:"盖弘、正以来,诗追古法,至嘉、隆益备益精。极盛之后,难乎其继。"④明代弘治至正德、嘉靖至隆庆年间,正是前后七子从事诗文复古先后活

---

① 《诗经文简草序》,《大泌山房集》卷二十六,《四库全书存目丛书》,集部第 151 册。
② 《诗薮·续编》卷一《国朝上·洪永、成弘》,第 341 页。
③ 《皇明律范序》,《大泌山房集》卷九,《四库全书存目丛书》,集部第 150 册。
④ 以上见《大泌山房集》卷一百三十一,《四库全书存目丛书》,集部第 153 册。

跃的阶段,在李维桢看来,这两个阶段也是明代诗歌趋于盛兴的黄金时期。再具体到明代的律体,以此为样例,他所作的阶段析分以及相关论评,同样用意十分明确:

> 初唐律寖盛,迨盛唐而律盛极矣。曾几何时,中不若盛,晚不若中。明洪、永之际,律得唐之中;成化以前,律得唐之晚;弘、正之际,律得唐中、盛之间;嘉、隆之际,律得唐初、盛之间。所贵乎明者,谓其盛于唐而久于唐也。……人情便于趋下而惮于革故,是以盛者向衰易,而衰者返盛难。明自七子没,而后进好事者开中、晚之衅,浸淫于人心而莫之底止。①

唐律的变化被划分为初、盛、中、晚四个阶段,这应该源自明初高棅、王行等人标举的唐诗四分法的基本思路,②初、盛与中、晚唐律体之间则形成盛衰变化的鲜明对照,亦如李维桢在《唐诗类苑序》中所描述的:"唐之律严于六朝,而能用六朝之所长,初、盛时得之,故擅美千古。中、晚之律自在,而犯六朝之所短,雅变而为俗,工变而为率,自然变而为强造,诗道陵迟,于斯为极。"③依照这样的划分思路,再以唐律变化的四个阶段来衡量明律在不同阶段的创作情形,提示前后七子活跃其中的弘、正和嘉、隆年间,多得初、盛唐律体的风貌,成为明代律体盛兴的重要标志性阶段,说到底,其实也等于将明律之"盛"主要归功于前后七子,而以上"明自七子没,而后进好事者开中、晚之衅"而预示明律之"衰"的说法,则与此可以相互印证。关于前后七子在明代诗歌史上的地位,李维桢在《吴韩诗选题辞》中则得出"七子于明诗为正宗,为大家,为名家"④的结论。而所谓"正宗"、"大家"、"名家",原本是高棅《唐诗品汇》对应盛唐时期的品目,⑤李氏借此品目命名七子,亦可见出其抬升诸子地位的用意。概言之,李维桢梳理《诗经》以来古典诗歌的演化脉络,尤其将明诗和汉魏、唐代诗歌一并标为诗歌史上的三个高峰,当是以前后七子的复古业绩作为判断明诗地位的主要依据。

不过,继《诗》三百之后"最近者汉魏,其次唐,其次明"之类的统绪概括,只

---

① 《皇明律范序》,《大泌山房集》卷九,《四库全书存目丛书》,集部第 150 册。
② 参见陈国球《明代复古派唐诗论研究》,第 197 页至 199 页。
③ 《大泌山房集》卷九,《四库全书存目丛书》,集部第 150 册。
④ 《大泌山房集》卷一百三十二,《四库全书存目丛书》,集部第 153 册。
⑤ 见《凡例》,《唐诗品汇》卷首,上册,第 14 页。

是代表了李维桢对以《诗经》为标杆的诗歌演化史基本框架的勾勒,事实上,廓清诗歌演化轨迹的重要意图之一,则是为了更加明晰地确定诗歌的宗尚目标,而从李维桢对于诗歌宗尚脉络的梳理来看,实际的情况还要相对复杂。先引他以下所论:

> 嘉、隆间才人寖盛,海内三尺之童知厌薄大历,高谭六朝、汉魏。……夫嘉、隆诸君子善学六朝、汉魏与唐音也,舍六朝、汉魏与唐,而惟嘉、隆诸君子之求,故宗门渐远,而蹊径易穷。①

> 今为诗者不知有唐,宁论六朝、汉魏,远则信阳、北地,近则历下、娄江止耳。求之形迹,失之神情,甚者为沈约、任昉之盗而已。②

> 盖今之能为诗者,所在而有,其法取嘉、隆以来诸公,上及三唐而止,不能求诸六朝、汉魏,安问《三百》?其材取诸诗而止,不能求诸史与子与经;其体五七言律而止,不能求诸乐府、骚雅;其人则游大人以成名,或广引俦类,互相标帜……诗道之衰,莫斯为甚矣。③

> 啖名者才不足,而思陵驾前人,信心信腕,更立一格,不知其所掇拾仅唐中晚、宋元之剩语,而汉魏、六朝、唐初盛所不屑道也,安在其为奇为变化哉?④

> 乐府、古诗承《三百篇》之流,而开唐以后近体之源。《三百篇》不可尚已,汉魏及六朝取法非难,而近代多攻唐体,顷又取中、晚及宋元俚俗之调为真诗,欲与《三百》抗衡,而汉魏、六朝置不省矣。⑤

综合以上所述,李维桢大致列出了诗歌宗尚的主要目标,除了《诗经》这一具有标杆意义的源头之外,汉魏、六朝以及初、盛唐诗都被纳入取法的总体范围。对于七子派诸子来说,作为古典诗歌原始的经典文本《诗经》,以及作为古近体重点取法对象的汉魏和初、盛唐诗歌,一直受到他们的高度重视,就此不必赘言,至于六朝诗歌则多不被看重。早先如李梦阳就以为,"说者谓文气与世运相盛

---

① 《朱宗良诗序》,《大泌山房集》卷十九,《四库全书存目丛书》,集部第150册。
② 《悦倦斋诗集序》,《大泌山房集》卷十九,《四库全书存目丛书》,集部第150册。
③ 《鸾啸轩诗序》,《大泌山房集》卷二十三,《四库全书存目丛书》,集部第151册。
④ 《金陵近草题辞》,《大泌山房集》卷一百三十一,《四库全书存目丛书》,集部第153册。
⑤ 《黄禹钧诗草序》,《大泌山房集》卷一百三十二,《四库全书存目丛书》,集部第153册。

衰,六朝偏安,故其文藻以弱",乃从"文气"和"世运"盛衰相应的角度,看待六朝之作的衰弱,抑贬之意居多,并因此对身为"齐人"的盟友边贡习学六朝的行为深感不解。① 以后如谢榛提出,"六朝以来,留连光景之弊,盖自《三百篇》比兴中来","陆机《文赋》曰:'诗缘情而绮靡,赋体物而浏亮。'夫'绮靡'重六朝之弊,'浏亮'非两汉之体"②,轻视六朝诗歌的心向,同样昭然若揭。诚然,在对待六朝诗歌的问题上,李维桢持有所保留的态度,如他认为:"《三百篇》删自仲尼,材高而不炫奇,学富而不务华。汉魏肖古十二三,六朝厌为卑近,而求胜于字与句,然其材相万矣,故博而伤雅,巧而伤质。"③又指出:"律诗昉于六朝,四六文盛于六朝,字必偶,事必切,意必贯,音必谐,词必华,两者若相为用而实不同。文无定裁,伸缩由人,律诗有定体,不可损益。六朝以其为四六之文者为诗,或坐牵合,或出强造,或竞诡僻,或涉重复,而诗病矣。"④在他看来,六朝诗歌以其"博而伤雅,巧而伤质",与前相比,不仅距离《诗经》的风格尚远,而且不及汉魏之"肖古",特别是其融入讲究骈俪藻饰的四六文的作法,最终不免"诗病"。应该说,李维桢就此作出的诸如"六朝之诗雕绘妍媚"⑤之类的论断并无多少新意,充其量不过是对于六朝诗歌之传统成见的某种复述。但问题尚不止于此,值得注意的一点,对待六朝诗歌,李维桢的基本立场是,既指出其所短,又重视其所长,而并非一概加以抑黜,他在《唐诗类苑序》中谈及初、盛和中、晚唐律体汲取六朝诗歌而呈现的各自差异,"唐之律严于六朝,而能用六朝之所长,初、盛得之,故擅美千古。中、晚之律自在,而犯六朝之所短,雅变而为俗,工变而为率,自然变而为强造"⑥,即多少已说明了这一点。其实不得不说,李维桢对于六朝诗歌"长"与"短"的分别,透露了他对待六朝文学所秉持的相对理性的态度,这从他评论六朝文章而以为不应加以"薄视"的话语中也能见出一二,其《邢子愿全集序》即曰:"今所在文章之士皆高谈两京,薄视六朝,而不知六朝故不易为也。名家之论六朝者曰:'藻艳之中有抑扬顿挫,语虽合璧,意若贯珠,非书穷五车,笔含万

① 《章园饯会诗引》,《空同先生集》卷五十五。
② 以上见《诗家直说一百二十九条》,《四溟山人全集》卷二十一。
③ 《唐诗纪序》,《大泌山房集》卷九,《四库全书存目丛书》,集部第 150 册。
④ 《刘居敬诗启序》,《大泌山房集》卷十二,《四库全书存目丛书》,集部第 150 册。
⑤ 《祁尔光集叙》,《大泌山房集》卷十,《四库全书存目丛书》,集部第 150 册。
⑥ 《大泌山房集》卷九,《四库全书存目丛书》,集部第 150 册。

化,未足语此。'又曰:'文考《灵光》、简栖《头陀》,令韩、柳授觚,必至夺色。'"①根据李维桢标示的古典诗歌的宗尚系统,六朝诗歌虽然不被视为完善而进入重点取法的目标之列,但显然被当作是诗歌史上具有形塑意义而不应忽略的一个特殊对象,这尤其体现在其对唐诗的造就。就此,李维桢在《青莲阁集序》中即表示:"今夫唐诗祖《三百篇》而宗汉魏,旁采六朝,其妙解在悟,其浑成在养。其致在情,而不强情之所本无;其事在景,而不益景之所未有。沉涵隐约,优柔雅澹,故足术也。"②换言之,唐诗得以成就,不仅与其"祖""宗"《诗经》和汉魏诗歌有关,也离不开其对六朝诗歌的"旁采";六朝诗歌作为一种被有限汲取的资源,影响唐诗的作用显而易见,不容置疑。特别从"体"的变化演进来看,由彼至此,经历了逐渐严饬和完善的过程,其中律体的进化无疑更为明显。简括起来,即所谓"汉魏六朝递变其体为唐,而唐体迄于今自如"③;展开来说:"至汉魏、六朝而后,诗始有篇皆五言者,始有篇皆七言者。汉魏古诗以不使事为贵,非汉魏之优于《三百篇》也,体故然也。六朝诗律体已具,而律法未严,不偶之句与不谐之韵往往而是。至唐而句必偶,韵必谐,法严矣。又益之排律,则势不得不使事,非唐之能超汉魏、六朝而为《三百篇》也,体故然也。"④

　　再讨论另一个问题。上面已指出,李维桢理出的诗歌宗尚序列,初、盛唐诗被纳入其中,这显然展示了他与七子派相近的宗唐立场。按其区分,尽管初、盛唐与中、晚唐诗盛衰差异迥然,然而,这也不等于他彻底排斥中、晚唐诗。如其《唐诗纪序》评及唐人各体,详辨"盛衰"态势,其中于绝句,提出"绝句不必长才而可以情胜,初、盛饶为之,中、晚亦无让也"⑤,即认为中、晚唐绝句并不逊于初、盛唐之作,在体裁分类的基础上,辨认中、晚诗的价值之所在。特别在中唐诗人当中,他对白居易更是称赏有加,体现了其诗学立场的另一面,《读苏侍御诗》云:

　　　　余友邹孚如尝言王元美先生《卮言》抑白香山诗太过。余谓此少年未定之论,晚年服膺香山,自云有白家风味,其续集入白趣更深。香山邃于禅

　　①《大泌山房集》卷十一,《四库全书存目丛书》,集部第150册。
　　②《大泌山房集》卷十九,《四库全书存目丛书》,集部第150册。
　　③《唐诗纪序》,《大泌山房集》卷九,《四库全书存目丛书》,集部第150册。
　　④《唐诗类苑序》,《大泌山房集》卷九,《四库全书存目丛书》,集部第150册。
　　⑤《大泌山房集》卷九,《四库全书存目丛书》,集部第150册。

旨,翛然物表,又不立崖岸门户,故其诗随语成韵,随韵成适,兴象玲珑,意致委宛,每使老媪听之,易解而后可,不则再三更定,是以真率切至,最感动人。威权如天子,猜刻如宪宗,读其讽谏百馀篇而善之,有自来矣。儒者言柳下惠不羞污君,不卑小官,不去三黜,不嫌袒裼裸裎于侧,而中自有三公不易之介。彼流俗仿效,为晋人放达,名教扫地,遂使神州陆沉,游戏三昧,岂凡俗夫子所能! 王先生恐效香山而失之,故峻为之防,所谓以鲁男子之不可,学柳下惠之可耳。①

有研究者据此以为,从李维桢对白居易诗的称赏,可以梳理出后七子对白诗所持的态度,后七子对大历以下诗的吸纳,其改变自王世贞始,在这方面,王世贞又突出表现在晚年对白居易和苏轼诗的服膺。② 我认为,对这一问题尚需加以仔细辨析。王世贞《艺苑卮言》曾一再贬抑白诗,如谓:"张为称白乐天广大教化主,用语流便,使事平妥,固其所长,极有冗易可厌者。少年与元稹角靡逞博,意在警策痛快,晚更作知足语,千篇一律。诗道未成,慎勿轻看,最能易人心手。""白香山初与元相齐名,时称元、白。元卒,与刘宾客俱分司洛中,遂称刘、白。白极重刘'雪里高山头白早,海中仙果子生迟','沉舟侧畔千帆过,病树前头万木春',以为有神助。此不过学究之小有致者。白又时时颂李颀'渭水自清泾至浊,周公大圣接舆狂',欲模拟之而不可得。徐凝'千古长如白练飞,一条界破青山色',极是恶境界,白亦喜之,何也? 风雅不复论矣,张打油、胡钉铰,此老便是作俑。"③《艺苑卮言》成稿于王世贞早年,④就此说该书"抑白香山诗"系作者"少年未定之论",或许有一定的道理,不过说王世贞"晚年服膺香山",则未必完全恰切。相比于《艺苑卮言》对白诗的不屑,晚年王世贞的态度的确有所缓和,如谓"香山数以直言谪外,晚节与缁黄相还往,通晓其理,知足少欲,不愧名字","操觚之士间有左袒左司者,以左司澹而香山俗。第其所谓澹者,寓至浓于澹;

① 《大泌山房集》卷一百二十九,《四库全书存目丛书》,集部第153册。
② 参见鲁茜《李维桢研究》(下),第392页,花木兰文化出版社2016年版。
③ 《艺苑卮言四》,《弇州山人四部稿》卷一百四十七。
④ 王世贞隆庆六年自序《艺苑卮言》曰:"余始有所评骘于文章家曰《艺苑卮言》者,成自戊午(案,指嘉靖三十七年)耳。然自戊午而岁稍益之,以至乙丑(案,指嘉靖四十四年)而始脱稿。里中子不善秘。梓而行之。……盖又八年而前后所增益又二卷,黜其论词曲者附它录,为别卷,聊以备诸集中。"(《弇州山人四部稿》卷一百四十四)

所谓俗者,寓至雅于俗。固未可以皮相尽也"①。这也许与王世贞晚年心态趋于和静淡冷的变化不无关系。即使如此,他对白诗的认可还是有限度的,总体上并未完全越出早年轻视白诗的基本态度。如王世贞此际评他人诗,以为"合者出入于少陵、左司之间,而下亦不流于元、白之浮浅"②;又自嘲所作:"夫仆之病在好尽意而工引事,尽意而工事,则不能无入出于格。以故诗有堕元、白或晚季近代者,文有堕六朝或唐宋者。"③看得出,其中对白诗的基本定位未有很大改变。和王世贞的立场明显不同,李维桢以为白居易"邃于禅旨,翛然物表",而其诗"随语成韵,随韵成适,兴象玲珑,意致委宛",给予的评价已是非同一般。又议论他人诗,谓之"不专匠心,不纯师古,内缘情而外傅景,敛华就实,斫雕为朴,书画家所谓逸品。即不知于右丞何如,夫亦白、苏流亚已"④,也显出他对白诗的青睐。由此一端,至少可见其在对待中、晚唐诗问题上不以代掩人的一种取舍态度。

值得注意的,还有李维桢对于宋元诗歌所持的态度。如上指出,总体上李氏的宗唐立场是明确的,这不仅见于他作出的所谓于《诗经》"最近者汉魏,其次唐,其次明"之类统绪的总括,而且见于他对初、盛唐诗的大力标举,说起来,这应该也是他响应七子派诗学立场的一种自我表态。可以与之相印证的是,李维桢又在《唐诗纪序》中提出:"汉魏、六朝递变其体为唐,而唐体迄于今自如。后唐而诗衰莫如宋,有出入中、晚之下;后唐而诗盛莫如明,无加于初、盛之上。譬之水,《三百篇》昆仑也,汉魏、六朝龙门积石也,唐则溟渤、尾闾矣,将安所取益乎?"⑤这是从诗歌递变的历史进程,明确以唐诗为标格,形容它在诗歌史上犹如"溟渤"、"尾闾"一般的聚汇和备该之盛势。与此同时,其不仅区分初、盛唐与中、晚唐诗的品格差异,并且涉及唐宋诗歌盛衰比较的问题。后者所谓"后唐而诗衰莫如宋"的判断,在唐人和宋人诗歌之间,显然划出了一道轩轾相异的分界线。他在《二酉洞草序》中还表示:"少年治经生业,既恐诗妨本务,不暇及。比入官,取功名富贵之途多端,于诗稍染指,以供应酬而已。而宋元以来肤浅庸俚之体入人易,而误人深,不能自拔。"⑥也直言宋元诗歌"肤浅庸俚"的不足和误导

① 《龚子勤诗集序》,《弇州山人续稿》卷四十七。
② 《钱东畲先生集序》,《弇州山人续稿》卷四十一。
③ 《屠长卿》,《弇州山人续稿》卷二百。
④ 《黄友上诗跋》,《大泌山房集》卷一百三十一,《四库全书存目丛书》,集部第 153 册。
⑤ 《大泌山房集》卷九,《四库全书存目丛书》,集部第 150 册。
⑥ 《大泌山房集》卷二十,《四库全书存目丛书》,集部第 150 册。

后人的负面影响,想来应当是他大体置宋元诗歌于"馀分闰位"的基本理由。这其中李维桢对宋诗的批评相对突出,他在《雷起部诗选序》中即云,"昔人云,诗至子美集大成","宋人于杜极推尊,往往得其肉,遗其骨;得其气,遗其韵。盖时代所限,风会所囿,而理窟禅宗之说又束缚之。是以丰赡者失于繁猥,妍美者失于偄侲,庄重者失于拘滞,含蓄者失于晦僻,古澹者失于枯槁,新特者失于穿凿,平易者失于庸俚,雄壮者失于粗厉。"①这是从时代风尚和学术信仰影响的角度,解释宋诗呈现颓唐之势原因之所在,相关的批评显然更为尖锐。不过,上面这些点评宋元诗歌的片段化意见还显得相对零碎,不及李维桢序新安人潘是仁编辑的《宋元名家诗选》而针对宋元诗歌所作的评价来得全面:

> 诗自《三百篇》至于唐,而体无不备矣。宋元人不能别为体,而所用体又止唐人,则其逊于唐也故宜。明兴,诗求之唐以前汉魏、六朝,唐以后元和、大历,骎骎窥《三百篇》堂奥,遂厌薄宋元人,不复省览。……余为童子受诗,治举子业,其义训诂,其文俳偶,无关诗道。比长而为诗,亦沿习尚,不以宋元诗寓目,久之,悟其非也。……以宋元人道宋元事,即不敢望《雅》、《颂》,于十五《国风》者,宁无一二合耶?……宋诗有宋风焉,元诗有元风焉,采风陈诗,而政事学术、好尚习俗、升降污隆具在目前。故行宋元诗者,亦孔子录十五《国风》之指也。……就诗而论,闻之诗家云,宋人调多舛,颇能纵横,元人调差醇,觉伤局促;宋似苍老而实粗卤,元似秀峻而实浅俗;宋好创造而失之深,元善模拟而失之庸;宋专用意而废调,元专务华而离实。宋元人何尝不学唐,或合之,或倍之。譬之捧心而矉,在西施则增妍,在他人则益丑。譬之相马,在伯乐得其神,则不论骊黄牝牡,在其子按图,则失之蟾蜍。差以毫厘,谬以千里。安知今学唐者,不若宋元者哉! 合可为式,倍可为鉴。②

序中所论,对于宋元诗歌既有批评又有认肯,反映了李维桢审视唐后明前处于被认为是衰微时期诗歌历史的复杂态度。站在批评的角度,他提出诗至唐代

---

① 《大泌山房集》卷二十一,《四库全书存目丛书》,集部第 150 册。
② 《宋元诗序》,《大泌山房集》卷九,《四库全书存目丛书》,集部第 150 册。

"体无所不备",相形之下宋元诗歌"不能别为体",终究"逊于唐",以及引述诸诗家排击宋元诗歌之见,借以表达自己的立场,这和李、何及李、王诸子贬抑宋元诗歌的倾向,也可以说是随之呼应,大致合调。站在认肯的角度,他则有意现身说法,以本人当初趋从"习尚"而"不以宋元诗寓目",到后来"悟其非也"的认知变化,说明对待宋元诗歌不应其"逊于唐"或存在诸多不足而全然排斥之。其实,很多研究者已注意到,七子派当中如后七子领袖人物王世贞,在宋元诗歌尤其是宋诗问题上,其排击的态度已有所缓和,他序归安人慎蒙《宋诗选》云:"自杨、刘作而有西昆体,永叔、圣俞思以淡易裁之,鲁直出而又有江西派,眉山氏睥睨其间,最号为雄豪,而不能无利钝。南渡而后,务观、万里辈亦遂彬彬矣。去宋而为元,稍以轻俊易之。"还说"代不能废人,人不能废篇,篇不能废句,盖不止前数公而已",尽管自己"尝从二三君子后抑宋者也"。体味王世贞所作的陈述,有一点不难看出,他给予宋诗的包容实际上还非常有限,出语也是相当谨慎,并没有改变其"所以抑宋为惜格"的初衷,而以为于宋不应废"人"、"篇"、"句"的说法,本来即以"此语于格之外者"①为前提。相比较,李维桢以"采风陈诗"的特殊意义,申述"宋诗有宋风焉,元诗有元风焉",为两代诗歌各自不可替代的价值作辩护,包括由此联系《诗经》十五《国风》的传统风范,以及追溯孔子对于《国风》的取录之旨,相对提升了宋元诗歌的价值地位,也强化了认可的力度。这应该是他在宋元诗歌问题上和王世贞等人相比而呈现的同中之异。

第三节　学古习法原则的再确认

进一步观察李维桢所讨论的重要诗学命题,其除了围绕诗歌演化及宗尚脉络展开相应的梳理,还有一个值得注意的问题,这就是他对学古与求真关系所作的诠释。二者之间的关系,归根结底,涉及如何合理运用古典资源的核心问题。从倡导复古的七子派来说,强调学古当然是他们所坚持的一个基本立场,体现了他们对于古典资源的高度重视。但是无论从常识的角度还是从策略的层面,他们大多也主张以求真来维持与学古之间构成的制约或平衡关系。以七子派的先驱人物李梦阳为例,他对于何景明指责自己"刻意古范,铸形宿镆,而

---

① 《宋诗选序》,《弇州山人续稿》卷四十一。

独守尺寸"，即针锋相对地申明："若以我之情，述今之事，尺寸古法，罔袭其辞，犹班圆倕之圆，倕方班之方，而倕之木非班之木也，此奚不可也?"①这段辩驳文字人所熟知，究其要旨，即围绕习法以学古和抒情以求真的关系来展开，主张既要维护自我之真情，又须严守古人之法度。至于李梦阳对诗歌所抒之"情"的质性，又作过如下的定义："嗟，诗可以观，岂不信哉! 夫天下百虑而一致，故人不必同，同于心;言不必同，同于情。故心者，所为欢者也。情者，所为言者也。……是故其为言也，直宛区，忧乐殊，同境而异途，均感而各应之矣，至其情则无不同也。何也? 出诸心者一也。故曰诗可以观。"②天下众人之情有"忧乐"之分，发抒的方式也有"直宛"之别，此即所谓"异途"。同时出自主体真实的内心，就能殊途同归，此即所谓"同境"。所以"同于情"，指的是诗人抒发之"情"在内质上的趋同，也即缘于"出诸心"而在纯真性上的趋同。③ 这又可以用来补充李梦阳"以我之情，述今之事"说法的基本含义。

再来探析李维桢的有关阐述。先要着重讨论的一个问题是，对于是否应该坚守学古的原则，他的态度是十分明确的，其《朱修能诗跋》云:

龚壮作诗，托言应璩以讽李寿。寿曰："省诗知来意，若今人所作，乃贤哲之话言，若古人所作，则死鬼之常辞耳。"余谓此虽拒谏语，实可以论诗。今为诗者，仿古人调格，摘古人字句，残膏徐沫，诚可取厌。然而诗之所以为诗，情景事理自古迄今，故无二道，惟才识之士拟议以成变化，臭腐可为神奇，安能离去古人，别造一坛宇耶? 离去古人而自为之，譬之易四肢五官以为人，则妖孽而已矣。盖近日有自号作祖以倡天下者，私心非之，不敢讼言。……修能《选》体法汉魏，律体法唐大历以前，古人成法，得修能而益见其精;修能韵致，得古人而善用其长。死鬼之常辞，为贤哲之话言。彼恣心信腕，偷取一时之名，庸夫俗子，岂不甚快，而卒为大雅罪人。下乔木，入幽谷，亦不善变者矣。④

① 《驳何氏论文书》，《空同先生集》卷六十一。
② 《叙九日宴集》，《空同先生集》卷五十八。
③ 参见拙著《前后七子研究》，第120页至121页。
④ 《大泌山房集》卷一百二十九，《四库全书存目丛书》，集部第153册。

在李维桢看来,尽管当世诗人如一味沉溺于对古人"调格"与"字句"的仿拟,则偏离为诗之正轨,不过是拾人残馀,诚不足取,但这只能说明其学古方法存在问题,并不能由此否定学古本身具有的正当合理性。其道理在于,"情景事理"古今相通,并无二道,犹如他在《朏明草序》中指出:"夫日有九道,有十辉,有两珥,有重光,五色无主,万象生态,错综变化,不可胜数,而本真体质自如。惟诗亦然,抑扬清浊,声以代殊,代以人异,而缘情即景,陈理赋事,干之以风骨,文之以润色,无论初唐、六朝,先后万世,莫能易也。"①推衍其意,习学古人也就顺理成章,不必忌避。这是从诗歌"缘情即景,陈理赋事"的本质构成,定义其古今不二的稳定性、共通性。顺着这一逻辑,假如"离去古人而自为之",自然就意味着对古今无异的诗歌本质构成的悖离,担负诗不成其为诗的巨大风险。所以那些"自号作祖"、"恣心信腕"者的作法,当然令人不可接受。如此完全有理由说,维护古的正当合理性,也是李维桢发出的应合七子派复古举措的声音,这在根本上,还应当源于他对七子派采取的关注和同情立场。其在《吴韩诗选题辞》中又曰:"余尝论诗,前人作法于俭,犹恐其奢;后人取法乎上,仅得乎中。钟记室《诗品》谓某源出某,严沧浪云学诗以识为主,入门须正,立志须高。差毫厘,谬千里,可不慎哉! 七子没垂三十年,而后生妄肆诋诃,左祖中、晚唐人,信口信腕,以为天籁元声。殷丹阳所胪列野体、鄙体、俗体,无所不有,寡识浅学,喜其苟就,靡然从之,诗道凌迟,将何底止?"②钟嵘《诗品》"某源出于某"或"某体源出于某"的追源溯流,成为其历史批评和全书的理论架构,旨在论析历代五言诗发展与诗人流派渊源关系。③ 严羽《沧浪诗话·诗辨》即谓"夫学诗者以识为主,入门须正,立志须高",要在指示"以汉、魏、晋、盛唐为师,不作开元、天宝以下人物"的"工夫须从上做下"④的习学法门。题辞标示钟、严二家品论,想必藉此为立论提供更为坚实的依据,辨明察析诗歌源流、确认学古正轨的必要性。不但如此,其中又以七子为参照目标,指责后七子时代的"后生""妄肆诋诃"之无理,"信口信腕"之弊害,这是因为无视古人,势必沦为殷璠自序《河岳英灵集》所谓的"野体"、"鄙体"、"俗体"⑤,并且不免导致诗歌衰微局面的发生。反过来,也进

① 《大泌山房集》卷二十三,《四库全书存目丛书》,集部第 151 册。
② 《大泌山房集》卷一百三十二,《四库全书存目丛书》,集部第 153 册。
③ 参见《诗品笺注·诗品上》,第 48 页。
④ 《沧浪诗话校释》,第 1 页。
⑤ 《河岳英灵集》卷首,《唐人选唐诗(十种)》,第 40 页。

一步证明了七子提倡学古的正当合理性。

这同时又带出另一个话题，要确定学古的实践路径，则需潜入古典文本以体认古人的法度规范，这是一个问题的两个面向。在七子派诸子的复古概念当中，学古并不是一个空洞性的口号而已，学古与习法成为不可分割的一个整体；学古是基本的指导原则，习法则是这一原则的技术展开。强调法度，也是李维桢针对学古问题作出的表态，他在为汪道昆《太函集》所作序中指出：

> 文章之道，有才有法。无法何文，无才何法？法者，前人作之，后人述焉，犹射之彀率，工之规矩、准绳也。知巧则存乎才矣。拙工拙射，按法而无救于拙，非法之过，才不足也。将舍彀率、规矩、准绳，而第以知巧从事乎，才如羿、输，于拙奚异？所贵乎才者，作于法之前，法必可述；述于法之后，法若始作。游于法之中，法不病我；轶于法之外，我不病法。拟议以成其变化。若有法，若无法，而后无遗憾。①

此论要在说明，创作之道既要有"才"，又须有"法"，二者不可或缺。而且，"法者，前人作之，后人述焉"的自身逻辑，又显明了学古习法具有的合理性。他形容诗歌史上独具标杆意义的《诗经》"无一字不文，无一语无法，会蕞诸家之长，修饰润色之耳"，并描述"骚出于《诗》而衍于《诗》"，以至"两汉、六代、三唐诸人得其章法、句法、字法，遂臻妙境，夺胜场"②，亦颇能说明这个问题，不仅表彰《诗经》在法度层面的示范意义，并且展现了自《诗经》至汉唐诗法一脉相承的演进轨迹。他在序谢肇淛诗集时又指出，"盖诗有法存焉，离之者野狐外道，泥之者小乘缚律"，以此准则衡量谢诗，感觉其"率循古法，而中有特造孤诣，体无所不备，变无所不尽，杼轴自操，橐籥靡穷，斧凿无痕，炉锤独妙"③。作为问题的两面，"泥""法"固然不明智，但"离""法"何尝行得通？这就可以理解他对谢诗所作的评价：除了能"特造孤诣"，还能"率循古法"。相关的问题，又可以注意李维桢对何景明"舍筏"说的解释，《彭飞仲小刻题辞》云："昔信阳有舍筏之喻，盖既济而后可以无筏，未有无筏而可以济者。自顷才士恣行胸臆，若曰蹈水有道，不

---

① 《太函集序》，《大泌山房集》卷十一，《四库全书存目丛书》，集部第150册。
② 《楚辞集注序》，《大泌山房集》卷九，《四库全书存目丛书》，集部第150册。
③ 《谢工部诗集序》，《大泌山房集》卷二十，《四库全书存目丛书》，集部第150册。

烦凭藉,师心徒手,矜以为奇,而卒飘荡不收,沉沦不反,孰与人涉印否者,可自全哉?"并声称彭氏所作:"或乱流而过,或逆流而上,或顺流而下,莫不有法存焉,其舍筏也,乃由善用筏得之者也。"①何景明提出的"舍筏"说,见于其致李梦阳的《与李空同论诗书》,以为"佛有筏喻,言舍筏则达岸矣,达岸则舍筏矣",这一"舍筏之喻"的核心,在于主张"推类极变,开其未发,泯其拟议之迹,以成神圣之功"②。结果此说遭到强调"规矩"之"法"的李梦阳的极力反驳,被他解释为"出入由己"而舍"规矩","于法焉筏矣"③。体味李维桢对何景明"舍筏"说的解读,他并未纠结于李、何二人争论的各自立场,而是着重从"未有无筏而可以济者"、"善用筏得之者"的角度,来理解何氏"舍筏"说的意义所在,来阐释依"法"而行、有所凭藉的必要性。正因如此,他对那些"才士"无视法度、"恣行胸臆"的作法表示不屑。不止于此,李维桢在《阎汝用诗序》中也提及,何景明之有"舍筏之喻","岂其信心纵腕,屑越前规,要在神明默成,不即不离"④,可与上述的说法联系起来看。

需要指出的是,尽管李维桢如上宣称:"法者,前人作之,后人述焉,犹射之彀率,工之规矩、准绳也。"对照之下,这一说法近乎李梦阳对于"法"的定义,即所谓"规矩者,法也","即欲舍之,乌乎舍"⑤,依循古法就是恪守必要的规矩准则,不过,和七子派诸子对于"法"的具体解释比较起来,还是有所不同。此前已论及,前七子当中数李梦阳言法最为有力,也最为频繁,他一面袭用规矩作法的传统之说,将"法"定义为具有普遍适用性的共同准则,也就是定义为不同对象具有的内在、本质的共性;一面则将这种具有普遍适用性的"规矩"之"法",最终落实在了诸如"开阖照应,倒插顿挫"⑥、"前疏者后必密,半阔者半必细,一实者必一虚,叠景者意必二"⑦这些相对细微和狭仄的规则上,以至于将"法"的普遍性和个别性混为一谈。而后七子当中特别是王世贞对于诗法的诠释,则将它们提升至更加周密和细致的层次,更在意不同诗体篇章句字的具体之法,可以说

① 《大泌山房集》卷一百三十二,《四库全书存目丛书》,集部第 153 册。
② 《大复集》卷三十。
③ 《驳何氏论文书》,《空同先生集》卷六十一。
④ 《大泌山房集》卷二十一,《四库全书存目丛书》,集部第 150 册。
⑤ 《驳何氏论文书》,《空同先生集》卷六十一。
⑥ 《答周子书》,《空同先生集》卷六十一。
⑦ 《再与何氏书》,《空同先生集》卷六十一。

为规范学古习法的路径,更专注于法度的严格审辨,展现了趋于强化的一种文学技术思维。反观李维桢的相关论述,他对于"法"的解释,基本将其定义在诸如"射之彀率"、"工之规矩、准绳"这样一种相对抽象和浑括的概念上,突出的主要还是"法"的原则性和纲理性,似乎无意进一步将"法"加以繁细的析解,以至于和苛切而偏狭的律令等同起来,使其沦为板滞化和单一化,以避免所谓"小乘缚律"。

第四节　"性情"说的申诉动机与理论背景

从另一方面来说,要在根本上察识上述的问题,还应该联系李维桢为制衡学古而同时强调的求真主张。为说明问题,先引其以下所论:

> 诗本乎情,发于景,好奇者求工于景所本无,求饰于情所不足,徇人则违己,师心则乖物,穿凿附会若木偶,衣冠形神不相系。子勤诗以景生情,以情造言,不立门户,不蠚本实。彼其簿领填委不厌事,亦不乐有任事名,随缘应机,适可而止,虽在造次,委蛇自适,可以观矣。①

> 余窃惟诗始《三百篇》,虽风、雅、颂、赋、比、兴分为六义,要之触情而出,即事而作。五方风气,不相沿袭;四时景物,不相假贷。田野间阎之咏,宗庙朝廷之制,本于性灵,归于自然,无二致也。迨后人说诗,有品有调,有法有体,有宗门有流派,高其目以为声,树其鹄以为招,而天下心慕之,力趋之,诸大家名家篇什为后进蹈袭揣摩,遂成诗道一厄,其弊不可胜原矣。②

> 《书》曰:"诗言志,歌永言,声依永,律和声。"而记《礼》者广其说曰:"人心感于物而动,故形于声。"心有哀乐喜怒敬爱,而声噍杀、啴缓、发散、粗厉、直廉、和柔因之。……而后世之为诗者,内不根于心,外不因于风气,或学邯郸而失故步,或持章甫而游断发文身之国,非其质矣。③

> 诗者,志之所之,在心为志,发言为诗。材品殊赋,景物殊遭,亦各言其志也矣。而口实好古,寄人篱落,乐府取不可解之字,酬和次不可谐之韵,

---

① 《龚子勤诗序》,《大泌山房集》卷十九,《四库全书存目丛书》,集部第150册。
② 《王吏部诗选序》,《大泌山房集》卷二十,《四库全书存目丛书》,集部第150册。
③ 《寄声草序》,《大泌山房集》卷二十一,《四库全书存目丛书》,集部第150册。

或无病而效颦,无喜而献笑。此尸祝代庖人樽俎,而不思夫鹡鸰偃鼠欲愿自足也。……余读鸿超诗,千古之事,百家之书,靡不探讨,河山之秀灵,靡不揽结,人情物理之细微曲折,靡不究悉。有具体亦有偏至,有师承亦有独造。外因遭会而内发胸臆,譬之斫轮削镞,相马解牛,天机得而形不必拘,神理运而法不必泥。时出而日新,拟议而成变化。①

诗以道性情,性情不择人而有,不待学问文词而足。故《诗》三百篇,《风》与《雅》、《颂》等。《风》多间阎田野细民妇孺之口,而学士大夫稍以学问文词润色之,其本质十九具。即《雅》、《颂》作于学士大夫,而性情与细民妇孺同,其学问文词,亦就人伦物理、日用常行,为之节文而已。今夫浣私抱衾,执筐缝裳,细事也。履武敏,不坼副,亵语也。公子同归,征夫迟止,妇叹于室,有依其士,辗转反侧,首如飞蓬,隐衷柔态,谈之或含羞,而圣人悉以被管弦金石,歌宗庙朝廷,无亦谓是性情之真,通诸天下后世不可易乎?②

上述所论尽管分散在不同的篇章,但并不妨碍对其彼此相通的基本观点的梳理,从中至少可以得出如下几点结论:第一,从本质的角度,鉴于诗以言志抒情为本,只有根于心或出于情,才能合乎诗歌的本质要求;第二,从溯源的角度,《诗经》作为原始的经典文本,《风》、《雅》、《颂》各体展示了"本于性灵,归于自然"或抒发"性情之真"的品格,也为后世树立了特别的典范;第三,从品论的角度,言志抒情的真实程度,决定了诗歌品格的高下,也成为衡量诗家及其作品的一条重要标准。归纳诸说,其核心之义在于诗言"性情"以求真。诚然,放在诗学思想史的层面加以观察,类似的见识在历来众多诗家或论家的主张中并不鲜见,由此可以说,李维桢在不同篇章中陈述的这些基本观点,本身未必有多少特别新异之处,而更多呈现的是诗学领域某种共识性的特征。不过,它并不影响这些基本观点为我们探讨问题的方向所提供的导引意义。问题的关键不在于那些观点本身是否具有新创性,而在于蕴含其中的申诉动机和理论背景。

---

① 《汗漫游序》,《大泌山房集》卷二十三,《四库全书存目丛书》,集部第151册。
② 《读苏侍御诗》,《大泌山房集》卷一百二十九,《四库全书存目丛书》,集部第153册。

需要指出的是,尽管李维桢对七子派的复古作业基本采取的是关注和同情的态度,甚至将明诗的盛兴主要归功于前后七子之作为,但身为经验者和见证者,他同时对七子派的复古实践和影响所及不无疑虑。其在《王奉常集序》指出:"自北地、信阳肇基大雅,而司寇诸君子益振之,海内诗薄大历,文薄东京,人人能矣,然大抵有所依托模拟。"①示意诸子在引导"诗薄大历,文薄东京"的复古方向的同时,也推助了文坛"依托模拟"的风气。其在《吴汝忠集序》中又指出:"嘉、隆之间,雅道大兴,七子力驱而返之古,海内歙然乡风。其气不得靡,故拟者失而粗厉;其格不得逾,故拟者失而拘挛;其蓄不得俭,故拟者失而庞杂;其语不得凡,故拟者失而诡僻。至于今而失弥滋甚。而世遂以罪七子,谓李斯之祸秦实始荀卿。"②这又说明,七子从事复古虽有功于"雅道"昌兴,但在另外方面也导致各种拟古流弊的发生,甚至由此成为世人眼中的始作俑者,问题的两面性的然客观存在。不同于理论层面的一般推演,亦不同于常识层面的广泛宣示,李维桢亲历和见证了复古风气的流延变化,他的观点无疑更富有个人的经验性。在他看来,当时下之作者将学古仅仅等同于单纯的模仿,并且形成一种风气,本身就偏离了复古的方向,有悖于学古的正当合理性:"盖今之作者争言好古,奉若功令,转相仿以成风,盛粉泽而掩质素,绘面貌而失神情。故有无病呻吟,无欢强笑,师其俚俗以为自然,袭其叫呼以为雄奇,字琢句刿,拘而不化,麋而虎皮,鹜而凤翰,迹若近,实愈远。"③而追究至具体的模仿目标,更能体察出其中存在的问题。特别在其时宗唐的背景下,士人习学唐诗趋之若鹜,伴随而产生的则是过度模仿的后果,李维桢在《唐诗纪序》中谈及:

> 不佞窃谓今之诗不患不学唐,而患学之太过。即事对物,情与景合,而有言,干之以风骨,文之以丹彩,唐诗如是止尔。事物情景,必求唐人所未道者而称之,吊诡蒐隐,夸新示异,过也。山林宴游则兴寄清远,朝飨侍从则制存壮丽,边塞征戍则凄惋悲壮,暌离患难则沉痛感慨,缘机触变,各适其宜,唐人之妙以此。今惧其格之卑也,而偏求之于凄惋悲壮、沉痛感慨,

---

① 《大泌山房集》卷十一,《四库全书存目丛书》,集部第 150 册。
② 《大泌山房集》卷十二,《四库全书存目丛书》,集部第 150 册。
③ 《快独集序》,《大泌山房集》卷十,《四库全书存目丛书》,集部第 150 册。

过也。律体出,而才下者沿袭为应酬之具,才偏者驰骋为夸诩之资,而《选》古几废矣。好大者复讳其短,强其所未至,而务收各家之长,撮诸体之胜,揽撷多而精华少,模拟勤而本真滴。是皆不善学唐者也。

可以肯定的是,李维桢对于学唐本身的合理性没有异议,如上他以水为喻,形容唐诗为"溟渤"、"尾闾",表彰其盛势,足以证明这一点。他之所以批评学唐诗风"学之太过",还是质疑其习学不对门径。就此,他在《顾李批评唐音序》中指摘当世学唐者:"盖今之称诗者,虽黄口小儿皆言唐,而不得唐人所从入;皆知唐有初、盛、中、晚,而不知其所由分。即献吉于唐有复古功,而其心力所用,法戒所在,问之无以对也。模拟剽剥,恶道岔出。"①由于过分注重"模拟",未免导致"本真"的流失,不仅达不到唐诗的妙境,而且面临诗道不正的风险。按此思路,当世学唐"学之太过"或谓之"不善学唐",问题的症结,还在于未能妥善处理学古与求真的关系。以至"模拟"侵蚀了"本真"。这一基于亲历和见闻而富有个人经验性的陈述,也提醒我们其并非只是简单原理或一般常识的绍介和宣说,而是寓含面向现实境况而激发的自觉的检省意识,具有明确的针对性。虽然李维桢强调"性情"说,以维持学古与求真的制衡关系,既要摆脱"野狐外道",又须避免"小乘缚律",认为"师古者有成心,而师心者无成法,譬之欧市人而战与能读父书者,取败等耳"②,其评他人诗作又声称,"根于性情而润色之,事理不能违古人,而调格不欲类今人"③,但以他观察,当世诗坛浮现的主要问题,并不是习学古人的动力不足,而是学古方法的缺陷掩蔽了诗人真实性情的表现。其《端揆堂诗序》即云:"今之时诗道大盛,哆口而自号登坛者,何所蔑有,要之模拟彫琢,夸多斗妍,茅靡波流,吹竽莫辨。试一一而覆案,其人性情行事殊不相合。夫诗可以观,以今人诗观今人,何不类之甚也。"④其《米子华诗序》又云:"诗至本朝嘉靖、庆、历之间,即唐人初、盛时或所未逮。而顷者宿素衰落,后进多岐,业已沦于中、晚。大抵尚雄奇而乏温厚,尚工巧而乏典雅,尚华赡而乏清婉。景不必其时所有,事不必其人所符,反之性情,迥不相侔。其下则任昉、沈约之贼而已

---

① 以上见《大泌山房集》卷九,《四库全书存目丛书》,集部第 150 册。
② 《来使君诗序》,《大泌山房集》卷十九,《四库全书存目丛书》,集部第 150 册。
③ 《天许楼诗题辞》,《大泌山房集》卷一百二十九,《四库全书存目丛书》,集部第 153 册。
④ 《大泌山房集》卷十九,《四库全书存目丛书》,集部第 150 册。

矣。"①有鉴于此，其围绕学古与求真关系所展开的诠释，有意识地凸显后者在二者当中的比重，强调性情表现的优先地位。他在《读苏侍御诗》中的相关陈述，颇能说明这个问题：

> 诗以道性情，性情不择人而有，不待学问文词而足。……自宋迄唐，则学问文词专用事，而性情堇有存者，流弊迄今，非但与性情不相干涉，即学问文词剽袭补缀，日堕恶道矣。吾乡二三君子起而振之，自操机杼，自开堂奥，一切本诸性情，以当于《三百篇》之指，虽不谐众口里耳，弗顾也。余尝谓以学问文词为诗，譬之雇佣，受直受事，非不尽力于其主人，苦乐无所关系。譬之俳优，苦乐情状，极可粲齿流涕，而揆之昔人本事，不啻苍素霄壤。何者？非己之性情也。独六朝人闺阁艳曲与俗所传南北词及市井歌谣，往往十五《国风》遗意，男女人之大欲存焉，不虑而知，不学而能。此之谓性情，古今所同，是以闇合。盖无意为诗而自得之。其在宗庙朝廷所作，则学士大夫先有作诗意横于胸中，更仿古诗营构，故其诗受学问文词束缚，去《风》、《雅》、《颂》弥远。性者，天下大本。情者，天下达道。大而三千，细而万物，远而八荒，千古无一不供吾驱使，无一不受吾陶冶，宇宙在手，万化生身，何但一诗。诗本性情，而缘饰以学问文词，歌则八风从律，舞则五色成文，其极至于动天地，感鬼神，岂夫覆瓿瓵壁之语，付之秦灰有馀秽者哉！

"诗以道性情"，突出的是诗歌的本质特征；而"诗本性情，而缘饰以学问文词"，则指明诗以性情表现为主，学问文词缘饰为辅。诗人一己之真实性情，来源于"无意为诗而自得之"，毁损于"受学问文词束缚"。基于这一逻辑起点，李维桢追溯"自宋迄唐"诗歌史的演递轨迹，分析性情表现以专于学问文词而趋于弱化的走势，再审视诗坛的变化现状，指示流弊所及，性情表现已是沦没，加之学问文词出自模拟，终究难免"剽袭补缀"，遂致诗道堪忧。与此同时，他又注意到公安派袁宏道等人在诗坛的一番作为，他所标举的"吾乡二三君子"，指的即是"袁中郎、苏潜父兄弟"。而其之所以将袁宏道等人视为于诗坛有振起之功者，看重

① 《大泌山房集》卷二十四，《四库全书存目丛书》，集部第151册。

的无非是袁氏等人"一切本诸性情",认为如此正可以直承《诗经》性情表现之历史传统。这不能不归因于李维桢跨越七子派的派别身份,重新检察当世诗坛的变化格局。尽管在"性情"内涵的理解上,李维桢偏重于"人伦物理、日用常行"①,并且以《诗经》的风教精神为宗旨,与公安派袁宏道等人基于自然本性而提倡"独抒性灵,不拘格套"②的主张明显不同,③但受以性情表现为优先选项理念的驱使,显然他视袁宏道等人为在诗歌本质的认知上具有某种共识的合调对象。与此相关,他的《郭原性诗序》评诗友郭氏之作,谓之"大要感事而发,触景而出,矢口而成,信腕而书,慷慨激昂,欢愉胜畅,哀悼凄紧,忿恚乖暌,率皆情至之语。世人诗如强笑不乐,强哭不悲,属对次韵,剽剥缀葺,与其中之灵明、外之遭合,了不相蒙,一切结习,澄汰都尽"。又说"迩日公安、江陵诸君子,称诗能于《三百篇》外自操机杼,无论汉魏、六朝、三唐。今得原性羽翼接响,维楚有材,讵不信哉"④? 也间接传递了在一定程度上接受袁宏道等人的信息。

概而言之,李维桢将汉魏、唐代及明代诗歌树为承继《诗经》传统的三大高峰,体现了他对诗歌发展演进历史的明晰勾画和定位,如果说,尊尚汉魏、唐代诗歌更多本于某种经典意识,那么,标举明代诗歌则不无张大其诗史地位的企图。无论如何,这些应该与他以后七子新生代成员的派别身份关注和同情七子派诸子复古作业的基本立场有着重要的关联;汉魏、唐代诗歌原本即系为诸子所推重的经典文本,而对明诗盛兴之格局的主观判断,则又与他凸显前后七子在有明诗坛的历史作用的根本用意相缔结。然而,对于诗歌演化史这样一种简略而明晰的勾勒,并不能完全代表李维桢面向不同历史时期诗歌品格所作的辨别,包括落实到具体的诗歌宗尚目标,情形则显得相对复杂,这一复杂性,也恰恰昭示了李维桢与七子派诸子之间表现在具体诗学观念上的共识及分异。有关的问题尚不止此,从另一层面来看,如此的共识与分异也反映在李维桢关于如何合理利用古典资源问题的一系列阐说,诸如作为诗学基本命题之一的学古与求真关系的问题,因此成为他关注和诠释的一个重点。毫无疑问,在这当中维护学古习法的正当性或合理性,显示了他向七子派诸子复古立场的靠拢。但

---

① 以上见《大泌山房集》卷一百二十九,《四库全书存目丛书》,集部第 153 册。
② 《叙小修诗》,钱伯城《袁宏道集笺校》卷四,上册,第 187 页,上海古籍出版社 1981 年版。
③ 参见鲁茜《李维桢研究》(下),第 386 页至 388 页。
④ 《大泌山房集》卷二十,《四库全书存目丛书》,集部第 150 册。

又必须看到,不啻是出于制衡的策略,更是鉴于诗坛变化的现实趋势,面对诸子从事的复古实践及其发生的负面影响,李维桢的相关反应又是十分谨慎而有所戒备,令人明显觉察到其因此激发的富有针对性和经验性的防范意识。亦基于此,他强调诗歌发抒"性情之真"的重要意义,并以性情表现作为优先选项,淡化学古习法的苛律细令,乃和诸子的有关主张比较起来又有主于一己的相应变改,突出反映了在如何利用古典资源这一关键性问题上的自我认知,在某种意义上,这又不能不说是出于应对明代中后期诗坛变化格局的强烈的自觉意识。

第十八章　徐学谟与"嘉定四先生" 诗学的同调异趣

　　在明代后期,作为江南文化重镇之一的嘉定地区,文人学士层出,形成了具有一定规模和影响的交游群体,这也成为该地区文学势力相对活跃的一个显著表征。值此时期,人称"以文章气节高天下"、天下之士"睥睨下风"①的徐学谟,以及"读书谈道,后先接迹"②的唐时升、娄坚、程嘉燧、李流芳等"嘉定四先生",就曾活动其间。徐学谟,初名学诗,字叔明,一字子言,号太室山人。嘉靖二十九年(1550)举进士,授兵部主事,改吏部,管内阁制敕。历荆州知府、湖广左布政使,迁右副都御史,巡抚郧阳,仕至礼部尚书。唐时升,字叔达,少负异才,年未三十谢去举子业,专意古学。与娄坚、程嘉燧并称"练川三老"。娄坚,字子柔,经明修行,为学者所宗,贡于国学,不仕而归。工诗文,善书法。程嘉燧,字孟阳,休宁(今属安徽)人,侨居嘉定。少时不羁,弃举子业,学击剑,不就,乃折节读书,刻意为歌诗。精音律,工书画。李流芳,字长蘅,万历三十四年(1606)中乡试,再上公车不第,遂绝意进取。工诗善书,精于绘事。无论是立足于地域诗坛的范围还是明代后期诗坛的演变格局,徐学谟和"嘉定四先生",都是值得关注的一个文人群体。其中的唐、娄、程、李四子,或被研究者归入具有地域色彩的嘉定文派,③相对而言,对他们学术和文章的讨论较多,而于他们诗学和诗歌的考察偏少。站在后者的角度,对于他们诗学思想的探究,自是需要进一步

---

　　① 申时行《寿大宗伯徐公六十序》,《赐闲堂集》卷十五,明万历刻本。

　　② 钱谦益《嘉定四君集序》,钱仲联标校《牧斋初学集》卷三十二,中册,第 922 页,上海古籍出版社 1985 年版。

　　③ 参见黄霖《"嘉定文派"散论》、夏咸淳《嘉定文派源流考述》,黄霖、郑利华主编《嘉定文派与明代诗文研究论集》,第 1 页至 36 页,上海古籍出版社 2015 年版;李圣华《嘉定文派古文观及其创作述略》,《求是学刊》2009 年第 6 期。

开展的一项研究任务。无论在年辈上还是资历上,徐学谟都要高于和深于唐、娄、程、李四子,但这似乎并不影响徐氏和四先生之间的关系,特别是徐学谟万历十一年(1583)自礼部尚书任上解职归田之后,尤其和唐、娄、程三人多有交往,或"岁时文酒之会,必召与焉"①,或"风花之朝,雪月之夕,有倡俾和,无欢不极"②,相与唱和游集,联络较为密切,而四先生之间又多有往来,交谊深厚。这也是我们将他们看作一个具有交往关系的文人群体的重要缘由。从诗学思想的特点而言,徐学谟和"嘉定四先生"彼此既有同调之处,也有明显的异别,而这种诗学思想的同调和异趣,或印刻着受到地域人文传统浸染的痕迹,或反映着明代后期诗坛发展变化的趋势。

第一节 应合与反思

探讨徐学谟和"嘉定四先生"的诗学思想,其中值得注意的问题之一,乃是他们涉及诗歌宗尚目标的主张。首先讨论徐学谟的有关观点。他在《薪水集序》中提出:

> 诗之不昌于今之世也,余知之矣。夫艺以专工,精由分懒,悬虱于牖间,十年而视之,大如车轮,一毂而贯其心。此无他,精专故也。其于诗也亦然。唐人以诗取士,士匪诗弗习,故一代骚客墨卿,直追轶《风》《雅》,而后之射艺者,辄以唐诗为的。至于今学士大夫宗习尤盛,然操觚之徒辄以不能造其域、唏其葳为病。此何以故哉? 则士之趣舍异也。昔宋人以谈学为诗障,夫学何足以障诗,由习心胜而天机匿也。矧今世儒生家廑一生之力役其精,以副有司之绳尺,所谓竞进取于蒙昧间,有得有不得焉。不得者,已不敢他有所为;幸而得之者,令舍从事以殉心于故所不便之习,辟之吴侬中岁学齐语,夏畦改听焉,乃转展棘涩,即令齐人听之,犹吴语耳。诗之不能为唐也,独气运哉?③

---

① 程嘉燧《徐孺毅绣虎轩遗稿序》,《耦耕堂集》文卷上,《续修四库全书》影印清顺治十三年(1656)金献士、金望刻本,第1386册。
② 娄坚《祭徐太母金夫人文》,《学古绪言》卷十七,《景印文渊阁四库全书》,第1295册。
③ 《徐氏海隅集》文编卷五,《四库全书存目丛书》影印明万历五年(1577)刻四十年(1612)徐元镀重修本,集部第124册。

根据序中所述,最值得注意的是徐氏涉及唐宋诗歌的评骘。作者指出,诗艺与射艺相通,射艺工于精专,诗艺亦同样如此。唐人精专于诗,其一代之作可以"追轶《风》、《雅》",以至后人所业,遂以唐诗为标的。相互对比,宋人则与之不同,乃以谈学论议为尚,于是因为"习心胜而天机匮",最终影响到他们的为诗之道。至此已在示意,唐宋两代鉴于诗人各自业习趣味不同,造成诗歌的价值迥然相异。除此之外,序中又对当世儒生家和学士大夫所业提出质疑,在作者看来,前者汲汲于功名进取,于诗艺难以有所造诣;后者虽以唐人诗歌相效习,但最终不能"造其域、哜其载",无法臻于唐人的创作之境。特别是今人所习之所以不能达到唐人的创作境域,问题的症结还不仅仅在于"气运"不同,而且在于士人的"趣舍"有别。就此而言,这也从反面提示唐诗在古典诗歌系统中具有的典范意义。

如果说,这篇《蕲水集序》特别是关于唐宋诗歌的评述,已多少能够见出徐学谟重视学古而推崇唐音的一种倾向性态度,那么,他在《斋语》中对盛唐诗歌的标举,则更明晰地凸显了尊尚唐诗尤其是盛唐之音的意向,如云:

> 盛唐人诗,止是实情实景,无半语夸饰,所以音调殊绝,有《三百篇》遗风。延及中唐、晚唐,亦未尝离情景而为诗,第鼓铸渐异,风格递卑,若江河之流,愈趋而愈下耳。如卢纶《晚次鄂州》诗,全似王维,起句"云开远见汉阳城,犹是孤帆一日程",何等俊爽。领联"估客昼眠知浪静,舟人夜语觉潮生",便落想象矣。晚次而曰昼眠,鄂州岂有潮生,后人知赏其辞,而不知其景之不对也,毫厘之差,诗品遂落矣。①

这段陈述虽然比较简略,但表达的态度是明确的,作者将盛唐和中唐、晚唐诗风相区别,主要是为了说明有唐一代诗歌的阶段性变化之趋势,标榜盛唐之音在唐代诗歌演变历史上的价值优势和独特地位,这就是徐学谟所理解的所谓盛唐人诗无所虚饰的于"实情实景"的呈现。他举"大历十才子"之一的卢纶七言律诗《晚次鄂州》为例,指摘此诗看似王维诗的作风,但细究起来终有"想象"的成分,也无非是要诠证相比于盛唐,中唐以降诗风逐渐脱离了"实情实景"而发生

---

① 《明文海》卷四百八十,第5册,第5167页。

变异,诗歌品格不可避免地趋向沦落。概言之,在推崇唐诗的基础上,徐学谟同时又注意分辨有唐一代诗风的阶段性差异,重以世次论诗,尤其以盛唐诗歌为标格。尽管类似的表态在那些宗唐者身上屡见不鲜,不足为奇,但通过于此,令人多少可以了解他在诗歌问题上的基本宗尚立场。

　　不独如此,对于有唐诗歌特别是盛唐之音,无论标示其可以"追轶《风》、《雅》",抑或判断其"有《三百篇》遗风",其中传递出的则又是徐学谟一种追本溯源的学古立场,因此,作为原始经典文本的《诗经》和近于古源的汉魏诗歌,同时成为他乐于追溯和推尊的诗歌之源本。徐学谟在《刻庚申稿序》中即云:"夫古诗《三百篇》尚矣,而要以关政理、系风谣俗变之大者为至。"①嘉靖年间,汪道昆在襄阳知府任上,"尝摘梁昭明《文选》中所载屈原、宋玉《离骚》、《九辩》诸篇,至于刘向、王逸而止,诗自战国荆轲《易水》,迄于齐梁间人,厘为五卷,名之曰《骚选》",徐氏为作序亦曰:"《三百篇》尚矣,十三国之所陈多闾谈巷语,然今后世学士大夫有不能袭其一词者,何则?情之所至,天且弗违,而况于人乎?已降而为《骚》,几于怨矣,又降而为汉魏五言,比于绮矣。然词尚体要,沨沨乎婉而则也,其风人之遗乎?"且指出:"是编出,学者将弃去今人之所为,溯汉魏以上薄《风》、《雅》,词家渊璞,或于是乎?"②由此不难看出,在徐学谟理出的诗歌宗尚统绪中,《诗经》而下,汉魏及唐代诗歌尤其是盛唐之音,被他视为主要的范本而力予推举。出于这一立场,他致友人书信曾劝导对方,以为"书之宜读者,惟五经、子史、七大家文字,汉魏、盛唐诗与本朝典章条例"③。其杂著之一《麈谐》亦谓:"诗自《三百篇》至盛唐,而风雅独存,逞浮夸者别为一体。"④

　　徐学谟上述之论,很容易让人与其时流行文坛的七子派重汉魏、盛唐的诗歌宗尚观念联系起来。就徐氏本人与同时代的后七子的关系来说,他和其中的王世贞的交往相对密切。据徐学谟《弇州公像赞序》所述,徐、王之间有"四十馀年兄弟之好",嘉靖二十二年(1543),二人同中应天乡试,当时彼此已"最称莫逆"⑤,可见其早年交谊已较深,关系非同一般。嘉靖二十九年(1550),徐学谟举

---

　　① 《徐氏海隅集》文编卷五,《四库全书存目丛书》,集部第 124 册。

　　② 《刻骚选序》,《徐氏海隅集》文编卷五,《四库全书存目丛书》,集部第 124 册。

　　③ 《与司武选书》,《徐氏海隅集》文编卷三十,《四库全书存目丛书》,集部第 125 册。

　　④ 《归有园稿》文编卷十一,《四库全书存目丛书》影印明万历二十一年(1593)张汝济刻四十年(1612)徐元熿重修本,集部第 125 册。

　　⑤ 《归有园稿》文编卷十四,《四库全书存目丛书》,集部第 125 册。

进士,授兵部职方司主事,已改吏部稽勋司主事,入内阁管制敕。时值王世贞自嘉靖二十六年(1547)进士中第后官于刑部,获交诸同道,徐氏亦曾阑入其中,"相与修觞酒觚翰之政"。[①] 其后徐学谟虽"或出或处,或远或近",与王世贞"晤语之日少矣",但他特别自万历十一年(1583)解职归田之后,则与王世贞"更大展平生,信宿往来,绸缪缱绻,谈禅论艺,妙契如函","于是有东林之约,有洛社之盟"[②],彼此游集与论议似更为契密。而王世贞自言其自万历四年(1576)解郧阳督抚任后,"屈指贵游申文外之好者,得十人",徐氏入列其中。[③] 又徐学谟《祭王大司寇文》,除了表达对王世贞自早年起主盟文坛、影响艺苑的倾慕之意:"冠年通籍,翱翔艺苑。掉臂升坛,指挥群彦。片语峥嵘,千秋弁冕。"还忆及与晚年王世贞往还之情形:"我来访公,坐我茂林。桑榆兄弟,缱绻弥深。香山之约,相对披襟。"[④]这些记述提示当时二人的交往十分密洽。而仅检其诗集,其间相互之间的酬赠唱和颇多。[⑤] 不过,也有研究者注意到这种看似契密关系背后存在的"龃龉",最典型的乃是徐学谟《斋语》围绕归有光文章的评价问题而质疑王世贞所论,其中提出:"余读王元美《艺苑卮言》,评骘古今文人殆尽,近时海内少年略能道二三绮语者,尽入鼓掌间,而于昆山归熙甫独不挂齿。余甚怪之,岂于熙父文未尽见耶? 抑熙父少有时名,文人故相倾邪?"又其反驳王世贞《答陆汝陈》一书谓归有光文"笔力小,竟胜之,而规格旁离,操纵惟意,单辞甚工,边幅不足,每得其文,读之未竟辄解,随解辄竭,虽复累车,殆难其选"的

① 王世贞《陈于韶先生卧雪楼摘稿序》:"余为郎燕京时,颇得游诸名隽间,而诸名隽独盛于庚戌之对公车者,若吴兴徐子与、武昌吴明卿、广陵宗子相、南海梁公实,以气谊相激昂还往,至穷昕夕亡间。未几而豫章余德甫、铜梁张肖甫、郢上高伯宗、吾郡徐子言亦阑入焉,相与修觞酒觚翰之政。是六七君子不以余之不佞而收其似。"(《弇州山人续稿》卷四十四)

② 徐学谟《弇州公像赞》序,《归有园稿》文编卷十四,《四库全书存目丛书》,集部第 125 册。

③ 王世贞《余自解郧节归耕无事,屈指贵游申文外之好者,得十人,次第咏之·徐中丞学谟》,《弇州山人续稿》卷三。

④《归有园稿》文编卷九,《四库全书存目丛书》,集部第 125 册。

⑤ 如徐学谟有《寄赠王元美司寇避居东乡修道》、《王元美司寇六十初度赠诗》、《王司寇元美相别四年,兹枉顾山居,作十二韵》、《和王元美司寇见过之作用韵》、《和司马公饮归有园之作用韵》、《承司马公再叠予作仍用韵劝谟迭赓二首》、《三叠王少司马公再寄趣驾》、《王大司寇枉顾,留酌山园,集诸文学有赠》、《司寇公以诗来谢,颇忆旧事,用韵却寄》、《陪王大司寇集伯隅园,是日公有酒肉之禁》、《奉和司寇公集伯隅园之作用韵》、《祁江秋泛,王大司寇元美寄书见怀,偶谈时事,并惠诗扇,用韵奉答》、《王大司寇予告归,访之弇山园》等诗,见《归有园稿》诗编卷一、三、五、六,《四库全书存目丛书》,集部第 126 册;王世贞则有《过大宗伯徐公作》、《徐大宗伯归有园留宴作》、《叠前韵奉酬徐宗伯见和之作,时公有书劝驾,诗尾亦及之》、《叠前韵和徐宗伯归有园见和之作》、《三叠韵徐宗伯劝驾之作》、《三叠韵和徐宗伯大士斋韵》、《过大宗伯徐公,留饮山池,出所欢明童佐酒》、《饮徐公归有园,后旋过乃婿张伯隅园小坐有作》等诗,见《弇州山人续稿》卷十八、十九。

说法,以为"但不知熙父所长正在澹然,若不经意,而妙思溢发,有得于天理人情之极致者,元美不尽知也",又谓"昆山归熙父与人作文,第摅己臆,略不为装饰半语,故人有求其铭墓者,或得其文,置之不刻,至今文集知之者甚少,夫乃太皎乎"[①]? 应该讲,徐学谟的上述质疑或反驳,也确实显示了他和王世贞在如何看待归有光文章问题上的分歧。但我认为,这些分歧不足以表明徐学谟和王世贞在文学立场上的对立,因为文友之间在某些具体问题上各持己见者,本来就司空见惯,更何况徐学谟与归有光也有较为密切的交往,[②]表达维护归文的立场也在情理之中。而与此同时,以他自嘉靖年间以来与作为后七子巨头的王世贞之间的交谊,其接受七子派的文学影响也不是没有可能。特别是他上溯《诗经》和推崇汉魏、盛唐诗歌的态度,与七子派诸成员的持论相近,尽管还不能据此以为其全然袭自诸子之说,但当于其中有所浸染,乃至于在某种程度上与之相应合。

事实上,徐学谟对于诸子秉持的复古方向也曾经表达认同之意,他指出,汉魏诗歌,尚有"风人之遗",其后古风渐衰,"靡于唐,弱于宋,纤于元,浸淫于国初,诗道几亡矣",面对如此的局面,"幸弘、德间二三君子相与切劘,力障其澜而趋之古,取战国、汉魏、齐梁人之所为,掇其英,咀其华,而组缋之,无遗巧矣"。但在另一方面,也不可不注意到徐学谟审视诸子复古实践及其影响而流露的反思意识。在他看来,"弘、德间二三君子"尽管勉力趋古,于挽救"诗道几亡"的局面或有功焉,然而追究起来,诸子及其响应者在学古方式上又不无失误,"然当其时,已有呕于型范、薄于风神之病,视大历以还不无少劣焉,岂世变之流真江河哉"? 非但如此,且"乃今词家顾独昵其书,转相推窃,而断断曰大雅在是,若前之乎无有古人者。于是有不病而颦、无从而涕之语,于情之所至何当焉"[③]?

---

　　① 《明文海》卷四百八十,第 5 册,第 5168 页、5171 页。参见黄仁生《嘉定派的酝酿过程考论》,黄霖主编《归有光与嘉定四先生研究》,第 129 页至 156 页,上海古籍出版社 2007 年版;刘霞《从徐学谟至娄坚再至钱谦益——明代嘉定文脉传承之考论》,黄霖、郑利华主编《嘉定文派与明代诗文研究论集》,第 194 页至 259 页。

　　② 归有光《徐封君七十寿序》:"余往来嘉定,与其贤者游,而识子言。于是时固已奇其文,每言之于人。因遂识东楼翁,慷慨乐易人也。已而子言举京兆,计偕北上,翁实携之以行。余时遇于彭城,遂于俶车共茵而载,历齐、鲁、燕、赵二千馀里,走风雪尘埃中,欢然忘其行役之疲。……其后子言登第,以天官属直内阁,寻改大宗伯属,领祠事。余在京师,每见,辄叹其议论之进。是时天子隆郊祀之礼,子言殆所谓侍祠神语,能究观方士祠官之说者矣。至语及其职事,未尝不有志于古之守道以守官者也。"(周本淳校点《震川先生集》卷十三,上册,第 313 页至 314 页,上海古籍出版社 2007 年版。)

　　③ 以上见《刻骚选序》,《徐氏海隅集》文编卷五,《四库全书存目丛书》,集部第 124 册。

又他指出，以文而言，"盖弘、正以前，俱师南宋；弘、正以后，则师北郡。虽所师不同，而无得于心一也"①。如上云云，无不是在指摘弘治、正德之际李梦阳、何景明等诸子及响应者学古过于注重法式而忽略神韵，甚至由于专注仿袭而致使真实性情的丧失。他作于万历五年（1577）的《海隅集自序》也谈到了相关的问题：

既弱冠，逮巡数年，取科第，优游辇毂下，始尽弃所学，学其所谓古文词者。……乃是时，海内荐绅先生方恢弘、德之绪，推毂北郡，以睢盱当世，曰："诗必汉魏、盛唐已也，文必先秦、两汉已也。"翼响护法，尺尺而寸寸之，靡遗力矣。徐子欣然将介而榷艺焉。客告之曰："子独不睹夫按迹而索履者乎？夫迹，履之为也，而非所以为履也。千人之迹，千人之履为之也，孰短长是而欲尺尺寸寸之乎？《易》曰：'知至至之，可与几也。'而胡不求几于至，而龈龈焉尾其迹而徇之？殆终子之身无所得履矣。"徐子闻其言湛精，三日匿不见客，恍乎其若迷也，忽乎其若遗也，彼且一是非，此且一是非，将安持之乎？已徐子出领二千石，居荆湖间久之，盖得溯观于大江之流焉。岷山翕之而瀸瀸然，巫峡导之而汩汩然，洞岳鄂黄播之而浟浟然，浔芜金焦淊潥之而滔滔然，舻之联而舰之縻也，天之涵也，云之荡也，日月之沃也，放乎东海而鳘矣。则为之怃然叹曰：古今文章之变其在兹乎，其在兹乎？夫水无盈缩而有盈缩者，因乎地者也。文章无古今而有古今者，乘乎时者也。时之所乘，天且弗违，而况于人乎？故诗自《三百篇》降而为骚，为《选》，为乐府，为歌词谣曲，为长短律，其变不可胜穷，而放乎盛唐诸名家而鳘矣。文自六经降而为诸子，为百家，为史传，为词令，为表纪，为志序、论记、哀诔，其变不可胜穷，而放乎北宋诸名家而鳘矣。由此观之，人以代殊，格缘人异。当其时，彼岂不推挽而上之，令世世相袭哉？穷则变，变则通，夫亦曰苟不诡乎六经、《三百篇》之指，即所谓知至而至之者也。若水之自源而徂委焉，约之而瀸瀸焉可也，纵之而汩汩焉、而浟浟焉、而滔滔焉可也，夫孰非岷之江也者。何则？委之未始不为源也，而又安病其盈缩之不相袭也。如必龈龈焉尾其迹而尺尺寸寸之，则诗何以不《三百篇》也，而为汉魏、盛唐

① 《与郭美命》，《归有园稿》文编卷二十二，《四库全书存目丛书》，集部第 126 册。

乎哉？文何以不六经也，而为先秦、两汉乎哉？吾是以知夫时之不可为，而流之不可障也。然则不汉魏、盛唐而为诗可乎？非也。古于声不古于调，即汉魏、盛唐犹今也。不先秦、两汉而为文可乎？非也。古于词不古于意，即先秦、两汉犹今也。决污潦而象川原，鲜不涸矣。真有味乎索履之论哉！盖悲夫北郡反古之功伟矣，而卒自障之也。今其言具在，其非己出者，与其所自出者，古今人之语若错苍素焉，何其犁然而可辨也。[①]

对于嘉靖年间后七子"恢弘、德之绪"的复古动态，徐学谟起初的反应是"欣然将介而榷艺焉"，表现出明显的关注和认同的态度。不过随着时间的推移，他则不能不有所疑虑而为之反省，从听闻"客"之"按迹而索履"之论，到领悟"文章无古今而有古今者，乘乎时者也"的道理，示意其经历了一个重新思考的变化过程，而这一省思的过程并不代表他对诸子指引的复古方向的怀疑。因此，他还是认可李梦阳等人的"反古之功"，认可在学古目标上诗取汉魏、盛唐，文取先秦、两汉的追溯意义。自此说来，这也意味着其并未在根本上否定后七子发起的"恢弘、德之绪"的复古举措。他所真正质疑和反思的则显然是无视"时之所乘"而不知变通的一种学古方式，这种板滞的方式也就是所谓"按迹而索履"，注重的是法式，着力的是仿袭，还仅仅停留在学古的低级层次，导致于诗"古于声不古于调"，于文"古于词不古于意"。而根据徐学谟的观察，在该问题上，李梦阳本人就难以避免，这也因此影响到此后文坛"翼响护法，尺尺而寸寸之"的学古方式的流行。徐学谟同时觉得，从另一个角度看，今人"古于声不古于调"、"古于词不古于意"的实践之法，成为古今作者迥然相异的主要原因之所在，用他的另一番话来说，即"古之人皆有其事而言之，今之人无其事而亦言之"[②]。有关于此，徐学谟在《冯咸父诗序》中则举杜诗为例以阐明之：

> 诗之存矣，名于何有？自名胜而诗靡矣。靡生夸，夸生斗，斗生赝伪。滥觞至今，则有矫意安排而强相凑泊，合词剿袭而不厌雷同，是何作者之纷纷求多于世也。令世奚兴焉，兴于傆薄，兴于诞幻已耳。唐人诗莫多于少

---

① 《徐氏海隅集》卷首，明万历刻本。
② 《复屠青浦》，《归有园稿》文编卷十六，《四库全书存目丛书》，集部第 125 册。

陵,盖其平生间关穷饿,琐尾离乱,以其身一无所事事,而用志不分,故以死徇癖,其诗不得不多。今读其诗,若亲炙乎天宝残创之会,而想见其忠爱恻怛之忱者。何则?以其性情境界举归于真也。彼感无存殁,而必八其哀;寓匪夔州,而亦百其韵。此与添足吠声何异?[①]

其例举杜诗,主要的意图是要证明杜诗所吟写的大多能本于一己之真实体验,故认为其诗"性情境界举归于真"。相对比,杜诗的这种"性情境界"诚为当今诗坛那些专注于求名以至"矫意安排"、"合词剿袭"者所不及。归结起来,这又关涉一个如何学古的基本问题:诗家如果不能出于自身真切之感,徒袭古人之词,其所为诗终将沦为"添足吠声"的"赝伪"之作。由此,也能够理解徐学谟为何不满"弘、德间二三君子"及响应者之所为,批评他们重"型范"略"风神",无当于"情",无得于"心"。当然,在复古风气流行的其时文坛,发出类似批评声音的绝非个案的现象,即使在七子派内部也存在某些异议,前面讨论到的如李维桢等人就是如此,徐学谟只不过是其中明确表达批评意见者之一。如果说,这样的质疑和反思还具有一定的意义的话,那么,它们主要不是出于偏激而狭隘的个人之成见,而是来自对当时文坛复古实践及影响发生的具体问题的某种理性感受。这方面,特别从徐学谟訾议李攀龙等人诗风的言辞中可以强烈感觉得到。如他评骘李攀龙的五七言律诗:"元美每推李于鳞,其五七言律诗,海内少年争附和之,至以其诗中所掇数字,若'白雪'、'黄金'、'明月'、'雄风'、'中原'、'北斗'、'黄河'、'碣石'之类,传为家法,人人效颦,更不顾情景相对与否,此亦是障。即于鳞集试读其一二首,非不俊爽可诵,比至连篇,障语叠出,如巧线傀儡、学语鹦鹉,伎俩有限,不耐久玩,于唐人口头语、眼前景之指,孰为深浅也?"还同时感喟:"奈何近来作者,缀成数十艳语,如'黄金'、'白雪'、'紫气'、'中原'、'居庸'、'碣石'、'诗名'、'剑术'之类,不顾本题应否,强以窜入,专愚聋瞀,自以为前无古人,亦可笑也。乃小儿效颦,辄引为同调,南北传染,终作疠风,诗道几绝。"[②]说起来,李攀龙的诗刻意摹仿的程度较高,流于雷同的问题较突出,因此也受到世人更多的指斥。钱谦益在"评骘"李攀龙"撰著"之际,就曾对他诗歌诸

---

① 《归有园稿》文编卷二,《四库全书存目丛书》,集部第 125 册。
② 《斋语》,《明文海》卷四百八十,第 5 册,第 5167 页至 5169 页。

体之作大张挞伐,不遗馀力。[1] 钱氏于七子派本来即怀有成见,难免意气用事,故对李攀龙诗歌的批评未必中肯,但他之所以极度不满李诗,不惜横加攻讦,这与李诗本身存在的缺陷大有关系。即便是一些同情七子派的文士,论及李攀龙诗歌也不乏指责之辞,如许学夷《诗源辩体》评及李氏七言律诗,指出其虽"冠冕雄壮,俊亮高华,直欲逼唐人而上之","然二十篇而外,句意多同"。又以为"唐人五七言律,李、杜勿论,即王、孟诸子,莫不因题制体,遇境生情",相比之下,"于鳞先意定格,一以冠冕雄壮为主,故不惟调多一律,而句意亦每每相同"[2]。从此角度看来,徐学谟对李攀龙及其"同调"者诗风的訾议,也可谓多少触及了问题的症结。

第二节 诗学思路的自我调整

假如说,明代后期嘉定文人群体中,像徐学谟尽管对当时主导文坛的七子派诸子所采取的学古方式多有质疑,但特别在诗歌宗尚目标的主张上则与之相近,显示其与诸子立场在一定程度上的应合,那么,比较起来"嘉定四先生"的情况则明显不同,在总体上,他们多和七子派诸子的文学理念相疏远,复古意识有所淡化,或宗尚的范围有所扩展,其中包括对深受七子派诸子排击的宋代诗歌的关注。这些均反映了他们诗学思路为之自我调整的一种趋势。

如李流芳,晚年"自汰其前后所存诗文为十二卷",嘱咐子李杭之及侄李宜之校雠之,并且交代其生平所业,以为于诗而言:"生平往来燕、齐及遨游吴、越

---

① 《列朝诗集小传》丁集上《李按察攀龙》:"其拟古乐府也,谓当如胡宽之营新丰,鸡犬皆识其家。宽所营者,新丰也。其阡陌衢路未改,故宽得而貌之也,令改而营商之亳、周之镐,我知宽之必束手也。《易》云'拟议以成其变化',不云'拟议以成其臭腐'也。易五字而为《翁离》,易数句而为《东门行》,《战城南》盗《思悲翁》之句,而云'乌子五'、'乌母六',《陌上桑》窃《孔雀东南飞》之诗,而云'西邻焦仲卿,兰芝对道隅'。影响剽贼,文义违反,拟议乎? 变化乎? ……论五言古诗曰,唐无五言古诗,而有其古诗。彼以昭明所撰为古诗,而唐无古诗也,则胡不曰魏有其古诗,而无汉古诗,晋有其古诗,而无汉魏之古诗乎?《十九首》继《国风》而有作,钟嵘以为惊心动魄,一字千金。今也句撦字捃,行数墨寻,兴会索然,神明不属,被断茵以衣绣,刻凡铜为追蠡,目曰《后十九》,欲上掩平原之十四,不亦愚乎? 僻学为师,封己自是,限隔人代,揣摩声调,论古则判唐、《选》为鸿沟,言今则别中、盛为河汉,谬种流传,俗学沉锢,昧者视古塾之密移,愚人求津剑于已逝,此可为叹息者也! 七言今体,承学师傅,三百年来,推为冠冕,举其字则五十馀字尽之矣,举其句则数十句尽之矣。百年万里,已憎叠出;周礼汉官,何烦洛诵? 刻画雄词,规摹秀句,沿李顾之馀波,指少陵为颓放,昔人所以笑模帖为从门,指偷句为钝贼也。"(下册,第428页至429页。)

② 《诗源辩体·后集纂要》卷二,第415页至416页。

山水间,见夫林泉气状,英淑怪丽,与夫风尘车马之迹,人世菀枯之感,杂然有动于中,每五七其句读、平上其音节而为诗。年来将母十亩,退而灌园,朋旧过从,发愤时事,和汝唱余,篇什稍多。然皆出于己,而不丐于古,于凡格律正变、古今人所句争而字辩之者,终不能窥其堂奥也。"①所论既是作者对自己生平诗歌实践作出的一番总结,又从中传达了他个人的诗学主张。推求起来,李流芳之所以在此特别申明所作"皆出于己,而不丐于古",一方面,其本于他主张诗以"求达性情"的基本理念,他在《蔬斋诗序》中即云,"求工于诗者,固求达其性情而已矣","凡为诗者,不求之性情,而求诸纸上之诗,掇拾饾饤而为之,而诗之亡也久矣"②;另一方面,其又和他不满七子派诸子所为不无关系。钱谦益《答山阴徐伯调书》忆及自己万历三十五年(1607)与李流芳赴京会试之际接受对方指点的情形:"仆年十六七时,已好陵猎为古文。空同、弇州二集,澜翻背诵,暗中摸索,能了知某行某纸。摇笔自喜,欲与驱驾,以为莫己若也。为举子,偕李长蘅上公车,长蘅见其所作,辄笑曰:'子他日当为李、王辈流。'仆骇曰:'李、王而外,尚有文章乎?'长蘅为言唐、宋大家,与俗学迥别,而略指其所以然。仆为之心动,语未竟而散去。"③又其《四书传火集序》述曰:"忆往年与长蘅同上公车,时时谈古今文字。长蘅亟称归太仆,以为比肩曾、王,空同辈所不逮也。"④钱氏的以上记述,也间接反映了李流芳对待前后七子的态度。

再如程嘉燧,其论诗被钱谦益推为"在近代直是开辟手"⑤,从他生平的习学经历来看,其"少喜为诗,于古人之遗编无所不窥,而尤爱少陵之作","甫冠,即弃去经生之学,而一意读古诗文。久之豁然,上自汉魏,下逮北宋诸作者,靡不穷其所诣。至苏长公,往往或效其体,或次其韵,若将与其并驾者"⑥。作为生平和程嘉燧"相从之久,相得之深"⑦的交往甚密而熟稔其所业的文友,钱谦益是这样概述程氏的诗学及诗歌创作路数的:"其诗以唐人为宗,熟精李、杜二家,深悟剿贼比拟之缪。七言今体约而之随州,七言古诗放而之眉山,此其大略也。晚

① 李宜之《檀园集后序》,李流芳《檀园集》卷首,清康熙刻本。
② 《檀园集》卷七。
③ 钱仲联标校《牧斋有学集》卷三十九,下册,第1347页,上海古籍出版社1996年版。
④ 钱仲联标校《牧斋杂著·牧斋外集》卷三,下册,第629页,上海古籍出版社2007年版。
⑤ 钱谦益《题怀麓堂诗钞》,《牧斋初学集》卷八十三,下册,第1758页。
⑥ 娄坚《书孟阳所刻诗后》,程嘉燧《松圆浪淘集》卷首,《续修四库全书》影印明崇祯刻本,第1385册。
⑦ 程嘉燧《钱牧斋初学集序》,《耦耕堂集》文卷上。

年学益进,识益高,尽览《中州》、遗山、道园及国朝青丘、海叟、西涯之诗,老眼无花,炤见古人心髓。于汗青漫漶丹粉凋残之后,为之抉摘其所繇来,发明其所以合辙古人,而迥别于近代之俗学者。于是乎王、李之云雾尽扫,后生之心眼一开,其功于斯道甚大,而世或未之知也。"①应当说,钱氏的这番概述,或难免有借机攻讦李、王诸子之嫌,不过,以他和程嘉燧之间的密切交往,对于程氏所业不会不了解,所述也可以说透露了一些真实的情况。据其所言,就诗歌的宗尚目标一端来说,程嘉燧较之专守汉魏、盛唐的七子派诸子显然有所变通,习学的范围相对宽泛。事实上,这些信息多少逗露了他刻意越出包括七子派诸子在内的既定的诗学畛域、矫变所谓"近代诗病"的一种考量。如他特别推举李东阳诗,搜剔其诗集,称之为"卓然诗家正派",并声言"盖诗之学,自何、李而变,务于摹拟声调,所谓以矜气作之者也;自钟、谭而晦,竟于僻涩蒙昧,所谓以昏气出之者也"②。这表明其在李东阳和李梦阳、何景明等人之间,大有轩轾之意。关于程嘉燧钟意李东阳诗的取向,钱谦益曾在《题怀麓堂诗钞》中为诠释其用意,且极力加以表彰:"弘、正间,北地李献吉临摹老杜,为槎牙兀傲之词,以訾謷前人。西涯在馆阁,负盛名,遂为其所掩盖。孟阳生百五十年之后,搜剔西涯诗集,洗刷其眉目,发挥其意匠,于是西涯之诗,复开生面。譬如张文昌两眼不见物已久,一旦眸子清朗,历历见城南旧游,岂非一大快耶?"而且指出,程嘉燧面对所谓"弱病"、"狂病"、"鬼病"等"近代诗病",有意"出西涯之诗以疗之",这被程氏形容为"引年之药物,亦攻毒之箴砭也"③。其实,钱谦益在这里之所以如此表彰程嘉燧于"西涯之诗,复开生面"之功,原本与他个人特别在李东阳和李梦阳二人比较问题上所持的褒贬与夺的态度不无关系,在他眼中,"西涯之文,有伦有脊,不失台阁之体。诗则原本少陵、随州、香山以迨宋之眉山、元之道园,兼综而互出之",这是"吞剥寻撦,呀牙龃齿"的李梦阳根本无法攀及的。④ 由此可以推

① 《列朝诗集小传》丁集下《松圆诗老程嘉燧》,下册,第 577 页至 578 页。
② 《程茂桓诗序》,《耦耕堂集》文卷上。
③ 《牧斋初学集》卷八十三,下册,第 1758 页。
④ 钱谦益《书李文正公手书东祀录略卷后》:"余尝与敬仲评论本朝文章,深推西涯,语焉而未竟也。请因是而略言之。国初之文,以金华、乌伤为宗,诗以青丘、青田为宗。永乐以还,少寖靡矣,至西涯而一振。西涯之文,有伦有脊,不失台阁之体。诗则原本少陵、随州、香山以迨宋之眉山、元之道园,兼综而互出之。弘、正之作者,未能或之先也。李空同后起,力排西涯,以劫持当世,而争黄池之长。中原少俊,交口訾謷。百有馀年,空同之云雾,渐次解驳,后生乃稍知西涯。呜呼唏矣!试取空同之集,汰去其吞剥寻撦,呀牙龃齿者,而空同之面目,犹有存焉者乎?西涯之诗,有少陵,有随州,有香山,有眉山、道园,要其自为西涯者,宛然在也。"(《牧斋初学集》卷八十三,下册,第 1758 页至 1759 页。)

断,程嘉燧标举李东阳及贬抑李、何等人诗歌的取舍立场,完全有可能直接受到钱谦益的影响。与此同时,从程嘉燧主张的宗尚范围观之,特别是他将属意的目标扩至宋人诗歌,尤其是苏轼的作品,这也是值得注意的一个方面。①

循此来看,相比起来在检视古典诗歌系统过程中,对于宋代诗歌的特点及价值给予更为明确认定的还数娄坚,他在《答吴兴王君书》中即指出:

> 忆自少壮至今,凡读书为文,皆不能与时俯仰,以遂成其名,虽小夫竖子之能捷得者,犹愧不若,况于名公才士之未必果合者乎?顾窃有闻于宿学,其言虽近俗,而颇与古人合,聊一为陈之。仆尝举东汉文胜六朝、六朝胜唐人以问。又问:古文之法何以?曰:亡于韩。唐人之诗何以?曰:无五言古。语未卒,而其人哑然笑曰:子为疑我而问乎?抑果有不释然者乎?此殆呓语耳。试多取古人之文与近代文杂而读之,其若饮醇若食蜜者,必古之卓然者也;其若铺糟若嚼蜡者,必古之靡靡者也。不然则今也。且非独文也,夫宋人以议论为诗,诚不尽合于古,至其高者意趣超妙,笔力雄秀,要自迥绝,未可轻议。今乃欲以赝汉唐而訾真唐宋,容足凭乎?仆自闻此快论,中颇了了。②

这篇书札藉"宿学"之口吻,不仅讥刺何景明提出的"夫文靡于隋,韩力振之,然古文之法亡于韩"③及李攀龙主张的"唐无五言古诗,而有其古诗"④之论,而且同时谈及宋代诗歌,认为宋人虽有"以议论为诗"、"不尽合于古"的缺失,但并不代表全无可取之处,宋诗之中也不缺少"意趣超妙"和"笔力雄秀"的出类拔萃之作,没有理由无视而鄙薄之。又如他品评北宋诸家所作,提出:"若北宋诸作者,通经学古,皆可谓言语妙天下,至所自得于诗,亦岂寻常之琱缋所可几及。而世乃目之为靡为卑,不知其所谓卑且靡者何等也。"⑤无疑,这一类的评述是在为遭

---

① 检程氏之集,即有多首于苏诗"效其体"、"次其韵"之作,亦可见其喜习苏诗之一斑。如《由广陵登金山访一雨师不遇,同宋比玉和苏长公韵感旧一首》《焦山寺访湛公过净莲故居,复同比玉和苏韵》《丁巳十一月十八夜,枕上占句送比玉,都无伦次,略效东坡上巳日诗,要使别后歌之,聊存陈迹,正不必诠叙叙耳》《松圆浪淘集》卷十四、十六;《和东坡岐亭劝戒杀诗》《再和东坡岐亭戒杀诗一首》《耦耕堂集》诗卷中、下。
② 《学古绪言》卷二十二。
③ 《与李空同论诗书》,《大复集》卷三十。
④ 《选唐诗序》,《沧溟先生集》卷十五。
⑤ 《书孟阳所刻诗后》,《松圆浪淘集》卷首。

受七子派诸子排击的宋诗进行正面的价值定位,也表明其与诸子执持的诗歌宗尚理念的不同调。与此相关,娄坚在《题草书杜诗后》中除了批评诸家选诗、论诗之失,以及杜诗选评的问题:"自唐殷、姚选唐诗,宋严氏以禅为喻,至高氏之《品汇》出,而世渐不识诗之有真,皆皮相耳。以故于子美之诗且有优劣之论。盖律体之自创,绝句之怪奇,其入选者希矣。如此,非独不知杜,且不知汉魏,况《三百篇》哉?"还进一步由此借题发挥:"予以为苟出于杰然超然,则虽宋与汉唐作者何异;若苟以形似而已,吾未见其果有合也。"①这一说法表示,宋代和汉唐诗歌相比,并不存在绝对的时代性的价值差异,若宋诗为杰特之作,则同样具有和汉唐诗歌一般的卓异地位,当然,若苟求"形似",则另当别论。再来看他《尊经阁夜话述》的相关论述,其中谈及:"《诗》三百篇称四始于前,汉《十九首》擅五言于后,旨趣自符,音调自别。然则李、杜何必非汉,梅、欧岂尽非唐。同源异派,自古已然,异曲同工,于今岂病哉?"②观此,这又显然举引特定的案例,说明宋代与汉唐诗歌"异曲同工"的道理。以上的这些表述,统合起来,实皆可归结到娄氏论诗强调"毋狃于时代"而"博综"、"深思"相取的重要主张。他在《钱密纬寒玉斋诗序》中即指出:"必也博综以浚其源,深思以极其趣;毋眩于俗以需中之自得,毋急于名以俟众之自归。持论则毋狃于时代,而但谛观其所就;取裁则毋矜于华靡,而务力溯其所从。苟能是,即汉、魏、晋、唐之遗音,将亦时见于宋之作者。而喋喋焉沿袭口耳以轻肆诋訾者,或实未有窥也。"③"博综"和"深思"的主张,传达了作者对于诗歌营构之道的自我理解,这当中也表现了基于"博综"、"深思"的要求而对宋诗给予的认肯。关于有宋一代诗人,特别像苏轼之作,则被他视为宋诗之"高者"而予以重点表彰,如《草书东坡五七言各一首因题其后》云:

　　宋人之诗,高者固多有如苏长公,发妙趣于横逸谑浪,盖不拘拘为汉、魏、晋、唐,而卒与之合。乃曰此直宋诗耳,诗何以议论为?此与儿童之见何异? 予喜字画,多写唐宋人诗文,以应来索者,盖数以此语告之。④

① 《学古绪言》卷二十三。
② 《学古绪言》卷二十。
③ 《学古绪言》卷二。
④ 《学古绪言》卷二十三。

又《书东坡孔北海赞后跋》云：

> 予喜韩、苏之文，诵读之暇，手书卷帙者数数矣。至其诗，多有独创而高奇，不无信笔而率易，然性所偏嗜，亦时讽于口焉。訾我而当者，尝改容谢之，不复与诤论，然中心之好，终不为衰减也。独时之轻诋妄目以今而不古，所不能为洗涤胃肠，徒付之窍叹而已。①

相对地，呈现在"嘉定四先生"中间这种诗学复古意识的淡化或者宗尚范围的扩张倾向，后者特别是表现在对于宋代诗歌的价值认肯，将其放置在时代的文学境域中加以重新审视，扩展起来看，则不能不说其和明代后期诗文领域观念意识的变异情势相绾结。此消彼长的运动规律，似乎可以用来解释政治、社会、文化的多个层面的变化态势，这也时常发生在文学的相关领域，特别是随着为七子派所掀扬的诗文复古思潮在明代后期的逐渐回落，围绕曾经主导文坛的复古话语系统所展开的检省和批评则为之加强。如其时公安派代表人物袁宏道诠释学古之道，就提出"善学者，师心不师道"，以诗歌而言，"善为诗者，师森罗万像，不师先辈。法李唐者，岂谓其极格与字句哉？法其不为汉，不为魏，不为六朝之心而已。是真法者也"，总括起来，就是所谓以"不法为法，不古为古"②。这显然有意要和七子派宣示的复古话语唱反调，所以其反击的目标，也主要定位在"始为复古之说以胜之"乃至"以剿袭为复古"的"近代文人"③。与此同时，由七子派诸子所构建起来的诗文宗尚统绪则受到前所未有的冲击。诗学史的演变进程显示，唐诗的经典化压缩了宋诗乃至元诗的接受空间，这是一个不争的历史事实。尤其自明代中叶以来，伴随前后七子的相继崛起，诸子对于唐诗尤其是盛唐诗歌经典化建设的投入，加剧了宋元诗歌尤其是宋诗的边缘化。而明代后期成为冲击七子派诗文宗尚统绪的显著标志之一，则表现在对于宋诗乃至元诗价值的重新审辨。如自称"不喜为近代七子诗"的袁中道，尽管声明"诗以三唐为的，舍唐人而别学诗，皆外道也"④，并且表示"诗莫盛于唐，一出唐人之

---

① 《学古绪言》卷二十四。
② 《叙竹林集》，《袁宏道集笺校》卷十八，中册，第 700 页。
③ 《雪涛阁集序》，《袁宏道集笺校》卷十八，中册，第 710 页。
④ 《蔡不瑕诗序》，钱伯城点校《珂雪斋集》卷十，上册，第 458 页，上海古籍出版社 1989 年版。

手,则览之有色,扣之有声,而嗅之若有香","后来宋元诸君子,其才情之所独至,为词为曲,使唐人降格为之,未必能过。而至于诗,则不能无让",即仍大力标示唐诗在古典诗歌系统中的重要价值及典范意义,但同时又认为,宋元之作"取裁肸臆,受法性灵,意动而鸣,意止而寂。即不得与唐争盛,而其精采不可磨灭之处,自当与唐并存于天地之间"①,则似乎有意要为宋元诗歌进行重新定位。对比起来,袁宏道则直言:"世人喜唐,仆则曰唐无诗;世人喜秦、汉,仆则曰秦、汉无文;世人卑宋黜元,仆则曰诗文在宋、元诸大家。"②乃又刻意与世人之习相悖,反逆"近代文人"所倡"复古之说"的意图更显强烈。关于公安派袁宏道等人的诗学思想,将在后面章节展开具体讨论,这里暂不详述。举以上例子,仅用以诠证此际文人有意区隔七子派诸子所为而重新审辨宋诗乃至元诗价值之一端。实际上,这种重审宋诗乃至元诗价值的态度,也间见于七子派后期阶段的一些成员,如前面讨论到的"后五子"之一的汪道昆和"末五子"之一的李维桢,均曾在淡化诗歌审美价值的时代性差异的基础上,指述宋诗乃至元诗的价值和意义。这说明七子派阵营内部在诗学问题上也出现某些分异,不同程度地因应了明代后期诗文领域观念意识所呈现的异动趋势。

特别是鉴于对宋代诗歌重新进行价值定位,加上晚明以降逐渐升温的"崇尚苏学"③的背景,如上为程嘉燧、娄坚等人所推重而作为有宋一代大家的苏轼诗歌,这一时期以来也受到诗坛的格外关注和重视。与苏文如其自评若"万斛泉源,不择地皆可出","常行于所当行,常止于不可不止"④,行文自然恣肆而历来多为人推重不同,苏诗则以其好"议论"、"用事"或受訾议。早者如宋人张戒《岁寒堂诗话》即指出,"子瞻以议论作诗,鲁直又专以补缀奇字,学者未得其所长,而先得其所短,诗人之意扫地矣","苏、黄用事押韵之工,至矣尽矣,然究其实,乃诗人中一害,使后生只知用事押韵之为诗,而不知咏物之为工,言志之为本也,风雅自此扫地矣",故认为"自汉魏以来,诗妙于子建,成于李、杜,而坏于苏、黄"⑤,其贬抑苏、黄已是不遗余力,并由此视之为导致诗风变异衰劣的肇始

---

① 《宋元诗序》,《珂雪斋集》卷十一,中册,第497页至498页。
② 《张幼于》,《袁宏道集笺校》卷十一,上册,第501页。
③ 焦竑《刻苏长公外集序》,《焦氏澹园续集》卷一,《续修四库全书》影印明万历三十九(1611)朱汝鳌刻本,第1364册。
④ 苏轼《自评文》,孔凡礼点校《苏轼文集》卷六十六,第5册,第2069页,中华书局1986年版。
⑤ 《岁寒堂诗话》卷上,《历代诗话续编》,上册,第452页、455页。

者。继后的严羽则又对苏、黄诗风大加指责,认为"至东坡、山谷始自出己意以为诗,唐人之风变矣",直斥苏轼诗风导致的"殆以骂詈为诗"①的影响效应。在七子派诸子中,出于反宋诗的基本立场,对苏轼也不乏质疑之词,除了王世贞直指苏诗间有"太切"之弊,②入列"末五子"的胡应麟,在梳理宋初以来诗歌演变轨迹时,也得出了宋诗"至坡老、涪翁,乃大坏不复可理"③的结论,指摘"苏、黄初亦学唐,但失之耳。眉山学刘、白,得其轻浅而不得其流畅,又时杂以论宗,填以故实"④。晚明以降,随着宋诗更多进入士人的阅读视野,对于苏诗的认知也在发生明显的转向,邹迪光曾对比万历年间诗坛风气的前后变化,揭示万历初年"必李、何、王、李而后为诗,不李、何、王、李非诗也",至三十年以后出现"必子瞻而后为诗,不子瞻非诗也"的变易迹象;⑤至于如陶望龄在指斥"时贤未曾读书,读亦不识,乃大言宋无诗,何异梦语"的同时,极力推崇苏诗,自言"初读苏诗,以为少陵之后一人而已;再读,更谓过之"⑥,称赏其"贯穴万卷,妙有鑪冶,用之盈牍,而韵致愈饶"⑦,则更是在当时"崇尚苏学"背景下针对苏诗作出的一种极端评价。⑧

综上,从徐学谟到"嘉定四先生",可以明显见出他们之间诗学立场存在的某些差异,其中最为突出的,则表现在有关诗歌的宗尚目标的认知上。二者之间的差异性,反映出来的乃是他们面向明代中叶以来趋于高涨的复古思潮的不同态度。这就是,或在总体上认可七子派诸子引导的学古方向,但又质疑他们采取的学古方式;或自觉和诸子的复古意识相区隔,重新分辨古典诗歌的价值

---

① 《沧浪诗话校释·诗辨》,第26页。

② 参见本书第十六章第一节所论。

③ 《诗薮·外编》卷五《宋》,第209页。

④ 《诗薮·外编》卷五《宋》,第214页。

⑤ 邹迪光《王懋中先生诗集序》:"今上万历之初年,世人谭诗必曰李、何,又曰王、李,必李、何、王、李而后为诗,不李、何、王、李非诗也。又谓此四家者,其源出于青莲、少陵氏,则又曰李、杜,必李、杜而后为诗,不李、杜非诗也。自李、杜而上……无暇数十百家,悉置不问,而仅津津于少陵、青莲、献吉、仲默、元美、于鳞六人,此何说也? 少陵、青莲笼挫百氏,包络众汇,以两家尽诗则可。李、何、王、李有专至而无全造,以四家尽诗可乎? 三十年中,人持此说,瞽然横行,如梦未醒。近稍稍觉悟矣,而又有为英雄欺人者,跳汉唐而之宋曰苏子瞻,必子瞻而后为诗,不子瞻非诗也。夫长公言语妙天下,其为文章吾不敢轻訾,至于诗,全是宋人窠臼,而欲以子瞻尽诗,可乎? 后进之士惑溺其说,狂趋乱走,劝逾矩嬎,以是求诗,诗乌得不日远? "(《调象庵稿》卷二十七,《四库全书存目丛书》影印明万历刻本,集部第159册。)

⑥ 《与袁六休》,《歇庵集》卷十五,《明代论著丛刊》影印明万历刻本,台湾伟文图书出版社有限公司1976年版。

⑦ 《及幼草序》,《歇庵集》卷三。

⑧ 参见拙文《苏轼诗文与晚明士人的精神归向及文学旨趣》,《文学遗产》2014年第4期。

和意义,扩张甚至变通其诗歌宗尚的目标。这些不同的迹象,多少彰显了以徐学谟和"嘉定四先生"为代表的嘉定文人群体,与明代后期诗文领域检视复古话语系统、呈示变化趋势保持某种同步的姿态,汇入明代后期诗坛逐渐形成的演变格局之中。

第三节　价值论与审美观

在另一个层面,考察徐学谟和"嘉定四先生"的诗学思想,还应当注意他们涉及诗歌价值功能和审美特征的相关诉求。首先,从徐氏和四先生关于诗歌价值功能的认知态度来看,其中使人能够明晰觉察出的,乃是一种强烈的实用意识。

以徐学谟而言,他在《刻庚申稿序》中即指出:"夫古诗《三百篇》尚矣,而要以关政理、系风谣俗变之大者为至。诸侯王无所事事于其土,其为诗多自叙其园池亭馆之胜,歌钟粉黛之侈,与其斗鸡跃马、击球弹剑之雄,大都无概于民生之休戚。夫苟无概于民生之休戚,此与飘风好音何异?故古今诸侯王诗自陈思而后,鲜有传者。"观徐学谟以上所言,一方面,对于《诗经》经典意义的诠释,其基本循沿传统诗学突出《诗经》政教伦理功能的这一路解说系统,也就是主要着意于所谓"关政理、系风谣俗变之大者";另一方面,则以古今诸侯王诗作比较,指述它们多因为脱离《诗经》的宗旨,倾向声色犬马之好的表现,故而趋于没落,由此说明诗歌所担负的政教伦理功能对于维系其传世价值意义的重要性。与此相关,徐学谟在《蕲水集序》中也指责建安后诸侯王诗,以为其多为"齐梁间语",认定"自古诸侯王名能诗者,自建安后,莫盛于齐梁间,然绮丽靡曼之习比于淫矣"[①]。若比照前序,其矛头则直指那些诸侯王徒为绮靡之词,无关乎"政理"、"谣俗",无感于"民生之休戚"。在这个问题上,徐学谟《冯咸父诗序》的陈述又同样值得留意:

　　昔仲尼删《诗》,历商、周之际,下上无虑数百年,而《诗》之存者仅三百篇,何其少也。然又不著其诗之所由作与作者之人,岂其有所缺佚哉?乃

---

① 以上见《徐氏海隅集》文编卷五,《四库全书存目丛书》,集部第124册。

说《诗》者因而补缀小序,谓某诗为某事作,而作之者谓为某人,已属传疑。至紫阳氏,又从而辩证之,断断然若窥寐孔子而得之于面承者,似皆固于为诗也。圣人采诗,第不过取其不诡于性情之正,而有关于谣俗之大者,以其依咏和声,可被之管弦,使闻之者知所惩,感而兴,以必为善而不为恶,如是而已矣,又奚问其作者之人与其所由作也。

此序所述说的,尽管举引孔子删《诗》而"不著其诗之所由作与作者之人"的案例,主要还在于证辩"诗之存矣,名于何有"①的问题,然与此同时,作者则意在通过这一经典案例,明确阐发孔子"不诡于性情之正,而有关于谣俗之大者"这样一种删《诗》之大旨,并且表彰关涉于此的劝善惩恶的接受效果。不得不指出,徐学谟特别标举作为经典文本的《诗经》,进而确认诗歌"关政理、系风谣俗变之大者"的特定作用,因其大体承沿传统诗学基于实用理念所指引的针对《诗经》的诠解路数,无异于世人论诗之常谈,实在说不上有多少个人的卓异之见。不过,这毫不影响我们对他相关主张的辨认,因为从另一角度看,它格外清晰地表达了作者本人对于诗歌价值功能的理解。

再观"嘉定四先生",这种注重实用的论诗主张,同样间见于他们的各类著论,也多少可以看出他们对诗歌价值功能的重视程度。唐时升《诗亡然后春秋作论》云:"三代之民,生而闻庠序之教,长而见仁义之习,道德一而风俗同,善善恶恶之辨,昭昭若黑白矣。是故闻人之善,不待其夸炫而好之,若听金石之音也;闻人之不善,不待其深切而恶之,若中荼董之味也。于是诗之教兴焉。何以知之?于《诗》而知之也。夫《诗》言圣君贤后、良臣志士之美,未尝为矜大扬栩之词也。其旨暇,其言文,圣人以为是足以使人慨然翻然思企之矣;言君臣、父子、夫妇、兄弟之变,未尝为愤懑恨恕之词也,微而讽,宛而深,圣人以为是足以使人愀然怆然惩创之矣。"撮其大要,这实际上不仅是在诠解诗教之兴的缘由,也是在阐说诗教对于"惩创"人心的重要意义,强调《诗经》这部经典文本所产生的美刺风戒的示范作用。另外,唐时升在解释《孟子·离娄章句下》"王者之迹熄而《诗》亡,《诗》亡然后《春秋》作"这一断论中的"《诗》亡"之义时指出:"《诗》亡者,言三代教化之衰,而民失其善善恶恶之心,《诗》之微词隐旨不足以移风易俗

———————
① 《归有园稿》文编卷二,《四库全书存目丛书》,集部第 125 册。

也。"这是说，礼义教化之道的衰落，使得天下之民丧失是非善恶之心，即所谓"礼义之教衰，廉耻之道绝，天下之人各恣其私，而懵然不知是非善恶之所在"，导致《诗经》干预社会政治的政教伦理功能随之下降，即所谓"吁嗟咏叹之间，美者不足以为劝，刺者不足以为惩"①。对于"《诗》亡"之义的如此解释，从另一个角度表明，作者显然还是出于美刺风戒的要求，去看待《诗经》的价值功能之所在。而如娄坚，则在《胡明府长安诗草题辞》中提出："夫诵诗可以达于政，得意可以忘于言。故不适当世之用者，佔毕徒勤，无当于诵也；不窥作者之指者，属词徒工，无当于诗也。"②品此所论，其着重申述的是诗歌适于当世之用的特殊价值，强调不可为徒工无益之词。程嘉燧《题子柔杂怀诗卷后》评娄坚五言律诗《杂怀诗》三十篇，则揭示"其中多指切时事，识深而虑远，盖其心若恻然，有所不得已而形于咏叹"，又说"余谓自古感遇讽刺之作多矣，至以律诗含讽谕，剀切忠厚，未有若子柔诸诗也"③。他的《钱牧斋初学集序》品论契友钱谦益所作，以为"怨而不怼，忧而不慑，得风人讽谕之致，而不失温柔忠厚之意"④。这些评述的基准，明确指向诗歌寓托讽旨意或"指切时事"的这种"讽谕"作用。

　　进一步观之，徐学谟和"嘉定四先生"关于诗歌价值功能的认知态度，特别以其根柢传统诗学的实用理念，凸显出的实是他们所倾向的一种厚朴而务实、谨重而守正的文学立场。究其所以，接受朴实和谨正的地域人文气习的铸冶，不能不说是根本原因之一。嘉定地处"僻绝"，素尚"朴茂"之习，兼重古昔之学，是以"四方声华势利之习无由入其境"⑤，"其人士多能通经学古，不汩没于俗学"⑥。相对封闭的地域环境和深受传统濡染的人文氛围，在相当程度上造就了这一地区尚朴学、敦名行、重道德的学风和习尚。娄坚《王常宗先生小传》即云："嘉定僻在海滨，其俗敦朴近厚，虽嗜古勤学之士，不后于旁郡邑，而其人率不骛于名，故世鲜有知者。然学有本原，或熟于典章，或深于盛衰得失之故，往往不同于剽剥之学。"⑦唐时升《金伯谦先生诗序》则谓"余邑在沧海之滨，其士风清嘉

① 《三易集》卷七，《明代论著丛刊》影印明崇祯刻本，台湾伟文图书出版社有限公司1977年版。
② 《学古绪言》卷二十四。
③ 《松圆偈庵集》卷上，《续修四库全书》影印明崇祯刻本，第1385册。
④ 《耦耕堂集》文卷上。
⑤ 徐学谟《嘉定县重给学田记》，《徐氏海隅集》文编卷九，《四库全书存目丛书》，集部第124册。
⑥ 钱谦益《黄蕴生制义序》，《牧斋杂著·牧斋有学集文钞补遗》，上册，第439页。
⑦ 《学古绪言》卷四。

而好古",且描述"正、嘉之际"该地区诸士的为学特点,"皆博洽经史,乃其馀力出为词赋,而又不能造请四方游大人以成名,独从事于朴学"①。钱谦益《金尔宗诒翼堂诗草序》述及明代后期嘉定之学风与士习,亦曰:"嘉定为吴下邑,僻处东海,其地多老师宿儒,出于归太仆之门,传习其绪论。其士大夫相与课《诗》、《书》,敦名行,父兄之训诲,师友之提命,咸以谫闻寡学、叛道背德为可耻。"②从诸如此类的记录和述说来看,重以朴实和谨正相砥砺,本是嘉定地区之地域色彩浓厚的人文传统,当我们去追究徐学谟和"嘉定四先生"诗学实用意识之所源,不能不考虑这种地域人文传统的特定影响。

再考察徐学谟和"嘉定四先生"的诗歌审美趣向。先来看徐氏的有关论述,他为张居正之父张文明所撰《东书堂吟稿序》云:

> 间读其吟卷,冲逸古雅,视向时所得,益闳以肆,则为之叹曰:语云诗穷而后工,盖自昔羁臣怨士憔悴无聊,负其郁积,无由解脱,则冯藉声歌,镂章琢句,震撼跌荡,不至于刿心而骇听不已也,岂非势迫之然与?公为时鼎臣,其身之所履与其志意之所适,宜无碨磊不平之感,如羁臣怨士必假之诗而后鸣。乃研词丽藻,顾独工于穷人之所为,此何说哉?今夫风遇窍而号,入丛而咢,经谷而啸,匪是则不鸣。此其小者也。若夫弸发于土囊之口,而震荡于沉寥之中,霍然而生,霍然而止者,夫谁轧之而使然乎?今夫水或潏于砯,或迸于穴,或梗咽于窦,匪是则不鸣。此其小者也。若夫江汉之奔嗷,潮汐之下上,雷轰而霆怒者,夫谁激之而使然乎?古之以穷名者,莫如唐之郊、岛,其镂章琢句,殚一生之力,靡遗巧矣,然踽踽骪琐,至令其身若无所容,岂穷人之所为宜尔哉?学固有识其大者。张曲江尝为开元太平宰相,今掩卷而绎其诗,冲逸古雅,即身都富贵而平情导和,独偹然于埃壒之表,譬之大块之噫气,巨浸之洪流,何假于轧激而始鸣乎?读公之诗,夫乃类是。③

据其所述,相较于传统羁臣怨士那些"镂章琢句,震撼跌荡"的所谓"刿心而骇听"之作,一种淡远超俗、古朴典雅而本于"平情导和"之性怀的所谓"冲逸古雅"

---

① 《三易集》卷九。
② 《牧斋有学集》卷十七,中册,第775页。
③ 《徐氏海隅集》文编卷五,《四库全书存目丛书》,集部第124册。

的抒写风格,更多受到作者的青睐。在这方面,徐学谟其他的相关论评也透露了一二。如其《徐白谷先生集叙》称徐氏"大都其诗冲宛典丽,类韦又类杜",《华仪部集序》谓华氏"古诗澹远,追轶陶、谢"①。所持的鉴评基准,大体未脱作者所推尚的"冲逸古雅"一路的诗风。需要指出的是,徐学谟对"冲逸古雅"诗风的特别推重,其中重要的一点,关乎他对"温厚和平"之诗教传统的恪守。这在他的《刻宋布衣集序》一文中交代得较为清楚,如曰:"诗之教要于温厚和平,凡以正得失、感鬼神、动天地,皆是物也。仲尼删《诗》,悉取十三国之《风》而陈之,独《秦风》悍急耳,说者以为雍州之人尚气概,先勇力,忘生轻死,《驷骥》《小戎》盖存其俗也。乃《蒹葭》三章,又未尝不婉而致矣,宁独矜其'猃歇'、'驷骊'、'舍拔'、'同仇'之雄已哉?"从这一基本的诗教传统理路出发,他又论及杜甫诗歌及李梦阳等人学杜的风气:"唐人律诗,原本于温厚和平,惟少陵刻意险峻,往往化臭腐为神奇,视蓝田诸家已别为宗派,固秦声之滥觞矣。至明兴,弘治间北郡崛起,思厉颓靡,则又尽剿杜词,凌压当世,轩轩然其招八州朝同列之侈心乎? 夫要眇之音希合,而悍急之气易扬,有以张之,势弥竞耳。"在徐学谟看来,杜甫"其为秦人也者,而为秦声可也",更何况杜诗"往往化臭腐为神奇",但李梦阳等人学杜,情形完全不同,特别是其作法"欲驱一世而尽为秦声"则不可取,这是由于后者所为呈露一种"悍急之气",表现在"得于快意而失于平情"。对此,他则指出:"夫诗必于快意而不必于平情,则秦声吾无间然矣。如必于平情而不必于快意,则仲尼所谓可兴、可观、可群、可怨,正得失、感鬼神、动天地者,要自有在,未可举一而废百也。"②概括起来,徐学谟尚"平情"而忌"快意"的诗学取向,主要还是从"温厚和平"的旨意中演绎出来的。如果换个角度看,青睐"冲逸古雅"的诗风,其实代表着徐学谟对于一种人格修持境界的标立,以上"平情导和,独徜然于埃壒之表",犹如"大块之噫气,巨浸之洪流"云云,说的正是这一层意思,其所指向的是一种冲和容与、雅正不俗、洒落大气的人格之特征。如此,诗歌的美学品质和诗人的人格修养被有机地联系在一起。

　　在诗歌的审美趣向上,"嘉定四先生"又大多重淡朴,尚典雅,总体上呈现和徐学谟较为接近的立场。如果说,与徐氏相比较还有某些不同的话,那么,这种

---

① 以上见《徐氏海隅集》文编卷六,《四库全书存目丛书》,集部第 124 册。
② 《徐氏海隅集》文编卷五,《四库全书存目丛书》,集部第 124 册。

不同主要表现为他们的诗学立场蕴含完善自我人格的强烈诉求。如李流芳《蔬斋诗序》谓"求工于诗者,固求达其性情而已矣",至于如何达其性情,他称诗人"生于山水之乡,有园庐、仆妾、舟车、琴酒、书画、玩好之具可以为乐,而终日袖手而哦,其乐之殆似有过于他好者。此必以为性情之物,不得已而出之,而非徒求工以为名高者也",故以为此"有诗之性情者也"①。他所列举的诗人诸类"可以为乐"的"性情之物",其中包括园庐、琴酒、书画等,赋予性情以一种恬淡之怀,一份闲雅之致。而如娄坚,他的《胡明府长安诗草题辞》则称说诗友胡氏,"年甫壮盛,所自期甚远,其于一时之得失,盖已轻矣,感时抚事,而自托于登高能赋。非明发之怀,则急难之情也;非寓言于静好,则起兴于嘤鸣也。至其它流连光景之词,皆可想见,胸次之超然,非苟而已也",赏叹其"能以翰墨之清丽,写性情之悠邈"②。可见,他更为看重的是作者流溢在诗中的超旷淡远的襟怀,这当中也折射出娄氏本人的诗歌审美旨趣。明白了这一点,则可以理解他为何对平淡超逸的陶诗格外钟意:"陶诗所以妙绝古今,正在胸中超然,非闻道者,决不能为此语也。区区以文字求之,抑末矣。"③归根到底,陶诗"胸中超然"的人格修持境界为他所深度认可,被当作"妙绝古今"的主要判断依据。又如唐时升,他序友人王衡诗集云:"然读其诗,亦足以想见其人,超然埃壒之表,云车飚轮,呼吸元气,与天际真人逍遥八极,而世所谓芬华秾艳,不得入其中也。"④他之所以表彰对方诗以见人的特点,关键是将诗友冲淡素朴的抒写风格与其为人联系在一起。毫无疑问,这既推重其诗,也称赏其为人。至于唐时升的诗风,有人概括为"淡不失真,巧不落格"⑤,特别是他的五言古诗被称为"高闲远澹"⑥,而其中最有代表性的当属他的多首《和陶诗》,⑦作者声称或"词意平雅,叙致遒健,渊明见之,必谓获我心也"⑧,自视甚高,乃至于引陶渊明为同道,以为能和陶诗之趣相比肩,当然,这也可以窥见其风格取向之一端。

---

① 《檀园集》卷七。
② 《学古绪言》卷二十四。
③ 《题手书陶诗册子后》,《学古绪言》卷二十五。
④ 《王辰玉诗集序》,《三易集》卷九。
⑤ 王锡爵序,《三易集》卷首。
⑥ 王衡序,《三易集》卷首。
⑦ 收录在《三易集》卷一五言古诗中就有《和归田园居六首》《和饮酒二十首》《和拟古九首》《和杂诗十一首》《和斜川游》《和形影神三首》《和九日闲居》《和庚子岁五月中从都还阻风规林二首》《和赴假还江陵》《和六月中遇火》等。
⑧ 《和陶诗·和归田园居六首》序,《三易集》卷一。

　　说起来,"嘉定四先生"生平所走的并非完全是一条传统士人的功名进取之道,其或谢去举业,或科举不利,绝意仕进,遂孜孜于读书学道,淡荡求适,重以节行相砥砺,通于当世之务,而又疏于世俗之情。如唐时升"少有异才,未三十谢去举子业,读书汲古"①,"平居意思豁然,独好古人奇节伟行与夫古今谋臣策士之略。当其讨论成败兴亡之故,神气扬扬,若身在其间。至于词人绮靡之作,读未终篇辄掩卷弃去,盖其意不欲以诗人自名者也"②。娄坚"经明行修,学者推为大师。五十贡于春官,不仕而归"③,为人"敦好古义,施于文辞,能不志于世之汲汲者,而犹置力于己"④,"平生恬于荣利,恶衣菲食,而好求当世之务。晚既逃于寂矣,其忧天悯人之意,老而逾至"⑤。程嘉燧"少学制科不成,去学击剑,又不成,乃折节读书。刻意为歌诗,三十而诗大就",而又"以为学古人之诗,不当但学其诗,知古人之为人,而后其诗可得而学也"⑥。至于被钱谦益称为"风流儒雅"的李流芳,"少有高世之志",万历三十四年(1606)举乡试后,再上公车不第,"自是绝意进取,誓毕其馀年暇日以读书养母,谓人世不可把玩,将刿心息影,精研其所学于云栖者,以求正定之法"⑦。其为人"乐易淡荡,恬于荣进,而急于君亲。疏于势利,而笃于朋友。浅于世故,而深于文字禅悦"⑧。统合起来看,在某种意义上,"嘉定四先生"以淡朴典雅诗风相重的诗学旨趣,也正凝合了他们高特绝俗、笃于修厉、恬于荣进的一种人格涵养。

　　概言之,综观徐学谟和"嘉定四先生"的诗歌审美趣向,不论是缘于对"温厚和平"诗教传统的执持,还是基于对淡和雅正人格的企求,可以看出的一点是,他们生平孤高超俗的姿态交织着朴素守正的立场,这从另一角度折射出明代后期嘉定文人群体诗学思想之特征。若加究讨,这一特征实有所本,在很大程度上,应归根于嘉定地区尚朴学、敦名行、重道德的地域人文传统,二者的关联难以分割。这也使人看到了以徐学谟和"嘉定四先生"为代表的该地区文人群体,在其诗学观念上持守根植深厚而同时显得相对保守的地域人文传统的一面。

---

　　①《列朝诗集小传》丁集下《唐处士时升》,下册,第 579 页。
　　②程嘉燧《唐叔达咏物诗序》,《松圆偈庵集》卷上。
　　③《列朝诗集小传》丁集下《娄贡士坚》,下册,第 581 页。
　　④程嘉燧《娄翁望洋先生寿序》,《松圆偈庵集》卷上。
　　⑤程嘉燧《题子柔杂怀诗卷后》,《松圆偈庵集》卷上。
　　⑥《列朝诗集小传》丁集下《松圆诗老程嘉燧》,下册,第 576 页。
　　⑦钱谦益《李长蘅墓志铭》,《牧斋初学集》卷五十四,中册,第 1349 页。
　　⑧钱谦益《尹孔昭墓志铭》,《牧斋有学集》卷三十一,下册,第 1125 页。

第十九章　公安派诗学创变
求异的特征

　　以袁宏道等人为代表的公安派在晚明文坛的崛起,常被研究者视为赋予明代文学以新时代意义的一个重要标志。[①]而他们所提出的一系列文学诉求及开展的文学实践,则成为明代文学史与明代文学思想史研究的重点对象之一。公安派除了人们所熟悉的袁氏三兄弟之外,尚有如江盈科、陶望龄、黄辉等从中起着协力作用的羽翼之士。[②]从诗学领域观之,特别是公安袁宏道、袁中道兄弟及其羽翼多有申诉,反映了他们对相关问题的高度关注。梳理这些申诉,其中既有彼此相同或相似的认知,又有各自不同的见解。这需要我们在诗学思想的层面不仅应放眼公安派诸士的一般共识,而且应注意他们互相之间态度的各类差异,以更全面和客观地审视公安派诗学思想立体之呈现以及复杂之构成。总体上,公安派诸士以呼喊创变求异的口号受到世人的关注,作为一种基本的理念和一项应对的策略,他们对于此前七子派的复古作业及其波及的影响不乏批评或攻讦,展示了处在后复古时代的晚明文坛面向流行的复古思潮而激发的反省意识和变革企图。然而,检视公安派诸士的文学立场,又不能将他们对七子派的批评或攻讦与反复古的动机简单地画上等号,尽管他们不以复古作为优先的选项,但并不意味着要和古典传统完全决裂,而是致力于对复古的途径与宗旨加以重新改造和设计,使之更有效地融入自身话语系统的建设,配合创变求异的需要。同时,为了区隔"始为复古之说以胜之"的"近代文人"[③],标示自我的独

---

　　① 参见任访秋《袁中郎研究》,第1页,上海古籍出版社1983年版。
　　② 参见沈维藩《袁宏道年谱》,《中国文学研究》第一辑,江西教育出版社1999年版;易闻晓《公安派的文化阐释》,第311页至368页,齐鲁书社2003年版。
　　③ 袁宏道《雪涛阁集序》,《袁宏道集笺校》卷十八,中册,第710页。

立见识,力争文坛的话语权力,公安派诸士又自觉亮出了超越复古畛域而异于时俗的独特立场,为推行包括诗学在内的文学领域革命性的变更大力呐喊。

第一节　诗歌史的动态观照

以公安派诸士而言,他们从跻身文坛之时起,在审视文人圈的诗文风尚之际,必然面临如何评估先前为七子派所掀揭而流播广泛的复古思潮的问题,因为无论从历史还是从现实的层面来看,这一问题显然无法回避。公安三袁之一的袁宗道曾指出,"唐、虞、三代之文,无不达者。今人读古书,不即通晓,辄谓古文奇奥,今人下笔不宜平易。夫时有古今,语言亦有古今。今人所诧谓奇字奥句,安知非古之街谈巷语耶"?"空同不知,篇篇模拟,亦谓反正。后之文人,遂视为定例,尊若令甲,凡有一语不肖古者,即大怒,骂为野路恶道。不知空同模拟,自一人创之,犹不甚可厌,迨其后以一传百,以讹传讹,愈趋愈下,不足观矣","今之圆领方袍,所以学古人之缀叶蔽皮也;今之五味煎熬,所以学古人之茹毛饮血也。何也?古人之意期于饱口腹,蔽形体。今人之意亦期于饱口腹,蔽形体,未尝异也。彼摘古字句入己著作者,是无异缀皮叶于衣袂之中,投毛血于肴核之内也"。袁宗道的这番议论,大旨在于阐述"时有古今,语言亦有古今"的文辞系统的发展原理,间及李梦阳以及后来追从者的文章作风,尤其将批评的矛头指向那些追从者专注于语言肖古的学古之失。他强调语言"今语异古",正视其在古今不同的时间序列中所呈现的各自形态,实质上突出的是文辞系统动态的变化过程。相应地,它涉及这样的一个问题,既然语言古今有隔,迥然相异,那么今语传袭古语就是一种有违于语言自身规律的不合理做法。因此,他举引历史上的经典文本为例,如谓"《史记》《五帝》、《三王》纪,改古语从今字者甚多:畴改为谁,俾为使,格奸为至奸,厥田厥赋为其田其赋,不可胜记。左氏去古不远,然传中字句,未尝肖《书》也。司马去《左》亦不远,然《史记》句字,亦未尝肖《左》也",力图用以证明"至于今日,逆数前汉,不知几千年远矣,自司马不能同于左氏,而今日乃欲兼同左、马,不亦谬乎"①!

---

① 以上见袁宗道《论文上》,钱伯城标点《白苏斋类集》卷二十,第283页至284页,上海古籍出版社1989年版。

　　当然,袁宗道还在思索另一层面的问题,这就是他勉力为之解释的"学问"、"意见"和"言语"之间构成的主导与从属关系:"有一派学问,则酿出一种意见。有一种意见,则创出一般言语。无意见则虚浮,虚浮则雷同矣。"①根据他的理解,所谓"学问"和"意见",也即体现人之器局和思想的"识"或"器识",此为根本。他在《士先器识而后文艺》中即为之辨析说,"盖其本立,其用自不可秘也","本不立者,何也? 其器诚狭,其识诚卑也。故君子者,口不言文艺,而先植其本",若其本立,"其器若万斛之舟,无所不载也","其识若登泰巅而瞭远,尺寸千里也",等等。所以得出的结论是,"信乎器识文艺,表里相须,而器识狷薄者,即文艺并失之矣。虽然,器识先矣,而识尤要焉。盖识不宏远者,其器必且浮浅;而包罗一世之襟度,固赖有昭晰六合之识见也"②。据此看来,袁宗道基于植树根本的重要性而轻视艺事或文辞的取向是十分明显的。③ 他明确强调体现"识"或"器识"的"学问"、"意见"和"言语"的主从关系,而按照这一阐述的逻辑,"言语"应当从"学问"、"意见"中创出,以后者为建构的重要基础,"学问"、"意见"自以个体而有差异,这就决定了"言语"因人因时而不同。如果仅仅滞留于承沿不变的"言语",自然也即无法传达个体的"学问"、"意见";一味专注于"古语陈句",其本质上属于无"学问"、"意见"或无"识"的表现。所以他批评七子派,"今之文士,浮浮泛泛,原不曾的然做一项学问,叩其胸中,亦茫然不曾具一丝意见,徒见故人有立言不朽之说,又见前辈有能诗能文之名,亦欲搦管伸纸,入此行市;连篇累牍,图人称扬","试将诸公一编,抹去古语陈句,几不免于曳白矣。其可愧如此,而又号于人曰引古词,传今事,谓之属文","然其病源则不在模拟,而在无识。若使胸中的有所见,苞塞于中,将墨不暇研,笔不暇挥,兔起鹘落,犹恐或逸;况有闲力暇晷,引用古人词句耶"④? 至此,实际上袁宗道将文辞系统的变化过程,上升至决定作品之品质优劣的一个重要问题,这一变化过程不仅受制于古今不同的时间序列,并且取决于作者个体的器局和思想,同时被用作审视流行文坛的复古思潮的一把特别标尺。而袁宗道揭出文辞最易成为今人学古的模拟对象的现状,表明了他在学古问题上的态度是极为谨慎的,或者说,学古

---

　　① 《论文下》,《白苏斋类集》卷二十,第 285 页。
　　② 《白苏斋类集》卷七,第 91 页至 93 页。
　　③ 参见易闻晓《公安派的文化阐释》,第 115 页至 120 页。
　　④ 《论文下》,《白苏斋类集》卷二十,第 285 页至 286 页。

在他眼里绝非是优先的选项。这一点,从他序友人丘坦《北游稿》而评其诗当中也有所透露:"其诗非汉、魏人诗,非六朝人诗,亦非唐初盛中晚人诗,而丘长孺氏之诗也。"①袁宗道谈诗之论并不多,不过仅以上面涉及丘诗的品评,已约略可见他于诗歌不以古为尚的基本立场。

面对深受复古思潮冲击的"近代"文坛,袁宏道又不乏富于针对性的评断,他在体现其诗学核心思想而具有标志性意义的《叙小修诗》一文中论及:"盖诗文至近代而卑极矣,文则必欲准于秦、汉,诗则必欲准于盛唐,剿袭模拟,影响步趋,见人有一语不相肖者,则共指以为野狐外道。曾不知文准秦、汉矣,秦、汉人曷尝字字学六经欤?诗准盛唐矣,盛唐人曷尝字字学汉、魏欤?秦、汉而学六经,岂复有秦、汉之文?盛唐而学汉、魏,岂复有盛唐之诗?唯夫代有升降,而法不相沿,各极其变,各穷其趣,所以可贵,原不可以优劣论也。"②七子派倡导复古而用心选择古典资源,其所依赖的理论基础,重点突出了时间序列中不同历史时期的作品时代性的价值差异,他们在声明以秦汉文章和盛唐诗歌为主要习学目标的同时,事实上已为古典诗文的演变历史编制了优劣有别的价值序列,或者说,时间序列和价值序列被视为形成某种对应的关系,而后者除了参照古典诗文变化的历史事实,又更多渗透着他们个人的审美嗜好。比照袁宏道的说法,他则显然反行其道,序言"唯夫代有升降,而法不相沿,各极其变,各穷其趣,所以可贵",既是立论的基础,又是面向"近代"文坛"文则必欲准于秦、汉,诗则必欲准于盛唐"流行风气的一项辩驳原则,涉及如何看待时代污隆兴衰与诗文发展演变的关系问题。

联系时代政治情势和文学表现的观念的形成由来已久,刘勰《文心雕龙·时序》提出"时运交移,质文代变",并解析历代文风如何与时代政治构成密切关联,将此归结为"文变染乎世情,兴废系乎时序"③,无疑颇具代表性。这样的理论表述,其中也不乏以文学表现的盛衰对应时代政治兴替的意味。以明人为例,如刘翔《马学士澹轩文集序》云:"粤自造书契以来,世有升降而文与之俱,宋不唐,唐不汉,汉不春秋、战国,春秋、战国不三代、黄、虞。如老者不可复少,势

①《北游稿小序》,《白苏斋类集》卷十,第136页。
②《袁宏道集笺校》卷四,上册,第188页。
③《文心雕龙注》卷九,下册,第671页至675页。

不得不然也。"①胡应麟《诗薮》则曾对"古今文运"作过如此的概括:"中古之文,始开于夏,至商积久而盛征,至于周而极其盛。近古之文,大盛于汉,至唐盛极而衰兆,至于宋而极其衰。秦,周之馀也,泰极而否,故有焚书之祸。元,宋之闰也,剥极而坤,遂为阳复之机。此古今文运盛衰之大较也。"②而这一判断,多少又和胡应麟"文章关世运"③的基本认知有关。再观袁宏道所论,他虽然表示"代有升降",承认时代政治兴替的历史事实,但并不认为诗文盛衰必然与之相对应,刻意消释二者关联性的用心是明确的,而这一命题的前提则是尊重不同时代"各极其变,各穷其趣"的自主变化及审美习尚。从袁宏道专门对诗歌史的审视来看,乃不可不特别注意他致信友人丘坦而所作的如下陈述:

> 唐自有诗也,不必《选》体也;初、盛、中、晚自有诗也,不必初、盛也。李、杜、王、岑、钱、刘,下迨元、白、卢、郑,各自有诗也,不必李、杜也。赵宋亦然。陈、欧、苏、黄诸人,有一字袭唐者乎?又有一字相袭者乎?至其不能为唐,殆是气运使然,犹唐之不能为《选》,《选》之不能为汉、魏耳。今之君子,乃欲概天下而唐之,又且以不唐病宋。夫既以不唐病宋矣,何不以不《选》病唐,不汉、魏病《选》,不《三百篇》病汉,不结绳鸟迹病《三百篇》耶?果尔,反不如一张白纸,诗灯一派,扫土而尽矣。夫诗之气,一代减一代,故古也厚今也薄。诗之奇之妙之工之无所不极,一代盛一代,故古有不尽之情,今无不写之景。然则古何必高,今何必卑哉?④

从袁宏道的这段陈述当中,我们至少可以读出以下信息:在作者看来,时代政治的兴替不可避免,而且也和诗歌的演变不无关联,因此认为,如宋代诸诗家"不能为唐",乃是"气运使然"。这又和他所谓"世道既变,文亦因之"之类的说法相吻合。尽管诗歌演变的历史显示,时代和诗歌之间的联系无法分割,但并不代表时代政治的兴替必然影响诗歌创作的盛衰,二者之间的关系,并非构成代之升而诗为之高、代之降而诗为之卑的一种紧密对应关系。基于这样的认知,作

---

① 马愉《马学士文集》卷首,《四库全书存目丛书》影印明嘉靖四十一年(1562)迟凤翔刻本,集部第32册。
② 《诗薮·外编》卷一《周汉》,第125页。
③ 《诗薮·内编》卷一《古体上·杂言》,第2页。
④ 《丘长孺》,《袁宏道集笺校》卷六,上册,第284页至285页。

者强烈质疑为七子派所指引的"概天下而唐之"和"以不唐病宋"的专一宗唐的路线,因为此条路线和他不以"气运"来对应唐宋诗歌品级高下的思路相左。这同时带出了一个问题,根据如七子派尊尚唐诗而贬抑宋诗,注重初、盛唐诗而轻视中、晚唐诗的基本路数,诸子分别唐宋诗歌以及初、盛唐与中、晚唐诗之轩轾,其主要凭藉的是可以直接用来参照的理想文本,这就是宋诗以唐诗为参照,中、晚唐诗以初、盛唐诗为参照,由此确认它们在价值序列中何者为高、何者为下的不同位置。应该说,这样对于不同历史时期诗歌的比较,基本上属于一种静态的观照方式,它所凸显的是诗歌史上理想文本绝对的价值优势和示范意义。与之不同,袁宏道以上所采取的则是一种动态的观照方式,它所认可的是不同历史时期诗歌各自的变化个性与审美价值,互相之间并不具有静态的、充分的可比性,从而消解了如唐代诗歌特别是初、盛唐诗在诗歌史上绝对的价值优势和示范意义,淡化了不同历史时期诗歌之间的价值差异,犹如上面所说的"各极其变,各穷其趣,所以可贵,原不可以优劣论也"。需要指出的是,虽然袁宏道对于诗歌史所采取的是一种动态的观照方式,又说"诗之奇之妙之工之无所不极,一代盛一代","古何必高,今何必卑",而这一点,也和他审视其他文体演变历史的态度相一致,如其谈及阅读"古今名人诸赋"的体会,表示"赋体日变,赋心日工,古不可优,后不可劣"①,但也不能据此认定他就是一位薄古厚今的诗歌进化论者。实际上,诸如"古何必高,今何必卑"的判断,并不着眼于古今诗歌的"高""卑"之分,而是基于它们"各极其变,各穷其趣"的自主变化和审美习尚,置其于同一的价值层面来对待,也即如袁宏道所说,各代各家"自有诗也",各有各的特点。从这一点来看,又不能将袁宏道简单归入彻底反复古主义的行列,尽管他不满"始为复古之说以胜之"的"近代文人"②。有关这个问题,后面章节将会论及。

　　围绕诗歌史的话题,袁中道也曾表达他的审视态度,其《崔公超拟十九首小序》云:"《三百篇》之不能不汉魏也,汉魏之不能不六朝也,六朝之不能不三唐也,三唐之不能不宋元也,变化日新,而其气日薄。故气也者,默行于宇宙之间,虽慧人才子,极其力而不能留。"③按此说法,诗歌从一个时代进入另一个时代的发展演变,势在必然,不可操控,这是诗歌史呈现的基本形态。其中所谓"变化

---

① 以上见《江进之》,《袁宏道集笺校》卷十一,上册,第515页。
② 袁宏道《雪涛阁集序》,《袁宏道集笺校》卷十八,中册,第710页。
③ 《珂雪斋集》卷十,上册,第467页。

日新"、"其气日薄",接近袁宏道"夫诗之气,一代减一代"、"诗之奇之妙之工之无所不极,一代盛一代"的说法,示意诗歌历史不断变化的运动属性。至于如何解释诗歌历史的变化动因,袁中道也重点引出了"气运"的因素,他在《宋元诗序》一文中即提出:

> 诗莫盛于唐,一出唐人之手,则览之有色,扣之有声,而嗅之若有香。相去千馀年之久,常如发硎之刃,新披之萼。后来宋元诸君子,其才情之所独至,为词为曲,使唐人降格为之,未必能过。而至于诗,则不能无让。如常建《破山寺》"竹径通幽处,禅房花木深"之句,欧公自谓终身拟之不能肖。子瞻乃谓公厌粱肉而嗜螺蛤,非也。文章关乎气运,如此等语,非谓才不如,学不如,直为气运所限,不能强同。故夫汉魏之不《三百篇》也,唐之不汉魏也,与宋元之不唐也,岂人力哉!

如上述,袁宏道虽也承认时代和诗歌之间的联系无法分割,并作出宋代诸诗家"不能为唐",为"气运使然"的判断,但并未因此强调时代政治的兴替必然关乎诗歌创作的盛衰。再仔细体味袁中道"文章关乎气运"的意思,则感觉其尚未完全超脱以文学表现的盛衰对应时代政治的兴替这样一种习惯思路。所以他会认为,相对于唐诗,宋元诗"不能无让",乃至于觉得,具体到如宋人欧阳修自谓难拟唐人常建五律《题破山寺后禅院》"竹径通幽处,禅房花木深"这样富有意趣的诗句,其与诗人自身的资性和修养没有必然关系,而是"直为气运所限,不能强同",或者说,"气运"是造成唐和宋元诗歌价值差异的重要因素。对比起来,这已和袁宏道的看法有所不同。然在另一方面,袁中道又未将"气运"影响下的诗歌时代性的价值差异绝对化。在他看来,诚然宋元诗相较于唐诗"不能无让",但这并不能成为鄙弃它们的正当理由,宋元诗处于有唐之后特定的创作境域,激发另辟蹊径的求变意识,即它们"承三唐之后,殚工极巧,天地之英华,几泄尽无馀。为诗者处穷而必变之地,宁各出手眼,各为机局,以达其意所欲言,终不肯雷同剿袭,拾他人残唾,死前人语下。于是乎情穷而遂无所不写,景穷而遂无所不收"[1]。这是说,继唐诗之后,宋元诗处"穷"而思"变",于是"各出手眼,

---

① 以上见袁中道《宋元诗序》,《珂雪斋集》卷十一,中册,第497页至498页。

各为机局",极其变化之能事,以图避免"雷同剿袭",颇似袁宏道所说的"各极其变,各穷其趣"。由是而言,这种解释又和宏道的看法比较接近。

总之,袁中道虽以为"气运"对于诗歌创作盛衰的影响是决定性的,但又表示不可无视不同历史时期诗歌的变化个性和审美价值。按此逻辑,古今作品之间不存在绝对的高下相异的界限,正如他在《解脱集序》中所说:"夫文章之道,本无今昔,但精光不磨,自可垂后。唐宋于今,代有宗匠。"①还值得注意的一点是,袁中道对于诗歌史的勾勒,突出了自"作始"至"末流"、又自"末流"至"鼎革"的变革逻辑。他在《阮集之诗序》中提出:"有作始,自宜有末流;有末流,自宜有鼎革。此千古诗人之脉,所以相禅于无穷者也。"②在《花雪赋引》中又声称:"天下无百年不变之文章。有作始,自有末流;有末流,还有作始。其变也,皆若有气行乎其间。创为变者,与受变者,皆不及知。"③当然应该看到,如此对交互更替变革进程的描述,又并非出于某种循环论的观念,而是意在昭示处于不断纠正和更新的动态性的诗歌历史演进趋势。从这一意义上说,它既突出不同历史时期诗歌受制于"气运"而呈现的盛衰各异的客观区别和基本格局,又强调诗歌史更新变革的内在机制和自我动力。这两个方面,在袁中道的诗歌史叙述中同时存在。

第二节 复古与唐宋诗问题

从公安派诸士所谈论的诗歌对象来看,唐宋诗显然是他们较多议及的一个话题,这其中的一个重要原因,则和他们介入七子派及其复古作业的审判有关。我们知道,因为李、何和李、王诸子所指引的诗歌复古的基本路线之一即是宗尚唐诗,同时作为参比对象的宋诗则成为重点受到质疑的目标,于是唐宋诗包括二者的比较问题,一直多为李、何和李、王诸子所讨论。处于后复古时代的公安派诸士,当他们在回视七子派而检察其复古作业及文学影响之际,唐宋诗也自然成为其难以回避的诗学主要问题之一。

---

① 《珂雪斋集》卷九,上册,第452页。
② 《珂雪斋集》卷十,上册,第462页。
③ 《珂雪斋集》卷十,上册,第459页。

　　袁宏道生平自称"论诗多异时轨",故而"世未有好之者"①,以不随时俗之见自守。而他评价唐诗的态度就是突出的一个例子。其《诸大家时文序》说"奴于唐谓之诗,不诗矣"②。致张献翼书札又说"世人喜唐,仆则曰唐无诗","公谓仆诗亦似唐人,此言极是。然要之幼于(张献翼字)所取者,皆仆似唐之诗,非仆得意诗也。夫其似唐者见取,则其不取者断断乎非唐诗可知"③。凡此,似乎要在表达抗拒世人宗唐风气的心志,以示和"始为复古之说以胜之"的"近代文人"④相决裂。不过,仅以此断定袁宏道具有反唐诗的倾向,并不符合袁氏实际所持的诗学立场。事实上,他又曾经表示:"唐人妙处,正在无法耳。如六朝、汉、魏者,唐人既以为不必法,沈、宋、李、杜者,唐之人虽慕之,亦决不肯法,此李唐所以度越千古也。"而他也曾称赞友人张光纪诸诗,"真是唐人风格","方之钱、刘,未知孰为优劣",批评"近时学士大夫,颇讳言诗;有言诗者,又不肯细玩唐、宋人诗,强为大声壮语,千篇一律。须一二贤者极力挽回,始能翻此巢窟"⑤。这应当是他以"古人诗文,各出己见,决不肯从人脚根转"⑥的自我体验和认知,去品评唐诗"无法"的妙境。又他还比较唐人和今人之诗:

　　　　唐人之诗,无论工不工,第取而读之,其色鲜妍,如旦晚脱笔研者。今人之诗即工乎,然句句字字拾人饤饾,才离笔研,已似旧诗矣。夫唐人千岁而新,今人脱手而旧,岂非流自性灵与出自模拟者所从来异乎!⑦

据此判断,唐人之诗"流自性灵"和今人之诗"出自模拟"的各自特点,构成鲜明的对比,其中取舍,不言而喻。不惟如此,袁宏道的诗则被中道察觉出学唐的痕迹,这也印证了人谓其诗"亦似唐人"的看法。袁中道《蔡不瑕诗序》即提到:"昔吾先兄中郎,其诗得唐人之神,新奇似中唐,溪刻处似晚唐,而盛唐之浑含尚未也。"⑧其

　　①《叙梅子马王程稿》,《袁宏道集笺校》卷十八,中册,第 699 页。
　　②《袁宏道集笺校》卷四,上册,第 184 页。
　　③《张幼于》,《袁宏道集笺校》卷十一,上册,第 501 页至 502 页。
　　④ 袁宏道《雪涛阁集序》,《袁宏道集笺校》卷十八,中册,第 710 页。
　　⑤《答张东阿》,《袁宏道集笺校》卷二十一,中册,第 753 页至 754 页。
　　⑥《冯琢庵师》,《袁宏道集笺校》卷二十二,中册,第 781 页。
　　⑦ 江盈科《敝箧集引》,黄仁生辑校《江盈科集·雪涛阁集》卷八,上册,第 398 页,岳麓书社 1997 年版。
　　⑧《珂雪斋集》卷十,上册,第 458 页。

《吴表海先生诗序》又指出:"先兄中郎之诗若文,不取程于世匠,而独抒新意。其实得唐人之神,非另创也。"①还有,尽管袁宏道向张献翼辩解,其所取者"皆仆似唐之诗,非仆得意诗也",力图说明习学唐诗不是他的优先选项和优势所在,但有一点无法否认,这也就是,他原本即关注唐诗并怀有浓厚兴趣,否则很难想象其会激发自觉习学的动力。而所有这些,又与他声称"唐无诗"的近乎偏激的表态颇相扞格。在对待唐诗的问题上,袁中道的意见同样值得注意,他直言"仆束发即知学诗,即不喜为近代七子诗"②,此和袁宏道厌薄以七子派为代表的"近代文人"③之所为的态度未有根本性的区别,然而这丝毫未减弱他大力推崇唐诗的热情。如他认为,"诗以三唐为的,舍唐人而别学诗,皆外道也",还曾指点"亦知学诗"的亲属后辈,告诫以习学之要诀:"当熟读汉魏及三唐人诗,然后下笔。切莫率自矜臆,便谓不阡不陌,可以名世也。"④又评人诗"不为法度所缚,不为才情所使,大转在王、孟之间,真盛唐之音也",批评"今之作者,不法唐人,而别求新奇,原属野狐"⑤,又劝导其友"但愿熟看六朝、初盛中唐诗,要令云烟花鸟,灿烂牙颊,乃为妙耳"⑥。这些表明了一个事实,即便声言要和七子派划清界线的袁氏兄弟,客观来说,在宗唐问题上的表态并没有和前者完全不同调。

推察起来,这一点,又牵涉袁氏兄弟对待复古的态度问题。或许正如研究者所指出的,作为文学流派,公安派的骤然得势乃是由于对以复古自命的七子派作出"激烈反动"。⑦ 不过,这并不代表该流派要对复古作出同样的反动。晚明作为一个体现了个性主义的时代,伴随文化语境的调整和改变,面临着思想和知识更新的正面冲击,处在这种情形之下,复古诚然不再成为一种主导性的话语。但是,这种更新又并非以简单摒弃原有思想及知识体系为前提,而是在

---

① 《珂雪斋集》卷十,上册,第465页。与之相关,其《王天根文序》亦述及:"天根与予兄弟,最相知爱,而其好先兄中郎诗文也独甚,逐字丹铅,以自赏适。去年试当城,有二三词客讥诃中郎诗,以为不肖唐者。天根嘿不应,乃取中郎诗之最肖唐者,别抄为一册,及书之笔间,以示诸词客曰:'此类何代人诗?'诸词客曰:'上者盛唐,次亦不失中晚。'于是天根大笑曰:'此即袁中郎诗,诸公以为全不肖唐者也。公等草草一览,见有一二险易语,遂以为中郎病,而其实唐人之神骨者最多,遍读而深入之自见。'诸词客乃始稍稍服焉。"(同上卷,上册,第479页至480页。)

② 《蔡不瑕诗序》,《珂雪斋集》卷十,上册,第458页。

③ 袁宏道《雪涛阁集序》,《袁宏道集笺校》卷十八,中册,第710页。

④ 《蔡不瑕诗序》,《珂雪斋集》卷十,上册,第458页。

⑤ 《答夏濮山》,《珂雪斋集》卷二十五,下册,第1097页。

⑥ 《答秦中罗解元》,《珂雪斋集》卷二十四,下册,第1053页。

⑦ 参见易闻晓《公安派的文化阐释》,第71页。

总体上对七子派提供的文学资产及相应的古典资源重新加以理性的鉴别。① 袁宏道提出"夫复古是已",但指责"近代文人""至以剿袭为复古,句比字拟,务为牵合,弃目前之景,摭腐滥之辞,有才者诎于法,而不敢自伸其才,无之者,拾一二浮泛之语,帮凑成诗"②。其传达的意思是十分明确的,他不满七子派,然并未否定复古本身;他反七子派这些"近代文人"而訾诋他们"以剿袭为复古",不等于自己站到反复古的立场。在他看来,复古作为联系古典传统的行为本身并非不合理,七子派乃是在复古的方式或路径上出了问题,以故难免失误。如此,需要注意到的问题是,如袁宏道这样实际"主张以历史主义者的眼光看待文学,既不贬低过去,也认识到当时复古者的局限"③。在这一"历史主义"的审视眼光中,古典资源的价值并未被完全忽略,事实上也无法被完全忽略,特别是古典诗歌发展至唐代,进入一个前所未有的鼎盛时期,唐诗尤其是盛唐诗歌体制的完熟与创作的繁盛,使它们自宋代以来逐渐在诗歌史上确立了举足轻重的典范地位,奠定了后世宗唐一个根本性的基础。一面警惕七子派的复古得失,一面则难以割裂古典传统,这是造成特别如袁宏道本人在宗唐问题上的态度依违两可甚至相互矛盾的一个重要原因。较为合理的解释是,袁宏道由于不满"近代文人""以剿袭为复古"之所为,刻意反其道而行之,包括公然挑战流行诗坛的宗唐风气,故以为"奴于唐谓之诗,不诗矣"。但在同时,所谓"唐无诗"的表态也未必能够代表袁宏道内心的真实想法,因为实际的问题是,他又无法做到完全漠视唐诗作为诗歌史上典范文本的价值意义,这又使得他在关键性的宗唐问题上难以和七子派完全相切割。

当然,在对唐诗价值的认知上,公安派的一些人士也持有他们自己的看法,和袁宏道的口径并不完全一致。比如袁中道以上指出,"诗以三唐为的,舍唐人而别学诗,皆外道也",这一提法,较之李、何和李、王诸子以盛唐诗歌为中心的宗唐观念,已显然有所不同,其主要是以"三唐"诗取代了盛唐诗的中心地位。袁中道在回顾李、何和李、王诸子的"效唐"所向及其产生的后果时表示:"国初何、李变宋元之习,渐近唐矣。隆、万七子辈亦效唐者也。然倡始者,不效唐诸

① 参见拙文《晚明诗学于复古系统的因应脉络与重构路径》,《文学遗产》2019 年第 3 期。

② 《雪涛阁集序》,《袁宏道集笺校》卷十八,中册,第 710 页。

③ (美)孙康宜、宇文所安主编,刘倩等译《剑桥中国文学史》,下卷,第 106 页,生活·读书·新知三联书店 2013 年版。

家,而效盛唐一二家,若维若颀。外有狭不能收之景,内有郁不能畅之情,迫胁情境,使遏抑不得出,而仅仅矜其縠率,以为必不可逾越。其后浸成格套,真可厌恶。"①袁中道以为七子派"不效唐诸家,而效盛唐一二家,若维若颀"的说法,不免有些夸张,未必完全符合诸子习学唐诗的实际情形,但诸子出于"大历以后弗论"②的基本思路而确立以盛唐诗歌为中心的宗唐系统,则是不可否认的事实。袁中道所訾议的不在于"效唐"行为本身,而在于诸子仅"效盛唐一二家"的习学路径,认为循沿这条路径,势必走向狭仄之境,导致"景""狭"而"情""郁"。很显然,对比七子派的盛唐诗歌中心论,"诗以三唐为的"说衍生出来的一个关键问题,即主要涉及对中、晚唐诗价值的重新认知。袁中道《四牡歌序》得出了"李杜、元白,各有其神,非慧眼不能见,非慧心不能写"③的品鉴结论,又他认为其兄宏道诗"得唐人之神",主要体现在"新奇似中唐,溪刻处似晚唐",这已相对淡化了盛唐诗歌中心论,认可中、晚唐诗的价值所在,和他并重"三唐"的口径相一致。关于中、晚唐诗的问题,公安派羽翼之士江盈科的解说同样不应忽视。江氏字进之,号渌萝,桃源(今属湖南)人。万历二十年(1592)举进士,授长洲令。迁吏部考功主事,历官四川提学佥事。他被袁宏道称作彼此交情"岂复在口舌间哉"④,与袁氏尤为投合。其撰有诗评数则,其中论及中、晚唐诗:

　　本朝论诗,若李崆峒、李于鳞,世谓其有复古之力。然二公者,固有复古之力,亦有泥古之病。彼谓文非秦汉不读,诗非汉魏、六朝、盛唐不看,故事凡出汉以下者,皆不宜引用。噫,何其所见之隘而过于泥古也耶?……故吾以为善作诗者,自汉魏、盛唐之外,必遍究中晚,然后可以穷诗之变;必尽目前所见之物与事,皆能收入篇章,然后可以极诗之妙。若但泥于古而已,即如作早朝诗,千言万语,不过将旌旗、宫殿、柳拂、花迎、金阙、玉阶、晚钟、仙仗左翻右覆。及问之,则曰:"不如此,便不盛唐。"噫,只因"盛唐"二字,把见前诗与见前诗料一笔勾罢。如此而望诗格之新,岂非却步求前之见也欤?⑤

① 《蔡不瑕诗序》,《珂雪斋集》卷十,上册,第458页。
② 王廷相《寄孟望之》,《王氏家藏集》卷二十七。
③ 《珂雪斋集》卷九,上册,第452页。
④ 《哭江进之》序,《袁宏道集笺校》卷三十四,中册,第1091页。
⑤ 《江盈科集·雪涛诗评·用今》,下册,第797页至798页。

　　李长吉赋才奇绝,构思刻苦,观其用字用句,真是呕出心肝。卢玉川任才任性,任笔任意,兼太白之逸,并长吉之怪,为一人者也。诗家如李长吉,不可有二;如卢玉川,不能有二。若王昌龄、刘随州、柳柳州、元、刘、钱、郎诸君子,都做得稳当,各自成家,所以不朽。至于李义山之刻画,杜樊川之匠心,贾浪仙之幽思,均馨殚精神,穷极精巧,方之诸人,更为刮目。

　　白香山诗,不求工,只是好做,然香山自有香山之工,前不照古人样,后不照来者议,意到笔随,景到意随,世间一切都着并包囊括入我诗内。诗之境界,到白公不知开扩多少。①

　　中晚之诗,穷工极变,自非后世可及。②

按照江盈科的解释,"复古"不能等同于"泥古","复古"可,"泥古"不可。所以说如李梦阳、李攀龙等人虽有"复古之力",却有"泥古之病"。以诗而论,其"泥古"则表现为"诗非汉魏、六朝、盛唐不看",阅读和取法范围过于狭窄,诚属"所见之隘",削弱了他们"复古"的功力,实不足取。因此江氏认为,"善作诗者"则不可如此拘滞,"自汉魏、盛唐之外,必遍究中晚",须扩大涉猎的范围,这是用以破除"泥古"而"穷诗之变"的一种针对性方法。当然,这种方法也是针对七子派专注盛唐诗取向作出的一种调整。明白了这一点,就容易理解作者为何评论唐诗而高誉中、晚唐数家,甚至含有刻意抬升其习学价值和历史地位的企图,想来唯有如此,才能揭橥为专注盛唐诗者所遮蔽的中、晚唐诗的优长,才能强化"遍究"它们的合理性。

　　除了唐诗,宋元诗歌尤其是宋诗也是公安派诸士一再谈论的对象,比较他们相关的论评,彼此之间既有共识,也有差别。江盈科曾论"诗文才别":"从古以来,诗有诗人,文有文人。譬如斫琴者不能制笛,刻玉者不能镂金,专擅则独诣,双鹜则两废。"并从诗文异体的角度,解释作者难以"双鹜"的原因:"诗有诗体,文有文体,两不相入。"他循此辨别宋诗,指出"若宋人无诗,非无诗也,盖彼不以诗为诗,而以议论为诗,故为非诗"③。认为宋诗的主要问题出在重以议论为诗,实际上混淆了诗文之体,使诗不成为诗。这也是很多批评宋诗者指摘宋

---

① 以上见《江盈科集·雪涛诗评·评唐》,下册,第 802 页。
② 《江盈科集·雪涛诗评·诗文才别》,下册,第 805 页。
③ 《江盈科集·雪涛诗评·诗文才别》,下册,第 804 页至 805 页。

人作诗之法的关键所在，其论评之旨大致即承严羽批评"近代诸公""以文字为诗，以才学为诗，以议论为诗"①的说法而来。但不同的是，他又注意分辨宋人不同的诗家，指出"若乃欧阳永叔、杨大年、陈后山、黄鲁直、梅圣俞诸人，则皆以诗为诗，安见其非唐耶"②？本于诗文异体的原则，江盈科推尚唐人"以诗为诗"，有着自觉的文体分辨意识，认为"诗自有诗料，着个文章字不得。试看唐人诗句，何一句一字非诗"③？相比起来，宋人"以议论为诗"，混淆不同的文体，自逊一等。但倘若不拘"所见之隘"，宋诗又并非一无可取，各家又不可一概而论，如欧阳、杨、陈、黄、梅诸家"以诗为诗"，即具唐诗之韵。显然，此说不无破除李、何"宋无诗"④断言的意味，只是同时不忘提示宋诗所呈现的混淆诗文之体的问题。

江盈科尽管认可宋人数家能"以诗为诗"，不过其评价宋诗，总体上仍显得谨慎而克制。比较而言，袁宏道标举宋诗则可谓不吝言辞，他在致李贽书札中即提出：

> 欧公文之佳无论，其诗如倾江倒海，直欲伯仲少陵，宇宙间自有此一种奇观，但恨今人为先入恶诗所障难，不能虚心尽读耳。苏公诗高古不如老杜，而超脱变怪过之，有天地来，一人而已。仆尝谓六朝无诗，陶公有诗趣，谢公有诗料，馀子碌碌，无足观者。至李、杜而诗道始大。韩、柳、元、白、欧，诗之圣也；苏，诗之神也。彼谓宋不如唐者，观场之见耳，岂直真知诗何物哉？⑤

据他陈述，总观宋代各诗家，欧阳修、苏轼更显出类拔萃，其诗分别臻于"圣"、"神"之境，并足以推翻"宋不如唐"的世俗之见。他在致梅国桢书札中也专门谈及对欧、苏诗非同一般的阅读感受，"坡公诗文卓绝无论，即欧公诗，亦当与高、岑分昭穆，钱、刘而下，断断乎所不屑"，"苏公诗无一字不佳者。青莲能虚，工部能实；青莲唯一于虚，故目前每有遗景，工部唯一于实，故其诗能人而不能天，能大能化而不能神。苏公之诗，出世入世，粗言细语，总归玄奥，恍惚变怪，无非情

---

① 《沧浪诗话校释·诗辨》，第 26 页。
② 《江盈科集·雪涛诗评·诗文才别》，下册，第 805 页。
③ 《江盈科集·雪涛诗评·当行》，下册，第 822 页。
④ 《潜虬山人记》，《空同先生集》卷四十七；《杂言十首》之五，《大复集》卷三十七。
⑤ 《与李龙湖》，《袁宏道集笺校》卷二十一，中册，第 750 页。

实。盖其才力既高，而学问识见，又迥出二公之上，故宜卓绝千古"①。由是来看，袁宏道显然视欧、苏诗为宋诗的某种代表符号，对它们的特别表彰，则不无以此作为宋诗的杰作进而为宋诗翻案的用意。不过，若认为这些评论代表了袁氏对于宋诗价值的真实判断，则又非尽然。因为我们同时还能看到他对宋诗所作的一些负面评价，如说"宋人诗，长于格而短于韵"②；又说宋人"其敝至以文为诗，流而为理学，流而为歌诀，流而为偈诵，诗之弊又有不可胜言者矣"③。这些针对宋诗的表态，也未必不是出于他真实的阅读体验。确切地说，袁宏道声称"宋不如唐"者为"观场之见"，尤其是极力标榜欧、苏诗，在更大程度上乃鉴于"世人卑宋黜元，仆则曰诗文在宋、元诸大家"④，刻意对抗时俗的意味，要大于对宋元诗歌尤其是宋诗价值的实际认定。⑤

　　如果说，江盈科、袁宏道对待宋诗乃至元诗的态度或谨慎或极端，那么，袁中道有关宋元诗的评论则可谓相对理性，前面引述的他的那篇《宋元诗序》，最集中、明确地表达了其本人的见解。序中提出，对比唐诗，宋元诗"不能无让"，这是为后者作总体的定位，承认二者之间存在时代性的价值差异，这也和袁中道"诗以三唐为的"的说法不相抵牾。与此同时，他又表示，虽"宋元之不唐"，"直为气运所限"，但是"执此遂谓宋元无诗焉，则过矣"，说明假如一概无视宋元诗的价值，又是不够中允的。为此，他着重从两个层面展开解释，首先指出："古人论诗之妙，如水中盐味，色里胶青，言有尽而意无穷者，即唐已代不数人，人不数首。彼其抒情绘景，以远为近，以离为合，妙在含裹，不在披露。其格高，其气浑，其法严。其取材甚俭，其为途甚狭。无论其势不容不变，为中为晚，即李、杜诸公，已不能不旁畅以极其意之所欲言矣，而又何怪乎宋元诸君子欤？"这是说，"言有尽而意无穷"的诗歌艺术要求极为严格，其抒情绘景有着相应的讲究，严

――――――――――
①《答梅客生开府》，《袁宏道集笺校》卷二十一，中册，第 734 页。又袁宏道《雪涛阁集序》云："夫法因于敝而成于过者也。……故诗之道，至晚唐而益小。有宋欧、苏辈出，大变晚习，于物无所不收，于法无所不有，于情无所不畅，于境无所不取，滔滔莽莽，有若江河。今之人徒见宋之不唐法，而不知宋因唐而有法者也。如淡非浓，而浓实因于淡。"（同上书卷十八，中册，第 710 页。）《冯琢庵师》云："宏近日始读李唐及赵宋诸大家诗文，如元、白、欧、苏，与李、杜、班、马，真足雁行，坡公尤不可及，宏谬谓前无作者。而学语之士，乃以诗不唐文不汉病之，何异责南威以脂粉，而唾西施之不能效颦乎？"（同上书卷二十二，中册，第 780 页至 781 页。）其中于欧、苏诗，也表达了类似的看法。
②《答陶石篑》，《袁宏道集笺校》卷二十一，中册，第 743 页。
③《雪涛阁集序》，《袁宏道集笺校》卷十八，中册，第 710 页。
④《张幼于》，《袁宏道集笺校》卷十一，上册，第 501 页。
⑤ 参见拙文《晚明诗学于复古系统的因应脉络与重构路径》，《文学遗产》2019 年第 3 期。

格的要求之下,"取材"之"俭"、"为途"之"狭"不可避免,即使在唐代也已是"代不数人,人不数首",面临不得不选择变化的情势,何况时至宋元,诗歌变化更是势在必然,故而不可苛责"宋元之不唐"。其次以为,宋元"为诗者处穷而必变之地",于是"宁各出手眼,各为机局,以达其意所欲言,终不肯雷同剿袭,拾他人残唾,死前人语下",其间"甚且为迂为拙,为俚为猥,若倒困倾囊而出之,无暇拣择焉者",却能"取裁肹臆,受法性灵,意动而鸣,意止而寂"。这是说,宋元诗人继唐之后为了回避蹈袭前者的路径,宁愿选择"各出手眼,各为机局"的自我变化,因为穷极所有,未作取舍,所以难免瑕疵,但的确又由变化而呈其所长,使其不无可观之处。因此得出的结论是,宋元诗"即不得与唐争鸣,而其精采不可磨灭之处,自当与唐并存于天地之间"。毫无疑问,这是企图为宋元诗给出一个合理的历史定位。循着这一鉴评的思路,作者又对"后来学者"、"近代修词之家"无视宋元的态度不予认同,极力加以反驳:

> 吾观宋元诸君子,其卓然者,才既高,趣又深,于书无所不读。故命意铸词,其发脉也甚远,即古今异调,而不失为可传。后来学者,才短肠俗,束书不观,拾取唐人风云月露皮肤之语,即目无宋元诸人,是可笑也。盖近代修词之家,有创谓不宜读宋元人书者。夫读书者,博采之而精收之,五六百年间,才人慧士,各有独至,取其菁华,皆可发人神智;而概从一笔抹杀,不亦冤甚矣哉![1]

很显然,作者从宋元诗进而联系到宋元文人的才性趣味和知识结构,发掘他们"命意铸词"的内在基础,揭示其作品可以传世的本质因素,用以证明无视宋元书乃至宋元诗的态度缺乏基本的常识与采收的眼界,并且呼应"谓宋元无诗焉,则过矣"的中心论点。质言之,袁中道指出宋诗乃至元诗处穷思变,难掩"无暇拣择"的缺陷,也因此无法与唐诗"争盛",认定二者固有区别,并不完全处在同一价值序列,这一看法体现了其根深蒂固的宗唐理念,只不过与盛唐中心论者有所不同,他明申以"三唐"作为基本目标。在另一层面,袁中道自觉宋元诗不愿复制前代之作,选择"各出手眼,各为机局"的实践路径,以求自我变化,故自

---

[1] 以上见《珂雪斋集》卷十一,中册,第497页至498页。

有"不可磨灭"之"精采",不失与唐诗"并存"之实力,这又是以同情的眼光去打量宋诗乃至元诗的自身价值,如此则和唯唐诗是尊的宗唐立场不能等量齐观。

第三节　"真诗"说的意涵与宗旨

论及公安派的诗学思想,势必会令人想到作为该派标志性口号而尤其为袁宏道所强调的"性灵"说,其《叙小修诗》谓袁中道之作"大都独抒性灵,不拘格套,非从自己胸臆中流出,不肯下笔"①,不仅是针对中道作品所作的评断,而且也是自身文学立场的宣示。关于"性灵"说的意义来源,研究者已作过较为充分的考察,或发掘蕴含其中的佛教思维,或追踪它和阳明心学包括李贽"童心"说的内在联系。② 这些考察对"性灵"说的思维脉络的梳理,都具有一定的裨助,笔者在这方面不作更多述说。

虽然"性灵"说成为公安派的一种标志性口号,但有研究者指出,若深究起来,它又并不是该派重点阐释的核心观念,从公安派诸士的论述来看,"真"才是他们思想与文学围绕的核心所在,也是"性灵"的最终旨归。③ 的确,观袁宏道等人所论,不乏对于"真"这一核心观念的申说,比如:

> 大抵物真则贵,真则我面不能同君面,而况古人之面貌乎?④
>
> 以余诗文视退如,百未当一,而退如过引,若以为同调者,此其气味必有合者也。昔人谓茶与墨有三反,而德实同,余与退如所同者真而已。其为诗异甘苦,其直写性情则一;其为文异雅朴,其不为浮词滥语则一。此余与退如之气类也。⑤
>
> 行世者必真,悦俗者必媚,真久必见,媚久必厌,自然之理也。⑥
>
> 时义虽云小技,要亦有抒自性灵,不由闻见者。……予于此道,亦号深

---

① 《袁宏道集笺校》卷四,上册,第 187 页。
② 如黄卓越《晚明性灵说之佛学渊源》,《文学评论》1995 年第 5 期;左东岭《从良知到性灵——明代性灵文学思想的演变》,《南开学报》1999 年第 6 期;易闻晓《公安派的文化阐释》,第 208 页至 210 页。
③ 参见都轶伦《重审公安派之思想与文学——"真"及其导向阐论》,《文学评论》2019 年第 2 期。
④ 袁宏道《丘长孺》,《袁宏道集笺校》卷六,上册,第 284 页。
⑤ 袁宏道《叙曾太史集》,《袁宏道集笺校》卷三十五,中册,第 1106 页。
⑥ 袁宏道《行素园存稿引》,《袁宏道集笺校》卷五十四,下册,第 1570 页。

入,而不能不心折于元岳,而惟其真耳。……夫有真文章,自有真人品,真
事功。①

　　余观李陵答苏武一书,悲愤激烈,千载而下,读之尚为扼腕。嵇中散
《绝交书》,写出懒慢箕踞之态,至今如亲见其人。盖其情真而境实,揭肺肝
示人,人之见之,无不感动。中郎诸牍,多者数百言,少者数十言,总之自真
情实境流出,与嵇、李下笔,异世同符。②

　　李陵《答苏武书》,情真语真,悲壮激悲。千古而下,令人一读一泪。……
近时李卓吾善看古文字,而乃厌薄嵇中散《绝交》、《养生》二篇,不知何说?
此等文字,终晋之世不多见,即终古亦不多见。彼其情真语真,句句都从肺
肠流出,自然高古,自然绝特,所以难及。③

从以上胪列的材料来看,"真"确实成为公安派诸士为之反复强调的一个重点。
这一核心观念被推行至诗学层面,于是"真诗"作为理想的诗歌创作形态即成为
一种理论诉求。袁宏道《叙小修诗》便提出"真诗"的概念,谓袁中道"尝以贫病
无聊之苦,发之于诗,每每若哭若骂,不胜其哀生失路之感",因是以为"大概情
至之语,自能感人,是谓真诗,可传也"④。江盈科《敝箧集引》载录袁宏道的论诗
之见,其中转述宏道对于"真诗"的定义:"诗何必唐,何必初与盛? 要以出自性
灵者为真诗尔。夫性灵窍于心,寓于境。境所偶触,心能摄之;心所欲吐,腕能
运之。心能摄境,即蝼蚁蜂虿皆足寄兴,不必《雎鸠》、《驺虞》矣;腕能运心,即谐
词谑语皆足观感,不必法言庄什矣。以心摄境,以腕运心,则性灵无不毕达,是
之谓真诗,而何必唐,又何必初与盛之为沾沾!"⑤在这一问题上,江盈科和袁宏
道之间似乎有着更多的共识,他本人曾经一再提出"真诗"的主张,这也成为他
羽翼公安派的有力证据:

　　善论诗者,问其诗之真不真,不问其诗之唐不唐,盛不盛。盖能为真

---

① 袁中道《成元岳文序》,《珂雪斋集》卷十,上册,第482页至483页。
② 江盈科《解脱集二序》,《江盈科集·雪涛阁集》卷八,上册,第405页。
③ 《江盈科集·雪涛诗评·雌黄》,下册,第811页。
④ 《袁宏道集笺校》卷四,上册,第188页。
⑤ 《江盈科集·雪涛阁集》卷八,上册,第398页。

诗,则不求唐,不求盛,而盛唐自不能外。苟非真诗,纵摘取盛唐字句,嵌砌点缀,亦只是诗人中一个窃盗掏摸汉子。①

　　余谓为诗者,专用诗料;为文者,专用文料。如制朝衣,须用锦绮。如制衲衣,须用布帛。各无假借,则其诗不求唐而自唐,盖未有真诗而不唐者。②

　　诗本性情。若系真诗,则一读其诗,而其人性情,入眼便见。③

　　夫为诗者,若系真诗,虽不尽佳,亦必有趣。若出于假,非必不佳,即佳亦自无趣。试观我辈缙绅褒衣博带,纵然貌寝形陋,人必敬之,敬其真也。有优伶于此,貌俊形伟,加之褒衣博带,俨然贵客,而人贱之,贱其假也。④

袁宏道和江盈科如此大力声张"真诗",视之为理想的诗歌创作形态,足以表明他们将"真"的精神质素放置于诗歌营构的首要层面,而这一质素的重要意义是其他因素所无法替代的。特别是就公安派核心人物袁宏道来说,"真诗"则和他对于"真"之人格的追求紧密联系在一起,或者说是这一追求在诗学领域的突出表现。所以,要了解"真诗"说的意涵,还需结合分析公安派尤其是袁宏道所申诉的"真"这一核心的观念。

　　袁宏道声称"性之所安,殆不可强,率性而行,是谓真人"⑤。而所谓"真人"之"率性而行",从诗歌的表现要求而言,即是"任性而发",使之成为"真声"或"真诗",就如他推尚"今闾阎妇人孺子所唱《擘破玉》《打草竿》之类",谓之"犹是无闻无识真人所作,故多真声,不效颦于汉、魏,不学步于盛唐,任性而发,尚能通于人之喜怒哀乐嗜好情欲"⑥,并且声言"当代无文字,闾巷有真诗"⑦。和袁宏道此说更能直接相对应起来的,当然还要数对公安派文学思想产生重要影响的李贽的"童心"说。李贽在其《童心说》中围绕真实自然的命题展开申论,所言涉及两重涵义,一是主张心性之空,也即人之本初之心:"夫童心者,绝假纯真,

---

① 《江盈科集·雪涛诗评·求真》,下册,第799页。
② 《江盈科集·雪涛诗评·诗文才别》,下册,第805页。
③ 《江盈科集·雪涛诗评·诗品》,下册,第806页。
④ 《江盈科集·雪涛诗评·贵真》,下册,第807页。
⑤ 《识张幼于箴铭后》,《袁宏道集笺校》卷四,上册,第193页。
⑥ 《叙小修诗》,《袁宏道集笺校》卷四,上册,第188页。
⑦ 《答李子髯》其二,《袁宏道集笺校》卷二,上册,第81页。

最初一念之本心也。若失却童心，便失却真心；失却真心，便失却真人。人而非真，全不复有初矣。"二是主张性情之真，也即思想情感表现之真实无欺："盖方其始也，有闻见从耳目而入，而以为主于内而童心失。其长也，有道理从闻见而入，而以为主于其内而童心失。""夫既以闻见道理为心矣，则所言者皆闻见道理之言，非童心自出之言也。"①而李贽《童心说》所强调的重点，则是从心性之空转移至表现自然之性的性情之真。② 对照来看，袁宏道奉行"真人"之"率性而行"，乃至于推尚"真人""任性而发"以成"真声"，则应当是主要承袭为李贽所强调的"童心"自然之性的涵义。无论是袁宏道大谈"生可无愧，死可不朽"的诸如"目极世间之色，耳极世间之声，身极世间之鲜，口极世间之谭"之"真乐"③，还是直言"愚不肖之近趣也，以无品也，品愈卑故所求愈下，或为酒肉，或为声伎，率心而行，无所忌惮"的"自然"之"趣"④，皆在渲染形形色色人的本然之情感欲念，突出的则是人之各种情感欲念的自然属性，因而淡却了它们的社会属性，而作为"真"的本质基础正在于此。循此来看，其对"无闻无识真人所作"而"尚能通于人之喜怒哀乐嗜好情欲"的"真声"的青睐，便成为将"真"之人格的追求延展至诗学领域的一种逻辑推导，即寻求在诗歌作品中全然呈露排拒"闻""识"之一切社会理性因素介入的"人之喜怒哀乐嗜好情欲"的自然之性，充分展示"真"的精神质素的至高地位和统摄意义。如此也即能理解，袁宏道评论中道诗，为何要说其"佳处自不必言，即疵处亦多本色独造语"，而因此"极喜其疵处"，这显然是由于和"佳处"相比，"疵处"更能直通诗人自然之性，更能完整保留"真"的精神质素，符合"率性而行"的"真人"之所为。

　　不过，问题并未就此了结，袁宏道以为"大概情至之语，自能感人，是谓真诗"，推尚"真人""任性而发"之"真声"，并且因中道诗"或者犹以太露病之"，乃为之辩驳曰，"曾不知情随境变，字逐情生，但恐不达，何露之有"⑤？ 这主要还是为了强调"真诗"的定义和自然之性及其畅达表现的紧密关联，也就是将"真人"之"率性而行"这一对于"真"之人格的追求复制到诗学的理论表述当中。但是，他同时面临这样一个无法回避的问题，包括诗歌在内的文学创作实践毕竟是一

---

　　① 《焚书》卷三，第 98 页至 99 页，中华书局 1975 年版。
　　② 参见左东岭《李贽与晚明文学思想》，第 161 页至 166 页，天津人民出版社 1997 年版。
　　③ 《龚惟长先生》，《袁宏道集笺校》卷五，上册，第 205 页至 206 页。
　　④ 《叙陈正甫会心集》，《袁宏道集笺校》卷十，上册，第 463 页。
　　⑤ 以上见《叙小修诗》，《袁宏道集笺校》卷四，上册，第 187 页至 188 页。

项审美性的活动,有着自身无法为他者所替代的独特规律和规范,而这一切又和创作者的知识积累、艺术修养、实践经验等方面联系在一起,所有这些,也是创作者得以进入审美活动和作品获得审美效果的必要条件。"任性而发"以至"信心而出,信口而谈"①的表现方式或可以直抒"人之喜怒哀乐嗜好情欲",但未必能够取得尤其是诗歌这一特定文体应有的艺术表现效果。作为基本的常识或原理,这些袁宏道不会完全不明白,也无法做到完全超离之。实际的情形是,他在强调"任性而发"的自然之性畅达表现的同时,也并没完全忽略对于诗歌之审美因素的考量,这又增添了他所持"真诗"说的意涵的复杂性,甚至因此陷入理论上的相互矛盾。

比如,一是论"趣"。袁宏道序友人段猷显《西京稿》即云:"夫诗以趣为主,致多则理诎,此亦一反。然余尝读尧夫诗,语近趣遥,力敌斜川;而紫阳去庐山,以不见三叠新泉为恨,千里乞绘,以快一睹。此其高韵未可与深衣古折道也。徽之(段猷显字)诗秀润遒逸,如晴岚之酿色。秦士之文,质而少致,试以徽之之色贷之,水清石碧矣。"②上面所说的"诗以趣为主"之"趣",与袁宏道在《叙陈正甫会心集》中谈论的"世人所难得者唯趣"之"趣",并不是同一个概念,后者主诉"夫趣得之自然者深,得之学问者浅","入理愈深,然其去趣愈远矣"③,"趣"的涵义指向自然之性,实际传达的是作者对于"真"之人格的表彰,而前者所说的"趣"则偏重于一种审美性的概念,也就是要在表现具有意趣情韵的"致"。此谓段氏诗作"秀润遒逸",无非是说"致"在其中,故以为其不同于"质而少致"的"秦士之文",在此意义上,其正体现了"诗以趣为主"的审美特征。二是论"淡"。袁宏道《叙咼氏家绳集》一文集中谈及之:"苏子瞻酷嗜陶令诗,贵其淡而适也。凡物酿之得甘,炙之得苦,唯淡也不可造;不可造,是文之真性灵也。浓者不复薄,甘者不复辛,唯淡也无不可造;无不可造,是文之真变态也。风值水而漪生,日薄山而岚出,虽有顾、吴,不能设色也,淡之至也。元亮以之。东野、长江欲以人力取淡,刻露之极,遂成寒瘦。香山之率也,玉局之放也,而一累于理,一累于学,故皆望岫焉而却,其才非不至也,非淡之本色也。"④以上所谓的"淡",追溯起

① 袁宏道《张幼于》,《袁宏道集笺校》卷十一,上册,第501页。
② 《西京稿序》,《袁宏道集笺校》卷五十一,下册,第1485页。
③ 《袁宏道集笺校》卷十,上册,第463页至464页。
④ 《袁宏道集笺校》卷三十五,中册,第1103页。

来,实可以联系至庄子的宇宙观念和人生哲学,庄子曾说,"夫虚静恬淡、寂寞无为者,天地之平,而道德之至",又说"夫虚静恬淡、寂寞无为者,万物之本也"①。袁宏道所主张的"淡",即融入了庄子这种以"淡"为本的思想主旨。② 而从他对于"淡"的涵义的认定来看,其应该是双重性的,即不但具有自然之意,为主体性情之真的自然呈露,是以谓其不可造作,与"人力"所为、"刻露"所示相对,与"累于理"、"累于学"相异,而且具有平淡之意,是以拿陶诗比拟,又与"率"、"放"之作相区分。说到陶诗之"淡",细察之下,并非是诗人率易为之的结果,其实只是字里行间不见刻琢的痕迹而已,"淡"应该是一种经过作者用心锻造而达到的平淡自然的美学境界。早如宋僧惠洪已注意到了这一点,指出陶诗"造语精到之至","似大匠运斤,不见斧凿之痕"③。晚如明人王世贞剖解陶诗的特点,也颇有同感:"渊明托旨冲澹,其造语有极工者,乃大入思来,琢之使无痕迹耳。"④以为从陶诗"冲澹"之中可以品味其造语或极工致而不露凿痕的琢磨工夫。要之,此处袁宏道以陶诗为例来表达对于"淡"的涵义的自我认定,已不是他所推崇的"任性而发"以至"信心而出,信口而谈"的表现方式所能完全解释得通,"淡"在自然意旨的基础上又多少与平淡的审美趣致关联在一起。不仅如此,袁宏道在致友人黄辉的书札中还表示:"诗文是吾辈一件正事,去此无可度日者,穷工极变,舍兄不极力造就,谁人可与此道者? 如白、苏二公,岂非大菩萨? 然诗文之工,决非以草率得者,望兄勿以信手为近道也。"⑤依照他对友人的告诫,在其心目中,诗文"穷工极变"的艺术经营终究不能忽略,"草率"、"信手"的作法,并不是诗文求"工"的一条合理路径。仅此,其已和袁宏道高自标置的"师心横口"⑥的自负态度不无扞格,或许这可以看作是他对于"任性而发"以至"信心而出,信口而谈"之类说法的某种修正。

进而言之,袁宏道等人大力倡扬"真诗"说,当然有其特定的宗旨。在狭隘的层次上,他们主要针对的是以七子派为代表的"近代文人",通过标榜"真诗",

---

① 王先谦《庄子集解》卷四《外篇·天道》,《诸子集成》,第 3 册,第 81 页。
② 参见易闻晓《公安派的文化阐释》,第 223 页;肖鹰《自然为美:袁宏道的审美论》,《文学评论》2013 年第 3 期。
③ 《冷斋夜话》卷一"东坡得陶渊明之遗意",第 13 页。
④ 《艺苑卮言三》,《弇州山人四部稿》卷一百四十六。
⑤ 《黄平倩》,《袁宏道集笺校》卷四十三,下册,第 1259 页。
⑥ 《袁无涯》,《袁宏道集笺校》卷四十三,下册,第 1282 页。

彻底清算其复古"气习",并力图以此作为夺得诗坛话语权的一项有力措施。无论是袁宏道《叙小修诗》直斥"盖诗文至近代而卑极矣,文则必欲准于秦、汉,诗则必欲准于盛唐,剿袭模拟,影响步趋",并有憾于中道诗之"佳者""未能尽脱近代文人气习"①,抑或是江盈科《敝箧集引》转述宏道不以"世之称诗者,必曰唐;称唐诗者,必曰初曰盛"为然的反驳之见:"诗何必唐,何必初与盛? 要以出自性灵者为真诗尔。"②其抵拒"近代"流行的复古风气的意图不言而喻。根据袁宏道等人的解释,整个诗歌的发展历史就是一个动态的演变过程,宏道所提出的"唯夫代有升降,法不相沿,各极其变,各穷其趣,所以可贵,原不可优劣论也"③的论断,意在说明"变"而呈现的各代诗歌的时代个性,可以消弭相互间的价值差异,"变"而使得彼此各异的基础则源自"真"。这就是袁宏道向友人所说的"真则我面不能同君面,而况古人之面貌乎"④? 也犹如袁中道表彰宏道面向"剽窃雷同"能"出而振之"之功:"至于今天下之慧人才士,始知心灵无涯,搜之愈出,相与各呈其奇,而互穷其变,然后人人有一段真面目溢露于楮墨之间"⑤。正因出于对诗歌史的动态观照,又在袁宏道等人看来,特别是七子派及其追从者在静态的层面上由强调理想文本绝对价值优势和示范意义而采取的拟古立场,更容易滑入失"真"的陷阱。袁宏道即认为,"善学者,师心不师道;善为诗者,师森罗万像,不师先辈。法李唐者,岂谓其机格与字句哉? 法其不为汉,不为魏,不为六朝之心而已","今之作者,见人一语肖物,目为新诗,取古人一二浮滥之语,句规而字矩之,谬谓复古","是犹呼傅粉抹墨之人,而直谓之蔡中郎,岂不悖哉"⑥!江盈科则表示,"写真而逼真也","若面孔、阿堵、颧颐一切不像,徒刻画于服饰间,戴林宗之巾,披王恭之氅,曳郑赐之履,拄阮宣之杖,事事仿效古人,而其形失真","世人于字句间学盛唐,失却眼前光景,大率类此"⑦。这些说法无非要指证,七子派及其追从者借复古之名,行仿效之实,偏离了师法古人的正确轨道,成为导致诗歌失"真"的主要原因。从这个角度来看,"真诗"说的申述,显然具

---

① 《袁宏道集笺校》卷四,上册,第187页至188页。
② 《江盈科集·雪涛阁集》卷八,上册,第398页。
③ 《叙小修诗》,《袁宏道集笺校》卷四,上册,第188页。
④ 《丘长孺》,《袁宏道集笺校》卷六,上册,第284页。
⑤ 《中郎先生全集序》,《珂雪斋集》卷十一,中册,第522页。
⑥ 《叙竹林集》,《袁宏道集笺校》卷十八,中册,第700页至701页。
⑦ 《江盈科集·雪涛诗评·求真》,下册,第799页至800页。

有应对泛起于当时诗坛诸如"句规而字矩"和"失却眼前光景"的拟古之习的指向性。

在宽泛的层次上,尤其是袁宏道关于"真诗"说的主张,并不是一种孤立的理论表述,联系起来看,实为袁氏所崇奉的人生哲学及理想人格的有机构成。他在《识张幼于箴铭后》中有关"古今士君子"之"放达人"和"缜密人"这两类"若冰炭不相入"人士的比较及评定,特别在阐释其所崇奉的人生哲学与理想人格的问题上颇具代表性,认为"两者不相肖也,亦不相笑也,各任其性耳",因此提出:"性之所安,殆不可强,率性而行,是谓真人。今若强放达者而为缜密,强缜密者而为放达,续凫项,断鹤颈,不亦大可叹哉!"①如果说,"真人"代表了袁宏道所认可的一种理想人格,那么,作为"真人"人格的具体实践而"各任其性"或"率性而行",则是其所奉行的人生哲学的一种集中体现。"真人"的基本品格指向绝假存真,正如袁中道《导庄·大宗师》定义"真人":"真人者,超于一切诸假之外者也,大宗师也。不计假多寡,不问假成亏,不设假谋虑,不畏假水火,不作假梦,不狥假嗜欲,不逐假往来,不立假喜怒,不执假仁义,不成假名节,不道假语言。"②而在袁宏道的认知当中,"真人"不仅应当成为精神世界中的自主者,如他在吴县知县任上就感慨:"纵不能骖鸾驾鹤,消摇云海,亦当率行胸怀,极人间之乐。奈何低眉事人,苦牛马之所难,貌妾妇之所羞乎?"③不甘屈己从人,更愿随性放任,慕尚精神上的独立和愉悦,而且可以成为物质世界中的纵情者,汲汲于诸如"目极世间之色,耳极世间之声,身极世间之鲜,口极世间之谈"等等的五种"真乐",宣称"士有此一者,生可无愧,死可不朽"④。他所追求的乃是当下一己身心的极度自在和快适,在其内在的精神结构中,既有来自人文环境熏习而在潜移默化中培植的高雅人格,也有受到个体生命感性情欲驱使而呈现的低俗人格,⑤自我的真实存在和本然的生命意愿被作为人生实践的明确方向和不二准则,对于社会道德伦理的淡却,使这种指向个人主义的"真人"人格得以极度放大。从此角度察之,"真诗"说又显然是为配合袁宏道对如上人生哲学及理想人格的全面演绎而提出的,可以说,成为他在理论层面进行宣示的

①《袁宏道集笺校》卷四,上册,第193页。
②《珂雪斋集》卷二十二,中册,第946页。
③《管东溟》,《袁宏道集笺校》卷六,上册,第292页。
④《龚惟长先生》,《袁宏道集笺校》卷五,上册,第205页至206页。
⑤ 参见易闻晓《公安派的文化阐释》,第144页至149页。

一种策略。

需要指出,特别是袁宏道所持"真诗"说,因为关联绝假纯真而指向个人主义的"真人"人格的宣示,这又赋予了它的基本宗旨在于排斥外在规范矩度的思想核心,其中甚至呈现推尚"无闻无识"的反知主义倾向,而这一基本宗旨落实在诗学思想的层面,则集中表现为反对模拟和漠视法度。袁宏道宣称自己"以名家为钝贼,以格式为涕唾,师心横口,自谓于世一大戾而已"①,又声言:"文章新奇,无定格式,只要发人所不能发,句法字法调法,一一从自己胸中流出,此真新奇也。"②同时,还为证论"要以出自性灵者为真诗"的命题,比较"唐人之诗"和"今人之诗"之不同,认为"夫唐人千岁而新,今人脱手而旧,岂非流自性灵与出自模拟者所从来异乎"? "新则人争嗜之,旧则人争厌之。流自性灵者,不期新而新,出自模拟者,力求脱旧而转得旧。由斯以观,诗期于自性灵出尔,又何必唐,何必初与盛之为沾沾哉"③! 这些表态显明,"师心横口"作为"任性而发"以至"信心而出,信口而谈"的另一番表述,其和固有"格式"截然相对,相互不可调和,而对于既定法度的不屑,亦昭然若揭。并且,袁宏道还认为,"流自性灵"、"千岁而新"的唐人诗歌正体现了"无法"的优越性:"唐人妙处,正在无法耳。如六朝、汉、魏者,唐人既以为不必法,沈、宋、李、杜者,唐之人虽慕之,亦决不肯法,此李唐所以度越千古也。"④如此,比照固有"格式"而非源自"性灵"的"模拟",自然不被他所认同。但仅注意到这一点还不够,说到底,上述的意见还应该是袁宏道表现在理论层面而含有强烈主观性或浓厚理想化因素的论诗见识,实际上,面对积累深厚而包括诗歌创作传统在内的古典资源,袁宏道不可能全然熟视无睹而置身其外。如前所述,袁中道揭示宏道的诗作"肖唐人之神骨者最多","非另创也",即已在示意其和有意学唐的实践行为难脱干系,这也并不是如袁宏道"师心横口"的自评所能一笔带过。而且,纵观古典诗歌发展演变的历史,时至有唐一代,如胡应麟所言,其"体""靡弗备矣",其"格""靡弗具矣",其"调""靡弗诣矣"⑤,诗歌的体制趋于成熟和完善,这又并不是如袁宏道谓唐诗"无法"的结论所能一锤定音。简言之,"真诗"说为贯彻袁宏道对于"真人"人

---

① 《袁无涯》,《袁宏道集笺校》卷四十三,下册,第 1281 页至 1282 页。
② 《答李元善》,《袁宏道集笺校》卷二十二,中册,第 786 页。
③ 江盈科《敝箧集引》,《江盈科集·雪涛阁集》卷八,上册,第 398 页。
④ 《答张东阿》,《袁宏道集笺校》卷二十一,中册,第 753 页。
⑤ 《诗薮·外编》卷三《唐上》,第 163 页。

格的宣示,其基本宗旨乃在于强化诗歌表现作为自然之性的性情之真的重要意义,更多带有主观性或理想化的色彩,未必完全贴合作者本人实际的操作之法,也未必客观而准确反映诗歌的演化历史和实践经验。与此同时,因其主张"任性而发"以至"信心而出,信口而谈",全然排斥"格式"以及相应的"模拟",事实上又在强调诗歌抒情超离法度的合理性。较之袁宏道的以上观点,从理论上进行适度调整或修补的是袁中道,他在为湘人周圣楷所作的《花雪赋引》中提出:

> 天下无百年不变之文章。……是故性情之发,无所不吐,其势必互异而趋俚。趋于俚,又将变矣。作者始不得不以法律救性情之穷,法律之持,无所不束,其势必互同而趋浮。趋于浮,又将变矣。作者始不得不以性情救法律之穷。夫昔之繁芜,有持法律者救之;今之剽窃,又将有主性情者救之矣。此必变之势也。

他又同时告诫周氏,"守其必不可变者,而变其可变者。毋舍法,毋役法为奇"①。显然,袁中道视"文章"的发展历史为动态的变化过程,其间"性情"与"法律"作为相对的两极,互相救补,纠正失衡。所以这一变化的态势也是再平衡的过程,实际指向的是抒情与法度的彼此制约关系。以法度而言,与袁宏道"以格式为涕唾"的说法大为不同,袁中道并不主张"舍法",他追述自己束发学诗,"而固陋朴鄙处,未免远离于法"②,这无异于检讨本人当初学诗而超离法度之不足。推究其中,还有面对致力于矫革七子派的那些文士舍法度趋俚易而保持的自我戒备,他在《阮集之诗序》中表示,"国朝有功于风雅者,莫如历下。其意以气格高华为主,力塞大历后之窦","及其后也,学之者浸成格套,以浮响虚声相高","先兄中郎矫之,其意以发抒性灵为主,始大畅其意所欲言","及其后也,学之者稍入俚易,境无不收,情无不写,未免冲口而发,不复检括,而诗道又将病矣"③。又其《蔡不瑕诗序》指出,针对"隆、万七子辈"之"效唐"而其后"浸成格套"的情势,

----

① 《珂雪斋集》卷十,上册,第459页至460页。
② 《蔡不瑕诗序》,《珂雪斋集》卷十,上册,第458页。
③ 《珂雪斋集》卷十,上册,第462页。

于是"有识者矫之",遂使"情无所不写,景无所不收,而又免舍套而趋于俚矣"①。所言仍属鉴于"舍法"后果提出的告诫,这些不但是出于诗学的基本常识,也是源自得失经验的自觉反应。② 同时,从某种意义上来说,凡此也是对袁宏道"真诗"说关涉的诗歌抒情与法度问题作出的修正说明。

---

① 《珂雪斋集》卷十,上册,第 458 页。
② 参见拙文《晚明诗学于复古系统的因应脉络与重构路径》,《文学遗产》2019 年第 3 期。

第二十章　竟陵派诗学自我
改造的对策

　　在晚明文坛,与公安派相比较,以钟惺、谭元春为代表的竟陵派同样是深受关注的一个文学流派。清人钱谦益所作的如下概述人们并不陌生:"伯敬少负才藻,有声公车间。擢第之后,思别出手眼,另立深幽孤峭之宗,以驱驾古人之上。而同里有谭生元春,为之应和,海内称诗者靡然从之,谓之钟谭体。"而钟、谭二人编选的包含《古诗归》和《唐诗归》的《诗归》一书,更是影响颇广,流行于世:"所撰'古今诗归'盛行于世,承学之士,家置一编,奉之如尼丘之删定。"①作为一个文学流派,竟陵派的成员除钟、谭二人之外,尚有与其联系较为密切和文学立场较为接近的如蔡复一、朱之臣、徐波、林古度、商家梅等一批同志,钟、谭则占据其中的核心位置。②围绕诗学的相关问题,尤其是钟、谭二人都曾经发表过诸多论见并展开实践,包括合作编选《诗归》,并"稍有评注,发覆指迷"③,显示他们企图指引诗歌发展方向的高度的自觉意识,这些也成为我们考察竟陵派诗学思想的重点资源。作为晚明文坛一支突起的异军,钟、谭等人实怀有置自身于知识和艺能制高点的自负之心,谭元春述说钟惺生平,即谓钟氏"尝恨世人闻见汩没,守文难破,故潜思遐览,深入超出,缀古今之命脉,开人我之眼界"④,其心志所向,亦可见一斑。回视文坛流行的风气,他们既掊击七子派的"因袭"之弊,又指责公安派的"矫枉"之失,以为"大凡诗文,因袭有因袭之流弊,矫枉有矫枉之流弊。前之共趋,即今之偏废;今之独响,即后之同声"⑤。基于此,要突破

①《列朝诗集小传》丁集中《钟提学惺》,下册,第570页。
②参见邬国平《竟陵派与明代文学批评》,第9页至14页,上海古籍出版社2004年版。
③钟惺《与蔡敬夫》,李先耕、崔重庆标校《隐秀轩集》卷二十八,第468页,上海古籍出版社1992年版。
④《退谷先生墓志铭》,陈杏珍标校《谭元春集》卷二十五,下册,第681页,上海古籍出版社1998年版。
⑤钟惺《与王穉恭兄弟》,《隐秀轩集》卷二十八,第463页。

既已形成的"因袭"和"矫枉"的局势,其势必驱使钟、谭等人另立门户,独辟蹊径,"以求绝出于时俗"。当然,自负的心志和拓辟的意识,同时也使得他们担负更大的风险,招致更多的訾诋,如清人钱谦益直斥"钟、谭之类"为"五行志所谓诗妖"[1],朱彝尊诋摘他们"取名一时,流毒天下,诗亡而国亦随之矣"[2],其攻讦之严厉,可谓无以复加。但这并不是问题的关注点所在,我们要展开的有关考察,则是透过钟、谭等人高度的自觉意识,辨认他们为"求绝出于时俗"而采取的诗学自我改造的具体对策。

第一节　"古人精神"的发掘与宣示

钟、谭二人论诗,要说其最明显的一个共同点,乃在于分别强调所谓"古人精神"。钟惺《隐秀轩集自序》反思和总结自己诗文创作经历,以万历三十八年庚戌(1610)作为前后分界线,其中谈到:

> 予少于诗文,本无所窥。成一帙,辄刻之,不禁人序,亦时自作序。大要取古人近似者,时一肖之,为人所称许,辄自以为诗文而已矣。侧闻近时君子有教人反古者,又有笑人泥古者,皆不求诸己,而皆舍所学以从之。庚戌以后,乃始平气精心,虚怀独往,外不敢用先入之言,而内自废其中拒之私,务求古人精神所在。虽不能得古人一二,然举其所得之一二以示人,其为人耳目所不经见,及经见而略不屑意者,十固已八九矣。间取己作以覆古人,向所信以为古人确然在是者,觉去古反滋远。有所创获晚出,使人愕然以为悖于古人者,古人尝先有之。始悟近时所反之古,及笑人所泥之古,皆与古人原不相蒙,而古人精神别自有在也。[3]

钟惺在此反思和总结自己万历庚戌前后诗文创作的变化情形,其重点显然是围绕个人学古的经历而展开。根据他的说法,其在万历庚戌之前"大要取古人近似者,时一肖之",之后则有所觉悟,乃至"务求古人精神所在"。就此察之,钟惺

---

[1] 以上见《列朝诗集小传》丁集中《钟提学惺》,下册,第571页。
[2] 《静志居诗话》卷十七,下册,第503页。
[3] 《隐秀轩集》卷十七,第259页至260页。

于万历庚戌前后都注重学古,这一原则性的态度没有发生变化,其所变化的则是在学古的方式上,而这一转变所获得的最为重要的经验,乃在于对"古人精神"的发见和接受。不但如此,《自序》又同时提示,作者自己也经历了对以七子派为代表的"教人反古者"和以公安派为代表的"笑人泥古者"的认知过程,最终悟出"近时所反之古"、"笑人所泥之古",皆和"古人精神"实不相及。要指出的是,有关他对七子派和公安派的认知,不止在如上《自序》中提及,他在《与王稺恭兄弟》书札中又曾说过:"国朝诗无真初、盛者,而有真中、晚,真中、晚实胜假初、盛,然不可多得。若今日要学江令一派诗,便是假中、晚,假宋、元,假陈公甫、庄孔旸耳。学袁、江二公,与学济南诸君子何异? 恐学袁、江二公,其弊反有甚于学济南诸君子也。"①又他为友人魏象先所撰墓志,载录其和墓主生前一次"论诗"的经历:"语次及明诗,余卒然曰:'明诗无真初、盛,而有真中、晚,真宋、元。'"②此处谓明诗"无真初、盛",主要是针对前后七子崇尚初、盛唐诗的作法来说的。③ 这一断论固然表达了对于七子派的质疑,不过,他又提出"恐学袁、江二公,其弊反有甚于学济南诸君子也"的说法,则企图说明,如公安派袁宏道、江盈科等人不以学古为尚的态度,反而不及七子派李攀龙等人专注学古的取向,这当然是从另一个角度提示学古的重要性,尽管他并不认为七子派的学古是成功的。

万历四十二年(1614)岁末,钟惺和谭元春合作选定《诗归》,④至于编选此书的根本动机,钟惺在《诗归序》中已有清晰的交代:

> 选古人诗而命曰《诗归》,非谓古人之诗以吾所选为归,庶几见吾所选者以古人为归也。引古人之精神以接后人之心目,使其心目有所止焉,如是而已矣。……今非无学古者,大要取古人之极肤、极狭、极熟,便于口手者,以为古人在是。使捷者矫之,必于古人外自为一人之诗以为异;要其异,又皆同乎古人之险且僻者,不则其俚者也;则何以服学古者之心? 无以服其心,而又坚其说以告人曰:"千变万化,不出古人。"问其所为古人,则又

---

① 《隐秀轩集》卷二十八,第463页。
② 《明茂才私谥文穆魏长公太易墓志铭》,《隐秀轩集》卷三十三,第522页。
③ 参见邬国平《竟陵派与明代文学批评》,第27页。
④ 关于《诗归》选定时间的考论,参见邬国平《竟陵派与明代文学批评》,第60页至63页;陈广宏《竟陵派研究》,第233页至237页,复旦大学出版社2006年版。

向之极肤、极狭、极熟者也。世真不知有古人矣。①

和此番交代可以相与印证的，还有钟惺《再报蔡敬夫》书札所言：

　　常愤嘉、隆间名人，自谓学古，徒取古人极肤、极狭、极套者，利其便于手口，遂以为得古人之精神，且前无古人矣。而近时聪明者矫之，曰："何古之法？须自出眼光。"不知其至处又不过玉川、玉蟾之唾馀耳，此何以服人？而一班护短就易之人得伸其议，曰："自用非也，千变万化，不能出古人之外。"此语似是，最能萦惑耳食之人。何者？彼所谓古人千变万化，则又皆向之极肤、极狭、极套者也。是以不揆鄙拙，拈出古人精神，曰《诗归》，使其耳目志气归于此耳。②

综合钟惺本人关于编选《诗归》动机的表述，简括起来说，还在对于所谓"古人精神"的大力标举。在这一点上，作为同志和合作者的谭元春，与钟惺之间颇有共识，其《诗归序》亦声称选诗和评点之所本，"凡素所得名之人，与素所得名之诗，或有不能违心而例收者，亦必其人之精神止可至今日而不能不落吾手眼"，"而亦必古人之精神至今日而当一出，古人之诗之神所自为审定安置"③。在钟、谭看来，重视"古人精神"的开掘，这是引导世人步入学古之正轨的必要措施，也是连接古今而使后人"心目"有所归止的正确途径，他们自认为对于"古人精神"开掘的注重，实为人掩之而我揭之的独自发见和不俗创举，犹如钟惺自诩"盖举古人精神日在人口耳之下，而千百年未见于世者，一标出之"④。与此同时，以七子派为代表的"嘉、隆间名人"和以公安派为代表的"近时聪明者"，则仍然被他们视作违离"古人精神"的重点目标。说起来，个中的理由也很简单，因为后者"必于古人外自为一人之诗以为异"，强调"自出眼光"而不以古为法，自然无法与"古人精神"相沟通；前者虽专注学古，但所取不过是"古人之极肤、极狭、极熟，便于口手者"，仅止于古人一些外在的、偏狭的、熟套的路数，难以真正触及具有

---

① 《隐秀轩集》卷十六，第235页至236页。
② 《隐秀轩集》卷二十八，第470页。
③ 《谭元春集》卷二十二，下册，第595页。
④ 《与蔡敬夫》，《隐秀轩集》卷二十八，第468页。

内在性或本质性的"古人精神"。这样说来,钟、谭俨然以"引古人之精神以接后人之心目"的诗界改造者自命,其根本的目标是要重新确立一条为七子派所偏离、为公安派所轻忽的学古路线,这条路线的核心理念,就是寻求与"古人精神"相冥契,唯有如此,方能迈入他们自认为是真正意义上的复古之正轨。

　　讨论至此,我们进而尚需辨析的一个问题是,钟、谭一再标举的所谓"古人精神"究竟被赋予了什么样的涵义?以至于他们如此竭心予以对待。就此,我们仍要以钟惺《诗归序》的相关阐说作为探析的一个重要基点,如他在序中提出:"夫途径者,不能不异者也,然其变有穷也。精神者,不能不同者也,然其变无穷也。操其有穷者以求变,而欲以其异与气运争,吾以为能为异而终不能为高。其究途径穷而异者与之俱穷,不亦愈劳而愈远乎?此不求古人真诗之过也。"按钟惺的解释,与"不能不异"、"其变有穷"的"途径"不同,"精神"的基本属性,在于不但彼此共趋,臻于同一,即"不能不同",而且生新层出,变化不已,即"其变无穷"。是以寻觅"途径"而求取"变""异"者,终究会陷入山穷水尽的窘境。他的言外之意就是,如果投注于"不能不同"而"其变无穷"的"精神",那么即可以避免类似情形的发生。值得注意的是,这里由"精神"一词带出了"古人真诗"的说法,如此,"精神"也成为"古人真诗"的一个代名词。关于这个问题,钟惺在序中又接着作了说明:

　　　　惺与同邑谭子元春忧之。内省诸心,不敢先有所谓学古不学古者,而第求古人真诗所在。真诗者,精神所为也。察其幽情单绪,孤行静寄于喧杂之中;而乃以其虚怀定力,独往冥游于寥廓之外。如访者之幾于一逢,求者之幸于一获,入者之欣于一至。①

鉴于钟惺作出"真诗者,精神所为也"的定义,因而所谓"古人真诗",实属"古人精神"之所系。自此看来,"精神"和"真诗"的意义的联通性得以进一步确认。同在明代,尤其时至中晚明,"真诗"一说也屡为诗家或论家所主张,不仅如公安派袁宏道、江盈科等人声称,"要以出自性灵者为真诗尔"②,"夫为诗者,若系真

① 《隐秀轩集》卷十六,第236页。
② 江盈科《敝箧集引》,《江盈科集·雪涛阁集》卷八,上册,第398页。

诗,虽不尽佳,亦必有趣"①,而且连追求复古的七子派李梦阳、王世贞等人也曾说过,"真者,音之发而情之原也","今真诗乃在民间"②,"盖有真我而后有真诗"③,尽管他们对于"真诗"阐释的角度不尽相同。钟惺以前人屡屡主张的"真诗"来解说"古人精神",虽然其所运用的话语本身不见得有特别新异之处,但至少从中显示,他赋予了"古人精神"的一层基本涵义,这就是体现"真诗"之"真",归纳其旨,大致指示情感表现的真实自然。有关于此,其实从钟、谭一再推尚诗歌"性情"或"性灵"发抒的表态当中已能体味一二。钟惺在《董崇相诗序》中即提出:"古诗人曰风人。风之为言,无意也。性情所至,作者不自知其工。"④又《陪郎草序》云:"夫诗,道性情者也。发而为言,言其心之所不能不有,非谓其事之所不可无,而必欲有言。"⑤谭元春《诗归序》表示:"夫真有性灵之言,常浮出纸上,决不与众言伍。"⑥需要指出的是,特别是"性情"一语,也间见于钟、谭对《诗归》所选蕴含"古人精神"之作品的评点,如钟惺总评《古诗十九首》:"苏、李、《十九首》与乐府微异,工拙深浅之外,别有其妙。乐府能着奇想,着奥辞,而古诗以雍穆平远为贵;乐府之妙在能使人惊,古诗之妙在能使人思。然其性情光焰,同有一段千古常新、不可磨灭处。"⑦评杜甫《同诸公登慈恩寺塔》起首"高标跨苍穹,烈风无时休"数句:"他人于此能作气象语,不能作此性情语,即高、岑阁笔矣。"⑧又如谭元春评江淹《陶征君潜田居》:"文通所拟诸诗,独此为妙耳。盖其心手秀丽,而少真至,以征君真至一路,发其思理,则秀丽之笔,不为浮华用,而为性情用。"⑨评王维《酬诸公见过》:"四言诗字字欲学《三百篇》,便远于《三百篇》矣。右丞以自己性情留之,味长而气永,使人益厌刘琨、陆机诸人之拙。"⑩要而言之,钟、谭论诗推尚诗人"性情"或"性灵"的发抒,实和他们对于"古人精神"的大力标举构成内在的联系,这也为我们开启了观察"古人精神"底色的

① 《江盈科集·雪涛诗评·贵真》,下册,第807页。
② 李梦阳《诗集自序》,《空同先生集》卷五十。
③ 王世贞《邹黄州鹪鹩集序》,《弇州山人续稿》卷五十一。
④ 《隐秀轩集》卷十七,第263页。
⑤ 《隐秀轩集》卷十七,第275页至276页。
⑥ 《谭元春集》卷二十二,下册,第594页。
⑦ 《古诗归》卷六,《续修四库全书》影印明闵振业三色套印本,第1589册。
⑧ 《唐诗归》卷十七,《续修四库全书》影印明刻本,第1590册。
⑨ 《古诗归》卷十三。
⑩ 《唐诗归》卷八,《续修四库全书》,第1589册。

一扇窗口。

钟、谭所声明的"真诗"以及"性情"或"性灵"之类的诗学话语,也很容易使人联想到和他们所处时代十分接近的公安派诸士所提出的类似主张,不过比较起来,二者之间显然存在着根本性的差异,倘若仅仅停留在对其所指示的情感表现真实自然这一基本涵义的判断上,则无法就此作出明确的区分。

前面述及,尤其是作为公安派中坚的袁宏道也曾以"真诗"乃至"性灵"相标榜,其在本质上关联绝假纯真而指向个人主义的"真人"这一理想人格,将"真人""率性而行"的"真"之人格扩展至诗学领域,强调的是"任性而发",寻求诗歌表现排除"闻""识"之一切社会理性因素介入的"人之喜怒哀乐嗜好情欲"的自然之性,带有某种反知主义的倾向,体现"真"的精神质素的统摄意义。至于钟、谭所声明的"真诗"以及"性情"或"性灵",如上所言,诚然和他们所标举的"古人精神"相联结,不独如此,观上引钟惺《诗归序》,其同时将"古人精神"或"古人真诗"定位在"察其幽情单绪,孤行静寄于喧杂之中"、"以其虚怀定力,独往冥游于寥廓之外"。所谓"孤行静寄"、"独往冥游"云云,令人从中强烈体味到,其所用心表彰的乃是一种孤迥不群、超离流俗的精神品质,以及由此激发出来的独立非凡的创造能力。如用谭元春《诗归序》的话来说,也就是"夫人有孤怀,有孤诣,其名必孤,行于古今之间,不肯遍满寥廓"。在这样一种孤突独诣的精神品质与创造能力的主导下,"夫真有性灵之言,常浮出纸上,决不与众言伍",才能达到不随"众言"、独抒"性灵"的表现境地。而古人和今人之间的差异,或呈现于此,今人"得其滞者、熟者、木者、陋者,曰:'我学之古人。'自以为理长味深","夫滞熟木陋,古人以此数者收浑沌之气,今人以此数者丧精神之原,古人不废此数者为藏神奇、藏灵幻之区,今人专借此数者为仇神奇、仇灵幻之物"。所谓"滞"、"熟"、"木"、"陋",自非源于"孤怀"、"孤诣",乃是今人盲目学古的误区所在,本质上又是其丧失孤突独诣的精神品质与创造能力的种种反映。同时需指出,根据钟惺《诗归序》的说法,"古人精神"又主要源于所谓"幽情单绪"、"虚怀定力",这又分明示意那种孤迥不群、超离流俗的精神品质并不是与生俱来的本然存在,乃是需经历归向虚静淡朴的体认自觉过程,根基于个体心性的滋濡涵养而使之富有定力。有关这一点,也可以参照谭元春的说法,如其《诗归序》对他人提出"公等所为创调也,夫变化尽在古矣"的教诫不以为然,宣称"但察其变化,特世所传文选、诗删之类,钟嵘、严沧浪之语,瑟瑟然务自雕饰,而不暇求于灵迥朴润。抑其心目中别有夙物,而与其所谓灵迥朴润者,不能相关相对欤"①?他所说的"心目中别有夙物",自非虚静淡朴的平心养性的结果,在谭元春眼里,如此的表现就不是"古人精神"体现的独特境界,而是恰恰走向了这一精神品质的反面。又如其《王先生诗序》曰:"夫性情,近道之物也,近道者,古人所以寄其微婉之思也。自古人远而道不见于天下,理荡而思邪,有一人焉近道,相与惊而癖之者,势也。"②古人诗歌以性情相寄,而其所寄性情乃得自对于至道的体认和觉悟,与之不同,后人因为丧失"近道"之性情,未免致使"理荡而思邪",情形与之迥然相异。这又可以说是对"古人精神"所作的一种阐释。概言之,钟、谭声称"深览古人,得其精神"③,他们投注于历史发掘而为之鼓吹的这样一种孤迥不群、超离流俗的精神品质,实际关乎个体心性的滋濡涵养,以他们的认知,唯有如此,方能蓄聚"幽情单绪"、"虚怀定力",方能不使"心目中别有夙物",尽管他们也命之曰"真诗"之所在,"性情"或"性灵"之所寄,但这显然已有别于袁宏道所主张的"性灵无不必达"的"真诗"之意旨,有别于其中承载的为袁氏所渲染的"人之喜怒哀乐嗜好情欲"那种带有人之普遍而本然情感欲念的自然之性,可以明确的是,彼此的概念指向不尽相同。

钟、谭自称"深览古人,得其精神",至于如何才能做到和"古人精神"相沟通,则尚需具备必要的条件,在他们看来,这一条件关键取决于主体必不可少的修习养炼。前面所引钟惺《隐秀轩集自序》已论之,作者谈到自己在万历三十八(1610)以后的创作变化:"乃始平气精心,虚怀独往,外不敢用先入之言,而内自废其中拒之私,务求古人精神所在。"这看上去更像是个人的经验之谈,意味着探求"古人精神"从"平气精心,虚怀独往"的自我修持做起,用他的另一席话来表述,也就是"内自信于心,而上求信于古人在我而已"④。如果说,"求信于古人"是学古所要达到的根本目的,那么,"自信于心"则是为达到这一目的而铺垫的重要基础,后者则应当是指诸如"性情渊夷,神明恬寂"⑤之类的心性涵养。在这方面,谭元春的看法大体与之无二,他在《诗归序》中也说自己,"乃与钟子约为古学,冥心放怀,期在必厚",还说"自出眼光之人,专其力,壹其思,以达于古

① 以上见《谭元春集》卷二十二,下册,第593页至594页。
② 《谭元春集》卷二十三,下册,第613页至614页。
③ 钟惺《与蔡敬夫》,《隐秀轩集》卷二十八,第468页。
④ 《隐秀轩集》卷十七,第259页至260页。
⑤ 钟惺《简远堂近诗序》,《隐秀轩集》卷十七,第250页。

人,觉古人亦有炯炯双眸,从纸上远瞩人"①。所谓"冥心放怀",近似于钟惺"平气精心、虚怀独往"的自我描述,本质上又是和"专""力"与"壹""思"的意义联系在一起,亦无外乎指向如钟惺所说的"自信于心"以至"性情渊夷,神明恬寂"那么一种心性涵蓄养存之工夫,这是一条冥契"古人精神"或者说"达于古人"的必经之途。可以说,谭元春形容如此"专""力"与"壹""思"者为"自出眼光之人",不只是对自己和同志钟惺的标誉,也是在向其他学古者展现其所认可的自修的示范性。

值得一提的是,钟、谭所指引的这条强调主体修习炼养用以冥契"古人精神"的必由途径,其中又包含"学"与"思"的两个重要环节,细心一点即可发现,主张"好学"、"深思"之类的词语一再见于钟、谭的有关论评。譬如,钟惺《文天瑞诗义序》批评"学者不肯好学深思,畏难就易,概托于和平冲澹以文其短,此古学之所以废也"②;《潘无隐集序》则称赞其友潘一桂为人"好学深思",能"确然以古人自待,不肯以其身逐天下啖名之人","读其诗赋,盖博取而厚出之"③。谭元春《潘景升戊己新集序》褒许友人潘之恒值"六十有馀之年","好学深思不倦,皇皇终日,若有所营者,能变故也",所为诗文"复洁其体,深其思,振其衰,神明其用"④;《汪子戊己诗序》标表诗友汪氏"闭门十馀年,与古人精神相属,与天下士气类相宜",于是"凡一切兴废得失之故,灵蠢喧寂之机"等等,皆能"深思而熟诣,出有而入无,确于中而幼于外";《万茂先诗序》又彰显诗友万时华"深思好学,不知倦怠,古今高深之文,聚为一区,而性灵渊然以洁,浩然以赜"的经历和收益,并引以为同志,表示"至其原本古音,审度物我之志","无纤毫不与予同"⑤。这足以说明,"学"与"思"作为主体修习养炼之构成,得到了钟、谭的格外关注和重视。尤其是对于"学"这条知识汲取的必经之途,钟惺又曾予以强调,"人之为诗,所入不同,而其所成亦异。从名入、才入、兴入者,心躁而气浮。躁之就平,浮之就实,待年而成者也。从学入者,心平而气实。平之不复躁,实之不复浮,不待年而成者也","学之所至,足以持其名、其才、其兴;而名与才与兴不能自持"⑥。体味起来,这又是从"学"以知识输入帮助"平""心"、"实""气"的

① 《谭元春集》卷二十二,第 593 页至 594 页。
② 《隐秀轩集》卷十八,第 281 页。
③ 《隐秀轩集》卷十八,第 266 页至 267 页。
④ 《谭元春集》卷二十三,下册,第 615 页至 616 页。
⑤ 以上见《谭元春集》卷二十三,下册,第 622 页至 624 页。
⑥ 《孙昌生诗序》,《隐秀轩集》卷十七,第 270 页。

修养成效,进而审视它的特殊意义。如此可以说,钟、谭所重视的主体修习养炼,特别是他们强调"学"与"思"的两个重要环节,突出了知识积累与心智完善的必要性,这一点,显然也不同于袁宏道推尚"真人""无闻无识"的反知主义立场。在他们看来,要发见和把握"古人精神",离不开"自信于心"或"冥心放怀"的主体修养,唯有如此,古今人我才能得以相通而契合。

第二节　"清"与"厚":两个重要的审美概念

检视钟、谭的论诗主张,不难注意到,"清"与"厚"是他们反复强调的两个重要的审美概念,也可见它们在二人心目中的特殊位置。所以要梳理清楚钟、谭诗学思想的脉络,就无法回避对于这两个重要概念的辨析。

先说"清"。钟惺为谭元春所作的《简远堂近诗序》即论及:

> 诗,清物也。其体好逸,劳则否;其地喜净,秽则否;其境取幽,杂则否;其味宜澹,浓则否;其游止贵旷,拘则否。之数者,独其心乎哉? 市,至嚣也,而或云如水。朱门,至礼俗也,而或云如蓬户。乃简栖、遥集之夫,必不于市、于朱门;而古称名士风流,必曰门庭萧寂,坐鲜杂宾,至以青蝇吊客,岂非贵心迹之并哉? 夫日取不欲闻之语,不欲见之事,不欲与之人,而以孤衷峭性,勉强应酬,使吾耳目形骸为之用,而欲其性情渊夷,神明恬寂,作比兴风雅之旨,其趣不已远乎! 且夫性子而习昵,则违心;意僻而貌就,则谩世;初偕而中疏,则变素;恒亲而时乖,则示隙。①

简括来说,钟惺认为,诗为"清物"的本质规定和审美取向,要求诗人在"体"、"地"、"境"、"味"及"游止"等各个方面保持相应的品调,而这一切则取决于诗人的自我修持,即所谓"贵心迹之并",以臻于"性情渊夷,神明恬寂",在此情形下,"清"对于诗歌而言的特殊意义被凸显出来。在这个方面,谭元春的有关表述同样值得留意,他在《徐元叹诗序》中提出:"尝言诗文之道,不孤不可与托想,不清不可与寄

---

① 《隐秀轩集》卷十七,第249页至250页。

径,不永不可与当机。"①又他《奏记蔡清宪公前后笺札》其四评友人蔡复一诗云:
"盖明公之诗,厚而不浊,清而不寒,近情而不刻,剸肠而不苦。"②其中分别拈出
"清"这一概念,或描述诗道,或评骘诗风,透过这一观念,令人能够窥见他所执持的
诗歌审美立场,而这也应该是他与钟惺在诗学问题认知上彼此具有的一种共识。

　　当然要指出的是,钟、谭所论并非首先和唯独涉及"清"之概念,拓开一点来
看,晚明诗界特别是对比七子派的诗歌审美取向,可以说,其审美之聚焦不同程
度地呈现出一种以清为尚的观念转变。为便于讨论,不妨在此先对相关问题稍
作追述和延伸,以七子派而言,诸子的诗歌审美取向虽说具体到个人,基于各人
性格、识见、经历等等不尽相同,相互之间难免存在不同程度的差异,但从总体
上看,他们大多偏向的是雄深浑厚、博大高华的风格。胡应麟《诗薮》在辨别洪、
永至嘉、隆"国朝制作"的演化特点时,将其分为"四变",其中:"北地、信阳,雄深
钜丽,一变也。娄江、历下,博大高华,一变也。"③又评骘李、何、李、王等人所作:
"信阳之俊,北地之雄,济南之高,琅琊之大,足可雄视千古。"④这一取向,同时也
集中体现在诸子特定的诗体上。胡应麟指出:"七言律开元之后,便到嘉靖,虽
圭角巉岩,铓颖峭厉,视唐人性情风致,尚自不侔;而硕大高华,精深奇逸,人驱
上驷,家握连城,名篇杰作,布满区寓。古今七言律之盛,极于此矣。"⑤他所提到
的时至嘉靖年间七言律诗极盛而多显"硕大高华,精深奇绝"的情形,当和诸子尤
其是后七子的诗歌作风密切相关。因此,许学夷《诗源辩体》在引述胡应麟这段评
论之后,就颇为敏感地指出:"元瑞此论,于于鳞诸子最为公平,且字字精切,无容
拟议。"并附和胡氏之论,宣称"嘉靖七子七言律,硕大高华,精深奇绝,譬之吾儒,
乃是正大高明之域","七子七言律硕大高华者多,而温雅和平者少"⑥。又许学夷
具体品鉴李攀龙等人的七言律诗,感觉其诗风多呈现"冠冕雄壮"的特征。⑦ 对雄

---

① 《谭元春集》卷三十一,下册,第824页。
② 《谭元春集》卷二十七,下册,第759页。
③ 《诗薮·续编》卷二《国朝下·正德、嘉靖》,第351页。
④ 《诗薮·续编》卷二《国朝下·正德、嘉靖》,第357页。
⑤ 《诗薮·内编》卷五《近体中·七言》,第103页。
⑥ 《诗源辩体·后集纂要》卷二,第426页。
⑦ 如评李攀龙之作:"于鳞七言律,冠冕雄壮,俊亮高华,直欲逼唐人而上之。"(《诗源辩体·后集纂要》卷
二,第415页。)"于鳞七言律,冠冕雄壮,诚足凌跨百代,然不能不起后进之疑者,以其不能尽变也。"(同上)评
谢榛之作:"茂秦七言律,浅稚者十之二,生涩者十之四。入录者冠冕雄壮,足继于鳞。"(同上卷,第420页。)评
徐中行之作:"徐子与七言律,才气豪迈,较明卿和平处虽少,而光焰峥嵘胜之,元美称其'宏丽悲壮,读之令人
神耸'是也。"(同上卷,第422页。)评吴国伦之作:"吴明卿七言律,多冠冕雄丽,足继于鳞。"(同上卷,第423页。)

深浑厚、博大高华一路诗风的偏重,从李、何诸子来看,不但基于他们的审美嗜好,而且出自"反古俗而变流靡"①的变革目的;以李、王诸子而言,则主要承李、何等人诗歌审美之馀风。不过时至晚明,在有些诗家或论家看来,当诸子及其追从者所偏重的雄深浑厚、博大高华一路诗风趋向极端或沦为板滞,就不免变成诗坛一份负面资产。焦竑曾就此指出:"迫弘、德间,李、何辈出,力振古风,学士大夫非马记杜诗不以谈。第传同耳食,作匪神解,甚者粗厉阐缓,扣之而不成声。"②学古而流于"粗厉",主要之因,当和李、何等人过于追求"雄深钜丽"的风格不无关系。李维桢描述明初以来诗风的演变趋势,也提到七子派及其追从者诗风流于"粗厉"之失:"国初诗纤秾绮缛,犹有元之结习,变者务为和平典畅,而其流失之猥鄙。弘、正之际,变者务为钜丽雄深,而其流失之粗厉。"③又特别指出,"嘉、隆之间,雅道大兴,七子力驱而返之古,海内歙然乡风",以至"其气不得靡,故拟者失而粗厉"④。

有研究者曾从诗歌美学的角度,考察"清"作为它的核心范畴的诗学内涵,指出"清"在古典诗学中不但是成为本质论构成性概念,并且亦是作为风格论和鉴赏论基础的审美性概念;因为"清"与古典诗歌的审美理想联系在一起,这也决定了它在古典诗学中的重要地位。⑤ 与七子派主导的偏向雄深浑厚、博大高华诗风的审美取向不同,晚明诗界或突出"清"这一古典诗学中的传统概念来表达其有异于诸子的审美诉求。屠隆《高以达少参选唐诗序》就有如下一段陈述:"昔高廷礼氏选《唐诗品汇》,备矣而太滥,约而《正声》,精矣而多遗。至李于鳞选,更加精焉,然取悲壮而去清远,采峭直而舍婉丽,重气骨而略性情,犹不无遗恨焉。"⑥作为后七子集团的新生代成员,屠隆在复古问题上或步趋诸子,虽说如此,他的主张又间和诸子不尽同调。以上所议即是一例,其围绕唐诗编选的话题而展述,评及高棅《唐诗品汇》、《唐诗正声》和李攀龙《古今诗删》之唐诗选。而说到后者之选多取"悲壮"、"峭直"、"气骨"一类之作,这应该和李攀龙于"冠冕雄壮"一路诗风的偏爱有关。在屠隆看来,李攀龙重此轻彼的取舍,不免忽略

---

① 康海《渼陂先生集序》,《对山集》卷十。
② 《苏叔大集序》,《焦氏澹园集》卷十六,《续修四库全书》影印明万历三十四年(1606)刻本,第1364册。
③ 《邓使君诗序》,《大泌山房集》卷十九,《四库全书存目丛书》,集部第150册。
④ 《吴汝忠集序》,《大泌山房集》卷十二,《四库全书存目丛书》,集部第150册。
⑤ 参见蒋寅《古典诗学中"清"的概念》,《中国社会科学》2000年第1期。
⑥ 《白榆集》卷三。

了"清远"、"婉丽"、"性情"之作,成为他唐诗之选的一大缺失。仅此,可以看出他与李攀龙等人在诗歌审美趣味上的些许差异,尤其是他倾向采诗不废"清远"之作,指涉诗歌以清为尚的诉求,而他《柴仲初移居诗序》品评友人柴氏及其社友诗,以为"皆清远闲适"①,亦当作如是观。进而察之,这一倾向又与屠隆视"清"为诗歌之本质构成的观念有关,如他在《凌沂州集叙》中即指出:"诗于天壤间最清物也,亦恒吐清士口吻,山溜之响琮琮然,松篁之韵萧萧然,灵濑所发,涤人心神,沁人肌骨,必无俗韵。"②同为后七子新生代成员的胡应麟,更是以"清"作为一项诗歌重要的品鉴准则而集中论及之:"诗最可贵者清,然有格清,有调清,有思清,有才清。才清者,王、孟、储、韦之类是也。若格不清则凡,调不清则冗,思不清则俗。"他所说的"清"的概念,更多指向的是一种超脱凡庸卑俗的审美境界,即如他提出:"清者,超凡绝俗之谓,非专于枯寂闲淡之谓也。"推演开来,乃是所谓:"绝壁孤峰,长松怪石,竹篱茅舍,老鹤疏梅,一种清气,固自迥绝尘嚣。至于龙宫海藏,万宝具陈,钧天帝廷,百乐偕奏,金关玉楼,群真毕集;入其中,使人神骨泠然,脏腑变易,不谓之清可乎!"可见他试图破除"清"给人仅仅以"枯寂闲淡"的表象呈现的感受,而开掘至它脱出尘俗、清妙神异的更深一层的精神内里。值得提及的是,胡应麟同时以"清"这一概念为中心,演绎了一系列相应的美学涵义,去品鉴历代诸家之作,如他认为:"靖节清而远,康乐清而丽,曲江清而澹,浩然清而旷,常建清而僻,王维清而秀,储光羲清而适,韦应物清而润,柳子厚清而峭,徐昌毂清而朗,高子业清而婉。"③以其中的"清远"为例,他曾经表示:"薛考功云:'曰清、曰远,乃诗之至美者也,灵运以之。'白云抱幽石,绿篠媚清涟',清也;'表灵物莫赏,蕴真谁为传',远也;'岂必丝与竹? 山水有清音'、'景昃鸣禽夕,水木湛清华',清与远兼之矣。'薛此论虽是大乘中旁出佛法,亦自铮铮动人。"④胡应麟生平深受王世贞的器重,他的诗学主张亦多承其说,但从胡氏具体的申论观之,又并非全然如此,至少较之王世贞,以上这种尚清的审美论调,在胡应麟个人的诗学话语中相对显突,个性化的立场相对鲜明。

　　历史上以清为尚真正作为一种文学审美主张而被提出,可以追溯至南朝刘

①《白榆集》卷四。
②《栖真馆集》卷十二。
③ 以上见《诗薮·外编》卷四《唐下》,第 185 页至 186 页。
④《诗薮·外编》卷二《六朝》,第 151 页。

勰的《文心雕龙》,其中出现了多个以"清"为中心的派生概念,显示这种审美概念趋于活跃,而继后钟嵘《诗品》屡次运用了"清"的派生用词,与《文心雕龙》共同昭示南朝诗学尚清的审美倾向。[①] 晚明诗界以清为尚审美理念的凸显,自然有着历史的审美背景,属于诗学传统的一种深刻延续,但真正值得注意的,则是这一尚清理念折射出的一种时代风向。像屠、胡提出的上述主张,多少反映了这些七子派新生代成员诗学审美立场的微妙变化,与李、何及李、王等人偏重雄深浑厚、博大高华一路诗风的取向已有所差别,假如拓宽问题的面向,将考察的视线再转向晚明其他诗家或论家,那么又会发现,这种尚清的意向亦间或从他们的诗学话语中传递出来。如以袁中道为例,他检视诗道之"病",既不满李攀龙等人诗歌"其意以气格高华为主,力塞大历后之窦",致使"学之者浸成格套,以浮响虚声相高",又质疑继袁宏道"其意以发抒性灵为主,始大畅其意所欲言"之后,"学之者稍入俚易"而"不复检括"[②],其论诗或以清相尚,《刘性之孝廉诗序》称许诗友刘安仁所为《咏怀诗》,"步趋唐人,清泠凄惋有致"[③];《花雪赋引》论评湘人周圣楷所作,以为"诗文抒自性灵,清新有致";《蔡不瑕诗序》声称蔡氏"清夷恬澹,胸中无半点尘俗气,故其为诗,妍妙春融",说他"取汉魏、三唐诸诗,细心研入,合而离,离而复合,不效七子诗,亦不效袁氏少年未定诗,而宛然复传盛唐诗之神"[④]。这表示说,蔡氏诗风和他"清夷恬澹"的心境吻合,亦因此颇得古作神韵。

如上之所以不厌其烦地展开对相关问题的追述和延伸,主要想说明,钟、谭论诗提出"清"的审美概念,并不是一种完全孤立的行为,而其中多少折射出时代性的观念导向。这种导向不仅和古典诗学的传统相连接,而且又反映着凸显在当下诗界尤其是较之七子派主导的复古时代而构成明显差别的审美异动。上已指出,特别从钟惺定义诗为"清物"的申述来看,其涉及诗歌的本质规定和审美取向,而他又将"清"对于诗歌而言的本质性和审美性意义,提升至维护诗

---

① 参见蒋寅《古典诗学中"清"的概念》,《中国社会科学》2000 年第 1 期。蒋文指出,刘勰《文心雕龙》在其标举的核心概念"风骨"及其"风清骨峻"的基本含义之下,形成了诸如清典、清铄、清采、清允、轻清、清省、清要、清新、清切、清英、清和、清气、清辩、清绮、清越、清靡、清畅、清通等一群以"清"为骨干的派生概念。钟嵘《诗品》则十七次运用了清字,构成的词有"清刚"、"清远"、"清捷"、"清拔"、"清靡"、"清浅"、"清雅"、"清便"、"清怨"、"清上"、"清润"等。

② 《阮集之诗序》,《珂雪斋集》卷十,上册,第 462 页。

③ 《珂雪斋集》卷十,上册,第 477 页。

④ 以上见《珂雪斋集》卷十,上册,第 459 页。

人自我修持的层面加以认知。分别对应"体"、"地"、"境"、"味"、"游止"各个方面的"逸"、"净"、"幽"、"澹"、"旷"等的正面取向,显然与"清"的概念构成一定的意义关联,所以,其分别和违离于"清"的诸如"劳"、"秽"、"杂"、"浓"、"拘"等负面取向相对立。钟惺认为,诗人的自我修持不啻是体现在意念层面(心),也要落实在行为层面(迹),真正做到"心""迹"合一。而如此则更需要摒绝世俗之中"不欲闻之语"、"不欲见之事"、"不欲与之人",保持一己"孤衷峭性"之顺适无违,不使心志委曲而"勉强应酬"。基于这一理念,他推崇诸如"索居自全,挫名用晦,虚心直躬"的虚淡自励、不入俗流的修身方式,标示"性情渊夷,神明恬寂"①的心性粹然空明、清虚淡寂的精神境界。以钟惺之见,如此的修身方式以及所体现的精神境界,实际上又无非就是他为之称道的"平心以读书,虚怀以观理,细意定力以应世"的自修之态,无非就是他为之向慕的体认至道而臻于"宁静澹朴"的"有道"②之人,其所关注和追求的,则纯然是一种高度理性化的精神上的孤高与超越。回过头来看,钟惺定义诗为"清物",并从诗人自我修持而"心""迹"合一的角度,认识"清"于诗歌的本质性和审美性意义,其实也正可归入他对"孤行静寄"、"独往冥游"而主要源于"幽情单绪"、"虚怀定力"的所谓"古人精神"的诠释,正可联系到他为之用心表彰的孤迥不群、超离流俗的精神品质,以及与之相关联的独立非凡的创造能力,彼此之间构成意义上的一种互通关系。

与此同时,钟、谭也在他们具体的诗歌评赏实践中,贯彻了以诗为"清物"、突出"清"的品格的论诗基调,强化了考察诗歌史、品鉴历代诗歌而以清为尚的审美观照。据笔者统计,钟、谭编选而作为学古范本的《诗归》,其中二人的评点之语,不仅多有以"清"相标示者,并且出现了"清婉"、"清真"、"清适"、"清永"、"清润"、"清远"、"清壮"、"清便"、"清妙"、"清粲"、"清深"、"清老"、"清绝"、"清健"、"清辣"、"清奥"、"清澈"、"清和"、"清密"、"清急"、"清傲"、"清淳"、"清肃"等一系列由"清"构成的衍生词,而由这些使用的评语用词,大致可以见出其审美意向之所在。兹仅举数例,如他们评谢灵运《登永嘉绿嶂山》诗:"凡丽密诗薄不得,浊不得,康乐气清而厚,所以能丽能密。"③评鲍照《遇铜山掘黄精》诗:"俳而

---

① 以上见《简远堂近诗序》,《隐秀轩集》卷十七,第249页至250页。
② 《放言小引》,《隐秀轩集》卷十七,第262页。
③ 《古诗归》卷十一。

能清,刻而能润。"①评张九龄《郡内闲斋》诗:"清而不轻。"②评王融《青青河畔草》诗:"虽是拟古,自为清婉幽细之音。"评谢朓《和何议郎郊游》诗:"清永开初唐妙派。"③评卢照邻《春晚山庄率题》诗:"清润可敌子安,此即其高于骆丞处。"④评陈子昂《月夜有怀》诗:"不清远,不足以为情诗,每诵此八句,摇荡莫禁,可思其故。"评刘希夷《代闺人春日》诗:"清便欲动。"⑤评綦毋潜《通融上人兰若》诗:"不独幽韵,音响亦甚清奥。"评李嶷《林园秋夜作》诗:"清澈到底,不减高、岑。"⑥总评张籍诗:"思绪清密,读之无深苦之迹,在中唐最为缊藉。"⑦总评皎然诗:"清淳淹远,当于诗中求之,不当于僧中求之。"⑧仅以上胪列的例子已显示,尚清之论在钟、谭二人的诗学话语中出现的频率是比较高的,它们融汇在二人品鉴的评语中,不但展示了《诗归》的一种选录思路,而且体现了钟、谭对于古典诗歌所采取的审美立场。尽管尚清并不代表钟、谭诗学终极的审美诉求,这个问题下面将会论及,但"清"作为古典诗学传统的审美概念,则显然深植于他们诗学思想系统,被他们视作诗歌品格的一大重要表征和评赏标准。从"清"的内涵构成来看,其和明澈秀逸、鲜新脱俗等义项相关联。钟、谭移植和演绎传统"清"的审美概念,不啻融入了晚明诗界的观念转向,包括对七子派所偏重的雄深浑厚、博大高华单一风格的不满足,以蕴含明澈秀逸之义的"清"一路的风格弥补和变改之,并且体现了其脱出既有学古模式的根本用心,通过推尚同时被赋予鲜新脱俗之义的"清"一路的风格,拓展一条更富于创新意义的复古途径。⑨

再说"厚"。如果说,晚明诗界重视诗歌"清"的品格者不在个别,显示此际诗学观念的某种转向,那么,"厚"这一审美概念则主要为钟、谭等人所强调,成为竟陵派一大标志性的诗学话语。就此,钟惺《与高孩之观察》所言最具代表性,故常为人征引:

① 《古诗归》卷十二。
② 《唐诗归》卷五,《续修四库全书》,第1589册。
③ 以上见《古诗归》卷十三。
④ 《唐诗归》卷一,《续修四库全书》,第1589册。
⑤ 以上见《唐诗归》卷二,《续修四库全书》,第1589册。
⑥ 以上见《唐诗归》卷十四,《续修四库全书》,第1590册。
⑦ 《唐诗归》卷三十,《续修四库全书》,第1590册。
⑧ 《唐诗归》卷三十二,《续修四库全书》,第1590册。
⑨ 以上所论参见拙文《晚明诗学于复古系统的因应脉络与重构路径》,《文学遗产》2019年第3期。

诗至于厚而无馀事矣。然从古未有无灵心而能为诗者,厚出于灵,而灵者不即能厚。弟尝谓古人诗有两派难入手处:有如元气大化,声臭已绝,此以平而厚者也,《古诗十九首》、苏、李是也。有如高岩峻壑,岸壁无阶,此以险而厚者也,汉《郊祀》、《铙歌》,魏武帝乐府是也。非不灵也,厚之极,灵不足以言之也。①

尽管钟惺提出"厚出于灵","灵"成为"厚"的基础,而这里所谓的"灵"本身是一个内涵比较丰富的概念,既指向诗人的聪慧灵妙之心,又关涉诗人独特而敏锐的审美感悟能力;②然而"灵"的审美意义不及"厚"来得重要的意思是十分明白的,也就是"灵者不即能厚",而"厚"却能涵盖"灵","厚之极,灵不足以言之也"。所以说,以上所论的核心还是落在"厚"这一概念上。这是因为,"诗至于厚无馀事矣","厚"是被作为具有诗歌终极审美意义而予以主张的。不仅是钟惺,谭元春论诗也一再强调"厚",前引《徐元叹诗序》已明确议及之,他在解释"不孤不可与托想,不清不可与寄径,不永不可与当机"的"诗文之道"之后,接着又说:"已孤矣,已清矣,已永矣,曰:如斯而已乎? 伯敬以为当入之以厚,仆以为当出之以阔。使深敏勤壹之士,先自处于阔之地,日游于阔之乡,而后不觉入于厚中。一不觉入于厚中,而其孤与清与永日出焉。"③虽然钟、谭各自看待问题的角度有所不同,如钟惺以为,既已达到"孤"、"清"、"永"的美学境地,还要灌注以"厚",而谭元春觉得,对此应先浸润于"阔",然后不知不觉进入"厚"中,如此"孤"、"清"、"永"美学之境自然就能形成,但二人也有基本的共识,这主要体现在,都将"厚"视为最高层级的审美表现。同时,他们也以此作为发掘"古人精神"所针对的一个重点,就如谭元春《诗归序》说自己与钟惺"约为古学,冥心放怀,期在必厚"④;又如清人贺贻孙《诗筏》所指出:"严沧浪《诗话》,大旨不出'悟'字;钟、谭《诗归》,大旨不出'厚'字,二书皆足长人慧根。"⑤贺氏的评断,也道出了钟、谭编选《诗归》以"拈出古人精神"⑥的主旨所在。

---

① 《隐秀轩集》卷二十八,第 474 页。
② 参见陈少松《钟、谭论"灵"与"厚"的美学意蕴》,《东南大学学报》2002 年第 4 期。
③ 《谭元春集》卷三十一,下册,第 824 页。
④ 《谭元春集》卷二十二,下册,593 页。
⑤ 《清诗话续编》,第 1 册,第 132 页。
⑥ 钟惺《再报蔡敬夫》,《隐秀轩集》卷二十八,第 470 页。

那么由此带出的一个问题是,如何方能得"厚"? 对此,钟惺在《与高孩子观察》中已言简意赅指出,"必保此灵心,方可读书养气,以求其厚"①,说明从"灵"至"厚","读书养气"是非常重要的一条必由路径。说到底,这还直指为钟、谭二人相当看重的主体修习养炼之工夫。"读书"可以"养气","养气"的目的是使气趋"厚",即如钟惺所说,"博于读书,深于观理,厚于养气"②。而"气"这一概念在其历史的演化过程中,本身已发展出倾向主体内在或精神层面的意义指向,如孟子自称所"善养"的"浩然之气"③,就体现了它和主体精神的密切联系。以此说来,钟惺主张"读书养气"的修习养炼所得之"厚",必定导向主体内在或精神层面所达到的深淳厚重的涵养之境。如果对此尚需稍加留意的话,那么这种精神自修所得之"厚",还积淀了蓄之于心、践之于行的道德伦理的内蕴。如钟惺《周伯孔诗序》称赞诗友周楷为"文行君子",以其"多读书,厚养气,暇日以修其孝弟忠信,入以事其父兄,出以事其长上"④。正因为"厚"得自"读书养气"的修习养炼,体现主体深淳厚重的涵养之境,所以按照钟、谭的理解,真正意义上呈现在诗歌文本中的"厚",就不是依靠简单、外在的文字修饰所能获取,而是诗人通过内向的自我修持而凝聚起来的深淳厚重精神气度的流露。如钟惺评储光羲《同王十三维偶然作》:"寄兴入想皆高一层、厚一层、远一层,田家诸诗皆然。有此心手,方许拟陶,方许作王、孟,莫为浅薄一路人便门。"又评该诗其五:"此首较前数首觉气平,其极厚、极细、极和,乃从平出,此储诗之妙。亦须平气读之。"⑤指出储诗"寄兴入想"之"厚",以及"平气"而出"厚",这显然主要是就诗中透出的作者精神气度的层面来说的。又如谭元春评曹操《短歌行》:"少小时读之,不觉其细。数年前读之,不觉其厚。至细,至厚,至奇。英雄骚雅,可以验后人心眼。"⑥这应当是说,超越曹诗的字句表面,深入其精神内里,方才品出诗中包括"厚"在内的多种意味。

有研究者指出,追溯"厚"的概念和诗学最初接触,不能不首先提到"温柔敦

① 《隐秀轩集》卷二十八,第 474 页。
② 《送王永启督学山东序》,《隐秀轩集》卷十九,第 305 页。
③ 《孟子注疏》卷三上《公孙丑章句上》,《十三经注疏》,下册,第 2685 页。
④ 《隐秀轩集》卷十七,第 254 页。
⑤ 《唐诗归》卷七,《续修四库全书》,第 1589 册。
⑥ 《古诗归》卷七。

厚”的诗教传统，它对“厚”的定位和影响不言而喻。① 钟、谭论诗主“厚”，似乎也没有忽略将此和历史悠久的这一传统联系起来，钟惺在《陪郎草序》中就表示，“夫诗，以静好柔厚为教者也”，“豪则喧，俊则薄；喧不如静，薄不如厚”②。特别是其中以“柔厚”为教来表述诗歌“厚”的品位和意义，多少是基于诗教传统的诠释立场。与此相关，钟惺所理解的“厚”即包含一种深婉忠实或柔和厚道之义。如他评鲍照《拟行路难》之“泻水置平地”一诗，谓之“极悲凉，极柔厚，婉调幽衷，似晋《白纻》、《杯盘》二歌”③。鲍照此诗虽感叹悲愁，但表现平婉，清人沈德潜以为其“妙在不曾说破，读之自然生愁”④。这大概是钟惺感觉该诗“悲凉”却“柔厚”的主要原因。又如他评王维、储光羲《偶然作》：“见清士、高人胸中皆似有一段垒块不平处，特其寄托高远，意思深厚，人不能觉。”⑤评韩愈乐府诗：“讽刺寄托，深婉忠厚，真正风雅。读《猗兰》、《拘幽》等篇可见。”⑥不管是王、储诗蕴含“垒块不平”，还是韩诗具有“讽刺寄托”，都未显得激切怨忿，而是相对理性婉和，因此给人以或“意思深厚”或“深婉忠厚”之感。

不过，钟、谭对“厚”的主张，所谓以“柔厚”为教之说只是其中的一个方面，事实上，这一“厚”的概念还包蕴着其他的涵义，具有某种开放性或多义性。钟惺《与谭友夏》乃有憾于时人曹学佺“居心稍杂，根不甚刚净”，以至“近日诗文有浅率之病”，又解释为何“我辈数年前诗，同一妙语妙想，当其离心入手，离手入眼时，作者与读者有所落然于心目，而今反觉味长；有所跃然于心目，而今反觉易尽者”，认为“落然者以其深厚，而跃然者以其新奇；深厚者易久，新奇者不易久也”⑦。“易尽”与“味长”相对，绝非“深厚”所在，至于“浅率”，其实又是“深厚”不足的表现。这又说明，“厚”还指向诗歌作品丰富充盈、耐人品味的意义含量。钟惺评刘眘虚《寄阎防》：“入处甚深厚，莫只作清微看。”又评其阙题“道由白云尽”一诗：“骨似王、孟，而气运隆厚或过之。”而他在总评刘诗时指出：“诗少而妙难矣，然难不在淘洗，而在包孕；妙不在孤严，而在深广。读眘虚一字、一句、一

① 蒋寅《论中国古典诗学中的“厚”》，《北京大学学报》2019年第1期。
② 《隐秀轩集》卷十七，第276页。
③ 《古诗归》卷十二。
④ 《古诗源》卷十一，第215页。
⑤ 《唐诗归》卷八，《续修四库全书》，第1589册。
⑥ 《唐诗归》卷二十九，《续修四库全书》，第1590册。
⑦ 《隐秀轩集》卷二十八，第473页至474页。

篇,若读数十百篇,隐隐隆隆,其中甚多。吾取此为少者法。"①由此看来,刘诗之所以被认为有着诸如"深厚"、"隆厚"之"厚"的特点,应该在于其"包孕"和"深广"之妙,文本的体量虽"少",而包含的意义却"多",乃至于一字、一句、一篇体现了超出一般诗作的丰实饱满的意义含量。当然,意义丰富充盈并不一定代表耐人品味,"包孕"和"深广"并不直接等同于"味长",所以,这里指向意义含量的"厚"还牵涉一个意义传达的问题。钟惺《与高孩子观察》的如下陈述受人注意:"曹能始谓弟与谭友夏诗,清新而未免于痕;又言《诗归》一书,和盘托出,未免有好尽之累。夫所谓有痕与好尽,正不厚之说也。弟心服其言。然和盘托出,亦一片婆心婆舌,为此顽冥不灵之人设。至于痕则未可强融,须由清新入厚以救之。"②对于曹学佺指出钟、谭二人诗和所选《诗归》"有痕与好尽"的意见,钟惺表示"心服其言",想来并非言不由衷,因为看重"厚"的他,不得不承认"有痕与好尽"正是不"厚"的表现,可见曹言触及要害,令人难以回避。"有痕"乃指生硬刻琢留下的迹印,"好尽"则指直露无馀而索然无味,二者皆违离于"厚"。谭元春《题简远堂诗》亦云:"夫诗文之道,非苟然也,其大患有二:朴者无味,灵者有痕。"③其和钟惺上述的说法相差无几,"无味"很大程度上导源于"好尽"。钟惺评王昌龄《春宫曲》云:"就事写情、写景,合来无痕,亦在言外,不曾说破。"④即称赏其不仅浑然"无痕",且具"言外"含蓄之意。又总评白居易诗云:"元、白浅俚处,皆不足为病,正恶其太直耳。诗贵言其所欲言,非直之谓也,直则不必为诗矣。"⑤"太直"正是"好尽"的体现,与诗歌的审美特性本不相符,也是不"厚"的原因之一。这么说来,"厚"既要求意义蕴藉传达,韵味深长,又要求文字浑融圆润,不露痕迹。它的涵义不但指向浑朴蕴藉的表现风格,而且实际指向不落言筌、无迹可求的一种艺术境界。⑥

至此,尚有一个问题需要解答,这就是,钟、谭为何要提倡"厚"?以往研究者大多从纠正公安派俚俗、纤巧之弊的角度看待他们的动机所向,这固然可以说是其中的一个方面,但我以为,如此的解释尚不足以说明问题的全部。如上

①《唐诗归》卷六,《续修四库全书》,第1589册。
②《隐秀轩集》卷二十八,第474页。
③《谭元春集》卷三十,下册,第815页。
④《唐诗归》卷十一,《续修四库全书》,第1589册。
⑤《唐诗归》卷二十八,《续修四库全书》,第1590册。
⑥ 参见丁功谊《钱谦益文学思想研究》,第45页,上海古籍出版社2006年版。

所述,"清"与"厚"是钟、谭反复强调的两个重要审美概念,他们之所以强调"厚",其中的一点,还有平衡"清"的考量。作为古典诗学的传统概念,"清"在审美内涵上除了正面价值之外,同时还有着负面价值,即其容易流于单薄。① 从这个意义上说,"厚"正可以弥补"清"之天然不足。钟惺总评王昌龄诗其中说的一段话耐人寻味:"储与王以厚掩其清,然所不足者非清;常建以清掩其厚,然所不足者非厚。"②所谓"厚"掩"清"、"清"掩"厚"云云,说明二者之间因为意义指向的不同,可能会发生互相妨碍的作用。因此,"厚"对于容易流向单薄的"清"而言,则能够起到纠正和补充的效果,从而达到一种审美上的平衡。

第三节　唐诗史的独自勾画

从明代诗歌史与诗学思想史的发展演变进程来看,一个基本的历史事实是,唐诗成为被重点关注的对象,宗唐成为众家趋之若鹜的重要选项。特别自明代中叶以降,伴随七子派的崛起,唐诗尤其是盛唐诗歌的示范意义被强力凸显出来。进入晚明时期,即使是公安派袁宏道等人鄙薄"始为复古之说以胜之"的"近代文人"③,对七子派多有訾诋,在唐诗的问题上甚至声称"奴于唐谓之诗,不诗矣"④,展示了有意对抗深受七子派影响的宗唐风气的姿态,但在具体的实践中,却又无法漠视唐诗作为诗歌史上典范文本的价值意义,难以在宗唐问题上与七子派彻底切割。⑤ 对于钟、谭来说,他们同样没有也无法忽略唐诗这笔重要的古典资源,以此作为发掘和宣示"古人精神"的重要一环。他们所编选的《诗归》共五十一卷,其中《古诗归》十五卷,《唐诗归》三十六卷,后者包括初唐诗五卷、盛唐诗十九卷、中唐诗八卷、晚唐诗四卷,占《诗归》卷帙约百分之七十,仅此一端,已表明编选者对唐诗的足够重视。不过,这并不意味着钟、谭在对唐诗价值的具体认知上与七子派这样积极的宗唐流派保持一致,相反,在探索"古人精神"或"第求古人真诗"的动力的驱使下,他们特别是通过《唐诗归》这一唐诗专门选本的编次和评点,有意独自勾画唐诗的演变历史,在唐代各阶段诗家及

---

① 参见蒋寅《古典诗学中"清"的概念》,《中国社会科学》2000 年第 1 期。
② 《唐诗归》卷十一,《续修四库全书》,第 1589 册。
③ 袁宏道《雪涛阁集序》,《袁宏道集笺校》卷十八,中册,第 710 页。
④ 袁宏道《诸大家时文序》,《袁宏道集笺校》卷四,上册,第 184 页。
⑤ 参见本书第十九章第二节所论。

诗歌的价值定位上作出自我的判断,并以此作为重点调整七子派所指引的宗唐路线的主要措施。

首先要指出的是,《唐诗归》作为一个诗歌选本,编选者自然要考虑到阅读的对象与接受的效果。所以,钟、谭在遴选作品之际,在无关原则性问题的情况下,也会间或兼顾时俗的趣味。譬如,刘希夷《公子行》钟惺评语:"希夷自有绝才绝情,妙舌妙笔,《公子行》、《代悲白头翁》本非其佳处,而俗人专取之,掩其诸作,古人精神不见于世矣。今收此一篇,与前后诸作同载,使有目者共之。"在钟惺眼里,刘希夷诗歌中为"俗人"所取的《公子行》算不上是佳篇,故他评刘氏《捣衣篇》,也说其诗"密理深情,远胜《公子行》等篇"①,选入此诗,盖有顾及时俗的考量,而处理的办法则是与其他佳篇"同载",不使尽"掩其诸作"。又李白《宫中行乐词》钟惺评语:"太白《清平》三绝,一时高兴耳,其诗殊未至也。予既特去之,恐千古俗人致骇,复收此一首,以塞聋俗之望。此虽流丽,而未免浅薄,然较三绝句差胜。予于选此诗,笔削太狠处有之,不过使古人精神不为吠声者所蔽耳。而于五七言律,从众概收者十或一二,稍示近人之意,具眼者未免罪我也。"②,"从众"入选的李白诗篇或可以满足俗望,却不一定是自己心目中的理想之作,但即便如此,还是有着基本的选诗底线,这就是不无原则地附和众声而淹没"古人精神"。不过,如此有限度的从俗遴选,说到底还应当是出自一种便于选本传播、便于读者接受的品选策略,而非钟、谭选诗之初衷,更何况类似的例子在《唐诗归》中实属少数,不具普遍性。

杜甫《小寒食舟中作》后钟惺总评曰:

> 予于选杜七言律,似独与世异同,盖此体为诸家所难,而老杜一人选至三十馀首,不为严且约矣。然于寻常口耳之前,人人传诵、代代尸祝者,十或黜其六七。友夏云,既欲选出真诗,安能顾人唾骂,留此为避怨之资乎?知我者老杜,罪我者从来看杜诗之人也。③

这段评语虽然主要是针对杜诗的遴选来说的,但其实也从一个侧面反映了钟、

---

① 以上见《唐诗归》卷二,《续修四库全书》,第 1589 册。
② 《唐诗归》卷十六,《续修四库全书》,第 1590 册。
③ 《唐诗归》卷二十二,《续修四库全书》,第 1590 册。

谭编选诗歌的基本立场。他们自认为选诗的工作严肃而崇高,目标所向是要选出"古人真诗",索求"古人精神",坚守于此,难免要承担抗拒时俗的风险,但这并不足以使他们为"避怨"而作出自我妥协。具体到杜诗也一样,即便是那些"人人传诵"、"代代尸祝"之作,如果不合乎"真诗"的标准,同样可能落选。在此,钟、谭无疑以他们的实践和经验,传达自己为选"真诗"不惜违俗的心志。自此出发,他们则更愿意在"深览古人,得其精神"的编选实践中,用心寻索和品评与众不同而贴合他们审美趣味的诗篇,包括那些独具"别趣"之作。钟惺总评刘希夷诗云:"初唐之刘希夷、乔知之,盛唐之常建、刘眘虚数人,淹秀明约,别肠别趣,后人所谓'十二家'、'四大家'等目固不肯使之人。"①总评王季友诗云:"此公有古骨古心,复有妙舌妙笔,然在盛唐不甚有诗名,为其少耳。余性不以名取人,其看古人亦然。每于古今诗文,喜拈其不著名而最少者,常有一种别趣奇理,不堕作家气。"②又杜甫《绝句》后钟惺总评云:"少陵七言绝,非其本色,其长处在用生,往往有别趣。有似民谣者,有似填词者,但笔力自高,寄托有在,运用不同耳。"③"别趣"的意义在于,其虽或不能达到极致,不甚完美,但不受法拘,不落俗套,自具特异之面目,所以可以传世。就如钟惺所说:"古人作事不能诣其至,且求不与人同。夫与人不同,非其至者也;所谓有别趣,而不必其法之合也。宁生而奇,勿熟而庸。夫若是,则亦可以传矣。"④同时,要拈出不同于众的独具"别趣"之作,当然特别需要发现者独到的鉴别眼识,这大概也就如谭元春所说的,要成为"自出眼光之人","以达于古人"⑤,真正与"古人精神"相冥契。

从《唐诗归》的编选和评点情形来看,钟、谭出于"引古人之精神以接后人之心目"的本旨,以使学古者脱出"大要取古人之极肤、极狭、极熟,便于口手者"⑥的误区,有意识地从有唐一代诗歌中选取更多"古人真诗"包括富于"别趣"而体现"古人精神"之作,因此在阅读和遴选的策略上,始终和以七子派为代表的宗唐文士的立场保持一定的距离,突出选本独特个性的意图不言而喻。

先看初、盛唐诗部分。《唐诗归》所选初、盛唐诗加起来达二十四卷,接近全

① 《唐诗归》卷二,《续修四库全书》,第 1589 册。
② 《唐诗归》卷十六,《续修四库全书》,第 1590 册。
③ 《唐诗归》卷二十二,《续修四库全书》,第 1590 册。
④ 《跋林和靖秦淮海毛泽民李端叔范文穆姜白石王济之释参寥诸帖》,《隐秀轩集》卷三十五,第 575 页。
⑤ 《诗归序》,《谭元春集》卷二十二,下册,第 594 页。
⑥ 钟惺《诗归序》,《隐秀轩集》卷十六,第 235 页至 236 页。

书百分之七十卷帙,然而这并不代表钟、谭重蹈七子派等文士尊尚初、盛唐诗歌尤其是盛唐诗的故辙,事实上,在这方面他们更多基于自身的审美取向,对于有唐一代作出不同俗尚的品鉴和解读。钟惺总评常建诗就说:"初、盛唐之妙,未有不出于厚者。"①平心而论,如此以"厚"来概括初、盛唐诗之"妙",不免有些粗率和武断,但要是明白其以"自出眼光"辨认"古人真诗"或"别趣"的品鉴用心,这个问题自然也就不难理解。以初唐诗来说,正是用"厚"的标准相衡量,他们分别在诸诗家的篇翰中体味到了独特之"妙"。如从杜审言《春日江津游望》中品出"深厚"②,从宋之问五言古诗中品出"深健气厚",包括视他的《初到陆浑山庄》为"深厚"③之作;又评张九龄《初发曲江溪中》与《望月怀远》曰,"虚者难于厚",而二诗"得之","浑是一片元气,莫作清松看"④。比照起来,七子派成员虽对初唐诗的投注不及盛唐诗,但还是多加推重,如康海曾说自己"读历代诗,汉魏以降,顾独悦初唐焉",以为"其词虽缛,而其气雄浑朴略,有《国风》之遗响"⑤。说起来,二者评判初唐诗之优长,一以"厚",一以"雄浑朴略",彼此的内涵指向不同,其价值判断自然也不同。同时可以看到,有些选诗和品鉴的针对性显得更加直接明了。例如,钟惺评李颀《题卢五旧居》云:"此首好而人反不称,大要近人选七言律,以假气格掩真才情。"⑥又张谓《西子亭言怀》后钟惺总评曰:"七言律诗家所难,初、盛唐以庄严雄浑为长,至其痴重处,亦不得强为之佳,耳食之夫一概追逐,滔滔可笑。张谓变而流丽清老,可谓善自出脱。刘长卿与之同调,俗人泥长卿为中唐,此君盛唐也,犹不足服其口耶?且初唐七言律尽有如此风致者。因思气格二字,蔽却多少人心眼,阻却多少人才情。"⑦钟惺在此所评论的,重点涉及如何看待七言律诗与"气格"的关系问题。众所周知,七子派于诗注重格调,所谓"气格"也为诸子所强调,这和他们重格调的取向有关。谢榛就认为:"诗文以气格为主,繁简勿论。"⑧而对近体中难度较高、作法较严的七言律诗,或多以"气格"相要求,如胡应麟论明代弘治、正德前七律:"弘、正前,七言律

---

① 《唐诗归》卷十二,《续修四库全书》,第 1589 册。
② 《唐诗归》卷二,《续修四库全书》,第 1589 册。
③ 《唐诗归》卷三,《续修四库全书》,第 1589 册。
④ 《唐诗归》卷五,《续修四库全书》,第 1589 册。
⑤ 《樊子少南诗集序》,《对山集》卷十三。
⑥ 《唐诗归》卷十四,《续修四库全书》,第 1590 册。
⑦ 《唐诗归》卷十六,《续修四库全书》,第 1590 册。
⑧ 《诗家直说一百二十九条》,《四溟山人全集》卷二十一。

数篇外,惟危素《送人之岭右》有中唐风,王直《西湖》、高栋《早朝》得初唐调。此外或句联工而全篇不称,或首尾称而气格太卑,不足多论。"①又他评及后七子诸成员七律,指出其中的梁有誉"于诸子最早成,律尤温厚缜密,但气格微弱"②。应该说,关于七言律诗,钟惺批评"近人"重以"气格"相取而掩却"才情",鄙薄"耳食之夫"蒙昧无知,于此"一概追逐",主要针对的还是七子派及其追从者。他标榜张谓七律诗篇能"善自出脱",变"庄严雄浑"为"流丽清老",则旨有所托,显然有意要和只重"气格"的做法相区别,代表了他审察初、盛唐七言律诗价值不欲从俗的一种眼识。

　　钟、谭于初、盛唐诗的选评,还有值得注意的一个现象,那就是他们对待其中五言古诗的态度。王维《哭殷遥》后钟惺评曰:"王、孟之妙在五言,五言之妙在古诗,今人但知其近体耳。每读唐五言古妙处,未尝不恨李于鳞孟浪妄语。"③他从揭示被时人忽视的王维、孟浩然五言古诗之妙出发,进而认可唐代五言古诗的价值,至于提到的李攀龙"孟浪妄语",指的是李氏在《选唐诗序》中所言:"唐无五言古诗,而有其古诗。陈子昂以其古诗为古诗,弗取也。"④李攀龙之所以得出以上结论,其主要以汉魏五言古诗理想体制为参照,认为唐代虽有五言古诗,然已无汉魏五言古诗的韵调,二者既不在同一审美层面,也不在同一价值层面,说明他对唐代五言古诗评价并不高。⑤ 这一结论遭到钟惺的强烈质疑,他提出的理由在于,唐代五言古诗自有"妙处",不能予以否认。亦如他评颜真卿《赠僧皎然》:"此诗密理幽致,何减谢康乐,而选者不及,皆为'唐无五言古'一语抹杀。"⑥当然,这么说也不代表在钟、谭心目中唐代五言古诗已是完美无瑕,李白《寻鲁城北范居士,失道落苍耳中,见范置酒摘苍耳作》后钟惺即评曰:"事妙,诗妙矣。只觉多了数语,减得便好,却又不能,或不肯。唐五言古往往受此病,李、杜不免,故频频拈出。"这大概是指唐代五言古诗或有语句冗沓之失,即使如李、杜之作也难避免。不过钟、谭又认为,如站在诗人才性所至的角度,这一问题也可以理解。如李白《送韩准、裴政、孔巢父还山》后谭元春评曰:"唐人神妙

　　① 《诗薮·续编》卷二《国朝下·正德、嘉靖》,第361页。
　　② 《诗薮·续编》卷二《国朝下·正德、嘉靖》,第355页。
　　③ 《唐诗归》卷八,《续修四库全书》,第1589册。
　　④ 《沧溟先生集》卷十五。
　　⑤ 参见本书第十三章第一节所论。
　　⑥ 《唐诗归》卷二十三,《续修四库全书》,第1590册。

全在五言古,而太白似多冗易,非痛加削除不可,盖亦才敞笔纵所至。叹汉魏二字误却多少妙才快笔耳。"就此,钟惺复附和曰:"谭语深有所谓,未易为俗人言,妙才快笔之人,极宜顾步此语。"①谭元春所说的李白五古"似多冗易",类似钟惺"多了数语"的指瑕,但他终以"才敞笔纵"为由给予包容。同时他也示意,唐代五言古诗自有其创作个性,不可受制于汉魏五言古诗的标准,不能以后者的风格取代前者的特点。另一方面,在钟、谭看来,若以汉魏五言古诗系统作参比,唐人诗歌也自有可与之媲美甚至胜过前者的作品。如他们提出:

> (陈之昂)《感遇》数诗,其韵度虽与阮籍《咏怀》稍相近,身分铢两实远过之。俗人眼耳贱近贵远,不信也。②
> 唐人古诗胜魏晋者甚多,今人耳目自不能出时代之外耳。③
> 唐人五言古,惟张曲江有汉魏意脉,不使人摸索其字形音响而遽知其为汉魏,所以为真汉魏也。
> 《感遇》诗,正字气运蕴含,曲江精神秀出;正字深奇,曲江淹密。各有至处,皆出前人之上。

特别是他们重点标示的陈子昂、张九龄等人的五言古诗,都被视作无逊于汉魏古诗的范例,尤其是对陈子昂《感遇》诗的表彰,也等于直接否定了李攀龙"陈子昂以其古诗为古诗,弗取也"的自我判断。要之,由钟、谭的相关评述可以看出,他们对于唐代五言古诗的价值评判,已不是完全以汉魏五言古诗系统作为衡量准则,而是主要立足于唐代五古的创作个性包括诸家的风格特点,试图展开更贴近有唐五古诗风的合理观照和独立品鉴。这一审察的角度,自和李攀龙参照汉魏五言古诗得出"唐无五言古诗,而有其古诗"结论的鉴评思路大为不同,也为提升唐代五言古诗的价值地位创造了空间。又在钟、谭看来,唐代五言古诗的独特价值,与唐人"全力付之"的勉力从事的态度分不开:

> 盖五言古,诗之本原。唐人先用全力付之,而诸体从此分焉。彼谓"唐

---

① 以上见《唐诗归》卷十五,《续修四库全书》,第1590册。
② 《唐诗归》卷二,《续修四库全书》,第1589册。
③ 《唐诗归》卷四,《续修四库全书》,第1589册。

无五言古诗，而有其古诗"，本之则无，不知更以何者而看唐人诸体也。①

　　读初、盛唐五言古，须办全副精神，而诸体分应之；读杜诗，须办全副精神，而诸家分应之。观我所用精神多少分合，便可定古人厚薄偏全。②

　　唐人既对作为诗歌本原的五言古诗"全力付之"，其重要作用在于影响了唐代其他不同体式的诗歌，即导致"诸体从此分焉"。所以要探察唐代其他各类诗体的发展与变化情形，也即便于"诸体分应之"，就必须以"全副精神"品读初、盛唐五言古诗。有研究者指出，这种观念使得钟、谭特别留心唐人五言古诗，它应当是对主张复古的七子派重视近体的文学史观的一个重要补充，③其说不无道理。同时也让我们明白，钟、谭又相对集中关注处于兴盛时期的初、盛唐五言古诗，想来也是以此作为深入辨察唐代各体诗歌演变历史的重要路径。钟、谭将唐人五言古诗视为唐代各体诗歌发展与变化之本，这一思路是否完全切合唐诗演变的历史事实，并不是问题的关键所在，姑且可以不论，重要的是它提供了这样的信息：即他们对唐代五言古诗的价值认定，是和对唐诗史的自我认知相互结合在一起，在重新勾画唐诗史的过程中凸显有唐五言古诗的位置。就此而言，颠覆了诸如李攀龙作出的"唐无五言古诗，而有其古诗"的论断。

　　再看中、晚唐诗部分。如前所述，钟惺针对七子派重初、盛唐诗的作法，曾分别表示，"国朝诗无真初、盛者，而有真中、晚，真中、晚实胜假初、盛，然不可多得"④；"明诗无真初、盛，而有真中、晚，真宋、元"⑤。此言同时变相含有认可中、晚唐诗的意味。在晚明诗界，虽然宗唐仍然成为众家的重要选项，但尤其为七子派所强化的以盛唐诗歌为中心的宗尚系统遭到不同程度的质疑，也是显而易见的事实。此前论及，如公安派袁中道提出"诗以三唐为的"⑥，江盈科主张"善作诗者，自汉魏、盛唐之外，必遍究中晚，然后可以穷诗之变"⑦，"中晚之诗，穷工

① 以上见《唐诗归》卷五，《续修四库全书》，第1589册。
② 《唐诗归》卷十七，《续修四库全书》，第1590册。
③ 参见陈国球《明代复古派唐诗论研究》，第249页。
④ 《与王穉恭兄弟》，《隐秀轩集》卷二十八，第463页。
⑤ 《明茂才私谥文穆魏长公太易墓志铭》，《隐秀轩集》卷三十三，第522页。
⑥ 《蔡不瑕诗序》，《珂雪斋集》卷十，上册，第458页。
⑦ 《江盈科集·雪涛诗评·用今》，下册，第798页。

极变,自非后世可及"①,即和诸子"大历以后弗论"②的宗唐理路显不同调,涉及对中、晚唐诗价值的重新认知。对于钟、谭来说,重估中、晚唐诗的价值所在,也成为他们对唐诗史进行重新勾画的一个显著面向,以及重点调整七子派引示的宗唐路线的具体举措之一。钟惺提出:"汉魏诗至齐梁而衰,衰在艳,艳至极妙,而汉魏之诗始亡。唐诗至中、晚而衰,衰在澹,澹至极妙,而初、盛之诗始亡。不衰不亡,不妙不衰也。"需要指出的是,这里所谓"衰",并不是绝对意义上的负面性的价值判断,主要是基于比较而指向不同于前的一种变化的概念,以为诗至齐梁"衰"而"艳至极妙",诗至中、晚唐"衰"而"澹至极妙",正可以说是消解了"衰"的负面涵义。既然无论是齐梁诗相对于汉魏诗还是中、晚唐诗相对于初、盛唐诗,变化是不争的事实,那么由此引出的一个问题是,就中、晚唐诗而言,究竟应当如何看待这样的变化? 钟惺在总评刘长卿诗时指出:"中、晚之异于初、盛,以其俊耳。刘文房犹从朴入,然盛唐俊处皆朴,中、晚人朴处皆俊。"③体味其言,钟氏主要是在陈述中、晚唐诗相对于初、盛唐诗所发生的阶段性变异,这一变异导致的结果,则是中、晚唐诗区别于盛唐诗"俊处皆朴"而呈现"朴处皆俊"的显著特点。可以看出的是,作为评点者,钟惺根本无意在二者之间作出孰优孰劣的价值判断,实质上则变相承认中、晚唐诗这一变化历史存在的合理性。循着这条理路,我们又可以发现,钟、谭对待中、晚唐诸家诗歌各自的风格特点,更多投之以容纳甚至欣赏的态度。如他们总评韦应物诗:"韦苏州等诗,胸中腕中皆有先有一段真至深永之趣,落笔自然清妙,非专以浅澹拟陶者。""总是清之一字,要有来历,不读书、不深思人,侥幸假借不得。"④在钟、谭眼中,韦应物诗所呈现的"清"的特点,并非随意缀合的结果,实为诗人的个人养炼之所得,成为其诗风的个性标志,而这一特点,也切合了他们的审美趣味。又如钟惺总评元稹诗:"看古今轻快诗,当另察其精神静深处。如微之'秋依静处多',乐天'清冷由木性,恬淡随人心'、'曲罢秋夜深'等句,元、白本色,几无寻处矣。然此乃元、白诗所由出与其所以可传之本也。"以他的观察,元、白诗固然有"浅俚"、"太直"⑤

---

① 《江盈科集·雪涛诗评·诗文才别》,下册,第 805 页。
② 王廷相《寄孟望之》,《王氏家藏集》卷二十七。
③ 以上见《唐诗归》卷二十五,《续修四库全书》,第 1590 册。
④ 《唐诗归》卷二十六,《续修四库全书》,第 1590 册。
⑤ 《唐诗归》卷二十八,《续修四库全书》,第 1590 册。

的短处,但深究起来,又可以察觉出其"本色"背后的"精神静深"之处,这是元、白诗的本质特点,也是其所出和可传的根本所在。也因如此,在钟、谭看来,对于中、晚唐诗,需要的态度是应正面看待它们的风格特点,尤其是凸显其中的独特"妙处",不必非要以初、盛唐诗为创作范式,定其优劣高下。如钟惺总评晚唐诗:"看晚唐诗,但当采其妙处耳,不必问其某处似初、盛与否也。亦有一种高远之句不让初、盛者,而气韵幽寒,骨响崎嵚,即在至妙之中,使人读而知其为晚唐,其际甚微,作者不自知也。"①只采集其"妙处",不必计较其他,这似乎是钟、谭所认定的评价中、晚唐诗的大体原则与观察路径,也犹如钟惺在总评曹邺诗时所云:"采其妙处,则其馀当耐之,此看中、晚诗法也。"②

中、晚唐诗何以异于初、盛唐诗?对于不少的诗家或论家来说,他们可能更习惯于从传统的"气运"说中去找寻相应的答案。如胡应麟《诗薮》就曾分别拈出盛、中、晚五言律诗数例作比较,感觉虽"皆形容景物,妙绝千古,而盛、中、晚界限斩然",由此,"故知文章关气运,非人力"③。尽管钟、谭并未完全忽略"气运"推迁的影响因素,钟惺即说过,"诗文气运,不能不代趋而下"④,但又同时认为,这样的变化不只是"气数"所致,也是"习尚"使然:

> 古人作诗文,于时地最近、口耳最熟者,必极力出脱一番。如晚唐定离却中唐,等而上之,莫不皆然,非独气数,亦是习尚使然。然其所必欲离者,声调情事耳已,至初、盛人一片真气全力,尽而有馀、久而更新者,皆不暇深求。而一切欲离之,以自为高,所以离而下,便为晚唐。亦有离而上者,为初、盛,为汉魏,皆不可知。⑤

相对于"气数","习尚"则应该是人力所为,古人作诗为文致力于"出脱",其根本目的是为了避免"近"、"熟",追求新异,这是古人中间普遍存在的现象,如晚唐诗"离却"中唐诗,就是"出脱"的表现。钟、谭以为,"离却"亦有"离而上"、"离而下"之分,这取决于诗人是否只是限于"声调情事",是否付出了"深求"之力。鉴

---

① 《唐诗归》卷三十三,《续修四库全书》,第 1590 册。
② 《唐诗归》卷三十四,《续修四库全书》,第 1590 册。
③ 《诗薮·内编》卷四《近体上·五言》,第 59 页。
④ 《诗归序》,《隐秀轩集》卷十六,第 236 页。
⑤ 《唐诗归》卷三十五,《续修四库全书》,第 1590 册。

于除了"气数",还多从"习尚"的角度探视"出脱"的问题,钟、谭比较在意中、晚唐诗人自觉的求新逐异意识,以及相应的表现:

> 文房五言妙手,朴中带峭,便开中、晚诸路。①
>
> 唐文奇碎,而退之春融,志在挽回;唐诗淹雅,而退之艰奥,意专出脱。诗文出一手,彼此犹不相袭,真持世特识也。②
>
> 诗家变化,自盛唐诸家而妙已极,后来人又欲别寻出路,自不能无东野、长吉一派。
>
> 长吉奇人不必言,有一种刻削处,元气至此,不复可言矣,亦自是不寿不贵之相。宁不留元气,宁不贵不寿,而必不肯同人、不肯不传者,此其最苦心处也。③
>
> (曹邺《碧浔宴上有怀知己》评语)将七言律作艳情,以代乐府读曲,亦惟晚唐人能之。④
>
> (韩偓《秋村》评语)绪孤途险,晚唐人不如此不能妙。⑤

这些评例虽然看上去不免零散,但串联起来多少能够说明一些问题。放在唐诗历史的境域中去考察,中、晚唐诗人要"离却"前人"近""熟"的路数,包括"妙已极"的"变化","极力出脱"或者"别寻出路"势在必行,因为这符合诗歌历史发展的逻辑。尽管各种"离却"未必都能达到超越的境地,甚至因此"离而下",但这本身无损于中、晚唐各家树立求新逐异意识及诉之于具体实践的合理性。钟、谭正是立足于此,观照中、晚唐诗的相关问题,从上列简短的评语中也可看出,他们试图抱持历史同情的态度,辨别中、晚唐诗的风格特点,展示它们相对于初、盛唐诗的变化意义,包括格外注意采集其中之"妙处",以使直接"古人精神",对他们来说,这也是自我审视和重新描绘唐诗历史图景的一个重要环节。

---

① 《唐诗归》卷二十五,《续修四库全书》,第 1590 册。

② 《唐诗归》卷二十九,《续修四库全书》,第 1590 册。

③ 以上见《唐诗归》卷三十一,《续修四库全书》,第 1590 册。

④ 《唐诗归》卷三十四,《续修四库全书》,第 1590 册。

⑤ 《唐诗归》卷三十六,《续修四库全书》,第 1590 册。

第二十一章 《诗源辩体》与复古诗学的重新整合

考察晚明以来的诗学思想形态,许学夷的《诗源辩体》无疑是一部需要予以高度关注的著述,它是作者毕生倾力的诗论之作。许氏字伯清,江阴(今属江苏)人。性疏略,早谢举业,不理生产,惟文史是耽。"尝删辑《左传》、《国语》、《国策》、《太史》诸书,手录参订";"少学诗,《三百篇》、《楚骚》、古今诸诗,靡不探索而溯其源"①。据许氏《诗源辩体》自序,其书起自万历二十一年(1593),迄于万历四十年(1612),"凡二十年稍成"②,其中"辩体小论","四十年十二易稿始成"③,倾注心力极大。原书由诗论和诗选两部分组成,其中诗论初梓十六卷,刻于万历四十一年(1613),以后诗论和诗选又经作者增订,共计三十八卷,崇祯十五年(1642)由陈所学刊刻。该书传世刻印的仅为诗论部分,诗选部分或已散佚。

关于《诗源辩体》的编撰缘起,许学夷在万历四十一年(1613)所撰自序中已有所交代:"孔子曰:'中庸其至矣乎!民鲜能久矣。'夫说诗亦然。晚唐、宋、元诸公,穿凿支离,芜陋卑鄙,于道为不及;我明二三先辈,宗古奥之辞,贵苍莽之格,于道为过;近世说者乃欲背古师心,诡诞相尚,于道为离。予《辩体》之作也,始惩于宋、元,中惩于我明,而终惩于近世。"④据其所言,放眼宋元至晚明历史时段,有感于"说诗"之学浮现的各类问题,激发了他意在纠驳前人之说以指引为诗之道的担当意识,《诗源辩体》一书乃成为他这种意识的集中体现。许氏在崇祯五年(1632)所撰自序中又表示:"后进言诗,上述齐梁,下称晚季,于道为不

---

① 恽应翼《许伯清传》,《诗源辩体》附录,第433页。
② 《诗源辩体》卷首《自序》,第2页。
③ 《诗源辩体》卷首《凡例》,第2页。
④ 《诗源辩体》附录《自序》,第442页。

及；昌榖诸子，首推《郊祀》，次举《铙歌》，于道为过；近袁氏、钟氏出，欲背古师心，诡诞相尚，于道为离。予《辩体》之作也，实有所惩云。""独袁氏、钟氏之说倡，而趋异厌常者不能无惑。"①观此序，除了重述前序的意见之外，对"背古师心"的公安、竟陵二派批评尤为激烈。在他看来，二派所为悖离正道，迷惑世人，应当予以高度警戒，特别是袁宏道论诗和钟惺、谭元春选诗，惑乱极大，无以复加，但与此同时，则制造了变革的时机："中郎论诗，钟、谭选诗，予始读之而惧，既而喜，盖物极则反，《易》'穷则变'，乃古今理势之自然。三子论诗、选诗，悖乱斯极，不能复有所加，雅道将兴，于此而在。"②许氏特别是对公安、竟陵二派的诋斥，其实表达的是对古学生存和变化状态的极度忧虑，他以为，如袁宏道所论，"意在废古师心"，钟、谭所选，不过"借古人之奇以压服今人"，二者于古学或脱离或偏向，于是使得诗道趋向"诡诞"。因此，《诗源辩体》的基本宗旨还在于重新确立诗歌复古的方向，尤其是要改变"近世""背古师心"的现状。考察全书，其论述的基本思路特别和前后七子的复古诉求比较接近，对王世贞、谢榛、胡应麟等人论诗之见不乏汲取，这也是令人自然将它和七子派的复古诗论联系在一起。但从另一方面来看，该书也绝非是对诸子诗论纯然承袭，而是在汲取应和的同时，又间辨其得失，以示有所区隔。③ 确切地说，尤其是较之王世贞、胡应麟

①《诗源辩体》卷首《自序》，第 1 页。

②《诗源辩体》卷三十六《总论》，第 372 页。许氏訾诋袁宏道论诗及钟惺、谭元春选诗尤烈，其言又如："袁中郎论诗，于《雪涛阁》《涉江诗》《小修诗》《同适稿》诸叙洎诸尺牍，其说为多。其论骚、雅之变，至于欧、苏，无甚乖谬。至论国朝诸公，恶其法古。于汪、王论诗，谓为'杂备人人'。故一人正格，即为诋斥，稍就偏奇，无不称赏。于吴中极贬昌榖、元美，而进吴文定、王文恪、沈石田、唐伯虎诸人，以是压服千古，难矣。""袁中郎论诗，其最背戾者，如叙梅子马诗，云：'子马谓'往余为诗，一时骚士争推毂，今则皆载手瞀余矣。'余曰："是公诗进。"'叙小修诗，云：'其间有佳处，亦有疵处。然余则极喜其疵处。而所谓佳者，尚不能不以粉饰蹈袭为恨。'《与张幼于书》云：'公谓仆诗亦似唐人。''然幼于之所取者，皆仆似唐之诗，非仆得意诗也。''近日湖上诸作，尤觉秽杂，去唐愈远，然愈自得意。'《与友人论时文》云：'公所谓古文者，至今日而敝极矣。优于汉谓之文，不文矣；奴于唐谓之诗，不诗矣。独博士家言，犹有可取。其体无沿袭，其词必极才所至，其调每变而月不同，手眼各出，机轴亦异。以彼较此，孰传而孰不可传也。'此言一出，遂使狂妄不识痛痒之人，咸欲匠心自得，恶同喜异，于是卤莽、浅稚、怪僻、奇衷，靡不竞进，而雅道丧矣。又凡于今人体制、声调类古者，谓非真诗，而卤莽、奇衷者，反以为真；若是，则凡以古人自绳者，皆非君子，而纵情所欲、放僻邪侈者，反为君子也。"（同上书卷三十五《总论》，第 349 页至 351 页。）"钟敬伯、谭友夏合选《诗归》，自少昊至隋十五卷，自初唐至晚唐三十六卷。大抵尚偏奇，黜雅正，与昭明选诗，一一相反。……然则《十九首》、苏、李之选，乃古今名篇，不得不存，初非真好也。又凡于生涩、拙朴、隐晦、讹谬之语，往往以新奇有意释之，尤为可笑。大都中郎之论，意在废古师心；而钟、谭之选，在借古人之奇以压服今人耳。"（同上书卷三十六《总论》，第 370 页。）

③ 如其论评王世贞《艺苑卮言》："首泛引前人之论，次则自《三百篇》《骚赋》、汉、魏、六朝、唐、宋、昭代之诗以及子史文章、词曲、书画，靡不详论，最为宏博。然志在兼总，故亦互有得失。其论汉魏五言，沈、宋律诗，李、杜古诗，最为有得。至或以李、杜五言古不及灵运，又古律独推子美而不及太白、盛唐，自是偏见。至盛推同列而多贬古人，虽曰私衷，亦识有所偏耳。"论评谢榛《诗家直说》："实悟者十得二三，浮泛者十居七八，（转下页）

等人相对体系化的诗学论见，《诗源辩体》表现出更为详密、中正、严饬的思想结构，可以说是对复古诗学的一次重新整合。

第一节　宋前诗歌价值序列的系统展示

关于《诗源辩体》的论述方法和意义，已有研究者指出其"不是寻章摘句的'文学批评'，而是对诗歌发展源流，诗史时期风气的变迁作出分析"，因而凸显了一种文学史意图，显示了历代诗歌变迁的"诗史"。[①] 这是具有一定见地的。许学夷本人即明确指出，"诗有源流，体有正变"[②]，"学者审其源流，识其正变，始可与言诗矣"。基于这一理念，他在审视古典诗歌变迁史之际理出了一条基本的辨识线索，这就是"古诗以汉魏为正，太康、元嘉、永明为变，至梁陈而古诗尽亡；律诗以初、盛唐为正，大历、元和、开成为变，至唐末而律诗尽敝"[③]。若从识变反正的角度言之，这条线索又被简括为"古诗至于汉、魏，律诗至于盛唐，其体制、声调，已为极至，更有他途，便是下乘小道"[④]。的确，如此的审辨和梳理，清晰凸显了古典诗歌绵延流变的史的演化轨迹，价值的等级次第也因此呈现其中，就如许学夷所言："予之论汉、魏、六朝、初、盛、中、晚唐诗，其等第高下，皆千古定论。"[⑤]不过，就问题的面向而言，如何看待《诗源辩体》围绕古典诗歌源流正变展开的全面而具体的"审""识"，从而完成对其变迁历史完整而立体的分辨，这是留给我们的问题考察空间。

按《诗源辩体》的论述体例，"先论次《三百篇》至五季，为前集，业既有成，乃复采宋、元、国朝，为后集"。至于为何如此编次，许学夷作了如下的解释："盖

（接上页）间有赏识，得失相半。……至因读李长吉诗，爱其奇古，因以奇古为骨，平和为体，欲取初、盛唐合而为一，不知李杜正中之奇，乃可合一，长吉乃诗体大变，安可与初、盛唐合一乎？又引孔文谷言'初唐张说、张九龄擅其宗。长篇以李峤《汾阴行》为第一。近体以张说《侍宴隆庆池》为第一'。愤谬益甚。"论评胡应麟《诗薮》："自《三百篇》、《骚赋》、汉、魏、六朝以至唐、宋、昭代之诗，靡不详论，最为宏博，然冗杂寡绪。《内编》，十得其七，《外编》、《杂编》，夸多衒博，可存其半。其论汉、魏、六朝五言，得其肯綮；论唐人歌行、绝句，言言破的，惟于唐律化境，往往失之。至盛誉诸先达，则有私意存耳。"（以上见《诗源辩体》卷三十五《总论》，第346页至348页。）

① 参见陈国球《明代复古诗论的文学史意识》，《文艺理论研究》1989年第2期。
② 《诗源辩体》卷首《自序》，第1页。
③ 《诗源辩体》卷一《周》，第1页。
④ 《诗源辩体》卷三十四《总论》，第321页。
⑤ 《诗源辩体》卷三十四《总论》，第325页。

汉、魏、六朝、唐人之变,顺乎风气之自然,故可以世次定其盛衰,宋人多学元和,元人多学中、晚,国朝人汉、魏、六朝、初、盛、中、晚各随其意而学,故未可以世次定盛衰也。盖诗至晚唐,其众体既具,流变已极,学者无容更变,但各随其质性而仿之耳。"①所以,"前集"实际上成为论次古典诗歌源流正变的主体,《诗经》以降,自汉代至晚唐诗歌的盛衰变迁之脉尽显其中,也正如编撰者所说:"诗自《三百篇》以迄于唐,其源流可寻而正变可考也。"沿着这条源流正变的脉络,宋前诗歌的价值序列得以系统展示。

对于诗歌源流的问题,许学夷作过这样的概括:"统而论之,以《三百篇》为源,汉、魏、六朝、唐人为流,至元和而其派各出。"这里首先涉及的是诗歌之源的问题,突出的是正本清源的思路。以《诗经》为本源,这主要还是基于古典诗学传统的经典意识,所谓"古今说诗者以《三百篇》为首,固当以《三百篇》为源耳"②。在七子派那里,《诗经》作为原始经典也被当作诗歌复古追溯和宗奉的源头,如徐祯卿主张:"古诗三百,可以博其源。"③边贡表示:"诗有宗焉,曰《三百篇》。"④王世贞也声称,"《三百篇》为古今有韵文字之祖"⑤。至于《诗经》作为经典文本的示范意义,尽管如王世贞、胡应麟等人有所述及,如王氏认为:"诗旨有极含蓄者、隐恻者、紧切者,法有极婉曲者、清畅者、峻洁者、奇诡者、玄妙者,骚赋、古选、乐府、歌行,千变万化,不能出其境界。"⑥胡氏指出:"《诗》三百五篇,有一字不文者乎? 有一字无法者乎?《离骚》,《风》之衍也;《安世》,《雅》之缵也;《郊祀》,《颂》之阐也:皆文义蔚然,为万世法。"⑦但总体限于概举,相对简略。比较而言,许学夷针对《诗经》的本源作用及示范意义的阐发则更为详密,从而充分展现了这部原始经典的历史优越性。如他首先区分"六义"中的"三经"《风》与《雅》、《颂》之异,并认定其诗源之地位:"《风》则比兴为多,《雅》、《颂》则赋体为众;《风》则微婉而自然,《雅》、《颂》则斋庄而严密;《风》则专发乎性情,而《雅》、《颂》则兼主乎义理:此诗之源也。"这是着重从体制和表现风格的角度,分

① 《诗源辩体·后集纂要》卷一,第 375 页。
② 以上见《诗源辩体》卷一《周》,第 1 页至 2 页。
③ 《谈艺录》,《迪功集》附。
④ 《题空同书翰后》,《华泉集》卷十四,《景印文渊阁四库全书》,第 1264 册。
⑤ 《古隶风雅》,《弇州山人续稿》卷一百六十五。
⑥ 《艺苑卮言二》,《弇州山人四部稿》卷一百四十五。
⑦ 《诗薮·内编》卷一《古体上·杂言》,第 3 页。

别同为诗歌之源的《风》、《雅》、《颂》"三经"的各自特征。相比较,许学夷对于《风》诗的论述尤为密集,也可见出他的关注重心之所在。"专发乎性情"的《风》诗之所以被他特别加以标示,这主要是由其被确认的"性情之正"的优越性所决定的。对此,许学夷指出:"《周南》、《召南》,文王之化行,而诗人美之,故为正风。自《邶》而下,国之治乱不同,而诗人刺之,故为变风。是《风》虽有正变,而性情则无不正也。"①"风人之诗,虽正变不同,而皆出乎性情之正。"②尽管《风》诗有正风和变风之分,各自发挥美刺的功能,但主于"性情之正"是它们共同的特点,因而同处在价值序列的上位。就这一点来看,本于性情发抒而不失其正的道德规度,应该是许学夷追溯和确认诗歌本源所考虑的必要原则,显出诗学传统因子在他观念意识中植下的根深蒂固的影响。然而又需看到,这并不是许氏定位《风》诗所考虑的唯一因素,因为他还指出,"风人之诗既出乎性情之正,而复得于声气之和,故其言微婉而敦厚,优柔而不迫,为万古诗人之经";"不特性情声气为万古诗人之经,而托物兴寄,体制玲珑,实为汉魏五言之则。至其分章变法,种种不一,而文采备美,一皆本乎天成";"不特为汉魏五言之则,亦为后世骚、赋、乐府之宗"③。总括起来,"其性情、声气、体制、文采、音节,靡不兼善"④。由是观之,《风》诗作为诗歌之源的价值优势,反映在各个要素"兼善"的综合构成,既表现为本质性的规定,又表现为审美性的特征,各个要素的完善组合,则是它得以成为"万古诗人之经"、"汉魏五言之则"、"后世骚、赋、乐府之宗"的根本。

继追溯作为诗歌之源的《诗经》之后,《诗源辩体》以大部分的论述篇幅,用来梳理作为诗歌之流的汉魏、六朝、唐代的篇翰,而这部分也成为系统考察古典诗歌正变历史的主体。出于"审其源流,识其正变"的审观诗歌变迁史的基本立场,《诗源辩体》展开论述的重要路径之一,乃特别注意对于正变的各自特点加以全方位的分析,并描述出各个历史单元之间所显现的历时的演变情势,以及它们各自所处的价值序列。如其总论"汉魏五言":

> 源于《国风》,而本乎情,故多托物兴寄,体制玲珑,为千古五言之宗。

---

① 以上见《诗源辩体》卷一《周》,第2页。
② 《诗源辩体》卷一《周》,第8页。
③ 《诗源辩体》卷一《周》,第2页至3页。
④ 《诗源辩体》卷一《周》,第6页。

本乎情兴，故其体委婉而语悠圆，有天成之妙。五言古，惟是为正。

委婉悠圆，虽本乎情，然亦非才高者不能，但有才而不露耳。以《十九首》、苏、李、曹植、王、刘与赵壹、徐幹、陈琳、阮瑀相比，则知非才高者不能也。

委婉悠圆，其气格自在，不必言耳。或欲于汉魏专取气格，故必先苍莽古质而后委婉悠圆，是慕好古之名而不得其实者也。

为情而造文，故其体委婉而情深。颜、谢五言，为文而造意，故其语雕刻而意冗。

深于兴寄，故其体简而委婉。唐人五言古，善于敷陈，故其体长而充畅。

声响色泽，无迹可求。至唐人五言古，则气象峥嵘，声色尽露矣。

自然而然，不假悟入。后之学者，去妄返真，正须以悟入耳。

自然而然，不假学习。后之学者，情兴不足，风气亦漓，苟非专习凝领，不能有得耳。

汉魏五言古诗既被认定导源《国风》，接近诗歌的本源，则理所当然被作为古诗之"正"而加以标示。按许学夷之说，《国风》流而为汉魏五言古诗，虽直接相承，然后者发生的变化在所难免，比较明显的，如汉魏五言古诗"虽本乎情之真，未必本乎情之正"，这是和出于"性情之正"的《风》诗的异别之处。因此，"或欲以《国风》之性情论汉魏之诗，犹欲以《六经》之理论秦汉之文，弗多得矣"[1]。以《古诗十九首》为例，"《十九首》性情不如《国风》，而委婉近之"，"盖《十九首》本出于《国风》，但性情未必皆正，而意亦时露，又不得以微婉称之"[2]。但是相较于《国风》的这一变化，根本上无损于其"千古五言之宗"的地位。又显而易见，许学夷对于汉魏五言古诗所作的分析是全面性的，他从"情兴"、"体制"、"气格"、"声响"、"色泽"等创作的各个要素，以及"委婉悠圆"与"自然而然"的表现效果，多层面地鉴衡汉魏五古的创作形态，其意图应该是为了尽可能完整地突出汉魏五古在古诗系统中具有的标杆意义。

---

① 以上见《诗源辩体》卷三《汉魏总论·汉》，第44页至49页。
② 《诗源辩体》卷三《汉魏总论·汉》，第57页。

但同时，即使是同属古诗之"正"的汉魏五古，其分属不同历史单元而同中有异的阶段性演变情势，仍被许学夷纳入系统观察的范围。他对严羽"见其同而不见其异"、胡应麟"见其异而不见其同"的看法不以为然，论之曰："魏之于汉，同者十之三，异者十之七，同者为正，而异者始变矣。汉魏同者，情兴所至，以不意得之，故其体皆委婉，而语皆悠圆，有天成之妙。魏人异者，情兴未至，始着意为之，故其体多敷叙，而语多构结，渐见作用之迹。"①严羽以"汉魏之诗，词理意兴，无迹可求"，"气象浑沌，难以句摘"②，并列汉魏古诗，不分轩轾。胡应麟则以"品之神"和"品之妙"分别汉诗与魏诗的品级，认为："汉人诗，质中有文，文中有质，浑然天成，绝无痕迹，所以冠绝古今。魏人赡而不俳，华而不弱，然文与质离矣。"③许学夷区隔二者之见，分判汉魏异同，这本系仁者见仁，智者见智，难以定出彼此是非，但可注意的是他详密而严饬的观察态度。在许氏看来，汉魏五言古诗呈现的异同，其实也是正变的差别，这原本是他所强调的需要"识"的关键所在，正如他在认定汉魏五古之"同"之"正"之际，也觉察出"汉人潜流而为建安，乃五言之初变也"④。因为相比于"正"，辨识其"变"无疑更能厘定盛衰变化的脉络，更能判别作品的等级次第，这也是《诗源辩体》的一大编撰宗旨，即如许氏在此书凡例中所言，"汉、魏、六朝、初、盛、中、晚唐，盛衰悬绝，今各录其时体，以识其变。其品第则于论中详之"⑤。

依照《诗源辩体》的编撰思路，除了"正"的系统之外，"变"的系统又是其论次的一个基本面向。汉魏五言古诗虽有异同或正变之别，但其整体被归入古诗"正"的系统。而按许学夷的分析，古诗自"正"转"变"所发生的系统性变化的第一个时间节点是西晋太康时期，这也成为他审观古诗之"变"的重点之一："建安五言，再流而为太康。然建安体虽渐入敷叙，语虽渐入构结，犹有浑成之气。至陆士衡诸公，则风气始漓，其习渐移，故其体渐俳偶，语渐雕刻，而古体遂漓矣。"许学夷认为，陆机等太康诸子五言古诗整体的显著变化，在于体语分别渐入俳偶雕刻，或表现为着意为之的自觉意识。如他指出，虽然《诗经》、《古诗十九首》、曹植五古也间有俳偶诗句，但"皆文势偶然，非用意俳偶也"，而"用意俳偶，

---

① 《诗源辩体》卷四《汉魏辩·魏》，第71页。
② 《沧浪诗话校释·诗评》，第148页，151页。
③ 《诗薮·内编》卷二《古体中·五言》，第22页。
④ 《诗源辩体》卷四《汉魏辩·魏》，第71页。
⑤ 《诗源辩体》卷首《凡例》，第2页。

自陆士衡始"。着意于俳偶雕刻,未免求工而伤于拙,如陆机五古"回渠绕曲陌,通波扶直阡"(《答张士然》)等诗句,就是"伤于拙"的例子,因为"工则易伤于拙耳"。这也势必影响自然浑成的表现效果,所以他又指出,"士衡五言,俳偶雕刻,渐失浑成之气"。在许学夷看来,太康诗风显著变化所导致的直接后果,则是"古体"的淆杂甚至散失,他在评论陆机和潘岳五古时指出:"陆士衡五言,体虽渐入俳偶,语虽渐入雕刻,其古体犹有存者。至潘安仁《金谷》《河阳》《怀县》《悼亡》等作,则更伤于冗漫,而古体散矣。"①很显然,这已是在为"古体"正变之间划出一道迥然相异的分界线,也同时确定了它们各自在价值层面上的等级次第。

再观许学夷关于律诗的论述。根据《诗源辩体》的正变之分,初、盛唐律诗被归入"正"的系统,不妨集中来看他对于"盛唐诸公律诗"的评骘,许氏为之总论曰:

> 唐人律诗,沈、宋为正宗,至盛唐诸公,则融化无迹而入于圣。沈、宋才力既大,造诣始纯,故体尽整栗,语多雄丽。盛唐诸公,造诣实深,而兴趣实远,故体多浑圆,语多活泼耳。
>
> 不难于才力,而难于悟入;悟则造诣斯易耳。严沧浪云:"孟襄阳学力下韩退之远甚,而其诗独出退之上者,一味妙悟而已。"今之学者多不欲为盛唐,非其才力不逮,盖悟有未至,以盛唐为平易,不足造耳。
>
> 领会神情,不仿形迹,故忽然而来,浑然而就,如傉之于丸,秋之于奕,公孙之于剑舞,此方是透彻之悟也。
>
> 造诣精熟,故为极至。孟子云"五谷不熟,不如荑稗"是也。复斋述韩子苍言"作诗不可太熟,亦须令生",观其所引之句,盖以庸套为熟耳,非古人"弹丸脱手"之谓也。虽然,以庸套为熟者,其惑易释,以熟为庸套者,其惑未易释也。今之学者以盛唐为不足造,盖以熟为庸套耳。
>
> 形迹俱融,风神超迈,此虽造诣之功,亦是兴趣所得耳。
>
> 得风人之致,故主兴不主意,贵婉不贵深。冯元成谓"得风人之旨而兼词人之秀"是也。子美虽大而有法,要皆主意而尚严密,故于《雅》为近,此与盛唐诸公,各自为胜,未可以优劣论也。

① 以上见《诗源辩体》卷五《晋》,第87页至90页。

兴趣极远,虽未尝骋才华、炫葩藻,而冲融浑涵,得之有馀。

偶对自然,而意自吻合,声韵和平,而调自高雅。

即景缘情,不必泥题牵带。后人之诗,必句句切题,言言当旨,殆与举业无异矣。[①]

唐诗自宋代以来经历了一个经典化的过程,盛唐诗歌也因此成为宗唐者关注和选择的重点目标,特别是律诗以其完熟圆融的艺术机制得到普遍尊崇。而在明代,尤其是自弘治以来前后七子倡导诗文复古,大大加剧了唐诗特别是盛唐诗歌的经典化进程。许学夷俨然将盛唐律诗归入"正"的系统,其宗唐倾向不言而喻,很大程度上根植于这一经典化进程加剧而遗留的影响。合观上述所论,很难说,许学夷针对盛唐律诗作出的种种评述包含更多新异的见识,因为他就此提出的一些核心的概念和关键性的鉴评意见,比如"兴趣"、"悟入"、"透彻之悟"、"融化无迹"、"不必泥题牵带"等等,至少可以追溯至严羽《沧浪诗话》所论。事实上,许学夷在总论"盛唐诸公律诗"之际,也间或引入严羽乃至七子派诸子等人的评论以为证说,如论其"透彻之悟",即以严羽所言"诗道惟在妙悟,然有透彻之悟,有一知半解之悟。盛唐诸公,透彻之悟也"为铺垫,以示所本,并以汉魏、六朝、初唐诗作比较:"汉魏天成,本不假悟;六朝刻雕绮靡,又不可以言悟;初唐沈、宋律诗,造诣虽纯,而化机尚浅,亦非透彻之悟。"又如论其"形迹俱融,风神超迈",不啻是"造化之功","亦是兴趣所得",以下即引严羽"盛唐诸人惟在兴趣"云云,以及李梦阳"诗妙在形容,所谓水月镜花,言外之象"和谢榛"诗有不立意造句,以兴为主,漫然成篇,此诗之入化也"[②]之说,以为佐证。要之,许学夷以上的论述重心与特点,主要是在辨别、汲取和融合前人之说的基础上,展开周详、谨严而富有系统性的分析,多角度地透视作为律诗之"正"的"盛唐诸公律诗""融化无迹而入于圣"的完熟圆融的艺术特征,这也是令人最值得注意的地方。

至于律诗自"正"转"变",《诗源辩体》则以中唐大历时期作为第一个时间节点,我们还是以首个"变"的节点作为重点考察的一个切入口。许学夷提出,"开元、天宝间,高、岑、王、孟古、律之诗,始流而为大历钱、刘诸子。钱、刘才力既

---

① 以上见《诗源辩体》卷十七《盛唐》,第 179 页至 185 页。
② 《诗源辩体》卷十七《盛唐》,第 181 页至 182 页。

薄,风气复散",除了"五七言古气象风格顿衰,然自是正变","五七言律造诣兴趣所到,化机自在,然体尽流畅,语半清空,而气象风格亦衰矣,亦正变也"①。那么问题是,为何以大历诗歌"气象风格"之衰作为判别自"正"转"变"的依据? 许学夷是这样解释的:"唐人之诗,以气象风格为本,根本不厚,则枝叶虽荣而弗王耳。斯足以知大历矣。"②这是说,大历诗歌"气象风格"的衰微,就是"根本不厚"的表现,假如对比"开元、天宝间高、岑、王、孟诸公",其五七言古诗"调多就纯,语皆就畅,而气象风格始备",五七言律"体多浑圆,语多活泼,而气象风格自在,多入于圣矣"③,当然不能不说是一种"变"的征兆。不过推究起来,如此对大历诗歌之"变"的时间点的划定,其实并未超脱严羽"以汉、魏、晋、盛唐为师,不作开元、天宝以下人物"④的口径,许学夷在比较盛、中唐五七言律诗的特点及取法的各自结果时也指出:"盛唐诸公五七言律,多融化无迹而入于圣。中唐诸子,造诣兴趣所到,化机自在,然体尽流畅,语半清空,其气象风格,至此而顿衰耳。故学者以初唐为法,乃可进为盛唐,以中唐为法,则退屈益下矣。严沧浪云:'学者以盛唐为师,不作开元、天宝以下人物。若自退屈,即有下劣。'此不易之论。"⑤显然,严羽以盛唐为界而分别盛、中唐诗价值等次的主张得到他的高度认可。这也表明了一个事实,许学夷"正""变"之说蕴含来自《沧浪诗话》的深刻影响。⑥ 以许氏的观察,钱、刘等大历诸子五七言律诗的变化,其消衰的迹象是十分明显的,其价值等次自然也相应为之下降。为此,他对胡应麟"中唐以后,稍厌精华,渐趋淡净,故五七言律清空流畅,时有可观"的说法并不完全赞同,特意辩解曰:"中唐诸子,才力既薄,风气复散,其气象风格宜衰,而意主于清空流畅,则气格益不能振矣。"且他以为,这同时又导致诸子五七言律诗"声调语气"大多类似、难以分辨的缺陷:"中唐诸子五七言律,才力既薄,风气复散,其声调语气多相类,故其诗多相混入,不能辩也。"并引述皎然《诗式》所论为证:"大历中,词人窃占青山白云、春风芳草以为己有,吾知诗道初丧,正在于此。"⑦

① 《诗源辩体》卷二十《中唐》,第 223 页。
② 《诗源辩体》卷二十《中唐》,第 227 页。
③ 《诗源辩体》卷十五《盛唐》,第 155 页。
④ 《沧浪诗话校释·诗辨》,第 1 页。
⑤ 《诗源辩体》卷二十一《中唐》,第 234 页。
⑥ 参见朱金城、朱易安《试论〈诗源辩体〉的价值及其与〈沧浪诗话〉的关系》,《文学遗产》1983 年第 4 期。
⑦ 《诗源辩体》卷二十一《中唐》,第 234 页至 235 页。

不过亦需注意,按照许学夷的理解,"正变"固然凸显不同历史单元之间历时的演变情势,但其和"大变"则不同,他在解答为何"唐人律诗以刘长卿、钱起、柳宗元、许浑、韦庄、郑谷、李山甫、罗隐为正变,古诗以元和诸子为大变"问题时指出:"律诗由盛唐变至钱、刘,由钱、刘变至柳宗元、许浑、韦庄、郑谷、李山甫、罗隐,皆自一源流出,体虽渐降,而调实相承,故为正变;古诗若元和诸子,则万怪千奇,其派各出,而不与李、杜、高、岑诸子同源,故为大变。"①这是说,之所以命之曰"正变",其主要理由在于,不同对象之间虽有变化,但尚有"同源"可寻,形成"相承"的一面,此与"其派各出"的"大变"迥然相异。大历律诗既属"正变",较之盛唐律诗,"气象风格"衰变,然而同时,许学夷也不忘揭示它们与盛唐乃至初唐诗风"相承"的一面。如他认为,尤其是五言律诗"相承"特点更明显:"中唐五言律,以全集观虽多靡弱,然亦间有类盛唐者。"②具体到诸家之五律,如钱起"'欲知儒道贵'、'边事多劳役'、'绛节引雕戈'三篇,气格在初、盛之间,'胜景不易遇'一篇,以古入律,气格亦近高、岑";刘长卿"逢君穆陵路"、钱起"事边仍恋主"篇,"足继开、宝馀响"③;郎士元"双旌汉飞将"、皇甫曾"上将曾分阃"篇,"气格神韵,可继开、宝"④。许学夷所作的这些评断,也无不显示他多层面分析大历律诗正变特点的论次方法。

从另一方面来看,《诗源辩体》在致力于描述各个历史单元之间历时的演变情势的同时,又深入同一历史单元诸家诗风进行细致的辨识,比较各自短长,析别价值等次,所谓"既代分以举其纲,复人判而理其目"⑤,旨在勉力揭示诗歌历史共时存在与变化的多元性、丰富性。

如其论魏曹氏与建安诸子诗,总体上许学夷认为,相较于汉五古"体皆委婉,而语皆悠圆,有天成之妙",魏五古已出现渐变的迹象,"体多敷叙,而语多构结,渐见作用之迹",为五言古诗之"初变"。但他又指出,具体到魏诸家五古之作,它们各自的表现则相对复杂,层次多样,难以一概而论。如曹丕"《杂诗》二首及《长歌行》二首",曹植"《杂诗》六首及'明月照高楼'",刘桢"'职事相填委'、'泛泛东流水'、'凤凰集南岳'",王粲"'吉日简清时'、'列车息众驾'、'日暮游西

---

① 《诗源辩体》卷三十二《晚唐》,第 306 页。
② 《诗源辩体》卷二十一《中唐》,第 235 页。
③ 《诗源辩体》卷二十《中唐》,第 225 页。
④ 《诗源辩体》卷二十一《中唐》,第 229 页。
⑤ 《诗源辩体》卷一《周》,第 1 页。

园'",徐幹"'浮云何洋洋'"等篇,"委婉悠圆,亦有天成之妙";曹丕"'兄弟共行游'、'清夜延贵客'、'良辰启初节'",曹植"'初秋凉气发'、'从军度函谷'、'嘉宾填城阙'、'置酒高殿上'",刘桢"'永日行游戏'、'谁谓相去远'及《赠五官中郎将》四首",王粲"'自古无殉死'、'朝发邺都桥'及《七哀》诗三首"等篇,"委婉悠圆,俱渐失之,始见作用之迹";曹丕"'观兵临江水'",曹植"'名都多妖女'、'白马饰金羁'、'九州不足步'、'仙人揽六箸'、'驱车挥驽马'、'盘盘山巅石'",王粲"'从军有苦乐'、'凉风厉秋节'、'悠悠涉荒路'"等篇,"体皆敷叙,而语皆构结,益见作用之迹矣"①。如此条分缕析的分类辨识,使曹氏与建安诸子五古的各自面目及其不同层次得以详尽呈现。又如他论晋太康诸子诗,据其观察,五言古诗至陆机等人"体渐俳偶,语渐雕刻"②,但由于太康诸子"气有强弱,才有大小","其体有不同者"。他为此指出:"陆士衡、潘安仁、张景阳五言,其体渐入俳偶,而陆、潘语并入雕刻,景阳亦间有之。左太冲虽略见俳偶,却有浑成之气。刘勰谓四子'采缛于正始,力柔于建安',则似无分别。"③刘勰之论见于《文心雕龙·明诗》:"晋世群才,稍入轻绮,张、潘、左、陆,比肩诗衢,采缛于正始,力柔于建安,或枝文以为妙,或流靡以自妍,此其大略也。"④即举张、潘、左、陆诸子诗风大概而言之,故而许氏有"似无分别"之感。在他眼中,刘勰无分别的概述客观上掩没了四子诗风的差异,比较起来,俳偶雕刻迹象在四子诗中的表现各有不同,应当分别加以看待。特别是左思五古《咏史》,"出于班孟坚、王仲宣,而气力胜之",显得"淳朴浑成";张协五古《杂诗》,"出于《十九首》、二曹,而淳古弗逮,然华彩俊逸,实有可观"⑤。不但如此,即使是同一诗人如陆机,细究之下,其五古诸诗篇或诗句的"体""语",实际上也存在差异:

> 如《赠从兄》、《赠冯文熊》、《代顾彦先妇》等篇,体尚委婉,语尚悠圆,但不尽纯耳。至如《从军行》、《饮马长城窟》、《门有车马客》、《苦寒行》、《前缓声歌》、《齐讴行》等,则体皆敷叙,语皆构结,而更入于俳偶雕刻矣。中如"怀往欢绝端,悼来忧成语"、"永叹遵北渚,遗思结南津"、"夕息抱影寐,朝

① 《诗源辩体》卷四《汉魏辩·魏》,第71页至72页。
② 《诗源辩体》卷五《晋》,第87页。
③ 《诗源辩体》卷五《晋》,第92页至93页。
④ 《文心雕龙注》卷二,上册,第67页。
⑤ 《诗源辩体》卷五《晋》,第91页。

徂衔思往"、"丰条并春盛,落叶后秋衰"、"淑气与时陨,馀芳随风捐"、"男欢
智倾愚,女爱衰避妍"、"淑貌色斯升,哀音承颜作"、"福钟恒有兆,祸集非无
端"、"烈心厉劲秋,丽服鲜芳春"、"规行无旷迹,矩步岂逮人"等句,皆俳偶
雕刻者也。①

不难想象,如果对陆机上述五古诗篇和诗句不加深察细识,根本无法分辨它们
表现在"体""语"上的一些细微区别,这也可以说是许学夷秉持"人判而理其目"
的论次原则而表现出的格外严细之处。

在许学夷看来,相比而言,有的历史单元的情形就显得更为复杂,很难用简
单的归类合同加以呈现,特别是时至中唐元和、晚唐,"其派各出,厥体甚殊"。
因此,较之"论汉魏诗先总而后分,论初、盛、中唐诗先分而后总",其论元和、晚
唐诗采取的是"但分而不总"的方法,并解释说:"元和、晚唐虽有总论,而非论其
同也。"②"但分而不总",固然是因为元和、晚唐"其派各出,厥体甚殊",要总而论
其同比较困难,但这又说明,相较于人为勉强的归类合同,他更倾向于去客观呈
现这些历史单元诗歌演变繁漫纷杂的原始情形,避免因主观推定而造成判断上
的偏失。以晚唐为例,如论许浑诗,许学夷指出,从"正变"的角度观之,中唐元
和柳宗元五七言律诗流而为晚唐开成许浑诸子,"许才力既小,风气日漓,而造
诣渐卑,故其对多工巧,语多衬贴,更多见斧凿痕,而唐人律诗乃渐敝矣"。这无
异于在为许浑五七律诗定调。但他也表示:"晚唐诸子体格虽卑,然亦是一种精
神所注,浑五七言律工巧衬贴,便是其精神所注也。若格虽初、盛而庸浅无奇,
则又奚取焉!"这又在意许诗"精神所注"而不失为一种特点的时代个性。除此,
他还同时细辨许浑五七言律诗的篇句,得出的印象是,五律如"'倾幕来华馆'、
'京洛多高盖'二篇,声气犹胜";七律如"'坟穿大泽埋金剑,庙枕长溪挂铁衣'、
'对雪夜穷黄石略,望云秋计黑山程'、'旧精鸟篆谙书体,新授龙韬识战机'三
联,乃晚唐俊调";而五律如"'雁过秋风急,蝉鸣宿雾开'"、七律如"'风随玉辇笙
歌迥,云卷珠帘剑珮高'"等等诗句,"对皆工巧,语皆衬贴"。这些皆意在揭示许
诗的不同面貌及其价值等次,不得不说是论者在仔细分析许浑五七言律诗的基

---

① 《诗源辩体》卷五《晋》,第88页至89页。
② 《诗源辩体》卷首《凡例》,第1页。

础上,对其诸诗篇和诗句作出的多层次的价值鉴评。又如论杜牧诗,依许学夷之见,杜牧"才力或优于浑",但其诗"奇僻处多出于元和",所作各体,五七言古诗"恣意奇僻,且多失体裁,不能如韩之工美,援引议论处益多以文为诗矣";五言律诗"可采者少",七言律诗除《早雁》一篇,声气甚胜,馀尚有二三篇可采",其他则"怪恶僻涩,遂为变中之变"。若和许浑比较,许五七言律诗"情致虽浅,而造语实工,譬之庖制,则五味多而真味少",而杜七言律诗"用意虽深,而造语实僻,譬之恶品异类,食之则蛰口中颡,不能不咽,反谓之美味可乎"? 意谓杜氏七律品次实在许诗之下。鉴于此,许学夷明确表示不认可杨慎"深贬许浑"而谓"晚唐律诗,义山而下惟牧之为最"的说法,以为"其说本于宋人,此不识正变而徒论深浅也"。在他看来,对比各体,杜牧七言绝句尚有可观之处:"如'黄沙连海'、'青冢前头'、'翠屏山对'、'银烛秋光'、'监宫引出'五篇,声气尚胜。'清时有味'而下,尽入晚唐,而韵致可观。开成以后,当为独胜。"①撇开上述鉴评是否妥切不论,有一点可以看出,这里对杜牧各体诗歌展开的品论,同样是相当细致入微的,同样出于他对杜氏诗歌的全盘考察,其主观意图盖在完整反映杜氏诗歌的原貌,论次各体的短长,以及相应的价值地位。所有这些,也无不透出《诗源辩体》纵横审观古典诗歌变迁历史的详密而严饬的立场和眼识。

第二节　宋、元、明诗的分别检视

《诗源辩体》对宋、元、明诗的论述,集中见于《后集纂要》二卷,相较于"论次《三百篇》至五季"的三十馀卷"前集",卷帙并不算丰厚,其中论述宋元诗歌特别是元诗部分较为简略,这主要是因为,较之"汉、魏、六朝既有《诗纪》,而唐人诗藏者亦多,故其业易成",而"宋元诗藏者既少,而国朝诗汗漫尤甚",梳理和论次不易,所以"亦姑求其姓氏显著、有关一代者,凡三十馀载,仅得若干人"。不过,我们从这些不算丰厚甚至十分有限的卷帙中,仍能体会作者对于宋、元、明诗的基本见解。

关于宋元诗歌,《后集纂要》卷一起端部分有以下一段引论已概述之,值得留意:

----

① 以上见《诗源辩体》卷三十《晚唐》,第283页至287页。

胡元瑞云:"诗之筋骨,犹木之根干也;肌肉,犹枝叶也;色泽、神韵,犹花蕊也。筋骨立于中,肌肉、色泽荣于外,神韵充溢其间,而后诗之美善备。犹木之根干苍然,枝叶蔚然,花蕊烂然,而后木之生意完。斯义也,盛唐诸子庶几近之。宋人专用意而废词,若枯枿槁梧,虽根干屈盘,而绝无畅茂之象。元人专务华而离实,若落花坠蕊,虽红紫嫣熳,而大都衰谢之风。"又云:"宋人调甚驳,而才具纵横浩瀚,过于元;元人调颇纯,而才具局促卑陬,劣于宋。然宋之远于诗者,材累之;元之近于诗,亦材使之也。故蹈元之辙,不失为小乘;入宋之门,多流于外道矣。"愚按:元瑞此论妙甚。但言宋人"用意",当言宋人尚格为妥。宋人虽用意,而意不可言筋骨也。又元人律诗亦多出于中、晚正派,今言"元人专务华而离实"云云,或未见诸家全集,姑以理势断之耳。①

从上面这段引论来看,虽然许学夷不完全同意胡应麟其中的一些提法,如宋人"用意"和"元人专务华而离实"等,但对他有关宋元诗歌的总体看法表示赞同。比照诗道"盛于汉,极于唐",胡应麟将宋元诗歌总体上视为"盛极而衰"②的标志,这也显示其未超离七子派排斥宋元诗歌的基本思路。③ 许学夷引述胡应麟上论为宋元诗歌定评,则表明他和胡氏看法具有的某种共识。根据他的辨察,"宋人多学元和,元人多学中、晚"④,若衡之以"学诗者必先读《三百篇》、《楚骚》、汉魏五言及古乐府,次及李杜五七言古、歌行以至初盛唐之律"⑤的原则,其学诗工夫已非从上做下,实为不识诗歌正变之体。比如,"宋朝诸公非无才力,而终不免于元和、西昆之流,盖徒取快意一时而不识正变之体故也"⑥。他还认为,宋人因为不识诗歌正变之体,所以在各体创作上"主变不主正",如其古诗、歌行"多出于退之、乐天","滑稽议论,是其所长,其变幻无穷,凌跨一代,正在于此";律诗则"虽多出子美,然得其粗而遗其精,明于变而昧于正,故非枯槁拙涩则鄙朴浅稚"。有鉴于此,其各体品级趋下自是不可避免,使得"后世中才之士于宋人诸体,读其

① 以上见《诗源辩体·后集纂要》卷一,第375页至376页。
②《诗薮·外编》卷五《宋》,第206页。
③ 参见本书第十五章第一节所论。
④《诗源辩体·后集纂要》卷一,第375页。
⑤《诗源辩体》卷三十四《总论》,第315页。
⑥《诗源辩体》卷三十四《总论》,第318页。

律,知其为恶,读其古,又茫无所得,往往谓宋人皆不足观,宜矣"①。可以看出的
是,许氏激烈批评宋诗而总体鄙薄之,归根结底出自其重视正变的根本立场。

　　尽管如此,《诗源辩体》在分述宋诗乃至元诗诸家之际,还是比较注意针对不
同诗家和不同诗体展开具体入微的析察,用以辨别其得失,大体延续了"前集""人
判而理其目"的分析理路,间或透出其个人的阅读经验与考察心得。宋代诗人当
中,梅尧臣是许学夷议论较为详细的一位,这主要因为,在许学夷看来,梅尧臣和
黄庭坚诗"俱属怪变",而黄诗如王世贞、胡应麟"论尝及之",惟梅诗"独无指摘者",
而"圣俞篇什倍于鲁直,人多不能尽观",是以"特详言之"②,其意盖在弥补他人所
不及。许氏指出,宋代诗人至梅尧臣,"才力稍强,始欲自立门户,故多创为奇变。
宋人好奇者,大都出此"③,即视其为开创宋诗"奇变"之风气者。假如以正变的标
准来衡量,这应该是所谓宋人"不识正变之体"或"主变不主正"诗风的典型例子
了。总体上,许学夷排斥梅诗多为"奇变"的风格特征,他给出的判断是:"圣俞怪
恶,实为鲁直先倡,乃是变中之变。"并且指出:"其诸体艰涩晦僻,读之使人闷绝。
五七言古,体制、音调十不得一,从古未有此门户。"④指摘不可谓不严切。宋人中
欧阳修于梅诗曾给予较高的评价,如谓其"初喜为清丽闲肆平淡,久则涵演深远,
间亦琢刻以出怪巧,然气完力馀,益老以劲"⑤。出于不满梅诗的"奇变"或"怪
恶",许学夷特别对欧阳修"间亦琢刻以出怪巧"之评并不认同,直言"此言似而
未妥",以为"怪不可言巧,巧不可言怪"⑥。不过另一方面,他对梅诗又非一概鄙
弃,也指出了梅诗不同诗体得失并存的现象。如欧阳修《六一诗话》评及梅尧臣
和苏舜钦诗,认为二家"各极其长,虽善论者不能优劣也"⑦,许氏在引述欧阳修

---

　　① 《诗源辩体·后集纂要》卷一,第 376 页至 377 页。
　　② 《诗源辩体·后集纂要》卷一,第 381 页。
　　③ 《诗源辩体·后集纂要》卷一,第 378 页。
　　④ 《诗源辩体·后集纂要》卷一,第 380 页至 381 页。
　　⑤ 《梅圣俞墓志铭》,洪本健《欧阳修诗文集校笺·居士集》卷三十三,中册,第 881 页,上海古籍出版社
2009 年版。
　　⑥ 《诗源辩体·后集纂要》卷一,第 379 页。
　　⑦ 《六一诗话》:"圣俞、子美齐名于一时,而二家诗体特异。子美笔力豪隽,以超迈横绝为奇;圣俞覃思精
微,以深远闲淡为意。各极其长,虽善论者不能优劣也。余尝于《水谷夜行诗》略道其一二云:'子美气尤雄,
万窍号一噫。有时肆癫狂,醉墨洒滂霈。譬如千里马,已发不可杀。盈前尽珠玑,一一难拣汰。梅翁事清切,
石齿漱寒濑。作诗三十年,视我犹后辈。文词愈精新,心意虽老大。有如妖韶女,老自有馀态。近诗尤古硬,
咀嚼苦难嘬。又如食橄榄,真味久愈在。苏豪以气轹,举世徒惊骇。梅穷独我知,古货今难卖。'"(《历代诗
话》,上册,第 267 页至 268 页。)

的论评之后，复加按语云："圣俞五言律，前十馀卷格颇近正，入录为多。五言古，短篇及仄韵尚有可采。其他恣为奇变。长篇平韵，体既支离，意复浅近，十卷以后虽有可观，而晦僻怪恶鄙俗者甚多。欧公所称赏，正以五言律、五言古短篇及仄韵诸作也。"①据此，他对梅诗作了区分，将"格颇近正"的部分五言律诗、"尚有可采"的五言古诗短篇及仄韵诸作，与那些"晦僻怪恶鄙俗"之篇分隔开来。以他的品鉴，尤其是梅氏的五言律诗，较之其他诗体，诸诗篇"体实为正"，诸诗句或"古淡有味"，或"更为苦硬"，综合来看，"圣俞五言律不特为诸体第一，亦当为宋人第一也"②。据此而言，他鉴评梅诗作出的得与失的结论，更多应该源于其对梅诗各体的深细阅读和品鉴。

还可注意许学夷对于苏轼诗歌的品鉴。时至晚明，苏轼更多进入文人圈的视野而备受关注，在"崇尚苏学"③的背景下，文士阅读、评述、刊行其诗文者层出。④ 除苏文之外，苏诗也唤起他们浓厚的兴趣，邹迪光《王懋中先生诗集序》提到，据他观察，万历年间诗坛即出现"跳汉唐而之宋曰苏子瞻，必子瞻而后为诗，不子瞻非诗也"⑤的现象。在晚明推崇苏诗的士人当中，公安派的袁宏道无疑是突出的一位，他明确表示，"苏公诗高古不如老杜，而超脱变怪过之，有天地来，一人而已"，"至李、杜诗道始大。韩、柳、元、白、欧，诗之圣也；苏，诗之神也"⑥，乃至声称"苏公诗无一字不佳者"⑦。虽然许学夷鄙薄袁宏道诗论，甚至提出"诗道罪人，当以中郎为首"⑧，斥之尤烈，不过对袁氏涉及苏轼等人诗歌的论评，则并未予以全盘否定，如他指出：

① 《诗源辩体·后集纂要》卷一，第378页。
② 其详评梅诗五律诸篇句曰："圣俞五言律入录者较诸体为多，如'玉烛陪祠日'、'城下汉江流'、'千里向巴东'、'郄生方得桂'、'跨马独归日'等篇，体实为正。他如'霜落熊升树，林空鹿饮溪'、'川涛观海若，霜磬入江渍'、'蛟龙惊鼓角，云雾湿衣裳'、'地蒸蛮雨接，山润海云交'、'破案残经卷，新坟出树根'、'驼鸣沙水冻，雕击雪云低'、'汉驿凌云去，胡人踏雪牵'、'斗折来沙雁，相高接草虫'、'独鸟去烟外，斜阳明树头'、'山长羸马困，月黑怪禽啼'等句，古淡有味；如'大将中流矢，残兵空负戈'、'提兵无百骑，偷路执生羌'、'废城无马人，破冢有狐藏'、'推枕感孤雁，抽琴弹坏陵'、'带月入涡尾，落帆防石根'、'白水照茅屋，清风生稻花'、'雁落葑田阔，船过菱渚秋'、'寒屋猛添响，湿窗愁打穿'、'半灭竹林火，数闻茅屋鸡'、'古寺入深树，野泉鸣暗渠'等句，更为苦硬。欧公所推，正在古淡与苦硬耳。故圣俞五言律不特为诸体第一，亦当为宋人第一也。"（《诗源辩体·后集纂要》卷一，第379页至380页。）
③ 焦竑《刻苏长公外集序》，《焦氏澹园续集》卷一，《续修四库全书》，第1364册。
④ 参见拙文《苏轼诗文与晚明士人的精神归向及文学旨趣》，《文学遗产》2014年第4期。
⑤ 《调象庵稿》卷二十七。
⑥ 《与李龙湖》，《袁宏道集笺校》卷二十一，中册，第750页。
⑦ 《答梅客生开府》，《袁宏道集笺校》卷二十一，中册，第734页。
⑧ 《诗源辩体》卷三十五《总论》，第351页。

　　元美、元瑞论诗,于正者虽有所得,于变者则不能知。袁中郎于正者虽不能知,于变者实有所得。中郎云:"至李、杜而诗道始大。韩、柳、元、白、欧,诗之圣也;苏,诗之神也。"以李、杜、柳与四家并言,固不识正变之体;以韩、白、欧为圣,苏为神,则得变体之实矣。试以五言古论之,韩、白、欧、苏虽各极其至,而才质不同。韩才质本胜欧,但以全集观,则韩太苍莽,欧入录较多而警绝稍逊,然不免步武退之。白虽能自立门户,然视其全集,则体多冗漫,而气亦屏弱矣。至于苏,则才质备美,造诣兼至,故奔放处有收敛,倾倒处有含蓄。盖三子本无造诣,而苏则实有造诣也。总四家而论,苏为上,韩次之,白次之,欧又次之,而元不足取。

在许学夷看来,他所引述的袁宏道有关苏轼等人诗歌的这段论评,其中以韩愈、白居易、欧阳修等人为"诗之圣",以苏轼为"诗之神"的提法,倘若从"知""变"的方面而言,不无可取之处,故认为其"得变体之实"。如以五言古诗为例,韩、白、欧、苏四家"才质不同",因而其诗品自然也不同。不过无论如何,要说他和袁宏道之间还有一点共同认知的话,那就是都给予了苏诗不俗的评价,置其于诸家之上,这或许是许学夷能够大体接受袁宏道论评意见的主要原因。而至于他在宋代诗人中对苏轼另眼相看,也应该和晚明时期"崇尚苏学"、乐于接受苏诗的变化态势不无一定的关系。但与此同时,许学夷也对苏诗注意分辨,以为既有其"美",也有其"病",用他的话来说,"凡欧、苏之诗,美而知其病,病而知其美,方是法眼"。如他指摘苏轼五七言古诗"一牵于次韵,再伤于应酬,险韵有往复四五者,安得不扭捏牵率也";批评其和陶诗"篇篇次韵,既甚牵縈,又境界各别,旨趣亦异。如和《归园田》,乃以游白水山至荔枝浦当之,其境趣判不相合,安在其为和陶也。其他率多类此",而如"拟古杂诗等作,用事殆无虚句,去陶益远"①。诸如此类的评断,应该是出于"美而知其病"的识别立场。

　　《诗源辩体》"后集"所列元代诗人为数不多,杨维祯是其中的一位。胡应麟《诗薮》论及杨诗,较之其他元诗人,推许相对居多,称其"胜国末领袖一时,其才纵横豪丽,宣堪作者"②。评其各体,除了"歌行则太溺绮靡,古诗大著议论,五七

---

① 以上见《诗源辩体·后集纂要》卷一,第381页至384页。
② 《诗薮·外编》卷六《元》,第241页。

近体句格平平,殊无足采",元人乐府小诗"惟杨廉夫才情缥缈,独步当代",诸篇或"酷是六朝",或"超异神俊,追踪谪仙,非宋、元语";七言绝句如《西湖》、《吴下竹枝歌》及《春侠宫词》、《续奁》、《游仙》等作,本学梦得、致光,而笔端高爽处,往往逼李供奉。《漫兴》学杜,亦略近之。其才情实出赵、揭诸家上"①。比较而言,许学夷虽然认为"元人诗惟廉夫才力足继欧、苏诸子",但对杨诗则颇多訾议,这与胡应麟持论明显不同。如论杨诗之性情发抒,指出"第一卷及馀数十篇性情犹正,馀则因题咏事,又未可言性情也"②,后者则又指向杨维桢《续奁集》之"淫艳",并其自序而斥之。③ 由此观之,这显然和他本于中正的道德规度而主于"性情之正"的理念相吻合。总体上,许学夷认为"廉夫诗本欲备众体,然变多于正,亦其才累之耳"④。所谓"变多于正"的结论,可以用来解释他对杨诗评价不高的主因,而这和他批评宋诗"不识正变之体"或"主变不主正"的思路并无二致,还主要是以其所十分看重的正变的标准,来检视杨诗的得失之所在。

较之宋元诗,许学夷针对"国朝"诗歌的论述更值得注意,其被编入《后集纂要》卷二,这是明人为本朝诗人及诗作所进行的考察,也应该是继胡应麟《诗薮》之后对明诗所展开的更为集中和系统的检视。关于评论"国朝"诸家的原则及目的,许学夷作了明确的交代:

> 或问:"先辈论诗,多称其所长,讳其所短,如永叔之于圣俞、子瞻之于鲁直是也。今子于国朝诸名家必欲长短尽见,无乃太伤刻乎?"曰:此编以开导后学为主,不直则道不见。国朝诸名家全集方盛行于世,后生贵耳贱目,略无真见,其于诸名家长处既不能知,短处能知而不敢自信,蕒蕒愦愦,莫知适从,故每每置之高阁。此编论其所短,不免获罪诸家,录其所长,实足为诸家功臣也。

---

① 《诗薮·外编》卷六《元》,第 238 页。
② 《诗源辩体·后集纂要》卷一,第 393 页。
③ 如他指出:"其《续奁自序》云:'陶元亮赋《闲情》,出鬶御之辞,不害其为处士节。余赋韩偓《续奁》,亦作娟丽语,又何损吾铁石心也。法云道人劝鲁直勿作艳歌小辞,鲁直曰:"空中语耳,不致坐此堕落恶道。"余于《续奁》亦曰"空中语耳"。不料为万口播传,兵火后龙洲生尚能口记,又付之市肆梓行之。因书此以识吾过。时道林法师在座,余合十曰:"若堕恶道,请师忏悔。"'观此,则淫艳者虽焚而终自悔,盖其性本然耳。"(《诗源辩体·后集纂要》卷一,第 393 页。)
④ 《诗源辩体·后集纂要》卷一,第 392 页至 393 页。

究此用意,评论"国朝"诸家,与其"多称其所长,讳其所短",不如"直"言长短,后者的做法无疑更为理性,也更具客观性,当然也要承担触犯忌讳的风险。若用一句话来概括,"长短尽见"乃是许氏为论次"国朝"诸家定下的基本原则,这在很大程度上取决于其书"以开导后学为主"的具有指导性质的编撰目的。以他的观察,特别是后生之辈"贵耳贱目",缺乏阅读经验和思考能力,无法对"国朝"诸家作出合理的分辨,因此,"论其所短"、"录其所长"更显必要。《后集纂要》卷二开端,即有一段对"国朝"诗歌提纲挈领的总体评论,"长短尽见"的原则已显现其中:

> 国朝人诗,五言古、律,五七言绝,断不能及唐人,惟歌行与七言律为胜。五言古,李、杜之所向如意,韦、柳之萧散冲淡,各极其至,国朝人既不能学,即韩、白、东野变体,亦未有能学之者。五言律、五七言绝,入录者诚足配唐,而全集则甚相远。若歌行,李、杜虽极变化奇伟,而继之者绝响,高、岑、李颀仅称正宗,至国朝诸名家则黾勉强致,其入录者往往逼李、杜而轶高、岑。七言律,盛唐文质虽备而完善者无几,大历以下气格顿衰,国朝仲默而后偏工独至,往往有过盛唐者矣。①

这是从分察"国朝"诗歌各体入手,将唐人诗歌作为比照对象,辨析明诗表现在不同诗体的"长"或"短",由此一端,已足以见出论者严饬的辨体意识。体味以上分析,对比唐诗,明人五言古诗"不能学"而及之,五言律诗和五七言绝句虽间有"配唐"之作,然总体则"甚相远",所以其五言古、律及五七言绝都被看作"不能及唐人";相比之下,歌行和七言律诗则为明诗的强项,或间"逼李、杜而轶高、岑",或"有过盛唐者"。按许学夷的理解,明诗和唐诗之间构成学与被学的关系,如他所说,"盖诗至晚唐,其众体既具,流变已极,学者无容更变,但各随其质性而仿之耳","国朝人汉、魏、六朝、初、盛、中、晚各随其意而学"②。又他以为,"国朝"诸家即使间有"配唐"之作,也不过是经过遴选之"入录者",若"以全集观",则"不失之苍莽,则失之率易,不失之支离,则失之浅稚,欲望中、晚名家有

---

① 以上见《诗源辩体·后集纂要》卷二,第 395 页至 396 页。
② 《诗源辩体·后集纂要》卷一,第 375 页。

弗及也,况初、盛乎",并不存在"功力有过于唐"①的情况。可以说,他对明诗各体作出的总体评价,正是在如此的关系框架之中展开的,这也让我们充分领略到他的坚执的古典主义立场。

另一方面,"长短尽见"的原则更集中见于许学夷对"国朝"诸家的逐次评论。从他所列出的诗人条目来看,七子派成员占据了多数,其关注和重视前后七子两大复古流派的倾向性显而易见,从某种意义上来说,这部分也是对七子派诗歌实践开展的系统检察,我们不妨围绕于此来进行讨论。

鉴于同情复古的基本立场,许学夷在"宗古"和"自创"二者关系的问题上,似乎更偏重于"宗古",并以此来审别七子派成员的诗作。他颇不认同"世多称献吉效颦、于鳞仿古"的时俗之见,为二人辩解说:"国朝人诗,惟二子可称自立门户,如献吉七言古、于鳞七言律是也。盖诗之门户前人既已尽开,后人但七分宗古,三分自创,便可成家。"②这当中牵涉如何看待所谓"自立门户"的问题,细味他的语意,其所理解的"自立门户",实与"宗古"不相扞格,更不等同于纯粹的"自创",李梦阳、李攀龙在世人眼中的"效颦"和"仿古",在他眼中正是主要投入"宗古"而适度结合"自创"的表现,所以可称之为"自立门户"。他曾提出:"今人作诗,不欲取法古人,直欲自开堂奥,自立门户,志诚远矣。但于汉、魏、六朝、初、盛、中、晚唐,果能参得透彻,酝酿成家,为一代作者,孰为不可? 否则,愈趋愈远,茫无所得。"③结合前后的论辩观之,他的"自立门户"之说与世人所理解的"不欲取法古人"的"自立门户"之义并不一致,而是于古"参得透彻"而"酝酿成家",也印合了"七分宗古,三分自创,便可成家"的说法。基于这一理念,在许学夷看来,诸子中的那些"宗古"味道浓厚的诗作也诚有其"长",应另眼予以审视。如他质疑"世之论李、何者,莫不谓献吉效颦,仲默舍筏",以为"此似晓不晓",指示李梦阳歌行、何景明七言律诗颇为可观:"盖献吉山斗一代,实在歌行;而仲默冠冕诸公,实在七言律耳。"析分开来,李歌行"虽学子美,而驰骋纵横实有过之,又未可以效颦也";"献吉熟于《骚》,其歌行妙处皆得于《骚》",而其"入录者""纡回隐约,有馀不尽",其中"短篇严紧精炼,不杂一常语,此国朝诸公所无。长篇

---

① 《诗源辩体·后集纂要》卷二,第 396 页。
② 《诗源辩体·后集纂要》卷二,第 416 页。
③ 《诗源辩体》卷三十四《总论》,第 320 页。

体虽纵横而意实浑涵,实兼李、杜所长"①。何七律"风体不一,入录者多出盛唐、子美,亦有出大历者。馀虽稍弱,无不可观,当为国朝七言律第一"②。意图说明,一味认定李、何"效颦"或"舍筏",实际上是不了解其真正"宗古"所得。在这个问题上,最值得注意的是许学夷评论李攀龙诗,其中说到:

> 李于鳞乐府五言及五言古多出汉魏,世或厌其摹仿。然汉魏乐府五言及五言古,自六朝、唐、宋以来,体制、音调后世邈不可得,而惟于鳞得其神髓,自非专诣者不能。至于摹仿饾饤或不能无,而变化自得者亦颇有之。若其语不尽变,则自不容变耳;语变,则非汉魏矣。
>
> 拟古惟于鳞最长,如《塘上行》本辞云:"念君常苦悲,夜夜不能寐。莫以贤豪故,弃捐素所爱。莫以鱼肉贱,弃捐葱与薤。莫以麻枲贱,弃捐菅与蒯。"于鳞则云:"念妾平生时,岂谓有中路。新人断流黄,故人断纨素。新人种兰茝,故人种桂树。新人操《阳春》,故人操《白露》。"格仿本辞而语能变化,最为可法。若《相逢行》中添一二段,格虽稍变,然宛尔西京,自非大手不能。譬如临古人画,中间稍添树石,亦是作手。惟《陌上桑》但略换字句,则甚无谓耳。③

在前后七子当中,李攀龙以其忠实于拟古,受人訾诋颇多,或谓李诗"临摹太过,痕迹宛然"④,特别是其古乐府备受诟病,人以为"止规字句,而遗其神明"⑤。就连盟友王世贞也说他"拟古乐府,无一字一句不精美,然不堪与古乐府并看,看则似临摹帖耳"⑥。尽管许学夷并不讳言李攀龙古乐府和五言古诗间流于"摹仿饾饤"、"略换字句",无意掩蔽其显而易见的拟古之失,但主要还是突出他能于古诗体制和音调得其"神髓"的拟古业绩,相对于李诗的质疑者,许学夷更多采取的则是高度同情的姿态。当然,倘若结合其于"七分宗古,三分自创"的"宗古"与"自创"二者关系的定位,也就不难理解他对待李攀龙多遭非议的拟古诗

　①《诗源辩体·后集纂要》卷二,第404页至405页。
　②《诗源辩体·后集纂要》卷二,第407页。
　③ 以上见《诗源辩体·后集纂要》卷二,第413页至414页。
　④《明诗别裁集》卷八,第193页。
　⑤《静志居诗话》卷十三,下册,第381页。
　⑥《艺苑卮言七》,《弇州山人四部稿》卷一百五十。

作所表现出的认可和宽容态度。

除了扬其"长",也不忘揭其"短",后者在许学夷看来更有必要,虽然这么做未免"伤刻",但是"不直道不见",无法起到"开导后学"的作用,更何况事实上诸家对于各种诗体难以做到兼善尽美,必须予以直面正视,或有其"长",或有其"短",即使其同一诗体也可分出高下。比如,许学夷认为李梦阳、何景明分别擅长歌行和七言律诗,而二人于其他诗体或相形见绌。谓"乐府五七言、杂言,有自出机轴者,有摹拟相肖者,献吉则两失之";李梦阳五言律诗"入录者仅十之一,然于初唐、子美,得其神髓,惜不免有玷缺者",七言律诗"入录者益少,然气格苍古,本乎自然,非矫强可到。若全集,则有生句、稚句、庸句、鄙句,其卤莽率意,近于学究者有之"。何景明五言古诗"初年学唐,短篇间有相近,既而学汉魏,实疏",乐府杂言和七言"出于两汉者为离,出于六朝、唐人者间有可采;中用韵多两句一转,非乐府本色",歌行"才力远逊献吉,而亦未升高、岑之堂,间有入录者,亦不尽合",五言律诗"全集太弱,元美谓'不能讳其屡'是也"[1]。假如从学古的角度来看,特别是习学的方式不尽合理,甚至流于单一和板滞,往往会直接影响习学的效果,如此其"短"当然终究无法掩蔽。尽管许学夷自认为"诗之门户"古人"尽开",较之"自创"更偏向"宗古",但于习学的具体方式他则实有所考量,这一方面,也体现在他对诸子学古之"短"的披露。其典型之例,如许学夷对李攀龙等人七言律诗创作总体评价较高,指出"嘉靖七子七言律,硕大高华,精深奇绝,譬之吾儒,乃是正大高明之域"[2],自觉呼应胡应麟认为"古今七言律之盛"极于嘉靖的判断,[3]声称"元瑞此论,于于鳞诸子最为公平,且字字精切,无容拟议。今人第以其语意多同,并多用乾坤、日月等字,遂并其高处弃之,此虽识性浅鄙,抑亦袁氏之说中之也"。这也可以说是对胡氏之见的自我发挥,进一步将嘉靖七律之盛坐实于"于鳞诸子"。不过,他并非仅止于此,同时又直接点出他们七言律诗存在的疵病,"七子七言律硕大高华者多,而温雅和平者少,只是不能通变","李本宁'学唐太过'之说,实为七子药石"[4]。李维桢的"学唐太过"

---

① 《诗源辩体·后集纂要》卷二,第404页至407页。
② 《诗源辩体·后集纂要》卷二,第426页。
③ 胡应麟提出:"七言律开元之后,便到嘉靖。虽圭角巉岩,铓颖峭厉,视唐人性情风致,尚自不侔;而硕大高华,精深奇逸,人驱上驷,家握连城,名篇杰作,布满区寓。古今七言律之盛,极于此矣。"(《诗薮·内编》卷五《近体中·七言》,第103页。)
④ 《诗源辩体·后集纂要》卷二,第426页至427页。

之论见于其《唐诗纪序》，①许学夷特地拈出此说，视之为诸子"药石"，为的是要证明他们七言律诗"硕大高华"居多的特征，无外乎是"不能通变"的表现，根本的原因在于他们过分注重学唐，一味追求"硕大高华"，以至缺少"温雅和平"，这是习学方式不尽合理所导致的。又他分述诸子，也一再提及其七言律诗变化不足甚至流于雷同的问题，如谓李攀龙"二十篇而外，句意多同，故后人往往相诋"，"不能不起后进之疑者，以其不能尽变也"②；徐中行"雷同处过于鳞"③。又说王世贞"字句尚或有累"，并称："元美谓'于鳞七言律，三首而外不耐雷同'，又谓'谢茂秦兴寄小薄，变化差少'，岂自谓其独能变化耶？甚矣，责己太恕，责人太严也！"④虽说许学夷总体上对李攀龙等人的七言律诗认可度相对较高，但同时他也自觉意识到，这并不足以成为无视其专注学唐而"不能通变"玷缺的理由，因此也就无须隐讳。站在这个角度，他颇为自负的"长短尽见"的评论原则，显然同样适用于此。

第三节　"诗先体制"说的意义分解

"诗先体制"是《诗源辩体》反复强调的一个主要观点，充分凸显了许学夷注重诗歌体制的原则立场。他对此提出，"圣门论得失，诗家论体制"⑤；"诗先体制而后工拙"⑥；"诗虽尚气格，而以体制为先"⑦；"诗先体制而后气格"⑧。因此，若要深入透析许学夷的诗学思想，不能不了解他的这一主要观点。

追究起来，许氏此说直接受到严羽的影响显而易见。严羽《沧浪诗话》之《诗辨》即指出："诗之法有五：曰体制，曰格力，曰气象，曰兴趣，曰音节。"⑨《诗

---

　　① 李维桢《唐诗纪序》云："不佞窃谓今之诗不患不学唐，而患学之太过。即事对物，情与景合，而有言，干之以风骨，文之以丹彩，唐诗如是止尔。事物情景，必求唐人所未道者而称之、吊诡蒐隐，夸新示异，过也。山林宴游则兴寄清远，朝飨侍从则制存壮丽，边塞征戍则凄惋悲壮，暌离患难则沉痛感慨，缘机触变，各适其宜，唐人之妙以此。今惧其格之卑也，而偏求之于凄惋悲壮、沉痛感慨，过也。"（《大泌山房集》卷九，《四库全书存目丛书》，集部第 150 册。）
　　②《诗源辩体·后集纂要》卷二，第 415 页。
　　③《诗源辩体·后集纂要》卷二，第 422 页。
　　④《诗源辩体·后集纂要》卷二，第 417 页至 418 页。
　　⑤《诗源辩体》卷一《周》，第 6 页。
　　⑥《诗源辩体》卷十二《初唐》，第 142 页。
　　⑦《诗源辩体》卷十四《初唐》，第 153 页。
　　⑧《诗源辩体·后集纂要》卷二，第 407 页。
　　⑨《沧浪诗话校释》，第 7 页。

法"辩家数如辩苍白,方可言诗"句下小注云:"荆公评文章,先体制而后文之工拙。"①《答出继叔临安吴景仙书》对吴陵"来书有甚不喜分诸体制之说",又表示:"作诗正须辨尽诸家体制,然后不为旁门所惑。今人作诗,差入门户者,正以体制莫辨也。"且认为:"世之技艺,犹各有家数。市缣帛者,必分道地,然后知优劣,况文章乎?仆于作诗,不敢自负,至识则自谓有一日之长,于古今体制,若辨苍素,甚者望而知之。"②所有这些表明,强调体制优先是严羽的一项基本主张。不过,他所说的"体制"并不是一个确切而固定的概念,既指涉文类学意义上的体制,也指涉风格学意义上的体制,二者之间未作严格的区分。③ 许学夷于严羽论诗颇多欣赏,声称"沧浪论诗,与予千古一辙",引之为同道,包括高度认可他的体制优先之观点,如谓"沧浪论诗之法有五:一曰'体制',二曰'格力',予得之以论汉魏"④。又说"予作《辩体》","正欲分别正变,使人知所趋向耳","严沧浪云:'作诗正须辩尽诸家体制,然后不为旁门所惑。今人作诗,差入门户者,正以体制莫辩也。'"⑤ 由此看来,他认为诗歌"体有正变",明确《诗源辩体》编撰的主要宗旨是"分别正变",正是承续了严羽主张"辩尽诸家体制"的以体制为优先的诗学立场。

与严羽较为相似的是,许学夷所主张的"体制"也是一个混合型的概念,即兼有文类和风格的意义。先说前者,如他论及白居易五言古诗、五七言律诗及绝句,指出它们都显现以文为诗的特点,开启宋诗之门户。其中认为,白氏五言古诗"叙事详明,以文为诗",和杜甫《新婚别》《垂老别》《无家别》等比较,"子美叙事,纡回转折,有馀不尽","若乐天,寸步不遗,犹恐失之,乃文章传记之体"⑥;以白氏七律数篇句为例,则既有"两股交串"、"隔句扇对"之篇,又有"大入议论"、"快心自得"之句,"至'早闻元九'一篇,体制更奇",在他眼中,"此皆以文为诗,实开宋人之门户耳"⑦。这是着眼于诗与文的文类界别,辨识白氏作品中存在以文为诗的迹象,诗的体制发生明显的变化。又如他解释"唐末之纤巧,与梁、陈以后之绮靡,孰为优劣"的问题,给出的答案是:"诗文俱以体制为主,唐末

---

① 《沧浪诗话校释》,第 136 页。
② 《沧浪诗话校释》附录,第 252 页。
③ 参见《沧浪诗话校笺·诗辩》,上册,第 86 页至 87 页。
④ 《诗源辩体》卷三十五《总论》,第 337 页。
⑤ 《诗源辩体》卷三十四《总论》,第 317 页至 318 页。
⑥ 《诗源辩体》卷二十八《中唐》,第 271 页。
⑦ 《诗源辩体》卷二十八《中唐》,第 276 页至 277 页。

语虽纤巧,而律体则未尝亡;梁、陈以后,古体既失,而律体未成,两无所归,断乎不可为法。"①这是将"体制"的概念落实在同一文类的诗歌诸如古体和律体的不同体式上。再看后者,如许学夷论及"风人之诗"的特点及示范价值:"风人之诗,不特性情声气为万古诗人之经,而托物兴寄,体制玲珑,实为汉魏五言之则。"②又指出汉魏五言古诗对《风》诗的承继:"汉魏五言,源于《国风》,而本乎情,故多托物兴寄,体制玲珑,为千古五言之宗。"从体式的角度而言,四言为主的《风》诗和汉魏五言古诗大为不同,可比性不强,许学夷也说:"汉魏五言,委婉悠圆,于《国风》为近,此变之善者。使汉魏复为四言,则不免于袭,不能擅美千古矣。"③因此,二者在"托物兴寄、体制玲珑"上形成的传承关系,主要应该是一种风格意义上的连接。又如许学夷论及杜甫七言律诗:"或问:'子美"年年至日"一篇,一气浑成,与崔颢《黄鹤》、《雁门》宁有异乎?'曰:律诗诣极者,以圆紧为近,骀荡为变。《黄鹤》前四句虽歌行语,而后四句则甚圆紧,《雁门》则语语圆紧矣。'年年'一篇,虽通篇对偶,而淋漓骀荡,遂入小变,机趣虽同,而体制则异也。"④"圆紧"与"骀荡",更多还是属于风格意义上的差别,杜甫《冬至》和崔颢《黄鹤楼》、《雁门胡人歌》七律诗篇的"体制"之异,即表现于此。

许学夷"诗先体制"的主张,尽管其直承严羽之说,并非一己之新鲜独异口号,但这绝不代表它在许氏诗学思想系统中无足轻重,有一点可以看出,它在承续严羽之说的同时,也实现了自身的意义建构。

首先,它更加强调诗歌体式的规范性,严格分辨不同诗体在文类意义上的独特性质。如五言古诗,许学夷即指出:"五言自汉魏流至元嘉,而古体亡。自齐梁流至初唐,而古、律混淆,词语绮靡。"⑤所言有两个问题值得注意,第一个是五言古体亡于南朝宋元嘉年间的问题。对此,许氏作过这样的解释:"太康五言,再流而为元嘉。然太康体虽渐入俳偶,语虽渐入雕刻,其古体犹有存者;至谢灵运诸公,则风气益漓,其习尽移,故其体尽俳偶,语尽雕刻,而古体遂亡矣。"⑥判断五言古体之亡,实际上还涉及一个以何者为参照的问题,许氏用以比

① 《诗源辩体》卷十一《隋》,第137页。
② 《诗源辩体》卷一《周》,第3页。
③ 《诗源辩体》卷三《汉魏总论·汉》,第44页至45页。
④ 《诗源辩体》卷十九《盛唐》,第218页。
⑤ 《诗源辩体》卷十三《初唐》,第144页。
⑥ 《诗源辩体》卷七《宋》,第108页。

较的对象即是汉魏五言古诗,他说过:"汉魏五言,本乎情兴,故其体委婉而语悠圆,有天成之妙。五言古,惟是为正。"①说五言古诗以汉魏为"正",这其中也指汉魏五古表现在体式上"其体委婉而语悠圆"的标准意义。如果确认了这一点,那么自然可以说,谢灵运等元嘉诗人"体尽俳偶,语尽雕刻"不合五古之"正"体,"古体遂亡"的推导由此得以成立。许学夷的这一判断,显然可与何景明的说法联系起来,后者即曾提出"陆诗语俳,体不俳也,谢则体语俱俳矣","诗弱于陶,谢力振之,然古诗之法亦亡于谢"②。从前后关联来看,许氏以为五言古体亡于元嘉的断论,应该是对何氏上述说法的一种演绎。第二个是五言古诗流至唐代而发生变异的问题。许学夷指出,初唐五言"古、律混淆",其实正是五言古诗变异的表现,他顺着这一话题接着说:

　　陈子昂始复古体,效阮公《咏怀》为《感遇三十八首》,王适见之,曰:"是必为海内文宗。"然李于鳞云:"唐无五言古诗,而有其古诗。陈子昂以其古诗为古诗,弗取也。"何耶?盖子昂《感遇》虽仅复古,然终是唐人古诗,非汉魏古诗也。且其诗尚杂用律句,平韵者犹忌"上尾"。至如《鸳鸯篇》、《修竹篇》等,亦皆古、律混淆,自是六朝馀弊,正犹叔孙通之兴礼乐耳。

许学夷引述李攀龙《选唐诗序》的这段话,目的是用来说明陈子昂"始复古体"而所为的五言古诗,并不是真正意义上的汉魏五古。李攀龙虽然表示陈子昂"以其古诗为古诗",但并没有具体解释陈氏所为古诗的特点,许学夷则进一步指出他的五言古诗存在"杂用律句"的现象,以至"古、律混淆",为说明其非汉魏五古进一步提供明证。据许氏的观察,不只是陈子昂,初唐其他诗人的五言古诗也多杂用律体,导致古体不纯。例如,沈佺期、宋之问"尚多杂用律体,平韵者犹忌'上尾'"③;张说、苏颋"平韵者皆杂用律体,仄韵者多忌'鹤膝'";李峤"平韵者止《奉诏受边服》一篇声韵近古,馀皆杂用律体,仄韵者虽忌'鹤膝'而语自工";张九龄"平韵者多杂用律体"④。还不仅是初唐,盛唐五言古诗也出现类似的情形:

---

　　①《诗源辩体》卷三《汉魏总论·汉》,第45页。
　　②《与李空同论诗书》,《大复集》卷三十。
　　③ 以上见《诗源辩体》卷十三《初唐》,第144页至145页。
　　④《诗源辩体》卷十四《初唐》,第151页至152页。

"自李、杜、岑参、元结而外,多杂用律体,与初唐相类。"①从具体诗人观之,如李颀"平韵者多杂用律体,仄韵者亦多忌'鹤膝'";崔颢"平韵者间杂律体,仄韵者亦多忌'鹤膝'"②;王昌龄"时入古体,而风格亦高。然未尽称善。平韵者间杂律体,仄韵者亦多忌'鹤膝'";储光羲"平韵者多杂用律体,亦忌'上尾',仄韵者多忌'鹤膝',而平韵亦有之"③。许学夷将五言古体杂以律体这一现象描述为"承六朝馀弊,盖变而未定之体也"④,并解释其中的原因在于,"唐人沿袭六朝,自幼便为俳偶声韵所拘"⑤。他认为,只有在李、杜等人那里,五言古诗"虽不能如汉魏之深婉,然不失为唐体之正"⑥,才完成了纯正唐体的转换,不过,这又是另外一个话题了。又据许氏的观察,体式不纯的情形同样发生在七言古诗的演变过程,他在指点初唐之作时表示:"初唐七言古,句皆入律,此承六朝馀弊。"⑦这其实也是说初唐七言古诗存在古、律相混的现象。正如他指出,比照"诗先体制而后工拙"的准则,初唐"王、卢、骆七言古,偶俪虽工,而调犹未纯,语犹未畅,实不得为正宗"⑧,而从王、卢、骆三子再进至沈、宋二人,其七言古诗"调虽渐纯,语虽渐畅,而旧习未除",有些诗句"偶俪极工,语皆富丽,与王、卢、骆相类者也"⑨。总之,无论是元嘉五古体语流于俳偶雕刻,初、盛唐五古杂用律体,还是初唐七古掺入律句而偶俪工巧,都被许学夷看作是对五七言古诗体式的变易或消解,从"分别正变"的角度来说,对此都不得不需要加以严格的辨识,这些也成为他审观诗歌史而注意鉴别体制特点的典型案例。

其次,谨细分析诗体在历史演变进程中的正宗性质,集中在风格意义上确认其所具有的示范特征。如果说,诗歌文类意义上的体制分辨涉及具体的体式,比如古、律的区分问题,因而刚性的特点明显,那么,其风格意义上的体制分辨则相对具有弹性,这是由于对诗歌风格的鉴别很大程度上取决于分辨者的审美立场。当然,文类和风格也有交叉,有时又难以截然分割,而当文类特征升至

① 《诗源辩体》卷十七《盛唐》,第 177 页至 178 页。
② 《诗源辩体》卷十七《盛唐》,第 169 页至 170 页。
③ 《诗源辩体》卷十七《盛唐》,第 173 页。
④ 《诗源辩体》卷十四《初唐》,第 153 页。
⑤ 《诗源辩体》卷十七《盛唐》,第 177 页。
⑥ 《诗源辩体》卷十八《盛唐》,第 190 页。
⑦ 《诗源辩体》卷二十《中唐》,第 224 页。
⑧ 《诗源辩体》卷十二《初唐》,第 142 页。
⑨ 《诗源辩体》卷十三《初唐》,第 145 页。

风格层面时,则和风格意义上的体制相联通。① 对于许学夷来说,在"诗先体制"理念的驱使下,他为之展开的风格意义上的体制分辨又是十分严细的。不妨集中来考察他对汉魏五言古诗的鉴别。在这一问题上,严羽曾认为:"汉魏古诗,气象浑沌,难以句摘。晋以还方有佳句,如渊明'采菊东篱下,悠然见南山',谢灵运'池塘生春草'之类。"②所谓"气象浑沌,难以句摘",应该指的是诗歌全体的构成浑然合一,未留有刻意为之的痕迹,因而也就难有诗人特别用心的佳句可以摘出。在严羽看来,那是汉魏古诗达到的至高境界,这也可以和他给出的"汉魏之诗,词理意兴,无迹可求"③的评断联系起来看。相形之下,晋朝以来古诗则有局部佳句可摘,这意味着那些诗歌全体的构成已达不到汉魏古诗浑然合一的境界。许学夷大体认可严羽此说,并进一步阐发,他为此表示:"汉魏五言,浑然天成,初未可以句摘。晋、宋而下,工拙方可以句摘矣。严沧浪云:'汉魏古诗,气象浑沦,难以句摘。晋以还方有佳句。'是也"。谓汉魏五言古诗"浑然天成",这和他以为"汉魏五言,声响色泽,无迹可求"、"汉魏人诗,自然而然,不假悟入"④之类的表述相近似,主要指汉魏五古不加修饰,浑然合一,故而难以句摘。不过,这着重是就汉魏五古的总体风格来说的。为说明问题,可以先比较胡应麟的相关论议,后者曾云:"严谓建安以前,气象浑沦,难以句摘,此但可论汉古诗。若'高台多悲风'、'明月照高楼'、'思君如流水',皆建安语也。子建、子桓工语甚多,如'丹霞夹明月,华星出云间'、'秋兰被长坂,朱华冒绿池'之类,句法字法,稍稍透露。"⑤许学夷在引述这段话之后,又加按语云:"《十九首》如'思君令人老'、'磊磊涧中石'、'同心而离居'、'秋草萋以绿',与子建'高台多悲风'等,本乎天成,而无作用之迹,作者初不自知耳'。如子桓'丹霞夹明月'等语,乃是构结使然。必若陆士衡辈有意雕刻,始可称佳句也。"⑥胡应麟并不同意严羽并置汉魏古诗的说法,他认为二者之间品级有异,需要区别对待,汉诗"不可句摘者,章法浑成,句意联属,通篇高妙,无一芜蔓",曹氏兄弟"努力前规,章法句意,顿自悬殊,平调颇多,丽语错出",而建安诸子或"敷衍成篇",或"所得汉人气

---

① 参见《沧浪诗话校笺·诗辩》,上册,第86页。
② 《沧浪诗话校释·诗评》,第151页。
③ 《沧浪诗话校释·诗评》,第148页。
④ 《诗源辩体》卷三《汉魏总论·汉》,第46页至48页。
⑤ 《诗薮·内编》卷二《古体中·五言》,第32页。
⑥ 《诗源辩体》卷三《汉魏总论·汉》,第47页。

象音节耳"。所以说,"严氏往往汉、魏并称,非笃论也"①。前面述及,在对待汉魏五言古诗的问题上,许学夷既不赞成严羽"见其同而不见其异",也不认可胡应麟"见其异而不见其同"②。这一原则性的见解,也正具体落实在他对汉魏五言古诗风格意义上的体制分辨。以他的看法,胡应麟只是注意汉魏五古之异,将"气象浑沦,难以句摘"之誉仅归属于汉诗,不免有些绝对,未能深加辨识,魏诗如曹氏兄弟之作实有差异,不可一概而论,曹植篇句或"本乎天成,而无作用之迹",诚可与汉诗比肩,而曹丕篇句则有刻意"构结"的痕迹。另一面,他认可严羽"汉魏古诗,气象浑沌,难以句摘"的评价,如上述,这主要着眼于汉魏五古的总体风格,事实上,他又自觉汉诗与魏诗还是有着明显的区别,如下所言,即值得留意:

> 汉人古诗本未可以句摘,但魏晋以下既有摘句,而汉人无摘不足以较盛衰,今姑摘起结数十语以见大略。起语如"行行重行行,与君生别离。相去万馀里,各在天一涯","青青河畔草,郁郁园中柳。盈盈楼上女,皎皎当窗牖","涉江采芙蓉,兰泽多芳草。采之欲遗谁?所思在远道","冉冉孤生竹,结根泰山阿。与君为新婚,兔丝附女萝","东城高且长,逶迤自相属。回风动地起,秋草萋以绿","驱车上东门,遥望郭北墓。白杨何萧萧,松柏夹广路",结语如"思君令人老,岁月忽已晚。弃捐勿复道,努力加餐饭","不惜歌者苦,但伤知音稀。愿为双鸿鹄,奋翅起高飞","伤彼蕙兰花,含英扬光辉。过时而不采,将随秋草萎。君亮执高节,贱妾亦何为","人生非金石,岂能长寿考?奄忽遂物化,荣名以为宝","驰情整巾带,沉吟聊踯躅。思为双飞燕,衔泥巢君屋","服食求神仙,多为药所误。不如饮美酒,被服纨与素"等句,不但语出天成,而兴象玲珑,意致深婉,亦可概见。熟咏全篇,则建安以还,高下自别矣。③

体味这段论议的大意,从汉人五言古诗中摘其起结"数十语",并不代表汉诗可

---

① 《诗薮·内编》卷二《古体中·五言》,第32页。
② 《诗源辩体》卷四《汉魏辩·魏》,第71页。
③ 《诗源辩体》卷三《汉魏总论·汉》,第58页至59页。

以句摘,目的是鉴于魏晋以来既有摘句,便于比较"盛衰",标举汉人五古优于"建安以还"古诗的正宗身份和示范特征。因为这些汉诗摘句"语出天成",所以其实即在证明"本未可以句摘",通观其全篇,建安以还古诗不及汉诗的差异更可见出。很显然,这段论述终究在汉诗和魏诗之间划出了清晰可辨的界别,比较"浑然天成"完全与否的高下之别,即如许氏所言,倘若"详而论之",那么对比汉诗,魏诗则"渐见作用,而渐入于变矣"①。故可以说,除于二者"见其同",也"见其异",这又表明他和严羽看法的不同。需要补充说明的是,许学夷鉴别汉魏五言古诗总体"浑然天成"以至"未可以句摘"的特点,以及具体分辨汉魏五古是否完全难以"句摘"的差异,主要是从风格的层面辨识汉魏诗歌的体制特征,但实际上,这种风格体制的辨识也和文类体制的审察有所交集。如许学夷视汉诗"浑然天成","未可以句摘",魏诗则"渐见作用",有所变化,又视太康诗人体"渐入俳偶",语"渐入雕刻",而至谢灵运等元嘉诗人"体尽俳偶,语尽雕刻,而古体遂亡矣",其实也描绘出五言古诗体式自完美正宗渐至消蚀终至消亡的演变路线。这又显明,许氏所主张的"体制"的概念指涉文类和风格的双重意义,二者之间时有交集,难以截然分割。

　　进一步来看,"诗先体制"说的背后,实际支撑着对于诗歌"体制"必须恪守而不可更易的绝对重要性的认知。许学夷这么认为:

> 有宗中郎而诋予者,曰:"诗在境会之偶谐,即作者亦不自知,先一刻迎之不来,后一刻追之已逝。"予谓:此论妙绝,在唐正是孟襄阳、崔司勋境界,然苟不先乎规矩,则野狐外道矣。规矩者,体制、声调之谓也。又曰:"生人者,天机所动,忽然而成,安能裁秤纤、按修短,一一中度,然后出哉?"予谓:天之生人,诚不能一一中度,苟取人而不中度,则嫫母可并乎西施矣。作诗犹生人也,论诗犹取人也。

他将"体制"理解成作为度量标准的"规矩",外此则为"野狐外道",并且将作诗、论诗分别比作"生人"和"取人",后者尤其必须"中度",表明依循"规矩"、恪守"体制"何等重要,没有妥协的馀地。既然"体制"如同"规矩",又表明它并非针

---

① 《诗源辩体》卷三《汉魏总论·汉》,第45页。

对特定的对象,而是有着普遍意义上的适用性,古人已用之,今人须守之,乃是古今诗人不得不遵照的共同准则,不存在今人剽窃古人的问题。是以许学夷又说:"若予盗袭唐人为诗,不可;若谓体制、声调必离唐人始可称诗,予弗敢从。"如此,重视"体制"与否,乃成为被他举证的正反两面的案例,正面者如:"今观献吉、昌毂五言律,仲默五七言律,体制、声调靡不唐也,而命意措辞则已出也,若并变其体制、声调而为诗,则野狐外道矣。"①反面者如:"(袁宏道)凡于今人体制、声调类古者,谓非真诗,而卤莽、奇衺者,反以为真;若是,则凡以古人自绳者,皆非君子,而纵情所欲、放纵邪侈者,反为君子也。"②这些正反例子的举引,无不在阐证作为诗歌之"规矩"的"体制"的极端重要性。

"诗先体制"说直承严羽体制优先的观念而来,归根结底,它所折射出的正是明代中叶以降特别是伴随七子派的崛起而愈趋强化的辨体意识。尤其是后七子及其新生代成员如李攀龙、王世贞、胡应麟等人,都曾在不同层面和不同程度上涉及辨体问题的讨论。③可以这么说,站在同情复古的立场,留给许学夷重点思考的,已非论证辨体可有可无的问题,而是在诸子讨论的基础上如何进一步强化和深化辨体的问题。另一方面,从主观自觉来说,许学夷对王世贞和胡应麟等人在相关问题上的认知亦非完全满意或赞同,如其直言"诗虽尚气格而以体制为先,此余与元美诸公论有不同也"④,意指王世贞等人过度主于"气格",而于"体制"重视不够;又仅上引他对胡应麟析分汉人与魏曹氏兄弟古诗之别的辩驳,也足以见出其与对方在鉴别汉魏古诗体制问题上有着明显的分歧。这也应该成为他专门投入诗歌体制考察的某种驱动力。与王世贞、胡应麟等人相比,许学夷对文类与风格意义上的诗歌体制的分辨,不仅更趋严格和细密,而且以全盘考寻古典诗歌源流正变为学理基础,其系统化和层级化的程度更高,均为诸子所不及。它们既是许学夷主观层面的目标构想,又是《诗源辩体》客观层面呈现的特点。归究起来,这一切还都是在"诗先体制"核心理念的主导下所展开的。

---

① 以上见《诗源辩体》三十四《总论》,第 323 页。
② 《诗源辩体》三十五《总论》,第 350 页至 351 页。
③ 参见本书第十三章第一节、第十五章第三节所论。
④ 《诗源辩体》卷十四《初唐》,第 153 页。

第四节 主体要素："识见"、"才力"、"造诣"

诗歌作品的成功与否或优劣高下,从根本上来说,取决于作为创作主体的诗人的主观因素,其和他们的诸如才性、阅历、学养等各种自身条件构成重要关联。尽管历来一些诗家或论家常以"气运"、"世运"等客观的政治情势的兴替来解释诗歌之盛衰变化,但这并不代表影响诗歌品格的创作主体的主观因素在诗学传统中已被忽略。举胡应麟为例,他曾声称,"文章非末技也,权侔警跸,功配生成,气运视以盛衰,尘劫同其悠远"①,又以盛、中、晚唐诗"界限斩然",断言"文章关气运,非人力"②,在"气运"和"人力"之间,他似乎倾向前者影响诗歌品格的关键作用。不过,他同时又指出,"大历而后,学者溺于时趋,罔知反正。宋、元诸子亦有志复古,而不能者,其说有二:一则气运未开,一则鉴戒未备","李、何一振,此道中兴。盖以人事则鉴戒大备,以天道则气运方隆"③。假如说"气运"标志"天道",那么"鉴戒"代表"人事",后者其实关乎"人力",说明他追究诗歌盛衰变化的原因固然强调"气运",然而也并未完全忽略"人力"。对于古典诗歌,《诗源辩体》的根本主张是"审其源流,识其正变",与此相关,它又强调"识见"、"才力"、"造诣"等属于诗人主体范围的这些主观要素,在探析其诗学思想之际,又不可不加注意。

根据许学夷的解释,这三个要素既相对独立,又或相互联系与相互作用。以后者而言,如他提出:"学者以识为主,以才力辅之。初、盛唐诸公识见皆同,辅之以才力,故无不臻于正。元和、晚唐诸子,识见各异,而专任才力,故无不流于变。"④参照前后文字,所谓"识"也就是"识见"。这是将"识见"和"才力"明确为一种主辅关系,与初、盛唐诗人不同,元和、晚唐诗人颠倒了这一主辅关系,导致其诗流于变。再如他提出:"造诣定,则识见自不惑也。"⑤"学者以识为主,造诣日深,则识见益广矣。"⑥这表示"造诣"能够作用于"识见",二者之间形成一种

---

① 《诗薮·内编》卷一《古体上·杂言》,第2页。
② 《诗薮·内编》卷四《近体上·五言》,第59页。
③ 《诗薮·外编》卷五《宋》,第214页。
④ 《诗源辩体》卷三十四《总论》,第318页。
⑤ 《诗源辩体》卷十七《盛唐》,第183页。
⑥ 《诗源辩体》卷三十四《总论》,第319页。

正向的关系,"造诣"越深,则"识见"越广。

许学夷指示"学者以识为主",可见"识"或"识见"在他心目中处于非常重要的位置。宋人论诗已提出诗人重"识"之说,黄庭坚《与元勋不伐书》云:"如欲方驾古人,须识古人关捩,乃可下笔。"①范温《潜溪诗眼》云:"学者要先以识为主,如禅家所谓正法眼者,直须具此眼目,方可入道。"②严羽《沧浪诗话》也曰:"夫学诗者以识为主,入门须正,立志须高。"③毫无疑问,许氏强调"学者以识为主"的主张,将"识见"作为诗人应当具备的极为重要的一种素质,其中得之于前人之说为多。说起来,这里的"识见"之义指向主体审察分辨诗歌作品的能力,这种能力并非与生俱来,而是主体通过知识"闻见"的广博积累修养而成,许学夷以"造诣"笃深作为"识见"拓张的必要基础,已经说明了这一点。有关此问题,他又曾指出:

> 学者闻见广博,则识见精深,苟能于《三百篇》而下一一参究,并取前人议论一一绅绎,则正变自分、高下自见矣。今之学者,闻予数贬古人,辄相诋訾,虽其质性之庸,亦是其闻见不广故也。譬之学书者,识见不广,偶见一帖可意,遂终身笃好,不复向上寻觅,便是井蛙夏虫耳。试于古篆、秦隶而下一一究心,则知古人千品万汇、高下不齐,一肢半体,未足以概其全也。

在许学夷看来,主体"识见"之"精深",来自"闻见"之"广博",而后者重点指的是"向上寻觅"的系统性的阅读实践,也就是必须追本溯源,从原始经典《诗经》这一诗歌源头而下"一一参究",即严羽所说的"工夫须从上做下"。所以许学夷又说,"不读《三百篇》,不可以读汉魏;不读汉魏,不可以读唐诗","学诗者必先读《三百篇》、《楚骚》、汉魏五言及古乐府,次及李杜五七言古、歌行以至初盛唐之律","否则,学律既久,习于声韵,熟于俳偶,而于古终不能入矣。沧浪谓'工夫须从上做下',得之"④。如此指引的路径是,通过这么一种自上而下系统性的阅读实践,方可养就不俗的"识见",以辨正变之体,识高下之品。具体的例子,如

---

① 《山谷别集》卷十八,《景印文渊阁四库全书》,第1113册。

② 《潜溪诗眼·学诗贵识》,郭绍虞《宋诗话辑佚》,卷上,第317页,中华书局1980年版。以上所引黄、范之说,参见《沧浪诗话校笺·诗辩》,上册,第66页。

③ 《沧浪诗话校释·诗辨》,第1页。

④ 以上见《诗源辩体》卷三十四《总论》,第313页至315页。

他论及汉乐府杂言时指出："汉人乐府杂言如《古歌》、《悲歌》、《满歌》、《西门行》、《东门行》、《艳歌何尝行》，文从字顺，轶荡自如，最为可法。《乌生》、《王子乔》、《董逃行》、《孤儿行》、《妇病行》，语虽奇古，中有不可解、不可读者。然《满歌》而下，实为孟德、子桓杂言之祖。学者苟能一一强记，则识见高远，下笔苍古，而于后人拟古等作，可别其远近矣。"①归究起来，这应该还是出自拓张"识见"的考量，依循取法于上的基本思路，解析如何习读汉乐府杂言的问题。从另一个角度来说，这种自上而下系统性的阅读实践，对习学者"识见"培养最为重要的有益之处在于，可以帮助其具体辨认习学的"阶级"，明确合理的门径，而不至于误入歧路。许学夷即认为："学者以识为主，则有阶级可循，而无颠踬之患。今之学者，或先平正而后诡诞，或先藻丽而堕庸劣，盖识见不足，以诡诞为新奇，以庸劣为本色耳。""诡诞"和"庸劣"都是因为未辨"阶级"所导致的，当然毫无疑问，也是缺乏"识见"的表现。再联系起来，知识"闻见"的广博积累，包括自上而下系统性的阅读实践，其实又是诗人"造诣"的必由途径，因此，所谓"闻见广博"而"识见精深"，又体现了"造诣日深"而"识见益广"这样一种"造诣"和"识见"构成的正向关系。"造诣"和"识见"深广与否，其结果全然不同，于此，许学夷又展开说明：

> 学者以识为主，造诣日深，则识见益广矣。今或有为古人所恐者，有为盛名所恐者，有为豪纵所恐者，有为诡诞所恐者，皆造诣不深，而识见不广故也。如初、盛唐诸公，已自妍媸不同，大历而后，益多庸劣，今例以古人之诗而不敢议，此为古人所恐也。如李献吉律诗，入选者诚足上配古人，其馀卤莽多不足观，今但以献吉之诗而不敢议，此为盛名所恐也。至若才力豪纵者，顷刻千言，漫无纪律，资性诡诞者，怪险蹶起，而蹊径转纤，初学观之，震心眩目，俯首受屈，此为豪纵、诡诞所恐也。苟造诣日深，识见益广，则精粗自分，好丑自别。即李、杜全集，瑕疵莫掩，况他人乎？②

在他看来，今人当中出现的恐于"古人"、"盛名"、"豪纵"、"诡诞"诸弊，究其症

---

① 《诗源辩体》卷三《汉魏总论·汉》，第69页至70页。
② 以上见《诗源辩体》卷三十四《总论》，第318页至319页。

结,都可归为"造诣不深"、"识见不广";若要克服以上诸弊,自然需从"识见"及其必要基础"造诣"下功夫,实现这一目标,那么也就具备分别诗歌"精粗"、"好丑"的能力。归纳其核心的意思,也要在强调"学者以识为主"的主旨。

如果说,许学夷强调"识见"主要融合了严羽等人提出的重"识"之说,意在要求主体通过知识"闻见"的广博积累,尤其是通过自上而下系统性的阅读实践,开阔视界与增强心智,提升审辨诗歌作品的能力,那么,强调"才力"则更多体现了他在诗人主观要素问题上的一己之主张,而鉴于他对"识见"与"才力"主辅关系的明确定位,故而在某种意义上,这又可以视为是对前人重"识"之说作出的修补。关于"才力",许学夷是这样理解的:"或问:'才力本于天赋,可强致乎?'曰:可。譬之筋力一也,市井逐末之人,负担不逾区釜,而田野之夫,负担则一石也。盖由童而习之,强致然耳。使田野之子而从市井之人,终身岂能负一石哉!"①如此形容说明,"才力"既是先天形成的,即"本于天赋",又能通过后天习养得以增益,即可以习而"强致",他以田野之子因"童而习之"故其负担能力超出市井之人为喻,就是为了证明"才力"经过后天习养能够加强。自此看来,他将"才力"理解为先天俱来和后天习养相集合的一个概念。② 当然,这么说并不代表前人从未关注诗人才质的问题,特别是检视许学夷的复古思路与之相对接近的七子派的诗论,即能发现,尤其是后七子中的王世贞就比较重视诗人之才,在这个问题上有所申述。如他曾经提出人所熟知的"才生思,思生调,调生格"③一说,将"才"解释为引发和衍生"思"、"调"、"格"的具有统摄意义的一个概念,其对诗人才质的倾重可见一斑。又他论议作诗之难:"夫工事则徘塞而伤情,工情则婉绰而伤气;气畅则厉直而伤思,思深则沉简而伤态,态胜则冶靡而伤骨;护格者虞藻,护藻者虞格;当心者倍耳,谐耳者恶心。"而他以为,这些难点统括起来实乃"兼之者难","其所以难,盖难才也"④。这无异于凸显诗人之才在诗歌艺术经营中兼备各个审美因素的独特而至要的作用。⑤ 但总体上看,这些涉及诗人才性问题的申述不仅显得较为零散,而且流于简略和笼统。比较起来,许学夷结合对不同历史时期诗人及诗歌的审识,相对全面而具体讨论诗人

① 《诗源辩体》卷十七《盛唐》,第 178 页。
② 参见王小溪《论许学夷〈诗源辩体〉的"才力"说》,《文艺评论》2013 年第 8 期。
③ 《艺苑卮言一》,《弇州山人四部稿》卷一百四十四。
④ 《陈于韶先生卧雪楼摘稿序》,《弇州山人续稿》卷四十四。
⑤ 参见拙著《前后七子研究》,第 475 页。

才质的问题。

与王世贞将"才"解释为具有统摄意义的一个概念不同,许学夷确认的"识见"与"才力"的主辅关系,已明示在诗歌经营和品鉴过程中,诗人"才力"处于次要位置,起着辅佐作用。但这一定位并未削弱他对诗人才质的重视程度。犹如许氏所言:"学者以识为主,其功夫、才质不可偏废。有功夫而无才质,则拙刻迟钝,而不能窥神圣之域;有才质而无功夫,则少年才俊,往往发其英华,骋其丽藻,晚年才尽,则丑陋尽彰,支离百出矣。"①这里所说的"才质",其实不过是"才力"的另一种表述而已。既然功夫与才质二者缺一不可,所以,只有才质而无功夫固然行不通,反过来,只有功夫而无才质同样不可取。通过对不同历史时期诗人及诗歌的审识,许学夷作出了如下基本的判断:"《辩体》中论汉、魏、六朝诗不言才力、造诣者,汉魏虽有才而不露其才,六朝非无才而雕刻绮靡又不足以骋其才;汉魏出于天成,本无造诣,而六朝雕刻绮靡,又不足以言造诣。故必至王、杨、卢、骆,始言才力;至沈、宋,始言造诣;至盛唐诸公,始言兴趣耳。"②其中就"才力"而言,汉魏诗歌"不露其才",六朝诗歌则"不足以骋其才",因此可以不论"才力"的问题,而至初唐王、杨、卢、骆"四杰",其诗"才力"凸显,就应该加以注意。他在论及王、杨、卢、骆等人诗作时声称:"五言自汉魏流至陈隋,日益趋下,至武德、贞观,尚沿其流,永徽以后,王、杨、卢、骆则承其流而渐进矣。四子才力既大,风气复还,故虽律体未成,绮靡未革,而中多雄伟之语,唐人之气象风格始见。"③初唐"四杰"的例子显明,"才力"对于诗歌的艺术经营起着十分重要的正面作用,这一点,也可以用来解释许学夷重视诗人才质的根本原因。"四杰"凭藉"才力既大",促进了陈、隋以来益趋衰变的五言体的演化,扭转了诗坛的风气,初步呈现了唐人诗歌的气象风格。据许学夷的审识,纵观初唐至盛唐时期诗歌的演化进程,除了"四杰"以外,特别如沈、宋、高、岑、李、杜等人,又皆以其突出的"才力"乃至"造诣"进一步造就了古体和律体。如沈、宋"才力既大,造诣始纯",其于五言律诗"体尽整栗,语多雄丽,而气象风格大备,为律诗正宗"④;高、岑"才力既大,而造诣实高,兴趣实远。故其五七言古,调多就纯,语皆就畅,

---

① 《诗源辩体》卷三十四《总论》,第 319 页。
② 《诗源辩体》卷首《凡例》,第 2 页。
③ 《诗源辩体》卷十二《初唐》,第 139 页。
④ 《诗源辩体》卷十三《初唐》,第 146 页。

而气象风格始备,为唐人古诗正宗"①;李、杜"才力甚大,而造诣极高,意兴极远,故其五七言古体多变化,语多奇伟,而气象风格大备,多入于神矣"②。反之,如果"才力"不足,就会对诗歌的艺术经营产生负面的影响,许学夷论议中唐五七言律诗就是一个例子,他以为,中唐诸子"才力既薄,风气复散",其五七言律诗"气象风格宜衰,而意主于清空流畅,则气格益不能振矣"③,说明中唐五七言律诗之衰,诗人"才力"瘠薄成为一个主要的制约因素。

综观许学夷的论说,虽然诗人"才力"的作用不应忽视,但在另一面又不可专主于此。前述许氏对照初、盛唐诗人"识见皆同,辅之以才力",其诗"无不臻于正",指出元和、晚唐诗人"识见各异,而专任才力",其诗"无不流于变",二者的比较已阐明了这一道理。按照许学夷的看法,诗人"才力"的作用相对有限,单纯凭依于此,难以完善诗歌的艺术经营。如他论柳宗元律体之作,认为"大历以后,五七言律流于委靡,元和诸公群起而力振之",其中柳宗元"才力虽大,而造诣未深,兴趣亦寡,故其五言长律及七言律对多凑合,语多妆构,始渐见斧凿痕,而化机遂亡矣"④。示意柳氏仅凭"才力",故其律体之作难掩疵病。又如他论韩愈五七言古诗,以为比较"唐人之诗,皆由于悟入,得于造诣",韩氏之作"虽奇险豪纵,快心露骨,实自才力强大得之,固不假悟入,亦不假造诣也"。尽管许学夷根据"必先知其美,然后识其病"的审识原则,指出韩愈五七言古诗不无可观之处,一概否认难以服人:"今浅妄者于退之五七言古实无所解,遽谓其诗不足观,闻者宁不绝倒!"⑤但显然,他感觉韩诗主要得自"才力强大",尚无法和"由于悟入,得于造诣"的唐人之作相比肩,这是韩诗的不足所在。

讨论至此,仍不得不重新提及"造诣"这一概念。如上所说,在许学夷"造诣日深"则"识见益广"的表述中,"造诣"和"识见"关系密切,前者可以作用于后者,相互形成正向的关系。不仅如此,再观许氏论议诸家"才力",多连带言及"造诣",表明二者兼备能够产生合力的效果,"造诣"的补济作用也由此显现。许氏所强调的"造诣",实际上指的是一种琢磨的功力,如他论陶渊明诗:"初读

---

① 《诗源辩体》卷十五《盛唐》,第 155 页。
② 《诗源辩体》卷十八《盛唐》,第 189 页。
③ 《诗源辩体》卷二十一《中唐》,第 234 页至 235 页。
④ 《诗源辩体》卷二十三《中唐》,第 245 页至 246 页。
⑤ 《诗源辩体》卷二十四《中唐》,第 250 页。

之觉甚平易,及其下笔,不得一语仿佛,乃是其才高趣远使然,初非琢磨所至也。王元美云:'渊明托旨冲淡,造语有极工者,乃大人思来,琢之使无痕迹耳。'此唐人淘洗造诣之功,非所以论汉、魏、晋人,尤非所以论靖节也。"①在王世贞看来,陶诗表现出的"冲淡",实是经过琢磨而不露痕迹的结果。许学夷并不赞成这一看法,以为王之所言关乎"淘洗造诣之功",这只可用来评论唐人诗歌,却不适合以此论定汉、魏、晋人诗歌尤其是陶诗,以他之见,陶诗之"平易"并非"琢磨"所至,即如他所说:"靖节诗平淡自然,本非有所造诣。"②从许学夷以上所论已可见出,"造诣"作为体现琢磨功力而包裹技艺含量的一个概念,在诗歌历史的观照中具有明显的时代性特征,就像他以"淘洗造诣之功"来区分唐人与汉、魏、晋人诗歌之不同。就这一方面,他还以汉魏古诗与盛唐律诗作比较:"汉魏古诗、盛唐律诗,其妙处皆无迹可求。但汉魏无迹,本乎天成;而盛唐无迹,乃造诣而入也。或以汉魏无迹,亦造诣而入者,岂汉魏亦如唐人日锻月炼,千百成帙,而有阶级可升耶?"③"无迹可求"是汉魏古诗与盛唐律诗体现的共同之妙境,但二者实现的途径全然不一,有着"天成"与"造诣"之别,后者可以说显示了唐人诗歌注重"日锻月炼"而有别于汉魏诗歌的时代性特征,即所谓"唐人诗贵造诣,故与论汉魏异耳"④。正因如此,在价值层面上,"天成"与"造诣"并无绝对轩轾之分,"天成"自然可贵,"造诣"亦可超俗。所以,许学夷对盛唐律诗又是这样定位的:"盛唐诸公律诗,造诣精熟,故为极至。"极力标榜之意,自在其中。依照他的思路,盛唐律诗精于"造诣",表现融化无迹,标志着唐人诗歌经营艺术的高度跃升。如下指出:

> 胡元瑞云:"律诗大要,体格声调、兴象风神而已。体格声调,有则可循;兴象风神,无方可执。故作者但求体正格高,声雄调鬯,积习之久,矜持尽化,形迹俱融,兴象风神,自尔超迈。"予谓:此由初入盛之阶也,所云"积习之久,矜持尽化,形迹俱融",则造诣之功也。何仲默谓:"富于才积,领会神情,临景构结,不仿形迹。"斯可与论盛唐之化矣。⑤

---

① 《诗源辩体》卷六《晋》,第99页。
② 《诗源辩体》卷六《晋》,第107页。
③ 《诗源辩体》卷三《汉魏总论·汉》,第48页。
④ 《诗源辩体》卷十四《初唐》,第154页。
⑤ 以上见《诗源辩体》卷十七《盛唐》,第180页至181页。

许氏标出胡应麟这段视"体格声调、兴象风神"为律诗大要之论,主要用来解释从初唐至盛唐律诗进化的途径,而他认为,特别是其中所说的"积习之久,矜持尽化,形迹俱融",更是得之于"造诣"的功力,也就是他所理解的"融化无迹得于造诣"①,这又成为盛唐律诗经营艺术升华的显著标识。而若从"诗贵超脱,不贵沿袭"的角度去审视,这也是盛唐律诗臻于"超脱"之境的具体表现:"盛唐造诣既深,兴趣复远,故形迹俱融,风神超迈,此盛唐之脱也。"②

简括而言,《诗源辩体》反复强调"识见"、"才力"、"造诣"等概念,重点涉及属于诗人主体范围的主观要素。这些并非出于许学夷的随意点评,而是建立在他对古典诗歌源流正变"审""识"基础上的富有经验性和系统性的总结,不仅融合了前人的相关论见,而且渗入了个人的独到体会,构成其论说体系的有机组件,也成为深入《诗源辩体》论诗系统开展考察的不可忽略的问题环节。

① 《诗源辩体》卷十四《初唐》,第154页。
② 《诗源辩体》卷三十二《晚唐》,第307页。

第二十二章　多维化诗学格局的形成

　　自晚明以来直至明末,诗学领域同时在经历着一场新的变化,这种变化总体的显著特征,乃体现在诗学思想多维化发展格局的形成,以至于我们很难用一种相对简化的统括性的方法来加以归纳。从诸诗家或论家的思想资源的构成来看,他们大多并不满足于对前人和同时代人观念主张单一或忠实的汲引与搬用,更大程度上的省察、选择及调合,成为他们针对已有资源而作出的反应姿态。与此同时,他们也往往通过自我的自觉发声,表达异别于他者的诗学立场,有所补充和有所发见,这也成为该时期诗学领域一笔新的思想资源。它在一定意义上表明,纯然由一派甚至一家主导诗坛的局面乃在此际已被逐渐打破,诸诗家或论家面向此起彼伏的诗学潮流,则各自以相对理性的态度审视其功过得失,思索诗坛新的出路。而且,特别是万历以降政治局势的激荡变化以及社会问题的滋生,增强了知识群体难以置身其外的危机与责任意识,促使他们在传统与现实的对比中寻求行之有效的解决方案,这在相当程度上也影响到他们对于诗学相关问题的判断。本章分别以谢肇淛、冯复京、陈子龙、陆时雍诸家的诗学思想作为讨论的对象,尽管其不能覆盖晚明至明末时期诗学领域变化的全貌,但因以上诸家在此际诗坛的表现相对活跃,各自具有一定的代表性,是以使人由此能从不同的侧面,窥探这一时期诗学领域的变化动向。

第一节　谢肇淛诗论的调和特征

　　谢肇淛,字在杭,号武林,长乐(今属福建)人。万历二十年(1592)举进士,除湖州推官,调东昌。历官南京刑、兵二部主事,转工部郎中,擢云南左参政,仕至广西左布政使。生平喜博览,"自六经子史以至象胥、稗虞、方言、地志、农圃、医卜之书,无所不蓄,亦无所不漱其芳润,淹通融贯"①,一生著述繁富,多达数十种。② 又为闽诗重要代表人物之一,钱谦益曾评有明闽中诗,以为:"国初林子羽、高廷礼,以声律圆稳为宗;厥后风气沿袭,遂成闽派。大抵诗必今体,今体必七言,磨砻娑荡,如出一手。在杭,近日闽派之眉目也。"③事实上,谢肇淛不仅是晚明闽派诗人的代表人物,而且他的论诗主张也在晚明诗学领域占有一席之地。迄今为止,综观围绕谢肇淛诗论所展开的讨论,其中也有令人值得重视的意见,如有研究者指出,谢氏诗论的主要理论来源是闽地的诗学传统和文化传统,这使得他的论说在总体上具有鲜明的地域特征。④ 不过我认为,地域性还只是谢肇淛诗论的一个侧面,谢氏生平和后七子集团中的王世懋,公安派中的袁氏兄弟、江盈科,竟陵派中的钟惺等人都有交往,⑤如果要给他的论诗主张作一基本的判断,那么其特别面对盛行文坛的七子、公安、竟陵诸派之说,穿梭审视其间,既有所发掘汲取,又有所汰除补葺,以发抒一家之心得,总体上,折衷其说的调和特征相对突出。

探察谢肇淛的诗学主张,可以发现一个基本的事实,这就是,反对"师心"而为,讲究入门路径,重视渊源流变,为其呈现的明显倾向。他曾指示"诗有七厄",其中之一厄,即"门径未得,宗旨茫然,既无指引切磋之功,又无广咨虚受之益,如瞽无相,师心妄行,故或堕于恶道而迷谬不返,或安于坐井而域外未窥"⑥。又以为"诗之难于制义,什百不啻也","独奈何师心自用,卤莽灭裂,不由师傅之传授,不识渊源之脉络,不穷诸家之变态,不用顷刻之苦心,而隔靴搔痒,掩耳盗铃"⑦。在他看来,"师心"而为,乃至不得门径、不识源流,终究会偏离正道,困于迷途。以上表述同时也在证明一个问题,这就是师法古人及辨认门径的必要性。有关于此,谢肇淛在《重与李本宁论诗书》中提出:"《三百篇》以降,便属汉

① 徐𤎩《中奉大夫广西左布政使武林谢公行状》,谢肇淛《小草斋文集》附录,《四库全书存目丛书》影印明天启刻本,集部第 176 册。
② 参见陈庆元《谢肇淛著述考》,《广西师范大学学报》2005 年第 1 期;廖虹虹《谢肇淛诗文集版本考》,《郑州师范教育》2012 年第 3 期。
③ 《列朝诗集小传》丁集下《谢布政肇淛》,下册,第 648 页。
④ 参见孙文秀《谢肇淛诗论与地域关系浅析》,《闽江学院学报》2010 年第 1 期。
⑤ 参见孙文秀《谢肇淛诗论与地域关系浅析》,《闽江学院学报》2010 年第 1 期;沈维藩《袁宏道年谱》,《中国文学研究》第 1 辑;陈广宏《钟惺年谱》,复旦大学出版社 1993 年版;李玉宝《谢肇淛研究》,第 133 页至 137 页,凤凰出版社 2021 年版。
⑥ 《小草斋诗话》卷一《内篇》,《全明诗话》,第 4 册,第 3499 页至 3500 页。
⑦ 《小草斋诗话》卷一《内篇》,《全明诗话》,第 4 册,第 3504 页。

魏,建安之后,便至三唐,若六朝之俳谐,宋人之肤浅,虽曰一道,终非正印。"①这当中理出的《诗经》以下汉魏、三唐诗歌一线,显然被他视为"正印",当作重要的习学目标。其中特别是以"三唐"为标的,最值得注意,相较于七子派的复古立场,其共同之处,乃以唐诗相宗尚;其不同之处,则并未专注于盛唐诗歌。

可以进一步来观察谢肇淛的主张,他又曾表示:"唐以诗为诗,宋以理学为诗,元以词曲为诗,本朝好以议论、时政为诗。"此处总评唐、宋、元、明诗歌,虽未免流于草率和绝对,但从中能够看出,他比较历代诗歌,认定唐诗"以诗为诗"最为正宗,因此置其于价值序列中的优越地位。他还声称:"明诗所以知宗夫唐者,高廷礼之功也。"②对明初高棅推尊唐诗的劳绩力予褒许,以激发有明一代宗唐风气的先导者目之。不过细察之下,他与同为闽人的高棅的宗唐立场显然存在差异,如其曰:

> 高棅曰:"今试以数十百篇之诗,隐其姓名,以示学者,须要识得何者为初唐,何者为盛唐,何者为中唐、为晚唐,又何者为王、杨、卢、骆,又何者为沈、宋,又何者为陈拾遗,又何为李、杜,又何为孟,为储,为二王,为高、岑,为常、刘、韦、柳,为韩、李、张、王,为元、白、郊、岛之制,辨尽诸家,剖析毫芒,方是作者。"此英雄大言欺人尔。鸿运升降,虽天不能齐。声气变趋,虽圣不能挽。醇醨巧拙,得世道之关;浓淡偏全,定人品之概足矣。倘索瘢于垢,虽神手岂无旁落之倪;若披沙求金,即末代亦有掩古之笔。安能锱量寸较,以纸上陈言,遽欲定三百年之人物哉?试以此语还质之棅,棅亦未必遽了了也。③

所引述的高棅以上这段解说出自《唐诗品汇总叙》,看起来,其俨然划出有唐一代诗歌初、盛、中、晚四个变化阶段,用以描绘唐诗"兴于始,成于中,流于变,而陊之于终"④的演变轨迹,与此同时,《唐诗品汇》列出人所熟知的"正始"、"正宗"、"大家"、"名家"、"羽翼"、"接武"等各类品目,结合四变分期,使对唐诗的价

---

① 《小草斋文集》卷二十一,《四库全书存目丛书》,集部第176册。
② 《小草斋诗话》卷二《外篇上》,《全明诗话》,第4册,第3512页。
③ 《小草斋诗话》卷二《外篇上》,《全明诗话》,第4册,第3509页。
④ 《唐诗品汇》卷首,上册,第8页。

值判断由划分的时序显示演化的历程。也因为如此,初、盛、中、晚的分期更多被赋予实在的价值涵义,而不仅仅是时期的标识。① 当然很明显,这样的判别总体上昭彰了高棅以盛唐诗歌为中心的宗尚立场,即如王偁《唐诗品汇叙》载录高棅所论:"诗自《三百篇》以降,汉魏质过于文,六朝华浮于实,得二者之中,备风人之体,惟唐诗为然。然以世次不同,故其所作亦异,初唐声律未纯,晚唐气习卑下,卓卓乎其可尚者,又惟盛唐为然。"②谢肇淛以为,高棅所谓"辨尽诸家,剖析毫芒"的说法不免绝对,实际上有唐一代不同阶段的诗歌,无法通过"锱量寸较"辨别其品格之优劣高下,个中的道理则明白不过,"神手"或有"旁落之倪","末代"不无"掩古之笔"。谢氏的这一表态,无异于变相为中、晚唐诗作价值辩护,也能印证他的如下之见:"盛唐诗不济以中、晚,犹堂皇无亭榭,觉欠变幻风景。"③故他指示诸体之习学径路:

　　五言古,学汉魏足矣,即降而为陈拾遗、韦苏州,不失淡而远也。七言古,学李、杜足矣,即降而为长吉、飞卿,不失奇而俊也。五言律,学王、孟足矣,即降而为幼公、承吉,不失警而则也。五七言绝,学太白、少伯足矣,即降而为牧之、国钧,不失婉而逸言也。惟七言律,未可专主,必也以摩诘、李颀为正宗,而辅之以钱、刘之警炼,高、岑之悲壮,进之少陵以大其规,参之中、晚以尽其变,如跨骏马放神鹰,虽极翩翩游飏,而羁绁在手,到底不肯放松一着,然后驰骋上下,无不如意,方是作手。④

按照此说,包括中、晚唐诸家及诗歌被纳入了习学取法之列。这又足以表明,谢肇淛对中、晚唐诗歌的宗尚价值独有自我判断。以特定体式而言,他较欣赏中、晚唐绝句,指出"中、晚绝句往往有绝唱者,虽觉词气稍伤纤靡,要终不失为风人之遗响也";以具体诗人而言,他较看重中唐元、白等人,认为其诗"格虽卑下,然语意却有透骨痛快处,乍读之,亦自可喜","乃其声价遂能远播鸡林,当由明白易晓、时时搔着痒处故邪? 使拾遗、苏州未必便尔"⑤。这一判断的立场,也见于

---

① 参见陈国球《明代复古派唐诗论研究》,第 200 页至 201 页。
② 《唐诗品汇》卷首,上册,第 4 页。
③ 《小草斋诗话》卷二《外篇上》,《全明诗话》,第 4 册,第 3511 页。
④ 《小草斋诗话》卷一《内篇》,《全明诗话》,第 4 册,第 3506 页。
⑤ 《小草斋诗话》卷二《外篇上》,《全明诗话》,第 4 册,第 3510 页。

他对明初林鸿、高启诗作的推重,他曾指出,"本朝诗,林鸿、高启尚矣",相比起来,"鸿一意盛唐,而启杂出元、白、长吉,此其异也"。体会其意,林、高二人虽取法唐诗的径路迥然相异,或力法盛唐,或出入中唐,却是同能成就所业,意味着各自面向的宗尚目标在价值层次上并不构成必然的差异。简言之,谢肇淛诗重"三唐",尤其是关注中、晚唐诗,突破了以盛唐诗歌为中心的宗尚界域,倘若对比此前论及的袁中道、江盈科、钟惺、谭元春等人或主张"诗以三唐为的"、或重估中、晚唐诗价值的思路,则显然有着彼此相通的一面。

　　除此,还可注意的是谢肇淛对待宋诗的态度。尽管他将宋诗排除在"正印"之外,又对其多有批评,如谓"自唐入宋,如措大作文,渐着头巾","宋人诗远不及唐,而必自以为唐者杜撰之也",又说"作诗第一对病是道学",以为"宋时道学诸公诗无一佳者",这也符合其"宋以理学为诗"的基本判断。但要是和七子派极力排击宋诗的偏激立场比较起来,他的态度则显得相对理性,也相对温和。如其表示:"宋诗虽堕恶道,然其意亦欲自立门户,不肯学唐人口吻耳,此等见解非本朝人可到。"①这还应该是基于一种同情和包容的立场,去解释宋人有意"自立门户"而别于唐人的动机。如此,倒是比较接近公安派袁中道谓宋元诗"承三唐之后","宁各出手眼,各为机局,以达其意所欲言,终不肯雷同剿袭,拾他人残唾,死前人语下"②的评价。另外一点,谢肇淛以为,宋人中间其实也有"能诗者"以及"得意合作之语",不可一概无视之:"如林和靖、寇忠愍、杨大年、梅圣俞、王元之、苏子美、蔡君谟、贺方回、张文潜辈,其得意合作之语未必遽逊于唐,而一时未必遽推服之也。"③他在《小草斋诗话·外篇》即列入评论宋诗数条,除了指点其中的疵病,也不乏称赏宋人之篇句者。④ 这些颇能说明,他对于宋人的创作

---

　　① 以上见《小草斋诗话》卷二《外篇上》,《全明诗话》第4册,第3511页至3513页。
　　② 《宋元诗序》,《珂雪斋集》卷十一,中册,第497页。
　　③ 《小草斋诗话》卷二《外篇上》,《全明诗话》,第4册,第3511页。
　　④ 比如:"宋初王元之诗,极精深得意之语,往往凌驾钱、刘,如'家山隔江远,风雨过船多','年侵晓色尽,入枕夜涛眠','莫辞终夕看,动是隔年期','趁朝鸡唤起,残梦马驮行','北堂侍膳侵晨起,南亩催耕冒雨归','幽鹭静翘春草碧,病僧闲说夜涛寒','风疏沙磴秋开讲,水响寒车夜救田','病来芳草生渔艇,睡起残花落酒瓢','春园领鹤寻芳草,小阁留僧画远山','留守开筵亲举白,故人垂泪看焚黄','绿杨系马寻芳径,春草随人上古城',置之唐集,不可识别。""寇莱公五言律诗,委婉俊逸,钱、刘之亚也。七言律诗虽强弩末势,亦复时有佳句。如'深秋寒气侵灯影,半夜疏林起雨声','沙平古岸春潮急,门掩残阳暮草深','人思故国迷残照,鸟隔深花语断烟','静闻风雨眠渔艇,闲趁林泉挂道衣','吟过竹院僧留住,钓罢烟江鹤伴归','寒磬中宵鸣竹院,虚愁尽日对秋山','一声江笛巴云暝,半夜山风楚ццш秋','倚枕夜风喧薛荔,闭门春雨长莓苔',矫矫劲丽,足以颉颃小畜。""宋初诗,如王元之、杨大年皆守唐人法度,然黄州新奇,时有出入,武夷篇篇,浑雄稳重。(转下页)

动机怀有理解的态度,也十分注意区分宋诗的品级高下。

　　谢肇淛诗论探讨的另一个重要问题,则是涉及诗歌本质的定义。其《刘五云诗序》即曰:"夫诗者,人之心而感于声者也。"①《小草斋诗话·内篇》也有类似的表述,但作了展开说明:

　　　　诗者,人心之感于物而成声者也。风拂树则天籁鸣,水激石则飞湍咽。夫以天地无心,木石无情,一遇感触,犹有自然之音响节奏,而况于人乎!故感于聚会眺赏,美景良晨,则有喜声;感于羁旅幽愤,边塞杀伐,则有怒声;感于流离丧乱,悼亡吊古,则有哀声;感于名就功成,祝颂燕飨,则有乐声。此四者,正声也。其感之也无心,其遇之也不期而至,其发于情而出诸口也,不知其所以然而然。②

据此,作者从诗歌感物成声的发生原理,来定义它"发于情而出诸口"的抒情的本质特征。此处所谓"物"的概念,并不是单纯指自然景象,更是重点指诗人所遭遇的各类人生境况。③ 既然诗人有感于不同的自然景象和人生境况,所以形成与之对应的喜怒哀乐四者之"正声"。与此同时,这一感物成声的发生原理,又被谢肇淛描述为"其感之也无心,其遇之也不期而至",强调的是主体感触客

（接上页）如《南源院》云:'路入藤萝十里馀,松窗潇洒竹房虚。燕巢新旧金人殿,虫网纵横贝叶书。当昼风雷生洞穴,欲斋猿鸟下庭除。昔年曾此题诗住,细拂流尘认鲁鱼。'《送栾司农知洪州》云:'司农搜粟汉名卿,千里江西拥旆旌。腰下金龟三品绶,手中铜虎八州兵。属鞬牧伯趋庭见,骑竹儿童塞路迎。洪井主人今重上,肯教悬榻有尘生。'他皆类此,难以句摘。""张文潜五言古诗,如:'朝日照高檐,夜霜犹在瓦。纤纤墙边柳,春色已可把。'又:'槐稀庭日多,鸟下人语静。幽花破寒色,过雁惊秋听。'又:'出郭心已清,青山忽相对。避人傍流水,俯仰秀色内。'又:'江城寒食近,风雨作轻寒。'又:'千里积雪消,布谷催春耕。人家远不见,柳色烟中明。'虽语非魏晋,而力敌陶、韦。""方秋涯岳诗,绝句多佳,如《立春九宫坛》诗:'辇路春融雪未干,鸡人初唱五更寒。琼幡第一番花信,吹上东皇太乙坛。'《清明次吴门》诗:'蓬窗恰受夕阳明,杨柳梨花半月程。老去不知寒食近,一篙烟水载春行。'《次韵别友》诗:'长汀草色恨连天,一片飞红涨绿川。寒入湘帘君又去,只随燕子过年年。'《杨柳枝诗》:'绿阴深护碧阑干,拂拂春愁不忍看。燕子未归花落尽,一帘香雪晚风寒。'此岂复有宋人口吻哉?""贺方回以诗为戏,全有类山谷者,其五言律却谨严有法。""梁溪李忠定公纲忠义勋业,照耀千古,人但知传其奏疏耳,至其为诗,气格浑雄,才情宛至。如《和东坡四时词》云:'美人半醉软玉肌,不语凭栏知恨谁。莫把春愁自销损,且唱尊前金缕衣。'又云:'绿院沉沉清昼永,画屏玉枕冰肌冷。辘轳惊起宝钗横,香篆浮烟帘幕静。翠眉不为捧心颦,鬓乱妆残约略匀。情似杨花无定处,可怜金谷坠楼人。'其风流酝藉,不亚眉山。吾又爱其《春意》诗云:'春鸟窥窗绿窗,踏落庭前花。美人为之笑,鬓脚风中斜。不惜花踏残,只愁鸟惊去。咤哑背人飞,林深无觅处。'"(以上见《小草斋诗话》卷三《外篇下》,《全明诗话》,第4册,第3520页至3525页。)

　　① 《小草斋文集》卷四,《四库全书存目丛书》,集部第175册。

　　② 《小草斋诗话》卷一,《全明诗话》,第4册,第3500页。

　　③ 参见胡建次《谢肇淛〈小草斋诗话〉理论批评观念探论》,《深圳大学学报》2018年第3期。

体的自然而非人为的发生过程,注重的是诗歌抒情"不知其所以然而然"的真实自然之性质。从谢肇淛以上所论的学理背景来看,其主要因循了古典诗学中的"因物兴感"说,而此说也涉及"兴"的概念,即所谓:"兴者,情也,谓外感于物,内动于情,情不可遏,故曰兴。"①这要在申明主体受到客体的触动,引起情感的自然兴发。再观谢氏之论,它因此也突出了"兴"这一概念,如曰:《诗》有六义,兴居其首。四始之音,风为之冠。诚能深于物感之旨,远追风人之致,翛然寄兴,由形入神,其于诗道,无馀蕴矣。"②又说:"诗以兴为首义,故作诗何常? 惟要情境皆合,神骨俱清。"③显而易见,这实和他的感物成声之论互相联系在一起。鉴于谢肇淛对诗歌发生原理的解析,主要沿袭传统"因物兴感"说而来,并以此来定义诗歌抒情的本质特征,因此,孤立地去看他的这一论调,也许未必有特别引人注意的地方。但如果放眼整个晚明诗坛,尤其是公安和竟陵二派分别为标榜"真诗"和"古人精神",推重"性情"或"性灵"的发抒,并使之成为诗学的中心话语,诗歌真实自然抒情的情感特征由此受到特别的关怀,那么,谢肇淛以上从诗歌的发生原理定义其抒情的本质特征的观点,不失为我们透视晚明诗学思想形态的一扇具体的观察窗口。事实上,他也一再作过重视诗歌真实自然抒情的表态,如其《方司理闽中草序》又云:"盖诗神物也。人之耳目手足无关于神明者也,至于诗则耳目之所闻见,手足之所探历,皆足为发舒性灵而摸写天真之具,而人心之所为跃然以喜、恝然以遗,有出于景界色象之外者,独能一泄之而无馀。"④即视诗为"发舒性灵而摸写天真"的载体。假如将其和晚明诗坛尤其为公安、竟陵二派构筑起来的"性情"或"性灵"之中心话语联系起来,则似乎可以见出二者之间的某种合调。

不过进而观之,谢肇淛在这个问题上并未止于此,虽然他强调诗歌"发于情而出诸口"的抒情本质,但同时也并不赞同"径情矢口",正如他指出:"古人诗虽任天真,不废追琢,'秉彝'之训与'苯莒'并陈,'於穆'之章与'鲦鲿'杂奏。汉唐以来法度逾密,自长庆作俑,眉山滥觞,脱缚为适,入人较易,上士惮于苦思,下驷藉以藏拙,反古师心,径情矢口,是或一道也。谓得艺林正印,不佞未敢云尔。"⑤

---

① 旧题贾岛撰《二南秘旨》"论六义",张伯伟《全唐五代诗格汇考》,第 372 页。
② 《小草斋诗话》卷一《内篇》,《全明诗话》,第 4 册,第 3501 页。
③ 《小草斋诗话》卷一《内篇》,《全明诗话》,第 4 册,第 3504 页。
④ 《小草斋文集》卷五,《四库全书存目丛书》,集部第 175 册。
⑤ 《小草斋诗话》卷一《内篇》,《全明诗话》,第 4 册,第 3502 页。

按谢肇淛的解释,汉唐以来诗歌严于法度的情势,自中唐元、白等人开始有所消损,至宋人苏轼那里,诗法松弛更趋明显,在他眼里,二者都成为诗歌史上"反古师心,径情矢口"的典型例子,都可谓未得艺苑之"正印"。上述的指论说明,在重视诗歌抒情本质的同时,又必须讲究一定的法度,也就是谢氏所说的"虽任天真,不废追琢"。推察起来,谢肇淛之所以提出这个问题,也是针对"今之为诗者",可以说是有的放矢。他在《王澹翁墙东集序》中就表示:"夫诗之道,法度与才情参焉者也。而今之为诗者,率喜率易而惮精深,任靡薄而寡锤炼,托于香山老妪之言,而故作钉铰打油之语。譬之适国者,薄宫阙都会为寻常,而即之榛莽丘墟沾沾自喜,以为未始有也。无论才情,即古人法度亦卤莽灭裂,以至于尽。此其病一人倡之,千万人和之,转相渐染,而莫可救药。"所谓"率易"与"靡薄",又被谢氏视为"耻于师古而快于逞臆"①的结果,其实正是和"径情矢口"不无关系,在他看来,这是"今之为诗者"的显著弊端,也是其弃置"古人法度"的具体表现,而且形成"转相渐染"的风气,浸润已深,不可逆转。尽管以上并未指明"今之为诗者"的具体对象,然而,特别是公安派代表人物袁宏道主张"任性而发"以至"信心而出,信口而谈",其诗则多率易俚俗之作,乃至于钱谦益斥其影响所及为"狂瞽交扇,鄙俚公行,雅故灭裂,风华扫地"②,所以很容易使人与之相挂钩。不管如何,有一点清楚不过,谢肇淛指责"今之为诗者"流于"率易"与"靡薄"的表态,已和袁宏道"任性而发"以至"信心而出,信口而谈"之论不尽合调。其中最值得注意的,还是他对于法度的看重。

事实上有关法度的问题,又是谢肇淛诗论涉及的一个重要方面,这个问题也为他反复陈述。对此他声称:"诗以法度为主,入门不差,此是第一义。而曰气、曰骨、曰神、曰情、曰理、曰趣、曰色、曰调,皆不可阙者。"并论学诗之要义,其中即强调"律度当严","步趋无法,则仓卒易败也"。可见法度在他心目中所占据的重要位置。又其批评今人所为:"今人藉口于悟,动举古人法度而屑越之,不知诗犹学也,圣人生知亦须好古敏求,问礼问官,步步循规矩,况智不逮古人,而欲以意见独创,并废绳墨,此必无之事也。"③认为圣人尚且"好古敏求",依循规矩,而今人轻弃"古人法度",实非明智之举。这一观点,也正印合了他在《王

----

① 《小草斋文集》卷五,《四库全书存目丛书》,集部第 175 册。
② 《列朝诗集小传》丁集中《袁稽勋宏道》,下册,第 567 页。
③ 《小草斋诗话》卷一《内篇》,《全明诗话》,第 4 册,第 3501 页至 3502 页。

澹翁墙东集序》中所言,很显然,乃是将讲究法度与重视学古联系起来。就此来看,这又不能不说是他向七子派注重学古习法的立场的一种倾斜,而自觉和公安、竟陵二派专注于"性情"或"性灵"的取向有所区隔。也从这一立场出发,他追溯至诗歌的原始经典《诗经》,强调"《三百篇》尚矣"①,极力推尚这部经典文本在学古习法方面的开源作用和独特价值。他说:"《三百篇》中,庄语、理语、绮语、情语、悲壮语、诘屈语、穷愁语、富贵语无不具。二言、三言、五言、六言、七言、八言、九言、长短言无不具。骚体、赋体、《选》体、柏梁体无不具。字法、句法、章法、起法、对法、结法无不具。"其中关于字、句、章、起、对、结等法,他又一一拈出如下:

> "琴瑟友之"、"日月其除",字法也;"鸡栖于埘,日之夕矣,羊牛下来",句法也;《关雎》一头两比,《葛覃》两比一结,《淇澳》、《江沱》之类,三比未必微异,章法也;"七月流火"、"秩秩斯干",起法也;"昔我往矣,杨柳依依,今我来思,雨雪霏霏",对法也;"骙牡三千"、"仲山甫永怀,以慰其心",结法也。

所有这一切,都被谢肇淛视为作诗的重要入门路径:"熟读神会,久当自见。似疏极密,似易极难,断非经圣人之手不至此,此作诗之大门户也。"②当然,从法度的角度标举《诗经》这部经典文本的示范意义,也是七子派不少成员提倡学古习法而追本溯源以使获得相当认可度的一项重要策略。如王世贞曾于《诗经》"摘其章语,以见法之所自",并且声明如《鹿鸣》、《甫田》、《七月》等等大量《风》、《雅》之篇,"无一字不可法,当全读之,不复载"③。胡应麟也认为"《诗》三百五篇,有一字不文者乎? 有一字无法者乎"④? 由这些表态来看,特别是谢肇淛从《诗经》篇章中拈出诸法,归之于"作诗之大门户",与其说是标新立异,独具眼识,不如说是主要响应前人尤其是七子派诸士以《诗经》为"法之所自"的主张更为恰切。不过,如果因此认定他对七子派亦步亦趋,那也和实际的情形完全不相符合。事实上,要说谢肇淛对待前后七子的态度,大概可以用诚有取舍、褒贬相间来定

①《小草斋诗话》卷一《内篇》,《全明诗话》,第 4 册,第 3499 页。
②《小草斋诗话》卷一《内篇》,《全明诗话》,第 4 册,第 3501 页至 3502 页。
③《艺苑卮言二》,《弇州山人四部稿》卷一百四十五。
④《诗薮·内编》卷一《古体上·杂言》,第 3 页。

义。一面有限度地肯定他们倡导复古之业绩,如谓"自北地、信阳兴,而吾闽有郑继之应之,一洗铅华,力追大雅,盛矣"①,"近时诸公以六朝易七子,声格愈下,何者? 彼尚为诗之雄,此直为诗之靡耳"。具体到特定人物,如后七子之李攀龙,又说其"一时制作,便使天下后世从风而靡,即拔山盖世不雄于此矣","此老苦心至矣,其用力亦深矣"②。另一面则一再质疑他们复古实践暴露出来的缺陷,如谓"自绘事胜而情性远,七子兴而大雅衰"③,而对后七子的批评尤烈,谓"降而中原七子,以夸诩为宗,绘事为工,虽然中兴,实一厄矣"④,又称李攀龙"然其滥觞也,务气格而寡性情,刻声调而乏神理,顿令本来面目无复觅处"⑤,所为"铙歌、乐府,掇拾汉人唾馀"⑥。也因此,他说自己为诗"上不敢沿六朝,而下不敢宗七子"⑦。归根结底,他认为诸子虽注重学古习法,但又未免流于刻画摹拟,远离真情实感,即如他所说:"本朝仅数名家力追上古,然刻画模拟已不胜其费力矣。"⑧

综上,比照七子、公安、竟陵诸派之说,谢肇淛的诗学立场与之既相合调,又相违异,确切地说,乃在或即或离之间。不但如此,他又从宋人严羽那里吸取了能够用以调和诸派之说的一个重要观点,这也就是"悟"。如他指出,"夫诗之道与禅最近,严仪卿之言诗也,盖取诸悟云"⑨,"悟之一字诚诗家三昧"。又认为,"诗之难言也","盖高于才者为才所使,往往骛外而枵中","富于学者为学所累,往往跛前而蹇后","要之,仪卿所谓悟者近是"。较为合理的推断是,谢肇淛借鉴严羽的见解,论诗以"悟"为尚,很重要的一点,在于他有意识地勉力寻找一条折衷平衡七子、公安、竟陵诸派立场的合适途径,而这从他对"悟"的具体解析中可以体会得到。他说:

　　悟之一字从何着手? 从何置念? 顿悟不可得矣。即渐悟者,穷精殚

---

　　①《小草斋诗话》卷三《外篇下》,《全明诗话》,第 4 册,第 3530 页。
　　② 以上见《小草斋诗话》卷二《外篇上》,《全明诗话》,第 4 册,第 3512 页至 3513 页。
　　③《郑继之诗序》,《小草斋文集》卷四,《四库全书存目丛书》,集部第 175 册。
　　④《周所诺诗序》,《小草斋文集》卷四,《四库全书存目丛书》,集部第 175 册。
　　⑤《刘五云诗序》,《小草斋文集》卷四,《四库全书存目丛书》,集部第 175 册。
　　⑥《小草斋诗话》卷二《外篇上》,《全明诗话》,第 4 册,第 3509 页。
　　⑦《重与李本宁论诗书》,《小草斋文集》卷二十一,《四库全书存目丛书》,集部第 176 册。
　　⑧《小草斋诗话》卷二《外篇上》,《全明诗话》,第 4 册,第 3512 页。
　　⑨《丘文举诗序》,《小草斋文集》卷五,《四库全书存目丛书》,集部第 175 册。

神,上下古今,发愤苦思,不寝不食,一旦豁然贯通,一彻百彻,虽渐而亦顿也。譬如盲子终日合眼,不见天地,一旦开目,从眼前直至天边,一总得见,非今日见一寸,明日见一尺。若不思不学而坐以待悟,终无悟日矣。[①]

严仪卿以悟言诗,此诚格言。然悟之云者,须积学力久,酝酿囊篇,而后一日豁然贯通,如曾子之唯一贯是也。必若如岭南獦獠,不识文字,声下顿悟,此天纵之圣,千万年中容有几人? 而世之寡学鲜见者,往往托焉,何谈之容易乎?[②]

不难看出,谢肇淛所理解的"悟",偏重的是通过积学与苦思所达到的"渐悟",而非一时直接的"顿悟",所谓"一旦豁然贯通","虽渐而亦顿也",要达到"悟"的境界,根本的前提还在于"积学力久,酝酿囊篇",实为自"渐"至"顿",并非越"渐"入"顿"。至于"声下顿悟",世所稀见,一般人士难以做到,自然也就不能作为他们回避"学"与"思"的正当理由。他将积学与苦思视为"悟"的基础,应该说颇有针对性,这主要是鉴于"今人藉口于悟,动举古人法度而屑越之"。在他看来,忽视"古人法度",本身就是回避"学"与"思"的堕懈表现,那样的话,极容易导致或"惮于苦思",或"藉以藏拙",也极容易滑向"反古师心,径情矢口"[③]。从这个意义上说,由"学"与"思"而臻于"悟",也是对"古人法度"的一种坚守。但在另一方面,作为创作主体的自觉活动,"悟"又不能单纯通过循守法度得以实现。他说:

今之古禘苏、李,而律宗王、孟,虚实之间,开阖之势,操觚者类能参言之,至于形不蔽神,矩不鳖意,丰不掩妍,约不损度,奇正互出,浓淡以时,若离若合,若远若近,若方若圆,若无若有,神而明之,存乎其人,法之所不载也。善夫仪卿先生之言曰:禅道在悟,诗道亦在妙悟。至于悟而诗之变尽矣。[④]

上面所说的"形不蔽神,矩不鳖意"云云,实际上乃被谢肇淛视为臻于"悟"之境

---

① 以上见《小草斋诗话》卷一《内篇》,《全明诗话》,第 4 册,第 3502 页至 3503 页。
② 《重与李本宁论诗书》,《小草斋文集》卷二十一,《四库全书存目丛书》,集部第 176 册。
③ 《小草斋诗话》卷一《内篇》,《全明诗话》,第 4 册,第 3502 页。
④ 《余仪古诗序》,《小草斋文集》卷五,《四库全书存目丛书》,集部第 175 册。

界的具体表现,也就是所谓"虚实相参,浓淡间出,骨肉匀称,离合适宜"①,这当中体现的则是诗歌作为特定文体的审美特征,展露的是诗人善于经营的艺术悟性,它们无法完全与相对固定而刚性的法度一一对应,而是需要借助创作主体基于审美体验的独特的自我感悟,所以强调的是,"存乎其人,法之所不载也"。反之,"诗无悟性,即步步依唐人口吻,千似万似,只是做得神秀地位,较之獦獠尚隔数尘在"②。如果联系谢肇淛批评前后七子"绘事为工"、"刻画模拟"之论,那么他的这些表述,又未尝不可以看作是有意识地针对诸子而作出的。他曾经评价自己的诗作,以为"初循彀率之中,而渐求筌蹄之外,庶几于严氏之所谓悟者"③,其实,也是对他本人所理解的"悟"之内涵的最好概括。

第二节　冯复京的"体式"与"神用"说

冯复京,字嗣宗,常熟(今属江苏)人,明末清初文人冯舒、冯班兄弟之父。为人"强学广记,不屑为章句小儒"④,科试不举,布衣终身。著有《六家诗名物疏》、《明常熟先贤事略》、《说诗补遗》等。其中《说诗补遗》一书共八卷,仅以抄本流传,鲜少受人关注,但作者于此颇为自负,据冯舒书后跋语引述冯氏之言,其谓:"吾之此书,可谓目空千古,起九原而质之,必也其瞑目乎!"又曰:"《说诗》一书,虽有遗憾,然一生目力尽在是矣,世无解人,盍亦流通以俟之乎?"⑤应该说,此书凝集了作者毕生的诗歌阅读经验和体会,也是晚明诗学文献中值得关注的一部著述。

通观这部诗学著作,首先可以注意的是作者关于诗歌"体式"问题的论述。他说:"学诗之始,先辨体式,为此体不能离此式,如人身,颠必在上,趾必在下;犹制器,至圆不加于规,至方不加于矩。"⑥很显然,这里议论的核心是诗歌的辨体问题。众所周知,辨体是古典诗学系统中的重要话题之一,当然,在不同的历史阶段和不同的人物身上,其所受到的关注和重视程度则大为不同。从明代的

---

① 《小草斋诗话》卷二《外篇上》,《全明诗话》,第 4 册,第 3509 页。
② 《小草斋诗话》卷一《内篇》,《全明诗话》,第 4 册,第 3503 页。
③ 《重与李本宁论诗书》,《小草斋文集》卷二十一,《四库全书存目丛书》,集部第 176 册。
④ 钱谦益《冯嗣宗墓志铭》,《牧斋初学集》卷五十五,中册,第 1378 页。
⑤ 《说诗补遗》卷末,《全明诗话》,第 5 册,第 3963 页。
⑥ 《说诗补遗》卷一,《全明诗话》,第 5 册,第 3833 页。

范围来说,尤其是自中叶以来,随着前后七子的崛起,在复古理念的强力主导下,诸子大多主张尊崇古体即古人作品的体格或体式,辨体意识日益增强。如前七子中的王廷相说"古人之作,莫不有体","诗贵辩体,效《风》、《雅》类《风》、《雅》,效《离骚》、《十九首》类《离骚》、《十九首》,效诸子类诸子",如此"无爽也,始可与言诗已矣"①,就是非常典型的一例。而此前述及的胡应麟、许学夷等这些七子派的追从者或同情者,也更多投入关于诗歌体制的讨论,如前所说,特别是许学夷反复强调"诗先体制",视"体制"为具有度量标准意义的"规矩",而且十分注意分辨文类与风格意义上的诗歌体制,更是将辨体引向严细化和系统化。冯复京主张"学诗之始,先辨体式",究讨起来,则和七子派主复古而重辨体的诗学理路比较相合。这主要在于,他对此还指出:"或曰:'诗恶乎学?'予应之曰:'学古而已。'",并且引例曰:"夏歌浩衍,商颂沉深,《国风》优柔,《雅》、《颂》典则,有不循轨度者,无有哉。古者,诗三千馀篇,孔子删之为三百,其所删去十九,必皆言之无文、行之不远者也。"②在他看来,特别是经孔子删定的《诗经》,俨然已是循守"轨度"的样板,也是诗歌学古的原始目标,这又无异于将辨体和学古联系在一起。

　　进一步来辨析,冯复京所说的"体式"之概念,实际上被他理解为各体诗歌所对应的恒定的不同体制,故他提出"诗有恒体"③,说明"体式"本身具有一种稳固性或规则性,并非可以任意改变。同时,又按照他的理解,"体式"也绝对不是一个抽象和笼统的概念,而是落实到各类诗体的相应作法,体现在它们各自的创作环节与要素之中。比如其言"作歌行之法",即直接引述王世贞《艺苑卮言》关于七言歌行之论,以为"《卮言》言之已详":

　　　　其法也,如千钧之弩,一举透革,纵之则文漪落霞,舒卷绚烂,一入促节,则凄风急雨,窈窅变幻,转折顿挫,如天骥下坂,明珠走盘。收之则如囊声一击,万骑忽敛,寂然无声。……歌行有三难,起调一也,转节二也,收结三也。惟收为尤难,如作平调,舒徐绵丽者,结须为雅词,勿使不足,令有一唱三叹意。奔腾汹涌,驱突而来者,须一截便住,勿留有馀。中作奇语,峻

---

①《刘梅国诗集序》,《王氏家藏集》卷二十二。
②《说诗补遗》卷一,《全明诗话》,第5册,第3833页。
③《说诗补遗》卷一,《全明诗话》,第5册,第3841页。

夺人魄者,须令上下脉相顾,一起一伏,一顿一挫,有力无迹,方成篇法。

他之所以视上论为歌行之作法,关键是觉得"弇州此二条,诚作者之金针也",为歌行创作的诀窍所在,有着指导性的意义。又如其言"七言律作法",指出此法之论"尽于胡元瑞",于是拈出胡应麟《诗薮》针对七言律诗的论见:"意若贯珠,言如合璧。""纽绣相宣以为色,宫徵互合以成声。思欲深厚有馀,而不可失之晦;情欲缠绵不迫,而不可失之流。肉不可使胜骨,而骨又不可太露;词不可使胜气,而气又不可太扬。""寓古雅于精工,发神奇于典则。"不但如此,结合胡应麟所论,冯复京同时对七言律诗的作法,又补充了如下解说:

> 予又谓章法与其镵削瘦劲,不如浑厚冠裳。字句与其浮响倒装,不如沉实平正。与其学杜陵之苍老危仄,不如学王、李之风华秀朗。与其为大历之清空文弱,不如为景龙之缛藻丰腴。发端贵于气象远大,句格浑成。结尾贵于收顿得法,意兴无尽。中二联,对极整切,而中含变化,机极圆畅,而自在庄严,和平而不悲冗,雄伟而不粗豪,斯得格调之正,而备诸法之全者也。

审观冯复京涉及不同诗体具体作法的释说,无论是他对王、胡分别论七言歌行和七言律诗之见的引述,还是他本人所作的补充说明,其共同的特点在于,冯氏针对不同"体式"的析解十分细密,个中透出的谨严性不言自明,想来是他将对"体式"的辨认看作"学诗之始"极为关键的一个步骤,所以更需要从细限定,从严规范。仅此,也未尝不是他在诗歌辨体问题上有意识地承接和强化七子派立场的一种表征。从另一角度观之,基于辨体和学古之间的联结关系,承沿诸子尊崇古体的基本路线,冯复京则致力于古典资源的细致审察,确认可以作为各类诗体"体式"参照的相关文本,这些古典文本也理所当然地成为他主张"诗有恒体"的根本依据。以论五言古诗之体为例,他提出:"须求性情于《三百》,采风藻于《楚辞》,而卓然以古诗及苏、李为师,子桓、子建为友。镕铸琢磨,精神游于毂内;优柔餍饫,理趣浃乎胸中。"则以此为作五言古诗确定必须参照的特定文本,即除《诗经》、《楚辞》之外,专取汉魏诸家之作为五古"体式"之范本。为了强调理由,他对此又作了解释,假如认为上述作法"门涂太隘,取精未宏",应当"参之以步兵之虚旷,记室之俊爽,康乐之精凿,彭泽之澹永,宣城之流丽,工部之沉郁",如此"裒斯众美"的方法并不适当,道理在于,"第恐记问猥杂,则陶染贸移,心思汗漫,则绳墨偭错"。至于为何以曹植五古为取法之下限,他则表示,"两汉五言,其体格至子建而后绝响矣",言外之意,曹植以后的五言古诗,已非正宗的两汉五古之体格。由是说来,"裒斯众美"的方法貌似合理,然终究违离正宗五言古诗的"体式",所以实不可取。

说到冯复京针对五言古诗"体式"的辨认及范本的选择,还牵涉一个相关的问题,这就是他关于唐代五言古诗的鉴评。他说,"古诗浑厚典则,酝籍和平。李翰林之狂率,杜拾遗之刻露,皆非诗之正也。使谓为李杜体,可以师法,岂不误哉","人知宋、齐之骈对为法正之自,梁、陈之淫靡为道否之极。而不知唐人寂寥短章,以为返朴,率尔下笔,谓近自然者,其害古尤大也"①。又说,"唐人不知五言古之法,李多昉六朝,杜自操己调","诗莫盛于初、盛唐,所以无五言古者",以为唐代五古其病有二,一为"章句之简",一为"下笔之率"②。所言已毫不掩饰他对唐代五言古诗的不屑。我们知道,有关唐代五古的问题,李攀龙得出的结论是"唐无五言古诗,而有其古诗",且訾议"陈子昂以其古诗为古诗,弗取也"③。王世贞则附和其见:"余少年时,称诗盖以盛唐为鹄云,已而不能无疑于五言古。及李于鳞氏之论曰'唐无古诗,而有其古诗',则洒然悟矣。"④说到底,李、王诸子还是基于对汉魏古诗的尊崇,抑损唐代五言古诗的价值。不过,李、王等人贬抑包括陈子昂古诗在内的唐代五古尚有一定的分寸,李攀龙所编《古今诗删》选入唐代五古一百二十二首,其中陈子昂七首,诚有所取。⑤ 王世贞评陈子昂古诗,说"陈正字陶洗六朝,铅华都尽,托寄大阮,微加断裁,而天韵不足"⑥。虽认为陈诗自有"天韵不足"的缺陷,但也觉得其以阮籍诗歌为习学目标,能涤除六朝靡丽之习气。相比较,冯复京除了总体上表达对唐代五古的不屑,又其中对陈子昂从人品到诗歌贬斥甚烈,前者指责其"俯首牝朝,志干利禄,褊躁丧仪,怀璧贾罪","又承梁、陈之混浊,接徐、庾之淫滥,虽欲砥柱其间,何能

---

① 以上见《说诗补遗》卷一,《全明诗话》,第 5 册,第 3834 页至 3836 页。
② 《说诗补遗》卷七,《全明诗话》,第 5 册,第 3934 页至 3935 页。
③ 《选唐诗序》,《沧溟先生集》卷十五。
④ 《梅季豹诸居集序》,《弇州山人续稿》卷五十五。
⑤ 见《古今诗删》卷十、十一。参见陈国球《明代复古派唐诗论研究》,第 114 页。
⑥ 《艺苑卮言四》,《弇州山人四部稿》卷一百四十七。

超乘而上"？后者则认为其"《感遇》若非长篇，则杂己调，或参议论，可厌矣。《修竹篇》稍详赡，《蓟丘怀古》短促枯憔"，因而表示，"善乎李于鳞之言曰：'陈子昂以其古诗为古诗，弗善也。'"但同时，又指出李攀龙对陈子昂诗的取舍不够严格："《诗删》又何为取之哉？"①为此，他特别对陈子昂《感遇》诗訾诋颇多，②又强烈质疑卢藏用等人"褒赞"陈氏《感遇》诗及世人以《感遇》诗匹配阮籍《咏怀诗》："自卢藏用以亲故，李华以趣合，褒赞籍甚，俗之蚩蚩，雷同祖述，遂以《感遇》上匹《咏怀》。"并由此将《感遇》诗和《咏怀诗》作比较，提出：

> 《咏怀》寄托深微，《感遇》兴趣衰索；《咏怀》出于达士之胸襟，《感遇》杂以兔园之腐气。其致不同也。《咏怀》气调音响，在汉魏之间，而泠然自善；《感遇》气调音响，居六朝之后，而有意于镌削。其格不同也。玉石溷淆，居然自别，拟非其伦，莫甚于此。国朝弘、正以前，几以此为古诗极则，元美亦未尝正言指摘，予请得缕缕辨之。③

归纳二者的种种对比，结论简单但明确，也就是《感遇》诗相形见绌，根本无法与《咏怀诗》相匹配，也无法标为古诗之"极则"。这无疑反映了冯复京对陈子昂《感遇》诗的诸多不满，也可以说是对陈氏整个古诗创作的定调，他甚至因此有憾于王世贞对陈诗未能"正言指摘"。结合上论，冯复京显然认为，无论是李攀龙还是王世贞，对待陈子昂古诗均过于宽容，或选录不当，或批评不力，并未能充分识别陈诗实属不高的品级。要之，相比于李、王等人，冯复京贬抑陈子昂古诗乃至唐代五古更为激烈，就此典型一例，已可以看出他对诗歌"体式"的辨认

---

① 《说诗补遗》卷五，《全明诗话》，第 5 册，第 3910 页至 3911 页。
② 如冯复京指出："凡诗，最忌者儒生道学语。《感遇》所亶亶言之者，太极三元、阴阳物化、先天无始，如乞食道人记经唄数语，沿门唱诵。以《正声》篇选论之，惟'鬼谷子'一篇，容与成章。'林居'篇方言物候'徂落'，遽接云'感叹何时平'。盖欲以简远，使意在言外，而不知迫促寂寥，古诗无此格也。'贵公子'篇方言'拔剑''报国'，忽云'怀古心悠哉'，乃是坎懔咏怀，非出塞英雄之气，遽结之以'磨灭成尘埃'，战死乎？病死乎？古人诗，慷慨悲壮，抒写尽情，无如此结束者。'朝发'篇：'岂兹越乡感，忆昔楚襄王。'通上下文读之，步骤转折，全不合古。至'骨肉且相薄，他人安得忠'，涉于议论，大为诗害。'白日每不归，青阳时暮矣'，既欲去文从质，何不并'白日'、'青阳'骈丽而刊落之乎？此又子建'素雪'、'朱华'之类。"'幽居观天运'一首，一部《十七史》，从何处说起，此极可笑。'吾观昆仑化'、'圣人秘元命'、'深居观元化'三首，俱学究史断。'况以奉君终'、'骄爱比黄金'、'芳意竟何成'、'多言死如麻'、'哀哀明月楼'、'鸿荒古已颓'、'分国愿同欢'句，皆拙讷。'于道重童蒙'、'悱然争朵颐'、'势利祸之门'、'激怒秦王肝'、'吾观龙变化，乃是至阳精'，尤腐俗可憎。"（《说诗补遗》卷五，《全明诗话》，第 5 册，第 3911 页。）
③ 《说诗补遗》卷五，《全明诗话》，第 5 册，第 3911 页。

更为谨慎,对范本的选取更为严苛。但是话又得说回来,冯复京在关联学古的辨体问题上,并未越出七子派古体重汉魏、近体重盛唐的基本取向,除了上面述及的汉魏古诗之外,关于唐代近体的问题,冯复京又说过:"以陈、隋之古诗为律诗,曰变古而今也。然而魄力之沉雄,风韵之高远,露盘清水之神,编玉联珠之句,挺然独秀,此唐诗之所以盛也。"其中又将初、盛唐和中、晚唐诗歌截然作了区隔:"初唐味浓,盛唐格正。初唐锻字丽密,意尽言中。盛唐寄兴闲远,趣在言外。大历诸子,一味清空流转,非惟失盛唐之化境,并美大失之矣。晚唐涂辙愈分,人材日下,而诗亡矣。"①如此,其重初、盛唐特别是盛唐诗歌的取向一目了然。② 只是比较李、王等七子派成员,冯复京对于诗歌"体式"的辨认以及学古范本的择取,显得相对严格。

除了强调"体式",冯复京还特别主张"神用",他说:"诗有恒体,予既备著之矣。神用之妙,可得而诠。一曰达才,二曰构意,三曰澄神,四曰会趣,五曰标韵,六曰植骨,七曰练气,八曰和声,九曰芳味,十曰藻饰。"③以冯氏之见,如果说,"体式"相对恒定而不可任意改变,那么,"神用"就并非体现为一种固定的规则性。他在论及《古诗十九首》时指出:"章法之妙,不见句法。句法之妙,不见字法。镜花水月,兴象玲珑,其神化所至邪! 以汉诸乐府较之,如《相逢行》、《陌上桑》,虽自然工妙,微有蹊径可寻,终未若《十九首》灵和独禀,神用无方也。"④这是说,较之《相逢行》、《陌上桑》等汉乐府虽"自然工妙",然尚微露"法"迹,《古诗十九首》则善于融合变化,无"法"迹可寻,体现了"神用"的效果。从冯氏列出的十个层面的"神用之妙"来看,其中既关涉诗歌的审美特征,又指向诗人自我

---

① 《说诗补遗》卷五,《全明诗话》,第 5 册,第 3903 页。
② 《说诗补遗》卷末冯舒跋语记述冯复京生前对《说诗补遗》一书的论评:"逾年而先君归北山旧间,更敕不肖曰:'前所著尽,颇亦未尽,汉魏、六朝,无遗憾矣。初、盛两唐,自谓精确,所恨者中、晚之间,立言未真耳。'不肖曰:'何谓?'先君子曰:'汝亦知唐诗之体所自分乎? 历观唐人诸集,人所恒见者,如元、白、韩、柳之类,有乐府、律诗之名,未闻别古、律,五、七言当铢铢较之也。体之判若泾渭,则高棅俌焉耳。今遽谓诗有定格,至以一字一韵,指为失黏,为拗体,与唐人何与哉? 夫中、晚之不得为初、盛,犹魏晋之不得为两京,而谓初、盛诗存,中、晚诗绝,将文心但存苏、李,而世亦遂止当涂乎? 此何待知者而辨也。故初、盛有初、盛之唐诗,以汉魏律之,愚也。中、晚有中、晚之唐诗,以初、盛律之,亦愚也。'"冯班又补识云:"先君是书,家兄跋语皆实录也。然病榻尝诏班曰:'王、李、李、何,非知读书者。吾向尝为所欺,汝辈不得尔。'则凡言王、李者,皆往时语也,读者其详之。"(《全明诗话》,第 5 册,第 3963 页至 3964 页。)据此,似乎冯氏特别是对书中有关中、晚唐诗的述评尚有憾悔。但冯舒、冯班兄弟记述的真实性值得怀疑,因为这与《说诗补遗》评价唐诗的立场相悖,倒是符合生平倾重中、晚唐诗的冯氏兄弟的诗学主张。参见周兴陆《冯复京〈说诗补遗〉浅论》,《中国文学研究》2016 年第 1 期。
③ 《说诗补遗》卷一,《全明诗话》,第 5 册,第 3841 页。
④ 《说诗补遗》卷二,《全明诗话》,第 5 册,第 3859 页。

的素质与修养,相对于恒定的"体式"而言,显然它们难以用固定的规则来加以确切衡量。从这个意义上说,"体式"和"神用"之间正好形成某种互补协佐的关系,"体式"为"神用"提供了主要的依据,明确了基本的目标,"神用"则凭藉诗人自我的素质和修养,完善诗歌的审美机制,并规范作品与正宗"体式"相吻合。

冯复京所说的"神用",因其内涵更多涉及诗人自我的素质和修养,体现了他对创作主体能动性的充分重视。如关于"达才",他即指出,"予向云凡为其体,须以某为正宗,以何为极则,此标的之大凡也",这是就辨认"体式"、树立正宗的要求来说的。但是诗人因个体的不同,其资质亦各自相异,"人之材质岂可矫哉,利钝通塞,原于阴阳胎化,循涯适分,鲜克通圆,易务违方,未由取济"。所以,为了体现正宗"体式"的要求,那就需要因人而异,量力而行,这也就是,"夫为高因陵,导川印浦,必就索易,以避所难,善学者亦在乎达其才而已。能此体,正不必兼彼体。工我法,正不必用他法"。从这个角度来说,"达才"的关键在于,根据诗人各自不同的资质,选择其擅长的诗体,避难就易,各有所成,最大限度发挥他们一己之才力。他因此又以"古作者"为例说明之:"枚、李以古诗鸣,沈、宋以近体著。陈思之清绮,不为魏武之莽苍;杜陵之浑融,不效东山之飘逸。然而名家各擅,何必具体大成哉?"

再如关于"澄神",冯复京认为,"夫心之精神,是谓圣。于以驱使意匠,吟咏性灵,实总其环枢,妙其吐纳矣"。这显属对"心之精神"独特功能的解说,表明作为主体精神枢纽的"神"本身即处于核心的地位,起着极为重要的作用,驱动诗人活跃思维,发抒性灵。与此同时,他又胪列"神"应当呈现的诸如"清"、"王"、"沉"、"远"的理想状态,所谓"凡神欲清而冰玉映彻,非枯淡之谓也。凡神欲王而荣卫条鬯,非愤盈之谓也。神欲沉而生色堪地,非沦晦之谓也。神欲远而渊源相接,非迂漫之谓也"。这些理想的状态,实际上也是他主张的"澄神"的根本目标之所在。在他看来,为了达到这一根本目标,诗人加强相应的自我修养势在必行,即需要"澡雪灵台,涵濡学府,内不烦黩以损和,外不缧牵以萦惑"。其大意是说,诗人须保持内心净洁滋润,排除污杂拘牵,如此则"天机洞启,真宰默酬,从容于矩矱之中,邂逅于旦暮之际,庶几乎罄澄心妙万物者也"。

与"澄神"相类似,"练气"也属于主体修养的范围,冯复京是这么解说的:"人之得气,有正有偏,诗家抒情构会,连类属词,必由斯充体焉。气正者,清和而隐厚,滂沛而陡举;气偏者,浊躁而圭角,憔悴而委顿。"很显然,力主气之"正"而非气之"偏",这是他为诗人"练气"指点的基本方向。所谓的"练气",其实也就是传统意义上所说的"养气",是以冯复京又指出:"所称善养,必留有馀,无使困乏。"这一说法,本质上指向的是主体内在或精神层面的修习养炼。不仅如此,对于"练气"的具体要求,他又一一加以指点:"主畅遂,无至郁淤。循检格,无流淫放。休天钧,无伤俊逸。澄神思,无陷流俗。砺锋颖,无堕卑陬。""练气"而能达到如上要求,"斯可注满于喷玉之中,环周于贯珠之内矣",其修养之工夫得以在诗歌中具体呈现。从另一方面来说,"神用"既然涉及诗人自我的素质和修养,重视创作主体的能动性,因此,诗人凭藉自身的素质和修养,对于诗歌审美机制的完善,也就具有各擅其长、各显其韵的合理性。冯复京论及"标韵"即指出:

> 鸿钧播气,雕刻万有,色象音声之外,各有韵焉。云峰烟嶂,静练沦涟,山水之韵也。秀干芳蕤,吟虫啭鸟,万物之韵也。至如美媛以倩盼呈姿,列仙以冲虚御辨。诗之有韵,亦犹有是耳。汉风韵藏于意表,魏制韵溢于格中,嗣宗之韵冲旷,太冲之韵孤高,渊明之韵自然,灵运之韵清远,子美之韵沉深而有味,太白之韵飘举而欲仙,王、孟之韵闲淡而绝尘,高、岑之韵秀令而近雅,靡不旨趣无穷,芬芳可佩,作者虽已会众条,必待斯成品矣。①

自然万物,各有其韵,至于诗歌之韵,蕴含同样的道理,不同的诗人个体,表现在其诗篇中的韵调也互不相同,然各自都能够产生"旨趣无穷"、"芬芳可佩"的审美效果。因此,所谓"标韵",实际上即在表彰历来诸家诗人呈现在他们作品之中富有个性的审美特色,这些自然也成为"神用之妙"的典范,可供后人习学借鉴。

总之,"体式"和"神用"是冯复京论诗的两大重点,前者表现了他结合学古而趋于强化的辨体意识,这也可以说是特别为前后七子所注重的诗歌辨体立场的一种延续和加强,后者则代表他在强调"体式"辨认的基础上对于创作主体能动性的伸张,包括关注诗人自我的素质和修养,以及与之相关联的诗歌审美机

---

① 以上见《说诗补遗》卷一,《全明诗话》,第5册,第3841页至3843页。

制的完善。二者之间所凸显的理论张力,提示它们处于一种彼此辅助协调的关系,而这在总体上,使得冯氏的诗学立场严苛而有所变通,灵活而不失原则。

第三节　陈子龙"雅正"观的内涵构成

陈子龙,字卧子,又字人中,号大樽,华亭(今上海松江)人。崇祯十年(1637)举进士,除绍兴推官,以定乱功,擢兵科给事中。命甫下而京师陷,乃事福王于南京,数上疏议事,未见采纳。以时不可为,乞终养去。后以受鲁王部院职衔,结太湖兵欲举事,因事露被俘,在解送途中乘间投水死。崇祯之初,同时开展社会活动与文学活动的明末重要文人社团复社成立,于时陈子龙和同邑夏允彝、徐孚远、杜麟徵、周立勋、彭宾等人创办幾社,号称"幾社六子"①,与之相应和,并参与其中。而幾社成员当中,陈子龙于崇祯前期先后与同邑的李雯、宋徵舆订交,人称"云间三子",彼此唱酬频繁,在文学上的联系更为密切,并由此增强了云间地区文人文学交往的活跃度。② 特别是陈、李二人其时声名并立,"友人陈子擅俊妙之逸气,发怀古之遥情,征召英契,摇缀渊圃。于时同郡之士,盖有数人,至于齐镳方轨,卓绝领袖,共推李子,于是有陈、李之目矣"③。陈子龙自称"文史之暇,流连声酒",多与李雯"倡和"④,遂有《陈李倡和集》。又陈子龙曾与李雯、宋徵舆"网罗百家,衡量古昔,攘其秽芜,存其菁英"⑤,"历序一代之作者,哀其尤绝"⑥,编辑并评述《皇明诗选》十三卷。这部诗歌选本作为三子之间开展文学交往而结出的一项重要成果,对于了解陈子龙等人的诗学立场,乃至于明末诗坛的变化动向,实具不可忽略的文献价值。

在诗学思想的层面,作为复社和幾社中坚人物的陈子龙提出过不少相关的论见,这些见识从一个侧面指示着明末诗学领域的走向,因而令人关注,并成为

---

　① 或认为当时创办幾社者中尚有华亭人李雯,因他后降清,是以杜登春《社事始末》未将其列入,参见谢国桢《明清之际党社运动考》,第 127 页,上海书店出版社 2004 年版。

　② 关于陈、李、宋三人的订交时间及交往过程,参见李越深《论"云间三子"文学群体的形成》,《浙江大学学报》2009 年第 3 期。

　③ 徐孚远《陈李倡和集序》,陈子龙《陈忠裕全集》卷首,清嘉庆刻本。

　④ 陈子龙自撰《年谱》卷上崇祯六年癸酉条,《陈忠裕全集》卷首。

　⑤ 陈子龙《皇明诗选序》,陈子龙、李雯、宋徵舆编《皇明诗选》卷首,上册,影印明崇祯刻本,华东师范大学出版社 1991 年版。

　⑥ 李雯《皇明诗选序》,《皇明诗选》卷首,上册。

学人考察这一历史阶段诗学发展动态的一笔重要资源。合观研究者对于陈子龙诗学乃至文学思想的探析，或置之于明末重视实用功能的文学观念的总体变化态势中，观照它们的基本特征，而将其归纳为回归经典，回归雅正。[①]应当说，如从陈子龙本人的诗学表述来看，的确强调"雅正"成为其重要的一种思想话语，也成为寻绎其诗学理路的一条难以绕开的途径。但笔者同时感到，陈子龙诗学思想凸显的"雅正"观念，实际上涉及多重的问题面向，其在内涵的构成上有着一定的复杂性，这就更需要我们从不同的层面去加以细致剖解。崇祯年间，陈子龙与李雯、宋徵舆编辑针对有明一代诗作选评的《皇明诗选》十三卷，他为该编所撰的序文即明晰阐述了以"雅正"为归的编选宗旨与原则：

> 昭代之诗较诸前朝，称为独盛。作者既多，莫有定论，仁鄙并存，雅郑无别。近世以来，浅陋靡薄，浸淫于衰乱矣。子龙不敏，悼元音之寂寥，仰先民之忠厚，与同郡李子、宋子网罗百家，衡量古昔，攘其芜秽，存其菁英。一篇之收，互为讽咏；一韵之疑，共相推论。揽其色矣，必准绳以观其体；符其格矣，必吟诵以求其音；协其调矣，必渊思以研其旨。大较去淫滥而归雅正，以合于古者九德六诗之旨。于是郊庙之诗肃以雍，朝廷之诗宏以亮，赠答之诗温以远，山薮之诗深以邃，刺讥之诗微以显，哀悼之诗怆以深，使闻其音而知其德和，省其词而知其志悫，洋洋乎，有明之盛风俪于周汉矣。[②]

这篇序文虽重点谈论的是编辑有明一代诗歌之选的自我立场，但从一个方面也传递了序者在诗歌价值取向上所持的基本态度，概括来说，"雅正"与否成为其作品取舍的主要标准。据其所述，鉴于有明一代诗歌虽大为兴盛，然同时"仁鄙并存，雅郑无别"，甚至走向"浅陋靡薄"，这就必须有所鉴别和选择，以"雅正"为归而采取的基本遴选方法，乃是"衡量古昔"，此则意味着"雅正"与"古昔"之间形成的本原联系。说到底，这不得不视作一种强烈的古典认同意识使然，也即立足于现实而追踪历史，以凸显后者对于前者的垂范意义。而这一立场，原本也是为历史上不少倾向复古之士所注重的追本溯源的一种

---

① 参见罗宗强《明代文学思想史》，下册，第851页至856页，中华书局2013年版。
② 《皇明诗选序》，《皇明诗选》卷首，上册。

惯用策略。

考虑到陈子龙所处在的政治社会境域的特殊性,时至明末,党派林立,纷争迭起,政治情势变化起伏,知识群体面对万历、天启、崇祯三朝朝政的激荡以及盘根错节的各种社会矛盾,体现在他们身上的是日益增强的危机感和责任感,这也更容易促使他们在思索现实之际回望而比较历史,以接引"古道"或复兴"古学"作为济危解困、救赎人心的有效途径。复社核心人物张溥《诗经应社序》在感慨"古道之日乖"的同时,评述复社前身应社诸同志之志趣,就指出其"未尝一日忘古人也","慨时文之盛兴,虑圣教之将绝,则各取所习之经,列其大义,聚前者之说求其是以训乎俗"①。这也即如他在《五经征文序》中概述应社创立之志:"应社之始立也,所以志于尊经复古者,盖其志也。"②至于复社的立社宗旨,张溥等人则更加明确地以推动"古学"之复兴为要务,陆世仪《复社纪略》如下的这段记述人们并不陌生:"自世教衰,士子不通经术,但剽耳偻目,几幸弋获有司,登明堂不能致君,长郡邑不知泽民,人材日下,吏治日偷,皆由于此。溥不度德,不量力,期与庶方多士,其兴复古学,将使异日者务为有用,因名曰复社。"③正如有研究者所指出,复社这一宗旨的奠定,直接来自张溥等人对当下士人群体学识与材能、人格与节操问题的自我审省和疗救,显示借助复兴"古学"以重塑士人群体的基本构想。④ 在接引"古道"或复兴"古学"的问题上,以陈子龙等人为代表的几社诸子同样态度鲜明,不遗馀力,所谓"心古人之心,学古人之学"⑤,根本上则和复社的立社宗旨显相合拍。再返观陈子龙的《皇明诗选序》,其声称编选有明一代之诗,通过"衡量古昔"以归于"雅正",使之"合于古者九德六诗之旨",则不但基于古典认同的意识,视"古昔"为"雅正"之源,而且同时揭橥了"雅正"蕴蓄的道德内涵,突出了"古昔"在道德层面无可替代的优越性。从后者来说,则其特别是和序者对于诗歌的本质及功能的认知不可分割,陈子龙在该序中即又指出:"诗繇人心生也,发于哀乐而止于礼义。故王者以观风俗,知得失,自考正也。世之盛也,君子忠爱以事上,敦厚以取友,是以温柔之音作,

---

① 《七录斋诗文合集·古文存稿》卷五,《续修四库全书》影印明崇祯九年(1636)刻本,第 1387 册。

② 《七录斋诗文合集·古文存稿》卷三。

③ 《复社纪略》卷一,《续修四库全书》影印清抄本,第 438 册。

④ 参见吴琦、袁阳春《晚明复社的社会活动与社会思想——兼论复社学术的经世取向》,《安徽史学》2007 年第 4 期。

⑤ 姚希孟《壬申文选序》,《陈忠裕全集》卷首。

而长育之气油然于中。文章足以动耳,音节足以竦神,王者乘之,以致其治。"并且还说,他和李雯、宋徵璧"慨然志在删述",编选有明一代之诗,意在"追游、夏之业,约于正经,以维心术",以契合当下"移风易俗,返于醇古"①的时代之需。不难看出,陈子龙的以上表述,大致依循的是儒家诗教体系的基本理路,其对诗歌本质及功能的解释,牵涉国家政治与个体修持的议题,不论是强调诗歌"发于哀乐而止于礼义",还是申明王者以此"观风俗,知得失",主要着眼的是不失礼法道义、风俗归向淑化的一种道德诉求,这也是陈子龙所主张的"雅正"的基本内涵之一。当然,他又是以这样的认知去褒扬"古昔",构建其古典认同的意识。其《朱文季先生诗集序》论曰:"夫人之遇有不能强,而性有不能移,世惟情有所偏,而出为激厉峭促之音。然每曰穷愁沉闷乃能为工也,则古人所谓怨而不伤、温厚而不戞戞以自明者,又何等也。"②显然,其基本意图还在张扬古人怨而不伤、温柔敦厚的抒写精神。他为李雯所撰《李舒章古诗序》谈及尊崇"古诗"的理由,提出"自《三百篇》以后,可以继风雅之旨、宣悼畅郁、适性情而寄志趣者,莫良于古诗",并就此总结其有"托意"、"征材"、"审音"之"三难":

> 夫深永之致皆在比兴,感慨之衷丽于物色。故言之者无罪,而使人深长思,足以兴善而达情。此托意之微也。典谟雅颂之质以茂,骚赋诸子之宏以丽,以及山经海志之诡以肆,上自星汉,下及渊泉,撷掇之馀,即成清奏。此征材之博也。词贵和平,无取伉厉,乐称肆好,哀而不伤,使读之者如鼓琴操瑟,曲终之会,希声不绝。此审音之正也。

其以"古诗"作为直继《诗经》风雅旨意的典范文本,使之与诗教精神相联结,"雅正"于是成为"托意"、"征材"、"审音"主要的判别标准。而他述评李雯所赠"古诗百首",认为它们"意则玄远,材则雅藻,音则婉亮",也大致不离这一判别的标准。除此之外,陈子龙又在评论他人诗作以及辨析诗道之际,事实上也时常以类似的"雅正"标准相鉴衡。如他的《文用昭雅似堂诗稿序》评豫章文德翼诗,谓其"采往事,发所见闻,微而章,直而和,痛而不乱,瑰丽诘曲而不诡于正。其远

---

① 《皇明诗选》卷首,上册。
② 《安雅堂稿》卷三,《明代论著丛刊》影印明末刻本,台湾伟文图书出版社有限公司1977年版。

者刺当时之失,抒忠爱之旨;其近者迫于忧谗畏讥之怀。而其要归不失于和平婉顺"。《宋辕文诗稿序》则兼为同志宋徵舆指点作诗之道,声言"我与若欲以驰艺林之声,雄晚近之内,则庶几乎? 若以继风雅,应休明,则其道微矣",又以为"若乃荡轶而不失其贞,颓怨而不失其厚,寓意远而比物近,发辞浅而蓄旨深,其在志气之间乎? 今我与若偶流逸焉,谐慢轻俊,则入于淫,淫则弱;偶振发焉,壮健刚激,则入于武,武则厉。求其和平而合于大雅,盖其难哉"①。不论是以"和平婉顺"褒许他人之诗,还是认为诗道之要盖在不失"贞"、"厚",避免"淫"、"武"或"弱"、"厉",以使"求其和平而合于大雅",显然皆蕴含特定的道德诉求,重视以"雅正"为归旨。一言以蔽之,这些都更多根基于为他推尚的所谓"国之正声,家之雅言"②的创作之准则。

虽说陈子龙注重诗歌"雅正"的观念明显包蕴道德的诉求,其于儒家诗教精神掇拾尤多,就此来看,未必有多少自我发见,但是这一点又恰好表明,在他心目当中,儒家诗教作为传述弥久且具主导身份的精神语录,更有着审察及移易时代风气的权威性与针对性。他的《答胡学博》书札,其中所言多少可以说明这一问题:

> 国家右文之化几三百年,作者间出,大都视政事为隆替。孝宗圣德,俪美唐、虞,则有献吉、仲默诸子,以尔雅雄峻之姿,振拔景运。世宗恢弘大略,过于周宣、汉武,则有于鳞、元美之流,高文壮采,鼓吹休明。当此之时,国灵赫濯,而士亦多以功名自见。至万历之季,士大夫偷安逸乐,百事堕坏,而文人墨客所为诗歌,非祖述长庆,以绳枢瓮牖之谈为清真,则学步香奁,以残膏剩粉之姿为芳泽。是举天下之人,非迂朴若老儒,则柔媚若妇人也。是以士气日靡,士志日陋,而文武之业不显。贵乡钟、谭两君者,少知扫除,极意空淡,似乎前二者之失可少去矣。然举古人所为温厚之旨、高亮之格、虚响沉实之工、珠联璧合之体、感时托讽之心、援古证今之法,皆弃不道,而又高自标置。以致海内不学之小生、游光之缁素,侈然皆自以为能诗。……夫居荐绅之位,而为乡鄙之音;立昌明之朝,而作衰飒之语。此洪

---

① 以上见《安雅堂稿》卷二。
② 《成氏诗集序》,《安雅堂稿》卷三。

范所为言之不从,而可为世运大忧者也。①

据上书所述,其审视有明诗坛的盛衰变化,大致以万历前后为界。前此被认定为趋于兴盛阶段,特别推重七子派李、何及李、王诸子所为,谓诸子诗歌"振拔景运"或"鼓吹休明"云云,归功之意居多。后此则被视作滑向衰微阶段,"祖述长庆"和"学步香奁"都成为典型的征兆,即使是有意独辟蹊径的竟陵派钟、谭二人所作,也被认为是悖离了古人作诗之道,丧失了"温厚之旨"等古典诗歌具有的优长,无法被完全接受。在陈子龙看来,万历以降诗坛呈现的衰微趋势,乃和士人群体"偷安逸乐,百事堕坏"以至"士气日靡,士志日陋"的道德沦落、气志萎靡的精神状态不无关系。这一现实的变化态势,带给他的显然是强烈的精神触动,促使他从某种批判性的视域,声张"雅正"而充实其道德内涵,并且以此重拾儒家诗教精神,重塑士人群体人格与诗风。

值得指出的是,正如不少学人已注意到的一个基本事实,即陈子龙生平于有明诗人群体多推重七子派,除了上面所言,他又说过:"夫诗衰于宋,而明兴尚沿馀习。北地、信阳力返风雅,历下、琅琊复长坛坫,其功不可掩,其宗尚不可非也。"②以李、何及李、王诸子为归于风雅而振兴明代诗坛的重要力量。这当中也包括他对于诸子提出的诗学主张,或特别从"雅正"和归于诗教的角度予以解读。如他的《沈友夔诗稿序》,质疑"或谓沈子诗则工矣,然何不追开元、大历而上之,乃似未能忘情于《金荃》、《香奁》之作者,岂性有所近耶"之评说,指出沈氏诗作"凡忧时眷国之怀,多托于闺人思士之语,此亦《国风》思贤才、哀窈窕之义乎"? 为充分诠证,其即以何景明《明月篇》序所言作为立论的基础:"大复尝言之矣,诗本性情之发者也,其切而易见者,莫如夫妇之际。故古之作者义关君臣、朋友,必假之以宣郁而达情焉。大复之言,岂不深于风人之义哉!"③毫无疑问,其引述何景明《明月篇》序之论,主要关注和认可的,则是何氏对蕴含诗教意味的"风人之义"的阐释。其实从七子派成员的一些言说,也可见出他们在复古意识的主导下对古代诗教传统并未完全忽略,有研究者即注意到,前七子当中,

---

① 《安雅堂稿》卷十八。
② 《李舒章仿佛楼诗稿序》,《安雅堂稿》卷三。
③ 《安雅堂稿》卷三。

如李梦阳《秦君饯送诗序》在解说古诗表现特征时指出："言不直遂,比兴以彰,假物讽谕,诗之上也。"①王廷相《刘梅国诗集序》极力标榜《诗经》的"正始"之道:"求诸《三百》之旨,径域乃真耳,其教温柔敦厚,其志发乎情止乎义礼,其究形四方之风而已。能由是而修之,诗之正始得矣。"②二者或体现了对诗之"风教形式的认同",或"从风俗的道德回归上"③阐析之。至于何景明《海叟集序》自称"尝与学士大夫论诗,谓三代前不可一日无诗,故其治美而不可尚;三代以后,言治者弗及诗,无异其靡有治也",《汉魏诗集序》又说"周末文盛,王迹息而《诗》亡,孔子、孟轲氏盖尝慨叹之"④,则不但将诗教本身体现的社会治理之功用作为"对时代属性的鉴认",而且"将恢复诗教的意义推至事关世风、世运的高度"⑤。至后七子,特别是王世贞的诗学取向,其追求雅伤的意识更显突出,他推重"温厚和平,不失治世之音,典则雅致,无累君子之度"⑥,强调以"发情止性"⑦、"和平尔雅"⑧为尚,或从道德理义的层面认识"雅"的旨意所在,规范诗歌情感表现的意图显而易见,体现向传统诗教所蕴含的理性精神的某种回归。⑨ 应该说,陈子龙以"古昔"为"雅正"之源,揭橥"雅正"包蕴的道德内涵,从国家政治与个体修持的层面解释诗歌的本质及功能,以及对于儒家诗教体系基本理路的依循,本身和七子派或多或少呈现在他们复古意识中的对传统诗教的关注有着一定的契合。自是而言,认为此即系陈子龙推重李、何及李、王诸子其中一个重要的缘由,并不失为一种合理的判断。

不过,凸显在陈子龙"雅正"观念中的道德诉求,包括其中对于儒家诗教精神的掇拾,并不代表这一观念内涵构成的全部,事实上,从另一方面来看,他的"雅正"观念还同时体现在对于诗歌美学属性的投注。

如上述,陈子龙以"古昔"为"雅正"之源,凸显了他的一种强烈的古典认同意识。他在《宋辕文诗稿序》中又提出为人熟知的"情以独至为真,文以范古为

① 《空同先生集》卷五十一。
② 《王氏家藏集》卷二十二。
③ 参见黄卓越《明永乐至嘉靖初诗文观研究》,第 203 页、206 页。
④ 《大复集》卷三十二。
⑤ 参见黄卓越《明永乐至嘉靖初诗文观研究》,第 203 页。
⑥ 《蒙溪先生集序》,《弇州山人续稿》卷五十二。
⑦ 《徐天目先生集序》,《弇州山人续稿》卷四十五。
⑧ 《梁伯龙古乐府序》,《弇州山人续稿》卷四十二。
⑨ 参见本书第十三章第四节所论。

合"①之论,则颇有概括作诗要旨的意味,而这一论调有点近似李梦阳主张"以我之情,述今之事,尺寸古法,罔袭其辞"②的提法,其中所谓"范古",实际上即无非要求以古为则,认同古人之法。当然,提出这样要求的前提,主要在于承认古法无可变易的典范性以及古今适用的普泛性,陈子龙在《李舒章仿佛楼诗稿序》中即指出:"盖诗之为道,不必专意为同,亦不必强求其异。既生于古人之后,其体格之雅、音调之美,此前哲之所已备,无可独造者也。至于色采之有鲜萎,丰姿之有妍拙,寄寓之有浅深,此天致人工各不相借者也。譬之美女焉,其托心于窈窕、流媚于盼倩者,虽南威不假颜于夷光,各有动人之处耳。若必异其眉目,殊其玄素,以为古今未有之丽,则有骇而走矣。"③品味上言之旨,说"不必专意为同"是虚,说"不必强求其异"是实,后者才是作者所要阐述的重心所在,他要说明的最根本的一点,也就是"诗之为道"需"范古"存同,而非"独造"求异,核心理由在于,诗歌"体格之雅"、"音调之美"等古人之作已完备,也因此为后人制定了规则,树立了典范,所以违越规则,无视典范,容易沦为鄙陋,犹如他所谓"生于后世,规古近雅,创格易鄙"④。自然,问题是双面性的,追求"范古",忌避"独造",也会产生重于"摹拟"、轻于"自运"的弊病,《李舒章仿佛楼诗稿序》就谈及这个问题,作者在肯定李、何及李、王诸子归于风雅之功的同时,也指出"特数君子者,摹拟之功能事颇极,自运之语难皆超乘",致使"寡见之士不能穷源导流,迹其文貌,转相因袭,保陈守萎,事同舆台"。但在陈子龙看来,这些失误本身难以避免,即为"圣贤"亦如此,并不能成为归咎于古人之法的理由:"夫学者流失,虽圣贤不免,卒未闻拙匠遗累于规矩之制,败军归咎于孙、吴之书也。"所以他觉得,和重于"摹拟"、轻于"自运"相比,走向"范古"的反面而"师心诡貌,惟求自别于前人,不顾见笑于来祀",其产生的弊害更显严重,更需警戒。作出这样的判断,又不能不归因于他对万历以来诗坛变化态势投入的自我审察:"此万历以还数十年间,文苑有罔两之状,诗人多侏离之音也。"⑤所谓"罔两之状"、"侏离之音",自和"雅正"背道而驰。如此可以明白,"范古"的重点目的在于"规古近

---

① 《安雅堂稿》卷二。

② 《驳何氏论文书》,《空同先生集》卷六十一。

③ 《安雅堂稿》卷三。

④ 《青阳何生诗稿序》,《安雅堂稿》卷二。

⑤ 《安雅堂稿》卷三。

雅",这成为陈子龙突出"古昔"与"雅正"的联系,以及强化古典认同意识的必要基础。以诗歌"规古近雅"的议题而言,除了因为"古昔"在道德层面表现出的无可替代的优越性,包括对于儒家诗教精神的激扬,还因为"古昔"在美学层面具有得天独厚的示范性。关于后一个问题,陈子龙在前引《皇明诗选序》中亦已论及之,如其所言,他和李雯、宋徵舆编选《皇明诗选》,遴选的总体原则是"衡量古昔",用以"攘其芜秽,存其菁英",归于所谓"雅正",具体的方法则是"揽其色矣,必准绳以观其体;符其格矣,必吟诵以求其音;协其调矣,必渊思以研其旨"。他所说的"色"、"体"、"格"、"音"、"调"、"旨"等一系列概念,即分别涉及诗歌不同的审美要素,蕴含各自的美学特色。这意味着,编选者在"衡量古昔"原则的主导下,通过对有明众家诗歌"色"、"体"、"格"、"音"、"调"、"旨"等各个要素的系统分辨,真正遴选出符合"雅正"标准的作品。再察之《皇明诗选》可以发现,陈子龙评点众家之作,或屡以"雅"称许之,或多以由"雅"构成的衍生词,如"妍雅"、"庄雅"、"纯雅"、"俊雅"、"深雅"、"稳雅"、"典雅"、"敦雅"、"秀雅"、"新雅"、"雅练"、"雅洁"、"雅则"、"雅丽"、"雅质"、"雅赡"等品鉴之。比如:

（评李梦阳五言律诗《七夕宜城野泊逢立秋》）雅。

（评李梦阳五言律诗《繁台饯客》）气浑词雅。[1]

（评李攀龙七言律诗《送张转运之南康》）结雅。

（评李攀龙七言律诗《和梁宪使过密咏天仙宫白松》）结雅。

（总评王世贞七言律诗）元美七言律,调必流丽,对必精切,雅词深致,令人赏心。[2]

（评何景明七言绝句《秋日》）雅。[3]

（总评吴国伦古乐府）明卿雅练流逸,情景相副,调既寥亮,词复匀适,真登堂之彦也。[4]

（评何景明五言古诗《咏怀》）解珮江皋,何其妍雅。

（评何景明五言古诗《十二月朔日大驾观牲》）庄雅可法。

---

[1] 以上见《皇明诗选》卷七,上册。
[2] 以上见《皇明诗选》卷十一,下册。
[3] 《皇明诗选》卷十三,下册。
[4] 《皇明诗选》卷一,上册。

（评薛蕙五言古诗《赠饶平令曹先生》）不入浅易之调，而自然纯雅。

（评薛蕙五言古诗《月夜坐忆》）俊雅。

（总评薛蕙五言古诗）君采古诗，雅洁有法，而矜庄之气尚存。①

（总评皇甫涍五言古诗）少玄凝思《选》调，意求雅则。惟取境不广，无纵横宕逸之致。②

（总评杨基五言律诗）孟载如吴中少年，轻俊可喜，所乏庄雅。

（总评何景明五言律诗）仲默五言律，深雅朗秀，似揽王、杜之长，而仍见独运。

（评何景明五言律诗《玉泉》）雅丽深永，可称绝作。③

（总评郑善夫五言律诗）继之雅质，故铺叙之言独长。

（评孟洋五言律诗《毛侍御汝厉按湖南道出嘉鱼赋别》）稳雅。

（总评严嵩五言律诗）严相气骨清峭，应制诸篇颇为雅赡，特束湿，寡自然之致耳。

（评皇甫涍五言律诗《有怀乔白岩司马》）叙实事甚能典雅。④

（评何景明五言排律《郊观二十二韵》）清华敦雅。⑤

（总评李攀龙七言律诗）于鳞七言律，有王维之秀雅，李颀之流丽，而又加整练，高华沉浑，固为千古绝调。

（评李攀龙七言律诗《答殿卿书》）新雅。⑥

之所以不厌其烦条列如上，主要为了说明，陈子龙在《皇明诗选》的评点中运用"雅"或由"雅"构成的衍生词的频率较高，并非偶然为之。"雅"即含有"正"的涵义，《荀子·儒效》云："道过三代谓之荡，法二后王谓之不雅。"杨倞注曰："雅，正也。其治法不论当时之事而广说远古，则为不正。"⑦这反映了一个问题，《皇明诗选》评语频繁出现的"雅"或由"雅"构成的一系列衍生词，实际成为陈子龙鉴

① 以上见《皇明诗选》卷三，上册。
② 《皇明诗选》卷四，上册。
③ 以上见《皇明诗选》卷七，上册。
④ 以上见《皇明诗选》卷八，下册。
⑤ 《皇明诗选》卷九，下册。
⑥ 以上见《皇明诗选》卷十一，下册。
⑦ 王先谦《荀子集解》卷四，《诸子集成》，第2册，第93页。

评有明众家诗歌的中心话语,究其原因,还应该根基于陈氏主张以"雅正"为归的诗学基本立场。品味以上胪列的那些评语,使人能够明显感觉出的是渗透其间的种种美学趣味,同时可以肯定的一点,这也是评点者从"雅正"的要求出发而执持的审美准则。正因如此,在"雅正"观念的统摄之下,陈子龙对流于俚俗浅率、仄狭诡谲的诗风颇多排击,他在《宣城蔡大美古诗序》中就指摘时人之诗:"今之为诗者,类多俚浅仄谲,求其涉笔于初、盛者已不可得,何况窥魏晋之藩哉?"与之相对,推许宣城蔡蓁春古诗"深而不芜,和而能壮,遒声练色,触手呈露",以示其和"俚浅仄谲"之作相区隔,"知非今人之所谓诗也"①。他的《六子诗稿序》则交代了其本人于诗"始未尝不见其甚易,而后未尝不见其甚难"的研习体会,涉及不同诗体的审美标准,值得注意:

> 乐府谣诵,调古而旨近,似其音节,侧笔可追。然而太文则弱,太率则俗,太达则肤,太坚则讹,太合则袭,太离则野。此一难也。五言古诗,苏、李而下,潘、陆而上,意存温厚,辞本婉淡,声调上口,便欲揣摹。然集彼尝谈,侈为新制,宛然成章,实见少味。至于宗六季者,多组已谢之华;法盛唐者,每溢格外之语。此一难也。七言古诗,初唐四家,极为靡沓,元和而后,亦无足观。所可法者,少陵之雄健低昂,供奉之轻扬飘举,李颀之隽逸婉娈。然学甫者近拙,学白者近俗,学颀者近弱。要之,体兼《风》、《雅》,意主深劲,是为工耳。此一难也。五七言律,用意贵隐约,而每至露直;使事欲变奥,而每至平显。轻与重必均,而殊少合作;雄与逸并美,而未见兼能。此一难也。五七言绝句,盛唐之妙在于无意可寻,而风旨深永;中、晚主于警快,亦自斐然。今之法开元者,取谐声貌而无动人之情;学西昆者,颇涉议论而有好尽之累,去宋人一间耳。此一难也。②

以上一一陈述的作诗之数难,其实也就是作者所理解的各类诗体审美之要诀。尽管其面向的是不同的诗体,这些诗体的具体作法和要求不尽相同,不过,从中也大略能见出作者关于各类诗体一些共同或相近的美学取向。概括上面所述,

---

① 《安雅堂稿》卷二。
② 《安雅堂稿》卷三。

那种深永多致、隐约宛曲、温厚有情、劲健有力的诗风,总体上更为作者所推重,这一取向说到底,则受制于陈子龙倾向"雅正"的诗学基本立场。而这又不妨认作是他不屑和反制时人"俚浅仄谲"之类诗作的郑重表态。前已述及,在陈子龙眼中,万历以降诗坛趋于衰微,"祖述长庆"者,"以绳枢瓮牖之谈为清真","学步香奁"者,"以残膏剩粉之姿为芳泽",钟、谭二人虽"少知扫除",然终究背弃古人所为,诗坛流行的是"乡鄙之音"和"衰飒之语",反映出来的是士人道德沦落、气志萎靡的精神状态。从这个角度看,他以上详述各类诗体审美之要诀,一反时人"俚浅仄谲"诗歌之作风,又不得不说是改变时代诗风乃至士人群体精神人格的自觉意识的一种流露。

第四节　陆时雍论"情""韵"一体化

陆时雍,字仲昭,其先为吴兴人,后迁居桐乡(今属浙江)。崇祯六年(1633)贡生,终生未仕。据周拱辰《陆征君仲昭先生传》,陆氏为人"性不耐俗,俗亦多避之。慷慨疏豁,不侵然诺,简傲自遂"。一生穷愁潦倒,致力于诗,诸体之中"五言最工,直颉颃陶、谢;乐府、近体,亦仿佛昌黎、太白之间,而严骨过之"[1]。陆氏生平所著《诗镜总论》,以及编选的《古诗镜》三十六卷、《唐诗镜》五十四卷,为其诗学主张的集中体现,也成为明代诗学思想史上的一部重要文献,备受研究者的关注。考察明末诗学乃至有明一代诗学思想的演变态势,陆氏的《诗镜总论》及所编《古诗镜》、《唐诗镜》,应当是我们需要仔细清理的一笔重要的思想资源。

综观陆时雍的诗学主张,"情"与"韵"是其论诗的两个重要维度。有关于此,他作过如下的表述:"诗之可以兴人者,以其情也,以其言之韵也。夫献笑而悦、献涕而悲者,情也;闻金鼓而壮、闻丝竹而幽者,声之韵也。是故情欲其真,而韵欲其长也,二言足以尽诗道矣。"[2]四库馆臣曾概括陆氏论诗要旨,认为"其大旨以神韵为宗,情境为主"[3]。由此来看,今研究者或将陆氏诗学归入主"神

---

[1] 《圣雨斋集》文集卷二,《四库禁毁书丛刊》影印清初刻本,集部第86册,北京出版社1997年版。
[2] 《诗镜总论》。
[3] 《四库全书总目》卷一百八十九集部《古诗镜》、《唐诗镜》提要,下册,第1723页。

韵"说一路,不能说毫无道理。①　不过,笔者也发现这样的一个问题,研究者虽或
注意到陆时雍论诗注重"情""韵"的取向,但大多又倾向将二者析分开来,分别
考察它们各自在陆氏诗学中的表述和位置。我认为,检视陆时雍的诗学立场,
"情"与"韵"诚属其论诗的重点所在,这也是我们考察其诗学思想必须面对的关
键问题。但需要特别注意的是,从意义的关联性来看,"情"与"韵"在陆时雍的
论述系统中并不是各自分割的两个概念,而是构成一体化的一种诗学话语,在
理论的层面上构成相互补益和支撑的关系。鉴于此,唯有将二者联系在一起加
以考察,才能从整体上观照它们的基本内涵和问题面向。

　　还是先从陆时雍在《诗镜》序文中论及的相关问题谈起,他说:

　　　　道发声著,情通神达,灵油油接于人而不厌。鸟之关关,鹿之呦呦,未
　　闻其何韵之选、何律之调也,而闻辄欣然遇之。人发声而言,言成文而诗。
　　古称诗千有馀篇,而夫子删之,存止三百,亦取其感通之至捷者耳。……汉
　　兴,柏梁倡歌,苏、李迭奏。然诗五言而体直,七言而意放,雕镂至于六代,
　　而古道荡然。故六义远而事类繁,四韵谐而声气隔。古亡于汉,汉亡于六
　　朝,六朝亡于唐,唐亡不可复振。惟夫后之为诗者,哀必欲涕,喜必欲狂,豪
　　必极放,而戚若有亡。然意之所设而情不与俱,不能强之使入,故闻之者闷
　　焉。古之人一唱而三叹,有馀音者矣;载歌而载起;有馀味者矣。婴儿语,
　　童子歌,鸟之关关,鹿之呦呦,不知其可而不厌,是谓之道。……余之为是
　　选也,将以通人之志而遇之微也,不惟其词而惟其情,不惟其貌而惟其意,
　　使天下闻声而志起,意喻而道行。②

在陆时雍看来,根据"道发声著,情通神达"的发生原理,从诗歌史的角度观之,
孔子删定古诗,取其"感通之至捷者",则《诗》三百在这方面更具有代表意义。
他所说的"感通",其实质就是"情通神达",主体之"情"有感于外物而兴发,以至
达之于诗,也即如陆氏所说的"体物著情,寄怀感兴,诗之为用,如此已矣"。只

────────

① 如陈文新《从格调到神韵》,《文艺研究》2001 年第 6 期;任文京《陆时雍论"诗必盛唐"》,《文学遗产》
2012 年第 2 期;李国新《从诗歌声音的角度看陆时雍"神韵"论》,《学术探索》2017 年第 3 期;查清华《明代唐诗
接受史》,第 265 页至 268 页;陈斌《明代中古诗歌接受与批评研究》,第 382 页至 425 页。
② 《诗镜原序》,《景印文渊阁四库全书》,第 1411 册。

是自此以降，尤其是到了重于"雕镂"的六朝，诗歌创作实践逐渐远离了"道发声著，情通神达"的发生原理，因而也成为其判断"古道"趋于沦落的一个主要依据。再来体味陆氏对于这一诗歌发生原理的阐析，他既然认为主体于诸如"鸟之关关"、"鹿之呦呦"的外物声息"闻辄欣然遇之"，这就足以说明相遇而"感通"是自然发生的一个过程，同时也强调了主体之情的自然兴发，所以它和设"意"为之截然不同，后者并不符合"感通"自然发生的原理，"意之所设而情不与俱，不能强之使入"，说的正是这一层意思。至于"情"与"意"概念的区分，他还结合《诗经》之十五《国风》、汉代《古诗十九首》以及杜甫诗歌的例子，作过如下的解说：

> 少陵五古，材力作用，本之汉魏居多。第出手稍钝，苦雕细琢，降为唐音。夫一往而至者，情也；苦摹而出者，意也。若有若无者，情也；必然必不然者，意也。意死而情活，意迹而情神，意近而情远，意伪而情真。情意之分，古今所由判矣。少陵精矣刻矣，高矣卓矣，然而未齐于古人者，以意胜也。假令以《古诗十九首》与少陵作，便是首首皆意；假令以《石壕》诸什与古人作，便是首首皆情。此皆有神往神来、不至而自至之妙。太白则几及之矣。十五《国风》皆设为其然而实不必然之词，皆情也。晦翁说《诗》，皆以必然之意当之，失其旨矣。

为了明确分别"情"与"意"之不同，陆时雍将它们定义为彼此相异甚至对立的两个概念，其中"意"的概念，应当指向带有预设性质的"所设"意味，因此可以推定其"必然必不然"的发生情势，二者明显的差别之一在于，"情"为自然兴发，故谓之"一往而至"；"意"为人为构想，故谓之"苦摹而出"。由此，其也划定了"情真"与"意伪"的分界线。他对诗歌史上具有典范意义的《诗经》之《国风》、《古诗十九首》以及杜甫五言古诗等所体现的"情"与"意"的分别归类，用以审视"古今"之异，正是按照如上的定义标准而作出的。要而言之，陆时雍特别从"道发声著，情通神达"的诗歌发生原理，明确主体之情有感于外物而自然兴发的抒情机制，以示与设"意"所为的根本区别，进而标立以"情真"为贵的为诗之道。

　　或许，单凭他以上的这些表述，尚无法确认其立论的理论个性，通观诗学史，类似这样强调诗歌以抒情为本和以真情为贵的表述可谓屡见不鲜，包括陆时雍申明的"感通"之见,其实也并没有超出"因物兴感"的诗学传统理论。然而事实上,仅仅注意他的上述见解,还不足以透视其论述的完整性,在另一方面,再就上引《诗镜》序文,我们还可以进而关注其中的一些说法,在阐释"道发声著,情通神达"之"感通"的诗歌发生原理的基础上,陆时雍还特别声明,"古之人一唱而三叹,有馀音者矣;载歌而载起,有馀味者矣","宵宵冥冥,隐隐轰轰,如雷如霆,则声之所起者微,而诗之所托者眇也"。如果说,"感通"是陆时雍对于诗歌发生原理以及抒情机制的解析,那么,声之起者"微"、诗之托者"眇"则是他对抒情理想效果给予的定位,"微"与"眇"分别含有精微杳远之意,指的是主体之"情"的发抒幽眇而深长,具有耐人品味的特性。就此,他从古人的诗歌文本当中体验到了这一点,特别为之标誉,感觉它们具有"馀音"、"馀味",以至成为古人善于抒情的一种标志。他在《诗镜总论》中即表示:"古人善于言情,转意象于虚圆之中,故觉其味之长而言之美也。后人得此则死做矣。"显然,其中他是从诗歌抒情而体现"味之长"的理想效果,来判断古人之"善于言情"。由此可以看出,陆时雍论诗重"情",不但是出于对诗歌抒情之本质的明确认定,并且又是将抒情这一诗歌的本质问题扩展至其审美的层面加以申辩。根据他的论述,其对后一问题的重视程度绝不亚于前一问题,如他指出:"诗不患无情,而患情之肆。"这又可以理解为,诗歌抒情的重要性或许能够得到更多人的关注和认同,但在如何抒情或者说对待抒情效果的问题上,人们的认知则不尽相同,比如"情之肆"即情感的放纵就是一个潜在而更需加以戒备的问题。他又说:"善言情者,吞吐深浅,欲露还藏,便觉此衷无限。"①如此可见,"情之肆"绝对不能归入"善于言情"之列,其和"吞吐深浅,欲露还藏"的表现方式迥然相对,当然也就无法体现"味之长"。

不啻如此,配合《诗镜总论》的有关论述,陆时雍无论在《古诗镜》还是在《唐诗镜》中对历代诗歌展开的论评,也显然受到他的这一审美诉求的有力驱使。如《古诗镜》评骘《古诗十九首》,指出诸篇总体特点是"深衷浅貌,短语长情",这显然视它们为古人"善于言情"的一个范本。其中评"行行重行行",认为该诗"一句一情,一情一转"。析分而论,"'行行重行行',衷何绻也;'与君生别离',情何惨也;'相去日已远,衣带日已缓',神何悴也;'浮云蔽白日,游子不顾返',

---

① 以上见《诗镜总论》。

怨何温也；'弃捐勿复道，努力加餐饭'，前为废食，今乃加餐，亦无奈而自宽云耳；'衣带日已缓'一语韵甚；'浮云蔽白日'，意有所指。此诗人所为善怨"。总括而论，"此诗含情之妙，不见其情；畜意之深，不知其意"①。陆时雍以为，"汉人诗多含情不露"②，所指汉诗的这一抒情特点，应当属于如他所说的"吞吐深浅，欲露还藏"的情感表现方式，体现了"言情"而"味之长"的理想效果，"行行重行行"一诗的"含情之妙"，想来被他当作典型的例子来看待，相对符合他的诗歌抒情审美之要求。以另面而言，也有相反的例子，如《古诗镜》评骘曹植《赠徐幹》、《赠丁仪》、《赠王粲》三诗，指出："赠徐幹、丁仪、王粲诸诗，兴言成咏，病一往意尽，苦无馀情。《赠王粲》诗'中有孤鸳鸯，哀鸣求匹俦。我愿执此鸟，惜哉无轻舟'，此中正好致款，却又率然过去。"③这无非是说，曹氏以上三诗因为"一往意尽"，尤其是《赠王粲》诗有"致款"的空间却并未加以拓展，率然了结，以故没有多少情感之馀味可供咀嚼。可以发现，《古诗镜》和《唐诗镜》在点评之际，不乏运用"含情"、"馀情"、"情深"之类的词语，这一点，正反映了论评者主张"言情"而"味之长"的诗歌抒情要求。如《古诗镜》评鲍令晖《清商曲辞·读曲歌》之"五鼓起开门"，表示"古诗情深，多是不曾说破"④；评庾肩吾《春宵》，"'春寒偏着手'一语含情无限"⑤；评蔡凝《赋得处处春云生》，"结语馀情馀韵"⑥。《唐诗镜》评李白《子夜四时歌四首》，谓之"有味外味，每结二语，馀情馀韵无穷"⑦；评韦应物《寄卢庚》，"情深有不见著情之妙"⑧；评刘禹锡《踏歌词》之"新词宛转递相传"，"末语无限馀情"⑨；评中唐无名氏《杂诗十五首》，以为"十五首每觉有馀韵馀情，味之不尽"，又谓其中之"空赐罗衣不赐恩"一诗，"语语情深"⑩。概括起来，《古诗镜》和《唐诗镜》中这些"含情"、"馀情"、"情深"之类的评语，主要表达的是论评者对于不同诗篇抒情风格的审美品鉴，不论是正面还是负面的评议，它们体现出的共同特征，都在于主张情感表现委宛深长以至耐人品味的抒情效果。很

① 《古诗镜》卷二，《景印文渊阁四库全书》，第1411册。
② 《古诗十九首》之"驱车上东门"评语，《古诗镜》卷二。
③ 《古诗镜》卷五。
④ 《古诗镜》卷十五。
⑤ 《古诗镜》卷二十一。
⑥ 《古诗镜》卷二十七。
⑦ 《唐诗镜》卷十七，《景印文渊阁四库全书》，第1411册。
⑧ 《唐诗镜》卷三十。
⑨ 《唐诗镜》卷三十六。
⑩ 《唐诗镜》卷四十八。

显然,所谓"言情"而"味之长",其实也是富有韵味的表现。又值得注意的一点,以上胪列的《古诗镜》和《唐诗镜》的点评之语,或有"馀情"与"馀韵"并言者,这一表述方式,也分明突出了"情"与"韵"之间的内在关联或共通性质,而二者的关联或共通之处,则体现为如陆时雍所说的"味外味",或者说是"味之不尽",这自然也应当归为"味之长"的特点。

由此,我们再来考察陆时雍又是如何论"韵"的。《诗镜总论》云:

> 诗被于乐,声之也。声微而韵,悠然长逝者,声之所不得留也。一击而立尽者,瓦缶也。诗之饶韵者,其钲磬乎?"相去日以远,衣带日以缓",其韵古;"携手上河梁,游子暮何之",其韵悠;"高台多悲风,朝日照北林",其韵亮;"晨风飘岐路,零雨被秋草",其韵娇;"采菊东篱下,悠然见南山",其韵幽;"皇心美阳泽,万象咸光昭",其韵韶;"扣枻新秋月,临流别友生",其韵清;"野旷沙岸净,天高秋月明",其韵洌;"天际识归舟,云中辨江树",其韵远。凡情无奇而自佳、境不丽而自妙者,韵使之也。

循沿陆氏陈述的思路,呈现在历代诸家诗歌文本中的各类风格鲜明之"韵",都可以追踪至它们源之所自。作者认为,若追本溯源,"韵"这一概念最初与音声、音乐发生关联。《玉篇》释"韵"为"声音和也"[1]。《广韵》释"韵"曰"和也"[2]。《文心雕龙·声律》云:"异音相从谓之和,同声相应谓之韵。"[3]所谓"异音相从"与"同声相应",实际上都具有"和"的涵义。有研究者据此指出,"和"既以音调为基础,又不等同于具体的音调,乃是一种超越音声而又须通过音声传达的美质。这就是"韵"这一概念后来从音声、音乐中脱化出来的关键所在,又是其逐渐演变为情韵、韵味、韵度、风度等诸意义的契机所在。[4] 显而易见,陆时雍对于"韵"的概念的定义,一方面同样以音声、音乐为基础,追溯其本源之义,这主要是他从"诗被于乐"而联结诗与乐之关系的角度来论议的;另一方面则不尽同于释"韵"为"和"的原始意义,而偏向于强调其如同幽微隐约、悠长回旋之声,馀音缭

---

① 陈彭年等《大广益会玉篇》卷九,《四部丛刊》影印元刻本。
② 陈彭年等《广韵》卷四,《四部丛刊》影印宋刻巾箱本。
③ 《文心雕龙注》卷七,下册,第553页。
④ 参见陈伯海《中国诗学之现代观》,第206页。

绕,短时难绝,故以"钲磬"悠扬之声而非"瓦缶"立尽之声相形容。

历史上,"韵"的观念也经历一个发展的过程,特别是时至北宋,范温撰《潜溪诗眼》,其中即有专门谈"韵"之论,"因书画之'韵'推及诗文之'韵'",其也由此被钱锺书先生称为"吾国首拈'韵'以通论书画诗文者",认为"匪特为'神韵说'之弘纲要领,抑且为由画'韵'而及诗'韵'之转捩进阶"①。范氏提出"有馀意之谓韵",并借助他人之口释"韵"曰:"盖尝闻之撞钟,大声已去,馀音复来,悠扬宛转,声外之音,其是之谓矣。"与此同时,他又提出"韵"的生成之道,以为其"生于有馀",比如"必也备众善而自韬晦,行于简易闲澹之中,而有深远无穷之味","测之而益深,究之而益来"。再如"一长有馀,亦足以为韵","巧丽者发之于平澹,奇伟有馀者行之于简易"。以诗人而言,他特别推崇陶渊明,认为其诗"体兼众妙,不露锋铓,故曰:质而实绮,癯而实腴,初若散缓不收,反覆观之,乃得其奇处;夫绮而腴、与其奇处,韵之所从生,行乎质与癯,而又若散缓不收者,韵于是乎成","是以古今诗人,唯渊明最高,所谓出于有馀者如此"②。根据这一说法,范温论"韵"不仅追本于音声之义,谓之"馀音复来"、"声外之音",并且进而将其推衍为出自"有馀"或富有"馀意"而含藏不露、能产生深远无穷之味的一种美学品质。比照起来,陆时雍对于"韵"之概念所展开的释说,与范温所论相对接近,体现了相互之间一种内在的联结,除了如上本于音声、音乐之道展开解析,他还同时对这一概念作了进一步的延展。如《古诗镜》评鲍照诗和《唐诗镜》评聂夷中诗,即分别论了"韵"的问题,前者云:"鲍照快爽莫当,丽藻时见,所未足者,韵耳。凡铿然而鸣、矻然而止者,声耳。韵气悠然有馀,韵则神行乎间矣。"③后者云:"聂夷中诗第可作诗中之话,若竟作诗,未见有佳处,以意尽而无馀韵也。"④可见二者都是从批评的角度,指出鲍诗和聂诗"韵"之不足,也同时带出了论评者对于"韵"之概念的理解。在此,所谓"韵气悠然有馀"、"意尽而无馀韵"云云,颇近于范温定义"韵"为出自"有馀"或富有"馀意"的说法,将"韵"的美感引向对音声、音乐之道的超越,深长悠远而耐人回味。并且其《诗镜总论》以及《古诗镜》、《唐诗镜》所评,以"韵"为核心,推出了诸如"神韵"、"生韵"、"气韵"、

---

① 《管锥编》,第4册,第1361页,中华书局1979年版。
② 《潜溪诗眼·论韵》,郭绍虞《宋诗话辑佚》,卷上,第373页至374页。
③ 《古诗镜》卷十四。
④ 《唐诗镜》卷五十二。

"风韵"、"远韵"、"雅韵"、"幽韵"、"高韵"、"清韵"、"芬韵"等一系列派生用词,由这些特定的用词,亦可见他对于诗歌之"韵"的高度重视。

进一步考察,陆时雍又对"韵"于诗歌的美感作用以及它的生成之道作了解释,他在《诗镜总论》中提出:"有韵则生,无韵则死;有韵则雅,无韵则俗;有韵则响,无韵则沉;有韵则远,无韵则局。物色在于点染,意态在于转折,情事在于犹夷,风致在于绰约,语气在于吞吐,体势在于游行,此则韵之所由生矣。"细加体察,他所说的"韵"之"生"、"雅"、"响"、"远"等的美感作用,显然与"韵"的生成之道形成密切的联系,后者指向的诸如"物色"之"点染"、"意态"之"转折"、"情事"之"犹夷"、"风致"之"绰约"、"语气"之"吞吐"、"体势"之"游行"等,固然涉及诗歌的各个构成要素及其表现形态,但它们之间具有一个共同的特点,即都指涉一种含而不露、吐而不尽、曲折有致、宛转有馀的表现风格,"韵"正是通过这种风格路径得以生成,对于诗歌发挥其独特的美感作用。需要指出的是,既然"韵"的产生被解释为与诗歌的"物色"、"意态"、"情事"、"风致"、"语气"、"体势"等各个构成要素联系在一起,表明这是一个具有某种开放性而涵量相对宽广的概念,涉及诗歌不同的审美层次。而陆时雍认为,这其中作为诗歌最具本质性的要素的"情",在审美层面上和"韵"的关系最为密切,二者之间所构成的一体化,也正是在彼此紧密的关系之中建立起来的。他在《诗镜总论》中表示:"凡情无奇而自佳,境不丽而自妙者,韵使之也。"这其中即示意"情"与"韵"彼此具有互通性,"情"因"韵"得以"无奇而自佳"。《古诗镜》评阴铿诗,以为"近情着衷,幽韵亲人,陈时得此,尤是不易"[1]。《唐诗镜》评杜牧七言绝句,声言"婉转多情,韵亦不乏"[2]。又评中、晚唐律诗,指出"诗家最病无情之语,中、晚律率多情不副词,堆叠成篇,故无生韵流动"[3]。这又说明,有"情"即有"韵",阴铿诗之能"近情",也赋予了其"幽韵",杜牧七绝之所以"韵亦不乏",得益于其"婉转多情";反之则否,中、晚唐律诗"情不副词",其实就是"无情"的表现,最终带来的负面结果,则是无"生韵"可言。由此可以这么说,"情"与"韵"在诗歌的审美构造中形成某种共生的关系,相互依托,彼此取益。

陆时雍以"情"与"韵"为一体化的构成,那么,在他看来二者如此的关系得

---

① 《古诗镜》卷二十五。
② 《唐诗镜》卷五十。
③ 《唐诗镜》卷五十二。

以构成的基础是什么？这是我们进而必须辨察的一个问题。陆氏指出："情以感兴为端，而以风味为美，咏事赋情，得其大意而已，纤悉详密，非所尚也。"①实际上，这也正和他基于"道发声著，情通神达"的诗歌发生原理，而以为"诗之为用"在于"体物著情，寄怀感兴"的基本认知相关联。究而察之，它主要倾向于主体"外感于物，内动于情"②的"因物兴感"的一种随机性或偶然性，即如陆氏所说，"诗不待意，即景自成；意不待寻，兴情即是"，他还举刘禹锡诗为例，谓其"一往深情，寄言无限，随物感兴，往往调笑而成"③。以明人的范围而言，此说类似于谢榛所主张的，"作诗本乎情景，孤不自成，两不相背。凡登高致思，则神交古人，穷乎遐迹，系乎忧乐。此相因偶然，著形于绝迹，振响于无声也"④；"诗有天机，待时而发，触物而成，虽幽寻苦索，不易得也"⑤。也类似于谢肇淛所提出的，"其感之也无心，其遇之也不期而至，其发于情而出诸口也，不知其所以然而然"⑥。强调的是主体与包括自然景象在内的客体不期而遇，有感而发，势非必然，水到渠成，诗歌的风味韵趣，正是凭藉诗人与外界事物之相触偶然和心领神会之自然冥契得以生成，而并非其主观刻意所能求取。陆时雍评阴铿《广陵岸送北使》中"海上春云杂"句，即推许"此最佳句"，认为："问春云何杂，此偶然兴致语。诗人感兴，不必定理定情，景逐意生，境由心造，所以指有异趣，物无成轨。若必然否究归，便是痴人说梦矣！春云澹激，易灭易生，故下一'杂'字。谢朓亦云'处处春云生'。"⑦按照他的解释，阴铿上诗"海上春云杂"之所以成为佳句，关键集中在其中的"杂"字上，因为诚属平常的这一"杂"字，表现的恰好是诗人未加造作的对于海上春云翻动变幻之景象瞬息间涌出的原始而真切的感触，是一己之心与外界之物漫然相契的产物，故视其为"偶然兴致语"，非"定理定情"所致，诗作的境界由此得以营造，"异趣"也从中得以生成，这应该也是阴诗被陆时雍称之为"近情着衷，幽韵亲人"一类的典型之作。又他评曹丕《杂诗二首》："此诗境不必异，语不必奇，独以其气韵绵绵，神情眇眇，一叹一咏，大足会

---

① 《古诗镜》卷八。
② 旧题贾岛撰《二南秘旨》"论六义"，张伯伟《全唐五代诗格汇考》，第372页。
③ 《诗镜总论》。
④ 《诗家直说七十五条》，《四溟山人全集》卷二十三。
⑤ 《诗家直说一百二十七条》，《四溟山人全集》卷二十二。
⑥ 《小草斋诗话》卷一，《全明诗话》，第4册，第3500页。
⑦ 《古诗镜》卷二十五。

心耳。"①曹氏《杂诗二首》吟写游子因故无奈客居异乡,触景生情,"郁郁多悲思,绵绵思故乡","吴会非我乡,安得久留滞",思乡之绪绵绵不绝,沈德潜《古诗源》谓"二诗以自然为宗,言外有无穷悲感"②。在陆时雍眼中,二诗"自然"吟写之特征,则体现在"境不必异,语不必奇",并且也正因此不失"气韵"与"神情"。他还说过:"世之言诗者,好大好高,好奇好异,此世俗之魔见,非诗道之正传也。"③又表示:"余不知诗家要高大语何用,物有长短,情有浅深,所为随物赋形,随事尽情,如是足矣。"④这主要是因为,"凡说豪说霸,说高说大,说奇说怪,皆非本色,皆来人憎"⑤。以陆时雍之见,诗尚"奇"、"异"、"高"、"大"之类,实为刻意求取之,不免离却自然本色。再比照他对谢灵运诗的点评,如评谢灵运《石门新营所住四面高山回溪石濑茂林修竹》、《于南山往北山经湖中瞻眺》、《初去郡》、《入彭蠡湖口》诸诗,指出其中"'俯视乔木杪,仰聆大壑淙','早闻夕飙急,晚见朝日暾',俯仰恍惚,景物略具,描画妆点,无所用之",又指出:"诗以本色为佳,自然为妙,'俯视'四语只一布置,景色已悉,此诗人造景不造词也。'野旷沙岸净,天高秋月明','春晚绿野秀,岩高白云屯',俱俱本色,风味自成。"评谢灵运《登池上楼》、《登临海峤初发疆中作与从弟惠连可见羊何共和之》二诗,点示其中"'池塘生春草','杪秋寻远山,山远行不近',非力非意,自然神韵"⑥。对比起来,也说明平常无奇、不假苦思、非由造作的诗歌之"境"之"语",则主要以物我相契为机缘,出于偶感,得于随兴,一切自然顺势遂成,有鉴于此,"情"显乎斯,"韵"亦生乎斯。

　　另一方面,又主要基于"道发声著,情通神达"的诗歌发生原理而站在"体物著情,寄怀感兴"的立场,陆时雍还特别强调"托"的问题,他说:

　　　　诗之妙在托,托则情性流而道不穷矣。风人善托,西汉饶得此意,故言之形神俱动,流变无方。……夫所谓托者,正之不足而旁行之,直之不能而曲致之,情动于中,郁勃莫已,而势又不能自达,故托为一意,托为一物,托

①《古诗镜》卷四。
②《古诗源》卷五,第94页。
③《诗镜总论》。
④《唐诗镜》卷二十五。
⑤《唐诗镜》卷二十六。
⑥《古诗镜》卷十三。

为一境以出之,故其言直而不讦,曲而不洿也。①

所谓的"托",即言于此而托于彼,这也是古典诗歌常见的抒情达志的一种修辞手段和表现策略。特别是比兴的运用,就是托物寓情的典型方式,如李东阳《怀麓堂诗话》的相关解释即颇为明确而为人熟悉:"所谓比与兴者,皆托物寓情而为之者也。盖正言直述,则易于穷尽,而难于感发。惟有所寓托,形容摹写,反复讽咏,以俟人之自得。言有尽而意无穷,则神爽飞动,手舞足蹈而不自觉。此诗之所以贵情思而轻事实也。"②李东阳关于具有托物寓情典型特征的比兴的解释,其实在说明一番浅显的道理,即借助"寓托"的手段,避免直接述说,以此增强诗歌"言有尽而意无穷"的蕴藉传达的美感。陆时雍所主张的"托",重点也落在托物之义上,如他评汉乐府古辞《艳歌行》"水清石自见"句:"浅浅托喻,人情大抵可见。"③又如评曹丕《于盟津作》之"凯风吹长棘,夭夭枝叶倾。黄鸟飞相追,咬咬弄音声。伫立望西河,泣下沾罗缨"诸句:"此其托物浅而寄情深矣。"④托物于是被认作是抒情的重要路径,他评清商曲辞古辞即曰:"五言绝句,沿歌成体,截语作句,大都寻常口语。莲子、黄蘗、石阙、春蚕等类,正托怀寓兴、矢歌通意之微词也。"又说:"诗家比义,盖假物掳情,流连无尽,故多以浅浅语作深深意。"又他评《子夜歌》之"我念欢的的"一诗:"人情难言,假之物象,故比言当是倍胜。"⑤从诗歌表现美学的角度来看,托物寓情的修辞手段与表现策略,无论是得到理论层面的认可,还是被付诸于具体的创作实践,其根本不出于增强蕴藉传达的韵趣进而提升抒情效果的目的。有关这一点,陆时雍显然也意识到了,如他评公乘亿《赋得临江迟来客》一诗"柳结重重眼,萍翻寸寸心"句:"'柳结'二语好托喻,语亦趣饶。"⑥公乘上诗"柳结"、"萍翻"云云,主要假托眼前的景物以抒发深切的思友之情,成为陆氏标以"趣饶"的理由。又如他论议杜甫七言律诗,表彰其"蕴藉最深,有馀地,有馀情。情中有景,景外含情,一咏三讽,味之不尽"⑦。

① 《古诗镜》卷二。
② 《李东阳集》,第二卷,第534页至535页。
③ 《古诗镜》卷一。
④ 《古诗镜》卷四。
⑤ 《古诗镜》卷十一。
⑥ 《唐诗镜》卷五十三。
⑦ 《诗镜总论》。

这同样是出于托物寓情的视角,推崇杜甫七律借景言情、情景相合的表现策略,而这一表现策略则被他视作激发"味之不尽"之深长韵味的关键所在。

值得一提的是,陆时雍论诗又同时涉及虚实相间的问题,并因此为研究者所留意。① 如其云:"破冥抟空,显真出相,凡思入无形,便能境成有象,虚虚实实,此诗家不二法门也。"② 又如其评沈约诗:"沈才不逮意,故情色不韵,读其词如枯株寡秀。诗须实际具象,虚里含神,沈约病于死实。"③ 所述都从方法论的角度,说明虚实相间是诗歌创作的一条必要途径。其中着重是要避免近实,因为在审美层面上,"诗以风味为佳,不以事实为贵"④,所以说,沈约诗陷入"死实",无疑是犯了大忌。而"实际具象,虚里含神",也应当是陆时雍所说的"转意象于虚圆之中",即"实际内欲其意象玲珑,虚涵中欲其神色毕著"⑤。我认为,这一虚实相间之论,实际上关涉诗歌特定物象的艺术构造问题,乃和他的托物寓情的主张不无关联。如陆氏评江总《赋得三五明月满》:"三四写得生韵流动,所谓死者活之、实者虚之,点铁成金,借形出相,一往神行乎其间。"⑥ 江总该诗吟写时值农历月十五日之一轮盈月,全篇写月而不直接言月,三四句"只轮非战反,团扇少歌声",以"只轮"、"团扇"指喻圆满之月亮,宛曲传达明月之夜诗人欣愉、宁静的心境。陆氏特别欣赏此诗三四句,称之"生韵流动",视为"实者虚之"的诗例,则主要因为诗中凭藉对"只轮"、"团扇"之类物象具体而生动的描绘,托寓诗人面对明月的一片赏心静襟。这显然意味着,在陆时雍的认知中,诗歌特定物象的艺术构造,被当作虚实相间尤其是实中求虚、虚中传神、神行韵生的一项重要手段。其道理盖在于,诗中所构造的具体而生动的物象可以取代直接而落实的言说,通过烘染与示意这种转实为虚的方式,曲折展露诗人丰富、深微的情感世界,从而为接受对象拓出能够激发联想的审美空间。

概括起来,陆时雍主张"情"与"韵"的一体化,打通二者之间的连接渠道,视它们为诗歌审美构造的共生关系,这和他对诗歌的本质及审美问题的认知紧密相关,可以发现,这一认知又集中从他着力诠释的诗歌发生论和方法论中传递

---

① 参见陈斌《明代中古诗歌接受与批评研究》,第403页至404页。
② 《古诗镜》卷二十七。
③ 《古诗镜》卷十九。
④ 《唐诗镜》卷八。
⑤ 《诗镜总论》。
⑥ 《古诗镜》卷二十七。

出来。究其基本内涵和问题面向，一方面，它着眼于诗歌的抒情本质，强调以"情真"为贵的作诗之道，一如陆氏所声称的，"诗之所云真者，一率性，一当情，一称物，彼有过刻而求真者，虽真亦伪矣"①。说起来，这显然和晚明以来形成的特定的文学境域不无关联，与此间本于个性主义而追求性情或性灵发抒的诗学的主流话语相绾结，也可以说是后者诗学精神的某种强力延续。另一方面，它在根基于诗歌本质的同时，进而强化抒情的美学原则，标榜古人诸如"转意象于虚圆之中"、"吞吐深浅，欲露还藏"这样的"善于言情"的情感表现方式，大力声张诗歌的抒情效果，并不单纯满足于浅直简率的"认真"，亦如他所说，"诗贵真，诗之真趣，又在意似之间，认真则又死矣"，并因此指摘柳宗元诗"过于真，所以多直而寡委也"②。这又相对凸显了陆氏在面向主流诗学话语之际作出的个人思考和自我改造，其主要体现在对待诗歌的本质和审美问题兼顾并重，简言之，也就是不但注重"言情"，而且强调"善于言情"。

---

① 《唐诗镜》卷四十八。
② 《诗镜总论》。

馀　　论

作为人类精神形态的构成,其思想意识在历史长河中的存在和影响往往是相当纷杂而持久的,这一情形的发生,不仅源于思想意识本身存在的强度,而且得自后人投入关注的力度。如果从完整和延续的意义上观察明代诗学思想发展演变的历史,除了必须全面认识这一思想系统的存在样态,同时需要了解它的后续影响或被关注的状况。有关后者,则要求我们特别注意到一个问题,这就是尤其经历了时代的跨越,明代诗学思想系统在有清一代的影响或受到关注的情状如何。

尽管落实到不同的对象身上,可以见出他们之间存在这样或那样的认知差异,但如果要对清代诗坛审视明代诗学思想系统的立场作一个粗略的判断,那么总体上质疑远大于认同,这也成为清代文人热衷于对明代展开文化批判的一个缩影,凸显了明清两朝之间的代际冲突。不可否认,这其中多少带有后起者指点前代文化的自信心和优越感,然而更主要的,还缘于时代的变迁以及观念的异别。潘德舆曾在《养一斋诗话》中提出:"明人论诗多大言,不独大复讥陶、谢,王子衡云:'《风》、《骚》包韫本体,标显色相。若子美《北征》之篇,昌黎《南山》之作,玉川《月蚀》之词,微之《阳城》之什,漫敷繁叙,填事委实,言多趁帖,情出附辏。'呜呼!何其诞也?"接着他批驳王廷相上述之论:"《北征》一篇,原本忠爱,发以史笔,根柢槃深,关系宏远,乃杜集之钜制,与《风》、《雅》相出入者,比以昌黎《南山诗》,已觉不伦,况侪诸卢仝、元稹辈哉?彼盖只知意在词表为《三百》、为《离骚》,而不知《风》、《骚》之畅叙己怀,铺陈乱始,直诋匪人者,固指不胜屈也。""子衡崇比兴而废赋,直知一而不知二矣。"[①]在此,潘氏虽只是以前七子

---

① 《养一斋诗话》卷十,《清诗话续编》,第 4 册,第 2049 页。

中的何景明、王廷相所论为驳斥对象，尤其是具体针对廷相《与郭价夫学士论诗书》中"诗贵意象透莹，不喜事实粘著"①的发论表达质疑，不过，将此作为"明人论诗多大言"的典型案例，其实也表达了他对明人论诗不精准、不周密的大致印象。纵观有明诗坛，特别是自前后七子相继崛拔以来，宗派构立，辩讼不断，但这种现象在清代一些文士看来，则成为门户之争突出的表现。陈仅《竹林答问》在回答"自宋人以来，诸家诗话何如"的问题时指出："宋人之论诗也凿，分门别式，混沌尽死。明人之论诗也私，出奴入主，门户是争。近人之论诗也荡，高标性灵，蔑弃理法，其下者则摘句图而已。"②如此对包括明人在内的"诸家诗话"的约略评述，掩蔽了诸家论诗的各自指向和具体特征，自然难以客观而确切地解释相关的问题，但可以看出的是陈氏对宋以来"诸家诗话"的基本态度。无独有偶，袁枚在《随园诗话》中也说："前明门户之习，不止朝廷也，于诗亦然。当其盛时，高、杨、张、徐，各自成家，毫无门户。一传而为七子；再传而为钟、谭，为公安；又再传而为虞山：率皆攻排诋呵，自树一帜，殊可笑也。"③令他不屑的是，随着七子派的突起，明代诗坛一改初期"各自成家，毫无门户"的基本格局，各派争相树帜，重在排击的门户之争趋于激烈。

明清易代不仅导致政治格局的巨大变动，而且带来文化气象的显著改易，同时也不同程度地促使文人士大夫思想转型。有研究者就此指出，明清之间的思想转型，涉及的层面相当广泛，其中的特征之一，即是蕴含新的价值层级的"礼治社会"理想的兴起。而在明末清初，就有士人开始鼓吹以礼治对抗失序，强调社会的重建。针对世俗之失序，明末士人群体"发展出一种愈来愈强的自认为趋向古代儒家理想的倾向，而且自觉地以有别于受佛、道浸淫而比较纯粹的儒家经典知识作为凭借，把自己与通俗文化或流俗区分开来，进而逐渐形成一种清整、批判流俗的运动"，而士人群体中开始出现一种"自我撤离意识"，也即"自觉地以儒家经典知识为凭借，将自己从流俗文化'撤离'开来"。④ 这些人士根本于儒家礼治的传统理想，反思当世士风特别是学风和文风的趋俗变异。如黄宗羲即对其时"遗老退士"所为深感不满，直言："余观今世之爲遗老退士

① 《王氏家藏集》卷二十八。
② 《清诗话续编》，第 4 册，第 2128 页至 2129 页。
③ 顾学颉校点《随园诗话》卷一，上册，第 2 页，人民文学出版社 1982 年版。
④ 参见王汎森《清初"礼治社会"思想的形成》，《权力的毛细管作用：清代的思想、学术与心态》，第 36 页、45 页，北京大学出版社 2015 年版。

者,大抵龌龊治生,其次丐贷江湖,又其次拈香嗣法。科举场屋之心胸,原无耿耿;治乱存亡之故事,亦且惯惯。"①他又感慨士人耽心时文,轻视经典,导致学风堕坏,以为"自科举之学盛,世不复知有书矣,六经子史,亦以为冬华之桃李,不适于用。先儒谓传注之学兴,蔓词衍说,为经之害,愈降愈下,传注再变为时文",因此使得"数百年亿万人之心思耳目,俱用于揣摩剿袭之中,空华腐臭,人才阘茸","而先王之大经大法,兵、农、礼、乐,下至九流六艺,切于民生日用者,荡为荒烟野草"②。且在其看来,"当今之世""士君子"中间存在"讲学"与"诗章"二弊,前者"束发授四书,即读时文,选时文者,借批评以眩世。不知先贤之学,如百川灌海,以异而同。而依傍集注,妄生议论,认场屋为两庑,年来遂有批尾之学",后者则"诗自齐、楚分途以后,学诗者以此为先河,不能究宋元诸大家之论,才晓断章,争唐争宋,特以一时为轻重高下,未尝毫发出于性情,年来遂有乡愿之诗"。由是"为学者亦惟自验于人禽,为诗者亦惟自畅其歌哭,于世无与也。不然,刺辨纷然,时好之焰,不可向迩"。归结起来,"两者皆以进取声名为计,睥睨庸妄贵人于蹄涔盃杓之间,不得不然也"③。再如顾炎武著《日知录》,少从顾氏游而"尝手授是书"的潘耒总括该著特点,"凡经义史学、官方吏治、财赋典礼、舆地艺文之属,一一疏通其源流,考正其谬误",而"至于叹礼教之衰迟,伤风俗之颓败,则古称先,规切时弊,尤为深切著明",是以"于世道人心实非小补"④,其书的编撰内容和宗旨亦可见一端。顾炎武声称"今日所以变化人心、荡涤污俗者,莫急于劝学、奖廉二事"⑤,说明他颇有流俗侵蚀、人心荡佚的一种失序的危机感。他批评当时学者在"礼坏乐崩"之际不能发挥裨助作用:"今之学者生于草野之中,当礼坏乐崩之后,于古人之遗文一切不为之讨究,曰:'礼吾知其敬而已,丧吾知其哀而已。'以空学而议朝章,以清谈而干王政,是尚不足以窥汉儒之里,而何以升孔子之堂哉?"⑥这意味着在他看来,时下学者的"空学"和"清谈",无助于在真正意义上振扬儒学传统。

这种力图以儒家礼治的传统理想来维系人心、整肃秩序的倾向,提示自明末

① 《前翰林院庶吉士韦庵鲁先生墓铭》,《南雷文案》卷七,《四部丛刊》影印清康熙刻本。
② 《传是楼藏书记》,《黄梨洲先生南雷文约》卷四,《四库全书存目丛书》影印清雍正刻本,集部第205册。
③ 《天岳禅师诗集序》,《黄梨洲先生南雷文约》卷四。
④ 《日知录序》,《日知录集释》卷首,《续修四库全书》影印清道光十四年(1834)刻本,第1143册。
⑤ 《日知录集释》卷十三《名教》,《续修四库全书》,第1144册。
⑥ 《日知录集释》卷六《檀弓》,《续修四库全书》,第1144册。

清初以来意识形态作出的某种调适,它促使道德主义在思想领域进一步趋于强化,这也相应地反映在清人对明代诗学思想系统的审视。黄宗羲《景州诗集序》云:

> 夫诗以道性情,自高廷礼以来主张声调,而人之性情亡矣。然使其说之足以胜天下者,亦由天下之性情汩没于纷华污惑之往来,浮而易动。声调者,浮物也。故能挟之而去。是非无性情也,其性情不过如是而止,若是者不可谓之诗人。①

显然,为有明高棅等人所主张的"声调"论,被黄宗羲视作与诗之"性情"不相契合,二者形成消长存亡的对立关系;"声调"论的张扬,也缘于"性情"为"纷华污惑"所"汩没"。在他看来,"声调"好比"浮物",只是诗歌的表层构成而非内质要素,正如他将"以声调为鼓吹"的"北地、历下之唐"和"以浅率幽深为秘笈"的"公安、竟陵之唐"及"以排比为波澜"的"虞山之唐"相并论,认为"虽各有所得,而欲使天下之精神聚之于一涂,是使诈伪百出,止留其肤受耳"②。所以单纯在意"声调",就会忽略作为诗歌内质的"性情",导致"性情""汩没"则势在必然。进而观之,黄宗羲如此声张诗之"性情"以反思高棅等人"声调"论,牵涉他对"性情"的内涵及重要性的认知。尽管按照他的理解,"性情"包含多重涵义,属于一个相对开阔的概念,如其谓"诗之为道,从性情而出,性情之中海涵地负,古人不能尽其变化,学者无从窥其隅辙"③,又其比较古今诗歌"性情"之发,批评"今人之诗,非不出于性情也,以无性情之可出也",称赏"古之人情与物相游而不能相舍,不但忠臣之事其君,孝子之事其亲,思妇劳人,结不可解,即风云月露、草木虫鱼,无一非真意之流通。故无溢言曼辞以入章句,无谄笑柔色以资应酬,唯其有之,是以似之"④,以为古人之诗表现"真意之流通"的"性情",既显忠臣孝子、思妇劳人的情愫,也含对风云月露、草木虫鱼的感触,面向多重的情感体验,但细究黄宗羲对"性情"之义的解释,其中道德的因素还是占据核心的位置。为此,他在

---

① 《南雷文案》卷一。
② 《靳熊封诗序》,《南雷文定后集》卷一,《四库全书存目丛书》,影印清康熙二十七年(1688)靳治荆刻本,集部第205册。
③ 《寒邨诗稿序》,《南雷文定后集》卷一。
④ 《黄孚先诗序》,《南雷文案》卷二。

《诗历题辞》中提出："夫诗之道甚大,一人之性情,天下之治乱皆所藏纳。"①这表明,诗之"性情"反映"治乱",成为社会道德秩序有无的一种折射。他在《马雪航诗序》中说得更加明确:"盖有一时之性情,有万古之性情。夫吴歈越唱,怨女逐臣,触景感物,言乎其所不得不言,此一时之性情也。孔子删之,以合乎兴观群怨、思无邪之旨,此万古之性情也。吾人诵法孔子,苟其言诗,亦必当以孔子之性情为性情,如徒逐逐于怨女逐臣,逮其天机之自露,则一偏一曲,其为性情亦末矣。"虽同为"性情"所发,却有"一时"和"万古"之别,这是因为"言诗者,不可以不知性"。"人之性则为不忍",其知性者,"则吴、楚之色泽,中原之风骨,燕、赵之悲歌慷慨,盈天地间,皆恻隐之流动也",不知性者,所发不过是"一人偶露之性情"②,或难免流于"偏""曲"。以符合"兴观群怨"、"思无邪"本旨者为"万古之性情",即以"孔子之性情为性情",实可视为黄宗羲对"性情"核心涵义作出的解释,究其本质,则主要还是从道德的层面观照"性情"的广大与纯正意义。当然,这也成为他质疑高棅等人"声调"论的一种理论支撑。

再来看钱谦益的相关言论。与黄宗羲相似的是,钱氏对高棅的诗学取向同样十分关注,曾一再加以排击,并上连多为明人推重的严羽《沧浪诗话》所论。如其曰:

> 世之论唐诗者,必曰初、盛、中、晚。老师竖儒,递相传述。揆厥所由,盖创于宋季之严仪,而成于国初之高棅。承讹踵谬,三百年于此矣。③
>
> 盖三百年来,诗学之受病深矣。馆阁之教习,家塾之程课,咸禀承严氏之《诗法》、高氏之《品汇》,耳濡目染,镂心刿骨。学士大夫,生而堕地,师友熏习,隐隐然有两家种子盘互于藏识之中。迨其后时知见日新,学殖日积,洄旋起伏,只足以增长其邪根缪种而已矣。嗟夫！唐人一代之诗,各有神髓,各有气候。今以初、盛、中、晚厘为界分,又从而判断之曰：此为妙悟,彼为二乘；此为正宗,彼为羽翼。支离割剥,俾唐人之面目,蒙冪于千载之上；而后人之心眼,沉锢于千载之下,甚矣诗道之穷也！④

① 《南雷诗历》卷首,《四部丛刊》影印清康熙刻本。
② 《黄梨洲先生南雷文约》卷四。
③ 《唐诗英华序》,《牧斋有学集》卷十五,中册,第707页。
④ 《唐诗鼓吹序》,《牧斋有学集》卷十五,中册,第709页。

以钱谦益之见,无论是高棅的《唐诗品汇》还是严羽的《沧浪诗话》,都有误断唐诗之嫌,或为"耳食之陋",或为"膏肓之癖",后人受其熏染颇深,未免步入歧途,致使诗道沦落,由此认定两家遗患不浅。在他眼里,成于高棅的初、盛、中、晚唐诗之分,皆为"立阡陌"、"树藩棘",终系人为分隔,不具合理性,这就会产生"一人之身,更历二时,将诗以人次耶? 抑人以时降耶"的分次疑惑。而严羽"以禅喻诗",则为"无知妄论",尤其是"妙悟"一说,更是"似是而非,误人箴芒",指出严氏诗所取于盛唐者,以其"不落议论,不涉道理,不事发露指陈,所谓玲珑透彻之悟也",然为"诗之祖"的《三百篇》,已有"议论"、"道理"、"发露"、"指陈"之类的诗句。故斥"妙悟"说不过是"如照荧光,如观隙日"①。然在钱谦益看来,高棅《唐诗品汇》连同严羽《沧浪诗话》的谬舛尚不止此,更大的危患还表现在其难以消除的负面影响,后人因是"承讹踵谬",特别是那些执守"俗学"之士,信奉其说,误导他人:"二百年来,俗学无目,奉严羽卿、高廷礼二家之瞽说以为虾目。而今之后,人又相将以俗学为目。由达人观之,可为悲悯。"②这也说明,"俗学"之患同样不浅。钱谦益认为,有明中叶以来"俗学"盛行,以至流传当今:"正、嘉以还,以剿袭传讹相师,而士以通经为迂。万历之季,以缪妄无稽相夸,而士以读书为讳。驯至于今,俗学晦蒙,缪种胶结,胥天下为夷言鬼语,而不知其所从来。"③钱氏之所以会产生如上的印象,这应该得自他将担当复古的七子派认作有明上下"俗学"乃至变本加厉而成为"缪学"主要势力的个人判断。如他追悔"少而失学",以至"一困于程文帖括之拘牵,一误于王、李俗学之沿袭"④。又指责"自弘治至于万历,百有馀岁,空同雾于前,元美雾于后。学者冥行倒植,不见日月"⑤,感叹"邪师魔见,蕴酿于宋季严羽卿、刘辰翁,而毒发于弘、德、嘉、万之间"⑥,"彼之所谓复古者,盖亦与俗学相下上而已"⑦,"古学一变而为俗,俗学再变而为缪",且以为影响所及,"本朝自有本朝之文,而今取其似汉而非者为本朝之文;本朝自有本朝之诗,而今取其似唐而非者为本朝之诗。人尽蔽锢其心思,

---

① 以上见《唐诗英华序》,《牧斋有学集》卷十五,中册,第707页至708页。
② 《宋玉叔安雅堂集序》,《牧斋有学集》卷十七,中册,第764页。
③ 《苏州府重修学志序》,《牧斋初学集》卷二十八,中册,第853页。
④ 《答杜苍略论文书》,《牧斋有学集》卷三十八,下册,第1306页。
⑤ 《黄子羽诗序》,《牧斋初学集》卷三十二,中册,第925页。
⑥ 《爱琴馆评选诗慰序》,《牧斋有学集》卷十五,中册,第713页。
⑦ 《赠别方子玄进士序》,《牧斋初学集》卷三十五,中册,第993页。

废黜其耳目,而唯缪学之是师"①。稍加留意,即不难看出,钱谦益如此鄙夷"俗学"乃至"缪学"的主要理由,当归结为他的"俗学谬种,不过一赝"②的明确判断。故他斥"弘、正以后之缪学,如伪玉赝鼎,非博古识真者,未有不袭而宝之者也。缪学之行,惑世而乱真"③,即认为其似古而非古,似真而非真,极易迷惑世人。这也可以说是他对七子派诗学思想作出的大致评判。从钱谦益批评明代诗学思想系统的立场来看,除了极力贬抑七子派,竟陵派钟、谭等人则成为其攻讦的另一重点目标,根据钱氏"中年奉教孟阳诸老,始知改辕易向"④之类的自述,其中特别受到与之交往密切的"嘉定四先生"之一程嘉燧的影响,固然是一个方面,⑤但更主要的,还出于他本人对"俗学"或"缪学"的强烈质疑。如果说七子派被视作上下"俗学"而沦落之"缪学",那么竟陵派钟、谭等人则被认定"缪学"不断转易之变种,即"缪之变也,不可胜穷。五方之音,变而为鸟语,五父之逵,变而为鼠穴"⑥。而以钱氏的判断,钟、谭包括二人所编《诗归》在内的诗学误导世人的危患,比起前者则有过之而无不及,声言"天地之大也,古今之远也,文心如此其深,文海如此其广也,窃窃然戴一二人为巨子,仰而曰李、何,俯而曰钟、谭,乘车而入鼠穴,不亦愚而可笑乎"⑦!他在《列朝诗集》中为钟惺所撰小传,好似声讨钟、谭的一篇檄文,指斥尤为激烈,其谓"《诗归》出,而钟、谭之底蕴毕露","而惟其僻见之是师,其所谓深幽孤峭者,如木客之清吟,如幽独君之冥语,如梦而入鼠穴,如幻而之鬼国,浸淫三十馀年,风移俗易,滔滔不返",使得"近代之诗"呈现"鬼趣"与"兵象","鬼气幽,兵气杀,著见于文章,而国运从之","钟、谭之类,岂亦五行志所谓诗妖者乎"⑧!正如研究者所言,钱氏这种论见的逻辑支点,乃"建立在一个正统与异端无可调解的尖锐对立关系上",甚至"诉诸传统对'乱世'与'亡国'之音所抱持的忧患意识与忌讳"⑨。要而言之,实是极度放大了

① 《答唐训导论文书》,《牧斋初学集》卷七十九,下册,第1702页。
② 《答王于一秀才论文书》,《牧斋有学集》卷三十八,下册,第1327页。
③ 《答唐训导论文书》,《牧斋初学集》卷七十九,下册,第1702页。
④ 《复遵王书》,《牧斋有学集》卷三十九,下册,第1359页。
⑤ 参见丁功谊《钱谦益文学思想研究》,第58页、102页至103页。
⑥ 《答唐训导论文书》,《牧斋初学集》卷七十九,下册,第1702页。
⑦ 《答李叔则书》,《牧斋有学集》卷三十九,下册,第1344页。
⑧ 《列朝诗集小传》丁集中《钟提学惺》,下册,第571页。
⑨ 严志雄《钱谦益攻排竟陵钟、谭新议》,《牧斋初论集——诗文、生命、身后名》,第15页、19页,牛津大学出版社2018年版。

钟、谭诗学倾注异端的负面性,包括侵蚀晚明以来诗坛乃至国运的危险性。

在钱谦益看来,不论是七子派还是竟陵派的相关作业,都具有非同一般的渗透力而左右文人学士的习尚,寻其变化轨迹,也就是所谓"古学"变而为"俗学",再变而为"缪学",又"缪学"之变,"不可胜穷",以故对其产生的负面影响更需保持高度的警觉。而说到底,这种高度的警觉还主要根基于钱氏恪守的道德主义立场。以他的审察,"末学之失,其病有二。一则蔽于俗学,一则误于自是"①。七子派诸士虽自命复古,但终究不过是"学古而赝者"②,故曰"古学日远,人自作辟"③,这是"蔽于俗学"的表现;竟陵派钟、谭等人"自是其一隅之见,于古人之学,所谓浑涵汪茫,千汇万状者,未尝过而问焉",实属"不学而已"④,这是"误于自是"的表现。如此就牵涉何为真正"古学"及为何问学的关键性问题。钱谦益曾以"道家结胎之说"形容"古学",认为较之"今人认俗学为古学","凡胎俗骨,一成不可变","古之学者,六经为经,三史六子为纬,包孕陶铸,精气结辖。发为诗文,譬之道家圣胎已就,飞升出神,无所不可"⑤。按他的解释,"古学"的灵魂在于以儒家经典知识相尚,再参以子史典志等,斯方为学者体现不容争辩的正统性和示范性的知识结构。所以他会说,"学者之于经术也,譬如昼行之就白日,而夜行之光灯烛也,非是则伥伥乎何所之矣"?"古之学者,九经以为经,注疏以为纬","经术既熟,然后从事于子史典志之学,泛览博采,皆还而中其章程,躔其绳墨"⑥。他认为,"古学"既以儒家经典知识为核心,乃映照出当今"胥天下不知穷经学古,而冥行擿埴,以狂瞽相师"的虚妄和鄙陋,而要扭转时风,根本对策在于:"诚欲正人心,必自反经始;诚欲反经,必自正经学始"⑦。又谓之:"今诚欲回挽风气,甄别流品,孤撑独树,定千秋不朽之业,则惟有反经而已矣。何谓反经? 自反而已矣。"据此,其指点的是一条穷究儒经、充实学问、静养心气的精神自修路径,其开出的是一帖摒弃"俗学"、克服"自是"的应对方子,所谓"虚中以茹之,克己以厉之,精心以择之,静气以养之",如此,"俗学之传染,与自

---

① 《答徐巨源书》,《牧斋有学集》卷三十八,下册,第 1313 页。
② 《王贻上诗序》,《牧斋有学集》卷十七,中册,第 765 页。
③ 《爱琴馆评选诗慰序》,《牧斋有学集》卷十五,中册,第 713 页。
④ 《列朝诗集小传》丁集中《谭解元元春》,下册,第 572 页。
⑤ 《陈百史集序》,《牧斋杂著·牧斋外集》卷六,下册,第 676 页至 677 页。
⑥ 《苏州府重修学志序》,《牧斋初学集》卷二十八,中册,第 853 页。
⑦ 《新刻十三经注疏序》,《牧斋初学集》卷二十八,中册,第 851 页。

是之症结,如镜净而像现,如波澄而水清",于是"函道德,通文章,天晶日明,地
负海涵"①。落实在诗学层面,就应该"学殖以深其根,养气以充其志,发皇乎忠
孝恻怛之心,陶冶乎温柔敦厚之教。其征兆在性情,在学问,而其根柢则在乎天
地运世,阴阳剥复之幾微"②。循此理路,这又带出了精神自修涉及的"性情"与
"学问"关系的问题,就此,钱谦益一再质疑李梦阳《诗集自序》"今真诗乃在民
间"及"文人学子顾往往为韵言"的论断:

> 有人曰:"真诗乃在民间。文人学士之诗,非诗也。"斯言也,窃性情之
> 似,而大谬不然。夫诗之为道,性情学问参会者也。性情者,学问之精神
> 也。学问者,性情之孚尹也。春女哀,秋士悲,物化而情丽者,譬诸春蚕之
> 吐丝,夏虫之蚀字。文人学士之词章,役使百灵,感动神鬼,则帝珠之宝网,
> 云汉之文章也。执性情而弃学问,采风谣而遗著作,舆歌巷谚,皆被管弦,
> 《挂枝》、《打枣》,咸播郊庙,胥天下用妄失学,为有目无睹之徒者,必此
> 言也。③

以"性情"与"学问"之"参会"来解释诗歌经营之道,说明二者关系紧密,不可
或缺。但显然,这里钱谦益所要申述的中心问题是"学问"对于诗道而言的重
要性,力图因此明辨"执性情而弃学问"、"胥天下用妄失学"的认知误区及不
良后果。他要指证,李梦阳认定民间为"真诗"的发生对象,而且贬斥文人学
士之诗,这种看法恰恰陷入了"执性情而弃学问"的认知误区;他要阐明,"性
情"只有注入"学问",才能体现其真正的内涵,不至于陷入似是而非的境地。
根据他的理解,唯有在贯注学问、浸涵诗教的精神自修的前提下,"性情"的发
抒方可得其正道,以至产生所谓天地间"真诗"。钱氏说过,"性不能不动而为

---

① 《答徐巨源书》,《牧斋有学集》卷三十八,下册,第1314页。
② 《胡致果诗序》,《牧斋有学集》卷十八,中册,第801页。
③ 《尊拙斋诗集序》,《牧斋杂著·牧斋有学集文钞补遗》,上册,第412页。钱氏在《淮上诗选序》中也有
类似的论述:"弘、正之间,谈诗者以规模杜陵为极则。神贩剽贼之技穷,而不知所以自返,则曰:此文人学士
之诗也,真诗乃在民间。斯言也,窃性情之似,而大缪不然。夫诗之为道,性情之与学问,参会而成者也。性
情者,学问之精神也。学问者,性情之孚尹也。春女哀,秋士悲,任道而言,冲口而出,如春蝉之吐丝,夏虫之
蚀木,此田夫红女民间之诗也。诗言志,歌永言,为庚歌,为赋颂,为变《风》变《雅》,极其兴会,可以役使百灵,
感动帝鬼。其深文绮合,藻辨连环,若帝珠之宝网,云汉之文章,此文人学士之文也。执性情而舍学问,采风
谣而遗著作,舆呼巷春,皆被管弦;《挂枝》、《打枣》,咸播乐府。胥天下不悦学而以用妄相师也,必自此言始。"
(《牧斋杂著·牧斋外集》卷四,下册,第659页。)

情,情不能不感而缘物",而须要做到"根深殖厚",如溯之于古,"古之君子,笃于诗教者,其深情感荡,必著见于君臣朋友之间"①,又"诗之为教,温柔而敦厚。温柔敦厚者,天地间之真诗也"②。这应该系他对何谓"性情"、何谓"真诗"展开的意义解读。

　　不论黄宗羲抑或钱谦益,他们涉及明代诗学思想系统的批评,具有一定的代表性,归根结底,反映了明清易代之际文人在思想层面的一种震荡。面对"国俗巫,士志淫,民风厉"③的风习,他们自觉站在道德的制高点,以隔别流俗、维护正道者自居,积极诉之于儒家传统精神以作出价值判断与应对策略,其人心荡佚乃至道德沦落引发的社会失序的危机感和焦虑感格外强烈,这也驱使他们以单一而严苛的道德主义目光审视包括诗学思想系统在内的明人文化遗产。特别在钱谦益身上,这一特征表现得更为突出,其极力訾诋七子派和竟陵派诗学取向而近于偏激的立场已足以说明之。需要指出,不仅在明清易代之际,对于明代诗学思想系统的排击,总体上在有清一代的诗学话语体系中占据了主导性的位置。不过,与黄宗羲、钱谦益等人相对单一化的批评相比,对于明代诗学思想系统展开多维度的评判,在清代前期以来的诗坛也相继泛起,这或多或少反映了清代文人审视明代文化遗产的一种成熟。同时,道德主义的批评并未因此退场,在清人的诗学话语体系中相对活跃,这又折射出有清一代意识形态趋于严整和保守的一种态势。

　　自有明以来,唐诗的热度不断升高,伴随经典化进程的加剧,宗唐成为诗坛的一股主流。明代诗学思想系统呈现的唐诗热,也受到清人高度的关注,同时成为被批评的一个重点领域,吴乔就是批评者中相当显眼的一位。其在谈及选唐诗的问题时指出:"唐人选唐诗,犹不失血脉。元人所选,已不能起人意。于鳞选之,惟取似于鳞者;钟、谭选之,惟取似钟、谭者。涂污唐人而已。"自然,对于任何一部诗歌选本的编录品质而言,选诗者是否具备识力相当关键。吴乔认为,选唐诗者的识力主要体现在求见唐诗之"意",这是因为,"唐人作诗之意,不在题中,且有不在诗中者,甚难测识,必也尽见其意,而后可定去取"④。无论是

---

① 《陆敕先诗稿序》,《牧斋有学集》卷十九,中册,第 824 页至 825 页。
② 《西陵二张子诗序》,《牧斋杂著·牧斋有学集文钞补遗》,上册,第 414 页。
③ 钱谦益《苏州府重修学志序》,《牧斋初学集》卷二十八,中册,第 853 页。
④ 《围炉诗话》卷四,《清诗话续编》,第 2 册,第 571 页。

李攀龙《古今诗删》中的唐诗之选,还是钟、谭《唐诗归》,在他眼里都不过是品质下劣的"涂污唐人"之编,非但不及唐人所选,且劣于元人所选。也即如他所说:"唐人选唐诗已出自所行一路,何况元人? 明则更甚,济南、竟陵如将宣炉火镕化倾入神仙庙模子中。"①不啻如此,对在完善明初以来宗唐诗学体系过程中发挥重要作用的高棅《唐诗品汇》,吴乔也同样颇多非议,以为"高廷礼惟见唐人壳子"②。又说:"自《品汇》严作初、盛、中、晚之界限,又立正始、正宗以至旁流、馀响诸名目,但论声调,不问神意,而唐诗因以大晦矣。"③这表明,如以求见唐诗之"意"责之,《唐诗品汇》也难免编选缺失。吴乔之所以会对上述的唐诗选本大加贬抑,其主要原因,在于他深感明人的宗唐路数存在根本缺陷,其中七子派的问题最突出,因此他攻讦的力度也最大。人称其"排击七子,探源六义","惟词锋凌厉,间伤忠厚,殆以王、李之派迷溺已深,有激使然欤"④? 他曾指出:

> 唐诗有意,而托比兴以杂出之,其词婉而微,如人而衣冠。宋诗亦有意,惟赋而少比兴,其词径以直,如人而赤体。明之瞎盛唐诗,字面焕然,无意无法,直是木偶被文绣耳。此病二高萌之,弘、嘉大盛,识者只斥其措词之不伦,而不言其无意之为病。是以弘、嘉习气,至今流注人心,隐伏不觉。
> 唐人作诗,惟适己意,不索人知其意,亦不索人之说好。……明人更欲人人见好,自必流于铿锵绚灿,有词无意之途。瞎盛唐诗泛滥天下,贻祸二百馀年,学者以为当然,唐人诗道,自此绝矣。⑤

正如吴乔指摘李攀龙《古今诗删》唐诗之选,钟、谭《唐诗归》,乃至高棅《唐诗品汇》等唐诗选本,责以未能求见唐人之"意",上面所引也重在訾诋明人特别是七子派宗唐尤其是力主盛唐却不求其"意",即步入"有词无意"歧途,误导世人,认为实由其不循唐人正轨所致,无异乎在作践唐诗。以吴乔的认知,"意"为诗之"主宰"或"主将",属于诗中主导性的要素,如其谓"弘、嘉之复古者,不知诗当有

---

① 《围炉诗话》卷四,《清诗话续编》,第 2 册,第 572 页。
② 《围炉诗话》卷一,《清诗话续编》,第 2 册,第 461 页。
③ 《围炉诗话》卷三,《清诗话续编》,第 2 册,第 531 页。
④ 《围炉诗话》卷末黄廷鉴识语,《清诗话续编》,第 2 册,第 662 页。
⑤ 以上见《围炉诗话》卷一,《清诗话续编》,第 2 册,第 458 页至 459 页。

意"，"夫既无意，则词无主宰"①，"意为主将，法为号令，字句为部曲兵卒"②。这一见解本身并无多少新意，因为前人早已说过"诗意高谓之格高，意下谓之格下"③之类以"意"为主而定诗格高下的话。值得注意的，倒是吴乔对于"意"之内涵的理解，他在解释"初盛中晚之界如何"问题时说："商、周、鲁之诗同在《颂》，文王、厉王之诗同在《大雅》，闵管、蔡之《常棣》与刺幽王之《旻》、《宛》同在《小雅》，述后稷、公刘之《豳风》与刺卫宣、郑庄之篇同在《国风》，不分时世，惟夫意之无邪，词之温柔敦厚而已。"④其虽以《诗经》为例，主要论证诗篇"不分时世"之理，但同时也指明"意""无邪"之可贵。如果再结合其"人心感于境遇，而哀乐情动，诗意以生，达其意而成章"⑤的诗歌发生论，则"情""意"处在同一发生链条，关联紧密，而吴乔在解释"何为性情"的问题时又说："圣人以'思无邪'蔽《三百篇》，性情之谓也。《国风》好色，《小雅》怨诽，发乎情也。不淫不乱，止乎礼义，性也。"⑥这也可由他对"情"或"性情"的定义，确认其对"无邪"之"意"的推重。但"意"需凭藉"词"来表达，所以仅立"无邪"之"意"还不够，尚要有"温柔敦厚"之"词"加以表现，后者又如吴乔所言，"诗以优柔敦厚为教，非可豪举者也"⑦，这也是"词"的理想标准。他还说，"优柔敦厚，言之者无罪，闻之者足戒，诗教也。唐人之词微而婉"，即所谓"辞则庆幸升平，意则讥刺蒙蔽，皆措词之可法者也"，相比，"明人谁有此耶？二百馀年，人才皆为二李粗浮声色所锢没，不知有此心路"⑧。要之，无论是立意以"无邪"相尚，还是措词从"温柔敦厚"着手，吴乔对"意""词"涵义的解释，带有显而易见的道德主义色彩，这也成为他诋排明人尤其是七子派宗唐路数的一个重要凭据。不过，这并非问题的全部。吴乔诟病明人尤其是七子派的宗唐路数，不等于他反对宗唐的基本方向，相反，在他心目中唐诗尤其是盛唐诗歌的典范地位不可撼动，对比起来，宋诗就不在宗尚之列。他曾说："诗以《风》、《骚》为远祖，唐人为父母，优柔敦

① 《围炉诗话自序》，《围炉诗话》卷首，《清诗话续编》，第2册，第455页。
② 《围炉诗话》卷二，《清诗话续编》，第2册，第525页。
③ 旧题王昌龄撰《诗中密旨》"诗有二格"，张伯伟《全唐五代诗格汇考》，第194页。
④ 《围炉诗话》卷三，《清诗话续编》，第2册，第531页。
⑤ 《围炉诗话自序》，《围炉诗话》卷首，《清诗话续编》，第2册，第455页。
⑥ 《围炉诗话》卷一，《清诗话续编》，第2册，第465页。
⑦ 《围炉诗话》卷五，《清诗话续编》，第2册，第582页。
⑧ 《围炉诗话》卷一，《清诗话续编》，第2册，第484页至485页。

厚,乃家法祖训。宋诗多率直,违于前人,何以宗之?"①又说:"学盛唐诗,乃天经地义,安得有过?"②他还指出,"诗贵有含蓄不尽之意,尤以不着意见、声色、故事、议论者为最上"③,"诗贵和缓优柔,而忌率直迫切"④,"唐司空图云:'诗须有味外味。'此言得之"⑤。这应该是从原则性的角度,诠解诗歌的表现艺术。自此言之,唐诗的优越性得以显现,如其曰,"唐诗固有惊人好句,而其至善处在乎澹远含蓄"⑥,"唐诗情深词婉,故有久吟思莫知其意者"⑦。至于他曾比较杜牧《过华清宫绝句三首》中的诗句,一谓之"语无含蓄,即同宋诗",一谓之"语有含蓄,却是唐诗",实也是对比宋诗以表彰唐诗含蓄之美的一个案例。⑧他又断言:"明人不知比兴而说唐诗,开口便错。"⑨指斥对待七律体,"弘、正间人,矫语初盛,而浅心粗气,不能详求初盛命意遣词之妙,遂流为强梗肤壳,又唐体之一厄"⑩。这显然是说,明人包括七子派宗奉唐诗却不知比兴之法,终使诗丧失含蓄之美。不难看出,这又多少是从诗歌美学的角度,评判明人在宗唐问题上存在的缺陷,也可以视作他对明人尤其是七子派宗唐路数展开道德批评的一种补充。

事实上,关于诗歌的宗尚问题,清人除了将审视的目光对准明人宗唐领域,同时也关注明人其他的宗尚取向,如李攀龙《选唐诗序》提出的"唐无五言古诗,而有其古诗,陈子昂以其古诗为古诗,弗取也"⑪之论,就成为引起清代诗坛诸多异议的一个重要话题。虽然不能说全为清一色的质疑之声,也间有予以认可者,⑫但总体上批评的意见占据上位,兹仅列数家之论说明之:

①《围炉诗话》卷五,《清诗话续编》,第 2 册,第 580 页。
②《围炉诗话》卷四,《清诗话续编》,第 2 册,第 571 页。
③《围炉诗话》卷一,《清诗话续编》,第 2 册,第 462 页。
④《围炉诗话》卷二,《清诗话续编》,第 2 册,第 500 页。
⑤《围炉诗话》卷三,《清诗话续编》,第 2 册,第 540 页。
⑥《围炉诗话》卷一,《清诗话续编》,第 2 册,第 487 页。
⑦《围炉诗话》卷三,《清诗话续编》,第 2 册,第 536 页。
⑧《围炉诗话》卷三:"诗乃一念所得,于一念中,唐、宋体有相参处,何况初、盛、中、晚而能必无相似耶?如杜牧之《华清宫》诗:'霓裳一曲千峰上,舞破中原始下来。'语无含蓄,即同宋诗。又云:'一骑红尘妃子笑,无人知是荔枝来。'语有含蓄,却是唐诗。"(《清诗话续编》,第 2 册,第 532 页至 533 页。)
⑨《围炉诗话》卷一,《清诗话续编》,第 2 册,第 466 页。
⑩《围炉诗话》卷二,《清诗话续编》,第 2 册,第 523 页。
⑪《沧溟先生集》卷十五。
⑫如王士禛曾云:"沧溟先生论五言,谓:'唐无五言古诗,而有其古诗。'此定论也。常熟钱氏但截取上一句,以为沧溟罪案,沧溟不受也。要之,唐五言古固多妙绪,较诸《十九首》、陈思、陶、谢,自然区别。"(郎廷槐编《师友诗传录》,王夫之等撰、丁福保辑《清诗话》,上册,第 132 页,上海古籍出版社 2015 年版。)

　　李于鳞云:"唐无五言古诗,陈子昂以其古诗为古诗。"立论甚高,细详之,全是不可通。……子昂法阮公,尚不谓古,则于鳞之古,当以何时为断?若云未能似阮公,则于鳞之五言古,视古人定何如耶?(冯班《钝吟杂录》卷三《正俗》)①

　　于鳞云:"唐无古诗而有其古诗。"彼厪以苏、李、《十九首》为古诗耳,然则子昂、太白诸公,非古诗乎?余意历代五古,各有擅场,不第唐之王、孟、韦、柳,即宋之苏、黄、梅、陆,要是斐然;而必以少陵为归墟。(宋荦《漫堂说诗》)②

　　李于鳞谓"唐无五言古诗,而有其所谓古诗。陈子昂以其古诗为古诗,弗取"。即此语,便怜渠平日恳苦读书,不异蜂钻故纸,了无隙见。(方薰《山静居绪言》)③

　　李于鳞云:"唐无五古诗,而有其古诗。"此正不相沿袭处。唐去汉、魏已稍远,隋末纤靡甚矣,倘沿去则日趋下。曲江诸人振起之功甚伟,不可谓唐无古诗。(延君寿《老生常谈》)④

　　按李于鳞谓"唐无五言古诗,而有其古诗"。盖言唐人之五古,与汉、魏、六朝别也。王元美遂谓"杜长篇曼衍拖沓,于《选》体殊不类"。又谓"五言《选》体,太白以气为主,子美以意为主。太白多露语率语,子美多稚语累语,置之陶、谢间,便觉不伦,乃欲使之夺曹氏父子耶"?王贻上亦以于鳞、元美为定论,而谓"唐五言古诗,杜甫沉郁,多出变调"。愚皆以为不然。(潘德舆《养一斋李杜诗话》卷二)⑤

李攀龙的"唐无五言古诗,而有其古诗"之论,作为充斥着强烈主观性的一种判断,自然很容易引发争议。这一判断的核心意旨,在于以汉魏五言古诗的标准来鉴衡唐代五言古诗,进而分辨二者在审美层面和价值层面构成的落差。⑥ 而其蕴含的强烈主观性,主要表现为两个层面,一是以汉魏五言古诗为唯一度量

　　① 《景印文渊阁四库全书》,第886册。
　　② 《清诗话》,上册,第429页。
　　③ 《清诗话续编》,第3册,第1556页。
　　④ 《清诗话续编》,第4册,第1703页。
　　⑤ 《清诗话续编》,第4册,第2076页。
　　⑥ 参见本书第十三章第一节所论。

标尺,执着于模式化的取舍准则;二是否认唐代五言古诗具有汉魏古诗特征,忽略唐代古诗在传承汉魏古诗上各家的审美差异,有鉴于此,它进入清人的视域,受到不同角度的严格审鉴,相关的疑惑和诘责因是而兴。早先视王、李为"俗学"乃至"缪学"之代表者的钱谦益,已特别注意到李攀龙的这一论调,并作为其对七子派展开道德审判的谈资,在他看来,此说荒诞不经,愚昧之至,完全不堪一驳,讥訾"彼以昭明所撰为古诗,而唐无古诗也,则胡不曰魏有其古诗,而无汉古诗,晋有其古诗,而无汉魏之古诗乎"? 并最终归之于"谬种流传,俗学沉锢,昧者视舟壑之密移,愚人求津剑于已逝"①,可谓几尽诋诘之辞。此后如叶矫然指出:"余详考唐诗如宋之问、徐彦伯《人崖口五渡》倡和,柳子厚《湘口》、《登蒲州》诸作,皆刻意三谢,古则可诵,不入唐调者,未可谓'唐无五言古'也。若汉、魏则绝响矣。"②李攀龙"唐无五言古诗"的断言,因以汉魏古诗为唯一标准,无异于排除唐人习学其他朝代古诗的合理性,叶氏的疑问显然在此。他以为,如唐宋之问等人诸诗就有拟学三谢的痕迹,虽无汉魏风调,却自有"古"味,故不认可"唐无五言古诗"说。再如宋琬,算得上是位七子派的同情者,曾言"明诗一盛于弘治,而李空同、何大复为之冠。再盛于嘉靖,而李于鳞、王元美为之冠",也认为云间陈子龙、李雯的复古之学"有廓清摧陷之功",但又直言陈、李等人"持论过狭","泥于济南唐无古诗之说",以至"自杜少陵《无家》、《垂老》、《北征》诸作,皆弃而不录,以为非汉、魏之音也"③,实则间接指认李攀龙的说法过于偏狭,难以令人信服。又如潘德舆,指摘李攀龙之论及王世贞、王士禛、沈德潜等人类似或附和之说"沿讹习谬",究其因则"徒就成见以立言,而蔽于所不见也"。他反驳其论的理由是,如唐李白《古风》"直追正始以前";杜甫短篇不失"建安风骨",长篇如《北征》"谓与《风》、《雅》相表里可也,况汉以下乎"?《自京赴奉先县咏怀五百字》"非即蔡文姬《悲愤》之规模,而又超出其上者乎"④? 这主要是为了证明,唐人五古自有得汉魏古诗之风调者,所谓"唐无五言古诗"说根本站不住脚。

从明代诗坛变化起伏的情势来看,特别是七子、公安、竟陵诸派先后崛起,自觉反拨,分别扮演了革命性的变转角色以争夺各自的文学话语权,这也使得

---

① 《列朝诗集小传》丁集上《李按察攀龙》,下册,第429页。
② 《龙性堂诗话·初集》,《清诗话续编》,第2册,第914页。
③ 《周釜山诗序》,马祖熙标校《安雅堂全集》卷八,第374页,上海古籍出版社2007年版。
④ 《养一斋李杜诗话》卷二,《清诗话续编》,第4册,第2076页至2077页。

诸派诗学话语难以避免某种极端化的倾向。在更多清代诗家或论家的认知当中,明代诗学思想系统中的革命性因素及其极端化特征,表现为或以复古相尚,专注声调气格的近似,或刻意标新立异,流于浅薄诡僻,从而也带给他们更多负面的印象。魏裔介《申凫盟诗序》云:"嗟乎,言诗于今日岂不难哉!优孟衣冠,万耳一聩,历下、竟陵,勃谿纷咳,谁能去组织雕缋之习,洗摹拟烦碎之陋,以尊其性情于《风》、《雅》者?"①《朱公艾越游草序》又曰:"诗至今日而盛矣,然历下、竟陵左右祖者,纷纷讫无定论,则亦未免寄人篱下,而不能自见其性情也。"②以他的观察,尤其是李攀龙与竟陵派各自主张,已经在诗坛产生不良影响,有识之士不予认同,即其所谓"近代历下、竟陵论诗之指各别,识者交讥"③。这同时说明,魏裔介自觉是以一位"识者"的眼光,打量李攀龙与竟陵派所为以及产生的影响。"性情"显然是魏氏判别他们导向"组织雕缋"、"摹拟烦碎"的主要检测标准,他为诗友梁清标所撰《梁玉立悠然斋诗序》称梁氏为诗,"不屑屑摹拟三唐陈迹,亦不屑屑取青媲白,如近人仿佛于鳞七子等声调气格之间"④,其实也明显流露出他对李攀龙等人独重声调气格的不屑,在其看来,这无疑是轻忽"性情"的表现。不过,魏裔介对于"性情"的发抒设定了基本的前提条件,这就是上溯《诗经》作为参照文本,以致归之于"正",如谓"夫诗以言志,发抒性情,故作者代兴,论述不一,要之协于《三百》之义,斯为正耳"。故他评人诗曰"言必归于忠孝,意则趋于和平,此自得其性情之正,兼有古人之长,而不必拘拘学古人者也"⑤;又曰"本于性情之正,风调高洁,故不为婉缛之体、绮丽之音,而一复元古清真"⑥。诸如此类的表述,说到底,更在意诗歌雅正品格的铸就,非此则被视为不可取。然追究起来,其实不过是在复述"诗以理性情而约诸正"⑦一类的习惯之见,本无多少新意,但值得观察的意义,在于其清晰地凸显了论者在诗学问题上的基本立场。是以魏裔介论"诗之为道",声称"非积学不能作,非深情不能作,非大雅不能作。其弊亦非一端,曰靡,曰放,曰僻,曰泛,曰荡,曰俗,曰艳,曰腐,曰凑,

---

① 《兼济堂文集》卷五,《景印文渊阁四库全书》,第1312册。
② 《兼济堂文集》卷六。
③ 《删后诗序》,《兼济堂文集》卷六。
④ 《兼济堂文集》卷五。
⑤ 《严就思诗序》,《兼济堂文集》卷五。
⑥ 《沈绛堂燕台新咏序》,《兼济堂文集》卷五。
⑦ 杨士奇《玉雪斋诗集序》,《东里文集》卷五。

曰漫,是数者,于诗之义蕴皆无取焉,谓其有所不足也"①。他所胪列的诗之诸弊,显和雅正品格相扞格,被排除在"性情之正"之外。正因如此,可以说,他是带着某种难以掩饰的道德诉求,评估"历下、竟陵"之"勃谿纷吷"。

而对于朱彝尊来说,特别是七子、竟陵派的诗学取向,同样受到他大力诟病。前者如其《王先生言远诗序》表示:"顾正、嘉以后言诗者,本严羽、杨士弘、高棅之说,一主乎唐,而又析唐为四,以初盛为正始、正音,目中晚为接武、遗响,斤斤权格律声调之高下,使出于一。吾言其志,将以唐人之志为志;吾持其心,乃以唐人之心为心。其于吾心性何与焉?至谓唐以后事不必使,唐以后书不必读,则惑人之甚者矣。"②后者如其《胡永叔诗序》指出:"自明万历以来,公安袁无学兄弟矫嘉靖七子之弊,意主香山、眉山,降而杨、陆,其辞与志未大有害也。竟陵钟氏、谭氏从而甚之,专以空疏浅薄诡谲是尚,便于新学小生,操奇觚者不必读书识字,斯害有不可言者已。"③如果说,朱彝尊虽不甚欣赏公安派袁氏兄弟的诗学趣尚,但态度还比较克制,以为尚无大害,那么,他对七子、竟陵派的指摘就要严厉得多。据其所言,七子派的主要问题出在专事"格律声调",忽视自我"心性",集中表现在"一主乎唐"及"析唐为四"的立场,其实这也是不少质疑七子派者聚焦的一个问题。至于竟陵派,显然朱氏认为其害更大,除了以上所述,他还声称:"《礼》云:'国家将亡,必有妖孽。'""《诗归》出,而一时纸贵,闽人蔡复一等,既降心以相从,吴人张泽、华淑等,复闻声而遥应。无不奉一言为准的,入二竖于膏肓,取名一时,流毒天下,诗亡而国亦随之矣。"④又形容《诗归》既出,"正如摩登伽女之淫咒,闻者皆为所摄,正声微茫,蚓窍蝇鸣","此先文恪斥为亡国之音也"⑤。其排击之激烈,几乎和钱谦益力斥钟、谭为"诗妖"而"国运"随之衰亡的声口如出一辙。据此即可见,朱彝尊评论七子、公安、竟陵诸派在诗坛的作为,其批评的力度各有不同,可以肯定的是,这种批评层级的差异,绝非出自批评者一时的意气,实际上显示朱氏深刻检省左右诗坛的七子、公安、竟陵诸派而对它们作出的基本定位。尤其是他强力排击钟、谭及其编选的《诗归》,甚至视

---

① 《宋牧仲诗序》,《兼济堂文集》卷五。
② 《曝书亭集》卷三十八,《四部丛刊》影印清康熙五十三年(1714)刻本。
③ 《曝书亭集》卷三十九。
④ 《静志居诗话》卷十七,下册,第502页至503页。
⑤ 《静志居诗话》卷十八,下册,第563页。

为诗坛"妖孽"、"亡国之音",也表明特别在关乎社会政治和道德秩序的问题上,他的警觉性更高,防范意识更强,当然也会义无反顾和毫无保留地作出自我反应。

在面向有明诗坛诸流派而反思其诗学立场得失的清代文人当中,叶燮无疑是一位不可忽略的人物,其较具系统性的诗学著述《原诗》,被人称为"尽扫古今盛衰正变之肤说,而极论不可明言之理,与不可明言之情与事"①,书中间或论及有关问题,成为我们探察其反思态度的重要文本。叶燮在谈到"诗之为道"话题和检讨"近代论诗者"所言时指出:

> 诗始于《三百篇》,而规模体具于汉。自是而魏,而六朝、三唐历宋、元、明以至昭代,上下三千馀年间,诗之质文、体裁、格律、声调、辞句,递嬗升降不同,而要之诗有源必有流,有本必有末;又有因流而溯源,循末以返本,其学无穷,其理日出。乃知诗之为道,未有一日不相续相禅而或息者也。但就一时而论,有盛必有衰;综千古而论,则盛而必至于衰,又必自衰而复盛;非在前者之必居于盛,后者之必居于衰也。乃近代论诗者,则曰:《三百篇》尚矣,五言必建安、黄初,其馀诸体,必唐之"初""盛"而后可。非是者必斥焉。如明李梦阳不读唐以后书,李攀龙谓唐无古诗,又谓陈子昂以其古诗为古诗,弗取也。自若辈之论出,天下从而和之,推为诗家正宗,家弦而户习。习之既久,乃有起而掊击之,矫而反之者,诚是也。然又往往溺于偏畸之私说。……由称诗之人,才短力弱,识又曚焉而不知所衷;既不能知诗之源流、本末、正变、盛衰互为循环,并不能辨古今作者之心思才力深浅、高下、长短,孰为沿为革,孰为创为因,孰为流弊而衰,孰为救衰而盛。②

以上所论系《原诗》的开端文字,诚有提纲挈领的意味。首先,作者提出他对"诗之为道"这一原理性问题的基本认知,认为自标志诗之起始的《诗经》时代直至本朝,诗歌的演进经历了"递嬗升降"、"相续相禅"的漫长的运动过程,在"一时"的时间范围,盛而必衰,在"千古"的时间范围,盛衰轮替,并无必然前后之分,探

① 沈枟惠跋,《原诗》卷末,《清诗话》,下册,第629页。
② 《原诗》卷一《内篇上》,《清诗话》,下册,第579页。

究诗歌的演进原理和从事相关的实践,需要辨认源与流、本与末之间的相互关系。这样的阐释理路,正如有研究者所指出,实际上凸显了叶燮认识诗歌演进"周期性与阶段性的原理"的一种诗史发展观念。① 其次,作者专门拈出"近代论诗者"的有关见识,直言他们在诗歌盛衰源流及古今诗人心思才力问题上表现出的无知和失辨,由此,再从反向阐证他在一开始概述的诗歌演进原理。鉴于作为前后七子代表人物的李梦阳、李攀龙都被纳入"近代论诗者"之列,七子派事实上成为叶燮批评的重点对象。不过,他并未停滞于此,进而又指出那些"起而掊击之,矫而反之者"也只是"溺于偏畸之私说",同样不能予以认同。后者在此虽未被指名道姓,但其实当指竟陵派钟、谭等人,因为叶燮还说过:"即如明三百年间,王世贞、李攀龙辈盛鸣于嘉、隆时,终不如明初之高、杨、张、徐,犹得无毁于今日人之口也。钟惺、谭元春之矫异于末季,又不如王、李之犹可及于再世之馀也。"②这也意味着,对于七子派,如钟、谭这样的"起而掊击之,矫而反之者",不但未能发挥正面的"矫异"作用,并且与前者相比,其无知和失辨大有过之而无不及。质言之,尤其像七子、竟陵等流派,成为叶燮审省前朝诗坛、诠释诗歌演进原理的反面案例。以赫然在"近代论诗者"之列的李梦阳与李攀龙而论,不管是主张不读唐以后书,还是宣称"唐无五言古诗,而有其古诗,陈子昂以其古诗为古诗,弗取也",在叶燮看来,其共同的特点都出于颇为典型的前必盛、后必衰的思维定势,这是他完全不可接受的。前已述及,特别是李攀龙此论,以其充斥强烈的主观性在清代诗坛引发诸多异议,持异议者大多主要从诗歌宗尚的角度发论,或讥訾其过度拘执于汉魏古诗,或指责其无视唐代传承汉魏古诗的历史事实。叶燮质疑的逻辑起点则和这些异议有着明显不同,他主要是从览观"千古"的时间范围出发,审察"诗之源流、本末、正变、盛衰互为循环"的诗史运动轨迹。按他的理解,这一"循环"运动并非终而复始的回旋,呈现的是"循环"以渐进的过程,如他所说:"大凡物之踵事增华,以渐而进,以至于极。故人之智慧心思,在古人始用之,又渐出之,而未穷未尽者,得后人精求之而益用之出之。"③他要证明的是,自《诗经》以来三千馀年的诗歌发展变化历史,就是以如此的轨迹无间断地运行:"其间节节相生,如环之不断,如四时之序,衰旺相循而

---

① 参见蒋寅《清代诗学史》,第一卷,第328页至337页,中国社会科学出版社2012年版。
② 《原诗》卷二《内篇下》,《清诗话》,下册,第597页。
③ 《原诗》卷一《内篇上》,《清诗话》,下册,第581页。

生物而成物,息息不停,无可或间也。"所以叶燮对此又强调:"吾前言踵事增华,因时递变,此之谓也。"寻绎这一诗歌演进原理,自然可以得出"非在前者之必盛,在后者之必衰"的结论,如再依照这一原理,反观李攀龙等人的"近代之习",其即"斥近而宗远,排变而崇正,为失其中而过其实"①,无疑是违背诗歌运动历史常识的表现。自此角度推衍,则如叶燮示意,对"诗之为道"的认知,就不可拘限于"宗远"、"崇正"的偏狭而单一的宗尚范围,而必须置之于"源流、本末、正变、盛衰互为循环"的历史运动轨迹中去加以辨识。他指出,以《诗经》为例,《风》有正风和变风,《雅》有正雅和变雅,"《风》、《雅》已不能不由正而变,吾夫子亦不能存正而删变也",同理,"则后此为《风》、《雅》之流者,其不能伸正而诎变也明矣"②。他就此进一步解释,《风》、《雅》之有正变,"其正变系乎时","时变而失正,诗变而仍不失其正,故有盛无衰,诗之源也";后代之诗之有正变,"其正变系乎诗,谓体格、声调、命意、措辞、新故、升降之不同","故有汉、魏、六朝、唐、宋、元、明之互为盛衰,惟变以救正之衰,故递衰递盛,诗之流也"。概括来说,诗歌历史运动并非"正为源而长盛,变为流而始衰",而是"惟正有渐衰,故变能启盛"③。这也正是诗歌盛衰轮替而并无前后区分道理的逻辑所在。约而言之,叶燮对于明代诗坛诸流派诗学得失的反思,应该视作他诠释诗歌演进原理的一种反向阐证,成为他切入具体问题的案例解析,其"上下三千馀年间"的观照方式,"递嬗升降"、"相续相禅"的诗史认知,展现了这种反思与诠释的宽阔视野和理性姿态,诚然与只是对局部性或单一性问题发生兴趣的批评视角不尽相同。

尽管清代诗坛在审视明代诗学思想系统之际不乏批评的声音,这也构成明清之际遗民、士人中间已出现的"明代历史文化批评"的一部分,④并从一个重要侧面,显示清代文人对于明代怀抱的强烈的文化批判意识,但基本的历史事实又告诉我们,这种代际冲突并不是问题的全部,不代表清代文人对前朝诗学思想资源全盘否定,无论他们承认与否,其正向接受的意愿并未消除,借鉴或汲取的路径同样清晰可辨。这本身说明,不应低估明代诗学思想系统对清代诗坛所发生的实际影响。有研究者在描述明代文学与清代文学之关系时即指出,二者

---

① 以上见《原诗》卷二《内篇下》,《清诗话》,下册,第 601 页至 602 页。
② 《原诗》卷一《内篇上》,《清诗话》,下册,第 580 页。
③ 《原诗》卷一《内篇上》,《清诗话》,下册,第 583 页。
④ 参见赵园《明清之际士大夫研究》,第 376 页,北京大学出版社 1999 年版。

之间并非只存在断裂与对立,而是构成一种相因相革的关系。① 具体到诗学领域,明清之间在不同的层面也确实存在思想的联结点,我们无须费尽心力遍检清代诗坛的各个角落,仅从比如清代文人宣示的"神韵"、"格调"、"性灵"等人们相当熟悉的诸说当中,即不难察出它们分别同七子派和公安派诗学观念形成一定的关联性。当然,这中间除了清人直接吸收自觉为明代诗学思想系统中的合理因素之外,还存在他们和明人共同利用前人思想资源的同源性接受问题。十分显豁的例子,在清代文人中,王士禛无疑属七子派的同情者,如其论李、何诸子:"明兴至弘治百有馀年,朝宁明良,海内凫藻,重熙累洽,名世辈出。于是李、何崛起中州,吴有昌榖徐氏为之羽翼。相与力追古作,一变宣、正以来流易之习,明音之盛,遂与开元、大历同风。"②即正面看待诸子复古变革之举。所以如此,其中当和王士禛与七子派在思想资源上的同源性接受有关。王士禛生平甚重严羽诗说,自称"于古人论诗,最喜钟嵘《诗品》、严羽《诗话》、徐祯卿《谈艺录》"③,又谓:"严沧浪《诗话》,借禅喻诗,归于妙悟。如谓盛唐诸家诗,如镜中之花,水中之月,镜中之象,如羚羊挂角,无迹可求,乃不易之论。而钱牧斋驳之,冯班《钝吟杂录》因极排诋,皆非也。"④王士禛于诗主神韵,这一取向与他接受严羽等人的诗说关系紧密,早如翁方纲即言:"盛唐之杜甫,诗教之绳矩也,而未尝言及神韵。至司空图、严羽之徒,乃标举其概,而今新城王氏畅之。"又言:"神韵者,彻上彻下,无所不该,其谓羚羊挂角,无迹可求,其为镜花水月,空中之象,亦皆即此神韵之正旨也,非堕入空寂之谓也。"⑤这是说,严羽等人诗说已包含神韵之旨,至王士禛则承接而阐扬之。在有明一代,严羽诗说尤其在宗唐者中备受推崇,其中包括七子派。⑥ 从七子派的诗歌美学观念来看,他们大多强调诸如比

① 参见廖可斌《关于明代文学与清代文学的关系——以诗学为中心的考察》,《文学评论》2016 年第 5 期。
② 《徐高二家诗选序》,《蚕尾续文集》卷一,袁世硕主编《王士禛全集》,第 3 册,第 1983 页,齐鲁书社 2007 年版。
③ 《渔洋诗话》卷上,《清诗话》,上册,第 172 页。
④ 靳斯仁点校《池北偶谈》卷十七"借禅喻诗",下册,第 416 页,中华书局 1982 年版。
⑤ 《神韵论上》,《复初斋文集》卷八,《续修四库全书》影印清李彦章校刻本,第 1455 册。
⑥ 如李梦阳《外篇·论学上篇第五》:"古诗妙在形容之耳,所谓水月镜花,所谓人外之人,言外之言。宋以后则直陈之矣。"(《空同集》卷六十六)王廷相《与郭价夫学士论诗书》:"夫诗贵意象透莹,不喜事实粘著,古谓水中之月,镜中之象,可以目睹,难以实求是也。"(《王氏家藏集》卷二十八)谢榛《诗家直说一百二十九条》:"诗有可解、不可解、不必解,若水月镜花,勿泥其迹可也。"(《四溟山人全集》卷二十一)又《诗家直说八十五条》:"严沧浪谓:'作诗譬诸剑子手杀人,直取心肝。'此说虽不雅,喻得极妙。凡作诗,须知道紧要下手处,便了当得快也。"(《四溟山人全集》卷二十四)

兴、意象等诗歌艺术表现原则。如李梦阳表示"言不直遂,比兴以彰,假物讽谕,诗之上也"①;王廷相举引"诗贵意象透莹"的古典文本,谓"《三百篇》比兴杂出,意在辞表,《离骚》引喻借论,不露本情",并曰"言征实则寡馀味也,情直致而难动物也"②;谢榛则指出"诗有不立意造句,以兴为主,漫然成篇,此诗之入化也",并力推"唐人或漫然成诗,自有含蓄托讽"③。这些说法,即涉及诗歌通过比兴、意象增强含蓄微婉传达效果的表现艺术。又七子派对于格调的讲究,也和这种诉求有联系,颇为典型的,如李梦阳说明"唐调"优于"主理不主调"之宋诗,乃以"夫诗比兴错杂,假物以神变者也,难言不测之妙,感触突发,流动情思"④的定义作为评判准则。显然,严羽诗说作为一种思想资源,其对七子派倾向宗唐,标举"唐调",重视含蓄微婉的表现艺术,发生直接的引导性作用。再观王士禛"神韵"说,迄今为止,关于神韵的内涵,研究者已作了较为深细的探析,并或将其解释为蕴含多层次美学涵义的一个概念,其中也不乏富有见地者。⑤ 但我认为,单纯从诗学的层面来说,王士禛所主神韵的多重内涵中包裹了一层不可被淡化的基本涵义,简括起来,这层基本涵义就是含蓄微婉,它主要受到来自严羽乃至司空图诗说的影响。尽管神韵不完全等同于含蓄微婉,但二者有着内在的联系,在美学特质上,神韵并非指向刚劲之美,而是侧重柔婉之美,犹如施补华《岘佣说诗》所言:"用刚笔则见魄力,用柔笔则出神韵。柔而含蓄之为神韵,柔而摇曳之为风致。"⑥可以说,这是对神韵偏向"柔而含蓄"审美倾向性简洁而明晰的认定。王士禛视严羽《沧浪诗话》以水月镜象、羚羊挂角之喻盛唐诸家诗为"不易之论",则无异于高度认同严氏对"盛唐诸人惟在兴趣"、"言有尽而意无穷"⑦的

---

① 《秦君饯送诗序》,《空同先生集》卷五十一。
② 《与郭价夫学士论诗书》,《王氏家藏集》卷二十八。
③ 《诗家直说一百二十九条》,《四溟山人全集》卷二十一。
④ 《缶音序》,《空同先生集》卷五十一。
⑤ 如张健《清代诗学研究》将当代学人的相关观点归纳为如下几点:一、"神韵"说在继承司空图、严羽诗学的同时,也受到南宗画论、禅宗思想的影响;二、崇尚清远冲淡;三、强调不著一字,尽得风流;四、主张兴会;五、概括的是王、孟一派的诗歌传统。同时他又提出,在王士禛看来,神韵为各种艺术形式所共有,并非只是王、孟一派的审美特征,神韵指向的是一种缥缈悠远的情调或境界;王士禛最喜清远古澹的诗境,以之归为神韵;神韵之美并不排斥沉着痛快;神韵与兴象和兴会构成密切的关系等。参见该书 422 页至 472 页,北京大学出版社 1999 年版。蒋寅《清代诗学史》第一卷则通过王士禛本人和后人运用"神韵"的批评实例,提出"神韵"概念包含多层次的美学内涵,即呈示动机的偶然性、呈示方式的直观性、呈示对象的瞬间性、呈示特征的模糊性。参见该书第 656 页至 666 页。
⑥ 《清诗话》,下册,第 1028 页。
⑦ 《沧浪诗话校释·诗辨》,第 26 页。

诗歌美感的定性,更倾心于诗歌超越言语空间以拓展意义空间的含蓄之美。又他对司空图《二十四诗品》中《含蓄》之品"不著一字,尽得风流"①二句格外欣赏:"表圣论诗有二十四品,予最喜'不著一字,尽得风流'八字。"②他还在解释"或问'不著一字,尽得风流'之说"的问题时,引举李白《夜泊牛渚怀古》和孟浩然《晚泊浔阳望香炉峰》二诗为例,认为"诗至此,色相俱空,政如羚羊挂角,无迹可求,画家所谓逸品是也"③。这又意味着,他从司空图"不著一字,尽得风流"的"含蓄"之品,联系到严羽"羚羊挂角,无迹可求"之说,实则将二者放在同一意义层级来加以论评。归纳上述说法,其实也表达了他对神韵基本涵义的理解。需要指出的是,如研究者已充分注意到,王士禛的"神韵"说也确实体现了对清远古澹诗境的偏爱,他拈出明人孔天胤"诗以达性,然须清远为尚"的说法,认同薛蕙取谢灵运等人"清远"篇句以为"总其妙在神韵"④的态度,以及指认徐祯卿、高叔嗣等人为明诗"古澹一派"⑤,都是多为学人引证的有力依据。⑥但清远古澹本属含蓄微婉的一种艺术表现,二者有着意义交集。如李东阳《怀麓堂诗话》论诗意之"远""淡",于此即有所指涉:"诗贵意,意贵远不贵近,贵淡不贵浓。浓而近者易识,淡而远者难知。"⑦诗意"远""淡"产生的"难知"的接受效果,正是通过含而不露、婉而非直的传达方式实现的,接受对象在解读诗意之际,则会产生难以切近坐实的距离感与模糊感。简言之,在利用前人诗学思想资源上,王士禛和七子派之间存在同源性接受的关系,特别如严羽诗说即是他们共同投注的一个目标,与此同时,其"神韵"说和七子派关于诗歌表现艺术的主张也有交集,对含蓄微婉美感的偏重,成为关联二者诗歌审美"最大的公约数"。

不过必须看到,作为问题的另一面,关联背后的变异也在同时发生。这又牵涉王士禛"神韵"说和七子派"格调"说的关系。一般认为,王士禛标举"神韵"针对的是"格调"说,最直接的证据,见于他如下陈述:"明诗本有古澹一派,如徐昌国、高苏门、杨梦山、华鸿山辈。自王、李专言格调,清音中绝。同时王奉常小

---

① 《历代诗话》,上册,第40页。
② 《香祖笔记》卷八,第67页。
③ 张世林点校《分甘馀话》卷四"诗评",第86页,中华书局1989年版。
④ 《池北偶谈》卷十八"神韵",下册,第430页。
⑤ 《池北偶谈》卷十二"王奉常论诗语",上册,第273页。
⑥ 参见张健《清代诗学研究》,第435页至441页;王小舒《明清主流诗学的转移——论王渔洋对明代七子派的继承》,《文史哲》2005年第5期。
⑦ 《李东阳集》,第二卷,第529页。

美作《艺圃撷馀》,有数条与其兄及济南异者,予特拈出。如云'今之作者,但须真才实学,本性求情,且莫理论格调'。又云'诗有必不能废者,虽众体未备,而独擅一家之长。如孟浩然洮洮易尽,只以五言隽永,千载并称王、孟。有明则徐昌国、高子业二君,诗不同而皆巧于用短。徐有蝉蜕轩举之风,高有秋闺愁妇之态。更千百年,李、何尚有废兴,二君必无遗响'。此真高识迥论。"①尽管如此,并不代表王士禛完全排斥格调,这从其相关论评中即可见出,也表明"神韵"和"格调"说并非构成对立的关系。② 据上述,王士禛重点质疑的是李攀龙、王世贞等人所主之格调,这里涉及两个层面的问题:一是总体上七子派的诗歌实践偏向雄浑高华的风格,至李、王诸子,其继李、何诸子"雄深巨丽"之变后,在格调意识的驱使下,更趋向"博大高华"③,这难免导致其诗风的单一化。许学夷《诗源辩体》评李攀龙七律,即指摘其"先意定格,一以冠冕雄壮为主,故不惟调多一律,而句意亦每每相同"④。王士禛谓李、王"专言格调",当指其专注于诸如"博大高华"、"冠冕雄壮"一路诗风,将格调狭隘化,致使"清音中绝"。这意味着他要拓展格调的外延,纳"清音"于其中,扩充它的审美容量,或者说,"神韵"说的宗旨是将李、王诸子"专言"之格调变为具有更大包容性的新的格调,改变的策略则是以一种偏向纠正另一种偏向,即如翁方纲所说,专举"空音镜象"以纠治七子之"痴肥貌袭"⑤。二是拈出王世懋《艺圃撷馀》之言,说明空言格调无法体现性情与学问。王士禛曾云:"镜中之象,水中之月,相中之色,羚羊挂角,无迹可求,此兴会也。本之《风》、《雅》,以导其源,溯之楚《骚》、汉魏乐府诗,以达其流,博之九经、三史、诸子,以穷其变,此根柢也。根柢原于学问,兴会

① 《池北偶谈》卷十二"王奉常论诗语",上册,第 273 页至 274 页。

② 如其曰:"许彦周谓张籍、王建乐府、宫词皆杰出,所不能追踪李杜者,气不胜耳。余以为非也,正坐格不高耳。不但李杜,盛唐诸诗人所以超出初唐、中、晚者,只是格韵高妙。"(《分甘馀话》卷三"唐诗格韵",第 66页。)"温庭筠诗:'古戍落黄叶,浩然离故关。高风汉阳渡,初日郢门山。'此晚唐而有初唐气格者,最为高调。"(赵伯陶点校《古夫于亭杂录》卷五"温庭筠诗",第 103 页,中华书局 1988 年版。)"吾乡六郡,青州冠盖最盛。明嘉靖、万历间,官至尚书者八九人。而世宗时,林下诸老为海岱诗社,倡和尤盛……倡和诗凡十二卷,无刊本。余近访得钞本,诗各体皆入格,非浪作者。"(同上书卷五"海岱诗社",第 120 页。)"(叶封)嵩山诸诗,格高韵绝,不减古人。"(《诰授奉直大夫工部虞衡清吏司主事慕庐叶公墓志铭》,《蚕尾文集》卷四,《王士禛全集》,第3 册,第 1861 页。)"公诗以《南》、《雅》为经,以《史》、《汉》、《骚》、《选》、古乐府为纬,取材博而不杂,持格高而不亢,托兴深而不诡,遣调婉而不靡,敷采丽而有则,卓然为本朝一大宗无疑。"(《李容斋相国千首诗序》,《蚕尾续文集》卷一,《王士禛全集》,第 3 册,第 1988 页至 1989 页。)

③ 《诗薮·续编》卷二《国朝下·正德、嘉靖》,第 351 页。

④ 《诗源辩体·后集纂要》卷二,第 415 至 416 页。

⑤ 《神韵论上》,《复初斋文集》卷八。

发于性情。"①又说:"司空表圣云:'不著一字,尽得风流。'此性情之说也;扬子云云:'读千赋则能赋。'此学问之说也。二者相辅而行,不可偏废。若无性情而侈言学问,则昔人有讥点鬼簿、獭祭鱼者矣。学力深,始能见性情,此一语是造微破的之论。"②若以"神韵"说汲取严羽乃至司空图诗说的角度观之,此处从"性情"与"学问"的关系出发,解释水月镜象、羚羊挂角之喻和"不著一字,尽得风流"之论,其实也是针对神韵发于"性情"、本于"学问"之要求作出的阐说。结合起来,他拈出王世懋之言,等于间接宣示"神韵"说以根本"性情"、"学问"而更注重诗人的底蕴,披露七子派"格调"说徒得外在形制之近似而最终流向空廓。从这个意义上来说,王士禛标举"神韵",意图在构联而非拒绝"格调"说的基础上,加强对后者由外向内、自形入神的充实和修造,用以建立一家之说。而自另一层面观之,正如严迪昌先生指出,王士禛对于"神韵"的主张,也体现了清代诗坛趋于强化的理论自觉和明确的审美功利性,他认为王氏《香祖笔记》有一段话虽不很起眼,却是解读"神韵"说的关键性文字,"无异于破译其诗心、诗风、诗镜的密码式奥秘的钥匙",其曰:"释氏言羚羊挂角,无迹可求。古言云羚羊无些子气味,虎豹再寻他不着,九渊潜龙,千仞翔凤乎? 此是前言注脚,不独喻诗,亦可谓士君子居身涉世之法。"③在严先生看来,受制于皇权政治和诗坛深层潜在的约束和影响,对于当时身处权力中心的王士禛而言,也不能不考虑"士君子居身涉世之法",执持"神韵"说这种"羚羊挂角"式的诗学话语,乃不失为一种策略性的最佳选择,④这是具有一定道理的。

　　谈到清代和明代诗学思想系统的关联以及所发生的变异,沈德潜无疑是其中又一颇具代表性的个案,格外值得注意。他对明代诗坛的发展变化情势有着基本的判断,其《与陈耻庵书》云:"明初虽沿元季馀习,然如刘伯温、高季迪辈,飙然自异,亦一时之盛。洪、宣以后,疲苶无力,衰矣。李献吉、何大复奋然挽之,边庭实、徐昌榖诸人辅之,古体取法八代,近体取法盛唐,虽未尽得古人之真,而风格遒上,彬彬大盛。后王、李继述,亦称蔚然。而拟议太过,末学同声,冠裳剑珮,等于土偶;盛者渐趋于衰。公安袁氏有心矫弊,失之于俚;竟陵钟、谭

---

① 《突星阁诗集序》,《渔洋文集》卷三,《王士禛全集》,第3册,第1560页。
② 《师友诗传录》,《清诗话》,上册,第127页。
③ 《香祖笔记》卷一,第20页。
④ 参见严迪昌《清诗史》,上册,第417页、431页至432页,人民文学出版社2011年版。

立意标新,失之于魔:衰极矣。"①这和沈德潜序《明诗别裁集》而对有明诗坛"升降盛衰"格局的描述大体相同。② 据其所述,明初刘基、高启等人的活跃,明中期以来前后七子的崛起,成为诗坛"盛"的标志;明前期尤其是台阁风气的扬升,晚明公安、竟陵二派的突进,则成为诗坛"衰"的标志。特别是从"盛"的一端来看,七子派被归入其中,可以见出沈德潜于此鲜明的同情立场,这又牵涉如何看待他诗论中与七子派有着密切关联的"格调"说的问题。据载录,沈氏诗论有四次直接提及"格调"一词,③研究者也注意到,沈氏诗论并不局限于七子派所持"格调"说,如或指出其论诗关涉的宗旨、体裁、音节、神韵四个标准,即"综合了性情、格调、神韵三说"④;或诠证其"格调"说呈现新变,有意识地注重"神似古人",从七子派所强调的"求同"转向"求变",并且"推崇神韵"⑤;或认为其构建了"一个与作用层面的趣、法、气、格相对应的文本层面的主干概念系统——宗旨、体裁、音节、神韵",这一理论构架,"全方位地扩展了格调诗学的视野","也是其新格调诗学完成的最重要的一环"⑥。这些说法都有一定的见地。不过我以为,相对而言,沈德潜诗论对七子派的"格调"说作了较多参取。如果仅从词语的使用情况来看,除了直接提及"格调"一词之外,沈氏编选的《古诗源》、《唐诗别裁集》、《明诗别裁集》、《清诗别裁集》等诸选本,屡见包含"格"、"调"及其关联词的

① 《归愚文钞》卷十五,《沈德潜诗文集》,第 3 册,第 1378 页。

② 其曰:"宋诗近腐,元诗近纤,明诗其复古也。而二百七十馀年中,又有升降盛衰之别。尝取有明一代诗论之:洪武之初,刘伯温之高格,并以高季迪、袁景文诸人,各逞才情,连镳并轸,然犹存元纪之馀风,未极隆时之正轨。永乐以还,体崇台阁,靡靡不振。弘、正之间,献吉、仲默,力追雅音,庭实、昌榖,左右骖靳,古风未坠。馀如杨用修之才华,薛君采之雅正,高子业之冲淡,俱称斐然。于鳞、元美,益以茂秦,接踵曩哲。虽其间规格有馀,未能变化,识者咎其鲜自得之趣焉;然取其菁英,彬彬乎大雅之章也。自是而后,正声渐远,繁响竞作,公安袁氏,竟陵钟氏、谭氏,比之自郐无讥,盖诗教衰而国祚亦为之移矣。此升降盛衰之大略也。"(《明诗别裁集》卷首,第 1 页。)

③ 王宏林《沈德潜诗学思想研究》、陈岸峰《沈德潜诗学研究》从沈氏编选的《唐诗别裁集》、《明诗别裁集》和《清诗别裁集》(原名《国朝诗别裁集》)引出三处,即其评李白《宣州谢朓楼饯别校书叔云》:"此种格调,太白从心化出。"(《唐诗别裁集》卷六,上册,第 200 页,上海古籍出版社 1979 年版。)评李攀龙《和许殿卿春日梁园即事》:"三句一韵,末三句缠联而下,格调甚新。"(《明诗别裁集》卷八,第 194 页。)评缪沅《房中诗》:"语语用韵,两韵一转,格调得自嘉州。"(《清诗别裁集》卷二十二,下册,第 878 页,上海古籍出版社 1984 年版。)参见王著第 204 页至 205 页,人民出版社 2010 年版;陈著第 19 页,齐鲁书社 2011 年版。蒋寅《清代诗学史》第二卷补引一处,即其《金际和诗序》:"尝闻作诗之道于先生长者矣,格调欲雄放,意思欲含蓄,神韵欲闲远,骨采欲苍坚,境界欲如层峦叠嶂,波澜欲如巨海渊泉,而一归于和平中正。"(《归愚文钞馀集》卷三,《沈德潜诗文集》,第 3 册,第 1570 页。)参见该书第 86 页,中国社会科学出版社 2019 年版。

④ 参见张健《清代诗学研究》,第 524 页至 527 页。

⑤ 参见王宏林《沈德潜诗学思想研究》,第 238 页至 246 页。

⑥ 参见蒋寅《清代诗学史》,第二卷,第 92 页。

评语。兹仅列数例，如评李陵《与苏武诗》："音极和，调极谐，字极稳。"[1]评孟浩然《晚泊浔阳望香炉峰》："终是古格。"[2]评贾岛《忆江上吴处士》："长江有'秋风吹渭水，落叶满长安'句，风格颇高，惜通体不称，故不全录。"[3]评马戴《落日怅望》："意格俱好，在晚唐中可云轩鹤立鸡群矣。"[4]评李白《鹦鹉洲》："以古笔为律诗，盛唐人每有之，大历后此调不复弹矣。"评杜甫七律"有不可及者四"，即"学之博也，才之大也，气之盛也，格之变也。"[5]评钱起《赠阙下裴舍人》："格近李东川。"[6]评刘基诗："独标高格，时欲追逐杜、韩，故超然独胜，允为一代之冠。"[7]评徐祯卿五律："皆孟襄阳遗法，纯以气格胜人。"[8]评李攀龙七律："已臻高格，未极变态。"[9]评谢榛五律："句烹字炼，气逸调高，七子中故推独步。"[10]评孙旸《春日北行夜泊江口》："高格浑成。"[11]评许遂《山月》："格高气清，如出屈翁山手。"[12]评吴襄《秋吟》："神完气足，语稳调高，征戍离情，自在言外。"[13]评徐夔《闻笛有忆》："格高音亮，颈联乃推开旁衬，结意一并收拾，粘滞者不解此法。"[14]从这些评语来看，格调作为一种批评话语成了鉴识不同时期及诗人诗歌品格位阶的重要标尺，尤其在诸诗歌选本中被反复运用，无疑显示选评者对此高度重视的态度。检讨格调各自的意义担当，大体而言，格关乎诗歌的体制格局，为作品质貌或气象的呈现；调关乎诗歌的音声律度，为作品韵调或风致的呈现。[15] 沈德潜在《重订唐诗别裁集序》中提出他对诗歌的评判标准，"先审宗指，继论体裁，继论音节，继论神韵"[16]，大致来看，其中宗旨对应性情，体裁、音节对应格调。[17] 尽管依

---

① 《古诗源》卷二，第43页。
② 《唐诗别裁集》卷一，上册，第21页。
③ 《唐诗别裁集》卷十二，下册，第400页。
④ 《唐诗别裁集》卷十二，下册，第407页。
⑤ 以上见《唐诗别裁集》卷十三，下册，第447页。
⑥ 《唐诗别裁集》卷十四，下册，第471页。
⑦ 《明诗别裁集》卷一，第1页。
⑧ 《明诗别裁集》卷六，第134页。
⑨ 《明诗别裁集》卷八，第193页。
⑩ 《明诗别裁集》卷八，第215页。
⑪ 《清诗别裁集》卷五，上册，第176页。
⑫ 《清诗别裁集》卷十八，下册，第722页。
⑬ 《清诗别裁集》卷二十三，下册，第933页。
⑭ 《清诗别裁集》卷二十六，下册，第1069页。
⑮ 参见本书第七章第四节所论。
⑯ 《唐诗别裁集》卷首，第4页。
⑰ 参见张健《清代诗学研究》，第527页。

照评判重要性的先后次序,体裁和音节排在宗旨之后,"先""继"有别,但从评判层次的完整性和有机性而言,它们又是不可或缺的构成环节,格调的重要意义也由此得以显现。在七子派那里,格调是区分不同时代或阶段诗歌价值差异的重要标准,故李梦阳将"格古、调逸、气舒、句浑、音圆、思冲、情以发之"定为诗之"七难",而以"宋人遗兹",断言"宋无诗"①,又讥訾"宋人主理不主调,于是唐调亦亡"②;王廷相于诗"大历以后弗论"③,以为律体则"天宝、大历以还等而上之,晚唐不复言。苏、黄有高才远意,格调风韵则失之"④;王世贞解释自己"抑宋"的理由,即在于所谓"惜格"⑤;谢榛声称"格高气畅,自是盛唐家数",而"晚唐格卑"⑥,提出"以奇古为骨,平和为体,兼以初唐、盛唐诸家,合而为一,高其格调,充其气魄,则不失正宗矣"⑦。如此以格调相参照,唐宋诗歌的时代差异以及盛唐与中、晚唐诗歌的阶段差异判然凸显。在对待唐宋诗问题上,沈德潜晚年虽编有《宋金三家诗选》,苏轼、陆游、元好问之作被选录其中,但不过是出于"以诗存人"⑧的编选理念,继古诗、唐诗、明诗、清诗之后补充宋诗,⑨不足以说明他在总体上对宋诗地位的充分肯定。事实上,他提出"宋诗近腐,元诗近纤,明诗其复古也"⑩,在三个时代诗歌的对比中已在揭示宋诗之陋。至于他《清诗别裁集·凡例》涉及唐宋诗歌的一段说明,更耐人寻味:"唐诗蕴蓄,宋诗发露。蕴蓄则韵流言外,发露则意尽言中。愚未尝贬斥宋诗,而趣向旧在唐诗。故所选风调音节,俱近唐贤,从所尚也。"⑪这表示说,他一直将注意力投向于唐诗,故实际上是以唐诗的"风调音节"来品选当朝诗歌,也示意宋诗的"风调音节"不及唐诗。在对待盛唐与中、晚唐诗歌问题上,研究者已指出,考察沈德潜《唐诗别裁集》的编选过程,其二十卷重订本较之先前刊刻的十卷本,增加了不少中、晚唐诗作,有

① 《潜虬山人记》,《空同先生集》卷四十七。
② 《缶音序》,《空同先生集》卷五十一。
③ 《刘梅国诗集序》,《王氏家藏集》卷二十二。
④ 《寄孟望之》,《王氏家藏集》卷二十七。
⑤ 《宋诗选序》,《弇州山人续稿》卷四十一。
⑥ 《诗家直说一百二十九条》,《四溟山人全集》卷二十一。
⑦ 《诗家直说八十五条》,《四溟山人全集》卷二十四。
⑧ 《凡例》,《清诗别裁集》卷首,上册,第1页。
⑨ 参见王宏林《沈德潜诗学思想研究》,第73页。
⑩ 《明诗别裁集序》,《明诗别裁集》卷首,第1页。
⑪ 《清诗别裁集》卷首,第2页。

意改变十卷本独尊盛唐的特点,形成以李、杜为宗而兼及中、晚唐的选诗特色。①
但我认为,这种情形至多属于沈氏在盛唐与中、晚唐诗歌取舍上所作的微调,不能
说明在他的心目中盛唐诗歌的中心地位发生撼动。事实上在他看来,盛唐诸体趋
向完熟,已达到超拔的境地。如五言律诗,"开、宝以来,李太白之秾丽,王摩诘、孟
浩然之自得,分道扬镳,并推极胜。杜少陵独开生面,寓纵横颠倒于整密中,故应
超然拔萃";七言律诗,"摩诘、东川,春容大雅,时崔司勋、高散骑、岑补阙诸公,实为
同调","少陵胸次闳阔,议论开辟,一时尽掩诸家";五言排律,"少陵出而瑰奇宏丽,
变动开合,后此无能为役";七言绝句,"开元之时,龙标、供奉,允称神品。外此高、
岑起激壮之音,右丞多凄惋之调,以至'蒲桃美酒'之词,'黄河远上'之曲,皆擅场
也"②。这其中,格调又被当作重要的品鉴之则,如五言律诗,中唐以来"近收敛,选
言取胜,元气不完,体格卑而声调亦降矣"③,自然,这无法和"开、宝以来",诸家"分
道扬镳,并推极胜"的局面相比拟,实际也表明盛唐五律其"体格"、"声调"远胜中
唐,正如其评清人徐倬五律《闻蛩》:"一气直下,盛唐人有此高格。"④又如七言律
诗,盛唐"王维、李颀、张谓、高适、岑参诸人,品格既高,复饶远韵,故为正声。老杜
以宏才卓识,盛气大力胜之"⑤,也体现了诸家之作在格调上的优势。

　　从诗学传统来说,格调不仅是一种用于鉴识的尺度,又是一种规范作品的
准则。故此,格调实际上融贯了诗法。沈德潜也不例外,他在宣示格调的同时,
又十分讲究诗法,二者本身具有内在的关联,在某种意义上,这又和七子派强调
学古习法的法度意识相对合拍。他说过"诗不学古,谓之野体"⑥,看重通过学古
以规范诗作的实践路径。当然,习学古人也是和掌握古法联系在一起,对此,沈
德潜又申明:"诗贵性情,亦须论法。乱杂而无章,非诗也。"⑦也因为如此,"章
法"、"句法"、"字法"之类的评语,一再见于他所编辑的诸诗歌选本。如评王维
《观猎》:"章法、句法、字法俱臻绝顶,盛唐诗中亦不多见。"⑧评杜甫《闻官军收河

　① 参见王宏林《沈德潜诗学思想研究》,第48页至57页。
　② 《凡例》,《唐诗别裁集》卷首,上册,第3页至4页。
　③ 《唐诗别裁集》卷十一,下册,第363页。
　④ 《清诗别裁集》卷十,上册,第402页。
　⑤ 《说诗晬语》卷上,《沈德潜诗文集》,第4册,第1945页。
　⑥ 《说诗晬语》卷上,《沈德潜诗文集》,第4册,第1911页。
　⑦ 《说诗晬语》卷上,《沈德潜诗文集》,第4册,第1910页。
　⑧ 《唐诗别裁集》卷九,上册,第319页。

南河北》："一气流注,不见句法字法之迹。"①评何景明《得献吉江西书》："神来之作,不以工拙论,所谓章法之妙不见句法者。"②评徐祯卿《留别边子》："'褰裳欲涉'下忽著比体,此古人章法。"③评张逸少《北征凯旋诗》："已备章法、句法、字法,无弗老成,应推能手。"④不过,似乎更多鉴于七子派"拟议太过,末学同声,冠裳剑珮,等于土偶"产生的负面效果和影响,沈德潜谈论学古和习法,又显然怀持警惕溺惑其中的觉悟,如谓"泥古而不能通变,犹学书者但讲临摹,分寸不失,而已之神理不存也"⑤,"所谓法者,行所不得不行,止所不得不止,而起伏照应,承接转换,自神明变化于其中;若泥定此处应如何,彼处应如何,不以意运法,转以意从法,则死法矣"⑥。这是企图在学古与通变、习法与主意之间取得某种平衡,保持不偏不倚的姿态。由此来看,这一兼顾二者的关系说,也更加显得中和与理性。

如果说,沈德潜对于格调及与之相关的法度的主张,在很大程度上是对七子派诗学论调作出的自觉响应,包含一定的文学技术思维,那么,这种响应的力度还相对有限,它对诗歌技术问题的触及还十分谨慎和克制。这主要是因为,"先审宗指,继论体裁,继论音节,继论神韵"的极为分明的评判次序,决定了格调及其相应的法度始终处于等而次之的层级,所谓"先审宗指",即如研究者所指出的意在主张性情优先。⑦ 沈德潜强调,在抒写的层面,"人之作诗,将求诗教之本原也"⑧,"至于诗教之尊,可以和性情,厚人伦,匡政治,感神明"⑨,"惟夫笃于性情,高乎学识,而后写其中之所欲言,于以厚人伦、明得失、昭法戒,若一言出而实可措诸家国天下之间,则其言不虚立,而其人不得第以诗人目之"⑩;在鉴别的层面,"诗必原本性情关乎人伦日用及古今成败兴坏之故者,方为可存"⑪,

① 《唐诗别裁集》卷十三,下册,第453页。
② 《明诗别裁集》卷五,第126页。
③ 《明诗别裁集》卷六,第131页。
④ 《清诗别裁集》卷十七,下册,第706页。
⑤ 《说诗晬语》卷上,《沈德潜诗文集》,第4册,第1911页。
⑥ 《说诗晬语》卷上,《沈德潜诗文集》,第4册,第1910页。
⑦ 参见张健《清代诗学研究》,第527页至542页。
⑧ 《唐诗别裁集序》,《唐诗别裁集》卷首,第1页。
⑨ 《重订唐诗别裁集序》,《唐诗别裁集》卷首,第4页。
⑩ 《高文良公诗序》,《归愚文钞馀集》卷一,《沈德潜诗文集》,第3册,第1515页。
⑪ 《凡例》,《清诗别裁集》卷首,第2页。

"大约去淫滥以归雅正,于古人所云微而婉、和而庄者,庶几一合焉"①。从如此的诗学逻辑出发,性情和诗教的联络趋于紧密,回归传统的力度得以强化,在诸如"斥淫崇雅,格韵并高"②的价值判断中,道德主义成为解释诗学美学规则存在合理性的基本前提和必要依据,在诗学的话语系统内部占据首要的位置。我们同时还能看到,沈德潜对于自《诗经》以来诗歌史的观照,对于所谓"正宗"或"正轨"的识别,也正是建立在这样的价值判断的基础之上:

> 夫《诗》三百篇,为韵语之祖,而韩子云"《诗》正而葩",则知"正"其诗之旨也,"葩"其韵之流也,未有舍正而可言葩者。是以汉魏暨唐,递相沿述,其号称正宗者,必推苏、李、曹、阮、陶、谢、李、杜、王、韦诸家。此诸家者,遇不必尽同类,皆随时随地寄兴写怀,可喜可愕可泣可歌,言人之所难言,而总无戾于温柔敦厚之旨,故足尚也。外此,偏蹊曲窦,取态弄妍,初竞纤秾,渐归流荡,非不足以眩俗人之目,然去正轨也远矣。③

在此,沈氏引韩愈《进学解》中《诗》正而葩"之说,目的是为了说明"正"和"葩"的关系,也就是一为"诗之旨",一为"韵之流",特别是"未有舍正而可言葩者"的判断,已突出了"正"和"葩"二者之间的主次关系,说到底,这又应该是"先审宗指,继论体裁,继论音节,继论神韵"评判次序的另一种表述,辨别诗歌史上是否为"正宗"或步入"正轨"者的标准,则自此而出。或许可以说,在理论的层面上,沈德潜所作的诸如此类的阐释,并没有能够提供更多创辟性的见识,他所循行的主要路径,乃返回至更具权威性的诗教传统去寻求诗学立场的支撑点。具体到对于格调以及与之相关的法度,他的作业重心并不在于对此从技术的层面作进一步的开掘和建构,而是格外慎重地将其纳入"先""继"有别或主次分明而更加符合伦理规范的价值体系,以守正和节制的原则实现对于七子派"格调"说的变异,这也无疑让我们看到清代文人改造明代诗学思想系统的一个侧面。

---

① 《唐诗别裁集序》,《唐诗别裁集》卷首,第2页。
② 《马嶰谷诗序》,《归愚文钞馀集》卷二,《沈德潜诗文集》,第3册,第1549页。
③ 《曹剑亭诗序》,《归愚文钞馀集》卷三,《沈德潜诗文集》,第3册,第1566页。

参 考 文 献

一、古人著述

《毛诗》,《四部丛刊》影印宋刻本。

朱熹《论语集注》,《景印文渊阁四库全书》,台湾商务印书馆 1986 年版。

陈旸《乐书》,《景印文渊阁四库全书》,台湾商务印书馆 1986 年版。

阮元校刻《十三经注疏》,中华书局影印本,1980 年版。

陈彭年等《大广益会玉篇》,《四部丛刊》影印元刻本。

陈彭年等《广韵》,《四部丛刊》影印宋刻巾箱本。

《明太祖实录》,台湾"中研院"历史语言研究所校印本。

《明太宗实录》,台湾"中研院"历史语言研究所校印本。

《明神宗实录》,台湾"中研院"历史语言研究所校印本。

陈寿《三国志》,中华书局 1982 年版。

姚思廉《梁书》,中华书局 1973 年版。

刘昫等《旧唐书》,中华书局 1975 版。

欧阳修、宋祁《新唐书》,中华书局 1975 年版。

脱脱等《宋史》,中华书局 1985 年版。

张廷玉等《明史》,中华书局 1974 年版。

顾璘《国宝新编》,《四库全书存目丛书》影印明嘉靖吴郡袁氏嘉趣堂刻金声玉振
　　集本,齐鲁书社 1997 年版。

王世贞《嘉靖以来首辅传》,《景印文渊阁四库全书》,台湾商务印书馆 1986 年版。

焦竑编《国朝献征录》,影印明万历刻本,上海书店 1987 年版。

钱谦益《列朝诗集小传》,上海古籍出版社 1983 年版。

刘鳞长辑《浙学宗传》,《四库全书存目丛书》影印明崇祯十一年自刻本,齐鲁书
　　社 1997 年版。

陆世仪《复社纪略》,《续修四库全书》影印清抄本,上海古籍出版社 2002 年版。

都穆《南濠居士文跋》,《续修四库全书》影印明刻本,上海古籍出版社 2002
　　年版。

晁公武《郡斋读书志》,《景印文渊阁四库全书》,台湾商务印书馆 1986 年版。

朱熹《朱子语类》,《景印文渊阁四库全书》,台湾商务印书馆 1986 年版。

洪迈《容斋随笔》,《四部丛刊续编》影印宋本配明弘治活字本。

惠洪著、陈新点校《冷斋夜话》,中华书局 1988 年版。

罗大经著、王瑞来点校《鹤林玉露》,中华书局 1983 年版。

邵博《闻见后录》,《景印文渊阁四库全书》,台湾商务印书馆 1986 年版。

李昉等《太平御览》,《景印文渊阁四库全书》,台湾商务印书馆 1986 年版。

陶宗仪等编《说郛三种》,上海古籍出版社影印本,1988 年版。

叶盛著、魏中平点校《水东日记》,中华书局 1980 年版。

曹安《谰言长语》,《景印文渊阁四库全书》,台湾商务印书馆 1986 年版。

王鏊《震泽长语》,《景印文渊阁四库全书》,台湾商务印书馆 1986 年版。

祝允明《祝子罪知录》,《续修四库全书》影印明刻本,上海古籍出版社 2002
　　年版。

陆深《俨山外集》,《景印文渊阁四库全书》,台湾商务印书馆 1986 年版。

胡缵宗《愿学编》,《续修四库全书》影印明嘉靖鸟鼠山房刻清修本,上海古籍出
　　版社 2002 年版。

杨慎《丹铅总录》,《景印文渊阁四库全书》,台湾商务印书馆 1986 年版。

何良俊《四友斋丛说》,中华书局 1959 年版。

胡应麟《少室山房笔丛》,上海书店出版社 2001 年版。

董其昌《画禅室随笔》,《景印文渊阁四库全书》,台湾商务印书馆 1986 年版。

朱国祯著、王根林校点《涌幢小品》,上海古籍出版社 2012 年版。

顾炎武著、黄汝成集释《日知录集释》,《续修四库全书》影印清道光十四年刻本,
　　上海古籍出版社 2002 年版。

王士禛著、湛之点校《香祖笔记》,上海古籍出版社 1982 年版。

王士禛著、靳斯仁点校《池北偶谈》,中华书局 1982 年版。

王士禛著、张世林点校《分甘馀话》，中华书局 1989 年版。

王士禛著、赵伯陶点校《古夫于亭杂录》，中华书局 1988 年版。

《诸子集成》，上海书店出版社影印本，1986 年版。

虞集《杜工部七言律诗》，《四库全书存目丛书》影印明刻本，齐鲁书社 1997 年版。

单复《读杜诗愚得》，《四库全书存目丛书》影印明天顺元年朱熊梅月轩刻弘治十四年重修本，齐鲁书社 1997 年版。

王嗣奭《杜臆》，上海古籍出版社 1983 年版。

黄生《杜工部诗说》，《四库全书存目丛书》影印清康熙三十五年一木堂刻本，齐鲁书社 1997 年版。

仇兆鳌《杜诗详注》，中华书局 1979 年版。

柳宗元《柳河东集》，上海古籍出版社 2008 年版。

司空图《司空表圣文集》，《四部丛刊》影印旧钞本。

欧阳修著、洪本健校笺《欧阳修诗文集校笺》，上海古籍出版社 2009 年版。

邵雍《击壤集》，《景印文渊阁四库全书》，台湾商务印书馆 1986 年版。

苏轼著、孔凡礼点校《苏轼文集》，中华书局 1986 年版。

黄庭坚著，任渊、史容、史季温注，刘尚荣校点《黄庭坚诗集注》，中华书局 2003 年版。

黄庭坚《山谷别集》，《景印文渊阁四库全书》，台湾商务印书馆 1986 年版。

陈师道《后山集》，《景印文渊阁四库全书》，台湾商务印书馆 1986 年版。

胡寅《斐然集》，《景印文渊阁四库全书》，台湾商务印书馆 1986 年版。

朱熹《晦庵集》，《景印文渊阁四库全书》，台湾商务印书馆 1986 年版。

胡炳文《云峰集》，《景印文渊阁四库全书》，台湾商务印书馆 1986 年版。

袁桷《清容居士集》，《景印文渊阁四库全书》，台湾商务印书馆 1986 年版。

袁士元《书林外集》，《续修四库全书》影印明正统刻本，上海古籍出版社 2002 年版。

宋濂《宋学士先生文集》，明天顺刻本。

宋濂《宋学士文集》，《四部丛刊》影印明正德刻本。

宋濂《宋学士文集》，明嘉靖刻本。

宋濂《潜溪集》，明嘉靖刻本。

刘基《太师诚意伯刘文成公集》，《四部丛刊》影印明刻本。

宋讷《西隐集》，《景印文渊阁四库全书》，台湾商务印书馆 1986 年版。

王祎《王忠文集》，《景印文渊阁四库全书》，台湾商务印书馆 1986 年版。

张以宁《翠屏集》，《景印文渊阁四库全书》，台湾商务印书馆 1986 年版。

危素《危学士全集》，清乾隆刻本。

林弼《林登州集》，《景印文渊阁四库全书》，台湾商务印书馆 1986 年版。

刘崧《槎翁文集》，《四库全书存目丛书》影印明嘉靖元年徐冠刻本，齐鲁书社
　　1997 年版。

贝琼《清江贝先生文集》，《四部丛刊》影印明洪武刻本。

苏伯衡《苏平仲文集》，《四部丛刊》影印明正统七年刻本。

胡翰《胡仲子集》，《景印文渊阁四库全书》，台湾商务印书馆 1986 年版。

王彝《王常宗集》，《景印文渊阁四库全书》，台湾商务印书馆 1986 年版。

高启著，金檀辑注，徐澄宇、沈北宗校点《高青丘集》，上海古籍出版社 1985
　　年版。

林鸿《鸣盛集》，《景印文渊阁四库全书》，台湾商务印书馆 1986 年版。

王恭《白云樵唱集》，《景印文渊阁四库全书》，台湾商务印书馆 1986 年版。

王行《半轩集》，《景印文渊阁四库全书》，台湾商务印书馆 1986 年版。

陈谟《海桑集》，《景印文渊阁四库全书》，台湾商务印书馆 1986 年版。

袁凯《海叟集》，《四库全书存目丛书》影印明正德元年刻本，齐鲁书社 1997
　　年版。

王达《翰林学士耐轩王先生天游杂稿》，《四库全书存目丛书》影印明正统胡滨刻
　　本，齐鲁书社 1997 年版。

方孝孺《逊志斋集》，《四部丛刊》影印明嘉靖四十年王可大台州刻本。

梁潜《泊庵集》，《景印文渊阁四库全书》，台湾商务印书馆 1986 年版。

胡俨《颐庵文选》，《景印文渊阁四库全书》，台湾商务印书馆 1986 年版。

杨士奇《东里诗集》，明刻本。

杨士奇《东里文集》，明嘉靖刻本。

杨士奇《东里续集》，《景印文渊阁四库全书》，台湾商务印书馆 1986 年版。

杨士奇《东里文集续编》，明天顺刻本。

杨士奇《东里别集》，《景印文渊阁四库全书》，台湾商务印书馆 1986 年版。

杨荣《文敏集》，《景印文渊阁四库全书》，台湾商务印书馆1986年版。

杨溥《杨文定公诗集》，《续修四库全书》影印明抄本，上海古籍出版社2002
　　年版。

黄淮《省愆集》，《景印文渊阁四库全书》，台湾商务印书馆1986年版。

黄淮《黄文简公介庵集》，《四库全书存目丛书》影印民国二十七年永嘉黄氏排印
　　敬乡楼丛书本，齐鲁书社1997年版。

金幼孜《金文靖集》，《景印文渊阁四库全书》，台湾商务印书馆1986年版。

胡广《胡文穆公集》，清乾隆刻本。

金实《觉非斋文集》，《续修四库全书》影印明成化元年唐瑜刻本，上海古籍出版
　　社2002年版。

陈敬宗《澹然先生文集》，《四库全书存目丛书》影印清钞本，齐鲁书社1997
　　年版。

王直《抑庵文集》，《景印文渊阁四库全书》，台湾商务印书馆1986年版。

王直《抑庵文后集》，《景印文渊阁四库全书》，台湾商务印书馆1986年版。

陈循《芳洲文集续编》，《续修四库全书》影印明万历四十六年陈以跃刻本，上海
　　古籍出版社2002年版。

马愉《马学士文集》，《四库全书存目丛书》影印明嘉靖四十一年迟凤翔刻本，齐
　　鲁书社1997年版。

李贤《古穰集》，《景印文渊阁四库全书》，台湾商务印书馆1986年版。

徐有贞《武功集》，《景印文渊阁四库全书》，台湾商务印书馆1986年版。

商辂《商文毅公集》，《四库全书存目丛书》影印明万历三十年刘体元刻本，齐鲁
　　书社1997年版。

倪谦《倪文僖集》，《景印文渊阁四库全书》，台湾商务印书馆1986年版。

彭时《彭文宪公集》，《四库全书存目丛书》影印清康熙五年彭志桢刻本，齐鲁书
　　社1997年版。

赵迪《鸣秋集》，《四库全书存目丛书》影印清乾隆三年陈作楫钞本，齐鲁书社
　　1997年版。

柯潜《竹岩集》，《续修四库全书》影印清雍正十一年柯潮刻本，上海古籍出版社
　　2002年版。

黎淳《黎文僖公集》，《续修四库全书》影印明嘉靖三十五年陈甘雨刻本，上海古

籍出版社 2002 年版。

王俶《思轩文集》，《续修四库全书》影印明弘治刻本，上海古籍出版社 2002
年版。

丘濬《重编琼台稿》，《景印文渊阁四库全书》，台湾商务印书馆 1986 年版。

程敏政《篁墩程先生文集》，明正德刻本。

李东阳著、周寅宾点校《李东阳集》，岳麓书社 1984 年、1985 年版。

李东阳著、钱振民辑校《李东阳续集》，岳麓书社 1997 年版。

谢铎《桃溪净稿》，《四库全书存目丛书》影印明正德十六年台州知府顾璘刻本，
齐鲁书社 1997 年版。

张弼《东海张先生文集》，《四库全书存目丛书》影印明正德十三年周文仪福建刻
本，齐鲁书社 1997 年版。

章懋《枫山集》，《景印文渊阁四库全书》，台湾商务印书馆 1986 年版。

黄仲昭《未轩文集》，《景印文渊阁四库全书》，台湾商务印书馆 1986 年版。

马中锡《东田集》，《四库全书存目丛书》影印清康熙四十六年甘陵贾棠辑刻马东
田孙沙溪两公遗集合编本，齐鲁书社 1997 年版。

吴宽《匏翁家藏集》，《四部丛刊》影印明正德刻本。

王鏊《震泽集》，《景印文渊阁四库全书》，台湾商务印书馆 1986 年版。

张昇《张文僖公文集》，《四库全书存目丛书》影印明嘉靖元年刻本，齐鲁书社
1997 年版。

朱存理《野航诗稿》，《景印文渊阁四库全书》，台湾商务印书馆 1986 年版。

蔡清《蔡文庄公集》，《四库全书存目丛书》影印清乾隆七年逊敏斋刻本，齐鲁书
社 1997 年版。

罗玘《圭峰集》，《景印文渊阁四库全书》，台湾商务印书馆 1986 年版。

石珤《熊峰先生集》，清康熙刻本。

靳贵《戒庵文集》，《四库全书存目丛书》影印明嘉靖十九年靳懋仁刻本，齐鲁书
社 1997 年版。

姚镆《东泉文集》，《四库全书存目丛书》影印明嘉靖刻清修本，齐鲁书社 1997
年版。

祝允明《祝氏集略》，明嘉靖刻本。

文徵明著、周道振辑校《文徵明集》（增订本），上海古籍出版社 2014 年版。

杨循吉《松筹堂集》,《四库全书存目丛书》影印清金氏文瑞楼钞本,齐鲁书社
　　1997年版。

史鉴《西村集》,《景印文渊阁四库全书》,台湾商务印书馆1986年版。

王守仁著,吴光、钱明、董平、姚延福编校《王阳明全集》,上海古籍出版社2011
　　年版。

李梦阳《空同先生集》,《明代论著丛刊》影印明嘉靖刻本,台湾伟文图书出版社
　　有限公司1976年版。

李梦阳《空同集》,《景印文渊阁四库全书》,台湾商务印书馆1986年版。

何景明《大复集》,明嘉靖刻本。

何景明《大复集》,《景印文渊阁四库全书》,台湾商务印书馆1986年版。

边贡《华泉集》,《景印文渊阁四库全书》,台湾商务印书馆1986年版。

王九思《渼陂集》,明嘉靖刻本。

王九思《渼陂续集》,明嘉靖刻本。

康海《对山集》,明嘉靖刻本。

王廷相《王氏家藏集》,《明代论著丛刊》影印明嘉靖刻本,台湾伟文图书出版社
　　有限公司1976年版。

徐祯卿《迪功集》,《景印文渊阁四库全书》,台湾商务印书馆1986年版。

徐祯卿著、范志新校注《徐祯卿全集编年校注》,人民文学出版社2009年版。

陆深《俨山集》,《景印文渊阁四库全书》,台湾商务印书馆1986年版。

陆深《俨山续集》,《景印文渊阁四库全书》,台湾商务印书馆1986年版。

顾璘《息园存稿》,《景印文渊阁四库全书》,台湾商务印书馆1986年版。

顾璘《凭几集续编》,《景印文渊阁四库全书》,台湾商务印书馆1986年版。

朱应登《凌谿先生集》,《四库全书存目丛书》影印明嘉靖刻本,齐鲁书社1997
　　年版。

吕柟《泾野先生文集》,《四库全书存目丛书》影印明嘉靖三十四年于德昌刻本,
　　齐鲁书社1997年版。

杨慎《升庵集》,《景印文渊阁四库全书》,台湾商务印书馆1986年版。

李濂《嵩渚文集》,《四库全书存目丛书》影印明嘉靖刻本,齐鲁书社1997年版。

李濂《观政集》,《四库全书存目丛书》影印明钞本,齐鲁书社1997年版。

张含《张愈光诗文选》,赵藩、陈荣昌等辑《云南丛书》初编《集部》,民国刻本。

胡缵宗《鸟鼠山人小集》,《四库全书存目丛书》影印明嘉靖刻本,齐鲁书社 1997
　　年版。

胡缵宗《鸟鼠山人后集》,《四库全书存目丛书》影印明嘉靖刻本,齐鲁书社 1997
　　年版。

胡缵宗《可泉拟涯翁拟古乐府》,《四库全书存目丛书》影印明嘉靖三十六年汪瀚
　　刻本,齐鲁书社 1997 年版。

胡缵宗《拟汉乐府》,《四库全书存目丛书》影印明嘉靖十八年刻本,齐鲁书社
　　1997 年版。

袁褧《衡藩重刻胥台先生集》,《四库全书存目丛书》影印明万历十二年衡藩刻
　　本,齐鲁书社 1997 年版。

黄省曾《五岳山人集》,《四库全书存目丛书》影印明嘉靖刻本,齐鲁书社 1997
　　年版。

陆粲《陆子馀集》,《景印文渊阁四库全书》,台湾商务印书馆 1986 年版。

孙陞《孙文恪公集》,《四库全书存目丛书》影印明嘉靖袁洪愈、徐栻刻本,齐鲁书
　　社 1997 年版。

王维桢《王氏存笥稿》,《四库全书存目丛书》影印明嘉靖三十六年刻本,齐鲁书
　　社 1997 年版。

王维桢《槐野先生存笥稿》,明万历刻本。

王慎中《遵岩先生文集》,清康熙刻本。

唐顺之《重刊荆川先生文集》,《四部丛刊》影印明万历刻本。

陈束《陈后冈文集》,《四库全书存目丛书》影印明万历十九年林可成刻本,齐鲁
　　书社 1997 年版。

李开先《李中麓闲居集》,《续修四库全书》影印明刻本,上海古籍出版社 2002
　　年版。

蔡云程《鹤田草堂集》,《四库全书存目丛书》影印清钞本,齐鲁书社 1997 年版。

王畿《龙谿王先生全集》,《四库全书存目丛书》影印明万历十五年萧良榦刻本,
　　齐鲁书社 1997 年版。

徐献忠《长谷集》,《四库全书存目丛书》影印明嘉靖刻本,齐鲁书社 1997 年版。

沈恺《环溪集》,《四库全书存目丛书》影印明隆庆五年至万历二年沈绍祖刻本,
　　齐鲁书社 1997 年版。

周复俊《泾林文集》,《四库全书存目丛书》影印明万历二十年周玄暐刻本,齐鲁书社 1997 年版。

朱曰藩《山带阁集》,《四库全书存目丛书》影印明万历刻本,齐鲁书社 1997 年版。

皇甫汸《皇甫司勋集》,《景印文渊阁四库全书》,台湾商务印书馆 1986 年版。

皇甫涍《皇甫少玄集》,《景印文渊阁四库全书》,台湾商务印书馆 1986 年版。

何良俊《何翰林集》,《四库全书存目丛书》影印明嘉靖四十四年何氏香严精舍刻本,齐鲁书社 1997 年版。

屠应埈《屠渐山兰晖堂集》,《四库全书存目丛书》影印明嘉靖三十一年屠仲律刻本,齐鲁书社 1997 年版。

吴维岳《天目山斋岁编》,《四库全书存目丛书》影印明嘉靖刻增修本,齐鲁书社 1997 年版。

李攀龙《沧溟先生集》,明隆庆刻本。

王世贞《弇州山人四部稿》,明万历刻本。

王世贞《弇州山人续稿》,明刻本。

王世贞《读书后》,《景印文渊阁四库全书》,台湾商务印书馆 1986 年版。

谢榛《四溟山人全集》,《明代论著丛刊》影印明万历刻本,台湾伟文图书出版社有限公司 1976 年版。

宗臣《宗子相集》,《明代论著丛刊》影印明万历刻本,台湾伟文图书出版社有限公司 1976 年版。

梁有誉《兰汀存稿》,《明代论著丛刊》影印明万历刻本,台湾伟文图书出版社有限公司 1976 年版。

吴国伦《甔甀洞稿》,《续修四库全书》影印明万历刻本,上海古籍出版社 2002 年版。

吴国伦《甔甀洞续稿》,《续修四库全书》影印明万历三十一吴士良、马攀龙刻本,上海古籍出版社 2002 年版。

王世懋《王奉常集》,《四库全书存目丛书》影印明万历刻本,齐鲁书社 1997 年版。

殷士儋《金舆山房稿》,《四库全书存目丛书》影印明万历十七年邵陛刻本,齐鲁书社 1997 年版。

张居正《新刻张太岳先生文集》，明万历刻本。

申时行《赐闲堂集》，明万历刻本。

汪道昆《太函集》，明万历刻本。

汪道昆《太函副墨》，明崇祯刻本。

李维桢《大泌山房集》，《四库全书存目丛书》影印明万历三十九年刻本，齐鲁书
　　社 1997 年版。

屠隆《由拳集》，《明代论著丛刊》影印明万历刻本，台湾伟文图书出版社有限公
　　司 1977 版。

屠隆《白榆集》，《明代论著丛刊》影印明万历刻本，台湾伟文图书出版社有限公
　　司 1977 版。

屠隆《栖真馆集》，《续修四库全书》影印明万历十八年吕氏栖真馆刻本，上海古
　　籍出版社 2002 年版。

屠隆《鸿苞集》，明刻本。

胡应麟《少室山房集》，《景印文渊阁四库全书》，台湾商务印书馆 1986 年版。

归有光著、周本淳校点《震川先生集》，上海古籍出版社 2007 年版。

徐学谟《徐氏海隅集》，《四库全书存目丛书》影印明万历五年刻四十年徐元暐重
　　修本，齐鲁书社 1997 年版。

徐学谟《徐氏海隅集》，明万历刻本。

徐学谟《归有园稿》，《四库全书存目丛书》影印明万历二十一年张汝济刻四十年
　　徐元暐重修本，齐鲁书社 1997 年版。

唐时升《三易集》，《明代论著丛刊》影印明崇祯刻本，台湾伟文图书出版社有限
　　公司 1977 年版。

娄坚《学古绪言》，《景印文渊阁四库全书》，台湾商务印书馆 1986 年版。

程嘉燧《耦耕堂集》，《续修四库全书》影印清顺治十三年金献士、金望刻本，上海
　　古籍出版社 2002 年版。

程嘉燧《松圆浪淘集》，《续修四库全书》影印明崇祯刻本，上海古籍出版社 2002
　　年版。

程嘉燧《松圆偈庵集》，《续修四库全书》影印明崇祯刻本，上海古籍出版社 2002
　　年版。

李流芳《檀园集》，清康熙刻本。

李贽《焚书》,中华书局 1975 年版。

焦竑《焦氏澹园集》,《续修四库全书》影印明万历三十四年刻本,上海古籍出版社 2002 年版。

焦竑《焦氏澹园续集》,《续修四库全书》影印明万历三十九朱汝鳌刻本,上海古籍出版社 2002 年版。

邹迪光《调象庵稿》,《四库全书存目丛书》影印明万历刻本,齐鲁书社 1997 年版。

郭正域《合并黄离草》,《四库禁毁书丛刊》影印明万历四十年史记事刻本,北京出版社 1997 年版。

董应举《崇相集》,明崇祯刻本。

陶望龄《歇庵集》,《明代论著丛刊》影印明万历刻本,台湾伟文图书出版社有限公司 1976 年版。

袁宗道著、钱伯城标点《白苏斋类集》,上海古籍出版社 1989 年版。

袁宏道著、钱伯城笺校《袁宏道集笺校》,上海古籍出版社 1981 年版。

袁中道著、钱伯城点校《珂雪斋集》,上海古籍出版社 1989 年版。

江盈科著、黄仁生辑校《江盈科集》,岳麓书社 1997 年版。

钟惺著、李先耕、崔重庆标校《隐秀轩集》,上海古籍出版社 1992 年版。

谭元春著、陈杏珍标校《谭元春集》,上海古籍出版社 1998 年版。

谢肇淛《小草斋文集》,《四库全书存目丛书》影印明天启刻本,齐鲁书社 1997 年版。

张溥《七录斋诗文合集》,《续修四库全书》影印明崇祯九年刻本,上海古籍出版社 2002 年版。

陈子龙《安雅堂稿》,《明代论著丛刊》影印明末刻本,台湾伟文图书出版社有限公司 1977 年版。

陈子龙《陈忠裕全集》,清嘉庆刻本。

钱谦益著、钱曾笺注、钱仲联标校《牧斋初学集》,上海古籍出版社 1985 年版。

钱谦益著、钱曾笺注、钱仲联标校《牧斋有学集》,上海古籍出版社 1996 年版。

钱谦益著、钱曾笺注、钱仲联标校《牧斋杂著》,上海古籍出版社 2007 年版。

冯班《钝吟杂录》,《景印文渊阁四库全书》,台湾商务印书馆 1986 年版。

黄宗羲《南雷文案》,《四部丛刊》影印清康熙刻本。

黄宗羲《南雷诗历》,《四部丛刊》影印清康熙刻本。

黄宗羲《南雷文定后集》,《四库全书存目丛书》影印清康熙二十七年靳治荆刻本,齐鲁书社 1997 年版。

黄宗羲《黄梨洲先生南雷文约》,《四库全书存目丛书》影印清雍正刻本,齐鲁书社 1997 年版。

宋琬著、马祖熙标校《安雅堂全集》,上海古籍出版社 2007 年版。

周拱辰《圣雨斋集》,《四库禁毁书丛刊》影印清初刻本,北京出版社 1997 年版。

魏裔介《兼济堂文集》,《景印文渊阁四库全书》,台湾商务印书馆 1986 年版。

朱彝尊《曝书亭集》,《四部丛刊》影印清康熙五十三年刻本。

王士禛著、袁世硕主编《王士禛全集》,齐鲁书社 2007 年版。

沈德潜著,潘务正、李言编辑点校《沈德潜诗文集》,人民文学出版社 2011 年版。

翁方纲《复初斋文集》,《续修四库全书》影印清李彦章校刻本,上海古籍出版社 2002 年版。

《唐人选唐诗(十种)》,上海古籍出版社 1978 年版。

杨士弘编《唐音》,《湖北先正遗书》影印明嘉靖刻本。

杨士弘编,张震辑注,顾璘评点,陶文鹏、魏祖钦点校《唐音评注》,河北大学出版社 2006 年版。

高棅编《唐诗品汇》,影印明汪宗尼校订本,上海古籍出版社 1982 年版。

高棅编《唐诗正声》,明嘉靖刻本。

袁表、马荧编《闽中十子诗》,清光绪刻本。

沐昂编《沧海遗珠》,《景印文渊阁四库全书》,台湾商务印书馆 1986 年版。

程敏政编《皇明文衡》,《四部丛刊》影印明嘉靖卢焕刻本。

李东阳编《联句录》,《四库全书存目丛书》影印明成化二十三年周正刻本,齐鲁书社 1997 年版。

毛纪编《联句私抄》,《四库全书存目丛书》影印明嘉靖刻本,齐鲁书社 1997 年版。

杨慎编《绝句衍义》,《续修四库全书》影印明曼山馆刻本,上海古籍出版社 2002 年版。

徐献忠编《六朝声偶集》,《四库全书存目丛书》影印明华亭徐氏文房刻本,齐鲁书社 1997 年版。

冯惟讷编《古诗纪》,《景印文渊阁四库全书》,台湾商务印书馆 1986 年版。

李攀龙编《古今诗删》,《景印文渊阁四库全书》,台湾商务印书馆 1986 年版。

钟惺、谭元春编《古诗归》,《续修四库全书》影印明闵振业三色套印本,上海古籍
　　出版社 2002 年版。

钟惺、谭元春编《唐诗归》,《续修四库全书》影印明刻本,上海古籍出版社 2002
　　年版。

陈子龙、李雯、宋徵舆编《皇明诗选》,影印明崇祯刻本,华东师范大学出版社
　　1991 年版。

陆时雍《诗镜总论》,《景印文渊阁四库全书》,台湾商务印书馆 1986 年版。

陆时雍《古诗镜》,《景印文渊阁四库全书》,台湾商务印书馆 1986 年版。

陆时雍《唐诗镜》,《景印文渊阁四库全书》,台湾商务印书馆 1986 年版。

黄宗羲编《明文海》,影印清钞本,中华书局 1987 年版。

沈德潜编《古诗源》,中华书局 2006 年版。

沈德潜编《唐诗别裁集》,上海古籍出版社 1979 年版。

沈德潜、周准编《明诗别裁集》,上海古籍出版社 1979 年版。

沈德潜等编《清诗别裁集》,上海古籍出版社 1984 年版。

陈田辑撰《明诗纪事》,清光绪至宣统刻本。

刘勰著、范文澜注《文心雕龙注》,人民文学出版社 1958 年版。

钟嵘著、曹旭笺注《诗品笺注》,人民文学出版社 2009 年版。

张伯伟《全唐五代诗格汇考》,凤凰出版社 2005 年版。

严羽著、郭绍虞校释《沧浪诗话校释》,人民文学出版社 1961 年版。

严羽著、张健校笺《沧浪诗话校笺》,上海古籍出版社 2012 年版。

魏庆之《诗人玉屑》,《景印文渊阁四库全书》,台湾商务印书馆 1986 年版。

郭绍虞《宋诗话辑佚》,中华书局 1980 年版。

李东阳著、李庆立校释《怀麓堂诗话校释》,人民文学出版社 2009 年版。

徐泰《诗谈》,曹溶辑《学海类编》,涵芬楼影印清道光木活字排印本。

陈沂《拘虚诗谈》,张寿镛辑《四明丛书》第四集,民国刻本。

杨慎《升庵诗话》,明嘉靖刻本。

杨慎著、王仲镛笺证《升庵诗话笺证》,上海古籍出版社 1987 年版。

王世贞《明诗评》,明沈节甫辑《纪录汇编》,明万历刻本。

胡应麟《诗薮》,上海古籍出版社 1979 年版。

许学夷著、杜维沫校点《诗源辩体》,人民文学出版社 1987 年版。

胡震亨《唐音癸签》,《景印文渊阁四库全书》,台湾商务印书馆 1986 年版。

周维德集校《全明诗话》,齐鲁书社 2005 年版。

吴文治主编《明诗话全编》,凤凰出版社 1997 年版。

王夫之等撰、丁福保辑《清诗话》,上海古籍出版社 2015 年版。

郭绍虞编选、富寿荪校点《清诗话续编》,上海古籍出版社 2016 年版。

朱彝尊著、黄君坦校点《静志居诗话》,人民文学出版社 1990 年版。

顾龙振编《诗学指南》,清乾隆刻本。

袁枚著、顾学颉校点《随园诗话》,人民文学出版社 1982 年版。

朱庭珍《筱园诗话》,赵藩、陈荣昌等辑《云南丛书》初编《集部》,民国刻本。

何文焕辑《历代诗话》,中华书局 1981 年版。

丁福保辑《历代诗话续编》,中华书局 1983 年版。

永瑢等《四库全书总目》,中华书局 1965 年版。

二、近人著述

罗宗强《明代文学思想史》,中华书局 2013 年版。

简锦松《明代文学批评研究》,台湾学生书局 1989 年版。

廖可斌《明代文学复古运动研究》,上海古籍出版社 1994 年版。

陈国球《明代复古派唐诗论研究》,北京大学出版社 2007 年版。

陈书录《明代诗文的演变》,江苏教育出版社 1996 年版。

陈斌《明代中古诗歌接受与批评研究》,上海三联书店 2009 年版。

查清华《明代唐诗接受史》,上海古籍出版社 2006 年版。

黄卓越《明永乐至嘉靖初诗文观研究》,北京师范大学 2001 年版。

黄卓越《明中后期文学思想研究》,北京大学出版社 2005 年版。

余来明《嘉靖前期诗坛研究(1522—1550)》,武汉大学出版社 2009 年版。

陈建华《中国江浙地区十四至十七世纪社会意识与文学》,学林出版社 1992 年版。

左东岭《王学与中晚明士人心态》,人民文学出版社 2000 年版。

左东岭《李贽与晚明文学思想》,天津人民出版社 1997 年版。

谢国桢《明清之际党社运动考》,上海书店出版社 2004 年版。

赵园《明清之际士大夫研究》,北京大学出版社 1999 年版。

王汎森《权力的毛细管作用：清代的思想、学术与心态》,北京大学出版社
　　2015 年版。

郑利华《前后七子研究》,上海古籍出版社 2015 年版。

易闻晓《公安派的文化阐释》,齐鲁书社 2003 年版。

邬国平《竟陵派与明代文学批评》,上海古籍出版社 2004 年版。

陈广宏《竟陵派研究》,复旦大学出版社 2006 年版。

吴兆路《性灵派研究》,甘肃教育出版社 2001 年版。

简锦松《李何诗论研究》,台湾大学中文研究所 1980 年硕士论文。

崔秀霞《徐祯卿诗学思想研究》,中国社会科学出版社 2010 年版。

雷磊《杨慎诗学研究》,中国社会科学出版社 2006 年版。

李庆立《谢榛研究》,齐鲁书社 1993 年版。

鲁茜《李维桢研究》,花木兰文化出版社 2016 年版。

陈国球《胡应麟诗论研究》,华风书局有限公司 1986 年版。

任访秋《袁中郎研究》,上海古籍出版社 1983 年版。

李玉宝《谢肇淛研究》,凤凰出版社 2021 年版。

王文才《杨慎学谱》,上海古籍出版社 1988 年版。

郑利华《王世贞年谱》,复旦大学出版社 1993 年版。

沈维藩《袁宏道年谱》,《中国文学研究》第一辑,江西教育出版社 1999 年版。

陈广宏《钟惺年谱》,复旦大学出版社 1993 年版。

严志雄《牧斋初论集——诗文、生命、身后名》,牛津大学出版社 2018 年版。

丁功谊《钱谦益文学思想研究》,上海古籍出版社 2006 年版。

王宏林《沈德潜诗学思想研究》,人民出版社 2010 年版。

陈岸峰《沈德潜诗学研究》,齐鲁书社 2011 年版。

钱锺书《谈艺录》,中华书局 1984 年版。

钱锺书《管锥编》,中华书局 1979 年版。

郭绍虞《中国诗的神韵格调及性灵研究》,台湾华正书局 2005 年版。

郭绍虞《中国文学批评史》,百花文艺出版社 1999 年版。

陈伯海《中国诗学之现代观》,上海古籍出版社 2006 年版。

葛兆光《汉字的魔方——中国古典诗歌语言学札记》,复旦大学出版社 2008
　　年版。

王力《汉语诗律学》,上海教育出版社 2005 年版。

蒋寅《中国诗学的思路与实践》,广西师范大学出版社 2001 年版。

蒋寅《古典诗学的现代诠释》,中华书局 2003 年版。

汪涌豪《范畴论》,复旦大学出版社 1999 年版。

张健《知识与抒情——宋代诗学研究》,北京大学出版社 2015 年版。

张健《清代诗学研究》,北京大学出版社 1999 年版。

蒋寅《清代诗学史》,第一卷,中国社会科学出版社 2012 年版。

蒋寅《清代诗学史》,第二卷,中国社会科学出版社 2019 年版。

严迪昌《清诗史》,人民文学出版社 2011 年版。

朱自清《朱自清古典文学论文集》,上海古籍出版社 2009 年版。

杨明《汉唐文学辨思录》,上海古籍出版社 2005 年版。

王水照《王水照自选集》,上海教育出版社 2000 年版。

黄侃著、周勋初导读《文心雕龙札记》,上海古籍出版社 2000 年版。

石峻等编《中国佛教思想资料选编》(隋唐五代卷),中华书局 2014 年版。

杨艳红《王安石〈唐百家诗选〉研究》,西北大学 2008 年硕士学位论文。

陈国球《锻炼物情时得意,新诗还有百来篇——邵雍〈击壤集〉诗学思想探
　　析》,《中国诗学》第 7 辑。

王利民《从〈伊川击壤集〉看邵雍的风月情怀》,《浙江大学学报》2004 年第
　　5 期。

查屏球《名家选本的初始化效应——王安石〈唐百家诗选〉在宋代的流传与接
　　受》,《安徽大学学报》2012 年第 1 期。

陶文鹏、魏祖钦《〈唐音〉考论》,《中国文化研究》2006 年第 1 期。

王兴亚《〈新元史·杨士弘传〉勘误》,《史学月刊》1989 年第 1 期。

刘廷乾《"北郭十友"考辨》,《中国文学研究》2009 年第 4 期。

王学泰《以地域分野的明初诗歌派别论》,《文学遗产》1989 年第 5 期。

尚永亮《明初选家之唐诗观及其渊源论略——以高棅〈唐诗品汇〉对元和诗人
　　之选评为中心》,《陕西师范大学学报》2010 年第 2 期。

饶龙隼《论〈唐诗品汇〉一书编纂的思想资源及创新点》,《南开学报》2004 年第

4 期。

王宏林《论"四唐分期"的演进及其双重内涵》,《文学遗产》2013 年第 2 期。

马昕《明前期台阁诗学与〈诗经〉传统》,《清华大学学报》2021 年第 4 期。

简锦松《从李梦阳诗集检验其复古思想之真实义》,王瑷玲主编《明清文学与思想中之主体意识与社会·文学篇(上)》,台湾"中研院"中国文哲研究所 2004 年版。

罗宗强《从杨慎的文学观看文学思想发展过程中的交错现象》,《首都师范大学学报》2009 年第 4 期。

吕斌《明代博学思潮与文论——以杨慎为例的考察》,《文学评论》2010 年第 1 期。

高小慧《杨慎诗学体系论》,《河南社会科学》2010 年第 2 期。

高小慧《杨慎〈升庵诗话〉及其考据诗学》,《郑州大学学报》2013 年第 4 期。

郑利华《明代正德、嘉靖之际宗唐诗学观念的承传、演化及其指向》,台湾《中正汉学研究》2012 年第 2 期。

郑利华《"嘉靖八才子"与明代正、嘉之际文坛的复古取向》,《深圳大学学报》2007 年第 2 期。

陈广宏《王慎中与闽学传统》,《文学遗产》2009 年第 4 期。

郑利华《积学、精思、悟入：后七子诗学理论中的创作径路与境界说阐析》,《求是学刊》2010 年第 4 期。

张晶《谢榛诗论的美学诠解》,《北京大学学报》2012 年第 5 期。

郑利华《汪道昆与徽州盟社考论》,《中国古籍文化研究》(稻畑耕一郎教授退休纪念论集),东方书店 2018 年版。

周群《屠隆的文学思想及其"性灵"论的学术渊源》,《南京师大学报》2000 年第 6 期。

王明辉《试论〈诗薮〉体例对文学史写作的意义》,《阴山学刊》2004 年第 6 期。

王明辉《〈诗薮〉撰年考》,《江汉大学学报》2005 年第 4 期。

王明辉《胡应麟"兴象"说的内涵与诗学价值》,《社会科学战线》2014 年第 12 期。

许建业《援史学入诗学：胡应麟〈诗薮〉的诗学历史化》,《文学遗产》2020 年第 4 期。

黄霖《"嘉定文派"散论》,黄霖、郑利华主编《嘉定文派与明代诗文研究论集》,
　　上海古籍出版社 2015 年版。

夏咸淳《嘉定文派源流考述》,黄霖、郑利华主编《嘉定文派与明代诗文研究论
　　集》,上海古籍出版社 2015 年版。

黄仁生《嘉定派的酝酿过程考论》,黄霖主编《归有光与嘉定四先生研究》,上
　　海古籍出版社 2007 年版。

李圣华《嘉定文派古文观及其创作述略》,《求是学刊》2009 年第 6 期。

刘霞《从徐学谟至娄坚再至钱谦益——明代嘉定文脉传承之考论》,黄霖、郑
　　利华主编《嘉定文派与明代诗文研究论集》,上海古籍出版社 2015 年版。

都轶伦《重审公安派之思想与文学——"真"及其导向阐论》,《文学评论》2019
　　年第 2 期。

肖鹰《自然为美:袁宏道的审美论》,《文学评论》2013 年第 3 期。

陈少松《钟、谭论"灵"与"厚"的美学意蕴》,《东南大学学报》2002 年第 4 期。

朱金城、朱易安《试论〈诗源辩体〉的价值及其与〈沧浪诗话〉的关系》,《文学遗
　　产》1983 年第 4 期。

王小溪《论许学夷〈诗源辩体〉的"才力"说》,《文艺评论》2013 年第 8 期。

陈庆元《谢肇淛著述考》,《广西师范大学学报》2005 年第 1 期。

廖虹虹《谢肇淛诗文集版本考》,《郑州师范教育》2012 年第 3 期。

孙文秀《谢肇淛诗论与地域关系浅析》,《闽江学院学报》2010 年第 1 期。

胡建次《谢肇淛〈小草斋诗话〉理论批评观念探论》,《深圳大学学报》2018 年第
　　3 期。

周兴陆《冯复京〈说诗补遗〉浅论》,《中国文学研究》2016 年第 1 期。

李越深《论"云间三子"文学群体的形成》,《浙江大学学报》2009 年第 3 期。

任文京《陆时雍论"诗必盛唐"》,《文学遗产》2012 年第 2 期。

李国新《从诗歌声音的角度看陆时雍"神韵"论》,《学术探索》2017 年第 3 期。

黄卓越《晚明性灵说之佛学渊源》,《文学评论》1995 年第 5 期。

郑利华《苏轼诗文与晚明士人的精神归向及文学旨趣》,《文学遗产》2014 年第
　　4 期。

郑利华《晚明诗学于复古系统的因应脉络与重构路径》,《文学遗产》2019 年第
　　3 期。

吴琦、袁阳春《晚明复社的社会活动与社会思想——兼论复社学术的经世取向》,《安徽史学》2007 年第 4 期。

陈国球《明代复古诗论的文学史意识》,《文艺理论研究》1989 年第 2 期。

左东岭《从良知到性灵——明代性灵文学思想的演变》,《南开学报》1999 年第 6 期。

廖可斌《关于明代文学与清代文学的关系——以诗学为中心的考察》,《文学评论》2016 年第 5 期。

王小舒《明清主流诗学的转移——论王渔洋对明代七子派的继承》,《文史哲》2005 年第 5 期。

蒋寅《清代诗学与地域文学传统的建构》,《中国社会科学》2003 年第 5 期。

蒋寅《古典诗学中"清"的概念》,《中国社会科学》2000 年第 1 期。

蒋寅《论中国古典诗学中的"厚"》,《北京大学学报》2019 年第 1 期。

杨明《"兴象"释义》,《中山大学学报》2009 年第 2 期。

陈文新《从格调到神韵》,《文艺研究》2001 年第 6 期。

(美) M.H.艾布拉姆斯著,郦稚牛、张照进、童庆生译,王宁校《镜与灯：浪漫主义文论及批评传统》,北京大学出版社 2015 年版。

(英) 阿拉斯泰尔·福勒著、杨建国译《文学的类别：文类和模态理论导论》,南京大学出版社 2018 年版。

(美) 勒内·韦勒克、奥斯汀·沃克著,刘象愚、邢培明、陈圣生、李哲明译《文学理论》,江苏教育出版社 2005 年版。

(美) 刘若愚著、杜国清译《中国文学理论》,江苏教育出版社 2006 年版。

(美) 孙康宜、宇文所安主编,刘倩等译《剑桥中国文学史》,生活·读书·新知三联书店 2013 年版。

(美) 高友工《美典：中国文学研究论集》,生活·读书·新知三联书店 2008 年版。

(日)铃木虎雄著、许总译《中国诗论史》,广西人民出版社 1989 年版。

(美) 蔡宗齐著、刘青海译《比较诗学结构——中西文论研究的三种视角》,北京大学出版社 2012 年版。

(美) 顾明栋著,陈永国、顾明栋译《诠释学与开放诗学》,商务印书馆 2021 年版。

（德）格罗塞著、蔡慕晖译《艺术的起源》，商务印书馆 1987 年版。

（德）扬·阿斯曼著，金寿福、黄晓晨译《文化记忆：早期高级文化中的文字、
　　回忆和政治身份》，北京大学出版社 2015 年版。

（美）牟复礼、（英）崔瑞德编，张书生等译《剑桥中国明代史》，中国社会科学
　　出版社 1992 年版。

后　　记

　　不少时候想象，当结束本书撰写的那一刻，应该可以享受一下轻松的时光。然而当完成文稿这一刻真的来临，不但没有丝毫的轻松感觉，反而增添了几分不满足的怅憾，唯有以人们常说的研究没有底止之类的话聊作自我安慰，或许这也是一般研究者通常会产生的一种心理现象。

　　很多年以前，自己就有撰写一部明代诗学思想史的设想，主要因为考虑到，尽管这一领域已有不少涉及流派、地域、个案人物及著述的成果问世，然而在总体上，一是相关的研究论题显得比较零散，尚缺乏一种系统性研究深入而充分的介入，二是研究的目标及问题的结构不甚平衡，有的过于集中，出现重复性研究的现象不在少数，有的较少触及，甚至无人问津，这种状况实和有明一代诗学思想资源留存丰富的格局不相匹配。怀着如此的想法，早在 2009 年，我以这一论题申报了教育部人文社会科学重点研究基地重大项目，同年得以立项。虽然有了明确的研究计划，但实施起来又并非轻而易举。原来打算利用三至五年的时间完成这一研究课题，结果事与愿违，最终本书完稿距离当初立项，已过去了整整十馀年的时间，光阴荏苒，令人感慨。整个研究过程之所以经历了这么长时间，倒不是由自己慵懒所致，而是在这中间，一方面，自己因为还承担其他科研任务，无法将所有时间和精力都集中到此项课题的研究，尤其是课题立项之后的头几年，因时间和精力相对分散的缘故，研究工作时断时续，进展比较缓慢。另一方面，由于有明一代的时间跨度较大，诗家或论家人数众多，诗学文献浩繁，一旦潜入其中发现，课题实际包含的工作量，比预期的设想要大得多，再加上若干章节成稿后，感觉不甚满意，又作了大幅度的修改，甚至进行重写，也因此花费了不少的时间。在本课题具体开展过程当中，我给自己制定的基本工作策略是，除了勉力掌握已有的研究成果，全面了解相关的研究状况，以确立新的问题讨论面向,尽可能不与以往的有关研究相重叠,腾出更多的时间和精力,投入对大量诗学文献的深入阅读和梳理。这是因为经验或常识告诉我们,发掘新的文献材料和重新解读已掌握的文本文献,对于拓展问题的广度和深度十分关键,如此虽然耗时又耗力,但就提升学术研究的质量而言,无疑是非常必要的。对我个人来说,在从事本课题的研究过程中,可谓有苦也有甘,既因有所收获而独自体验享受,特别是当发现一些新的材料,或者有了考察问题的思路,内心欣悦之情,旁人也许不一定能够完全体会;又同时难免平添诸多的煎熬,尤其是遭遇问题的瓶颈,陷入思路艰涩的窘境,烦恼倍增,难以名状,有时甚至因此而不得不暂时搁置写作,或者为了恰当的表述斟字酌句,以至绞尽脑汁。不管怎么说,十馀年的时间虽然有些漫长,但现今能够交出这份自我感觉不甚成熟然已倾注本人诸多心血的成果,也算是对读者和自己有一个交代。所以并未觉得白费时间,也不因此而感到后悔。

在本书临近修订完稿之际,慈闱因病溘然长逝,未能等到这部书稿正式出版的那一天,无法和我分享成果带来的一份欣慰,这是我感到格外遗憾和伤痛的。父母亲因年迈体弱,2020年初自宁波故里迁居沪上,虽然生活方面尚有诸多不便,但省却了彼此异地的牵挂,也使我能安下心来投入研究工作,更难得的是,它让我有机会陪伴在父母身边,共享温馨的天伦之乐,这样的陪伴也成为我完成本书撰写的一股驱动力。如今书稿出版在即,而家慈见背,心中怆恨,难以言喻,聊识于此,以志纪念。

衷心感谢上海古籍出版社高克勤社长、杜东嫣主任对本书出版所给予的大力支持,黄亚卓责编为本书的编校做了大量工作,博士生王婷为书稿的校核付出许多心力,在此一并致以谢忱。

郑利华

2022年3月25日